本書出版得到
國家古籍整理出版專項經費資助
教育部人文社會科學研究項目基金資助
江西省社會科學規劃重點項目基金資助

中國古典文學基本叢書

歐陽修詩編年箋注

第一册

〔宋〕歐陽修 撰

劉德清
顧寶林 箋注
歐陽明亮

中華書局

圖書在版編目(CIP)數據

歐陽修詩編年箋注/(宋)歐陽修撰;劉德清,顧寶林,歐陽明亮箋注.—北京:中華書局,2012.6(2022.5 重印)
(中國古典文學基本叢書)
ISBN 978-7-101-08645-4

Ⅰ.歐… Ⅱ.①歐…②劉…③顧…④歐… Ⅲ.宋詩-詩集 Ⅳ.I222.744.1

中國版本圖書館 CIP 數據核字(2012)第 068218 號

責任編輯:郁震宏 俞國林

中國古典文學基本叢書
歐陽修詩編年箋注
(全四册)
〔宋〕歐陽修 撰
劉德清 顧寶林 歐陽明亮 箋注
*
中 華 書 局 出 版 發 行
(北京市豐臺區太平橋西里 38 號 100073)
http://www.zhbc.com.cn
E-mail:zhbc@zhbc.com.cn
三河市宏盛印務有限公司印刷
*
850×1168 毫米 1/32 · 64⅜印張 · 8 插頁 · 1480 千字
2012 年 6 月第 1 版 2022 年 5 月第 4 次印刷
印數:4001-4600 册 定價:238.00 元

ISBN 978-7-101-08645-4

目録

歐陽修詩編年箋注卷一

歐陽修詩編年箋注卷二

歐陽修詩編年箋注卷三

歐陽修詩編年箋注卷四

歐陽修詩編年箋注卷五

歐陽修詩編年箋注卷六

歐陽修詩編年箋注卷七

歐陽修詩編年箋注卷八

歐陽修詩編年箋注卷九

歐陽修詩編年箋注卷十

歐陽修詩編年箋注卷十一

歐陽修詩編年箋注卷十二

歐陽修詩編年箋注卷十三

歐陽修詩編年箋注卷十四

歐陽修詩編年箋注卷十五

歐陽修詩編年箋注卷十六

歐陽修詩編年箋注補遺

序言

歐陽修(一〇〇七—一〇七二),字永叔,號醉翁,晚年更號六一居士。吉州(今江西吉安)永豐人。北宋中期傑出的文學家、史學家與政治家,著名的古文「唐宋八大家」之一。

歐陽修四歲喪父,少年多罹憂患,母親鄭氏畫荻教子,育孤成才。宋仁宗天聖八年(一〇三〇)進士及第,次年任西京(今河南洛陽)留守推官。在洛陽留守幕府中,歐陽修與梅堯臣、尹洙等結爲至交,相互切磋詩文,爲日後的詩文革新埋下種子。景祐元年(一〇三四),召試學士院,授館閣校勘,參編《崇文總目》。景祐三年,范仲淹因譏切時弊,觸迕權相吕夷簡,遭受貶謫,歐陽修爲之辯護,也被貶爲夷陵(今湖北宜昌)縣令,後移知乾德(今湖北老河口),繼而權武成軍(今河南滑縣)節度判官。康定元年(一〇四〇),復任館閣校勘。慶曆三年(一〇四三),仁宗迫於内憂外患,毅然起用范仲淹、韓琦、杜衍等,銳意革新朝政。歐陽修被召爲諫官，又授知制誥，積極參與「慶曆新政」，先後提出革新吏治、改革貢舉、克服「三冗」等一系列新政主張。次年出使河東，計度廢麟州及盜鑄鐵錢並罄課虧額利害，繼而以龍圖閣直學士出任河北都轉運按察使，悉力督行新政。慶曆五年，新政失敗，歐陽修受「張甥案」誣陷，被貶知滁州（今屬安徽）。隨即十年輾轉，先後徙知揚州（今屬江蘇）、潁州（今安徽阜陽）、應天府（今河南商丘），繼而丁母憂回潁州守喪。直到至和元年（一〇五四）重返汴京，歷經一番折騰，纔留在京師主修《新唐書》，不久陞爲翰林學士。嘉祐二年（一〇五七）正月，權知禮部貢舉，擢録蘇軾、蘇轍、曾鞏等優秀人才，借用行政力量，痛革時文之弊，抑黜「太學體」怪誕文風，由此奠定平易流暢的宋文風格。嘉祐五年，拜樞密副使，次年參知政事，與韓琦、富弼等共襄朝政，成就「嘉祐之治」。治平四年（一〇六七），以「濮議」之爭，歐陽修陷「長媳案」，再次蒙受誣謗，從此再也無心居朝執政，最終自請出知亳州（今屬安徽）。神宗熙寧元年（一〇六八），改知青州（今屬山東）。熙寧三年四月，除檢校太保、宣徽南院使、判太原府，堅辭不受。春夏間對王安石「青苗法」持異議，並擅自停發青州境内秋料青苗錢，受到朝廷詰責。秋七月自請改知蔡州（今河南汝南），上任後累章告老。熙寧四年六月以觀文殿學士、太子少師的榮銜致仕，退居潁州西湖。熙寧五年（一〇七二）閏七月二十三日，病逝於西湖私第，享年六十六歲，謚文忠。有《歐陽文忠公文集》、《新唐書》、《新五代史》及《詩本義》等著述傳世。

歐陽修是宋代學者型政治家的傑出代表，也是中國封建傳統文人立身行事的光輝典範。他承繼中唐韓愈的道統文統學説，肯定並標舉胡瑗、孫復、石介的道文觀，又將其融入世俗化的軌道，實開宋明理學之先河。他一生恪守儒家「仁政」圭臬，進則以道自任，勇於兼濟天下；退而守窮自娱，甘於獨善其身。其生平前期積極參與朝政鼎新，後期堅持穩健改革。縱觀其一生行跡，治國理政，基於寬簡愛民；立言獻策，循依人情物理；爲人處世，標舉行義節操。他不滿宋初以來的因循世俗與卑弱士風，竭力倡導並厲行「君子」意識，講究儒教「名節」，以其「果敢之氣，剛正之節」（王安石《祭歐陽文忠公文》）矯正社會陋習，化育士林新風。誠如蘇軾《居士集叙》所説：「宋興七十餘年……而斯文終有愧于古。士亦因陋守舊，論卑而氣弱。自歐陽子出，天下爭自濯磨，以通經學古爲高，以救時行道爲賢，以犯顔納説爲忠。長育成就，至嘉祐末，號稱多士，歐陽子之功爲多。」《宋史·忠義傳序》更是充分肯定歐陽修對有宋一代士大夫忠義之氣的培育造就之功，云：「士大夫忠義之氣，至於五季，變化殆盡。……真、仁之世，田錫、王禹偁、范仲淹、歐陽修、唐介諸賢，以直言讜論倡於朝，於是中外縉紳知以名節相高，廉恥相尚，盡去五季之陋矣。故靖康之變，志士投袂，起而勤王，臨難不屈，所在有之。及宋之亡，忠節相望，斑斑可書，匡直輔翼之功，蓋非一日之積也。」歐陽修一生行跡，對於淨化宋初污濁的社會風氣，扭轉論卑氣弱的士林積習，培育宋代文人的忠義正氣，具有積極促進作用。

重創造是宋朝時代精神之一，歐陽修正是這一時代精神的首倡風氣者。他一生的政治、學術與文化活動，都站在時代最前列，引領社會新潮流。他信奉《周易》「變通」之學，充滿改革創新精神。其政治改革理想雖然未獲成功，卻堅持將改革創新精神貫徹於學術研究和文學創作，並取得豐碩成果。在經學研究上，他大膽突破漢唐章句訓詁之學，開啟宋學講義理、求本旨之先聲。他的《易童子問》、《詩本義》等著述，倡導疑經辨僞風氣，緣人情，尚簡要，自出議論，探求經典本義，使經學研究擺脱名物訓詁軌道，轉入講求義理的方向，對理學形成具有草創之功。在史學著述上，他主持編纂《新唐書》，獨力撰寫《新五代史》，通過史著褒貶忠奸，整飭道德，標舉名節，豐富並發展我國正史編纂體例。此外，其《集古録跋尾》是我國古代金石學開山之作，參與編纂的《崇文總目》爲我國現存最早的國家圖書總書目，對古代目録學的發展影響深遠；獨立編撰的《歐陽氏譜圖》奠定明清兩代私家族譜基本範式，對我國譜牒學的發展貢獻卓著。

歐陽修爲創立並繁榮宋型文化，作出過全方位開創性的貢獻，其中以文學創作成就最著、影響最烈。他倡導並領導北宋詩文革新，在新的歷史條件下，繼承並發展唐代古文運動與新樂府運動的成果，奪取了決定性勝利。在文學理論上，他提倡「文與道俱」、「窮而後工」，把「道」與世間「百事」聯繫起來，以文學反映社會現實，守正創新而不廢傳承。在創作實踐中，他「文備衆體」、「各極其工」，爲詩文革新提供大量典範之作。其作品既追求崇高，美善刺惡，重振「發憤怨刺」文學，又倡導娛樂，詼嘲笑謔，不遺俚俗，且通體爲文，融貫駢散，將前哲先賢的文化批判精神演化爲文學的「議論」風氣，導引詩文精神氣質的學術底蘊。仁宗天聖至嘉祐年間，以歐陽修爲中心的各種文酒詩會，引領時代酬唱之風，探索文學創作新貌。此外，他利用其優越的政治地位，奬掖後學，培育新秀，痛抑怪僻之學，扶持平易文風，保證詩文革新取得全面勝利。

作爲一代文壇宗師，歐陽修爲我們留下了極其豐富的文學遺産。就其傳世詩歌而言，據《居士集》、《居士外集》、《内制集》、《近體樂府》中的有關篇目統計，共計九百三十七首，加上《全宋詩》、《全宋詩訂補》及本書的輯軼，不含殘句與存目，總共九百四十四首。在主盟北宋中期文壇的過程中，歐陽修團結文學俊彦，倡導詩歌革新，創立歐梅詩派，力矯「西崑」，痛抑「太學」，探索時代新調，使宋詩風貌迥異於唐詩，最終繼唐詩而再盛。南宋劉克莊《江西詩派序》指出：「國初詩人如潘閬、魏野，規規晚唐格調，寸步不敢走作。楊、劉則又專爲崑體，故優人有撏扯義山之誚。蘇、梅二子，稍變以平淡豪俊，而和之者尚寡。至六一、坡公，巍然爲大家數，學者宗焉。」《四庫全書總目》也高度肯定歐陽修在北宋詩文革新中的領袖地位與傑出貢獻，説：「宋初詩文，尚沿唐末五代之習，柳開、穆修欲變文體，王禹偁欲變詩體，皆力有未逮。歐陽修崛起爲雄，力復古格，其時曾鞏、三蘇、陳師道、黄庭堅等，皆尚未顯，其佐修以變文體者，尹洙；佐修以變詩體者，則堯臣也。」

歐陽修的詩歌創作歷程，大體與其政治活動相對應，可以劃分爲四個時期：第一個時期，自天聖五年（一〇二七）科舉應試至景祐三年（一〇三六）貶官夷陵前，這是歐陽修詩歌創作的發軔期。歐陽修十七歲開始參加科考，三試而得第，天聖八年（一〇三〇）二十四歲獲登科，次年春天赴洛陽擔任西京留守推官。今存最早的歐詩，就是京師應試時的作品。詩人應考期間，結識不少文人學士，早期詩歌中，有《送劉半千平陽簿》、《送張學士知郢州》、《送趙山人歸舊山》、《寄張至秘校》等，内容多爲京師之戀及親友之思，抒寫科第見聞感想及良朋好友的離情别緒。天聖明道間是歐詩創作的起步，詩歌學李商隱，學韋應物，學韓愈，學宋初承繼唐音探索宋調的晚唐體、白體與西崑體。規模唐詩，師法多門，是早期歐詩的基本特徵。初入仕途的伊洛三年，在喜文愛才的錢惟演幕下，詩人與梅堯臣、尹洙等結爲至交，成爲以錢惟演、謝絳爲首領的西京洛陽文人集團的骨幹，以文會友，飲酒賦詩，成爲這一時期生活的重要内容。「七友」、「八老」等文學團體的亭園宴飲，群體性競技性的同題詩歌酬唱，成爲宋詩草創階段一種重要的探索形式。《嵩山十二首》、《游龍門分題十二首》、《初秋普明寺竹林小飲，餞梅聖俞分韻得「亭皋木葉下」五首》等詩作，不斷拓展詩歌題材，深入切磋詩歌技藝，直接導引後來各種文壇群英的文酒詩會，促進宋詩基本特色的形成。「予生本是少年氣，磋磨牙角爭雄豪」（《綠竹堂獨飲》），道出少年歐陽修與詩友酒侶之間的相互激勵與切磋競爭。「余本漫浪者，兹亦漫爲官」，「賴有洛中俊，日許相躋攀」，「平時罷軍檄，文酒聊相歡」（《七交七首·自叙》），展示詩人早期豪爽愜意的生活情態，以及樂觀奮進的精神風貌。三年西京幕府生活，詩人已經擺脱科舉求仕的壓力，廣交文朋詩侶，徧游伊洛山水名勝。《雨後獨行洛北》、《伊川獨游》、《秋郊曉行》等記游詩篇，開始有意識地規避華豔雕琢的西崑體，追求平易清淡，多用三韻五古，注重記叙性。在梅堯臣的影響下，又開始模擬韓愈「以文爲詩」。《鞏縣初見黄河》、《代書寄尹十一兄、楊十六、王三》、《和聖俞〈聚蚊〉》等作品，嘗試將古文作法貫徹於詩歌創作之中，邁出探索宋詩新調最可貴的一步。

第二個時期，自景祐三年（一〇三六）貶官夷陵到至和元年（一〇五四）除母喪前，這是歐陽修詩歌創作的成熟期。景祐三年五月，主張朝政革新的范仲淹遭受貶謫，歐陽修激於義憤，撰寫著名的《與高司諫書》，亦被貶官夷陵。夷陵之貶在歐陽修的人生道路上意義非凡，它使詩人原先汴京及洛陽式的文士生活發生根本變化，也使詩人在文學創作道路上邁出重要步伐，有道是「廬陵事業起夷陵，眼界原從閲歷增」（袁枚《隨園詩話》卷一録莊有恭詩）。突如其來的政治打擊，使詩人開始體味到宦海風險，而遣發到偏遠閉塞的夷陵小縣，更讓詩人感知孤獨與寂寥。「今日始知予罪大，夷陵此去更三千」（《琵琶亭》），「平日兩京人少壯，今年三峽歲峥嶸」（《初至虎牙灘見江山類龍門》），可見其心境之悲涼。然而，身處逆境的歐陽修，並不以遷謫爲懷，公事之餘暇，他與同僚丁寶臣、朱處仁等游賞夷陵山水，詩文酬唱，自得其樂。《黄溪夜泊》、《三游洞》、《黄牛峽祠》、《和丁寶臣〈游甘泉寺〉》等詩作，進一步嘗試以古文作法入詩，詩中融入理性思考，繼續探索宋詩新調。景祐四年的《戲答元珍》，標題雖然冠以「戲」字，卻絶非游戲筆墨，詩人感慨政治流落與客子悲哀，同時體察山城早春的生機與活力，末聯自慰自勉，於低回中見激昂，展示詩人的通脱曠達。全詩有牢騷而不頽唐，表痛苦而顯達觀，是詩人政治上第一次遭受重大挫折後的心理寫照，彰顯一代宋詩的基本思想風貌，昭示歐詩創作開始走向成熟。

慶曆新政前後，隨著歐陽修散文創作的成熟，其詩歌題材不斷拓展，表現手法日臻完善，個人風格逐步形成，並漸次成爲文壇新領袖。新政失敗後，歐陽修再貶滁州，受新政思潮的影響，他開始專力將革新精神貫徹於文學創作，詩歌作品擺脱模擬唐音，開始對前人多種詩體的綜合傳承。《答楊闢〈喜雨〉長句》、《水谷夜行寄子美、聖俞》、《讀〈蟠桃詩〉寄子美》、《菱溪大石》、《廬山高贈同年劉中允歸南康》等作品，標誌以文爲詩、以議論爲詩、以才學爲詩等宋詩特質日益明顯。與此同時，歐陽修回應韓愈「不平則鳴」的史學理念，繼承「發憤怨刺」的史學傳統，一種斷絶已久的高蹈古硬、豪爽慷慨的詩風開始復蘇，一種從唐人詩歌當中脱胎而出的新詩新氣象逐漸成熟。

詩人貶官滁州至重返京師的十年輾轉，是歐詩平易疏暢風格的形成期。慶曆新政的失敗，滁州貶官以及「張甥案」的人格侮辱，使詩人心態又一次蜕變。世事無常、仕途兇險的人生體驗，時空無涯、人生有限的生命認知，加劇其對社會人生的理性思考。此時的歐陽修，不再是前期力主激進改革、遇事極力抗爭的角色，而是在歷經坎坷，飽受風霜之後，漸趨理性和現實，開始學會把外在世界的觀照與内在情緒的排遣有機融釋，將欣賞山水的樂趣和與民同樂的情懷相互糅合，從而變得更趨理智、寬容、平和與瀟脱。詩人的平常心態，促成其平易詩風的自覺追求。滁州美麗的自然景觀、豐富的人文勝跡，一一融入其平易流暢的詩筆。如《游瑯琊山》、《瑯琊山六題》、《題滁州醉翁亭》、《會峰亭》、《幽谷晚飲》、《幽谷泉》、《豐樂亭游春三首》、《别滁》等作品，詩人以輕鬆、閒適的筆調，摹寫質樸優美的風景，表達灑脱恬靜的心境，展現詩人在逆境中超脱世俗，追求高遠的思想境界，寄寓詩人以順處逆、明哲保身的幽雅情懷。當然，此時的詩人並非完全流連光景，醉心山水，朝廷的奸佞當權，政壇的深重流弊，總讓詩人難以平靜，因而也有一些鄙視醜惡，抒寫憤懣情感的詩作，然而即便是此類題材，也是見疏暢而不見怪僻。慶曆六年的《讀〈徂徠集〉》、《憎蚊》，慶曆七年的《重讀〈徂徠集〉》、《滄浪亭》等，就是此類代表作。這是詩人行藏用捨思想的並存期，也是其平易詩風的成型期。其間太白體、韓孟體、長吉體紛紛融入歐詩，而最終消融於平易流暢的詩風之中。在理性的文化觀照中，歐陽修也開始關注日常生活，歌詠平凡事物。素來不爲前代詩人注意的橋、硯、蟲、魚、鷺鷥、紫屏、假山、橄欖、茶葉等，全都悄然引入詩題。如《啼鳥》、《憎蚊》、《菱溪大石》、《桐花》、《寶劍》、《拒霜花》、《畫眉鳥》、《野鵲》、《詠雪》、《寄生槐》等詠物詩，詩人在平凡事物之中灌注文人雅士的志趣品味，使之具有文化意蕴，並漸次成爲宋詩區別唐詩的鮮明特色之一。

第三個時期，自至和元年（一〇五四）返汴京任職至治平四年（一〇六七）離開京師，這是歐陽修詩歌創作的鼎盛期。詩人此時身居要職，地位顯赫，政治上雖然未能大有作爲，文學創作卻是登峰造極。嘉祐二年（一〇五七），歐陽修知貢舉，痛抑怪誕僻澀的太學體，古文運動取得決定性勝利，文壇盟主地位趨於穩定。此時的歐詩「以文爲詩」已達隨心所欲的地步，詠物叙事詩歌進一步增多，詩歌的記述功能進一步强化，如《葛氏鼎》、《書素屏》、《馬齧雪》、《風吹沙》、《白兔》、《初食車螯》、《盤車圖》、《小桃》、《雙井茶》、《鬼車》等。嘉祐年間，作爲東京汴梁詩人群體的公認領袖，歐陽修組織的各類文酒詩會，各種以指定物爲歌詠對象的連環酬唱，如《白兔》、《吴學士石屏歌》、《梅聖俞寄銀杏》、《和劉原父〈澄心紙〉》、《嘗新茶呈聖俞》、《明妃曲和王介甫作》等，對於宋詩向「學人化」方向演化，對於以文爲詩、以議論爲詩、以才學爲詩的宋調形成，無疑起到推波助瀾的作用。嘉祐年間歐陽修的文壇活動，包括科舉取士、文學創作、經學研究、史學著述、金石考古等，對於北宋後期詩壇人才的貯備，宋詩深廣文化意蘊特質的開拓，以及整體宋詩精神氣質的奠定，乃至整體宋型文化基本内涵的建設，其創領功能與主導作用可謂舉世公認。

第四個時期，自治平四年（一〇六七）出知亳州至熙寧五年（一〇七二）去世前，這是歐陽修詩歌創作的結束期。歷經治平四年「長媳案」誣謗，詩人對政治愈發不抱希望，加之身體每況愈下，以及無功而受厚禄的自疚，更加堅定詩人隱退江湖、歸養天年的決心。隨著詩人的淡出政壇，詩歌創作的社會政治意識也逐漸淡化，轉而追求自適，歸心天然。這時的歐詩，大量採用近體，審美趨向追求自然天性和個人情趣。「誰爲寄聲清潁客，此生終不負漁竿」（《攝事齋宫偶書》），「青衫仕至千鍾禄，白首歸乘一鹿車」（《書懷》），「終當自駕柴車去，獨結茅廬潁水西」（《下直》），「誰言潁水似瀟湘，一笑相逢樂未央」（《奉答子履學士見贈之作》），這些詩句表達的嚮往歸隱，追求閒適的生活願望，抒寫的解官歸田、頤養天年的生活情趣，成爲此時歐詩的主旨與基調。此外，《歲晚書事》、《歲暮書事》、《聞沂州盧侍郎致仕有感》、《春晴書事》、《青州書事》等抒懷作，《新春有感寄常夷甫》、《贈許道人》、《答和王宣徽》、《解官後答韓魏公見寄》、《答樞密吴給事見寄》、《贈潘道士》等友輩寄贈作，以及《游石子澗》、《憶焦陂》、《游太清宫出城馬上口占》、《初夏西湖》等寫景記游作，無不流露歸隱之思與閒適之志。晚年的歐陽修，還吟誦大量的思潁詩作，並把自己先後創作的十三首《思潁詩》、十七首《續思潁詩》勒石紀念，寄託自己深切的田園歸隱夙願。

清蔣士銓《辯詩》指出：「宋人生唐後，開闢真難爲。」它簡明而深刻地揭示宋詩創作成就來之不易。在唐詩藝術登峰造極之後，宋人要想造就屬於自己時代的詩歌，務必通變創新，探索一條新路子，開闢一片新天地。在宋代詩歌由群體精神高揚向個體自覺催化的演變進程中，歐陽修先後作爲西京洛邑文人集團的骨幹、東京汴梁詩人群體的領袖，在宋調探索形成的歷史進程中具有開山之功，這種歷史功勳首先表現在詩歌理論的建樹和文壇領袖的導引功能。宋詩復古作爲北宋文學復古的組成部分，依倚儒學復興的文化背景，其整體發展過程與北宋古文革新相始末。劉克莊《後村詩話》卷二在肯定梅堯臣爲宋詩「開山祖師」的同時，指出「歐公詩如昌黎，不當以詩論」。其實質在於揭示歐陽修並非一個單純詩人，而是一位文壇宗師，他的文壇領袖地位和一切學術文化活動，包括經學、史學、文學，也包括文學當中的文學理論、詩歌、散文、詞、賦及筆記小品等，影響整個文壇。在這種深層文化背景下，歐陽修的詩歌理論與創作實踐深刻地影響時人，無論是題材内容的開拓，還是藝術表現手法的創新，都導引並決定著宋調的最終形成。

《歐陽文忠公文集》傳世的九百三十七首詩歌，從内容與表現手法上，大致分爲抒懷、議理、詠物寫景三大類。

一、抒懷詩。抒懷詩約占歐陽修詩歌總數的三分之一，其中有些抒懷詩直接抒寫政治情懷，反映社會矛盾和民生疾苦。詩人不滿西崑體詩歌的内容缺失與感情貧乏，主張繼承《詩經》的現實主義傳統，以充實的内容和真摯的情感反映社會生活。其《書梅聖俞稿後》倡導詩歌「英華雅正」，又明確闡釋詩歌創作目的，主張「吐策獻天子」（《送朱職方表臣提舉運鹽》），「爲我持之告採詩」（《答朱寀〈捕蝗詩〉》）。《食糟民》一詩，作者抨擊與民爭利的朝廷「榷沽」政策，譴責對農民百端取利的地方官員，表達對平民百姓苦難生活的同情與關切，展示一位封建循吏的正直良知與社會責任感。其出使契丹途經雄州的感懷之作《邊户》，則以自叙的口吻，高度讚揚邊民的尚武殺敵精神，揭露「澶淵之盟」導致邊民的不幸遭遇，抒發一位愛國詩人對朝政時局的憂慮與憤激之情，婉刺宋廷屈辱外交、苟且偷安的腐敗政治。他的《贈杜默》還提出詩歌「通下情」説：「子盍引其吭，發聲通下情。上聞天子聽，次使宰相聽。何必九苞禽，始能瑞堯庭。」主張用詩歌反映社會不公和民生疾苦。這些積極的詩歌創作理念，決定歐詩强烈的現實主義特點。

歐陽修有些抒懷詩，反對啼飢號寒與自鳴悲戚，展示不以物喜、不以己悲、隨遇而安的曠達情懷，彰顯宋代文士的人格力量與道德風貌。詩人一生飽經風霜，備受劫難，貶官夷陵途中寫的《與尹師魯書》説：「路中來頗有人以罪出不測見弔者，此皆不知修心也。」當身處困厄窘境時，他拒絶不理解者的廉價同情，不僅風節自礪，而且告誡朋友「慎勿作戚戚之文」。他批評一切身居逆境，不耐貧寒，傾訴牢騷哀怨的人，就連自己最敬重的韓愈也不放過，指責其「到貶所，則戚戚怨嗟，有不堪之窮愁，形於文字，其心歡戚，無異庸人」。歐陽修的貶謫詩多表現曠達胸襟，不以個人悲喜爲懷。《黄溪夜泊》在描繪三峽夜景之後，詠道「行見江山且吟詠，不因遷謫豈能來」，詩人身處貶所，卻慶幸因此得以吟詠夷陵秀美山川，這是何等的豁達和超脱！清人陸次雲《宋詩善鳴集》卷上評論此詩説：「以見江山爲慰，遷謫人善自遣心之法。」又如作於夷陵的《戲答元珍》，作者抒寫謫居窮鄉僻壤的落寞情懷，寄託政治上遭受打擊後的人生感慨，雖有病入新年、聞雁思鄉的傷感情緒，尾聯卻一轉折：「曾是洛陽花下客，野芳雖晚不須嗟。」表明身處困境的詩人依然樂觀自信，滿懷向上的希望。詩人盡力淡化人生道塗的種種悲哀，並將其濾化成平易而灑脱的詩意，誠如錢鍾書《宋詩選注》所云：歐氏「閒適細膩，咀嚼出日常生活的深永滋味，熨帖出當前景物曲折細膩的情狀」，體現宋人典型的靜謐内斂之美。然而，即便是本人情、狀風物、吟詠閒情的詩作，其「閒適」背後仍藴含一種「崢嶸」之氣。詩人這種高曠的人生觀、疏放的詩風，濡染當時作家，沾溉時代詩壇，最終形成宋詩思想内涵的一大特色。

二、議理詩。歐詩議論的内容極其豐富，涵蓋時政、學術與物理等諸多方面。一些議論時事、評述朝政的詩作，有似奏疏與政論，具有濟世救民的功效。天聖九年（一〇三一）《答楊闢〈喜雨〉長句》云：「今者吏愚不善政，民亦游惰離於農，軍國賦斂急星火，兼併奉養過王公，終年之耕幸一熟，聚而耗者多於蜂。」詩歌分析北宋王朝國困民貧的原因，宣傳農爲國本、節用愛民、改革吏治等政治主張。後來，作者康定元年（一〇四〇）撰寫《原弊》，闡述同一思想内容，本詩的每一句，幾乎都可以從此文中找到如合符契的注脚。又如《奉答子華學士安撫江南見寄之作》，有云：「天下久無事，人情貴因循。優游以爲高，寬縱以爲仁。今日廢其小，皆謂不足論。明日壞其大，又云力難振。旁窺各陰拱，當職自逡巡。歲月侵隳頹，紀綱遂紛紜。」詩人痛切地感慨慶曆新政失敗後，朝政回歸因循苟且的老路，政弊纍纍。指出要解決這些問題，不是頭痛醫頭，脚痛醫脚所能奏效，必須全面改革，首先要澄清吏治，任賢去不肖，而且行爲務必果斷，切忌猶豫遲疑。這些精闢而深刻的觀點，詩人在慶曆新政前後的有關政論文中，都曾反復闡述過。

有的議理詩，表現對儒家學理的思辨。景祐三年（一〇三六）《顔跖》詩云：「顔回飲瓢水，陋巷卧曲肱。盜跖厭人肝，九州恣横行。回仁而短命，跖壽死免兵。愚夫仰天呼，禍福豈足憑？」詩人針對文獻記載的顔回安貧樂道卻短命壽夭，盜跖横行肆虐而終享天年，質疑傳統的「善惡報應説」。既而自作辯解：盜跖長壽，卻留下千秋駡名；顔子短壽，卻英名光照千古。最終得出結論：「生死得失間，較量誰重輕。善惡理如此，毋尤天不平。」可見早年的歐陽修，就以詩歌的形式，反思儒家傳統倫理道德。《寄生槐》詩則以檜與槐比喻人所稟賦的性善與性惡，主張除惡務早，當惡質萌芽時，「剿絶須明斷」，以免「長養隨成患」，同時强調要謹慎行事，剪除惡質而不誤傷善類：「惟當審斤斧，去惡勿傷善。」其申論立説，基於儒法二家各持的性善、性惡論。嘉祐四年（一〇五九）的《鳴鳩》詩，也是由鳥性而詠及人性善惡，批評科舉中第後拋家棄妻的士子，感歎人心叵測：「君不見人心百態巧且艱，臨危利害兩相關。朝爲親戚暮仇敵，自古常嗟交道難。」詩人所聲張並維護的，正是傳統的儒家倫理道德。

有的議理詩，還表現對物理的探尋。歐陽修比唐人更關注日常生活瑣事和細微景觀，能以細緻的觀物態度，描摹瑣細物象並推究事理，從而開啟宋詩題材的一大特色。《賦竹上甘露》詩就是由觀物而引發的理性思考，詩歌從甘露形成詠起：「草木有靈液，陰陽凝以時」，繼而發出議論「物生隨所託，晦顯各有宜」，感慨世間萬物有的幸運而聲名顯赫，有的背時而默默無聞，實由各自所處的地位決定。《天辰》詩描述星辰運行的自然現象，由衆星拱奉北極，自守其分，各司其職，推衍出治國之理：「不動以臨之，任德不任力」，「惟王知法此，所以治萬國」。《嘗新茶呈聖俞》詩則由宋人的「鬥茶」習俗，推究茶品事理，展示作者的學識與才華，創領當時文壇窮物理、重才學的新時尚。

有的議理詩，也探究並表現人生哲理。《遠山》詩云：「山色無遠近，看山終日行。峰巒隨處改，行客不知名。」描述山行過程中眺望遠山，峰巒自改而行客莫知，實際上抒寫人生感受，頗藴理趣。《畫眉鳥》詩云：「百囀千聲隨意移，山花紅紫樹高低。始知鎖向金籠聽，不及林間自在啼。」時詩人脱離鈎心鬥角的朝廷，來到地僻職閑的滁州，欣賞林間自由歌唱的小鳥，表述逍遥自在比富貴榮華彌足珍貴的人生體驗。又如《夢中作》：「夜涼吹笛千山月，路暗迷人百種花。棋罷不知人換世，酒闌無奈客思家。」詩歌以秋夜、春宵、棋罷、酒闌四個不同的場景，合成一個和諧統一的意境，寄寓作者既想超脱塵世而又留戀人間的矛盾心理，反映内心難以取捨的仕與隱的思想鬥爭。《雙井茶》詩云：「豈知君子有常德，至寶不隨時變易。君不見建溪龍鳳團，不改舊時香味色。」詩人借用茶性比喻君子「常德」，强調人的道德品質要像建溪龍鳳茶一樣，經得起時間考驗，不會「隨時變易」。歐詠物詩多賦予物體特有的人文色彩和文化性格，使人們從日常生活物品當中，體察人品内涵，感悟人生哲理，開啟宋詩重人文意象的鮮明特徵。

有的議理詩，也用於詩文評述。他的五古詩《水谷夜行寄聖俞、子美》，評論梅堯臣、蘇舜欽看似相近卻迥然有異的詩風，取喻形象而生動：「子美氣尤雄，萬竅號一噫。有時肆顛狂，醉墨灑滂沛。譬如千里馬，已發不可殺。盈前盡珠璣，一一難揀汰。梅翁事清切，石齒漱寒瀨。作詩三十年，視我猶後輩。文詞愈清新，心意雖老大。譬如妖韶女，老自有餘態。近詩尤古硬，咀嚼苦難嘬。初如食橄欖，真味久愈在。」蘇詩的豪儁雄放，梅詩的清淡婉逸，作者借助一連串鮮活的意象，化抽象爲具體，盡情描繪並展現二者的不同特徵，實踐其《詩話》所主張的詩歌創作理論：「狀難寫之景如在目前，含不盡之意見於言外。」是對當時詩壇創作長期理性思考後的精闢之論。

三、寫景詠物詩。歐陽修酷愛游山玩水，一生寫過不少山水詩，自稱「須知我是愛山者，無一詩中不説山」（《題留南樓二絶》其一）。歐詩除大量散見的自然風光描寫外，還有不少山水組詩，如《游龍門分題十五首》、《嵩山十二首》、《夷陵九詠》、《琊琊山六題》等。與西崑詩人描摹亭臺樓閣等人造景觀不同，作者以清新自然的筆墨模山範水，展示優美的大自然，給讀者耳目一新的感覺。尤其是貶官外放期間，歐所到之處，更是寄情山水，留下不少情景交融的佳作。如《晚泊岳陽》，詩人夜泊岳陽城下，閑卧湖面舟中，目睹一幅明靜而幽美的洞庭月夜圖：長空皓月高懸，水上銀波清輝，雲煙蒼茫，漁歌唱晚，輕舟短楫，疾走如飛，詩歌句句寫景，而羈旅思歸的情思自在其中。又如《豐樂亭游春三首》（其三）描寫滁州豐樂亭前的暮春景像：落英徧地，春光將老，而游人依然絡繹不絶，更從側面深刻烘托豐樂亭的綺麗風光。

歐陽修詠物詩的内容包羅萬象，天文地理、草木蟲魚、神仙鬼怪等，幾乎無所不詠。就如明詩人視角觸及到社會甚至個人生活的方方面面，遠遠超出唐人唐詩的題材範圍。人袁宏道所説的：「有宋歐、蘇輩出，大變晚習，於物無所不收，於法無所不有，於情無所不暢，於境無所不取，滔滔莽莽，有若江河。」（《靈濤閣集序》）歐陽修以學者而兼詩人，詠物詩正是展示其學識才華的重要載體。早期的《樓臺》、《夕照》、《柳》、《榴花》、《簾》、《井桐》等詩作，選題、用典及語言風格，都有明顯的西崑印痕。然所詠之物已經突破宫庭風月，走向民閭市井，跳出空中樓閣，接近日常生活。生活中的瑣屑事物，諸如祈雨捕蝗，賽龍馴鹿，乃至蚊子、蟲豸、牛、兔、豬、狗、雁、魚、雞頭、鴨脚、車螯、竹簟、石枕等，還有送茶、寄花、贈瓦硯、送毛筆等，全都納入詩人創作範圍，充分體現詩人對日常生活中幽細瑣碎的具體事物的敏感觀察與探索興趣。此類世俗化、生活化題材的廣泛開拓，後來成爲宋詩區别於唐詩的鮮明特色。

歐詩詠物伸意，更是匠心獨運。如慶曆新政時期的《寶劍》詩，詩人誇讚具有神奇色彩的寶劍，抒發自己內除奸佞、外禦强寇的遠大抱負，寶劍成爲朝政改革者和抗敵救國志士的象徵，成爲作者理想中英雄人物的化身。而貶守滁州所作的《拒霜花》，人們從「時節雖不同，盛衰終一致」的菊花身上，可以看到「籬根守憔悴」的詩人形象。詩人力主詠物創新，爲杜絶陳詞濫調，甚至特地創製「禁體物語」詩。皇祐二年（一〇五〇）會飲潁州聚星堂賦《雪》詩，詩人特約「玉、月、梨、梅、練、絮、白、舞、鵝、鶴、銀等事，皆請勿用。」嘉祐四年（一〇五九）歐陽修、梅堯臣、劉敞、韓維等人的《對雪十韻》同題聯唱，又是一次「禁體物語」詩的創作實踐。數十年後蘇軾受其影響有所續作，後世詩壇有「禁體」詩格，正是由歐陽修首創的。嘉祐初年的《白兔》同題聯唱詩，更是由禁限措辭用語，進而禁限審題立意，要求擺脱俗套，主題翻新，另立新意，實爲「禁體物語」詩歌的延伸發展，進而導引後來黄庭堅的「换骨法」，爲宋詩的全面創新開拓康莊大道。

從創作藝術上講，歐詩特點之一，就是效法韓愈「以文爲詩」。即以散文的章法、句法寫詩，以散文常用的議論手法入詩。嚴羽《滄浪詩話·詩辯》揭示宋詩區别於唐詩的特點，概括爲「以文字爲詩，以議論爲詩，以才學爲詩」。所謂「以文字爲詩」，指用寫散文的方法寫詩，使詩歌散文化；「以議論爲詩」，指以詩歌發表議論，闡述某種事理；「以才學爲詩」，指用詩歌表現才氣與學識。三者往往互爲滲透、互爲照應，簡而稱之，就是「以文爲詩」。「以文爲詩」並非宋人所獨有，早在盛唐李白、杜甫的詩中，就有「以文爲詩」的萌芽。如李白《蜀道難》「蜀道之難，難於上青天」，杜甫《丹青引》「將軍魏武之子孫，於今爲庶爲清門」，顯然是散文句式。到了中唐韓愈手中，這一特點更加鮮明突出，歐陽修《詩話》云：「退之筆力，無施不可，而嘗以詩爲文章末事，故其詩曰『多情懷酒伴，餘事作詩人』也。然其資談笑，助諧謔，敘人情，狀物態，一寓於詩，而曲盡其妙。」這裏的「以詩爲文章末事」，「資談笑，助諧謔，敘人情，狀物態，一寓於詩」，顯然指「以文爲詩」，而稱道爲「曲盡其妙」，可謂評價甚高。可見歐陽修早就清醒地認識到韓愈「以文爲詩」的藝術手法，有意揄揚並大力提倡。經由歐陽修再倡導，「以文爲詩」纔在宋人詩作中真正蔚爲大國，一大批以文爲詩的作品問世，漸次形成區别於「唐音」而獨具一格的「宋調」。

歐陽修的「以文爲詩」，首先表現在以散文句式入詩，以散文常用的語助詞、介詞入詩。改變詩歌沿襲已久的句脈。在歐陽修古體詩中，有意插入與詩歌句法的習慣節拍不同的散文句法，造成一種放任不羈，奇崛拗峭的氣勢。如《酬詩僧惟晤》「詩三百五篇，作者非一人」，《戲答聖俞》「畫師畫生不畫死，所得百分三二耳」，《書王元之畫像側》「信矣皆如昔日言」，《明妃曲和王介甫》「胡人以鞍馬爲家」等等，這些句式打破傳統五言、七言詩的節奏，詩句之間缺乏跳躍，多有關聯詞語承上啟下，連貫句意，與散文没有差異。又如《飛蓋橋玩月》：「澄光與粹容，上下相涵映。乃於其兩間，皎皎掛寒鏡。」《書懷感事寄梅聖俞》：「相别始一歲，幽憂有百端。乃知一世中，少樂多悲患。」其間「乃於」、「乃知」等關聯詞語的運用，明顯是散文手法。又如《書王元之畫像側》一詩中：「想公風采常如在，顧我文章不足論。」一「想」一「顧」的順承遞進關係，把上下句有機地聯繫在一起。正是這種原因，李調元《雨村詩話》卷下甚至偏激地稱歐詩是「有韻古文」，「當於古文合看可也」。

歐陽修的「以文爲詩」，其次表現在以古文章法寫詩，詩歌脈絡分明，具有散文的跌宕錯落之美。方東樹《昭昧詹言》卷一二説：「學歐公作詩，全在用古文章法。」「歐公之妙，全在逆轉順布。」如七言長古《鞏縣初見黄河》，先以散語描寫黄河：「河決三門合四水，徑流萬里東輸海」、「河益洶洶怒而詈」、「下窺莫測濁且深」，繼而鋪叙河患，先述大禹治水之功，後言秦漢以來河害之烈，最後議論黃河改道，可以造福百姓。詩歌缺乏鮮明意象，語言質樸，就像一篇陳述河事的奏議。再如《南獠》詩，串連原作詩句，似乎可以改寫成一篇奏疏。又如《古瓦硯》：「磚瓦賤微物，得廁筆墨間，於物用有宜，不計醜與妍。金非不爲寶，玉豈不爲堅，用之以發墨，不及瓦礫頑。乃知物雖賤，當用價難攀，豈惟瓦礫爾，用人從古難。」前半篇在叙事、議論之間使用「於物」、「用之」承接。後半篇純粹議論，總括上文。全詩的行文轉接，結構布局，純是散文章法。在七言律詩中，歐陽修也借鑑古文筆法。如《戲答元珍》詩的首聯構思，歐陽修《筆説·峽州詩説》就曾説道：「『春風疑不到天涯，二月山城未見花。』若無下句，則上句何堪？既見下句，則上句頗工。」

歐陽修的「以文爲詩」，更突出地表現在好發議論。宋代是一個充滿論辯性的理性化時代，宋詩夾雜議論，既具情趣，又有理趣。然一旦失控，則弊多利少。一般地説，歐詩的議論存在兩種情形：一是意象與議論巧妙結合，以文爲詩而不悖詩歌的文學性。詩人常以睿智的目光觀察世界，往往能敏鋭地捕捉到可以表現某種哲理的物體，而借用客觀物體揭示某種哲理，往往能使議論入詩變得自然而貼切。如《和劉原父〈澄心紙〉》開章云：「君不見曼卿子美真奇才，久已零落埋黃埃。子美生窮死愈貴，殘章斷稿如瓊瑰。曼卿醉題紅粉壁，壁粉已剥昏煙煤。河傾崑崙勢曲折，雪壓太華高崔嵬。自從二子相繼没，山川氣象皆低摧。君家雖有澄心紙，有敢下筆知誰哉？」詩人以「澄心紙」爲綫索，將叙事、議論、抒情融爲一體，在吟詠「澄心紙」的同時，讚美石延年、蘇舜欽、梅堯臣三位摯友的傑出才華，並對其共同的坎坷際遇發出不平之鳴。全詩詠紙不離懷人，懷人兼及詠紙，名紙與奇才，相映成趣，相得益彰。又如貶官滁州時所作的《啼鳥》詩，作者在孤寂中發現百鳥爭鳴的動人春景，正可沖淡内心的抑鬱。隨即筆鋒一轉，叙説自己身受讒言，本來憎惡靈嘴巧舌，此時百無聊賴，花鳥倒成爲多情的慰藉。結語調侃屈原的獨醒之愁，實是自我解嘲。詩歌以自然之美反襯官場之濁，看似鬆散的意境，實是舒卷流動的情思，極具紆徐委備的章法美。歐詩當中成功的議論，多出自冷静的理性思考。在《唐崇徽公主手痕和韓内翰》中，詩人理性地詠歎唐代宗時與回鶻和親的史事，對崇徽公主遠嫁回鶻可汗充滿同情：「故鄉飛鳥尚啁啾，何況悲笳出塞愁。」同時，冷静地審視産生這一悲劇的政治原因，委婉批評北宋王朝守内虚外、屈辱求和的外交路綫，指責當朝肉食者未能爲國遠謀。其中「玉顔自古爲身累，肉食何人與國謀」一聯，朱熹讚譽爲：「以議論言之，第一等議論；以詩言之，第一等好詩。」

歐詩議論的第二種情形是，基本上不借助意象而直接抒發情理，「以文爲詩」顯露非文學的創作傾向。如《贈學者》：「人禀天地氣，乃物中最靈。性雖有五常，不學無由明。

輪曲揉而就，木直在中繩。堅金礪所利，玉琢器乃成。仁義不遠躬，勤勤入至誠。學既積於心，猶木之敷榮。根本既堅好，蓊鬱其幹莖。爾曹宜勉勉，無以吾言輕。」通篇直接議論，勉勵世人努力學習、刻苦實踐。其中「輪曲」、「玉琢」兩聯，直接化用《荀子・勸學》、《禮記・學記》的成句。詩句務實而顯寡味。有的歐詩甚至通篇用散句。如《贈李士寧》：「蜀狂士寧者，不邪亦不正。……與之游者，但愛其人而莫見其術，安知其心？吾聞有道之士，游心太虛，逍遥出入，常與道俱。故能入火不熱，入水不濡，嘗聞其語而未見其人也，豈斯人之徒歟？不然，言不純師，行不純德，而滑稽玩世，其東方朔之流乎？」這種文字，儼然是拆成詩行的散文。清人賀裳《載酒園詩話》説：「歐公古詩苦無興比，唯工賦體耳。至若叙事處滔滔汩汩，累百千言，不衍不枝，宛如面談，亦其得也。所惜意隨言盡，無復餘音繞梁之意。」可謂切中肯綮。後來不少宋人以詩歌敷陳時事、歷史，闡釋天文、水利，甚至用以論述理學觀點，其端源可以追溯到歐詩。

當然，就大多數歐詩而言，其語言散文化，直接議論説理以及崇尚才學，雖然有悖於唐詩標準，卻不悖於詩歌的文學性要求。他的「以文爲詩」的作品，大都能巧妙地將散文表達方式與詩歌抒情性相結合，風格相對唐詩雖有變化，卻依然保持詩歌審美特徵，文學情韻風致猶存。宋朝立國八十多年後，歐陽修詩歌出現在詩壇上，標誌宋代詩人不甘願接受唐人束縛，決心另闢蹊徑，創作符合自身要求的詩歌，開創一個有别於唐詩的新時代。

歐詩的藝術淵源，首先是學習韓愈。韓愈大膽地將古文運動成果引入詩歌創作領域，詩歌凸顯「以文爲詩」特色，歐詩沿其流而揚其波，不斷探索創新，開拓創立一種與唐詩不同的新格調。歐詩抗衡唐詩而終獲成功的内因之一，就在於「破體爲文」，即詩歌接受散文寫法。以氣格爲主。吴之振《宋詩鈔·歐陽文忠詩鈔》小引揭示歐詩與歐文的對應關係：「其詩如昌黎，以氣格爲主。昌黎時出排戛之句，文忠則一歸於敷愉，略與其文相似也。」天聖、明道年間，歐陽修等人開始古文革新，在學習古文寫作的過程中，詩歌創作受到影響，叙事性和議論化等得到加强，理性思維的特點也得以彰顯。歐陽修作爲宋人「以文爲詩」的先行者，其詩歌韻味難免受到一些傷害，但它打通詩文界限，强化詩歌表現力，形成詩歌中的理趣，爲宋詩特色的形成，奠定堅實的基礎。

歐詩的另一藝術淵源，是效法李白，寫得自由奔放，頗有豪放氣魄。蘇軾《居士集叙》稱歐陽修「詩賦似李白」，王安石甚至譽其「居太白之上」。如果就歐詩的一部分作品而言，此語並非毫無道理。歐詩的一部分七言歌行，形神都肖似太白體。如《太白戲聖俞》開章：「開元無事二十年，五兵不用太白閑，太白之精下人間，李白高歌蜀道難。蜀道之難難於上青天，李白落筆生雲煙。千奇萬險不可攀，卻視蜀道猶平川。」詩題下原注：「一作《讀〈李白集〉效其體》。」這是刻意摹仿李白的詩篇。詩作巧妙地將李白《蜀道難》、《夢游天姥吟留別》等作品的詩句和意境貫通起來，再現李白詩歌的積極浪漫主義精神和風格。另一首《廬山高贈同年劉中允歸南康》，更是刻意仿效《蜀道難》，對廬山風貌展開多層次多角度的描寫。前半部分繪山狀水，蘊含詩人對朋友懷才不遇的感慨，宣洩積聚内心的憤懣不平，抑揚頓挫中透出英豪之氣。後半部分抒情達意，氣魄更顯雄放。全詩充滿奇情幻想，詩句參差錯落，夾雜散文句式，又隨著情感的跳躍變化更換韻脚，詩境流轉，氣勢磅礴，形神均酷似李白詩作。作者生前就曾自負地説：「吾《廬山高》，今人莫能爲，唯李太白能之。」（《石林詩話》卷中）

歐陽修的一些絶句，學習李白「清水出芙蓉，天然去雕飾」的語言特色，仿效白居易的通俗詩風，顯得清淺明麗，而又風流藴藉。如《行次壽州》：「紫金山下永長流，嘗記當年共此游。今夜南風吹客夢，清淮明月照孤舟。」《謝判官幽谷種花》：「淺深紅白宜相間，先後仍須次第栽。我欲四時攜酒去，莫教一日不花開。」《别滁》：「花光濃爛柳輕明，酌酒花前送我行。我亦且如常日醉，莫教絃管作離聲。」這類平易曉暢的語體絶句，一掃西崑體的雍容華貴，摒棄雕詞琢句，也洗盡韓詩的險怪艱澀。後來蘇軾、楊萬里等人恣逸活脱的詩風，當從其中受到啟迪。

歐詩也有一類沉鬱頓挫的作品，風格接近杜甫。前人常常依據歐陽修的《李白、杜甫詩優劣説》，論定歐陽修揚李抑杜、不喜歡杜詩。誠然，歐陽修十分推崇李白的「清風明月不用一錢買，玉山自倒非人推」這一類詩句，讚賞李白的筆勢縱橫，驚動千古，「天才自放，非(杜)甫可到」。然而，他衹是就李杜詩歌創作的一個方面進行比較，並非全面軒輊李杜詩。與此同時，他也曾充分肯定杜甫的長處：「杜甫于白，得其一節，而精强過之。」他又在詩中高度評價杜甫：「風雅久寂寞，吾思見其人。杜君詩之豪，奉者孰比倫？生爲一身窮，死也萬世珍。言苟可垂後，士無羞賤貧。」(《堂中畫像探題得杜子美》)又説：「昔時李杜爭橫行，麒麟鳳凰世所驚。」(《感二子》)可見，歐陽修並沒有完全將杜甫置於李白之下，而是李杜並尊。歐陽修一部分詩歌取法杜甫，古人早已注意到，尤其是熙寧年間以後，詩界普徧宗法杜甫，有人就提出歐詩宗杜説。王十朋《歐陽文忠公像贊》詠道：「陸贄議論，韓愈文章，李杜歌詩，公無不長。」陳巖肖《庚溪詩話》卷上云：「世謂六一居士歐陽永叔不好杜少陵詩。六一於杜詩既稱其雖一字人不能到，又稱其格之豪放，又取以證碑刻之真僞，詎可謂六一不好之乎？後人之言，未可信也。」清人趙翼《甌北詩話》卷一一提到歐詩《送杜祁公致仕》中「貌先年老緣憂國，事與心違始乞身」，説是「沉鬱深摯，即少陵集中亦無可比擬」。歐詩接近杜甫風格的，主要是七律、五律詩。如《黄溪夜泊》開章：「楚人自古登臨恨，暫到愁腸已九回。萬樹蒼煙三峽暗，滿川明月一猿哀。」描寫峽川月夜的淒清景色，抒寫愁苦悲凉的感情。壯美河山的畫卷上，籠罩一層淡淡的哀愁，酷似杜甫晚年的夔州詩作。又如《秋懷》詩，作者在天高氣爽的時節感懷國事：「感事悲雙鬢，包羞食萬錢。」因爲國事不振，自己於國無補，卻坐享豐食厚禄，心中羞愧難當，於是嚮往早日歸隱，以尋求心境安寧：「鹿車終自駕，歸去潁東田。」這是歐陽修晚年政治胸懷的寫真。詩語深沉，感慨生悲，極具杜甫悲秋詩風致。正是這種原因，蘇軾《東坡志林》卷七將杜、歐七律並稱：「七言之偉麗者，杜子美云『旌旗日暖龍蛇動，宫殿風微燕雀高』、『五更曉角聲悲壯，三峽星河影動摇』，爾後寂寞無聞焉。直至歐陽永叔『滄波萬古流不盡，白鶴雙飛意自閑』、『萬馬不嘶聽號令，諸蕃無事樂耕耘』，可以並驅爭先矣。」

歐詩崇尚「氣格」，與宗法韓、李、杜「雄豪」詩風也有關係。韓愈、李白詩風的雄豪自不待論，杜詩的主體風格「沉鬱頓挫」，其實質也是沉雄健豪。洪亮吉《江北詩話》有云：「杜浣花之詩，佳處在力透紙背。」歐陽修開始主盟文壇的仁宗朝前期，政治穩定，經濟繁榮，文化發達，呈現一定程度的盛世景象。在時代風氣激蕩下，詩人不滿足於平易的白體、雅致的崑體、狹隘的晚唐體，轉而宗法李杜，追求豪放，詩歌創作崇尚直抒胸臆，美學旨趣追求雄爽不拘。葉夢得《石林詩話》卷上云：「歐陽文忠公詩始矯崑體，專以氣格爲主。」歐氏倡導以「氣格」挽救頹靡詩風，在詩論上標舉豪雄格調，在創作中敦行其主張。他在《詩話》中惋惜「唐之晚年，詩人無復李、杜豪放之格」。雖然歐詩總體上並不以豪放著稱，前期作品中卻不乏豪放之作，如《送張如京知安肅軍》、《夷陵歲暮書事呈元珍、表臣》、《哭曼卿》、《聖俞會飲》、《廬山高贈同年劉中允歸南康》、《太白戲聖俞》等。正因爲早期歐詩追求雄豪格調，石介將他與石延年、杜默並稱爲詩界「三豪」。也正是從追求雄豪開始，歐詩往往依託思想感情的强烈充沛，仰仗浩然正氣的弘揚申張，表現詩歌「氣格」的審美追求，並逐漸擺脱唐詩藩籬。歐陽修早期詩歌的這一美學追求，後來雖然有所變化，但它深刻影響宋詩流變，使重「意」，重「氣」，重「骨」，最終成爲宋詩重要特色之一。

總而言之，歐陽修詩歌創作充滿改革創新精神。在思想内容上，歐詩抒寫個人情感，反映社會現實，矯正西崑詩風的唯美傾向，奠定宋詩的現實主義基礎。在藝術風格上，歐陽修轉益多師，師法多門，綜合繼承前人的優良詩風，學習韓愈「以文爲詩」，兼學李白、杜甫、白居易等，且有所創變，最終形成自己的風格。歐詩重氣格，尚議論，語言曉暢，情韻理趣兼具，開拓一代新風。宋詩在歐陽修之後有了更積極的發展，流派紛呈，蔚爲大觀。正是以歐陽修爲中心，梅堯臣、蘇舜欽輔其翼，蘇東坡、黄庭堅繼其武，最終形成一種與

「唐音」以韻取勝，美在情辭迥然不同的新詩格調，即以意取勝，美在氣格的「宋調」。

在宋詩發展史上，歐陽修以其創作理論與實踐，引領詩風轉變，爲宋詩形成做出了重大貢獻，是「宋調」的重要開拓者之一。歐陽修以韓愈、李白、杜甫爲主要師法對象，卻進入變唐的最高境界，明人王鏊《震澤長語》卷下所謂的「歐學韓，不覺其爲韓也」，提示的正是這一内涵。歐陽修的詩歌，在當時詩壇上就與梅堯臣齊名，合稱「梅歐體」，後人改稱「歐梅體」。與歐陽修同一時代的王安石，就曾以李白、杜甫、韓愈、歐陽修的詩歌編爲《四家詩集》，並將歐陽修置於李白之上，讚美説：「歐公，今代詩人未有出其右者。」劉克莊《江西詩派序》指出：「國初詩人如潘閬、魏野，規規晚唐格調，寸步不敢走作。楊、劉則又專爲崑體，故優人有撏扯義山之譃。蘇、梅二子，稍變以平澹豪俊，而和之者尚寡。至六一、坡公，巍然爲大家數，學者宗焉。」明代胡應麟《詩藪》外編卷五也説：「自李商隱、唐彦謙諸詩作祖，錢惟演、劉子儀輩，翕然宗事，號『西崑體』。人多訾其僻澀……永叔、介父，始欲汛掃前流，自開堂奥。」清人田雯《古歡堂集》雜著卷二評價説：「歐陽文忠公崛起宋代，直接杜、韓之派而光大之，詩之幸也。」近人錢基博《中國文學史》論及歐陽修對宋詩的開創之功，説：「由修而拗怒，則爲黄庭堅，爲陳師道；由修而舒坦，則爲蘇軾，爲陸游。詩之由唐而宋，惟修管其樞也。」由於歐陽修一生主要致力於古文創作，「餘事作詩人」是他在《詩話》中借韓詩稱韓愈，其實他自己何嘗不是這樣。歐氏爲人謙和，對年長自己五歲而又終生肆力於詩歌創作的梅堯臣十分敬重，常常「自以爲不及」，不遺餘力地推舉梅堯臣主盟詩壇，自稱爲梅堯臣的追隨者。其實，客觀公正地評價，歐詩的成就並不遜於梅堯臣。歐陽修主盟文壇的三十年間，在詩歌領域改革晚唐遺風，倡導宋詩新調，並身體力行，創作大量優秀作品，再加上他明顯優於梅堯臣的政治地位，明顯優於梅堯臣的陽壽天年，歐陽修對宋詩及後代詩壇的影響，遠非梅堯臣所能相比。

一千年來，歐陽修詩歌影響餘緒不斷，經久不衰，其間或隱或顯，代不絶息。宋人對歐詩範式的繼承與弘揚，自不待言。金元之際的元好問，極爲看重歐陽修，曾寫詩爲歐、梅抱不平：「百年才覺古風回，元祐諸人次第來。諱學金陵猶有説，竟將何罪廢歐、梅？」（《論詩絶句三十首》其二）方回《瀛奎律髓》亦云：「細味歐陽公詩，初與梅聖俞同官於洛，所作已超元、白之上，一掃崑體。其古詩甚似昌黎，以讀其文過熟故也。」「梅公之詩爲宋第一；歐公之文爲宋第一，詩不減梅。」明中期公安派領袖袁宏道，倡導「獨抒性靈，不拘格套」，雖不滿於歐梅「以文爲詩」寫法，卻欣賞「於物無所不收，於法無所不有，於情無所不暢，於境無所不取」，乃至認爲：「歐公文之佳無論，其詩如傾江倒海，直欲伯仲少陵，宇宙間自有此一種奇觀。……韓、柳、元、白、歐，詩之聖也；蘇，詩之神也。彼謂宋不如唐者，觀場之見耳，豈真知詩爲何物哉！」（袁宏道《與李龍湖》）明末的復社、幾社文人，推崇「前後七子」，倡導盛唐詩風，歐陽修詩歌影響式微。清朝康熙、雍正年間，著名詩人王士禎、朱彝尊，雖都宗唐，卻不排宋。主「格調説」的沈德潛，論詩歌體格亦宗唐黜宋，但對歐、梅、蘇力矯崑體的利弊得失尚能客觀公正地評價，《説詩晬語》稱道梅、蘇「盡翻窠臼，蹈厲發揚，才力體制，非不高於前人，而淵涵渟滀之趣，無復存矣。歐陽七言古，專學昌黎，然意言之外，猶存餘地。」清末民初的同光體詩人陳三立、陳衍等推崇宋詩，對歐陽修詩歌多有肯定。

二十世紀以來的大部分歲月裏，歐陽修研究一度陷入冷局，究其原因，一是歐氏早年反對儒者「多言」性善性惡，宋明理學家緣於門户之見，對他的評價早就有所貶抑；二是歐陽修晚年非議過王安石「青苗法」，現當代學者受「左」傾思潮影響，對他的研究更是有所冷落。其中關於歐詩的研究，主要是作品的賞析和探討，以及關於前人評價的再評價。由於國内外學者的歐陽修研究素來多注重其文，其次是詞，詩歌研究相對薄弱。有關歐陽修詩歌的編年及注釋，南宋周必大、胡柯等編纂的《歐陽文忠公文集》，秖是粗有編年，並無注本流傳。宋魏了翁《鶴山集》卷五保存《裴夢得注歐陽公詩集序》，有云：「臨川裴及卿夢得，嘗從故工部尚書何叔異游，何嗜（歐）公之詩，命及卿爲之箋釋，久而編成。」此注本不見他書著録，顯然未曾流傳，僅此序言傳世。現當代歐陽修詩歌的整理與研究，仍是古代文學研究的薄弱環節。歐陽修詩歌自南宋後，别本絶跡，千年間無人再行整理。現當代歐陽修詩歌的整理與研究，有北京大學中文系《全宋詩》、李逸安《歐陽修全集》中華書局，對其作了校勘、輯佚工作，然未動其編纂格局，未訂正其編年訛誤。長期以來，國内外學界缺乏一部完整的歐詩注釋本。施培毅《歐陽修詩選》是較早的歐詩選注本，然錯訛甚多，可參見胡守仁《對施培毅〈歐陽修詩選〉注釋的意見》。其他歐陽修詩文選注的版本不少，涉及歐詩僅十餘首至三十餘首不等，且多爲重複注釋。陳新、杜維沫《歐陽修選集》選注詩歌一百八十六首，李德身《歐梅詩傳》選注歐詩一百三十三首，曾是今人瞭解歐詩的主要讀物。王秋生《歐陽修蘇軾潁州詩詞詳注輯評》輯注歐詩一百四十三首，資料較豐，首注頗多，瑕疵亦不少。二〇〇七年底巴蜀書社出版李之亮《歐陽修集編年箋注》，二〇〇九年八月上海古籍出版社出版洪本健《歐陽修詩文集校箋》，這是目前注釋全部歐詩的兩部著作，作者下力甚著，創思迭出，然詩文兼注，篇幅浩繁，雖有編年考訂，未動原書格局，箋注詳略不一，大抵偏於簡略。本書在以上著述基礎上編纂，撰稿過程中參考並吸收過各家研究成果，謹此説明，且一併申致謝忱。

編撰此書的初衷，旨在紀念歐陽修千年誕辰，身爲一代先賢的鄉民，我們擬以這朵學術小花，爲鄉賢的千年華誕奉獻一瓣心香。此課題先後列入江西省社會科學規劃重點項目、教育部人文社會科學研究項目，並得到國家古籍整理出版專項經費資助。本著以通行的《四部叢刊》初編影印元刻本《歐陽文忠公文集》爲底本，參用《全宋詩》和李逸安點校的《歐陽修全集》，對現存的九百三十七首歐詩，統一按照寫作時間重加編纂，逐篇箋注。箋注内容包括「題解」、「注釋」與「附録」三部分。「題解」部分簡要考述詩歌寫作年月、創作背景、内容主旨及藝術特色，介紹有關人物與相關事件。内容主旨及藝術特色的簡介，力求反映宋詩形成過程及其嬗變軌跡。有關詩歌編年，一般參依宋人胡柯《廬陵歐陽文忠公年譜》紀事，含《居士集》、《居士外集》卷首、目録及標題下的作品繫年。凡有辯正，皆作説明；暫不能準確繫時者，附於某年、某年代之後。有關詳情可參看劉德清《歐陽修紀年録》。需要特别説明的是，《居士外集》卷五《律詩》五十八首，除卷末組詩八首繫「明道元年」外，其餘均無具體繫年，僅有卷首附注：「未第時及西京作。天聖、明道間。」周必大《歐陽文忠公年譜後序》揭示《居士集》、《居士外集》目録下的作品繫年，本屬胡柯《廬陵歐陽文忠公年譜》内容。今觀《居士集》、《居士外集》各卷目録下的詩文編年，雖有闕如，也難免錯訛，卻大抵按照寫作時間排列，「卷五」不至於例外，故參稽原編順序，旁采史籍，取正於詩歌内容，將「律詩五十八首」分别繫於「天聖五年」、「明道元年」之間，以祈全書體例一致。「注釋」部分主要詮釋詩句中的人名、地名、深奥詞語及生僻典故，適度引用前人相關詩句，旨在揭示歐詩創作的文學傳承與淵源所自，偶爾涉及後世詩文，亦旨在説明歐詩影響所及，以展示一代宋詩的形成過程。「附録」部分參列古代詩歌選本的歐詩選目，輯録歷代詩話、詩評及散見於浩瀚文獻當中與本詩有關的資料。爲省篇幅，有關詩歌的唱和資料僅以索引方式在「題解」中提及。而詳列歷代詩歌輯本的歐詩選目，旨在反映歐詩接受與傳播史的實況，詳引詩歌有關的評論資料，也旨在免去讀者翻檢之勞，使一册在手，諸評可稽。至於歐陽修佚詩，因爲有些尚存爭議，故列入全書「附録」，僅供參考，未加編年和箋注。全書徵引書目的版本，可參見「附録」《主要參考書目》，偶爾引用而未見附録者，大抵出自《四庫全書》。徵引有關點校本，發現明顯標點符號錯誤者，徑行改正。

本書的編年、題解及序言由劉德清教授撰寫，「注釋」初稿主要由顧寶林講師執筆，經由鄭子運博士補充；「附録」主要由歐陽明亮講師搜集。去年夏秋間，初稿告成之後，兩位講師分别負笈北京、上海攻讀博士學位，全書修訂殺青由劉德清教授獨力完成。其間承蒙在讀碩士劉菊芳幫助檢索各種資料，同仁丁功誼、劉曉然、陳冬根、王公山、郁玉英等博士披閱部分卷帙，上海古籍出版社趙昌平先生審讀首卷部分文稿，尤其是中華書局文學編輯室郁震宏、俞國林二先生反復認真審讀全書，衆家質疑問事，訂訛補闕，惠我匪淺。

近日仙逝的郭預衡先生，早在四年前即爲本書題簽，個中感銘更是不勝敷叙，而今睹字如見人，心中又添幾分悽楚。由於歐陽修詩自古無注本流傳，詩歌涉及的内容廣博而複雜，整理者學識有限，書中缺謬在所難免，懇請海内外方家及廣大讀者不吝賜正。

整理者

二〇一〇年八月二十六日

於井岡山大學廬陵文化研究中心

歐陽修詩編年箋注卷一

天聖五年至天聖九年作

漢宮

桂館神君去，甘泉輦道平〔一〕。翠華飛蓋下，豹尾屬車迎〔二〕。曉露寒浮掌，光風細轉旌〔三〕。廊回偏費步，珮遠尚聞聲〔四〕。玉樹人間老，珊瑚海底生〔五〕。金波夜夜意，偏照影娥清〔六〕。

【題解】

原輯《居士外集》卷五，《律詩五十八首》其一。題下無繫年，卷首附注：「未第時及西京作。天聖、明道間。」當作於宋仁宗天聖五年（一〇二七）春。宋周必大等編纂《歐陽文忠公文集》（以下簡稱《歐集》），列此詩於歐陽修早期律詩之首，作於「未第時」。考《居士外集》編纂體例，各卷詩文基本上依文體按寫作時間編排，卷五《律詩五十八首》其二、五、二十七、三十、三十二、三十九、四十七等詩歌，可考證其作於天聖五年，故繫此詩於本年春。時詩人二十一歲，在汴京參加省試未中。宋胡柯《廬陵歐陽文忠公年譜》（以下簡稱「胡《譜》」）：天聖五年「是春試禮部，不中。」唐李商隱有諷仙非道的《漢宮》詩，《西崑酬唱集》卷上亦有楊億、劉筠、錢惟演、刁衎、任隨、劉隲、李宗諤等《漢武》詩，題旨大抵祖法李商隱《漢宮》。景德、祥符年間，王欽若、丁謂等迎合宋真宗求仙學道旨意，僞造天書，爭獻符瑞，真宗東封泰山，西祀汾陽，進謁亳州太清宮，崇奉仙老。《宋史·真宗本紀》贊云：「及澶淵既盟，封禪事作，祥瑞沓臻，天書屢降，導迎奠安，一國君臣如病狂然，吁，可怪也！」又《宋史·仁宗本紀》載天聖、明道年間，真宗劉太后「權處分軍國事」，朝廷先後修建廣聖（天聖二年）、西太一（天聖六年）、會聖（天聖八年）等華麗宮觀，直至明道二年春四月仁宗親政後，方「罷創修寺觀」。本詩描摹富麗堂皇的漢宮，譏嘲熱衷於求仙問道的漢武帝君臣，旨在借古諷今，婉刺宋真宗、劉太后的崇仙佞道。詩語藻飾，典實繁富，意蘊深婉。從詩題、詩旨到詩法，均顯露「西崑體」對早期歐詩的深刻影響。

【注　釋】

〔一〕「桂館」二句：漢武帝在長安桂館、甘泉輦道之間往返奔波，忙於迎候神仙。桂館：漢宮名，又稱桂宮，漢武帝建于長安，專以迎神候仙。《漢書·郊祀志下》：漢武帝「令長安則作飛廉、桂館，甘泉則作益壽、延壽館，使（公孫）卿持節設具而候神人」。 神君：漢武帝供奉的病巫女神。《史記·孝武本紀》：「是時，上求神君，舍之上林中蹏氏觀。神君者，長陵女子，以子死悲哀，故見神于先後宛若。……及病，使人問神君（裴駰《史記集解》：「韋昭曰：即病巫之神」）。神君言曰：『天子無憂病。病少愈，强與我會甘泉。』於是病癒，遂幸甘泉，病良已。」甘泉：漢宮名，在今陝西淳化西北甘泉山，即秦時林光宮。漢武帝五月避暑於此，八月乃還。《史記·孝武本紀》：「又作甘泉宮，中爲臺室，畫天、地、泰一諸神，而置祭具以致天神。」

〔二〕翠華飛蓋：即翠帽，帝王乘輿以翠羽爲飾的車蓋。南朝梁蕭統《文選·張衡〈西京賦〉》：「天子乃駕雕軫六駿駮，戴翠帽，倚金較。」薛綜注：「翠羽爲車蓋。」劉良注：「翠帽，車蓋也，以翠飾之。」 豹尾屬車：用豹尾裝飾的車子，帝王出行時的侍從車之一。南朝梁劉孝威《行幸甘泉宮歌》：「漢家迎夏畢，避暑甘泉宮。……才人豹尾内，御酒屬車中。」

〔三〕「曉露」二句：建章宮前的旌旗在晨風中自由招展，漢武帝飲用金銅仙人盤中露水祈求益壽延年。曉露：《漢書·郊祀志上》「又作柏梁、銅柱、承露仙人掌之屬矣」顔師古注：「《三輔故事》云：建章宮承露盤高二十丈，大七圍，以銅爲之，上有仙人掌承露，和玉屑飲之。」 光風：雨後天晴的和風。《楚辭·招魂》：「光風轉蕙，泛崇蘭些。」王逸注：「光風，謂雨已日出而風，草木有光也。」 轉旌：風轉旗展。宋盧申《賀新郎·代妓送太守》：「怕仙槎、輕轉旌旗，易歌襦袴。」

〔四〕廊回：走廊曲折回環。唐杜牧《阿房宫賦》：「五步一樓，十步一閣，廊腰縵回，簷牙高啄。」聞聲：聽到佩玉聲。唐杜甫《鄭駙馬宅宴洞中》：「自是秦樓壓鄭谷，時聞雜佩聲珊珊。」王洙注：「孔子入見衛靈公夫人南子，自絺帷中再拜，環佩玉聲璆然。」

〔五〕「玉樹」二句：珊瑚本是海底生物，以珊瑚做成的玉樹在人間存活不長，婉諷武帝求長生無望。玉樹：指用珍寶製成的樹，即西漢揚雄《甘泉賦》所言「玉樹」，漢武帝集衆寶爲之，以娱神。漢班固《漢武故事》：「上（武帝）於是於宫外起神明殿九間……前庭植玉樹。植玉樹之法：葺珊瑚爲枝，以碧玉爲葉，花子或青或赤，悉以珠玉爲之。」海底生：宋李昉等《太平御覽》卷八〇七引《山海經》：「珊瑚生海中。」《玄中記》：「珊瑚出大秦國西海中，生水底石上。」

〔六〕「金波」二句：每天晚上清冷的月光，照耀未央宫凄寂的池苑。金波：月光。《漢書·禮樂志二》：「月穆穆以金波。」顔師古注：「言月光穆穆，若金之波流也。」夜夜意：李商隱《常娥》詩：「嫦娥應悔偷靈藥，碧海青天夜夜心。」影娥：漢代未央宫中池名。《三輔黄圖·未央宫》：「影娥池，武帝鑿以玩月。其旁起望鵠臺，以眺月影入池中，亦曰眺蟾臺。」

【附　録】

羅大經《鶴林玉露》甲編卷二：「李商隱《漢宫》詩云：『青雀西飛竟未回，君王猶在集靈臺。侍臣最有相如渴，不賜金莖露一杯。』譏武帝求仙也。言青雀杳然不回，神仙無可致之理必矣，而君王未悟，猶徘徊臺上，庶幾見之，且胡不以一物驗其真妄乎？金盤盛露，和以玉屑，服之可以長生，此方士之説也。今侍臣相如，正苦消渴，何不以一盃賜之？若服之而愈，則方士之説，猶可信也，不然，則其妄明矣。二十八字之間，委蛇曲折，含不盡之意。」

送張學士知郢州

漢郎清曉赤墀趨，楚老西來望隼旟〔一〕。侍史護衣薰蕙草，轆轤要劍從驪駒〔二〕。陽春繞雪歌低扇，油幕連雲水泛渠〔三〕。千里脩門對涔浦，好尋遺玦弔三閭〔四〕。

【題解】

原輯《居士外集》卷五，《律詩五十八首》其五。題下無繫年，卷首注：「未第時及西京作。天聖、明道間。」作於天聖五年春，時在汴京。張學士，當爲張君房，字尹方（一作允方），安陸人。景德間登進士第，祥符間以校道書官集賢校理，後出知隨、郢、信陽三郡。有《雲笈七籤》等著述。李之亮《宋兩湖大郡守臣易替考》據《麈史》卷中紀事，定張君房天聖二年「知隨」，如此則張氏由隨州移知郢州，在天聖五年。歐與張當在隨州解試中結識，胡《譜》：天聖四年「公年二十，自隨州薦名禮部」。郢州，宋京西南路州名，治所在今湖北鍾祥。此送行詩作於張氏離京赴郢之際，詩人描繪送行場景，想象郢都名勝，對前任父母官充滿敬重之情。鏤金錯彩，典實繁夥，摹學西崑詩筆。

【注釋】

〔一〕「漢郎」二句：張學士朝廷受命改知郢州，楚地父老早已翹首企盼。漢郎：漢代侍郎、郎中等官職，爲皇帝左右親近的官員。此指張學士。赤墀：借指朝廷，皇宮中的臺階以赤色丹漆塗飾，故稱。隼旟：畫有隼鳥的旗幟，古代爲州郡長官所建。《周禮·春官·司常》：「鳥隼爲旟，龜蛇爲旐……州里建旟，縣鄙建旐。」

〔二〕侍史：宋潘自牧《記纂淵海》卷三九引《通典》：「漢尚書郎入直，給女侍史二人，皆選端正妖麗，執香爐護衣服。」侍史，亦作「侍使」。古代没入官府爲奴的罪犯家屬中，以年少較有材智的女子爲侍史。《周禮·天官·序官》「奚三百人」鄭玄注：「古者從坐男女没入縣官爲奴，其少才知以爲奚，今之侍史官婢，或曰奚官女。」護衣：把衣服放到香爐上方熏。唐白居易《聞楊十二新拜省郎遥以詩賀》：「曉日雞人傳漏箭，春風侍女護朝衣。」蕙草：香草名。又名熏草，俗稱佩蘭。古人佩帶或作香焚以辟邪。轆轤：即轆轤劍。劍首以玉作轆轤形爲飾，故名。唐常建《張公子行》：「俠客白雲中，腰間懸轆轤。」驪駒：純黑色的馬。《樂府詩集·相和歌辭三·陌上桑》：「白馬從驪駒……腰中鹿盧劍，可直千萬餘。」

〔三〕陽春繞雪：戰國時楚國的高雅歌曲《陽春》、《白雪》。朱鶴齡《李義山詩集注》卷一下《腸》：

「繞雪莫追歌」：「鮑照詩：『蜀琴抽《白雪》，郢曲繞《陽春》。』杜甫詩：『朱絃繞《白雪》。』」

油幕：塗油的帳幕，借指游樂場所。王仁裕《開元天寶遺事·油幕》：「長安貴家子弟每至春時游宴，供帳於園圃中，隨行載以油幕，或遇陰雨，以幕覆之，盡歡而歸。」

〔四〕「千里」二句：張氏千里赴任郢州，正好憑弔楚國賢大夫屈原。脩門：戰國楚都郢之城門。《楚辭·招魂》：「魂兮歸來，入修門些。」王逸注：「修門，郢城門也。」涔浦：戰國楚地名，在今湖南澧縣東北。《楚辭·九歌·湘君》：「望涔陽兮極浦。」遺玦：丢棄的玉佩。《楚辭·九歌·湘君》：「捐余玦兮江中，遺余佩兮澧浦。」三閭：指屈原，曾官三閭大夫，故稱。《後漢書·孔融傳》「忠非三閭」李賢注：「即屈原也，掌王族三姓，曰昭、屈、景，故曰『三閭』。」

【附録】

王得臣《麈史》卷中：「集賢張君房，字尹方，壯始從學，逮游場屋，甚有時名。登第時，年已四十餘，以校道書得館職，後知隨、郢、信陽三郡。年六十三，分司歸安陸。年六十九致仕。嘗撰《乘異記》三編、《科名定分録》七卷、《儆戒會蕞五十事》、《麗情集》十二卷，又《潮説》、《野語》各三篇，洎退居又撰《脞説》二十卷。年七十六，仍著詩賦雜文。其子百藥，嘗纂爲《慶曆集》三十卷。予惟《會蕞》、《麗情》外，昔嘗見之。富哉，所聞也。」

禁火

火禁開何晚〔一〕，春芳半已凋。柳風兼絮墜，榆雨帶錢飄〔二〕。淚翦蘭膏盡，弦虧桂魄消〔三〕。祓蘭流水曲，游禊一相招〔四〕。

【題　解】

原輯《居士外集》卷五，《律詩五十八首》其七。題下無繫年，卷首注：「未第時及西京作。天聖、明道間。」作於天聖五年春三月，時在汴京。禁火，即舊俗寒食節停炊。《周禮·秋官·司烜氏》：「中春以木鐸修火禁於國中。」寒食禁火爲周代舊制。南朝梁宗懔《荆楚歲時記》：「去冬節一百五日，即有疾風甚雨，謂之寒食，禁火三日。」詩歌描繪寒食清明的自然景觀與民間習俗，春花半凋、燭盡月虧的外景與敗試沮喪的内心相互映襯，可謂物我融一。情感真摯，温婉藴藉，體出西崑。

【注　釋】

〔一〕火禁：即禁火。舊俗寒食停炊稱「禁火」。宋周密《癸辛雜識》别集卷下：「綿上火禁，昇平時禁七日，喪亂以來猶三日。相傳火禁不嚴，則有風雹之變。」

〔二〕榆雨帶錢：榆莢形似小銅錢，故稱。《漢書·食貨志四下》：「漢興，以爲秦錢重難用，更令民鑄莢錢。」顔師古注引如淳曰：「如榆莢也。」

〔三〕蘭膏：古代用澤蘭子煉製的油脂，可以點燈。《楚辭·招魂》：「蘭膏明燭，華容備些。」王逸注：「蘭膏，以蘭香煉膏也。」桂魄：月亮，相傳月中有桂樹，故稱。宋楊億《無題》詩：「桂魄漸虧愁曉月，蕉心不展怨春風。」

〔四〕「祓蘭」二句：古民俗於上巳日到水邊洗浴祭祀，去不祥。宋李樗、黄櫄《毛詩集解》卷一一引韓詩注：「鄭國之俗，三月上巳之辰，往溱、洧兩水之上，招魂續魄。秉蘭草，以祓除不祥。」祓：即下文的「禊」，古民爲除災去邪而舉行的祭禮。古代習俗，農曆三月上旬的巳日，三國魏以後多爲三月三日祭于水濱。農曆三月上巳行春禊，七月十四日行秋禊。《後漢書·禮儀志上》：「是月上巳，官民皆絜於東流水上，曰洗濯祓除，去宿垢疢爲大絜。」流水曲：即流觴曲水。三月三日，人們在環曲的水流旁宴集，從水的上流放置酒杯，任其順流而下，杯停在誰的面前，誰就取飲，以爲娱樂。王羲之《蘭亭集序》：「又有清流激湍，映帶左右，引以爲流觴曲水。」宗懔《荆楚歲時記》：「三月三日，四民並出水濱，爲流杯曲水之飲。」

【附録】

此詩輯入清陳焯《宋元詩會》卷一一、陳訏《宋十五家詩選·廬陵詩選》。

高承《事物紀原》卷八《禁火》：「《鄴中記》曰：『舊云寒食斷火，起於介子推。』《左氏》、《史記》不見子推被焚之事。按：《周禮·司烜》：『仲春以木鐸修火禁於國中。』注謂『季春將出火』。今寒食，推節氣是仲春末。清明是三月初，然則亦周人『出火』之事也。後漢周舉遷并州，太原舊俗：以介子推焚骸，一月斷火，舉移書（子推）廟云：『寒食一月，老小不堪，今則三日而已。』自漢以來，訛謬已若此也。」

傷春

蕙蘭蹊徑失芳期〔一〕，風雨春深怯減衣。卷箔高樓驚燕入，揮絃遠目送鴻歸〔二〕。蜂催釀蜜愁花盡，絮撲暄條妒雪飛〔三〕。欲識傷春多少恨，試量衣帶忖要圍〔四〕。

【題解】

原輯《居士外集》卷五，《律詩五十八首》其十。題下無繫年，卷首注：「未第時及西京作。天聖、明道間。」作於天聖五年春末，時在汴京。詩歌描寫暮春風景，流露春光消逝所引發的憂傷苦悶，亦是詩人省試失敗後的心境寫照。即景抒懷，情真意摯，詩語雅麗，音韻諧婉，情調感愴，未脱西崑窠臼。

【注釋】

〔一〕蕙蘭蹊徑：花徑。李商隱《荆門西下》：「蕙蘭蹊徑失佳期。」

〔二〕卷箔：捲簾。箔，簾子，多指用葦子、竹篾或秫秸等編成的簾子。揮絃：彈奏絃樂。三國魏嵇康《兄秀才公穆入軍贈詩十九首》其十五：「目送歸鴻，手揮五絃。」

〔三〕「蜂催」二句：描摹百花凋殘、柳絮飛揚的暮春景象。暄條：暖枝，指春末的柳枝。隋蕭大圜《竹花賦》：「暄條絮滿，暖路絲横。」妒雪飛：唐吴融詩《追詠棠梨花十韻》：「未饒酥點薄，兼妒雪飛斜。」

〔四〕要圍：古人常以瘦減腰圍比喻人的憂傷之極，典出「沈腰」。《梁書·沈約傳》載：沈約老病，致書陳情于朋友徐勉：「百日數旬，革帶常應移孔；以手握臂，率計月小半分。以此推算，豈能支久？」

【附録】

此詩輯入明曹學佺《石倉歷代詩選》卷一四〇，又輯入清管庭芬、蔣光煦《宋詩鈔補·歐陽文忠詩補鈔》。

舟中望京邑

東北歸川決決流，泛艎青渚暫夷猶〔一〕。遥登灞岸空回首，不見長安但舉頭〔二〕。揮手嵇琴空墮睫，開樽魯酒不忘憂〔三〕。青門柳色春應遍，猶自留連杜若洲〔四〕。

【題解】原輯《居士外集》卷五，《律詩五十八首》其二十七。題下無繫年，卷首注：「未第時及西京作。天聖、明道間。」作於天聖五年春夏間，時在落第離京還隨州家居途中。胡《譜》：詩人四歲喪父，以叔父歐陽曄「任隨州推官，因卜居焉」，母鄭氏「攜公往依之，遂家於隨」。天聖元年「應舉隨州試」，天聖四年「自隨州薦名禮部」。其《與高司諫書》亦云：「某年十七時，家隨州。」此次還家自汴京乘舟沿運河南下，至潤州溯大江西上，再由漢陽溯漢水抵隨州。汴京在隨州東北，故稱「東北歸川」。南歸途中，詩人艤舟靠岸，眺望汴京，感慨萬千，其中有對京城的留戀，也有科場失意的沮喪。詩語清雅，思致感愴，多用典實，意藴深長。

【注釋】

〔一〕決決：水流貌。《廣雅·釋訓》：「涓涓、決決……流也。」泛艎：泛舟，行船。艎，亦作「榥」。一種木製大船。常用作渡船。夷猶：猶豫，遲疑不前。《楚辭·九歌·湘君》：「君不行兮夷猶。」王逸注：「夷猶，猶豫也。」

〔二〕「遥登」二句：化用王粲《七哀詩》其一「南登霸陵岸，回首望長安」句意，離京師而回望，表達留戀之情。不見長安：化用南朝宋劉義慶《世説新語·夙惠》：（晉明帝）答辭：「舉目見日，不見長安。」李白《登金陵鳳凰臺》：「總爲浮雲能蔽日，長安不見使人愁。」

〔三〕嵇琴：古琴的一種。相傳爲嵇康所製。宋高承《事物紀原·樂舞聲歌·嵇琴》：「或曰嵇琴，嵇康所製，故名嵇琴，雖出於傳誦，而理或然也。」墮睫：落淚。唐蔣防《湘妃泣竹賦》：「淚浪浪而千里墮睫，竹冉冉而萬點凝苔。」魯酒：魯國釀製的酒，味淡薄。後作爲薄酒、淡酒的代稱。不忘憂：酒不解真愁。南北朝庾信《哀江南賦》序：「楚歌非取樂之方，魯酒無忘憂之用。」

〔四〕青門：漢長安城東南門。本名霸城門，因其門色青，故俗呼爲「青門」或「青城門」。《三輔黄圖·都城十二門》：「長安城東，出南頭第一門曰霸城門。民見門色青，名曰青城門，或曰青門。」漢青門外有霸橋，漢人送客至此橋，折柳贈别。後因以「青門」泛指送别之處。杜若洲：長滿香草的水中沙地。杜若，香草名。多年生草本，味辛香，夏日開白花。《楚辭·九歌·湘君》：「采芳洲兮杜若，將以遺兮下女。」

南征道寄相送者

楚天風雪犯征裘，誤拂京塵事遠游[一]。謝墅人歸應作詠，灞陵岸遠尚回頭[二]。雲含江樹看迷所，目逐歸鴻送不休[三]。欲借高樓望西北，亦應西北有高樓[四]。

【題　解】

原輯《居士外集》卷五，《律詩五十八首》其三十。題下無繫年，卷首注：「未第時及西京作。天聖、明道間。」作於天聖五年春夏間，時在落第還家途中。南征，即離開汴京舟行南歸。詩人表達對京師及京師朋輩的依戀之情，抒寫科舉不第的黯然傷感與離群之悲。詩歌追摹崑體，多引故實，韻致委曲深婉。

【注　釋】

〔一〕「楚天」二句：去年冬天自隨州陸路北上可謂頂風冒雪，正是自己赴京應考才有此離家遠游。楚天：歐寓家隨州，屬古楚地。去冬自隨州赴汴京走陸路，道出湖陽（今河南唐河西南）、鄧州（今河南鄧縣）。《集古録跋尾・後漢樊常侍碑》有云：「余少家漢東，天聖四年舉進士，赴尚書禮部，道出湖陽。」《集古録跋尾・後漢天禄辟邪字》亦云：「余自天聖中舉進士，往來穰、鄧間。」 誤拂京塵：指赴京科考。晉陸機詩《爲顧彦先贈婦二首》其一：「京洛多風塵，素衣化爲緇。」

〔二〕謝墅：晉謝安在會稽東山及建康建有別墅，後人概稱「謝墅」。墅，別館，家宅以外另置的游息之所。此處當指詩人在京寄居或交游之高門。 灞陵岸遠：王粲《七哀詩》：「南登灞陵岸，回首望長安。」灞陵，古地名。本作霸陵，故址在今西安東。漢文帝葬於此，故稱。此處借指汴京城郊。

〔三〕「雲含」二句：抒寫歸途所見，表達對京師朋友的思念之情。 雲含江樹：南朝齊謝朓《之宣城出新林浦向版橋》詩：「天際識歸舟，雲中辨江樹。」 目逐歸鴻：嵇康《兄秀才公穆入軍贈詩十九首》其十五：「目送歸鴻，手揮五絃。」

〔四〕西北有高樓：歐南下舟行運河，汴京位居西北，故云。《古詩十九首》：「西北有高樓，上與浮雲齊。……不惜歌者苦，但傷知音稀。」藉以表達科舉受挫和知音落寞的傷感之情。

題金山寺

地接龍宫漲浪賒，鷲峰岑絶倚雲斜〔一〕。嵓披宿霧三竿日，路引迷人四照花〔二〕。海國盜牙爭起塔，河童施鉢但驚沙〔三〕。春蘿攀倚難成去〔四〕，山谷疎鐘落暮霞。

【題　解】

原輯《居士外集》卷五，《律詩五十八首》其三十二。題下無繫年，卷首注：「未第時及西京作。天聖、明道間。」作於天聖五年春夏間，時在落第還家途中。詩人沿運河南下，途經潤州（今江蘇鎮江）游金山寺賦此詩。金山寺在今江蘇鎮江市西北金山上，東晉時建。本名澤心寺，又稱龍游寺、江心寺。《太平寰宇記》卷八九：「金山澤心寺，在城東南揚子江。按《圖經》云：『本名浮玉山，因頭陀開山得金，故名金山寺。』」祝穆《方輿勝覽》卷三：「金山寺在金山上，屹立江中。」詩歌題詠金山寺壯美景觀與神奇傳説，流露落拓失志之情感。典實繁富，情融于景，内藴深沉。

【注　釋】

〔一〕「地接」二句：金山寺巍然高聳，屹立大江之中。地接龍宫：地近大海。汪藻《鎮江府金山神霄宫碑》有云：「下蟠魚龍之宫，神靈之府。」眹：高。唐李紳《過荆門》詩：「行行驅馬萬里遠，漸入煙嵐危棧眹。」鷲峰：相傳水中有靈鷲山，釋迦牟尼在此坐禪説法，後常以「鷲峰」、「鷲嶺」代稱佛寺。《大唐三藏聖教序》：「雙林八水，味道餐風；鹿苑鷲峰，瞻奇仰異。」岑絶：山勢陡峭。

〔二〕三竿日：日上三竿高。宋蘇軾《溪陰堂》詩：「酒醒門外三竿日，卧看溪南十畝陰。」四照花：傳説中光華四照的花。《山海經·南山經》：「招摇之山……有木焉，其狀如穀而黑理，其花四照，其名曰迷穀，佩之不迷。」南朝宋鮑照《芙蓉賦》：「冠五華於仙草，超四照於靈木。」

〔三〕「海國」二句：相傳釋迦牟尼圓寂後，全身變成細粒舍利，但牙齒完整無損，佛教徒奉爲珍寶，予以供奉。傳説一顆佛牙很早傳入中國，遼道宗時在北京西山靈光寺建塔供奉。《宋史·太宗紀二》：「癸亥，詔作開寶寺舍利塔成。」驚沙：江水含沙量大，童僧盛到鉢裏的水有很多泥沙。

〔四〕春蘿：春天的蘿蔓，攀緣松柏等其它喬木而生長。孔稚珪《北山移文》：「秋桂遺風，春蘿罷月。」攀倚：攀援依傍。唐高適《宴韋司户山亭院》詩：「苔徑試窺踐，石屏可攀倚。」

【附録】

此詩輯入明李蓘《宋藝圃集》卷九。

王存等《元豐九域志》卷五：「金山寺，在揚子江中。《寺記》云：『金山，舊名浮玉山。唐時有頭陀掛錫於此，因爲頭陀巖。後斷手以建伽藍，忽一日于江獲金數鎰，尋以表聞，因賜名金山。』」

甘露寺

雲樹千尋隔翠微，給園金地敞仁祠〔一〕。講花飄雨諸天近，春漏欹蓮白日遲〔二〕。引鉢當空時取露，殘灰經劫自成池〔三〕。危欄徙倚吟忘下，九子鈴寒塔影移〔四〕。

【題解】

原輯《居士外集》卷五，《律詩五十八首》其三十九。題下無繫年，卷首注：「未第時及西京。作天聖、明道間。」作於天聖五年春夏間，時在落第還家途中。詩人途經潤州（今江蘇鎮江），游覽甘露寺，爲賦此詩。甘露寺，在江蘇鎮江北固山後峰上。相傳三國吴甘露元年（二六五）建，後廢。唐代重建於山下，盧肇有《題甘露寺》詩。北宋大中祥符年間，寺僧祖宣又移建山上。甘露寺包括大殿、老君殿、觀音殿、江聲閣等。《元豐九域志》卷五《淮南路·鎮江府》：「甘露寺，前對北固山，後枕大江，唐寶曆中李德裕建，時甘露降於此，因以爲名。」詩人吟詠于甘露寺樓，徘徊而忘歸，表達懷古感今之深情。詩語典麗，裁對工整，情致委婉温雅。

【注釋】

〔一〕「雲樹」二句：描寫甘露寺的巍峨壯觀與富麗堂皇。給園金地：菩薩居住地。泛指佛廟。給園，「給孤獨園」之省稱。古中印度豪商「給孤獨園長者」購園林，建成居。金地，借指佛寺。佛教稱菩薩居所以黄金鋪地，故稱。《釋氏要覽上》：「金地或云金田，即舍衛國，給孤長者，側布黄金，買祇陁太子園，建精舍，請之居之。」　仁祠：佛寺的别稱。唐宋之問《秋晚游普耀寺》詩：「薄暮曲江頭，仁祠暫可留。」

〔二〕「講花」二句：僧家講法天花亂墜，世人聽法專志忘情。　講花：相傳佛祖論法，感動天神，諸天落下各色香花，謂之「講花」。因用以形容説法之妙。宋陸佃《贈慈覺大師》詩：「講花天散墜，醉草客爭收。」　諸天：指佛教護法衆天神。佛經言欲界有六天，色界之四禪有十八天，無色界之四處有四天，其它尚有日天、月天、韋馱天等諸天神，總稱爲諸天。後世亦以泛指天界，天空。南朝宋謝靈運《曇隆法師誄》序：「且三界回沈，諸天倏瞬。」

〔三〕「引鉢」句：漢武帝迷信神仙，于建章宫築神明臺，立銅仙人舒掌捧銅盤承接甘露，冀飲以延年。後三國魏明帝亦于芳林園置承露盤。據《元豐九域志》，唐寶曆中，李德裕建甘露寺時，甘露降於此，因以爲名。參見本書《仙意》注〔四〕。　殘灰經劫：《三輔黄圖》云：「漢武初穿昆明池，得黑土，以問東方朔，朔對曰：『臣愚，不足以知此，可問西域胡人。』胡人曰：『此劫燒之餘灰也。』」劫，佛教語，意爲注定的、不可避免的災難。佛經稱世界從生成到毀滅的過程爲一劫。

〔四〕「危欄」二句：自己在甘露寺高樓上一邊徘徊，一邊吟詩，竟忘情於清冷的九子鈴聲中，不覺時光之流逝。徙倚：猶徘徊，逡巡。《楚辭·遠游》：「步徙倚而遥思兮，怊惝怳而永懷。」王逸注：「彷徨東西，意愁憤也。」九子鈴：古代寺觀風簷上掛的裝飾鈴，用金玉等材料製成。《南史·齊廢帝東昏侯紀》：「莊嚴寺有玉九子鈴，外國寺佛面有光相，禪靈寺塔諸寶珥，皆剥取以施潘妃殿飾。」李商隱《齊宫詞》：「梁臺歌管三更罷，猶自風摇九子鈴。」

【附録】

此詩輯入明李蓘《宋藝圃集》卷九。

陸次雲《宋詩善鳴集》卷上評曰：「三、四可爲甘露柱聯。」

送劉半千平陽簿

嶺梅歸驛路迢迢，越鳥巢傾木半喬〔一〕。松徑就荒聊應召，桂叢留隱定相招〔二〕。家庭噪鵲爭喧樹，夜帳驚猿自擁條〔三〕。何處秋風催客鬢，青絲恐逐物華凋〔四〕。

【題解】

原輯《居士外集》卷五，《律詩五十八首》其二。題下無繫年，卷首注：「未第時及西京作。天聖、明道間。」作於天聖五年夏，時在落第還家途中，船行運河、長江交匯處。據《福建通志》卷三三《選舉》，劉半千，同安人，「天聖五年丁卯王堯臣榜」中「特奏名」進士。歐、劉當在本年春試中結識。李燾《續資治通鑑長編》（以下簡稱《長編》）卷一〇五宋仁宗天聖五年「夏四月癸酉，試特奏名進士及諸科。甲戌，賜同出身及試銜者凡三百四十二人」。據此可知，劉半千中特奏名、授官赴任，時在是年四月甲戌（四日）後。平陽，宋代縣名，時有二「平陽縣」，治所一在今浙江温州，一在今湖南桂陽。劉半千任職之平陽，未詳所屬。詩題下原注：「假道歸故里。」劉半千以「特奏名」授平陽主簿，走馬上任時，借此回歸故里同安。歐爲之賦詩送行，對於朋友高齡終獲「恩科」，表達喜其入仕而傷其遲暮的複雜情感，字裏行間似乎也可見詩人身影。語言典雅，聲韻鏗鏘，引譬連類，取法西崑。

【注釋】

〔一〕嶺梅：大庾嶺的梅花，代指南嶺地區。南朝宋陸凱《贈范曄》詩：「折花逢驛使，寄與隴頭人。江南無所有，聊贈一枝春。」越鳥：南方鳥。古詩《行行重行行》：「胡馬依北風，越鳥巢南枝。」巢傾：鳥巢傾毁。唐盧照鄰《行路難》：「巢傾枝折鳳歸去，條枯葉落任風吹。」似指宋立國後劉氏南方故國的傾覆。同安，唐亂後屬大閩國、清源軍，宋滅南唐、吴越，改隸泉州。

木半喬：寓意「出於幽谷，遷於喬木」。特奏名屬「恩科」，與「正奏名」有别，故稱「半喬」。喬，高，《尚書·禹貢》：「厥草惟夭，厥木惟喬。」孔傳：「喬，高也。」

〔二〕「松徑」二句：朋友因田園荒蕪而應試赴官，薦遺賢招隱士應是劉氏的必然歸宿。松徑：漢趙岐《三輔決録·逃名》：「蔣詡歸鄉里，荆棘塞門，舍中有三徑，不出，唯求仲、羊仲從之游。」後因以「三徑」指歸隱者家園。晉陶潛《歸去來兮辭》：「三徑就荒，松菊猶存。」桂叢：隱居之地。淮南小山《招隱士》：「桂樹叢生兮山之幽。」

〔三〕「家庭」二句：家裏早已喜慶盈門，途中卻是心有餘悸。夜帳驚猿：南朝齊孔稚珪《北山移文》：「蕙帳空兮夜鶴怨，山人去兮曉猨驚。」擁條：抱樹。晉張協《雜詩十首》：「澤雉登壟雊，寒猿擁條吟。」

〔四〕青絲：黑髮。唐李白《將進酒》：「君不見高堂明鏡悲白髮，朝如青絲暮成雪。」物華：美好的自然景物。

【附録】

此詩輯入清陳訏《宋十五家詩選·廬陵詩選》。

琵琶亭上作

九江煙水一登臨，風月清含古恨深〔一〕。濕盡青衫司馬淚，琵琶還似雍門琴〔二〕。

【題　解】

原輯《居士外集》卷五，《律詩五十八首》其四十七。題下無繫年，卷首注：「未第時及西京作。天聖、明道間。」作於天聖五年夏，時在落第還家途中。詩人途經江州（今江西九江），登臨琵琶亭，賦詩抒懷。明李賢等《明一統志》卷五二《九江府》：「琵琶亭在府城西大江濱。唐司馬白居易送客湓浦口，夜聞鄰舟琵琶聲，問之，乃長安娼女嫁于商人，爲作《琵琶行》。後人因以名亭。」詩歌抒寫登臨懷古之幽情，與作者落第惆悵之心緒相吻合。語言清新，情調憂傷，典故貼切自然。

【注　釋】

〔一〕九江煙水：九江地臨廬山、彭蠡之間，常有煙波浩渺。唐九江刺史李渤在甘棠湖中築堤建亭，曰「煙水樓」，爲士大夫詠游處。宋時改建煙水亭。九江，古地名，戰國爲楚地，秦爲九江郡。唐宋稱江州，治所在今江西九江。古恨深：宋劉敞《琵琶亭》詩：「江頭明月琵琶亭，一曲悲歌萬古情。欲識當時斷腸處，秖應江水是遺聲。」

〔二〕濕盡青衫：白居易《琵琶行》：「座中泣下誰最多，江州司馬青衫濕。」　雍門琴：即「雍門鼓琴」，指哀傷的曲調。典出劉向《説苑·善説》。相傳雍門子周以善琴見孟嘗君。孟嘗君曰：「先生鼓琴亦能令文悲乎？」雍門子周曰：「臣之所爲足下悲者一事也。夫聲敵帝而困秦者君也，連五國之約南面而伐楚者又君也。天下未嘗無事，不從則横。從成則楚王，横成則秦帝，楚王秦帝，必報讎于薛矣。夫以秦楚之强而報讎于弱薛，譬之猶摩蕭斧而伐朝菌也，必不留行矣。天下有識之士無不爲足下寒心酸鼻者，千秋萬歲之後，廟堂必不血食矣！」孟嘗君聞之悲淚盈眶。子周於是引琴而鼓，孟嘗君增悲流涕曰：「先生之鼓琴，令文立若破國亡邑之人也。」

【附録】

此詩輯入明李蓘《宋藝圃集》卷九。

舟中寄劉昉秀才

東南天闊漾歸流，西北雲高斷寸眸〔一〕。明月隨人來遠浦，青山答鼓送行舟〔二〕。歸心逐夢成魚鳥，夜漢看星識斗牛〔三〕。釃酒開樽誰共醉，清江聊且玩游儵〔四〕。

【題解】 原輯《居士外集》卷五,《律詩五十八首》其二十三。題下無繫年,卷首注:「未第時及西京作。天聖、明道間。」作於天聖五年夏,時在返歸隨州家居途中,船行長江九江段。劉昉,生平不詳。據詩意,當爲作者居南方時結識的文友。參見本書《寄劉昉秀才》題解。詩人舟行東南,寄贈家鄉朋友,抒寫孤寂思念之情。效仿崑體,語言典麗,情致婉曲。

【注釋】

〔一〕「東南」二句:自己蕩舟東南,惦念西北方向的隨州朋友。《古詩十九首》:「西北有高樓,上與浮雲齊。」歸流:流歸大海的河流。《文選·謝朓〈之宣城出新林浦向版橋〉》:「江路西南永,歸流東北騖。」李善注:「《尚書大傳》曰:大水小水東流歸海也。」寸眸:指眼睛。《文選·左思〈魏都賦〉》:「八極可圍於寸眸,萬物可齊於一朝。」李周翰注:「高臺遠視,八極之地可入於寸目。」

〔二〕答鼓:即腰鼓。唐段安節《樂府雜録·鼓架部》:「答鼓,即腰鼓也。」或曰舟行鼓點在兩岸山谷的回音。

〔三〕魚鳥:指夢境。《莊子·大宗師》:「夢爲鳥而厲乎天,夢爲魚而没於淵。」亦泛指隱逸處景物。嵇康《與山巨源絶交書》:「游山澤,觀魚鳥,心甚樂之。」斗牛:二十八宿中的斗宿和牛宿。

據《尚書·夏書·禹貢》，古揚州之域，天文屬斗牛分野，吴地在其中。

〔四〕「釃酒」二句：詩人舟行無酒友，秖能臨水觀魚，自得其樂。釃酒：烈酒。游儵：游動的小白魚。儵，又名白儵、白鰷，一種生於淡水的小白魚。《莊子·秋水》：「莊子與惠子游于濠梁之上。莊子曰：『儵魚出游從容，是魚樂也。』惠子曰：『子非魚，安知魚之樂？』莊子曰：『子非我，安知我不知魚之樂？』惠子曰：『我非子，固不知子矣，子固非魚也，子之不知魚之樂全矣。』莊子曰：『請循其本。子曰女安知魚樂云者，既已知吾知之而問我，我知之濠上也。』」後世用以比喻別有會心，自得其樂。

【附　録】

此詩輯入清吴之振《宋詩鈔》卷一一、陳焯《宋元詩會》卷一一、陳訏《宋十五家詩選·廬陵詩選》。

奉送叔父都官知永州

虎頭盤綬貴垂紳，青組名郎領郡頻〔一〕。畫鷁千艘隨下瀨，聽雞五鼓送行人〔二〕。楚波漾楫萍如日，淮月開舲蚌有津〔三〕。千里壺漿民詠溢，檣烏旟隼下汀蘋〔四〕。

【題　解】

原輯《居士外集》卷五，《律詩五十八首》其二十五。題下無繫年，卷首注：「未第時及西京作。天聖、明道間。」作於天聖五年夏，時在落第歸家途中。經行黄州（今湖北黄岡），詩人送叔父知永州。叔父都官，即歐陽曄，字日華，歐陽修二叔，與父歐陽觀同年登進士。時卸黄州知州，以都官司員外郎移知永州。都官，刑部都官郎中、員外郎的簡稱。永州，宋屬荆湖南路，治所在今湖南零陵。據歐《尚書都官員外郎歐陽公墓誌銘》，歐陽曄咸平三年（一〇〇〇）舉進士甲科得官，「歷南雄州判官、隨閬二州推官、江陵府掌書記」，又「以太子中允監興國軍鹽酒税，太常丞知漢州雒縣，博士知端州桂陽監，屯田員外郎知黄州，遷都官知永州，皆有能政」。歐陽曄晚年任官，石本《歐陽氏譜圖》又稱「歷知桂陽監，端、黄、永三州」。由此可知，歐陽曄自舉進士入仕至移知永州，已經歷任九官，按三年一任計算，時在天聖五年（一〇二七）。又《桂陽直隸州志》：「歐陽煜（曄），真宗時桂陽監使。」清康熙《永州府志》卷四守臣題名：「王羽，天禧二年任。歐陽煜（曄），廬陵人。許瑊，景祐四年任。」亦可資證。本詩讚譽叔父爲政仁德，想象其赴任途中深受百姓歡迎擁戴的熱烈場面。詩律嚴整，辭藻雕飾，典實繁富，崑體色彩頗濃。

【注　釋】

〔一〕「虎頭」二句：叔父雖然多次出知州郡，這次移知永州卻是虎頭鞶囊，官遷都官員外郎。虎頭盤綬：即「虎頭鞶囊」，繡有虎頭的革製綬囊，用以承官印。詳情參見《太平御覽》卷六九一《服章部·鞶囊》。《玉臺新詠》卷八《蕭子顯樂府二首》其一：「鞶囊虎頭綬，左珥晁盧貂。」韓翃《送巴州楊使君》詩：「前驅錦帶魚皮鞮，側佩金璋虎頭綬。」垂紳：大帶下垂。借指在朝爲官。《禮記·玉藻》：「凡侍於君，紳垂。」青組：青色的絲繩、絲帶、古代官員常用以繫冠、服、印。後常借指官爵。《宋書·傅隆傳論》：「俯拾青組，蔑顧籝金。」名郎：郎官。歐陽曄從黄州移知永州，由屯田員外郎遷都官員外郎。

〔二〕「畫鷁」二句：歐陽曄爲官清廉，受黄州百姓擁戴。畫鷁：《淮南子·本經訓》：「龍舟鷁首，浮吹以娱。」高誘注：「鷁，大鳥也。畫其像著船頭，故曰鷁首。」後以「畫鷁」爲船的别稱。下瀨：即下瀨船，行於淺水急流中的平底快船。《漢書·武帝紀》：「甲爲下瀨將軍。」顔師古注引臣瓚曰：「瀨，湍也。吴、越謂之瀨，中國謂之磧。《伍子胥書》有下瀨船。」聽雞五鼓：《晉書·良吏傳·鄧攸》：「攸去郡，不受一錢，百姓數千人留牽攸船，不得進，攸乃小停，夜中發去。吴人歌之曰：『紞如打五鼓，雞鳴天欲曙。鄧侯挽不留，謝令推不去。』」

〔三〕「楚波」二句：讚美歐陽曄在黄州的德政。萍如日：《孔子家語》：「楚王渡江，得萍實，大如斗，赤如日。剖而食之，甜如蜜。」孔子有言：「此所謂萍實者也，可剖而食之，吉祥也，唯霸者爲能獲也。」梁簡文帝蕭綱《奉答南平王康賚朱櫻》：「寧異梅似丸，不羨萍如日。」開舲：打開小船的窗户。庾信《舟中望月》詩：「舟子夜離家，開舲望月華。」蚌有津：蚌内分泌液體成珍珠。《尚書·禹貢》：「淮夷蠙珠。」孔穎達正義：「蠙是蚌之別名。」又揚雄《羽獵賦》：「剖明月之珠胎。」李善注：「明月珠，蚌子珠，爲蜯所懷。」暗用「珠還合浦」典故。《後漢書·循吏傳·孟嘗》載：合浦郡海出珠蚌，原宰守貪穢，采求無度，珠蚌遂移徙鄰郡。孟嘗守合浦，盡革前弊，未踰歲，移徙的珠蚌復還，百姓安居樂業。

〔四〕「千里」二句：想象歐陽曄赴任途中，一路受百姓歡迎的熱烈場面。壺漿：茶水、酒漿。以壺盛之，故稱。此指壺漿簞食。《孟子·梁惠王下》：「簞食壺漿，以迎王師。」亦用以代指官吏受到百姓歡迎和擁戴。民詠：百姓的贊詠。干寶《晉紀總論》：「至於世祖……和而不弛，寬而能斷，故民詠維新，四海悦勸矣。」檣烏：桅杆上的烏形風向儀。旟隼：畫有隼鳥猛禽的旗幟，多爲太守等州郡長官出行的旗幟。《周禮·春官·司常》：「鳥隼爲旟……州里建旟。」汀蘋：長滿浮萍的沙洲。李商隱《送從翁東川弘農尚書幕》詩：「浮生見開泰，獨得詠汀蘋。」清朱鶴齡注：「柳惲詩：『汀洲采白蘋。』」

【附録】

此詩輯入明曹學佺《石倉歷代詩選》卷一四〇，又輯入清管庭芬、蔣光煦《宋詩鈔補·歐陽文忠詩補鈔》。

楚澤

宿莽湘纍怨，幽蘭楚俗謠〔一〕。紫屏空自老，翠被豈能招〔二〕？欲就蒼梧訴，愁迷澧浦遥〔三〕。哀猿羌晝晦，悲鴂衆芳凋〔四〕。紅壁丹砂板，瓊鈎翡翠翹〔五〕。如何搴香杜，江上獨無憀〔六〕？

【題　解】

原輯《居士外集》卷五，《律詩五十八首》其三十一。題下無繫年，卷首注：「未第時及西京作。天聖、明道間。」作於天聖五年秋，時在落第南歸途中。楚澤，古楚地有「雲夢」等七澤，後以泛稱楚地或楚地的湖澤，此指湖北漢水以北應城、雲夢一帶，爲武昌至隨州必經地。舟行楚澤，滿目凄涼，心萌孤寂之感。全詩化用《楚辭》成句，感愴而憂傷，堪稱屈騷同調。

【注　釋】

〔一〕「宿莽」二句：總寫屈原的怨憤。宿莽：《楚辭·離騷》：「朝搴阰之木蘭兮，夕攬洲之宿莽。」王逸注：「草冬生不死者，楚人名曰宿莽。」 湘纍：指屈原。《漢書·揚雄傳上》：「因江潭而淮記兮，欽弔楚之湘纍。」顔師古注引李奇曰：「諸不以罪死曰纍，荀息、仇牧皆是也。屈原赴湘死，故曰湘纍也。」 幽蘭：古琴曲名。戰國楚宋玉《諷賦》：「臣援琴而鼓之，爲《幽蘭》、《白雪》之曲。」 楚俗謡：南朝宋謝惠連《雪賦》：「《曹風》以麻衣比色，楚謡以《幽蘭》儷曲。」

〔二〕紫屏：紫色的畫屏，一曰荷花或水葵。《楚辭·招魂》：「紫莖屏風，文緑波些。」王逸注：「屏風，水葵也。生於池，其莖紫色，風起水動波，緑葉而生文也。」 翠被：《楚辭·招魂》：「翡翠珠被，爛齊光些。」王逸注：「言牀上之被，則飾以翡翠之羽及珠璣。」

〔三〕蒼梧：山名，即九嶷山。舜葬之地，亦指代舜。《楚辭·離騷》：「朝發軔於蒼梧兮。」王逸注：「蒼梧，舜之所葬也。」 澧浦：澧水之濱。澧水源出湖南省西北，爲洞庭水系之一。《楚辭·九歌·湘君》：「捐余玦兮江中，遺余佩兮澧浦。」

〔四〕羌晝晦：白天昏暗。《楚辭·九章·山鬼》：「杳冥冥兮羌晝晦，東風飄兮神靈雨。」 悲鴂：化用《楚辭·離騷》：「恐鵜鴂之先鳴兮，使夫百草爲之不芳。」鴂，鳥名。通稱伯勞。《大戴禮記·夏小正》：「鴂則鳴。鴂者，百鷯也。」王聘珍解詁引邵晉涵《爾雅正義》：「李巡云：『伯勞一名鶪，通作鴂。』」

〔五〕紅壁：《楚辭·招魂》：「紅壁沙版，玄玉梁些。」王逸注：「沙，丹沙。」 瓊鈎：《楚辭·招魂》：「砥室翠翹，絓曲瓊些。」王逸注：「翹，羽也。」「曲瓊，玉鈎也。言内卧之室，以砥石爲壁，平而滑澤。以翠鳥之羽，雕飾玉鈎，以懸衣物也。」

〔六〕搴香杜：《楚辭·九歌·湘君》：「搴汀洲兮杜若，將以遺兮遠者。」搴，拔取，採取。香杜，句下附校：「一作『杜若』。」

宿雲夢館

北雁來時歲欲昏，私書歸夢杳難分〔一〕。井桐葉落池荷盡，一夜西窗雨不聞〔二〕。

【題解】

原輯《居士外集》卷五，《律詩五十八首》其四十三。題下無繫年，卷首注：「未第時及西京作。天聖、明道間。」作於天聖五年深秋，時在雲夢。雲夢館，即雲夢驛站。雲夢，縣名，今屬湖北，位於隨州、漢陽之間。詩人途宿雲夢館，勾畫一幅秋夜旅途獨眠圖，節候時令之景觀，暗示家親之思。描寫細膩，聲色兼具，巧妙化用李商隱《夜雨寄北》詩意，不顯痕跡，平易流暢而情韻悠長。

【注釋】

〔一〕「北雁」二句：深秋時節，幽夢初醒，見北雁南飛，旅途思歸情切。私書：指家書。李商隱《贈從兄閬之》：「悵望人間萬事違，私書幽夢約忘機。」

〔二〕「井桐」二句：醒後見桐葉凋落與荷花萎謝，美夢中竟對一夜秋雨毫無知覺。井桐：或作「井梧」，即梧桐。杜甫《宿府》詩：「清秋幕府井梧寒。」《九家集注杜詩》：「魏明帝詩『雙梧生空井』，詩家用井梧，自此始矣。」雨不聞：以「井桐葉落」、「池荷盡」，故稱。白居易《别元九後詠所懷》詩：「零落桐葉雨，蕭條槿花風。」李商隱《宿駱氏亭寄懷崔雍、崔袞》詩：「秋陰不散霜飛晚，留得枯荷聽雨聲。」

【附録】

此詩輯入明李蓘《宋藝圃集》卷九、曹學佺《石倉歷代詩選》卷一四〇，又輯入清康熙《御選宋金元明四朝詩·御選宋詩》卷六五、吴之振《宋詩鈔》卷一二、陳訏《宋十五家詩選·廬陵詩選》。

雪中寄友人

楚岸梅香半入衣，凍雲銀鑠曉光飛〔一〕。遥應便面逢人處，走馬章街失路歸〔二〕。

【題解】

原輯《居士外集》卷五，《律詩五十八首》其五十。卷首注：「未第時及西京作。天聖、明道間。」作於天聖五年冬，時在隨州。友人，當爲詩人在汴京結識的文友。詩歌描寫南方雪景，冬梅飄香，想象京師朋友章臺尋歡之後，在雪地上迷失歸路的情形。戲言調侃，饒有風趣。將戲謔之言引入詠題，是宋詩題材的新開拓。

【注釋】

〔一〕「楚岸」二句：南方江岸梅花飄香的時節，陰雲連天，大雪紛飛。凍雲：嚴冬的陰雲。

〔二〕便面：古代用以遮面的扇狀物。《漢書·張敞傳》：「然敞無威儀，時罷朝會，過走馬章臺街，使御吏驅，自以便面拊馬。」顏師古注：「便面，所以障面，蓋扇之類也。不欲見人，以此自障面則得其便，故曰便面，亦曰屏面。今之沙門所持竹扇，上袤平而下圜，即古之便面也。」後稱團扇、摺扇爲便面。章街：章臺街的簡稱。參見本書《寄徐巽秀才》注〔四〕和《樓頭》注〔三〕。

【附録】

此詩輯入明李蓘《宋藝圃集》卷九。

寄張至秘校

關山一里一重愁，念遠傷離兩未休〔一〕。南陌望窮雲似帳，西樓吟斷月如鈎〔二〕。柳綿飛後春應減，蘭徑荒時客倦游〔三〕。擬寄東流問溝水，亦應溝水更東流〔四〕。

【題　解】

原輯《居士外集》卷五，《律詩五十八首》其十三。題下無繫年，卷首注：「未第時及西京作。天聖、明道間。」作於天聖六年（一〇二八）春，時在隨州。張至，生平不詳，係詩人汴京結識的好友，官秘書省校書郎。景祐四年，歐自夷陵赴許昌途中有《過張至秘校莊》詩，知張氏有莊園在荆門軍與葉縣之間。此詩寄贈友人，抒寫别離後的懷念之情。追摹唐風，詩語曉暢，即物寄興，情景相生。擺脱浮靡纖麗，然未脱西崑窠臼。

【注　釋】

〔一〕「關山」二句：相隔的關隘山巒越多，離愁别緒就越重，你我雙方没完没了地懷念遠人、感傷别情。　念遠傷離：李商隱《摇落》詩：「摇落傷年日，羈留念遠心。」王昌齡《送程六》詩：「冬夜傷離在五溪，青魚雪落鱠橙虀。」

〔二〕雲似帳：梁簡文帝《雜題二十二首》其二：「浮雲似帳月成鉤，那能夜夜南陌頭。」月如鈎：唐韋應物《寄李儋元錫》詩：「聞道欲來相問訊，西樓望月幾回圓。」南唐李煜《烏夜啼》詞：「無言獨上西樓，月如鈎。」

〔三〕「柳綿」二句：去年春夏間分手，游子在外客游倦困時也當思歸故鄉。柳綿，即柳絮，隨風飛散如飄絮。李商隱《臨發崇讓宅紫薇》詩：「桃綬含情依露井，柳綿相憶隔章臺。」春應滅：杜甫《曲江二首》其一：「一片花飛減却春，風飄萬點正愁人。」蘭徑荒時：陶潛《歸去來辭》：「三徑就荒，松菊猶存。」蘭徑，《楚辭章句·宋玉·招魂》：「皋蘭被徑兮斯路漸。」

〔四〕「擬寄」二句：古詩《豔歌行》：「今日斗酒會，明旦溝水頭。躞蹀御溝上，溝水東西流。」時詩人在隨州，汴京位居東北面，故云。又化用李白《金陵酒肆留別》詩意：「請君試問東流水，別意與之誰短長。」

【附　録】

此詩輯入明李蓘《宋藝圃集》卷九。

寄徐巽秀才

瑶花飛雪蕩離愁，鶗鴂驚風下綠疇〔一〕。睢苑樹荒誰共客，楚江楓老獨悲秋〔二〕。千重錦浪黏如箭〔三〕，萬疊春山翠入樓。章陌柳條今在否？定臨溝水拂東流〔四〕。

【題　解】

原輯《居士外集》卷五，《律詩五十八首》其十四。題下無繫年，卷首注：「未第時及西京作。天聖、明道間。」作於天聖六年春，時在隨州。徐巽，生平不詳。唐宋時期，凡應舉者皆稱秀才，據頷聯「睢苑」句意，徐氏時在睢陽（今河南商丘）爲幕僚。作者詩法唐人，即景抒懷，移情及物，表達對朋友的思念與緬懷。詩旨含蓄，物我相融，末句的調侃語，深沉蘊藉之中頗顯活潑。

【注　釋】

〔一〕「瑶花」二句：杜鵑鳴叫，瑶花飄零的春末，正是惹發離愁別緒的時節。瑶花：玉白色的花。《楚辭·九歌·大司命》：「折疏麻兮瑶華，將以遺兮離居。」王逸注：「瑶華，玉華也。」鶗鴂：也稱杜鵑、子規、布穀鳥。揚雄《反離騷》：「徒恐鶗鴂之將鳴兮，顧先百草爲不芳。」顔師古注：「鴂，鴂字也。鶗鴂鳥，一名買鵤，一名子規，一名杜鵑，常以立夏鳴，鳴則衆芳皆歇。」又引韋昭曰：「鶗鴂，趣農鳥也。」

〔二〕「睢苑」二句：上句問徐氏别後與誰交游，下句詠自己楚地孤獨悲秋。睢苑：亦稱梁苑、梁園。漢梁孝王劉武在睢陽所建的園林，常在其中廣納賓客，當時名士司馬相如、枚乘、鄒陽等均爲座上客。楚江楓老：南方江邊的老楓樹。李白《同友人舟行游台越作》詩：「楚臣傷江楓，謝客拾海月。」宋祁《秋夕池上》：「楚江楓老樹無煙，池上悲秋一悯然。」

〔三〕錦浪：桃花、芙蓉等迎風摇曳狀，或曰波浪，紅花映水狀。李白《鸚鵡洲》詩：「煙開蘭葉香風暖，岸夾桃花錦浪生。」

〔四〕「章陌」二句：當年的情人如今怎麽樣？一定在東流溝水邊的柳樹下等候你吧。章陌柳條：即章臺柳，形容窈窕美麗的女子。唐許堯佐《柳氏傳》記載：唐韓翃有姬柳氏，以豔麗稱。韓獲選上第歸家省親，柳留居長安，安史亂起，出家爲尼。後韓爲平盧節度使侯希逸書記，使人寄柳詩曰：「章臺柳，章臺柳，昔日青青今在否？縱使長條似舊垂，亦應攀折他人手。」柳氏時爲蕃將沙吒利所劫，侯希逸部將許俊以計奪還歸韓。章臺，漢長安街名，泛指妓院聚集之地。

【附　録】

此詩輯入明李蓘《宋藝圃集》卷九。

葉矯然《龍性堂詩話》續集：「歐陽永叔詩，心手經營，較子瞻尤多作意。余於全集中録五十餘首，皆翩翩唐調，不落宋習者，另梓外，今爲摘其佳句。如……『梁苑樹荒誰共客，楚江楓老獨悲秋。千重寒浪翻如箭，萬疊春山翠入樓』皆作家語也。」

送目

送目衡皋望不休，江蘋高下徧汀洲[一]。長堤柳曲妨回首，小苑花深礙倚樓[二]。楚逕蕙風消病渴，洛城花雪蕩春愁[三]。流杯三日佳期過，擲度蘭波負勝游[四]。

【題解】

原輯《居士外集》卷五，《律詩五十八首》其十八。題下無繫年，卷首注：「未第時及西京作。天聖、明道間。」作於天聖六年春末，時在隨州。暮春出游，詩人騁目遠眺，風光依然美好，惜春愁情油然而生。語言雅麗，景色淒迷，思緒感傷惆悵。

【注釋】

〔一〕衡皋：亦作「蘅皋」。長有香草的沼澤。《文選·曹植〈洛神賦〉》：「爾乃税駕乎蘅皋，秣駟乎芝田。」劉良注：「蘅皋，香草之澤也。」　江蘋：植物名。也稱四葉菜、田字草。多年生草本。生淺水中，葉有長柄，柄端四片小葉成田字形，古人常采作。《詩·召南·采蘋》：「于以采蘋？　南澗之濱。」毛傳：「蘋，大蓱也。」

〔二〕「長堤」二句：河堤上的柳枝和園苑中的花朵，妨礙游子思歸的視野。

〔三〕病渴：患消渴症，即糖尿病。《史記·司馬相如傳》：「相如口吃而善著書。常有消渴疾。」　洛城花雪：京師柳絮飄零時節。李商隱詩《漫成》其一：「遠把龍山千里雪，將來擬並洛陽花。」楊億《柳絮》詩：「漢苑風光隨獵騎，洛城花雪撲離樽。」

〔四〕流杯三日：即流觴，亦作「流杯曲水」。三月三日，人們於環曲的水流旁宴集，在水的上流放置酒杯，任其順流而下，杯停在誰的面前，誰就取飲，以爲娱樂。參見本書《禁火》注〔四〕。　蘭波：春波。陸雲《贈鄭曼季往返八首》其一：「蘭波清踴，芳滸增涼。」

【附　録】

此詩輯入明曹學佺《石倉歷代詩選》卷一四〇，又輯入清吴之振《宋詩鈔》卷一二、陳焯《宋元詩會》卷一一、陳訏《宋十五家詩選·廬陵詩選》。

賀裳《載酒園詩話》：「（永叔）作近體詩，便露本質，雖慕平淡，逸韻自饒。如……《送目》曰：『送目蘅皋望不休，江蘋高下徧汀洲。長堤柳曲妨回首，小苑花深礙倚樓。楚徑蕙風消病渴，洛城花雪蕩春愁。流杯三日佳期近，擲度蘭波負勝游。』俱極風流富貴之致。」按：又見吴喬《圍爐詩話》卷五。

春曉

小閤回殘夢，開簾轉曉暉〔一〕。露寒風不定，花落鳥驚飛。病渴偏思柘，朝寒怯減衣〔二〕。沈錢將謝雪，持底送春歸〔三〕。

【題　解】

原輯《居士外集》卷五，《律詩五十八首》其十九。題下無繫年，卷首注：「未第時及西京作。天聖、明道間。」作於天聖六年春，時在隨州。暮春清晨，露寒花落，榆莢與柳絮打發春天歸去。繪景逼真，詩筆細膩，惜春之情，融於景致。

【注　釋】

〔一〕回殘夢：從晨夢中醒來。

〔二〕病渴：參見本書《小圃》注〔四〕。柘：句下原注「一作蔗。《楚辭》、《漢志》作柘，《晉書》、

《杜詩》作蔗。」糖尿病患者本應禁食甜食，而甘蔗性甘甜，故云。

〔三〕「沈錢」二句：榆莢凋落，柳絮飄零，陪伴春天歸去。化用李商隱《江東》詩：「今日春光太漂蕩，謝家輕絮沈郎錢」。沈錢：即沈郎錢，指榆莢。《晉書·食貨志》：「吳興沈充又鑄小錢，謂之沈郎錢。」漢有小錢，名榆莢錢，後世用沈錢比喻榆莢（榆錢）。謝雪：謝道韞詠雪，此指柳絮。《世説新語·言語》載：晉太傅謝安在雪天與子侄們論文賦詩，俄而雪驟，安欣然曰：「白雪紛紛何所似？」兄子謝朗曰：「撒鹽空中差可擬。」侄女謝道韞曰：「未若柳絮因風起。」後世引爲詠雪典故。底：這，指榆莢、柳絮。宋陸游《遺興》詩：「子孫勉守東皋業，小甑吳粳底樣香。」

【附録】

此詩輯入清康熙《御選宋金元明四朝詩·御選宋詩》卷三五。

劉秀才宅對弈

烏巷招邀謝墅中，紫囊香珮更臨風〔一〕。塵驚野火遥知獵，目送雲羅但聽鴻〔二〕。六着比犀鳴博勝，百嬌柘矢捧壺空〔三〕。解衣對子歡何極，玉井移陰下翠桐〔四〕。

【題解】

原輯《居士外集》卷五，《律詩五十八首》其二〇。題下無繫年，卷首注：「未第時及西京作。天聖、明道間。」作於天聖六年春夏間，時在隨州。題下原注：「昉」。劉秀才昉，當爲作者在應舉中結識的文友。參見本書《舟中寄劉昉秀才》題解。秀才本爲唐初舉士科目，唐宋間凡應舉者皆稱秀才。據本詩意，劉昉居豪宅，優游玩樂，當爲高門世族之後人。詩人應邀至劉氏宅第對弈，興酣意得而賦此詩。多用典故，意蘊曲折隱晦，頗有崑體痕跡。

【注釋】

〔一〕「烏巷」二句：應邀在劉秀才豪宅迎風對弈。烏巷：烏衣巷的簡稱。三國吴時在今南京市秦淮河南岸置烏衣營，以士兵著烏衣而得名。東晉時王、謝等望族居此，因著聞於世。唐劉禹錫《烏衣巷》詩：「朱雀橋邊野草花，烏衣巷口夕陽斜。」謝墅：晉謝安在今南京、紹興等地建有別墅，後世概稱「謝墅」。與「烏巷」同指高門世族的第宅。參見本書《南征道寄相送者》注〔二〕。紫囊香佩：用紫羅縫製的香囊。《晉書·謝玄傳》：「（謝）玄少好佩紫羅香囊，安患之，而不欲傷其意，因戲賭取，即焚之。」謝安之所以焚毁紫羅香囊，因其爲婦人物。此處「紫囊香佩」指世家子弟風度俊朗。臨風：迎風，當風。杜甫《飲中八仙歌》：「宗之瀟灑美少年，皎如玉樹臨風前。」謝玄少年有語，世家都希望子弟有出息，「譬如芝蘭玉樹，欲使其生於庭階耳」。

〔二〕塵驚：亦作驚塵，即車馬疾駛揚起的塵土。唐戴叔倫《奉天酬别鄭諫議雲逵盧拾遺景亮見别之作》詩：「駿馬帳前發，驚塵路傍起。」　野火：「野」字下原注：「一作烽」。　雲羅：本指網羅一樣徧布上空的陰雲，此處借指整個天空。李商隱《春雨》詩：「玉璫緘劄何由達，萬里雲羅一雁飛。」

〔三〕六着：即六箸，古博弈之具。《説文·竹部》：「簙，局戲也。六箸十二棋也。」三國魏曹植《仙人篇》：「仙人攬六箸，對博太山隅。」其博法可參見《楚辭·招魂》「菎蔽象棋，有六簙些」王逸注及洪興祖補注。　比犀：《楚辭·招魂》：「晉制犀比，費白日些。」王逸注：「言晉國工作簙棋箸，比集犀角，以爲雕飾。（投之皜然如日光也）」　百嬌：卷後校云：「疑用《西京雜記》百驍事。」古代投壺，矢從壺中躍出復還，謂之驍。百驍，謂投壺發矢，百發百還。《西京雜記》卷五：「古之投壺，取中而不求還……郭舍人則激矢令還，一矢百餘反，謂之爲驍。」　柘矢：用柘木做成投壺的箭。《禮記·投壺》：「矢以柘若棘，毋去其皮。」鄭玄注：「取其堅且重也。舊説云：矢大七分。或言去其皮節。」

〔四〕「解衣」二句：對弈中心情愉快，不知不覺已度過許多時光。　對子：圍棋術語。對局不讓子的統稱，包括各先一局、三局中有兩局先（半先）等。語意雙關，兼指作者面對劉昉。　玉井：星官名。參宿下方四顆星，形如井，故名。《後漢書·郎顗傳》：「有白氣從西方天苑趨左足，入玉井，數日乃滅。」李賢注：「參星下四小星爲玉井。」移陰：亦作陰移，即移動樹影，指過了一段時間。李商隱《子初郊墅》詩：「陰移竹柏濃還淡，歌雜漁樵斷更聞。」

【附　録】此詩輯入明曹學佺《石倉歷代詩選》卷一四〇，又輯入清管庭芬、蔣光煦《宋詩鈔補・歐陽文忠詩補鈔》。

早夏鄭工部園池

夜雨殘芳盡，朝暉宿霧收〔一〕。蘭香纔馥徑，柳暗欲翻溝〔二〕。夏木繁堪結，春蹊翠已稠〔三〕。披襟楚風快，伏檻更臨流〔四〕。

【題　解】原輯《居士外集》卷五，《律詩五十八首》其二十二。題下無繫年，卷首注：「未第時及西京作。天聖、明道間。」作於天聖六年夏，時在隨州。鄭工部，當爲鄭文寶，字仲賢，曾以工部員外郎爲邊將，晚年以兵部員外郎歸襄城别墅，能爲詩，善篆書，工鼓琴，有《談苑》、《南唐近事》、《南唐記》等著述。

《宋史》卷二七七有傳。宋胡仔《漁隱叢話後集》卷三五辯「鄭兵部仲賢」、「鄭工部文寶」實爲同一人。歐《詩話》、王得臣《麈史》卷二、釋文瑩《續湘山野録》、江少虞《事實類苑》卷三九、卷五四、卷五八等，載有鄭工部文寶文壇軼事。據《宋史》本傳，鄭文寶卒於大中祥符六年，享年六十一。詩人出游園池時，園池主人已亡故十餘年，詩歌描寫初夏園林風光，表現濃厚游興與歡快心境。繪景如畫，屬對工整，詩筆秀冶，情景融於一體。

【注　釋】

〔一〕宿霧：夜間形成的霧。

〔二〕「蘭香」二句：路上纔聞到蘭花芬芳，柳樹早已是葉茂蔭濃。　馥徑：花香彌漫路徑。南朝梁簡文帝《行雨山銘》：「芸香馥徑，石鏡臨墀。」

〔三〕繁堪結：形容樹蔭濃密。　春蹊：春天的小路。「蹊」字下原注：「一作畦。」

〔四〕「披襟」二句：敞開衣襟享受暢快的南風，倚靠著欄杆，面對清涼的流水，心情格外舒暢。　楚風快：宋玉《風賦》：「楚襄王游於蘭臺之宮，宋玉、景差侍。有風颯然而至，王乃披襟而當之，曰：『快哉此風！』」

【附　録】

此詩輯入明曹學佺《石倉歷代詩選》卷一四〇，又輯入清管庭芬、蔣光煦《宋詩鈔補·歐陽文忠

詩補鈔》、陳訏《宋十五家詩選·廬陵詩選》。

樓頭

百尺樓頭萬疊山，楚江南望隔晴煙〔一〕。雲藏白道天垂幕〔二〕，簾捲黄昏月上弦。桑落蒲城催熟酒，柳衰章陌感凋年〔三〕。髮光如葆寧禁恨，不待爲郎已颯然〔四〕。

【題解】

原輯《居士外集》卷五，《律詩五十八首》其三。題下無繫年，卷首注：「未第時及西京作。天聖、明道間。」作於天聖六年秋，時在漢陽。胡《譜》天聖六年：「是歲，公攜文謁胥學士偃於漢陽，胥公大奇之，留置門下。」春秋時漢陽屬楚國疆域，故有「楚江南望」之句。詩人去歲禮部試受挫，登樓舉杯生愁，光陰荏苒，時不我待的生命領悟，人生易老、壯志難酬的失落情感，頓時在心中油然而生。全詩感物興懷，情景交融，自傷自警之情溢於言表。詩律精工，用事深密，情調感愴，西崑詩貌依稀可見。

【注釋】

〔一〕百尺樓：高樓。唐虞世南《奉和至壽春應令》：「路指八仙館，途經百尺樓。」李商隱《安定城樓》詩：「迢遞高城百尺樓，緑楊枝外盡汀洲。」　楚江：泛指楚境内的江河。李白《望天門山》：「天門中斷楚江開，碧水東流至此回。」

〔二〕白道：月亮運行的軌道。《漢書·天文志六》：「月有九行者：……白道二，出黄道西。」江淹《麗色賦》：「至乃西陸始秋，白道月弦。」

〔三〕桑落：古美酒名。北魏酈道元《水經注·河水四》：河東郡「民有劉白墮者，宿擅工釀，采挹河流，醖成芳酎。」以熟於桑落之辰，故酒得其名。北魏賈思勰《齊民要術·造神麴餅酒》：「十月桑落初凍，收水釀者爲上。」　蒲城：即蒲州城，治所在今山西永濟西南蒲州鎮。庾信《就蒲州使君乞酒》：「蒲城桑葉落，灞岸菊花浮。」倪璠注：「蒲城，蒲州城也。灞岸，灞陵岸也。桑落、菊花，謂酒也。」　章陌：章臺街，漢長安街名。泛指妓院聚集之地。　柳：章臺柳，指窈窕美麗的女子。參見本書《寄徐巽秀才》注〔四〕。

〔四〕「髮光」二句：青春少年的時光非常短促，郎官尚未做成，頭髮已經稀疏。　髮光如葆：頭髮隱隱有光澤，指青春少年。參見本書《西征道中，送陳舅秀才北歸》注〔一〕。　郎：郎官，唐以後指諸司郎中、員外郎。王楙《野客叢書》卷五有辯馮唐、顔駟「白首爲郎」事。杜甫《早發湘潭寄員外院長》詩：「故人湖外客，白首尚爲郎。」　颯然：衰頽疏落貌。李白《古風五十九首》其二十八：「華鬢不耐秋，颯然成衰蓬。」

【附録】

此詩輯入清康熙《御選宋金元明四朝詩・御選宋詩》卷四六。

夕照

夕照留歌扇〔一〕，餘輝上桂叢。霞光晴散錦〔二〕，雨氣晚成虹。燕下黏池草，烏驚傍井桐〔三〕。無憀照湘水，丹色映秋風。

【題解】

原輯《居士外集》卷五，《律詩五十八首》其四。題下無繫年，卷首注：「未第時及西京作。天聖、明道間。」作於天聖六年秋，時在漢陽。南國秋雨後，黄昏景色美，詩人的心情卻鬱悶不樂。風光如畫，色彩穠麗，狀物形像生動，詩旨當有寓意。

【注釋】

〔一〕歌扇：歌舞時用的扇子。唐戴叔倫《暮春感懷》詩：「歌扇多情明月在，舞衣無意彩雲收。」

〔二〕散錦：彩雲。李商隱《利州江潭作》詩：「自攜明月移燈疾，欲就行雲散錦遥。」

〔三〕烏驚：烏鴉驚飛驚叫。唐元稹《直臺》詩：「麇入神羊隊，烏驚海鷺眠。」

【附録】

此詩輯入清康熙《御選宋金元明四朝詩·御選宋詩》卷三五、陳焯《宋元詩會》卷一一。

曉詠

簾外星辰逐斗移，紫河聲轉下雲西〔一〕。九雛烏起城將曙，百尺樓高月易低〔二〕。露裛蘭苕惟有淚，秋荒桃李不成蹊〔三〕。西堂吟思無人助，草滿池塘夢自迷〔四〕。

【題解】

原輯《居士外集》卷五，《律詩五十八首》其六。題下無繫年，卷首注：「未第時及西京作。天聖、明道間。」作於天聖六年秋，時在漢陽。詩人淩晨憑窗，騁目遠眺，風光蕭瑟淒迷，吟詠孤獨與懷友之情。本人情，狀風物，詩語典麗，對仗工穩，意藴温婉憂傷。

【注釋】

〔一〕「簾外」二句：拂曉的窗外，星辰暗轉，銀河西落。紫河：《太平御覽》卷九九九引郭子横《洞冥記》：「北及玄阪，去崆峒十七萬里，日月不至，其地自明，有紫河萬里，流珠千丈。」

〔二〕九雛烏：烏鴉。傳説日中有三足烏，因以烏指代太陽。《淮南子·俶真訓》「雖有羿之知，而無所用之」高誘注：「是堯時羿善射，能一日落九烏。」晉司馬彪《續漢書》：「桓帝時童謡曰：城上烏，尾畢逋，一年生九雛。」月易低：元稹《送王協律游杭越十韻》：「城樓月易低。」

〔三〕桃李不成蹊：深秋時節，桃李無果實，樹下不成蹊徑。《史記·李將軍列傳》：「桃李不言，下自成蹊。」司馬貞《史記索隱》引姚氏語：「桃李本不能言，但以華實感物，故人不期而往，其下自成蹊徑也。」此處反用其意。

〔四〕「西堂」二句：自己昨夜也有迷離的夢境，卻没人幫忙吟成美好的詩篇。相傳謝靈運名句「池塘生春草，園柳變鳴禽」，是在西堂夢中由謝惠連襄助而成。《南史·謝惠連傳》：「（謝靈運）嘗於永嘉西堂思詩，竟日不就。忽夢見惠連，即得『池塘生春草』，大以爲工。常云：『此語有神功，非吾語也。』」夢自迷：夢境迷蒙。李商隱《寄令狐學士》詩：「鈞天雖許人間聽，閶闔門多夢自迷。」宋范晞文《對牀夜語》卷一：「韓非子曰：六國時張敏與高惠二人爲友，每相思，不能得見，敏便於夢中往尋之，但行至半道，即迷不知路。沈休文云：『神交疲夢寐，路遠隔思存。』又『夢中不識路，何以慰相思？』用前事也。古辭云：『遠道不可思，夙昔夢見之。』又『獨宿累長夜，夢想見容輝。』皆沿韓非之微意而變之耳。」

【附録】

此詩輯入清康熙《御定佩文齋詠物詩選》卷一九、吴之振《宋詩鈔》卷一二、陳焯《宋元詩會》卷一一。

賀裳《載酒園詩話》：「（永叔）作近體詩，便露本質，雖慕平淡，逸韻自饒。如……《曉詠》曰：『簾外星辰逐斗移，紫河聲轉下雲西。九雛烏起城將曙，百尺樓高月易低。露裛蘭苕惟有淚，秋荒桃李不成蹊。西堂吟思無人助，草滿池塘夢自迷。』……俱極風流富貴之致。」

送趙山人歸舊山

屈賈江山思不休，霜飛翠葆忽驚秋〔一〕。吟抛楚畹蘭苕老，歸有淮山桂樹留〔二〕。聒耳春池蛙兩部，比封秋塢橘千頭〔三〕。嗔條怒潁真堪愧，莫染衣塵更遠游〔四〕。

【題 解】

原輯《居士外集》卷五，《律詩五十八首》其八。題下無繫年，卷首注：「未第時及西京作。天聖、明道間。」作於天聖六年秋，時在漢陽。趙山人，名不詳，以山野人名之，當爲楚淮隱者。唐宋間隱士多以詩文爲贄，奔走權門以邀名求利。趙山人出游權貴不得志，黯然返歸故里。詩人賦此作爲其送行，安慰並勸勉之。辭采清麗，典實繁富，西崑烙印頗深。

【注 釋】

〔一〕「屈賈」二句：謂趙山人的家鄉在楚地，而今年齡老大，思歸故里。屈賈江山：屈，即屈原，戰國楚著名愛國詩人。賈，即漢賈誼，後官長沙王太傅。二人皆官楚地，代指南方江河山嶽。翠葆：草木青翠茂盛。唐杜牧《華清宮三十韻》：「嫩嵐滋翠葆，清渭照紅妝。」驚秋：比喻迅速凋零衰敗。唐孟浩然《送王昌齡之嶺南》詩：「洞庭去遠近，楓葉早驚秋。」

〔二〕楚畹：《楚辭·離騷》：「余既滋蘭之九畹兮，又樹蕙之百畝。」後因以「楚畹」泛稱蘭圃。淮山桂樹：漢王逸《楚辭章句》：「《招隱士》者，淮南小山之所作也。」《招隱士》：「桂樹叢生兮山之幽。」《太平御覽》卷九五七：「《楚詞注》曰：淮南王安好道，與八公共登山，攀桂樹。安作詩曰：『攀桂樹兮淹留。』」後世常以桂樹與隱士居地相聯繫。

〔三〕「聒耳」二句：比照隱居生活與官宦待遇，戲謔而顯調侃。蛙兩部：青蛙鳴叫。《南齊書·

孔稚珪傳》：「稚珪風韻清疏，好文詠，飲酒七八斗，……門庭之内，草萊不剪，中有蛙鳴，或問之曰：『欲爲陳蕃乎？』稚珪笑曰：『我以此當兩部鼓吹，何必期效仲舉。』」後世遂以「兩部鼓吹」喻蛙鳴。兩部，古代樂隊中坐部樂與立部樂的合稱。　橘千頭：千棵柑橘樹。長江流域多橘樹，其收入足可抵千户侯。《史記·貨殖列傳》載：「蜀、漢、江陵千樹橘……此其人皆與千户侯等。」《三國志·吴書·三嗣主傳》裴松之注引《襄陽記》：「（李）衡每欲治家，妻輒不聽，後密遣客十人於武陵龍陽州上作宅，種甘橘千株。臨死，敕兒曰：『汝母惡我治家，故窮如是。然吾州里有千頭木奴，不責汝衣食，歲上一匹絹，亦可足用耳。』」《水經注》卷三七：「沅水又東歷龍陽縣之氾洲，洲長二十里，吴丹楊太守李衡植柑於其上。臨死，敕其子曰：『吾州里有木奴千頭，不責衣食，歲絹千匹。』太史公曰：『江陵千樹橘，可當封君。』此之謂矣。吴末，衡柑成，歲絹千匹。今洲上猶有陳根餘枿，蓋其遺也。」

〔四〕嗔條怒穎：孔稚珪《北山移文》巧借鍾山神靈呵斥假隱士，有云：「叢條瞋膽，疊穎怒魄，或飛柯以折輪，乍低枝而掃跡。請回俗士駕，爲君謝逋客。」　莫染衣塵：陸機《爲顧彦先贈婦二首》其一：「辭家遠行游，悠悠三千里。京洛多風塵，素衣化爲緇。」

【附録】

此詩輯入明曹學佺《石倉歷代詩選》卷一四〇，又輯入清康熙《御選宋金元明四朝詩·御選宋

詩》卷四六、管庭芬、蔣光煦《宋詩鈔補·歐陽文忠詩補鈔》。

閒居即事

巷有容車陋，門無載酒過〔一〕。池喧蛙怒雨，客去雀驚羅〔二〕。握臂如枝骨，哀絃繫節歌〔三〕。無憀漳浦卧，還似詠中阿〔四〕。

【題　解】

原輯《居士外集》卷五，《律詩五十八首》其九。題下無繫年，卷首注：「未第時及西京作。天聖、明道間。」作於天聖六年秋，時在漢陽。詩人卧病閒居，百無聊賴，即景寫懷，抒發閒適鬱悶之情。寫景體物，細緻入微，巧比妙喻，兼挾情思。

【注　釋】

〔一〕容車：狹窄的巷子不能容一輛車子經過。《莊子·讓王》：「子貢乘大馬……軒車不容巷，往見原憲。」宋林希逸《莊子口義》卷九：「軒車不容巷，言巷小而車大。」《左傳·襄公三十一年》：「門不容車。」杜預注：「門牆之内迫迮。」　載酒過：攜酒登門過訪。《漢書·揚雄傳》：「家素貧，嗜酒，人希至其門。時有好事者載酒肴從游學。」唐王維詩《從岐王過楊氏別業應教》：「揚子談經所，淮王載酒過。」

〔二〕蛙怒：《韓非子》卷九《内儲説上》：「越王慮伐吴，欲人之輕死也，出見怒蛙，乃爲之式。從者曰：『奚敬於此？』王曰：『爲其有氣故也。』」　雀驚羅：門可羅雀，形容門庭冷落，來客絶少。《史記·汲鄭列傳論》：「始翟公爲廷尉，賓客闐門；及廢，門外可設雀羅。」

〔三〕握臂：《莊子·達生》：「吾執臂也，若槁木之枝。」《梁書·沈約傳》：「以手握臂，率計月小半分。」參見本書《即目》注〔四〕與《倦征》注〔一〕。　哀絃：悲涼的絃樂聲。曹丕《善哉行》詩：「哀絃微妙，清氣含芳。」　繫筋：「繫」下原注：「一作擊」，當是。祖無擇《龍學文集》卷二《九日陪舊參政蔡侍郎宴潁州西湖》詩：「下僚幸接曹尊末，率爾翻成擊筋歌。」

〔四〕漳浦卧：劉楨《贈五官中郎將》詩：「余嬰沉痼疾，竄身清漳濱。」後世因以爲卧病典實。李商隱《梓州吟罷寄同舍》詩：「楚雨含情皆有託，漳濱多病竟無憀。」　中阿：山灣裏，丘陵之中。《詩·小雅·菁菁者莪》：「菁菁者莪，在彼中阿。」

【附録】

此詩輯入明曹學佺《石倉歷代詩選》卷一四〇，又輯入清管庭芬、蔣光煦《宋詩鈔補·歐陽文忠詩補鈔》、陳焯《宋元詩會》卷一一。

送客回馬上作

南浦空波緑，西陂夕照寒〔一〕。瑶華傷遠道，芳草送歸鞍〔二〕。翠斂遥山疊，氛收古澤寬〔三〕。衰容畏秋色，不及楚楓丹〔四〕。

【題解】

原輯《居士外集》卷五，《律詩五十八首》其十六。題下無繫年，卷首注：「未第時及西京作。天聖、明道間。」作於天聖六年秋，時在漢陽。詩人送客歸來，馬背上觸景生情，感悟人生，自傷未老先衰。色彩斑爛，物我相融，詩法晚唐，情調感傷。

【注釋】

〔一〕「南浦」二句：客人乘船遠去，滿目夕照淒涼。南浦：《楚辭·九歌·河伯》：「子交手兮東行，送美人兮南浦。」後世因以泛指送别之地。江淹《别賦》：「春草碧色，春水緑波，送君南浦，傷如之何？」空波緑：李白《黄鶴樓送孟浩然之廣陵》：「孤帆遠影碧空盡，唯見長江天際流。」西陂：司馬相如《上林賦》：「日出東沼，入乎西陂。」李善注：「《漢宫殿簿》曰：長安有西陂池、東陂池。」

〔二〕瑶華：玉白色花。見前《寄徐巽秀才》注〔一〕。傷遠道：爲遠行而感傷。李商隱《戲贈張書記》：「危弦傷遠道，明鏡惜紅顔。」芳草：香草，古詩常與離情相聯繫。《楚辭·淮南小山·招隱士》：「王孫游兮不歸，春草生兮萋萋。」李商隱《獻河東公啟》：「見芳草則怨王孫之不歸。」

〔三〕「翠斂」二句：秋天裏樹枯雲斂，山水顯得更加空遠。翠斂：翠色收斂，即變枯。唐羅隱詩《韋曲杜處士新居》：「翠斂王孫草，荒誅宋玉茅。」

〔四〕畏秋色：歐《秋聲賦》：「夫秋之爲狀也，其色慘澹，……草拂之而色變，木遭之而葉脱，其所以摧敗零落者，乃其一氣之餘烈。」楚楓丹：楚地的楓樹，每到深秋，其葉緋紅。李商隱詩《自桂林奉使江陵途中感懷寄獻尚書》：「蘆白疑粘鬢，楓丹欲照心。」

【附　録】

此詩輯入清陳焯《宋元詩會》卷一一。

葉矯然《龍性堂詩話》續集：「歐陽永叔詩，心手經營，較子瞻尤多作意。余於全集中録五十餘首，皆翩翩唐調，不落宋習者，另梓外，今爲摘其佳句。如五言云：『瑶華傷遠道，芳草送歸鞍。』……皆作家語也。」

送李寔

幾幅歸帆不暫停，吴天遥望斗牛横〔一〕。香薰翠被乘青翰，波暖屏風詠紫莖〔二〕。江水自隨潮上下，月輪閑與蚌虧盈〔三〕。河橋折柳傷離後，更作南雲萬里行〔四〕。

【題解】

原輯《居士外集》卷五，《律詩五十八首》其二十一。題下無繫年，卷首注：「未第時及西京作。天聖、明道間。」作於天聖六年秋，時在漢陽。《長編》卷一五七、卷一六〇（慶曆年間）、卷二三〇、卷二八四（熙寧年間）紀事有李寔，不知是否其人。《宋詩紀事補遺》卷一五亦有李寔，字公實，河南籍。此李寔當爲吴地人氏，詩人爲其賦詩送行，抒寫離情别緒。詩語疏暢，典實繁夥，頗有西崑痕跡。

【注釋】

〔一〕「幾幅」二句：李寔乘舟離去，將歸吴地。斗牛：斗宿和牛宿，古揚州天文分野，吴地在其中。參見本書《舟中寄劉昉秀才》注〔三〕。

〔二〕「香熏」二句：想像友人舟行途中的坐卧吟諷生活。翠被：《左傳·昭公五年》：楚子「翠被豹舄。」杜預注：「以翠羽飾被」，「以豹皮爲履」。李商隱《夜冷》詩：「西亭翠被餘香薄，一夜將愁向敗荷。」青翰：即青翰舟。船上刻飾鳥形，塗以青色，故稱。劉向《説苑》：「鄂君子皙之泛舟於新波之中也，乘青翰之舟……於是鄂君子皙乃㩜修袂，行而擁之，舉繡被而覆之。」《文選·顏延之〈三月三日曲水詩序〉》：「龍文飾轡，青翰侍御。」吕延濟注：「青翰，船名。」屏風、紫莖：皆指荷花。荷莖紫色，荷葉障風，故稱。《楚辭·招魂》：「芙蓉始發，雜芰荷些。紫莖屏風，文緣波些。」王逸注：「紫莖，言荷莖紫色也。屏風，謂荷葉障風也。」

〔三〕「月輪」句：古人認爲蚌孕珍珠，與月亮盈虧圓缺有關係。《吕氏春秋·精通》：「月望則蚌蛤實，群陰盈。月晦則蚌蛤虚，群陰虧。」虧盈：缺損與盈滿。引申爲消長、盛衰。

〔四〕「河橋」二句：河邊折柳告别後，就是思親懷鄉的萬里航程。河橋：即「河梁」，借指送别之地。《文選·李陵〈與蘇武〉》詩其三：「攜手上河梁，游子暮何之？」折柳：喻送客作别。《三輔黄圖》卷六：「灞橋在長安東，跨水作橋，漢人送客至此橋，折柳贈别。」後多用爲贈别或送别之詞。南雲：南飛的雲朵，常以寄託思親、懷鄉之情。陸機《思親賦》：「指南雲以寄款，望歸風而效誠。」李白《大堤曲》：「佳期大堤下，淚向南雲滿。」

【附　録】

此詩輯入清陳訏《宋十五家詩選·廬陵詩選》。

即目

李徑陰森接翠疇，押簾風日澹清秋[一]。晚烏藏柳棲殘照，遠燕傷風失故樓[二]。星漢經年雖可望，雲波千疊不緘愁[三]。平居革帶頻移孔，誰問無憀沈隱侯[四]。

【題解】

原輯《居士外集》卷五，《律詩五十八首》其二十九。題下無繫年，卷首注：「未第時及西京作。天聖、明道間。」作於天聖六年秋，時在漢陽。詩人登高眺遠，滿目淒涼，感物傷己，悲愴之情，油然而生。詩語清麗，屬對整齊，借景抒懷，情景融一。

【注釋】

〔一〕李徑：李樹下的小路。南朝梁蕭統《夾鐘二月啟》：「走野馬於桃源，飛少女於李徑。」押簾：明趙琦美《趙氏鐵網珊瑚》卷四《山谷詩三帖》：「《漢武故事》曰：上起神屋，以珠爲簾箔，玳瑁押之。東坡詞云『銀蒜押簾』。此山谷改『壓簾』作『押簾』之自來也。」古代貴族鑄銀爲蒜形，以壓簾幕，稱「銀蒜押簾」。

〔二〕「晚烏」二句：秋天傍晚的淒清景致，自喻爲離鄉而受傷的遠燕。晚烏：唐李百藥《秋晚登古城》詩：「頹墉寒雀集，荒堞晚烏驚。」

〔三〕星漢經年：《博物志》：「舊説云天河與海通……人有奇志，立飛閣於槎上，多齎糧，乘槎而去……去十餘日，奄至一處，有城郭狀，屋舍甚嚴。遥望宫中多織婦，見一丈夫牽牛渚次飲之。」雲波：李商隱《西溪》詩：「京華他夜夢，好好寄雲波。」緘愁：寄信言别愁相思。陳江總《七夕》詩：「横波翻瀉淚，束素反緘愁。」

〔四〕「平居」二句：自己日益消瘦，有似當年病瘦的沈約。革帶：皮做的束衣帶。《禮記·玉藻》：「肩革帶，博二寸。」鄭玄注：「凡佩，繫於革帶。」頻移孔：《梁書·沈約傳》：「百日數旬，革帶常應移孔。以手握臂，率計月小半分。」沈隱侯：沈約一生多病，腰肢勞損，世有「沈腰」、「病沈」之説。唐錢起《贈張南史》詩：「紫泥何日到滄洲，笑向東陽沈隱侯。」

【附録】

此詩輯入明李蓘《宋藝圃集》卷九、曹學佺《石倉歷代詩選》卷一四〇，又輯入清康熙《御選宋金元明四朝詩·御選宋詩》卷四六、吴之振《宋詩鈔》卷一二、陳訏《宋十五家詩選·廬陵詩選》。

勑征

沈約傷春思，嵇含倦久游〔一〕。帆歸黄鶴浦，人滞白蘋洲〔二〕。乳燕差池遠，江禽格磔浮〔三〕。物華真可玩，黑鬢恐逢秋〔四〕。

【題　解】

原輯《居士外集》卷五，《律詩五十八首》其三十七。題下無繫年，卷首注：「未第時及西京作。天聖、明道間。」作於天聖六年秋，時在漢陽。詩人往復隨州、漢陽間，又將隨胥偃遠征京師。詩歌描繪舟行漢陽兩岸的自然景觀，感慨時光易逝，壯志未酬，抒發厭游倦征之情。用典精闢，情景妙合，意藴深沉委婉。

【注　釋】

〔一〕沈約：南朝梁文學家、史學家，字休文，吴興武康人。官至尚書令，加特進，光禄、侍中、少傅如故。沈約有《傷春》詩云：「弱草半抽黄，輕條未全緑。……早花散凝金，初露泫成玉。」嵇含：字君道，鞏縣亳丘人，自號「亳丘子」，嵇紹之侄，好學能文章。晉惠帝朝爲中書侍郎，累官至平越中郎將、廣州刺史。倦久游：厭倦長期游宦生涯。《史記·司馬相如列傳》：「長卿故倦游。」裴駰《集解》引郭璞曰：「厭游宦也。」嵇含今存文二十五篇、詩三首，不見倦宦厭游之語，然《新唐書·藝文志》著録《嵇含集》十卷，歐陽修當時得見其全，所言當有所據。

〔二〕黄鶴浦：黄鶴樓附近的江邊。庾信《哀江南賦》：「落帆黄鶴之浦，藏船鸚鵡之洲。」白蘋洲：開滿白色萍花的洲渚。南朝梁柳惲《江南曲》：「汀洲采白蘋，日暖江南春。」温庭筠《菩薩蠻》：「過盡千帆皆不是，斜暉脈脈水悠悠，腸斷白蘋洲。」

〔三〕差池：猶參差。不齊貌。《詩·邶風·燕燕》：「燕燕于飛，差池其羽。」馬瑞辰《通釋》：「差池，義與參差同，皆不齊貌。」格磔：鳥鳴聲。錢起《江行無題》其二十六：「秖知秦塞遠，山鳥吟格磔。」

〔四〕「物華」二句：美好景物值得觀賞，可惜時不我待，轉眼青絲變白髮。

【附　録】

此詩輯入清陳訏《宋十五家詩選·廬陵詩選》。

葉矯然《龍性堂詩話》續集：「歐陽永叔詩，心手經營，較子瞻尤多作意。余於全集中録五十餘首，皆翩翩唐調，不落宋習者，另梓外，今爲摘其佳句。如……『帆歸黄鶴浦，人滯白蘋洲』……皆作家語也。」

公子

黃山開苑獵初回，絳樹分行舞遞來〔一〕。下馬春場雞鬬距，鳴弦初日雉驚媒〔二〕。犀投博齒呼成白，橋隔車音聽似雷〔三〕。不問春蠶眠未起，更尋桑陌到秦臺〔四〕。

【題　解】

原輯《居士外集》卷五，《律詩五十八首》其十一。題下無繫年，卷首注：「未第時及西京作。天聖、明道間。」作於天聖七年（一〇二九）春，時在汴京。胡《譜》：天聖六年「冬，（胥學士偃）攜公泛江，如京師。」天聖七年「是春，公從胥公在京師。試國子監爲第一，補廣文館生。」李商隱有《公子》詩，《西崑酬唱集》亦輯有楊億、劉筠、錢惟演等《公子》詩。此詩仿學西崑之作，描繪豪門紈袴子弟狩獵、歌舞、鬥雞、賭博、嫖妓等寄生游樂生活。雍容典雅，故實繁多，屬對工穩，音韻諧婉。

【注　釋】

〔一〕黃山開苑：漢武帝在陝西武功北黃麓山擴建上林苑。《三輔黃圖·苑囿》：「漢上林苑，即秦之舊苑也。《漢書》云：『武帝建元三年，開上林苑，……北繞黃山，瀕渭水而東。』」黃山，漢宮名，漢惠帝所建，在陝西興平西南。《文選·揚雄〈羽獵賦〉序》：「北繞黃山，濱渭而東，周袤數百里。」李善注：「《漢書》曰：『槐里有黃山之宫。』」劉筠《公子》詩：「油壁香車隔渭橋，黃山路遠苦相邀。」開苑，開闢獵場。苑，古代養禽獸、植樹木的地方。李商隱詩《鄠杜馬上念〈漢書〉》：「渭水天開苑，咸陽地獻原。」絳樹：古代舞女名，亦借指美女。曹丕《答繁欽書》：「今之妙舞莫巧於絳樹，清歌莫善於宋臈。」

〔二〕「下馬」二句：寫鬥雞、獵狩場面。春場：春季郊外爲射獵而整出的空地。李商隱《公子》詩：「春場鋪艾帳，下馬雉媒嬌。」雞鬭距：即鬥雞，以雞相鬥的一種賭博游戲。距，雄雞的後爪，此指裝在鬥鷄距上的金屬假距。《左傳·昭公二十五年》：「季、郈之鷄鬭，季氏介其鷄，郈氏爲之金距。」楊億《公子》詩：「錦鱗河伯供烹鯉，金距鄰翁逐鬭雞。」鳴弦：弓弦，此作引弓射獵。雉媒：爲獵人所馴養用以誘捕野雉的雉。媒，即鳥媒。射獵時用作誘餌、或馴養以招引其同類的鳥。《周禮·秋官·翨氏》：「掌攻猛鳥，各以其物爲媒而掎之。」賈公彦疏：「若今取鷹隼者，以鳩鴿置羅綱之下以誘之。」《文選·潘岳〈射雉賦〉》：「眄箱籠以揭驕，睨驍媒之變態。」徐爰注：「媒者，少養雉子，至長狎人，能招引野雉，因名曰媒。」

〔三〕「犀投」二句：賭博時熱烈喝呼的情形。博齒：骰子。劉禹錫《觀博》：「客有以博戲自任者，速余觀焉。……有博齒二，異乎古之齒。其制用骨，觚棱四，均鏤以朱墨。耦而合數，取應期月，視其轉止，依以爭道。」呼成白：即「呼五白」，指賭博時的高呼叫采。《楚辭·招魂》：

「成梟而牟，呼五白些。」王逸注：「五白者，簙齒也。言己棋已梟，當成牟勝；射張食棋，下逃於窟，故呼五白以助投也。」車音聽似雷：反用古詩「雷隱隱，感妾心。傾耳聽，非車音」，暗示公子有妻室，卻在外拈花惹草，引出結句。

〔四〕桑陌：即陌桑，陌上桑。樂府《相和曲》名，借指《陌上桑》詩中採桑女子羅敷，此處泛指美貌女子。古樂府《陌上桑》：「秦氏有好女，自名爲羅敷。羅敷憙蠶桑，採桑城南隅。」秦臺：此秦臺承上「桑陌」而來，當同《陌上桑》中的「秦氏樓」。《陌上桑》：「日出東南隅，照我秦氏樓。」

【附録】此詩輯入清管庭芬、蔣光煦《宋詩鈔補·歐陽文忠詩補鈔》。

夜意

蕙炷爐薰斷，蘭膏燭艷煎〔一〕。夜風多起籟，曉月漸虧弦〔二〕。鵲去星低漢，烏啼樹暝煙〔三〕。惟應牆外柳，三起復三眠〔四〕。

【題　解】

原輯《居士外集》卷五,《律詩五十八首》其十二。題下無繫年,卷首注:「未第時及西京作。天聖、明道間。」作於天聖七年春,時在汴京。夜深人靜,殘月疏星,詩人難以入眠,又聞烏鵲悲啼,内心鬱悶有所思。唐裴夷直、李商隱等均有《夜意》詩,此詩師法唐人,韻味頗類唐詩,詩題、詩旨與詩語,均受西崑影響。

【注　釋】

〔一〕蘭膏:古代用澤蘭子煉製的油脂,可以點燈。參見本書《禁火》注〔三〕。　煎:消熔。《莊子·人間世》:「山木自寇也,膏火自煎也。」陸德明釋文:「司馬云:『膏起火,還自消。』」

〔二〕起籟:發出聲響。白居易《白羽扇》:「颯如松起籟,飄似鶴翻空。」籟,天籟。　虧弦:彎月。弦,半月形月亮。

〔三〕「鵲去」二句:三國魏曹操《短歌行》:「月明星稀,烏鵲南飛。繞樹三匝,何枝可依?」

〔四〕「三起」句:檉柳柔枝在春風吹拂下時起時伏。　檉柳,又稱人柳、三眠柳。阮閱《詩話總龜》後集卷二七引《漫叟詩話》:「嘗見曲中使柳三眠事,不知所出。後讀玉溪生《江之嫣賦》云:『豈如河畔牛星,隔歲止聞一過;不比苑中人柳,終朝剩得三眠。』注云:『漢苑中有柳,狀如人形。號曰人柳,一日三起三倒。』」

【附録】

此詩輯入明曹學佺《石倉歷代詩選》卷一四〇，又輯入清康熙《御選宋金元明四朝詩·御選宋詩》卷三五、管庭芬、蔣光煦《宋詩鈔補·歐陽文忠詩補鈔》、陳焯《宋元詩會》卷一一、陳訏《宋十五家詩選·廬陵詩選》。

寄劉昉秀才

絲路縈回細入雲，離懷南陌草初薰〔一〕。茂林修竹誰同禊，明月春蘿定勒文〔二〕。燕憶銅鞮來不定，鴻歸碣石信難分〔三〕。東風鷽友應相望，懊惱孤飛不及群〔四〕。

【題解】

原輯《居士外集》卷五，《律詩五十八首》其十五。題下無繫年，卷首注：「未第時及西京作。天聖、明道間。」作於天聖七年春，時在汴京。劉昉，據詩意當爲作者在南方結識的應舉之友。參見本書《舟中寄劉昉秀才》、《劉秀才宅對弈》詩題解。詩人緬懷文友，感傷別離，懊悔獨自離群出游。語言典麗，對仗工穩，韻調淒清，師法西崑之作。

【注釋】

〔一〕「絲路」二句：想像縈回入雲的盤山小道，緬懷早春出游的南方朋友。 草初薰：早春小草剛萌發香氣。南朝梁江淹《別賦》：「閨中風暖，陌上草薰。」李善注：「薰，香氣也。」

〔二〕誰同禊：古代民俗於農曆三月三日在水邊嬉戲，以祓除不祥，稱修禊。晉王羲之《蘭亭詩序》云：「永和九年，歲在癸丑，暮春之初，會於會稽山陰之蘭亭，修禊事也。群賢畢至，少長咸集。此地有崇山峻嶺，茂林修竹……亦足以暢叙幽情。」 定勒文：孔稚珪作《北山移文》銘刻于山石。其文以北山神靈之口吻，譏諷「周子」之類假隱士，有云：「明月獨舉，青松落蔭」、「秋桂遺風，春蘿罷月」。勒文，刻文於石碑。

〔三〕「燕憶」二句：感傷昔日交游者，如今天南地北，天各一方。 燕憶：元袁桷《東平段衡率》：「燕憶香銷塵滿榻，鶴驚琴冷月當窗。」 銅鞮：宫名，在山西沁縣南。《左傳·襄公三十一年》：「今銅鞮之宫數里。」杜預注：「銅鞮，晉離宫。」又指襄陽，代指南方。《隋書·音樂志上》：「初，武帝之在雍鎮，有童謡云：『襄陽白銅蹄，反縛揚州兒。』」 鴻歸碣石：南朝梁劉峻《廣絶交論》：「附騏驥於旄端，軼歸鴻於碣石。」杜甫詩《送舍弟頻赴齊州三首》其三：「莫作俱流落，長瞻碣石鴻。」仇兆鼇注：「《淮南子》遇歸雁於碣石。」碣石，山名，在河北昌黎北。 碣石山餘脈的柱狀石亦稱碣石，該石自漢末起已逐漸沉没海中。

〔四〕「東風」二句：春天裏朋友們一定相互思念，真後悔離開大家獨自出行。 鷰友：好友。

《詩·小雅·伐木》:「相彼鳥矣,猶求友聲。矧伊人矣,不求友生。」不及群:趕不上群體。李商隱《杜司勳》詩:「高樓風雨感斯文,短翼差池不及群。」又《寓懷》:「陽鳥西南下,相思不及群。」

【附録】

此詩輯入明李蓑《宋藝圃集》卷九。

月夕

月氣初升海,屏光半隱扉〔一〕。寒消覺春盡,漏永送籌稀〔二〕。蘭燭風驚燼,煙簾霧濕衣〔三〕。清羸急寬帶,頻減故時圍〔四〕。

【題解】

原輯《居士外集》卷五,《律詩五十八首》其二十四。題下無繫年,卷首注:「未第時及西京作。天聖、明道間。」作於天聖七年春,時在汴京。明月之夜,詩人通宵難眠,腰圍瘦減,當是思親望鄉所致。思致閒適,情調清峭,頗類崑體詩作。

【注釋】

〔一〕月氣：月的精氣。借指月光。高適《同韓四薛三東月亭》詩：「樹陰蕩瑶瑟，月氣延清樽。」

〔二〕漏永：漏壺不斷滴水。漏，古代計時器，即漏壺。古人利用滴水多寡來計量時間的一種儀器，也稱「漏刻」。漏壺中插入一根標竿，稱爲箭。箭下用一隻箭舟託著，浮在水面上。水流出或流入壺中時，箭下沉或上升，藉以指示時刻。籌稀：即「漏籌稀」，亦作「漏稀」。籌指簽籌，漏中指示時辰的部件。

〔三〕蘭燭：用澤蘭子煉製的油脂所製成的蠟燭。參見本書《禁火》注〔三〕。

〔四〕寬帶：衣帶寬鬆，形容腰變瘦。南朝陳蕭驎《詠袙複詩》：「纖腰非學楚，寬帶爲思君。」《梁書·沈約傳》：「百日數旬，革帶常應移孔。」

柳

緑樹低昂不自持，河橋風雨弄春絲〔一〕。殘黄淺約眉雙斂，欲舞先誇手小垂〔二〕。快馬折鞭催遠道，落梅横笛共餘悲〔三〕。長亭送客兼迎雨，費盡春條贈别離〔四〕。

【題解】

原輯《居士外集》卷五，《律詩五十八首》其二十六。題下無繫年，卷首注：「未第時及西京作。

天聖、明道間。」作於天聖七年春，時在汴京。春日長亭，冒雨送客，抒寫別離傷感之情。詩筆秀冶，句句用典，音韻諧婉，情調清峭感愴，題旨與詩風，均近西崑體。

【注釋】

〔一〕低昂：起伏，上下。蘇軾《同秦仲二子雨中游寶山》詩：「立鵲低昂煙雨裏，行人出没樹林間。」春絲：春日的柳條。唐皎然《擬長安春詞》：「春絮愁偏滿，春絲悶更繁。」

〔二〕「殘黄」二句：柳枝在早春風雨中婆娑起舞。早春柳葉新生，芽色嫩黄，如人睡眼惺忪。淺約：猶淡掃，此處代指柳。周邦彦《瑞龍吟》：「侵晨淺約宫黄。」眉雙斂：古詩詞常稱初生的柳葉爲柳眼，又以眉葉未成，故曰「斂」。手小垂：即小垂手，古舞名，又爲樂府雜曲名。《樂府詩集·雜曲歌辭·大垂手》郭茂倩題解：「《樂府題解》曰：大垂手，小垂手，皆言舞而垂其手也。」唐庚《唐子西文録》卷二：「古樂府大垂手、小垂手、獨摇手，皆舞名也。」亦省稱「小垂」。

〔三〕「落梅」句：古樂府《横吹曲辭》有《折楊柳》、《梅花落》等曲名，多言兵事勞苦，其中傷春惜别、懷念征人的作品特别多。落梅，即梅花落，古笛曲名。

〔四〕長亭：古時于道路每隔十里設長亭，故亦稱「十里長亭」，供行旅停息，近城者常爲送别之處。參見本書《送竇秀才》注〔三〕。春條：柳枝。古人有折柳送别的習俗，驛館、津亭多植柳樹。

參見本書《送李寔》注〔四〕。

【附録】

此詩輯入明曹學佺《石倉歷代詩選》卷一四〇，又輯入清康熙《御定佩文齋廣群芳譜》卷七六、管庭芬、蔣光煦《宋詩鈔補·歐陽文忠詩補鈔》。

賀裳《載酒園詩話》：「（永叔）作近體詩，便露本質，雖慕平淡，逸韻自饒。……至《詠柳》曰『長亭送客兼迎雨，費盡長條贈別離』，其態度真堪與柳門綽約也。」按：又見吴喬《圍爐詩話》卷五。

葉矯然《龍性堂詩話》初集：「然天地蘧廬，人生逆旅，愚者不知，智者不免，能信爲別離者乎？……永叔云：『長亭送客兼迎客，費盡春條贈別離。』亦此意也。」

小圃

桂樹鴛鴦起，蘭苕翡翠翔〔一〕。風高絲引絮，雨罷葉生光〔二〕。蝶粉花霑紫，蜂茸露濕黄〔三〕。愁醒與消渴，容易爲春傷〔五〕。

【題　解】

原輯《居士外集》卷五，《律詩五十八首》其二十八。題下無繫年，卷首注：「未第時及西京作。天聖、明道間。」作於天聖七年春，時在汴京。詩歌描寫小園春天的綺麗景色，抒發對大自然的喜愛，也透露些微傷春之情。描摹精細，典雅旖旎，題旨内容與體物風格，均受崑詩影響。

【注　釋】

〔一〕翡翠：鳥名，嘴長而直，羽毛美麗，吃魚蝦、昆蟲等。《楚辭·招魂》：「翡翠珠被，爛齊光些。」王逸注：「雄曰翡，雌曰翠。」洪興祖補注：「翡，赤羽雀；翠，青羽雀。《異物志》云：翠鳥形如燕，赤而雄曰翡，青而雌曰翠。」

〔二〕「風高」二句：晴空中游絲招惹著隨風飄蕩的柳絮；雨後的樹葉顯得格外生機勃勃。葉生光：梁元帝《晚景有游後園》詩：「波横山度影，雨罷葉生光。」

〔三〕蝶粉：亦作「蜨粉」，蝶翅上的天生粉屑。李商隱《酬崔八早梅有贈兼示之作》詩：「何處拂胸資蝶粉，幾時塗額藉蜂黄。」馮浩箋注：「按：《野客叢書》引《草堂詩餘注》：『蜨粉蜂黄，唐人宫妝也。』且引此聯以證之。然粉面額黄，豈始唐時哉？」宋程大昌《演繁露續集》卷四：「嘗有問予周美成詞曰『蝶粉蜂黄都過了』用何事？予曰：記得《李義山集》有之，李《酬崔八早梅》曰：『何處拂胸資蝶粉，幾時塗額藉蜂黄。』又《贈子直花下》曰：『屏緣蝶留粉，窗油蜂印黄。』

周蓋用李語也。」

〔四〕「愁酲」二句：醉酒與患病的時候，最容易傷春。酲：病酒，指酒醉後神志不清。《詩·小雅·節南山》：「憂心如酲，誰秉國成。」毛傳：「病酒曰酲。」消渴：同「痟渴」，即糖尿病、尿崩病等。歐晚年患有此疾，其《亳州乞致仕第四劄子》云：「臣自治平二年已來，遽得痟渴，四肢瘦削，脚膝尤甚。」

【附録】此詩輯入清陳焯《宋元詩會》卷一一、陳訏《宋十五家詩選·廬陵詩選》。

送竇秀才

晴原高下細如鱗，樹轉城回路欲分〔一〕。望月西樓人共遠，躍鞍南陌草初薰〔二〕。短亭山翠偏多疊，送目鴻驚不及群〔三〕。一驛賦成應援筆，好憑飛翼寄歸雲〔四〕。

【題解】原輯《居士外集》卷五，《律詩五十八首》其三十三。題下無繫年，卷首注：「未第時及西京作。

天聖、明道間。」作於天聖七年春，時在汴京。竇秀才，生平不詳，當爲南方人，與詩人在科考中相識。詩歌抒寫送別時的難分難捨，讚美朋友的卓越文才，囑託分手後相互詩文酬唱。語言典雅，繪景細膩，情感摯誠。

【注釋】

〔一〕路欲分：李商隱《代元城吴令暗爲答》：「背闕歸藩路欲分，水邊風日半西曛。」

〔二〕望月西樓：唐韋應物《寄李儋元錫》詩：「西樓望月幾回圓。」又韋莊《西樓望月》詩：「城西樓上月……思鄉獨下遲。」草初薰：初生的草，剛剛發出香氣。唐盧弼《聞雁》詩：「瀚海應嫌霜下早，湘川偏愛草初薰。」

〔三〕短亭：古時城外官道旁，五里設短亭，十里設長亭，爲行人休憩或送行餞别之所。鴻驚：亦作「驚鴻」，驚飛的鴻雁。曹植《洛神賦》：「翩若驚鴻，婉若游龍。」

〔四〕一驛賦成：喻文思敏捷，文章倚馬可待。《隋書·潘徽傳》：潘徽字彦伯，「秦孝王俊聞其名，召爲學士。嘗從俊朝京師，在塗，令徽於馬上爲賦，行一驛而成，名曰《述思賦》。俊覽而善之。」飛翼：指鴻雁傳書的飛鳥。歸雲：行雲。《文選·陸士衡〈擬行行重行行〉》：「歸雲難寄音。」李善注：「《楚辭》曰：『願寄言於浮雲兮，遇豐隆而不將。』」

旅思

調苦歌非樂，歧多淚始零〔一〕。羞彈長鋏劍，終戀五侯鯖〔二〕。陌草薰沙緑，江楓照岸青。南陔動歸思，蘭葉向春馨〔三〕。

【題解】

原輯《居士外集》卷五，《律詩五十八首》其三十四。題下無繫年，卷首注：「未第時及西京作。天聖、明道間。」作於天聖七年春，時在汴京。詩人的旅居之思，有道路多歧的悲傷苦悶，有心慕富貴而恥於干謁的心理矛盾，更有歸養慈母的親情鄉思。詩致委婉，意境渾成，情思蘊於典實。

【注釋】

〔一〕調苦：苦調，即清商調。商聲爲古代五音之一，其調淒清悲苦。《韓非子·十過》：「公曰：『清商固最悲乎？』師曠曰：『不如清徵。』」歧多：岔道多，易迷失方向，使人無所適從，因此感傷。《淮南子·說林訓》：楊朱見歧路而哭泣，「爲其可以南，可以北。」

〔二〕「羞彈」二句：詩人既想望仕途通達，又不願意屈志干謁。長鋏劍：長劍。《戰國策·齊策四》載：齊人馮諼貧苦不能自存，寄居孟嘗君門下。因食無魚、出無車，無以爲家，三彈其劍鋏，歌曰：「長鋏歸來乎！」後人因用爲處境窘困而有所干求之典。五侯鯖：漢代婁護混合王氏五侯家珍膳而烹飪的雜燴。五侯，漢成帝母舅王譚、王根、王立、王商、王逢時同日封侯，號五侯。鯖，肉和魚的雜燴。《西京雜記》卷二：「五侯不相能，賓客不得來往。婁護豐辯，傳食五侯間，各得其歡心，競致奇膳，護乃合以爲鯖，世稱五侯鯖，以爲奇味焉。」後以指佳餚。

〔三〕「南陔」二句：南國田野的春蘭正散發馨香，詩人動了歸養母親的念頭。南陔：《詩·小雅》篇名。六笙詩之一，有目無詩。《南陔》、《白華》、《華黍》爲前三篇，是燕饗之樂。《詩·小雅·南陔序》：「《南陔》，孝子相戒以養也。」《儀禮·鄉飲酒禮》：「笙入堂下，磬南北面立，樂《南陔》、《白華》、《華黍》。」後用爲奉養和孝敬雙親的典實。《文選·束皙〈補亡詩〉》：「循彼南陔，言采其蘭。」李善注：「循陔以采香草者，將以供養其父母。」陔，指畦，田畝。

【附録】

此詩輯入清陳焯《宋元詩會》卷一一。

仙意

孤桐百尺拂非煙，鳳去鸞歸夜悄然〔一〕。滄海風高愁燕遠，扶桑春老記蠶眠〔二〕。槎流千里纔成曲，桂魄經旬始下弦〔三〕。獨有金人寄遺恨，曉盤雲淚冷涓涓〔四〕。

【題解】

原輯《居士外集》卷五，《律詩五十八首》其三十五。題下無繫年，卷首注：「未第時及西京作。天聖、明道間。」作於天聖七年春，時在汴京。詩歌描寫仙界的冷寂虛幻，表現詩人毁仙謗道的一貫思想。參見本書《漢宫》題解。對仗工巧，典故繁多，詩旨深沉婉曲。

【注釋】

〔一〕孤桐：特生的梧桐。《尚書·禹貢》：「嶧陽孤桐。」孔傳：「孤，特也。嶧山之陽，特生桐，中琴瑟。」謝朓《游東堂詠桐》：「孤桐北窗外，高枝百尺餘。」非煙：慶雲，五色祥雲。《史記·天官書》記載：「若煙非煙，若雲非雲，鬱鬱紛紛，蕭索輪囷，是謂卿雲。卿雲，喜氣也。」鳳去：升入仙界。《列仙傳》：「蕭史善吹簫，秦穆公有女字弄玉，妻焉。教弄玉吹簫，作鳳鳴，王爲作鳳樓，夫妻居其上。居數日，感鳳凰來集，一夕皆隨鳳去。」鸞歸：回歸仙界。《西京雜記》載韓安國《几賦》：「龍盤馬回，鳳去鸞歸。」李商隱《李肱所遺畫松詩書兩紙歸四十韻》：「終期紫鸞歸，持寄扶桑翁。」

〔二〕愁燕遠：《太平御覽》引《洞冥記》云：「元鼎元年起昭靈閣，有神女留一玉釵與帝，帝以賜趙倢伃。至昭帝元鳳中，宫人猶見此釵，共謀欲碎之，明旦視之，恍然見白燕直升天去，故宫人作玉釵，因改名玉燕釵，言其吉祥。」扶桑：神話中的樹名。《山海經·海外東經》：「湯谷上有扶桑，十日所浴，在黑齒北。」郭璞注：「扶桑，木也。」相傳日出於扶桑之下，故又謂東方日出之處爲扶桑，亦代稱太陽。蠶眠：指「蠶書」。《神異經》：「東方有桑樹焉……上自有蠶。」李商隱《海上謡》：「雲孫帖帖卧秋煙，上元細字如蠶眠。」據《漢武内傳》，武帝見王母及上元夫人，乃信天下有神仙之事。其後以上元夫人所授《五真圖》、《靈光經》、六甲靈飛十二事，自撰集爲一卷，皆蠶書，寶藏之，常齋戒焚香拜讀。

〔三〕槎流千里：晉張華《博物志》卷一〇：「舊説云：天河與海通，近世有人居海渚者，年年八月，有浮槎去來，不失期。」槎，浮槎，即木筏。桂魄：月亮。駱賓王《傷祝阿王明府》詩：「嗟乎，輪銷桂魄，驪珠毁貝闕之前，斗散紫氛，龍劍没延平之水。」下弦：農曆每月二十二日或二十三日，看到月亮呈反「D」字形，這種月相稱下弦。

〔四〕「獨有」二句：化用李賀《金銅仙人辭漢歌》「空將漢月出宫門，憶君清淚如鉛水」詩意，表達對滄桑世事無可奈何的悲傷感。金人：即金銅仙人。漢武帝所鑄以手掌托舉盤承露的仙人。參見本書《漢宫》詩注〔三〕。

【附　録】

此詩輯入明李蓘《宋藝圃集》卷九。

送友人南下

河橋别柳減春條，隔浦挐音聽已遥〔一〕。千里羹蓴誇畝酪，滿池滮稻欲鳴蜩〔二〕。東風楚岸神靈雨，殘月吴波上下潮〔三〕。如弔湘纍搴香若，秋江斜日駐蘭橈〔四〕。

【題　解】

原輯《居士外集》卷五，《律詩五十八首》其四十。題下無繫年，卷首注：「未第時及西京作。天聖、明道間。」作於天聖七年夏，時在汴京。友人自京師經吴地而南下楚地，詩人送行，爲賦此作。詩人想像朋友南下途中的吴楚風光，以典雅清麗的語言，似工非工的對仗，描繪送别時的淒清之景，抒寫惜别之情，表達對朋友的關愛與慰勉。仿效崑體，事典繁富，辭采斑斕。

【注釋】

〔一〕別柳：折柳送別。參見本書《送李寔》注〔四〕。　挐音：槳聲。挐，通「橈」。《莊子・漁父》：「顏淵還車，子路授綏，孔子不顧，待水波定，不聞挐音，而後敢乘。」成玄英疏：「船遠波定，不聞橈響，方敢乘車。」

〔二〕千里羹蓴：陸機入洛，人言中原酪之美味，陸機以爲千里羹蓴可以相敵。羹蓴，即蓴菜做的羹，吴郡美味之一，張翰爲之千里棄官歸鄉。《晉書・張翰傳》：「翰因見秋風起，乃思吴中菰菜、蓴羹、鱸魚膾，曰：『人生貴得適志，何能羈宦數千里以要名爵乎？』遂命駕而歸。」　滮：水流貌。《詩・小雅・白華》：「滮池北流，浸彼稻田。」毛傳：「滮，流貌。」

〔三〕神靈雨：《楚辭・九章・山鬼》：「杳冥冥兮羌晝晦，東風飄兮神靈雨。」

〔四〕「如弔」二句：想像友人秋天抵達楚地祭弔屈原的情形，實借屈子以自傷。　湘纍：指屈原。參見本書《楚澤》詩注〔一〕。　搴香若：採摘香草杜若。參見本書《楚澤》注〔六〕。　蘭橈：小舟的美稱。唐太宗《帝京篇》其六：「飛蓋去芳園，蘭橈游翠渚。」

【附録】

此詩輯入明李蓘《宋藝圃集》卷九、曹學佺《石倉歷代詩選》卷一四〇，又輯入清管庭芬、蔣光煦《宋詩鈔補・歐陽文忠詩補鈔》、陳訏《宋十五家詩選・廬陵詩選》。

榴花

絮亂絲繁不自持，蜂黄蝶紫燕參差〔一〕。榴花最恨來時晚，惆悵春期獨後期〔二〕。

【題　解】

原輯《居士外集》卷五，《律詩五十八首》其四十二。題下無繫年，卷首注：「未第時及西京作。天聖、明道間。」作於天聖七年夏，時在汴京。詩歌借晚開之榴花，抒寫未能及時建功立業的惆悵心情，榴花成爲詩人形像的代言人。詠物擬人，託意深遠，題材與作法皆仿效李商隱詩。

【注　釋】

〔一〕「絮亂」二句：春末夏初風景：柳絮晴絲自由翻舞，蜂蝶燕雀上下飛翔。絮亂絲繁：李商隱《燕臺詩四首》其一：「雄龍雌鳳杳何許，絮亂絲繁天亦迷。」燕參差：《詩·邶風·燕燕》：「燕燕于飛，參差其羽。」李商隱《池邊》詩：「玉管葭灰細細吹，流鶯上下燕參差。」

〔二〕「榴花」二句：石榴花開，時在農曆五月，春時已過，故云「獨後期」。翻用李商隱《回中牡丹爲雨所敗二首》其二「浪笑榴花不及春，先期零落更愁人」詩意。

【附録】

此詩輯入明李蓘《宋藝圃集》卷九，又輯入清陳訏《宋十五家詩選·廬陵詩選》。

井桐

簷欹碧瓦拂傾梧〔一〕，玉井聲高轉轆轤。腸斷西樓驚穩夢〔二〕，半留殘月照啼烏。

【題解】

原輯《居士外集》卷五，《律詩五十八首》其四十九。題下無繫年，卷首注：「未第時及西京作。天聖、明道間。」作於天聖七年夏秋間，時在汴京。轆轤汲水，驚破離人美夢，抒寫離别相思之情。詠物抒懷，寓情于景，詩情畫意，涵藴豐厚。

【注釋】

〔一〕傾梧：梧桐傾歪。楊億《小園秋夕》詩：「玉井梧傾猶待鳳，金塘柳密更藏鴉。」

〔二〕驚穩夢：從好夢中驚醒。李商隱《賦得雞》：「可要五更驚穩夢，不辭風雪爲陽烏。」

【附　録】　此詩輯入明李蓘《宋藝圃集》卷九，又輯入清康熙《御選宋金元明四朝詩·御選宋詩》卷六五。

詔重修太學詩

漢詔崇儒術，虞庠講帝猷〔一〕。叢楹新賨構，萬杵逐歡謳〔二〕。照爛雲甍麗，回環璧水流〔三〕。冠童儀盛魯，蒿柱德同周〔四〕。舞翟彌文郁，横經盛禮脩〔五〕。微生聽昕鼓，願齒夏絃游〔六〕。

【題　解】

原輯《居士外集》卷二四《近體賦》，題下附注：「官題詩。」繫天聖七年。作於是年秋，時在汴京。胡《譜》：天聖七年「秋，赴國學解試，又第一。」是秋國子監解試題爲《國學試人主之尊如堂賦》、《詔重修太學詩》、《國學試策三道》等，此爲詩試作。官題詩，即一般應制詩，爲五言十二句近體。此詩褒頌朝廷右文國策，禮贊太學新貌，表達弘儒崇經的志向。恪守詩律，使典逞才，表現一般官題詩特點。

【注　釋】

〔一〕「漢詔」二句：借詠漢武帝「罷黜百家，獨尊儒術」，讚頌宋仁宗尊儒興學。《漢書·武帝紀》：「孝武初立，卓然罷黜百家，表章《六經》。」《宋會要輯稿（以下簡稱《會要》）·選舉三》宋仁宗天聖七年正月詔令：「國家……設科取士，務求時俊，……庶有裨於國教，期增闡於儒風。」虞庠：周代學校名。《禮記·王制》：「周人養國老於東膠，養庶老於虞庠。」鄭玄注：「虞庠亦小學也。西序在西郊，周立小學於西郊……周之小學爲有虞氏之庠制，是以名庠云。其立鄉學亦如之。」此指國子監、太學，即宋代教育管理機關和最高學府。　帝猷：帝王治國之道。周煇《清波別志》卷中：「近日典掌誥命，多不得其人……恐不足以發揮帝猷，號令四海。」

〔二〕「叢楹」二句：描寫重修太學的宏偉場面。　歡謳：指杵歌，即夯歌，打夯號子。《左傳·襄公十七年》：「築者謳曰：『澤門之皙，實興我役；邑中之黔，實慰我心。』」周密《武林舊事·大禮》：「自嘉會門至麗正門，計九里三百二十步，皆以潮沙填築，其平如席，以便五輅之往來。每隊各有歌頭，以彩旗爲號，唱和杵歌等曲。」

〔三〕照爛：猶燦爛。漢司馬相如《子虛賦》：「衆色炫耀，照爛龍鱗。」　雲甍：高聳入雲的屋脊。《左傳·襄公二十八年》：「猶援廟桷，動於甍。」杜預注：「甍，屋棟。」孔穎達疏：「此是屋上之長材，椽所以馮依者也。今俗謂之屋脊。」　璧水：指太學。《詩·魯頌·泮水》毛傳：「天子辟廱。」鄭箋：「辟廱者，築土雝水之外圓如璧。」吴自牧《夢粱録·學校》：「古者天子有學，謂之『成均』，又謂之『上庠』，亦謂之『璧水』，所以養育作成天下之士類，非州縣學比也。」

〔四〕「冠童」二句：如今學子衆多，超越當年魯國的孔門弟子；學宫雖然簡陋，教化之功可與周代媲美。冠童儀：成年人舉行的加冠之禮。《論語·先進》：「冠者五六人，童子六七人。」《禮記·冠義》：「古者冠禮，筮日筮賓，所以敬冠事。」蒿柱：周宫以蒿爲柱。《太平御覽》卷一八五引《吕氏春秋》：「周之明堂，茅茨、蒿柱、土階三等，以示節儉。」又《拾遺記》卷三：「條陽山出神蓬如蒿，長十丈。周初，國人獻之，周以爲宫柱，所謂蒿宫也。」

〔五〕舞翟：即翟舞，吹籥執翟以舞。翟，野雞的尾羽。《詩·小雅·鼓鍾》：「以雅以南，以籥不僭。」孔穎達疏：「以爲雅樂之萬舞，以爲南樂之夷舞，以爲羽籥之翟舞，此三者皆不僭差，故可爲美。」文郁：文治繁盛。《論語·八佾》：「郁郁乎文哉。」横經：指受業或讀書。李白《上安州裴長史書》：「常横經藉書，製作不倦，迄於今三十春矣。」

〔六〕微生：作者自我謙稱。李商隱《過楚宫》詩：「微生盡戀人間樂，秖有襄王憶夢中。」昕鼓：黎明擊鼓。昕，天初亮。《禮記·文王世子》：「天子視學，大昕鼓徵，所以警衆也。」鄭玄注：「早昧爽擊鼓以召衆也。」夏絃：夏天學習絃歌。相傳周文王世子之學，春誦，夏絃，秋學禮，冬讀書。《禮記·文王世子》：「春誦，夏絃，大師詔之。」鄭玄注：「誦，謂歌樂也；絃，謂以絲播詩。」

【附録】

李濂《汴京遺跡志》卷三：「建隆中，藝祖於南宫城立太學，後爲國子監。真宗以書庫迫隘，易其鄰錢俶居第中隙地十步以益之，設齋凡二十，每齋有爐亭。仁宗慶曆六年，詔以錫慶院益之。」

秋獮詩

豳籥迎寒至，商飆應節流〔一〕。戎容修大獮，殺氣順行秋〔二〕。多稼登方茂，三農隙始休〔三〕。飲歸軍實獻，誓衆獘爲裘〔四〕。索享儀非蜡，圍田禮異蒐〔五〕。國威思遠播，神武暢皇猷〔六〕。

【題　解】

原輯《居士外集》卷二四《近體賦》，題下附注：「見古省題詩。」無繫年。作於天聖八年（一〇三〇）正月，詩人時年二十四歲，當爲備考禮部而作。胡《譜》：天聖八年「正月，試禮部，翰林學士晏公殊知貢舉，公復爲第一。三月，御試崇政殿，公甲科第十四名。」秋獮，古代國君秋季打獵。《爾雅·釋天》：「秋獵爲獮。」《左傳·隱公五年》：「故春蒐夏苗，秋獮冬狩，皆於農隙以講事也。」詩歌描寫天子秋獵的奢華排場，頌揚帝王神武與天朝國威。摹擬官題詩，多使典故史事，語言莊重雅正。

【注釋】

〔一〕豳籥：豳人吹籥所奏的樂章。《周禮·春官·籥章》：「籥章：掌土鼓豳籥。」鄭玄注：「豳籥，豳人吹籥之聲章。」孫詒讓《正義》：「以豳人習吹此籥，故即謂之豳籥。至其吹之爲聲以節歌，則又有《詩》、《雅》、《頌》之異，不必皆爲豳音也。」商飆：秋風。古人以五音與四季相配，商音凄涼，與秋天肅殺之氣相應，因以配秋季。《禮記·月令》：「孟秋之月，其聲商，律中夷則。」陸機《園葵詩》：「時逝柔風戢，歲暮商飆飛。」

〔二〕「戎容」二句：爲了軍事訓練而舉行秋季大獵，其肅殺之氣與秋天相應。大獮：即獮畋，秋季打獵。《周禮·夏官·大司馬》：「中秋，教以兵……遂以獮田。」殺氣：猶陰氣，寒氣，指秋日肅殺之氣。《禮記·月令》：「〔仲秋之月〕殺氣浸盛，陽氣日衰。」

〔三〕三農：指春、夏、秋三個農時。漢張衡《東京賦》：「三農之隙，曜威中原。」

〔四〕軍實：畋獵戰果。晉左思《吴都賦》：「數軍實乎桂林之苑，饗戎旅乎落星之樓。」黻爲裘：穿著黻裘。黻，指黻衣，古代禮服名，上繡黑青相間的亞形花紋。裘，用毛皮製成的禦寒衣服。

〔五〕索享：求索所有的神而盡祭之。《禮記·郊特牲》：「伊耆氏始爲蜡。蜡也者，索也。歲十二月，合聚萬物而索饗之也。」鄭玄注：「索，謂求索也。」「饗者，祭其神也。」蜡：年終大祭。囿田：即囿畋。蒐：特指春獵。《左傳·定公四年》：「取於有閻之土以共王職，取於相土之東都以會王之東蒐。」郭沫若《集外·蒐苗的檢閱》：「而在受了教練了以後還要舉行大規模的田獵，春天的叫著蒐，夏天的叫著苗，秋天的叫著獮，冬天的叫著狩。」一説秋獵爲蒐。《穀梁傳》：「四時之田，皆爲宗廟之事也。春曰田，夏曰苗，秋曰蒐，冬曰狩。」《春秋繁露·深察名號》亦云：「春苗，秋蒐，冬狩，夏獮。」

〔六〕神武：原謂以吉凶禍福威服天下而不用刑殺。後用爲英明威武之意，多用以稱頌帝王將相。《漢書·叙傳下》：「皇矣漢祖，纂堯之緒，實天生德，聰明神武。」皇猷：帝王的謀略或教化，聖人所行之大道。《北史·牛弘傳》：「今皇猷遐闡，化覃海外。」

【附録】

陸淳《春秋集傳纂例》卷六：「趙子曰：四時之田，其事各殊，其名亦異。春以閲武擇材，故以蒐爲稱；夏以爲苗除害，故以苗爲名；秋則順天時以殺物，故以獮爲義；冬則因守禽獸以習戰，故以狩爲目。《左氏》曰春蒐、夏苗、秋獮、冬狩是也。」附注：「《周禮》、《爾雅》並同此説。《公羊》則曰春曰苗，秋曰蒐，冬曰狩。《穀梁》則曰春曰田，夏曰苗，秋曰蒐，冬曰狩。」

翠旌詩

盛禮郊儀肅，純音帝樂清〔一〕。葳蕤飄翠羽，赫奕展華旌〔二〕。鳳邸光交覆，鸞旗色共明〔三〕。繽紛拂葩蓋，輝映雜綏纓〔四〕。且異文竿飾，非同翿舞名〔五〕。竹宫歌毖祀，雅曲播遺聲〔六〕。

【題　解】

原輯《居士外集》卷二四《近體賦》，題下附注：「官題詩。」繫天聖八年。作於是年正月，時與禮部試。胡《譜》：天聖八年「正月，試禮部，翰林學士晏公殊知貢舉，公復爲第一。三月，御試崇政殿，公甲科第十四名。」本年禮部試題爲《司空掌輿地圖賦》、《翠旍詩》、《南省試策五道》等。翠旍，亦作「翠旍」，即用翡翠鳥羽毛製成的旍旗。《楚辭·九歌·少司命》：「孔蓋兮翠旍，登九天兮撫彗星。」王逸注：「言司命以孔雀之翅爲車蓋，翡翠之羽爲旗旍。」詩歌描繪天子儀仗的堂皇威武，讚美太平盛世的禮樂文治。詩重事典，辭貴藻繪，盡顯官題詩本色。

【注　釋】

〔一〕郊儀：皇帝郊祭的儀仗。純音：純正的音樂。《論語·八佾》：「子語魯大師樂曰：『樂其可知也。始作翕如也，從之純如也。』」

〔二〕葳蕤：羽毛裝飾儀仗之貌。《漢書·司馬相如傳上》：「下摩蘭蕙，上拂羽蓋；錯翡翠之葳蕤，繆繞玉綏。」顔師古注：「葳蕤，羽飾貌。」翠羽：翠鳥的羽毛，古代多用以作飾物。《文選·

曹植《七啟》：「戴金搖之熠耀，揚翠羽之雙翹。」劉良注：「金搖，釵也；熠爍，光色也；又飾以翡翠之羽於上也。」赫奕：光輝炫耀貌。《文選·何晏〈景福殿賦〉》：「故其華表則鎬鎬鑠鑠，赫奕章灼，若日月之麗天也。」李善注：「鎬鎬鑠鑠，赫奕章灼，皆謂光顯昭明也。」

〔三〕鳳邸：帝王宮室。唐上官儀《奉和過舊宅應制詩》：「翠梧臨鳳邸，滋蘭帶鶴舟。」鸞旗：天子儀仗中的旗子。上繡鸞鳥，故稱。《漢書·賈捐之傳》：「鸞旗在前，屬車在後。」顏師古注：「鸞旗，編以羽毛，列繫幢旁，載於車上，大駕出，則陳於道而先行。」亦泛指一般儀仗的旗子。

〔四〕葩蓋：即華蓋，帝王或貴官車上的傘蓋。晉崔豹《古今注·輿服》：「華蓋，黄帝所作也，與蚩尤戰於涿鹿之野，常有五色雲氣，金枝玉葉，止於帝上，有花葩之象，故因而作華蓋也。」葩，像花形的飾物。《文選·張衡〈思玄賦〉》：「轙琱輿而樹葩兮，擾應龍以服輅。」李善注：「葩，蓋之金華也。」　緌纓：古帽帶下垂部分。《説文》：「緌，系冠纓也。」《禮記·内則》鄭玄注：「緌，纓之飾也。」孔穎達疏：「結纓頷下以固冠，結之餘者散而下垂謂之緌。」

〔五〕文竿：以翠羽爲飾之竿。《文選·班固〈西都賦〉》：「揄文竿，出比目。」李善注：「文竿，竿以翠羽爲文飾也。」　翿舞：執翿以舞。翿，即纛。頂上以羽毛爲飾的旗。古代樂舞者執之以舞。《詩·王風·君子陽陽》：「君子陶陶，左執翿。」毛傳：「翿，纛也，翳也。」鄭箋：「翳，舞者所持，謂羽舞也。」

〔六〕竹宮：用竹建造的宮室。代稱祠壇。《三輔黃圖·甘泉宮》：「竹宮，甘泉祠宮也，以竹爲宮，天子居中。」後世用作祠壇的泛稱。金元好問《松上幽人圖》詩：「不飲不食玉雪姿，竹宮月夕頻望祠。」毖祀：謹慎祭祀。《尚書·洛誥》：「予沖子夙夜毖祀。」孔傳：「言政化由公而立，我童子徒早起夜寐，慎其祭祀而已。」遺聲：先朝留下的樂曲。《禮記·樂記》：「故《商》者，五帝之遺聲也。」

【附録】

此詩輯入清張景星、姚培謙、王永祺《宋詩别裁集》卷七。

《宋會要輯稿·選舉一》：「天聖八年正月十二日，以資政殿學士晏殊權知貢舉，御史中丞王隨、知制誥徐奭、張觀權同知貢舉，合格奏名進士歐陽修已下四百一人。」

聞朱祠部罷潯州歸闕

漢柱題名墨未乾，南州坐布政條寬〔一〕。嶺雲路隔梅欹驛，使馹秋歸柳拂鞍〔二〕。建禮侵晨趨冉冉，明光賜對珮珊珊〔三〕。潁川此召行聞拜，冠頍凝塵俟一彈〔四〕。

【題解】

原輯《居士外集》卷五，《律詩五十八首》其三十六。題下無繫年，卷首注：「未第時及西京作。天聖、明道間。」作於天聖八年秋，時在汴京。朱祠部，不詳其人。潯州，屬宋廣南西路，治所在今廣西桂平。據宋庠《贈潯州朱祠部》詩意及詩末附注，可知此人曾任尚書郎十年，平日喜誦佛典，治潯州實施寬政，頗有治績。參見本詩「附録」。詩人喜聞朱祠部罷知潯州返歸朝廷，贈此致賀。詩歌移情入景，典實繁富，意藴委曲深沉。

【注釋】

〔一〕「漢柱」二句：朱祠部原爲尚書省著名郎官，治理潯州實施寬政，頗有宦績。漢柱：題名漢柱。漢趙岐《三輔決録》卷二：「田鳳爲尚書郎，容儀端正，每入奏事，靈帝目送之。題柱曰：『堂堂乎張，京兆田郎。』」南州：指潯州。《楚辭·遠游》：「嘉南州之炎德兮，麗桂樹之冬榮。」姜亮夫校注：「南州猶南土也，此當指楚以南之地言。」

〔二〕「嶺雲」二句：潯州遠在梅嶺之外，朱祠部秋季任滿歸京。攲驛：靠近驛站。攲，通「倚」。馹：古代驛站專用的車，此指驛馬。《左傳·文公十六年》：「楚子乘馹，會師於臨品。」杜預注：「馹，傳車也。」

〔三〕「建禮」二句：想像朱祠部還朝後尚書省當值、朝堂賜對的情景。建禮：漢宫門名，爲尚書郎值勤之處。《文選·沈約〈和謝宣城〉》：「晨趨朝建禮，晚沐卧郊園。」李善注引《漢官典職》：「尚書郎晝夜更直於建禮門内。」此指尚書省。　趨冉冉：小步走。《玉臺新詠·日出東南隅行》：「盈盈公府步，冉冉府中趨。」　明光：漢代宫殿名。亦泛指朝廷宫殿。唐武元衡《出塞作》詩：「要須灑掃龍沙淨，歸謁明光一報恩。」　賜對：帝王召見臣子對答問題。曾鞏《自福州召判太常寺上殿劄子》：「臣愚不敏，蒙恩賜對。」　佩珊珊：玉佩聲。杜甫《鄭駙馬宅宴洞中》詩：「自是秦樓壓鄭谷，時聞雜佩聲珊珊。」

〔四〕潁川：即許州，治所在今河南許昌。此指潁川太守黄霸。唐歐陽詢《藝文類聚》卷五〇《太守》：「黄霸，字次公，爲潁川太守，户口歲增，治爲天下第一，徵守京兆尹。是時鳳皇、神雀數集郡國，潁川尤多，天子以霸治行終長者，下詔賜爵關内侯，黄金百觔。」　冠頍：古代用以束髮固冠的髮飾。《釋名·釋首飾》：「簂，恢也，恢廓覆髮上也。魯人曰頍。頍，傾也，著之傾近前也。」　一彈：彈冠，整冠，以示慶賀或敬肅。《漢書·王吉傳》：「吉與貢禹爲友，世稱『王陽在位，貢公彈冠』，言其取舍同也。」謂王吉（王陽）、貢禹友善，王吉做官，貢禹也準備出仕。

【附録】

宋庠《元憲集》卷一〇《贈潯州朱祠部》：「粉署郎潛已十年，囊毫奏議委千篇。恥論頗牧雲中級，去詠齊夷海國泉。路控驛疆逢瑞翟，氣收炎浦見飛鳶。鈴齋宴坐真腴盛，幾種天花落帳前。」詩末附注：「公妙達空諦，而薰習持誦，高於當時矣。」

鄭駕部射圃

夢草西堂射圃連，蘭苕初日露華鮮〔一〕。暈含畫的弦開月，牙筭行籌酒滿船〔二〕。鏤管思催吟韻劇，妓簾陰薄舞衣翩〔三〕。當筵獨愧探牛炙，儉府芙蓉客盡賢〔四〕。

【題解】

原輯《居士外集》卷五，《律詩五十八首》其三十八。題下無繫年，卷首注：「未第時及西京作。天聖、明道間。」作於天聖八年秋，時在汴京。鄭駕部，不詳其名。駕部，官職名。掌輿輦、傳乘、郵驛、廄牧之事。射圃，即射箭訓練場。詩歌描寫鄭氏射圃中的文士宴飲、射帖、觀賞歌舞，表現文人雅趣，抒發朋輩游宴歡樂之情。詩語雅麗，典實繁多，情致深沉婉曲。

【注釋】

〔一〕夢草西堂：《南史·謝惠連傳》載，謝靈運曾在西堂夢見謝惠連而得「池塘生春草」佳句。參見本書《曉詠》注〔四〕。華鮮：鮮豔，鮮美。謝靈運《山居賦》：「雖備物之偕美，獨扶渠之華鮮。」

〔二〕「暈含」二句：射箭時拉開弓弦如滿月，酒席上算籌盈桌酒滿杯。暈：環繞靶心周圍的同心圓。畫的：彩繪的箭靶。唐張説《玄武門侍射》詩：「雕弧月半上，畫的暈重圓。」牙筭：以象牙做的算籌，喻指作工精緻的酒籌。行籌：謂以籌碼計數。《隨園詩話》卷七引清洪亮吉《題某官散賑圖》詩：「行籌散盡整鞭去，不遺索米來豪胥。」船：酒杯。唐李浚《松窗雜録》：「上因聯飲三銀船，盡一鉅餡。」

〔三〕鏤管：樂器。刻花的竹管。王嘉《拾遺記·周穆王》：「器則有岑華鏤管……岑華，山名也，在西海上，有象竹，截爲管吹之，爲群鳳之鳴。」妓簾：歌妓的簾幕。《南史·夏侯亶傳》：「〔亶〕晚年頗好音樂，有妓妾十數人，並無被服姿容，每有客，常隔簾奏之，時謂簾爲夏侯妓衣。」後因謂簾幕爲簾衣。陸龜蒙《寄遠》詩：「畫扇紅絃相掩映，獨看斜月下簾衣。」陰薄：單薄。唐秦韜玉《題竹》詩：「捲簾陰薄漏山色，欹枕韻寒疑雨聲。」

〔四〕「當筵」二句：酒宴上主賓皆是才俊，唯有自己未能射箭中的。探牛炙：《晉書·王濟傳》：「王愷以帝舅奢豪，有牛名八百里駮，常瑩其蹄角。濟請以錢千萬與牛對射而賭之，愷亦自恃其能，令濟先射，一發破的，因據胡牀，叱左右速探牛心來，須臾而至，一割便去。」牛炙，烤牛肉。楊億《別墅》詩：「武子牛探炙，梁家兔刻毛。」儉府：南朝齊王儉的府第。儉于高帝時爲衛將軍，領朝政，用才名之士爲幕僚，後世遂以「儉府」爲幕府的美稱。五代齊己詩《江寺春殘寄幕中知己》其二：「社蓮漸與幕蓮同，嶽寺蕭條儉府雄。」芙蓉客：賢良幕僚。《南史·庾杲之傳》：「安陸侯蕭緬與儉書曰：『盛府元僚，寔難其選。庾景行泛渌水，依芙蓉，何其麗也。』時人以入儉府爲蓮花池，故緬書美之。」

西征道中送陳舅秀才北歸

綦墅風流謝舅賢，髮光如葆惜窮年〔一〕。人隨黄鵠飛千里，酒滿棲烏送一絃〔二〕。望驛早梅迎遠使，拂鞍衰柳拗歸鞭〔三〕。越禽胡馬相逢地，南北思歸各黯然〔四〕。

【題　解】

原輯《居士外集》卷五，《律詩五十八首》其十七。題下無繫年，卷首注：「未第時及西京作。天聖、明道間。」作於天聖九年（一〇三一）春，時在由汴京赴洛陽任途中。胡《譜》：天聖九年「三月，公至西京。」西征途中遇北歸的陳舅，驛站送客而賦此詩。陳舅，北方人，生平不詳。詩歌抒寫雙方依依難捨之别情，以及各自南北思歸之鄉戀。詩受崑體影響，語言典麗，移情於物，意藴深婉。

【注釋】

〔一〕棊墅風流：《晉書·謝安傳》：「安遂命駕出，山墅親朋畢集，方與玄圍棋賭別墅。安常棋劣於玄，是日玄懼，便爲敵手而又不勝。安顧謂其甥羊曇曰：『以墅乞汝。』安遂游涉，至夜乃還，指授將帥，各當其任。玄等既破堅，有驛書至，安方對客圍棋，看書既竟，便攝放牀上，了無喜色，棋如故。」棋墅，謝安在金陵城東築的別墅。　髮光如葆：頭髮隱隱有光澤，指青春少年。葆，葆光，光輝隱蔽而不外露。《莊子·齊物論》：「注焉而不滿，酌焉而不竭，而不知其所由來，此之謂葆光。」　窮年：窮困之時。韋應物《睢陽感懷》：「窮年方絶輪，鄰援皆攜貳。」

〔二〕「人隨」二句：陳氏千里北歸，我斟酒奏曲爲其送行。　黄鵠：鳥名，能高飛遠翔，借指背井離鄉的游子。《漢書·西域傳下·烏孫國》：「昆莫年老，語言不通，公主（江都王劉建之女細君）悲愁，自爲作歌曰：『……居常土思兮心内傷，願爲黄鵠兮歸故鄉。』」　棲烏：本爲晚宿的歸鴉，此指古樂府《烏棲曲》。庾信《和炅法師游昆明池》詩：「落花催斗酒，棲烏送一絃。」　送一絃：庾信《和靈法師游昆明池二首》其二：「斗酒棲烏送一絃。」倪璠注：「古樂府有《烏棲曲》。《高士傳》曰：『孫登彈一絃琴。』」一絃，一絃琴。古琴的一種。《宋史·樂志四》：「絲部有五：曰一絃琴，曰三絃琴，曰五絃琴，曰七絃琴，曰九絃琴，曰瑟。」

〔三〕早梅：陸凱《贈范曄》詩：「折梅逢驛使，寄與隴頭人。江南無所有，聊贈一枝春。」　拂鞍：李商隱《楚澤》詩：「集鳥翻魚艇，殘虹拂馬鞍。」

〔四〕越禽胡馬：南方的鳥和北方所産的馬，喻各自依戀故土的南、北方人。《古詩十九首》：「胡馬依北風，越鳥巢南枝。」李善注：「《韓詩外傳》曰：《詩》曰『代馬依北風，飛鳥棲故巢』，皆不忘本之謂也。」

七交七首

河南府張推官〔一〕

堯夫大雅哲，稟德實温粹〔二〕。霜筠秀含潤，玉海湛無際〔三〕。平明坐大府，官事盈案几。高談遺放紛，外物不能累〔四〕。非惟席上珍，乃是青雲器〔五〕。

尹書記〔六〕

師魯天下才，神鋒凜豪儁〔七〕。逸驥卧秋櫪，意在騤騤迅〔八〕。平居弄翰墨，揮灑不停瞬。談笑帝王略，驅馳古今論〔九〕。良工正求玉，片石胡爲韞〔一〇〕？

楊户曹〔一一〕

子聰江山稟〔一二〕，弱歲擅奇譽。盱衡恣文辯，落筆妙言語〔一三〕。胡爲冉冉趨〔一四〕，三十滯公府？美璞思善價〔一五〕，浮雲有夷路。大雅惡速成，俟命宜希古〔一六〕。

梅主簿〔一七〕

聖俞翹楚才，乃是東南秀〔一八〕。玉山高岑岑，映我覺形陋〔一九〕。《離騷》喻草香，詩人識鳥獸〔二〇〕。城中爭擁鼻，欲學不能就〔二一〕。平日禮文賢，寧久滯奔走〔二二〕。

張判官〔二三〕

洛城車隆隆，曉門爭道入。連袂紛如帷〔二四〕，文者豈無十。壯矣張太素，拂羽擇其集〔二五〕。遠慕鄴才子〔二六〕，一笑懽相挹。雖有軒與冕〔二七〕，攀翔莫能及。人將孰君子，盍視其游執〔二八〕？

王秀才[二九]

幾道顔之徒，沉深務覃聖[三〇]。采藻薦良璧，文潤相輝映[三一]。入市羊駕車，談道犀爲柄[三二]。時時一文出，往往紙價盛[三三]。無爲戀丘樊，遂滯蒲輪聘[三四]。

自叙

余本漫浪者，兹亦漫爲官[三五]。胡然類鴟夷，託載隨車轅[三六]。時士不俛眉，默默誰與言[三七]？賴有洛中俊，日許相躋攀[三八]。飲德醉醇酎，襲馨佩春蘭[三九]。平時罷軍檄，文酒聊相歡[四〇]。

【題解】

此組詩原輯《居士外集》卷一，繫天聖九年。作於是年春，時年二十五歲，任西京留守推官。宋西京河南府，即今河南洛陽。胡《譜》：天聖九年「三月，公至西京。錢文僖公惟演爲留守，幕府多名士。與尹洙師魯、梅堯臣聖俞尤善，日爲古文歌詩，遂以文章名冠天下。」歐在洛陽密切交往者，除府尹錢思公（惟演）、通判謝希深（絳）外，還有「六友」，即河南府伊陽知縣尹師魯（洙）、河南縣主簿梅聖俞（堯臣）、河南府户曹參軍楊子聰、河南府判官張太素、河南府推官張堯夫（汝士）、秀才王幾道（復）等。「七交」即「六友」與詩人自身。組詩分别吟詠初官伊洛時期的六位知己，言及各人所長，表現朋友間的相知相契之深，最後的《自敘》，自詠個人生活情趣。詩語與意象追摹唐詩風韻，卻摒棄傳統的四韻八句，雜用五、六韻，初步顯示脱唐入宋的詩歌創作新走向。

【注　釋】

〔一〕張推官：張汝士，字堯夫，開封襄邑人。時任河南府署推官，與節度掌書記共掌本府節度使印、簽署軍事文書，協助長吏治事。後辟爲河南府司録。歐有《河南府司録張君墓表》。

〔二〕「堯夫」二句：張汝士儒雅而有哲思，秉賦德行温和純正。

〔三〕「霜筠」二句：張推官涵養深厚，有翠竹般靈秀之氣，又有恢宏氣度。霜筠：指竹。賈島《竹》詩：「子猷没後知音少，粉節霜筠漫歲寒。」玉海：比喻人的弘深氣度。《南史·朱異傳》：「〔異〕器宇弘深，神表峰峻。金山萬丈，緣陟未登，玉海千尋，窺映不測。」

〔四〕「高談」二句：張推官高談闊論，不爲紛亂無緒的政務所拖累。放紛：放任紛亂。《左傳·昭公十六年》：「子産怒曰：『發命之不衷，出令之不信，刑之頗類，獄之放紛……僑之恥也。』」杜預注：「放，縱也。紛，亂也。」

〔五〕「非惟」二句：張推官志向遠大，他日當成大器。席上珍：喻儒者美善之才。《禮記·儒行》：「儒有席上之珍以待聘。」青雲器：胸懷曠達、志趣高遠的人才。《文選·顏延之〈五君詠·阮始平〉》：「仲容青雲器，實秉生民秀。」李善注：「青雲，言高遠也。」李周翰注：「青雲器，高大者也。」

〔六〕尹書記：尹洙，字師魯，河南府人。天聖二年進士，時爲河南府伊陽知縣，與歐等習作古文，爲北宋詩文革新幹將。《宋史》卷二九五有傳，歐有《尹師魯墓誌銘》。

〔七〕神鋒：謂氣概、風標。有風度俊邁之意。《晉書·王澄傳》：「澄嘗謂衍曰：『兄形似道，而神鋒太儁。』」

〔八〕「逸驥」二句：駿馬暫時屈居馬棚，志在日後的迅疾奔跑。　騤騤：馬行雄壯貌。《詩·小雅·采薇》：「駕彼四牡，四牡騤騤。」騤騤，原作「騤騤」，據《全宋詩》改。

〔九〕「談笑」二句：尹洙談古論今，有治國謀略。歐《尹師魯墓誌銘》：「師魯當天下無事時獨喜論兵，爲《叙燕》、《息戍》二篇行於世。自西兵起，凡五六歲，未嘗不在其間，故其論議益精密，而於西事尤習其詳。其爲兵制之説，述戰守勝敗之要，盡當今之利害。」

〔一〇〕「良工」二句：朝廷識才者正在延攬人才，有才者應當報效社會，不要自我埋没。　良工：古代泛稱技藝高超之人，此喻識才者。　韞：藴藏。《論語·子罕》：「有美玉於斯，韞櫝而藏諸？」朱熹集注：「韞，藏也。」

〔一一〕楊户曹：即楊子聰，時任河南府户曹參軍。明道二年調任吏部，歐《送楊子聰户曹序》有云：

「子聰南人，樂其土風，今秩滿調於吏部，必吏於南也。吾見南之州郡有傑然而獨出者，必楊子聰也。」

〔二〕江山稟：稟賦江山之靈秀，喻天資聰穎。

〔三〕「盱衡」二句：楊氏氣宇軒昂，文章恣肆，妙筆生花。盱衡：揚眉舉目。《漢書·王莽傳上》：「當此之時，公運獨見之明，奮亡前之威，盱衡厲色，振揚武怒。」顔師古注引孟康曰：「眉上曰衡。盱衡，舉眉揚目也。」

〔四〕冉冉趨：指仕宦爲政。《玉臺新詠·日出東南隅行》：「盈盈公府步，冉冉府中趨。」

〔五〕「美璞」句：《論語·子罕》：「子貢曰：『有美玉於斯，韞櫝而藏諸？求善價而沽諸？』子曰：『沽之哉！沽之哉！我待賈者也。』」璞，未雕琢的玉。浮雲：駿馬名。《西京雜記》卷二：「文帝自代還，有良馬九匹，皆天下之駿馬也，一名浮雲。」

〔六〕「大雅」二句：大器晚成，厚德高才之人不會速成，應該學習古賢，聽天待命。大雅：大才，大器。《文選·班固〈西都賦〉》：「大雅宏達，於兹爲群。」李善注：「大雅，謂有大雅之才者。」俟命：聽天由命。《禮記·中庸》：「上不怨天，下不尤人，故君子居易以俟命，小人行險以儌幸。」鄭玄注：「俟命，聽天任命也。」希古：仰慕古人。《文選·嵇康〈幽憤詩〉》：「抗心希古，任其所尚。」吕延濟注：「希，慕也。言舉心慕古人之道。」

〔七〕梅主簿：即梅堯臣，字聖俞，宣城人，世稱宛陵先生。時爲河南縣（今洛陽）主簿，謝絳出任河南府通判後，梅堯臣避妹婿之嫌調任河陽縣主簿。《宋史》卷四四三有傳。

〔一八〕「聖俞」二句：歐《梅堯臣墓誌銘》：「聖俞遂以詩聞。自武夫、貴戚、童兒、野叟，皆能道其名字，雖妄愚人不能知詩義者，直曰此世所貴也，吾能得之，用以自矜。故求者日踵門，而聖俞詩遂行天下。」　翹楚才：喻傑出人才。《詩·周南·漢廣》：「翹翹錯薪，言刈其楚。」鄭箋：「楚，雜薪之中尤翹翹者。」孔穎達《〈春秋正義〉序》：「劉炫於數君之内，實爲翹楚。」　東南秀：梅氏爲今安徽宣城人，地處東南，故云。

〔一九〕「玉山」二句：梅氏儀表堂堂，令自己相形見絀。　玉山：喻俊美的儀容。《三國志補注》：「其（嵇康）醉也，傀俄若玉山之將崩。」　岑岑：聳立高出貌。白居易《池上作》詩：「華亭雙鶴白矯矯，太湖四石青岑岑。」

〔二〇〕「離騷」二句：梅堯臣詩有如《詩經》、《離騷》，善於比興見意。　喻草香：漢王逸《楚辭章句》：「《離騷》之文……善鳥香草以配忠貞。」　識鳥獸：《論語·陽貨》：「孔子曰：『小子何莫學夫《詩》？《詩》可以興，可以觀，可以群，可以怨；邇之事父，遠之事君；多識於鳥獸草木之名。』」

〔二一〕「城中」二句：洛陽城中的文士爭著吟詠梅詩而學作不成。　擁鼻：即「擁鼻吟」。《晉書·謝安傳》：「安本能爲洛下書生詠，有鼻疾，故其音濁，名流愛其詠而弗能及，或手掩鼻以效之。」後以「擁鼻吟」指用雅音曼聲吟詠。亦省作「擁鼻」。

〔二二〕滯奔走：長久地沉滯下僚。奔走，受驅使。《國語·魯語下》：「士有陪乘，告奔走也。」韋昭注：「奔走，使令也。」

〔二三〕張判官：字太素，不詳其名，時任河南府判官。梅堯臣同年有詩《張太素之邠州》。

〔二四〕連袂：亦作「聯袂」，衣袖相聯，喻攜手偕行，或形容人多。唐儲光羲《薔薇》詩：「連袂踏歌從此去，風吹香氣逐人歸。」

〔二五〕「壯矣」二句：張判官氣度非凡，不妄交人。　拂羽：展翅高翔。《禮記·月令》：季春之月「鳴鳩拂其羽，戴勝降于桑。」鄭玄注：「鳴鳩飛且翼相擊。」　集：本指鳥棲止於樹。此處喻擇所而居，擇友而交。

〔二六〕鄴才子：三國魏的鄴中七子，即「建安七子」。後用以稱有文才者。唐賈曾《奉和春日出苑矚目應令》：「招賢已從商山老，託乘還徵鄴下才。」鄴，古都邑名。治所在今河北臨漳鄴鎮。戰國魏文侯在此建都，曹操爲魏王，定都於此。

〔二七〕軒與冕：古時大夫以上官員的車乘和冕服，借指官位爵禄。陶潛《感士不遇賦》：「既軒冕之非榮，豈緼袍之爲恥。」　攀翔：登攀飛翔。指結交，相識。

〔二八〕「人將」二句：一個人是否君子，觀看他所結交的朋友就知道了。

〔二九〕王秀才：王復，字幾道。唐宋間凡應舉者皆稱秀才。歐書簡《與王幾道》（景祐元年）題下注：「復」。慶曆八年爲王母所作《長壽縣太君李氏墓誌銘》云：「其爲母也，有三男三女。及其老也，鼎爲職方員外郎，震太子中舍，復太常博士，三子者皆有才行，而復尤好古有文，聞於當世。」《宋詩紀事》卷二九：「復，洛人，鄉貢進士，官典郡正郎。」

〔三〇〕「幾道」二句：秀才王復具有聖人遺風。歐書簡《與梅聖俞》其三（明道元年）：「幾道之『循』，有顔子之中庸。」 顔：孔子弟子顔回。《孟子·離婁下》：「顔子當亂世，居於陋巷，一簞食、一瓢飲；人不堪其憂，顔子不改其樂，孔子賢之。」後以「顔子」借指安貧樂道之士。 覃聖：深入鑽研聖人之道。

〔三一〕「采藻」二句：王氏文章如玉，文筆生輝。 采藻：華美辭藻，喻文彩斑斕。《三國志·蜀志·秦宓傳》：「君子懿文德，采藻其何傷！」

〔三二〕「入市」二句：王氏有仙風道骨。 羊駕車：《湖廣通志》卷一一：「羊車嶺，世傳有仙以羊駕車經此。」《晉書·衛玠傳》：「總角乘羊車入市，見者皆以爲玉人，觀之者傾都。」 犀爲柄：即犀柄，犀柄麈尾。唐陸龜蒙詩《村夜》其一：「遇敵舞蚍矛，逢談捉犀柄。」

〔三三〕「時時」二句：王氏文章奇絶，落筆後廣爲傳抄。 紙價盛：晉左思構思十年，寫成《三都賦》，豪富之家競相傳抄，洛陽爲之紙貴。事見《晉書·左思傳》，後因以紙價貴形容著作風行一時，流傳甚廣。

〔三四〕「無爲」二句：勉勵王復不要因爲遁世無爭，而影響朝廷薦聘賢材。 戀丘樊：指歸隱田園。蒲輪：用蒲草裹輪的車子，轉動時震動較小。古時常用于封禪或迎接賢士，以示禮敬。《漢書·武帝紀》：「遣使者安車蒲輪，束帛加璧，徵魯申公。」顔師古注：「以蒲裹輪取其安也。」

〔三五〕「余本」二句：歐官伊洛，朋輩稱其「逸老」，而自薦「達老」。書簡《與梅聖俞》其三（明道元年）云：「前承以『逸』名之，自量素行少岸檢，直欲使當此稱。然伏内思，平日脱冠散髮，傲卧笑談，乃是交情已照外遺形骸而然爾。……必欲不遺，『達』字敢不聞命？」漫浪：放縱而不受世俗拘束。《新唐書·元結傳》：「公之漫其猶聱乎？公守著作，不帶笭箵乎？又漫浪於人間，得非聱齖乎？」

〔三六〕「胡然」二句：爲什麽自己就如綁在屬車上的禮器，隨車駕而行走南北東西。鴟夷：革囊，盛酒器，朝廷禮器。《藝文類聚》卷七二引揚雄《酒賦》：「鴟夷滑稽，腹如大壺，盡日盛酒，人復藉酤。」《宋史·儀衛志三》「國初鹵簿」：「《後漢志》云：『尚書、御史所載。』揚雄曰：『鴟夷國器，託於屬車。』則是漢之屬車，非獨載人，又以載物，亦《儀禮》所謂『畢乘』之義也。」

〔三七〕「時士」二句：當時的社會名流，没有誰看得起我而愿與我結交。

〔三八〕「賴有」二句：唯有洛陽城中的才俊，不嫌棄我而屈尊下交。

〔三九〕「飲德」二句：與良朋益友相處，如飲醇美之酒，如入芝蘭之室，獲得美德的誘掖與薰陶。飲德：蒙受德澤。謝靈運《擬魏太子鄴中集詩·曹植》：「中山不知醉，飲德方覺飽。」醇酎：多次釀成的純酒。襲馨：襲取花香，喻受優良影響。佩春蘭：佩帶香草春蘭，喻志趣高潔。屈原《離騷》：「紉秋蘭以爲佩。」

〔四〇〕軍檄：草擬官府軍政文稿。文酒：在宴會上一邊喝酒，一邊賦詩相娱。宋司馬光《和君貺宴張氏梅臺》：「淹留文酒樂，璧月上瑶臺。」

【附録】

《自叙》詩輯入明曹學佺《石倉歷代詩選》卷一四〇，又輯入清管庭芬、蔣光煦《宋詩鈔補·歐陽文忠詩補鈔》。

《歐集》卷二四《河南府司録張君墓表》：「初，天聖、明道之間，錢文僖公守河南。公，王家子，特以文學仕至貴顯，所至多招集文士，而河南吏屬，適皆當世賢材知名士，故其幕府號爲天下之盛。」按：錢惟演，字希聖，初謚思，後改謚文僖。《宋史》卷三一七有傳。

王闢之《澠水燕談録》卷四：「天聖末，歐陽文忠公……爲西京留守推官，府尹錢思公、通判謝希深皆當世偉人，待公優異。公與尹師魯、梅聖俞、楊子德（聰）、張太素、張堯夫、王幾道爲七友，以文章道義相切劘。率嘗賦詩飲酒，閒以談戲，相得尤樂。洛中山水園庭、塔廟佳處，莫不游覽。」

黄震《黄氏日鈔》卷六一：「詩多與尹師魯、梅聖俞作，云：『師魯天下才。』又詩云：『聖俞翹楚才。』嘗答聖俞詩云：『文會忝余盟，詩壇推子將。』公以文自任，謂詩不及聖俞也。」

陶宗儀《説郛》卷二六上引羅志仁《姑蘇筆記》：「錢文僖公演雖生富貴家，而文雅樂善出天性，晚以使相留守西京，時通判謝絳、掌書記尹洙、留守推官歐陽修，皆一時勝彦。游宴吟詠未嘗不同，洛下多水竹奇卉，凡園囿勝處無不到。」潘永因《宋稗類鈔》卷一：「錢文僖惟演守西都，梅聖俞、謝希深、尹師魯、歐陽永叔、楊子德（聰）、張太素、張堯夫、王幾道同在幕下，號爲八友。以文章道義相切劘，率常賦詩飲酒，間以談戲，相得尤樂。洛中山水園庭塔廟佳處，莫不游覽。」

鶗鴂

花殘如霰落紛紛，紫陌空遺翠幰塵〔一〕。鶗鴂枉緣催節物〔二〕，年華不信有傷春。

【題解】

原輯《居士外集》卷五，《律詩五十八首》其四十四。題下無繫年，卷首注：「未第時及西京作。天聖、明道間。」作於天聖九年春，時在洛陽任西京留守推官。鴂，原題下附注：「一作『鴂』。」鶗鴂，即子歸，杜鵑鳥。詩人託物寄興，借物詠志，抒寫初入仕途時積極進取之豪情。

【注釋】

〔一〕「花殘」二句：春末衆花凋落，路上唯見行車碾過後的翠緑色灰塵。翠幰：翠緑色的車帷，代指華美的車子。《文選·潘岳〈籍田賦〉》：「微風生於輕幰兮，纖埃起於朱輪。」李善注：「幰，車幰也。《釋名》：車幰所以禦熱也。」

〔二〕催節物：鸛𪇆每當春時便會鳴叫，似乎催促農人耕田播種。參見本書《寄徐巽秀才》注〔一〕。

簾

銀蒜鈎簾宛地垂，桂叢烏起上朝暉〔一〕。枉將玳瑁雕爲押〔二〕，遮掩春堂礙燕歸。

【題　解】

原輯《居士外集》卷五，《律詩五十八首》其四十五。題下無繫年，卷首注：「未第時及西京作。天聖、明道間。」作於天聖九年春，時在洛陽任西京留守推官。詩人詠物寄懷，感慨玳瑁簾押裝飾華美而不實用，藴含哲理，寄寓人生體驗。

【注　釋】

〔一〕銀蒜：銀質蒜條形簾鈎，用以鈎簾。庾信《夢入堂内》詩：「幔繩金麥穗，簾鈎銀蒜條。」倪璠注：「銀鈎若蒜條，象其形也。」楊慎《升庵集》卷六七《銀蒜》：「歐陽六一仿玉臺體詩：『銀蒜鉤簾宛地垂。』……銀蒜，蓋鑄銀爲蒜形，以押簾也。」烏起：太陽昇起。烏，古代神話傳説太陽中有三足烏，因以代稱太陽。《山海經·大荒東經》：「一日方至，一日方出，皆載于烏。」郭璞注：「中有三足烏。」

〔三〕玳瑁：本指爬行動物，形似龜。甲殼黄褐色，有黑斑和光澤，可做裝飾品。此指以玳瑁爲簾押。押：壓簾之具。南朝陳徐陵《〈玉臺新詠〉序》：「玉樹以珊瑚作枝，珠簾以瑇瑁爲押。」

【附　録】

此詩輯入明李蓘《宋藝圃集》卷九，又輯入清康熙《御選宋金元明四朝詩·御選宋詩》卷六五。

柳

雨闊堤長走畫轅，絮兼梨雪墮春煙〔一〕。東風苑外千絲老，猶伴吴蠶盡日眠〔二〕。

【題　解】

原輯《居士外集》卷五，《律詩五十八首》其四十八。題下無繫年，卷首注：「未第時及西京作。天聖、明道間。」作於天聖九年春，時在洛陽任西京留守推官。暮春時節，詩人乘車出游長堤，柳絮陪梨花飄落，柳枝伴蠶蟲休眠，一派安閒恬靜的景象。詠物興寄，情融于景，春慵形狀，盎然可掬。

【注釋】

〔一〕畫轅：雕有圖案的車。

〔二〕「東風」二句：垂柳千絲，閒適欲睡，顯得悠然而自得。盡日眠：白居易《即事》詩：「見月連宵坐，聞風盡日眠。」

【附録】

此詩輯入明李蓘《宋藝圃集》卷九，又輯入清康熙《御選宋金元明四朝詩·御選宋詩》卷六五、陳訏《宋十五家詩選·盧陵詩選》。

普明院避暑

選勝避炎鬱，林泉清可佳〔一〕。拂琴驚水鳥，代麈折山花〔二〕。就簡刻筠粉，浮甌烹露芽〔三〕。歸鞍微帶雨，不惜角巾斜〔四〕。

【題　解】

原輯《居士外集》卷六，無繫年，列景祐元年詩後，誤。歐景祐元年春已離洛歸襄陽，是夏何有此詠？當作於天聖九年夏，時在洛陽任西京留守推官。普明院爲白居易洛陽故宅，其後園即大字院，錢惟演與幕僚天聖、明道間多聚會於此。梅堯臣《宛陵先生集》卷一有《與諸友普明院亭納涼分題》詩，其中「竹蔭過晚雨，林表見殘紅」等詩境，與歐此作接近，當爲同時避暑之作。張耒《明道雜志》有云：「余游洛陽大字院，見歐公、謝希深、尹師魯、梅聖俞等避暑唱和詩牌。」亦可資證。朱東潤《梅堯臣集編年校注》（以下簡稱《梅集編年》）繫梅詩於天聖九年，今從之。此詩以林泉、拂琴、水鳥、山花、賦詩、烹茶等，表現文人聚會的高雅情趣。語言清新淡雅，描摹委備精工，以歐梅聯盟爲標誌的宋詩革新發軔於斯。此類團體性同題分詠，屬于洛邑文人集團高品位的文學活動，文人相互間藉此競技鬥勝，共同促進宋詩題材與藝術的發展。

【注　釋】

〔一〕「選勝」二句：普明院後園林泉清勝，爲避暑消煩佳處。參見「附録」歐《游大字院記》。

〔二〕麈：即麈尾。古人閒談時執以驅蟲、撣塵的一種工具。古人清談時必執麈尾，相沿成習，常執於手，爲名流雅器。陶潛《晉故征西大將軍長史孟府君傳》：「亮以麈尾掩口而笑。」此折山花以代麈尾，極表自然悠閒之意態。

〔三〕刻篘粉：指題詩刻於竹牌。篘粉，竹節上附著的白粉。白居易《畫竹歌》：「嬋娟不失篘粉態，蕭颯盡得風煙情。」　露芽：福建古名茶。唐李肇《唐國史補》卷下：「風俗貴茶，茶之名品益衆……福州有方山之露芽。」芽，即芽茶，形狀像芽的嫩茶葉。

〔四〕角巾斜：冠巾不正，描寫醉態。劉過《雨華臺次胡仲芳韻》：「子醉辭吐鳳，吾狂字落鴉。兒童應笑客，風颭角巾斜。」角巾，有棱角的頭巾。

【附　録】

此詩輯入明曹學佺《石倉歷代詩選》卷一四〇，又輯入清管庭芬、蔣光煦《宋詩鈔補·歐陽文忠詩補鈔》。

《歐集》卷六三《游大字院記》：「六月之庚，金伏火見，往往暑虹晝明，驚雷破柱，鬱雲蒸雨，斜風酷熱，非有清勝不可以消煩炎，故與諸君子有普明後園之游。春筍解籜，夏潦漲渠，引流穿林，命席當水，紅薇始開，影照波上，折花弄流，銜觴對奕，非有清吟嘯歌，不足以開歡情，故與諸君子有避暑之詠。太素最少飲，詩獨先成，坐者欣然繼之。日斜酒歡，不能徧以詩寫，獨留名於壁而去。他日語且道之，拂塵視壁，某人題也。因共索舊句，揭之於版，以志一時之盛，而爲後會之尋云。」按：此文繫天聖九年，亦可證詩繫年有誤。

邵伯温《邵氏聞見録》卷八：「天聖、明道中，錢文僖公自樞密留守西都，謝希深爲通判，歐陽永叔爲推官，尹師魯爲掌書記，梅聖俞爲主簿，皆天下之士。錢相遇之甚厚。一日，會於普明院，白樂天故宅也，有《唐九老畫像》。」

送左殿丞入蜀

傳聞蜀道難，行客若登天〔一〕。紫竹深無路，黄花忽見川〔二〕。聞禽嗟異域，問俗訪耆年〔三〕。欲識京都遠，惟應望日邊〔四〕。

【題　解】

原輯《居士集》卷一〇，無繫年，列天聖九年詩後。作於是年夏，時在洛陽任西京留守推官。左殿丞，不詳其人。原題「丞」下校云：「一作『直』。」殿丞，皇帝侍從，左右班殿直的通稱。宋熙寧以前指左右兩班小使臣寄禄官。左氏入蜀爲官，歐賦此詩送行，想像西行風光及赴任後的異鄉生活，勉慰遠行的朋友。情寓於景，詩語平易流暢，顯現擺脱崑體的跡象。

【注　釋】

〔一〕「傳聞」句：李白《蜀道難》：「蜀道之難，難於上青天」。

〔二〕「黄花」句：抵達川蜀正值秋菊時節，送行當在夏季。　紫竹：竹的一種。亦名黑竹。莖成長後爲紫黑色，故稱。　黄花：菊花。《禮記·月令》：「〔季秋之月〕鞠有黄華。」陸德明釋文：「鞠，本又作菊。」一曰水名，黄花川在漢中，爲河南、陝西到四川的通道之一。「黄花忽見川」即「忽見黄花川」。宋祝穆《方輿勝覽》卷六九：「黄花川在梁泉，大散水流入黄花川。唐有黄花縣，後並爲梁泉，王維有詩。」

〔三〕嗟異域：感慨他鄉風光。《阻風珠江口漫成十韻》：「驅馳嗟異域，摇落感今朝。」　耆年：老年人。南朝齊王融《三月三日曲水詩序》：「耆年闕市井之游，稚齒豐車馬之好。」

〔四〕日邊：猶言天邊，指極遠的地方。《世説新語·夙惠》：「〔晉元帝〕問明帝：『汝意謂長安何如日遠？』答曰：『日遠。不聞人從日邊來，居然可知。』」亦代指京都。李白《永王東巡歌》：「西入長安到日邊。」

秋郊曉行

寒郊桑柘稀，秋色曉依依〔一〕。野燒侵河斷〔二〕，山鴉向日飛。行歌採樵去，荷鍤刈田歸〔三〕。秫酒家家熟，相邀白竹扉〔四〕。

【題　解】

原輯《居士集》卷一〇，無繫年，列天聖九年詩後。作於是年秋，時在洛陽任西京留守推官。詩歌描寫洛陽郊區的秋景，欣慕鄉曲園林的安閒，讚賞農家民俗的淳樸。體物細緻，詩境開闊，富有動感，畫面清幽閑適。

【注　釋】

〔一〕桑柘：桑樹和柘樹，葉可飼蠶。

〔二〕「野燒」句：野火燃燒後留下的痕跡，一直延伸到河邊。野燒：莊稼秋收後，點火燒田，以利明年再耕。唐嚴維《荆溪館呈丘義興》詩：「野燒明山郭，寒更出縣樓。」

〔三〕荷鍤：背負著鎬鍬。鍤，鍬。《漢書·王莽傳上》：「父子兄弟負籠荷鍤，馳之南陽。」

〔四〕秫酒：用秫釀成的酒。蘇軾《超然臺記》：「擷園蔬，取池魚，釀秫酒，瀹脱粟而食之，曰：『樂哉游乎。』」秫，粱米、粟米之黏者。多用以釀酒。白竹扉：農家茅舍院落中用竹編成的門，窮人家的門。李商隱《夢令狐學士》：「山驛荒凉白竹扉。」

【附　録】

此詩輯入明曹學佺《石倉歷代詩選》卷一四〇，又輯入清康熙《御選宋金元明四朝詩·御選宋

詩》卷三五、《御定佩文齋廣群芳譜》卷五、管庭芬、蔣光煦《宋詩鈔補·歐陽文忠詩補鈔》。

高樓

六曲雕欄百尺樓，簾波不定瓦如流〔一〕。浮雲已映樓西北，更向雲西待月鈎〔二〕。

【題解】

原輯《居士外集》卷五，《律詩五十八首》其四十一。題下無繫年，卷首注：「未第時及西京作。天聖、明道間。」作於天聖九年秋，時在洛陽任西京留守推官。高樓雕梁，碧瓦簾影，展示都市畫卷。摹寫工巧，語言清新，有李白七絶風采。此類絶句拓展詩歌題材，表現文人雅趣，開啟宋人詠物新風。

【注釋】

〔一〕簾波：簾影摇曳如水波。李商隱《燒香曲》詩：「玉佩呵光銅照昏，簾波日暮衝斜門。」瓦如流：碧瓦起伏如水流。李商隱《陳後宫》：「茂苑城如畫，閶門瓦欲流。」

〔二〕浮雲：化用《古詩十九首》其五詩意。詩云：「西北有高樓，上與浮雲齊。交疏結綺窗，阿閣三重階。上有絃歌聲，音響一何悲。」月鈎：農曆月頭或月尾時的蛾眉月，其狀似鈎。周必大《入直召對選德殿賜茶而退》詩：「歸到玉堂清不寐，月鉤初上紫薇花。」

【附録】

此詩輯入清康熙《御選宋金元明四朝詩·御選宋詩》卷六五、陳訏《宋十五家詩選·廬陵詩選》，又輯入高步瀛《唐宋詩舉要》卷八。

行雲

疊疊煙波隔夢思〔一〕，離愁幾日減要圍。行雲自亦傷無定，莫就行雲託信歸〔二〕。

【題解】

原輯《居士外集》卷五，《律詩五十八首》其四十六。題下無繫年，卷首注：「未第時及西京作。天聖、明道間。」作於天聖九年秋，時在洛陽任西京留守推官。詩人仰望行雲，懷想親人，抒寫羈旅愁緒。即景詠懷，託物寄興，回環疊用，情融于景，饒有唐詩韻味。

【注釋】

〔一〕隔夢思：天各一方，都在夢中相思。李商隱《代魏宫私贈》：「來時西館阻佳期，去後漳河隔夢思。」題下附注：「黄初三年，已隔存没，追代其意，何必同時，亦廣子夜鬼歌之流。」

〔二〕「行雲」二句：千萬不要委託行雲捎帶傷别相思的信函，因爲行雲自身也在離鄉背井地飄泊。傷無定：爲漂泊不定而傷感。無定，唐崔塗《長安逢江南僧》詩：「孤雲無定蹤，忽到又相逢。」

【附録】

此詩輯入明李蓘《宋藝圃集》卷九。

智蟾上人游南嶽

終日念雲壑，南歸心浩然〔一〕。青山入楚路〔二〕，白水望湖田。野渡惟浮鉢，山家少施錢〔三〕。到時春尚早，收茗緑巖前〔四〕。

【題解】

原輯《居士集》卷一〇，繫天聖九年。作於是年冬，時在洛陽任西京留守推官。梅堯臣《宛陵先生集》卷三有《送蟾上人游南嶽》詩，當爲同時作。朱東潤繫于景祐元年，恐誤。景祐元年冬歐居汴京，梅知建德，不可能一併送客。智蟾上人，又稱蟾上人，通儒學，與歐交厚。康定元年歐《送智蟾上人游天台》詩云：「昔年在伊洛，林壑每相從。」南嶽，湖南衡山。《淵鑑類函》卷二七《衡山》引徐靈期《南岳記》：「（衡山）下踞離宫，攝位火鄉，赤帝館其嶺，祝融宅其陽，故號南嶽，名朱陵太虚之天。其山盤繞八百里，高四千一十丈。山有七十二峰、十洞、十五巖、三十八泉、二十五溪、九池、九潭、九井。東南臨湘川，遥望如陣雲，沿湘千里，九向九背，乃不復見。」詩人想像智蟾南下途中情景，表達對朋友的深情關愛。作者弘儒辟佛，卻同時與智蟾、曇穎、秘演、惟儼、慧勤等詩僧友好往來，並視爲「遺賢」，相互詩文酬唱，表現詩人的重賢愛才，也折射當時學界儒釋道的彼此融通。風物如畫，情景相融，意境自然而渾成。

【注釋】

〔一〕「終日」二句：智蟾歸隱情切，急於南返衡山。雲壑：代指山水林泉。孔稚珪《北山移文》：「誘我松桂，欺我雲壑。」浩然：不可阻遏、無所留戀之貌。《孟子·公孫丑下》：「夫出晝，而王不予追也，予然後浩然有歸志。」朱熹集注：「浩然，如水之流不可止也。」

〔二〕楚路：南嶽衡山在湖南，古屬楚國，故云。

〔三〕「野渡」二句：想像南游途中之艱辛。　浮鉢：《蜀中廣記》：「（隋智者老人）偶病中思神水飲，倏爾之間，見一老人，自稱龍王，送水至。師曰：『吾有鉢盂、錫杖寄彼中峰，同與俱來，乃可信也。』龍王遂引勝水浮鉢杖於玉泉洞口流出。」鉢，梵語鉢多羅的省稱。意爲「應器」。僧人餐具。底平，口略小，形圓稍扁。用泥或鐵等製成。

〔四〕「到時」二句：梅堯臣《送蟾上人游南嶽》有云：「葉下瀟湘闊，杯浮豈道遲。」可知秋冬季間出發，抵達當在早春。　茗：茶芽。一曰晚采的茶。《説文·艸部》：「茗，荼芽也。」《爾雅·釋木》：「檟，苦荼。」郭璞注：「今呼早采者爲荼，晚取者爲茗。」

【附録】

此詩輯入明李蓘《宋藝圃集》卷九、曹學佺《石倉歷代詩選》卷一四〇，又輯入清陳焯《宋元詩會》卷一一。

戴表元《剡源文集》卷二〇《蟾上人真贊》：「此老以清峭爲骨，故於物無所屈；以慈和爲貌，故於人無所較。至於縱横翰墨、浮沉談笑，則又庶幾乎棘端之戲猴，管中而窺豹者也。」

歐陽修詩編年箋注卷二

明道元年至明道二年作

擬玉臺體七首

欲眠

行人夜已斷，明河南陌頭〔一〕。雙璫不擬解，更欲要君留〔二〕。

携手曲

落日堤上行，獨歌携手曲〔三〕。卻憶携手人，處處春華緑〔四〕。

雨中歸

朝看樓上雲，日暮城南雨。路遠香車遲〔五〕，迢迢向何所？

別後

連環結連帶〔六〕，贈君情不忘。暫別莫言易，一夕九回腸〔七〕。

夜夜曲

浮雲吐明月，流影玉階陰〔八〕。千里雖共照，安知夜夜心？

落日窗中坐

朝聞驚禽去〔九〕，日暮見禽歸。瑶琴坐不理〔一〇〕，含情復爲誰？

領邊繡

雙鴛刺繡領，燦爛五文章〔二〕。暫近已復遠，猶持歌扇障〔三〕。

【題解】

組詩原輯《居士外集》卷一，繫明道元年（一〇三二）。作於是年春，詩人時年二十六歲，任西京留守推官，正值與胥氏夫人新婚燕爾之時。胡《譜》：天聖九年「初，胥公許以女妻公，是歲，親迎于東武。」玉臺體，即徐陵所選《玉臺新詠》的風格體制。《玉臺新詠》選録漢魏至後梁有關男女閨情的新詩，供宮掖後庭歌詠，詩歌筆力纖柔，情調委婉，文辭清麗，形成「哀以思」、「香而豔」的特色，是一種典型的描寫男女情事的「言情」詩。當然，除輕靡的宮體詩外，也保存一些表現真摯愛情的詩篇。宋嚴羽《滄浪詩話·詩體》云：「玉臺體：《玉臺集》乃徐陵所序，漢魏六朝之詩皆有之。或者但謂纖豔者爲『玉臺體』，其實則不然。」梅堯臣《宛陵先生集》卷二亦有《擬玉臺體七首》，各首題目均與此同，朱東潤繫明道元年。組詩摹寫兒女之情，當爲作者與胥氏夫人新婚蜜月之作。詩語清麗，意溢象外，雖擬宮體，卻情致懇切，在纖豔中注入新風。

【注釋】

〔一〕明河：銀河。歐《秋聲賦》：「星月皎潔，明河在天。」南陌：南面的道路。沈約《臨高臺行》：「所思曖何在？洛陽南陌頭。」

〔二〕雙璫：古代女子衣服兩邊佩帶的玉飾。三國魏阮籍《詠懷八十二首》其十九：「西方有佳人，皎若白日光。被服纖羅衣，左右佩雙璫。」要：同「邀」。

〔三〕携手曲：古代《行樂十八曲》其一。宋郭茂倩《樂府詩集》卷七六《雜曲歌辭》引《樂府解題》：「攜手曲言攜手行樂，恐芳時不留，君恩將歇也。」

〔四〕春華緑：紅花緑葉，比喻美女。阮籍《詠懷詩三首》其二：「靈幽聽微，誰觀玉顏？灼灼春華，緑葉含丹。」

〔五〕香車：用香木做的車。泛指舊時女子出行乘坐的華美車輛。盧照鄰《行路難》詩：「春景春風花似雪，香車玉轝恒闐咽。」

〔六〕連環：連結成串的玉環。韓愈《送張道士》詩：「昨宵夢倚門，手取連環持。」

〔七〕九回腸：愁腸反復翻轉，喻憂思鬱結難解。漢司馬遷《報任少卿書》：「是以腸一日而九回，居則忽忽若有所亡，出則不知其所往。」

〔八〕玉階陰：華麗臺階上的陰影。梅堯臣《白牡丹》詩：「閑伴春風有時歇，豈能長在玉階陰。」

〔九〕驚禽：猶言驚弓之鳥。南朝齊王融《永明十一年策秀才文》：「夫危葉畏風，驚禽易落。」

〔一〇〕瑶琴：用玉裝飾的琴。宋何薳《春渚紀聞·古琴品飾》：「秦漢之間所製琴品，多飾以犀玉金彩，故有瑶琴、緑綺之號。」

〔一一〕五文章：五彩錯雜的色彩或花紋。相傳南朝梁武帝作古樂府詞《河中之水歌》：「頭上金釵十二行，足下絲履五文章。」

〔一二〕歌扇：歌舞時用的扇子。庾信《和趙王看伎》：「緑珠歌扇薄，飛燕舞衫長。」

【附録】

組詩中的《雨中歸》輯入明李蓘《宋藝圃集》卷九，《夜夜曲》輯入清張景星、姚培謙、王永祺《宋詩别裁集》卷八。

和梅聖俞杏花

誰道梅花早，殘年豈是春〔一〕？何如艷風日，獨自占芳辰〔二〕。

【題解】

原輯《居士外集》卷六，無繫年，列明道元年詩後。作於是年早春，時任西京留守推官。梅聖俞，即梅堯臣，與蘇舜欽同爲歐氏詩文革新的「左右驂」。梅氏一生仕途坎坷，晚年受薦召試，賜進士出身。詩歌備受歐陽修推崇，譽爲詩壇盟主。《宋史・梅堯臣傳》：「梅堯臣，字聖俞，宣州宣城人，侍讀學士詢從子也。工爲詩，以深遠古淡爲意，間出奇巧，初未爲人所知。用詢蔭爲河南主簿，錢惟演留守西京，特嗟賞之，爲忘年交，引與酬倡，一府盡傾。歐陽修與爲詩友，自以爲不及。堯臣益刻厲，精思苦學，繇是知名於時。……歷德興縣令，知建德、襄城縣，監湖州税，簽書忠武、鎮安判官，監永豐倉。大臣屢薦宜在館閣，召試，賜進士出身，爲國子監直講，累遷尚書都官員外郎。預修《唐書》，成，未奏而卒。」梅堯臣《宛陵先生集》卷一有《初見杏花》詩，朱東潤亦繫今年。詩人將杏花與梅花相比較，歌頌前者在春風豔陽中獨領風騷，稱讚真正的迎春使者是杏花而非梅花。朋友間同題共詠，以詩歌各抒己見，開啟以議論爲詩，以及詩歌立意標新。去年揭幕的長達三十年的歐梅唱和，對宋詩發展頗具影響。

【注釋】

〔一〕「誰道」二句：誰説梅花開放最早，歲暮年末哪是一年的開端？

〔二〕「何如」二句：梅花哪比得上早春開放的杏花，它在春風中獨領風騷。豔風：春天初始的和煦之風。

【附録】此詩輯入清康熙《御選宋金元明四朝詩·御選宋詩》卷六一、張景星、姚培謙、王永祺《宋詩別裁集》卷八。

昨日偶陪後騎同適近郊謹成七言四韻兼呈聖俞

堤柳纔黄已落梅，尋芳弭蓋共徘徊〔一〕。桑城日暖蠶催浴，麥壟風和雉應媒〔二〕。別浦人嬉遺翠羽，弋林春廢鎖歌臺〔三〕。歸鞍暮逼宫街鼓，府吏應驚便面回〔四〕。

【題解】原輯《居士外集》卷五，繫《律詩五十八首》之末，屬《與謝三學士絳唱和八首》其六。目録題下注：「明道元年。」作於是年早春，時任西京留守推官。聖俞，即梅堯臣，參見上詩題解。歐《送梅聖俞歸河陽序》有云：「聖俞志高而行潔，氣秀而色和……余嘗與之徜徉於嵩洛之下，每得絶崖倒壑，深林古宇，則必相與吟哦其間。」梅堯臣《宛陵先生集》卷二有《依韻和歐陽永叔同游近郊》，朱東潤亦繫今年。本詩爲歐梅出游洛陽城郊古臺後共同唱和謝絳之作，抒發惜春之情，賦寫滄桑之感。古樸自然，攜情思以行文，意境雄渾蒼涼。此類洛邑文人集團的同題唱和詩，是宋詩發展史上的重要現象，詩侶文朋之間的使才競技，導致詩歌創作的題材拓展與意境翻新，最終形成宋詩新調。

【注釋】

〔一〕「堤柳」二句：早春乘車覓芳，秖見梅落柳黄，油然而生惆悵之情。柳纔黄：楊巨源《城東早春》：「詩家清景在新春，緑柳纔黄半未匀。」弭蓋：謂控馭車駕徐徐而行。蓋，車蓋，借指車。《文選·謝莊〈月賦〉》：「騰吹寒山，弭蓋秋阪，臨浚壑而怨遥，登崇岫而傷遠。」李善注：「王逸《楚辭》注曰：『弭，按也。』」

〔二〕蠶催浴：古人浴蠶之法，即將蠶種用温水浸洗，催其早生。《禮記·祭義》：「卜三宫之夫人、世婦之吉者，使入蠶于蠶室，奉種浴于川。」《周禮·夏官》「禁原蠶」鄭玄注引古《蠶書》云：「蠶爲龍精，月值大火（二月）則浴其種。」雉應媒：爲獵人所馴養用以誘捕野雉的雉稱爲雉媒。雉，鳥名。通稱野雞。

〔三〕别浦：河流入江海之處稱浦，或稱别浦。南朝宋謝莊《山夜憂》詩：「淩别浦兮值泉躍。」宋高觀國《燭影摇紅》詞：「别浦潮平，遠村帆落煙江冷。」胡雲翼注：「大水有小口别通曰浦，也稱别浦。」遺翠羽：宋趙德麟《侯鯖録》卷六載梅堯臣《翡琴詞》云：「秦女乘鸞遺翠羽，落在人間與風舞。」翠羽，翠鳥的羽毛，古代多用作飾物。《文選·曹植〈七啟〉》：「戴金摇之熠耀，揚翠羽之雙翹。」劉良注：「金摇，釵也；熠爍，光色也；又飾以翡翠之羽於上也。」弋林：可以用來獵禽之林。弋，狩獵。

〔四〕「歸鞍」二句：傍晚時分，一聲聲街鼓催促詩人打道回府。街鼓：設置在京城街道的警夜鼓。宵禁開始和終止時擊鼓通報。始于唐，宋以後亦泛指「更鼓」。劉肅《大唐新語·釐革》：「舊制，京城内金吾曉暝傳呼，以戒行者。馬周獻封章，始置街鼓，俗號冬冬，公私便焉。」便面：古代用以遮面的扇狀物。參見本書《雪中寄友人》注〔二〕。

【附録】

此詩輯入清康熙《御選宋金元明四朝詩·御選宋詩》卷四六。

伊川獨游

東郊漸微緑，驅馬忻獨往。梅繁野渡晴，泉落春山響。身閑愛物外，趣遠諧心賞〔一〕。歸路逐樵歌，落日寒川上〔二〕。

【題解】

原輯《居士集》卷一，繫明道元年。作於是年早春，時任西京留守推官。伊川，即洛水支流伊水，流經龍門西東兩山之間，稱伊闕。詩人借梅繁、泉響、樵歌、落日等意象，抒發恬淡閒適之情，表達對大自然的喜愛，流露對道家神超物外、情寄山水的生活嚮往。狀物寫景，平易清淡，有類韋應物詩風。

【注釋】

〔一〕「身閑」二句：自身閒逸而超然物外，志趣高遠而心情歡暢。物外：世外，謂超脱於塵世之外。張衡《歸田賦》：「苟縱心於物外，安知榮辱之所如！」心賞：唐楊炯《李舍人山亭詩序》：「唯談笑可以遣平生，唯文詞可以陳心賞。」

〔二〕樵歌：樵夫唱的歌。杜甫《刈稻了詠懷》：「野哭初聞戰，樵歌稍出村。」寒川：謝靈運《李感賦》：「黄萎葉於枯木，起春波於寒川。」

【附録】

此詩輯入清康熙《御選宋金元明四朝詩·御選宋詩》卷一〇。

劉壎《隱居通議》卷七：「歐陽文忠公修，鴻文碩學，宗工大儒，所謂『文起八代之衰，道濟天下之溺』者，固不以詩名。人亦不敢以詩人目之，而公亦不以詩自名也。學者每恨公詩平易淺近，少鍛煉之工，不得與少陵、山谷爭雄。予獨以爲不然。公之所作，實備衆體，有甚似韋蘇州者，有甚似杜少陵者，有甚似選體者，有甚似王建、李賀者，有富麗者，有奇縱者，有清俊者，有雄健蒼勁者，有平淡純雅者。試摘其古體數篇，與韋酷似，而世或未之知也。如《伊川獨游》……凡此數章，不似蘇州乎？……舉此以例其餘，概可知矣。而謂公不工於詩，可乎？」

和游午橋莊

曉壇初畢祀，弭蓋共尋幽〔一〕。鳥哢林中出，泉聲冰下流〔二〕。攀條驚雪盡，翻袂愛風柔〔三〕。好駐城南馬，春桑徧陌頭〔四〕。

【題解】原輯《居士外集》卷五，繫《律詩五十八首》之末，屬《與謝三學士絳唱和八首》其二。目録題下注：「明道元年。」作於是年春，時任西京留守推官。午橋莊，據《大清一統志》卷一六三《河南府二》：「午橋莊在洛陽縣南十里，即唐裴度所居緑野堂也。築山浚池，有風亭水榭暖閣涼臺之勝。宋張齊賢致政後居之，有詩云：『午橋今得晉公廬，水竹煙花興有餘。』」謝絳詩今不存。梅堯臣《宛陵先生集》卷一亦有《依韻和希深立春後祀風伯雨師畢過午橋莊》。本詩描述春天早晨游覽洛陽城南的所見所聞，表達親近大自然的欣喜心情。屬對工整，用典精妙，詩語疏暢自然。

【注釋】

〔一〕「曉壇」二句：清晨祭祀完畢，驅車到山中幽靜處觀賞風景。弭蓋：謂控馭車駕徐徐而行。參見《昨日偶陪後騎同適近郊，謹成七言四韻，兼呈聖俞》注〔一〕。

〔二〕鳥哢：鳥叫。冰下流：泉水彷彿從冰中流出，聲響顯得清冷。白居易《琵琶行》：「幽咽泉流冰下難。」

〔三〕驚雪盡：驚異樹枝上的積雪融化殆盡。翻袂：吹動衣袖。

〔四〕春桑：雙關，一指春天的桑樹，二指《陌上桑》詩中美麗的採桑女子羅敷。晉崔豹《古今注·音樂》：「《陌上桑》，出秦氏女子。秦氏，邯鄲人，有女名羅敷，爲邑人千乘王仁妻。王仁後爲趙王家令。羅敷出採桑於陌上，趙王登臺，見而悦之，因飲酒欲奪焉。羅敷乃彈箏，乃作《陌上歌》以自明焉。」陌頭：路上，路旁。王昌齡《閨怨》詩：「忽見陌頭楊柳色，悔教夫壻覓封侯。」

【附録】

此詩輯入清張景星、姚培謙、王永祺《宋詩別裁集》卷四。

游龍門分題十五首

上山〔一〕

躡蹻上高山，探險慕幽賞〔二〕。初驚澗芳早，忽望巖扉敞〔三〕。林窮路已迷，但逐樵歌響〔四〕。

下山

行歌翠微裏〔五〕，共下山前路。千峰返照外〔六〕，一鳥投巖去。渡口晚無人，繫舸芳洲樹〔七〕。

石樓〔八〕

高灘復下灘，風急刺舟難〔九〕。不及樓中客，徘徊川上山。夕陽洲渚遠，唯見白鷗翻。

上方閣〔一〇〕

聞鐘渡寒水，共步尋雲嶂〔一一〕。還隨孤鳥下，卻望層林上。清梵遠猶聞〔一二〕，日暮空山響。

伊川泛舟〔一三〕

春谿漸生溜，演漾迴舟小〔一四〕。沙禽獨避人，飛去青林杪〔一五〕。

宿廣化寺〔一六〕

橫槎渡深澗〔一七〕，披露采香薇。樵歌雜梵響〔一八〕，共向松林歸。日落寒山慘，浮雲隨客衣。

自菩提步月歸廣化寺〔一九〕

春巖瀑泉響，夜久山已寂。明月淨松林，千峰同一色〔二〇〕。

八節灘[二二]

亂石瀉溪流，跳波濺如雪。往來川上人，朝暮愁灘闊。更待浮雲散，孤舟弄明月。

白傅墳[二三]

芳荃奠蘭酌[二三]，共弔松林裏。溪口望山椒[二四]，但見浮雲起。

晚登菩提上方[二五]

野色混晴嵐[二六]，蒼茫辨煙樹。行人下山道，猶向都門去[二七]。

山槎

古木卧山腰，危根老盤石。山中苦霜霰[二八]，歲久無春色。不如嵓下桂，開花獨留客。

石笋〔二九〕

巨石何亭亭〔三〇〕，孤生此巖側。白雲與翠霧，誰見琅玕色〔三一〕。惟應山鳥飛，百囀時來息。

鴛鴦

畫舸鳴兩槳〔三二〕，日暮芳洲路。泛泛風波鳥，雙雙弄紋羽。愛之欲移舟，漸近還飛去。

魚罾

春水弄春沙，蕩漾流不極。笭箵苦難滿〔三三〕，終日沙頭客。向暮卷空罾〔三四〕，棹歌菱浦北。

魚鷹

日色弄晴川，時時錦鱗躍。輕飛若下韝〔三五〕，豈畏風灘惡。人歸晚渚靜，獨傍漁舟落。

【題　解】

原輯《居士集》卷一，繫明道元年。作於是年春，時任西京留守推官。歐是歲春游龍門，同游者楊子聰、張谷和陳經。組詩即爲記游之作。龍門，山名。在河南洛陽城南，又名伊闕、闕塞山。北魏酈道元《水經注》卷一五：「伊水又北入伊闕。昔大禹疏以通水，兩山相對，望之如闕，伊水歷其間北流，謂之伊闕。」《太平御覽》卷四二《闕塞山》：「《洛陽記》曰：闕塞山，在河南縣。《左傳》『晉趙鞅納王，使汝寬守闕塞』，服虔謂『南山伊闕是也』，杜預云『洛西南闕口也』，俗名龍門是也。」詩中提及的石樓、上方閣、廣化寺、菩提寺，白傅墳、八節灘等，都是龍門附近的名勝。分題，詩人聚會，分探題目而賦詩，謂之分題。又稱探題。嚴羽《滄浪詩話・詩體》：「有擬古，有連句，有集句，有分題。」自注：「古人分題，或各賦一物，如云送某人分題得某物也。或曰探題。」這組聯章體詩歌是作者一路游覽的忠實記録。詩人以秀冶之筆，記游狀物，繪景寫意，抒發超塵脱俗的雅致。全詩以四句或六句爲一首，章法相連，彼此呼應，構成一個整體。各章小巧别致，興象玲瓏，清新自然，富於情韻，頗似唐人韋應物之詩，是對西崑體雕琢詩風的矯正。

【注　釋】

〔一〕山：龍門山，在伊河西岸，又稱西山，與東岸香山（又稱東山）相對峙，宛如一道天然門闕，故稱伊闕。

〔二〕躡蹻：穿草鞋行走。《文選·任昉〈齊竟陵文宣王行狀〉》：「高人何點，躡屩於鍾阿；徵士劉虯，獻書於衡岳。」李善注：「《高士傳》曰：何點常躡草屩，時乘柴車。」

〔三〕「初驚」二句：登山時上下所見景色宜人。　巖扉敞：巖山被伊水隔開，西爲龍門山，東爲香山，有如一扇門。

〔四〕「林窮」二句：走進森林時發現迷路，秖得跟著樵歌的方向前進。

〔五〕翠微：青翠掩映的山腰幽深處。《爾雅·釋山》：「未及上，翠微。」郭璞注：「近上旁陂。」郝懿行《義疏》：「翠微者……蓋未及山頂孱顔之間，蔥郁葐蒀，望之谸谸青翠，氣如微也。」

〔六〕返照：陽光回照，指落日時分。

〔七〕繫舸：拴好船。

〔八〕石樓：龍門第一勝景即禹王池和石樓。禹王池上依石崖築石臺，臺上石樓高踞，樓前石匾鐫刻「石廔」二字。登樓憑欄，可遠眺香山伊水。《新唐書·白居易傳》：「構石樓香山，鑿八節灘，自號醉吟先生，爲之傳。」

〔九〕「高灘」二句：石樓俯視，見舟子行船之艱辛。　刺舟：撑船，划船。《淮南子·原道訓》：「短袂攘卷，以便刺舟。」

〔一〇〕上方閣：佛寺，在香山高處。宋謝絳《游嵩山寄梅殿丞書》：「十七日，宿彭婆鎮，遂緣伊流陟香山，上上方，飲於八節灘上。」

〔一〕雲嶂：聳入雲霄的高山。唐張九齡《郡江南上別孫侍御》詩：「雲嶂天涯盡，川途海縣窮。」

〔二〕清梵：寺廟僧尼誦經的聲音。南朝梁王僧孺《初夜文》：「大招離垢之賓，廣集應真之侶，清梵含吐，一唱三歎。」

〔三〕伊川：即洛水支流伊水，流經龍門西東兩山間。清傅澤洪《行水金鑑》卷一六一：「伊水源出盧氏縣悶頓嶺，徑永寧、宜陽入嵩縣界，由伊闕而北，轉折而東會洛。」

〔四〕「春谿」二句：溪水中蕩小舟的情態。溜：向下流的水。演漾：水波蕩漾之貌。阮籍《詠懷》其七十五：「泛泛乘輕舟，演漾靡所望。」

〔五〕沙禽：沙洲上的飛禽。

〔六〕廣化寺：龍門八寺之一，始建於北魏。其地勢較高，素有「足踏廣化望嵩山」之説。佛教密宗始祖無畏禪師葬廣化寺。

〔七〕横槎：横渡的船。韋應物《池上》詩：「榆柳飄枯葉，風雨倒横槎。」槎，木筏。

〔八〕梵響：念佛誦經之聲。南朝梁元帝《梁安寺刹下銘》：「宵長梵響，風遠鐘傳。仙衣有拂，靈刹無邊。」

〔九〕菩提：即菩提寺。龍門八寺之一，始建於北魏。

〔一〇〕「明月」二句：月光下的松林格外清幽，千山萬壑同融于明淨月色。

〔一一〕八節灘：龍門名勝之一。白居易致仕後，鑿龍門八節灘，爲游賞之樂。白居易《開龍門八節石灘詩二首》序：「東都龍門潭之南，有八節灘、九峭石，船筏過此，例及破傷，舟人檝師，推挽束縛，大寒之月，裸跣水中，飢凍有聲，聞於終夜。予嘗有愿，力及則救之。會昌四年，有悲智僧道遇，適同發心，經營開鑿，貧者出力，仁者施財。於戲！從古有礙之險，未來無窮之苦，忽乎一旦盡除去之。」

〔二二〕白傅墳：即白居易墓。在龍門東山北峰上，峰形似琵琶，亦稱琵琶峰，墓穴坐落在琴箱部位。

〔二三〕芳荃：香草名。沈約《早發定山》詩：「忘歸屬蘭杜，懷禄寄芳荃。」蘭酌：混有蘭花釀製的酒。丘丹《奉酬韋使君送歸山詩》：「蟬鳴念秋稼，蘭酌動離瑟。」

〔二四〕山椒：山頂。《文選·謝莊〈月賦〉》：「洞庭始波，木葉微脱；菊散芳於山椒，雁流哀於江瀨。」李善注：「山椒，山頂也。」

〔二五〕菩提：菩提寺。上方：上方閣。

〔二六〕晴嵐：陽光中的霧氣。

〔二七〕都門：京都之門，此指洛陽城南門

〔二八〕霰：雪珠。白色不透明的球形或圓錐形小冰粒。多在下雪前或下雪時降落。

〔二九〕石笋：龍門勝景禹王池中，有石筍聳立，相傳爲大禹治水時，鑿開龍門口所用的石砭。

〔三〇〕亭亭：高聳直立貌。《文選·張衡〈西京賦〉》：「干雲霧而上達，狀亭亭以苕苕。」薛綜注：「亭亭、苕苕，高貌也。」

〔三一〕琅玕：似珠玉的美石。《尚書·禹貢》：「厥貢惟球、琳、琅玕。」孔傳：「琅玕，石而似玉。」孔穎達疏：「琅玕，石而似珠者。」

〔三二〕畫舷：即畫船，彩飾的船。舷，原注：「一作『船』。」

〔三三〕笭箵：漁具的總稱。亦指貯魚的竹籠。唐皮日休《奉和魯望漁具十五詠·笭箵》：「朝空笭箵去，暮實笭箵歸。」

〔三四〕罾：即魚罾，用木棍或竹竿做支架的方形魚網，形似仰傘。《楚辭·九歌·湘夫人》：「鳥何萃兮蘋中，罾何爲兮木上！」王逸注：「罾，魚網也。」

〔三五〕韝：革製臂套。杜甫詩《見王監兵馬使，説近山有白黑二鷹，羅者久取竟未能得，王以爲毛骨有異它鷹，恐臘後春生，騫飛避暖，勁翮思秋之甚，眇不可見，請余賦詩》其一：「一生自獵知無敵，百中爭能耻下韝。」仇兆鼇注：「韝，捍臂也，以皮爲之。」

【附録】

組詩中的《上方閣》、《伊川泛舟》、《宿廣化寺》、《八節灘》、《山槎》、《魚罾》輯入明李蓘《宋藝圃集》卷九，《上山》、《下山》、《宿廣化寺》輯入清康熙《御選宋金元明四朝詩·御選宋詩》卷一〇，《伊川泛舟》、《自菩提步月歸廣化寺》輯入同書卷六一，《自菩提步月歸廣化寺》輯入清張景星、姚培謙、王永祺《宋詩別裁集》卷八。

者。因相與期於兹。夜宿西峰，步月松林間，登山上方，路窮而返。明日，上香山石樓，聽八節灘，晚泛舟，傍山足夷猶而下，賦詩飲酒，暮已歸。」按：贈序原繫本年，詩分題十五首，當爲此行紀游作。

《歐集》卷六四《送陳經秀才序》：「修爲從事，子聰參軍，應之主縣簿，秀才陳生旅遊，皆卑且閑

《歐集》卷二四《河南府司録張君墓表》：「初天聖、明道之間，錢文僖公守河南。公，王家子，特以文學仕至貴顯，所至多招集文士。而河南吏屬，適皆當時賢材知名士，故其幕府號爲天下之盛，君其一人也。文僖公善待士，未嘗責以吏職，而河南又多名山水，竹林茂樹，奇花怪石，其平臺清池上下，荒墟草木之間，余得日從賢人長者賦詩飲酒以爲樂。」

劉壎《隱居通議》卷七：「（歐陽文忠）公之所作，實備衆體，有甚似韋蘇州者，有甚似杜少陵者，有甚似選體者，有甚似王建、李賀者，有富麗者，有奇縱者，有清俊者，有雄健蒼勁者，有平淡純雅者。試摘其古體數篇，與韋酷似，而世或未之知也。……如《游龍門上方閣》……凡此數章，不似蘇州乎？……舉此以例其餘，概可知矣。而謂公不工於詩，可乎？」

嵩山十二首

公路澗〔一〕

驅馬渡寒流，斷澗横荒堡〔二〕。槎危欲欹岸〔三〕，花落多依草。擊汰翫游儵，倒影看飛

鳥〔四〕。留連愛芳杜〔五〕，漸下西峰照。

拜馬澗〔六〕

昔聞王子晉，把袂浮丘仙〔七〕。金駿於此墮，吹笙不復還〔八〕。玉蹄無迹久，澗草但荒煙。

二室道〔九〕

二室對岧嶢，群峰聳峭直〔一〇〕。雲隨高下起，路轉參差碧〔一一〕。春晚桂叢深，日下山煙白。芝英已可茹，悠然想泉石〔一二〕。

自峻極中院步登太室中峰〔一三〕

繫馬青松陰，躡屣蒼崖路〔一四〕。驚鳥動林花，空山答人語。雲霞不可攬，直入冥冥霧〔一五〕。

玉女窗〔一六〕

玉女不可邀，蒼崖鬱岧直〔一七〕。石乳滴空竇，仰見沉寥碧〔一八〕。徙倚難久留，桂樹含春色。

玉女擣衣石〔一九〕

玉女搗仙衣，夜下青松嶺。山深風露寒，月杵遥相應〔二〇〕。靈蹤杳可尋，片石秋光瑩。

天門

石徑方盤紆〔二一〕，雙峰忽中斷。呀豁青冥間，畜泄煙雲亂〔二二〕。杉蘿試舉手，自可階天漢〔二三〕。

天門泉〔二四〕

煙霞天門深，靈泉吐巖側。雲濕灝氣寒，石老林腴碧〔二五〕。長松暫休坐，一酌煩心滌。

天池

高步登天池，靈源湛然吐〔二六〕。俯窺不可見，淵默神龍護〔二七〕。静夜天籟寒，宿客疑風雨。

三醉石〔二八〕

拂石登古壇，曠懷聊共醉〔二九〕。雲霞伴酣樂，忽在千峰外。坐久還自醒，日落松聲起。

峻極寺〔三〇〕

路入石門見，蒼蒼深靄間。雲生石砌潤〔三一〕，木老天風寒。客來依返照，徙倚聽山蟬。

中峰〔三二〕

望望不可到，行行何屈盤。一徑林杪出，千巖雲下看。煙嵐半明滅，落照在峰端。

【題解】

原輯《居士外集》卷一，繫明道元年。作於是年春，時任西京留守推官。胡《譜》：明道元年「是春及秋，兩遊嵩嶽。」歐與梅堯臣、楊子聰等春游嵩山，賦此組詩記游。宋范仲淹《范文正集》卷二有《和人游嵩山十二題》，梅堯臣《宛陵先生集》卷二有《同永叔子聰游嵩山賦十二題》，爲此唱和之作。

《明一統志》：「嵩山，在登封縣北一十里，五嶽之中嶽也。其山三尖峰，東曰大室，西曰少室，嵩其總名。謂之室者，以其下各有石室。中嶽居四方之中而高，故名嵩高山，《詩》曰『嵩高維嶽』是也。」本詩寫景抒懷，流連山水、文友相樂之情溢於言表。此類記游詩，聯章合詠，一景一詩，小巧玲瓏，意象別致，文筆秀麗，意趣高雅，詩風清新，富於情韻，也具紀事性，有似韋應物詩作，是對西崑派的雕琢之弊的矯正。此類團體性的同題分詠後來漸成時尚，詩侶之間競技鬥勝，對宋詩藝術發展頗具貢獻。

【注釋】

〔一〕公路澗：宋樂史《太平寰宇記》卷五《河南道·緱氏縣》：「公路壘，公路澗，在縣西南三里，有壘，以袁術字公路而稱。」范仲淹和詩題下附注：「曹公與袁術常爭據此地。」

〔二〕斷澗：陡峭的溪澗，即公路澗。

〔三〕槎：樹的杈枝。盧照鄰《行路難》詩：「君不見長安城北渭橋邊，枯木横槎卧古田。」

〔四〕「擊汰」二句：一邊划船嬉要水中游魚，一邊欣賞倒映在水中的飛鳥影子。擊汰：拍擊水波，指划船。《楚辭·九章·涉江》：「乘舲船余上沅兮，齊吴榜以擊汰。」游儵：喻自得其樂，參見《舟中寄劉昉秀才》注〔四〕。

〔五〕芳杜：芳香四溢的杜若花。杜，杜若。香草名。多年生草本，夏日開白花。《楚辭·九歌·湘君》：「采芳洲兮杜若，將以遺兮下女。」

〔六〕拜馬澗：《明一統志》卷二九《河南府》：「拜馬澗，在偃師縣南三十里，俗傳王子晉乘鶴升仙棄馬而去，鄉人拜之，因名。」《太平御覽》卷六九：「盧氏《嵩山記》曰『半馬澗』，人或云『百馬澗』，亦曰『拜馬澗』。故老傳王子晉得仙而馬還，人因思之不見，乃拜其馬於此也。」范仲淹和詩題下附注：「子晉登仙，遺馬於此，鄉人見之皆拜。」

〔七〕「昔聞」二句：歐陽詢《藝文類聚》卷四四引《列仙傳》曰：「王子喬者，周靈王太子晉也。好吹笙，作鳳鳴。游伊、洛間，道士浮邱公接以上嵩山。」

〔八〕「金駿」二句：王子晉乘馬在這裏吹笙升天，再也不見回來。金駿：李白《襄陽歌》：「千金駿馬換少妾，笑坐雕鞍歌落梅。」

〔九〕二室道：嵩山太室、少室兩山之間的道路。太室有二十四峰，少室有三十六峰。《元和郡縣志》卷六：「東曰太室，西曰少室，嵩高總名，即中嶽也。」

〔一〇〕岧嶢：山高峻貌。曹植《九愁賦》：「踐蹊隧之危阻，登岧嶢之高岑。」峭直：峻峭挺拔貌。

〔一一〕「雲隨」二句：群山沉浸在雲霧之中，山路掩滅在緑林之間。

〔一二〕芝英：靈芝草。泉石：山水林泉，指歸隱之所。《梁書·徐摛傳》：「〔朱異〕遂承間白高祖曰：『摛年老，又愛泉石，意在一郡，以自怡養。』」

〔一三〕峻極：峰名，取《詩·大雅·嵩高》「嵩高維嶽，峻極於天」之意。清胡渭《禹貢錐指》卷一一上:「太室中爲峻極峰,左右列峰各十二,凡二十四。」峻極中院,位於峻極峰下。謝絳《游嵩山寄梅殿丞書》:「入登封,出北門……謁新治宮,拜真宗御容。稍即山麓,至峻極中院。」

〔四〕躡屣:本爲穿著鞋子走路。此指登臨、步行。《三國志·魏志·邴原傳》裴松之注引《邴原別傳》:「君乃舍之,躡屣千里,所謂以鄭爲東家丘者也。」

〔五〕冥冥:迷漫。《楚辭·九歌·山鬼》:「雷填填兮雨冥冥,猨啾啾兮狖夜鳴。」

〔六〕玉女窗:清王琦《李太白集註》卷十六引《圖經》:「嵩山有玉女窗,漢武帝於窗中見玉女。」宋時已不存,謝絳《游嵩山寄梅殿丞書》:「窺玉女窗、擣衣石,石誠異,窗則亡有。」

〔七〕岩直:高峻陡峭。

〔八〕空竇:空空的孔穴、巖洞。 泬寥:清朗空曠貌,此指天空。《楚辭·九辨》:「泬寥兮天高而氣清。」王逸注:「泬寥,曠蕩空虚也。或曰,泬寥猶蕭條。 蕭條,無雲貌。」泬,廣闊貌。

〔九〕玉女擣衣石:謝絳《游嵩山寄梅殿丞書》:「窺玉女窗、擣衣石,石誠異,窗則亡有。」

〔一〇〕月杵:傳説月宫中白兔搗藥之杵。 李商隱《寓懷》詩:「星機抛密緒,月杵散靈氛。」葉葱奇注:「月杵,月中搗藥杵。」古代神話傳説謂月中有搗藥白兔。《藝文類聚》卷一引晉傅咸《擬天問》:「月中何有? 白兔搗藥。」

〔一一〕盤紆:回繞曲折。《淮南子·本經訓》:「木巧之飾,盤紆刻儼,嬴鏤雕琢,詭文回波。」高誘注:「盤,盤龍也;紆,曲屈。」

〔二二〕「呀豁」二句：雙峰中斷的天門裏上有乍現的青天，下有飛泄的水流。　呀豁：遼闊貌，空貌。高適《東征賦》：「眺淮源之呀豁，倚楚關之雄壯。」　畜泄：山中積聚的水飛流直下貌。

〔二三〕「杉蘿」二句：攀登銀河之上，可用長在天門邊的杉蘿樹作爲階梯。　階：攀登，升登。《論語·子張》：「猶天之不可階而升也。」

〔二四〕天門泉：題下原注：「舊號救命泉，惡其名鄙，因取美名，書爲『續命泉』，大書三字，立於泉側。」

〔二五〕「雲濕」二句：雲霧籠罩深山老林的情景。　灝氣：彌漫天地間之氣。柳宗元《始得西山宴游記》：「悠悠乎與灝氣俱而莫得其涯，洋洋乎與造物者游而不知其所窮。」　林腴：樹林茂盛豐腴。腴，豐厚，富裕。

〔二六〕天池：梅堯臣《同永叔子聰游嵩山賦十二題·天池》：「安知最高頂，清淺水池開。」　靈源：太室中峰天池泉水。

〔二七〕淵默：深沉靜默。

〔二八〕三醉石：題下原注：「三醉石，在八仙壇上，南臨鉅崖，峰岫迤邐，蒼煙白雲，鬱鬱在下。物外之適，相與酣酌，坐石欹醉，似非人間。因索筆，目梅聖俞書三醉字于石上，而三人者又各題其姓名而刻之。」謝絳《游嵩山寄梅殿丞書》：「迤邐至八仙壇，憩三醉石，徧視墨蹟，不復存矣。」

〔二九〕曠懷：襟懷坦蕩，生性豁達。

〔三〇〕峻極寺：《河南通志》卷五〇《寺觀》：「峻極寺在登封縣城西，五代晉時創建。初名天成，天福間更賜今額。」

〔三一〕石砌：石階，石級。皮日休《太湖詩·明月灣》：「清泉出石砌，好樹臨柴關。」

〔三二〕中峰：即太室中峰峻極峰，又稱嵩頂。范仲淹《自峻極中院步登太室中峰》詩：「不來峻極游，何能小天下？」據謝絳《游嵩山寄梅殿丞書》，峰頂有峻極上院、封禪壇、武后封祀碑等。

【附録】

組詩全輯入清陳訏《宋十五家詩選·廬陵詩選》，其中《拜馬澗》、《二室道》、《自峻極中院步登太室中峰》、《玉女擣衣石》、《天門泉》、《天池》輯入明李蓘《宋藝圃集》卷九，《拜馬澗》、《二室道》、《玉女窗》、《中峰》輯入曹學佺《石倉歷代詩選》卷一四〇，《公路澗》、《二室道》、《自峻極中院步登太室中峰》、《峻極寺》、《中峰》輯入清康熙《御選宋金元明四朝詩·御選宋詩》卷一〇，《拜馬澗》、《二室道》、《玉女窗》、《中峰》輯入管庭芬、蔣光煦《宋詩鈔補·歐陽文忠詩補鈔》。

《歐集》卷七二《洛陽牡丹記》：「余在洛陽，四見春。天聖九年三月，始至洛，其至也晚，見其晚者。明年，會與友人梅聖俞游嵩山少室、緱氏嶺、石唐山、紫雲洞，既還，不及見。又明年，有悼亡之戚，不暇見。又明年，以留守推官歲滿解去，秪見其早者。」

箕山

朝下黄蘆坂，夕望箕山雲〔一〕。緬懷巢上客，想彼巖中人〔二〕。弱歲慕高節，壯年攖世紛〔三〕。漱流羨潁水，振衣嗟洛塵〔四〕。空祠亂驚鳥，山木含餘曛〔五〕。聊兹謝芝桂，歸月及新春〔六〕。

【題解】原輯《居士外集》卷四，無繫年，列嘉祐二年詩後，誤。當作於明道元年春，時任西京留守推官。是春詩人有嵩山之游。參見上詩題解。箕山，在今河南登封。《大清一統志》卷一六二《河南府一》：「箕山在登封縣東南。《孟子》益避禹之子於箕山之陰，《史記》太史公曰『余登箕山，有許由塚云』。《高士傳》：『箕山亦名許由山，在陽城縣南三十里。』《水經注》：『陽城縣南對箕山，上有許由塚，下有牽牛址及牛泉，是巢父還牛地。《明一統志》：『山在登封縣東南三十里，一名崿嶺。』」詩人借詠箕山風物，緬懷高士許由，抒寫歸隱之志。詩法韓愈，語言簡勁，寫景抒懷，頗富情致。

【注釋】

〔一〕黄蘆坂：黄蘆山在山西文水，有麻衣仙姑石室。《山西通志》卷一六四：「麻衣仙姑廟，在東北桑村。姑任姓，曾聘魏氏，遁居汾陽之黄蘆山石室。魏氏詣山請歸，姑披麻衣走入洞，因名麻衣仙洞。」

〔二〕巢上客：指巢父。相傳爲堯時的隱士。晉皇甫謐《高士傳·巢父》：「巢父者，堯時隱人也，山居不營世利，年老以樹爲巢而寢其上，故時人號曰巢父。」巖中人：與上句「巢父」相對，泛指許由之類深山巖洞中的隱居者。

〔三〕弱歲：男子弱冠之年，女子及笄之年。亦泛指幼年，青少年。《晉書·姚泓載記論》：「景國弱歲英奇，見方孫策。」

〔四〕漱流：用流水漱口，古人常以描繪隱者生活。晉陸雲《逸民賦》：「杖短策而遂往兮，乃枕石而漱流。」潁水：《明一統志》卷二六《開封府》：「潁水，源出河南府登封縣潁谷，東經鄭州，至襄城縣爲渚河，又東經臨潁縣西，合沙河入淮。」同書卷二九：「潁水，在登封縣西四十里，源出陽乾山，流入鈞州界。按：潁水有三源，此爲左源；出少室山爲中源；出少室南溪爲右源。」晉皇甫謐《高士傳·許由》：「堯讓天下於許由……由於是遁耕於中岳潁水之陽，箕山之下，終身無經天下色。堯又召爲九州長，由不欲聞之，洗耳於潁水濱。」振衣：抖衣去塵，整理衣服。《楚辭·漁父》：「新沐者必彈冠，新浴者必振衣。」王逸注：「去塵穢也。」洛塵：陸機《爲顧彦先贈婦》詩：「京洛多風塵，素衣化爲緇。」

〔五〕餘曛：日落餘光。

〔六〕芝桂：芝蘭與桂樹，均屬芳香類植物。代指隱居生活。歸月：謂落月。鮑照《岐陽守風》詩：「廣岸屯宿陰，縣厓棲歸月。」

【附　録】

此詩輯入明曹學佺《石倉歷代詩選》卷一四〇，又輯入清管庭芬、蔣光煦《宋詩鈔補·歐陽文忠詩補鈔》。

和龍門曉望

水霧濛濛曉望平，悠然驅馬獨吟行〔一〕。煙嵐明滅川霞上〔二〕，淩亂空山百鳥驚。

【題　解】

原輯《居士外集》卷五，繫《律詩五十八首》之末，屬《與謝三學士絳唱和八首》其三。目録題下注：「明道元年。」作於是年春，時任西京留守推官。謝絳詩今不存。龍門，歐《歸田録》卷下：「西京龍門山，夾伊水上，自端門望之如雙闕，故謂之闕塞。」《明一統志》卷二九《河南府》：「在府城西南三十里。《左傳》晉趙鞅納王，使女寬守闕塞，即此。一名伊闕，亦名闕口，大禹疏龍門，伊水出其間。漢服虔謂『南山伊闕是也』，俗名龍門山。」此爲作者和詩友謝絳之作，春晨獨游，洛陽龍門景色幽美，詩人心境頗佳。師法李白，詩語淺白順暢，風格清雅疏放。

【注　釋】

〔一〕悠然：閒適自在貌。陶潛詩《飲酒》其五：「采菊東籬下，悠然見南山。」

〔三〕明滅：忽隱忽現。沈約《奉和竟陵王藥名詩》：「玉泉亟周流，雲華乍明滅。」

叢翠亭

柳色滿重城，岧岧出翠甍〔一〕。春雲依檻暖，夕照落山明。走馬章街曉，翻鴻洛浦晴〔二〕。清罇但留客，桴鼓晝無驚〔三〕。

【題　解】

原輯《居士外集》卷六，無繫年，列明道元年之後。作於是年春，時任西京留守推官。是年，李巡檢使在洛北巡檢署之西南角建築「叢翠亭」，歐受請作記，並賦此詩。《歐集》卷六三《叢翠亭記》有云：「亭成，李君與賓客以酒食登而落之，其古所謂居高明而遠眺望者歟！既而欲紀其始造之歲月，因求修辭而刻之云。」詩人登亭眺望，嵩陽三十六峰盡收眼底。詩歌描寫叢翠亭周圍遠山近水之景觀，歌頌江山秀美，天下太平。借物詠懷，情景妙合無垠，寓意婉曲深沉。

【注釋】

〔一〕「柳色」二句：滿城緑柳之中，叢翠亭巍然高聳。岧岧：高聳貌。《文選·張衡〈西京賦〉》：「干雲霧而上達，狀亭亭以岧岧。」薛綜注：「亭亭，岧岧，高貌也。」翠甍：翠緑的屋宇，指叢翠亭。甍，屋簷。

〔二〕「春雲」四句：春天亭子周邊的美麗風物。章街：章臺街的簡稱。漢長安街名。參見本書《寄徐巽秀才》注〔四〕和《樓頭》注〔三〕。洛浦：洛水之濱。張衡《思玄賦》：「載太華之玉女兮，召洛浦之宓妃。」

〔三〕「清罇」二句：告慰李巡檢使可以多留客飲酒，世道太平，不必擔心警鼓告急。桴鼓：鼓槌與鼓，指報警告急的警鼓。漢荀悦《漢紀·宣帝紀三》：「由此桴鼓希鳴，世無偷盜。」

【附録】此詩輯入清康熙《御選宋金元明四朝詩·御選宋詩》卷三五。

和國庠勸講之什

春盡沂風暖，芹生泮水清〔一〕。雙旌榮照路，博帶儼盈庭〔二〕。函丈師臨席，鏘金壁有經〔三〕。諸生拜玉衮，欣識象丘形〔四〕。

【題解】原輯《居士外集》卷五，繫《律詩五十八首》之末，屬《與謝三學士絳唱和八首》其一。目録題下注：「明道元年。」作於是年春末夏初，時任西京留守推官。國庠，國家開設的學校。謝絳詩今不存。詩歌描寫西京學宫景觀，以及侍隨錢惟演勸講時所見師生活動情景。語言典雅，描摹細膩，莊穆中透見深雋。

【注釋】

〔一〕沂風：即「浴沂風雩」，在沂水中洗浴，在舞雩下乘涼，亦喻指一種怡然處世的高尚情操。《論語·先進》："浴乎沂，風乎舞雩。"沂，古水名。源出山東曲阜東南的尼山，西流至滋陽縣合于泗水。芹：即水芹，比喻貢士或才學之士。泮水：古代學宫前的水池，形狀如半月。後多以指代學宫。《詩·魯頌·泮水》："思樂泮水，薄采其芹。"毛傳："泮水，泮宫之水也。"鄭箋："泮之言半也。半水者，蓋東西門以南通水，北無也。"泮，學宫。

〔二〕雙旌：泛指高官的儀仗。李商隱《爲懷州李中丞謝上表》："賜以竹符之重，遂使霍氏固辭之第，早建雙旌。"徐炯注："雙旌唯節度領刺史者有之，諸州不與焉。今則通用爲太守之故事矣。" 照路：在旌旗的輝映下，路面顯得光彩。 博帶：寬大的衣帶。峨冠博帶，古代士大夫的裝束。《管子·五輔》："博帶梨，大袂列，文繡染，刻鏤削。"

〔三〕"函丈"二句：國學有先生講學的座席，藏有各種儒家經典。 函丈：亦稱"函杖"。《禮記·曲禮上》："若非飲食之客，則布席，席間函丈。"鄭玄注："謂講問之客也。函，猶容也，講問宜相對容丈，足以指畫也。"原指講學者與聽講者坐席之間相距一丈。後用以指講學的坐席。 鏘金：形容文詞優美，音節鏗鏘。《晉書·文苑傳贊》："美哉群彦，揚蕤翰林。俱諧振玉，各擅鏘金。" 壁有經：相傳漢代在孔子宅壁中發現的古字藏書。《漢書·藝文志》："武帝末，魯恭王壞孔子宅，欲以廣其宫，而得《古文尚書》及《禮記》、《論語》、《孝經》凡數十篇，皆古字也。"

〔四〕玉衮：鑲嵌珠玉的衮衣。"衮"本爲古代帝王及上公穿的繪有卷龍的禮服。《逸周書·世俘》：「壬子，王服衮衣，矢琰格廟。」《詩·豳風·九罭》：「我覯之子，衮衣繡裳。」毛傳：「衮衣，卷龍也。」此指孔子繡像。象丘形：傳説孔子的頭像山丘。漢劉熙《釋名》卷八：「丘，象丘形也。」

陪飲上林院後亭見櫻桃花悉已披謝因成七言四韻

尋芳長恨見花遲，豈意看花獨後期〔一〕。試藉落英聊共醉，爲憐殘蕚更攀枝〔二〕。清香肯以無人減，幽艷惟應有蝶知〔三〕。開謝兩堪成悵望，傷春不到柳絲時〔四〕。

【題解】

原輯《居士外集》卷五，繫《律詩五十八首》之末，屬《與謝三學士絳唱和八首》其五。目録題下注：「明道元年。」作於是年春末夏初，時任西京留守推官。上林院，建于漢上林苑遺址的寺院。《大清一統志》卷一六三《河南府二》：「上林苑，在洛陽縣東，故洛陽城西，後漢時所置。永平十五年，車騎較獵上林苑。桓帝時屢幸焉。」梅堯臣《宛陵先生集》卷二有《依韻和永叔同游上林院後亭，見櫻桃花悉已披謝》，即和此詩，朱東潤注：「《河南府志》：『上林苑在府城外，漢置。』此云上林院，當是漢苑舊址，至宋乃爲寺院也。」詩歌描寫晚春園林景觀，抒發春歸花衰的觀感，表達惜春傷逝之情。此類歐梅唱和促進詩歌題材拓展與意境翻新，最終促使宋詩新調形成。

【注釋】

〔一〕「尋芳」二句：梅堯臣《依韻和永叔同游上林院後亭，見櫻桃花悉已披謝》云：「去年君到見春遲，今日尋芳是夙期。秖道朱櫻才弄蘂，及來幽圃已殘枝。」

〔二〕藉：坐卧在某物之上。《漢書·佞幸傳·董賢》：「嘗晝寢，偏藉上褏，上欲起，賢未覺，不欲動賢，乃斷褏而起。」顔師古注：「藉謂身卧其上也。」

〔三〕「清香」二句：幽深隱僻的花朵或許秖有蝴蝶纔知道，但其清香哪會因爲無人欣賞而減少。

〔四〕悵望：惆悵地觀望或想望。南朝齊謝朓《新亭渚别范零陵》詩：「停驂我悵望，輟棹子夷猶。」柳絲：垂柳枝條細長如絲，故稱。白居易《楊柳枝詞》其八：「人言柳葉似愁眉，更有愁腸似柳絲。」

【附録】

此詩輯入清康熙《御選宋金元明四朝詩·御選宋詩》卷四六。

留守相公禱雨九龍祠應時獲澍呈府中同僚

古木鬱沉沉，祠亭相衮臨〔一〕。雷驅山外響，雲結日邊陰。霡霂來初合，依微勢稍深。土膏潛動脈，野氣欲成霖。隴上連雲色，田間擊壤音〔二〕。明光應奏瑞，黄屋正焦心〔三〕。帝邑三川美，離宫萬瓦森。廢溝鳴故苑，紅蘤發青林〔四〕。南畝猶須勸，餘春尚可尋〔五〕。應容後車客，時作洛生吟〔六〕。

【題解】

原輯《居士集》卷一〇，繫明道元年。作於是年春末夏初，時任西京留守推官。《宋史·仁宗本紀二》明道元年三月戊戌：「江淮旱。」《長編》卷一一一明道元年三月丙申（二十五日）：「遣官祈雨。」留守相公，指錢惟演，字希聖，錢塘人。吴越王錢俶之子，從俶歸宋。真宗朝歷翰林學士，遷工部尚書。仁宗即位初，錢氏官樞密使，後又加同中書門下平章事、判許州，天聖九年以泰寧軍節度使判河南府，終崇信軍節度使。《宋史》卷三一七有傳。九龍祠，亦稱九龍廟。明李賢《明一統志》卷二九《河南府》：「九龍廟，在府城東北九龍池後。」時爲求雨祈雪之所。獲澍，得雨。詩歌描繪錢惟演求雨獲應，天降甘霖的情景，抒寫由衷喜悦之情。叙事狀物，筆力雄勁，結構開合跌宕，韻味濃郁深沉。

【注釋】

〔一〕「古木」二句：錢相公先後來到九龍祠與九龍亭，此地鬱鬱葱葱，古木森森。　相衮：丞相衮衣，代指錢惟演。錢氏以使相留守西京，故稱。宋強至《伏睹留守安撫司徒侍中鎮魏三日遂獲甘雨吟成律詩一章上薦》：「相衮前年撫雍民，下車飛雪滿咸秦。」一曰相承，接二連三。　衮，同「滚」。

〔二〕「雷驅」八句：描寫祈雨獲應及民衆歡騰之情狀。　霡霂：小雨。《詩·小雅·信南山》：「益之以霡霂，既優既渥。」毛傳：「小雨曰霡霂。」鄭箋：「益之以小雨，潤澤則饒洽。」　土膏潛動脈：土地氣脈有所動摇，預示求雨有應。　擊壤：古歌名，後人用以頌太平盛世。王充《論衡·感虚》：「堯時，五十之民擊壤於塗，觀者曰：『大哉，堯之德也。』擊壤者曰：『吾日出而作，日入而息，鑿井而飲，耕田而食，堯何等力！』」《藝文類聚》卷十一引晉皇甫謐《帝王世紀》所引歌辭略異，末句作「帝何力於我哉！」

〔三〕「明光」二句：大臣當已上朝報喜，皇帝正在焦慮旱情。　明光：漢代宫殿名。泛指朝廷宫殿。參見本書《聞朱祠部罷潯州歸闕》注〔三〕。　黄屋：古代帝王專用的黄繒車蓋，代指帝王。《北史·魏諸宗室傳論》：「至如神武之不事黄屋，高揖萬乘，義感鄰國，祚隆帝統。」

〔四〕「帝邑」四句：在絢麗的洛陽大地上，緑樹紅花掩映著宫苑，雨點敲打著屋頂，瓦溝錚錚作響。　帝邑：指西京洛陽。　離宫：正宫之外供帝王出巡時居住的宫室。

〔五〕「南畝」二句：莫辜負剩餘的春光，勸農耕耘還來得及。南畝：泛指農田。《詩·豳風·七月》：「同我婦子，饁彼南畝。」

〔六〕「應容」二句：相公祈雨勸農的盛舉，應有我等隨行者賦詩詠誦。後車客：文學侍從。曹丕《與朝歌令吴質書》：「從者鳴笳以啟路，文學託乘於後車。」後車，即副車，侍從所乘的車。《詩·小雅·緜蠻》：「命彼後車，謂之載之。」鄭箋：「後車，倅車也。」陸德明釋文：「倅，七對反，副車。」洛生吟：洛陽書生吟詩，即雅音曼聲吟詠，音色重濁。《晉書·謝安傳》：「謝安本能爲洛下書生詠，有鼻疾，故其音濁。名流愛其詠而弗能及，或手掩鼻以學之。」《世説新語·雅量》亦云：「謝之寬容愈表於貌。望階趨席，方作洛生詠，諷『浩浩洪流』。」

錢相中伏日池亭宴會分韻

罇俎逢佳節，簪纓奉宴居〔一〕。林光拂衣冷，雲影入池虚。酒色風前緑，蓮香水上疎〔二〕。飛談交玉麈，聽曲躍文魚〔三〕。粉籜春苞解〔四〕，紅榴夏實初。睢園多美物，能賦謝相如〔五〕。

【題解】原輯《居士外集》卷六，繫明道元年。作於是年夏六月十一日，時任西京留守推官。錢相，即錢惟演，参見本書《留守相公禱雨九龍祠，應時獲澍，呈府中同僚》題解。題目中的「中伏」，卷末校記：「集本皆作『中秋』，而詩無秋意。又梅聖俞同賦此題，亦云『中伏』，且有『徂暑』之句，今改正。」中伏日，即三伏的第二伏，也稱二伏。通常指從夏至後第四個庚日起到立秋後第一個庚日前一天的一段時間。《初學記》卷四引《陰陽書》：「從夏至後第三庚爲初伏，第四庚爲中伏，立秋後初庚爲後伏，謂之三伏。」據張培瑜《三千五百年曆日天象》（以下簡稱張《曆日天象》），本年五月六日丙子「夏至」，歷庚辰、庚寅，至庚子（六月一日）爲初伏，中伏爲六月十一日庚戌。分韻，數人相約賦詩，選擇若干字爲韻，各人分拈，依拈得之韻作詩，謂之分韻。嚴羽《滄浪詩話·詩體》：「有分韻，有用韻，有和韻，有借韻，有協韻，有今韻，有古韻。」梅堯臣《宛陵先生集》卷二《太尉相公中伏日池亭宴會》（得山字），朱東潤亦繫今年。本詩描繪季夏時令景觀，展示文人聚會的高雅情趣。此類文人同題分詠的詩歌創作，日後漸成風氣，對宋詩題材開拓與技藝提昇頗有貢獻。

【注釋】

〔一〕簪纓：古代官吏的冠飾，喻顯貴。

〔二〕「林光」四句：描寫池亭外的林蔭，宴席上的緑酒，水面中的雲影蓮香。

〔三〕「飛談」二句：座上賓客高談闊論，樂曲悠揚動聽。飛談：《晉書·韓伯傳》：「劉韓俊爽，標置軼群，勝氣籠霄，飛談卷霧，並蘭芬菊耀，無絶於終古矣。」玉麈：玉柄麈尾。東晉士大夫清談時常執之。盧照鄰《行路難》詩：「金貂有時换美酒，玉麈但摇莫計錢。」聽曲躍文魚：《列子》：「瓠巴鼓琴，而鳥舞魚躍。」文魚，有翅能飛的魚。《文選·曹植〈洛神賦〉》：「騰文魚以警乘，鳴玉鸞以偕逝。」李善注：「文魚有翅，能飛。」或曰金魚，有斑彩的魚。《山海經·中山經》：「荆山之首曰景山……睢水出焉，東南流注于江，其中多丹粟，多文魚。」郭璞注：「有斑采也。」

〔四〕粉籜：竹筍的外殼。李商隱《自喜》詩：「緑筠遺粉籜，紅藥綻香苞。」春苞：竹筍的殻。

〔五〕「睢園」二句：感歎亭園風物美盛，卻缺乏司馬相如這樣善于描摹的辭賦家。睢園：本爲漢代梁孝王劉武在睢陽的菟園，代指錢惟演宴會亭園。謝相如：不如司馬相如。謝，遜讓，不如。相如，即司馬相如，漢大賦家，曾作賦于梁園。《史記·司馬相如傳》：「司馬相如者，蜀郡成都人也，字長卿。……是時梁孝王來朝，從游説之士齊人鄒陽、淮陰枚乘、吴莊忌夫子之徒，相如見而説之，因病免，客游梁。梁孝王令與諸生同舍，相如得與諸生游士居數歲，乃著《子虚》之賦。」

【附録】

此詩輯入宋蒲積中《歲時雜詠》卷三一《中秋》，題爲《中秋日池亭宴集呈席上諸公》。

雨後獨行洛北

北闕望南山，明嵐雜紫煙〔一〕。歸雲向嵩嶺，殘雨過伊川〔二〕。樹繞芳堤外，橋横落照前。依依半荒苑，行處獨聞蟬〔三〕。

【題解】

原輯《居士集》卷一〇，繫明道元年。作於是年夏，時任西京留守推官。雨後獨行洛陽城南、洛水之北，夏雨之後的洛川大地山色蒼翠，霧靄明滅，風光清麗可愛。取材殘雨、落照、荒苑之類意象，心境閒適幽雅之餘，似乎透露絲絲孤寂、淒清的愁緒。全詩構圖巧妙，色彩鮮活，遠近虛實相生，動靜聲色兼備，有初唐王績詩味，也具王維「詩中有畫」之韻致。

【注釋】

〔一〕「北闕」二句：站在洛陽城頭眺望南面的龍門山與香山，山林雲霧在陽光下呈現不同的色彩。北闕：北門城樓，此處代指洛陽城。唐代東都的宫城在宋河南府城的南部，詩題中的「洛北」指洛水北，實在洛陽城南。明嵐：晴空之下的山間雲氣。

〔二〕伊川：即伊水，源出河南熊耳山，東北流經嵩縣、伊陽、洛陽、偃師，入洛河。

〔三〕「樹繞」四句：洛北雨後的幽寂景象。荒苑：荒廢的洛陽宫苑。

【附録】

此詩輯入清康熙《御選宋金元明四朝詩·御選宋詩》卷三五、陳焯《宋元詩會》卷一一、陳訏《宋十五家詩選·廬陵詩選》、張景星、姚培謙、王永祺《宋詩别裁集》卷四。

初秋普明寺竹林小飲餞梅聖俞分韻得亭皋木葉下五首

其一

臨水復攲石，陶然同醉醒〔一〕。山霞坐未斂，池月來亭亭〔二〕。

其二

洛城風日美，秋色滿蘅皋〔三〕。誰同茂林下，掃葉酌松醪〔四〕。

其三

野水竹間清，秋山酒中緑。送子此酣歌，淮南應落木〔五〕。

其四

勸客芙蓉盃，欲搴芙蓉葉〔六〕。垂楊礙行舟，演漾回輕檝〔七〕。

其五

山水日已佳，登臨同上下。衰蘭尚可採，欲贈離居者〔八〕。

【題　解】

原輯《居士外集》卷一，繫明道元年。作於是年初秋，時任西京留守推官。據張《曆日天象》，本年六月二十三日壬戌「立秋」。普明寺，即普明院，白居易舊居。《邵氏聞見録》卷八：「天聖、明道中，錢文僖公自樞密留守西都，謝希深爲通判，歐陽永叔爲推官，尹師魯爲掌書記，梅聖俞爲主簿，皆天下之士，錢相遇之甚厚。一日，會於普明院，白樂天故宅也。」梅聖俞，即梅堯臣。梅氏《新秋普明院竹林小飲詩》序言詳叙此次聚會本末，參見「附録」。此組詩自然清淡，詠山水之景，抒别離之情。洛邑文人聚會的同題分韻詩作，彼此競技鬥勝，對宋詩藝術發展頗有促進作用。

【注釋】

〔一〕陶然：醉樂貌。陶潛《時運》詩：「揮兹一觴，陶然自樂。」

〔二〕「山霞」二句：晚霞尚在，明亮的月亮卻已昇起。亭亭：明亮美好貌。沈約《麗人賦》：「亭亭似月，嬿婉如春。」

〔三〕蘅皋：長有香草的沼澤。《文選·曹植〈洛神賦〉》：「爾乃稅駕乎蘅皋，秣駟乎芝田。」劉良注：「蘅皋，香草之澤也。」

〔四〕松醪：用松肪或松花釀製的酒。唐戎昱《送張秀才之長沙》詩：「松醪能醉客，慎勿滯湘潭。」

〔五〕「淮南」句：《山堂肆考》卷一二引《淮南子》：「一葉落而天下知秋。」唐劉長卿《送崔使君赴壽州》：「千里相思如可見，淮南木葉正驚秋。」

〔六〕芙蓉盃：形狀如芙蓉花的酒杯。庾信詩《詠畫屏風詩二十五首》其二十五：「竟日坐春臺，芙蓉承酒杯。」

〔七〕演漾：水波蕩漾。阮籍《詠懷》其七十五：「泛泛乘輕舟，演漾靡所望。」

〔八〕離居者：離家流落的人。《尚書·盤庚下》：「今我民用蕩析離居，罔有定極。」孔穎達疏：「播蕩分析，離其居宅，無安定之極。」《禮記·檀弓上》：「吾離群而索居，亦已久矣。」鄭玄注：「群，謂同門朋友也；索，猶散也。」

【附　録】

五詩全輯入清康熙《御選宋金元明四朝詩·御選宋詩》卷六一。

梅堯臣《宛陵先生集》卷二《新秋普明院竹林小飲詩序》：「余將北歸河陽，友人歐陽永叔與二三君具觴豆，選勝絶，欲極一日之歡以爲别，於是得普明精廬，釃酒竹林間，少長環席，去獻酬之禮，而上不失容，下不及亂，和然嘯歌，趣逸天外。酒既酣，永叔曰：『今日之樂，無愧於古昔，乘美景，遠塵俗，開口道心胸間，達則達矣，於文則未也。』命取紙寫普賢佳句，置坐上，各探一句，字字爲韻，以志兹會之美。咸曰：『永叔言是。不爾，後人將以我輩爲酒肉狂人乎！』頃刻，衆詩皆就，乃索大白，盡醉而去。明日，第其篇請余爲叙云。」

送辛判官

被薦方趨召，還鄉仍綵衣〔一〕。看山向家近，上路逐鴻飛〔二〕。結綬同爲客〔三〕，登高獨送歸。都門足行者，莫訝柳條稀〔四〕。

【題　解】

原輯《居士外集》卷六，無繫年，列明道元年詩後。作於是年秋，時任西京留守推官。辛判官，不詳其名。次年歐詩《謝人寄雙桂樹子》，梅堯臣有和詩，題爲《奉和永叔得辛判官伊陽所寄山桂數本，封殖之後，遂成雅韻以見貺》，辛氏居伊陽，當爲作者同僚，時還鄉養親，詩人賦此送行。秋日送別朋友，心中悵然若失，滿紙依依惜別之情。語言平易，情致深沉委婉。

【注　釋】

〔一〕「被薦」二句：辛判官被人舉薦正要受命徵召的時候，卻選擇回鄉侍養雙親。綵衣：喻孝養父母。司馬光《家範》卷四：「老萊子孝奉二親，行年七十，作嬰兒戲，身服五采斑斕之衣。嘗取水上堂，詐跌仆，臥地爲小兒啼，弄雛於親側，欲親之喜。」

〔二〕鴻飛：鴻雁南飛，時在霜降時節。據張《曆日天象》，本年九月十日戊寅「霜降」。

〔三〕結綬：佩繫印綬，指出仕爲官。《漢書・蕭育傳》：「〔蕭育〕少與陳咸、朱博爲友，著聞當世。往者有王陽、貢公，故長安語曰：『蕭朱結綬，王貢彈冠』，言其相薦達也。」

〔四〕「都門」二句：出洛陽城門步行的人，不要驚訝柳枝被送行者折得稀疏零落。柳條：古人有折柳送别的習俗。參見本書《送李寔》注〔四〕。

弔黄學士三首

其一

麗正讎書久，蘭臺約史成〔一〕。迎親就江水，厭直出承明〔二〕。世德無雙譽，詩豪第一評〔三〕。風流今頓盡，響像憶平生〔四〕。

其二

沈約多清瘦，文園仍病痟〔五〕。共疑天上召，更欲水邊招〔六〕。金馬人相弔，長沙物易妖〔七〕。秋風吹越樹，歸旐自飄飄〔八〕。

其三

自古蘭衰早，因令蕙歎深〔九〕。書遺茂陵稿，病作越鄉吟〔一〇〕。蒿里無春色，閩山蔽夕陰〔一一〕。空嗟埋玉樹，齎志永沉沉〔一二〕。

【題　解】

原輯《居士集》卷一〇，繫明道元年。作於是年秋，時任西京留守推官。題下原注：「名鑑。」黄學士鑑，字唐卿，福建浦城人。大中祥符八年進士及第，補桂陽監判官，爲國子監直講，累遷太常博士，爲國史院編修，擢直集賢院。文詞爲同鄉楊億所稱道，入其門下，由是知名。《宋史》卷四四二有傳。天聖五年，黄鑑在京修國史，歐進京赴試，與之結識。本傳稱其「國史成，擢直集賢院，以母老，出通判蘇州，卒」。《長編》卷一一五景祐元年八月辛酉（四日）紀事則云：「知制誥李淑言太常博士、直集賢院黄鑑嘗同修《三朝寶訓》，書垂就而死。」又《長編》卷一一一載吕夷簡上《三朝寶訓》三十卷，時在本年二月二日。黄鑑當卒於本年初，而據詩中「秋風吹越樹」、「蒿里無春色」等句意，祭弔、歸葬當在秋季。組詩「其一」稱譽黄鑑材高德劭，「其二」哀傷其身世坎坷，「其三」痛惜其壯志未酬。懷古傷今，託物寄情，感念師友，斷腸痛心。

【注　釋】

〔一〕「麗正」二句：黄鑑官直集賢院，校書治史，時日已久，事業有成。麗正：宋集賢院别稱。唐置麗正書院，爲中央掌管刊輯、校理經籍，搜羅遺逸圖書，承旨撰集文章的機構，後更名集賢院。元陶宗儀《説郛》卷一四上《麗正門名》引宋戴埴《鼠璞》：「今行在内南門名曰麗正，本取重離麗正之義。然麗正乃唐集賢院名，張説謂麗正乃禮樂之司。麗正書院，開元五年建，十三年改爲集賢院。」蘭臺：漢代宫内收藏典籍之處，後指宫廷藏書處，班固曾爲蘭臺令史。此處當指黄學士修國史。宋鄭伯謙《太平經國書》卷六：「御史大夫屬官有兩丞，一曰中丞，在殿中蘭臺，掌圖籍秘書。」約史：整理史書。孔安國《尚書序》：「約史記而修《春秋》。」元朱祖義句解：「準依其事曰約，依魯史而修《春秋》。」

〔二〕迎親：迎養尊親。《宋史·黄鑑傳》：「以母老，出通判蘇州。」承明：即「承明廬」。漢承明殿旁屋，侍臣值宿所居。《文選·應璩〈百一詩〉》：「問我何功德？三入承明廬。」張銑注：「承明，謁天子待制處也。」

〔三〕「世德」二句：黄學士人品高尚，詩歌豪俊，道德文章，天下第一。世德：祖上及本人均有美德的人。《文選·陸機〈文賦〉》：「詠世德之駿烈，誦先人之清芬。」李善注：「言歌詠世有俊德者之盛業。」

〔四〕「風流」二句：斯人已去，音容笑貌唯存記憶。風流：風雅瀟灑。《後漢書·方術傳論》：

「漢世之所謂名士者，其風流可知矣。」　響像：聲音容貌。常指死者。《文選·陸機〈歎逝賦〉》：「尋平生於響像，覽前物而懷之。」吕延濟注：「音響形像。」

〔五〕「沈約」二句：黄學士象沈約那樣清瘦，象司馬相如那樣體弱多病。　沈約：南朝梁文學家、史學家，官至尚書令。參見本書《即目》注〔四〕與《勸征》注〔一〕。　文園：即漢司馬相如，曾任文園令，故稱。唐劉知幾《史通·序傳》：「至馬遷，又徵三閭之故事，放文園之近作，模楷二家，勒成一卷。」司馬相如晚年困於痟渴病，故云「仍病痟」。

〔六〕天上召：李商隱《李長吉小傳》云：「長吉將死時，忽晝見一緋衣人，駕赤虯，持一版書，若太古篆或霹靂石文者，云當召長吉。長吉了不能讀，欻下榻叩頭，言：『阿㜷老且病，賀不願去。』緋衣人笑曰：『帝成白玉樓，立召君爲記，天上差樂，不苦也。』」　水邊招：屈原赴水死，楚人賽龍舟以招其魂。王逸《楚辭章句》卷九：「《招魂》者，宋玉之所作也……憐哀屈原忠而斥棄……故作《招魂》。」

〔七〕金馬：即金馬門，漢時學士待詔之處。《史記·滑稽列傳》：「金馬門者，宦〔者〕署門也。門傍有銅馬，故謂之曰『金馬門』。」亦省稱「金門」。後代稱翰林院或翰林學士。　長沙：西漢文帝時，賈誼被謫爲長沙王太傅。　物易妖：物多害人。《漢書·賈誼傳》：「誼爲長沙傅三年，有服飛入誼舍，止於坐隅。服似鴞，不祥鳥也。誼既以適居長沙，長沙卑濕，誼自傷悼，以爲壽不得長，乃爲賦以自廣。」又《弔屈賦》曰：「鸞鳳伏竄兮，鴟鴞翺翔。」顔師古注曰：「鴟，鵂鶹，怪鳥也。」一曰「妖」通「夭」。黄鑑英年早逝，故云。

〔八〕吹越樹：黄鑑故里爲福建浦城，靈柩歸葬，途經越地，故稱。歸旐：喪事用的一種魂幡。《禮記·檀弓上》：「孔子之喪，公西赤爲志焉……綢練設旐，夏也。」

〔九〕「自古」二句：蘭花早衰，令蕙草長歎。詩人以蘭花喻黄鑑，以蕙草自喻。《楚辭·離騷》：「余既滋蘭之九畹兮，又樹蕙之百畝。」洪興祖補注：「種蘭多於蕙也，此古人貴蘭之意。」蕙歎：物傷其類之歎。宋吕祖謙《左氏博議》卷一七：「芝焚而蕙歎，若蕭若艾必不爲之歎。何也？非其類也。」蕙：蕙草，一種清香之物。

〔一〇〕「書遺」二句：黄鑑來不及整理好平生文稿，就卧病不起。茂陵稿：司馬相如所著封禪書遺稿。《史記·司馬相如傳》：「相如既病免，家居茂陵。天子曰：『司馬相如病甚，可往從悉取其書。若不然，後失之矣。』使所忠往，而相如已死，家無書。問其妻，對曰：『長卿固未嘗有書也。時時著書，人又取去，即空居。長卿未死時，爲一卷書，曰有使者來求書，奏之。無他書。』」茂陵，漢司馬相如病免後家居茂陵，後因用以指代相如。林逋《自作壽堂因書一絶以誌之》詩：「茂陵他日求遺稿，猶喜曾無封禪書。」越鄉吟：亦作「越人吟」，即富貴之後的思鄉之吟。《史記·張儀傳》：「陳軫適楚，秦惠王曰：『子去寡人之楚，亦思寡人不？』陳軫對曰：『昔越人莊舄仕楚執珪，有頃而病，楚王曰：舄故越之鄙細人也，今仕楚執珪，富貴矣，亦思越不？對曰：凡人之思故，在其病也。彼思越則越聲，不思越則且楚聲。人往聽之，猶尚越聲也。』」

〔二〕「蒿里」二句：想像黄鑑生死異域，墓塋淒涼的景象。蒿里：本爲山名，相傳在泰山之南，爲死者葬所。因以泛指墓地，陰間。《漢書·廣陵厲王劉胥傳》：「蒿里召兮郭門閲，死不得取代庸，身自逝。」顔師古注：「蒿里，死人里。」

〔三〕「空嗟」二句：感歎黄學士棄世而壯志未酬。埋玉樹：英雄下葬。《晉書·庾亮傳》：「亮將葬，何充會之，歎曰：『埋玉樹於土中，使人情何能已！』」齎志：懷抱志愿。唐黄滔《祭崔補闕文》：「齎志殁地，其痛何如？」

【附　録】

三詩中「其二」輯入宋潘自牧《記纂淵海》卷七九，又輯入《錦繡萬花谷》前集卷二六。

《宋史·黄鑑傳》：「黄鑑，字唐卿，與（黄）亢同鄉里，少敏慧過人。舉進士，補桂陽監判官，爲國子監直講。同郡楊億尤善其文詞，延置門下，由是知名。累遷太常博士，爲國史院編修官。嘗詔館閣官後苑賞花，而鑑特預召。國史成，擢直集賢院，以母老，出通判蘇州，卒。」

陪府中諸官游城南

一雨郊圻迴〔一〕，新秋榆棗繁。田荒溪溜入〔二〕，禾熟雀聲喧。燒出空槎腹，人耕廢廟垣〔三〕。閑追向城客〔四〕，落日隱高原。

【題解】

原輯《居士集》卷一〇，繫明道元年。作於是年初秋，時任西京留守推官。題下原注：「一本注：西京作。」詩歌描寫秋雨之後洛陽郊外豐熟而寥廓的景況，隱隱透出悲秋之情。景物如繪，移情入景，風格清新淡雅。

【注釋】

〔一〕郊圻：京城郊外。圻，畿，京畿。古稱天子直轄之地。

〔二〕溜：向下流的水。《周禮·考工記·輪人》：「上尊而宇卑，則吐水疾而溜遠。」

〔三〕「燒出」二句：百姓野燒之後祇留下空空的樹枝，爲了擴耕連廢廟垣牆旁都種上了莊稼。空槎：老死中空的枯樹幹。唐陸長源《戲答》詩：「風吹著枯木，無柰值空槎。」

〔四〕向城客：進城的人。唐劉長卿《水西渡》詩：「何事還山雲，能留向城客？」

【附録】

此詩輯入明曹學佺《石倉歷代詩選》卷一四〇，又輯入清吴之振《宋詩鈔》卷一二、陳訏《宋十五家詩選・廬陵詩選》。

陸次雲《宋詩善鳴集》卷上曰：「昔人謂永叔詩似昌黎，大約謂其五、七言古耳。至於近體，有另竪骨脊之處。」

和謝學士泛伊川浩然無歸意因詠劉長卿佳句作欲留篇之什

久不見南山，依然已秋色。悠哉川上行，復邀城中客。木落山半空，川明潦尤積〔一〕。飛鳥鑑中看，行雲舟中白〔二〕。夷猶白蘋裏，笑傲清風側。極浦追所遠，回峰高易夕〔三〕。觴詠共留連，高懷追昔賢〔四〕。惟應謝公興，不減向臨川〔五〕。

【題解】　原輯《居士外集》卷一，繫明道元年。作於是年秋，時任西京留守推官。謝學士，即謝絳，字希深，時官河南府通判，曾以祠部員外郎直集賢院，故稱學士。官至尚書兵部員外郎、知制誥、知鄧州軍州事。《宋史》卷二九五有傳。是年秋九月，歐與謝絳等游嵩山前，曾泛舟伊川。劉長卿，字文房，中唐詩人，擅長五言詩，有「五言長城」之譽。劉長卿游龍門、伊川時，有《龍門八詠》詩，今存《劉隨州集》卷四。梅堯臣《宛陵先生集》卷二有《和希深晚泛伊川》詩，朱東潤亦繫今年。謝絳原詩已佚，此爲和詩。詩歌記游寫景，懷古抒情，稱頌謝絳的山水情致，展示文人的高雅情懷。詩句結構突破常規，出現「上三下二」和「上二下三」結構的雜合體，初步顯現「以文爲詩」的特色。

【注釋】

〔一〕「木落」二句：龍門、香山一帶的秋季風景。劉長卿《龍門八詠·下山》：「木落群峰出，龍宫蒼翠間。」潦尤積：山間尚有雨後積水。潦，雨後地面積水。

〔二〕「飛鳥」二句：秋天的伊川水面波平如鏡，天空的飛鳥行雲倒影水中。

〔三〕「夷猶」四句：在伊川的清風水草中從容泛舟，盡情嬉笑游玩；遥遠的水邊峰巒環峙，太陽落得特別早。白蘋：水中浮草。鮑照《送别王宣城》詩：「既逢青春獻，復值白蘋生。」極浦：《楚辭·九歌·湘君》：「望涔陽兮極浦，横大江兮揚靈。」王逸注：「極，遠也；浦，水涯也。」

〔四〕「觴詠」二句：大家飲酒賦詩，流連忘返，追懷當年在這裏吟詠游樂的先賢劉長卿。觴詠：飲酒賦詩。王羲之《蘭亭序》：「一觴一詠，亦足以暢叙幽情。」

〔六〕「惟應」二句：謝絳的游興雅趣，絲毫不遜于當年的謝靈運。謝公：河南府通判謝絳。臨川：郡名，郡治在今江西臨川西，謝靈運曾官臨川内史，故以稱代。江淹《謝臨川游山》詩題下

注：「靈運。」

【附録】

此詩輯入明曹學佺《石倉歷代詩選》卷一四〇，又輯入清管庭芬、蔣光煦《宋詩鈔補·歐陽文忠詩補鈔》。

謝絳《游嵩山寄梅殿丞書》（《歐集》附録卷五）：「十七日，宿彭婆鎮，遂緣伊流，陟香山，上上方，飲於八節灘上。」按：梅堯臣《宛陵先生集》卷三有詩《希深惠書言與師魯、永叔、子聰、幾道游嵩因誦而韻之》，亦紀此嵩山之游。

洪邁《容齋五筆》卷九：「謝希深、歐陽公官洛陽，同游嵩山歸，暮抵龍門香山，雪作，留守錢文僖公遣吏以廚傳歌妓至，且勞之曰：『山行良勞，當少留龍門賞雪，府事簡，無遽歸也。』」按：時值九月中旬，當無賞雪之事。

戲書拜呈學士三丈

淵明本嗜酒，一錢常不持。人邀輒就飲，酩酊籃輿歸〔一〕。歸來步三徑，索寞繞東籬〔二〕。詠句把黄菊，望門逢白衣〔三〕。欣然復坐酌，獨醉臥斜暉〔四〕。

【題　解】

原輯《居士外集》卷一，無繫年，列明道元年之後。作於是年秋，時任西京留守推官。學士三丈，即謝絳，歐本年還有《與謝三學士唱和八首·送學士三丈》、《除夜偶成拜上學士三丈》詩，均指謝絳。題稱「戲書」，爲文字游戲。作者在詩中以陶淵明自喻，詩酒自娱，欣然自得，清高、閒適而灑脱，展示青年歐陽修的「逸老」形像。此類游戲娱樂之作，使詩歌題材趨於生活化與世俗化，導引後來「宋調」的形成。

【注　釋】

〔一〕「淵明」四句：陶潛嗜酒而家貧，受邀飲酒常酩酊常大醉，乘籃輿而歸。　淵明：即陶潛，字淵明，又字元亮，别號五柳先生。潯陽柴桑（今江西九江）人。東晉大文學家。中年時仕時隱，終因不願爲五斗米折腰向鄉里小兒，辭彭澤縣令而歸隱田園，晚年貧病交加而卒，私謚「靖節」。　籃輿：竹子紮編的簡易轎子。《晉書·陶潛傳》：「性嗜酒，而家貧不能恒得。親舊知其如此，或置酒招之，造飲必盡，期在必醉……（王）弘要之還州，問其所乘，答云：『素有脚疾，向乘籃輿，亦足自反。』乃令一門生二兒共轝之至州，而言笑賞適，不覺其有羨於華軒也。」

〔二〕三徑：漢趙岐《三輔決録·逃名》：「蔣詡歸鄉里，荆棘塞門，舍中有三徑，不出，唯求仲、羊仲從之游。」後因以「三徑」指歸隱者的家園。陶潛《歸去來兮辭》：「三徑就荒，松竹猶存。」　東籬：菊花，亦指菊圃。陶潛詩《飲酒》其五：「采菊東籬下，悠然見南山。」

〔三〕白衣：特指送酒的吏人。《古今説部叢書》輯南朝宋檀道鸞《續晉陽秋·恭帝》：「王弘爲江州刺史，陶潛九月九日無酒，於宅邊東籬下菊叢中摘盈把，坐其側。未幾，望見一白衣人至，乃刺史王弘送酒也。即便就酌而後歸。」後因用作朋友贈酒或重陽飲酒、詠菊等典故。

〔四〕「欣然」二句：欣然獨坐，自斟自飲，直至黄昏醉倒，一副怡然自樂的樣子。

和楊子聰答聖俞月夜見寄

秋露藹已繁，迢迢星漢回。皎潔庭際月，流光依井苔〔一〕。有客愛涼景，幽軒爲君開。所思不可極，但慰清風來〔二〕。

【題解】

原輯《居士外集》卷一，無繫年，列明道元年之後。作於是年秋，時任西京留守推官。楊子聰，南方人，時任河南府户曹參軍，爲歐氏洛陽「七交」之一。梅堯臣、楊子聰詩均不存。此詩描寫秋天夜景，表達對朋友的思念之情。語言平易簡勁，以景傳情，情韻深長。

【注釋】

〔一〕「秋露」四句：秋夜星空燦爛，露珠繁多，庭院井欄之間，月光如水。

〔二〕「所思」二句：對朋友的思念之情無窮無盡。值得欣慰的是清風送來絲絲涼意。不可極：謂無已時，指思念没有盡期，極言思念之深。

【附録】

此詩輯入明李蓘《宋藝圃集》卷九、曹學佺《石倉歷代詩選》卷一四〇。

和八月十五日齋宫對月

皓月三川静，晴氛萬里銷〔一〕。靈光望日滿，寒色入波摇〔二〕。灝氣成山霧〔三〕，浮雲蔽壟苗。廟荒陰燐出，苑廢露螢飄〔四〕。齋館心方寂〔五〕，秋城夜已遥。清談對元亮，瓊彩映蕭蕭〔六〕。

【題解】

原輯《居士外集》卷五，繫《律詩五十八首》之末，屬《與謝三學士絳唱和八首》其七。目録題下

注：「明道元年。」作於是年八月中秋節，時任西京留守推官。謝絳詩今不存。詩歌描寫齋宫月夜的冷寂景象，表現謝絳的瀟灑風度與高雅情懷。詩語典麗，然對比楊億詩《秋夜對月》的詞藻精美與典故繁夥，此詩則顯得流暢自然，情致深婉。

【注　釋】

〔一〕三川：指洛陽。《文選·鮑照〈詠史〉》：「五都矜財雄，三川養聲利。」李善注引韋昭曰：「有河、洛、伊，故曰三川。」王維《送韋大夫東京留守》詩：「雲旗蔽三川，畫角發龍吟。」趙殿成注：「《史記》索隱：三川，今洛陽也。」

〔二〕「靈光」二句：中秋十五的月亮格外圓滿，清寒的月光映照在水面尤其摇曳多姿。　靈光：神奇的光輝，此指月色。

〔三〕灝氣：彌漫在天地間之水氣。柳宗元《始得西山宴游記》：「悠悠乎與灝氣俱而莫得其涯，洋洋乎與造物者游而不知其所窮。」

〔四〕「廟荒」二句：極言月光下齋廟的淒清景象。　陰燐：燐火，鬼火。唐李益《從軍夜次六胡北飲馬磨劍石爲祝殤辭》：「水流嗚咽幽草根，君寧獨不怪陰燐。」

〔五〕齋館：齋戒時所住的館舍。漢應劭《風俗通·怪神·世間多有狗作變怪》：「乃即齋館，忘食與寢。」

〔六〕「清談」二句：極誇謝絳齋宮夜談的卓越才華。元亮：陶潛，字淵明，又字元亮。宋范成大《次韻徐廷獻機宜送自釀石室酒》其一：「元亮折腰嗟已久，故山應有欲蕪田。」瓊彩：本指美玉的光采，此喻文采。唐皎然《答鄭方回》詩：「詞貞思且逸，瓊彩何暉映。」蕭蕭：瀟灑。《世説新語·容止》：「嵇康身長七尺八寸，風姿特秀，見者歎曰：『蕭蕭肅肅，爽朗清舉。』」

【附　録】

此詩輯入宋蒲積中《歲時雜詠》卷三一《中秋》，題爲《伏承寵示八月十五日齋居對月嘉篇謹依韻和》。

題張應之縣齋

小官歎簿領，夫子卧高齋〔一〕。五斗未能去，一丘真所懷〔二〕。緑苔長秋雨，黄葉堆空階〔三〕。縣古仍無柳，池清尚有蛙〔四〕。琴觴開月幌，窗户對雲崖〔五〕。嵩少亦堪老，行當與子偕〔六〕。

【題解】

原輯《居士外集》卷六，無繫年，置明道元年詩後。作於是年秋，時任西京留守推官。張應之，即張谷，字應之，時爲河南縣主簿，爲歐西京幕府「七交」之一。《歐集》卷六四有《張應之字序》，卷二四《尚書屯田員外郎張君墓表》有云：「君諱谷，字應之，世爲開封尉氏人……君舉進士及第，爲河陽、河南主簿。」縣齋，即東齋。歐《東齋記》云：「官署之東有閣以燕休，或曰齋，謂夫閒居平心以養思慮，若於此而齋戒也，故曰齋。河南主簿張應之居縣署，亦理小齋。」詩歌描寫張氏縣齋的蕭瑟秋景，流露歸隱情懷。敘事寫景，有感而發，景物中透出縷縷情思。

【注釋】

〔一〕簿領：官府記事的簿册或文書。《文選·劉楨〈雜詩〉》：「沈迷簿領書，回回自昏亂。」劉良注：「簿領書，謂文書也。」高齋：對他人屋舍的敬稱。孟浩然《宴張別駕新齋》詩：「高齋徵學問，虚薄濫先登。」

〔二〕「五斗」二句：張谷爲微薄的官俸，未能像陶潛那樣棄職離去，可内心還是傾慕歸隱生活。五斗：即五斗米，喻微薄的官俸。《晉書·隱逸傳·陶潛》：「郡遣督郵至縣，吏白應束帶見之，潛歎曰：『吾不能爲五斗米折腰，拳拳事鄉里小人邪！』義熙二年，解印去縣。」一丘：指隱居地。《漢書·叙傳上》：「棲遲於一丘，則天下不易其樂。」

〔三〕「緑苔」二句：秋雨中空寂的臺階上，長滿了緑苔，堆積著落葉。

〔四〕「縣古」二句：寫張氏縣齋周圍景觀，古縣無柳，清池有蛙。縣古：河南縣治在洛陽城内，素稱「九朝古都」，故云。

〔五〕月幌：月光照耀的帷薄。謝惠蓮《雪賦》：「風觸楹而轉響，月承幌而通暉。」

〔六〕「嵩少」二句：嵩山是適合隱居養老的地方，我想與你一道歸去。嵩少：嵩山與少室山的並稱，亦爲嵩山别稱。賈島《永福湖和楊鄭州》：「嵩少分明對，瀟湘闊狹齊。」

【附録】此詩輯入明曹學佺《石倉歷代詩選》卷一四〇，又輯入清管庭芬、蔣光煦《宋詩鈔補·歐陽文忠詩補鈔》。

緱氏縣作

亭候徹郊畿〔一〕，人家嶺阪西。青山臨古縣〔二〕，緑竹繞寒溪。道上行收穗，桑間晚溉畦〔三〕。東皋有深趣，便擬卜幽棲〔四〕。

【題　解】

原輯《居士集》卷一〇，繫明道元年。作於是年秋，時任西京留守推官。緱氏是古縣，秦時置。北宋前期爲河南府屬縣，治所在今河南偃師東南，神宗熙寧八年併入偃師縣。《明一統志》卷二九《河南府》：「緱氏廢縣，在偃師縣南二十里，古滑國，漢置縣。」歐是年秋末再游嵩嶽，途經緱氏賦此詩。胡《譜》：明道元年「是春及秋，兩游嵩嶽。秋，蓋從通判謝絳奉御香告廟也。」詩歌描寫緱氏古縣鄉村風物，寧静的氛圍，悠閒的情調，流露詩人的田園樂趣與歸隱志向。語言順暢，屬對工穩，平叙中見奇巧。

【注　釋】

〔一〕亭候：供車馬休息的亭舍驛站。《後漢書·和帝紀》：「舊南海獻龍眼、荔支，十里一置，五里一候。」　徹：列，排列。《方言》第三：「班、徹，列也。北燕曰班，東齊曰徹。」

〔二〕古縣：指緱氏縣。《元和郡縣志》卷六：「緱氏縣，本漢舊縣，古滑國也。《左傳》曰：『秦師滅滑。』其後屬晉，至秦漢爲縣，因山爲名。」

〔三〕溉畦：灌溉田園。《文選·顔延之〈陶徵士誄序〉》：「灌畦鬻蔬，爲供魚菽之祭。」吕向注：「畦，園。」

〔四〕東皋：東邊山坡上的農田。陶潛《歸去來兮辭》：「登東皋以舒嘯，臨清流而賦詩。」《文選·潘岳〈秋興賦〉》：「耕東皋之沃壤兮。」李善注：「水田曰皋。」　幽棲：幽僻的棲止之處，借指隱居地。唐王昌齡《過華陰》詩：「羈人感幽棲，窅映轉奇絶。」

【附録】此詩輯入清康熙《御選宋金元明四朝詩·御選宋詩》卷三五。

又行次作

秋色滿郊原，人行禾黍間，雉飛横斷澗，燒響入空山〔一〕。野水蒼煙起，平林夕鳥還。嵩嵐久不見，寒碧更孱顔〔二〕。

【題解】原輯《居士集》卷一〇，繫明道元年。作於是年秋，時任西京留守推官。又行次，即又一次行旅到達，或旅途暫居地。作於是年秋季《緱氏縣作》詩後，同爲隨謝絳奉御香赴嵩嶽祭廟途中作。詩歌描寫秋季旅途的蒼涼景象，抒寫孤獨寂寥的心情。繪景細膩，情景交融，意境深婉。

【注釋】

〔一〕燒響：野燒莊稼枯杆以肥田地而發出的聲響。

〔二〕「嵩嵐」二句：秋高氣爽，霧靄消逝，嵩山在秋色中更顯巍峨聳峙。孱顔：險峻、高聳貌，亦指高峻的山嶺。李商隱《荆山》詩：「壓河連華勢孱顔，鳥没雲歸一望間。」

【附録】

此詩輯入明曹學佺《石倉歷代詩選》卷一四〇，又輯入清康熙《御選宋金元明四朝詩·御選宋詩》卷三五、管庭芬、蔣光煦《宋詩鈔補·歐陽文忠詩補鈔》、張景星、姚培謙、王永祺《宋詩別裁集》卷四。

被牒行縣因書所見呈僚友

周禮恤凶荒，軺車出四方〔一〕。土龍朝祀雨〔二〕，田火夜驅蝗。木落孤村迥，原高百草黄〔三〕。亂鴉鳴古堞，寒雀聚空倉〔四〕。桑野人行饁，魚陂鳥下梁〔五〕。晚煙茅店月，初日棗林霜〔六〕。墐户催寒候，叢祠禱歲穰〔七〕。不妨行覽物，山水正蒼茫〔八〕。

【題解】

原輯《居士集》卷一〇，繫明道元年。作於是年秋末，時任西京留守推官。胡《譜》：明道元年「公又嘗行縣，視旱蝗。」深秋時節，洛陽四周發生旱蝗災害，歐受命視察河南府屬縣災情，爲賦此詩。被牒行縣，接到官府文書，受命到下屬縣鄉巡行視察。此爲巡視途中紀實之作。由詩中「木落」、「墐户」等句，可知時在秋末冬初。詩歌展示蕭瑟悲苦的受災鄉村實況，表達對民生疾苦的深切關注。詩體雖屬排律，然敘事寫實，窮形盡相地展示災區凋敝景況。語言典雅暢達，情感真摯自然，有別於西崑浮豔詩風。

【注釋】

〔一〕「周禮」二句：荒年朝廷派員賑災，救濟百姓，這是《周禮》上的規定。《周禮·地官·大司徒》：「以荒政（救災措施）十有二聚萬民。」　軺車：奉使者和朝廷急命宣召者所乘的輕便馬車。亦代指使者。

〔二〕土龍：用泥土製成的龍，古代用以祭祀乞雨。《淮南子·説山訓》：「聖人用物，若用朱絲約芻狗，若爲土龍以求雨。」漢王充《論衡·亂龍》：「董仲舒申《春秋》之雩，設土龍以招雨，其意以雲龍相致。」

〔三〕「木落」二句：樹葉凋零後，遠方孤零零的村落顯現出來，百草已萎謝，高原上一片枯黃。

〔四〕「亂鴉」二句：描繪災後的荒涼狀況：飢餓的烏鴉聚集在古城牆上亂叫，覓食的寒雀聚集在空蕩蕩的官倉裏不肯離去。　古堞：古老的城牆。堞，城牆上的齒狀小牆，亦稱女牆。

〔五〕饁：往田間送飯。《詩·豳風·七月》：「同我婦子，饁彼南畝。」朱熹集傳：「饁，餉田也。」魚陂鳥下梁：魚塘乾涸，鳥棲魚梁。梁，魚梁，爲捕魚而築設的壩堰。《詩·邶風·谷風》：「毋逝我梁。」毛傳：「梁，魚梁。」孔穎達疏引鄭司農曰：「梁，水堰。堰水而爲關空，以笱承其空。」

〔六〕「晚煙」二句：鄉間早晚風景，渲染淒清心境。化用温庭筠《商山早行》詩句：「雞聲茅店月，人跡板橋霜。」

〔七〕「墐户」二句：農民們一方面用泥土塗塞門窗孔隙準備過冬，一方面在林間神廟祈禱來年莊稼好收成。　墐户：《詩·豳風·七月》：「穹窒熏鼠，塞向墐户。」孔穎達疏：「墐户，明是用泥塗之，故以墐爲塗也。」　叢祠：荒野間的祀神小廟。

〔八〕「不妨」二句：一路上山水廣漠空廓，不妨觀看這金秋風物。

【附　録】

此詩輯入清管庭芬、蔣光煦《宋詩鈔補·歐陽文忠詩補鈔》。

張主簿東齋

官舍掩寒扉，聊同隱者棲〔一〕。溪流穿竹過，山鳥入城啼。賓主高談勝，心冥外物齊〔二〕。惟應朝枕夢，長厭隔鄰雞〔三〕。

【題　解】

原輯《居士集》卷一〇，繫明道元年。作於是年秋冬間，時任西京留守推官。張主簿，即張谷。東齋，參見本書《題張應之縣齋》題解。梅堯臣《宛陵先生集》卷三亦有《河南張應之東齋》詩，有云：「昔我居此時，鑿池通竹圃。」可知此齋原爲梅氏居室。詩歌描寫主人居室簡陋而談吐高雅，表現雙方的交誼深厚。語言疏暢，繪景與議論相生，情韻深婉。

【注　釋】

〔一〕「官舍」二句：主簿的屋舍簡陋而寒酸，與隱士棲身之所差不多。

〔二〕「賓主」二句：歐《東齋記》：「河南主簿張應之居縣署，亦理小齋……傍有小池，竹樹環之，應之時時引客坐其間，飲酒言笑，終日不倦。」高談勝：高談闊論，談興濃郁。心冥：即冥心。泯滅俗念，使心境寧静。《魏書·逸士傳序》：「冥心物表，介然離俗，望古獨適，求友千齡，亦異人矣。」」外物齊：老莊學派認爲宇宙間一切事物，如生死壽夭，是非得失，物我有無，都應當同等看待。莊子《齊物論》：「天地與我並生，而萬物與我爲一。」

〔三〕「惟應」二句：賓主徹夜長談，本想早晨補睡一覺，卻被鄰居司晨的雞吵醒。

【附録】

此詩輯入明李蓘《宋藝圃集》卷九，又輯入清康熙《御選宋金元明四朝詩·御選宋詩》卷三五、陳焯《宋元詩會》卷一一。

河南王尉西齋

寒齋日蕭索，天外敞簷楹〔一〕。竹雪晴猶覆，山窗夜自明。禽歸窺野客，雲去入重城〔二〕。欲就陶潛飲，應須載酒行〔三〕。

【題解】

原輯《居士集》卷一〇，繫明道元年。作於是年冬，時任西京留守推官。王尉，名不詳，時任河南縣尉。梅堯臣《宛陵先生集》卷三有《河南王尉西齋》詩，朱東潤繫於明道二年。本詩極陳王尉居室簡陋，感慨其生活寒酸，表達朋友之間的摯愛深情。語言質樸，繪景細膩，情寓於景。

【注釋】

〔一〕寒齋：簡陋而寒冷的居室。許渾《崇聖寺别楊至之》詩：「寒齋秋少燕，陰壁夜多蛩。」蕭索：冷落，淒涼。梅堯臣《河南王尉西齋》：「官舍古城隅，西齋何寂寂。」

〔二〕野客：村野之人，多指隱逸者。杜甫《柟樹爲風雨所拔歎》詩：「野客頻留懼雪霜，行人不過聽竽籟。」重城：古代城牆在外城中又建内城，故稱。王安石《示元度》詩：「思君攜手安能得，上盡重城更上樓。」

〔三〕「欲就」二句：要想找王尉喝酒，還得像（刺史王弘）找陶潛一樣，自己帶酒上路。《太平御覽》卷三二：「《續晉陽秋》曰：陶潛九月九日無酒，宅邊東籬下菊藂中摘盈把，坐其側，未幾，望見白衣人至，乃王弘送酒也，即便就醉而後歸。」

【附録】

此詩輯入明曹學佺《石倉歷代詩選》卷一四〇，又輯入清康熙《御選宋金元明四朝詩·御選宋詩》卷一一、吴之振《宋詩鈔》卷一二、陳焯《宋元詩會》卷一一、陳訏《宋十五家詩選·廬陵詩選》。

雙桂樓

嘉樹叢生秀，兹樓層漢傍〔一〕。飛甍臨萬井，伏檻出垂楊〔二〕。卷幕晴雲度，披襟夕籟涼〔三〕。山河瞻帝里，風月坐胡牀〔四〕。愛客東阿宴，清歡北海觴〔五〕。淮南多雅詠，歲晚玩幽芳〔六〕。

【題 解】

原輯《居士外集》卷六，繫明道元年。作於是年冬，時任西京留守推官。梅堯臣《宛陵先生集》卷二有《留守相公新創雙桂樓》詩，朱東潤亦繫今年。雙桂樓，《明一統志》卷二九《河南府》：「雙桂樓在府治。宋天聖間錢惟演留守西都時建。」詩歌描寫雙桂樓巍峨高聳，美景可眺，讚美主人錢惟演喜文愛才，表現文人宴詠雅趣。詩語淡雅，繪景精工，標誌詩人嘗試擺脱西崑詩風，開始孕育歐梅詩派。

【注 釋】

〔一〕「嘉樹」二句：雙桂樓高聳入雲，樓前桂樹叢生。層漢：高空。南朝梁王僧孺《侍宴景陽樓》

詩：「妙舞駐行雲，清歌入層漢。」

〔二〕飛甍：飛簷。代指高樓。《文選·左思〈吴都賦〉》：「長干延屬，飛甍舛互。」呂向注：「飛甍舛互，言棟宇相交互也。」

〔三〕晴雲度：唐劉滄《從鄭郎中高州游東潭》：「一溪寒水涵清淺，幾處晴雲度翠微。」 披襟：敞開衣襟，喻心懷舒暢。宋玉《風賦》：「有風颯然而至，王乃披襟而當之曰：『快哉此風！』」 夕籟：即晚籟，夜晚或傍晚時的各種天然響聲。宋王禹偁《村行》詩：「萬壑有聲含晚籟，數峰無語立斜陽。」

〔四〕「山河」二句：洛陽的山川形勝體現帝王之都的雄偉氣勢，當年的庾亮正是坐在舒適的交牀上欣賞清風明月。 帝里：指洛陽。左思《蜀都賦》：「河洛爲王者之里。」 坐胡牀：《世説新語·容止》：「庾太尉（亮）在武昌。秋夜氣佳景清，使吏殷浩、王胡之之徒登南樓理詠，音調始遒，聞函道中有屐聲甚厲，定是庾公。俄而率左右十許人步來，諸賢欲起避之，公徐云：『諸君少住，老子於此處興復不淺。』因便據胡牀，與諸人詠謔，竟坐甚得任樂。」胡牀，一種可以折疊的輕便坐具，又稱交牀。李白《陪宋中丞武昌夜飲懷古》詩：「庾公愛秋月，乘興坐胡牀。」

〔五〕「愛客」二句：以禮賢好士的曹植、孔融喻錢惟演。 東阿宴：曹植好文士，常設宴相待。曹植曾封爲東阿王，故稱。《文選·左思〈魏都賦〉》：「勇若任城，才若東阿，抗旍則威噞秋霜，摛翰則華縱春葩。」劉逵注：「彰後爲任城王，植爲東阿王。」 北海觴：亦作「北海樽」。《後漢書·孔融傳》：漢末孔融爲北海相，時稱孔北海。融性寬容少忌，好士，喜誘益後進。及退閒職，賓客日盈其門。常歎曰：「坐上客恒滿，樽中酒不空，吾無憂矣。」後以喻主人之好客。唐蕭穎士《山莊月夜作》詩：「未奏東山妓，先傾北海樽。」

〔六〕淮南：漢淮南王劉安，喜文愛才。王逸《招隱士序》：「昔淮南王安，博雅好古，招懷天下俊偉之士。」幽芳：本指清香。亦指香花。李商隱《贈從兄閬之》詩：「城中猘犬憎蘭佩，莫損幽芳久不歸。」

【附録】

此詩輯入明曹學佺《石倉歷代詩選》卷一四〇，又輯入清管庭芬、蔣光煦《宋詩鈔補·歐陽文忠詩補鈔》。

邵伯温《邵氏聞見録》卷八：「天聖、明道中，錢文僖公……因府第起雙桂樓西城，建臨園驛，命永叔、師魯作記。永叔文先成，凡千餘言。師魯曰：『某止用五百字可記。』及成，永叔服其簡古。永叔自此始爲古文。」按：歐記已軼，僅存此詩。文瑩《湘山野録》卷中亦載此事，稱驛名「臨轅」。

除夜偶成拜上學士三丈

萬瓦青煙夕靄生，斗杓迎歲轉東城〔一〕。隋宮守夜沉香燎，楚俗驅神爆竹聲〔二〕。玉樹羅階家宴盛，羽觴稱壽彩衣榮〔三〕。九門朝客思公甚，向曉天風舞雪霙〔四〕。

【題解】

原輯《居士外集》卷五，繫《律詩五十八首》末，屬《與謝三學士絳唱和八首》其四。目録題下注：「明道元年。」作於是年歲末，時任西京留守推官。學士三丈，即謝絳，時任西京河南府通判，參見本書《和謝學士泛伊川，浩然無歸意，因詠劉長卿佳句，作欲留篇之什》題解。詩歌描寫除夕年俗及家宴盛況，祝福謝絳還朝爲官。語言清雅，裁仗工整，寓情感于叙事繪景之中。

【注釋】

〔一〕萬瓦：千家萬户。宋楊傑《景雲軒》詩：「畫屏滿目萬瓦合，幾人到此心如灰。」斗杓：北斗柄，指北斗的第五至第七星，即衡、開泰、摇光。北斗，第一至第四星象斗，第五至第七星象柄。《史記·天官書》：「北斗七星……杓攜龍角，衡殷南斗，魁枕參首。」裴駰集解引孟康曰：「杓，北斗杓也。」

〔二〕「隋宫」二句：宫廷除夕焚沉香守夜，楚地民俗放爆竹驅邪。隋宫守夜：參見本詩「附録」祝穆《古今事文類聚》前集卷一二《設火山》。隋宫，隋煬帝改東京爲東都，治洛陽，故稱。沉香：《太平御覽》卷九八二《南越志》曰：交州有密香樹，欲取先斷其根，經年後外皮朽爛。木心與節堅黑，沉水者爲沉香，與水面平爲雞骨，最麄者爲棧香。」」驅神爆竹聲：《説郛》卷六九上引宗懔《荆楚歲時記》：「正月一日，是三元之日也。《春秋》謂之端月。雞鳴而起，先於庭前爆竹以辟山魈惡鬼。」

〔三〕「玉樹」二句：除夕謝府家宴，衆多俊秀子弟喝酒祝壽的熱鬧場面。　玉樹羅階：家族俊秀子弟衆多。《世説新語·言語》：「謝太傅問諸子侄：『子弟亦何預人事，而正欲使其佳？』諸人莫有言者。車騎答曰：『譬如芝蘭玉樹，欲使其生於階庭耳。』」後以「玉樹」稱美佳子弟。　羽觴：古代一種酒器。作鳥雀狀，左右形如兩翼。一説，插鳥羽於觴，促人速飲。《楚辭·招魂》：「瑶漿蜜勺，實羽觴些。」王逸注：「羽，翠羽也。觴，觚也。」洪興祖補注：「杯上綴羽，以速飲也。一云作生爵形，實曰觴，虚曰觶。」《漢書·外戚傳下·孝成班倢伃》：「顧左右兮和顔，酌羽觴兮銷憂。」顔師古注引孟康曰：「羽觴，爵也，作生爵形，有頭尾羽翼。」　彩衣：謂孝養父母。參見本書《送辛判官》注〔一〕。

〔四〕九門：禁城中的九種門，代指宫掖朝廷。古宫室制度，天子設九門。《禮記·月令》：「〔季春之月〕田獵、罝罘、羅罔、畢翳、餧獸之藥，毋出九門。」鄭玄注：「天子九門者，路門也、應門也、雉門也、庫門也、臯門也、城門也、近郊門也、遠郊門也、關門也。」後用以稱宫門。　朝客：朝中官員。白居易《訪陳二》詩：「出去爲朝客，歸來是野人。」前蜀韋莊《不寐》詩：「馬嘶朝客過，知是禁門開。」或曰朝見天子的地方官員。《禮記·王制》：「諸侯之於天子也……五年一朝。」此處當指地方官員歲末來京朝見天子。天風：風行天空。韓愈《辛卯年雪》詩：「波濤何飄揚，天風吹旛旗。」雪霙：即雪花。《藝文類聚》卷二引《韓詩外傳》：「雪花曰霙。」

【附録】

祝穆《古今事文類聚》前集卷一二：「唐貞觀初，天下乂安，時屬除夜，太宗盛飭宫掖，明設燈燭，盛奏樂歌，乃延蕭后觀之。后曰：『隋主淫侈，每除夜，殿前諸院設火山數十，盡沈香木根，每一山皆焚沈香數車，火光暗，則以甲煎沃之，焰起數丈，香聞數十里，一夜之間，用沈香二百餘乘，甲煎過二百石。』歐公詩：『隋宫守夜沈香火，楚俗驅神爆竹聞。』」

南征寄洛中諸友

楚色窮千里，行人何苦賒〔一〕。芳林逢旅雁，候館噪山鴉〔二〕。春入河邊草，花開水上槎〔三〕。東風一罇酒，新歲獨思家〔四〕。

【題解】

原輯《居士外集》卷六，繫明道二年（一〇三三）。作於是年早春，詩人時年二十七歲，任西京留守推官。胡《譜》：明道二年「正月，以吏事如京師，因省叔父于漢東。」此詩作於京師南下隨州的旅途中。詩歌描寫春歸大地的南國風光，抒發思親念友的深摯感情。詩語清新，描摹細膩，景致中藴含縷縷情思。

【注釋】

〔一〕楚色：楚地的風光。隨州在春秋戰國時期屬楚國的領地，故稱。　賒：距離遠。唐呂巖《七言》詩：「常憂白日光陰促，每恨青天道路賒。」

〔二〕芳林：春天的樹林。《初學記》卷三引南朝梁元帝《纂要》：「春曰青陽……木曰華木、華樹、芳林、芳樹。」　旅雁：北歸的雁群。杜甫《清明二首》其二：「旅雁上雲歸紫塞，家人鑽火用青楓。」

〔三〕「春入」二句：描摹早春風景。鮑照《擬行路難十八首》其四：「君不見河邊草，冬時枯死春滿道。」　水上槎：伸出水面的樹枝。盧照鄰《行路難》詩：「君不見長安城北渭橋邊，枯木横槎卧古田。」

〔四〕「東風」二句：新年的春風中把盞獨飲，不由得想起遠方的家人和朋友。　一罇酒：宋徐鉉《雪中作》：「他鄉一樽酒，獨坐不成斟。」

【附　録】

此詩輯入明曹學佺《石倉歷代詩選》卷一四〇，又輯入清管庭芬、蔣光煦《宋詩鈔補·歐陽文忠詩補鈔》。

江上彈琴

江水深無聲，江雲夜不明〔一〕。抱琴舟上彈，棲鳥林中驚。游魚爲跳躍，山風助清泠〔二〕。境寂聽愈真，絃舒心已平。用兹有道器，寄此無景情〔三〕。經緯文章合，諧和雌雄鳴。颯颯驟風雨，隆隆隱雷霆。無射變凜冽，黄鐘催發生〔四〕。詠歌文王《雅》，怨刺《離騷經》。二《典》意澹薄，三《盤》語丁寧。琴聲雖可狀，琴意誰可聽〔五〕？

【題　解】

原輯《居士外集》卷一，無繫年，列明道二年詩間。作於是年春，時在汴京下隨州途中。靜夜行舟江上，詩人彈琴抒懷，感慨知音難覓，頗有孤芳自賞的人格自信。詩語工整，流轉自然。摹寫琴聲形像生動，寓意深沉婉曲。

【注釋】

〔一〕「江水」二句：江水幽深，夜幕沉沉，舟行無聲。化用常建《江上琴興》「能使江月白，又令江水深」詩意。

〔二〕「抱琴」四句：琴聲響起時，鳥驚魚躍，山風徐來，助我清越之音。游魚爲跳躍：歐陽詢《藝文類聚》卷四四引《列子》：「瓠巴鼓琴，而鳥舞魚躍。」

〔三〕「境寂」四句：寂寞舟行之夜，撥弄琴這個最能體現道的樂器，在夜景中抒懷寫意。有道器：指琴。古人認爲琴在樂器中最爲有道。《藝文類聚》卷四四引《風俗通》曰：「琴者，樂之統，與八音並行，君子所常御也。和樂作者，其曲曰暢，言其道暢美也；憂愁作者，其曲曰操，言不失其操也。」《宋史·樂志十七》亦引《白虎通》云：「琴者，禁止於邪，以正人心也。」

〔四〕「經緯」六句：摹寫琴聲變化多端之情狀。文章：錯雜的色彩或花紋。《後漢書·張衡傳》：「文章焕以粲爛兮，美紛紜以從風。」無射：古十二律之一。位於戌，故亦指農曆九月。《周禮·春官·大司樂》：「乃奏無射，歌夾鐘，舞《大武》，以享先祖。」鄭玄注：「無射，陽聲之下也。」黄鐘：樂律十二律中的第一律。《禮記·月令》：「〔季夏之月〕其日戊己，其帝黄帝，其神后土，其蟲倮，其音宫，律中黄鐘之宫。」孔穎達疏：「黄鐘宫最長，爲聲調之始，十二宫之主。」

〔五〕「詠歌」六句：琴聲有歌詠有怨刺，内涵深沉而豐富。聲音雖然可以描摹，意藴卻很少有人聽得懂。　文王《雅》：《詩經》裏的大雅，歌詠廟堂之樂。《離騷經》：屈原的《離騷》，有怨刺傾向。《史記·屈原賈生列傳》：「離騷者，猶離憂也。夫天者，人之始也；父母者，人之本也。人窮則反本，故勞苦倦極，未嘗不呼天也；疾痛慘怛，未嘗不呼父母也。屈平正道直行，竭忠盡智以事其君，讒人間之，可謂窮矣。信而見疑，忠而被謗，能無怨乎？屈平之作《離騷》，蓋自怨生也。」二《典》：《尚書》中《堯典》、《舜典》的合稱，其語義古淡。《尚書序》：「少昊、顓頊、高辛、唐、虞之書，謂五典」孔穎達疏：「今《堯典》、《舜典》，是二帝『二典』。」三《盤》：《尚書》中《盤庚》有上、中、下三篇，故曰「三《盤》」。盤庚五遷將治亳，臣民怨嗟，諄諄告諭遷都之意。

【附　録】

此詩輯入清康熙《御選宋金元明四朝詩·御選宋詩》卷一〇

胡仔《苕溪漁隱叢話》前集卷一六：「古今聽琴、阮、琵琶、箏、瑟諸詩，借欲寫其音聲節奏，類以景物故實狀之，大率一律，初無中的句，互可移用，是豈真知音者。但其造語藻麗，爲可喜耳。……又『經緯文章合，調和雌雄鳴。颯颯驟風雨，隆隆隱雷霆。無射變凜冽，黄鐘催發生。詠歌文王《雅》，怨刺《離騷經》。二《典》意澹薄，三《盤》語丁寧。』此永叔聽琴詩也。」

朱承爵《存餘堂詩話》：「苕溪漁隱評昔賢聽琴、阮、琵琶、箏諸詩，大率一律，初無的句，互可移用。余謂不然。……歐陽文忠公云：『渢渢驟風雨，隆隆隱雷霆。無射變凜冽，黄鐘催發生。詠歌文王《雅》，怨刺《離騷》經。二典意淡薄，三盤語丁寧。』……自是聽琴詩，如曰聽琵琶，吾未之信也。」

花山寒食

客路逢寒食〔一〕，花山不見花。歸心隨北雁，先向洛陽家〔二〕。

【題解】

原輯《居士外集》卷六，無繫年，列明道二年詩後。作於是年春二月，在隨州北上回洛陽途中。花山，位於隨州至洛陽之間。《大清一統志》卷一六五《南陽府》：「花山當在唐縣南六十里，山上有彩石輝映，望之如花，因名花山坡。五代晉天福六年，安從進攻唐州不克，退至花山，即此。胡三省注《通鑑》：『花山，在湖陽北。』」寒食，節日名，在清明前一二日。據張《曆日天象》，本年二月二十九日乙丑「清明」。花山寒食，風雨淒苦，客舍獨宿，心境寂寥，詩人歸心似箭，因賦此章。詩語輕快，風格明朗，映襯作者此刻的急切心情。

【注釋】

〔一〕寒食：清明前一日或二日。相傳春秋時晉文公復國後論功行賞，有負其功臣介之推。介憤而隱於綿山。文公悔悟，燒山逼令出仕，之推抱樹焚死。世人同情介之推的遭遇，相約於其忌日禁火冷食，以爲悼念。相沿成俗，謂之寒食節。

〔二〕「歸心」二句：歸心早已隨著北歸的大雁，飛回洛陽老家。

【附録】

此詩輯入宋蒲積中《歲時雜詠》卷一三《寒食》，又輯入清康熙《御選宋金元明四朝詩·御選宋詩》卷六一。

寒食值雨

禁火仍風雨，客心愁復悽〔一〕。陰雲花更重，春日水平堤。油壁逢南陌，鞦韆出緑蹊〔二〕。尋芳無厭遠，自有錦障泥〔三〕。

【題解】

原輯《居士外集》卷六，無繫年，列明道二年詩後。作於是年春二月，在歸洛途中的花山鎮，時值寒食節。寒食，參見上詩題解及注〔一〕。獨在異鄉爲異客，恰遇陰雨寒食，羈旅愁苦，油然而生。然而，春光美景，尋芳雅興，終究佔據上風。語言流暢平易，情感婉曲細膩，節令景物中透見風土人情。

【注釋】

〔一〕禁火：民間有寒食節禁煙斷火的習俗。參見本書《禁火》題解及注〔一〕。

〔二〕油壁：即油壁車。古人乘坐的一種車子。因車壁用桐油塗飾，故名。李商隱詩《朱槿花》其一：「不卷錦步障，未登油壁車。」鞦韆出緑蹊：馮延巳《上行杯》詞：「落梅暑雨消殘粉，雲重煙深寒食近。羅幙遮香，柳外鞦韆出畫牆。」

〔三〕錦障泥：垂于馬腹兩側，用於遮擋塵土類東西，以錦織製作，故稱。此處代指馬。《世説新語·術解》：「王武子善解馬性。嘗乘一馬，箸連錢障泥，前有水，終日不肯渡。王云：『此必是惜障泥。』使人解去，便徑渡。」李白《紫騮馬》詩：「臨流不肯渡，似惜錦障泥。」

柴舍人金霞閣

簷前洛陽道，下聽走轅聲〔一〕。樹蔭春城緑，山明雪野晴。雲藏天外闕，日落柳間營〔二〕。

緩步應多樂，壺歌詠太平〔三〕。

【題解】

原輯《居士外集》卷六，無繫年，置明道二年詩後。作於是年春，時在歸洛途中。柴舍人，不詳其名。梅堯臣《宛陵先生集》卷三《金霞閣》云：「登臨無盡興，清燕日徘徊。霞影緣觚落，嵐光入牖來。離宫分碧瓦，太液俯青槐。好待邀明月，瑶琴爲一開。」金霞閣當離洛陽不遠，歐北返途中登臨此閣，歌詠春光美景，欣慕柴舍人清閒安樂的生活。風物明媚，詩境如畫，立意高遠，含思婉轉。

【注釋】

〔一〕走轅聲：車馬走動的聲音。走轅，車行。王昌齡《灞橋賦》：「當秦地之衝口，束東衢之走轅。」

〔二〕「樹蔭」四句：登臨金霞閣所見周圍景觀。後二句似頌柴氏有軍政之才而隱於民間。天外闕：京城外。天闕指朝廷或京都。《宋書·桂陽王休範傳》：「便當投命有司，謝罪天闕。」、柳間營：漢周亞夫爲將軍，治軍謹嚴，駐軍細柳，號細柳營。後因稱嚴整的軍營爲「柳營」。唐盧肇《和主司王起》詩：「明日定知同相印，青衿新列柳間營。」

〔三〕「緩步」二句：緩慢散步蘊含著生活樂趣，酒後詠歌仍顯壯志豪情。緩步：杜甫《早起》詩：「一邱藏曲折，緩步有躋攀。」仇兆鼇注：「班固書：嚴子棲遲一丘之中，不易其樂。」壺歌：

即缺壺歌，抒發壯懷之歌。晉王敦酒後輒詠曹操《樂府歌》：「老驥伏櫪，志在千里。烈士暮年，壯心不已。」《世説新語·豪爽》：「王處仲每酒後，輒詠『老驥伏櫪，志在千里。烈士暮年，壯心不已』。以如意打唾壺，壺邊盡缺。」

【附　録】

此詩輯入明曹學佺《石倉歷代詩選》卷一四〇，又輯入清管庭芬、蔣光煦《宋詩鈔補·歐陽文忠詩補鈔》、陳訏《宋十五家詩選·廬陵詩選》。

南征回京至界上驛先呈城中諸友

朝雲來少室，日暮向箕山〔一〕。本以無心出，寧隨倦客還〔二〕。春歸伊水緑，花晚洛橋閑〔三〕。誰有餘罇酒，相期一解顔〔四〕。

【題　解】

原輯《居士集》卷一〇，繫明道二年。作於是年春末。胡《譜》：明道二年「正月，以吏事如京師，因省叔父于漢東。三月，還洛。」南征回京，指由隨州返抵洛陽。界上驛，當指河南府邊界上的驛站。詩人在界上驛致詩洛陽文友，相約開懷飲酒。詩語清新，激情洋溢，相聚在即的歡快心情溢于紙面。

【注釋】

〔一〕少室：即少室山，中嶽嵩山的太室、少室二山合稱二室。少室爲其西峰。箕山：在今河南登封東南，相傳許由隱居之處。《史記正義》：「《括地志》云：陽城縣在箕山北十三里……其陽城縣在嵩山南二十三里。」

〔二〕無心出：陶潛《歸去來兮辭》：「雲無心以出岫，鳥倦飛而知還。」倦客：疲憊勞頓之行客，當自指。正月以來，詩人自洛陽至汴京、隨州，再回歸洛陽，南北奔波，極其疲憊。

〔三〕「春歸」二句：返抵洛陽與朋友相聚之日，當在春末花殘時節。伊水：即伊川，參見本書《游龍門分題十五首》注〔一三〕。洛橋：洛陽天津橋，建于洛水上，故稱。

〔四〕「誰有」二句：誰家還有剩酒，相互約好一起開懷痛飲。餘罇：杯中剩酒。孟浩然《張七及辛大見訪》：「便就南亭裏，餘樽惜解醒。」解顏：開顏歡笑。陶淵明詩《癸卯歲始春懷古田舍二首》其二：「秉耒歡時務，解顏勸農人。」

【附録】

此詩輯入明李蓘《宋藝圃集》卷九、曹學佺《石倉歷代詩選》卷一四〇，又輯入清康熙《御選宋金元明四朝詩·御選宋詩》卷三五、管庭芬、蔣光煦《宋詩鈔補·歐陽文忠詩補鈔》。

寄謝晏尚書二絶

其一

送盡殘春始到家，主人愛客不須嗟〔一〕。紅泥煮酒嘗青杏，猶向臨流藉落花〔二〕。

其二

爛漫殘芳不可收，歸來惆悵失春游。緑陰深處聞啼鳥，猶得追閑果下騮〔三〕。

【題　解】

原輯《居士外集》卷六，無繫年，列明道二年詩後。作於是年春末南征返洛後，時任西京留守推官。晏尚書，即晏殊，字同叔，撫州臨川人。景德年間十三歲時以神童召試，賜同進士出身。慶曆中官至集賢殿學士，同平章事兼樞密使。時在朝參知政事，次月出知外郡。《長編》卷一一二明道二年四月己未(二十四日)：「尚書右丞、參知政事晏殊罷爲禮部尚書、知江寧府，尋改亳州。」詩人爲晏殊門生，此行南征北歸當蒙關照，春末夏初抵家時，賦此詩答謝恩師。詩歌描繪歸洛後自然風物，感慨春光流逝，無花可賞，唯有煮酒嘗杏、踏落花、聞啼鳥，表達暮春惆悵之情。語言清新典雅，情懷清放，詩風頗近唐音。

【注　釋】

〔一〕不須嗟：無需唉聲歎氣。

〔二〕紅泥煮酒：用紅泥築成的火爐燙酒。白居易《問劉十九》：「紅泥小火爐。」煮酒，燙酒。宋孟元老《東京夢華録》卷八《四月八日》：「四月八日佛生日，……在京七十二户諸正店，初賣煮酒，市井一新。唯州南清風樓最宜夏飲，初嘗青杏，乍薦櫻桃，時得佳賓，觥酬交作。」藉落花：踏落花。藉，踐踏。《史記·魏其武安侯列傳》：「太后怒，不食，曰：『今我在也，而人皆藉吾弟，令我百歲後，皆魚肉之矣。』」司馬貞索隱引晉灼曰：「藉，蹈也。以言蹂藉之。」唐楊炯《青苔賦》：「春澹蕩兮景物華，承芳卉兮藉落花。」

〔三〕果下騮：小馬，又作「果下馬」。騮，紅身黑鬃尾的馬。泛指駿馬。參見「附録」所引胡仔《苕溪漁隱叢話》。

【附録】

胡仔《苕溪漁隱叢話》前集卷三九：「東坡《次韻米黻二王書跋尾詩》云：『怪君何處得此本，上有桓玄寒具油。』劉公《嘉話》云：『《晉書》有飯食名寒具者，後於《齊民要術》並《食經》中檢得，是今所謂饊餅。桓玄嘗盛陳書畫，召客觀之，客有食寒具，不濯手而執書，因有汙處，玄不懌，自是命賓不設寒具。』半山老人詩云：『呼僮羈我果下騮，欲尋南岡一散愁。』歐陽永叔絶句云：『緑陰深處聞啼鳥，猶得追閑果下騮。』陳無己絶句云：『借子翩翩果下駒，春原隨處小踟躕。』《漢書·霍光傳》：『皇太后御小馬車。』張晏曰：『漢廄有果下馬，高三尺，以駕輦。』顔師古曰：『小馬於果樹下乘之，故號果下馬。』」又《後漢書·東夷傳》：「有果下馬。」李賢注：「高三尺，乘之可於果樹下行。」

緑竹堂獨飲

夏篁解籜陰加樛，卧齋公退無喧嚣〔一〕。清和况復值佳月，翠樹好鳥鳴咬咬〔二〕。芳罇有酒美可酌，胡爲欲飲先長謡〔三〕？人生暫别客秦楚，尚欲泣淚相攀邀〔四〕。况兹一訣乃永已，獨使幽夢恨蓬蒿〔五〕。憶予驅馬别家去，去時柳陌東風高〔六〕。楚鄉留滯一千里〔七〕，歸來落盡李與桃。殘花不共一日看，東風送哭聲嗷嗷〔八〕。洛池不見青春色，白楊但有風蕭蕭〔九〕。姚黄魏紫開次第〔一〇〕，不覺成恨俱零凋。榴花最晚今又拆〔一一〕，紅緑點綴如裙腰。

年芳轉新物轉好，逝者日與生期遥〔一二〕。予生本是少年氣，瑳磨牙角爭雄豪〔一三〕。馬遷班固洎歆向，下筆點竄皆嘲嘈〔一四〕。客來共坐説今古，紛紛落盡玉麈毛〔一五〕。彎弓或擬射石虎，又欲醉斬荆江蛟〔一六〕。自言剛氣貯心腹，何爾柔軟爲脂膏〔一七〕？吾聞莊生善齊物，平日吐論奇牙聱〔一八〕。憂從中來不自遣，强叩瓦缶何譊譊〔一九〕。伊人達者尚乃爾，情之所鍾況吾曹〔二〇〕。愁填胸中若山積，雖欲强飲如沃焦〔二一〕。乃判自古英壯氣，不有此恨如何消〔二二〕。又聞浮屠説生死，滅没謂若夢幻泡〔二三〕。前有萬古後萬世，其中一世獨蚼蟧〔二四〕。安得獨灑一榻淚，欲助河水增滔滔〔二五〕？古來此事無可奈，不如飲此罇中醪〔二六〕。

【題　解】

原輯《居士外集》卷一，繫明道二年。作於是年夏四月，時任西京留守推官。緑竹堂，歐氏洛陽居所，當以堂前後種竹而獲名，兼取《詩·衛風·淇奥》「緑竹猗猗」之美意。胡《譜》：明道二年「三月，還洛。夫人胥氏卒，時生子未逾月。」詩人頓失愛妻，痛定思痛，長歌當哭，賦此傷心之作。首十句從殘春無賞、美酒不酌，長歌當哭引出與愛妻的永訣；次十四句，叙寫妻亡物在、睹物傷情的悲哀；次二十句自叙個性本剛烈，而今卻豪氣消磨，心志軟弱，達觀的莊子尚且爲亡妻而悲痛，我等怎能解脱？末八句感慨人生如夢，不如及時享受生活。全詩一氣貫通，直抒胸臆，又曲折迴旋，語言平易疏暢，情感沉痛真摯。

【注釋】

〔一〕「夏篁」二句：初夏的竹叢下一片蔭涼，公事之餘回到安靜的緑竹堂居室。篁：竹叢，竹林。《文選·謝莊〈月賦〉》：「若乃涼夜自淒，風篁成韻。」李善注：「篁，竹叢生也。」解籜：竹筍脱落皮殼。樛：竹木下垂彎曲。《詩·周南·樛木》：「南有樛木，葛藟累之。」鄭箋：「木下曲曰樛。」

〔二〕清和：本指農曆二月，後成農曆四月的俗稱。清袁枚《隨園詩話》卷一五：「張平子《歸田賦》：『仲春令月，時和氣清。』蓋指二月也。小謝詩因之，故曰：『首夏猶清和，芳草亦未歇。』今人删去『猶』字，而竟以四月爲『清和』。」胡鳴玉《訂譌雜録·清和月》：「二月爲清和。張平子《歸田賦》：『仲春令月，時和氣清。』謝靈運詩：『首夏猶清和。』今以四月當之。」咬咬：鳥鳴聲。《文選·禰衡〈鸚鵡賦〉》：「采采麗容，咬咬好音。」李善注引《韻略》：「咬咬，鳥鳴也。音交。」

〔三〕「芳罇」二句：如此良辰美景，爲何有酒不酌，先要長歌當哭？以此引出對亡妻的悼念。長謠：長歌，長歌當哭。劉琨《答盧諶》：「何以叙懷，引領長謠。」

〔四〕客秦楚：作客于秦楚他鄉，彼此相隔遥遠。攀邀：牽手難捨，約請早歸。

〔五〕「況兹」二句：況且此一別便成天地永訣，衹能將自己的滿腔遺恨寄託於墳塋野草。永已：永遠離去。

〔六〕「憶予」二句：胡《譜》：明道二年「正月，以吏事如京師，因省叔父于漢東。」

〔七〕楚鄉留滯：指隨州探望叔父的時日耽擱。

〔八〕「殘花」二句：胥氏夫人逝去，闔家痛苦的情形。歸來時胥氏已病危，再也沒有共賞春花的可能，衹聽到衆人一片悲哭聲。

〔九〕「洛池」二句：洛陽池水再也不能映照胥氏年少美好的容顔，衹剩下墳塋白楊蕭蕭，悲風愁人。青春色：胥氏去世時年僅十七歲。歐《胥氏夫人墓誌銘》：「當天聖八年，修以廣文館生舉，中甲科。又明年，胥公遂妻以女。……後二年三月，胥氏女生子。未逾月，以疾卒，享年十有七。」白楊：古時墳塋旁多植白楊樹。《古詩十九首》：「白楊何蕭蕭，松柏夾廣路」、「白楊多悲風，蕭蕭愁殺人」。蕭蕭：形容風聲。

〔一〇〕姚黄魏紫：洛陽的兩種名貴牡丹花。歐《洛陽牡丹記》：「錢思公嘗曰：『人謂牡丹花王，今姚黄真可爲王，而魏花乃后也。』」

〔一一〕拆：裂開，指花蕊綻開。

〔一二〕生期：生前的日子。

〔一三〕「予生」二句：我年輕好勝，凡事不愿落人之後。瑳磨：切磋琢磨，即商量研究。瑳同磋。牙角：牙齒和角，動物爭鬥較量的工具。韓愈《月蝕詩效玉川子作》：「東方青色龍，牙角何呀呀！」喻咬齧較量，極力爭論。

〔一四〕馬遷：司馬遷，西漢史學家、文學家。　班固：東漢史學家、文學家。　歆：劉歆，劉向的兒子。　向：劉向，與其子劉歆均爲西漢經學家、文學家。

〔一五〕「客來」二句：與朋友談古論今，意氣風發。　落盡玉麈毛：《世説新語·文學》：「孫安國往殷中軍許共論，往反精苦，客主無間。左右進食，冷而復暖者數四。彼我奮擲麈尾，悉脱落，滿餐飯中。賓主遂至暮忘食。」玉麈，即玉柄麈尾。參見本書《錢相中伏日池亭宴會分韻》注〔三〕。

〔一六〕「彎弓」句：少年時氣概豪邁，志在爲民除害，有時模擬漢將李廣夜射石虎，又想效法晉人周處乘醉斬惡蛟。　射石虎：《史記·李將軍列傳》：李廣「出獵，見草中石，以爲虎，射之，中石没鏃。」　醉斬荆江蛟：晉人周處斬義興水中蛟。《世説新語·自新》：「周處年少時，凶强俠氣，爲鄉里所患，又義興水中有蛟，山中有邅跡虎，並皆暴犯百姓，義興人謂爲『三横』……處即刺殺虎，又入水擊蛟。」

〔一七〕「自言」二句：平生自信内藴剛烈，如今性情爲何這樣柔弱？

〔一八〕「吾聞」二句：莊子宣揚齊物論，平時議論風發，都是曠達通脱之説。　莊生：莊子，戰國時期道家代表人物，著有《齊物論》，主張齊生死，等福禍。　奇牙聱：奇牙，即美牙。《楚辭·大招》：「靨輔奇牙，宜笑嗎只。」蔣驥注：「奇牙，美齒也。」引申爲高超的議論、精美的觀點等。聱，即聱聱，聲音衆雜貌，即議論同發貌。

〔一九〕「憂從」二句：莊子死了老婆，悲發於心無法擺脱，便勉强敲擊瓦盆，譊譊不休，不過是長歌當哭，强作曠達而已。《莊子・至樂》：「莊子妻死，惠子弔之，莊子方箕踞鼓盆而歌。」　譊譊，喧鬧爭辯之聲，指莊子向惠子所發「生死有命」的議論。

〔二〇〕「伊人」二句：那個達觀的莊子尚且如此，何況兒女情長的我們。　情之所鍾：感情專注的人。《世説新語・傷逝》：「王戎喪兒萬子，山簡往省之，王悲不自勝。簡曰：『孩抱中物，何至於此？』王曰：『聖人忘情，最下不及情；情之所鍾，正在我輩。』簡服其言，更爲之慟。」

〔二一〕「愁填」二句：填滿胸膺的愁苦悲痛有如山大，强飲解愁就如水澆熱鍋無濟於事。　沃焦：亦作「沃燋」。古代傳説東海南部有焦灼吸水的大石山。《文選・郭璞〈江賦〉》：「出信陽而長邁，淙大壑與沃焦。」李善注引《玄中記》：「天下之大者，東海之沃焦焉，水灌之而不已。沃焦，山名也，在東海南方三萬里。」明胡居仁《易像鈔》卷十一：「或曰海之尾閭名爲焦釜之谷，水入其中，如沃焦釜，消乾而無復有。」

〔二二〕「乃判」二句：由此可知古今英雄豪氣，消磨於這種人生痛苦。

〔二三〕「又聞」二句：又聽説佛教解説人的生命，就如夢幻泡影，本屬虚無。　浮屠：佛，是梵語音譯。此指佛教經典。　夢幻泡：佛教以夢境、幻術、水泡和影子比喻世上事物無常，一切皆空，也比喻空虚而容易破滅的幻想。《金剛般若波羅蜜經・應化非真分》：「一切有爲法，如夢、幻、泡、影，如露亦如電，應作如是觀。」

〔二四〕蛁蟧：蟬的一種，即蟪蛄。《莊子·逍遥游》：「蟪蛄不知春秋。」此處用以自比一生短暫。

〔二五〕「安得」二句：何必如此傷心，淚灑如江河。《錦繡萬花谷》前集卷二六《淚河》：「《世説》人問顧長康哭桓宣武之狀如何？曰：『鼻如廣莫風，眼如懸河決，聲如振雷破山，淚如傾河注海。』杜甫用此云：『猶有淚成河，經天復東注。』」

〔二六〕「古來」二句：自古以來死人是無可奈何的事，還是飲酒解愁吧。　醪：濁酒。

【附　録】

此詩輯入清吴之振《宋詩鈔》卷一二、陳焯《宋元詩會》卷一〇。

《歐集》卷六二《胥氏夫人墓誌銘》（公在憂制，舉祔葬之禮，故命門人秉筆）：「後二年三月，胥氏女生子未逾月，以疾卒，享年十有七。……當胥氏之卒也，先生時爲西京留守推官，實明道二年也。」

雨中獨酌二首

其一

老大世情薄，掩關外郊原〔一〕。英英少年子〔二〕，誰肯過我門。宿雲屯朝陰〔三〕，暑雨清北軒。逍遥一罇酒，此意誰與論〔四〕。酒味正薰烈，吾心方浩然〔五〕。鳴禽時一弄，如與古人言〔六〕。

其二

幽居草木深，蒙蘢蔽窗户。鳥語知天陰，蛙鳴識天雨〔七〕。亦復命罇酒，欣兹卻煩暑〔八〕。人情貴自適，獨樂非鐘鼓〔九〕。出門何所之，閉門誰我顧〔一〇〕？

【題　解】

原輯《居士外集》卷一，繫明道二年。作於是年暑夏，時任西京留守推官。詩人僻居郊野，雨中獨酌，心情複雜，「其一」抒寫内心的孤獨寂寥，「其二」表述處境的彷徨猶疑。叙事寫景，簡勁利索，平叙中顯奇崛，可見韓愈詩法。

【注　釋】

〔一〕「老大」二句：感歎年齡老大，看破人生，閉門獨居城郊。世情薄：看破世態人情。宋謝逸《和詹存中種竹》：「參軍吏隱世情薄，秖有此君同我心。」

〔二〕英英：俊美而有才華。李益《自朔方還與鄭式瞻等會法雲寺》詩：「英英二三彦，襟曠去煩擾。」

〔三〕朝陰：早晨的烏雲。宋呂陶《朝陰》詩：「朝陰晝多雨，少見日有光。」

〔四〕「逍遥」二句：獨自一人逍遥飲酒，此中心情與誰傾訴呢？

〔五〕熏烈：酒味濃厚。浩然：不可阻遏的人間正氣。《孟子·公孫丑下》：「夫出晝，而王不予追也，予然後浩然有歸志。」朱熹集注：「浩然，如水之流不可止也。」

〔六〕「鳴禽」二句：清靜獨居，聞鳥語有如神交古人。一弄：曲子奏一徧。唐顧況《李供奉彈箜篌歌》：「巧聲一日一回變，實可重，不惜千金買一弄。」

〔七〕「鳥語」二句：言幽居避世，秖是從鳥語蛙鳴，感知氣候變化。宋曾豐《三山寺戲堂頭僧二首》其二：「强聒蛙鳴雨，譸張鳥噪晴。」

〔八〕卻煩暑：（以飲酒）排遣酷暑煩悶。

〔九〕「人情」二句：爲人處世貴在逍遥自適，獨得其樂跟音樂没什麼關係。獨樂：獨自以某事物爲樂。《禮記·樂記》：「獨樂其志，不厭其道。」孔穎達疏：「言武王今獨能樂其志意，不違厭其仁義道理也。」《論語·陽貨》：「樂云，樂云，鐘鼓云乎哉？」三國魏何晏集解：「樂之所貴者，移風易俗，非謂鐘鼓而已。」

〔一〇〕誰我顧：誰來看我？表達詩人孤獨寂寞的隱憂情狀。

【附録】

組詩「其一」輯入明曹學佺《石倉歷代詩選》卷一四〇，「其二」前四聯又輯入清管庭芬、蔣光煦《宋詩鈔補·歐陽文忠詩補鈔》。

庭前兩好樹

庭前兩好樹，日夕欣相對〔一〕。風霜歲苦晚，枝葉常葱翠〔二〕。午眠背清陰，露坐蔭高蓋〔三〕。東城桃李月，車馬傾闤闠〔四〕。而我不出門，依然伴憔悴〔五〕。榮華不隨時，寂寞幸相慰。君子固有常，小人多變態〔六〕。

【題解】

原輯《居士外集》卷一，無繫年，置明道二年詩間。作於是年夏秋間，時任西京留守推官。詩人詠物抒懷，表達自己遺世獨立、守正不阿的處世人格。語精思淡，寄興悠遠。「君子固有常，小人多變態」等議論，揭示君子與小人的品格差異，表現儒家傳統倫理思想。詠物明志，託物以諷，敘論相生，寄慨遥深。

【注釋】

〔一〕「庭前」二句：韓愈詩《秋懷十一首》其一：「窗前兩好樹，衆葉光薿薿。」欣：樹木生長茂盛貌。陶潛《歸去來兮辭》：「木欣欣以向榮，泉涓涓而始流。」

〔二〕「風霜」二句：兩棵好樹風霜不凋，歲暮依然蒼翠。

〔三〕高蓋：高樹猶如傘蓋般遮掩。

〔四〕「東城」二句：城東桃李盛開時節，官民車馬出游的熱鬧景象。桃李月：宋之問《寒食陸渾別業》：「旦別河橋楊柳風，夕卧伊川桃李月。」闤闠：街市，街道。《文選・左思〈魏都賦〉》：「班列肆以兼羅，設闤闠以襟帶。」吕向注：「闤闠，市中巷，繞市如衣之襟帶然。」

〔五〕憔悴：凋零，枯萎。梅堯臣《風異賦》：「乾坤黯慘，物色憔悴。」此指春季無花、冬後换葉的兩好樹。

〔六〕「君子」二句：君子處世爲人有所堅守，常態不變；小人則易反易復，變化無常。脱意於《論語・述而》：「君子坦蕩蕩，小人長戚戚。」有常：《漢書・東方朔傳》：「天有常度，地有常形，君子有常行。君子道其常，小人計其功。」變態：指小人心懷叵測，反復無常。

【附録】

此詩輯入明李蓘《宋藝圃集》卷九。

暇日雨後緑竹堂獨居兼簡府中諸僚

新晴竹林茂，日夕愛此君〔一〕。佳禽哢翠樹，若與幽人親〔二〕。掃徑緑苔靜，引流清派分〔三〕。開軒見遠岫，欹枕送歸雲〔四〕。桐槿漸秋意，琴觴懷友文〔五〕。浩然滄洲思，日厭京洛塵〔六〕。車騎方開府，梁王多上賓〔七〕。平時罷飛檄〔八〕，行樂喜從軍。騎省悼亡後，漳濱多病身〔九〕。南窗若可傲，方事陶潛巾〔一〇〕。

【題　解】

原輯《居士外集》卷一，繫明道二年。作於是年初秋，時任西京留守推官。緑竹堂爲歐氏在洛陽的居所，參見本書《緑竹堂獨飲》題解。雨後暇日，詩人獨居家中，賦詩寄友，自抒痛失愛妻的孤獨傷感，表達思慕歸隱的情懷。以詩代書，自述懷抱，語言簡勁，情感真摯。内容上的生活化，形式上的散文化，昭示宋詩發展新走向。

【注　釋】

〔一〕「新晴」二句：雨後初霽，秋竹尤顯可愛。此君：指竹子。《世説新語·任誕》：「王子猷嘗暫寄人空宅住，便令種竹。或問：『暫住何煩爾？』王嘯詠良久，直指竹曰：『何可一日無此君？』」

〔二〕「佳禽」二句：飛禽在林中嬉戲歡叫，仿佛和幽隱獨居的詩人特別親近。哢：鳥鳴。陶潛詩《癸卯歲始春懷古田舍》其一：「鳥哢歡新節，泠風送餘善。」幽人：隱居之人。《周易·履》：「履道坦坦，幽人貞吉。」孔穎達疏：「幽人貞吉者，既無險難，故在幽隱之人守正得吉。」

〔三〕引流：導引水流。潘岳《藉田賦》：「清洛濁渠，引流激水。」清派：清澈的水流，張祜《題濠州鐘離寺》詩：「遠岫碧光合，長淮清派連。」

〔四〕「開軒」二句：打開窗户即可望見遠山，倚依枕頭即可目送歸雲。岫：峰巒。陶潛《歸去來兮辭》：「雲無心以出岫，鳥倦飛而知還。」

〔五〕「桐槿」二句：秋天來臨，倍加思念朋友，借琴酒以傷弔。桐槿：梧桐樹和木槿樹。琴觴：彈琴飲酒。

〔六〕「浩然」二句：表達對官宦生活的厭倦和對歸隱的嚮往。浩然：不可阻遏、無所留戀貌。《孟子·公孫丑下》：「夫出晝，而王不予追也，予然後浩然有歸志。」滄洲：濱水的地方。古時常用以代稱隱士居處。阮籍《爲鄭沖勸晉王箋》：「然後臨滄洲而謝支伯，登箕山以揖許由。」京洛塵：洛陽的塵土，喻功名利禄等塵俗之事。陸機《爲顧彦先贈婦詩》：「京洛多風塵，素衣化爲淄。」

〔七〕「車騎」二句：前句借用東漢鄧騭事，稱道西京留守錢惟演熱心舉薦賢良。《後漢書・鄧騭傳》：「延平元年，拜騭車騎將軍、儀同三司。儀同三司始自騭也。」又云：「騭等崇節儉，罷力役，推進天下賢士何熙、祋諷、羊浸、李郃、陶敦等，列於朝廷；辟楊震、朱寵、陳禪，置之幕府，故天下復安。」後句借用西漢梁孝王劉武事，稱道錢惟演喜文愛才。西漢梁孝王建東苑，方三百餘里，宫室相連屬，供游賞馳獵。梁孝王在其中廣納賓客，當時名士司馬相如、枚乘、鄒陽等均爲座上客。事見《史記・梁孝王世家》。

〔八〕飛檄：速遞檄文。《晉書・慕容暐載記》：「飛檄三輔，仁聲先路，獲城即侯，微功必賞。」此處泛指公文。

〔九〕「騎省」二句：自己新喪妻室，又一身多病。騎省：本指官署名，此處代指潘岳。潘岳《秋興賦序》：「寓直於散騎之省。」潘岳于其愛妻楊氏去世後，爲作《悼亡詩》、《悼亡賦》以表哀思。漳濱：漳水邊。東漢劉禎詩《贈五官中郎將》其二：「余嬰沈痼疾，竄身清漳濱。」後因用爲卧病之典實。

〔一〇〕「南窗」二句：如果有南窗可以寄情，就可以象陶淵明一樣作隱士了。流露對歸隱生活的嚮往。南窗：陶潛《歸去來兮辭》：「倚南窗以寄傲，審容膝之易安。」陶潛巾：《宋書・陶潛傳》：「郡將候潛，值其酒熟，取頭上葛巾漉酒，畢，還復著之。」

早赴府學釋奠

羽籥興東序，春秋紀上丁〔一〕。行祠漢丞相，學禮魯諸生〔二〕。俎豆兼三代，罇罍奠兩楹〔三〕。霧中槐市暗，日出杏壇明〔四〕。昔齒公卿胄，嘗聞絃誦聲〔五〕。何須向闕里，首善本西京〔六〕。

【題解】

原輯《居士外集》卷六，無繫年，列景祐元年至二年詩間，誤。當作於明道二年秋，時任西京留守推官。府學，指河南府學。周必大《二老堂詩話·辨歐陽公釋奠詩》：「歐陽文忠公《外集》，有《早赴府學釋奠》詩，蓋任留守推官，陪錢惟演行禮時也。」據《長編》卷一一三紀事，本年九月四日，錢惟演罷西京留守，移鎮漢東。故改繫於此。釋奠，爲古代學校設置酒食以奠祭先聖先師的一種典禮。《禮記·文王世子》：「凡學，春官釋奠于其先師，秋冬亦如之。凡始立學者，必釋奠於先聖先師。」鄭玄注：「釋奠者，設薦饌酌奠而已。」詩人陪錢氏于河南府學釋奠後，賦此詩紀事抒懷，頌揚西京洛陽弘儒興教之盛況。叙事簡勁，語言典雅，格律中猶見韓愈詩法。

【注釋】

〔一〕羽籥：古代祭祀或宴饗時舞者所持的舞具和樂器。羽，指雉羽。籥，一種編組多管樂器。《周禮·春官·籥師》：「祭祀，則鼓羽籥之舞。賓客饗食，則亦如之。」鄭玄注：「文舞有持羽吹籥者，所謂籥舞也。」《禮記·文王世子》：「春夏學干戈，秋冬學羽籥。」朱彬訓纂：「干戈，萬舞，象武也，用動作之時學之；羽籥，籥舞，象文也，用安靜之時學之。」東序：相傳爲夏代的大學，後爲國學通稱。《禮記·王制》：「夏后氏養國老於東序。」鄭玄注：「東序、東膠亦大學，在國中王宮之東。」孔穎達疏：「《文王世子》云：學干戈羽籥於東序。以此約之，故知皆學名也。養老必在學者，以學教孝悌之處，故於中養老。」春秋：指春秋兩季的祭祀。《國語·楚語上》：「唯是春秋所以從先君者，請爲『靈』若『厲』。」韋昭注：「春秋，言春秋禘、祫。」後泛指祭祀。紀上丁：農曆每月上旬的丁日。《禮記·月令》：「〔仲春之月〕上丁，命樂正習舞，釋菜。」又「〔季秋之月〕上丁，命樂正入學習吹。」鄭玄注：「爲將饗帝也。春夏重舞，秋冬重吹也。」孔穎達疏：「其習舞吹必用丁者，取其丁壯成就之義，欲使學者藝業成故也。」自唐以後，歷代王朝規定每年仲春（二月）、仲秋（八月）的上丁之日爲祭祀孔子的日子。

〔二〕漢丞相：代指錢惟演。參見「附録」所引周必大《二老堂詩話》。魯諸生：泛指儒家學人，此指河南府學生。

〔三〕俎豆：俎和豆。古代祭祀、宴饗時盛食物用的兩種禮器，亦泛指各種禮器。此指祭祀、奉祀。

《論語·衛靈公》:「俎豆之事則嘗聞之矣,軍旅之事未之學也。」奠兩楹:《禮記·檀弓上》:「而丘也,殷人也。予疇昔之夜夢坐奠於兩楹之間。夫明王不興而天下孰能宗予?予殆將死也。」程大昌《演繁露》卷一四:「楹,柱也。《詩》言『旅楹』,即概言衆柱耳。孔子『夢奠兩楹』即是在兩柱之間。」

〔四〕槐市:漢代長安讀書人聚會、貿易之市。因其地多槐樹而得名。後借指學宫,學舍。《藝文類聚》卷三八引《三輔黄圖》:「槐市列槐樹數百行爲隊,無牆屋,諸生朔望會此市,各持其郡所出貨物及經傳書記、笙磬樂器,相與買賣,雍容揖讓論説槐下。」杏壇:孔子聚徒授業講學處,後世泛指授徒講學之所。《莊子·漁父》:「孔子游乎緇帷之林,休坐乎杏壇之上。弟子讀書,孔子絃歌鼓琴。」

〔五〕「昔齒」二句:自己曾與公卿貴族的後嗣一起試國子監,補廣文館生,並一起誦讀詩書。絃誦:古代授《詩》、學《詩》,配絃樂而歌者爲絃歌,無樂而朗讀者爲誦,合稱「絃誦」。此指國子監授業、誦讀之事。

〔六〕「何須」二句:西京洛陽本是文教勝地,學習儒學何必趕赴孔子故里。闕里:孔子故里。即今山東曲阜城内闕里街。因有兩石闕,故名。孔子曾在此講學。《孔子家語·七十二弟子解》:「顔由,顔回父,字季路,孔子始教學於闕里,而受學,少孔子六歲。」首善:《史記·儒林列傳》:「故教化之行也,建首善自京師始,由内及外。」意謂實施教化自京師開始,京師應爲天下典範。後亦以「首善」指首都。西京：指河南府洛陽。五代後晉天福三年自東都河南府遷都汴州，以汴州爲東京開封府，改東都河南府爲西京，後漢、後周及北宋沿襲不改。

【附録】

此詩輯入清張景星、姚培謙、王永祺《宋詩别裁集》卷七。

丁度等《貢舉條式》：「祖宗舊制，考校格内即不曾立爲雜犯。如省元歐陽修《府學釋奠》詩第六句『樽罍奠兩楹』，係犯題目『奠』字；解元林希《下善齊肅》詩第六句『善問若撞鐘』，係犯題内『善』字之類。今相度如止犯一字，自不爲雜犯。」

王栐《燕翼詒謀録》卷四：「仁宗景祐元年四月癸酉，詔以河南府學爲西京國子監，置分司官。其後南京、北京皆援爲之。」卷五又云：「西京學校，舊爲河南府學。景祐元年，詔改爲西京國子監，以爲優賢之所。」

周必大《二老堂詩話》：「《歐陽文忠公外集》有《早赴府學釋奠詩》，蓋任留守推官，陪錢惟演行禮時也。諸處本皆如此寫。達云：『省題詩集祇云《釋奠》，卻注作國子監試題。蓋惟演止是使相，詩中不應云「行祠漢丞相」，且「俎豆兼三代」及「首善自西京」，語皆有嫌。專指漢事，非惟演也。當從省題。』余答云：『省題所印，如秋獮之類，乃官中試題。至於釋奠，似太平易，況諸本元有早赴府學二字，書坊傅會剿之耳。其云：「昔齒公卿日，嘗聞絃誦聲。」豈舉業當用乎？所謂漢丞相，乃詩句偶然，如唐卿周士之類，何必拘泥。且漢時釋奠，豈預丞相邪！今公《外集》第二卷，《書懷感事寄梅聖俞》云：「丞相忽南遷，送之伊水頭。」此惟演落平章事移鄧州時，亦呼丞相。《外集》十四卷《送河南户曹楊子聰序》云：「居一歲，相國彭城公薦之。」彭城，惟演所封郡，是又呼爲相國。按唐《白樂天集》第五十八卷，論節度使王鍔除平章事云：「伏以宰相者，人臣極位，天下具瞻，非有清望大功，不容輕授。鍔非清望，又無大功，深爲不可。」此是唐使相亦謂之宰相，故有繫銜大赦之後者。兹乃丞相、相國、宰相三者，在使相皆可稱呼之明證。』達號博洽，故著此以示後學。」

送梅秀才歸宣城

從學方年少，還家槖槖金〔一〕。久爲江北客，能作洛生吟〔二〕。罷亞霜前稻，鈎輈竹上禽〔三〕。歸帆何處落，應拂野梅林〔四〕。

【題　解】

原輯《居士集》卷一〇，無繫年，列明道元年至二年詩間。作於明道二年秋，時任西京留守推官。梅堯臣《宛陵先生集》卷三有《送弟良臣歸宣城》詩，朱東潤亦繫今年，其首聯「喬木句溪邊，秋光幾曲連。」可證時在秋季。梅秀才，即梅良臣，爲梅堯臣堂弟。歐《太子中舍梅君墓誌銘》，載梅堯臣父讓「有子六人：曰堯臣、曰正臣、曰彥臣、曰禹臣、曰純臣，其一早亡」。《學士給事中梅公墓誌銘》載梅堯臣叔洵有「子五人」，即鼎臣、賓臣、得臣、輔臣、清臣。所載同祖弟當中，無此良臣，《梅集編年》以爲梅堯臣同曾祖之弟，又在《聯句附》後補注：「宣城《梅氏家譜》：梅遠生子簡、超。簡生朝，朝生誠，誠生良臣；超生邈，邈生讓，讓生堯臣。」宣城，宋代縣名，江南東路宣州州治所在地，今屬安徽。詩人爲梅良臣餞行送別，讚揚其力學有才，字裏行間充溢關愛之情。詩語清新，繪景似畫，情融其中。

【注釋】

〔一〕罄橐金：少年從學，竭盡囊中所有。用蘇秦游秦不成，耗盡百金之典實。《戰國策》卷三：「（蘇秦）説秦王，書十上而説不行。黑貂之裘弊，黄金百斤盡，資用乏絶，去秦而歸，羸縢履蹻，負書擔橐，形容枯槁，面目犂黑，狀有歸色。」

〔二〕洛生吟：用雅音曼聲吟詠，代指吟詩。參見本書《留守相公禱雨九龍祠，應時獲澍，呈府中同僚》注〔六〕。

〔三〕罷亞：稻多貌。一曰稻名。杜牧《郡齋獨酌》詩：「罷亞百頃稻，西風吹半黄。」杜牧自注：「罷亞，稻名。」宋黄震《黄氏日抄》卷六一：「『罷亞』二字稻之態，非作稻名也。（蘇軾）《登玲瓏山》詩：『翠浪舞翻紅罷亞，白雲穿破碧玲瓏。』又《答任師中家漢公》詩：『罷亞百頃稻，雍容千年儲。』皆用虚字對。」鉤輈：鷓鴣鳴叫聲。韓愈《杏花》詩：「鷓鴣鉤輈猿叫歇，杳杳深谷攢青楓。」

〔四〕「歸帆」二句：估算梅秀才抵達宣城家門，已是寒冬梅開時節。

【附録】

此詩輯入明李蓘《宋藝圃集》卷九，又輯入清康熙《御選宋金元明四朝詩·御選宋詩》卷三五、陳訏《宋十五家詩選·廬陵詩選》。

謝人寄雙桂樹子

有客賞芳叢，移根自幽谷〔一〕。爲懷山中趣〔二〕，愛此巖下緑。曉露秋暉浮，清陰藥欄曲〔三〕。更待繁花白，邀君弄芳馥〔四〕。

【題解】

原輯《居士外集》卷一，繫明道二年。作於是年秋，時任西京留守推官。據梅堯臣《宛陵先生集》卷二《奉和永叔得辛判官伊陽所寄山桂數本，封殖之後遂成雅韻以見貺》詩意，此兩棵桂花樹爲辛判官自伊陽寄贈。歐氏愛重桂花，有「植桂比芳操」、「歲晚玩幽芳」等詠桂名句。此詩致謝辛判官寄贈桂樹，藴含對朋友高尚品格的禮贊，以及自我處世人格的孤芳自賞。詩語簡勁，開合跌宕，平叙之中有舒卷之美。

【注釋】

〔一〕「有客」二句：客人自幽深的山谷爲我移栽兩棵桂樹。據梅堯臣奉和詩，知其「客」爲辛判官。幽谷：梅堯臣《奉和永叔得辛判官伊陽所寄山桂數本，封殖之後遂成雅韻以見貺》：「團團緑桂叢，本自幽巖得。」

〔二〕山中趣：避世隱居的樂趣。

〔三〕秋暉浮：秋日的陽光明亮燦爛。　藥欄：本指芍藥之欄，此處泛指花欄。杜甫《賓至》詩：「不嫌野外無供給，乘興還來看藥欄。」一説，藥、欄同義，指一物。唐李匡乂《資暇集》卷上：「今園廷中藥欄，欄即藥，藥即欄，猶言圍援，非花藥之欄也。有不悟者，以爲藤架蔬圃，堪作切對，是不知其由，乖之矣。」

〔四〕「更待」二句：更待他日繁花似錦，再與朋友一同玩賞。　芳馥：芳香。唐武元衡《安邑里中秋懷寄高員外》詩：「庭梧變蔥蒨，籬菊揚芳馥。」

【附録】

此詩輯入宋祝穆《古今事文類聚》後集卷二八，又輯入明彭大翼《山堂肆考》卷一九八、李蓘《宋藝圃集》卷九，又輯入清康熙《御定佩文齋詠物詩選》卷三〇九、《御定佩文齋廣群芳譜》卷四〇、陳訏《宋十五家詩選·廬陵詩選》。

逸老亭

上相此忘榮，怡然物外情〔一〕。池光開小幌，山翠入重城〔二〕。野鳥窺華衮，春壺勞耦耕〔三〕。枕前雙雁没，雨外一川晴〔四〕。解組金龜重，調琴赤鯉驚〔五〕。雖懷安石趣，豈不爲蒼生〔六〕！

【題解】

原輯《居士集》卷一〇，無繫年，置明道二年詩後。作於是年秋，時任西京留守推官。題下原注：「一本注：彭城公白蓮莊。」逸老亭，在錢惟演白蓮莊内。白蓮莊爲洛陽錢氏莊園，可參見本書《過錢文僖公白蓮莊》題解。據《長編》卷一一三紀事，本年九月四日，彭城公錢惟演罷西京留守，移鎮漢東。十月二十六，王曙繼任西京留守。由末聯可知詩人題詠錢氏逸老亭，在九月移鎮漢東前。

詩歌描繪逸老亭内外景觀，欣慕「逸老」主人的淡泊情志，讚賞主人在閒暇之餘仍懷濟世之志。狀物叙事，精煉凝重，意藴深婉有致。

【注釋】

〔一〕「上相」二句：錢惟演以宰相身份出判西京，卻不耀寵榮，超塵脱俗，怡然自樂。上相：本爲宰相之稱，此處尊稱錢惟演。參見本書《留守相公禱雨九龍祠，應時獲澍，呈府中同僚》題解。物外：世外。超脱於塵世之外。張衡《歸田賦》：「苟縱心於物外，安知榮辱之所如！」

〔二〕重城：指宫城、都城。李白《鼓吹入朝曲》：「搥鐘速嚴妝，伐鼓啟重城。」

〔三〕華袞：華美的公卿禮服。春壺：酒壺。杜甫《寄劉峽州伯華使君四十韻》：「宴飲春壺酒，恩分夏簟冰。」耦耕：二人並耕，泛指農事。《禮記·月令》：「〔季冬之月〕命農計耦耕事，修耒耜，具田器。」

〔四〕「枕前」二句：極言亭閣之高。卧榻之上可以俯仰高下遠近之景觀。

〔五〕「解組」二句：卸職朝官後，生活的怡然自樂。解組：即解綬印。梅堯臣《和酬裴君見過》：「我昨謝銅章，解組猶脱屣。」此指錢氏免去平章事。金龜：黄金鑄的龜紐官印。漢代皇太子、列侯、丞相、大將軍等所用。見《漢官儀》卷下、《漢舊儀補遺》卷上。後泛指高官之印。曹植《王仲宣誄》：「金龜紫綬，以彰勳則。」赤鯉：赤色鯉魚。傳説中仙人所騎。干寶《搜神記》卷一：「琴高，趙人也。能鼓琴。爲宋康王舍人。行涓彭之術，浮游冀州、涿郡間二百餘年。後辭入涿水中，取龍子。與諸弟子期之曰：『明日皆潔齋，候于水旁，設祠屋。』果乘赤鯉魚出，來坐祠中。」

〔六〕安石趣：謝安隱居田園之志趣。晉謝安，字安石，有隱居夙願。《晉書·謝安傳》：「安雖受朝寄，然東山之志始末不渝，每形於言色。」爲蒼生：《世説新語·排調》：「謝公在東山，朝命屢降而不動。後出爲桓宣武司馬，將發新亭，朝士咸出瞻送。高靈時爲中丞，亦往相祖。先時，多所飲酒，因倚如醉，戲曰：『卿屢違朝旨，高卧東山，諸人每相與言：「安石不肯出，將如蒼生何！」今亦蒼生將如卿何？』謝笑而不答。」

【附録】

白居易《白氏長慶集》卷三六《逸老》詩，題下附注：「《莊子》云：勞我以生，逸我以老，息我以死也。」按：《莊子·大宗師》：「夫大塊載我以形，勞我以生，佚我以老，息我以死。」郭象注：「夫形生老死皆我也，故形爲我載，生爲我勞，老爲我佚，死爲我息。四者雖變，未始非我，我奚惜哉？」

廣愛寺

都人布金地，紺宇巋然存〔一〕。山氣蒸經閣，鐘聲出國門〔二〕。老杉春自緑，古壁雨先昏。

應有幽人屐〔三〕，來留石蘚痕。

【題　解】

原輯《居士集》卷一〇，無繫年，置明道二年詩後。作於是年秋，時任西京留守推官。廣愛寺，爲唐宋時期名刹，在洛陽建春門内。尹洙《題楊少師書後》：「周太子少師楊公凝式墨蹟多在洛城佛寺中，今存者廣愛、長壽、天宫、甘露、興教凡五處，皆題於壁。」劉道醇《五代名畫補遺》載洛京廣愛寺三門二壁有著名雕塑家楊惠之的五百羅漢、劉九郎的九子母，又有著名畫師朱繇的文殊普賢像、傳古大師的定光佛像及張圖的壁畫等。詩歌前四句描寫寺宇形勝，後四句彰顯僧院静謐幽雅。語言清新，風格明静，詩旨澹遠而深雋。

【注　釋】

〔一〕「都人」二句：洛陽爲唐之東都、宋之西京，佛廟徧布，寺院巍峨壯觀。金地：指佛寺。佛教稱菩薩居所以黄金鋪地，故稱。參見本書《甘露寺》注〔一〕。紺宇：即紺園，佛寺之别稱。這裏指廣愛寺。王勃《益州德陽縣善寂寺碑》：「朱軒夕朗，似游明月之宫；紺宇晨融，若對流霞之闕。」　巋然存：漢王延壽《魯靈光殿賦》：「自西京未央、建章之殿，皆見隳壞，而靈光巋然獨存。」

〔二〕蒸經閣：雲霧籠罩藏經閣。國門：國都的城門，此指洛陽建國門。

〔三〕幽人：僧侣隱士等幽居之人。《後漢書·逸民傳序》：「光武側席幽人，求之若不及。」

【附録】

此詩輯入明李蓘《宋藝圃集》卷九、曹學佺《石倉歷代詩選》卷一四〇，又輯入清陳焯《宋元詩會》卷一一、管庭芬、蔣光煦《宋詩鈔補·歐陽文忠詩補鈔》。

和應之同年兄秋日雨中登廣愛寺閣寄梅聖俞

經年都洛與君交，共許詩中思最豪〔一〕。舊社更誰能擁鼻，新秋有客獨登高〔二〕。徑蘭欲謝悲零露，籬菊空開乏凍醪〔三〕。縱使河陽花滿縣，亦應留滯感潘毛〔四〕。

【題解】

原輯《居士集》卷一〇，繫明道二年。作於是年秋，時任西京留守推官。應之，即張谷，與歐同年登第，時任河南縣主簿。張谷原字仲容，歐爲之改字應之，並作《張應之字序》。廣愛寺，唐宋時洛陽名刹。參見上詩題解。詩歌感慨張谷秋日登高思友，讚許梅堯臣詩歌創作成就，哀傷其仕途蹇滯，展示文友之間相知相慕之深情。裁對工整，一氣貫注，詩風清新飄逸。

【注釋】

〔一〕「經年」二句：自叙一年多來與張谷結交，共同推許梅堯臣爲詩壇傑出詩人。

〔二〕舊社：天聖九年，歐至洛陽，與梅、張等共同結成洛中詩社。歐《酬孫延仲龍圖》詩：「洛社當年盛莫加，洛陽耆老至今誇。」附注：「梅聖俞、張堯夫、張子野、延仲與予皆在洛中。」擁鼻：即擁鼻吟，典出《晉書·謝安傳》及《世説新語·雅量》注，參見本書《七交七首》注〔一一〕。獨登高：張谷秋雨中獨自登臨廣愛寺閣，並賦詩詠志。

〔三〕湅醪：冬天釀造春天飲用的酒，指陳年美酒。

〔四〕「縱使」二句：梅堯臣時任河陽縣主簿，當像潘岳一樣感慨鬢髮初白而滯於微官。河陽花：晉人潘岳任河陽（今河南孟縣）令，在縣中滿種桃李，一時傳爲美談。宋葉庭珪《海録碎事》卷一二《河陽一縣花》：「潘岳爲河陽令，種桃李花，人號曰：河陽一縣花。」潘毛：潘岳《秋興賦序》：「余春秋三十有二，始見二毛。」元稹《酬翰林白學士代書一百韻》「潘鬢去年衰」自注：「余今年始三十二歲，去年已生白髮。」梅堯臣時年亦三十二歲，故興此嘆。

【附録】

此詩輯入清康熙《御選宋金元明四朝詩·御選宋詩》卷四六。

鞏縣初見黄河

河決三門合四水，徑流萬里東輸海〔一〕。鞏洛之山夾而峙，河來齧山作沙觜〔二〕。山形迤邐若奔避，河益洶洶怒而詈〔三〕。舟師弭檝不以帆，頃刻奔過不及視〔四〕。舞波淵旋投沙渚〔五〕，聚沫倏忽爲平地。下窺莫測濁且深，癡龍怪魚肆憑恃。我生居南不識河，但見《禹貢》書之記〔六〕。其言河狀鉅且猛，驗河質書信皆是〔七〕。昔者帝堯與帝舜，有子朱商不堪嗣〔八〕。皇天意欲開禹聖，以水病堯民以潰〔九〕。堯愁下人瘦若腊，衆臣薦鯀帝曰試〔一〇〕。試之九載功不效，遂殛羽山慚而斃〔一一〕。禹羞父罪哀且勤，天始以書畀於姒〔一二〕。書曰五行水潤下〔一三〕，禹得其術因而治。鑿山疏流浚畎澮，分擘枝派有條理〔一四〕。萬邦入貢九州宅，生人始免生鱗尾〔一五〕。功深德大夏以家，施及三代蒙其利〔一六〕。江海淮濟洎漢沔〔一七〕，豈不浩渺汪而大？收波卷怒畏威德，萬古不敢肆凶厲。惟兹濁流不可律，歷自秦漢尤爲害〔一八〕。崩堅決壅勢益横〔一九〕，斜跳旁出惟其意。制之以力不以德，驅民就溺財隨弊〔二〇〕。蓋聞河源出崑崙，其山上高大無際。自高瀉下若激箭，一直一曲一千里〔二一〕。湍雄衝急乃迸溢，其勢不得不然爾〔二二〕。前歲河怒驚滑民，浸漱洋洋淫不止〔二三〕。滑人奔走若鋒駭，河伯視之以爲戲〔二四〕。呀呀怒口缺若門，日啖薪石萬萬計〔二五〕。明堂天子聖且神，悼河不仁嗟曰嗗〔二六〕。河伯素頑不可令，至誠一感惶且畏〔二七〕。引流辟易趨故道，閉口不敢煩官吏。遵塗率職直東下，咫尺莫可離其次〔二八〕。爾來歲星行一周，民牛飽芻邦羨費〔二九〕。滑人居河飲河流，耕河之壖浸河漬〔三〇〕。嗟河改凶作民福，嗚呼明堂聖天子！

【題解】

原輯《居士外集》卷一，繫明道二年。作於是年初冬，時任西京留守推官。鞏縣，北宋縣名，屬河南府，治所在今河南鞏義，爲北宋帝王陵墓所在地。胡《譜》：明道二年「九月，莊獻劉后、莊懿李后祔葬（永）定陵，公至鞏縣陪祭。」《長編》卷一一三明道二年十月丁酉（五日）紀事亦云：「祔葬莊獻明肅皇太后，莊懿皇太后于永定陵。」莊獻劉后、莊懿李后祔葬宋真宗永定陵時，歐至鞏縣陪祭，初觀黃河壯景，心胸激蕩，賦此詩以紀事寫懷。全詩分三個層次，首十六句描繪黃河的壯麗景觀，展示其雄偉氣勢；次四十句，追述鯀禹治水功績，叙寫歷代黃河水患及治水情況；末十四句頌揚當代治河功績，歌詠世道太平，感懷天子聖明。全詩表現作者淑世情懷，諷諫朝廷爲民造福。篇幅浩大，層次井然，引經據典，縱横捭闔，想像奇特，氣勢磅礴，雜用散文句式，仿效韓愈的雄勁筆力。雖然略顯粗糙淺露，亦有尚奇好險的審美傾向，但開宋人以文爲詩、宋詩以氣格爲主的創作先河。

【注釋】

〔一〕「河決」二句：黄河衝出三門山，匯合伊、洛、瀍、澗四水，東流萬里，直奔大海。　三門：一名三門山，又名砥柱，在河南陝縣東北的黄河之中。其山有中神門、南鬼門、北人門三門，故名。北魏酈道元《水經注·河水四》：「山穿既決，水流疏分，指狀表目，亦謂之三門矣。」　四水：指匯注黄河的伊、洛、瀍、澗諸水。《史記·夏本紀》：「伊、雒、瀍、澗既入於河滰。」孔安國注：「伊出陸渾山，洛出上洛山，澗出澠池山，瀍出河南北山，四水合流而入河。」

〔二〕沙觜：亦作「沙嘴」。一端連陸地、一端突出水中的帶狀沙灘。唐皇甫松《浪淘沙》詞：「宿鷺眠鷗飛舊浦，去年沙嘴是江心。」

〔三〕「山形」二句：河水怒吼，呼嘯而至，山勢彎曲，有若躲避。　怒而詈：怒駡。形容河水洶湧咆哮。

〔四〕「舟師」二句：船隨黄河急流下行的迅疾氣勢：船工停止劃槳，也不用帆，卻稍縱即逝，不及察看。

〔五〕淵旋：猶言淵迴，深淵之水迴旋曲折。

〔六〕「我生」二句：自己生居南方，對北方黄河不熟悉。詩人家籍廬陵（今江西吉安），生於綿州（今四川綿陽），長於隨州（今屬湖北），故云。《禹貢》：《尚書·夏書》篇名。該篇把古代中國劃分爲九州，記述各區域的山川分布、交通物産狀況以及貢賦等級等，保存我國古代重要的地理資料。

〔七〕「其言」二句：驗證于河，諮詢于書，誠然都如《禹貢》所説。

〔八〕「昔者」二句：帝堯之子丹朱、帝舜之子商均，都不足繼承帝位，於是堯授舜，舜授禹。《史記·五帝本紀》：「堯知子丹朱之不肖，不足以授天下，於是乃權授舜。」又云：「舜子商均亦不肖，舜乃預薦禹於天。」

〔九〕「皇天」二句：老天爺想要展示禹的聰明材智，用大洪水爲難堯，老百姓因而四散逃亡。《孟子·滕文公上》：「當堯之時，天下猶未平，洪水横流，氾濫於天下。」

〔一〇〕「堯愁」三句：堯爲天下老百姓骨瘦如柴而發愁，大臣們推薦鯀治水，堯同意試用。瘦若腊：瘦如乾肉。黄庭堅《蕭巽葛敏修二學子和予食筍詩次韻答之二首》其一：「百能事烹宰，鹽晞枯腊瘦。」衆臣薦鯀：《史記·夏本紀》：「當帝堯之時，鴻水滔天，浩浩懷山襄陵，下民其憂。堯求能治水者，群臣四嶽皆曰鯀可。堯曰：『鯀爲人負命毁族，不可。』四嶽曰：『等之未有賢於鯀者，願帝試之。』」

〔一一〕「試之」二句：鯀試行治水九年而無功效，被殺死在羽山。《史記·夏本紀》：「於是堯聽四嶽，用鯀治水。九年而水不息，功用不成。於是帝堯乃求人，更得舜。舜登用，攝行天子之政，巡狩。行視鯀之治水無狀，乃殛鯀於羽山以死。」羽山：山名，其具體位置，歷史上有東海郡祝其縣、沂州臨沂縣、登州蓬萊縣等多種説法，迄今尚無定論。

〔一二〕「禹羞」二句：禹以父鯀無功受誅而羞愧，勤勉治水，終獲成功，天帝於是賜禹「洪範」九疇，立國號「夏」，別姓姒氏。《史記·夏本紀》：「禹傷先人父鯀功之不成受誅，乃勞身焦思，居外十三年，過家門不敢入。薄衣食，致孝於鬼神。卑宮室，致費於溝淢。陸行乘車，水行乘船，泥行乘橇，山行乘檋。」《尚書·洪範》：「惟十有三祀，王訪於箕子。王乃言曰：『嗚呼！箕子。惟天陰騭下民，相協厥居，我不知其彝倫攸叙。』箕子乃言曰：『我聞在昔，鯀堙洪水，汩陳其五行。帝乃震怒，不畀「洪範」九疇，彝倫攸斁。鯀則殛死，禹乃嗣興，天乃錫禹「洪範」九疇，彝倫攸叙。』」又《史記·夏本紀》：「禹於是即天子位……。國號曰夏后，姓姒氏。」

〔一三〕「書曰」句：《尚書·洪範》曰：「五行：一曰水，二曰火，三曰木，四曰金，五曰土。水曰潤下，火曰炎上，木曰曲直，金曰從革，土爰稼穡。」水潤下：水能潤物，而性就向下。

〔一四〕浚畎澮：疏通田間排水的溝渠。《史記·夏本紀》：「禹曰：『鴻水滔天，浩浩懷山襄陵，下民皆服於水。予陸行乘車，水行乘舟，泥行乘橇，山行乘檋，行山栞木。與益予衆庶稻鮮食。以決九川致四海，浚畎澮致之川。與稷予衆庶難得之食。食少，調有餘補不足，徙居。衆民乃定，萬國爲治。』」

〔一五〕萬邦入貢九州宅：《史記·夏本紀》：「於是九州攸同，四奥既居，九山栞旅，九川滌原，九澤既陂，四海會同。……令天子之國以外五百里甸服：百里賦納緫，二百里納銍，三百里納秸服，四百里粟，五百里米。」　生人始免：有了大禹治水，人民纔免于因水淹而化爲魚鱉。

〔一六〕夏以家：夏禹因此居天子位。家，指國家。《文選·張衡〈東京賦〉》：「且高既受建家，造我區夏矣。」薛綜注：「言高祖受上天之命建立國家。」施及三代：延續到夏、商、周三朝。

〔一七〕江海淮濟：《尚書·禹貢》：「岷山導江，東別爲沱，又東至於澧；過九江，至於東陵，東迤北，會於匯；東爲中江，入於海。導沇水，東流爲濟，入於河，溢爲滎；東出於陶丘北，又東至於菏，又東北，會於汶，又北，東入於海。導淮自桐柏，東會於泗、沂，東入於海。」漢：漢水，也稱漢江，爲長江最長的支流。沔：沔水，漢水的上游，在今陝西勉縣境内。

〔一八〕秦漢尤爲害：《史記·河渠志》：「漢興三十九年，孝文時河決酸棗，東潰金堤，於是東郡大興卒塞之。其後四十有餘年，今天子元光之中，而河決於瓠子，東南注鉅野，通於淮、泗。於是天子使汲黯、鄭當時興人徒塞之，輒復壞。」

〔一九〕「崩堅」句：崩塌堅固的堤防，沖決堵塞的缺口，水勢越加横暴兇惡。

〔二〇〕「制之」二句：不用德政而用威力治水，使得人民被淹，財物隨之毁壞。

〔二一〕「蓋聞」四句：《水經注·河水》：「崑崙墟在西北，去嵩高五萬里。」並引《山海經》曰：「崑崙墟在西北，河水出其東北隅。」又《爾雅·釋水》：「河出崑崙虚，色白。所渠並千七百一川，色黄。百里一小曲，千里一曲一直。」

〔二二〕「湍雄」二句：黄河洶湧下瀉，湍激迸射，水勢不得不這樣了。

〔二三〕「前歲」三句：《宋史·真宗本紀》：天禧三年（一〇一九）六月甲午「河決滑州」。《宋史·河渠志一》亦云：「天禧三年六月乙未夜，滑州河溢城西北天台山旁，俄復潰於城西南，岸摧七百步，漫溢州城，歷澶、濮、曹、鄆，注梁山泊；又合清水、古汴渠東入於淮，州邑罹患者三十二。」滑：縣名，宋爲滑州治所，今屬河南。淫：久。

〔二四〕鋒駭：即駭電鋒。駭電，驚人的電光。形容快速無比。《楚辭·九歎·怨思》：「淩驚雷以軼駭電兮，綴鬼谷於北辰。」陸機《功臣頌》：「烈烈黥布，耽耽其眄。名冠强楚，鋒猶駭電。」河伯：傳説中的水神。

〔二五〕呀呀：張口貌。唐獨孤及《和李尚書畫射虎圖歌》：「飢虎呀呀立當路，萬夫震恐百獸怒。」日啖薪石：黄河決口，每天吞噬的塞口薪石以萬萬計。

〔二六〕明堂天子：指仁宗。悼河不仁：爲河伯没有仁愛之心而傷感。

〔二七〕「河伯」二句：黄河一向頑固地任性無常，而今被皇帝的仁慈所感動，變得惶恐畏懼。《宋史·河渠志一》：「仁宗天聖元年，以滑州決河未塞，詔募京東、河北、陝西、淮南民輸薪芻，調兵伐瀕河榆柳，賙溺死之家。二年，遣使詣滑、衛行視河勢。五年，發丁夫三萬八千，卒二萬一千，緡錢五十萬，塞決河，轉運使五日一奏河事。十月丙申，塞河成。」又「（天聖）六年八月，河決於澶州之王楚埽，凡三十步。八年，始詔河北轉運司計塞河之備，良山令陳曜請疏鄆、滑界糜丘河以分水勢，遂遣使行視遥堤。明道二年，徙大名之朝城縣于杜婆村，廢鄆州之王橋渡、淄州之臨河鎮以避水。」

〔二八〕「引流」四句：河水退流回歸故道，不煩官吏治理，順著故道東流入海，没有絲毫差錯。辟易：退避。《史記·項羽本紀》：「項王瞋目叱之，赤泉侯人馬俱驚，辟易數里。」率職：循守常規。職，常，謂常規、常理。

〔二九〕「爾來」句：自仁宗即位以來，已過十二年。歲星行一周：即十二年。歲星，即木星，古人以其歲行一次，十二歲而週一天，用來紀年。羨費：費用盈餘。羨，剩餘。《詩·小雅·十月之交》：「四方有羨。」毛傳：「羨，餘也。」

〔三〇〕河之壖：河邊地。壖，邊緣餘地。《史記·河渠書》：「五千頃故盡河壖棄地，民茭牧其中耳。」裴駰集解引韋昭曰：「謂緣河邊地也。」浸河漬：用河水浸潤土地，不用灌溉。

【附録】

潘自牧《記纂淵海》卷七《地理部》引本詩首段：「河決三門合四水，徑流萬里東輸海。鞏洛之山夾而峙，河來齧山作沙觜。山形迤邐若奔避，河益洶洶怒而詈。舟師弭檝不以帆，頃刻奔過不及視。」

代書寄尹十一兄楊十六王三

並轡登北原，分首昭陵道。秋風吹行衣，落日下霜草〔一〕。昔日憩鞏縣，信馬行苦早。行行過任村，遂歷黄河隩〔二〕。登高望河流，洶洶若怒鬧。予生平居南，但聞河浩渺。停鞍暫游目，茫洋肆驚眺〔三〕。並河行數曲，山坡亦縈繞。罌子與山口，呀險乃天竈。秤鈎真如鈎，上下欲顛倒〔四〕。虎牢吏當關，譏問名已告。滎陽夜聞雨，故人留我笑〔五〕。明朝已高塵，輤車引旌纛。傳云送主喪，窀穸詣墳兆。後乘皆輜軿，輪轂相輝照。辟易未及避，廬兒已呵嗷〔六〕。午出鄭東門，下馬僕射廟。中牟去鄭遠，記里十餘堠。抵牟日已暮，僕馬困米稿〔七〕。漸望閶闔門，崛若中天表。趨門爭道入，羈鞅不及掉〔八〕。浪墥游九衢，風埃歎何浩。京師天下聚，奔走紛擾擾。但聞街鼓喧，忽忽夜復曉。追懷洛中俊，已動思歸操〔九〕。爲別未期月，音塵一何杳。因書寫行役，聊以爲君導〔一〇〕。

【題解】

原輯《居士外集》卷一，繫明道二年。作於是年十月，時莊獻劉后、莊懿李后祔葬真宗永定陵，歐至鞏縣陪祭，嗣後赴京師。代書，以詩代爲書信。尹十一，即尹源，字子漸，尹洙之兄，與歐同年進士及第，慶曆五年卒於知懷州任所。楊十六，即楊子聰，參見本書《七交七首》注〔一〇〕。王三，即王復，參見本書《七交七首》注〔一一六〕。三人均以排行相稱，均爲歐氏文友，時皆在洛。此詩以旅途行蹤爲綫索，首四句從尹洙等人洛陽分手的情景入筆，次三十四句叙寫洛陽至開封途中的經行見聞，末十六句述寫到達開封後生活不適，抒發懷友思歸之情，表達對洛邑文友的追思與懷念。語言酣暢，條理清晰，其中關於黃河的描繪，摹擬韓詩氣象。字裏行間略顯獵奇求險傾向，以詩代書，叙議結合，情理相融，儼然是散文化的藝術手法。

【注釋】

〔一〕「並轡」四句：描述與尹洙等人在洛陽秋風落日中分手時的情景。北原：指洛陽北部的邙山，爲宋時出入洛陽的要道。分首：離别。沈約《襄陽白銅鞮》詩：「分首桃林岸，送别峴山頭。」昭陵：宋人詩文中的「昭陵」，大抵指宋仁宗陵墓永昭陵，在鞏縣宋真宗永定陵西北五里，《宋史·仁宗紀》：「葬永昭陵。」亦代指仁宗，如歐陽修《與王龍圖益柔》其六：「以昭陵虞主未還，在禮不當飲酒。」然而，此詩作於明道二年，後三十年而仁宗崩，據《宋史·禮志七十五》，嘉祐八年三月晦日，仁宗崩，然後發卒四萬六千七百人治永昭陵。又《河朔訪古記》卷下亦稱：「永昭陵……初崩，發諸路卒四萬六千七百八十人修奉山陵。」有人謂「昭陵」明道二年已在營建，於史無證。此處「昭陵」借唐喻宋，以唐昭陵代指宋真宗永定陵。《大清一統志》卷一六三《河南府》：「真宗永定陵在鞏縣西南（太祖）昌陵北十里。」或曰「昭」爲動詞，與上句「登」對應。《爾雅·釋詁下》：「昭，見也。」陵道，指真宗永定陵的甬道。歐陽修《鞏縣陪祭獻懿二后回孝義橋道中作》：「落日漢陵道，初寒慘暮飈。」宋祁《太祖永昌陵》：「石馬開陵道，陰虯結廟阿。」

〔二〕任村：在鞏縣西北。　黄河隩：黄河岸曲折處。

〔三〕「登高」六句：初見黄河，驚歎黄河的汪洋恣肆。可參見上詩。

〔四〕「並河」六句：黄河沿岸山勢曲折崢嶸之狀。　瞿子、秤鈎：都是鞏縣境内的山谷名稱。《大清一統志》卷一六二《河南府一》：「瞿子谷在鞏縣東二十里，接開封府汜水縣界。」　呀：大、空的樣子。班固《兩都賦》：「呀周池而成淵。」　天竈：天然形成類似竈臺的地形。《吴子·治兵》：「天竈者，大谷之口。」

〔五〕虎牢：即虎牢關，在汜水縣西北。《水經注》卷五引《穆天子傳》曰：「天子射鳥獵獸于鄭圃，命虞人掠林，有虎在於葭中，天子將至，七萃之士高奔戎生擒虎，而獻之天子，命之爲柙，畜之東虢，是曰虎牢矣。然則虎牢之名自此始也，秦以爲關，漢乃縣之。」　滎陽：隋滎陽郡，唐、宋爲鄭州，治所在今鄭州西。

〔六〕「明朝」八句：述寫滎陽遇公主葬車、鄭東門謁僕射廟等情事。　高塵：回應上文「夜雨」，指晴朗。　輤車：柩車。劉禹錫《祭柳員外文》：「初託遺嗣，知其不孤；末言歸輤，從祔先域。」　旐纛：旗幟。　主喪：公主喪。《長編》卷一一二明道二年七月：「戊寅，楚國大長公主卒。」　窀穸：埋葬。《左傳·襄公十三年》：「若以大夫之靈，獲保首領以殁於地，惟是春秋窀穸之事，所以從先君於禰廟者，請爲『靈』若『厲』，大夫擇焉。」杜預注：「窀，厚也；穸，夜也。

厚夜猶長夜。春秋謂祭祀，長夜謂葬埋。」後乘：從臣的車馬。輜軿：有蓬的車。《漢書·張敞傳》：「禮，君母出門則乘輜軿。」顔師古注：「輜軿，衣車也。」《資治通鑑·晉孝武帝太元十一年》：「載以輜軿。」胡三省注：「車四面有遮罩者曰輜軿。」辟易：退避。盧兒：家奴，僕從。《漢書·鮑宣傳》：「蒼頭盧兒，皆用致富。」顔師古注引孟康曰：「漢名奴爲蒼頭。諸給殿中者所居爲廬，蒼頭侍從，因呼爲廬兒。」呵嗷：斥責。

〔七〕「午出」六句：從鄭州抵達中牟，缺乏供應。僕射廟：奉祠北魏僕射李沖。宋朱弁《曲洧舊聞》卷四：「鄭州東僕射陂，蓋後魏孝文遷洛時賜僕射李沖之陂也。後人立祠，遠近皆呼爲僕射廟。章聖皇帝西祀過之，遣官致祭，有祭文刻石在焉。」中牟：北宋縣名，屬開封府，在鄭州與開封之間。堠：古代記里程或分界的土壇。《北史·韋孝寬傳》：「先是，路側一里置一土堠，經雨頽毁，每須修之。自孝寬臨州，乃勒部内，當堠處植槐樹代之。既免修復，行旅又得庇蔭。」困米稿：馬得不到飼料。稿，即稾秣，馬的飼料。

〔八〕「漸望」四句：行近京城，遥望宫闕，進入開封。閶闔：傳説中的天門。代指宫門。《楚辭·離騷》：「吾令帝閽開關兮，倚閶闔而望予。」王逸注：「閶闔，天門也。」中天表：張衡《西京賦》：「正紫微於未央，表嶢闕於閶闔。」顧炎武注：「閶闔，紫微宫門名。《三秦記》：未央宫有堯閣、閶闔。」表，標木。羈鞅不及掉：形容進城時的擁擠。鞅，套在馬上的皮帶。掉，整理。掉鞅比喻悠閒、從容。

〔九〕「浪墥」八句：描寫開封生活的不適，抒發思歸之情。浪墥：即浪疃，漫步。九衢：四通八達的道路，此指京城的街道。擾擾：紛亂貌。《列子·周穆王》：「今頓識既往，數十年來存亡、得失、哀樂、好惡，擾擾萬緒起矣。」街鼓：更鼓。設置在京城街道的警夜鼓。宵禁開始和終止時擊鼓通報。始于唐，宋以後亦泛指「更鼓」。唐劉肅《大唐新語·釐革》：「舊制，京城内金吾曉暝傳呼，以戒行者。馬周獻封章，始置街鼓，俗號冬冬，公私便焉。」思歸操：琴曲有《思歸引》，相傳春秋時衛侯女爲劭王太子所拘，思歸不得，作此曲，自縊。鄭樵《通志》卷四九「思歸引亦曰離拘操」：「舊説衛賢女之所作也。邵王聞其賢而聘之，未至而王死，太子留之，不聽，拘於深宫，思歸不得，援琴而歌，曲終乃縊。」操，琴曲體裁名。《史記·宋微子世家》：「故傳之曰《箕子操》。」裴駰集解引應劭《風俗通》：「其道閉塞憂愁而作者，命其曲曰操。」

〔一〇〕「爲别」四句：分手不到一月，雙方音訊斷絶，賦詩述寫一路行蹤，姑且作此解説。音塵：音訊，消息。《文選·謝莊〈月賦〉》：「美人邁兮音塵闕。」張銑注：「音信復闕。」

【附録】

此詩輯入清吴之振《宋詩鈔》卷一二。

鞏縣陪祭獻懿二后回孝義橋道中作

落日漢陵道，初寒慘暮飆〔一〕。遥看山口火，暗渡洛川橋〔二〕。不見新園樹，空聞引葬簫〔三〕。林鴉棲已定，猶此倦征鑣〔四〕。

【題　解】

原輯《居士集》卷一〇，繫明道二年。作於是年冬，時在汴京返洛陽途中。鞏縣，宋河南府屬縣，爲北宋帝王陵墓所在地，參見本書《鞏縣初見黄河》題解。獻、懿二后，獻即章獻明肅，真宗劉皇后的謚號，仁宗十二歲即位，章獻垂簾聽政十一年。懿即莊懿，真宗李宸妃的謚號，爲仁宗生母。《長編》卷一一三明道二年十月丁酉（五日）紀事：「祔葬莊獻明肅皇太后，莊懿皇太后于永定陵。」歐至鞏縣陪祭莊獻劉后、莊懿李后祔葬永定陵後，旋赴汴京，此詩爲回洛途中所作。孝義橋，在偃師縣東，偃師位居洛陽與鞏縣之間。王應麟《玉海》卷一七二《唐孝義橋》：「《會要》：天寶七載四月，河南尹韋濟奏于偃師縣東山下開驛路通孝義橋。」《大清一統志》卷一六三《河南府二》亦云：孝義橋在偃師縣東。《續齊諧記》載有田真兄弟一門孝義的故事，當與橋名有關。詩歌描寫回洛途中孝義橋觀感，日暮初寒，山川慘澹，渲染陪祭的哀傷氣氛。叙事狀物，沉鬱簡勁，移情入景，哀婉深沉。

【注釋】

〔一〕漢陵道：鞏縣至偃師間的道路。《明一統志》卷二九《河南府》：「北邙山在府城北一十里，山連偃師、鞏、孟津三縣，綿亘四百餘里，漢諸陵及唐宋名臣墳多在此。」〔二〕暮飆：傍晚的旋風，暴風。《漢書·揚雄傳上》：「風發飆拂，神騰鬼趡。」顔師古注：「飆，回風也。」

〔三〕洛川：洛水，即今河南洛河。曹植《洛神賦》：「容與乎陽林，流眄乎洛川。」

〔三〕引葬簫：引導送葬隊伍前行的簫聲。王安石《哭張唐公》：「冥冥獨鳳隨雲霧，南陌空聞引葬簫。」

〔四〕棲已定：禽鳥已歸宿，喻時辰已晚。宋釋契嵩《次韻和酬》：「烏棲已定人方到，暮色雖濃門未關。」倦征鑣：因遠行而困倦。征鑣，遠行的乘騎。鑣，本爲馬嚼子，代指乘騎。謝靈運《從游京口北固應詔》詩：「昔聞汾水游，今見塵外鑣。」黄節注：「鑣，馬御也。言鑣以明馬，猶軫以表車。」

【附録】

劉壎《隱居通議》卷七：「《鞏縣陪祭》有曰：『落日漢陵道，初寒慘暮飆。』……如此等語，殊似少陵。……舉此以例其餘，概可知矣。而謂公不工於詩，可乎？」

黄河八韻寄呈聖俞

河水激箭險，誰言航葦游〔一〕。堅冰馳馬渡，伏浪卷沙流〔二〕。樹落新摧岸，湍驚忽改洲〔三〕。鑿龍時退鯉，漲潦不分牛〔四〕。萬里通槎漢，千帆下漕舟〔五〕。怨歌今罷築，故道失難求〔六〕。灘急風逾響，川寒霧不收。詎能窮禹跡，空欲問張侯〔七〕。

【題　解】

原輯《居士集》卷一〇，繫明道二年。作於是年冬，時任西京留守推官。《萬有文庫》本《歐集》繫本詩于明道元年，然《四部叢刊》本、國家圖書館善本庫所藏明正統年間、明天順六年、明正德七年等刻本，均署「明道二年」，當以後者爲是。梅堯臣《宛陵先生集》卷二又有《依韻和歐陽永叔黄河八韻》，朱東潤繫明道元年，誤。歐明道二年冬始見黄河，當以胡柯繫年爲是。梅氏得江山之助，一改其平淡雋永詩風，效仿韓愈的古硬奇崛，歐此詩賦詠壯美黄河水，叙議雜出，雄健勁拔，顯示以氣格爲主的特色。歐、梅在雄偉壯麗的黄河景觀面前，相互感發，共學韓詩，詩歌意象與語言頗顯奇險古硬，開啟宋詩發展新方向。

【注釋】

〔一〕「河水」二句：黄河水流急湍如箭，誰敢説「一葦可渡」！梅堯臣《依韻和歐陽永叔黄河八韻》：「峻門波作箭，古郡鐵爲牛。」河水激箭：《淵鑑類函》卷三六引《在秦記》：「河下龍門，其流駛如竹箭，駟馬追弗能及。」航葦游：《詩·衛風·河廣》：「誰謂河廣，一葦杭之。」孔穎達疏：「言一葦者，謂一束也，可以浮之水上而渡，若浮栰然，非一根葦也，此假有渡者之辭。」

〔二〕「堅冰」二句：冬季水面的厚冰足以驅馬過河，夏季伏日的波浪足以挾沙奔流。梅堯臣《黄河》詩：「誰當大雪天，走馬堅冰上。」

〔三〕「樹落」二句：樹倒岸崩，河水洶湧，黄河多次決口改道。參見本書《鞏縣初見黄河》注〔二三〕。

〔四〕鑿龍：相傳大禹治水，鑿龍門疏導河水。《尚書·禹貢》：「導河積石，至於龍門。」《水經·河水注》引《魏土地記》：「梁山北有龍門山，大禹所鑿，通孟津河，口廣八十步，巖際鐫跡遺功尚存。」退鯉：《三秦記》：「江海魚集龍門下，登者化龍，不登者點額暴腮。」傳説鯉魚跳過龍門則化爲龍，跳不過者，頭破身死。不分牛：喻河面寬闊。《莊子·秋水》：「秋水時至，百川灌河，涇流之大，兩涘渚崖之間不辨牛馬。」

〔五〕「萬里」二句：言黄河源頭之遠、漕運之利。通槎漢：晉張華《博物志》載卷一〇：「舊説云：天河與海通，近世有人居海濱者，年年八月有浮槎，去來不失期。」漕舟：轉運使司運輸錢糧的船隻。

〔六〕「怨歌」二句：宋時黄河水患頻繁。據《宋史·河渠志一》：黄河自天聖六年決口後，一直未能封堵，明道二年「徙大名之朝城縣于杜婆村，廢鄆州之王橋渡、淄川之臨河鎮以治水。」參見本書《鞏縣初見黄河》注〔一三〕。故道：缺口前的舊河道。

〔七〕「詎能」二句：黄河源遠流長，無法窮其本源。禹跡：大禹治水，足跡偏及九州。《左傳·襄公四年》：「芒芒禹跡，畫爲九州。」張侯：漢代通西域的張騫。《史記·大宛列傳》：「今自張騫使大夏之後也，窮河源，惡睹本紀所謂崑崙者乎？」

賀九龍廟祈雪有應

真宰調神化，幽靈應不言〔一〕。朝雲九淵暗，暮霰六花繁〔二〕。朔吹縈歸旆，賓裾載後軒〔三〕。睢園有客賦，郢曲幾人翻〔四〕。槐座方虚位，鋒車佇改轅〔五〕。願移盈尺瑞，爲雨偏群元〔六〕。

【題解】

原輯《居士外集》卷六，無繫年，列明道二年詩前。作於是年冬，時任西京留守推官。九龍廟，亦稱九龍祠，在河南府城東北九龍池後，爲時人求雨祈雪之所，參見本年詩《留守相公禱雨九龍祠應時獲澍呈府中同僚》題解。詩人歌頌錢惟演祈雪獲應，表達愛民情懷。冀望朝廷收回成命，虛位以待，錢氏改道返朝高就。敘事寫景，簡勁生動，情感包孕其中。

【注釋】

〔一〕真宰：宇宙的主宰。《莊子·齊物論》：「若有真宰，而特不得其眹。」　神化：神靈的變化。白居易《漢高皇帝親斬白蛇賦》：「嗟乎！神化將窮，不能保其命。」

〔二〕「朝雲」二句：早晨起陰雲，晚上降雪花，九龍廟祈雪獲得上天顯應。　九淵：九重深淵，相傳藏龍之所。《莊子·列禦寇》：「夫千金之珠，必在九重之淵，而驪龍頷下。」　六花：雪花。雪花結晶六瓣，故名。

〔三〕「朔吹」二句：留守相公凱旋歸府，幕僚後車隨行的情景。　縈歸旆：北風使旌旗迴旋摇擺。旆，泛指旌旗。《詩·商頌·長發》：「武王載旆，有虔秉鉞。」毛傳：「旆，旗也。」　賓裾：賓客衣服的前襟，代指從行的幕僚。

〔四〕「睢園」二句：幕僚賦詩慶賀，歌妓熱情放歌。　睢園：指錢惟演設慶宴的亭園。漢梁孝王劉武在睢陽築兔園，也稱梁園，爲游賞與延賓之所，在今河南商丘東。《西京雜記》卷二：「梁孝王好營宮室苑囿之樂，作曜華之宮，築兔園。」郢曲：宋玉《對楚王問》：「客有歌於郢中者，其始曰《下里巴人》，國中屬而和者數千人；其爲《陽阿》、《薤露》，國中屬而和者數百人；其爲《陽春白雪》，國中屬而和者不過數十人；引商刻羽，雜以流徵，而和者數人而已。」後以「郢曲」泛指樂曲。鮑照《玩月城西門廨中》詩：「蜀琴抽《白雪》，郢曲發《陽春》。」

〔五〕「槐座」二句：《長編》卷一一三明道二年九月丙寅（四日）：「崇信節度使、同平章事、判河南府錢惟演落平章事，赴本鎮。」故云「方虛位」、「佇改轅」。槐座：即槐位，三公之位。此指平章事。鋒車：即追鋒車。古代一種輕便的驛車，因車行疾速，故名。《晉書·輿服志》：「追鋒車，去小平蓋，加通幰，如軺車，駕二。追鋒之名，蓋取其迅速也，施於戎陣之間，是爲傳乘。」

〔六〕「願移」二句：希望蒼天普降一尺厚大雪，解冬旱，兆豐年，造福天下百姓。盈尺瑞：宋徐鉉《奉和御制雪》：「豐登盈尺瑞，物象九門深。」

留守相公移鎮漢東

周郊徹楚坰，舊相擁新旌〔一〕。路識青山在，人今白首行〔二〕。問農穿稻野，候節見梅英〔三〕。腰組人稀識，偏應邸吏驚〔四〕。

【題　解】

原輯《居士外集》卷六，無繫年，置明道二年詩後。作於是年十二月，時任西京留守推官。《長編》卷一一三：明道二年九月「丙寅（四日），崇信節度使、同平章事、判河南府錢惟演落平章事，赴本鎮。」十二月，王曙繼任西京留守。漢東，隋郡名，即宋隨州。樂史《太平寰宇記》卷一四四《山南東道·隨州》：「隨州，漢東郡，今理隨縣。」據歐《書懷感事寄梅聖俞》詩句「臘月相公去」，可知錢惟演離洛陽南下隨州就職，時在年末。此詩描寫錢惟演歲暮離洛的行色，暗示其際遇不順。借物抒懷，情景融通，氣韻深長。

【注　釋】

〔一〕「周郊」二句：從洛陽直達隨州，當年的輔相而今以節度使的身份赴新任。　周郊：西周成王時周公營建洛邑，東周平王等立都於此。東漢改稱雒陽。　楚坰：楚國的遠郊，此指隨州。隨州原爲西周隨國，後歸入楚國疆域。　坰，遠郊，野外。《詩·魯頌·駉》：「駉駉牡馬，在坰之野。」毛傳：「坰，遠野也。邑外曰郊，郊外曰野，野外曰林，林外曰坰。」　舊相：錢惟演曾任樞密使，加同中書門下平章事判許州等官職。

〔二〕「路識」二句：道途雖然早就熟識，人卻已經白髮蒼蒼，撫今追昔，有物是人非之感。句末原注：「相公舊有方城題句。」

〔三〕「候節」句：見到梅花纔知道時節已經變化。

〔四〕腰組：腰間佩帶的印綬。人稀識：隨州人從未見過如此官品的腰珮及組帶，喻錢惟演的親民以及隨州百姓的淳樸。邸吏驚：《漢書·朱買臣傳》：「初，買臣免待詔，常從會稽守邸者寄居飯食。拜爲太守，買臣衣故衣，懷其印綬，步歸郡邸，直上計時，會稽吏方相與群飲，不視買臣。買臣入室中，守邸與共食，食且飽，少見其綬，守邸怪之，前引其綬，視其印，會稽太守章也。守邸驚出，語上計掾吏，皆醉，大呼曰妄誕耳。守邸曰試來視之。其故人素輕買臣者，入視之，還走，疾呼曰實然。」邸吏，此指隨州府邸的官吏。

【附録】

此詩輯入清陳焯《宋元詩會》卷一一。

邵伯温《邵氏聞見録》卷八：「後錢相謫漢東，諸公送別至彭婆鎮，錢相置酒作長短句，俾妓歌之，甚悲。錢相泣下，諸公皆泣下。」

送劉秀才歸河内

落日古京門，車馬動行色〔一〕。河上多悲風，山陽有歸客〔二〕。朽篋蠹蟲篆，遺文摹鳥迹〔三〕。言干有司知，豈顧時人識〔四〕。山陂歲始寒，霰雪密已積〔五〕。還家寧久留，方言事征軛〔六〕。

【題　解】

原輯《居士外集》卷一，無繫年，置明道二年詩間。作於是年冬，時任西京留守推官。劉秀才，不詳其名，河内人。河内，古郡名，宋代爲懷州，屬河北西路，治所在今河南沁陽。梅堯臣《宛陵先生集》卷三有《劉秀才歸河内》詩，朱東潤亦繫今年。詩人感傷劉秀才懷才不遇，慰勉其守時待命，相信其定受朝廷徵召。叙事寫景，師法韓愈，詩語極富情感，意藴深婉。

【注　釋】

〔一〕行色：行旅出發前後的情狀、氣派。馮延巳《歸國謡》詞：「蘆花千里霜月白，傷行色，明朝便是關山隔。」

〔二〕山陽：漢置縣名，屬河南郡。故城在今河南修武境内。魏晉之際，嵇康、向秀等嘗居此爲竹林之游。後因以代指高雅人士聚會之地。梅堯臣《劉秀才歸河内》：「久作山陽客，逢人爲寄言。」

〔三〕「朽篋」二句：劉秀才喜篆字好古學，卻受時人冷落。蟲篆：猶蟲書。成公綏《隸書體》：「蟲篆既繁，草槁近僞，適之中庸，莫尚於隸。」鳥迹：指鳥篆，篆體古文字。形如鳥的爪跡，故稱。漢蔡邕《隸勢》：「鳥跡之變，乃惟佐隸。蠲彼繁文，崇此簡易。」

〔四〕「言干」二句：謂劉秀才不顧時俗之識與不識，但求有司之知。干，求也。有司，官吏，古代設官分職，各有專司，故稱。此指科舉考官。

〔五〕霰雪：細小的雪珠。

〔六〕「還家」二句：回家後哪會久呆，很快就會有朝命徵召。征軛：遠行的車。軛，牛馬拉物件時駕在脖子上的器具。《楚辭·卜居》：「寧與騏驥亢軛乎？」朱熹集注：「軛，車轅前衡也。」此處代指車輛。

送王公慥判官

久客倦京國，言歸歲已冬〔一〕。獨過伊水渡，猶聽洛城鐘〔二〕。山色經寒緑，雲陰入暮重〔三〕。臘梅孤館路，疲馬有誰逢〔四〕？

【題解】

原輯《居士外集》卷六，無繫年，置明道二年詩後，作於是年冬，時任西京留守推官。王公慥，名顧，時任河南府判官。《梅集編年》卷四景祐元年（繫年恐誤）詩《王公慥東歸》引夏敬觀注：「歐陽修有《送王公慥判官》詩，又《永州萬石亭》詩自注：『寄知永州王顧。』本集有《永州王公慥寄九巖記，云『此地疑是柳子厚所説萬石亭也』》一題，則知公慥名顧。」詩歌描寫歲暮王顧離開京師的清冷場景，情景妙合無垠，烘託送行者與出行者孤獨寂寞的共同心境。

【注　釋】

〔一〕「久客」三句：王顧客居京都已生厭倦，回歸老家時值寒冬。

〔二〕伊水渡：伊河渡口。梅堯臣《新安錢學士以近詩一軸見貺，輒成短言，用叙單悃》：「嵩山雲外寺，伊水渡頭郵。」

〔三〕寒綠：隆冬的山色蕭瑟淒涼，密布的暮雲陰沉濃重。梅堯臣《王公慥東歸》：「羸驷嘶寒草，荒城背落暉。」

〔四〕「臘梅」三句：想像王判官歸途孤獨，當無故人相逢。臘梅：古有折梅贈行之習俗。南朝宋盛弘之《荆州記》：「陸凱與范曄相善，自江南寄梅花一枝，詣長安與曄，並贈詩曰：『折花逢驛使，寄與隴頭人；江南無所有，聊贈一枝春。』」

【附　録】

此詩輯入明李蓘《宋藝圃集》卷九，又輯入清康熙《御選宋金元明四朝詩·御選宋詩》卷三五、吴之振《宋詩鈔》卷一二。

别聖俞

車馬古城隅，喧喧分曉色。行人念歸塗，居者徒慘惻〔一〕。薄宦共羈旅，論交喜金石。蔫以朋酒懽，寧知歲月適〔二〕。人事坐云變，出處俄乖隔〔三〕。關山自玆始，揮袂舉輕策。歲暮寒雲多，野曠陰風積。征蹄踐嚴霜，别酒臨長陌〔四〕。應念同時人，獨爲未歸客〔五〕。

【題解】原輯《居士外集》卷一，無繫年，置明道二年詩後。作於是年深冬，時任西京留守推官。梅堯臣卸河陽主簿任赴京師，準備參加來春科考，同行還有王復、王尚恭、王尚喆等人。《居士外集》卷二《書懷感事寄梅聖俞》詩云：「臘月相公去，君隨赴春官。送君白馬寺，獨入東上門。」可知梅堯臣離洛在錢惟演赴隨之後。詩歌抒寫朋友間的誠摯友誼，感慨朋輩散離後的孤寂，抒寫盛事難繼的傷感。叙議相生，詩語灑脱，繪景之中藴涵縷縷情思。

【注　釋】

〔一〕「車馬」四句：清晨車馬離城，行人（梅堯臣）與詩人告别的情狀。　分曉色：劃破黎明的曙色。

〔二〕「薄宦」四句：自己與聖俞仕途共蹇滯，締結金石之交。詩酒歡觴的生活，不覺得歲月流逝。金石：比喻交情的堅固，友誼的堅貞。亦作「金石交」。《漢書·韓信列傳》：「今足下雖自以爲與漢王爲金石交。」

〔三〕「人事」二句：人事變化無常，離合進退突然使人千里阻隔。時錢惟演已赴隨州，黄鑑、張汝士先後病逝，王曙、楊子聰先後離洛，故云。　云變：變幻不停貌。

〔四〕「關山」六句：具體描寫分别時的情景。　揮袂：揮手告别。陸機《於承明作與士龍》詩：「分塗長林側，揮袂萬始亭。」

〔五〕「應念」二句：想像分别後的孤獨寂寞。原與詩人同時在洛陽留守府的錢惟演、謝絳、梅堯臣、楊子聰、王顧等先後離任，僅剩自己尚未秩滿，在等待調遷，故興此歎。

【附　録】

此詩輯入明曹學佺《石倉歷代詩選》卷一四〇，又輯入清康熙《御選宋金元明四朝詩·御選宋詩》卷一〇。

晚過水北

寒川消積雪，凍浦漸通流〔一〕。日暮人歸盡，沙禽上釣舟〔二〕。

【題　解】

原輯《居士集》卷一〇，無繫年，置明道二年詩後。作於是年冬末，時任西京留守推官。水北，洛水之北。描寫水北江上寒冬晚景。清淡如畫，可見詩人平遠閑曠的胸襟、孤寂落寞的情懷。繪景真切，思致高遠，語言樸實明快，筆調恬適雋永。

【注　釋】

〔一〕「寒川」二句：雪融冰消，封凍的河面可以通流行舟。

〔二〕「日暮」二句：傍晚舟人歸家，水鳥棲憩釣船，一派安閒靜謐的景象。

【附　録】

此詩輯入明曹學佺《石倉歷代詩選》卷一四〇，又輯入清康熙《御選宋金元明四朝詩·御選宋

詩》卷六一管庭芬、蔣光煦《宋詩鈔補·歐陽文忠詩補鈔》、張景星、姚培謙、王永祺《宋詩別裁集》卷八。

寄聖俞

平沙漫飛雪，行旅斷浮橋。坐覺山陂阻，空嗟音信遥。窮陰變寒律，急節慘驚飆〔一〕。野霽雲猶積，河長冰未銷〔二〕。山陽人半在，洛社客無聊〔三〕。寄問陶彭澤，籃輿誰見邀〔四〕？

【題　解】

原輯《居士外集》卷六，無繫年，置明道二年詩後，作於是年隆冬，在梅氏赴京應試之後。詩人時任西京留守推官。梅堯臣《宛陵先生集》卷二有《依韻和歐陽永叔雪後見寄，兼云自尹家兄弟及幾道散後，子聰下縣久不得歸，頗有離索之歎》詩，所和即此詩，朱東潤誤繫明道元年。詩歌抒寫朋友間的思念與關愛。興象生動，情景如繪，筆鋒挾帶感情。

【注　釋】

〔一〕「窮陰」二句：歲暮時節，氣候嚴寒，狂風大作。窮陰：冬盡年終之時。《文選·鮑照〈舞鶴賦》：「於是窮陰殺節，急景凋年。」李善注：「《禮記》曰：『季冬之月，日窮於次。』《神農本草經》曰：『秋冬爲陰。』」急節：急劇變化的時令。《南史·袁彖傳》：「夫迅寒急節，乃見松筠之操；危機迴構，方識貞孤之風。」

〔二〕野霽：野外天空放晴。霽，明朗，晴朗。王昌齡《何九於客舍集》詩：「山月空霽時，江明高樓曉。」

〔三〕山陽人：歐與梅堯臣、尹洙等在洛陽結盟唱和，自比竹林七賢。山陽，漢置縣名，屬河南郡，故城在今河南修武境内。魏晉之際，阮籍、山濤、劉伶、向秀等居此地爲竹林之游。人半在：洛邑詩社的朋友們大都散離，所剩無幾。梅堯臣《依韻和永叔雪後見寄，兼云自尹家兄弟及幾道散後，子聰下縣久久不得歸，頗有離索之歎》：「遽言歡友散，能使去魂銷。」

〔四〕「寄問」二句：以陶淵明比梅氏，表其關愛之情。陶彭澤：即陶潛，字淵明。籃輿：古代供人乘坐的交通工具，形制不一，一般以人力抬著行走，類似後世的轎子。《宋書·隱逸傳·陶潛》：「潛有脚疾，使一門生二兒轝籃輿。」

送白秀才西歸

白子來自西，投我文與書。升階揖讓席，言氣温且舒〔一〕。萬轍走聲利，獨趨仁義塗。仁義荒已久，斤鋤費耕除〔二〕。吾常患力寡，欣子好古徒。終當竭其力，剗治爲通衢〔三〕。旗旄侍天子，安駕五輅車〔四〕。盡驅天子民，垂白歌其隅〔五〕。子其從我游，有志知何如？

【題　解】

原輯《居士外集》卷一，無繫年，置明道二年詩間。作於是年，時任西京留守推官。白秀才，事蹟無考，曾投書登門就教，詩人欣賞其好古崇儒，引爲知己，表示願與共事恢儒大業。詩歌宣揚儒家仁義學説，然語含感慨，意溢象外，情在不言之中。通篇以文爲詩，以議論爲詩，標誌詩歌「以意爲主」的發展新傾向。

【注　釋】

〔一〕「白子」四句：白秀才自西來訪，向我投遞詩文，言行舉止彬彬有禮。升階揖讓：自堂下拾級而上，賓主相見，三揖三讓，一依古制。《周禮·秋官·司儀》：「三揖三讓。」鄭玄注：「三揖者，相去九十步揖之使前也。至而三讓，讓入門也。」《儀禮·鄉飲酒》：「主人與賓三揖，至於階三讓。」鄭玄注：「三揖者，將進揖，當陳揖，當碑揖。」

〔二〕「萬轍」四句：世人追名逐利，他獨自追求儒家仁義之學，此學久已荒廢，需要費力開闢耕耘。

〔三〕「吾常」四句：自己有志恢儒，卻患勢單力薄，願與白秀才一道，全力實現宏愿。剗：通

「鏟」。

〔四〕旗旄：亦作「旄旗」。注犛牛尾於杆首的旄旗，軍將所建。韓愈《送李愿歸盤谷序》：「其在外則樹旗旄，羅弓矢，武夫前呵，從者塞途，供給之人各執其物，夾道而疾馳。」五輅車：古代帝王所乘的五種車子。《文選·潘岳〈藉田賦〉》：「五輅鳴鑾，九旗揚旆。」李善注：「《周禮》曰：王之五路，一曰玉路，二曰金路，三曰象路，四曰革路，五曰木路。」

〔五〕垂白：白髮下垂，謂年老。《漢書·杜業傳》：「誠哀老姊垂白，隨無狀子出關。」顏師古注：「垂白者，言白髮下垂也。」

數詩

一室曾何掃，居閑俗慮平〔一〕。二毛經節變，青鑑不須驚〔二〕。三復磨圭戒，深防悔吝生〔三〕。四愁寧敢擬，高詠且陶情〔四〕。五鼎期君禄〔五〕，無思死必烹。六奇還自秘，海寓正休兵〔六〕。七日南山霧，彪文幸有成〔七〕。八門當鼓翼，淩厲指霄程〔八〕。九德方居位，皇猷日月明〔九〕。十朋如可問，從此卜嘉亨〔一〇〕。

【題　解】

原輯《居士外集》卷二，列卷首，無繫年。卷首注：「自西京至夷陵作。起明道□年，盡景祐四年。」作於明道二年，詩人時任西京留守推官。詩歌摹擬鮑照同題之作，數一到十，連綴成詩，分别從處世爲人的志向、心態、言行、性情、仕宦、謀略、文才、進取、品格、天時等方面，引經據典，規誡人生。全詩多用典故，活潑詼諧。雖爲游戲之作，亦寓志寫懷，意藴深長。

【注　釋】

〔一〕「一室」二句：《後漢書·陳蕃傳》：「蕃年十年，嘗閑處一室，而庭宇蕪穢。父友同郡薛勤來候之，謂蕃曰：『孺子何不灑埽以待賓客？』蕃曰：『大丈夫處世，當埽除天下，安事一室乎！』勤知其有清世志，甚奇之。」

〔二〕二毛：頭髮黑白相間。《左傳·僖公二十二年》：「君子不重傷，不禽二毛。」杜預注：「二毛，頭白有二色。」　青鑑：青銅鏡，明鏡。

〔三〕「三復」二句：猶言「三復白圭」。《論語·先進》：「南容三復白圭，孔子以其兄之子妻之。」何晏集解引孔安國曰：「《詩》云：『白圭之玷，尚可磨也；斯言之玷，不可爲也。』南容讀詩至此，三反復之，是其心慎言也。」後因以「三復白圭」謂慎于言行。　悔吝：災禍，悔恨。

〔四〕四愁：即張衡「四愁詩」，詩分四章，每章七句，每句七言，抒寫傷時煩心之情。

〔五〕五鼎：即五鼎食。列五鼎而食，形容高官貴族的豪奢生活。亦喻高官厚禄。《史記·平津侯主父列傳》：「且丈夫生不五鼎食，死即五鼎烹耳。」

〔六〕六奇：指漢陳平爲高祖劉邦所謀畫的六種奇計。《史記·太史公自序》：「六奇既用，諸侯賓從於漢。」後因以指出奇制勝的謀略。嵇康《兄秀才公穆入軍贈詩》其一：「安得反初服，抱玉寳六奇。」　自秘：深藏而秘不示人。　海寓：即「海宇」，指海内、宇内，國境以内之地。

〔七〕「七日」二句：相傳玄豹初生時，身無文彩，稍稍長大後，隱居南山霧雨中七日，則文彩蔚然。　南山霧：劉向《列女傳·陶答子妻》：「妾聞南山有玄豹，霧雨七日而不下食者，何也？欲以澤其毛而成文章也，故藏而遠害。」後喻懷才畏忌而隱居的人。

〔八〕八門：《晉書·陶侃傳》：「又夢生八翼，飛而上天，見天門九重，已登其八，唯一門不得入。閽者以杖擊之，因墜地，折其左翼。及寤，左腋猶痛。又嘗如廁，見一人朱衣介幘，斂板曰：『以君長者，故來相報。君後當爲公，位至八州都督。』」又術數家謂休、生、傷、杜、死、景、驚、開爲八門。其中休、生、開三門爲吉，餘五門爲凶。　鼓翼：猶振翅。張衡《歸田賦》：「王雎鼓翼，倉庚哀鳴。」　霄程：即「九霄程」，萬里鵬程。

〔九〕九德：古謂賢人所具備的九種優良品格。九德内容，説法不一。《尚書·皋陶謨》：「皋陶曰：『都，亦行有九德，亦言其人有德，乃言曰：載采采。』禹曰：『何？』皋陶曰：『寬而栗、柔而立、愿而恭、亂而敬、擾而毅、直而温、簡而廉、剛而塞、强而義，彰厥有常，吉哉！』」孔傳：

「言人性行有九德以考察，真僞則可知。」《左傳・昭公二十八年》：「心能制義曰度，德正應和曰莫，照臨四方曰明，勤施無私曰類，教誨不倦曰長，賞慶刑威曰君，慈和偏服曰順，擇善而從之曰比，經緯天地曰文。九德不愆，作事無悔。」《逸周書・常訓》：「九德：忠、信、敬、剛、柔、和、固、貞、順。」皇猷：帝王的謀略或教化。

〔一〇〕十朋：謂用以占吉凶、決疑難的十類龜。古人視爲大寶。《周易・損》：「十朋之龜，弗克違。」王弼注：「朋，黨也。龜者，決疑之物也。」孔穎達疏：「朋，黨也者，馬、鄭皆案《爾雅》云：十朋之龜者，一曰神龜，二曰靈龜，三曰攝龜，四曰寶龜，五曰文龜，六曰筮龜，七曰山龜，八曰澤龜，九曰水龜，十曰火龜。」亦省作「十朋」。嘉亨：《周易・乾》：「亨者，嘉之會也。」孔穎達疏：「言天能通暢萬物，使物嘉美之會聚。」後因以「嘉亨」稱事物順利美好。

【附録】

鮑照《鮑明遠集》卷五《數詩》：「一身仕關西，家族滿山東。二年從車駕，齋祭甘泉宫。三朝國慶畢，休沐還舊邦。四牡輝長路，輕蓋若飛鴻。五侯相餞送，高會集新豐。六樂陳廣坐，祖帳揚春風。七盤起長袖，庭下列歌鐘。八珍盈雕俎，綺肴紛錯重。九族共瞻遲，賓友仰徽容。十載學無就，善宦一朝通。」按：後世續作，除歐詩外，北宋《清江三孔集》卷四有孔武仲《數詩分題》（天字爲韻），南宋程俱《北山集》卷三有《數詩述懷》（庚辰），明高叔嗣《蘇門集》卷一有《數詩壽顧中舍太夫人》

等。范晞文《對牀夜語》卷一云：「一身事關西，家族滿山東。……鮑明遠《數詩》也。卦名、人名及建除等體，世多有之，獨無以此爲戲者。」

歐陽修詩編年箋注卷三

景祐元年至景祐二年作

送學士三丈

供帳洛城邊，征轅去莫攀〔一〕。人醒風外酒，馬度雪中關〔二〕。故府誰同在，新年獨未還〔三〕。遥應行路者，偏識綵衣斑〔四〕。

【題解】

原輯《居士外集》卷五，繫《律詩五十八首》之末，屬《與謝三學士絳唱和八首》其八。目録題下原注：「明道元年。」誤。作於景祐元年（一〇三四）初，詩人時年二十八歲，任西京留守推官。學士三丈，即河南府判官謝絳。題下原注：「一作《送謝學士歸闕》。」《長編》卷一一四景祐元年三月「開封府判官謝絳」言事後附注：「絳爲府判，乃二月丙午（十五日）也。」其西京任滿還開封府時間，當在景祐元年初，與詩中「新年獨未還」相合。卷末校記：「以上八篇，《居士集》止載後一篇，其不同者五字，而題云：『送謝希深。』」今存《居士集》卷一〇者，題曰「送謝學士歸闕」，參見下詩。在詩人心目中，謝氏亦師亦友，賦詩送别，悲傷朋輩散離，感慨隻身孤寂，情調淒清。平叙中有婉致，風物裏見深情。

【注　釋】

〔一〕供帳：陳設供宴會用的帷帳、用具、飲食等物。亦謂舉行餞别宴會。班固《東都賦》：「爾乃盛禮興樂，供帳乎雲龍之庭。」供帳即供張，《漢書·疏廣傳》：「供張東都門外，送者車數百輛。」　征轅去：駕車離去。

〔二〕「人醒」二句：即「風外人醒酒，雪中馬度關」。

〔三〕「故府」三句：洛陽幕府的朋友們都已離散，新年來了，人卻不見回還。　故府：昔日的洛陽錢惟演幕府。

〔四〕「遥應」二句：謝絳彩衣孝親，三年前請調河南府通判以奉養病父。今年任滿歸闕，奉父回京孝養。《宋史·謝絳傳》：「（父）濤官西京，且老矣，（謝絳）因請便養，通判河南府。」歐《太子賓客分司西京謝公墓誌銘》：「惟景祐元年十月之晦，太子賓客、分司西京謝公薨。明年三月，嗣子絳自京師舉其柩南歸……享年七十有四，以壽終。」又《尚書兵部員外郎知制誥謝公墓誌銘》：「景祐元年，丁父憂，服除。」句下原校：「一本：『賓客薨于京師，以喪南歸三年。』」綵衣：謂孝養父母。參見本書《送辛判官》注〔一〕。

【附　録】

胡應麟《詩藪》外編卷五評「人醒風外酒，馬度雪中關」一聯曰：「亦自軒爽。」

送謝學士歸闕

供帳拂朝煙，征鞍去莫攀。人醒風外酒，馬度雪中關。舊府誰同在，新年獨未還。遥應行路者，偏識綵衣斑。

【題　解】

原輯《居士集》卷一〇，繫明道二年。實作於景祐元年初，時任西京留守推官。《居士外集》卷五《送學士三丈》篇末附注：「以上八篇，《居士集》止載後一篇，其不同者五字，而題云：『送謝希深。』」所言「後一篇」，即此作。此詩當是作者對上詩的最後改定本。「題解」、「注釋」與「附録」均參見上詩。

徽安門曉望

都門收宿霧，佳氣鬱葱葱〔一〕。曉日寒川上，青山白霧中。樓臺萬瓦合，車馬九衢通〔二〕。恨乏登高賦，徒知京邑雄〔三〕。

【題　解】

原輯《居士集》卷一〇，無繫年，列景祐元年後。作於是年春，時任西京留守推官。徽安門，爲洛陽北面外郭城西門。《宋史·地理志一》：西京洛陽「北二門：東曰安善，西曰徽安。」宋錢易《南部新書》卷五：「徽安門，舊雒城北面取西門也。樓上先多雀鴿，後亦絶無。至清泰中，帝上此樓自焚，今俗謂之火燒門。」早春的清晨，詩人登臨洛陽徽安門，眺望美好河山風光，頌揚壯麗古都氣象。語言清逸，對仗工整，景物明媚，情思委婉。

【注　釋】

〔一〕都門：指徽安門。宋以洛陽爲西京，故稱。　宿霧：夜霧。陶潛《詠貧士》：「朝霞開宿霧，衆鳥相與飛。」霧，原本校云：「一作『露』。」　佳氣：美好的雲氣，古代以爲吉祥、興隆的象徵。

《後漢書·光武帝本紀》：「氣佳哉，鬱鬱葱葱然。」李白《明堂賦》：「含佳氣之青葱，吐祥煙之鬱律。」

〔二〕萬瓦合：房屋比鄰繁密的樣子。九衢：四通八達的道路，此指街道。參見本書《代書寄尹十一兄、楊十六、王三》注〔九〕。

〔三〕「恨乏」二句：自己缺乏「登高必賦」之才，秖知洛陽城雄壯卻不能把它描繪出來。此爲謙辭，以班固《兩都賦》、張衡《二京賦》都描寫過洛陽壯觀，故云。登高賦：登高望遠，能賦詩抒懷，這是古代士大夫必備的才能之一。《韓詩外傳》卷七：「孔子游於景山之上，子路、子貢、顔淵從。孔子曰：『君子登高必賦，小子願者何？言其願，丘將啟汝。』」《漢書·藝文志》：「傳曰：『不歌而誦謂之賦，登高能賦可以爲大夫。』言感物造端，材知深美，可與圖事，故可以爲列大夫也。」

【附録】

此詩輯入明曹學佺《石倉歷代詩選》卷一四〇，又輯入清康熙《御選宋金元明四朝詩·御選宋詩》卷三五、管庭芬、蔣光煦《宋詩鈔補·歐陽文忠詩補鈔》。

春日獨游上林院後亭見櫻桃花奉寄希深聖俞仍酬遞中見寄之什

昔日尋春地，今來感歲華。人行已荒徑，花發半枯槎〔一〕。高榭林端出〔二〕，殘陽水外斜。聊持一罇酒，徙倚憶天涯〔三〕。

【題　解】

原輯《居士集》卷一〇，繫景祐元年。作於是年春，詩人時爲西京留守推官。上林院，建于漢上林苑遺址的寺院。詩人明道元年有《陪飲上林院後亭，見櫻桃花悉已披謝，因成七言四韻》詩，可參見其題解。希深，即謝絳，時已調任開封府判官。聖俞，即梅堯臣，時在汴京應試。詩人獨自重游舊地，時過境遷之後，感懷今昔，深覺物是人非，賦詩表達對朋友的思慕與追懷。對比鮮明，寄慨遥深，字裏行間流露詩人對朋友的思念之情。

【注　釋】

〔一〕「昔日」四句：對比上林苑今昔，感慨人世變遷。　枯槎：老樹的枝杈。《宣和畫譜·山水三》：

「〔宋迪〕又多喜畫松，而枯槎老枿，或高或偃，或孤或雙，以至於千株萬株，森森然殊可駭也。」

〔二〕高榭：水榭高樓。

〔三〕「聊持」二句：姑且倚高望遠，持酒獨飲，追憶遠在天涯的諸位朋友。

【附録】

此詩輯入清陳訏《宋十五家詩選·廬陵詩選》。

伊川獨游

緑樹遶伊川，人行亂石間。寒雲依晚日，白鳥向青山〔一〕。路轉香林出〔二〕，僧歸野渡閑。巖阿誰可訪，興盡復空還〔三〕。

【題解】

原輯《居士外集》卷六，繫景祐元年。作於是年春，時任西京留守推官。伊川，即伊水，源出河南熊耳山，東北流經嵩縣、伊陽、洛陽、偃師，入洛河。詩歌表現閒游山水，怡然自樂的情致，抒寫喜愛大自然的高雅情趣。詩語平易，情融于景，明靜中見深雋。

【注釋】

〔一〕白鳥：白羽的鳥。鶴、鷺之類。《詩·大雅·靈臺》：「麀鹿濯濯，白鳥翯翯。」

〔二〕香林：洛陽附近的香林山。歐《憶龍門》詩：「依依動春色，藹藹望香林。」

〔三〕「巖阿」二句：《世説新語·任誕》：「王子猷居山陰，夜大雪，眠覺，開室命酌酒，四望皎然。因起彷徨，詠左思《招隱詩》。忽憶戴安道。時戴在剡，即便夜乘小舟就之。經宿方至，造門不前而返。人問其故，王曰：『吾本乘興而行，興盡而返，何必見戴！』」巖阿：山的曲折處。《文選·潘岳〈河陽縣作〉》詩其二：「川氣冒山嶺，驚湍激巖阿。」吕良注：「巖阿，山曲也。」興盡：興致得到滿足。

【附録】

此詩輯入清康熙《御選宋金元明四朝詩·御選宋詩》卷三五、張景星、姚培謙、王永祺《宋詩别裁集》卷四。

獨至香山憶謝學士

伊水弄春沙，山臨水上斜〔一〕。曾爲謝公客，偏入梵王家〔二〕。陰澗初生草，春崖自落花〔三〕。卻尋題石處，歲月已堪嗟〔四〕。

【題　解】原輯《居士集》卷一〇，繫景祐元年。作於是年春，時任西京留守推官。香山，即洛陽龍門東山，上有白居易墓、香山寺等。謝學士，即謝絳，題目「學士」下原注：「一作『希深』。」時謝絳已返京師就任開封府判官。詩人舊地重游，撫今追昔，抒寫懷友之情。山川依舊，物是人非，觸景傷情，感慨良深。

【注　釋】

〔一〕「伊水」二句：春天伊水衝擊著沙石，兩岸大山臨伊水聳立。

〔二〕「曾爲」二句：當年自己追隨謝絳，徧游洛陽佛寺。　梵王家：本指色界初禪天的大梵天王的宫殿，此泛指佛寺。蘇軾《留題顯聖寺》：「渺渺疏林集晚鴉，孤村煙火梵王家。」

〔三〕春嵓：春天裏的山崖。嵓，同「巖」，崖岸，山或高地的邊。

〔四〕「卻尋」二句：尋找當年謝氏題石的地方，感慨人事滄桑，時光已經過了數年。

【附　録】

此詩輯入明李蓘《宋藝圃集》卷九。

答錢寺丞憶伊川

之子問伊川，伊川已春色〔一〕。緑芷雜芳浦，青溪含白石〔二〕。山阿昔留賞，屐齒無遺跡〔三〕。惟有巖桂花，留芳待歸客〔四〕。

【題　解】

原輯《居士外集》卷二，列卷首，無繫年。卷首注：「自西京至夷陵作，起明道□年，盡景祐四年。」作於景祐元年春，時任西京留守推官。錢寺丞，即錢暄，寺丞當爲其初官。梅堯臣《宛陵先生集》卷二有詩《依韻和載陽郊外》、卷五有詩《雍丘逢錢寺丞載陽》等，《宋史·錢惟演傳》載惟演有子錢暄，字載陽，累官駕部郎中。明道二年十二月，錢惟演離洛陽南下隨州就職，詩歌作於此後。伊川，即伊水，參見本書《游龍門分題十五首》注〔一三〕。此詩爲答贈錢暄憶洛詩而作，表達喜愛伊川春光、懷戀别後朋友的深摯情意。繪景如畫，情景交織，語澹而意深。

【注　釋】

〔一〕之子：這個人，指錢暄。

〔二〕芷：香草名。生於水邊。此處以「緑芷」泛指雜生於江邊的芳草。白石：王維《山中》詩：「荆溪白石出。」

〔三〕「山阿」二句：你我當年山中游玩處，已無蹤跡可尋。山阿：山的曲折處。《楚辭·九歌·山鬼》：「若有人兮山之阿，被薜荔兮帶女蘿。」王逸注：「阿，曲隅也。」屐齒：屐底的齒印，指登山游蹤。《宋書·謝靈運傳》：「靈運……尋山陟嶺，必造幽峻，巖嶂千重，莫不備盡。登躡常著木履，上山則去前齒，下山去其後齒。」

〔四〕「惟有」二句：秖有盛開的木犀花，似乎在等待你回來欣賞。巖桂：木犀的别名。唐高宗《九月九日》詩：「砌蘭虧半影，巖桂發全香。」

【附録】

此詩輯入明李蓘《宋藝圃集》卷九、曹學佺《石倉歷代詩選》卷一四〇，又輯入清管庭芬、蔣光煦《宋詩鈔補·歐陽文忠詩補鈔》。

送高君先輩還家

閒居寂寞面重城，過我時欣倒屣迎〔一〕。入洛機雲推俊譽，游梁枚馬得英聲〔二〕。風晴秀野春光變，梅發家林鳥哢輕〔三〕。秪待登高成麗賦，漢庭推轂有公卿〔四〕。

【題解】

原輯《居士外集》卷六，無繫年，列景祐元年詩後。作於是年春，時任西京留守推官。先輩，對文人的敬稱。清張爾岐《蒿庵閒話》卷二：「唐宋官長稱秀才曰先輩。」高君挾才游謁兩京，雖有高譽，卻無人薦引。還家之際，詩人賦詩安慰勸勉，並期待其終受薦引與重用。詩語雅澹恬靜，意蘊委婉，情致深沉。

【注釋】

〔一〕重城：此指洛陽城。古城在外城中又建內城，故稱。《文選・左思〈吴都賦〉》：「郛郭周匝，重城結隅。」劉逵注：「大城中有小城，周十二里。」倒屣：亦作「倒屧」。急於出迎，把鞋倒穿。《三國志・魏志・王粲傳》：「時邕才學顯著，貴重朝廷，常車騎填巷，賓客盈坐。聞粲在門，倒屣迎之。粲至，年既幼弱，容狀短小，一坐盡驚。邕曰：『此王公孫也，有異才，吾不如也。』」後因以形容熱情迎客。

〔二〕「入洛」二句：以司馬相如、枚乘、陸機、陸雲喻出游的高君。入洛機雲：晉太康末，陸機、陸雲兩兄弟併入洛陽，受張華賞識。《晉書・陸機傳》：「太康末，與弟雲俱入洛，造太常張華。

華素重其名，如舊相識，曰：『伐吴之役，利獲二俊。』」游梁枚馬：西漢梁孝王劉武在今河南開封東南建園林，號「梁園」，於其中廣納賓客，名士司馬相如、枚乘、鄒陽、莊忌等爲座上客，均以文辭見重當時。

〔三〕梅發：梅樹開始出芽。家林：自家的園林，泛指家鄉。唐韓翃《送冷朝陽還上元》詩：「橋通小市家林近，山帶平湖野寺連。」

〔四〕「秖待」二句：期望高君將來以文才受朝廷重用。《史記·司馬相如列傳》：「蜀人楊得意爲狗監，侍上。上讀《子虚賦》而善之，曰：『朕獨不得與此人同時哉！』得意曰：『臣邑人司馬相如自言爲此賦。』上驚，乃召問相如……賦奏，天子以爲郎。」《漢書·藝文志》：「傳曰：『不歌而誦謂之賦，登高能賦可以爲大夫。』言感物造端而材知深美，可與圖事，故可以爲列大夫也。」推轂：薦舉，援引。《史記·魏其武安侯列傳》：「魏其、武安俱好儒術，推轂趙綰爲御史大夫。」

贈梅聖俞

黄鵠刷金衣，自言能遠飛〔一〕。擇侶異棲息，終年修羽儀〔二〕。朝下玉池飲〔三〕，暮宿霜桐枝。徘徊且垂翼，會有秋風時〔四〕。

【題　解】原輯《居士外集》卷六，無繫年，列景祐元年詩後。作於是年三月省試之後，時任西京留守推官。題下原注：「時聞敗舉。」梅聖俞，即梅堯臣，參見本書《和梅聖俞〈杏花〉》題解。《梅集編年》卷四云：「景祐元年，堯臣年三十三歲，應進士舉下第，以德興縣令知建德縣事。」作者深知梅氏才華，聞梅堯臣應試失敗，寄此詩慰勉之。全詩以黄鵠遠飛喻梅氏終將科舉題名；以黄鵠垂翼待風，勸梅氏修業以待天時。通篇設喻，興像超妙，氣脈流貫，情趣横生。

【注　釋】

〔一〕「黄鵠」二句：黄鵠用嘴巴來回打磨金黄色的鳥羽，自信能一飛千里。《商君書·畫策》：「黄鵠之飛，日行千里。」　金衣：漢昭帝《黄鵠歌》：「黄鵠飛兮下建章，羽肅肅兮行蹌蹌，金爲衣兮菊爲裳。」　能遠飛：《楚辭·惜誓》：「黄鵠之一舉兮，睹山川之紆曲。再舉兮，睹天地之圜方。」

〔二〕羽儀：羽毛的姿態。

〔三〕玉池：池沼美稱，亦指仙池。鮑照詩《學劉公幹體》其四：「彪炳此金塘，藻耀君玉池。」

〔四〕「徘徊」二句：黄鵠垂其雙翼，等待秋風振翅高飛，喻梅聖俞雖功名受挫，終究會鴻圖大展。垂翼：鳥翅下垂不能高飛，比喻人受挫折，止息不前。《周易·明夷》：「明夷于飛，垂其翼。」

王弼注：「懷懼而行，行不敢顯，故曰垂其翼。」

【附　録】

《歐集》卷一五〇《與謝舍人絳》其二：「春暄，尊候萬福。省榜至，獨遺聖俞，豈勝嗟惋。任適、吕澄可過人邪？堪怪！聖俞失此虚名，雖不害爲才士，奈何平昔並游之間有以處下者，今反得之。睹此，何由不痛恨！……由是而較，科場果得士乎？登進士第者果可貴乎？」按：此書原繫寶元元年。夏敬觀、朱東潤考證「寶元」爲「景元」之誤，當是。

張時爲《界軒全集·爲學約言》卷三：「陸氏……又書《贈梅聖俞》詩末：歐公詩氣象較好。」

龍門泛舟晚向香山

暫解塵中紱，來尋物外游〔一〕。搴蘭流水曲，弄桂倚山幽〔二〕。波影巖前緑，灘聲石上流。忘機下鷗鳥，至樂翫游鯈〔三〕。梵響雲間出〔四〕，殘陽樹杪收。溪窮興不盡，繫榜且淹留〔五〕。

【題　解】

原輯《居士外集》卷六，無繫年，列景祐元年詩後。作於是年春，時任西京留守推官。龍門，參見本書《游龍門分題十五首》及《和龍門曉望》題解。詩歌描寫龍門、香山的自然風光，表達寄情山水的生活樂趣。語言平實疏暢，章法開合跌宕，清虚恬澹之中，時見奇特峭拔。

【注　釋】

〔一〕「暫解」二句：暫時解脱繁忙公務，來此尋求山水樂趣。塵中紱：指仕宦。紱，繫官印的絲帶，代指官印。物外：世外，謂超脱於塵世之外。

〔二〕搴蘭：採摘蘭花草。《楚辭·離騷》：「朝搴阰之木蘭兮，夕攬洲之宿莽。」流水曲：水流彎曲處。唐沈佺期《昆明池侍宴應制》：「還如流水曲，日晚棹歌聲。」

〔三〕「忘機」二句：人無機巧之心，可與鷗鳥親近；觀賞白鯈之游，可得人間至樂。忘機：《太平御覽》卷九二五：「《列子》曰：海上之人有好鷗鳥者，每旦至海上，從鷗鳥游。鷗鳥之至者，百數而不止。其父曰：『吾聞鷗鳥皆從汝游，取來吾玩之。』明日之海上，鷗鳥舞而不下也。」游鯈：喻自得其樂，參見《舟中寄劉昉秀才》注〔四〕。

〔四〕梵響：寺廟誦經聲。

〔五〕榜：船槳，代指船。《楚辭·九章·涉江》：「乘舲船余上沅兮，齊吴榜以擊汰。」王逸注：「吴榜，船棹也……士卒齊舉大棹而擊水波。」」

送王尚恭隰州幕

去國初游宦，從軍苦寂寥〔一〕。愁雲帶城起，畫角向山飄〔二〕。秋勁方馳馬，春寒正襲貂〔三〕。遥知爲客恨，應賴酒盃消〔四〕。

【題解】

原輯《居士集》卷一〇，繫景祐元年。作於是年春，時任西京留守推官。王尚恭，王汲長子，曾請學于歐陽修。歐《太子中舍王君墓誌銘》云：「君諱汲，字師黯。娶胡氏，安定縣君。子男三人，女五人。男曰尚恭、尚喆、尚辭。初，天聖、明道之間，予爲西京留守推官，時王君寓家河南，其二子始習業國子學，日從諸生請學於予。較其藝，常爲諸生先，而尚恭尤謹飭，儼然有儒者法度。予固奇王君之有是子也，以故與君游……其後，二子者果皆以進士中第，予亦罷去。」隰州，宋河東路州名，治所在今山西隰縣。尚恭、尚喆兄弟今年同登進士第，尚恭出任隰州幕職。詩人賦此詩送行，想像隰州任所之冷僻，軍營生活之艱苦，表達對後生晚輩的關愛之情。叙事明快，借景抒懷，富有特徵的北地風光，折射詩人内在的情感世界。

【注釋】

〔一〕「去國」二句：初次爲宦就離開京城去隰州，軍營的生活一定辛苦而無聊。去國：離開國都。王氏家居西京河南府，故稱。

〔二〕畫角：古管樂器。傳自西羌。形如竹筒，本細末大，以竹木或皮革等製成，因表面有彩繪，故稱。發聲哀厲高亢，古時軍中多用以警昏曉，振士氣，肅軍容。南朝梁簡文帝《折楊柳》詩：「城高短簫發，林空畫角悲。」

〔三〕襲貂：穿皮衣。《漢書·王褒傳》：「襲貂狐之軟者，不憂至寒之悽愴。」

〔四〕「遥知」二句：理解朋友寄居他鄉的遺憾，應該借酒以消除爲客之愁。

【附録】

此詩輯入明李蓘《宋藝圃集》卷九、清陳焯《宋元詩會》卷一一。

范純仁《范忠宣集》卷一四《朝議大夫王公墓誌銘》：「公諱尚恭，字安之。少力學，與弟尚喆偕游庠序，喜親賢士大夫。故歐陽公書尚書誌曰：二子學於予，較藝嘗爲諸生先。而稱公爲尤謹飭，温温有儒者儀法，則歐陽公知公爲先矣。景祐元年，兄弟同登進士科。公調慶成軍判官。」

邵伯温《邵氏聞見録》卷八：「又有知名進士十人，游希深、永叔之門，王復、王尚恭爲稱首。時科舉法寬，秋試府園醮廳，希深監試，永叔、聖俞爲試官，王復欲往請懷州解，永叔曰：『王尚恭作解元矣。』王復不行，則又曰：『解元非王復不可。』蓋諸生文賦，平日已次第之矣。其公如此。」

送王尚喆三原尉

初仕便西轅，驪駒兩佩環〔一〕。山河識天府，風雨度函關〔二〕。桑柘千疇富，人煙萬井閑〔三〕。欲爲京洛詠，應苦簿書間〔四〕。

【題解】

原輯《居士集》卷一〇，繫景祐元年。作於是年春，時任西京留守推官。王尚喆，王尚恭弟，兄弟倆俱請學歐陽修，據范純仁《范忠宣集》卷一四《朝議大夫王公墓誌銘》，王氏兄弟同于本年中第。王尚喆初仕三原縣尉。三原，縣名，屬陝西路耀州，治所在今陝西三原。縣尉，佐縣令平決獄訟，兼掌輯奸禁暴等事務。詩歌描寫王氏赴任時的意氣風發，想像一路上的山河壯美，以及蒞職後的吏事繁冗。叙事狀物，沉鬱簡勁，關愛之情，溢於言表。

【注釋】

〔一〕西轅：西去的車馬，向西趕路。三原故城在今陝西三原東北三十里，故云。驪駒：指駿馬。 兩佩環：馬兩邊的裝飾物。

〔二〕「山河」二句：王氏赴任的三原屬於「天府」秦地，途中的函谷關山河壯美。 天府：謂土地肥沃、物産富饒之域。《戰國策》卷三《秦一》：「蘇秦始將連橫説秦惠王曰：『大王之國西有巴、蜀、漢中之利，北有胡貉、代馬之用，南有巫山、黔中之限，東有肴、函之固。田肥美，民殷富，戰車萬乘，奮擊百萬，沃野千里，蓄積饒多，地勢形便。此所謂「天府」，天下之雄國也。』」 函關：函谷關的省稱。故址在河南靈寶西南里許。隋楊素詩《贈薛播州》其二：「函關絶無路，京洛化爲丘。」

〔三〕桑柘：桑樹和柘樹。 千疇：形容土地面積廣闊。疇，此指良田。

〔四〕「欲爲」二句：上任後必苦於繁冗吏事，當無法像西京洛陽這樣瀟灑飲酒詠詩。 京洛：洛陽的别稱。因東周、東漢均建都於此，故名。 漢班固《東都賦》：「子徒習秦阿房之造天，而不知京洛之有制也。」

【附録】

劉壎《隱居通議》卷七：「《送王尚哲三原尉》有曰：『山河識天府，風雨度函關。』……如此等語，殊似少陵。……舉此以例其餘，概可知矣。而謂公不工於詩可乎？」

葉矯然《龍性堂詩話》續集：「歐陽永叔詩，心手經營，較子瞻尤多作意。余於全集中録五十餘首，皆翩翩唐調，不落宋習者，另梓外，今爲摘其佳句。如……『山河識天府，風雨度函關』……皆作家語也。」

春晚同應之偶至普明寺小飲作

偶來林下逕，共酌竹間亭。積雨添方沼，殘花點緑萍〔一〕。野陰侵席潤，芳氣襲人醒〔二〕。禽鳥休驚顧，都忘兀爾形〔三〕。

【題　解】

原輯《居士集》卷一〇，無繫年，列景祐元年後。作於是年春末，時爲西京留守推官。應之，即張谷，參見本書《張主簿東齋》題解。普明寺，即普明院，白居易洛陽舊居。宋蔡襄《端明集》卷五《夢游洛中十首》其九：「履道園池竹萬竿，竹間池際筍斑斕。」詩後原注：「普明寺，乃白樂天履道第，水竹最佳，數爲文字飲。」司馬光《傳家集》卷六八《洛中耆英會序》亦云：「普明，樂天之故第也。」此詩叙寫在晚春美景中與朋友開懷飲酒的情狀，展示青年歐陽修浪漫瀟灑的精神氣質。語言疏暢，意脈流貫，叙事狀物，情意盎然。

【注　釋】

〔二〕「積雨」二句：雨水積蓄使地面形成小水沼，殘花點綴於水面好像是浮萍。

〔三〕「野陰」句：野外的陰涼潮濕使坐席變得濕潤，花香襲人，催人酒醒。

〔三〕「禽鳥」二句：客人酒後忘形，小鳥見了休要驚慌失措。兀爾：寂靜貌。白居易《首夏》詩：「兀爾水邊坐，翛然橋上行。」

【附　録】

此詩輯入明李蓘《宋藝圃集》卷九，又輯入清陳焯《宋元詩會》卷一一、陳訏《宋十五家詩選·廬陵詩選》。

游彭城公白蓮莊

謝墅多幽賞，華軒曾共尋〔一〕。人閒聊載酒，臺迥獨披襟〔二〕。水落陂光淡，城當山氣陰。

惟餘桃李樹，日覺翠蹊深〔三〕。

【題　解】

原輯《居士外集》卷六，無繫年，列景祐元年詩後。作於是年春末，時任西京留守推官。彭城公，即錢惟演。《宋史·吴越錢氏世家》：「祖鏐因黄巢之亂，據有吴越，昭宗授以杭越兩藩節制，封彭城郡王。」周必大《辨歐陽公釋奠詩》亦云：「彭城，惟演所封郡。」白蓮莊，爲錢惟演洛陽居所。《邵氏聞見録》卷一〇：「洛城之東南午橋……蓋自唐已來爲游觀之地。裴晉公緑野莊今爲文定張公别墅，白樂天白蓮莊今爲少師任公别墅，池臺故基猶在。二莊雖隔城，高槐古柳，高下相連接。」此詩借景抒懷，追憶錢惟演對自己的知遇之恩，品味着人去莊空的孤寂之情。睹物思人，感慨深沉，叙事繪景，飽蘸情韻。

【注　釋】

〔一〕「謝墅」二句：白蓮莊有如東晉謝安别墅，建築華麗，風景幽美，當年大家在此一塊游賞。謝墅：晉謝安在會稽東山及建康俱有别墅，後人概稱「謝墅」。此借指白蓮莊。參見本書《南征道寄相送者》注〔二〕。

〔二〕「人閒」二句：而今公餘有閒，秖是獨自帶酒登臺。臺迥：樓臺高聳。迥，高。披襟：敞開衣襟，喻心懷舒暢。宋玉《風賦》：「有風颯然而至，王乃披襟而當之曰：『快哉此風！』」

〔三〕「惟餘」二句：秖剩下一片桃李樹，長滿野草的小路日見荒蕪。桃李：《史記·李將軍列傳》：「諺曰：『桃李不言，下自成蹊。』」

雜言答聖俞見寄兼簡東京諸友

昔君居洛陽，樂事無時有。賓府富文章，謝墅從親友〔一〕。豐年政頗簡，命駕時爲偶〔二〕。不問竹林主，仍攜步兵酒〔三〕。芬芳弄嘉月〔四〕，翠緑相森茂。

【題　解】

原輯《居士外集》卷二，無繫年，列景祐元年詩後。作於是年春末，時任西京留守推官。去年末，梅堯臣赴京應試，有詩《憶洛中舊居，寄永叔兼簡師魯、彦國》，存《宛陵先生集》卷三。此詩即歐氏酬答之作。雜言，古體詩的一種。最初出於樂府。每句字數不等，長短句間雜，無一定標準，用韻也較自由。詩人回憶與梅堯臣等人在洛陽的逍遥生活，表達真摯的朋友之思及濃郁的詩酒之念。語言疏暢，典故貼切，意境明靜而深婉。

【注　釋】

〔一〕「賓府」二句：錢惟演西京留守府就像賓憲幕府一樣多有文學之士，在謝絳宅第又有親友相從之樂。寶府：東漢竇憲幕府。班固、傅毅、崔駰在其中，故稱「富文章」。宋李新《上興元呂守書》：「漢美竇憲府多文章士，《唐史》稱鄭從讜在太原多得士。」謝墅：晉謝安在會稽東山及建康俱有别墅，借指高門世族的第宅。參見本書《南征道寄相送者》注〔二〕。此處借指謝絳第宅。謝絳爲梅堯臣妻兄，故稱「從親友」。

〔二〕「豐年」二句：太平年月政事寬簡，很少外出處理要務。命駕：命人駕車套馬，謂立即動身。此指外出處理事務。

〔三〕「不問」三句：追憶在洛陽時攜酒出游的瀟灑生活。梅堯臣《憶洛中舊居，寄永叔兼簡師魯、彦國》：「東堂石榴下，夜飲曉未還。絺衣濕皓露，桂酒生朱顔。」竹林主：《晉書·王徽之傳》：「時吴中一士大夫家有好竹，欲觀之，便出坐輿造竹下，諷嘯良久。主人灑掃請坐，徽之不顧，將出，主人乃閉門，徽之便以此賞之，盡歡而去。」步兵酒：《世説新語·任誕》：「步兵校尉缺，廚中有貯酒數百斛，阮籍乃求爲步兵校尉。」步兵，竹林七賢之一的阮籍的别稱，因其甚好飲酒，嘗官步兵校尉，遂以之代其名。唐劉知幾《史通·稱謂》：「有匹夫而不名者，若『步兵』、『彭澤』是也。」

〔四〕嘉月：美好的月份。多指春月。《文選·謝惠連〈西陵遇風獻康樂〉詩》：「成裝候良辰，漾舟陶嘉月。」李周翰注：「嘉月，謂其春月也。」

戲贈

莫愁家住洛川傍〔一〕，十五纖腰聞四方。堂上金罇邀上客，門前白馬繫垂楊〔二〕。春風滿城花滿樹，落日花光爭粉光〔三〕。城頭行人莫駐馬，一曲能令君斷腸。

【題解】

原輯《居士外集》卷二，無繫年，列景祐元年詩後。作於是年春末，時任西京留守推官。此爲贈妓詩，唐宋官府宴飲，常召官妓侑酒。詩歌借歌女口吻，自矜貌美而時尚，調侃並戲謔街道行人。此類調侃娱樂之作，開啟宋詩生活化、通俗化的新傾向，對宋詩的最終形成頗有貢獻。

【注釋】

〔一〕莫愁：古樂府中傳説的女子。一説洛陽人，一説石城人，爲盧家少婦。南朝梁武帝《河中之水歌》：「河中之水向東流，洛陽女兒名莫愁……十五嫁爲盧家婦，十六生兒字阿侯。」《舊唐書·音樂志二》：「石城有女子名莫愁，善歌謡，《石城樂》和中復有『莫愁』聲，故歌云：『莫愁在何處？莫愁石城西，艇子打兩槳，催送莫愁來。』」此處泛指歌女。

〔二〕「堂上」二句：韋應物《郡樓春燕》：「衆樂雜軍鞞，高樓邀上客。」李商隱《無題二首》其一：「斑騅衹繫垂楊岸，何處西南任好風。」

〔三〕粉光：代指妝扮一新的歌女。

【附録】

此詩輯入明李蓘《宋藝圃集》卷九。

送王汲宰藍田

喧喧動車馬，共出古都門〔一〕。落日催行客，東風吹酒罇。樹摇秦甸緑，花入輞川繁〔二〕。若遇西來旅，時應問故園〔三〕。

【題解】

原輯《居士集》卷一〇，繫景祐元年。作於是年春末，時任西京留守推官。王汲，字師黯，寓居河南，爲王尚恭、尚喆之父。《歐集》卷二九《太子中舍王君汲墓誌銘》：「初，天聖、明道之間，予爲西京留守推官。時王君寓家河南，其二子始習業國子學，日從諸生請學於予，較其藝，常爲諸生先，而尚恭尤謹飭，儼然有儒者法度。予固奇王君之有是子也，以故與君游，而君性簡質，重然諾，臨事而敏，與之游者必愛其爲人……令政有稱，遷理之丞。藍田、夏、雒，三邑皆聞。壽五十九，終中舍人。」藍田，宋屬陝西路京兆府，治所在今陝西藍田。朋友赴藍田知縣任，作者賦詩送行。詩歌描寫餞别場景，想像别後情狀，表達對朋友的關愛之情。詩語輕快舒卷，融情入景，情韻兼勝。

【注釋】

〔一〕喧喧：車馬聲。古都：洛陽。

〔二〕「樹摇」二句：想像王汲抵達陝西時的情景。秦甸：泛指陝西一帶的郊野。秦，秦地，主要在陝西一帶。甸，古代京城郊外的地方稱「甸」。《周禮·天官·大宰》：「三曰邦甸之賦。」輞川：水名。即輞谷水。諸水會合如車輞環湊，故名。在陝西藍田南，源出秦嶺北麓，北流至縣南入灞水。唐詩人王維曾置别業於此。

〔三〕「若遇」二句：如果遇見西行的旅客，多向他們問問故鄉的情况。

【附録】

此詩輯入明李蓘《宋藝圃集》卷九、曹學佺《石倉歷代詩選》卷一四〇，又輯入清康熙《御選宋金元明四朝詩·御選宋詩》卷三五、管庭芬、蔣光煦《宋詩鈔補·歐陽文忠詩補鈔》。

罷官西京回寄河南張主簿

歸客下三川，孤郵暫解鞍〔一〕。鳥聲催暮急，山氣欲晴寒〔二〕。已作愁霖詠，猶懷祖帳歡〔三〕。更聞溪溜響，疑是石樓灘〔四〕。

【題　解】

原輯《居士集》卷一〇，繫景祐元年。作於是年春末，時作者西京秩滿，在暫歸襄城（今屬河南）途中。胡《譜》：景祐元年「三月，西京秩滿，歸襄城。」河南張主簿，即張谷，字應之。詩歌描繪歸程景況，寓情於景，抒寫對西京文友、洛陽山水的眷戀之情。語言平易自然，屬對精嚴工整，一氣呵成之中，情致雋遠深沉。

【注　釋】

〔一〕「歸客」二句：任滿離開西京，羈旅中孤身棲息驛舍。　三川：黄河、洛水、伊川。代指洛陽。郵：驛站。古時設在沿途，供出巡的官員、傳送文書的小吏和旅客歇宿的館舍。馬傳曰置，步傳曰郵。《孟子·公孫丑上》：「孔子曰：『德之流行，速於置郵而傳命。』」孫奭疏：「郵，驛名。」

〔二〕「鳥聲」二句：飛鳥急鳴催促黄昏來臨；山氣寒生預示天氣轉晴。

〔三〕愁霖：久雨使人愁。《初學記》卷三引《纂要》：「雨久曰苦雨，亦曰愁霖。」祖帳：古代送人遠行，在郊外路旁爲餞别而設的帷帳。亦指送行的酒筵。

〔四〕「更聞」二句：借景抒懷，表達人雖離洛，心猶在洛之情。溜：迅速的水流。石樓灘：即龍門石樓所見的八節灘。歐明道元年曾與張谷、楊子聰、陳經一起游龍門，登香山石樓，聽八節灘流水。參見本書《游龍門分題十五首》注〔一一〕。

【附録】

此詩輯入清康熙《御選宋金元明四朝詩·御選宋詩》卷三五。

寄西京張法曹

幕府三年客，群居幾日親。初分闕口路，猶見洛陽人〔一〕。壟麥晴將秀，田花晚自春〔二〕。向家行漸近，豈復倦征輪〔三〕。

【題 解】

原輯《居士集》卷一〇，繫景祐元年。作於是年春末，時西京秩滿，在暫歸襄城途中。西京張法曹，即張先，字子野，博州人，時任河南府法曹參軍。法曹，即司法參軍。《歐集》卷二七《張子野墓誌銘》云：「張先「天聖二年舉進士，歷漢陽軍司理參軍、開封府咸平主簿、河南法曹參軍。王文康公、錢思公、謝希深與今參知政事宋公，咸薦其能，改著作佐郎，監鄭州酒税、知閬州閬中縣，就拜秘書丞，秩滿，知亳州鹿邑縣。寶元二年二月丁未，以疾卒於官，享年四十有八。」詩人回顧難忘的三年洛邑同僚生活，叙寫歸途中的見聞感想，表達還家團聚的快樂。詩思急切，氣韻流走，情感藴於意象之中。

【注 釋】

〔一〕「初分」二句：洛陽分手之初，途中猶能見上洛陽人。闕口路：洛陽路。洛陽城南有伊闕，故稱。

〔二〕秀：麥苗開花抽穗。《詩·大雅·生民》：「實發實秀，實堅實好。」朱熹集傳：「秀，始穟。」

〔三〕「向家」二句：離家越來越近，再也感覺不到征途的疲倦了。征輪：旅途中的坐車，代指征程。

【附 録】

黄溥《詩學權輿》卷一七評此詩曰：「此詩鋪陳事與景，情切而意婉。」

寄左軍巡劉判官

遥聽洛城鐘，獨渡伊川水。緑樹鬱參差，行人去無已〔一〕。因高望京邑，驅馬沿山趾〔二〕。落日亂峰多，龍門何處是〔三〕？

【題　解】

原輯《居士外集》卷二，無繫年，列景祐元年詩後。作於是年春末，時西京留守推官任滿，在暫歸襄城途中。左軍巡，開封府屬官名。《宋史·職官志六》：「開封府牧、尹不常置，權知府一人，以待制以上充。……左右軍巡使、判官各二人，分掌京城爭鬭及推鞫之事。」離洛之際，詩人頻頻回首，賦詩寄贈朋友，抒發對洛陽的深情留戀。師法韋應物，閒澹雅麗，動態疏蕩的結構，呈現舒卷流動之美。

【注　釋】

〔一〕「緑樹」二句：春樹高低葱鬱的時節，我一步步不停地遠離洛陽。參差：樹木高低錯落貌。

〔二〕山趾：山脚。

〔三〕「落日」二句：黄昏日落時，回首西望，一片淩亂的山峰之中，不知龍門山在何處。龍門：山名。在洛陽城南，又名伊闕、闕塞山。參見本書《游龍門分題十五首》及《和〈龍門曉望〉》題解。

【附録】

此詩輯入明李蓘《宋藝圃集》卷九，又輯入清康熙《御選宋金元明四朝詩·御選宋詩》卷一一。劉壎《隱居通議》卷七：「（歐陽文忠）公之所作，實備衆體，有甚似韋蘇州者，有甚似杜少陵者，有甚似選體者，有甚似王建、李賀者，有富麗者，有奇縱者，有清俊者，有雄健蒼勁者，有平淡純雅者。試摘其古體數篇，與韋酷似，而世或未之知也。……如《寄軍巡劉判官》……凡此數章，不似蘇州乎？」

離彭婆值雨投臨汝驛回寄張九屯田司録

投館野花邊，羸驂晚不前〔一〕。山橋斷行路，溪雨漲春田。樹冷無棲鳥，村深起暮煙。洛陽山已盡，休更望伊川〔二〕。

【題解】

原輯《居士集》卷一〇，繫景祐元年。作於是年春末，時西京留守推官任滿，在暫歸襄城途中。彭婆，古鎮名。《大清一統志》卷一六三《河南府二》：「彭婆鎮在洛陽縣東南。王存《九域志》：洛陽有彭婆鎮。舊志：在縣南四十里。」臨汝驛，屬汝州，位於彭婆鎮至襄城之間。張九屯田司録，當爲西京幕府同僚，次年冬，詩人有《送張屯田歸洛歌》，所送應爲同一人。詩歌描寫路途艱辛與途中風光，抒發對洛陽的眷戀之情。山水風物，頗具鄉野氣息，飽蘸作者情韻。

【注釋】

〔一〕「投館」二句：天晚了瘦弱的馬走不動了，秖好投宿在開滿野花的臨汝驛。館：驛館。

〔二〕「洛陽」二句：離洛陽越來越遠，龍門山看不見，更不要説伊水了。

【附録】

此詩輯入明曹學佺《石倉歷代詩選》卷一四〇，又輯入清康熙《御選宋金元明四朝詩·御選宋詩》卷三五、吴之振《宋詩鈔》卷一二、張景星、姚培謙、王永祺《宋詩别裁集》卷四。

憶龍門

楚客有歸心，因聲道故岑〔一〕。依依動春色，藹藹望香林〔二〕。山日巖邊下，谿雲水上露〔三〕。遥知懷洛社，應復動鄉吟〔四〕。

【題　解】

原輯《居士外集》卷六，無繫年，列景祐元年詩後。作於是年春末，時西京秩滿，暫歸襄城。龍門，參見本書《游龍門分題十五首》及《和〈龍門曉望〉》題解。詩人離洛後，想起洛陽文友的愜意春游，抒寫對朋友及龍門故地的深切懷念。通篇想像揣摩，繪景如畫，透出濃郁的思友懷舊之情。

【注　釋】

〔一〕楚客：《左傳·成公九年》：晉侯見楚囚鍾儀，問其族，曰：「伶人也。」與之琴，操南音。范文子曰：「楚囚，君子也。言稱先職，不背本也；樂操土風，不忘舊也。」後泛指客居他鄉之人。歸心：回家的念頭。晉王贊《雜詩》：「朔風動秋草，邊馬有歸心。」因聲：託人帶話。杜甫《纜船苦風戲題四韻》：「因聲置驛外，爲覓酒家壚。」仇兆鼇注：「因聲，猶云寄語。」故岑：

故鄉的山，常借指故鄉。詩人視洛陽爲第二故鄉，故云。

〔二〕依依：依稀貌，隱約貌。陶潛詩《歸園田居》其一：「曖曖遠人村，依依墟里煙。」藹藹：雲霧彌漫貌。鮑照《採桑詩》：「藹藹霧滿閨，融融景盈幕。」香林：龍門附近的香林山。

〔三〕水上霒：水面上的陰影。霒，同「陰」。《楚辭·九辨》：「忠昭昭而願見兮，然霒曀而莫達。」王逸注：「邪僞推排而隱蔽也。」洪興祖補注：「霒，音陰，覆日也。曀，陰風也。」

〔四〕「遥知」二句：遥想當年洛陽詩社的朋友們，一定像我一樣動了鄉關之思。洛社：歐陽修、梅堯臣等在洛陽時組織的詩社。歐《酬孫延仲龍圖》詩：「洛社當年盛莫加，洛陽耆老至今誇。」鄉吟：參見本書《弔黄學士三首》注〔一〇〕「越鄉吟」。

罷官後初還襄城弊居述懷十韻回寄洛中舊寮

路盡見家山，欣然望吾廬。陋巷叩柴扉，迎候遥驚呼〔一〕。兒童戲竹馬，田里邀籃輿〔二〕。春桑鬱已緑，歲事催農夫〔三〕。朝日飛雉雊，東皋新雨餘。植杖望遠林，行歌登故墟。夙志在一壑，兹焉將荷鋤〔四〕。言謝洛社友，因招洛中愚〔五〕。馬卿已倦客，嚴安猶獻書。行矣方于役，豈能遂歸歟〔六〕！

【題 解】

原輯《居士外集》卷二，無繫年，列景祐元年詩後。作於是年春末，時詩人暫居襄城候調。胡《譜》：景祐元年「三月，西京秩滿，歸襄城。五月，如京師。」襄城，北宋縣名，屬京西路汝州，治所在河南襄城。據歐《檢校司農少卿致仕張公墓誌銘》，妹夫張龜正之父葬「汝州襄城縣」，弟「龜誠，襄城縣尉」。張氏在襄城有居室，時歐母當隨女兒居襄城。胡《譜》景祐二年：「是歲七月，公同産妹之夫張龜正死於襄城，謁告視之。」同年《與石推官第二書》亦云：「時僕有妹居襄城。」此詩描寫初回襄城舊居的歡快喜悦，並以洛陽幕府汲汲仕宦之辛勞，反襯自己離職候調之悠閒愜意，亦不乏兼濟天下之淑世情懷。叙事寫景，質樸恬靜，情感跌宕，氣韻沉雄，兼有陶詩、韓詩風味。

【注 釋】

〔一〕「路盡」四句：初歸家門時的驚喜之情。　柴扉：柴門。

〔二〕竹馬：兒童游戲時當馬騎的竹竿。《後漢書·郭伋傳》：「始至行部，到西河美稷，有童兒數百，各騎竹馬，道次迎拜。」　籃輿：古代供人乘坐的交通工具，形制不一，一般以人力抬著行走，類似後世的轎子。

〔三〕歲事：一年的農事。南朝宋顔延之《重釋何衡陽書》：「薄從歲事，躬斂山田。」

〔四〕「朝日」六句：概寫鄉野躬耕的樂趣。　雊雊：雉鳴叫。《禮記·月令》：「〔季冬之月〕雁北鄉，鶻始巢，雉雊雞乳。」鄭玄注：「雊，雉鳴也。」東皋：水邊向陽高地，泛指田園、原野。阮籍《辭蔣太尉辟命奏記》：「方將耕於東皋之陽，輸黍稷之税，以避當塗者之路。」

〔五〕洛社：洛陽幕府文友集團。招愚：唐柳宗元《愚溪對》：「柳子對曰：『汝誠無其實，然以吾之愚而獨好汝，汝惡得避是名耶！……今汝獨招愚者居焉，久留而不去，雖欲革其名，不可得矣。』」

〔六〕「馬卿」四句：自己罷官候調，暫時家居，未來仕宦道路還很長，當胸懷壯心，豈能戀家思歸。馬卿：漢司馬相如字長卿，後人遂稱之爲馬卿。隋薛道衡《老氏碑》：「尚寢馬卿之書，未允梁松之奏。」司馬相如厭倦爲諸侯客，故云。《漢書·司馬相如傳》：「與卓氏婚，饒於財。故其仕宦，未嘗肯與公卿國家之事，常稱疾閒居，不慕官爵。」嚴安：約漢景帝後元末年間在世，元朔元年，以故丞相史上書，陳出擊匈奴右面之利。武帝召見，恨相見之晚，遂拜郎中。于役：因公務在外奔走。《詩·王風·君子于役》：「君子于役，不知其期。」鄭箋：「君子于往行役，我不知其反期。」

朱家曲

朱家曲，自許縣北門上赤阪岡，分道西行，入小路三十里，有村市臨古河，商賈之販京師者，舟車皆會此。居民繁雜，宛然如江鄉〔一〕。予以事偶至此，宿旅邸〔二〕，明日遂赴京師。

行人傍衰柳，路向古河窮〔三〕。桑柘田疇美，漁商市井通〔四〕。薪歌晚入浦〔五〕，舟子夜乘風。旅舍孤煙外，天京王氣中〔六〕。山川許國近，風俗楚鄉同〔七〕。宿客雞鳴起，驅車猶更東〔八〕。

【題　解】

原輯《居士集》卷一〇，無繫年，列景祐元年詩間。作於是年五月，時在襄城赴京師途中。題下原注：「一本有『并引』字。」胡《譜》：景祐元年「三月，西京秩滿，歸襄城。五月，如京師，會前留守王文康公曙入樞府，薦召試學士院。」朱家曲，一名朱曲鎮，在今河南長葛縣舊洧川縣城東。宋屬開封府，位居襄城通往汴京的途中。詩歌描寫淳樸靜美的鄉村風土人情，表現對田園生活的喜愛與嚮往。敘事繪景，平易清麗，頗類陶詩，情感明靜而深雋。

【注　釋】

〔一〕江鄉：多江河的地方，多指江南水鄉。孟浩然《晚春卧病寄張八》詩：「念我生平好，江鄉遠從政。」

〔二〕旅邸：旅館。宋郭彖《睽車志》卷五：「〔朱藻〕某年南宫奏名，方待廷試，有士人同寓旅邸。」

〔三〕「行人」二句：行人陪伴衰殘的柳樹，大路直通古老的河畔。

〔四〕桑柘：桑樹和柘樹。　田疇：田地。《禮記·月令》：「〔季夏之月〕可以糞田疇，可以美土疆。」孫希旦集解引吴澄曰：「田疇，謂耕熟而其田有疆界者。」

〔五〕薪歌：砍樵時唱的歌。

〔六〕「天京」句：朱家曲屬開封府轄境，故稱「天京王氣」。　王氣：象徵帝王運數的祥瑞之氣。《東觀漢記·世祖光武皇帝紀》：「望氣者言，春陵城中有喜氣，曰：『美哉王氣，鬱鬱葱葱。』」

〔七〕「山川」二句：這裏的山川貼近許國古地，民俗卻類似南方楚國。　許國：古國名。公元前十一世紀周分封的諸侯國，姜姓。在今河南許昌東。戰國初爲楚所滅。《詩·鄘風·載馳》：「許人尤之，衆穉且狂。」

〔八〕「宿客」二句：次日淩晨雞鳴時分，又要踏上東赴汴京的征程。

遠山

山色無遠近，看山終日行〔一〕。峰巒隨處改，行客不知名〔二〕。

【題解】　原輯《居士集》卷一〇，無繫年，列景祐元年詩後。作於是年五月，時在襄城赴京師途中。歐一生喜愛自然山水，晚年在青州作《留題南樓二絶》有云：「須知我是愛山者，無一詩中不説山。」本詩寫山行感受：看山不遠走山遠，山形多變不知名。詩人由觀山而引發事理探尋，即興而賦，由景及理，寫生活體驗，寓人生哲理，妙趣横生，耐人玩味。

【注釋】

〔一〕「山色」二句：整日輾轉于群山懷抱之中，看山容易走山難。宋吴錫疇《蘭皋集》卷一《次韻逢原偶興》：「昏眸但覺看山易，倦足方知行路難。」

〔二〕「峰巒」二句：峰迴路轉，山巒層出不窮，名字可都叫不出來。梅堯臣《魯山早行》詩：「好峰隨處改。」清陳廷敬《午亭文編》卷七《魚臺東境山水》：「好山過客不知名，好水圖經不入選。」

【附録】

此詩輯入宋吕祖謙《宋文鑑》卷二六，又輯入清康熙《御選宋金元明四朝詩·御選宋詩》卷六一、張景星、姚培謙、王永祺《宋詩别裁集》卷八。

荷葉

採掇本芳陂，移根向玉池〔一〕。晴香滋白露，翠色弄清漪。雨歇涼飆起，煙明夕照移〔二〕。

如何江上思，偏動越人悲〔三〕。

【題解】

原輯《居士外集》卷六，無繫年，列景祐元年詩後。作於是年夏，時在汴京，被薦試學士院。胡《譜》：景祐元年「五月，如京師，會前留守王文康公曙入樞府，薦召試學士院。閏六月乙酉，授宣德郎、試大理評事、兼監察御史、充鎮南軍節度掌書記、館閣校勘。」題下原注：「與梅二分題。」《宛陵先生集》不存有關梅詩。時梅堯臣場屋失利，詩人因而想起移居而生的荷葉，感懷朋友客居他鄉的坎坷仕宦生涯，荷花成爲詩人主體精神的寄寓物。詠物擬人，興寄超妙，情景融合無垠。

【注釋】

〔一〕芳陂：芬芳飄香的池塘湖泊。《淮南子·説林訓》：「十頃之陂可以灌四十頃。」高誘注：「畜水曰陂。」　玉池：池沼美稱。鮑照詩《學劉公幹體》其四：「彪炳此金塘，藻耀君玉池。」。

〔二〕涼飆：涼風。

〔三〕江上思：鄉思。化用《古詩十九首》其六詩意：「涉江採芙蓉，蘭澤多芳草。採之欲遺誰，所思在遠道。還顧望舊鄉，長路漫浩浩。」　越人悲：戰國時越人莊舄仕楚，富貴而不忘故國，病中吟越歌以寄思鄉情。參見本書《弔黄學士三首》詩注〔一〇〕。

【附録】

《歐集》卷一五〇《與謝舍人絳》其一：「春暄，尊候萬福。省榜至，獨遺聖俞，豈勝嗟惋。任適、呂澄可過人邪？堪怪！聖俞失此虚名，雖不害爲才士，奈何平昔並游之間有以處下者，今反得之。睹此，何由不痛恨！……由是而較，科場果得士乎？登進士第者果可貴乎？」按：此書原繫寶元元年。夏敬觀、朱東潤考證「寶元」爲「景元」之誤，當是。參見朱東潤《梅堯臣集編年箋注》卷八。

和晏尚書夏日偶至郊亭

關關啼鳥樹交陰，雨過西城野色侵〔一〕。避暑誰能陪劇飲，清歌自可滌煩襟〔二〕。稻花欲秀蟬初嘒，菱蔓初長水正深〔三〕。知有江湖杳然意，扁舟應許共追尋〔四〕。

【題解】

原輯《居士外集》卷六，無繫年，列景祐元年詩後。作於是年夏，時在汴京，被薦試學士院。胡《譜》：景祐元年「五月，如京師，會前留守王文康公曙入樞府，薦召試學士院。閏六月乙酉（二十八日），授宣德郎、試大理評事、兼監察御史、充鎮南軍節度掌書記、館閣校勘。」晏尚書，即晏殊，參見本書《寄謝晏尚書二絶》題解，時知亳州。據《長編》卷一一二明道二年四月己未（二十四日）紀事，晏殊罷政出知亳州。其《夏日偶至郊亭》詩，今不存。此詩借詠郊外夏日景色，抒發江湖之志與歸隱之思。以賦爲主，内含比興，平叙中見奇崛，明静裏寓深沉。

【注釋】

〔一〕關關：鳥類雌雄相和的鳴聲。《詩·周南·關雎》：「關關雎鳩，在河之洲。」毛傳：「關關，和聲也。」野色：郊野的景色。白居易《冀城北原作》詩：「野色何莽蒼，秋聲亦蕭疏。」

〔二〕「避暑」二句：夏日酷暑不能陪君痛飲，清歌妙舞可以洗滌煩悶。煩襟：内心煩惱。

〔三〕嘒：指蟬鳴。唐張祜《秋霽》詩：「何妨一蟬嘒，自抱木蘭叢。」

〔四〕「知有」二句：你心存泛舟江湖之念，應允許我追隨你一塊歸隱田園。杳然：形容心情悠然。《舊唐書·文苑傳下·元德秀》：「秩滿，南游陸渾，見佳山水，杳然有長往之志，乃結廬山阿。」扁舟：小船。《史記·貨殖列傳》：「范蠡既雪會稽之恥，乃喟然而歎曰：『計然之策七，越用其五而得意。既已施于國，吾欲用之家。』乃乘扁舟浮於江湖。」

【附録】

此詩輯入《兩宋名賢小集》卷一一九。

和晏尚書自嘲

未歸歸即秉鴻鈞，偷醉關亭醉幾春〔一〕。與物有情寧易得，莫嗔花解久留人〔二〕。

【題　解】

原輯《居士外集》卷六，無繫年，列景祐元年詩後。作於是年夏，時在汴京，被薦試學士院。晏尚書，即晏殊，時罷政出知亳州，參見本書《寄謝晏尚書二絶》題解。此詩讚美晏殊的治國才幹與瀟灑情懷，尾聯不説晏殊被罷官出知亳州，反説是春花將晏殊留在外地，可謂善慰人意。語言風趣幽默，轉合有致，意藴深長。

【注　釋】

〔一〕「未歸」二句：晏殊要麽不回京都，一旦回來就要居高位負重任，難得在地方任上有幾年飲酒偷閒。秉鴻鈞：掌管國家大權。鴻鈞，比喻國柄，朝政。關亭：亭臺樓閣等。

〔二〕「與物」二句：世上難得與物有情之人，不要責怪花朵久盛不衰以挽留游人。釋契嵩《次韻奉酬》：「澗水秖能忙送客，巖花不解久留人。」

送丁元珍峽州判官

爲客久南方，西游更異鄉〔一〕。江通蜀國遠，山閉楚祠荒〔二〕。油幕無軍事，清猿斷客腸〔三〕。惟應陪主諾，不費日飛觴〔四〕。

【題　解】

原輯《居士集》卷一〇，繫景祐元年。作於是年夏秋間，時在汴京任館閣校勘。題下原注：「一作『送朱處仁』。」丁元珍，《歐集》卷二五《集賢校理丁君墓表》：「君諱寶臣，字元珍，姓丁氏，常州晉陵人也。景祐元年，舉進士及第，爲峽州軍事判官。」峽州，宋屬荆湖北路，治所在今湖北宜昌。詩歌描寫峽州風光，對丁元珍偏僻地爲官，表示同情與安慰，規勸其飲酒解愁。描摹山水，形像生動，情韻融於筆觸。

【注　釋】

〔一〕西游：峽州在今湖北宜昌西，接近巴東，丁元珍由南向西赴任，故云。

〔二〕江通蜀國：峽州由長江通蜀地。歐《峽州至喜亭記》：「夷陵爲州，當峽口，江出峽始漫爲平流。」楚祠：代指峽州地。宋趙子櫟《杜工部年譜·大曆三年戊申》：「正月甲子，放船下峽，留峽州之上牢、下牢，過荆州之松滋，有《荆南秋日》詩：『九鑽巴噀火，三蟄楚祠雷。』」杜甫《秋日荆南述懷三十韻》詩：「三蟄楚祠雷。」《補注杜詩》卷三四趙彦材注：「謂之楚祠雷，則楚人所祠之雷。蓋楚人好祠祭也。」黄鶴補注引黄希：「楚祠，謂楚襄王所游之地。」

〔三〕油幕：塗油的帳幕，借指將帥的幕府。劉禹錫《覽董評事思歸之什因以詩贈》：「幾年油幕佐征東，卻泛滄浪狎釣童。」清猿：《水經注》引巴東人語「巫山三峽巫峽長，猿鳴三聲客斷腸」。

〔四〕主諾：古代地方長官對下屬意見簽署表示同意，稱爲「主諾」。唐陳子昂《爲資州鄭使君讓官表》：「坐嘯徒積，主諾空慚。」

【附録】

此詩輯入明李蓘《宋藝圃集》卷九、曹學佺《石倉歷代詩選》卷一四〇，又輯入清管庭芬、蔣光煦《宋詩鈔補·歐陽文忠詩補鈔》、陳焯《宋元詩會》卷一一。

黄溥《詩學權輿》卷一七評此詩：「摹寫峽州之景之情，宛然如在目前也。」

送楚建中潁州法曹

冠蓋盛西京，當年相府榮〔一〕。曾陪鹿鳴宴，偏識洛陽生〔二〕。共歎長沙謫，空存許劭評〔三〕。堪嗟桃李樹，何日見陰成〔四〕。

【題　解】

原輯《居士集》卷一〇，繫景祐元年。作於是年夏秋間，時在汴京任館閣校勘。楚建中，字正叔，洛陽人。作者當于去秋洛陽解試中結識楚建中，據宋周麟之《仁宗皇帝賜楚建中御飛白記》，楚氏今年第進士。又據《宋史》卷三三一本傳，楚建中歷官提點京東刑獄、度支副使、知滄州、天章閣待制、陝西都轉運使，知慶州、江寧、成德軍，以正議大夫致仕，爲元豐洛陽耆英會員之一。元祐初，文彦博薦爲户部侍郎，不拜。卒，年八十一。潁州，宋屬京西北路，治所在今安徽阜陽。法曹，即司法參軍，州府掌議法、斷刑等職。詩歌回憶與楚建中的洛邑交往，感懷當年錢惟演幕府文才之盛，喟歎如今恩主貶官、門生離散，今昔對比中感傷世事無奈。詠古感今，典故繁多，意藴委婉深沉。

【注　釋】

〔一〕冠蓋：官員的冠服和車乘。冠，禮帽；蓋，車蓋。《史記·魏公子列傳》：「平原君使者冠蓋相屬於魏。」代指仕宦，貴官。　相府：指西京錢惟演留守府。

〔二〕鹿鳴宴：亦作「鹿鳴筵」。科舉時代，鄉舉考試後，州縣長官宴請得中舉子，或放榜次日宴主考、執事人員及新舉人，以歌《詩·小雅·鹿鳴》，作魁星舞，故名。《新唐書·選舉志上》：「每歲仲冬……試已，長吏以鄉飲酒禮，會屬僚，設賓主，陳俎豆，備管絃，牲用少牢，歌《鹿鳴》之詩，因與耆艾叙長少焉。」

〔三〕「共歎」二句：共同感慨錢惟演材高被讒，空有好評而命運悲慘。據《長編》卷一一三紀事，明道二年九月四日錢惟演罷西京留守，移鎮漢東。　長沙謫：漢賈誼材高遭忌，被貶到長沙，後齎志而亡。《漢書·賈誼傳》：「天子議以誼任公卿之位。絳、灌、東陽侯、馮敬之屬盡害之，乃毁誼曰：『雒陽之人年少初學，專欲擅權，紛亂諸事。』於是天子後亦疏之，不用其議，以誼爲長沙王太傅。」　許劭評：許劭爲東漢評論家，字子將，汝南平輿（今屬河南）人，與從兄許靖有名於世。喜臧否人物，每月更换，被稱爲「月旦評」。《後漢書·許劭傳》：「初，劭與靖俱有高名，好共核論鄉黨人物，每月輒更其品題，故汝南俗有『月旦評』焉。」

〔四〕「堪嗟」二句：感愴洛陽錢氏幕府門人離散四方，沉淪下僚，何日方可成才。　桃李：《韓詩外傳》卷七：「夫春樹桃李，夏得陰其下，秋得食其實。」後遂以「桃李」比喻栽培的後輩和所教的門生。劉禹錫《宣上人遠寄和禮部王侍郎放榜後詩因而繼和》：「一日聲名徧天下，滿城桃李屬春官。」　陰成：本指樹枝繁茂，緑葉成蔭，喻人成才。

【附　録】

此詩輯入明李蓘《宋藝圃集》卷九。

送餘姚陳寺丞

銅墨佩腰間，中流望若仙〔一〕。鳴蟬汴河柳，畫鷁越鄉船〔二〕。下瀨逢江雁，瞻氛落海鳶〔三〕。山川仍客思，盡入隱侯篇〔四〕。

【題解】原輯《居士集》卷一〇，無繫年，列景祐元年詩間。作於是年夏秋間，時在汴京任館閣校勘。餘姚陳寺丞，題下原注：「最。」餘姚，爲宋越州屬縣，今屬浙江。寺丞，宋代大理寺、鴻臚寺、光禄寺、司農寺等均置丞，爲佐貳之官。據「鳴蟬」、「畫鷁」句，時在夏秋之間。陳最，生平不詳。孔延之《會稽掇英總集》卷一一輯《送餘姚知縣陳最寺丞》六家七首同題詩，除歐此詩外，尚有龐籍、鄭戩、葉清臣、謝絳、梅堯臣等五家六首，其中梅詩又見《宛陵先生集》卷三，題爲《餘姚陳寺丞》，朱東潤亦繫今年。作者賦詩送陳寺丞南下就職，讚美其儀表與才華，祝願抵任後多賦詩作。語言平實，時見典麗，多攜情思以行筆。

【注釋】

〔一〕銅墨：古代縣官印綬。《漢書·百官公卿表上》：「縣令、長，皆秦官，掌治其縣。萬户以上爲令，秩千石至六百石。」又「秩比六百石以上，皆銅印黑綬。」因以借指縣令。《文選·王融〈永明十一年策秀才文〉之二》：「頃深汰珪符，妙簡銅墨。」吕延濟注：「銅墨，謂縣令。」

〔二〕畫鷁：畫有圖案的彩船。《淮南子·本經訓》：「龍舟鷁首，浮吹以娱。」高誘注：「鷁，大鳥也。畫其像著船頭，故曰鷁首。」後以爲船的别稱。　越鄉：餘姚在今浙江，古屬越地，故稱。　謝絳《送餘姚知縣陳最寺丞》：「居者羨行者，寄聲思越山。」

〔三〕下瀨：下瀨船。一種行于淺水急流中的平底快船。《漢書·武帝紀》「甲爲下瀨將軍」顔師古注引臣瓚曰：「瀨，湍也。吴、越謂之瀨，中國謂之磧。《伍子胥書》有下瀨船。」　瞻氛：觀察雲霧之氣。　海鳶：生長在水邊的鳶鳥。

〔四〕「山川」二句：美好山川引發故鄉之思，就象沈約一樣將其賦入詩篇吧。　隱侯：沈約的謚號。參見本書《即目》注〔四〕與《勸征》注〔一〕。沈約出守東陽，寫了八首當地風光的詩篇，故云。

【附録】

此詩輯入宋孔延之《會稽掇英總集》卷一一，又輯入清陳焯《宋元詩會》卷一一。

聞梅二授德興戲書

君家小謝城，爲客洛陽裏〔一〕。緑髮方少年，青衫喜爲吏〔二〕。重湖亂山緑，歸夢寄千里。洛浦見秋鴻，江南老芳芷。自言北地禽，能感南人耳〔三〕。京國本繁華，馳逐多英軌。爭歌《白雪》曲，取酒西城市。朝逢油壁車，暮結青驄尾〔四〕。歲月倏可忘，行樂方未已。忽畏簡書〔五〕，翻然浩歸思。江山故國近，風物饒陽美〔六〕。楚柚煙中黄，吴蕈波上紫。還鄉問井邑，上堂多慶喜〔七〕。離別古所難，更畏秋風起〔八〕。

【題　解】

原輯《居士外集》卷二，無繫年，列景祐元年詩後。作於是年秋，時在汴京任館閣校勘。據原本「目録」，此詩題爲《聞梅二授德興令戲書》。梅二，即梅堯臣，梅堯臣是年應進士第落選，授德興縣令而實際以德興縣令出知建德縣。德興，屬江南東路饒州，治所在今江西德興。建德，屬江南東路池州，治所在今安徽東至。《歐集》卷三三《梅聖俞墓誌銘》云：「聖俞……以德興縣令知建德縣。」此詩描寫摯友梅堯臣的宦海生涯與鄉國之思，感慨宦海無奈，身不由己，勉勵並安慰朋友近鄉爲官。

以韓爲法，造語新奇，錯落跌宕，内藴氣格。

【注釋】

〔一〕「君家」二句：梅堯臣出生宣城，天聖末年在洛陽爲官。小謝城：代指梅氏故鄉宣城。小謝，指南朝齊詩人謝脁，曾任宣城太守，後世建有謝脁樓，李白有《宣州謝脁樓餞别校書叔雲》詩。

〔二〕「緑髮」二句：梅氏年少以恩蔭入仕，喜獲青衫小官。緑髮：頭髮烏黑發亮，代指年少。青衫：宋低級官吏的官服。《宋史·輿服志》：「宋因唐制，三品以上服紫，五品以上服朱，七品以上服緑，九品以上服青。」

〔三〕「重湖」六句：抒寫梅氏對故土江南的思念之情。洛浦：洛水之濱。張衡《思玄賦》：「載太華之玉女兮，召洛浦之宓妃。」芳芷：香草名。《楚辭·離騷》：「畦留夷與揭車兮，雜杜衡與芳芷。」王逸注：「杜衡、芳芷，皆香草也。」

〔四〕「京國」六句：述寫西京幕府文士詩酒游樂生活的繁忙和歡樂。英軌：本指優良的法則，此指英俊賢士。《白雪》曲：古琴曲名。傳爲春秋晉師曠所作。嵇康《琴賦》：「揚《白雪》，發清角，理正聲，奏妙曲。」後多喻指高雅的詩詞。油壁車：古人乘坐的一種車子。因車壁用油塗飾，故名。古樂府《蘇小小歌》：「妾乘油壁車，郎乘青驄馬。」

〔五〕畏簡書：怕官府文書，厭倦幕僚生活。《詩·小雅·出車》：「豈不懷歸，畏此簡書。」簡書，用於告誡、策命、盟誓、徵召等事的文書。亦指一般文牘。

〔六〕「江山」二句：梅氏以德興縣令出知建德縣，德興縣與建德縣同在江南東路，分屬池州、饒州，都離梅氏故鄉宣城不遠，都風光秀美，物産豐饒。饒陽：德興縣所屬的饒州。

〔七〕「楚柚」四句：梅氏江南故土的物産豐饒，想像其還鄉家居的生活樂趣。吴蓴：吴地的蓴羹，以美味著稱。晉張翰，吴人，因見秋風起，乃興蓴羹鱸膾之思。後以指故鄉風味之食品。參見本書《送友人南下》注〔二〕。

〔八〕「離别」二句：古今人都懼怕離别，而今你我異鄉爲宦，更怕秋風漸起，思鄉情生。反映詩人與朋友的共同無奈，大有人在宦海，身不由己之感。古所難：江淹《别賦》：「黯然銷魂者，唯别而已矣。」秋風起：《世説新語·識鑒》：「張季鷹辟齊王東曹掾，在洛，見秋風起，因思吴中菰菜羹、鱸魚膾，曰：『人生貴得適意爾，何能羈宦數千里以要名爵？』遂命駕便歸。」

【附録】

此詩輯入明李蓘《宋藝圃集》卷九，又輯入清康熙《御選宋金元明四朝詩·御選宋詩》卷一一。

送祝熙載之東陽主簿

吴江通海浦，畫舸候潮歸〔一〕。疊鼓山間響，高帆鳥外飛〔二〕。孤城秋枕水，千室夜鳴機〔三〕。試問還家客，遼東今是非〔四〕？

【題解】

原輯《居士集》卷一〇，繫景祐元年。作於是年秋，時在汴京任館閣校勘，與修《崇文總目》。胡《譜》：「景祐元年『三館秘閣所藏書多脱謬，七月甲辰，詔委官編定，仿開元四部，著爲總目，公預焉。』」據《吴郡志》卷二八，祝熙載景祐元年進士及第。梅堯臣《宛陵先生集》卷三《祝熙載赴任東陽》詩題下注：「李都尉客。」當爲駙馬都尉李遵勖門人。張方平《樂全集》卷一《送祝生東陽簿》，稱道「之子東南美，聲光滿貴游。溪山聊薄宦，才調自名流」。胡宿《文恭集》卷三《送祝熙載赴金華主簿》詩，有云：「數路收才漢得人，物塗聊試半通綸。宸廷唱第瑶光近，仙簡刊名玉字新。」東陽，縣名，屬兩浙路婺州，治所在今浙江東陽。本詩想像祝熙載赴東陽途中及抵達任所後的情狀，表達對朋友的關愛。語言簡勁，意蘊深沉，繪景如畫，透出縷縷情思。

【注釋】

〔一〕吴江：泛指吴地江河。吴地即今江蘇南部、浙江北部一帶，祝熙載此行目的地東陽屬於吴地。畫舸：經過裝飾之船。南朝梁元帝《赴荆州泊三江口》詩：「蓮舟夾羽氅，畫舸覆緹油。」

〔二〕疊鼓：輕而急促地擊鼓。《文選·謝脁〈鼓吹曲〉》：「凝笳翼高蓋，疊鼓送華輈。」李善注：「小擊鼓謂之疊。」

〔三〕鳴機：織布機的聲響。

〔四〕「試問」二句：傳説中的遼東人丁令威修道升仙，化鶴歸飛，故里物是人非。陶潛《搜神後記》卷一：「丁令威，本遼東人，學道於靈虚山。後化鶴歸遼，集城門華表柱。時有少年，舉弓欲射之。鶴乃飛，徘徊空中而言曰：『有鳥有鳥丁令威，去家千年今始歸。城郭如故人民非，何不學仙冢壘壘。』遂高上沖天。」

【附録】

此詩輯入明李蓘《宋藝圃集》卷九，又輯入清吴之振《宋詩鈔》卷一二、陳焯《宋元詩會》卷一一。

鄭十一先輩赴四明幕

梁漢褒斜險，夫君畏遠游〔一〕。家臨越山下〔二〕，帆入海潮頭。岸柳行稍盡，江蒪歸漸秋〔三〕。故鄉看衣錦，寧羨李膺舟〔四〕。

【題解】原輯《居士集》卷一〇，繫景祐元年。作於是年秋，時在汴京任館閣校勘。題下原注：「一本注：『初授洋州，辭不行』。」鄭十一先輩，即鄭戩，兩浙人，景祐元年進士及第，初授洋州，改授四明推官，秋季赴任。梅堯臣《宛陵先生集》卷三有《鄭戩及第東歸後赴洋州幕》詩，又《明州推官鄭先輩》詩，有云：「應幕海邊郡，秋風千里歸」、「野橘霜前熟，江螯露下肥。」四明，山名，在今浙江寧波西南。此處代指明州，治所在今浙江寧波。詩歌詠誦江南美好風物，讚美鄭戩衣錦歸鄉。敘事狀物，一氣流轉，跌宕開合之中，自有深沉韻味。

【注釋】

〔一〕「梁漢」二句：鄭氏初授洋州幕僚，後改赴四明。褒斜：地名。褒斜道自秦漢以來爲秦嶺南北交通要道。《後漢書·順帝紀》「通褒斜路」李賢注引《三秦記》：「褒斜，漢中谷名。南谷名褒，北谷名斜，首尾七百里。」洋州依鄰漢中，古屬梁州，故曰梁漢。

〔二〕越山：泛指江浙一帶。鄭十一爲兩浙人，故云。

〔三〕江蓴：生長在江邊的蓴菜，可做羹。《世説新語·識鑒》：「張季鷹辟齊王東曹掾，在洛，見秋風起，因思吴中菰菜羹、鱸魚膾，曰：『人生貴得適意爾，何能羈宦數千里以要名爵？』遂命駕便歸。」

〔四〕看衣錦：家鄉人看重衣錦還鄉。《漢書・陳勝項籍傳》：「富貴不歸故鄉，如衣錦夜行。」李膺舟：比喻爲知己者所重，同舟共樂。典出「李郭同舟」。《後漢書・郭太傳》：「郭太字林宗，太原界休人也。家世貧賤……乃游於洛陽。始見河南尹李膺，膺大奇之，遂相友善，於是名震京師。後歸鄉里，衣冠諸儒送至河上，車數千兩。林宗唯與李膺同舟而濟，衆賓望之，以爲神仙焉。」許渾《將爲南行陪尚書崔公宴海榴堂》詩：「賓館盡開徐穉榻，客帆空戀李膺舟。」

【附録】

此詩輯入明李蓘《宋藝圃集》卷九，又輯入陳焯《宋元詩會》卷一一。

送廖八下第歸衡山

曾作關中客，嘗窺百二疆〔一〕。自言秦隴水，能斷楚人腸。失意倦京國，羈愁成鬢霜〔二〕。
何如伴征鴈，日日向衡陽〔三〕。

【題解】

原輯《居士集》卷一〇，繫景祐元年。作於是年秋，時在汴京任館閣校勘。梅堯臣《宛陵先生集》

卷三《廖秀才歸衡山縣》詩云：「千里倦爲客，秋歸烏榜輕。過林湘橘暗，收潦楚江清。」朱東潤亦繫今年，由「秋歸」、「湘橘」等句，可知時在秋季。廖八、廖秀才，即廖倚。歐天聖末年與之結識，明道二年爲作《送廖倚歸衡山序》。《于役志》載景祐三年七月己卯（三日）歐、廖會飲揚州。嘉祐元年四月十六日，歐應求爲其兄廖偁撰寫《廖氏文集序》。衡山，宋縣名，屬荆湖南路潭州，治所在今湖南衡山。此詩前半部分寫廖八宦游關中，後半部分寫其失意南歸。借物詠懷，意藴深沉，字裏行間，洋溢朋友關愛之情。

【注釋】

〔一〕關中：陝西渭河流域。《史記·項羽本紀》：「關中阻山河四塞，地肥饒，可都以霸。」裴駰集解引徐廣曰：「東函谷，南武關，西散關，北蕭關。」百二：以二敵百。一説百的一倍。後以喻山河險固。此指關中之地。《史記·高祖本紀》：「秦，形勝之國，帶河山之險，縣隔千里，持戟百萬，秦得百二焉。」裴駰集解引蘇林曰：「得百中之二焉。秦地險固，二萬人足當諸侯百萬人也。」司馬貞索隱引虞喜曰：「言諸侯持戟百萬，秦地險固，一倍於天下，故云得百二焉，言倍之也，蓋言秦兵當二百萬也。」

〔二〕「自言」四句：婉寫楚人廖倚科舉落第，羈旅游宦已久，以至早生華髮。秦隴：秦嶺和隴山的並稱。泛指陝西甘肅西部地域。江淹《秋至懷歸》詩：「楚關帶秦隴，荆雲冠吴煙。」楚人：廖倚爲衡山人，衡山古屬楚地，故稱。秦隴水：化用北朝民歌「隴頭流水，嗚聲幽咽。遥見秦川，肝腸斷絶」。倦京國：在汴京科考失敗，生活厭倦。

〔三〕「何如」二句：不如早日伴隨南飛的大雁，快點回到衡陽家鄉。衡陽有回雁峰，故云。《湖廣通志》卷一一《衡陽縣》：「回雁峰，在縣南里許。徐靈期《南岳記》：『南岳周回八百里，回雁爲首，岳麓爲足。』」

【附　録】

此詩輯入明李蓘《宋藝圃集》卷九。

《歐集》卷六八《送廖倚歸衡山序》：「秀才生於衡山之陽，而秀麗之精英者得之尤多，故其文則雲霓，其材則杞梓。始以鄉進士舉於有司，不中，遂游公卿間，所至無不虚館設席，爭以禮下之。今永興太原公雅識沈正，器君尤深。初，其鎮秦州也，請君與俱行，遂趨函關以覽秦都，則西方士君子得以承望乎風采矣。凡居秦幾歲而東，將過京師以歸。予嘗以上計吏客都中，識君於交遶，辱之以友益。當君之西也，獲餞於國門。及夫斯來，又相見於洛，道語故舊，數日乃行。夫山川固能產異物，而不能畜之者，誠有利其用者尔。今君之行也，予疑夫不能久畜於衡山之阿也。」

夏侯彥濟武陟尉

風煙地接懷，井邑富田垓〔一〕。河近聞冰坼，山高見雨來〔二〕。官閑同小隱，酒美足銜盃〔三〕。好去東籬菊，迎霜正欲開〔四〕。

【題　解】

原輯《居士集》卷一〇，繫景祐元年。作於是年秋，時在汴京任館閣校勘。梅堯臣《宛陵先生集》卷三有詩《夏侯彥濟武陟主簿》，朱東潤亦繫今年。武陟，北宋縣名，屬河北路懷州，治所在今河南武陟。夏侯彥濟，事蹟不詳。詩歌描繪懷州武陟的山水風物，想像縣尉小官的逍遥自在，展示曠達樂觀的襟懷。語言明快，屬對工穩，情感真摯自然。

【注　釋】

〔一〕「風煙」句：武陟縣與州治懷州接壤，故稱。　風煙：景象，風光。唐駱賓王《在江南贈宋五之問》詩：「風煙標迥秀，英靈信多美。」　井邑：村落城邑。　田垓：田壟。

〔二〕「河近」二句：武陟縣南二十里即爲黄河，幾乎可以聽到黄河冰塊融化崩裂的聲響；高大的太行山就在眼前，可以看見山間雲興雨來。梅堯臣《夏侯彦濟武陟主簿》：「寒先太行近，潤接大河卑。」

〔三〕小隱：此謂官小事少，猶如隱居山林。晉王康琚《反招隱》詩：「小隱隱陵藪，大隱隱朝市。」銜盃：飲酒。

〔四〕「好去」二句：正好趕上秋菊開放時節，可以悠閒地把酒賞菊。東籬菊：陶潛《飲酒》其五：「採菊東籬下，悠然見南山。」

【附録】此詩輯入明曹學佺《石倉歷代詩選》卷一四〇，又輯入清管庭芬、蔣光煦《宋詩鈔補·歐陽文忠詩補鈔》。

和聖俞聚蚊

穎陽照窮巷，暑退涼風生。夫子卧環堵，振衣步前楹〔一〕。愁煙四鄰起〔二〕，鳥雀喧空庭。餘景藹欲昏，衆蚊復薨薨。群飛豈能數，但厭聲營營〔三〕。抱琴不暇撫，揮塵無由停〔四〕。散帙復歸卧，詠言聊寫情〔五〕。覆載無巨細，善惡皆生成。朽木出衆蠹，腐草爲飛螢。書魚長陰濕，醯雞由鬱蒸。豕鬣固多虱，牛閑常聚虻〔六〕。元氣或壹鬱，播之爲孽腥。卑臭乃其類，清虚非所經〔七〕。華堂敞高棟，綺疏仍藻扃。金釭瑩椒壁，玉壺含夜冰。終朝事薰祓，豈敢近簷甍〔八〕。富貴非苟得，抱節居茅衡〔九〕。陰牆百蟲聚，下偃衆穢盈。何嘗曲肱樂，但苦聚雷聲〔一〇〕。江南美山水，水木正秋明。自古佳麗國，能助詩人情〔一一〕。喧囂不可久，片席何時征〔一二〕？

【題　解】

原輯《居士外集》卷二，無繫年，列景祐元年詩後。作於是年秋八月，時在汴京任館閣校勘，梅堯臣尚未赴建德任。梅堯臣《宛陵先生集》卷三有《聚蚊》詩，朱東潤亦繫今年。此爲其和詩。詩歌描寫梅氏在京師候調的惡劣居所，讚美其高尚品格，同情其貧困處境，朋友間的體貼關愛之情溢於言表。鋪叙酣暢，雖有一些險詞難句，仍顯筆力沉雄。此類取材醜怪的詩篇，唐人唐詩鮮有涉及，屬於開拓詩歌題材、探索詩歌新調的嘗試，它爲後來宋人宋詩以醜爲美、以俗爲美的審美觀形成，導引新的發展方向。

【注　釋】

〔一〕「頽陽」四句：黄昏暑退涼風生，梅堯臣整理衣服步入簡陋居室。頽陽：夕陽。《海録碎事》

卷一：「潁陽：潁陽照通津，夕陰曖平陸。（謝宣遠詩）注云：『潁陽，落日也。』」環堵：四周環著每面一方丈的土牆。形容居室簡陋，四壁空空。《淮南子·原道訓》：「環堵之室，茨之以生茅，蓬户甕牖，揉桑爲樞。」高誘注：「堵長一丈，高一丈，故曰環堵，言其小也。」

〔二〕愁煙：慘澹的煙波。以其易於勾起愁思，故稱。蘇軾《昭君怨》詞：「新月與愁煙，滿江天。」

〔三〕「餘景」四句：黄昏之際，群蚊亂飛，令人聞而生厭。梅堯臣《聚蚊》：「日落月復昏，飛蚊稍離隙。聚空雷殷殷，舞庭煙冪冪。」餘景：殘留的光輝，指夕陽。《文選·潘岳〈秋興賦〉》：「聽離鴻之晨吟，望流火之餘景。」李周翰注：「流火，心星也。秋，心星西下將没，故有餘景也。」薨薨：群蚊齊飛聲。《詩·周南·螽斯》：「螽斯羽，薨薨兮。」毛傳：「薨薨，衆多也。」營營：《詩·小雅·青蠅》：「營營青蠅，止于樊。」朱熹集傳：「營營，往來飛聲，亂人聽也。」

〔四〕揮麈：揮舞麈尾驅趕蚊子。麈，古人閒談時執以驅蚊、撣塵的一種工具。在細長的木條兩邊及上端插設獸毛，或直接讓獸毛垂露外面，類似馬尾松。因古代傳説麈遷徙時，以前麈之尾爲方向標誌，故稱。

〔五〕散帙：打開書，亦指讀書。《文選·謝靈運〈酬從弟惠連〉》：「凌澗尋我室，散帙問所知。」劉良注：「散帙，謂開書帙也。」詠言：賦詩。賈島《寄滄州李尚書》詩：「迢遞瞻旌纛，浮陽寄詠言。」

〔六〕「覆載」八句：天地萬物之善惡本性，皆由先天生成。覆載：天覆地載，指天地。《漢書·外戚傳下・孝成班倢伃》：「猶被覆載之厚德兮，不廢捐於罪郵。」　書魚：即衣魚。蛀蝕衣服書籍的一種小蟲。蘇軾《次韻曹子方運判雪中同游西湖》：「樽前侑酒秖新詩，何異書魚餐蠹簡。」　醯雞：即蠛蠓。古人以爲是酒醋上的白黴變成。《列子・天瑞》：「醯雞生乎酒。」　鬱蒸：悶熱。《素問・五運行大論》：「其令鬱蒸。」王冰注：「鬱，盛也；蒸，熱也。言盛熱氣如蒸。」　豕鬣：指豬鬃。　牛閑：即「牛欄」。　虻：一種咬人的蟲子。多指牛虻。

〔七〕「元氣」四句：宇宙之氣一旦不暢，便會孳生多種污濁。　元氣：泛指宇宙自然之氣。　壹鬱：沉鬱不暢。　孽腥：餘孽腥臊類。　經：常道，指常行的義理、準則、法制。《左傳・宣公十二年》：「兼弱攻昧，武之善經也。」杜預注：「經，法也。」

〔八〕「華堂」六句：善類事物與美好環境相匹配，醜類蚊蟲不敢接近高樓華屋。　綺疏：雕刻成空心花紋的窗户。《後漢書・梁冀傳》：「窻牖皆有綺疏青瑣，圖以雲氣仙靈。」李賢注：「綺疏謂鏤爲綺文。」　藻扃：雕有花紋的門窗。　金釭：古代宮殿壁間横木上的飾物。班固《西都賦》：「金釭銜璧，是爲列錢。」　椒壁：以椒和泥所塗的牆壁。多指后妃的居室。南朝梁元帝《縣名詩》：「蒲洲涵水色，椒壁雜風吹。」　夜冰：鮑照《代白頭吟》：「清如玉壺冰。」　薰祓：謂以煙、氣等祛除邪穢，使之潔淨。范成大《吴船録》卷上：「民皆束艾蒿於門，燃之發煙，意者熏祓穢氣，以爲候迎之禮。」　簷甍：屋簷和屋脊，泛指房舍。此指高樓畫堂。

〔九〕「富貴」二句：梅氏堅守節操，不願苟且偷生而居住華屋，寧願堅持氣節而居住茅房。　茅衡：茅屋。

〔一○〕「陰牆」四句：梅氏居陋室而飽受蚊蟲叮咬之苦。曲肱樂：彎著胳膊作枕頭，比喻清貧而閒適的生活。《論語·述而》：「飯疏食飲水，曲肱而枕之，樂在其中矣」。聚雷聲：《漢書·中山靖王劉勝傳》：「夫衆煦漂山，聚蟁成靁，朋黨執虎，十夫橈椎，是以文王拘於羑里，孔子阸於陳蔡，此乃烝庶之成風，增積之生害也。」顏師古注：「蟁，古蚊字。靁，古雷字。言衆蚊飛聲有若雷也。」

〔一一〕「江南」四句：即將任職的建德縣，富有江南山水之美，自古江山有助詩情。

〔一二〕「喧囂」二句：這種聚蚊喧囂的日子不會很久了，不知你何時掛帆出發赴任建德。片席：片帆，孤舟。許渾《九日登樟亭驛樓》詩：「鱸鱠與蓴羹，西風片席輕。」

【附録】

此詩輯入清吴之振《宋詩鈔》卷一二。

送劉學士知衡州

扬子懶屬書，平居惟嗜酒。一沐或彌旬，解醒須五斗〔一〕。淡爾輕榮利，何常問無有。忍憶四馬歸，行爲一麾守〔二〕。湘酎自古醇，醽水聞名久〔三〕。簿領但盈几，聖經不離口〔四〕。湖田賦稻蟹，民訟爭壟畝。兀爾即沈冥，安能知可否〔五〕？聊爲寄情樂，豈與素懷偶〔六〕。藏器思適時，投刃寧煩手〔七〕。行當考官績，勿復困罍缶〔八〕！

【題解】

原輯《居士外集》卷二，無繫年，列景祐元年詩後。作於是年秋，時在汴京任館閣校勘。劉學士，即劉沆。梅堯臣《宛陵先生集》卷三《賦秋鴻送劉衡州》「劉衡州」下附注：「沆。」又注：「景祐元年。」首句云：「秋鴻整羽翮，去就自因時。」可知時在秋季。劉沆，字沖之，吉州永新人，天聖八年進士第二，爲大理評事，通判舒州。累遷知衡州，皇祐間爲參知政事，至和初官同中書門下平章事。《宋史》卷二八五有傳。衡州，宋屬荆湖南路，治所在今湖南衡陽。詩歌描寫劉沆嗜酒疏曠、淡泊名利的個性，勸勉其不可嗜酒貪杯，要勤於政事，息訟安民。詩語峻潔沉鬱，思致婉轉，殷殷关愛之情溢於紙面。

【注釋】

〔一〕「揚子」四句：劉沆與揚雄一樣懶散而嗜酒。揚子：揚雄。《漢書·揚雄傳》：「雄少而好學，不爲章句，訓詁通而已，博覽無所不見。……家素貧，耆酒，人希至其門，時有好事者，載酒肴從游學。」屬書：著作，纂輯。解酲：醒酒，消除酒病。《世説新語·任誕》：「天生劉伶，以酒爲名，一飲一斛，五斗解酲。」劉孝標注：「毛公注曰：『酒病曰酲。』」

〔二〕「淡爾」四句：劉沆與揚雄一樣淡泊名利，不思駟馬榮歸，出爲衡州太守。輕榮利：《漢書·揚雄傳》：「清靜亡爲，少耆欲，不汲汲於富貴，不戚戚於貧賤，不修廉隅以徼名當世。家産不過十金，乏無儋石之儲，晏如也。」四馬：即「駟馬」，指顯貴者所乘的駕四匹馬的高車，表示地位顯赫。晉常璩《華陽國志·蜀志》：「司馬相如初入長安，題市門曰：『不乘赤車駟馬，不過汝下也。』」

〔三〕湘酎：湘地産的一種美酒。酎，反復多次釀成的醇酒。《禮記·月令》：「孟夏之月……天子飲酎。」醽水：即醽酒。古代名酒名，指湖南衡陽地區醽水、渌水釀的酒。北魏酈道元《水經注·耒水》：「〔酃縣〕有酃湖，湖中有洲，洲上民居，彼人資以給釀酒，甚醇美，謂之酃酒。」

〔四〕「簿領」二句：公文堆滿案几，没時間及時處理，儘管公務繁忙，却依然手不釋卷，不廢讀誦。簿領：謂官府記事的簿册或文書。聖經：指儒家經典。隋王通《中説·天地》：「范寧有志於《春秋》，徵聖經而詰衆傳。」

〔五〕「湖田」四句：地方上多湖田賦税、民事爭端，知州耽酒沉默，豈可明斷。兀爾：即兀然，醉貌。《晉書·劉伶傳》：「兀然而醉，怳爾而醒。」沈冥：即沉冥，指沉迷耽酒。

〔六〕素懷偶：與平生襟懷相合。素懷，平素的懷抱。偶，協調，相配。

〔七〕「藏器」二句：君子懷才不露，等待時機施展才華。藏器：收起器械，懷才不外露。《周易·

繫辭下》：「君子藏器於身，待時而動，何不利之有？」投刃：下刀，喻處理事情得心應手。《莊子·養生主》：「庖丁爲文惠君解牛，手之所觸，肩之所倚，足之所履，膝之所踦，砉然嚮然，奏刀騞然，莫不中音。合於桑林之舞，乃中經首之會。」

〔八〕「行當」二句：此行上級要考察你的政績，不要再爲嗜酒耽誤前程。困罌缶：沉溺於酒。罌缶，亦作「罌瓻」，酒器，大腹小口。《漢書·韓信傳》：「以木罌缶度軍。」顔師古注：「罌缶，謂瓶之大腹小口者也。」

【附録】

此詩輯入清吴之振《宋詩鈔》卷一二。

送孟都官知蜀州

名郎出粉闈，佳郡古關西〔一〕。幾驛秦亭盡，千山蜀鳥啼〔二〕。朱輪照耕野，緑芋覆秋畦〔三〕。向闕應東望，雲深隴樹迷〔四〕。

【題解】

原輯《居士集》卷一〇，無繫年，列景祐元年後。作於是年秋，時在汴京任館閣校勘。據「緑芋覆秋畦」等詩句，可證時在秋天。都官，尚書省刑部都官司郎中、員外郎的省稱。蜀州，屬益州路，治所在今四川崇州市。孟都官，生平事蹟不詳。詩歌想像孟都官赴任途中的一路秋色，隱含對京都生活的留戀。語言疏暢，對仗工整，平叙中藴有深情。

【注釋】

〔一〕「名郎」二句：孟都官出身尚書省，任職的蜀州在潼關以西地區。粉闈：尚書省的別稱。闈，宫中小門。李山甫《送職方王郎中、吏部劉員外自太原鄭相公幕繼奉徵書歸省署》詩：「此生長掃朱門者，每向人間夢粉闈。」

〔二〕「幾驛」二句：輾轉幾多驛站，走過秦地，纔來到蜀州。秦亭：宋王應麟《通鑑地理通釋》卷五：「漢隴西秦亭、秦谷，今秦州地。」此處泛稱秦地。

〔三〕「朱輪」二句：想像上任途中風景。朱輪：本指古代王侯顯貴所乘的車子，因用朱紅漆輪，故稱。《文選·楊惲〈報孫會宗書〉》：「惲家方隆盛時，乘朱輪者十人。位在列卿，爵爲通侯。」李善注：「二千石皆得乘朱輪。」此指州郡長官的坐車。芋：即芋艿。《史記·項羽本紀》：「今歲饑民貧，士卒食芋菽。」司馬貞索隱：「芋，蹲鴟也。」畦：泛指田園。《文選·顏延之《陶徵士誄序》：「灌畦鬻蔬，爲供魚菽之祭。」吕向注：「畦，園。」

〔四〕「向闕」二句：回首望汴京，東方一片煙樹茫茫，難以辨别。闕：代指京城汴京。隴：泛指今陝西、甘肅交界一帶地方。

【附録】

此詩輯入明曹學佺《石倉歷代詩選》卷一四〇，又輯入清康熙《御選宋金元明四朝詩·御選宋詩》卷三五、管庭芬、蔣光煦《宋詩鈔補·歐陽文忠詩補鈔》、陳焯《宋元詩會》卷一一。

送謝希深學士北使

漢使入幽燕，風煙兩國間〔一〕。山河持節遠，亭障出疆閑〔二〕。征馬聞笳躍〔三〕，雕弓向月彎。禦寒低便面，贈客解刀環〔四〕。鼓角雲中壘，牛羊雪外山〔五〕。穹廬鳴朔吹，凍酒發朱顔〔六〕。塞草生侵磧，春榆緑滿關。應須雁北向，方值使南還〔七〕。

【題解】

原輯《居士集》卷一〇，繫景祐元年。作於是年秋末冬初，時在汴京任館閣校勘。謝希深學士，即謝絳。北使，即出使北方的契丹。《長編》卷一一五景祐元年八月壬申(十五日)：「度支判官、兵部員外郎、直集賢院謝絳爲契丹生辰使。」同年冬十月癸未(二十七日)：「楊偕爲契丹生辰使，謝絳以父疾辭也。」《歐集》卷二六《尚書兵部員外郎知制誥謝公墓誌銘》載：「景祐元年，丁父憂。」同書卷六二《太子賓客分司西京謝公墓誌銘》載，謝絳之父謝濤，卒於「景祐元年十月之晦」。謝絳在朋友餞行後，又因父病父喪未能成行。詩人獲悉朋友即將出使契丹，賦此詩送行。詩歌想像出使途中的艱辛，告慰來春即可苦盡甘來，洋溢朋友間的關愛之情。大筆縱横，沉鬱簡勁，豪放中蘊含深情。

【注　釋】

〔一〕「漢使」二句：借漢使入燕，詠謝希深出使契丹。幽燕：古稱今河北北部及遼寧一帶。《周禮》幽州之地。春秋戰國時屬燕國，故名。契丹幽州燕山府在今北京市，當時爲契丹的南都。

〔二〕亭障：古代邊塞要地設置的堡壘。《尉繚子·守權》：「凡守者，進不郭圉，退不亭障以禦戰，非善者也。」

〔三〕笳：古管樂器。即胡笳。漢時流行於塞北和西域一帶。傳説爲春秋時李伯陽避亂西戎時所造，漢張騫從西域傳入，其音悲涼。此處代指笳音。

〔四〕便面：古代用以遮面的扇狀物。此指進入胡地以遮扇擋風避寒。參見本書《雪中寄友人》注〔二〕。贈客：李白《贈華州王司士》詩：「知君先負廟堂器，今日還須贈寶刀。」刀環：

刀頭上的環，諧音「還家」之「還」。《漢書·李陵傳》：「而數數自循其刀環……言可還歸漢也。」

〔五〕「鼓角」二句：高聳入雲的營壘中傳來鼓角聲，未曾積雪的山頭上滿是牛羊。鼓角：戰鼓和號角，兩種樂器。軍隊亦用以報時、警衆或發出號令。

〔六〕穹廬：古代游牧民族居住的氈帳。《漢書·匈奴傳下》：「匈奴父子同穹廬卧。」顔師古注：「穹廬，旃帳也。其形穹隆，故曰穹廬。」

〔七〕「塞草」四句：想像朋友回程之日，當是塞草萌生，榆樹泛緑、南鴈北返之時。侵磧：意爲塞草生長在沙石中。侵，接近，迫近。《説文解字》：「侵，漸進也。」引申爲迫近。磧，沙石淺灘。春榆：春日的榆樹，亦巧借榆關關名作聯想。榆關，在今河北秦皇島。

【附　録】

此詩輯入清康熙《御選宋金元明四朝詩·御選宋詩》卷五七、張景星、姚培謙、王永祺《宋詩别裁集》卷七。

劉壎《隱居通議》卷七：「《送謝希深北使》有曰：『鼓角雲中壘，牛羊雪外山。』如此等語，殊似少陵。舉此以例其餘，概可知矣。而謂公不工於詩可乎？」

行至椹澗作

霜後葉初鳴，羸驂遶澗行〔一〕。川原人遠近，禾黍日晴明〔二〕。病質驚殘歲，歸塗厭暮程〔三〕。空林聚寒雀，疑已作春聲〔四〕。

【題　解】

原輯《居士集》卷一〇，繫景祐元年。作於是年十二月。詩人在汴京任館閣校勘。胡《譜》：景祐元年「是歲，再娶諫議大夫楊公大雅女。」據《歐集》卷六二《楊氏夫人墓誌銘》：「方其歸也，修爲鎮南軍掌書記、館閣校勘。……歸之十月，以疾卒，年十有八，實景祐二年九月也。」自景祐二年九月，逆數之十月，可知續娶楊氏在景祐元年十二月。歐陽修妹夫張龜正一家居襄城，椹澗鎮在許州與襄城之間，時當在由襄經許返京的途中。《金史·地理志》：河南府許州長社縣「鎮二：許由、椹澗。」詩歌描繪椹澗鎮冬季景況，抒寫倦旅心情。借物抒懷，寓情于景，意藴婉曲深沉。

【注　釋】

〔一〕「霜後」二句：窮冬霜風中，我騎著瘦馬遠行。葉初鳴：樹葉在朔風的吹動下發出響聲。

〔二〕人遠近：看到的人或近或遠。

〔三〕「病質」二句：歲暮深冬抱病遠行，不免對傍晚歸程産生幾分厭倦。殘歲：年底，一年將盡之時。

〔四〕春聲：鳥語花香等春天的聲息。唐彦謙《無題十首》其二：「錦箏銀甲響鵾絃，勾引春聲上綺筵。」

【附録】此詩輯入清陳訏《宋十五家詩選·廬陵詩選》。

書懷感事寄梅聖俞

相别始一歲，幽憂有百端。乃知一世中，少樂多悲患〔一〕。每憶少年日，未知人事艱。顛狂無所閡，落魄去羈牽〔二〕。三月入洛陽，春深花未殘〔三〕。龍門翠鬱鬱〔四〕，伊水清潺潺。逢君伊水畔〔五〕，一見已開顔。不暇謁大尹，相攜步香山〔六〕。自兹愜所適，便若投山猿〔七〕。幕府足文士，相公方好賢〔八〕。希深好風骨，迥出風塵間〔九〕。師魯心磊落，高談羲與軒〔一〇〕。子漸口若訥，誦書坐千言〔一一〕。彦國善飲酒〔一二〕，百盞顔未丹。幾道事閒遠，風流如謝安〔一三〕。子聰作參軍，常跨破虎韉〔一四〕。子野乃禿翁，戲弄時脱冠〔一五〕。次公才曠奇，王霸馳筆端〔一六〕。聖俞善吟哦，共嘲爲閬仙〔一七〕。惟予號達老，醉必如張顛〔一八〕。洛陽古郡邑，萬户美風煙。荒涼見宫闕，表裏壯河山〔一九〕。相將日無事，上馬若鴻翩〔二〇〕。出門盡垂柳，信步即名園〔二一〕，嫩籜筠粉暗，渌池萍錦翻〔二二〕。殘花落酒面，飛絮拂歸鞍。尋盡水與竹，忽去嵩峰巔〔二三〕。青蒼緣萬仞，杳靄望三川〔二四〕。花草窺澗竇〔二五〕，崎嶇尋石泉。君吟倚樹立，我醉欹雲眠。子聰疑日近，謂若手可攀。共題三醉石，留在八仙壇〔二六〕。水雲心已倦，歸坐正盃盤〔二七〕。飛瓊始十八，妖妙猶雙環〔二八〕。寒篁暖鳳觜，銀甲調雁絃〔二九〕。自製《白雲曲》，始送黄金船〔三〇〕。珠簾捲明月〔三一〕，夜氣如春煙。燈花弄粉色，酒紅生臉蓮〔三二〕。東堂榴花好，點綴裙腰鮮。插花雲髻上，展簟緑陰前〔三三〕。樂事不可極，酣歌變爲歎〔三四〕。詔書走東下，丞相忽南遷〔三五〕。送之伊水頭，相顧淚潸潸〔三六〕。臘月相公去，君隨赴春官〔三七〕。送君白馬寺，獨入東上門〔三八〕。故府誰同在，新年獨未還〔三九〕。當時作此語，聞者已依然〔四〇〕。

【題解】

原輯《居士外集》卷二，繫景祐元年。作於是年末，時在汴京任館閣校勘。梅聖俞，名堯臣，生平參見本書《和梅聖俞〈杏花〉》題解。歐、梅去年冬天洛邑分手，這是歐氏的懷舊之作。詩歌首四句點示題目中的「感事」爲「幽憂」；次十四句叙寫與梅堯臣伊水相逢、一見如故的情景；次二十二句描述洛陽錢府名士薈萃的盛況，叙述文友的各自特點，展示洛邑文人集團豪放奮發的群體形像；次二十四句，緬懷文友們游名園、登嵩山、探幽訪勝的生活情趣；次十六句抒寫朋友間詩酒相歡、歌舞宴飲的賞心樂事；末十四句喟歎朋友離散之後的苦悶與煩惱。全詩以叙事爲主，兼及抒懷與議論，三者巧妙結合。意境開闊，條理清晰，文筆疏暢，韻律和諧，情感真摯，形像生動。句式以排偶爲主，卻顯現「以文爲詩」的鮮明特色。

【注釋】

〔一〕「相别」四句：分手一年，憂患百端，領悟人生的悲傷。明道二年末，梅堯臣赴京應試，考試失敗後出知建德縣。歐與其洛陽分手時，有《别聖俞》詩。此後諸多失意事，如文友離散、恩主錢惟演南貶逝世等。此四句交代寫作緣由，奠定全詩基調。

〔二〕「每憶」四句：常想起自己年輕時不懂事，放蕩不羈，不拘小節。癲狂：本謂言語行動失常的病理現象。亦指玩世不恭，放縱不羈。元稹《廳前柏》詩：「我本癲狂耽酒人，何事與君爲對敵。」閡：藏，塞。《漢書·律曆志上》：「應鐘，言陰氣應亡射，該臧萬物而雜陽閡種也。」顔師古注引孟康曰：「閡，臧塞也，陰雜陽氣，臧塞爲萬物作種也。」羈羇：馬籠頭和韁繩，喻指世俗陳規的束縛。

〔三〕「三月」二句：天聖九年（一〇三一）三月，歐到洛陽就任西京留守推官。

〔四〕龍門：山名，在洛陽南，伊水流過山下。參見本書《游龍門分題十五首》及《和〈龍門曉望〉》題解。

〔五〕君：指梅堯臣，天聖九年爲河南縣（今屬洛陽）主簿。

〔六〕「不暇」二句：來不及拜見長官，就與梅堯臣同游香山。　大尹：州府長官，此指錢惟演。惟演時以同平章事判河南府兼西京留守，故云。　香山：在龍門山東面，隔伊水相對峙。

〔七〕「自兹」二句：從此愜意於游山玩水，就像籠子中的猴子被放歸山林。

〔八〕幕府：將帥在外的營帳。此指西京留守的衙署。　相公：指錢惟演。　方好賢：歐《河南府司録張君墓表》：「初天聖、明道之間，錢文僖公守河南。公，王家子，特以文學仕至貴顯，所至多招集文士。而河南吏屬，適皆當時賢材知名士，故其幕府號爲天下之盛，君其一人也。文僖公善待士，未嘗責以吏職，而河南又多名山水，竹林茂樹，奇花怪石，其平臺清池上下，荒墟草木之間，余得日從賢人長者賦詩飲酒以爲樂。」

〔九〕「希深」二句：謝絳，字希深，時爲河南府通判。其文章有風骨，爲人超塵脱俗，在洛邑文人集團中實起盟主作用。歐《尚書兵部員外郎知制誥謝公墓誌銘》：「三代已來，文章盛者稱西漢，公於制誥，尤得其體，世所謂常、楊、元、白，不足多也。」　風骨：文章的風神骨氣。

〔一〇〕「師魯」二句：尹洙，字師魯，心地光明磊落，風格高標，喜歡評論古今人物。時爲河南府户曹參軍，與歐一同倡導古文歌詩。歐《太常博士尹君墓誌銘》：「師魯好辯，果於有爲。」羲與軒：伏羲氏與軒轅氏，泛指古代傳説和歷史人物。

〔一一〕「子漸」二句：尹源，字子漸，尹洙之弟，時知河陽縣，有文名。貌似口訥，一旦誦讀，則洋洋灑灑，不絶千言。歐《太常博士尹君墓誌銘》：「子漸爲人剛簡，不矜飾，能自晦藏，與人居，久而莫知，至其一有所發，則人必驚伏。」

〔一二〕彦國：富弼，字彦國，洛陽人。時爲河陽簽判，後官至宰相。《宋史》卷三一三有傳。

〔一三〕「幾道」二句：王復，字幾道，時爲秀才，風流頗似謝安。事閒遠：著意於閒逸淡遠之趣。事，從事。風流：此指風度，儀表。謝安：字安石，東晉名士，年四十餘纔出仕，官至宰相。

〔一四〕子聰：楊子聰，時爲河南府户曹參軍，爲人灑脱不羈。破虎韉：破虎皮做的馬鞍，見其主人不拘小節。歐《送楊子聰户曹序》：「常衣青衫，騎破虎韉，出入府門下。」

〔一五〕子野：張先，字子野，博州人，時爲河南府法曹參軍，寶元二年（一〇三九）病死。他與同時同名同字的烏程人張先（著名詞人）不是同一人。他中年禿頂，朋友常脱他的帽子開玩笑。歐《張子野墓誌銘》：「子野爲人，外雖愉怡，中自刻苦，遇人渾渾不見圭角，而志守端直，臨事敢決。平居酒半，脱冠垂頭，童然禿且白矣。」

〔一六〕次公：孫長卿，字次公，時通判河南府。王霸：王道和霸道。《宋史·孫長卿傳》：「孫長卿，字次公，揚州人。……通判河南府。……長卿無文學，而長於政事，爲能臣。性潔廉，不以一毫取諸人。」

〔一七〕聖俞：梅堯臣，字聖愈，歐推崇爲詩壇主將，故稱其「善吟哦」，又有「文會忝予盟，詩壇推子將」之説。閬仙：唐詩人賈島，字閬仙，以精心推敲詩句爲韓愈所重，詩風清瘦。詩人以聖俞像賈島一樣苦吟不止而調笑他。

〔一八〕達老：歐在洛陽文友結社題詩中自薦的雅號。據《歐集》卷一四九《與梅聖俞》其二、其三等，洛邑酒友詩侶模仿白居易「香山九老」，謔稱「八老」。如尹洙雄辭善辯，稱「辯老」；楊子聰高名俊士，稱「俊老」；王顧聰慧明哲，稱「慧老」；王復循規蹈矩，稱「循老」；張汝士韜晦內向，稱「晦老」；張先沉默寡言，稱「默老」；梅堯臣美德懿士，稱爲「懿老」；歐陽修疏曠放逸，被賜號「逸老」。歐以爲此稱號過份張揚自己散漫放浪的個性，再三表示不接受，而自薦爲「達老」。　張顛：唐書法家張旭，字伯高，每大醉，呼叫狂走，乃下筆，或以頭濡墨而書，時稱張顛，又稱草聖。

〔一九〕「洛陽」四句：洛陽自周朝東都以來，歷史悠久，風光秀美，如今宮闕荒蕪，依然外有黄河內有崤山，十分壯麗。　表裏壯：《左傳·僖公二十八年》：「表裏山河，必無害也。」

〔二〇〕相將：相隨。　鴻翩：喻鴻雁般體態輕盈優美。曹植《洛神賦》：「翩若驚鴻，婉若游龍。」

〔二一〕「信步」句：隨意一走動，就碰上名園。　名園：此指上林苑。《河南府志》：「上林苑在府城外，漢置。」宋時已成寺院。歐、梅均有《游上林院後亭見櫻桃花》詩。

〔二二〕「嫩籜」二句：鮮嫩的筍殼上竹粉依稀朦朧，清池裏的魚兒在浮萍下翻波起浪。　筠：竹的青皮，代指竹。　錦：指魚，魚別稱錦鱗。

〔二三〕「忽去」句：文友們一道游嵩山。明道元年春，同游者歐陽修、梅堯臣、楊子聰。明道元年秋，歐與謝絳、尹洙、楊子聰、王復再游嵩山。

〔二四〕青蒼：形容山色深青。　萬仞：極寫山勢的高險。古代以八尺（或七尺）爲一仞。　杳靄望三川：透過遠去的雲氣遥望黄河、洛水、伊川。

〔二五〕澗竇：澗邊的山洞。

〔二六〕三醉石、八仙潭：均爲嵩山名勝。本書《嵩山十二首》其十《三醉石》題下原注：「三醉石，在八仙壇上，南臨鉅崖，峰岫迤邐，蒼煙白雲，鬱鬱在下。物外之適，相與酣酌，坐石欹醉，似非人間。因索筆，目梅聖俞書三醉字于石上，而三人者又各題其姓名而刻之。」

〔二七〕「水雲」二句：游山玩水已經興闌意盡，一起回到住處繼以酒宴。

〔二八〕飛瓊：仙女名，姓許，傳爲王母侍女。舊題班固《漢武帝内傳》：「王母乃命諸侍女王子登彈八琅之璈，又命侍女董雙成吹雲和之笙，石公子擊昆庭之金，許飛瓊鼓震靈之簧，婉淩華拊五靈之石，范成君擊湘陰之磬，段安香作九天之鈞。」此處代指歌女。　雙環：女子未出嫁時所梳的呈一對環形的髮髻。

〔二九〕「寒篁」二句：歌女吹奏鳳笙，竹篁管發出充滿暖意的美妙樂聲；歌女揮動銀甲，彈奏古箏雁柱上的絃絲。　篁：竹的通稱，此指笙管。　鳳觜：鳳笙的吹奏口。漢應劭《風俗通・聲音・笙》：「《世本》：『隨作笙。』長四寸，十二簧，像鳳之身，正月之音也。」後因稱笙爲「鳳笙」。　銀甲：銀製的假指甲，套於手指上，用以彈箏或琵琶等絃樂器。杜甫詩《陪鄭廣文游何將軍山林》其五：「銀甲彈箏用，金魚換酒來。」　雁絃：雁柱上的絃。錚柱斜列，似雁行，故稱雁柱。唐路德延《小兒詩》：「簾拂魚鉤動，箏推雁柱偏。」

〔三〇〕白雲曲：宴飲之詩。相傳穆天子與西王母宴飲於瑤池之上，西王母爲天子歌「白雲在天，山陵自出」之謠。此指自作宴飲之歌。　黄金船：大酒杯。庾信《北園新齋成應趙王教》：「玉節調笙管，金船代酒卮。」吴兆宜注引《海録碎事》：「金船，酒器中大者呼爲船。」倪璠注：「金船，即鴨頭杓之遺，陳思王所製也。後李白詩云『卻放酒船回』，李商隱詩云『雨送酒船香』，皆云酒卮。」一曰行酒令的器具，船内機關與船上木人相連，船動則木人隨之舉手，船停而被木人所指之人喝酒。

〔三一〕珠簾：珍珠綴成的簾子。《西京雜記》卷二：「昭陽殿織珠爲簾，風至則鳴，如珩佩之聲。」

〔三二〕臉蓮：美如荷花的臉，形容貌美。宋謝逸《鷓鴣天》詞：「紅綃舞袖縈腰柳，碧玉眉峰媚臉蓮。」

〔三三〕雲髻：高高的髮髻。　簟：竹席。

〔三四〕「樂事」二句：樂極生悲，歌變爲歎。　「歎」字下原注：「平聲。」

〔三五〕走東下：詔書快速從東面（汴京）頒發下來。　走，迅疾。《左傳・襄公三十年》「吏走問諸朝」陸德明釋文：「走，速疾之意也。」丞相忽南遷：明道二年，錢惟演罷同平章事、西京留守，赴隨州（今屬湖北）崇信軍節度使本任，旋于景祐元年七月病逝。

〔三六〕潸潸：流淚貌。錢惟演對歐、梅均有知遇之恩，故有此舉。

〔三七〕臘月：指明道二年十二月。赴春官：梅堯臣接著入京參加春季禮部試。春官，指禮部，禮部掌貢舉。

〔三八〕白馬寺：在今洛陽市東郊，東漢明帝時建，爲佛教入華最早的寺院。東上門：即上東門，洛城東城門之一。後魏楊衒之《洛陽伽藍記·自叙》：「東面有三門，北頭第一門曰建春門，漢曰上東門。阮籍詩曰『步出上東門』是也。」

〔三九〕「故府」二句：此爲歐送別梅堯臣時説的話，表達對洛邑文人集團的知交紛紛離去的傷感情懷。

〔四〇〕聞者：指梅堯臣。依然：形容思念、依戀的情態。江淹《別賦》：「惟世間兮重別，謝主人兮依然。」

【附録】

此詩輯入清康熙《御選宋金元明四朝詩·御選宋詩》卷一一、吴之振《宋詩鈔》卷一二、陳訏《宋十五家詩選·廬陵詩選》。

朱自清《宋五家詩鈔》評曰：「詩係少作，故排偶多，韻律諧，無刻琢之句。」

送張如京知安肅軍

相逢舊從事，新命忽臨戎〔一〕。界上山河壯〔二〕，軍中鼓角雄。朔風馳駿馬，塞雪射驚鴻。試取封侯印，何如筆硯功〔三〕。

【題解】

原輯《居士集》卷一〇，繫景祐二年（一〇三五）。作於是年初春，詩人時年二十九歲，在京任館閣校勘。張如京，即張亢，字公壽，臨濮人。進士出身，爲廣安軍判官、應天府推官，改大理寺丞、簽書西京判官事，通判鎮戎軍，歷知安肅軍、渭州、鄜州、瀛州等。《宋史》卷三二四本傳稱其「馭軍嚴明，所至有風跡，民圖像祠之」。如京，即如京使，北宋武官官階名。《長編》卷一一五景祐元年十二月：「屯田員外郎張亢者，奎弟也，豪邁有奇節……癸酉（十七日），命亢爲如京使、知安肅軍。」張亢離京赴任，當在本年春。安肅軍，北宋軍名，屬河北西路，與契丹相鄰，治所在今河北徐水。詩歌描摹西北邊塞風光，以壯其行；援引班超投筆從戎典故，以勵其志，表現積極進取的理想抱負。詩筆雄豪，結構跌宕，語言沉鬱，聲韻鏗鏘。

【注釋】

〔一〕舊從事：昔日西京幕府舊幕僚。從事，官名。漢以後三公及州郡長官皆自辟僚屬，多以從事爲稱。《漢書·丙吉傳》：「坐法失官，歸爲州從事。」此指州府僚屬。臨戎：親臨戰陣，從軍。李商隱《漫成》詩其四：「不妨常日饒輕薄，且喜臨戎用草萊。」此指與遼對陣。

〔二〕界上：邊塞地區。時宋遼以安肅軍北面的白皮溝河爲界。

〔三〕「試取」二句：以東漢班超投筆從戎故事，激勵張亢胸懷壯志，建功立業。《後漢書·班超傳》：班超家貧，爲官府鈔書以養母，曾投筆歎曰：「大丈夫無它志略，猶當效傅介子、張騫立功異域，以取封侯，安能久事筆硯間乎！」後率三十六人出使西域，建立功勳，封定遠侯。

【附録】

此詩輯入明李蓘《宋藝圃集》卷九，又輯入清陳焯《宋元詩會》卷一一。

劉壎《隱居通議》卷七：「《送張如京知安肅軍》有曰：『界上山河壯，軍中鼓角雄。』……如此等語，殊似少陵。舉此以例其餘，概可知矣。而謂公不工於詩可乎？」

黄溥《詩學權輿》卷一七：「『山河壯』『鼓角雄』，固見其地位之高也。『馳駿馬』『射鷩鴻』，又見其氣勢之雄也。結以投筆封侯，蓋以班定遠望之也。」

述懷送張揔之

鬱鬱河堤緑樹平，送君因得到東城。落花已盡鶯猶囀，垂柳初長蟬欲鳴〔一〕。去年送客亦曾到，正值楊花亂芳草。人心不復故時懽，景物自隨時節好。感今懷昔復傷離，一别相逢知幾時？莫辭今日一罇酒，明日思君難重持〔二〕。東吴山水天下秀，羡君輕舟片帆逗〔三〕。江城月下夜聞歌，淮浦山前朝放溜〔四〕。樂哉此行時未晚，萬壑千巖不知遠。可憐病客厭京塵，寂寞淹留已再春〔五〕。扁舟待得東南下，猶更河橋送幾人〔七〕！

【題　解】

原輯《居士外集》卷二，無繫年，列景祐二年詩後。作於是年初夏，時在汴京任館閣校勘。張揔之，「揔」，周必大本、《四部叢刊》本《歐陽文忠公集》訛爲「惣」，今據《四庫全書》本、清歐陽衡編校本改。揔，同「總」。蔡襄《端明集》卷二九有《送張總之温州司理序》，文同《丹淵集》卷二六亦有《送通判張總之都官赴闕序》，當同此人，「東吴爲官」疑即司理温州。暮春時節送張揔之南下，揮手詠别，抒寫孤寂思歸之情。信筆揮灑，情感起伏跌宕，詩境沉鬱，變化中可見宋人氣格。

【注釋】

〔一〕「落花」二句：初夏時節的風光：花落鶯啼，柳長蟬鳴。囀：鳥鳴聲。

〔二〕難重持：難再執，再執難也，即再次（與您）執杯飲酒不知何時之意。沈約《别范安成》詩：「勿言一樽酒，明日難重持」。

〔三〕東吴：指蘇州。蘇州居東部，古稱吴郡，故稱。

〔四〕淮浦：古地名，漢武帝元狩六年建淮浦縣，屬臨淮郡。此處泛指淮陰一帶。陸游《寄子虡兼示子遹》詩：「吴江聽唳鶴，淮浦送歸雁。」放溜：任船順流自行，南朝梁蕭繹《早發龍巢》詩：「征人喜放溜，曉發晨陽隈。」

〔五〕「可憐」二句：自己疾病纏身，孤獨滯留京師兩年，已生厭倦之情。京塵：在京爲官。陸機詩《爲顧彦先贈婦二首》其一：「京洛多風塵，素衣化爲緇。」

〔七〕扁舟：參見本書《和晏尚書〈夏日偶至郊亭〉》注〔四〕。河橋：古人送别地的代稱。宋之問《送杜審言》：「河橋不相送，江樹遠含情。」

【附録】

此詩輯入清陳訏《宋十五家詩選·盧陵詩選》。

劉壎《隱居通議》卷七：「《述懷送張揔之》有云：『鬱鬱河堤緑樹平……明日思君難重持。』此皆流麗有情致，可吟諷也。」

送劉十三南游

決決汴河流〔一〕，櫓聲過晚浦。行客問吴山，舟人多楚語。春深紫蘭澤，夏早黄梅雨。時應賦登眺，聊以忘羈旅〔二〕。

【題　解】

原輯《居士外集》卷二，無繫年，列景祐二年至四年詩之間。當作於景祐二年春夏間，時在汴京任館閣校勘。劉十三，名字不詳，以行第稱。詩人送劉十三南游，描寫江南人文景觀，勸勉劉氏旅途中多多觀賞名勝，登高賦詩，以忘卻羈旅行愁。詩語樸實，屬對工整，平叙中透見殷殷深情。

【注　釋】

〔一〕決決：水流貌。《廣雅·釋訓》：「涓涓、決決……流也。」

〔二〕登眺：登高遠眺。李白《尋高鳳石門山中元丹丘》詩：「峰巒秀中天，登眺不可盡。」

【附録】

此詩輯入明曹學佺《石倉歷代詩選》卷一四〇，又輯入清管庭芬、蔣光煦《宋詩鈔補·歐陽文忠詩補鈔》。

寄題嵩巫亭

平地煙霄向此分，繡楣丹檻照清芬〔一〕。風簾暮捲秋空碧，剩見西山數嶺雲〔二〕。

【題解】

原輯《居士外集》卷六，繫景祐二年。作於是年秋，時在汴京任館閣校勘。嵩巫亭，在絳州。《大清一統志》卷一五五《絳州》："「嵩巫亭在州治北園池内。宋富弼知絳州時建，歐陽修有詩，今廢。」蘇軾《富鄭公神道碑》："「郭后廢，范仲淹爭之，貶知睦州。（富）公上言：『朝廷一舉而獲二過，縱不能復后，宜還仲淹以來忠言。』通判絳州。」《宛陵先生集》卷三有詩《彦國通判絳州》，朱東潤繫景祐元年。歐本年春《送陳子履赴絳州翼城序》亦云："「今彦國在絳。」萬曆《絳州志》卷三輯此詩于富弼名下，當誤。詩人憑藉想像，描寫嵩巫亭的煙霄清芬與碧空嶺雲，李白詩有名句「高風安可仰，徒此挹清芬」，詩歌寓含對建亭者富弼的人格讚美。師法李白七絶，語言淺暢，具有清雅疏放之韻致。

【注釋】

〔一〕繡楣丹檻：鑲有花紋的門楣，漆成朱紅色的欄杆。

〔二〕「風簾」二句：化用王勃《滕王閣》詩句：「珠簾暮卷西山雨，畫棟朝飛南浦雲。」

【附録】

此詩輯入明李蓘《宋藝圃集》卷九、曹學佺《石倉歷代詩選》卷一四〇，又輯入清管庭芬、蔣光煦《宋詩鈔補·歐陽文忠詩補鈔》。

題淨慧大師禪齋

巾履諸方徧，莓苔一室前〔一〕。萎花吟次落，孤月定中圓〔二〕。齋鉢都人施，談機海外傳〔三〕。時應暮鐘響，來度禁城煙。

【題解】

原輯《居士外集》卷六，無繫年，列景祐二年詩後。作於是年秋，時在汴京任館閣校勘。題下原注：「景德寺普光院。」淨慧大師，京師景德寺普光院院主。韓琦《安陽集》卷一九《寄院主淨慧大師》有云：「祖風門法在坤維，早厭京塵杖錫歸。已大化緣興佛事，更窮真際得禪機。」明李濂《汴京遺跡志》卷一〇：「景德寺在麗景門外迤東，周世宗顯德五年，以相國寺僧多居隘，詔就寺之蔬圃，別建下院分處之，俗呼東相國寺。顯德六年，賜額天壽寺。宋真宗景德二年，改名景德寺。後有定光釋迦舍利磚塔，累經兵燹河患，今爲平地。」詩人題詠淨慧大師禪室，描繪其清靜修行生活。作者雖然堅決弘儒辟佛，卻與不少類似淨慧大師的高僧保持良好的個人情誼，常相往來，多有詩文酬唱。這是詩人希賢愛才的表現，也是世風寬厚、三教融匯的時代風尚的反映。詩境幽冷，超然象外，蘊藉閑遠，耐人玩味。

【注　釋】

〔一〕巾履：又作「巾屨」，即巾帽與鞋履，幽人高士的衣著。温庭筠《贈越僧岳雲二首》其一：「世機消已盡，巾屨亦飄然。」　莓苔：青苔的雅稱。晉孫綽《游天台山賦》：「踐莓苔之滑石，搏壁立之翠屏。」此處用以形容禪齋的清淨。

〔二〕定：入定，指佛教徒閉目靜坐，排去雜念，使心定於一處。白居易《在家出家》詩：「中宵入定跏趺坐，女喚妻呼多不應。」

〔三〕「齋鉢」二句：淨慧法師的香火化緣來自京師之人，其禪話偈語流傳海外。　談機：禪語。談話的機鋒。

【附　録】

此詩輯入明曹學佺《石倉歷代詩選》卷一四〇，又輯入清康熙《御選宋金元明四朝詩·御選宋詩》卷三五、《御定佩文齋詠物詩選》卷二三一、吴之振《宋詩鈔》卷一二、陳焯《宋元詩會》卷一一、陳訏《宋十五家詩選·廬陵詩選》。

送賈推官赴絳州

白雲汾水上，人北雁南飛〔一〕。行李山川遠，風霜草木腓〔二〕。郡齋賓榻掛，幕府羽書稀〔三〕。最有題輿客，偏思玉麈揮〔四〕。

【題　解】

原輯《居士集》卷一〇，繫景祐二年。作於是年秋，時在汴京任館閣校勘。賈推官，名不詳。絳州，北宋州名，屬河東路，治所在今山西絳縣，時富弼通判絳州，參見本書《寄題嵩巫亭》題解。詩歌描寫賈推官赴任途中的秋光山色，想像其就任後的人生況味。繪景明媚細緻，情蘊其中，意境深沉委曲。

【注　釋】

〔一〕「白雲」二句：秋雁南飛時節，你卻北上汾水畔。化用漢武帝《秋風辭》：「秋風起兮白雲飛，草木黄落兮雁南歸。」汾水：黄河支流之一，由北向南流經河東路，絳州屬其流域。

〔二〕行李：行程、行蹤。杜牧《聞范秀才自蜀游江湖》詩：「歸時慎行李，莫到石城西。」腓：枯萎。多指草木。《詩·小雅·四月》：「秋日淒淒，百卉具腓。」毛傳：「腓，病也。」《韓詩》：「薛君曰：腓，變也，言俱變而爲黄也。」

〔三〕賓榻掛：招待賓客的坐具掛在牆上，喻來客稀少。《後漢書·徐穉傳》：東漢陳蕃任豫章太守時，「蕃在郡不接賓客，惟穉來特設一榻，去則縣之。」又《後漢書·陳蕃傳》：「郡人周璆，高潔之士。前後郡守招命莫肯至，唯蕃能致焉。字而不名，特爲置一榻，去則縣之。」後以「解榻」爲禮賢下士之典故。　羽書稀：軍情舒緩。　羽書，古代軍事文書，插鳥羽以示緊急，必須迅速傳遞。高適《燕歌行》：「校尉羽書飛瀚海，單于獵火照狼山。」

〔四〕「最有」二句：絳州任上有愛才重才的富弼，可與你論道談經。　題輿客：東漢周景任豫州刺史時，嘗辟陳蕃（字仲舉）爲别駕。蕃辭不就。景題别駕輿曰：「陳仲舉座也。」不復更辟。蕃惶懼，起視職。事見《太平御覽》卷二六三引三國吴謝承《後漢書》。後遂用作典故，謂景仰賢達，望其出仕。　玉麈揮：謂清談。蘇軾《次韻王鞏顔復同泛舟》詩：「談辨如雲玉麈揮。」玉麈，玉柄麈尾。　參見本書《錢相中伏日池亭宴會分韻》注〔三〕。

【附　録】

黄溥《詩學權輿》卷一七評此詩：「離别真情，居官情況，溢乎言意之表，奇作也。」

送威勝軍張判官

北地不知春，惟看榆葉新。岑牟多武士，玉麈重嘉賓〔一〕。野燐驚行客〔二〕，烽煙入遠塵。繫書沙上雁，時寄日邊人〔三〕。

【題　解】

原輯《居士集》卷一〇，繫景祐二年。作於是年秋，時在汴京任館閣校勘。威勝軍，北宋軍名，屬河東路，治所在今山西沁縣南。張判官，即張修，生平不詳。梅堯臣《宛陵先生集》卷三《張修赴威勝軍判官》有云：「地形通柏谷，秋色滿榆關。」可知時在秋季。此詩描寫邊地風光及邊塞生活，希望朋友勤寄書信，保持聯係。結構跌宕，感情起伏，善於抓住景物特徵，情景融爲一體。

【注　釋】

〔一〕岑牟：古代鼓角吏所戴的帽子，借指鼓角吏。牟，通「鍪」。帽鋭上，故稱。《後漢書·文苑傳下·禰衡》：「諸吏過者，皆令脱其故衣，更著岑牟單絞之服。」李賢注：「鼓角士胄也。」玉麈：玉柄麈尾。東晉士大夫清談時常執之。代指士論。

〔二〕野燐：野外夜晚的燐火。

〔三〕繫書沙上雁：即雁足書，代指書信。《漢書·蘇武傳》：「昭帝即位。數年，匈奴與漢和親。漢求武等，匈奴詭言武死。後漢使復至匈奴，常惠請其守者與俱，得夜見漢使，具自陳道。教使者謂單于，言天子射上林中，得雁，足有繫帛書，言武等在某澤中。使者大喜，如惠語以讓單于。單于視左右而驚，謝漢使曰：『武等實在。』」日邊人：歐氏在京師任職，故云。日邊，代指京師或帝王左右。唐趙嘏《送裴延翰下第歸覲滁州》詩：「江上詩書懸素業，日邊門户倚丹梯。」

送同年史襃之武功尉

久作游邊客，常悲入塞笳〔一〕。今兹一尉遠，猶困折腰嗟〔二〕。白馬關中道，青天棧外家。過秦應弔古，惟有故山斜〔三〕。

【題解】原輯《居士集》卷一〇，無繫年，列景祐二年詩後。作於是年秋，時在汴京任館閣校勘。史襃，同歐天聖八年進士及第，生平不詳。武功，北宋縣名，屬陝西路京兆府，治所在今陝西武功西北。同年友史褒遠離家鄉趕赴邊地擔任微職，詩人對其處境深表同情。陝西是秦漢關中腹地，多有名勝古跡，詩人奉勸其在邊地多多憑弔前代遺跡，以尋求人生快樂。雖爲近體，頗近古調，渾然一體，含蓄精巧。

【注釋】

〔一〕「久作」二句：長期出游邊塞之人，一聽到邊地胡笳聲就感到悲涼。笳：胡笳。我國古代北方民族的管樂器，傳説由漢張騫從西域傳入，漢魏鼓吹樂中常用之。蔡琰《悲憤詩》其二：「胡笳動兮邊馬鳴，孤雁歸兮聲嚶嚶。」

〔二〕折腰：指屈身事人爲小官。《晉書·陶潛傳》：「吾不能爲五斗米折腰，拳拳事鄉里小人耶！」

〔三〕弔古：憑弔往古之事。唐李端《送友人》詩：「聞説湘川路，年年弔古多。」故山：舊山，喻家鄉。漢應瑒《別詩》其一：「朝雲浮四海，日暮歸故山。」

送子野

四時慘舒不可調，冬夏寒暑易鬱陶。春陽著物大軟媚，獨有秋節最勁豪〔一〕。金方堅剛屏炎瘴，兑氣高爽清風飆。煙霞破散灝氣豁，山河震發地脈摇〔二〕。天開寶鑑露寒月，海拍積雪卷怒潮。光輝通透奪星耀，蟠潛驚奮鬬蜃蛟〔三〕。高樓精爽毛髮竦，壯懷直恐衝斗杓。欲飛輕衣上拂漢，擬乘王氣戲鷺濤〔四〕。念時文法密於織，羈縻束縛不自聊。豈無策議獻人主，扼持舌在口已膠。當秋且幸際軒豁，誰能兒女聽蟪蛄〔五〕。君方壯歲襟宇快，名聲樂與家聲高。輕舟從游山川底，詩酒合興皆翹翹〔六〕。堪嗟宋玉自悲攪，可並張翰同逍遥。功名富貴有時到，忍把壯節良辰消〔七〕。

【題　解】

原輯《居士外集》卷二，無繫年，列景祐二年詩後。作於是年秋，時在汴京任館閣校勘。子野，即張先。參見本書《寄西京張法曹》題解。據歐《張子野墓誌銘》，張先自天聖二年舉進士以來，歷任漢陽軍司理參軍、開封府咸平主簿、河南法曹參軍，本年改官著作佐郎、監鄭州酒稅。梅堯臣《宛陵先生集》卷三有詩《張子野赴官鄭州》。本詩是歐的送行作。首十六句讚美秋天：秋氣清朗，秋月皎潔，秋潮洶湧，秋天令人精神振奮；次六句感慨文網密布、下情無由上達的時弊；末八句讚揚朋友的氣度與名聲，寬慰並勉勵久困微職的朋友。詩人豪情滿懷地讚美秋天，與日後悲秋詩的情調大相徑庭，表現作者初入仕途時積極樂觀的思想風貌。想像奇特，筆力雄健，文思跌宕，韻味深沉而濃郁。

【注釋】

〔一〕「四時」四句：一年四季之中，唯有秋季最振奮人心。　四時慘舒：張衡《西京賦》：「夫人在陽時則舒，在陰時則慘。」薛綜注：「陽，謂春夏；陰，謂秋冬。」《文心雕龍·物色》：「春秋代序，陰陽慘舒。」　鬱陶：憂思積聚之貌。《尚書·五子之歌》：「鬱陶乎予心，顔厚有忸怩。」孔安國傳：「言哀思也。」陸德明釋文：「鬱陶，憂思也。」《楚辭·九辨》：「豈不鬱陶而思君兮，君之門以九重。」王逸注：「憤念蓄積，盈胸臆也。」

〔二〕「金方」四句：秋來暑氣消退，天朗氣清。　金方：金爲五行之一，古人把五行和四方四時相配，四方西爲金，四時秋爲金。陳子昂《感遇》：「金天方蕭殺，白露始爲徵。」　兑氣：秋氣。兑，八卦卦名。《周易》：「四象生八卦。」孔穎達疏：「震木、離火、兑金、坎水，各主一時。」《周易·説卦》：「兑，正秋也，萬物之所説也。」

〔三〕「天開」四句：描寫秋月明朗和秋潮洶湧的景致。　寶鑑：寶鏡，形容秋月的明亮。　蟠潛：深藏海底之龍。　蜃蛟：明李時珍《本草綱目》卷四三《蜃》：「蛟之屬有蜃，其狀似蛇而大，有角，能呼氣成樓臺城郭之狀，將雨即現，名蜃樓，亦曰海市。」

〔四〕「高樓」四句：秋氣使人精神奮發。　精爽：精神，猶言神清氣爽。唐吴融《秋興》：「襟期漸瀟灑，精爽欲飛揚。」　斗杓：北斗之柄，北斗的第五至第七星，即衡、開泰、摇光。北斗，第一至第四星象斗，第五至第七星象柄。《國語·周語下》：「日在析木之津，辰在斗柄。」《淮南子・天文訓》：「斗杓爲小歲。」高誘注：「斗，第五至第七爲杓。」輕衣：即五銖衣，亦稱「五銖服」，亦稱「五銑衣」。相傳爲神仙穿的衣服，輕而薄。唐谷神子《博異志・岑文本》：「〔文本〕又問曰：『衣服皆輕細，何土所出？』對曰：『此是上清五銖服。』」王氣：强勁的祥瑞之氣，古人常以象徵帝王運數。鷺濤：雪白滚騰的波濤，猶如上下翻飛的白鷺。漢枚乘《七發》：「衍溢漂疾，波湧而濤起，其始起也，洪淋淋焉，若白鷺之下翔。」

〔五〕「念時」六句：感慨文網密布，言論不自由，下情無由上達。宋代士大夫言事之風始于仁宗康定、慶曆間，與歐氏倡導有關。舌在：《史記・張儀列傳》：張儀游説楚國，受辱歸家，被妻子譏笑，「張儀謂其妻曰：『視吾舌尚在否？』其妻笑曰：『舌在也。』儀曰：『足矣。』」口已膠：雖有口，卻不敢説話。螗蜩：一種較小的蟬。又名「蜩螗」，蟬屬，體小，背青緑色，鳴聲清圓。《詩・大雅・蕩》：「如蜩如螗，如沸如羹。」馬瑞辰《毛詩傳箋通釋》釋云：「按詩意蓋謂時人悲歎之聲如蜩螗之鳴。」

〔六〕「君方」四句：讚譽張先的氣度與名聲，回憶與其同游洛陽的情景。家聲高：張先祖父官樞密副使，父張敏中官尚書比部郎中，屬仕宦世家。《七交詩・張判官》：「人將孰君子，盍視其友執。」讚譽張先結交朋友皆爲名士。詩酒合興：歐《張子野墓誌銘》：「初，天聖九年，予爲西京留守推官，是時，陳郡謝希深、南陽張堯夫與吾子野，尚皆無恙。于時一府之士，皆魁傑賢豪，日相往來，飲酒歌呼，上下角逐，爭相先後以爲笑樂，而堯夫、子野退然其間，不動聲氣，衆皆指爲長者。」翹翹：高貌，出群貌。

〔七〕「堪嗟」四句：宋玉徒自悲秋值得感歎，其實他大可與張翰一樣逍遥。該有的功名富貴到時自然會有，姑且擱置雄心而及時行樂吧。張先所任的參軍、監税，均爲末秩，地位卑微，故作者寬慰其安命待時。宋玉：楚辭作家，其《九辨》有云：「悲哉秋之爲氣也，蕭瑟兮草木摇落而變衰。」張翰：字季鷹，晉吴人，曾因秋風起思故鄉菰菜、蓴羹、鱸魚膾，辭官歸吴，故稱其逍遥。參見本書《送友人南下》注〔一〕。壯節：壯烈的節操。《後漢書・獨行傳・戴就》：「〔薛安〕收就于錢唐縣獄，幽囚考掠，五毒參至。就慷慨直辭，色不變容……安深奇其壯節，即解械，更與美談，表其言辭，解釋郡事。」

送張屯田歸洛歌

昔年洛浦見花落，曾作悲歌歌落花〔一〕。愁來欲遣何可奈？時向金河尋杜家〔二〕。杜家花雖非絶品〔三〕，猶可開顔爲之飲。少年意氣易成懽，醉不還家伴花寢。一來京國兩傷春，憔悴窮愁九陌塵〔四〕。紅房紫萼處處有〔五〕，騎馬欲尋無故人。黄河三月入隋河，河水多時悵望多。爲憐此水來何處，中有伊流與洛波〔六〕。忽聞君至自西京，洗眼相看眼暫明〔七〕。心衰面老畏人問，驚我瘦骨清如冰。今年七月妹喪夫，稚兒孀女啼呱呱〔八〕。季秋九月予喪婦，十月厭厭成病軀〔九〕。端居移病新城下，日不出門無過者〔一〇〕。獨行時欲强高歌，一曲未終雙涕灑。可憐明月與春風，歲歲年年事不同〔一一〕。暫别已嗟非舊態，再來應是作衰翁〔一二〕。感時惜别情無已，無酒送君空有淚。西歸必有問君人，爲道别來今若此〔一三〕。

【題解】

原輯《居士外集》卷二，繫景祐二年。作於是年冬，時在汴京任館閣校勘。張屯田，當爲《離彭婆值雨，投臨汝驛，回寄張九屯田司録》中的張九，或曰張谷，字應之，二人同爲詩人洛陽文友，然而後者時爲河南主簿，日後方累官屯田員外郎，不可能當時稱之「張屯田」。作者送張屯田歸洛而賦此詩。胡《譜》：景祐二年「是歲七月，公同産妹之夫張龜正死於襄城，謁告視之。九月，夫人楊氏卒。」前十六句對比洛陽和京師的兩地生活，自述境況與心態的强烈反差；後二十句哭訴兩年來家境的鉅大變遷，對朋友的來訪感到無限欣慰。詩人感慨人生無常，悲愁時光流逝，並以洛陽的歡樂生活，對比今日妹夫、愛妻亡故的悲痛，映襯故友聚而復散的傷感。詩調哀傷低沉，對比鮮明，章法婉轉開合，感情真摯動人。

【注釋】

〔一〕「昔年」二句：回憶自己天聖、明道間在洛陽曾經賦詩感歎花落人亡。洛浦：洛水之濱，指洛陽。悲歌：明道二年《緑竹堂獨飲》悲傷胥氏夫人病逝，有云：「楚鄉留滯一千里，歸來落盡李與桃。殘花不共一日看，東風送哭聲嗷嗷。」

〔二〕金河：指洛水。杜家：洛陽杜氏牡丹園林，名不詳。陳師道《臨江仙》詞：「肯持鴛綺被，來伴杜家花。」

〔三〕絶品：極品，物品之最高級者。蘇軾《西江月·茶詞》：「龍焙今年絶品，谷簾自古珍泉。」

〔四〕兩傷春：悲傷胥氏亡故已過兩個春天。九陌：漢長安城中有八街、九衢、九陌（見《三輔黄圖》）。此處借指汴京大道。

〔五〕紅房紫荅：紅色、紫色的蓮花。荅，即菡。紫荅，紫蓮。紅房亦指荷花。

〔六〕「黄河」四句：黄河三月解凍流入汴河，悵望著浩蕩流水，想起其遠方源頭，有咱們熟悉的伊水和洛河。隋河：隋煬帝所開通的濟渠，沿河築堤種柳，謂之隋堤。此指築有隋堤的開封汴河。

〔七〕「忽聞」二句：張氏來自洛陽，讓詩人感覺眼前一亮。洗眼：猶拭目，仔細觀察。杜甫《贈王二十四侍御契四十韻》：「洗眼看輕薄，虚懷任屈伸。」

〔八〕稚兒：張龜正前妻之女，時年三歲，故稱。孀女：歐陽修妹，時寡居。

〔九〕「季秋」二句：九月，歐景祐元年末續娶的楊氏夫人病故。連遭兩起喪事，詩人極度悲愴，大病一場。厭厭：氣息微弱，同「奄奄」。

〔一〇〕「端居」二句：養病移居新城之下，平日閉户不出，也無人登門拜訪。端居：猶言平居，平日家居。

〔一二〕「歲歲」句：化用劉希夷《代白頭吟》：「年年歲歲花相似，歲歲年年人不同」詩意。

〔一三〕「暫别」二句：短暫分别後你已慨歎我失去昔日容顔，下次重逢你看見的一定是一箇衰病老翁。

〔一三〕「西歸」二句：西歸洛陽後，定會有人問起我，你就對他們説分手之後我是這個模樣。

【附録】

此詩輯入清吴之振《宋詩鈔》卷一二、陳焯《宋元詩會》卷一〇。

題薦嚴院

那堪多難百憂攻，三十衰容一病翁〔一〕。却把西都看花眼，斷腸來此哭東風〔二〕。

【題解】

原輯《居士外集》卷六，無繫年，列景祐元年至二年詩間。作於景祐二年冬，時在汴京任館閣校勘。詩意與《送張屯田歸洛陽歌》大體相同，當爲同時作。胡《譜》：景祐二年「九月，夫人楊氏卒。」薦嚴院，即薦嚴佛寺。據歐《皇從侄鄧州團練使安陸侯墓誌銘》、王珪《華陽集》卷五三《安陸侯妻賈氏墓誌銘》等文，可知京師「薦嚴佛寺」爲死者殯厝之所。此詩當爲悼念亡妻楊氏而作。三十盛年，詩人卻成衰翁，可見愛妻夭亡對作者的沉重打擊。字字泣血，情態畢露，憂傷低徊之中，顯現真情摯愛。

【注　釋】

〔一〕三十：詩人時年二十九，此爲約數。

〔二〕「却把」二句：洛陽繁華，牡丹花盛，詩人感懷今昔，對楊氏夫人夭亡椎心泣血。西都：洛陽，因在開封西，故稱。

【附　録】

此詩輯入明李蓘《宋藝圃集》卷九。

韓琦《安陽集》卷五《故觀文殿學士太子少師致仕贈太子太師歐陽公墓誌銘》：「公有妹適張龜正。龜正亡，無子，妹挈前室所生孤女以歸。」

中國古典文學基本叢書

歐陽修詩編年箋注

第二册

〔宋〕歐陽修 撰

劉德清
顧寶林 箋注
歐陽明亮

中華書局

歐陽修詩編年箋注卷四

景祐三年至景祐四年作

顔跖

顔回飲瓢水，陋巷卧曲肱[一]。盜跖饜人肝，九州恣横行[二]。回仁而短命，跖壽死免兵[三]。愚夫仰天呼，禍福豈足憑！跖身一腐鼠，死朽化無形。萬世尚遭戮，筆誅甚刀刑。思其生所得，豺犬飽臭腥[四]。顔子聖人徒，生知自誠明。惟其生之樂，豈減跖所榮。死也至今在，光輝如日星。譬如埋金玉，不耗精與英[五]。生死得失間，較量誰重輕。善惡理如此，毋尤天不平[六]。

【題解】原輯《居士集》卷一，無繫年，列景祐三年（一〇三六）詩前。作於是年夏，詩人時年三十歲，在汴京任館閣校勘。胡《譜》：景祐三年「是歲，天章閣待制、權知開封府范仲淹言事忤宰相，落職，知饒州（今江西鄱陽）。公切責司諫高若訥，若訥以其書聞，五月戊戌，降爲峽州夷陵縣令。」顔跖，即顔回與盗跖，古人視二者爲善人與惡人的典型代表。顔回，字子淵，春秋魯國人。孔子得意弟子，貧而樂道，卒年三十二。盗跖，中國古代傳説中反抗貴族統治的首領，後世儒家誣爲大盗。詩中的顔、跖，分别喻指朝臣范仲淹、吕夷簡。詩歌通過對比顔回與盗跖，譏刺權相吕夷簡，並質疑「天道酬善」的傳統觀念，表達對儒家倫理道德的理性思辨，張揚重視德行、立志修身的人生理想。詩中出現大段的議論説理，兆示宋調「以文爲詩」的發軔。

【注釋】

〔一〕飲瓢水：《論語·雍也》：「子曰：『賢哉，回也！一簞食，一瓢飲，居陋巷，人不堪其憂，回也不改其樂。賢哉，回也！』」卧曲肱：以胳膊當枕頭睡覺，比喻生活清苦。《論語·述而》：「子曰：『飯疏食，飲水，曲肱而枕之，樂亦在其中矣。』」

〔二〕「盗跖」二句：《莊子·盗跖》：「盗跖從卒九千人，横行天下，侵暴諸侯。穴室樞户，驅人牛馬，取人婦女。貪得忘親，不顧父母兄弟，不祭先祖。所過之邑，大國守城，小國入保，萬民苦之……盗跖乃方休卒徒大山之陽，膾人肝而餔之。」

〔三〕「回仁」二句：顔回生性仁厚卻短命，盗跖長壽且免於死刑。《史記·仲尼弟子列傳》：「回年二十九，髮盡白，蚤死。孔子哭之慟，曰：『自吾有回，門人益親。』魯哀公問：『弟子孰爲好學？』孔子對曰：『有顏回者好學，不遷怒，不貳過。不幸短命死矣，今也則亡。』」王充《論衡·命義》：「行惡者禍隨而至。而盜跖、莊蹻橫行天下，聚黨數千，攻奪人物，斷斬人身，無道甚矣，宜遇其禍，乃以壽終。夫如是，隨命之説，安所驗乎？」

〔四〕「跖身」六句：盜跖死後受到世人口誅筆伐，臭名昭著，永世不得翻身。

〔五〕「顏子」八句：顏回雖死猶生，有如天上日月，光輝永存。生知：生而知之者。《論語·季氏》：「生而知之者，上也。」誠明：至誠之心和完美的德性。《禮記·中庸》：「自誠明謂之性，自明誠謂之教，誠則明矣，明則誠矣。」鄭玄注：「由至誠而有明德，是聖人之性者也。」埋金玉：喻德行才華被埋没。

〔六〕「生死」四句：比較人生存亡得失，善惡自有公理，無需怨天尤人。

【附録】

黄震《黄氏日鈔》卷六一評曰：「總説處提顏子云：『豈减跖所榮？』跖本無『榮』，顏本不當與跖較榮辱，而歐公云爾，全用『所』字斡意，蓋跖自以爲榮者。若説『跖之榮』，則非矣。初讀疑之，三味乃見。」

《長編》卷一一八景祐三年五月戊戌（二十一日）：「貶鎮南節度掌書記、館閣校勘歐陽修爲夷陵縣令。初，右司諫高若訥言：『范仲淹貶職之後，臣諸處察訪端由，參驗所聞，與敕榜中意頗同，因不敢妄有營救。今歐陽修移書詆臣，言仲淹平生剛直，通古今，班行中無與比者。責臣不能辨仲淹非辜，猶能以面目而見士大夫，出入朝中稱諫官，及謂臣不復知人間有羞恥事。仍言今日天子與宰臣以迕意逐賢人，責臣不得不言。臣謂賢人者，國家恃以爲治也。若陛下以迕意逐之，臣合諫；宰臣以迕意逐之，臣合爭。臣愚以爲范仲淹頃以論事切直，急加進用，今茲狂言，自取譴辱，豈得謂之非辜？恐中外聞之，謂天子以迕意逐賢人，所損不細。請令有司召修戒諭，免惑衆聽。』因繳進修書，修坐是貶。」

王闢之《澠水燕談録》卷二：「景祐中，范文正公知開封府，忠亮讜直，言無回避。左右不便，因言離間大臣，自結朋黨，乃落天章閣待制，黜知饒州。余靖安道上疏論救，以朋黨坐貶。尹洙師魯言：『靖與仲淹交淺，臣與仲淹義兼師友，當從坐。』貶監郢州稅。歐陽永叔貽書責司諫高若訥不能辯其非辜。若訥大怒，繳其書，降授夷陵縣令。……時蔡君謨爲《四賢一不肖》詩，布在都下，人爭傳寫，鬻書者市之，頗獲厚利。虜使至，密市以還。張中庸奉使過幽州，館中有書君謨詩在壁上。四賢：希文、安道、師魯、永叔；一不肖，謂若訥也。」

猛虎

猛虎白日行，心閒貌揚揚〔一〕。當路擇人肉，羆豬不形相。頭垂尾不掉，百獸自然降〔二〕。

暗禍發所忽，有機埋路傍〔三〕。徐行自踏之，機翻矢穿腸。怒吼震林丘，瓦落兒墮牀〔四〕。已死不敢近，目睛射餘光。虎勇恃其外，爪牙利鈎鋩〔五〕。人形雖羸弱，智巧乃中藏。恃外可摧折，藏中難測量〔六〕。英心多決烈，自信不猜防〔七〕。老狐足姦計，安居穴垣牆〔八〕。窮冬聽冰渡〔九〕，思慮豈不長。引身入扱中，將死猶跳踉〔一〇〕。狐姦固堪笑，虎猛誠可傷。

【題解】

原輯《居士集》卷一，繫景祐三年。作於是年夏，時在汴京任館閣校勘。是年五月，天章閣待制、權知開封府范仲淹上書言事，指斥宰相吕夷簡，落職知饒州。歐致信切責司諫高若訥，被降爲峽州夷陵縣令。參見上詩題解。此爲寓言式政治諷刺詩，詠物感時，寓有深意。梅堯臣《宛陵先生集》卷四亦有《猛虎行》，置《聞歐陽修永叔謫夷陵》、《聞尹師魯謫富水》、《寄饒州范待制》等詩後，當與此詩同爲譏刺吕夷簡之作。詩歌嘲笑「老狐足姦計」與人的「智巧乃中藏」，哀傷「猛虎」的「恃外可摧折」，揭示人心叵測的生活哲理，表現嫉惡如仇的强烈義憤。氣格老健，狀物生動，情感深沉熾熱，詩中的説理成份，標誌歐氏「以議論爲詩」的特徵開始形成。

【注釋】

〔一〕「猛虎」二句：老虎大白天出來活動，狀貌悠閒，洋洋自得。揚揚：同「洋洋」，自得貌。《古文苑·班固〈十八侯銘〉》：「洋洋丞相，勢譎師旅。」章樵注：「洋洋，得意貌。」

〔二〕「當路」四句：老虎攔路選人而食，從不把熊羆野豬放在眼裏，即使低著頭夾著尾巴，也令百獸望風降服。不形相：不端詳，猶言看不上。形相，細看。梅堯臣《雷逸老遺仿石鼓文》詩：「歷秦漢魏下及唐，無人著眼來形相。」

〔三〕機：機關，指捕獸器。

〔四〕「瓦落」句：老虎的怒吼聲，使屋瓦震落，孩兒也被顛下牀。

〔五〕「已死」四句：虎死有餘威，威勇顯於外，其爪牙比鈎刃還犀利。鈎：古代一種似劍而曲的兵器。

〔六〕「人形」四句：人體雖然瘦弱，卻機巧藏於内心，外露的虎威不難折伏，内藏的機巧難以提防。

〔七〕英心：猶言英氣，威武的氣概。決烈：剛烈，堅毅。《隋書·地理志下》：「其人率多勁悍決烈。」

〔八〕「老狐」二句：狐狸老奸鉅滑，安然穴居在斷牆殘壁上的洞窟裏。穴垣牆：在院牆上掏洞。穴，打洞。

〔九〕聽冰渡：狐狸狡猾多疑，冬天渡河邊走邊聽，冰下無水聲而後行。《漢書·文帝紀》：「方大臣誅諸吕迎朕，朕狐疑。」顔師古注：「狐之爲獸，其性多疑，每渡冰河，且聽且渡。」

〔一〇〕「引身」二句：狐狸被誘入獵器中，死前還拼命掙扎。扱：捕獲。《廣韻》：「取也，獲也。」卷末附注：「《猛虎》詩『引身入扱中』，朝佐考字書，『扱』音插，取也，獲也，舉也，引也，收也，義與詩不類。按韓文公《城南聯句》云：『鞁妖藤索絣。』時景通云：『布活套於狐徑，而掎其足，謂之鞁。』『鞁』、『扱』聲相近，公用『扱』字，義或取。」跳踉：亦作「跳梁」，猶跳躍。《莊子·逍遥游》：「子獨不見狸狌乎？卑身而伏，以候敖者；東西跳梁，不辟高下。」成玄英疏：「跳梁，猶走擲也。」

仙草

世説有仙草，得之能隱身〔一〕。仙書已怪妄，此事況無文〔二〕。嗟爾得從誰，不辨僞與真。持行入都市，自謂術通神。白日攫黄金，磊落揀奇珍〔三〕。旁人掩口笑，縱汝暫懽忻。汝方矜所得，謂世盡盲昏。非人不見汝，乃汝不見人。

【題解】

原輯《居士集》卷一，無繫年，列景祐三年詩後。作於是年春夏間，時在汴京任館閣校勘。詩歌嘲諷仙草可以隱身的傳説，笑談所謂隱身之術，實質是「非人不見汝，乃汝不見人」。詩人借詠隱身仙草，諷刺人世間的自欺欺人者，表現其不迷信、反怪誕的一貫思想。叙事與議論相生，文氣疏暢，有如行雲流水，自然舒卷。

【注　釋】

〔一〕仙草：傳説中的一種靈異草，叫隱身草，持之可以隱身。

〔二〕無文：仙草隱身之事，未見文獻記載。《太平御覽》卷九四六及《天中記》卷五七同引《邯鄲笑林》，有「障葉」一説，類似「隱身草」。明陳耀文《天中記》卷五七引邯鄲《笑林》：「楚人居貧，讀《淮南方》，得螳蜋伺蟬自障葉，可以隱形。遂於樹下仰取葉，螳蜋執葉伺蟬以摘之。葉落樹下，樹下先有落葉，不能復分别，掃取數斗歸，一一以葉自障，問其妻曰：『汝見我不？』妻始時恒答言：『見。』經日乃厭倦不堪，紿云：『不見。』嘿然大喜，齎葉入市，對面取人物，吏遂縛詣縣官。受辭，自説本末，官大笑，放而不治。」

〔三〕「白日」二句：青天白日，公然肆無忌憚地盗取他人財物。　磊落：衆多委積貌。《文選·潘岳〈閒居賦〉》：「石榴蒲陶之珍，磊落蔓衍乎其側。」吕延濟注：「磊落、蔓衍，衆多貌。」

【附　録】

葛立方《韻語陽秋》卷一二：「歐公常爲《感事詩》曰……又爲《仙草》詩曰：『世説有仙草，得之能隱身。仙書已怪妄，此事況無文。』則凡神仙之説，皆在所麾也。」

題張損之學士蘭皋亭

碕岸接芳蹊，琴觴此自怡〔一〕。林花朝落砌〔二〕，山月夜臨池。雨積蛙鳴亂，春歸鳥哢移。惟應乘興客，不待主人知〔三〕。

【題解】

原輯《居士外集》卷六，無繫年，列景祐三年詩後。作於是年六月三日，時在貶官夷陵途中。歐《于役志》：景祐三年六月「庚戌（三日）過宿州，與張參約：泊靈璧鎮，游損之園。會余有客住宿州，參先發，艤靈璧，待余不至，乃行。晚次靈璧，獨游損之園。」蘭皋亭，宋祁《景文集》卷二一有詩《蘭皋亭》，題下自注：「張學士充別墅。」可參見「附録」蘇軾《靈璧張氏園亭記》及清查慎行《蘇詩補注》卷二五《留題蘭皋亭》注釋。詩中張損之或與吕祖謙《宋文鑑》卷八五劉牧《送張損之赴任定府幕職序》所涉同一人，葉適《習學記言》卷四九亦有「與契丹和前四十年劉牧送張損之，後四十年蘇洵送石揚休、張來送李之儀三序」云云。詩歌描寫蘭皋亭的夏日景觀，朝花夜月，蛙鳴鳥哢，展示詩人的瀟灑情懷，表現其身處逆境而以順處逆的自得自樂心態。詩律齊整，氣韻流走，情感寓於景物之中。

【注釋】

〔一〕「碕岸」二句：在長滿花草的河邊曲折小路上，我飲酒彈琴，怡然自樂。碕岸：曲折的河岸。左思《吴都賦》：「碕岸爲之不枯，林木爲之潤黷。」

〔二〕砌：臺階。

〔三〕「惟應」二句：衹要我們游客玩得開心，不必驚動園林主人。不待主人知：典出《晉書·王徽之傳》，參見本書《雜言答聖俞見寄，兼簡東京諸友》注〔三〕。

【附録】

此詩輯入明曹學佺《石倉歷代詩選》卷一四〇，又輯入清管庭芬、蔣光煦《宋詩鈔補·歐陽文忠詩補鈔》、陳焯《宋元詩會》卷一一。

蘇軾《東坡全集》卷三六《靈壁張氏園亭記》：「道京師而東……凡八百里，始得靈壁張氏之園於汴之陽。其外修竹森然以高，喬木蓊然以深。其中因汴之餘浸，以爲陂池，取山之怪石，以爲巖阜。蒲葦蓮芡，有江湖之思。椅桐檜柏，有山林之氣。奇花美草，有京洛之態。華堂廈屋，有吴蜀之巧。其深可以隱，其富可以養。果蔬可以飽鄰里，魚鱉筍茹可以餽四方之賓客。」

張邦基《墨莊漫録》卷一：「宿州靈壁縣張氏蘭皋園一石甚奇，所謂小蓬萊也。蘇子瞻愛之，題其上云：『東坡居士醉中觀此，灑然而醒。』子瞻之意，蓋取李德裕平泉莊有醒醉石，醉則踞之，乃醒也。蔣穎叔過，見之，復題云：『荆溪居士暑中觀此，爽然而凉。』吴右司師禮安中爲宿守，題其後云：『紫溪翁大暑醉中讀二題，一笑而去。』張氏皆刻之石，後歸禁中。」

清查慎行《蘇詩補注》卷二五《留題蘭皋亭》注：「本集《張氏園亭記》略云：道京師而東，凡八百里，得靈壁張氏之園于汴之陽。其中修竹森然以高，喬木蓊然以深，因汴之餘浸，以爲池。予由宋登舟，三宿而至其下，張氏之子碩求文記之。張氏世有顯人，自其伯父殿中君，與其先人通判君，始爲此園，作蘭皋之亭以養親。其後增治之，於今五十餘年矣。」

初出真州泛大江作

孤舟日日去無窮，行色蒼茫杳靄中〔一〕。山浦轉帆迷向背，夜江看斗辨西東〔二〕。滮田漸下雲間雁，霜日初丹水上楓〔三〕。蓴菜鱸魚方有味，遠來猶喜及秋風〔四〕。

【題解】

原輯《居士集》卷一〇，繫景祐三年。作於是年七月二十四日，時詩人初離真州，放舟長江。歐《于役志》：景祐三年七月「丙戌（十日），至於真州，大熱，無水。」「庚子（二十四日），次江口。」真州，宋代州名，屬淮南西路，治所在今江蘇儀征。大江，即長江。詩歌描寫舟行兩岸的景色風物，江面上的朦朧秋景，映襯詩人的迷茫心境，尾聯頗顯開朗，表現其失落中的曠達、逆境中的淡定。語言平易，擺脱崑體。繪景如畫，情韻俱佳。

【注釋】

〔一〕「孤舟」二句：孤舟一葉泛行長江，日復一日霧靄濛濛，何日何處纔是盡頭？杳靄：遠方的雲霧。

〔二〕「山浦」二句：在彎轉的江流中揚帆夜航，連東南西北都分不清楚，衹得依靠北斗來辨明方向。山浦：隨山曲折的水邊。

〔三〕滮田：有水的稻田。滮，水流貌。

〔四〕「蓴菜」二句：用晉人張翰秋風中思念家鄉美食而棄官的典故，表達人生貴在適意的豁達情懷。參見本書《送友人南下》注〔二〕。

【附録】

此詩輯入明李蓘《宋藝圃集》卷九、曹學佺《石倉歷代詩選》卷一四〇，又輯入清康熙《御選宋金元明四朝詩·御選宋詩》卷四六、管庭芬、蔣光煦《宋詩鈔補·歐陽文忠詩補鈔》、陳訏《宋十五家詩選·廬陵詩選》。

趙與虤《娛書堂詩話》卷下：「歐陽文忠公詩：『山浦轉帆迷向背，夜江看斗辨西東。』東坡亦云：『山水照人迷向背，秖尋孤塔認西東。』身游山水間，果有兹理，二公善於形容矣。」宋長白《柳亭詩話》卷二九，舉本篇頷聯爲例，稱歐「詩似其文」，「紆徐不迫，雅似其文境矣」。

江行贈雁

雲間征雁水間棲，矰繳方多羽翼微〔一〕。歲晚江湖同是客，莫辭伴我更南飛〔二〕。

【題　解】

原輯《居士集》卷一〇，繫景祐三年。作於是年七月下旬，時舟行長江，在貶官夷陵途中。歐《于役志》：景祐三年七月「庚子（二十四日），次江口」。征雁南翔，水間棲止，周圍危機四伏，正是貶途中詩人的化身。尾句的深情呼唤，藴含詩人的孤單落寞感受與沉痛悲涼心情。寄意幽婉，情感豐富而含蓄，頗具唐詩韻味。

【注　釋】

〔一〕「雲間」二句：旅雁在雲水間飛宿，但暗箭難防，時時都有危險。征雁：遷徙的雁，多指秋天南飛的雁。南朝梁劉潛《從軍行》：「木落雕弓燥，氣秋征雁肥。」卷末校記：「一作『秋雁』。」矰繳：繫有絲繩、弋射飛鳥的短箭。矰爲拴著絲繩的箭，繳爲繫在箭上的絲繩。《吕氏春秋·直諫》：「荆文王得茹黄之狗，宛路之矰。」高誘注：「矰，弋射短矢。」《孟子·告子上》：「思援弓繳而射之。」朱熹集注：「繳，以繩繫矢而射也。」

〔三〕「歲晚」二句：大雁與自己都是江湖游客，希望能够作伴一起南行。

【附録】

此詩輯入清康熙《御選宋金元明四朝詩·御選宋詩》卷六五、《淵鑑類函》卷四一九。

琵琶亭

樂天曾謫此江邊，已歎天涯涕泫然〔一〕。今日始知予罪大，夷陵此去更三千〔二〕。

【題解】

原輯《居士外集》卷六，繫景祐三年。作於是年八月中旬，時貶官夷陵途經江州（今江西九江）。歐《于役志》：景祐三年八月「丙辰（十一日），禱小姑山神，至江州。」「丁巳（十二日），在江州，約陳侍禁游廬山。余病，呼醫者，不果往。遂行，次郭家洲。」琵琶亭，《明一統志》卷五二《九江府》：「琵琶亭在府城西大江濱。唐司馬白居易送客湓浦口，夜聞鄰舟琵琶聲，問之，乃長安娼女嫁于商人，爲作《琵琶行》。後人因以名亭。」詩人站在當年白居易「潯陽江頭夜送客，楓葉荻花秋瑟瑟」的江邊，暗借《琵琶行》詩意，古今兩詩人，淚往一處流，抒發的同是淪落天涯之感，同是憤懣不平與抑鬱不屈之情。撫今追昔，妙喻巧比，含思婉轉而清放，取法白體。

【注釋】

〔一〕「樂天」二句：自己來到這江邊，想到白居易曾貶此地，同病相憐，頗覺傷感。元和十年（八一五）白居易貶官江州（今江西九江），次年作《琵琶行》寫與歌女的遭遇，寄託自己的人生感慨。已歎天涯：白居易《琵琶行》：「同是天涯淪落人，相逢何必曾相識？」泫然：流淚貌。《禮記．檀弓上》：「孔子泫然流涕曰：『吾聞之，古不修墓。』」

〔二〕「今日」二句：現在纔知道自己的罪過有多大，所以會貶到那麽遠的夷陵。語意含蓄，哀而不怨。夷陵：今湖北宜昌。距九江水路約有二三千里路程。

【附録】

此詩輯入明曹學佺《石倉歷代詩選》卷一四〇，又輯入清吴之振《宋詩鈔》卷一一。

黄徹《䂬溪詩話》卷五：「退之：『心訝愁來唯貯火，眼知別後自添花。』臨川云：『髪爲感傷無翠葆，眼從瞻望有玄花。』又：『久欽江總文才妙，自歎虞翻骨相屯。』又云：『久諳郭璞言多驗，老比顏含意更疏。』韓：『我今罪重無歸望，直至長安路八千。』永叔：『今日始知予罪大，夷陵去此更三千。』柳：『十年顦顇到秦京，誰料今爲嶺外行。』王：『十年江海別常輕，豈料今隨寡嫂行。』柳：『直以疏慵招物議，休將文字趁時名。』王：『直以文章供潤色，未應風月負登臨。』柳：『十一年前南渡客，四千里外北歸人。』又：『一身去國六千里，萬死投荒十二年。』蘇：『七千里外二毛人，十八灘頭一葉身。』黃：『五更歸夢三千里，一日思親十二時。』皆不約而合，句法使然故也。」按：又見阮閱《詩話總龜》後集卷三一、魏慶之《詩人玉屑》卷八、單宇《菊坡叢話》卷二〇、王昌會《詩話類編》卷二三。

陸游《老學庵筆記》卷三：「韓退之詩云：『夕貶潮陽路八千。』歐公云：『夷陵此去更三千。』謂八千里、三千里也。或以爲歇後，非也。《書》：『弼成五服，至於五千。』注云：『五千里。』《論語》冉有曰：『方六七十，如五六十。』注亦云『六、七十里，五六十里』也。」

晚泊岳陽

卧聞岳陽城裏鐘，繫舟岳陽城下樹〔一〕。正見空江明月來，雲水蒼茫失江路。夜深江月弄清輝，水上人歌月下歸〔二〕。一闋聲長聽不盡，輕舟短楫去如飛〔三〕。

【題解】原輯《居士外集》卷二，無繫年，列景祐二年至三年詩間。作於景祐三年九月四日，在貶官夷陵途中。岳陽，即岳州，宋屬荆湖南路，治所在今湖南岳陽。歐《于役志》：「九月己卯（四日），至岳州。夷陵縣吏來接，泊城外。」詩人夜泊水面，卧舟難眠，即景速寫，遂成此篇。詩歌抒寫一個遷謫者的羈旅思歸之情，句句寫景，雖無一字言愁，景物中卻隱隱透露羈旅之念與室家之思。語言平易流暢，詩境幽美沉閑，氣韻從容而意藴深婉。

【注釋】

〔一〕繫舟：拴船。

〔二〕「夜深」二句：深夜江面的月色格外皎潔，月下水上有人唱著歌返航。弄：逗弄，形容月光在江面上閃耀跳蕩。

〔三〕「一闋」二句：船行飛快，一支曲子還没唱完，已經駛過我停泊的地方。化用李白《早發白帝城》「兩岸猿聲啼不住，輕舟已過萬重山」詩意。一闋：歌曲一首。

【附録】

此詩輯入明李蓘《宋藝圃集》卷九、曹學佺《石倉歷代詩選》卷一四〇，又輯入清康熙《御選宋金元明四朝詩·御選宋詩》卷二五、管庭芬、蔣光煦《宋詩鈔補·歐陽文忠詩補鈔》、陳訏《宋十五家詩選·廬陵詩選》。

初至虎牙灘見江山類龍門

曉鼓潭潭客夢驚，虎牙灘上作船行〔一〕。山形酷似龍門秀，江色不如伊水清〔二〕。平日兩京人少壯，今年三峽歲崢嶸〔三〕。卧聞乳石淙流響，疑是香林八節聲〔四〕。

【題　解】

原輯《居士外集》卷六，無繫年，列景祐三年詩後。作於是年十月下旬，在貶官夷陵途中。虎牙灘在湖北宜昌縣東南三十里，居大江北岸，與南岸荆門山相對峙，因有門似虎牙而名，爲長江絶險處之一。《湖廣通志》卷九《夷陵州·宜都縣》：「虎牙山，縣東大江北岸，狀如虎牙。昔公孫述遺將，依此作浮橋拒漢。下有虎牙灘，又名武牙。宋歐陽修詩：『醉裏人歸青草渡，夢中船下虎牙關。』」范成大《石湖集》卷一五《虎牙灘》詩題下自注：「又名荆門十二碚，屬夷陵。」歐陽修十月二十六日，抵達夷陵。《與尹師魯書》其二（卷六七）有云：「自荆州得吾兄書後，尋便西上，十月二十六日到縣。」詩人通過聯想，將夷陵山水與洛陽相比較，從彼此相似之中尋求慰藉，實際抒發思洛之情，透露貶官夷陵難以平靜的心緒。多重對比手法，曲盡事理人情。

【注釋】

〔一〕「曉鼓」二句：清晨船行虎牙灘上，疑似鼓聲的激流將我從睡夢中驚醒。潭潭：鼓聲。

〔二〕「山形」二句：此地江山形勝極似秀麗的洛陽龍門，但江水不及伊水那樣清澈。龍門：參見本書《游龍門分題十五首》及《和〈龍門曉望〉》題解。伊水：伊河。參見本書《伊川獨游》題解。

〔三〕峥嶸：指年末歲暮。《文選·鮑照〈舞鶴賦〉》：「歲峥嶸而愁暮，心惆悵而哀離。」李善注：「歲之將盡，猶物之高。」

〔四〕「卧聞」二句：静卧船頭聽那鐘乳石間的流水聲響，酷似香山八節灘的激流聲聲。香林八節：洛陽龍門有香林山，山下附近有八節灘。參見本書《游龍門分題十五首》注〔二一〕。

【附録】

此詩輯入明曹學佺《石倉歷代詩選》卷一四〇，又輯入清吴之振《宋詩鈔》卷一二、陳焯《宋元詩會》卷一一。

郭允蹈《蜀鑑》卷一：「《荆州記》云：『南荆門、北虎牙二山臨江，楚之西塞。』酈道元注《水經》

云：『公孫述依二山作浮橋，拒漢師。下有急灘，名虎牙灘。』郭璞《江賦》曰：『虎牙桀立以屹崒，荆門闕竦而盤礴，圓淵九迴以懸騰，湓流雷呴而電激。』《寰宇記》云：『虎牙山有石壁，其色黄，間有白文，亦有牙齒形。』《夷陵志》云：『上有城，下有十二碚，有灘甚惡，在今峽州。』

初至夷陵答蘇子美見寄

三峽倚岧嶢，同遷地最遥。物華雖可愛，鄉思獨無聊〔一〕。江水流青嶂，猿聲在碧霄〔二〕。野篁抽夏笋，叢橘長春條〔三〕。未臘梅先發，經霜葉不凋。江雲愁蔽日，山霧晦連朝〔四〕。斫谷爭收漆，梯林鬭摘椒〔五〕。巴賨船賈集，蠻市酒旗招〔六〕。時節同荆俗，民風載楚謡〔七〕。俚歌成調笑，擦鬼聚喧囂〔八〕。得罪宜投裔，包羞分折腰〔九〕。光陰催晏歲，牢落慘驚飆〔一〇〕。白髪新年出，朱顔異域銷〔一一〕。縣樓朝見虎，官舍夜聞鴞〔一二〕。寄信無秋雁，思歸望斗杓〔一三〕。須知千里夢，長繞洛川橋〔一四〕。

【題　解】

原輯《居士集》卷一一，繫景祐三年。作於是年十月下旬，時爲夷陵縣令。胡《譜》：景祐三年

「公自京師沿汴絶淮，泝江，奉母夫人赴貶所，十月至夷陵。」夷陵，《明一統志》卷六二《荆州府》云：「夷陵州在州城西三百四十里，本楚國地，秦伐楚燒夷陵即此。漢爲縣，屬南郡。三國魏于此置臨江郡，蜀漢改爲宜都郡，又改縣爲西陵。晉復曰夷陵，梁兼置宜州。西魏改爲拓州，後周又改峽州，隋初郡廢，後改州爲夷陵郡。唐初復爲峽州，宋因之。」蘇子美，即蘇舜欽。梓州銅山人。景祐元年登進士，歷官大理評事、集賢校理、監進奏院，慶曆新政中受彈劾廢官。詩與梅堯臣齊名，合稱「蘇梅」。時蘇舜欽在長安守父喪，聞范仲淹、歐等外貶，有詩慰勉，即《聞京尹范希文謫鄱陽，尹十二師魯以黨人貶郢中，歐陽九永叔移書責諫官不論救而謫夷陵令，因成此詩以寄且慰其遠邁也》，此爲歐氏答寄作。詩歌描寫初冬夷陵景色，展示夷陵山水、民俗等獨特風貌。山川風物與鄉思愁緒之中，寄寓詩人貶官蠻荒的屈辱、孤寂與苦悶，以及對洛陽瀟灑往事的深情緬懷。風物如畫，凝煉勁健，跌宕回旋，詩風接近韓愈。

【注釋】

〔一〕「三峽」四句：同時貶官者以夷陵貶所最偏遠，此地風光雖好卻難免惹發鄉思離愁。三峽：長江中上游的瞿塘峽、巫峽和西陵峽的合稱，此代稱夷陵。地最遥：景祐三年五月，權知開封府范仲淹以忤宰相吕夷簡貶知饒州（今江西鄱陽），因論范仲淹事集賢校理余靖貶監筠州（今江西高安）酒税、館閣校勘尹洙貶監郢州（今湖北鍾祥），相比之下，夷陵離汴京最偏最遠。

〔二〕「江水」二句：《水經注》卷三四引《宜都記》：「自黄牛灘東入西陵界，至峽口百許里，山水紆曲，而兩岸高山重障，非日中夜半，不見日月。絶壁或千許丈，其石彩色，形容多所像類。林木高茂，略盡冬春。猿鳴至清，山谷傳響，泠泠不絶。所謂三峽，此其一也。」

〔三〕「野篁」二句：夏日裏野竹發芽抽筍，橘林一片枝繁葉茂。篁：竹林，泛指竹子。

〔四〕愁蔽日：江上濃雲遮蔽日光，令人更添哀愁。晦連朝：從夜晚到天曉。

〔五〕斫谷：在山谷中砍斫。爭收漆：趕忙收取漆樹的液汁。梯林：登樹。梯，登梯攀升。鬬摘椒：爭先摘取花椒樹的子實。椒，木名，爲落葉喬木，子實即「花椒」。

〔六〕「巴賨」二句：夷陵商貿繁榮，巴蜀來的船隻雲集江畔，集市上的酒旗迎風飄揚。首句下原注：「一作『巴江船賈至』。」巴賨：巴人。《晉書·李特載記》：「巴人呼賦爲賨，因謂之賨人焉。」蠻市：南方少數民族的集市。

〔七〕「時節」二句：時令節日同荆州一樣，民謡鄉習卻反映楚地風俗。

〔八〕「俚歌」二句：述寫夷陵的特殊民風：人們借山歌談情説愛，祭祀鬼神之後聚飲喧囂。俚歌：通俗淺近的民間歌謡。劉禹錫《武陵書懷五十韻》：「照山畬火動，蹋月俚歌喧。」擦鬼：民間祭畢聚飲之稱。擦，句末原注：「夷陵之俗多淫奔，又好祠祭。每遇祠時，里民數百，共餕其餘，里語謂之擦鬼，因此多成鬬訟。」《大清一統志》卷二七三《宜昌府》：「風俗：山秀水清，故出俊異；地險流疾，故其性亦隘。少商賈，鮮積蓄。禮崇儉約，俗尚巫鬼。」擦，原本校云：「一作『攃』。」卷末校記：「祭鬼聚喧囂。本注：夷陵俗好祠祭，每遇祠時，里民數百，共餕其餘，里俗謂之『祭鬼』。諸本皆同，惟蜀本以『祭』爲『攃』。朝佐按：《類篇》：攃，初葛切，挑取也，推也，有推食之義。蜀去峽近，故能知其方言。又吉州羅寺丞家京師舊本亦作『攃』。按：《集韻》：攃，桑葛切，散之也，有散福之義，二義皆通。今改作『攃』，一作『攃』。若作『祭』字，別無意義，本注豈應復言里俗謂之祭鬼也？」

〔九〕「得罪」二句：抒寫貶官蠻荒之地的屈辱與牢騷。　投裔：流放邊荒之地。《左傳·文公十八年》：「投諸四裔。」　包羞：承受羞辱。《易·否》：「六三，包羞。《象》曰：『包羞，位不當也。』」孔穎達疏：「位不當所包承之事，惟羞辱已。」　分折腰：理應貶爲縣官。　折腰，用陶潛「不爲五斗米折腰」語意，代指縣職。

〔一〇〕「光陰」二句：光陰荏苒，不覺到了年關，心中倍覺苦悶寂寞。　晏歲：猶言歲晚，年底。　牢落：孤寂，無所寄託。　慘驚飆：驚心動魄的狂風令人情感淒慘。

〔一一〕異域：他鄉，指夷陵。

〔一二〕「縣樓」二句：清晨登上署樓可以看見老虎出沒，深夜獨卧官邸能够聽到貓頭鷹驚叫。　夜聞鴞：李德裕《懷鴞賦并序》：「以處士放逐，嘗中夜同宴，屢聞鴞音。」鴞，貓頭鷹。　古人以爲不祥之物。《史記·屈原賈生列傳》：「賈生爲長沙王太傅三年，有鴞飛入賈生舍，止於坐隅。楚人命鴞曰『服』。賈生既以適居長沙，長沙卑濕，自以爲壽不得長，傷悼之，乃爲賦以自廣。」

〔三〕「寄信」二句：想寄信問候卻無秋雁傳書，望鄉思歸衹能寄託北斗星空。　無秋雁：《漢書·蘇武傳》有漢使謊稱鴻雁傳書的故事，此喻夷陵是音信難通的僻遠之地。　斗杓：北斗七星中位於尾部的三顆星，又稱斗柄，杓星，見《史記·天官書》。

〔四〕「須知」二句：自己身在夷陵，魂牽夢縈的卻是天聖、明道間洛陽文酒詩會的朋友們。　洛川橋：洛陽城外的橋名。　沈佺期《洛陽道》詩：「九門開落邑，雙闕對河橋。」

【附　録】

此詩輯入明曹學佺《石倉歷代詩選》卷一四〇，又輯入清康熙《御選宋金元明四朝詩·御選宋詩》卷五七、吴之振《宋詩鈔》卷一二、陳訏《宋十五家詩選·廬陵詩選》、張景星、姚培謙、王永祺《宋詩別裁集》卷七。

蘇舜欽《蘇舜欽集》卷六《聞京尹范希文謫鄱陽，尹十二師魯以黨人貶郢中，歐陽九永叔移書責諫官不論救而謫夷陵令，因成此詩以寄，且慰其遠邁也》：「朝野蔚多士，衮然良可羞。伊人秉直節，許國有深謀。大議摇巖石，危言犯采旒。蒼黄出京府，憔悴謫南州。引黨俄嗟尹，移書遽竄歐。安慙言得罪，要避曲如鉤。郢路幾來馬，荆川還泝舟。傷心衆山集，舉目大江流。遠動家公念（師魯父作牧于東川），深貽壽母憂（永叔有母垂老）。横身罹禍難，當路積仇讎。衛上寧無術，亢宗非所優。吾君思正士，莫賦畔牢愁。」

龍興寺小飲呈表臣元珍

平日相從樂會文，博梟壺馬占朋分〔一〕。罰籌多似昆陽矢，酒令嚴於細柳軍〔二〕。蔽日雪雲猶霙霴，欲晴花氣漸氛氳〔三〕。一罇萬事皆毫末，蜾蠃螟蛉豈足云〔四〕。

【題解】

原輯《居士集》卷一一，繫景祐三年。作於是年冬，時知夷陵。龍興寺，《東湖縣志》載：「龍興寺……唐建。相傳，高僧神秀駐錫於此。」又「鳳凰山，（去城東北）五十里，上有龍興寺。明弘治、正德間，二碑猶存。（碑）後有歐陽修游寺詩。」表臣，即朱處仁，山東營丘人。景祐元年進士及第，時爲峽州推官。蘇舜欽《歙州黟縣令朱君墓誌銘》稱墓主朱咸熙長子「朱處仁表臣少從予游，長又同登進士第。」梅堯臣慶曆元年有《送櫟陽宰朱表臣》詩，嘉祐元年有《泗守朱表臣都官創北園》等詩。嘉祐三年官提舉運鹽，歐有送行詩《送朱職方提舉運鹽》。元珍，即丁寶臣，常州晉陵人。時爲峽州軍事判官，官至秘閣校理，參見本書《送丁元珍峽州判官》題解。歐氏後有舉薦丁氏狀，死後又爲之志墓。此詩讚賞文酒博馬生活，流露及時行樂思想，表現作者的坦蕩人格與曠達襟懷。詩語質樸，情態悠閑，擺脱了西崑體的憂思之悲，似爲學杜之作。

【注釋】

〔一〕「平日」二句：朋友們平時在文酒詩會上歡樂相聚，又以博弈投壺比賽輸贏。　博梟：古代一種角勝負的游戲。以五木爲子（骰子），分别刻梟、盧、雉、犢、塞爲勝負之采，梟爲勝采。後亦泛指賭博。　壺馬：古代宴會娛樂活動。賓主依次用矢投向盛酒的壺口，以投中多少決勝負，負者飲酒。參閲《禮記·投壺》。馬，即籌碼。《禮記·投壺》：「請爲勝者立馬。」鄭玄注：「馬，勝筭也。」壺，投壺。

〔二〕昆陽矢：據《後漢書·光武帝紀》，東漢劉秀早年指揮昆陽之戰，抗擊王莽的軍隊，戰鬥甚爲慘烈，「積弩亂發，矢下如雨」。　細柳軍：據《史記·周亞夫列傳》，漢文帝時，爲防禦匈奴，任周亞夫爲將軍，率軍駐紮細柳。另有駐軍紮營霸上、荆門。文帝前往勞軍，至霸上、荆門軍，都暢通無阻。至細柳，則無將令不可入，文帝派使臣通知後，亞夫纔傳令準許進入，營口内又不許車騎驅馳。見到亞夫，亞夫行軍禮而不拜。勞軍禮畢，文帝感歎道：「嗟乎，此真將軍也！」

〔三〕「蔽日」二句：濃重的雪雲遮天蔽日，天將轉晴花香格外濃郁。　靉靆：雲氣盛貌。劉禹錫《和汴州令狐相公到鎮改月偶書所懷二十二韻》：「衣風飄靉靆，燭淚滴巉巖。」　氛氳：形容氣味濃郁。唐韓偓《玉合》詩：「長思憶，經幾春，人悵望，香氛氳。」

〔四〕「一罇」二句：酒後乾坤大，心胸宜放寬，不必拘泥細小之事。化用劉伶《酒德頌》：「二豪侍側焉，如蜾蠃之與螟蛉。」一曰蜾蠃、螟蛉之情不足掛齒，你我的友誼纔值得稱道。　蜾蠃：亦名蒲盧。腰細，體青黑色，長約半寸，以泥土築巢於樹枝或壁上，捕捉螟蛉等害蟲，爲其幼蟲的食物，古人誤以爲收養幼蟲。揚雄《法言·學行》：「螟蛉之子殪而逢蜾蠃。」螟蛉：螟蛾的幼蟲。《詩·小雅·小宛》：「螟蛉有子，蜾蠃負之。」毛傳：「螟蛉，桑蟲也。蜾蠃，蒲盧也。」歐《螟蛉賦（并序）》：「《詩》曰：『螟蛉有子，蜾蠃負之。』言非其類也，及揚子《法言》又稱焉。」

【附録】

此詩輯入清陳訏《宋十五家詩選·廬陵詩選》。

吴聿《觀林詩話》：「文忠公詩有『春深桃李作絪緼』，又『欲晴花氣漸絪緼』，皆麗句也。絪緼，厚貌。今《四聲韻》：緼，烏昆切，赤之間色。」

冬至後三日陪丁元珍游東山寺

幕府文書日已稀，清罇歲晏喜相携〔一〕。寒山帶郭穿松路，瘦馬尋春踏雪泥〔二〕。翠蘚蒼崖森古木，緑蘿磐石暗深溪〔三〕。爲貪賞物來猶早，迎臘梅花吐未齊。

【題　解】原輯《居士集》卷一一，繫景祐三年。作於是年十一月二十九日，時知夷陵。據張《曆日天象》，本年十一月二十六日庚子「冬至」。丁元珍，即丁寶臣，參見本書《龍興寺小飲呈表臣、元珍》題解。冬至後，原作「冬後」，卷末校記：「石本作『冬至後』。」目録亦是，據改。東山寺，在夷陵縣城東五里之東山上，相傳建于唐，後毀於兵火。陸游《入蜀記》卷四：「東山寺，亦見歐陽公詩。距望京門五里，寺外一亭臨小池，有山如屏環之，頗佳，亭前冬青及柏皆百餘年物。」詩歌記叙冬至後游東山寺的情形，描繪夷陵東山的深冬景象，表現詩人切盼雪融春暖的願望。語言平易，情調閒適，不見早期的憂思，顯示其詩風轉變。

【注　釋】

〔一〕「幕府」二句：歲末縣衙政務清閒，朋友聚會酒宴多起來了。歲晏：一年將盡的時候。白居易《觀刈麥》詩：「吏禄三百石，歲晏有餘糧。」

〔二〕帶郭：繞城外郭，近城郭。《史記·貨殖列傳》：「及名國萬家之城，帶郭千畝畝鍾之田。」韋莊《齊安郡》詩：「傍村林有虎，帶郭縣無官。」

〔三〕緑蘿：溪名。陸游《入蜀記》卷四：「又此篇首章云『江上孤峰蔽緑蘿』，初讀之，但謂孤峰蒙藤蘿耳，及至此，乃知山下爲緑蘿溪也。」

【附録】

此詩輯入清康熙《御選宋金元明四朝詩·御選宋詩》卷四六、陳訏《宋十五家詩選·廬陵詩選》。單宇《菊坡叢話》卷三：「冬至之詩，惟杜子美《小至》詩云『刺繡五紋添弱綫，吹葭六琯動飛灰。岸容待臘將舒柳，山意衝寒欲放梅』之句最爲奇絶，至歐陽公有《至後陪丁元珍游東山寺》結云：『爲貪賞物來猶早，迎臘梅花吐未齊。』説者謂柳舒必於立春之後，梅吐必於立春之前。二公冬至之時乃云迎臘衝寒，不覺傷於太早耳。惟陶淵明《臘日》詩云：『風雪送餘運，無妨時已和。梅柳夾門植，一條有佳花。』豈不信然。」

送前巫山宰吴殿丞

俊域當年仰下風，天涯今日一罇同〔一〕。高文落筆妙天下，清論揮犀服坐中〔二〕。江上掛帆明月峽，雲間謁帝紫微宫〔三〕。山城寂寞少嘉客，喜見瓊枝慰病翁〔四〕。

【題解】

原輯《居士集》卷一一，繫景祐三年。作於是年冬，時知夷陵。巫山，宋代縣名，屬夔州路夔州，治所在今重慶巫山。殿丞，殿中省丞之省稱。吴殿丞，題下原注：「字照鄰。」前任巫山縣令。據蘇軾《跋先君書送吴職方引》，知吴照鄰與蘇軾伯父蘇涣同天聖二年進士及第，後於嘉祐初向歐薦引蘇洵。又據梅堯臣《送吴照鄰都官還江南》、《送吴照鄰都官通判成都》詩，知其曾官州府通判。此次吴照鄰知縣任滿回京，途經夷陵，拜訪歐氏，給孤寂的詩人帶來喜悦和慰藉。詩歌讚頌吴殿丞的文采風流，祝賀其還朝謁見帝王，深沉的感慨寓於輕鬆的筆墨，展示作者的胸懷坦蕩與性格曠達。淡語高致，屬對精嚴，情韻兼勝。

【注釋】

〔一〕俊域：出人才的地方，此指京師。　下風：比喻處於下位，卑位。此作謙辭。《左傳·僖公十五年》：「晉大夫三拜稽首曰：『君履后土而戴皇天，皇天后土，實聞君之言，群臣敢在下風。』」　天涯：《古詩十九首·行行重行行》：「相去萬餘里，各在天一涯」。

〔二〕「高文」二句：吴殿丞善於文章，可謂妙筆生花，座上議論風生，令人折服。　高文：優秀詩文。葛洪《抱朴子·喻蔽》：「格言高文，豈患莫賞而減之哉。」　揮犀：猶揮麈，本謂清談，此謂寫作講論時的悠閒從容。

〔三〕明月峽：距今宜昌市西約二十五公里處一峽谷，在燈影峽和黄牛峽之間。兩岸巖石多呈銀白色，與周圍山水相映如月色，故名。　謁帝紫微宫：返朝廷謁見皇帝。紫微宫，指帝王宫殿。《文選·王延壽〈魯靈光殿賦〉》：「乃立靈光之秘殿，配紫微而爲輔。」張載注：「紫微，至尊宫，斥京師也。」

〔四〕瓊枝：喻賢材，指吴照鄰。唐李德裕《訪韋楚老不遇》詩：「今來招隱逸，恨不見瓊枝。」

【附録】

蘇軾《東坡題跋》卷四《跋先君書送吴職方引》：「（吴）公與文忠交蓋久，故文忠謫夷陵時，贈公詩有『落筆妙天下』之語。軾自黄還於汝，舟過慈湖，子上昆仲出此文相示，乃泣而書之。」

霽後看雪走筆呈元珍判官二首

其一

江上寒山秖對門，野花巖草共嶙峋〔一〕。獨吟群玉峰前景，閒憶紅蓮幕下人〔二〕。

其二

嘉景無人把酒看，縣樓終日獨憑欄〔三〕。山城歲暮驚時節，已作春風料峭寒〔四〕。

【題解】

原輯《居士外集》卷六，置景祐三年詩後。作於是年歲暮，時知夷陵。元珍判官，即丁寶臣，參見本書《龍興寺小飲呈表臣、元珍》題解。走筆，謂揮毫疾書，即興賦詩。「其一」描寫山野美景，孤獨中感念洛陽舊友。「其二」抒寫孤寂無聊，卻從寒風中體察到早春氣息。江山美景，反襯詩人寂寞之情，然寒風中透出春天氣息，當是希望所在。詩法李白，語言清雅，思致高遠，耐人尋味。

【注釋】

〔一〕嶙峋：形容溝壑、山崖等重疊幽深。韓愈《送惠師》詩：「遂登天台望，衆壑皆嶙峋。」

〔二〕「獨吟」二句：獨自吟誦雪後貌似群玉峰的美景，悠閒中想起洛陽幕府的文友們。群玉峰：傳説中的仙山，借喻夷陵山林之美。《穆天子傳》：「天子北征東還，乃修黑水，至於群玉之山，四徹中繩，先王之所謂策府。」紅蓮幕：《南史·庾杲之傳》：「（王儉）用杲之爲衛將軍長史。安陸侯蕭緬與儉書曰：『盛府元僚，實難其選。庾景行泛渌水，依芙蓉，何其麗也。』時人以入儉府爲蓮花池，故緬書美之。」此處借指洛陽錢惟演的幕府。

〔三〕縣樓：縣衙樓。或曰懸空的樓閣。

〔四〕「山城」二句：夷陵的歲暮使我驚覺時令變遷，料峭寒風告訴我春天已經不遠。料峭：形容微寒。陸龜蒙《京口》詩：「東風料峭客帆遠，落葉夕陽天際明。」

【附　録】

一一詩全輯入清康熙《御選宋金元明四朝詩·御選宋詩》卷六五，「其一」又輯入明李蓘《宋藝圃集》卷九。

夷陵歲暮書事呈元珍表臣

蕭條雞犬亂山中，時節崢嶸忽已窮〔一〕。游女髻鬟風俗古，野巫歌舞歲年豐〔二〕。平時都邑今爲陋，敵國江山昔最雄〔三〕。荆楚先賢多勝迹，不辭攜酒問鄰翁〔四〕。

【題　解】

原輯《居士集》卷一一，繫景祐三年。作於歲末，時知夷陵。題目「元珍、表臣」下原注：「一本作『元珍判官、表臣推官』。」元珍，即丁寶臣。表臣，即朱處仁，參見本書《龍興寺小飲呈表臣、元珍》題解。詩歌描寫物候變化中的夷陵風景與江山勝跡，展示山城歲暮的世風民俗，表露作者的親民意識。一反早期詩作的憂思感愴，表現詩人心境的新奇與歡悦、超脱與曠達。詩思似李，詩語似杜，情致綿邈，以意取勝。

【注　釋】

〔一〕「蕭條」二句：在雞犬之聲蕭條的亂山叢中，不知不覺時令已是歲暮。　崢嶸：指年末歲暮。參見本書《初至虎牙灘見江山類龍門》注〔三〕。

〔二〕「游女」二句：游樂女子的髮型標誌此地古風猶存，歲末山民巫歌起舞以慶賀豐收。句下原注：「夷陵俗樸陋，惟歲暮祭鬼，則男女數百相從而樂飲，婦女競爲野服，以相游嬉。」

〔三〕「平時」二句：歐《夷陵縣至喜堂記》：「地僻而貧，故夷陵爲下縣而峽爲小州。州居無郭郛，通衢不能容車馬。」句下原注：「三國時，吴蜀戰爭於此。」

〔四〕「荆楚」二句：此地多有荆楚先賢勝跡，不妨攜酒請教鄰居老翁何參。句下原注：「處士何參居縣舍西，好學，多知荆楚故事。」

【附　録】

此詩輯入元方回《瀛奎律髓》卷四，又輯入清吴之振《宋詩鈔》卷一一、陳焯《宋元詩會》卷一一、陳訏《宋十五家詩選·廬陵詩選》，又輯入高步瀛《唐宋詩舉要》卷六。

《瀛奎律髓匯評》卷四方回評曰：「元注：『夷陵風俗樸陋，惟歲暮祭鬼，則男女數百相從而樂飲，婦女競爲野服以相游嬉。』」馮班評曰：「自是大手。」陸貽典評曰：「筆意平順，出劉、柳之下。」查慎行評曰：「第三聯俯仰有情，不作遷謫語，頗足自豪。」紀昀評曰：「五、六沉着。」許印芳評曰：「六句是逆挽法，篇中『歲』字、『時』字、『山』字皆複。」

高步瀛《唐宋詩舉要》卷六評曰：「興會飆舉，歐詩之有氣概者。」

新開棋軒呈元珍表臣

竹樹日已滋，軒窗漸幽興〔一〕。人閒與世遠，鳥語知境靜〔二〕。春光藹欲布，山色寒尚映〔三〕。獨收萬慮心，於此一枰競〔四〕。

【題解】

原輯《居士外集》卷二，無繫年，列景祐二年至四年詩間。作於景祐四年（一〇三七）初春，詩人時年三十一歲，任夷陵知縣。元珍，即丁寶臣；表臣，即朱處仁，參見本書《龍興寺小飲呈表臣、元珍》題解。新開棋軒，歐在夷陵縣府内新開闢了一間專供下棋休息的小屋。作者賦詩特邀丁寶臣、朱處仁在春光鳥語中下棋，身處逆境的詩人，表現一副閒適淡泊、曠達坦蕩的胸襟。事理相生，情韻兼勝，抒懷與議論之中，盡顯宋詩風貌。

【注釋】

〔一〕「竹樹」二句：春天的翠竹一天天滋生茂密，窗外的景色令人心胸幽雅。幽興，幽雅的興味。唐裴迪《木蘭柴》詩：「緣溪路轉深，幽興何時已。」

〔二〕「人閒」二句：生活閒適疏遠了紛擾的塵世，禽鳥啁啾反襯出環境的静謐。

〔三〕藹：即藹然。春光布满之貌，有潤澤、和柔之意。《管子·侈靡》：「藹然若夏之静雲。」尹知章注：「油潤貌。」

〔四〕萬慮：思緒萬端，此指名利塵世之念。韓愈詩《感春》其四：「數杯澆腸雖暫醉，皎皎萬慮醒還新。」一枰競：在棋軒博弈競爭。枰，指棋盤，棋局。《方言》第五：「所以投簙謂之枰。」韋昭《博弈論》：「然其所志不出一枰之上，所務不過方罫之間。」

縣舍不種花惟栽楠木冬青茶竹之類因戲書七言四韻

結綬當年仕兩京，自憐年少體猶輕〔一〕。伊川洛浦尋芳徧，魏紫姚黄照眼明〔二〕。客思病來生白髮，山城春至少紅英〔三〕。芳叢密葉聊須種，猶得蕭蕭聽雨聲〔四〕。

【題解】

原輯《居士集》卷一一，繫景祐四年。作於是年春，時知夷陵。詩人對比夷陵與洛陽，覺得此地雖無紅花可賞目，卻有緑葉能聽雨，聊以自慰，反映歷經生活磨難之後，詩人體味人生應有知足常樂、隨遇而安的情懷。詩歌取材身邊事物，託物詠懷，游戲成文，實爲宋詩新調之探索。

【注釋】

〔一〕「結綬」二句：自己當年出仕西京和就職東京，恰是年輕力壯，風華正茂。結綬：佩繫印綬，謂出仕爲官。唐皇甫冉《雜言無錫惠山寺流泉歌》：「我來結綬未經秋，已厭微官憶舊游。」

〔二〕伊川洛浦：泛指洛陽地區。魏紫姚黄：牡丹名花。參見本書《洛陽牡丹圖》注〔三〕。照眼明：韓愈《榴花》：「五月榴花照眼明。」

〔三〕客思：客居思鄉。陳子昂《白帝城懷古》詩：「川途去無限，客思坐何窮。」

〔四〕「芳叢」二句：各種花木姑且栽種吧，從它們身上可以聽到蕭蕭風雨聲。蕭蕭：此處形容風雨聲。宋王安石《試院中五絶句》其五：「蕭蕭疏雨吹簷角，噎噎暝蛩啼草根。」

【附録】

此詩輯入清吴之振《宋詩鈔》卷一二、陳焯《宋元詩會》卷一一。

吴聿《觀林詩話》：「予家有聽雨軒，嘗集古今人句。杜牧之云：『可惜和風夜來雨，醉中虛度打窗聲。』賈島云：『宿客不來過半夜，獨聞山雨到來時。』歐陽文忠公：『芳叢緑葉聊須種，猶得蕭蕭聽雨聲。』王荆公：『深炷爐香閉齋閣，卧聞簷雨瀉高秋。』東坡：『一聽南堂新瓦響，似聞東塢少荷香。』陳無己云：『一枕雨窗深閉閣，卧聽叢竹雨來時。』趙德麟云：『卧聽簷雨作宫商。』尤爲工也。」

至喜堂新開北軒手植楠木兩株走筆呈元珍表臣

爲憐碧砌宜佳樹，自斸蒼苔選緑叢〔一〕。不向芳菲趁開落，直須霜雪見青葱〔二〕。披條泫轉清晨露，響葉蕭騷半夜風〔三〕。時掃濃陰北窗下，一枰閑且伴衰翁〔四〕。

【題　解】

原輯《居士集》卷一一，繫景祐四年。作於是年春，時知夷陵。至喜堂，《東湖縣志》載：「至喜堂在縣治東。宋州守朱慶基爲歐陽公立，作記刻石。」歐《至喜堂記》有云：「夷陵風俗樸野，少盜爭，而令之日食有稻與魚，又有橘、柚、茶、筍四時之味，江山美秀，而邑居繕完，無不可愛。是非惟有罪者之可以忘其憂，而凡爲吏者，莫不始來而不樂，既至而後喜也。」走筆，謂揮毫疾書，詩歌立就。元珍，即丁寶臣；表臣，即朱處仁，參見《龍興寺小飲呈表臣、元珍》題解。詩人新開至喜堂北軒，親自栽種楠樹二棵，想像日後借楠蔭下棋，晨觀楠之露，夜聽楠之風，充溢閒情逸致，亦彰顯逆境之中堅毅自守的品格。詩語流轉，清神幽韻，襟懷灑脱而曠達。

【注　釋】

〔一〕「爲憐」二句：考慮到新開北軒應該要有嘉木陪襯，所以親自清除苔蘚雜草選種這兩株楠木。劚：用刀斧等砍或削。

〔二〕直須：應當。歐《朝中措》詞：「行樂直須年少，樽前看取衰翁。」

〔三〕泫轉：指露珠變得晶瑩發亮。泫，露珠發亮。蘇軾《三月二十日多葉杏盛開》詩：「零露泫月蘂，温風散晴葩。」卷末校記：「石本作『滴瀝』。」　蕭騷：形容風吹樹木的聲音。五代齊己《小松》詩：「後夜蕭騷動，空階蟋蟀聽。」

〔四〕「時掃」二句：兩株楠木投在北窗下的濃重樹蔭，正好陪伴你我在棋盤上博弈。　一枰：即「一枰競」，在棋盤上博弈競爭。參見本書《新開棋軒呈元珍、表臣》注〔四〕。

【附　録】

此詩輯入清康熙《御選宋金元明四朝詩·御選宋詩》卷四六、《御定佩文齋廣群芳譜》卷七二、陳訏《宋十五家詩選·廬陵詩選》。

戲答元珍

春風疑不到天涯，二月山城未見花〔一〕。殘雪壓枝猶有橘，凍雷驚笋欲抽芽〔二〕。夜聞歸雁生鄉思，病入新年感物華〔三〕。曾是洛陽花下客，野芳雖晚不須嗟〔四〕。

【題　解】

原輯《居士集》卷一一，繫景祐四年。作於是年春二月，時知夷陵。題下原注：「一本下云：花時久雨之什。」元珍，詩人好友丁寶臣的表字，時爲峽州軍事判官，曾作詩相贈，此爲答詩。題首「戲」字，説是游戲文字，實爲作者政治失意的掩飾之辭。詩歌描寫夷陵早春風光，抒發謫居山城的寂寞傷感，感慨政治流落與客子之悲。山城早春風景的生機活力，以及末聯的自我慰勉開解，於低回中見激昂，顯示詩人並不消沉，仍然樂觀自信，懷著向上的希望。全詩有牢騷而不頹唐，有痛苦而顯達觀，是詩人政治上第一次遭受重大挫折後的心理觀照。詩語平易疏暢，格調清麗婉轉，刻寫工切，情景交融，兼具詩情、畫意與理趣。

【注　釋】

〔一〕「春風」二句：就「花時久雨」「未見花」而發：我懷疑春風吹不到這偏僻的夷陵，以至二月仍不見草木開花。

〔二〕「殘雪」二句：雖不見花，橘與筍在殘雪、驚雷之中猶能破其寂寞，顯示未來希望所在。凍雷：春寒時節的雷聲。

〔三〕「夜聞」二句：夜半歸雁鳴叫勾起思親懷鄉的心緒，攜病進入新年引發對美好風物的感傷。

〔四〕「曾是」二句：已經觀賞過洛陽牡丹的人，對夷陵野花的遲開無需嗟歎。照應開頭，隱含對春風不到的怨望，表現聊作曠達的自嘲。洛陽花：牡丹。歐撰寫過《洛陽牡丹記》。

【附録】

此詩輯入元方回《瀛奎律髓》卷四，又輯入明李蓘《宋藝圃集》卷九、《石倉歷代詩選》卷一四〇，又輯入清康熙《御選宋金元明四朝詩·御選宋詩》卷四六、吳之振《宋詩鈔》卷一二、陳焯《宋元詩會》卷一一、張景星、姚培謙、王永祺《宋詩别裁集》卷五、陳訏《宋十五家詩選·廬陵詩選》，又輯入高步瀛《唐宋詩舉要》卷六。

《歐集》卷一二九《筆説·峽州詩説》：「『春風疑不到天涯，二月山城未見花』，若無下句，則上句何堪；既見下句，則上句頗工。文意難評，蓋如此也。」

胡仔《苕溪漁隱叢話》前集卷三〇引蔡絛《西清詩話》：「歐公語人曰：『修在三峽賦詩云：春風疑不到天涯，二月山城未見花。若無下句，則上句不見佳處，並讀之，便覺精神頓出。文意難評如此，要當著意詳味之耳。』」按：又見蔡正孫《詩林廣記》後集卷一、黄溥《詩學權輿》卷一五、王昌會《詩話類編》卷二三。

《瀛奎律髓匯評》卷四方回評曰：「此夷陵作，歐公自謂得意。蓋『春風疑不到天涯』一句未見其妙，若可驚異；第二句云『二月山城未見花』，即先問後答，明言其所謂也。以後句句有味。」馮班評曰：「歐公本佳，説出『問答』二字，便欲嘔矣。」又曰：「名作。」馮舒評曰：「亦自工緻。」陸貽典評曰：「句法相生，對偶流動，歐公得意作也。」查慎行評曰：「起句得鬆快。」紀昀評曰：「起得超妙。不減柳州。」許印芳評曰：「『花』字、『不』字俱複。起句妙在倒裝，若從『未見花』説起，便是凡筆。」

陳衍《宋詩精華録》卷一評曰：「結韻用高一層意自慰。」

代贈田文初

感君一顧重千金，贈君白璧爲妾心〔一〕。舟中繡被熏香夜，春雪江頭三尺深〔二〕。西陵長官頭已白，憔悴窮愁媿相識〔三〕。手持玉斝唱《陽春》，江上梅花落如積〔四〕。津亭送别君未悲，夢闌酒解始相思〔五〕。須知巫峽聞猿處，不似荆江夜雪時〔六〕。

【題　解】

原輯《居士外集》卷二，繫景祐四年。作於是年春二月，時知夷陵。代贈，借用他人的身份、口吻寫詩相贈，作者假託女子口吻下筆，故稱。田文初，即田晝，字文初，是歐在夷陵結識的朋友。歐同時所作《送田晝秀才寧親萬州序》有云：「文初之祖從諸將西平成都及南攻金陵，功最多，於時語名將者，稱田氏。」又曰：「文初辭業通敏，爲人敦潔可喜，歲之仲春，自荆南西拜其親于萬州，維舟夷陵。予與之登高以遠望，遂游東山，窺緑蘿溪，坐磐石，文初愛之，數日乃去。」本詩首四句感激朋友舟行中對自己的眷愛與關照，次四句描寫自己「憔悴窮愁」送别朋友的情景，末四句想像離别後朋友的孤寂心境。看似男女戀情，實質抒寫朋友間相得之樂與難捨之意，也隱約透露貶謫生活的心靈創傷。語言疏暢，形像生動，意境委婉，情韻幽深，爲歐氏七古上乘之作。

【注釋】

〔一〕一顧重千金：《文選·謝朓〈和王主簿怨情詩〉》：「生平一顧重，宿昔千金賤。」李善注：「曹植詩曰：『一顧千金重，何必珠玉錢。』」 贈君白璧：北魏酈道元《水經注·鮑丘水》：「北平徐氏有女，雍伯求之，要以白璧一雙。」

〔二〕「舟中」二句：春雪舟游之中，詩人曾受田晝眷顧。《説苑·善説篇》：鄂君子晳泛舟新波之中，划船越人唱歌以示愛慕，「於是鄂君乃揄修袂，行而擁之，舉繡被而覆之」。

〔三〕「西陵」二句：自己鬢髮斑白，身心憔悴，愧對老朋友。 西陵長官：詩人自指。西陵，夷陵古稱。《三國志·吴志·吴主傳》：黄武元年「是歲，改夷陵爲西陵」。參見本書《初至夷陵答蘇子美見寄》題解。 頭已白：歐《初至夷陵答蘇子美見寄》云：「白髮新年出。」一年後稱「頭已白」，顯係詩張之辭。

〔四〕玉斝：古代玉製的酒器。後借指酒杯、茶杯。《詩·大雅·行葦》：「或獻或酢，洗爵奠斝。」毛傳：「斝，爵也。夏曰醆，殷曰斝，周曰爵。」《陽春》：即《陽春白雪》，戰國時楚國的高雅歌曲名。《文選·宋玉〈對楚王問〉》：「其爲《陽阿》、《薤露》，國中屬而和者數百人，其爲《陽春》、《白雪》，國中屬而和者不過數十人而已。」李周翰注：「《陽春》、《白雪》，高曲名也。」後以泛指高雅的曲子，與通俗易懂的《下里》、《巴人》相對。

〔五〕「津亭」二句：渡口分別時你没有悲傷，夜深酒醒後纔相思無窮。津亭：渡口的亭子。

〔六〕「須知」二句：要知道船行到「猿鳴三聲」的巫峽，你的心境决不像夷陵游玩時的歡快。巫峽聞猿處：酈道元《水經注·江水》引巴東三峽歌：「巴東三峽巫峽長，猿鳴三聲淚霑裳。」巴東三峽猿鳴悲，猿鳴三聲淚霑衣。」荆江夜雪時：夷陵游玩時。「荆江」指夷陵江水。「夜雪」呼應前面「春雪江頭」之句。

【附録】

此詩輯入明李蓘《宋藝圃集》卷九，又輯入清康熙《御選宋金元明四朝詩·御選宋詩》卷二五，又輯入高步瀛《唐宋詩舉要》卷三。

《歐集》卷四二《送田畫秀才寧親萬州序》：「(田)文初辭業通敏，爲人敦潔可喜。歲之仲春，自荆南西拜其親於萬州，維舟夷陵。予與之登高以遠望，遂游東山，窺緑蘿溪，坐磐石。文初愛之，數日乃去。」

方東樹《昭昧詹言》卷一二：「此詩令人腸斷，情韻真是唐人。加入中間一層，更闊大。收四句深折，唐人絶句法也。」

高步瀛《唐宋詩舉要》卷三：「此詩題爲代贈，蓋託於舟中所眷者之辭。」

初晴獨游東山寺五言六韻

日暖東山去，松門數里斜。山林隱者趣，鐘鼓梵王家〔一〕。地僻遲春節，風晴變物華〔二〕。雲光漸容與〔三〕，鳥哢已交加。冰下泉初動，煙中茗未芽〔四〕。自憐多病客，來探欲開花。

【題解】

原輯《居士集》卷一一，繫景祐四年。作於是年春，時知夷陵。東山寺，在夷陵縣城東五里之東山上，相傳建于唐。參見本書《冬至後三日陪丁元珍游東山寺》題解。詩歌描寫東山寺初春景象，此地有山林的幽靜，也有春天的生機，洋溢詩人尋春探幽的致趣，也透露其對青春生命的感悟。詩境闊大，天趣盎然，語似平淡而中實豐腴。

【注釋】

〔一〕「日暖」四句：晴游東山寺，遥看山徑斜。山林是隱居者的樂土，晨鐘暮鼓的寺廟是僧侣之家。松門：即松門峽。《大清一統志》卷二七三《宜昌府》：「松門峽在東湖縣西。宋歐陽修有『島嶼松門數里長，懸崖對處碧峰雙』之句。」梵王家：指寺廟。梵王，指色界初禪天的大梵天王，亦泛指此界諸天之王。李紳《杭州天竺靈隱二寺詩》其二：「波動秪觀羅刹相，静居難識梵王心。」

〔二〕「地僻」二句：地處偏僻，春天也姗姗來遲；晴日暖風，還是改變了山林風光。

〔三〕容與：從容閑舒貌。《楚辭·九歌·湘夫人》：「時不可兮驟得，聊逍遥兮容與。」

〔四〕「冰下」二句：早春景象之一：冰凍下的泉流開始湧動，雲霧中的茶樹尚待發芽。茗：茶葉。

【附録】

此詩輯入清陳訏《宋十五家詩選·廬陵詩選》。

《瀛奎律髓》卷三三丁寶臣《和永叔新晴獨游東山》：「芳辰百五前，選勝到林泉。萬樹緑初染，群花紅未然。陰巘猶貯雪，暖谷自生煙。婦汲溪頭水，人耕草際田。日中林影直，風静鳥聲圓。犍令多情甚，尋春最佔先。」

三游洞

漾檝泝清川，捨舟緣翠嶺。探奇冒層險，因以窮人境〔一〕。弄舟終日愛雲山，徒見青蒼杳靄間。誰知一室煙霞裏，乳竇雲腴凝石髓〔二〕。蒼崖一徑橫查渡，翠壁千尋當户起。昔人心賞爲誰留，人去山阿跡更幽〔三〕。青蘿緑桂何岑寂，山鳥嘐嘐不驚客〔四〕。松鳴澗底自生風，月出林間來照席〔五〕。仙境難尋復易迷，山回路轉幾人知。惟應洞口春花落，流出巖前百丈谿〔六〕。

【題　解】

原輯《居士集》卷一，繫景祐四年。作於是年春，時知夷陵。題下原注：「一本作《夷陵九詠》：一《三游洞》，二《下牢溪》，三《蝦蟇碚》，四《勞停驛》，五《龍溪》，六《黄溪夜泊》，七《黄牛峽祠》，八《松門》，九《下牢津》。《居士集》本古律各從其類，今從之。」三游洞，位於西陵峽北岸的峭壁腹部，背靠長江三峽的西陵峽口，面臨下牢溪，洞奇景異，山清水秀。唐元和十四年（八一九），白居易自江州司馬移任忠州刺史途中，與元稹、白行簡同游此洞，一併賦詩，以白居易作《三游洞序》而得名，稱

「前三游」。《明一統志》卷六二《荆州府》：「在夷陵州西北二十五里，白居易與弟行簡及元稹三人游此，作三游洞記，刻石壁上，後人因名。蘇軾與弟轍及黄庭堅三人亦曾游焉。軾詩云：『凍雨霏霏半成雪，游人屐冷蒼苔滑。不辭攜被巖底眠，洞口雲深夜無月。』」此詩描寫三游洞内外的清幽静美，儼然世外桃源「仙境」，而今「山回路轉幾人知」，詩人感慨今昔，展示孤寂心境與落寞情懷。語言平易疏暢，叙議相生，情景交融，引人入勝。

【注　釋】

〔一〕「漾檝」四句：蕩舟溯流而上，攀登葱翠山嶺，大夥冒險探勝，來到人跡不至的幽境。即白居易《三游洞序》：「維舟巖下」、「梯危縋滑」、「絶無人跡」之意。　漾檝：蕩槳、泛舟。

〔二〕「弄舟」四句：船行終日，在山林雲煙之中發現一座神奇洞室。　乳竇雲腴：洞中的鐘乳石是仙藥凝成的。雲腴，傳説中的仙藥。　凝石髓：石髓即石鐘乳。古人用於服食，也可入藥。《晉書·嵇康傳》：「康又遇王烈，共入山，烈嘗得石髓如飴，即自服半，餘半與康，皆凝而爲石。」

〔三〕「蒼崖」四句：蒼崖小路架著斷木小橋，洞室對面聳立陡峭石壁。白居易在此留下詩篇，後來洞室更加幽僻。　横查渡：以斷木爲橋。查，即「楂」，同「槎」，木筏。

〔四〕岑寂：高而静。亦泛指寂静。《文選·鮑照〈舞鶴賦〉》：「去帝鄉之岑寂，歸人寰之喧卑。」李善注：「岑寂，猶高靜也。」」嘐嘐：鳥叫聲。柳宗元《游朝陽巖遂登西亭二十韻》：「晨雞不余欺，風雨聞嘐嘐。」

〔五〕「松鳴」二句：澗谷裹松濤呼嘯生風，座席上林間明月高照。月出林間：化用王維《竹里館》詩句：「深林人不知，明月來相照。」

〔六〕「仙境」四句：此人間仙境不容易尋找，秖有洞前落花隨溪水流向外方。暗用陶潛《桃花源記》「尋向所志，遂迷，不復得路」句意。唐張旭《桃花詩》：「桃花盡日隨流水，洞在清溪何處邊？」百丈谿：句下原注「即下牢溪也」。下牢溪爲夷陵名勝，歐有《下牢溪》詩，詳見下詩題解。

【附録】

此詩輯入明李蓘《宋藝圃集》卷九，又輯入清康熙《御選宋金元明四朝詩·御選宋詩》卷二五、陳訏《宋十五家詩選·廬陵詩選》。

白居易《白氏長慶集》卷四三《三游洞序》：「平淮西之明年冬，予自江州司馬授忠州刺史，微之自通州司馬授虢州長史。又明年春，各祗命之郡，與知退偕行。三月十日，參會於夷陵……微之曰：『誠哉，是言。矧吾人難相逢，斯境不易得。今兩偶於是，得無述乎。請各賦古調詩二十韻，書於石壁。』仍命予序而紀之。又以吾三人始游，故因爲三游洞。洞在峽州上二十里北峰下，兩崕相廞間。欲將來好事者知，故備書其事。」

陸游《入蜀記》卷四：「繫船與諸子及證師登三游洞，躡石磴二里，其險處不可著脚。洞大如三間屋，有一穴通人過，然陰黑峻險尤可畏。繚山腹，傴僂自巖下。至洞前，差可行，然下臨溪潭，石壁十餘丈，水聲恐人。又二穴，後有壁，可居，鐘乳歲久，垂地若柱，正當穴門。上有刻云：『黄大臨弟庭堅同辛紘子大方紹聖二年三月辛亥來游。』旁石壁上刻云：『景祐四年七月十日夷陵歐陽永叔。』下缺一字。又云『判官丁』，下又缺數字。丁者，寶臣也，字元珍。今『丁』字下二字，亦仿佛可見，殊不類『元珍』字。又，永叔但曰夷陵，不稱令。」

孫應時《燭湖集》卷一五《同丘直長和歐公三游洞韻》：「維舟下牢關，散策上西嶺。天風吹我裳，恍惚非人境。丹崖翠壁明空山，呀然洞府蔥蘢間。珊瑚爲門玉爲裏，石骨千年凝緑髓。伏龍奇鬼相回環，窗户玲瓏五雲起。風馬霓旌去不留，棋牀丹竈巖之幽。流水潺潺山寂寂，時有野鶴飛迎客。提攜琴酒聊一歡，呼取漁樵任爭席。日暮欲歸歸路迷，襟期浩蕩誰當知。好種桃花便終老，更尋何處武陵溪。」

下牢溪

隔谷聞溪聲，尋溪度横嶺〔一〕。清流涵白石，靜見千峰影〔二〕。巖花無時歇，翠柏鬱何整〔三〕。安能戀潺湲，俯仰弄雲景〔四〕。

【題解】

原輯《居士集》卷一，繫景祐四年。作於是年春，時知夷陵。下牢溪，源于宜昌縣牛坪，經三游洞下注入長江。《夷陵州志》卷二：「下牢溪，在三游洞之下。」陸游《入蜀記》卷四：「過下牢關，夾江千峰萬嶂，有競起者，有獨拔者，有崩欲壓者，有危欲墜者，有横裂者，有直拆者，有凸者，有窪者，有罅者，奇怪不可盡狀。初冬，草木皆青蒼不彫，西望重山如闕，江出其間，則所謂下牢溪也。」此詩描寫溪水之清，溪景之靜，表現詩人寄情山水的幽雅情志。詩語質樸，有聲有色，情融于景，自然渾成。

【注釋】

〔一〕「隔谷」二句：隔著峽谷聽見溪水聲，尋找溪流可要横跨山嶺。

〔二〕涵：沉浸，浸潤。

〔三〕何整：何等整齊，多麽嚴整。

〔四〕「安能」二句：怎麽能秖是貪戀流淌的山泉，天上的雲彩與水中的倒影都别有賞趣。潺湲：緩慢流動的溪水。謝靈運《入華子岡是麻源第三谷詩》：「且申獨往意，乘月弄潺湲。」

【附録】

此詩輯入清康熙《御選宋金元明四朝詩·御選宋詩》卷一〇、《御定佩文齋詠物詩選》卷九七。

蝦蟆碚

石溜吐陰崖〔一〕，泉聲滿空谷。能邀弄泉客，繫舸留巖腹。陰精分月窟，水味標《茶録》〔二〕。共約試春芽，槍旗幾時緑〔三〕？

【題解】

原輯《居士集》卷一，繫景祐四年。作於是年春，時知夷陵。蝦蟆碚，位於西陵峽中明月峽内，臨江南岸，修築葛洲壩水利樞紐工程後，爲江水所淹。《湖廣通志》卷九《山川志》：「蝦蟆碚，州西五十里。《明一統志》：『江之右有石大數丈，類蝦蟆，其上出泉，陸羽品其水味居第四。』」蝦，一作「蛤」。陸游《入蜀記》卷四：「登蝦蟆碚，《茶經》水品所載第四泉是也。蝦蟆在山麓，臨江，頭、鼻、吻、頷絶類，而背脊皰處尤逼真，造物之巧，有如此者！自背上深入得一洞穴，石色緑潤，泉泠泠有聲，自洞出，垂蝦蟆口鼻間，成水簾入江。」題下原注：「碚，今土人寫作『背』字，音佩。」卷末附注：「《蝦蟆碚》詩，諸本皆作『碚』。朝佐考字書無此字。按《東坡集·決囚經歷》詩『忽憶尋蟆培』，其字從土。又《南行集》，二蘇皆有《蝦蟆碚》詩，《欒城》作『培』，《東坡》作『背』。今秘書正字項安世嘗自蜀來，云土人寫作『背』字，音佩。」詩人邀友同游蝦蟆碚，烹茶品泉，自得其樂。由石及泉，自泉至茶，筆意靈活，想像飛越。

【注　釋】

〔一〕陰崖：因覆蓋植被而顯得陰暗的山崖。

〔二〕「陰精」二句：蟾蜍離開月宫在此棲息，故稱蛤蟆碚，蛤蟆泉水爲《茶經》著録，被譽爲「天下第四泉」。　陰精：月中之精靈——蟾蜍，指代月亮。漢丁鴻《日食上封事》：「月者陰精，盈毁有常，臣之表也。」　月窟：月宫。王禹偁《商山海棠》詩：「桂須辭月窟，桃合避仙源。」《茶録》：指陸羽《茶經》。陸廷燦《續茶經》卷下之一：「陸羽論水次第凡二十種，廬山康王谷水簾水第一，無錫惠山寺石泉水第二，蘄州蘭溪石下水第三，峽州扇子山下蝦蟆口水第四。」

〔三〕「共約」二句：共約明年春天一道品飲新茶，卻不知一槍一旗的新茶何時發芽。　槍旗：茶葉的一種，成品緑茶之一。頂芽細如槍，小葉展如旗，故名。宋熊蕃《宣和北苑貢茶録》：「凡茶芽數品，最上者曰小芽，如雀舌鷹爪，以其勁直纖鋭，故號芽茶。次曰中茶，乃一芽帶一葉者，號一槍一旗。次曰大芽，乃一芽帶兩葉者，號一槍兩旗。其帶三葉四葉者，皆漸老矣。」

【附　録】

《歐集》卷一四一《集古録跋尾·唐神女廟詩》：「余貶夷陵令時，嘗泛舟黄牛峽，至其祠下。又飲蝦蟆碚水，覽其江山巉絶窮僻。」

黄牛峽祠

大川雖有神，淫祀亦其俗〔一〕。石馬繫祠門，山鴉噪叢木。潭潭村鼓隔溪聞，楚巫歌舞送迎神〔二〕。畫船百丈山前路，上灘下峽長來去。江水東流不暫停，黄牛千古長如故〔三〕。峽山侵天起青嶂，崖崩路絶無由上。黄牛不下江頭飲，行人惟向舟中望〔四〕。朝朝暮暮見黄牛，徒使行人過此愁。山高更遠望猶見，不是黄牛滯客舟〔五〕。

【題解】 原輯《居士集》卷一，繫景祐四年。作於是年春，時知夷陵。題中原注：「一本無『峽』字。」黄牛峽在西陵峽中段，因江南岸的黄牛巖而得名。黄牛峽祠位於黄牛巖山麓，相傳爲祭祀助大禹開峽治水的神牛而建。黄牛祠又稱黄牛廟。《湖廣通志》卷一〇《山川志》：「黄牛廟，在州西黄牛峽，相傳神嘗佐禹治水。」此詩描寫黄牛峽景觀，展現夷陵風俗民情，詩人筆下的楚巫神靈，黄牛難行，流露困滯貶所的深沉感慨。全詩一氣舒卷，語淺景奇，運思精微，畫面富於動感，意境開闊而優美。

【注釋】

〔一〕大川：指長江。古代祭四瀆，長江爲其一。《初學記》卷六引衛弘《漢舊儀》：「祭四瀆者，江、河、淮、濟。」淫祀：不合禮制的祭祀。《禮記·曲禮》：「非其所祭而祭之，名曰淫祀。淫祀無福。」又《漢書·地理志》：「楚人信巫鬼，重淫祀。」

〔二〕「潭潭」二句：隔溪聽見潭潭的村鼓聲，那是載歌載舞的巫師在祭祀鬼神。潭潭：擊鼓聲。

〔三〕黄牛：黄牛巖。參見「附録」陸游《入蜀記》卷四紀事。

〔四〕「峽山」四句：黄牛峽像青翠的屏障高聳入雲，難以攀登；神奇的黄牛從不下江飲水，過往的行人秪能從船上觀望。《四庫全書考證》：「『行人惟向舟中望』，刊本『惟』訛『未』，今改。」

〔五〕朝朝暮暮：原校：「一作『行行終日』。」徒使行：原校：「一作『誰使人』。」末句下原注：「語曰：『朝見黄牛，暮見黄牛，一朝一暮，黄牛如故。』言江惡難行，久不能過也。」北魏酈道元《水經注》卷三四《江水》：「江水又東逕黄牛山下，有灘名曰黄牛灘。南岸重嶺疊起，最外高崖間，有石，色如人負刀牽牛，人黑牛黄，成就分明，既人跡所絶，莫得究焉。此巖既高，加以江湍紆迴，雖途逕信宿，猶望見此物，故行者謡曰：『朝發黄牛，暮宿黄牛，三朝三暮，黄牛如故。』言水路紆深，迴望如一矣。」

【附録】

此詩輯入清康熙《御選宋金元明四朝詩·御選宋詩》卷二五、吴之振《宋詩鈔》卷一一。

《歐集》卷一四一《集古録跋尾·唐神女廟詩》：「余貶夷陵令時，嘗泛舟黄牛峽，至其祠下。又飲蝦蟆碚水，覽其江山巉絶窮僻。」

蘇軾《東坡全集》卷九三《書歐陽公黄牛廟詩後》：「右歐陽文忠公爲峽州夷陵令日所作《黄牛廟》詩也。軾嘗聞之於公：『予昔以西京留守推官，爲館閣校勘，時同年丁寶臣元珍適來京師，夢與予同舟泝江，入一廟中，拜謁堂下。予班元珍下，元珍固辭，予不可。方拜時，神像爲起，鞠躬堂下，且使人邀予上，耳語久之。元珍私念，神亦如世俗待館閣，乃爾異禮耶？既出門，見一馬隻耳，覺而語予，固莫識也。不數日，元珍除峽州判官。已而余亦貶夷陵令。日與元珍處，不復記前夢云。一日與元珍泝峽謁黄牛廟，入門惘然，皆夢中所見。予爲縣令，固班元珍下，而門外鐫石爲馬，缺一耳。相視大驚，乃留詩廟中，有「石馬繫祠門」之句，蓋私識其事也。』元豐五年，軾謫居黄州，宜都令朱君嗣先見過，因語峽中山水，偶及之。朱君請書其事與詩：『當刻石於廟，使人知進退出處，皆非人力。如石馬一耳，何與公事？而亦前定，況其大者。公既爲神所禮，而猶謂之淫祀，以見其直氣不阿如此。』感其言有味，故爲録之。正月二日，眉山蘇軾書。」按：又見胡仔《苕溪漁隱叢話》後集卷二三。

惠洪《冷齋夜話》卷二：「歐陽公《黄牛廟》詩曰『石馬繫祠門』，東坡《錢塘》詩曰『我識南屏金鯽魚』，二句皆似童稚語，然皆記一時之事。歐陽嘗夢至一神祠，祠有石馬缺左耳。及謫夷陵，過黄牛廟，所見如夢。西湖南屏山興教寺，池有鯽十餘尾，金色。道人齋餘，爭倚檻投餅餌爲戲。東坡習西湖久，故寓於詩詞耳。」

陸游《入蜀記》卷四：「十一日，過達洞灘。……猶見黄牛峽廟後山。太白詩云：『三朝上黄牛，三暮行太遲。三朝又三暮，不覺鬢成絲。』歐陽公云：『朝朝暮暮見黄牛，徒使行人過此愁。山高更遠望猶見，不是黄牛滯客舟。』蓋諺謂：『朝見黄牛，暮見黄牛。一朝一暮，黄牛如故。』故二公皆及之。」

黄震《黄氏日鈔》卷六一評曰：「『不是黄牛滯客舟』，謂江惡舟遲，常見此石在山也。」

范成大《石湖詩集》卷一九《黄牛峽》：「朝離悲秋宅，午榜疊石磯。小留黄牛廟，細讀石馬詩。黄牛隱見蒼山裏，石馬至今猶臧耳。當年夢境識仙翁，馬爲迎門神爲起。物生不朽繫所逢，歐詞蘇筆蒼苔封。山高水長翁之風，石馬亦與翁無窮。」題下自注云：「廟爲黄牛神所居，即石馬繫祠門處，東坡所書歐公詩及本事碑石在東廡祠後。高峰之上有黄牛跡，客舟甚敬之，以歐公故。石馬亦有靈，扃護甚嚴。」

曹學佺《石倉歷代詩選》卷四七四輯田登《黄陵廟和宋歐陽韻》詩：「曉泊夷陵舟，停橈問楚俗。又牙石露鋒，蔥蒼巖放木。棹歌漁唱隔江聞，江嶺嵳峩廟有神。草遮迴磴峰迴路，過者乞靈自來去。憶昔佐禹立神功，世代相傳碑有故，高峰俯瞰兒孫嶂，舉頭惟有天在上。一水奔雷緑遶春，兩山刺天青入望。巔崖遺跡似全牛，世牛不全空令愁。登高長嘯暮山隱，風雨瀟瀟江上舟。」

方東樹《昭昧詹言》卷一二評曰：「平叙，以起句作章法，以下發，此《新茶》、《葛鼎》同。起二句議，歸宿。三句寫。」

金雞五言十四韻

巒荆鮮人秀，厥美爲物怪。禽鳥得之多，山雞稟其粹〔一〕。衆綵爛成文，真色不可繪。仙衣霓紛披，女錦花綷縩。輝華日光亂，眩轉目睛憊〔二〕。高田啄秋粟，下澗飲寒瀨。清唳或相呼，舞影還自愛〔三〕。豈知文章累，遂使綱羅掛。及禍誠有媒，求友反遭賣〔四〕。有身乃吾患，斷尾亦前戒。不群世所驚，甚美衆之害〔五〕。稻粱雖云厚，樊縶豈爲泰。山林歸無期，羽翮日已鎩〔六〕。用晦有前言，書之可爲誡〔七〕。

【題　解】

原輯《居士集》卷一，繫景祐四年。作於是年春，時知夷陵。金雞，鳥名。即錦雞、山雞。形狀與雉相似，多飼養以供玩賞。《淵鑑類函》卷四二五引《虞衡志》：「南中有錦雞，一名金雞，形如小雞，頭項鬃毛金色，身紅黄相間，極有文彩，目微白，湖南北亦有之。」詩歌假借山雞爲美麗羽毛牽累，被人用作鳥媒誘捕同類的遭遇，抒發「不群世所驚，甚美衆之害」的人生感悟，喟歎「忠而被謗，信而見疑」的身世際遇，感慨材高多嫉，用晦得明，極富哲理。對於貶謫夷陵的歐而言，金雞的故事，無疑凝聚其痛切的人生體驗，實爲自警警人，宣揚明哲保身。詩歌描摹細膩，敘議相生，表現「以文爲詩」、「以議論爲詩」的鮮明特色。

【注釋】

〔一〕「蠻荊」四句：夷陵的天地靈氣表現在物奇而不在人傑，山雞就突出地稟受物美之精粹。柳宗元《小石城記》亦持此論，稱貶所永州「其氣之靈，不爲偉人，而獨爲是物，故楚之南少人而多石。」　蠻荊：《詩經》、《春秋》等書稱楚國爲「蠻荊」，此指夷陵地區。

〔二〕「衆綵」六句：山雞的羽毛色彩斑爛，有如霓裳仙衣，飛翔時展翅有聲，陽光下令人眼花繚亂。　仙衣霓：霓裳，相傳神仙以雲爲裳。《楚辭·九歌·東君》：「青雲衣兮白霓裳，舉長矢兮射天狼。」　綷縩：衣服摩擦聲。《漢書·外戚傳下·孝成班倢伃》：「感帷裳兮發紅羅，紛綷縩兮紈素聲。」顏師古注：「綷縩，衣聲也。」此指羽毛相摩擦聲。

〔三〕「高田」四句：山雞自由地生活在高田深澗之間，歌聲婉轉，舞影綽約。　瀨：湍水。　舞影：劉敬叔《異苑》卷三：「山雞愛其毛，映水則舞。」

〔四〕「豈知」四句：誰知山雞爲美麗的羽毛所累，被人用爲鳥媒，誘捕同類。　文章：錯雜的色彩或花紋。　媒：鳥媒。射獵時用作誘餌、或馴養以招引其同類的鳥。《周禮·秋官·翨氏》：

「掌攻猛鳥，各以其物爲媒而掎之。」賈公彦疏：「若今取鷹隼者，以鳩鴿置羅網之下以誘之。」求友：《詩·小雅·伐木》：「嚶其鳴矣，求其友聲。」

〔五〕「有身」四句：美麗的羽毛成爲負擔，雄雞斷尾就是免災前鑑。卓爾不群素被世人驚怪，超群之美屢遭大衆忌害。詩人借山雞遭遇抒寫人生感慨。有身：有己身，指金雞美麗的外表。《老子》十三章：「何謂貴大患若身？吾所以有大患者，爲吾有身。及吾無身，有何患？」斷尾：《左傳·昭公二十二年》：「賓孟適郊，見雄雞自斷其尾，問之，侍者曰：『自憚其犧也。』」

〔六〕「稻粱」四句：豢養的山雞食用雖然豐厚，但是樊籠拘禁豈有安舒，回歸山林無望，羽翼亦日漸傷殘。樊縶：拘繫於籠中。鮑照《野鵝賦》序：「有獻野鵝于臨川王，世子愍其樊縶，命爲之賦。」翮：羽莖。借指鳥的翅膀。

〔七〕「用晦」二句：「用晦而明」是前賢的名言，它可以作爲我們處世爲人的座右銘。用晦：隱藏才能，不外露其才。《周易·明夷》：「君子以莅衆，用晦而明。」王弼注：「藏明於内，乃得明也；顯明於外，巧所辟也。」

松門

島嶼松門數里長，懸崖對起碧峰雙〔一〕。可憐勝境當窮塞，翻使留人戀此邦〔二〕。亂石驚灘喧醉枕，淺沙明月入船窗〔三〕。因游始覺南來遠，行盡荆江見蜀江〔四〕。

【題　解】

原輯《居士集》卷一〇，繫景祐四年。作於是年春，時知夷陵。題下原注：「已下五首，一本屬《夷陵九詠》。」松門，即松門峽。《大清一統志》卷二七三《宜昌府》：「松門峽，在東湖縣西。宋歐陽修有『島嶼松門數里長，懸崖對處碧峰雙』之句。」此詩狀寫松門峽奇險風光，尾聯感慨良深，反映詩人的遷謫心緒。詩筆瀟灑，觸景生情，淡語高致，有唐詩神韻。

【注　釋】

〔一〕「島嶼」二句：松門峽的島嶼綿延數里，兩邊是對峙的懸崖峭壁。

〔二〕窮塞：荒遠的邊塞之地，此指夷陵。

〔三〕「亂石」二句：亂石險灘的水流聲將我從醉卧中驚醒，秖見一輪明月照入船窗。

〔四〕荆江：由湖南岳陽石陵磯到湖北枝江段的長江。《大清一統志》卷二七三《宜昌府》：「形勢：左荆湘，右巴蜀；面施黔，背金房；大江徑其前，香溪繞其後。」蜀江：四川境内的江河。唐劉禹錫《竹枝詞》其一：「山桃紅花滿上頭，蜀江春水拍山流。」又《元豐九域志》卷六：「夷陵，有蜀江。」

【附録】

此詩輯入清康熙《御選宋金元明四朝詩·御選宋詩》卷四六、吴之振《宋詩鈔》卷一二、陳訏《宋十五家詩選·廬陵詩選》。

下牢津

依依下牢口，古戍鬱嵯峨〔一〕。入峽江漸曲，轉灘山更多。白沙飛白鳥，青障合青蘿〔二〕。遷客初經此，愁詞作楚歌〔三〕。

【題解】

原輯《居士集》卷一〇，繫景祐四年。作於是年春，時知夷陵。下牢津，指下牢溪入長江處的渡口。清繆荃孫《雲自在龕叢書》輯《元和郡縣志逸文》卷一：「下牢鎮在夷陵縣西二十八里，隋於此置峽州。貞觀九年，移于步闡壘，其舊城因置鎮。」詩人舟游下牢津，描繪其壯美風光，觸景生情，抒寫遷客騷人的滿腔愁懷。詩語凝練，意境深沉，事顯而情隱。

【注釋】

〔一〕下牢口：即下牢津。下牢關渡口爲古代戍守堡壘。

〔二〕青障：青山起伏聯綿不斷，宛如屏障。　青蘿：即松蘿。一種攀生在石崖、松柏或牆上的植物。《詩·小雅·頍弁》：「蔦與女蘿，施於松上。」毛傳：「女蘿，兔絲，松蘿也。」

〔三〕「遷客」二句：貶謫之人初到此地，都會把滿腔愁緒吟成淒切楚歌。　楚歌：楚人之歌。《史記·高祖本紀》：「項羽卒聞漢軍之楚歌，以爲漢盡得楚地，項羽乃敗而走，是以兵大敗。」引申爲悲歌，表示陷入困境。

【附録】

陸游《入蜀記》卷四：「八日，五鼓盡，解船，過下牢關。夾江千峰萬嶂，有競起者，有獨拔者，有崩欲壓者，有危欲墜者，有横裂者，有直坼者，有凸者，有窪者，有罅者，奇怪不可盡狀，初冬草木皆青蒼不彫，西望重山如闕，江出其間，則所謂下牢谿也，歐陽文忠公有《下牢津》詩云：『入峽江漸曲，轉灘山更多。』即此也。」

龍溪

潺潺出亂峰，演漾緑蘿風〔一〕。淺瀨寒難涉，危槎路不通〔二〕。朝雲起潭側，飛雨徧江中。

更欲尋源去，山深不可窮〔三〕。

【題　解】

原輯《居士集》卷一〇，繫景祐四年。作於是年春，時知夷陵。龍溪，夷陵縣境内一條小溪，具指不詳。詩歌描寫龍溪險怪風光，畫面自然清新，可見夷陵山水壯美，也顯荒涼與冷落。詩語疏暢鏗鏘，情感藴於風物。

【注　釋】

〔一〕「潺潺」二句：龍溪從亂山叢中潺潺流出，波光蕩漾著藤蘿的翠緑。演漾：水波蕩漾貌。宋賀鑄《減字浣溪沙》詞：「秋水斜陽演漾金，遠山隱隱隔平林。」

〔二〕淺瀨：淺水沙石灘。危槎：高大的樹杈。槎，樹的杈枝。

〔三〕「更欲」二句：本想沿溪流以探尋水源，卻因山谷深遠難以窮盡。此處反用陶潛《桃花源記》：「林盡水源，便得一山」文意。

【附　録】

此詩輯入清康熙《御選宋金元明四朝詩·御選宋詩》卷三五。

勞停驛

孤舟轉山曲，豁爾見平川〔一〕。樹杪帆初落，峰頭月正圓。荒煙幾家聚，瘦野一刀田〔二〕。行客愁明發，驚灘鳥道前〔三〕。

【題　解】

原輯《居士集》卷一〇，繫景祐四年。作於是年春，時知夷陵。勞停驛，夷陵縣境内驛站名。《湖北通志·古跡》：「勞停驛，見《歐陽修集》。南關外舊有鳳棲驛，疑即其遺址。」此詩描寫牢停驛周圍的自然景象，反映惡劣的生存環境，表現詩人對民生的關心。詩境蕭條淡泊，意藴婉曲深長，有似一幅清淡雋遠的山水畫。

【注　釋】

〔一〕山曲：山勢彎曲隱蔽處。唐元結《游惠泉示泉上學者》詩：「草堂在山曲，澄瀾涵階除。」豁爾：豁然開朗貌。陶潛《桃花源記》：「豁然開朗，土地平曠。」

〔二〕「荒煙」二句：荒煙野草中聚居著幾户人家，貧瘠的山坡上懸掛著狹窄的梯田。一刀田：田地窄得僅容於一刀，誇飾之詞。《詩·衛風·河廣》：「誰謂河廣？曾不容刀。」鄭箋：「不容刀，亦喻狹小。」

〔三〕「行客」二句：詩人面對著險灘鳥道，正在爲明天的行程發愁。行客：詩人自指。明發：黎明，清晨。《詩·小雅·小宛》：「明發不寐。」毛傳：「明發，發夕至明。」朱熹集傳：「明發，謂將旦而光明開發也。」亦指淩晨起程。陸機詩《招隱》其二：「明發心不夷，振衣聊躑躅。」楊萬里《郡治燕堂庭中梅花》詩：「翁欲還家即明發，更爲梅花留一月。」鳥道：險峻狹窄的山路。李白《蜀道難》詩：「西當太白有鳥道，可以横絶峨眉巔。」

【附録】

此詩輯入清康熙《御選宋金元明四朝詩·御選宋詩》卷三五、吴之振《宋詩鈔》卷一二、陳焯《宋元詩會》卷一一。

千葉紅梨花

紅梨千葉愛者誰，白髮郎官心好奇〔一〕。徘徊繞樹不忍折，一日千匝看無時〔二〕。夷陵寂寞千山裏，地遠氣偏時節異。愁煙苦霧少芳菲，野卉蠻花鬭紅紫〔三〕。可憐此樹生此處，高枝絶豔無人顧。春風吹落復吹開，山鳥飛來自飛去〔四〕。根盤樹老幾經春，真賞今纔遇使君。風輕絳雪罇前舞，日暖繁香露下聞〔五〕。從來奇物産天涯，安得移根植帝家。猶勝張騫爲漢使，辛勤西域徙榴花〔六〕。

【題解】

原輯《居士集》卷一，繫景祐四年。作於是年春，時知夷陵。題下原注：「峽州署中舊有此花，前無賞者。知郡朱郎中始加欄檻，命坐客賦之。」峽州署，即峽州衙門，在其州治夷陵。梨花一般單瓣呈白色，千葉紅梨花紅色複瓣，爲梨花珍品。知郡朱郎中，據《明一統志》卷六二《荆州府》、明彭大翼《山堂肆考》卷一七三、雍正《湖廣通志》卷七七《古跡志》、乾隆《大清一統志》卷二七三《宜昌府》均爲朱慶基。又黄庭堅《山谷集》卷三〇《跋歐陽公紅梨花詩》，以爲是「通判西京留守事朱叔庠」，文瑩《玉壺野史》卷三以爲是「江陵内翰」朱昂之子朱正基。此詩題詠特異的紅梨花，感慨其生於偏僻之地而湮没不聞，實乃賦物詠志，借千葉紅梨花抒寫天涯淪落之感，表達政治難以大作爲、功業無法大成就的苦悶，期盼有志有才之士，能如愿以償地施展才華。紅梨花在詩人眼裏，已化作同病相憐的寄情物。詩人顯然以紅梨自況，借紅梨酒杯澆胸中塊壘，表達自己的不平與不自棄。詩歌叙、寫、議三結合，景、情、理相融汇，感激頓挫，逆折順布，跌宕生姿，展現以議論爲詩的鮮明特色。

【注　釋】

〔一〕白髮郎官：朱慶基時以尚書駕部員外郎知峽州。《明一統志》卷六二《荆州府》：「朱慶基，景祐間知峽州。涖民有德政，歲數豐稔，民建來豐亭以彰顯之。」乾隆《大清一統志》卷二七三《宜昌府》：「朱慶基，景祐中守峽州。始樹木，增城柵，甓城北之街，作市區，又教民爲瓦屋，別竈廩，異人畜，以變其俗。」

〔二〕匝：環繞一週稱之一匝。

〔三〕「夷陵」四句：夷陵偏遠，氣候怪僻，風物奇異，多野花而少名貴花木。「芳菲」、「鬭紅紫」化用韓愈《晚春》「百般紅紫鬭芳菲」詩句。

〔四〕「可憐」四句：高枝絶豔的紅梨花生長在偏僻山野，可惜秖有飛來飛去的山鳥欣賞。

〔五〕使君：知州朱慶基。漢代稱州刺史爲使君，後用爲州郡長官的尊稱。　真賞：確能賞識。《南史·王曇首傳》：「知音者希，真賞殆絶。」　絳雪：形容紅色的花。劉克莊《漢宫春·秘書弟家賞紅梅》詞：「拚醉倒，花間一霎，莫教絳雪離披。」此指紅梨花。

〔六〕「從來」四句：奇花異木自古出於邊遠之地，紅梨花若能移植京師，可比張騫從西域帶回的石榴花更勝一籌。　張騫：漢武帝時曾兩次出使西域，因功封博望侯。後魏賈思勰《齊民要術》卷十：「《博物志》：張騫使西域還，得安石榴、胡桃、蒲桃。」

【附録】

此詩輯入清康熙《御選宋金元明四朝詩·御選宋詩》卷二五、《御定佩文齋廣群芳譜》卷二七、《御定佩文齋詠物詩選》卷三〇〇、《淵鑑類函》卷四〇〇、吴之振《宋詩鈔》卷一一、陳焯《宋元詩會》卷一〇、陳訏《宋十五家詩選·廬陵詩選》。

《湖廣通志》卷七七《古跡志》:「絳雪堂,在楚塞樓前。宋知州朱慶基會飲紅梨花下,命坐客賦詩。歐詩:『風輕絳雪樽前舞,日暖繁香露下聞。』因名其堂曰『絳雪』。」

黄庭堅《山谷集》卷三〇《跋歐陽公紅梨花詩》:「觀歐陽文忠公在館閣時《與高司諫書》,語氣可以折衝萬里,謫居夷陵,詩語豪壯不挫,理應如是。文人或少拙而晚工,至文忠少時,下筆便有絶塵之句。此釋氏所謂『朝生王子,一日出生,一日富貴』者耶?余雅聞文忠謫夷陵,得通判西京留守事朱叔庠作太守,遂無逐臣之色。然竊怪文忠《與尹師魯書》云:『到官作庭趨,始覺身是縣令。』心嘗怏怏此處,及來荆州見朱公之孫,乃知朱公已解印去,至京師,復來守峽州。及見文忠與朱公别紙云:『近日還止縣舍,方審復臨舊治,爲乍到,凡事未定,不果遠出界首迎候。』乃涣然不疑,亦知朱公於舊僚之意甚篤也。」

陸游《入蜀記》卷四:「……晚,郡集於楚塞樓,偏歷爾雅臺、錦障亭。亭前海棠二本,亦百年物。爾雅臺者,圖經以爲郭景純注《爾雅》於此。又有絳雪亭,取歐陽公千葉紅梨詩,而紅梨已不存矣。」

方東樹《昭昧詹言》卷一二評曰:「起二句先點叙。三四句寫。『夷陵』句逆卷跌開。『可憐』以下順布。『根盤』二句合。『風輕』二句夾寫。『從來』四句，僦襯入議收。」

夷陵書事寄謝三舍人

春秋楚國西偏境，陸羽《茶經》第一州〔一〕。紫籜青林長蔽日〔二〕，緑叢紅橘最宜秋。道塗處險人多負，邑屋臨江俗善泅〔三〕。臘市漁鹽朝暫合，淫祠簫鼓歲無休〔四〕。風鳴燒入空城響，雨惡江崩斷岸流〔五〕。月出行歌聞調笑，花開啼鳥亂鈎輈〔六〕。黄牛峽口經新歲，白玉京中夢舊游〔七〕。曾是洛陽花下客，欲誇風物向君羞〔八〕。

【題解】

原輯《居士集》卷一一，繫景祐四年。作於是年春，時知夷陵。題下原注：「一作《代書寄舍人三丈》。」謝三舍人、舍人三丈，即謝絳，字希深，排行第三，曾任知制誥，實掌中書舍人之職，時在汴京任職。歐初官伊洛時，謝絳任河南府通判，兩人師友相兼，交誼深厚。詩歌描寫夷陵地理特産、風俗人情，結尾處撫今追昔，抒發貶謫生活感受及對舊友的懷念之情。詩筆細膩，繪聲繪色，情感蘊藉，一波三折。

【注釋】

〔一〕「春秋」二句：夷陵位於春秋楚國的西部邊境，唐代茶聖陸羽品茶品水都將峽州列爲第一。西偏境：歐《夷陵縣至喜堂記》：「夷陵者，楚之西境，昔《春秋》書荆以狄之，而詩人亦曰蠻荆。」陸羽：字鴻漸，唐代復州竟陵（今湖北天門）人。撰成《茶經》一書，對促進我國茶業的發展起了積極推動作用。後人祀爲「茶聖」。《新唐書·隱逸傳》有傳。《全唐文》有《陸羽自傳》。《茶經》：三卷，分十類專題記載、討論茶葉的産地、品質優劣以及烹茶用水的好壞等。第一州：陸羽《茶經》卷下第八《茶之出》置峽州爲第一，云：「山南以峽州上。」注：「峽州生遠安、宜都、夷陵三縣山谷。」又夷陵蝦蟆碚水，被譽爲天下煎茶「第四水」。歐《大明水記》引張又新《煎茶水記》：「扇子峽蝦蟆口水，第四。」《集古録跋尾·唐神女廟詩》亦云：「余貶夷陵令時，嘗泛舟黄牛峽，至其祠下，又飲蝦蟇碚水。」

〔二〕籜：竹筍皮。包在新竹外面的皮葉，竹長成後逐漸脱落。俗稱筍殼。《文選·謝靈運〈於南山往北山經湖中瞻眺詩〉》：「初篁苞緑籜，新蒲含紫茸。」李善注引服虔《漢書》注：「籜，竹皮也。」

〔三〕「道塗」二句：夷陵道路險峻，人們運東西大都肩挑背扛，城内房屋依山臨水，百姓大都擅長游泳。

〔四〕「臘市」二句：魚鹽臘貨秪有早市短暫交易，鬼神祭祀一年到頭無休無止。臘市：因臘祭而舉行的集市，代指集市。淫祠：不合禮制而設置的祠廟，邪祠。《太平寰宇記》卷一四七《峽州·風俗》：「其信巫鬼，重淫祀，與蜀同風。」簫鼓：泛指祭祀奏樂。宋張耒《登城隍廟》詩：「盡日風埃昏几席，有時簫鼓祭春秋。」

〔五〕「風鳴」二句：風助燒山野火的劈啪響聲在空曠的城裏聽得很清晰，山雨後暴漲的江水常沖塌河岸堵塞水流。燒：燒田。放火燒山草以肥田。歐《又行次作》：「雉飛横斷澗，燒響入空山。」

〔六〕調笑：一種民間曲調，詞牌「調笑令」即由此而來。鉤輈：鷓鴣鳴聲。韓愈《杏花》詩：「鷓鴣鉤輈猿叫歇，杳杳深谷攢青楓。」歐《送梅秀才歸宣城》詩：「罷亞霜前稻，鉤輈竹上禽。」句末原注：「一本有『訟庭晝地通人語，邑政觀風問俚謳。土俗雖輕人自樂，山川信美客偏愁』四句」。

〔七〕「黄牛峽」三句：在夷陵又呆了一年，魂牽夢縈的是昔日西京的文友們。黄牛峽：夷陵附近一峽口名。峽中重崖高處，好似一個人背刀牽牛的樣子，故名。白玉京：本指人間仙居，此喻西京洛陽。李白《太守良宰》詩：「天上白玉京，十二樓五城。」注曰：「齊賢曰：《史記》方士言：『黄帝時爲五城十二樓，以候神人。』應劭曰：崑崙玄圃五城十二樓，仙人所常居。」

〔八〕「曾是」二句：我們都曾在繁花似錦、風光旖旎的洛陽呆過，要向你詩耀夷陵景物之美，實在難以啟齒。

【附録】

此詩輯入明曹學佺《石倉歷代詩選》卷一四〇，又輯入清康熙《御選宋金元明四朝詩·御選宋詩》卷六〇、吴之振《宋詩鈔》卷一二。

《歐集》卷一四二《集古録跋尾·唐王蘂詩》：「惠泉在今荆門軍。余貶夷陵，道荆門，裴回泉上，得二子之詩，佳其詞翰，遂録之。」題下原注：「沈傳師、李德裕唱和。」

《瀛奎律髓匯評》卷四方回評曰：「公《夷陵書事寄謝三舍人》有云：『道途處險人多負，邑屋臨江俗善泅。臘市魚鹽朝暫合，淫祠簫鼓歲無休。風鳴燒入空城響，雨惡江崩斷岸流。訟庭畫地通人語，邑政觀風問俚謳。』皆於風土如畫。讀歐公詩，當以三法觀：五言律初學晚唐，與梅聖俞相出入，其後乃自爲散誕；七言律力變『崑體』，不肯一毫涉組織，自成一家，高於劉、白多矣。如五、七言古體則多近昌黎、太白，或有全類昌黎者，其人亦宋之昌黎也。出其門者，皆宋文人鉅擘焉。」

戲贈丁判官

西陵江口折寒梅，爭勸行人把一盃〔一〕。須信春風無遠近，維舟處處有花開〔二〕。

【題解】

原輯《居士集》卷一一，繫景祐四年。作於是年春，時知夷陵。丁判官，即丁寶臣，字元珍，時爲峽州判官。戲贈，以玩笑游戲的筆法、風趣詼諧的詞語賦詩贈友。詩歌戲稱夷陵處處有春花，處處值得維舟飲酒。面對坎坷際遇，喜春之情懷，曠達之胸襟，昭然見於言表。詩語清新，格調明朗，表現灑脱情懷。游戲筆墨，謔笑成篇，開拓宋詩新調。

【注　釋】

〔一〕西陵：長江三峽中的西陵峽。元吴澄《書纂言》卷二：「又二百里至峽州夷陵縣，自蜀至此，五千餘里，下水五日，上水百日。縣西北有西陵山，自縣泝江二十里入峽口，名爲西陵峽，長二十里，所謂『三峽』，此其一也。」

〔二〕「須信」二句：要相信春風無處不到，秖要停船靠岸，處處可以賞花。維舟：繫船靠岸。一盃：「一」字下原校：「一作『酒』。」

【附　録】

此詩輯入清康熙《御選宋金元明四朝詩·御選宋詩》卷六五。

寄梅聖俞

青山四顧亂無涯，雞犬蕭條數百家〔一〕。楚俗歲時多雜鬼，蠻鄉言語不通華〔二〕。繞城江急舟難泊，當縣山高日易斜〔三〕。擊鼓踏歌成夜市，邀龜卜雨趁燒畬〔四〕。叢林白晝飛妖鳥，庭砌非時見異花。惟有山川爲勝絶，寄人堪作畫圖誇〔五〕。

【題解】

原輯《居士集》卷一一，繫景祐四年。作於是年春，時知夷陵。原題下注：「一本注：『夷陵作。』」梅聖俞生平，參見本書《和梅聖俞〈杏花〉》題解。詩歌描寫夷陵特殊民俗，誇耀峽州江山形勝，表現詩人以逆處順的曠達襟懷與平常心態。狀物叙事，筆力遒勁，想像奇特，俊爽高邁，顯現韓愈詩法。

【注釋】

〔一〕「青山」二句：夷陵城在一片雜亂的青山翠峰之中，偏僻冷落的幾百户人家，雞犬之聲相聞。

〔二〕多雜鬼：濫祀鬼神。參見《夷陵書事寄謝三舍人》注〔四〕。蠻鄉：古時北方中原對南方、西南一帶的泛稱。

〔三〕「繞城」二句：繞城的江水湍急，船隻難以停泊；縣城面對高山，太陽容易落山。

〔四〕擊鼓踏歌：荆楚一代的民俗，一種民間簡易舞蹈形式。人們伴隨鼓聲，拉手而歌，以脚踏地爲節拍。《資治通鑑》卷二〇六：「尚書位任非輕，乃爲虜蹋歌，獨無慚乎。」胡三省注：「蹋歌者，聯手而歌，蹋地以爲節。」邀龜卜雨：用龜甲占卜，以測晴雨。燒畬：燒荒種田。杜甫《秋日夔府詠懷奉寄鄭監李賓客一百韻》：「煮井爲鹽速，燒畬度地偏。」仇兆鼇注：「《農書》：荆楚多畬田，先縱火熂爐，候經雨下種……杜田曰：『楚俗，燒榛種田曰畬。』」

〔五〕「惟有」二句：秖有這裏的江山形勝，堪稱一絶，如果用詩歌的形式記録下來，就像一幅美麗的畫卷，聊可寄贈詩耀。

【附録】

此詩輯入元方回《瀛奎律髓》卷四，又輯入明李蓘《宋藝圃集》卷九、曹學佺《石倉歷代詩選》卷一四〇，又輯入清康熙《御選宋金元明四朝詩·御選宋詩》卷六〇、吴之振《宋詩鈔》卷一二、陳訏《宋十五家詩選·廬陵詩選》。

《瀛奎律髓匯評》卷四馮班評曰：「妙。何減白太傅？」紀昀評曰：「通體穩稱，七言長律之工者。收得好，再入悲感，便落巢臼。」許印芳評曰：「『時』字複。『山』字凡三見。七言長律較五言長律其難百倍，蓋爲對偶所拘，聲律所限，氣易傷而格欲弱，非如七古之可任意馳騁，舉重若輕也。古人於此體多不作，間有作者，亦不出色。以老杜之材力，集中僅有數篇，卻無一篇出色。其他可知。歐公古文大手，材力本富，此詩韻數不多，故筆能健舉，而較前數詩，究竟寡色。曉嵐評爲穩稱，恰合分量矣。」

和丁寶臣游甘泉寺

江上孤峰蔽緑蘿，縣樓終日對嵯峨〔一〕。叢林已廢姜祠在，事蹟難尋楚語訛〔二〕。空餘一派寒巖側，澄碧泓渟涵玉色〔三〕。野僧豈解惜清泉，蠻俗那知爲勝迹〔四〕。西陵老令好尋幽〔五〕，時共登臨向此游。欹危一逕穿林樾，盤石蒼苔留客歇。山深雲日變陰晴，澗柏巖松度歲青。谷裏花開知地暖，林間鳥語作春聲〔六〕。依依渡口夕陽時，却望層巒在翠微。城頭暮鼓休催客，更待横江弄月歸〔七〕。

【題解】

原輯《居士集》卷一，繫景祐四年。作於是年春，時知夷陵。題下原注：「寺在臨江一山上，與縣廨相對。」丁寶臣，字元珍，時爲峽州軍事判官。甘泉寺，在夷陵臨江的西山上。陸游《入蜀記》卷四：「以小舟游西山甘泉寺，竹橋石磴，甚有幽趣。有『靜練』、『洗山』二亭，下臨江，山頗疏豁。」今《宜昌市地名志》載：孝子巖位於今宜昌市軍區姜詩溪入長江口之上側。相傳東漢時期孝子姜詩曾流寓此地，後下山挑水落水身亡，因稱此山爲「孝子巖」，巖下之溪爲「姜詩溪」，並在巖後修建「姜孝子祠」，又名「甘泉寺」。詩歌記述甘泉寺之游，描繪林泉花鳥之勝，民俗傳聞之奇。詩人尋幽探勝，戴月而歸，表現其寄情山水的生活樂趣。詩屬古體，自由灑脱，任情而往，參差錯落，情味幽澹深沉。

【注　釋】

〔一〕「江上」二句：江上孤峰掩映著緑蘿溪，夷陵縣衙終日默默地面對峰巒。緑蘿：指緑蘿溪。陸游《入蜀記》卷四：「此篇首章云：『江上孤峰蔽緑蘿。』初讀之，但謂孤峰蒙藤蘿耳，及至此，乃知山下爲緑蘿溪也。」

〔二〕「叢林」二句：甘泉寺廢圮而姜祠遺址仍存，楚人流傳的故事真假難辨。句下原注：「寺有清泉一泓，俗傳爲姜詩泉，亦有姜詩祠。按：詩，廣漢（今四川梓潼）人，疑泉不在此。」陸游《入蜀記》卷四：「（甘泉寺）法堂之右，小徑數十步，至一泉，曰孝婦泉，謂姜詩妻龐氏也。泉上亦有龐氏祠，然歐陽文忠公不以爲信，故其詩曰：『叢祠已廢姜祠在，事蹟難尋楚語訛。』」叢林：佛教多數僧衆聚居的處所。此指甘泉寺。《大智度論》卷三：「僧伽，秦言衆，多比丘一處和合，是名僧伽；譬如大樹叢聚是名爲林。」後泛稱寺院爲叢林。王安石《次韻張子野竹林寺》其一：「澗水横斜石路深，水源窮處有叢林。」

〔三〕一派：一支水流。唐劉威《黄河賦》：「惟天河之一派，獨殊類於百川。」

〔四〕蠻俗：夷陵民間習俗。古代中原地區稱南方少數民族爲「蠻」。

〔五〕西陵老令：夷陵老縣令，詩人自稱。西陵，夷陵古稱。參見《代贈田文初》注〔三〕。

〔六〕「欹危」六句：穿越叢林在深山澗谷所見到的景象。林樾：茂密的樹林。樾，樹蔭。

〔七〕「城頭」二句：城頭的暮鼓不要急於催客，且待我戴月渡江歸來吧。暮鼓：古代城中擊鼓報時，傍晚擊鼓稱暮鼓。唐王貞白《長安道》詩：「曉鼓人已行，暮鼓人未息。」横江：原本校云：「一作『孤舟』。」弄月：賞月。南朝陳後主《三婦豔詩》其六：「大婦初調箏，中婦飲歌聲，小婦春妝罷，弄月當宵楹。」

【附録】

此詩輯入清吴之振《宋詩鈔》卷一一、陳訏《宋十五家詩選·廬陵詩選》。

陸游《老學庵筆記》卷七：「歐陽公謫夷陵時，詩云：『江上孤峰蔽緑蘿，縣樓終日對嵯峨。』蓋夷陵縣治下臨峽，江名緑蘿溪。自此上泝，即上牢關，皆山水清絶處。孤峰者即甘泉寺山，有孝女泉及祠在萬竹間，亦幽邃可喜，峽人歲時游觀頗盛。予入蜀，往來皆過之。」

春日西湖寄謝法曹歌

西湖春色歸，春水緑於染〔一〕。群芳爛不收，東風落如糝〔二〕。參軍春思亂如雲，白髮題詩愁送春〔三〕。遥知湖上一罇酒，能憶天涯萬里人〔四〕。萬里思春尚有情，忽逢春至客心驚〔五〕。雪消門外千山緑，花發江邊二月晴〔六〕。少年把酒逢春色，今日逢春頭已白〔七〕。異鄉物態與人殊，惟有東風舊相識〔八〕。

【題解】

原輯《居士外集》卷二，無繫年，列景祐四年詩後。作於是年春末，時知夷陵，在赴許州迎娶薛氏夫人前夕。胡《譜》：景祐四年「三月，謁告至許昌，娶薛簡肅公奎女。」西湖，在河南許昌，爲當時的游覽勝地。《大清一統志》卷一七二《許州》：「西湖在州城西北七里，今涸，民田其中。」謝法曹，即謝伯初，字景山，晉江人。天聖二年進士，時任許州法曹參軍，執掌刑法。詩文雄健高逸，爲歐氏所稱。謝氏自許州有詩《寄歐陽永叔謫夷陵》，安慰歐陽修，歐賦答此詩。前八句想像許州西湖的美好春光和謝伯初游湖的複雜心緒；後八句描繪異鄉夷陵物態，抒寫心中苦悶。詩歌即景抒懷，融情入景，委婉表達自己的傷春懷遠之情，抒寫年華流逝的傷感與思歸念友的愁情。前後兩段，銜接無痕，平易和諧又顯曲折跌宕。想像奇特，意境悠遠，音韻鏗鏘，情致綿長，頗類李白豪放詩作。

【注釋】

〔一〕「西湖」二句：西湖春色已經消逝，春水依然碧緑秀美。「春水」句化用白居易《憶江南》詞「春來江水緑如藍」句意。　染：染草，可作染料的草本植物。

〔二〕「群芳」二句：暮春盛開的百花經由風吹雨打，花瓣零落一地。　糝：飯粒，比喻被東風吹落的花瓣。句下原注：「西湖者，許昌勝地也。」

〔三〕「參軍」二句：謝氏春思有如天上亂雲，白髮愁吟爲春天送行。句下原注：「謝君有『多情未老已白髮，野思到春如亂雲』之句。」二句爲此而發。

〔四〕「遥知」二句：我知道你在西湖舉酒送春，一定會想起遠方的我。　天涯萬里人：詩人自謂，時作者貶官夷陵。

〔五〕「萬里」二句：開始轉寫自己異鄉逢春、感念春天的心緒。　思春：卷末校記：「一作『思君』。」

〔六〕「雪消」二句：描寫夷陵的明媚春色：千山泛緑，二月花發。

〔七〕頭已白：詩人時年三十一歲，初生白髮，感慨人生憂患，身心衰變快速。詩人去年所作《初至夷陵答蘇子美見寄》詩，已有「白髮新年出，朱顏異域銷」之句。

〔八〕「異鄉」二句：我對夷陵風物依然感覺陌生，秖有春風纔是舊時相識。東風舊相識：語出《左傳·襄公二十九年》：「見子産，如舊相識。」南宋王炎《新晴二絶》其一：「多謝東風舊相識，少年樂事已寒盟。」

【附録】

此詩輯入清吴之振《宋詩鈔》卷一二、陳訏《宋十五家詩選·廬陵詩選》、張景星、姚培謙、王永祺《宋詩别裁集》卷二。

《歐集》卷一二八《詩話》：「閩人有謝伯初者，字景山，當天聖、景祐之間，以詩知名。余謫夷陵時，景山方爲許州法曹，以長韻見寄，頗多佳句，有云：『長官衫色江波緑，學士文華蜀錦張。』余答云：『參軍春思亂如雲，白髮題詩愁送春。』蓋景山詩有『多情未老已白髮，野思到春如亂雲』之句，故余以此戲之也。景山詩頗多，如『自種黄花添野景，旋移高竹聽秋聲』、『園林换葉梅初熟，池館無人燕學飛』之類，皆無愧於唐諸賢。而仕宦不偶，終以困窮而卒。其詩今已不見於世，其家亦流落不知所在。其寄余詩，逮今三十五年矣，余猶能誦之。蓋其人不幸既可哀，其詩淪棄亦可惜，因録於此。」

按：《宋詩紀事》卷一一亦輯謝伯初《寄歐陽永叔謫夷陵》詩。

范大士《歷代詩發》卷二三評曰：「弘麗之詞，時帶蒼涼之色。」

王文濡《歷代詩評注讀本》評曰：「感物懷人，深得風人之旨。」

惠泉亭

翠壁刻孱顔，煙霞跬步間〔一〕。使君能愛客〔二〕，朝夕弄山泉。春巖雨過春流長，置酒來聽山溜響。鑑中樓閣俯清池，雪裏峰巒開曉幌〔三〕。須知清興無時已，酒美賓嘉自相對。席間誰伴謝公吟，日暮多逢山簡醉〔四〕。淹留桂樹幾經春，野鳥巖花識使君〔五〕。使君今是鐏前客，誰與山泉作主人〔六〕？

【題解】

原輯《居士外集》卷二，無繫年，列景祐四年詩後。作於是年春末，時知夷陵，在赴許昌迎娶鄭氏夫人途中。胡《譜》：景祐四年「三月，謁告至許昌，娶薛簡肅公奎女。」經行荆門軍（今湖北荆門），游惠泉，賦此詩。題下原注：「一本序云：『某啟：伏睹知軍丈丈新理惠泉，謹爲拙詩十六句，伏惟採覽。』」知軍不詳其人。《輿地紀勝》卷七八荆湖北路荆門軍《官吏》門載：彭乘，景祐三年知荆門軍。「知軍丈丈」似指彭乘。乾隆《荆門州志》卷一七守臣題名，僅云：「李楫，景祐（任）。」惠泉，在荆門市西門外蒙山之麓，蘇洵《荆門惠泉》詩有「涓涓自傾瀉，奕奕見清澈，石泓淨無塵，中有三尺雪。下爲百丈谿，冷不受魚鱉」等句，盡述景物之妙。本詩狀寫亭中所見山水美景，讚美知軍的詩酒流連，感慨知音難覓。詩中的山水亭泉勝景，透見主人的幽情雅趣。文氣暢達，句式參差，舒緩中猶露豪逸之氣。

【注釋】

〔一〕「翠壁」二句：亭前翠峰險峻峭拔，山間雲霧近在咫尺。孱顔：險峻高聳貌。李商隱《荆山》詩：「壓河連華勢孱顔，鳥没雲歸一望間。」跬步：半步，形容距離極近。

〔二〕使君：州郡長官稱使君，此指荆門知軍。

〔三〕「鑑中」二句：清晨開窗可見峰巒殘雪猶存，池水如鏡倒映樓臺亭閣。幌：窗幔，代指窗户。

〔四〕「席間」二句：荆門知軍與席上賓客就象當年的謝安和山簡那樣，醉酒吟詩，生活瀟灑。謝公吟：《晉書·謝安傳》：「安本能爲洛下書生詠，有鼻疾，故其音濁，名流愛其詠而弗能及，或手掩鼻以效之。」亦作「洛生詠」。山簡醉：《世説新語·任誕》：「山季倫（山簡）爲荆州，時出酣暢。人爲之歌曰：『山公時一醉，徑造高陽池。日暮倒載歸，酩酊無所知。復能乘駿馬，倒著白接䍦。舉手問葛彊，何如并州兒？』高陽池在襄陽，彊是其愛將，并州人也。」山簡，字季倫，西晉河内懷縣人。永嘉年間鎮守襄陽。

〔五〕淹留桂樹：化用淮南小山《招隱士》「攀援桂枝兮聊淹留」。淹留，耽擱，滯留。

〔六〕「使君」二句：而今你是酒宴上的貴客，誰又是山泉的主人？

【附録】

此詩輯入明李蓘《宋藝圃集》卷九，又輯入清康熙《御選宋金元明四朝詩·御選宋詩》卷二五。《歐集》卷一四二《集古録跋尾·唐王蘂詩》：「惠泉在今荆門軍。余貶夷陵，道荆門，裴回泉上，得二子之詩，佳其詞翰，遂録之。」

過張至秘校莊

田家何所樂，簑笠日相親〔一〕。桑條起蠶事，菖葉候耕辰〔二〕。望歲占風色，寬傜知政仁〔三〕。樵漁逐晚浦，雞犬隔前村。泉溜塍間動，山田樹杪分〔四〕。鳥聲梅店雨，野色柳橋春〔五〕。有客問行路，呼童驚候門。焚魚酌白醴，但坐且懽忻〔六〕。

【題解】

原輯《居士外集》卷二，無繫年，列景祐四年詩後。作於是年春末，時知夷陵，在謁告赴許昌途中。張至，詩人好友，性格豪放，喜結交游樂。本書有《寄張至秘校》詩可參見。秘校，官名，即秘書省校書郎簡稱。詩人過訪張至莊園，描寫山水田園風光，表達對民生的關注，對田園生活的欣慕與嚮往。詩法陶淵明、温庭筠，語工意新，疏淡而情深。

【注釋】

〔一〕簑笠：笠帽。擋雨遮陽的用具。《詩·小雅·彼都人士》：「彼都人士，臺笠緇撮。」毛傳：「臺，所以禦暑；笠，所以禦雨也。」

〔二〕菖：菖蒲，一種多年生草本植物，多生水中石間，葉狹長如劍，也稱蒲劍。

〔三〕望歲：祈望豐收。《左傳·昭公三十二年》：「閔閔焉如農夫之望歲，懼以待時。」占風色：觀測氣象以測吉凶。《周禮·春官·保章氏》：「以五雲之物辨吉凶、水旱降豐荒之祲象。」

〔四〕「泉溜」二句：涓涓山泉在田間流淌，層層梯田高出樹梢。塍：田埂。

〔五〕「鳥聲」二句：化用温庭筠《商山早行》詩「鷄聲茅店月，人迹板橋霜」句意。

〔六〕焚魚：燒魚烹魚爲菜肴。唐李德裕《竹徑》詩：「田家故人少，誰肯共焚魚。」白醴：甜酒。

【附録】

此詩輯入清康熙《御選宋金元明四朝詩·御選宋詩》卷一一。

阮閲《詩話總龜》前集卷八引《王直方詩話》：「歐陽文忠《送張至秘校歸莊詩》云：『鳥聲梅店雨，柳色野橋春。』此『茅店月』『板橋霜』之意。老杜云：『天闕象緯逼，雲卧衣裳冷。』舒王云當作『天閲』，謂其可對雲卧也。」

胡仔《苕溪漁隱叢話》前集卷三〇：「儲光羲詩云：『蒲葉日已長，杏花日已滋，老農要看此，貴不違天時。』永叔詩云：『田家何所樂，簟笠日相親，桑條起蠶事，菖葉候耕辰。』用前詩之意而益工也。」

何汶《竹莊詩話》卷二三引《三山老人語録》：「六一居士喜温庭筠詩云云，嘗作詩云：『鳥聲梅店雨，野色柳橋春。』效其體也。」

朱承爵《存餘堂詩話》：「温庭筠《商山早行詩》，有『雞聲茅店月，人跡板橋霜』。歐陽公甚嘉其語，故自作『鳥聲茅店雨，野色板橋春』以擬之，終覺其在範圍之内。」

王鴻儒《凝齋集》卷九《杜詩解辯》：「歐陽永叔《過張至秘校莊詩》曰：『焚魚酌白醴，但坐且懽忻。』……皆是用應璩詩意而可以爲杜子美之證者也。」

行次葉縣

朝渡汝河流，暮宿楚山曲〔一〕。城陰日下寒，野氣春深緑。征車倦長道，故國有喬木〔二〕。行行漸樂郊，東風滿平陸〔三〕。

【題解】

原輯《居士外集》卷二，無繫年，列景祐四年詩後。作於是年春末，時知夷陵，在謁告赴許昌途中。胡《譜》：景祐四年「三月，謁告至許昌，娶薛簡肅公奎女。」葉縣，北宋縣名，屬京西路汝州，治所在今河南葉縣。詩人停駐葉縣，回望行程風光，日夜兼程之餘，頗顯旅途之寂寞艱辛。詩法韋應物，閑淡雅麗，頗有興寄，耐人尋味。

【注釋】

〔一〕「朝渡」二句：概寫一天的行程。汝河：指南汝河上游之一的澧水，經汝南、新蔡與洪河（即古澺水）合，東南由息縣入於淮。楚山曲：因葉縣春秋時屬楚國葉邑，故城在今河南葉縣南三十里，故云。山曲，山勢彎曲隱蔽處。

〔二〕故國有喬木：《孟子·梁惠王下》：「所謂故國者，非謂有喬木之謂也，有世臣之謂也。」後因以「喬木」形容故國或故里。顏延之《還至梁城作》詩：「故國多喬木，空城凝寒雲。」

〔三〕樂郊：猶樂土。《詩·魏風·碩鼠》：「逝將去女，適彼樂郊。樂郊樂郊，誰之永號。」平陸：地名，在今河南尉氏縣東北。

【附録】

此詩輯入明李蓘《宋藝圃集》卷九、又輯入清陳焯《宋元詩會》卷一〇。

劉壎《隱居通議》卷七：「（歐陽文忠）公之所作，實備衆體，有甚似韋蘇州者，有甚似杜少陵者，有甚似選體者，有甚似王建、李賀者，有富麗者，有奇縱者，有清俊者，有雄健蒼勁者，有平淡純雅者。試摘其古體數篇，與韋酷似，而世或未之知也……《行次葉縣》曰：……凡此數章，不似蘇州乎？」

答謝景山遺古瓦硯歌

火數四百炎靈銷，誰其代者當塗高〔一〕。窮姦極酷不易取，始知文景基扃牢〔二〕。坐揮長喙啄天下，豪傑競起如蝟毛〔三〕。董呂傕汜相繼死，紹術權備爭咆咻〔四〕。力彊者勝怯者敗，豈較才德爲功勞。然猶到手不敢取，而使螟蝗生蝮蜪〔五〕。子丕當初不自恥，敢謂舜禹傳之堯。得之以此失亦此，誰知三馬食一槽。當其盛時爭意氣，叱吒雷雹生風飆。干戈戰罷數功閥，周蔑方召堯無皋〔六〕。英雄致酒奉高會，巍然銅雀高岧岧。圓歌宛轉激清徵，妙舞左右回纖腰〔七〕。一朝西陵看拱木，寂寞繐帳空蕭蕭。當時淒涼已可歎，而況後世悲前朝〔八〕。高臺已傾漸平地，此瓦一墜埋蓬蒿。苔文半滅荒土蝕，戰血曾經野火燒。敗皮弊網各有用，誰使鐫鑱成凸凹〔九〕。景山筆力若牛弩，句遒語老能揮毫。嗟予奪得何所用，簿領朱墨徒紛淆〔一〇〕。走官南北未嘗捨，緹襲三四勤緘包。有時屬思欲飛灑，意緒軋軋難抽繅〔一一〕。舟行屢備水神奪，往往冥晦遭風濤。質頑物久有精怪，常恐變化成靈妖。名都所至必傳玩，愛之不換魯寶刀〔一二〕。長歌送我怪且偉，欲報慚媿無瓊瑤〔一三〕。

【題　解】

原輯《居士外集》卷二，無繫年，列景祐四年詩後。作於是年夏，時謁告在許昌娶薛氏夫人。謝景山，即謝伯初。參見本書《春日西湖寄謝法曹歌》題解及有關「附録」。古瓦硯，謝景山贈送給詩人的硯臺，以三國曹操所建銅雀臺之殘瓦製成，相傳貯水數日不滲，俗稱銅雀硯，極爲名貴。此詩連同下詩均爲酬答謝景山贈詩《古瓦硯歌》而作。詩歌前三十四句叙述古瓦硯的神奇由來，藉以感慨歷史之滄桑；後十六句感慨謝景山饋贈古瓦硯之珍貴，表達内心之謝忱。詩情由一塊古瓦硯生發，思接千載，借物論史，高屋建瓴，構思頗顯奇特。詞語遒勁，風格雄渾，表現出一定的奇險特色，可見韓孟詩風影子。此類題材唐詩較少攝入，歐陽修等人的倡導，開啟宋人以俗爲雅，以俗爲美的新時尚。

【注　釋】

〔一〕「火數」二句：婉歎炎漢王朝歷四百年而消亡，代漢而立者是曹魏。火數：漢王朝統治的曆數。漢以火德而王，故稱。炎靈銷：漢王朝的消亡。炎靈，以火德而王的漢王朝。《文選·謝朓〈和伏武昌登孫權故城〉》：「炎靈遺劍璽，當塗駭龍戰。」李善注：「炎靈，謂漢也。」當塗高：漢代讖書中的隱語，指三國魏。《後漢書·袁術傳》：「〔術〕又少見讖書，言『代漢者當塗高』，自云名字應之。」李賢注：「當塗高者，『魏』也。」《三國志·魏志·文帝紀》「肅承天命」南朝宋裴松之注：「太史丞許芝條魏代漢見讖緯於魏王曰：……故白馬令李雲上事曰：『許昌氣見於當塗高，當塗高者當昌于許。』當塗高者，魏也；象魏者，兩觀闕是也。當道而高大者魏，魏當代漢。」

〔二〕「窮姦」二句：漢初剔除奸邪之人，終創文景之治，爲漢代的强盛奠定基礎。窮姦極酷：刁鑽奸佞，極其殘酷之人。文景：漢文帝劉恒和景帝劉啟。兩人爲改變漢初社會衰敗局面，採取「與民休息」、「輕徭薄賦」政策，生産逐漸得到恢復和發展，出現多年未有的穩定富裕的景象，史稱「文景之治」。基扃：基業。《舊唐書·高宗紀論》：「既蕩情於帷薄，遂忽怠於基扃。」

〔三〕坐揮長喙：統治者盤剥榨取黎民百姓。喙，本指鳥嘴，此喻剥削百姓的手段。蝟毛：各地起義軍群雄競起，多如刺蝟毛。

〔四〕「董吕」二句：漢末動亂，董卓、吕布、李傕、郭汜、袁紹、袁術、孫權和劉備等相繼而起，群雄逐鹿中原。董吕：漢末亂世奸雄董卓、吕布。傕汜：李傕、郭汜。紹術權備：袁紹、袁術、孫權和劉備。咆咻：亦作「咆烋」。本指大聲叫囂，此處形容勇猛豪邁。北魏荀濟《贈陰梁州》詩：「大選咆咻士，廣募嫖姚尉。」

〔五〕「力彊」四句：歷史進程中都是力强者勝膽怯者敗，與才德關係不大，然而漢末曹操仍不敢篡位，而使其子曹丕取而代之。　螟蝗：螟和蝗，都是食稻麥的害蟲，喻割據一方的梟雄軍閥和謀權篡位的亂臣賊子。　蝮蜪：蟲名。蝗的未生翅的幼蟲。《爾雅·釋蟲》：「蝝，蝮蜪。」郭璞注：「蝗子未有翅者。」

〔六〕「子丕」八句：感慨曹丕代漢自立，最終都因缺失社稷之臣，漢亡于魏，魏亡于晉。　舜禹傳之堯：古代部落首領堯舜禹，後者都由前者推舉。《魏氏春秋》曰：「帝升壇，禮畢，顧謂群臣曰：『舜禹之事，吾知之矣。』」曹丕語意是堯舜禪讓看似美德，其實都是被逼迫而爲之。　詩人稱曹丕即皇位時，竟敢以堯傳舜，舜傳禹自比，實爲恬不知恥。　三馬食一槽：喻司馬懿、司馬師、司馬昭圖謀篡奪曹魏權位。《晉書·宣帝紀》：「（曹操）嘗夢三馬同食一槽，甚惡焉。」槽，「曹」之諧音。後世用爲外姓謀篡之典故。　風飆：本指暴風。蘇舜欽《奉酬公素學士見招之作》詩：「安得此身有兩翅，颯然遠舉隨風飆。」此處形容曹丕意氣風發壯志凌雲狀。　數功閥：論功行賞。功閥，即功勞。唐鄭亞《〈李衛公會昌一品集〉序》：「其功閥也既如彼，其製作也又如此。」　周蔑方召：周朝没有輔佐君王的賢臣。方召，即西周時助宣王中興之賢臣方叔與召虎的並稱。後借指國之重臣。　堯無皋：唐堯没有輔弼大臣。堯，即傳説中的部落首領。皋，即皋陶。傳説虞舜時的司法官，輔佐治國有功。《尚書·舜典》：「帝曰：『皋陶，蠻夷猾夏，寇賊奸宄，汝作士。』」

〔七〕「英雄」四句：曹操建築銅雀臺，群雄酒宴聚會，一片絃歌妙舞。致酒：卷末校記：「疑是『置酒』。」銅雀：即銅雀臺。漢末建安十五年（二一〇）冬曹操所建。周圍殿屋一百二十間，連接榱棟，侵徹雲漢。鑄大孔雀置於樓頂，舒翼奮尾，勢若飛動，故名銅雀臺。故址在今河北臨漳西南古鄴城的西北隅，與金虎、冰井合稱三臺。清徵：清澄的徵音，此喻美妙的音樂。徵，五音之一。《韓非子·十過》：「師曠曰：『不如清徵。』公曰：『清徵可得而聞乎？』」

〔八〕「一朝」四句：曹操身後寂寞淒涼，引發後人無限感傷。宋郭茂倩《樂府詩集》卷三一《相和歌辭》「銅雀臺」題解：「一曰《銅雀妓》。《鄴都故事》曰：魏武帝遺命諸子曰：『吾死之後，葬於鄴之西崗上，與西門豹祠相近，無藏金玉珠寶。餘香可分諸夫人，不命祭。吾妾與伎人皆著銅雀臺，臺上施六尺牀，下繐帳，朝晡上酒脯粻糒之屬。每月朝十五，輒向帳前作伎，汝等時登臺，望吾西陵墓田。』」西陵：陵墓名。三國魏武帝曹操之陵寢，在河北臨漳西。唐李吉甫《元和郡縣志》卷二〇《鄴縣》：「魏武帝西陵，在縣西三十里。」拱木：本指徑圍大如兩臂合圍的樹。後因稱墓旁之木。《左傳·僖公三十二年》：「爾何知？中壽，爾墓之木拱矣。」此處婉指已死之意。繐帳：用細而疏的麻布製成的靈帳。曹操《遺令》：「於臺堂上安六尺牀，施繐帳。」

〔九〕「高臺」六句：銅雀臺坍塌成爲平地，古瓦久埋蓬蒿，歷經戰火浩劫之後，是誰將這古瓦刻琢成硯臺？回應題目，點示瓦硯的出處及遭遇。苔文：碑刻上被苔蘚所覆蓋的文字。鐫鑱：雕刻。　凸凹：指瓦硯。

〔一〇〕「景山」四句：謝景山筆力遒勁，擅長詩文，配用此古瓦硯。自己忙亂于官場簿記，奪人所好，哪裏派得上用場。　牛弩：用牛拉的弓弩，喻雄勁有力。　句遒語老：語句遒勁老道。　簿領：官府記事的簿册或文書。《後漢書·南匈奴傳》：「當決輕重，口白單于，無文書簿領焉。」

〔一一〕「走官」四句：自己對所贈瓦硯愛護備至，然構思時詩情飛揚，提起筆卻難以成章。　緹襲：猶什襲，意指用赤色繒把物品重重包裹起來。《後漢書·應劭傳》：「宋愚夫亦寶燕石。」李賢注引《闞子》：「宋之愚人得燕石梧臺之東，歸而藏之，以爲大寶。周客聞而觀之，主人父齋七日，端冕之衣，釁之以特牲，革匱十重，緹巾十襲。客見之，俛而掩口盧胡而笑曰：『此燕石也，與瓦甓不殊。』」後因謂鄭重珍藏爲「緹襲」。　緘包：封存包裹，指對謝氏所贈瓦硯非常珍視。　軋軋：難出貌。《文選·陸機〈文賦〉》：「理翳翳而愈伏，思軋軋其若抽。」呂延濟注：「軋軋，難進也。」　抽繅：抽絲。繅，將絲從蠶繭中抽出，合爲生絲。

〔一二〕「舟行」六句：自己小心翼翼地攜帶古硯，行船居家常備不測，每到都城拿出來傳玩欣賞，可謂珍愛之至。　水神奪：《吕氏春秋》卷二〇《知分》：「荆有次非者，得寶劍於干遂。還，涉江至中流，有兩蛟夾繞其船。次非謂舟人曰：『子嘗見兩蛟繞船能兩活者乎？』船人曰：『未之見也。』次非攘臂袪衣拔寶劍曰：『此江中之腐肉朽骨也，棄劍以全己，予奚愛焉？』於是赴江刺蛟，殺之而復上船，舟中之人皆得活。」又《博物志》：「澹臺子羽齎千金之璧渡河，河伯欲之，陽侯波起，兩蛟夾船。」魯寶刀：相傳産自古代山東的寶刀。曹丕的《劍銘》：「昔者周魯寶刀孟勞，雍狐之戟，屈盧之矛，孤父之戈，楚越太阿純鉤，徐氏匕首。凡斯上世名器。」

〔一三〕「長歌」二句：感謝景山送我《古瓦硯歌》，愧歎自己没有美文相回贈。瓊瑶：本指美玉，此處喻美好的詩文。《詩·衛風·木瓜》：「投我以木桃，報之以瓊瑶。」

【附録】

此詩輯入清吴之振《宋詩鈔》卷一二、陳焯《宋元詩會》卷一〇，又輯入高步瀛《唐宋詩舉要》卷三。

《歐集》卷六八《與謝景山書》：「修頓首再拜景山十二兄法曹。昨送馬人還，得所示書並《古瓦硯歌》一軸，近著詩文又三軸，不勝欣喜。景山留滯州縣，行年四十，獨能異其少時儁逸之氣，就於法度，根蒂前古，作爲文章，一下其筆，遂高於人。乃知駔駿之馬奔星覆駕，及節之鑾和以駕五輅，而行于大道，則非常馬之所及也。古人久困不得其志，則多躁憤佯狂，失其常節，接輿、屈原之輩是也。景山愈困愈刻意，又能恬然習於聖人之道，賢于古人遠矣。某常自負平生不妄許人之交，而所交必得天下之賢材，今景山若此，於吾之交有光，所以某益得自負也，幸甚幸甚。」

何薳《春渚紀聞》卷九《銅雀臺瓦》：「相州，魏武故都。所築銅雀臺，其瓦初用鉛丹雜胡桃油擣治，火之，取其不滲，雨過即乾耳。後人於其故基，掘地得之，鑱以爲研，雖易得墨而終乏温潤，好事者但取其高古也。」

胡仔《苕溪漁隱叢話》後集卷二九：「六一居士《答謝景山遺古瓦研歌》略云：『高臺已傾漸平地，此瓦一墜埋蓬蒿。苔紋半滅荒土蝕，戰血曾經野火燒。敗皮敝絮各有用，誰使鎸鑱凸與凹……。』《硯録》云：『紅絲石出於青州黑山，其理紅黄相參，二色皆不甚深，理黄者其絲紅，理紅者其絲黄，其紋上下通徹勻布，漬之以水，則有滋液出於其間，以手摩拭之，久而黏著如膏，若覆之以匣，至開時，數日墨色不乾，經夜即其氣上下蒸濡，著於匣中，有如雨露。自得兹石，而端歙之石，皆置之巾笥，不復視矣。』《研譜》云：『紅絲石研者，君謨贈余，云：「此青州石也，得之唐彦猷，云：須飲以水使足，乃可用，不然渴燥，墨爲之乾。彦猷甚奇此硯，以爲發墨不減端石。」』東坡云：『唐彦猷以青州紅絲石爲甲，或云惟堪作骰盆，蓋亦不見佳者。今觀雲庵所藏，乃知前人不妄許爾。』余今折衷此三説，東坡之説與彦猷合，而永叔之説太過。余嘗見此石，亦潤澤而不枯燥，但堅滑不甚發墨。彦猷知青社日，首發其秘，故著《硯録》，品題爲第一，蓋自奇其事也。至永叔乃謂『紅絲石研，須飲之以水使足，乃可用，不然渴燥』，若是則非硯材矣。因記《談苑》云：『徐鉉工篆隸，好筆研，歸朝，聞鄴人耕地時有得銅雀臺古瓦，琢爲硯，甚佳；會所親調補鄴令，囑之，經年尋得古瓦二，絕厚大，命工爲二硯，持歸而以授鉉，鉉得大喜，即注水將試墨，瓦瘞久，燥甚，得水即滲入，旋注旋竭，有聲嘖嘖焉。鉉笑曰：「豈銅雀之渴乎？」終不可用，與常瓦無異。』然則永叔之説，毋乃類此乎？」

方東樹《昭昧詹言》卷一二評曰：「文無定準；小題恢之使大，則大篇矣，隨興會所之爲之。起段從源頭説起，夾敘夾議，學韓而老，但少其兀傲。『高臺』二句逆入。『舟行』四句學韓之奇。凡此皆從《赤藤杖》來。」

高步瀛《唐宋詩舉要》卷三評曰：「（『火數四百炎靈銷』至『誰使鐫鑱成凸凹』）以上瓦硯之由來。（『景山筆力若牛弩』至『欲報慚愧無瓊瑶』）以上謝其饋贈。」

古瓦硯

甎瓦賤微物，得廁筆墨間〔一〕。於物用有宜，不計醜與妍〔二〕。金非不爲寶，玉豈不爲堅。用之以發墨，不及瓦礫頑〔三〕。乃知物雖賤，當用價難攀〔四〕。豈惟瓦礫爾，用人從古難〔五〕！

【題　解】

原輯《居士外集》卷二，無繫年，列景祐四年詩後。作於是年夏，時謫告在許昌娶薛氏夫人。謝景山贈《古瓦硯歌》，歐作七古長詩《答謝景山遺古瓦硯歌》，繼而又賦此五古。古瓦硯，以三國曹操鄴都銅雀臺廢墟殘瓦鐫刻而成的硯臺，參見上詩題解。本詩借題發揮，以硯爲喻，由物及人，寄寓哲理。作者感慨物品貴在適其所用，而自古以來人才難得量才而用，其中似乎隱含一份悲己之情。作品以議論爲詩，既藴理趣，又具情韻。詩人將日常生活中的事物引入詩歌創作題材，擴充詩歌取材範圍，爲日後詩歌創作「無意不可入，無事不可言」開導先河。

【注釋】

〔一〕廁：參與，置身。

〔二〕「於物」二句：物品衹要適宜使用，就不論外表美醜。

〔三〕「金非」四句：金玉堅硬而寶貴，但表面光滑，用於磨墨，趕不上粗糙的瓦礫。　發墨：磨墨時出墨多且快，墨水易濃。《硯箋》卷三云：「瓦出銅雀臺多短折，間有全者，煮以瀝青，發墨可用。」

〔四〕「乃知」二句：物品雖然微賤，衹要適用，價值就高不可攀。

〔五〕「豈惟」二句：由瓦硯的賤微而發墨，推及用人之道也是如此。「難」字下原校：「一作『然』。」

【附録】

《歐集》卷七二《硯譜》：「相州古瓦誠佳，然少真者，蓋真瓦朽腐不可用，世俗尚其名爾。今人乃以澄泥如古瓦狀作瓦埋土中，久而斵以爲硯。然不必真古瓦，自是凡瓦皆發墨優於石爾。今見官府典吏以破盆甕片研墨，作文書尤快也。」

《歐集》卷六八《與謝景山書》：「修頓首再拜景山十二兄法曹。昨送馬人還，得所示書並《古瓦硯歌》一軸，近著詩文又三軸，不勝欣喜。……此縣常有人入京，頻得書信往，今者兹人入京，作書多，未能子細。夏熱，千萬自愛。」

將至淮安馬上早行學謝靈運體六韻

晴霞煦東浦，驚鳥動煙林〔一〕。曙河兼斗没，沓嶂隱雲深〔二〕。寒雞隔樹起，曲塢留風吟〔三〕。征夫倦行役，秋興感登臨。衡皋積塗迴，江蘺香露沉〔四〕。行矣歲華晚，歸與勞歎音〔五〕。

【題解】

原輯《居士外集》卷二，無繫年，列景祐四年詩後。作於是年秋九月，時知夷陵，在許州返夷陵途中。胡《譜》：景祐四年「九月，還夷陵。」淮安，即宋唐州，屬京西南路，治所在今河南唐河。《舊唐書·地理志二》：唐州「天寶元年改爲淮安郡。」謝靈運體，指謝靈運獨具特色的山水詩。謝靈運善於用富麗精緻的語言描繪水光山色，從而開闢南朝詩歌崇尚聲色的新局面，成爲當時扭轉玄言詩風、開創山水詩派的第一人。本詩仿效謝靈運體，摹寫歸途中的山水風光，抒發旅程身心疲憊，筆致細膩自然，注重聲色渲染，頗顯雕琢精工。

【注釋】

〔一〕東浦：東方的水邊。《詩·大雅·常武》：「率彼淮浦，省此徐土。」毛傳：「浦，涯也。」《漢書·司馬相如傳上》：「出乎椒丘之闕，行乎州淤之浦。」顏師古注：「浦，水涯也。」煙林：水霧彌漫的樹林。

〔二〕曙河：拂曉的銀河。南朝陳後主詩《有所思》其三：「團團落日樹，耿耿曙河天。」杳嶂：疊嶂起伏的群峰。

〔三〕「寒雞」：山村呼嘯的寒風之中，野雞從樹後驚飛而起。曲塢：四面高中間低的地方，此指山中村落。

〔四〕衡皋：即蘅皋。長有香草的沼澤。《文選·曹植〈洛神賦〉》：「爾乃税駕乎蘅皋，秣駟乎芝田。」劉良注：「蘅皋，香草之澤也。」一積塗迥：花長滿了道路，一直伸向遠方。塗，通途。迥，遥遠，僻遠。江蘺：一種長在水邊的芳草。

〔五〕「行矣」二句：感歎晚秋時節的歸程艱辛。勞歎音：由於憂愁而發出的歎息聲。

此詩輯入清康熙《御選宋金元明四朝詩·御選宋詩》卷一一。

自枝江山行至平陸驛五言二十四韻

枝江望平陸，百里千餘嶺。蕭條斷煙火，莽蒼無人境〔一〕。峰巒互前後，南北失壬丙〔二〕。天秋雲愈高，木落歲方冷。水涉愁蜮射，林行憂虎猛。萬仞懸巖崖，一彴履枯梗〔三〕。緣危類猨猱，陷淖若鼃黽。腰輿懼傾撲，煩馬倦鞭警〔四〕。攀躋誠畏塗，習俗羨蠻獷。度隘足雖跪，因高目還騁〔五〕。九野畫荆衡，群山亂巫郢。煙嵐互明滅，點綴成圖屏。時時度深谷，往往得佳景〔六〕。翠樹鬱如蓋，飛泉溜垂綆。幽花亂黄紫，蒨粲弄光影。山鳥囀成歌，寒蜩嘒如哽〔七〕。登臨雖云勞，巨細得周省〔八〕。晨裝趁徒旅，夕宿訪閭井。村暗水茫茫，雞鳴星耿耿〔九〕。登高近佳節，歸思時引領。谿菊薦山罇，田鴽佑烹鼎。家近夢先歸，夜寒衾屢整〔一〇〕。崎嶇念行役，昔宿已爲永。豈如江上舟，棹歌方酩酊〔一一〕。

【題　解】

原輯《居士外集》卷二，無繫年，列景祐四年詩後。作於是年九月，時知夷陵，在許州返夷陵途中。枝江，原作「岐江」，據原書校語改，首句亦從改。標題「岐」下原校：「一作『枝』。」宋代枝江爲江陵府屬縣，治所在今湖北枝江西南。平陸驛屬峽州，在宜昌附近。首二十句狀寫歸途上的艱難險阻；次十二句描繪荆楚山地的美好景觀；末十六句抒發近家時的思親情切。全詩仿效杜甫《北征》詩法，沉鬱凝重，跌宕有變，清神而幽韻。

【注　釋】

〔一〕「枝江」四句：從枝江瞭望平陸驛，百里山地無人煙。

〔二〕失壬丙：辨不清南北。壬丙，指南北方。古代以十干配五方，壬爲北方之位，因以指代北方；丙爲南方之位，因以指南方。《説文·壬部》：「壬，位北方也。」《説文·丙部》：「丙，位南方。」

〔三〕「水涉」四句：一路上淌水穿林，懸崖獨木朽橋，行程十分險惡。　蜮射：句下原注：「含沙也。」蜮，短狐。相傳一種能含沙射人爲害的動物。《詩·小雅·何人斯》：「爲鬼爲蜮。」毛傳：「蜮，短狐也。」陸德明釋文：「蜮，狀如鱉，三足。一名射工，俗呼之水弩。在水中含沙射人。一云射人影。」　彴：獨木橋。《初學記》卷七引《廣志》：「獨木之橋曰榷，亦曰彴。」

〔四〕「緣危」四句：像猿猴攀高崖，像青蛙陷泥淖，車馬艱難通行。　猨猱：泛指猿猴。李白《蜀道難》詩：「黄鶴之飛尚不得過，猿猱欲度愁攀援。」　鼃黽：蛙類動物。鼃，同「蛙」。《周禮·秋官·蟈氏》：「蟈氏掌去鼃黽。」　腰輿：手挽的便輿。高僅及腰，故名。《南史·張寶積傳》：「乘腰輿詣潁胄，舉動自若。」

〔五〕羨蠻獷：土民粗野强健令人羡慕。　跪：（手足等）猛折而筋骨受傷。韓愈《贈别元十八協律》其一：「何人識章甫，而知駿蹄跪。」　目還騁：放眼四望。

〔六〕「九野」六句：古荆州接壤巫鄉楚國，深山峽谷往往有奇異風景。　九野：古九州大地。代指天下。《後漢書·馮衍傳下》：「疆理九野，經營五山。」李賢注：「九野，謂九州之野。」　晝荆衡：劃分出荆楚一帶。荆，荆州，古屬楚國。衡，衡山。《尚書·禹貢》：「荆及衡陽惟荆州。」　巫郢：代指楚國。郢爲楚國都，楚人好巫，故云。

〔七〕「翠樹」六句：緑樹、飛泉、山花、野草、啼鳥、鳴蟬等奇異風光。　垂綆：垂直的繩索。　蒨粲：蒨同「茜」。茜草絢爛多彩。　嘒如哽：寒蟬的鳴聲猶如在哭泣。嘒，此指蟬鳴聲。

〔八〕「登臨」二句：登山臨水雖然感覺勞累，事無鉅細都要考慮周全。

〔九〕「晨裝」四句：一路早行晚宿，清晨整裝與同夥一塊趕路，黄昏投宿向百姓瞭解民俗。　徒旅：指同行的夥伴。杜甫詩《前出塞》其二：「出門日已遠，不受徒旅欺。」　星耿耿：即星河耿耿，星光燦爛。耿耿，明亮貌。《文選·謝朓〈暫使下都夜發新林至京邑贈西府同僚〉》：「秋河曙耿耿，寒渚夜蒼蒼。」李善注：「耿耿，光也。」

〔一〇〕「登高」六句：時近重陽，抒寫鄉思之念。　山罇：猶山杯。王昌齡《緱氏尉沈興宗置酒南溪爲贈》詩：「山樽在漁舟，棹月情已醉。」　田鴽：田間的小鳥。鴽，鵪鶉之類的小鳥。《儀禮·公食大夫禮》：「上大夫，庶羞二十，加於下大夫以雉兔鶉鴽。」賈公彦疏：「然則鴽、鶉一物也。」

〔一一〕「崎嶇」四句：山路行旅就要結束，陸行赴夷陵哪像當年荆江泛舟，可以在船歌聲中酩酊大醉。末句下原注：「初泛舟荆江，棋酒甚歡，故有此句。」

【附録】此詩輯入清康熙《御選宋金元明四朝詩·御選宋詩》卷一一、吴之振《宋詩鈔》卷一二。陸游《入蜀記》卷四：「枝江，唐縣，古羅國也，江陵九十九洲在焉。晉柳約之、羅述、甄季之聞桓玄死，自白帝至枝江，即此地也。歐陽文忠公有《枝江山行》五言二十四韻。」

望州坡

聞説夷陵人爲愁，共言遷客不堪游〔一〕。崎嶇幾日山行倦，却喜坡頭見峽州〔二〕。

【題解】原輯《居士集》卷一〇，繫景祐三年，誤。作於景祐四年九月。據《于役志》及《初至虎牙灘見江山類龍門》等詩，可知歐去年貶官夷陵，全程水路。歐書簡《與薛少卿》其一（景祐三年）亦云：「溯汴絶淮，泛大江，凡五千里，一百一十程，纔至荆南……今至此，向夷陵江水極善，亦不越三四日可到。」而唯一的陸路進峽州，爲本年九月自許州攜薛夫人返夷陵。此行取道唐州（今河南唐河）、枝江（今屬湖北），均有詩爲證。望州坡，《藝文類聚》卷七引盛弘之《荆州記》云：「宜都夷道縣西南九十里有望州山，四面壁立，登此見一州。」詩歌描寫山行困倦之愁緒，以及目睹返程終點之喜悦，表現隨遇而安、樂天安命之心態。一愁一喜，對比鮮明，議論入詩，情趣雋永。

【注釋】

〔一〕「聞説」二句：説起夷陵人們就會發愁，都説貶謫者在那裏簡直受不了。　夷陵：今湖北宜昌。　遷客：貶謫遷居他鄉之人。

〔二〕「崎嶇」二句：多日的崎嶇山行令人疲倦，登上山坡望見夷陵是多麼的歡喜。　峽州：宋代州名，屬荆湖北路，治所在今湖北宜昌。亦稱夷陵郡。

【附録】

《歐集》卷一二五《于役志》：景祐三年九月「己卯（四日），至岳州。夷陵縣吏來接，泊城外。庚辰（五日），假舟于邵暧。辛巳（六日）、壬午（七日），入官舟。……壬辰（十七日），次公安渡。」一陸游《入蜀記》卷四：「歐陽文忠公有《枝江山行》五言二十四韻，蓋文忠赴夷陵時，自此陸行至峽州，故其《望坡州》詩云：『崎嶇幾日山行倦，卻喜坡頭見峽州。』」

新營小齋鑿地爐輒成五言三十九韻

霜降百工休，居者皆入室。墐户畏初寒，開爐代温律。規模不盈丈，廣狹足容膝。軒窗共幽窳，竹柏助蒙密〔一〕。辛勤慚巧宦，窮賤守卑秩。無術政奚爲，有年秋屢實。文書少期會，租訟省鞭抶。地僻與世疎，官閑得身佚〔二〕。荆蠻苦卑陋，氣候常壹鬱。天日每陰翳，風飆多凜溧。衰顔慘時晚，病骨知寒疾。蠻牀倦晨興，籃輿厭朝出〔三〕。南山近樵採，僮僕免呵叱。禦歲畜蹲鴟，饋客薦包橘。霜薪吹晶熒，石鼎沸啾唧。披方養丹砂，候節煎秋术〔四〕。西鄰有高士，轗軻卧蓬蓽。鶴髮善高談，鮐背便炙熨。披裘屢相就，束緼亦時乞。傳經伏生老，愛酒揚雄吃。晨灰煖餘盃，夜火爆山栗。無言兩忘形，相對或終日〔五〕。微生慕剛毅，勁强早難屈。自從世俗牽，常恐天性失。仰茲微官禄，養此多病質。省躬由一言，無枉慕三黜〔六〕。因知吏隱樂，漸使欲心窒。面壁或僧禪，倒冠聊酒逸。螟蛉輕二豪，一馬齊萬物。啟期爲樂三，叔夜不堪七〔七〕。負薪幸有瘳，舊學頗思述。興亡閲今古，圖籍羅甲乙。魯册謹會盟，周公象凶吉。詳明左丘辯，馳騁馬遷筆。金石互鏗鍧，風雲生倏忽。豁爾一開卷，慨然時撫帙。浮沈恣其間，適若遂聱耴〔八〕。吾居誰云陋，所得乃非一。五斗豈須慚，優游歲將畢〔九〕。

【題解】

原輯《居士外集》卷二，無繫年，列景祐四年詩後。作於是年十月，時知夷陵。小齋，即小居室。地爐，一種燒柴火取暖的火坑。「三十九韻」原作「三十七韻」，據清歐陽衡編校《歐陽文忠公全集》改。首二十四句描寫夷陵貶所的自然風物、爲政主張及生活實況；次二十句述説夷陵生活的清苦及朋輩交游的寂寞；末三十四句抒寫曠放而失落的襟懷。詩歌以居室地爐爲聯繫物，展示夷陵的生活與思想，放達之中亦見失志與憤慨。對處士何參懷才不遇的感慨，表現尊賢愛才的情懷。這是詩人一年多夷陵貶謫生活的寫實，頗具史料價值。詩歌大開大合，結構跌宕，語言怪譎，意象新穎，頗顯奇險詩風，可見韓孟詩派對詩人創作之影響。

【注釋】

〔一〕「霜降」八句：霜降後人們修繕房屋準備過冬，自己也在小齋中置備地爐以禦嚴寒。霜降：

二十四節氣之一。《逸周書·周月解》：「秋三月中氣：處暑、秋分、霜降。」據張《曆日天象》，本年九月五日甲辰「霜降」。　百工休：《禮記·月令》：「季秋之月霜始降，則百工休。」　墐户：用泥土塗塞門窗空隙。《詩·豳風·七月》：「穹窒熏鼠，塞向墐户。」孔穎達疏：「墐户，明是用泥塗之，故以墐爲塗也。」　温律：《太平御覽》卷五四引漢劉向《别録》：「《方士傳》言：『鄒衍在燕，有谷，地美而寒，不生五穀。鄒子居之，吹律而温氣至，而生黍穀，今名黍谷。』」後因以「温律」指能生暖氣的器物。律，音律。古人認爲音樂的律吕與氣候相應。　容膝：僅能容納雙膝。多形容狹小之地。《韓詩外傳》卷九：「今如結駟列騎，所安不過容膝；食方丈于前，所甘不過一肉。」　幽窊：幽暗低下。窊，凹陷。

〔二〕「辛勤」八句：歐在夷陵爲政，守拙固窮，勤政務實，寬簡愛民。《宋史·歐陽修傳》：「方貶夷陵時，無以自遣，因取舊案反復觀之，見其枉道乖錯不可勝數，於是仰天歎曰：『以荒遠小邑且如此，天下固可知。』自爾，遇事不敢忽也。」　巧宦：善於鑽營諂媚的官吏。陳子昂《題祀山烽樹贈喬十二侍御》詩：「漢庭榮巧宦，雲閣薄邊功。」　卑秩：地位微賤的官職。此指縣令。　秋實：秋季成熟的穀物及果實。《管子·國蓄》：「春賦以斂繒帛，夏貸以收秋實。」　期會：限期實行政令。

〔三〕「荆蠻」八句：夷陵僻遠而風俗樸野，氣候鬱悶而潮濕，嚴寒的冬天，自己衰病貪睡懶出門。　壹鬱：悶塞不暢。　時晚：一年將盡，指冬季。　病骨知寒疾：病體能迅速感知氣候變化。　蠻牀：夷陵當地簡陋的牀。　晨興：早上起牀。　籃輿：竹轎。《宋書·隱逸傳·陶潛》：「潛有脚疾，使一門生二兒轝籃輿。」

〔四〕「南山」八句：述寫自己的日常生活：打柴無須訓童僕，過冬饋贈有物産，煎藥煉丹養病體。禦歲：備歲時之需。　蹲鴟：大芋頭。因狀如蹲伏的鴟，故稱。《史記·貨殖列傳》：「吾聞汶山之下，沃野，下有蹲鴟，至死不飢。」張守節正義：「蹲鴟，芋也。」左思《蜀都賦》：「交讓所植，蹲鴟所伏。」劉逵注：「蹲鴟，大芋也。」　包橘：橘子的一種。宋韓彦直《橘録·包橘》：「包橘取其累然若包聚之義。是橘外薄内盈，隔皮脈瓣可數，有一枝而生五、六顆者，懸之可愛。」　晶熒：指火苗旺盛。　啾唧：指水沸之聲。　披方：翻閲藥方。　丹砂：道家煉丹砂，以爲可以養生。　秋术：即蒼术。《本草》：「蒼术服之可成仙，故有山精仙术之號。」

〔五〕「西鄰」十二句：隱士何參高壽貧寒，博學嗜酒，與自己平日交往，相依爲伴。　西鄰：即隱士何參。《夷陵歲暮感事呈元珍、表臣》「荆楚先賢多勝跡，不辭攜酒問鄰翁」句下附注：「處士何參，居縣舍西，好學，多知荆楚故事。」又王象之《輿地紀勝》卷七三：「何參，夷陵人，居縣西篤學坊，以博學孝義著，不求聞達，人稱曰處士。歐陽公宰夷陵，與之講論，深加愛重。」　轗軻：即坎坷，生活困頓艱辛，仕途不得志。《楚辭·東方朔〈七諫·怨世〉》：「年既已過太半兮，然埳軻而留滯。」王逸注：「轗軻，不遇也。」洪興祖補注：「埳坷，不平也。　輡軻，車行不平。一曰不得志。」　蓬蓽：簡陋的草屋。　鮐背：老人背上生有斑如鮐魚之紋，爲高壽之徵。《爾雅·釋詁上》：

「鮐背、耇、老，壽也。」郭璞注：「鮐背，背皮如鮐魚。」　炙熨：烤火。　束緼：用亂麻搓成引火物，持之向鄰家討火點燃。後用爲求助於人之典。緼，亂麻。《漢書·蒯通傳》：「臣之里婦，與里之諸母相善也。里婦夜亡肉，姑以爲盜，怒而逐之。婦晨去，過所善諸母，語以事而謝之。里母曰：『女安行，我今令而家追女矣。』即束緼請火於亡肉家，曰：『昨暮夜，犬得肉，爭鬭相殺，請火治之。』亡肉家遽追呼其婦。」　傳經伏生、愛酒揚雄：喻西鄰高士博學而好酒。伏生，名勝。治《尚書》者，撰有《尚書大傳》三卷。《史記·儒林列傳》：「伏生者，濟南人也。故爲秦博士……秦時焚書，伏生壁藏之。其後兵大起，流亡，漢定，伏生求其書，亡數十篇，獨得二十九篇，即以教于齊魯之間。學者由是頗能言《尚書》，諸山東大師無不涉《尚書》以教矣。」揚雄，西漢著名文學家，著有《酒箴》等。《漢書·揚雄傳》：「雄少而好學，不爲章句，訓詁通而已，博覽無所不見。爲人簡易佚蕩，口吃不能劇談……家素貧，耆酒，人希至其門。時有好事者，載酒肴從游學。」　忘形：指超然物外，忘了自己的形體。《莊子·讓王》：「故養志者忘形，養形者忘利，致道者忘心矣。」

〔六〕「微生」八句：自詠志趣與抱負：追慕剛毅堅强，保持耿直天性，守官養病，以順處逆。　微生：卑微的人生。一曰復姓微生。春秋時魯有微生高，《漢書·古今人表》作尾生高，爲人堅貞守信。《莊子·盜跖》：「尾生與女子期於梁下，女子不來，水至不去，抱梁柱而死。」　强：原注讀「去聲」。　省躬：反省自身。　一言：《論語·衛靈公》：「子貢問曰：『有一言而可以終身行之者乎？』子曰：『其恕乎！己所不欲，勿施於人。』」　三黜：多次被罷官。《論語·微子》：「柳下惠爲士師，三黜。人曰：『子未可以去乎？』曰：『直道而事人，焉往而不三黜？』」後形容宦途不利。

〔七〕「因知」八句：抒寫謫官以來的情懷：不慕名利，樂於飲酒逍遥，像榮啟期那樣追求人生「三樂」，像嵇康那樣躲避人生「七不堪」。　吏隱：謂不以利禄縈心，雖居官而猶如隱者。古代士大夫常以官微位卑，自稱吏隱。宋之問《藍田山莊》詩：「宦游非吏隱，心事好幽偏。」　欲心：指名利之心。　面壁：佛教語。《五燈會元・東土祖師・菩提達磨大師》：「當魏孝明帝孝昌三年也，寓止于嵩山少林寺，面壁而坐，終日默然。人莫之測，謂之壁觀婆羅門。」後因以稱坐禪，謂面向牆壁，端坐靜修。　倒冠：晉山簡鎮守襄陽時，常出游飲酒，有民歌説：「日暮倒載歸，酩酊無所知，復能騎駿馬，倒著白接䍦。」古人亦稱去官歸隱爲倒冠落佩。　螟蛉輕二豪：晉劉伶《酒德頌》言「大人先生」「唯酒是務，焉知其餘」，爲「貴介公子、縉紳處士」所非議。有云：「二豪侍側焉，如蜾蠃之與螟蛉。」注：「謂貴介公子、縉紳處士。」輕視「公子」與「處士」二豪，衹不過像蜾蠃之養子而已。　一馬齊萬物：莊子的齊物觀。認爲宇宙間一切事物，如生死壽夭，是非得失，物我有無，都應當同等看待。《莊子・齊物論》：「天地一指也，萬物一馬也。」郭象注：「是以至人知天地一指也，萬物一馬也，故浩然大寧而天地萬物各當其分，同於自得而無是無非也。」「指，百體之一體；馬，萬物之一物。」　啟期爲樂三：榮啟期，春秋時人，將爲人、爲男、得壽視爲人生三樂。《列子・天瑞》：「孔子游于泰山，見容啟期行乎郕之野，鹿裘帶索，鼓琴而歌。孔子問曰：『先生所以樂，何也？』對曰：『吾樂甚多。天生萬物，惟人爲貴，我得爲人，是一樂也；男女之别，男尊女卑，故以男爲貴，吾既得爲男矣，是二樂也；人生有不見日月、不免繈褓者，吾既已行年九十矣，是三樂也。貧者士之常，死者人之終也，處常得終，當何憂哉。』」叔夜不堪七：三國魏嵇康，字叔夜，不願出仕爲官。其《與山巨源絶交書》提出自己不願做官之原因「有必不可堪者七，甚不可者二」。

〔八〕「負薪」十四句：自矜肆意典籍的讀書樂趣。負薪：古代士人自稱疾病的謙辭。《禮記·曲禮上》：「君使士射，不能，則辭以疾，言曰：『某有負薪之憂。』」述：《禮記·樂記》：「作者之謂聖，述者之謂明，明聖者述作之謂也。」圖籍羅甲乙：晉荀勖爲當時宫廷藏書造《晉中經簿》，以甲乙丙丁相羅列。羅，排列。甲乙，次序。魯册：指《春秋》，多有諸侯盟會記載。詳明：卷末校記：「衆本皆作『鮮明』，唯薛齊誼《編年》引此詩作『詳明』。」左丘：即左丘明，傳爲孔子同時人，著有《左氏春秋》。象：卜，判斷。馬遷：司馬遷，《史記》作者。金石：比喻史籍内容擲地有聲。《世説新語·文學》：「孫興公作《天台賦》成，以示范榮期，云：『卿試擲地，要作金石聲。』」鏗鍧：鐘鼓並作的聲音。形容聲音洪亮。《文選·班固〈東都賦〉》：「鐘鼓鏗鍧，管絃燁煜。」李周翰注：「鏗鍧，聲也。」聱耴：魚鳥群處貌。《廣韻·平幽》：「聱耴，魚鳥狀。」此指魚鳥浮沉翱翔，恣意自適。

〔九〕「吾居」四句：誰説我的小齋簡陋，我的所得不一般，不必羞愧五斗薄俸，且在悠閒自得中度過歲末吧。誰云陋：劉禹錫《陋室銘》：室雖陋而人有德，「何陋之有」。五斗：反用陶淵明「吾豈能爲五斗米折腰」之意。優游歲將畢：《左傳·襄公二十一年》：「《詩》曰：『優哉游哉，聊以卒歲。』」優游，悠閒自得。

【附録】

此詩輯入清吴之振《宋詩鈔》卷一一。

黄溪夜泊

楚人自古登臨恨，暫到愁腸已九回〔一〕。萬樹蒼煙三峽暗，滿川明月一猿哀〔二〕。非鄉況復驚殘歲，慰客偏宜把酒盃〔三〕。行見江山且吟詠，不因遷謫豈能來〔四〕。

【題解】

原輯《居士集》卷一〇，繫景祐四年。作於是年末，時知夷陵。黄溪，夷陵境内的一條溪水，與長江相通，在黄牛峽附近。詩人夜泊黄溪，描繪峽川月夜的淒清景色，宣洩謫宦的悲愁心情，最終無可奈何而自我解嘲，表現豁達樂觀的思想境界。詩歌氣象闊大幽遠，意境蒼涼清切，韻味深沉雋永，顯現委曲婉轉的特色，也標誌理性思辯的萌芽，爲歐氏七律佳作。蘇軾人生逆境中所賦《惠州一絶》「日啖荔枝三百顆，不妨長作嶺南人」、《過海》「九死蠻荒吾不恨，兹游奇絶冠平生」等詩句，其曠達襟懷當受此類詩作影響。

【注釋】

〔一〕「楚人」二句：詩人弔古傷今，自言乍來夷陵時的愁懷。登臨恨：戰國楚人宋玉《九辨》有「憭栗兮若在遠行，登山臨水兮送將歸」、「坎廩兮貧士失職而志不平，廓落兮羈旅而無友生，惆悵兮而私自憐」等語，故云。愁腸已九回：形容憂愁之深。司馬遷《報任安書》：「是以腸一日而九回，居則忽若有所亡。」

〔二〕三峽：説法不一，今指湖北宜昌以上四川奉節以下的長江三峽，即瞿塘峽、巫峽、西陵峽。一猿哀：三峽夜景的淒清悲涼。化用《水經注·江水》所載民歌「巴東三峽巫峽長，猿鳴三聲淚沾裳」之意。

〔三〕殘歲：一年將盡之時。偏宜：最適宜。

〔四〕「行見」二句：船行中目睹夷陵江山勝景，不妨多多吟賦詩歌，如果不是貶官來到這裏，哪有機會見上如此壯美的山光水色。顯現詩人以順處逆，憂愁自遣的曠達情懷。

【附録】

此詩輯入清康熙《淵鑑類函》卷三三、吴之振《宋詩鈔》卷一二、陳焯《宋元詩會》卷一一、陳訏《宋十五家詩選·廬陵詩選》。

陸次雲《宋詩善鳴集》卷上評曰：「以見江山爲慰，遷謫人善自遣心之法。」

陳衍《宋詩精華録》卷一評語：「結韻用高一層意自慰。又《黄溪夜泊》結韻云：『行見江山且吟詠，不因遷謫豈能來？』亦是。」

歐陽修詩編年箋注卷五

寶元元年至慶曆元年作

送姜秀才游蘇州

憶從太學諸生列，我尚弱齡君秀發〔一〕。同時並薦幾存亡，一夢十年如倏忽〔二〕。壯心君未減青春，多難我今先白髮〔三〕。山花撩亂鳥綿蠻，更盡一罇明日別〔四〕。

【題解】

原輯《居士集》卷三，繫寶元元年（一〇三八）。作於是年春三月，詩人時年三十二歲，任夷陵知縣。胡《譜》：景祐四年「十二月壬辰，移光化軍乾德縣令。」寶元元年「三月，赴乾德。」由「山花撩亂」可知作於夷陵，時當在三月赴乾德縣令前夕。姜秀才，天聖年間與歐陽修同爲國子監「廣文館生」。詩人回憶京城同窗生活，感懷朋輩生離死別，對比今昔你我，自傷衰病，勉慰不得志的朋友。

詩歌一氣貫注，對比鮮明，感慨深沉。

【注釋】

〔一〕太學：指國子監。宋初設國子監，仁宗慶曆四年（一〇四四）始置太學。胡《譜》：天聖七年「是春，公從胥公在京師。試國子監爲第一，補廣文館生。」時姜秀才與詩人同爲國子監生。弱齡：弱冠之年。泛指年輕。陶潛《始作鎮軍參軍經曲阿》詩：「弱齡寄事外，委懷在琴書。」秀發：指人的神采煥發，才華出衆。陸機《辨亡論上》：「長沙桓王逸才命世，弱冠秀發。」

〔二〕「同時」二句：當年國子監薦舉省試的「生徒」而今還有幾人健在，聚合離散，忽忽已有十年之久。並薦：共同以監生身份薦送禮部試。十年：歐陽修天聖七年（一〇二九）「秋，赴國學解試」，薦禮部試，至寶元元年（一〇三八）恰好十年。

〔三〕「壯心」二句：你壯志未減依然那麼青春煥發，我卻多災多難顯得未老先衰。青春：容顏年輕。

〔四〕「山花」二句：在這鳥語花香的美好季節裏，勸君更盡一杯酒，明日你我就要各奔東西了。綿蠻：鳥鳴聲。

【附録】

此詩輯入明李蓘《宋藝圃集》卷九。

秋日與諸君馬頭山登高

晴原霜後若榴紅，佳節登臨興未窮〔一〕。日泛花光摇露際，酒浮山色入樽中。金壺恣灑毫端墨，玉麈交揮席上風〔二〕。惟有淵明偏好飲，籃輿酩酊一衰翁〔三〕。

【題　解】

原輯《居士外集》卷六，無繫年，列慶曆三年至五年詩間，誤。當作於寶元元年秋九月，在知乾德（今湖北老河口）任上。馬頭山，《太平寰宇記》卷一四五《乾德》：「馬窟山在縣東南六十里，下有窟。按《南雍州記》：漢時有馬百匹從此窟出，舊名馬頭山，勑改爲『馬窟』。」有人據《大清一統志》卷一六二《河南府》所載，謂馬頭山在澠池縣西南，詩人慶曆四年出使河東返途登臨此山，然作者當年七月返抵京師，與本詩「秋日登臨」時間不合。此詩描寫重陽登高，所見秋景如畫，一反悲秋之習，嚮往陶淵明的詩酒清談，自得自適，極具倜爽逸氣。借景抒懷，畫面清新，情韻深長。

【注　釋】

〔一〕佳節登臨：俗以九月九日爲「重陽」或「重九」。魏晉之後的民俗，于此日登高游宴，飲菊花酒，以絳囊盛茱萸，謂可避邪免災。宗懍《荆楚歲時記》「九月九日四民並藉野飲宴」條引吴均《續齊諧記》：「汝南桓景隨費長房游學，長房謂之曰：『九月九日汝家中當有災厄，急令家人縫囊，盛茱萸繫臂上，登山飲菊花酒，此禍可消。』景如言，舉家登山。夕還，見雞犬牛羊一時暴死。長房聞之，曰：『此可代也。』今世人九日登高飲酒，婦人帶茱萸囊，蓋始於此。」

〔二〕「金壺」二句：一邊飲酒賦詩，揮毫潑墨，一邊揮舞玉麈，瀟灑清談。玉麈：玉柄麈尾。參見本書《錢相中伏日池亭宴會分韻》注〔三〕。

〔三〕「惟有」二句：詩人以陶淵明自況，欣賞其醉酒之態。籃輿：古代供人乘坐的交通工具，形制不一，一般以人力抬著行走，類似後世的轎子。《宋書·隱逸傳·陶潛》：「潛有脚疾，使一門生二兒轝籃輿。」

【附録】

此詩輯入元方回《瀛奎律髓》卷一二。

《瀛奎律髓匯評》卷一二方回評曰：「第一句詩家所未有，歐陽公詩大率自然如此。」馮舒評曰：「方云『第一句詩家所未有』，亦未然。」紀昀評曰：「詩不必定作人未有語，此種議論總在字句上著意，故所見皆隔數層。」又曰：「『際』字未妥。」

離峽州後回寄元珍表臣

經年遷謫厭荆蠻，惟有江山興未闌〔一〕。醉裏人歸青草渡，夢中船下武牙灘〔二〕。野花零落風前亂，飛雨蕭條江上寒。荻笋時魚方有味，恨無佳客共盃盤〔三〕。

【題解】

原輯《居士集》卷一一，繫寶元元年。作於是年秋，時任光化軍乾德縣令。題目「元珍、表臣」下原注：「一本作『元珍判官、表臣推官』。」元珍，即丁寶臣；表臣，即朱處仁，參見本書《龍興寺小飲呈表臣、元珍》題解。詩人離開峽州後，深情地回憶並讚美夷陵山水風物，表達對謫居地朋友的眷戀與感懷。語言曉暢，情景交融。結語尤具情味，鎖住一篇之意。

【注釋】

〔一〕「經年」二句：自己貶官謫居夷陵多年，雖對蠻荒習俗感到厭惡，但對當地山光水色還是興味未盡。厭荆蠻：厭惡荆楚之地的習俗。歐對「夷陵之俗多淫奔，又好祠祭」（《初至夷陵答蘇子美見寄》原注）等多有微辭。

〔二〕「醉裏」二句：回憶當年游覽夷陵青草渡、虎牙灘的情景。　青草渡：在夷陵境内。《湖廣通志》卷九《夷陵州》：「青草灘，（峽）州南十五里。吴俞彦詩：『青草灘長雲滿渡，紅花套遠水含煙。』」《方輿紀要》：「青草灘，在（峽）州南五十里。」清代夷陵詩人雷思沛詩：「東嶺直驅青草渡，南湖横繞緑蘿溪。」　武牙灘：即虎牙灘。《湖廣通志》卷九《夷陵州》：「虎牙山，（宜都）縣東大江北岸，狀如虎牙。昔公孫述遣將依此作浮橋拒漢，下有虎牙灘，又名武牙。宋歐陽修詩：『醉裏人歸青草渡，夢中船下虎牙關。』」《方輿紀要》：「荆門山，（宜都）縣西北五十里，大江南岸。其北岸爲虎牙山，與荆門相對，亦曰武牙，下有虎牙灘。」張淏《雲谷雜記》卷二：「南史避唐諱，『虎』字悉改爲『武』……此皆唐人所改，後來不盡復原字，故『虎』、『武』並行。」

〔三〕「荻笋」二句：離開朋友後感覺孤獨無聊，遺憾未能與你們共享鮰魚美味。　時魚：即鰣魚，爲名貴食用魚。以其進出有時，故名。

【附　録】

此詩輯入明李蓘《宋藝圃集》卷九，又輯入清吴之振《宋詩鈔》卷一二、陳焯《宋元詩會》卷一一。

范大士《歷代詩發》卷二三評曰：「氣味酷似錢、劉一派。」

寄聖俞

西陵山水天下佳，我昔謫官君所嗟。官閑憔悴一病叟，縣古瀟灑如山家〔一〕。雪消深林自劚筍，人響空山隨摘茶〔二〕。有時携酒探幽絶，往往上下窮煙霞〔三〕。嵒蓀緑縟軟可藉，野卉青紅春自華〔四〕。風餘落蕊飛面旋，日暖山鳥鳴交加。貪追時俗翫歲月，不覺萬里留天涯〔五〕。今來寂寞西岡口，秋盡不見東籬花〔六〕。市亭插旗鬭新酒，十千得斗不可賒〔七〕。材非世用自當去，一舸聱牙揮釣車〔八〕。君能先往勿自滯，行矣春洲生荻芽〔九〕。

【題 解】

原輯《居士外集》卷三，無繫年，列寶元元年詩後。作於是年秋末，時任乾德縣令。胡《譜》：寶元元年「三月，赴乾德。」梅堯臣本年春卸建德知縣任，夏秋間抵京師候調。詩人對比夷陵任上的山水之樂，深感乾德任所的困窘無聊，更將摯友梅堯臣的遭遇與自己聯係在一起，理性而務實的詩人，發出深沉感慨，流露歸隱情思與憤懣心緒。詩風縱横豪逸，文氣暢達，意藴沉雄。能抓住富有特徵的景物，强烈透視作者的内心世界，反映感情的起伏變化。

【注釋】

〔一〕「西陵」四句：昔日貶官夷陵，你曾爲我嗟歎。那裏雖有秀美山水，卻官職清閒，憔悴多病。西陵：夷陵别稱。參見《代贈田文初》注〔三〕。君所嗟：梅堯臣景祐三年《聞歐陽永叔謫夷陵》詩云：「謫向蠻荆去，行當霧雨繇。黄牛三峽近，切莫聽愁猿。」官閑憔悴：歐書簡《與薛少卿》其二（景祐四年）：「某久處窮僻，習成枯淡，頓無曩時情悰，惟覺病態漸侵爾。」如山家：古縣寂寞淒清，雖是縣城猶如在山野。瀟灑：淒清、寂寞貌。宋蘇舜欽《湘公院冬夕有懷》詩：「去年急雪寒窗夜，獨對殘燈觀陣圖……禪房瀟灑皆依舊，世路崎嶇有萬殊。」

〔二〕斸筍：挖掘竹筍。斸，即挖，掘。　人響空山：王維《鹿柴》詩：「空山不見人，但聞人語響。」

〔三〕上下窮煙霞：化用韓愈《山石》詩句「出入高下窮煙霏」。煙霞，指山間雲霧水氣。

〔四〕「嵓蓀」二句：山間緑草如氈可供休憩，野樹泛青吐紅開放鮮花。嵓蓀：山巖上的香草。蓀，香草名。《楚辭·九章·抽思》：「數惟蓀之多怒兮，傷余心之懮懮。」王逸注：「蓀，香草也。」緑縟：巖蓀如緑色的被褥。藉：坐卧在某物上，此指坐卧草地。

〔五〕「貪追」二句：貪戀當地時俗而虚度時光，忘卻身在偏遠而滯留天涯。

〔六〕西岡口：《大清一統志》卷二七〇《襄陽府》：「西岡山在均州西五里。」均州與乾德毗鄰，同在漢水邊。東籬花：菊花。

〔七〕十千得斗：酒價。曹植《名都篇》：「美酒斗十千。」

〔八〕聱牙：乖忤，抵觸。亦謂與人意見不同，不隨世俗。元結《自釋書》：「彼聱叟不羞聱齖於鄰里，吾又安能慚漫浪於人間？」　釣車：即釣魚車。一種釣具。上有輪子纏絡釣絲，既可放遠，也可迅速收回。五代譚用之《貽費道人》詩：「碧玉蜉蝣迎客酒，黄金轂轆釣魚車。」

〔九〕洲生荻芽：梅堯臣《河豚詩》：「春洲生荻芽」。荻芽，蘆荻芽。

【附録】

此詩輯入清康熙《御選宋金元明四朝詩·御選宋詩》卷二五、吴之振《宋詩鈔》卷一二、陳訏《宋十五家詩選·廬陵詩選》。

方東樹《昭昧詹言》卷一二評曰：「起筆勢跌宕有深韻。兩句相背起。『官閑』以下全發第一句，『今來』一段虚應第二句，兩段相背，此章法也，客襯法也。妙絶。『巖萎』四句，以西陵形此地更不如，卻先言西陵已爲所嗟，此爲深曲。」

南　獠

洪宋區夏廣，恢張際四維。狂孽久不聳，民物含春熙。耆稚適所尚，游泳光華時〔一〕。遽然攝提歲，南獠掠邊陲〔二〕。予因叩村叟，此事曷如斯？初似却人問，未語先涕垂〔三〕。收涕謝客問，爲客陳始基〔四〕：撫水有上源，水淺山嶮巇〔五〕。生民三千室，聚此天一涯。狠勇復輕脱，性若鹿與麋。男夫不耕鑿，刀兵動相隨。宜融兩境上，殺人取其貲。因斯久久來，此寇易爲羈。鼠竊及蟻聚，近裏焉敢窺？勢亦不久住，官軍來即馳〔六〕。景德祥符後，時移事亦移。四輔哲且善，天子仁又慈。將軍稱招安，兵非羽林兒。龍江一牧拙，邏騎材亦非。威惠不兼深，徒以官力欺。智略仍復短，從此難羈縻〔七〕。引兵卸甲嶺，部陣自參差。鋒鏑殊未接，士卒心先離。奔走六吏死，明知國挫威〔八〕。自兹賊聲震，直寇融州湄。縣宇及民廬，毁蕩無孑遺。利鏃淬諸毒，中膚無藥醫。長刀斷人股，横屍滿通逵。婦人及孳産，驅負足始歸。堂堂過城戍，何人敢正窺〔九〕！外計削奏疏，一一聞宸闈。赫爾天斯怒，選將興王師。精甲二萬餘，猛毅如虎貔。劍戟凛秋霜，旌棨閃朝曦。八營與七萃，豈得多於兹。外統三路進，小敵胡能爲。前驅已壓境，後軍猶未知。逶迤至蠻域，但見空稻畦。搜羅一月餘，不戰師自罷〔一〇〕。荷戈莫言苦，負糧深可悲。哀哉都督郵，無辜遭屠糜〔一一〕。嘵咋計不出，還出招安辭。半降半來拒，蠻意猶狐疑。厚以繒錦贈，狙心詐爲卑。戎帳草草起，賊戈躡背揮〔一二〕。我聆老叟言，不覺顰雙眉。吮毫兼疊簡，占作南獠詩。愿值采詩官，一敷於彤墀〔一三〕。

【題　解】

原輯《居士外集》卷三，繫寶元元年。作於是年十二月，在光化軍乾德縣令任。卷首原注：「自乾德至滁州作。起寶元元年，盡慶曆八年。」胡《譜》：寶元元年「三月，赴乾德。」據《宋史·仁宗本紀》，本年二月二十三日，安化蠻搶掠宜、融二州。南獠，中國古族名。分布在今廣東、廣西、湖南、四川、雲南、貴州等地區，亦泛指南方各少數民族。《周書·異域傳上·獠》：「獠者，蓋南蠻之別種，自漢中達於邛笮，川洞之間，在所皆有之。」宋周去非《嶺外代答·蠻俗·獠俗》：「獠在右江溪峒之外，俗謂之山獠，依山林而居，無酋長、版籍。」此詩以感慨邊事而作，借「村叟」之口，敘述安化州蠻反叛，宋軍安邊平亂事，爲統治者提供史鑑。文氣酣暢，議論肯綮，模擬唐人風骨與唐詩氣象。雖語涉險怪，平鋪直叙，然筆力雄健，乃宋人宋調之探索。

【注　釋】

〔一〕「洪宋」六句：大宋王朝地廣物博，國運康寧，民衆安居樂業。區夏：即華夏、中國。《尚書·康誥》：「用肇造我區夏。」孔傳：「始爲政于我區域諸夏。」恢張：張揚，擴展。晉皇甫謐《〈三都賦〉序》：「自時厥後，綴文之士，不率典言，並務恢張。」際四維：泛指四面八方。際，邊際。四維，指四方。唐歐陽詹《早秋登慈恩寺塔》詩：「寶塔過千仞，登臨盡四維。」狂孽：各種妖孽狂怪，泛指一切災禍孽端。春熙：融融春光，喻百姓生活歡樂詳和。者稚：老人和小孩。　游泳：涵濡，浸潤。柳宗元《爲長安等縣耆壽乞奏復尊號狀》：「某等伏以生長明時，游泳皇澤，鼓腹且知於帝利，食毛敢忘於君恩。」

〔二〕「遽然」二句：西南獠民忽然作亂，擾亂社會安寧。　攝提：攝提格的省稱，歲陰名。古代歲星紀年法中的十二辰之一。相當於干支紀年法中的寅年。《爾雅·釋天》：「太歲在寅曰攝提格。」寶元元年歲在戊寅，故云。古人認爲遇此年，當有變故。唐無名氏《冥音録》：「歲攝提，地府當有大變。」　掠邊陲：《宋史·蠻夷傳三》：「有蒙隻者……寶元元年，復率衆寇融、宜州，發邵、澧、潭三州戍兵合數千人往擊。時蠻勢方熾，至殺運糧官吏。復詔趣兵進討，逾年乃平。」

〔三〕「予因」四句：我詢問南獠事變情況，村中老頭開初謝絶回答，秖是不斷地流淚。　曷如斯：爲什麼會這樣。

〔四〕「收涕」二句：老頭擦乾眼淚，爲詩人講述南獠動亂始末。此下直至「賊戈躡背揮」句，都是老頭叙述話語。

〔五〕撫水：《宋史·蠻夷傳三》：「撫水州在宜州南，有縣四：曰撫水，曰京水，曰多逢，曰古勞。唐隸黔南。其酋皆蒙姓同出，有上、中、下三房及北遐一鎮。民則有區、廖、潘、吴四姓。」　嶮巇：同「險戲」。崎嶇險惡。《楚辭·東方朔〈七諫·怨世〉》：「何周道之平易兮，然蕪穢而險戲。」

〔六〕「生民」十四句：此期獠民雖然作亂，殺人越貨，横行宜、融等州，但規模小，尚畏怯官軍，局面易於控制。　輕脱：輕佻。《左傳・僖公三十三年》：「輕則寡謀，無禮則脱。」杜預注：「脱，易也。」《後漢書・列女傳・曹世叔妻》：「若夫動静輕脱，視聽陝輸，入則亂髮壞形，出則窈窕作態。」　宜融：宜州與融州，同屬廣南西路，宜州治所在今廣西宜山，融州治所在今廣西融水。　鼠竊：指小規模的叛亂或小範圍的割據。江淹《蕭驃騎上頓表》：「況乃逆徒阻兵，器掩西服，雖蟻衆鼠竊，勢必褫散。」　蟻聚：如螞蟻般聚集，喻結集者衆多。《三國志・吴志・周魴傳》：「錢唐大帥彭式等蟻聚爲寇。」

〔七〕「景德」十二句：自真宗景德、大中祥符以來，皇帝仁慈，官軍作戰無能，州官治民無方，獠民叛服無常，有恃無恐，局面難以掌控。《宋史・蠻夷傳三》：「景德三年，蠻酋蒙填詣宜州自陳，願朝貢謝罪，詔守臣諭以盡還所掠民貲畜，乃從其請。大中祥符六年，首領指揮使蒙但挈族來歸，徙于桂州。九年，數寇宜、融州界。」　四輔：相傳古代天子身邊的四個輔佐。《書・洛誥》有「四輔」之稱。此指宰輔大臣。　天子仁又慈：《宋史・蠻夷傳三》：「上猶以蠻夷異類，攻剽常理，不足以剿絶。又意其道險難進師，第令克明、獻可設方略攝其酋首，索所鈔生口，因而撫之。」　將軍稱招安：《宋史・蠻夷傳三》：「大中祥符九年，數寇宜、融州界。遂遣潭州都監季守睿代元已招撫。」　龍江：指宜州。　一牧拙：宜州知州董元已治民無方。《宋史・蠻夷傳三》：大中祥符九年「知宜州董元已不善綏撫，昨蠻人饑，來質餱糧，公縱主者克剥概量；及求入貢，復驟沮其意，遂使忿恚爲亂。」牧，指州郡長官。《國語·魯語下》：「日中考政，與百官之政事，師尹維旅、牧、相宣序民事。」韋昭注：「牧，州牧也。」威惠：威逼利誘。羈縻：控制，約束。

〔八〕「引兵」六句：叙卸甲嶺官軍之敗。「奔走」句下原注：「初在懷遠軍卸甲嶺，殺傷范禮賓、王崇班等，六人落陣死。」《長編》卷一二二寶元元年十一月甲辰：「詔廣南西路鈐轄司趣宜、融州進兵討安化蠻。初，官軍與蠻戰，爲蠻所敗，鈐轄張懷志等六人皆死。」

〔九〕「自茲」十二句：叛亂形勢越發嚴峻，獠兵燒殺搶掠，百姓受苦受難，官軍無可奈何。淬：鍛造時，把燒紅的鍛件浸入水中，急速冷卻，以增强硬度。「婦人」四句：叛獠搶奪婦女及家畜財産，心滿意足之後方撤兵，大搖大擺經過宋軍城堡，守軍不敢正眼相看。

〔一〇〕「外計」十八句：天子震怒，發兵討剿，然收效甚微。外計：度支使、轉運使。宸闈：代指皇宮。赫爾：帝王發怒貌。同「赫斯」，《詩·大雅·皇矣》：「王赫斯怒，爰整其旅。」鄭箋：「赫，怒意。」爾、斯，皆語助詞。班固《東都賦》：「赫爾發憤，應若興雲。」興王師：《長編》卷一二二寶元元年十一月：「時朝廷已命洛苑使、榮州刺史馮伸已知桂州，兼廣西鈐轄……伸已日夜疾馳至宜州，繕器甲，訓隊伍，募民發丁壯轉糧餉，由三路以進。」貔：猛獸名。似虎。《尚書·牧誓》：「如虎如貔，如熊如羆。」棨：有繒衣的戟。爲古代官吏出行時用作前導的一種儀仗。《漢書·韓延壽傳》：「延壽衣黄紈方領，駕四馬，傅總，建幢棨，植羽葆，鼓車歌車。」顔師古注：「桊，有衣之戟也。其衣以赤黑繒爲之。」八營：即八屯。宫苑四周所設的八衛所。張衡《西京賦》：「衛尉八屯，警夜巡晝。」七萃：周天子的禁衛軍。《穆天子傳》卷一：「天子于當水之陽，天子乃樂□，賜七萃之士戰。」郭璞注：「萃，集也，聚也；亦猶《傳》有七輿大夫，皆聚集有智力者，爲王之爪牙也。」泛指天子的禁衛軍或精鋭的部隊。師自罷：軍隊勞累疲憊。

〔二〕「哀哉」二句：句下原注：「昭州都曹皇甫僅三人部糧入洞，遭蠻賊掩殺，及害夫力千餘。」都督郵：都曹，相當漢代的督郵，故稱。

〔三〕「嘵咋」八句：官軍招降叛軍。其結果並非史書所載的確有實效。《長編》卷一二二寶元元年十一月：「仲已臨軍，單騎出陣，語酋豪曰：『朝廷撫汝曹甚厚，何乃自取滅亡！天子使我來問汝，汝聽吾言則生。不然，無噍類矣。』衆蠻仰泣……明日，蠻渠蒙頂投兵械萬計，率衆降軍門。初，部卒以覆將畏匿，仲已曰：『紀律不明，將自取敗，戰士何罪？』請貸死，約期來歸，朝廷從之，廣西遂定。」　嘵咋：議論紛紛。　狙心：心地狡詐。狙，狡詐。　躡背揮：從背後追蹤。

〔三〕「我聆」六句：自己聞言有感，將叛民作亂始末，聊記於詩，希望能引起朝廷注意。　敷：鋪陳。　采詩官：古代專門機構的官員搜集民歌，爲統治者觀風俗、知得失提供參考。《漢書·藝文志》：「《書》曰：『詩言志，歌詠言。』故哀樂之心感，而歌詠之聲發。誦其言謂之詩，詠其聲謂之歌。故古有采詩之官，王者所以觀風俗，知得失，自考正也。」皮日休《奉和魯望樵人十詠・樵歌》：「若遇采詩人，無辭收鄙陋。」彤墀：即丹墀。借指朝廷。韓愈《歸鼓城》詩：「我欲進短策，無由至彤墀。」

【附録】

此詩輯入清康熙《淵鑑類函》卷二三二、吴之振《宋詩鈔》卷一二、汪森《粤西詩載》卷二。

葉廷秀《詩譚》卷一評點：「《南獠》詩：『洪宋區夏廣，恢張際四維。民物含春熙。耆稚適所尚，游泳光華時。遽然攝提歲，南獠掠邊陲。予因叩村叟，此事曷如斯？初似卻人問，未語先涕垂。（是破膽光景。）收涕謝客問，爲客陳始基：撫水有上源，水淺山嶮巇。生民三千室，聚此天一涯。狠勇復輕脱，性若鹿與麋。男夫不耕鑿，（是亂之本。）刀兵動相隨。宜融兩境上，殺人取其貲。（亂民多起於錯壞交界，易於躲藏，官守亦多諉謝，坐此養癰，釀患不小。）因斯久久來，此寇易爲羈。（莫謂無傷，其害滋長。）鼠竊及蟻聚，近裏焉敢窺？勢亦不久住，（是流寇光景。）官軍來即馳。景德祥符後，時移事亦移。西輔哲且善，天子仁又慈。（二語寓規。）將軍稱招安，（失計在此，安能剿賊？）兵非羽林兒。龍江一牧拙，邏騎材亦非。威惠不兼深，徒以官力欺。（非威惠兼濟，何以治兵？）智略仍復短，從此難羈縻。引兵卸甲嶺，部陣自參差。（説得縱寇光景，宛宛在目。）鋒鏑殊未接，士卒心先離。奔走六吏死，明知國挫威。自兹賊聲震，直寇融州湄。縣宇及民廬，毁蕩無孑遺。

（寫出焚劫擄掠情形逼真。）利鏃淬諸毒，中膚無藥醫。長刀斷人股，横屍滿通逵。婦人及孳産，驅負足始歸。堂堂過城戍，何人敢正窺！（養兵千日何用？）外計削奏疏，一一聞宸闈。（不得不聞。）赫爾天斯怒，選將興王師。精甲二萬餘，猛毅如虎貔。劍戟凛秋霜，旌棨閃朝曦。（未對敵時偏勇何用？）八營與七萃，豈得多於兹。外統三路進，小敵胡能爲。前驅已壓境，後軍猶未知。（如此焉能制勝？）荷戈莫言苦，負糧深可悲。（近世且用折色，欲禁其搶掠得乎？）哀哉都督郵，無辜遭屠縻。嘵咋計不出，還出招安辭。（原是要這等支吾耳。）半降半來拒，蠻意猶狐疑。厚以繒錦贈，狙心詐爲卑。戎帳草草起，賊戈躡背揮。（不知當時將帥仍報凱旋乎？秖此了事，看此光景，無怪不旋踵而猖獗也，誰之罪與？《郁離子》曰：「百萬之師，統於一將則勝。」若千萬人千萬其心，其以卒於敵必矣。近世遣將徵兵多不相謀，遇對壘前後矛盾，何以制勝？）我聆老叟言，不覺顰雙眉。吮毫兼疊簡，占作南獠詩。願值采詩官，一敷於彤墀。（誰采？）』愚按此歐公詩，慨盗賊之釁端起於養癰，憤將帥之縱寇不啻放虎，始終以招安爲名，以軍事爲戲耳，近時事不敢盡談，願以此告之當事，附弭盗愚議於後。」

送京西提點刑獄張駕部

太華之松千歲青，嘗聞其下多茯苓。地靈山秀草木異，往往變化爲人形〔一〕。神仙不欲世人採，覆以雲氣常冥冥。臺郎何年得真訣，服餌既久毛骨清〔二〕。汝陽昔見今十載，丹顔益少方瞳明〔三〕。郡齋政成罇俎樂，高談日接無俗情〔四〕。詔書忽下褒美績，使車朝出行屬城。職清事簡稱雅意，蠹書古篋晨裝輕〔五〕。洛陽花色笑春日，錦衣晝歸閭里驚。自云就欲謝官去，烏紗白髮西臺卿〔六〕。他年我亦老嵩少，願乞仙粒分餘馨〔七〕。

【題　解】

原輯《居士集》卷一，繫寶元元年。時任乾德縣令。京西提點刑獄，即京西路提點刑獄公事。簡稱提刑官，宋代特有的一種官職名稱。據《宋史·職官志》，提刑官除監察地方官吏外，主要是督察、審核所轄州縣官府審理、上報的案件，並負責審問州縣官府的囚犯，對於地方官判案拖延時日、不能如期捕獲盜犯的瀆職行爲進行彈劾。張駕部，似指張師錫。清厲鶚《宋詩紀事》卷十七：「師錫，開封襄邑人。工部侍郎去華子，仁宗朝仕至殿中丞。」歐慶曆三年《論盜賊事宜劄子》議及「京西提點刑獄張師錫」，並云「臣舊識師錫，其人恬靜長者，遲緩優柔，不肯生事」。宋庠《元憲集》卷二四有制文，尚書虞部員外郎知同州張師錫，轉官尚書比部員外郎。《宋史·張去華傳》稱其晚年「以疾求分司西京，在洛葺園廬作中隱亭以見志」，有子師錫，殿中丞，與本詩「洛陽」、「錦衣」句意相合。據「汝陽」句意，十年前，歐天聖七年就讀國子監時，就與張師錫相識。嘉祐六年歐又有《寄題洛陽致政張少卿靜居堂》，此致政張少卿亦爲張師錫，可相參看。詩歌讚美張駕部善於養生、精於爲政。字裏行間，洋溢詩人與張氏的深情厚誼。情感跌宕，意趣新奇，詩脈流貫自如。

【注釋】

〔一〕「太華」四句：華山地鍾靈秀，多産異草奇藥。　太華：山名。即西嶽華山，在陝西華陰南，因其西有少華山，故稱太華。　茯苓：寄生在松樹根上的菌類植物，形狀像甘薯，外皮黑褐色，裏面白色或粉紅色，中醫用以入藥。《淮南子·説山訓》：「千年之松，下有茯苓。」仇兆鰲《杜詩詳注》卷六引《唐書》：「華州，上輔，土貢茯苓。」　變化爲人形：《博物志》：「名山生神芝，不死之草。上芝爲車馬形，中芝爲人形，下芝爲六畜形。」

〔二〕「神仙」四句：靈丹妙藥難尋覓，你如何長年服食而得此仙風道骨？　冥冥：昏暗貌。《詩·小雅·無將大車》：「無將大車，維塵冥冥。」　臺郎：尚書郎。張氏任職駕部，相當於前代尚書郎。　服餌：服食丹藥，道家養生延年術。宋徐鉉《稽神録·周延翰》：「周延翰性好道，頗修服餌之事。」

〔三〕「汝陽」二句：汝陽相識今已十年，越發顯得年輕康健。　十載：從寶元元年（一〇三八）末逆數十年，爲天聖七年（一〇二七），時歐在汴京國子監就讀，途經或出游蔡州結識張師錫。汝陽，爲蔡州治所，即今河南汝南。　方瞳：方形的瞳孔。古人以爲長壽之相。王嘉《拾遺記·周靈王》：「老聃在周之末，居反景日室之山，與世隔絶，有黄髪老叟五人……瞳子皆方，面色玉潔，手握青筇之杖，與聃共談天地之數。」

〔四〕「郡齋」二句：政事之餘的詩酒清談，高雅而脱俗。　樽俎：指飲酒。

〔五〕「詔書」四句：張氏政績受朝廷褒獎，輕車簡從出巡屬縣，隨身唯攜帶古舊書籍。使車：使者所乘之車。《漢書·蕭育傳》：「拜育爲南郡太守。上以育耆舊名臣，乃以三公使車，載育入殿中受策。」顔師古注引孟康曰：「使車，三公奉使之車，若安車也。」蠹書古篋：被蛀壞的古書。句下原校：「一作『靈丸滿笥』。」晨裝：清晨整治行裝。白居易《江南喜逢蕭九徹因話長安舊游戲贈五十韻》：「離筵開夕宴，別騎促晨裝。」

〔六〕「洛陽」四句：自稱即將辭去現職，明春回洛陽就任西京留守司御史臺閒職，鄰舍鄉親一定感到驚異。錦衣晝歸：榮歸故里。《史記·項羽本紀》：「項王見秦宮室皆以燒殘破，又心懷思欲東歸，曰：『富貴不歸故鄉，如衣繡夜行，誰知之者！』」張氏家居洛陽，故云。西臺：官署名。西京御史臺。陸游《老學庵筆記》卷六：「唐人本謂御史在長安者爲西臺，言其雄劇，以別分司東都，事見《劇談録》。本朝都汴，謂洛陽爲西京，亦置御史臺，至爲散地。以其在西京，亦號『西臺』，名同而實異也。」

〔七〕「他年」二句：希望自己有朝一日也能辭官歸隱，像張氏一樣服食養生，安享天年。嵩少：嵩山與少室山之合稱。清田雯《古歡堂集》卷三七《嵩嶽考》：「嵩高山，在今河南登封縣北五里，五嶽之中嶽也……戴延之《西征記》曰：『東爲太室，西爲少室，嵩其總名也。』魏酈道元《水經注》曰：『合之爲嵩高，分之爲二室也。』」仙粒分餘馨：分享你的仙丹妙藥。

送致政朱郎中

平生不省問田園，白首忘懷道更尊〔一〕。已上印書辭北闕，稍留冠蓋餞東門〔二〕。馮唐老有爲郎戀，疏廣終無任子恩〔三〕。今日榮歸人所羨，兩兒腰綬擁高軒〔四〕。

【題　解】　原輯《居士外集》卷六，無繫年，列景祐三年與寶元二年詩間。作於寶元元年，時任乾德縣令。胡《譜》：寶元元年「三月，赴乾德。」致政，猶致仕，即退休，指官吏將執政的權柄歸還君主。《禮記·王制》：「五十而爵，六十不親學，七十致政。」鄭玄注：「還君事。」《國語·晉語五》：「范武子退自朝，曰：『……余將致政焉。』」韋昭注：「致，歸也。」朱郎中，不詳。洪本健《歐陽修詩文集校箋》以爲峽州知州、虞部郎中朱正基。峽州朱公尚有朱慶基、朱叔庠等多説，參見本書《千葉紅梨花》題解。元富大用《古今事文類聚新集》卷一〇、明曹學佺《石倉歷代詩選》卷一〇四均誤將本詩列爲王安石作，題曰《送致政朱郎中東歸》。本詩讚揚朱郎中淡泊名利，爲官不營生計，致仕不蔭子孫的高風亮節。詩語平易，詩思清新，折射詩人以順處逆的平和心態。

【注　釋】

〔一〕「平生」二句：朱郎中爲官一生，從不過問田園家產，晚年尤受世人尊敬。　忘懷：不介意，不放在心上。陶潛《五柳先生傳》：「忘懷得失，以此自終。」

〔二〕印書：官印和辭職文書。　餞東門：東門外餞别。《漢書·疏廣傳》：「公卿大夫故人邑子設祖道供帳東都門外。」顔師古注：「長安東郭門外。」

〔三〕馮唐：《史記·張釋之馮唐列傳》：「唐以孝著，爲中郎署長，事文帝。文帝輦過，問唐曰：『父老何自爲郎？家安在？』」司馬貞索隱引小顔云：「年老矣，何乃自爲郎，怪之也。」　疏廣：《漢書·疏廣傳》：「廣謂受曰：『吾聞知足不辱，知止不殆，功遂身退，天之道也。今仕官至二千石，宦成名立，如此不去，懼有後悔，豈如父子相隨出關，歸老故鄉，以壽命終，不亦善乎？』受叩頭曰：『從大人議。』即日父子俱移病。滿三月，賜告，廣遂稱篤，上疏乞骸骨，上以其年篤老，皆許之，加賜黄金二十斤，皇太子贈以五十斤，公卿大夫故人邑子設祖道供帳東都門外，送者車數百兩。」《文獻通考》卷三四：「元始二年，龔勝、邴漢乞骸骨。策曰：『其上子若孫若同産子一人，所上子男皆除爲郎。』」亦見於《漢書》卷七二紀事，相比之下，《漢書·疏廣傳》不見恩蔭子孫之記載。

〔四〕「今日」二句：如今朱郎中退休，兩個兒子都已身居高位，此次榮歸故里，可謂功德圓滿，令人羡慕。　腰綬：腰間披掛的官印和綬帶。　高軒：貴顯者所乘的高車。

【附　録】

此詩輯入明曹學佺《石倉歷代詩選》卷一四〇，又輯入清管庭芬、蔣光煦《宋詩鈔補·歐陽文忠詩補鈔》。

題光化張氏園亭

君家花幾種，來自洛之濱[一]。惟我曾游洛，看花若故人[二]。芳菲不改色，開落幾經春。陶令來常醉，山公到最頻[三]。曲池涵草樹，啼鳥悦松筠[四]。相德今方賴，思歸未有因[五]。

【題　解】

原輯《居士外集》卷六，無繫年，列景祐三年至寶元二年詩之間，去春詩人尚在夷陵，抵光化已是三月末。此詩詠牡丹，當作於寶元二年（一〇三九）三月，詩人時年三十三歲，任光化乾德縣令。光化，北宋軍名，屬京西南路，治所在今湖北老河口。張氏園亭即張士遜家園。歐《永春縣令歐君墓表》有云：「修嘗爲其（乾德）縣令，問其故老鄉閭之賢者，皆曰有三人焉。其一人曰太傅、贈太師、中書令鄧文懿公，其一人曰尚書屯田郎中戴國忠，其一人曰歐君也。」乾德三鄉賢之一鄧文懿公，即張士遜，字順之。淳化進士，天聖六年、十年、寶元元年三度拜相，封鄧國公，卒謚文懿。詩歌描寫張士遜園亭花草樹木之勝，欣慕其三度入相，讚頌其爲相之德。以賦爲主，詠物而含興寄，詩語暢達，意蘊深沉。

【注　釋】

〔一〕洛之濱：洛水之濱，指洛陽。

〔二〕「惟我」二句：自己曾在洛陽呆過，所以一看到洛陽牡丹花，就像見上老朋友一樣親切。

〔三〕「陶令」二句：詩人以陶潛、山簡自喻，常來張氏亭園游玩飲酒。陶令：陶淵明。其《五柳先生傳》自云：「性嗜酒，家貧不能常得。親舊知其如此，或置酒而招之。造飲輒盡，期在必醉。」山公：山簡，時人稱山公。簡，字季倫，山濤幼子，性嗜酒，鎮守襄陽，常游高陽池，飲輒大醉。《世説新語·任誕》：「山季倫爲荆州，時出酣暢。人爲之歌曰：『山公時一醉，徑造高陽池，日莫倒載歸，酩酊無所知。復能乘駿馬，倒著白接籬，舉手問葛强，何如并州兒？』」

〔四〕松筠：松樹和竹子。《禮記·禮器》：「其在人也，如竹箭之有筠也，如松柏之有心也。二者居天下之大端矣，故貫四時而不改柯易葉。」後因以「松筠」喻節操堅貞。

〔五〕「相德」二句：據《宋史·宰輔表一》，張士遜天聖六年三月拜相，次年十月罷；明道元年二月再入相，次年十月罷；寶元元年三月復入相，康定元年五月罷相。時張氏正居相位，故云。

答梅聖俞寺丞見寄

憶昔識君初，我少君方壯。風期一相許，意氣曾誰讓〔一〕。交游盛京洛，罇俎陪丞相。騄驥日相追，鸞凰志高颺〔二〕。詞章盡崔蔡，論議皆歆向。文會忝予盟，詩壇推子將〔三〕。談精鋒愈出，飲劇歡無量。賈勇爲無前，餘光誰敢望〔四〕！兹年五六歲，人事堪悽愴。南北頓睽乖，相離獨飄蕩〔五〕。失杯由畫足，傷手因代匠。移書雖激切，拙語非欺誑。安知乃心愚，而使所言妄。權豪不自避，斧質誠爲當〔六〕。倉皇得一邑，奔走踰千嶂。楚峽聽猿鳴，荆江畏蛟浪。蠻方異時俗，景物殊氣象。緑髮變風霜，丹顔侵疾痒。常憂鵩鳥窺，倖免江魚葬〔七〕。今兹荷寬宥，遷徙來漢上。憔悴戴囚冠，驅馳嗟俗狀。王事多倥傯，學業差遺忘。未能解綬去，所戀寸禄養。舉足畏逢仇，低頭惟避謗〔八〕。忻聞故人近，豈憚驅車訪？一别各衰翁，相見問無恙。交情宛如舊，歡意獨能彊。幸陪主人賢，更值芳洲漲。菱荷亂浮泛，水竹涵虚曠。清風滿談席，明月臨歌舫。已見洛陽人，重聞畫樓唱。怡然壹鬱寫，蹔爾累囚放〔九〕。自從還邑來，會此驕陽亢。神靈多請禱，租訟煩笞搒。猶須新秋凉，漢水臨清漾。野稼蕩浮雲，晴山開疊障。聊以助吟詠，亦可資酣暢。北轅如未駕，幸子能來晲[一〇]。

【題解】

原輯《居士外集》卷三，繫寶元二年。作於五月謝絳、梅堯臣與作者鄧州清風鎮聚會之後。胡《譜》：寶元二年「二月，知制誥謝希深絳出守鄧州，梅聖俞將宰襄城，與希深偕行。五月，公謁告往會，留旬日而還。」梅堯臣《宛陵先生集》卷六有《代書寄歐陽永叔四十韻》，歐賦此詩酬答之。詩歌首十六句回憶與梅堯臣的洛陽相識，以及洛邑文人集團詩文酬唱，勇於創新的往事；次二十二句自叙暌别五六年來，歷經景祐風波、貶官夷陵的坎坷歲月；次二十六句叙述移知乾德的景況，以及近日驅車會友，清風鎮歡聚的情景；末十二句表達再次重逢的願望，誠邀梅氏秋凉來訪乾德。此約後因詩人未及秋凉而離任，邀訪未果。全詩一氣迴旋，以詩代書，委曲詳盡。詩語古拗，氣格遒勁，頗有奇險詩風痕跡，是詩人開拓宋詩新調的大膽探索。

【注釋】

〔一〕「憶昔」四句：天聖九年（一〇三一），歐、梅同事西京留守幕府，時歐年二十五，梅堯臣三十歲。兩人品格相許，意氣相投。風期：風度品格。《晉書·習鑿齒傳》：「其風期俊邁如此。」《世説新語·言語》「貧道重其神駿」劉孝標注引《高逸沙門傳》：「（支道林）少而任心獨往，風期高亮。」意氣：志向與氣概。南朝宋袁淑《效曹子建〈白馬篇〉》：「意氣深自負，肯事郡邑權？」

〔二〕「交游」四句：當年洛陽錢府文友詩酒相歡，馳騁文壇，意氣風發。鐏俎：古代祭祀及宴會時用以盛酒肉的兩種器具。此指宴會。丞相：指錢惟演，時爲西京留守兼判河南府，實爲「使相」。參見本書《留守相公禱雨九龍祠，應時獲澍，呈府中同僚》題解。騄驥：駿馬名。鸞皇：鸞與凰，謂鳳凰之類的神鳥，比喻美善賢俊之士。皇，通「凰」。

〔三〕「詞章」四句：讚美洛社成員文材高超，自己忝爲文壇主帥，梅堯臣足稱詩壇主將。崔蔡：東漢文學家崔駰、蔡邕，二人皆博學多才，以文章著名。歆向：西漢學者劉向、劉歆。向撰有《洪範五行傳》、《新序》、《説苑》等。歆爲向之少子，有《七略》、《三統曆譜》等著述。文會：與「詩壇」相對，指「文壇」。歐自認爲文勝於梅，詩則遜之。宋黄震《黄氏日抄》卷六一：「嘗答聖俞詩云：『文會忝予盟，詩壇推子將。』公以文自任，謂詩不及聖俞也。」

〔四〕賈勇：鼓足勇氣。《左傳·成公二年》：「齊高固入晉師，桀石以投人，禽之，而乘其車，繫桑本焉。以徇齊壘，曰：『欲勇者，賈余餘勇。』」杜預注：「賈，賣也。言己勇有餘，欲賣之。」餘光：喻指美德、威勢所顯現或留下的影響。歐《相州晝錦堂記》：「自公少時，已擢高科，登顯仕，海内之士，聞下風而望餘光者，蓋亦有年矣。」

〔五〕「茲年」四句：明道二年（一〇三三）冬，歐、梅於洛陽分手，梅氏科舉失敗後出知建德縣；歐入館閣後以景祐三年貶知夷陵縣，雙方一南一北，闊别五六年。直至寶元二年（一〇三九），歐氏知乾德，梅氏知襄城，纔在鄧州與乾德之間的清風鎮會面。　睽乖：隔離。

〔六〕「失杯」八句：自己遭遇坎坷並受到傷害，就因撰寫《與高司諫書》而獲重罪。　畫足：畫蛇添足。《戰國策・齊策》：「楚有祠者，賜其舍人卮酒。舍人相謂曰：『數人飲之不足，一人飲之有餘，請畫地爲蛇，先成者飲酒。』一人蛇先成，引酒且飲之，乃左手持卮，右手畫蛇曰：『吾能爲之足。』未成，一人之蛇成，奪其卮曰：『蛇固無足，子安能爲之足？』遂飲其酒。爲蛇足者，終亡其酒。」　傷手因代匠：《老子》七十四章：「夫代大匠斲者，稀有不傷其手矣。」　移書：致書，指《與高司諫書》。　斧質：古代刑具斧子與鐵鍖，喻極嚴厲的懲罰。《漢書・項籍傳》：「孰與身伏斧質，妻子爲戮乎？」顔師古注：「質謂鑕也。古者斬人，加於鍖上而斲之也。」

〔七〕「倉皇」十句：貶官夷陵的苦楚與艱險。　得一邑：貶官峽州夷陵（今湖北宜昌）。　異時俗：南方與中原的民俗風情大有區别。　緑髮：猶言緑鬢，烏亮的鬢髮。李白《古風》其五：「中有緑髮翁，披雲卧松雪。」　鵩鳥：鳥名，似鴞（俗稱貓頭鷹），古人以爲見之不祥。　參見本書《弔黄學士三首》注〔七〕。

〔八〕「今兹」十句：移知乾德後憂讒畏譏，謹小慎微的景況。　漢上：漢水畔，指光化軍乾德縣，地當漢水邊，故云。　囚冠：猶言「南冠」。《左傳・成公九年》：「晉侯觀於軍府，見鍾儀，問之曰：『南冠而縶者誰也？』有司對曰：『鄭人所獻楚囚也。』」　解綬：解下印綬。謂辭免官職。

亦省作「解綬」、「解印」。漢蔡邕《文範先生陳仲弓銘》：「郡政有錯，爭之不從，即解綬去。」綬，承受印環的絲帶。

〔九〕「忻聞」十六句：叙述五月與謝、梅在清風鎮相晤歡聚的情景。胡《譜》寶元二年：「二月，知制誥謝希深絳出守鄧州，梅聖俞將宰襄城，與希深偕行。五月，公謁告往會，留旬日而還。」歐書簡《與謝舍人》其二（寶元二年）：「暑夕屢煩長者。其如乘餘閒，奉樽俎，泛覽水竹，登臨高明，歡然之適無異京洛之舊。其小别者，聖俞差老而修爲窮人，主人腰雖金魚而鬢亦白矣。其清興，則皆未減也。臨别之際，感戀何勝，西禪竹林，又辱餞送。」主人：指謝絳，爲天聖、明道間洛陽文人集團的實際盟主。芳洲：長滿緑草的沙洲。梅堯臣《代書寄歐陽永叔四十韻》：「翠堞時登眺，芳洲屢泝沿。」壹鬱：猶言抑鬱，心情抑塞，不能訴説而煩悶。累囚放：喻受壓抑的心情象囚犯被釋放一樣的痛快宣洩。累，通「縲」，繩索，引申爲捆綁。

〔一〇〕「自從」十二句：返乾德後忙于縣政庶務，待秋凉後纔有好景致，誠邀梅氏屆時來訪。多請禱：忙於祈雨。答搒：答打掷擊，指催租逼税。須：等待。酣暢：暢飲。《世説新語·任誕》：「阮宣子常步行，以百錢掛杖頭，至酒店，便獨酣暢。」來貺：如果你還没駕車北去襄城的話，希望能賞臉來此一趟。貺，賜與。《國語·魯語下》：「君之所以貺使臣，臣敢不拜貺。」韋昭注：「貺，賜也。」

【附録】

此詩輯入清吴之振《宋詩鈔》卷一二。

王直方《王直方詩話》：「劉壯輿云，歐陽公自謂吾畏慕不可及者聖俞、子美。及贈詩云：『文會忝予盟，詩壇推子將。』又曰：『維詩於文章，泰山一浮塵。』既曰『郊死不爲島，聖俞發其藏』，又曰『堪笑區區郊與島，螢飛露濕凝秋草』。是其自謂不如者，乃所以過之也。」

黄震《黄氏日鈔》卷六一：「詩多與尹師魯、梅聖俞作。……嘗答聖俞詩云：『文會忝余盟，詩壇推子將。』公以文自任，謂詩不及聖俞也。」

留題安州朱氏草堂

俯檻臨流蕙徑深，平泉花木繞陰森〔一〕。蛙鳴鼓吹春喧耳，草暖池塘夢費吟〔二〕。賭墅乞甥賓對弈，驚鴻送目手揮琴〔三〕。嗟予遠捧從軍檄，不得披裘五月尋〔四〕。

【題解】

原輯《居士外集》卷六，無繫年，列景祐三年與寶元二年詩間。據尾聯「遠捧從軍檄」，詩作於寶元二年六月，時乾德縣令任滿，授武成軍節度判官廳公事，尚未赴任。胡《譜》：寶元二年「六月甲申，復舊官，權武成軍節度判官廳公事。」留題，即題詩留念。宋范成大《吴郡志》卷四八：「崑山古上方有孟郊、張祜留題詩。」安州，宋代州名，屬荆湖西路，治所在今湖北安陸。詩歌描繪朱氏草堂春夏間的園林景觀，對因公務未能盡情流連而深表遺憾。畫面鮮明，意境深遠，得自然之趣，盡真情之妙。

【注釋】

〔一〕蕙徑：長滿惠蘭的小路。平泉：平泉莊。白居易《醉游平泉》詩：「洛客最閑唯有我，一年四度到平泉。」此處借指朱氏草堂。

〔二〕「蛙鳴」二句：蛙聲和蟲鳴聲，在夏日的池塘邊，合奏一曲熱鬧樂章。蛙鳴鼓吹：見前《送趙山人歸舊山》注〔三〕。夢費吟：各種聲響猶如在夢中費心吟唱、呢喃。

〔三〕「賭墅」二句：棋館對弈、觀舞賞歌等娱樂場景，表現朱氏意趣瀟灑的田園生活。賭墅：帶有博弈性質的棋館。賭墅乞甥：參見本書《西征道中送陳舅秀才北歸》注〔一〕「棋墅風流」。驚鴻送目手揮琴：化用嵇康《贈秀才入軍》詩：「目送歸鴻，手揮五絃。」

〔四〕「嗟予」三句：慨歎自己軍務在身，不能與高士同過隱逸清靜生活。從軍檄：軍旅文書。歐將赴武成軍節度判官廳公事任，故稱。披裘五月：亦作披裘負薪，指高士孤高清廉，隱逸貧居。王充《論衡·書虚》：「傳言延陵季子出游，見路有遺金。當夏五月，有披裘而薪者。季子呼薪者曰：『取彼地金來！』薪者投鐮於地，瞋目拂手而言曰：『何子居之高，視之下，儀貌之壯,語言之野也?吾當夏五月,披裘而薪,豈取金者哉!』」後遂以「披裘負薪」稱高人雅士,亦省作「披裘」。庾信《小園賦》:「三春負鋤相識,五月披裘見尋。」

和聖俞百花洲二首

其一

野岸溪幾曲,松蹊穿翠陰〔一〕。不知芳渚遠〔二〕,但愛緑荷深。

其二

荷深水風闊,雨過清香發〔三〕。暮角起城頭,歸橈帶明月〔四〕。

【題解】原輯《居士外集》卷六,繫寶元二年。作於是年夏秋間,時寓居南陽,待時赴任。胡《譜》:「寶元二年「六月甲申(二十五日),復舊官,權武成軍節度判官廳公事。公自乾德奉母夫人,待次於南陽。」

《大清一統志》卷一六六《南陽府》：「百花洲在鄧州城東南，宋時州守范仲淹營爲游詠之所，又菊臺在洲南，仲淹嘗植菊於此。」歐書簡《與梅聖俞》其十有云：「百花洲唱和必多，欲一讀以祛俗累之心，何可得也？」梅堯臣《宛陵先生集》卷六《泛舟城隅呈永叔》即「百花洲二首」，此二詩爲歐氏和詩。

詩歌描寫百花洲的夏景，清幽可愛，美麗如畫。「其一」著筆於白日溪岸，「其二」著墨於傍晚水面。有動有靜，有聲有色，詩語清秀，意味幽長，顯現作者五絶的婉麗詩風。

【注釋】

〔一〕松蹊：松林間的小路。

〔二〕芳渚：長滿芳草的水間緑洲。

〔三〕「荷深」二句：荷花深處水闊風急，夏雨過後清香四溢。梅堯臣《泛舟城隅呈永叔》其二：「孤舟穿緑荷，獵獵雨新過。」

〔四〕歸橈：歸舟。橈，划船的槳，代舟。

【附録】

二詩全輯入清康熙《御選宋金元明四朝詩·御選宋詩》卷六一，又輯入高步瀛《唐宋詩舉要》卷八，「其一」又輯入清張景星、姚培謙、王永祺《宋詩別裁集》卷八。

魚

秋水澄清見髮毛，錦鱗行處水紋摇〔一〕。岸邊人影驚還去，時向緑荷深處跳〔二〕。

【題解】

原輯《居士外集》卷六，無繫年，列寶元二年詩後。作於是年秋天，時寓居南陽，當爲游百花洲之作。詩歌借魚寫人，表現作者悠閒之趣與愉悦之情。觀物細緻，描摹生動，詩境幽美而具韻致。

【注釋】

〔一〕見髮毛：可以看清楚毛髮細物，喻水清見底。錦鱗：魚的美稱。

〔二〕「岸邊」二句：魚兒發現岸邊的人影，嚇得轉身逝去；在荷花深處，卻不時地躍出水面。

【附録】

此詩輯入宋祝穆《古今事文類聚》後集卷三四。

月

天高月影浸長江〔一〕，江闊風微水面涼。天水相連爲一色，更無纖靄隔清光〔二〕。

【題解】

原輯《居士外集》卷六，無繫年，列寶元二年詩後。作於是年秋，時寓居南陽，當爲游百花洲之作。此詩借水寫月，月光如水，水天一色，詩境清幽而壯闊，表現詩人的寬廣襟懷與恬淡志趣。風格清麗，不寫人物，而人物自見。

【注釋】

〔一〕長江：泛指長的江流。曾鞏《道山亭記》：「福州治侯官……其地於閩爲最平以廣，四出之山皆遠，而長江在其南，大海在其東。」

〔二〕纖靄：纖細輕薄的雲氣、煙霧。清光：指月色。

棖子

嘉樹團團俯可攀，壓枝秋實漸斕斑〔一〕。朱欄碧瓦清霜曉，粲粲繁星緑葉間〔二〕。

【題解】

原輯《居士外集》卷六，無繫年，列寶元二年詩後。作於是年秋，時寓居南陽。棖子，即橙子。唐馮贄《雲仙雜記·梅聘海棠、棖子臣櫻桃》引《金城記》：「黎舉常云：欲令梅聘海棠、棖子臣櫻桃，及以芥嫁筍，但恨時不同耳。」宋韓彦直《橘録·橙子》：「橙子，木有刺，似朱欒而小……經霜早黄，膚澤可愛，狀微有似真柑。」此詩描寫棖子壓枝，碩果纍纍，洋溢豐收的喜悦。意像生動，色彩斑斕，詩風明快清新，情致蘊於景物之中。

【注釋】

〔一〕「嘉樹」二句：棖子樹枝俯可攀，秋季果實壓枝，五色斑斕。嘉樹：佳樹，美樹。《楚辭·九章·橘頌》：「后皇嘉樹，橘徠服兮。」

〔二〕粲粲：鮮明貌。《詩·小雅·大東》：「西人之子，粲粲衣服。」《朱熹集傳》：「粲粲，鮮盛貌。」

繁星：喻棖子果多而耀眼。

【附録】

此詩輯入宋祝穆《古今事文類聚》後集卷二七、潘自牧《記纂淵海》卷九二、陳景沂《全芳備祖集》後集卷四，又輯入明曹學佺《石倉歷代詩選》卷一四〇，又輯入清康熙《御定佩文齋廣群芳譜》卷六五、《御定佩文齋詠物詩選》卷三〇六、吴寶芝《花木鳥獸集類》卷上、管庭芬、蔣光煦《宋詩鈔補·歐陽文忠詩補鈔》。

初冬歸襄城敝居

日落原野晦，天寒閭市閒〔一〕。牛羊遠陂去，鳥雀空簷間。憑高植藜杖，曠目瞻前山。壠麥風際緑，霜鵶村外還〔二〕。禾黍日已熟，盃酒聊開顔。酣歌歲云暮，寂寞向柴關〔三〕。

【題解】

原輯《居士外集》卷六，無繫年。作於寶元二年十月初冬，時暫歸襄城。胡《譜》：寶元二年「公自乾德奉母夫人待次於南陽。冬，暫如襄城。」卷末題下校記：「古詩，誤入律詩中。」據張《曆日天象》，本年十月十二日庚午「立冬」。襄城，縣名，屬京西路汝州，治所在今河南襄城。歐陽修已故妹夫張龜正家居襄城，好友梅堯臣時任襄城縣令，歐氏似於此亦有居室，景祐元年有詩《罷官後，初還襄城敝居，述懷十韻，回寄洛中舊僚》。詩歌描寫襄城舊居周圍的山水田園風光，蕭瑟冬景之中，透見詩人的孤寂心情。詩語平淡，情感淳樸而真率，有似陶淵明詩風。

【注釋】

〔一〕闤市閒：街巷集市，人少物稀。

〔二〕「牛羊」六句：拄杖登高，放目遠眺，遠方的牛羊、壟麥，近處的鳥雀、歸鴉，歷歷在目。藜杖：用藜的老莖製成的手杖，質輕而堅實。《晉書·山濤傳》：「魏帝嘗賜景帝春服，帝以賜濤，又以母老，並賜藜杖一枚。」

〔三〕寂寞向柴關：杜甫《過宋員外之問舊莊》：「淹留問耆老，寂寞向山河。」柴關，柴門，也指寒舍。唐李涉《山居送僧》詩：「失意因休便買山，白雲深處寄柴關。」

送琴僧知白

吾聞夷中琴已久，常恐老死無其傳。夷中未識不得見，豈謂今逢知白彈〔一〕。遺音彷佛尚可愛，何況之子傳其全。孤禽曉警秋野露，空澗夜落春嵓泉〔二〕。二年遷謫寓三峽，江流無底山侵天。登臨探賞久不厭，每欲圖畫存於前〔三〕。豈知山高水深意，久以寫此朱絲絃。酒酣耳熱神氣王，聽之爲子心肅然〔四〕。嵩陽山高雪三尺，有客擁鼻吟苦寒。負琴北走乞其贈，持我此句爲之先〔五〕。

【題　解】

原輯《居士外集》卷三，繫寶元二年。作於是年冬，時暫歸襄城。琴僧知白師承慧日大師，慧日大師爲琴家朱文濟得意門生，史稱朱文濟「鼓琴爲天下第一」，知白是朱文濟再傳弟子。宋陳耆卿《嘉定赤城志》卷三五：「知白，居永慶院。郎侍郎簡記行業云：『天台僧獨知白可紀。白嘗謂釋書不少，觀者若臨海求濟，茫乎不知其涯。必有維楫之助，然後旁行不難。』」又梅堯臣《宛陵先生集》卷六《贈琴僧知白》：「上人南方來，手抱伏羲器。」知其來自南方。詩歌讚頌知白高山流水般的美妙琴聲，並熱情推介給襄城縣令梅堯臣，表現詩人的惜才愛賢之心，以及對知白禪師高深琴藝的敬佩之情。詩筆揮灑，結構跳蕩，情感跌宕有致。

【注　釋】

〔一〕「吾聞」四句：久聞琴師夷中大名，可惜無緣見面，誰知今日有幸聆聽其嫡傳弟子知白演奏琴曲。夷中：即著名琴僧慧日大師，傳承宋琴學大師朱文濟技藝。宋沈括《補筆談》：「興國中，琴待詔朱文濟鼓琴爲天下第一。京師僧慧日大師夷中盡得其法。」《宋詩紀事》卷九一用文《上慧日大師》詩有云：「京寺居來久，終年獨掩扉……朝賢盡知己，休夢錦城歸。」

〔二〕「遺音」四句：夷中留下的可愛琴曲，知白可謂得其真傳。秋晨的禽鳥啼唱，春夜的澗泉鳴響，就是琴僧知白彈奏夷中遺曲的主要内容。

〔三〕「二年」四句：夷陵任上百賞不厭的高山深水，常想繪成畫卷展於眼前。山侵天：山勢高聳，直入雲天。

〔四〕「豈知」四句：誰知夷中早已把這山水之美寫入琴曲，聽後令我神采飛揚、肅然起敬。朱絲絃：琴瑟用以發音的絲綫，代指樂曲。神氣王：精神焕發，有生氣。王，通「旺」。旺盛，興旺。《莊子·養生主》：「神雖王，不善也。」《世説新語·雅量》：「太傅神情方王。」肅然：恭敬貌。《大戴禮記·主言》：「曾子懼，肅然摳衣下席，曰：『弟子知其不孫也。』」

〔五〕「嵩陽」四句：梅堯臣正在襄城雪中苦吟，琴僧知白將攜琴北上向梅氏乞詩，就把我的贈詩作爲通報的名片吧。嵩陽：嵩山之南。此指襄城，時梅堯臣知襄城。擁鼻：擁鼻吟詩，指用雅音曼聲吟詠。參見本書《七交七首》注〔一一〕。

【附録】

此詩輯入清吴之振《宋詩鈔》卷一二、陳訏《宋十五家詩選·廬陵詩選》。

胡仔《苕溪漁隱叢話》前集卷一六：「古今聽琴、阮、琵琶、箏、瑟諸詩，皆欲寫其音聲節奏，類以景物故實狀之，大率一律，初無中的句，互可移用，是豈真知音者。但其造語藻麗，爲可喜耳……『孤禽曉警秋野露，空澗夜落春巖泉』……此永叔聽琴詩也。」

方東樹《昭昧詹言》卷一二評曰：「此從杜《公孫大娘》來，亦是逆捲法門，俗士不知。『豈謂』句逆捲山人，『久以』句逆捲琴。」

聽平戎操

西戎負固稽天誅，勇夫戰死智士謨。上人知白何爲者，年少力壯逃浮屠〔一〕。自言平戎有古操，抱琴欲進爲我娱〔二〕。我材不足置廊廟，力弱又不堪戈殳。遭時有事獨無用，偷安飽食與汝俱〔三〕。爾知平戎競何事，自古無不由吾儒。周宣六月伐獫狁，漢武五道征匈奴。方叔召虎乃真將，衛青去病誠區區。建功立業當盛日，後世稱詠於詩書〔四〕。平生又欲慕賈誼，長纓直請繫單于。當衢理檢四面啓，有策不獻空踟躕〔五〕。慚君爲我奏此曲，聽之空使壯士吁。推琴置酒恍若失，誰謂子琴能起予〔六〕！

【題解】

原輯《居士外集》卷三，無繫年，列寶元二年詩後。作於是年冬，時暫歸襄城。詩人聽琴僧知白演奏古琴曲，而賦此作。平戎操，古琴曲名。平戎，原指與戎人媾和，後指對外採取和解政策或平定外族。元陶宗儀《説郛》卷一〇〇《琴曲譜録》「下古琴弄名」有「《平戎操》」，附注：「並黄鐘調。」詩歌借詠琴曲《平戎操》，感慨國家多難，自歎壯志難酬，抒寫報國志向，亦借古諷今，反對養癰遺患，否定和親外交。敘事寫懷，瀟灑儁爽，情感激蕩，有似李白詩風。

【注釋】

〔一〕「西戎」四句：西夏叛宋，國難當頭，文臣武將都在爲國出力，知白年輕力壯，爲何出家做和尚？　西戎：指西夏。據《長編》卷一二二紀事，寶元元年十月十一日元昊稱帝建國，自號「大夏國皇帝」，改元「天授禮法延祚」，並遣使奉表告宋廷。同書卷一二三記載：寶元二年六月二十三日宋廷削元昊官爵，奪國姓，懸賞擒殺之，並移文告契丹。　負固：依恃險阻。　稽天誅：尚未受到朝廷懲罰。稽，延誤，遲。　上人：《釋氏要覽·稱謂》引古師云：「内有德智，外有勝行，在人之上，名上人。」自南朝宋以後，多用以尊稱和尚。　知白：即「平戎操」演奏者，參見上詩題解。

〔二〕古操：古琴曲。僧居月《琴曲譜録》「下古琴弄名」載有「平戎操」。

〔三〕「我材」四句：感歎自己材力不足，生逢多事之秋卻不能爲朝廷效力，與知白遁世並無區別。戈殳：戈和殳。泛指兵器。曹植《七啟》：「丹旗耀野，戈殳晧旰。」

〔四〕「爾知」八句：歷史上的平戎英雄故事，都是依仗儒家經典流傳後世。　周宣：周宣王，西周時的中興之主。　獫狁：我國古代北方民族，秦漢稱匈奴。《史記·匈奴列傳》：「匈奴，其先祖夏后氏之苗裔也，曰淳維。唐虞以上有山戎、獫狁、葷粥，居於北蠻，隨畜牧而轉移。」　漢武：漢武帝。武帝曾多次派兵出擊匈奴。元光二年六月，曾命護軍將軍韓安國、驍騎將軍李廣、輕車將軍公孫賀、將屯將軍王恢、材官將軍李息將兵三十萬伏擊匈奴。又《漢書·常惠傳》載宣帝伐匈奴：「大發十五萬騎，五將軍分道出。」王維《老將行》：「節使三河募年少，詔書五道出將軍。」　方叔、召虎：周宣王時將領。《詩·小雅·采芑》：「蠢爾蠻荊，大邦爲讎，方叔元老，克壯其猶。方叔率止，執訊獲醜。」《詩·大雅·江漢》：「江漢之滸，王命召虎。式辟四方，徹我疆土。」　衛青、去病：衛青和霍去病，漢武帝時大將，曾多次出征匈奴。

〔五〕「平生」四句：平生有志建功立業，報效國家，然壯志未遂。　賈誼：漢文帝時人，才華出衆，未獲重用。歐《賈誼不至公卿論》有云：「誼指陳當世之宜，規畫億載之策，願試屬國以繫單于之頸，請分諸子以弱侯王之勢。上徒善其言，而不克用。」　長纓直請：自請擊敵。《漢書·終軍傳》：「軍自請，願受長纓，必羈南越王而致之闕下。」　當衢：當路，指秉政者。　理檢：即理檢院，官署名，後改登聞檢院。職掌開言路，通下情。　有策不獻：歐于景祐三年作《原弊》，分析並揭示宋王朝積貧積弱的根源及改革辦法，由於當時言禁未開，一直未能奏呈朝廷。後來又將《原弊》的内容，納入慶曆三年《準詔言事上書》。

〔六〕「慚君」四句：琴僧知白演奏的《平戎操》催我奮發，令我慨歎，也使我恍若有失。起予：發明我意，啟迪我。《論語·八佾》：「子曰：『起予者，商也，始可與言《詩》已矣。』」邢昺疏：「起，發也；予，我也。」

酬聖俞朔風見寄

因君朔風句，令我苦寒吟〔一〕。離别時未幾，崢嶸歲再陰〔二〕。驚飆擊曠野〔三〕，餘響入空林。客路行役遠，馬蹄冰雪深。瞻言洛中舊，期我高陽吟〔四〕。故館哭知己，新年傷客心。相逢豈能飲，惟有涕沾襟〔五〕！

【題　解】

原輯《居士外集》卷三，無繫年，列寶元二年詩後。作於是年末，時暫居襄城。本年十一月二十二日，知鄧州謝絳卒于任所。歐《尚書兵部員外郎知制誥謝公墓誌銘》云：「公以寶元二年四月丁卯來治鄧，其年十一月己酉，以疾卒於官。」本詩酬答梅堯臣《宛陵先生集》卷六《朔風寄永叔》詩，借朔風吟詠洛吟詠文友的悲歡離合，表達對謝絳去世的沉重哀悼。語言凝重，氣韻沉雄，命意深婉，有韓詩風味。

【注釋】

〔一〕朔風句：梅堯臣《朔風寄永叔》詩，首句云「朔風嗥枯枝，遠雁不能起」。　寒吟：卷末校記：「此詩押兩『吟』字，一本第一韻作『吟寒』，乃別韻。」

〔二〕「離別」二句：清風鎮分手不久，時令又近歲暮。　未幾：不久。《詩·齊風·甫田》：「未幾見兮，突而弁兮。」朱熹集傳：「未幾，未多時也。」　崢嶸：歲暮年末。參見本書《初至虎牙灘見江山類龍門》注〔三〕。

〔三〕驚飆：突發的暴風狂風。曹植《吁嗟篇》：「卒遇回風起，吹我入雲間……驚飆接我出，故歸彼中田。」

〔四〕「瞻言」二句：非常想念在洛陽宏論國事的文友，他們大概也希望我能像山簡那樣飲酒吟詩吧。　瞻言：有遠見的言論。《詩·大雅·桑柔》：「維此聖人，瞻言百里。」鄭箋：「聖人所視而言者百里，言見事遠而王不用。」　高陽吟：西晉永嘉年間鎮南將軍山簡（山濤之子）鎮守襄陽，常常飲酒吟詩。或曰「吟」通「飲」。《晉書·山簡傳》：「永嘉三年，出爲征南將軍、都督荆、湘、交、廣四州諸軍事、假節，鎮襄陽。于時四方寇亂，天下分崩，王威不振，朝野危懼。簡優游卒歲，唯酒是耽。諸習氏，荆土豪族，有佳園池，簡每出嬉游，多之池上，置酒輒醉，名之曰高陽池。時有童兒歌曰：『山公出何許，往至高陽池。日夕倒載歸，茗艼無所知。時時能騎馬，倒著白接羅。舉鞭向葛彊，何如并州兒？』」高陽，即高陽酒徒。《史記·酈生陸賈列傳》：「初，沛公引兵過陳留，酈生踵軍門上謁……使者出謝曰：『沛公敬謝先生，方以天下爲事，未暇見儒人也。』酈生瞋目案劍叱使者曰：『走！復入言沛公，吾高陽酒徒也，非儒人也。』」後用以指嗜酒而放蕩不羈的人。李白《梁甫吟》：「君不見高陽酒徒起草中，長揖山東隆準公。」

〔五〕「故館」四句：知己謝絳近日逝世，即使新年老友相逢，哪有心情飲酒，秖會淚濕衣襟啊！歐《尚書兵部員外郎知制誥謝公墓誌銘》：「公以寶元二年四月丁卯來治鄧，其年十一月己酉，以疾卒於官。」

謝公挽詞三首

其一

始見行春旆，俄聞引葬簫。笑言猶在耳，魂魄遂難招〔一〕。天象奎星暗，辭林玉樹凋〔二〕。

朔風吹霰雪，銘旐共飄飄〔三〕。

其二

前日賓齋宴，今晨奠柩觴。死生公自達，存殁世徒傷〔四〕。舊國難歸葬，餘貲不給喪〔五〕。平生公輔志，所得在文章〔六〕。

其三

樂事與良辰，平生愛洛濱〔七〕。泉臺一閉夜，蒿里不知春〔八〕。翰墨猶新澤，圖書已素塵〔九〕。堪憐寢門哭，猶有舊時賓〔一〇〕。

【題　解】

原輯《居士集》卷一一，繫康定元年（一〇四〇）。作於是年二月，詩人時年三十四歲，在滑州判官任所。胡《譜》：康定元年「是春，赴滑州。」去年十一月二十二日謝絳卒于鄧州任所，享年四十六。康定元年八月葬於鄧州。今年春二月歐赴滑州任前夕，臨柩祭奠，有祭文，賦此挽詞，並爲撰墓誌。梅堯臣《宛陵先生集》卷六亦有《南陽謝紫微挽詞三首》。此組詩高度肯定謝絳的志節文章，推崇其爲人爲文。「其一」哀傷謝氏遽然早逝，「其二」讚揚其爲官清廉與文章傳世，「其三」抒寫生離死别的裴哀。詩語莊穆，淒咽頓挫，叙事狀物，凝重簡練，藴含深沉緬懷與沉痛哀悼。

【注　釋】

〔一〕「始見」四句：感愴斯人已去，音容猶在，而英魂難招。行春：官吏春日出巡。《後漢書·鄭弘傳》：「弘少爲鄉嗇夫，太守第五倫行春，見而深奇之，召署督郵，舉孝廉。」李賢注：「太守常以春行所主縣，勸人農桑，振救乏絶。」

〔二〕「天象」二句：謝公逝世是當今文壇鉅大損失。奎星：即奎宿星，古人多因其形亦似「文」字而認爲它主文運和文章。《初學記》卷二一引《孝經援神契》：「奎主文章。」宋均注：「奎星屈曲相鉤，似『文』字之畫。」辭林：著述之林，此指文館。玉樹凋：喻才俊之士死亡。《世説新語·傷逝》：「庾文康亡，何揚州臨葬，云：『埋玉樹箸土中，使人情何能已！』」唐竇牟《故秘監丹陽郡公延陵包公挽歌》：「天上文星落，林端玉樹凋。」

〔三〕銘旐：即銘旌。豎在靈柩前標誌死者官職和姓名的旗幡。《周禮·春官·司常》：「大喪，共銘旌。」

〔四〕自達：《莊子·達生》：「達生之情者，不務生之所無以爲；達命之情者，不務知之所無奈何。養形必先之物，物有餘而形不養者有之矣；有生必先無離形，形不離而生亡者有之矣。」

〔五〕「舊國」二句：歐《尚書兵部員外郎知制誥謝公墓誌銘》：「公以寶元二年四月丁卯來治鄧，其年十一月己酉，以疾卒於官。以遠不克歸於南，即以明年八月，得州之西南某山之陽，遂以葬……卒之日，廪無餘粟，家無餘資，入哭其堂，椸無新衣。」舊國：故鄉。《莊子·則陽》：「舊國舊都，望之暢然。」成玄英疏：「少失本邦，流離他邑，歸望桑梓，暢然喜歡。」

〔六〕公輔志：平生輔國安邦的宏圖大志。公輔，古代三公、四輔，均爲天子之佐。借指宰相一類的大臣。《漢書·孔光傳》：「光凡爲御史大夫、丞相各再，壹爲大司徒、太傅、太師，歷三世，居公輔位前後十七年。」在文章：王安石《尚書兵部員外郎知制誥謝公行狀》：「公以文章貴朝廷，藏於家凡八十卷。其制誥，世所謂常、楊、元、白不足多也。」

〔七〕樂事與良辰：泛指人間美好時空與事物。謝靈運《擬魏太子鄴中集詩序》：「天下良辰、美景、賞心、樂事，四者難並。」

〔八〕泉臺：墓穴，亦指陰間。駱賓王《樂大夫挽辭》其五：「忽見泉臺路，猶疑水鏡懸。」一閉夜：人一死，眼一閉，永是黑夜。蒿里：泛指墓地，陰間。參見本書《弔黄學士三首》注〔一一〕。

〔九〕素塵：舊灰塵。

〔一〇〕「寢門」二句：歐、謝師友相兼，故哭於寢門之外。王安石《尚書兵部員外郎知制誥謝公行狀》：「卒之日，歐陽公入哭其堂。」寢門：古禮天子五門，諸侯三門，大夫二門。最内之門曰寢門，即路門。後泛指内室之門。《禮記·檀弓》：「孔子曰：『師，吾哭諸寢；朋友，吾哭諸寢門之外。』〔二〕」

【附録】

《歐集》卷二六《尚書兵部員外郎知制誥謝公墓誌銘》：「公以寶元二年月丁卯來治鄧，其年十一月己酉（二十二日），以疾卒於官……卒之日，廩無餘粟，家無餘資，入哭其堂，椸無新衣。然平生喜賓客談宴，怡怡如也。自少而仕，凡三十年間，自守不回，而外亦不爲甚異，此其始終大節也。」

送任處士歸太原

一虜動邊陲，用兵三十萬〔一〕。天威豈不嚴，賊首猶未獻〔二〕。自古王者師，有征而不戰。勝敗繫人謀，得失由廟筭〔三〕。是以天子明，咨詢務周徧。直欲採奇謀，不爲人品限〔四〕。公車百千輩〔五〕，下不遺僕賤。況於儒學者，延納宜無間〔六〕。如何任生來，三月不得見？方兹急士時，論擇豈宜慢〔七〕！任生居太原，白首勤著撰。閉户不求聞，忽來誰所薦〔八〕。人賢固當用，舉繆不加譴〔九〕。賞罰兩無文，是非奚以辨〔一〇〕？遂令拂衣歸，安使來者勸〔一一〕？嗟吾筆與舌，非職不敢諫〔一二〕。

【題解】

原輯《居士集》卷一，繫康定元年。作於是年三月，在滑州判官任所。胡《譜》：康定元年「是春，赴滑州，時范文正公起爲陝西經略招討安撫使，辟公掌書記，辭不就。」題下原注：「時天兵方討趙元昊。」據《宋史·仁宗本紀二》，三月丙辰（二日）「詔大臣條陝西攻守策」，戊寅（二十四日）「詔按察官舉才堪將帥者」，庚辰（二十六日）「詔參知政事同議邊事」，時事與詩意甚合。任處士，事蹟無考。太原，唐代府名，時爲并州，至和元年復爲太原府，治所在今山西太原。任處士有心殺賊而報國無門，詩人對此深表同情，詩歌婉轉表達愛國熱情和任賢主張。首八句揭示邊患日熾，正值人才獲用之秋；次十二句質疑朝廷急於選材，爲何無人薦舉任生；末十二句，感慨自己有心薦用而職非所宜，致使任生失望而歸。通篇説理，氣勢蒼勁，散化的議論充溢激情，表現以文爲詩的特徵。詩中的議論説理，豐富其構思，變革其格調，在唐詩的興象玲瓏之外，增添一種幽興理趣，對宋詩形成頗有貢獻。

【注釋】

〔一〕「一虜」二句：《宋史·仁宗本紀二》：康定元年春正月「是月，元昊寇延州，執鄜延、環慶兩路副都總管劉平、鄜延副都總管石元孫。」一虜：西夏元昊，又名曩霄，党項族人，祖先受唐朝賜姓李。寶元元年稱帝，即夏景宗。三十萬：歐康定元年《通進司上書》云：「今三十萬之兵食於西者二歲矣。」

〔二〕「天威」二句：皇帝的名聲豈不威嚴，叛國頭目元昊尚未擒獲斬首。

〔三〕王者師：天子的軍旅。《孟子·公孫丑下》：「以天下之所順，攻親戚之所畔，故君子有不戰，戰必勝矣。」　有征而不戰：《文選·陳琳〈爲曹洪與魏文帝書〉》：「雖云王者之師，有征無戰。」李善注：「《漢書》淮南王安上書曰：『臣聞天子之兵，有征無戰，言莫之敢校。』」唐陸淳《春秋集傳微旨》卷下：「王者之於天下也，蓋之如天，容之如地。其有不庭之臣，則告諭之，訓誨之；而又不至，則增修德而問其罪，故曰：『王者之師，有征無戰。』」　廟算：由朝廷製定的克敵謀略。《孫子·計》：「夫未戰而廟算勝者，得算多也；未戰而廟算不勝者，得算少也。」張預注：「古者興師命將，必致齋於朝，授以成算，然後遣之，故謂之廟算。」

〔四〕「是以」四句：因此聖明的天子，多方諮詢，廣採奇謀，不拘一格地招攬天下奇才。《長編》卷一二五寶元二年十二月「庚辰（二十四日），詔文武臣僚所舉使臣之有方略者，並與召試。其在邊及西川、廣南者，須代還。」同書卷一二八康定元年七月「布衣吕渭、李元振、姚嗣宗皆上封事，陳方略，召試學士院。壬申（十九日），並授幕職官知縣。」

〔五〕公車：漢代官署名。天下上事及徵召等事宜，經由此處受理。《史記·滑稽列傳》：「朔初入長安，至公車上書，凡用三千奏牘。」《後漢書·丁鴻傳》：「賜御衣及綬，稟食公車，與博士同禮。」李賢注：「公車，署名。公車所在，因以名。諸待詔者，皆居以待命，故令給食焉。」後因以

「公車」代稱舉人應試。

〔六〕延納：延請，接納。

〔七〕論擇：選擇。論，通「掄」。《逸周書·皇門》：「乃方求論擇元聖武夫羞于王所。」

〔八〕「任生」四句：太原任生勤奮撰著，白髮而不求聞達，又有誰瞭解並舉薦他呢？

〔九〕「人賢」二句：句下原校：「一作『賢固當用舉，繆亦不加譴。』」

〔一〇〕「賞罰」二句：然而，獎賞與懲罰二者都無文字依據，届時憑什麽進行區別。

〔一一〕「安使」句：句下原注：「一本下有『其餘苟盡然，所責胡由辨』兩句。」

〔一二〕「非職」句：自己身爲館閣校勘而非諫官，不能越職言事進行規諫。景祐三年（一〇三六）范仲淹、尹洙、歐等紛紛貶官，罪名之一便是「越職言事」。當時仁宗曾下詔「戒百官越職言事」，故興此歎。

送徐生秀州法曹

一笑暫相從，結交方恨晚〔一〕。猶兹簿領困，況爾東南遠〔二〕。落帆淮口暮，采石江洲暖〔三〕。黄鵠可寄書，惟嗟雙翅短〔四〕。

【題　解】

原輯《居士外集》卷三，無繫年，列康定元年詩後。作於是年秋八月。由詩中「落帆淮口」、「采石江洲」等行程，可知送行地在京師，當在詩人八月抵京就任館職後。胡《譜》：康定元年「六月辛亥（二十八日），召還，復充館閣校勘，與修《崇文總目》。」具體就職時間，《歐集》卷一四九《與梅聖俞》其十二（康定元年）云：「八月一日至京師。」徐生，不詳其人。秀州，宋屬兩浙路，治所在今浙江嘉興。法曹，即司法參軍。《宋史·職官志七》：「司法參軍，掌議法斷刑。」詩人送徐氏赴秀州任，對其仕途不順深表同情，對其仕宦前程深表關切。有感而發，一唱三歎，敘事寫景之中，蘊含關愛之情。

【注　釋】

〔一〕「一笑」二句：詩人與徐生投緣，以至相見恨晚。

〔二〕「猶兹」二句：感慨徐生困於卑職，且是赴東南僻地就任。簿領：官府記事的簿册或文書。參見本書《題張應之縣齋》注〔一〕。

〔三〕采石：長江邊的采石磯，在今安徽當塗，徐生南歸必經之地。《明一統志》卷一五《太平府》：「采石山，在太平府城北二十五里牛渚北。昔人于此取石，因名。臨江有磯，曰采石。唐李白嘗乘月與崔宗之自采石至金陵，著宫錦袍坐舟中，即此。」江洲：江中由泥沙淤積而成的陸地。

〔四〕「黄鵠」二句：感慨分手之後，彼此資訊往來困難。雙翅短：本指信使鳥翅膀短而難以快飛，此喻别後消息傳遞不通暢，寄寓對朋友離别後的掛念。

【附録】

此詩輯入明李蓘《宋藝圃集》卷九、曹學佺《石倉歷代詩選》卷一四〇，又輯入清管庭芬、蔣光煦《宋詩鈔補·歐陽文忠詩補鈔》。

讀山海經圖

夏鼎象九州，《山經》有遺載〔一〕。空濛大荒中，杳靄群山會〔二〕。炎海積歊蒸，陰幽異明晦〔三〕。奔趨各異種，倏忽俄萬態〔四〕。群倫固殊稟，至理寧一概〔五〕？駭者自云驚，生兮孰知怪〔六〕？未能識造化，但爾披圖繪〔七〕。不有萬物殊，豈知方輿大〔八〕？

【題解】

原輯《居士外集》卷三，無繫年，列康定元年詩後。作於是年八月，時在汴京任館職。胡《譜》：康定元年「六月辛亥，召還，復充館閣校勘，與修《崇文總目》。十月，轉太子中允。癸巳，同修《禮書》。」《山海經圖》，即《山海經》，以書中有圖，故稱。此書爲我國古代地理名著，作者不詳，大約成書于戰國時期，西漢初又有所增删。内容主要爲民間傳説中的地理知識，包括山川、道里、部族、物産、草木、鳥獸、祭祀、醫巫、風俗等，記載多怪異，保存不少古代神話傳説和史地材料。本詩以《山海經》内容包羅萬象，天地間萬物各有其性，申述「理寧一概」之真諦。詩語古樸，氣象恢宏，兼具陶詩雋永與杜詩風骨。

【注釋】

〔一〕「夏鼎」二句：相傳夏禹鑄九鼎以象徵九州，其上所鏤山精水怪，在《山海經》中都有記載。《左傳·宣公三年》：「昔夏之方有德也，遠方圖物，貢金九牧，鑄鼎象物，百物而爲之備，使民知神、奸。」左思《吴都賦》：「名載於《山經》，形鏤於夏鼎。」

〔二〕「空濛」二句：《山海經》描繪海外荒遠迷茫中的各種山水。大荒：荒遠的地方，邊遠地區。《山海經·大荒東經》：「東海之外，大荒之中，有山名曰大言，日月所出。」《文選·左思〈吴都賦〉》：「出乎大荒之中，行乎東極之外。」劉逵注：「大荒，謂海外也。」杳靄：幽深渺茫貌。

〔三〕「炎海」二句：有熱氣蒸騰的炎海，亦有晝夜不分的陰山。炎海：炎熱的南海地區。杜甫《多病執熱奉懷李尚書》詩：「大水淼茫炎海接，奇峰硉兀火雲升。」積歊蒸：積留的熱氣蒸騰。歊，熱氣。

〔四〕倏忽：頃刻。極短的時間。

〔五〕「群倫」二句：物種各有不同的稟賦，不是用人間至理所能衡量得了的。至理：最精深的道理。葛洪《抱朴子·喻蔽》：「言少則至理不備，辭寡即庶事不暢。」寧一概：豈能一概而論。

〔六〕「駭者」二句：膽小的人自然感到驚奇不已，不熟悉者絲毫不覺得怪異。

〔七〕「未能」二句：我不瞭解大自然造化之奥妙，秖能翻閲《山海經》插圖。

〔八〕「不有」二句：天地之大正在於世界萬物各有其性，率不類同。方輿：指大地。《文選·束晳〈補亡詩〉之五》：「漫漫方輿，回回洪覆。」李周翰注：「方輿，地也。」

【附録】

此詩輯入清康熙《御定歷代題畫詩類》卷六。

宋宣獻公挽詞三首

其一

望繫朝廷重，文推天下工〔一〕。清名畏楊綰，故事問胡公〔二〕。物議垂爲相，風流頓已窮〔三〕。仁言博哉利，獻替有遺忠〔四〕。

其二

識度推明哲，風猷藹縉紳〔五〕。何言止中壽，遂不秉洪鈞〔六〕。翰墨時爭寶〔七〕，詞章晚愈新。哭哀文伯母，悲感路傍人〔八〕。

其三

結髮逢明主，馳聲著兩朝〔九〕。奠楹先有夢，升屋豈能招〔一〇〕。贈服三公衮，兼榮七葉貂〔一一〕。春風笳鼓咽，松柏助蕭蕭〔一二〕。

【題　解】

原輯《居士集》卷一〇，繫康定元年。作於是年歲末，時在汴京任館閣校勘，與修《崇文總目》。宋宣獻公，即宋綬，字公垂，趙州平棘人。賜同進士出身，判三司憑由司，擢知制誥、翰林學士兼侍讀，累官參知政事，卒謚宣獻。《宋史》卷二九一有傳。歐與其子宋敏求、宋敏修交厚。《長編》卷一二九康定元年十二月癸卯（二十二日）載：「兵部尚書、參知政事宋綬卒。」組詩就宋綬平生的功業德行蓋棺定論，「其一」讚譽其聲望崇高，「其二」稱賞其學識廣博，「其三」褒揚其生榮死哀，共同表達對逝者的沉痛哀悼。典實繁富，哀婉藴藉，詩語莊嚴肅穆，情致深沉委曲。

【注釋】

〔一〕「望繫」二句：宋綬名望之重與文章之工，獲得朝廷及社會公認。《宋史·宋綬傳》：「家藏書萬餘卷，親自校讎，博通經史百家，其筆札尤精妙。朝廷大議論，多綬所裁定。楊億稱其文沈壯淳麗，曰：『吾殆不及也。』」

〔二〕「清名」二句：宋氏像唐代名臣楊綰一樣清正廉潔，令人敬畏；又像東漢名臣胡廣一樣政事練達，明悉典章。楊綰：字公權，華州華陰人。官至中書侍郎、同中書門下平章事、集賢殿崇文館大學士。卒謚文簡。爲官以清廉著稱。《新唐書·楊綰傳》：「綰儉約，未嘗問生事，禄稟分姻舊，隨多寡輒盡。造之者，清談終晷，而不及榮利，欲干以私，聞其言，必内愧止……聞風靡然自化者，不可勝紀。世以比楊震、山濤、謝安云。」故事：舊日的典章制度。胡公：東漢胡廣，字伯始，南郡華容人。任司空、司徒、太尉，官至太傅。《後漢書·胡廣傳》：「達練事體，明解朝章，雖無謇直之風，屢有補闕之益。故京師諺曰：『萬事不理問伯始，天下中庸有胡公。』」

〔三〕物議：衆人的議論。《宋書·蔡興宗傳》：「及興宗被徙，論者並云由師伯……師伯又欲止息物議，由此停行。」風流：風操，品格。

〔四〕仁言：符合仁德教化的言論。《左傳·昭公三年》：「君子曰『仁人之言，其利博哉！晏子一言而齊侯省刑。』」獻替：獻可替否。進獻可行者，廢去不可行者，謂對君主進諫，勸善規過。亦泛指議論國事興革。《左傳·昭公二十年》：「君所謂可而有否焉，臣獻其否以成其可。君所謂否而有可焉，臣獻其可以去其否。」亦省作「獻替」、「獻可」。遺忠：宋綬雖逝去，從其章奏中可見忠心。

〔五〕「識度」三句：宋綬見識深，器度大，被推爲明哲之士，其風采品格在士大夫中廣爲傳誦。藹縉紳：影響士大夫。藹，籠罩，布滿。縉紳，插笏於紳帶間，舊時官宦的裝束，借指士大夫。

〔六〕中壽：中等的年壽。此指六十歲以下。《吕氏春秋·安死》：「中壽不過六十。」《東都事略·宋綬傳》：「召知樞密院事，遷兵部尚書，改參知政事，未幾而卒，年五十。」秉洪鈞：執掌朝政大權。李德裕《離平泉馬上作》詩：「十年紫殿掌洪鈞，出入三朝一品身。」

〔七〕翰墨：筆墨，借指文章書畫。《宋史·宋綬傳》：「其筆札尤精妙，朝廷大議論，多綬所裁定……及卒，帝多取其書字藏禁中。」

〔八〕「哭哀」二句：《長編》卷一二九康定元年十二月癸卯（二十二日）：「宋綬卒，母尚無恙。綬始得疾，不視事，母問之，則曰：『小瘳矣。』又通賓客省問，若且安者，冀以紓母憂。然條理後事甚詳，雖家人不知也。」文伯：文章宗伯。對宋綬的敬稱。

〔九〕「結髮」二句：宋公初入仕就遇到明君賞識，馳名真宗、仁宗兩朝。《宋史・宋綬傳》：「年十五，召試中書，真宗愛其文，遷大理評事，聽于秘閣讀書。大中祥符元年，復試學士院，爲集賢校理，與父皋同職。後賜同進士出身，遷大理寺丞。」結髮：束髮，指初成年，此指初涉政壇。陳子昂《感遇詩》其三十四：「自言幽燕客，結髮事遠游。」

〔一〇〕奠楹：死亡的婉詞。《禮記・檀弓上》：「『予疇昔之夜夢坐奠於兩楹之間，而天下其孰能宗予？予殆將死也』，蓋寢疾七日而没。」升屋：登上屋頂招魂。王充《論衡・明雩》：「升屋之危，以衣招復。」

〔一一〕三公衮：言榮禄和權位高。三公，古代中央三種最高官銜的合稱。唐、宋沿東漢之制，以太尉、司徒、司空爲三公。衮，古代王公貴卿穿的繪有圖案的禮服。《長編》卷一二九康定元年十二月癸卯：「兵部尚書、參知政事宋綬卒……上幸其第臨奠，輟二日朝，贈司徒兼侍中。」七葉貂：漢時中常侍冠上插貂尾爲飾，金日磾一家自武帝至平帝七朝，世代皆侍中，爲内庭寵臣。後因以「七葉貂」喻世代顯貴。左思《詠史》其二：「金張籍舊業，七葉珥漢貂。」

〔一三〕蕭蕭：風聲，此處形容淒清、寒冷。陶潛《擬挽歌辭》：「白楊亦蕭蕭。」又《祭程氏妹文》：「黯黯高雲，蕭蕭冬月。」

【附録】

組詩「其三」輯入明李蓘《宋藝圃集》卷九。

冬夕小齋聯句寄梅聖俞

寒窗明夜月，〈歐〉散帙耿燈火〔一〕。破硯裂冰澌，〈陸〉敗席薦霜笴〔二〕。廢書浩長吟，〈歐〉想子實勞我。清篇追曹劉，〈陸〉苦語侔島可〔三〕。酣飲每頹山，〈歐〉談笑工炙輠〔四〕。駕言當有期〔五〕，〈陸〉歲晚何未果？幽夢亂如雲，〈歐〉別愁牢若鎖。雪水漸漣漪，〈陸〉春枝將婀娜。客心莫遲留，〈歐〉苑葩即紛墮。何當迎笑前，〈陸〉相逢嘲飯顆〔六〕。〈歐〉

【題　解】

原輯《居士外集》卷四，繫康定元年。作於是年冬，時在汴京任太子中允、館閣校勘，與修《崇文總目》。題下原注：「陸經。」陸經，字子履，即早年與歐結識的陳經。《歐集》卷一四九《與梅聖俞》其十三（康定元年）云：「昨夕，子履偶來會宿，聯句數十韻奉寄，且以爲謔。」據《長編》卷一三四慶曆元年十二月己丑（十四日）紀事，陸經時爲大理評事、館閣校勘，在京與歐同修《崇文總目》。聯句，古人作詩方式之一。由兩人或多人各成一句或幾句，合而成篇。相傳始于漢武帝和諸臣合作的《柏梁詩》。歐、陸聯句寄贈梅堯臣，詩歌描寫寒冬月夜景象，表現文人學士的生活雅趣。梅堯臣《宛陵先生集》卷七《依韻和永叔、子履冬夕小齋聯句見寄》即和此詩，歐對梅氏和詩依韻再和，即下詩。此類連環體競技性的聯句吟詠，對於拓展題材，提昇技藝，深化主題，擺脱五代詩風，造就學人化的宋詩新調，功不可没。

【注釋】

〔一〕散帙：打開書帙，指讀書。《文選·謝靈運〈酬從弟惠連〉》：「凌澗尋我室，散帙問所知。」劉良注：「散帙，謂開書帙也。」

〔二〕澌：同「澌」，解凍時流動的冰。《楚辭·九歌·河伯》：「與女游兮河之渚，流澌紛兮將來下。」王逸注：「流澌，解冰也。」霜笴：秋天的箭笴。笴，即指用整條芽箭製成的箭乾。

〔三〕曹劉：曹植、劉楨的並稱，詩文均以清剛之氣見稱。杜牧《酬張祜處士見寄長句四韻》：「七子論詩誰似公？曹劉須在指揮中。」島可：唐代詩人賈島與詩僧無可的並稱。島嘗爲僧，無可爲島從弟。詩作同以苦吟而形成淒苦孤峭風格。蘇軾《吕承奉讀書作詩不已貧甚》詩：「吟爲蜩蛩聲，時有島可句。」

〔四〕頽山：形容醉酒狀。《世説新語·容止》：「嵇叔夜之爲人也，巖巖若孤松之獨立；其醉也，傀俄若玉山之將崩。」炙輠：本作「炙轂過」。過爲「輠」的假借字。輠，古時車上盛貯油膏的器具。輠烘熱後流油，潤滑車軸，比喻言語流暢風趣。《史記·孟子荀卿列傳》：「談天衍，雕龍奭，炙轂過髡。」司馬貞索隱：「劉向《别録》『過』字作『輠』。輠，車之盛膏器也。炙之雖盡，猶有餘津，言髡智不盡如炙輠也。」

〔五〕駕言：《詩·邶風·泉水》：「駕言出游，以寫我憂。」指代出游，出行。阮籍《詠懷》其三十一：「駕言發魏都，南向望吹臺。」

〔六〕嘲飯顆：梅堯臣《依韻和永叔子履冬夕小齋聯句見寄》詩末附注：「永叔嘗見嘲，謂自古詩人率多寒餓顛困。屈原行吟於澤畔，蘇武啖雪于海上，杜甫凍餒于耒陽。李白窮溺于宣城，孟郊、盧仝棲棲道路。以子之才，必類數子。今二君又自爲此態，而反有飯顆之誚，何耶？」飯顆，飯顆山，相傳爲長安附近的一座山。唐孟棨《本事詩·高逸》：「白才逸氣高，與陳拾遺齊名……嘗言：『興寄深微，五言不如四言，七言又其靡也，況使束於聲調俳優哉！』故戲杜曰：『飯顆山頭逢杜甫，頭戴笠子日卓午。借問何來太瘦生，總爲從前作詩苦。』蓋譏其拘束也。」

依韻和聖俞見寄

與君結交深，相濟同水火〔一〕。文章發春葩，節行凛筠笴〔二〕。吾才已愧君，子齒又先我〔三〕。君惡予所非，我許子云可。厥趣共乖時，畏塗難轉輠〔四〕。道肥家所窮，身老志彌果〔五〕。每嗟游從異，有甚樊籠鎖〔六〕！天匠染青紅，花腰呈裊娜。苟能盃酌同，直待冠巾墮〔七〕。無欺校讎貧，鹽米尚餘顆〔八〕。

【題　解】

原輯《居士外集》卷三，無繫年，列康定元年詩後。作於是年冬，時在汴京任館閣校勘，與修《崇文總目》。歐陽修、陸經聯句寄梅堯臣，即上詩《冬夕小齋聯句寄梅聖俞》，梅堯臣有《依韻和永叔、子履冬夕小齋聯句見寄》，此詩爲歐陽修和梅氏之詩。詩人高度讚頌梅堯臣的道德文章，作爲志同道合的朋友，他對梅氏的仕途不得志深表同情。此類連環體唱和詩因難見巧，表現出强烈的競爭技藝、炫耀才學的心理，標誌宋詩創作的題材拓展、主題深化與技法創新。

【注　釋】

〔一〕相濟同水火：《周易》卦六十三《既濟》，離下坎上。《象》曰：「水在火上，既濟。君子以思患而豫防之。」宋丁易東《易象義》卷一二：「『水在火上，既濟；君子以思患而豫防之。』水潤下則火不燥，火炎上則水不寒，水火相濟之象。然水能克火，亦不可不慮其患也，故君子觀此象思患而預防之。」

〔二〕「文章」二句：梅氏文章像春花一樣絢麗，爲人節操似箭竹一般凜肅，令人敬畏。　春葩：春天裏的花。　筠笴：竹杆，以其有節，常喻君子之操。

〔三〕齒：人的年齡。《孟子·公孫丑下》：「天下有達尊三：爵一，齒一，德一……鄉黨莫如齒。」

〔四〕「厥趣」二句：你我兩人的志趣相同，然而都不合時宜，人生道路都走得艱難。　畏途：艱險可怕的道路。《莊子·達生》：「夫畏塗者，十殺一人，則父子兄弟相戒也，必盛卒徒而後敢出焉。」成玄英疏：「塗，道路也。夫路有劫賊，險難可畏。」　轉輠：指轉動車輪。《禮記·雜記下》：「叔孫武叔朝，見輪人以其杖關轂而輠輪者。」孔穎達疏：「關，穿也。輠，回也，謂作輪之人，以扶病之杖關穿車轂中，而回轉其輪。」

〔五〕「道肥」二句：追求道義之勝，家庭窮困不堪，年齡老大之後，志向更加堅定。　道肥：道義制勝，心安理得。《韓非子·喻老》：「子夏見曾子。曾子曰：『何肥也？』對曰：『戰勝故肥也。』曾子曰：『何謂也？』子夏曰：『吾入見先王之義則榮之，出見富貴之樂又榮之，兩者戰於胸中，未知勝負，故臞。今先王之義勝，故肥。』」黄庭堅《次韻師厚病間》其十：「身病心輕安，道肥體癯瘦。」

〔六〕「每嗟」二句：與志趣相異者相交往，比鎖在籠子裏還痛苦。反襯歐梅相交之和諧。　樊籠鎖：關鎖鳥獸的籠子。黄庭堅《題高君正適軒》詩：「樊籠鎖形質，物外有幽尋。」

〔七〕「天匠」四句：梅氏文章隨意點染便巧奪天工，自己切盼逢時一醉方休。　天匠：天工神匠。

唐楊炯《梓州惠義寺重閣銘》：「巖色相兮沖寂寞，誰所爲兮天匠作。」冠巾墮：頭巾墜地，醉酒狀。《世説新語·任誕》：「山季倫爲荆州，時出酣暢。人爲之歌曰：『山公時一醉，徑造高陽池，日莫倒載歸，酩酊無所知。復能乘駿馬，倒著白接䍦，舉手問葛彊，何如并州兒？』」又《世説新語·雅量》：「庾（子嵩）時頹然已醉，幘墮几上。」劉敞《敵來速嘗新酒》：「歡從樽罍罄，醉聽冠巾墮。」

〔八〕「無欺」二句：不要小看館閣校勘俸禄不多，養家糊口還算綽綽有餘。校讎：一人獨校爲校，二人對校爲讎，謂考訂書籍，糾正訛誤。時詩人任集賢殿校讎官。鹽米：朝廷的供奉的俸米。

【附　録】

此詩輯入清陳訏《宋十五家詩選·廬陵詩選》。

哭曼卿

嗟我識君晚，君時猶壯夫〔一〕。信哉天下奇，落落不可拘〔二〕。軒昂懼驚俗，自隱酒之徒。一飲不計斗，傾河竭崑墟〔三〕。作詩幾百篇，錦組聯瓊琚。時時出險語，意外研精麤。窮奇變雲煙，搜怪蟠蛟魚。詩成多自寫，筆法顔與虞。旋棄不復惜，所存今幾餘。往往落人間，藏之比明珠〔四〕。又好題屋壁，虹霓隨卷舒。遺蹤處處在，餘墨潤不枯〔五〕。朐山頃歲出，我亦斥江湖。乖離四五載，人事忽焉殊。歸來見京師，心老貌已癯。但驚何其衰，豈意今也無〔六〕。材高不少下，闊若與世疏〔七〕。驊騮當少時，其志萬里塗。一旦老伏櫪，猶思玉山芻〔八〕。天兵宿西北，狂兒尚稽誅〔九〕。而今壯士死，痛惜無賢愚〔一○〕。歸魂渦上田，露草荒春蕪〔一一〕。

【題　解】

原輯《居士集》卷一，繫慶曆元年（一○四一）。作於是年二月，詩人時年三十五歲，在京任館閣校勘，與修《崇文總目》。歐《石曼卿墓表》：「康定二年二月四日，以太子中允、秘閣校理卒于京師。」曼卿，即石延年。先世幽州人，後徙居宋城。屢舉進士不第，以武臣叙遷得官，仕至太子中允、秘閣校理。文辭勁健，尤工詩，善書法。卒年四十八。《宋史》卷四四二有傳。梅聖俞《宛陵先生集》卷八有《弔石曼卿》詩，《蘇舜欽集》卷二亦有《哭曼卿》詩。本詩前二十四句稱頌石曼卿人奇、酒奇、詩奇、書法奇，是人間奇才；後二十句惋歎石曼卿在天下用才之際不獲世用，對其盛年早逝、才志難以施展深感痛惜。作者高度肯定石延年的志高才奇，特立獨行，表達對亡友的深厚情誼。長歌當哭，哀傷淒咽，意象窮奇搜怪，氣韻幽折雄放，風格逼似韓愈。

【注釋】

〔一〕「嗟我」二句：歐陽修與石曼卿景祐初同爲館閣校勘，時曼卿年逾四十，故云。歐《釋秘演詩集序》：「予少以進士游京師，因得盡交當世之賢豪……其後得吾亡友石曼卿。」

〔二〕「信哉」三句：歐《石曼卿墓表》：「曼卿少亦以氣自豪，讀書不治章句，獨慕古人奇節偉行非常之功，視世俗屑屑，無足動其意者。自顧不合於世，乃一混以酒，然好劇飲，大醉，頹然自放，由是益與時不合。而人之從其游者，皆知愛曼卿落落可奇，而不知其才之有以用也。」落落：形容孤高，與人難合。

〔三〕「軒昂」四句：曼卿有個性，特立獨行，好飲，酒量大。歐《歸田録》卷二：「石曼卿磊落奇才，知名當世，氣貌雄偉，飲酒過人。有劉潛者，亦志義之士也，常與曼卿爲酒敵，聞京師沙行王氏新開酒樓，遂往造焉，對飲終日，不交一言。王氏怪其所飲過多，非常人之量，以爲異人，稍獻肴果，益取好酒，奉之甚謹。二人飲啖自若，傲然不顧。至夕，殊無酒色，相揖而去。明日，都下喧傳王氏酒樓有二酒仙來飲，久之乃知劉、石也。」自隱酒之徒：把自己隱晦于酒友之中。歐陽修《釋秘演詩集序》：「曼卿爲人廓然有大志，時人不能用其材，曼卿亦不屈以求和，無所放其意，則往往從布衣野老，酣嘻淋漓，顛倒而不厭。」崑墟：即「崑崙墟」，相傳黄河水發源於此。

〔四〕「作詩」十二句：讚美曼卿的詩歌與書法。石介《石曼卿詩集序》：「而曼卿之詩，又特震奇秀發，蓋能取古之所未至，託諷物象之表，警時動衆，未嘗徒設。雖能文者累數千百言，不能卒其義，獨以勁語蟠泊，會而終於篇，而復氣横意舉，飄出章句之外，學者不可尋其屏閾而依倚之。其詩之豪者歟！曼卿資宇軒豁，遇事輒詠，前後所爲不可勝計，其遺亡而存者纔三百餘篇。」歐《跋三絶貼》：「曼卿詩與筆，稱雄於一時，今亦未有繼者。」「綿組」句：讚美曼卿詩篇美妙，就像色彩鮮明華麗的絲帶貫串著一片片美玉。　險語：驚人之語。韓愈《醉贈張秘書》：「險語破鬼膽。」　意外研精粗：出人意料地研求詩境的精妙和粗獷。「窮奇」二句：比喻曼卿的奇峭詩風，窮盡奇象，收羅異物。　顔與虞：顔真卿與虞世南，均爲唐代著名書法家。「往往落人間」，反用韓愈《調張籍》詩：「流落人間者，泰山一毫芒。」

〔五〕「又好」四句：曼卿題壁書法蒼勁靈活，游蹤所及，處處見其墨蹟。　題屋壁：石延年游蹤所至，好題壁紀游。釋文瑩《湘山野録》卷下有云：「石、演高歌褫帶，飲至落景。曼卿醉，喜曰：『此游可紀。』以盆漬墨，濡巨筆以題云：『石延年曼卿同空門詩友老演登此。』生拜扣曰：『塵賤之人幸獲陪侍，乞掛一名以光賤迹。』石雖大醉，猶握筆沉慮，無其策以拒之，遂目演。醉舞佯聲諷之曰：『大武生牛也，捧硯用事可也。』竟不免，題云：『牛某捧硯。』永叔後以詩戲曰：『捧硯得全牛』。」　虹蜺：形容其用筆如虹蜺夭矯多變。蜺，同「霓」。雌虹，即副虹。　「餘墨潤不枯」，反用李商隱《詠懷寄秘閣舊僚二十六韻》詩：「攻文枯若木」。

〔六〕「朐山」八句：石曼卿景祐末因事牽連出爲海州通判，與自己同在淪落天涯後京師重逢，想不到突然殞世。《宋史・石延年傳》：「太后崩，范諷欲引延年，延年力止之。後諷敗，延年坐與諷善，落職通判海州。」朐山：即馬耳峰，屬海州，在今江蘇連雲港。頃歲：近年，指出爲海州通判。《長編》卷一一六景祐二年二月「丁卯，龍圖閣學士、給事中、知兖州范諷責授武昌行軍司馬……光禄寺丞、館閣校勘石延年落職通判海州。」歐次年「斥江湖」貶爲夷陵令，故云。今也無：死亡的諱語。《論語・雍也》：「哀公問弟子孰爲好學。孔子對曰：『有顔回者，好學……不幸短命死矣，今也則亡。』」

〔七〕「材高」二句：曼卿材高而「不屈以求合」，性狂放而不屈禮法，因而與世俗之人疏遠。歐《石曼卿墓表》：「其視世事蔑若不足爲，及聽其施設之方，雖精思深慮不能過也。」

〔八〕「騂騮」四句：化用曹操《步出夏門行》：「老驥伏櫪，志在千里；烈士暮年，壯心不已。」之句意。騂騮：周穆王八駿馬之一，見《穆天子傳》。亦泛指駿馬，此喻曼卿。伏櫪：本指馬伏在槽上，受人馴養。後用爲壯志未酬，蟄居待時的典故。鮑照詩《擬古》其六：「不謂乘軒意，伏櫪還至今。」玉山：西王母所居。《山海經・西山經》：「又西三百五十里，曰玉山，是西王母所居也。」芻：草料。曼卿雖老而壯志猶存，就像騂騮伏櫪，猶思不同凡俗的草料。「猶思玉山芻」，反用李白《天馬歌》：「雖有玉山禾，不能療苦飢。」《山海經》：「崑崙之上有木禾，長五尋，大五圍。」

〔九〕「天兵」二句：《宋史・仁宗本紀三》：「是年趙元昊屢寇邊。」天兵：天朝軍隊，指宋軍。

狂兒：指趙元昊。稽誅：拖延被誅殺的時日。《宋史·石延年傳》：「嘗上言天下不識戰三十餘年，請爲二邊之備。不報。及元昊反，始思其言，召見，稍用其説，命往河東籍鄉兵，凡得十數萬。」

〔一〇〕「而今」二句：曼卿壯志不酬而早逝，世人不分賢愚都爲之痛惜。歐《石曼卿墓表》：「曼卿上書言十事，不報。已而元昊反，西方用兵，始思其言，召見，稍用其説，籍河北、河東、陝西之民，得鄉兵數十萬。曼卿奉使籍兵河東，還，稱旨，賜緋衣銀魚，天子方思盡其才，而且病矣。」

〔一一〕「歸魂」二句：曼卿死葬于渦水畔故宅之先塋，如今一片荒煙野草。歐《祭石曼卿文》：「奈何荒煙野蔓，荆棘縱横，風淒露下，走燐飛螢。」渦：水名，淮河支流，由河南流經安徽懷遠入淮河。渦上，渦水畔。

【附録】

此詩輯入清吴之振《宋詩鈔》卷一一。

《歐集》卷二四《石曼卿墓表》：「曼卿，諱延年，姓石氏。其上世爲幽州人……而曼卿少亦以氣自豪，讀書不治章句，獨慕古人奇節偉行、非常之功，視世俗屑屑，無足動其意者。自顧不合於世，乃一混以酒，然好劇飲，大醉，頽然自放，由是益與時不合。而人之從其游者，皆知愛曼卿落落可奇，而不知其才之有以用也。年四十八，康定二年二月四日，以太子中允、秘閣校理卒於京師。」

黃震《黃氏日鈔》卷六一：「《哭曼卿》，謂『材高不少下，闊若與世疎』。」

與李獻臣宋子京春集東園得節字

緑野秀可湌，游驂喜初結〔一〕。芸局苦寂寥，禁署隔清切〔二〕。歡言得幽尋，況此及嘉節〔三〕。鳥哢已關關，泉流初決決〔四〕。紫萼繁若綴，翠苕柔可擷〔五〕。屢期無後時，芳物畏鶗鴂〔六〕。

【題　解】

原輯《居士外集》卷二，無繫年，列景祐二年至四年詩間，誤。作於慶曆元年二月十六日，時在汴京任館閣校勘，與修《崇文總目》。詩人與李淑、王舉正、王洙、刁約、楊儀、宋祁等宴集東園，同題分韻賦詩。東園，汴京東城名勝地。刁約同題詩有云：「託載東城隅，選勝名園地。」宋祁《春集東園詩序》自署「康定紀元之次年序」。李獻臣，名淑，徐州豐縣人。曾任史館修撰、知制誥、翰林學士等職。歐陽修授職館閣校勘，其制詞即爲李淑所製。《宋史》卷二九一有傳。宋子京，名祁，開封雍丘人，宋庠弟。曾任直史館、同知禮院、同修起居注等職。《宋史》卷二八四有傳。此詩描寫文人詩酒雅會，渲染園林之樂。從洛邑文人集團此類文酒詩會，到慶曆、至和、嘉祐年間的京師文人分題同詠、同題分詠，切實促進了宋詩新調的形成。

【注釋】

〔一〕秀可湌：形容秀美異常。陸游《山行》詩：「山光秀可餐，溪水清可啜。」亦作「秀色可餐」。陸機《日出東南隅行》：「鮮膚一何潤，秀色若可餐。」湌，同「餐」。喜初結：馬喜第一次綰尾。初結，初次綰尾。古人常將馬的尾梢綰起，以使其便於奔跑，並起到裝飾效果。宋惠洪《神駒行》：「綠絲絡頭沫流嘴，繡帕搭鞍初結尾。」

〔二〕「芸局」二句：謂館閣生活寂寥而清苦。芸局：即芸臺，古時藏書處，指歐供職的館閣。《初學記》卷十二引三國魏魚豢《典略》：「芸臺香辟紙魚蠹，故藏書臺稱芸臺。」沈括《夢溪筆談·辨證一》：「古人藏書辟蠹用芸。芸，香草也。今人謂之『七里香』者是也。」隔清切：隔斷了外面的喧鬧聲。清切，形容聲音清亮急切。王昌齡《宴南亭》詩：「城樓空杳靄，猿鳥備清切。」

〔三〕嘉節：美好的時節。宋祁《春集東園詩序》稱「仲月既望之宴」，可知時在二月十六日，爲月圓之時。

〔四〕泱泱：水流貌。參見本書《舟中望京邑》注〔一〕。

〔五〕「紫蕚」二句：滿地的陵苕草花叢開，柔軟的翠綠色仿佛伸手可挹。苕：陵苕，蔓生草。《爾雅·釋草》：「苕，陵苕。」《詩·小雅·苕之華》：「苕之華，芸其黄矣。」鄭箋：「陵苕之華紫赤而繁。」擷：摘取，採摘。

〔六〕 鶗鴂：害怕春歸花草衰敗。屈原《離騷》：「恐鶗鴂之先鳴兮，使夫百草爲之不芳。」王逸章句：「言我恐鶗鴂以先春分鳴，使百草華英摧落，芬芳不成。」鶗鴂，即杜鵑鳥。

【附録】

此詩輯入明李蓘《宋藝圃集》卷九。

宋祁《景文集》卷五《春集東園詩序》：「春集東園詩者，端明學士獻臣李君、翰林伯中王君、天章侍講原叔王君、館閣校勘景純刁君、永叔歐陽君、子莊楊君暨予仲月既望之宴所賦。是集有三勝焉：地之勝則如左睨都雉，前眺畿隧，林簿灌叢，鋪菜自環；時之勝如載陽之辰，戢慘儫舒，惠氣韶華，怡豫天區；賓之勝則如朝髦國俊，清交石友，駕言相從，簪盍就閒……康定紀元之次年序。」後附七詩，即《賦得笴字天章閣待制宋祁子京》、《賦得蘂字端明殿學士兼侍讀學士李淑獻臣》、《賦得葉字翰林學士王舉正伯中》、《賦得蕚字天章閣侍講王洙原叔》、《賦得翠字館閣校勘刁約景純》、《賦得節字館閣校勘歐陽修永叔》、《賦得蔕字館閣校勘楊儀子莊》。

送胡學士知湖州

武平天下才，四十滯鉛槧〔一〕。忽乘使君舟，歸榜不可纜。都門春漸動，柳色緑將暗。掛帆千里風，水闊江灩灩〔三〕。吴興水精宫，樓閣在寒鑑。橘柚秋苞繁，烏程春甕釅。清談越客醉，屢舞吴娘豔〔三〕。寄詩毋憚頻，以慰離居念〔四〕。

【題解】

原輯《居士集》卷一，繫慶曆元年。作於是年春，時爲館閣校勘，與修《崇文總目》。題下原注：「一本云《送胡宿武平學士》」。由「都門」句，知送行時在春天。據嘉泰《吴興志》卷一四湖州守臣題名：「胡宿，太常博士、集賢校理。康定二年四月到，慶曆三年四月罷。」胡學士，即胡宿，字武平，常州晉陵人。官至樞密副使、吏部侍郎。治平三年罷爲觀文殿學士、知杭州。《宋史》卷三一八有傳。湖州，宋代州名，治所在今浙江湖州。詩歌描寫春天送胡宿赴任的情景，想像到達吴興後的境況，抒寫朋友間的親密友誼。詩語自然流暢，叙事、議論、繪景雜出，又顯跌宕動盪，表現以氣格爲主的宋詩特色。

【注釋】

〔一〕困鉛槧：困於館閣校勘等文字工作。鉛槧，本指古人書寫文字的工具。鉛，鉛粉筆；槧，木板片。此指校勘。《宋史·胡宿傳》：「以薦爲館閣校勘，進集賢校理。」

〔二〕「忽乘」六句：想像胡學士春日乘舟赴湖州途中之景。使君：漢代人對郡太守的稱呼，指胡宿。歸榜：即歸船。榜，船槳，代指船。李賀《馬詩》其十：「催榜渡烏江，神騅泣向風。」

〔三〕「吴興」六句：想像目的地湖州的人文風物之美。水精宫，即水晶宫，代指吴興。《苕溪詩話》：「刺史楊漢公傑《九月十五日夜絶句》云：『江南地暖少嚴風，九月炎涼正得中。溪上玉樓樓上月，清光合作水晶宫。』吴興因此謂之水晶宫。」寒鑑：寒光閃爍的鏡子。歐《西齋手植菊花過節始開偶書奉聖俞》詩：「豈知寒鑑中，兩鬢甚秋草。」此喻清澈閃光的水面。烏程春甕醲：《荆州記》：「渌水出豫章康樂縣，其間烏程鄉有酒官，取水爲酒，極甘美。」又湖州屬下有烏程縣。歐由烏程縣名聯想到烏程酒。春甕醲，春酒醇濃。春甕，酒甕，指酒。皎然《和邢端公登臺春望句》：「春風正飄蕩，春甕莫須傾。」越客：越地人，代指異鄉人。吴娘：吴地的美女。白居易《對酒自勉》：「夜舞吴娘袖，春歌蠻子詞。」

〔四〕「寄詩」二句：希望分手後多多寄贈詩歌，以安慰我孤寂的心。毋憚頻：不怕多。

【附録】

此詩輯入清陳訏《宋十五家詩選·廬陵詩選》，又輯入高步瀛《唐宋詩舉要》卷一。

高步瀛《唐宋詩舉要》卷一評曰：「清麗。」

送蟾上人游天台

昔年在伊洛，林壑每相從。對掃竹下榻，坐思湖上峰。自言伊洛波，每起滄洲憶〔一〕。今茲道行游，千里東南國。都門汴河上，柳色入青煙。流水向淮浦，歸人隨越船〔二〕。東南偏林巘，萬壑新流滿。小桂緑應芳，江春行已晚〔三〕。藹藹赤城陰，依依識古岑。一去誰復見，石橋雲霧深〔四〕。

【題解】

原輯《居士外集》卷三，無繫年，列康定元年至慶曆元年詩間。據詩意作於春季京城，康定元年春，歐不在京城，當作於慶曆元年春，時爲館閣校勘，與修《崇文總目》。原本「目録」標題作《送智蟾上人游天台》，可知蟾上人即智蟾上人，又據首聯可知蟾上人爲詩人洛陽舊交，歐天聖九年有詩《智蟾上人游南嶽》，所送者當爲同一人。參見本書《智蟾上人游南嶽》題解，天台，山名，在今浙江台州東北。《元和郡縣志》：「天台山在（唐興）縣北一十里。」詩人從結識交往智蟾上人，詠到此次南下送行，儒釋雖然異道，字裏行間卻充溢朋友關愛之情。筆力委曲，韻隨意轉，拗折之中顯見平易。

【注釋】

〔一〕「昔年」六句：回憶當年同游洛陽山水林泉的愜意生活。　滄洲憶：對歸隱的嚮往。滄洲，濱水的地方。古時常用以稱隱士的居處。謝朓《之宣城郡出新林浦向板橋》詩：「既歡懷禄情，復協滄洲趣。」

〔二〕「今兹」六句：智蟾上人即將乘船啟程，雲游東南。　道行：僧道修行的功夫。晉支遁《五月長齋詩》：「淵汪道行深，婉婉化理長。」　越船：越地之船。天台位於今浙江，古屬越地，故云。

〔三〕「東南」四句：東南春景美，山林流水芬芳，可惜抵達時已是晚春。　林巘：猶山林。宋之問《游法華寺》詩：「林巘永棲業，豈伊佐一生。」巘，山，山頂。《詩·大雅·公劉》：「陟則在巘，復降在原。」毛傳：「巘，小山，别於大山也。」孔穎達疏：「上大下小，因以爲名。」朱熹集傳：「巘，山頂也。」

〔四〕藹藹：樹木茂盛貌。陶潛《和郭主簿》其一：「藹藹堂前林，中夏貯清陰。」一曰雲霧彌漫貌。鮑照《採桑詩》：「藹藹霧滿閨，融融景盈幕。」　赤城：山名，在浙江天台北，爲天台山南門，道教名山。《文選·孫綽〈游天台山賦〉》：「赤城霞舉而建標。」李善注：「支遁《天台山銘序》曰：『往天台，當由赤城山爲道徑。』孔靈符《會稽記》曰：『赤城，山名，色皆赤，狀似雲霞。』」李白《夢游天姥吟留别》：「天姥連天向天横，勢拔五嶽掩赤城。」　古岑：指天台山。岑，山峰，山頂。石橋：天台山的名勝石梁。梁連接二山，形似橋，故稱。

【附　録】

此詩輯入明曹學佺《石倉歷代詩選》卷一四〇，又輯入清康熙《御選宋金元明四朝詩·御選宋詩》卷一一、管庭芬、蔣光煦《宋詩鈔補·歐陽文忠詩補鈔》。

送孔秀才游河北

吾始未識子，但聞楊公賢〔一〕。及子來叩門，手持贈子篇〔二〕。賢愚視所與，不待交子言〔三〕。子文諧律吕，子行潔琅玕〔四〕。行矣慎所游，惡草能敗蘭〔五〕。

【題　解】

原輯《居士集》卷一，繫慶曆元年。作於是年春夏間，時爲館閣校勘，與修《崇文總目》。孔秀才，不詳其名。秀才，唐宋時讀書應舉者的通稱。次年，歐又有《送孔生再游河北》詩。游河北，即赴河北路州縣做幕僚。此詩回憶與孔秀才的結識過程，稱讚孔秀才人品與才華，勸勉其砥礪德行，謹慎交友，以成大器。詩語質樸，一氣呵成，波瀾不驚而情意深長。

【注 釋】

〔一〕「吾始」二句：我當初並不瞭解你，但知道楊公是一位賢者。楊公：其名不詳，是推薦孔生來謁歐氏之人。

〔二〕贈子篇：你登門拜訪時，手持楊公饋贈的詩篇。

〔三〕「賢愚」二句：一個人的賢愚好壞，看看他交往的人就知道了，不一定要親自結交。

〔四〕諧律呂：詩歌諧音律。律呂，古代校正樂律的器具，比喻準則、標準。潔琅玕：喻孔生的品行潔白如美玉。琅玕，美玉。

〔五〕「行矣」二句：近朱者赤，近墨者黑，提醒孔生慎交朋友。惡草：喻品行不好之人。能敗蘭：《楚辭·九懷·尊嘉》：「季春兮陽陽，列草兮成行。余悲兮蘭生，委積兮從横。」又《楚辭·離騷》：「蘭芷變而不芳兮，荃蕙化而爲茅。」蘭，喻品行高潔之人。

憶山示聖俞

吾思夷陵山，山亂不可究。東城一堠餘，高下漸岡阜。群峰迤邐接，四顧無前後〔一〕。憶嘗祗吏役，鉅細悉經覯。是時秋卉紅，嶺谷堆繽繡。林枯松鱗皴，山老石脊瘦。斷徑履頽崖，孤泉聽清溜〔二〕。深行得平川，古俗見耕耨。澗荒驚麏奔，日出飛雉雊。磐石屢欹眠，緑巖堪解綬。幽尋歎獨往，清興思誰侑〔三〕。其西乃三峽，險怪愈奇富。江如自天傾，岸立兩崖鬬。黔巫望西屬，越嶺通南奏。時時縣樓對，雲霧昏白晝〔四〕。荒煙下牢戍，百仞寒溪漱。蝦蟆噴水簾，甘液勝飲酎〔五〕。亦嘗到黄牛，泊舟聽猿狖。巉巉起絶壁，蒼翠非刻鏤。陰巖下攢叢，岫穴忽空透。遥岑聳孤出，可愛欣欲就〔六〕。惟思得君詩，古健寫奇秀〔七〕。今來會京師，車馬逐塵瞀。頹冠各白髮，舉酒無蒨袖。繁華不可慕，幽賞亦難遘。徒爲憶山吟，耳熱助嘲詬〔八〕。

【題解】

原輯《居士集》卷一，繫慶曆元年。作於是年六月，時爲館閣校勘，與修《崇文總目》。據《梅集編年》卷一一，梅堯臣本年暮春離鄧州回汴京，途經許州，省視患病的叔父梅詢，抵京當在夏六月。老友相聚，爲賦此詩。詩歌首二十二句回憶夷陵山地秋色，描繪山水之美，惋惜美景獨游；次二十句回憶三峽、下牢津、蝦蟆碚、黄牛峽等夷陵名勝，流露詩人對夷陵山水的深沉眷戀；末十句讚美梅氏傑出詩才，並以京城的車馬塵囂，對照山林的幽静閒雅，感慨彼此仕途煩惱。擺脱西崑，詩法韓愈，起筆突兀，跌宕有致，感深情曲，散文化色彩較濃。

【注釋】

〔一〕「吾思」六句：我常思念夷陵境内的重巒疊嶂，尤其是城東那片連綿不斷的無名山崗。堠：古代計量里程的土堆，五里一堠，十里雙堠。

〔二〕「憶嘗」八句：回憶知夷陵時，秋天徧游山林泉澗。祇吏役：恭謹地履行官吏的差事，指官縣令。經覩：親見、親歷。纈纈：彩色的絲織品，此處形容色彩斑斕。石脊瘦：秋冬間樹木凋零，山石裸露。

〔三〕「深行」八句：夷陵深山保存畬耕古俗，有獐子野雞可觀賞，有盤石緑崖供休憩，可惜無人陪游唱和。耕耨：指刀耕火種。作者另有《寄梅堯臣》詩：「邀龜卜雨趁燒畬」，故稱「古俗」。麞：即麞，獐子。《左傳·哀公十四年》：「逢澤有介麇焉。」陸德明釋文：「麇，獐也。」解綬：喻辭官，參見本書《答梅聖俞寺丞見寄》注〔八〕。清興：指詩興。

〔四〕「其西」八句：描述夷陵上游風光：三峽險怪壯觀，巫山雲霧繚繞。三峽：《明史·地理志》夷陵有「西陵、明月、黄牛三峽，峽中有使君、虎頭、狼尾、鹿角等灘，皆江流之險處也」。兩崖鬭：峽中峭壁隔江對峙。歐慶曆四年作《登絳州富公嵩巫亭示同行者》有句云：「其俊傳荆蠻，始識峽山惡，長江瀉天來，鉅石忽開拓……神功夜摧就，萬仞成一削。」黔巫：黔州、巫山，今四川一帶，在夷陵西。越嶺：百越地區的山嶺，在夷陵南。宋之問《過蠻洞》：「越嶺千重合，蠻溪十里斜。」奏：通「軸」。南奏即南方幅軸之地。一曰通「湊」，聚集，會合。

〔五〕「荒煙」四句：下牢津、蝦蟆碚的山水形勝。下牢戍：《明史・地理志》：「大江在南，西北有關曰下牢關，夾江爲險。」參見本書《下牢津》詩注。蝦蟆：蝦蟆碚，在湖北宜昌西北石鼻山下，有泉自巖腹洞中流注蝦蟆口鼻中，下注于江。參見本書《蝦蟆碚》詩注。甘液：指泉水。

〔六〕「亦嘗」八句：游黄牛峽所見奇觀。參見本書《黄牛峽》詩及注。猿狖：長尾猿。三峽兩岸多猿，《水經注・江水注》：「每至晴初霜旦，林寒澗肅，常有高猿長嘯，屬引淒異，空谷傳響，哀轉久絶。」巉巉：形容山勢峭拔險峻。攢叢：林木聚簇。遥岑：遠方山峰。

〔七〕古健：歐對梅堯臣詩歌風格的評價，參見本書《水谷夜行寄子美聖俞》詩注〔九〕。

〔八〕「今來」八句：感慨兩人來到開封後，既不享受榮華富貴，也失去山林樂趣。塵瞀：受塵世的污染而昏暗不明。瞀，眼睛昏花。頹冠：戴帽不正，指醉態。宋郭祥正《即席和酬金陵狄倅伯通》：「感君攜酒唤小妾，要我一飲頹冠巾。」蒨袖：指歌妓。宋代官府宴飲可招官妓侑酒。

【附録】

此詩輯入清康熙《御選宋金元明四朝詩・御選宋詩》卷一〇、吴之振《宋詩鈔》卷一一、陳訏《宋十五家詩選・廬陵詩選》。

陸游《入蜀記》卷四：「歐陽公自荆渚赴夷陵，而有下牢、三游及蝦蟆碚、黄牛廟詩者，蓋在官時來游也。故《憶夷陵山》詩云：『憶嘗祗吏役，鉅細悉經覯。』其後又云：『荒煙下牢戍，百仞塞溪漱。蝦蟆噴水簾，甘液勝飲酎。』亦嘗到黄牛泊舟聽猿狖也。」

黄震《黄氏日鈔》卷六一：「《憶山》詩，説三峽『江如自天傾，岸立兩崖鬬』。」

清無名氏《靜居緒言》：「廬陵瓣昌黎，力矯時習，式唐人之作則，爲宋代之正宗，天德不凡，工夫邃密。學者從此公門户而入，則宋詩之道，無斷港絶潢之誤。集中如……《憶山示聖俞》，殆以《南山》詩爲法。」

送吴照鄰還江南

霜前江水磨碧銅，岸背菱葉翹青蟲〔一〕。吴郎鬢絲生幾縷，不羞月上扶桑東〔二〕。羞見清波照人景，去時黑髮吹春風。五年歸來婦應喜，從此不問西飛鴻〔三〕。

【題解】

原輯《居士外集》卷三，無繫年，列慶曆元年至二年詩間。作於慶曆元年夏秋間，時爲館閣校勘，與修《崇文總目》。梅堯臣《宛陵先生集》卷一五亦有《送吴照鄰都官還江南》詩，與此詩基本相同，題目與正文都秖兩字之差，作者究竟爲誰，存疑待考。吴照鄰，字照鄰。歐任夷陵縣令時卸任的巫山縣令。參見本書《送前巫山宰吴殿丞》題解。詩歌感慨吴照鄰老大還歸江南，欣喜其家人團聚，慰勉中滲透同情。祖法唐詩舊式，借物抒懷，以情韻取勝，又開拓宋詩新調，戲謔爲詩，意含調侃。

【注　釋】

〔一〕磨碧銅：喻江水碧緑平静，像磨亮的銅鏡一樣青光泛寒。　青蟲：梅堯臣《送吴照鄰都官還江南》作「赤蟲」。

〔二〕生綫縷：梅堯臣《送吴照鄰都官還江南》作「蒼綫縷」。　扶桑東：東方。扶桑，傳説中的樹名。《山海經・海外東經》：「湯谷上有扶桑，在黑齒北。」郭璞注：「扶桑，木也。」相傳日出於扶桑之下，故代稱日出處。《楚辭章句・九歌・東君》：「『暾將出兮東方』，謂日始出東方，其容暾暾而盛大也。『照吾檻兮扶桑』，吾，謂日也。檻，楯也。言東方有扶桑之木，其高萬仞，日出，下浴于湯谷，上拂其扶桑，爰始而登，照曜四方。日以扶桑爲舍檻，故曰『照吾檻兮扶桑』也。」

〔三〕「五年」二句：吴照鄰五年之後歸家，其婦人喜悦萬分，從此不用鴻雁傳書問平安。　五年：吴照鄰任職古梁州時間。梅堯臣《送吴照鄰都官通判成都》有云：「五年夢在梁，三年行向蜀。」　不問西飛鴻：反用李白《淮南卧病書懷寄蜀中趙徵君蕤》「寄書西飛鴻，贈爾慰離析」詩意。

【附録】

此詩輯入明李蓘《宋藝圃集》卷九，歸於歐名下。又輯入清康熙《御選宋金元明四朝詩·御選宋詩》卷二六，歸於梅堯臣名下。

方東樹《昭昧詹言》卷一二評曰：「數句耳，而往復逆折深變如此，非深於古文不知。寫江南時令景起，倒入今白髮，卻憶先年來時未老，逆捲法也。『不羞』句用意迂，不快人意，然或余未能解之耶？『羞見』句逆捲。『五年』二句又順布，言不再出。不如杜公《秋風》。」

聖俞會飲

傾壺豈徒彊君飲，解帶且欲留君談。洛陽舊友一時散，十年會合無二三〔一〕。京師旱久塵土熱，忽值晚雨涼纖纖。滑公井泉釀最美，赤泥印酒新開緘〔二〕。更吟君句勝啖炙，杏花妍媚春酣酣〔三〕。吾交豪俊天下選，誰得衆美如君兼〔四〕。詩工鑱刻露天骨，將論縱横輕《玉鈐》。遺編最愛孫武説，往往曹杜遭夷芟〔五〕。關西幕府不能辟，隴山敗將死可慚。嗟余身賤不敢薦，四十白髮猶青衫〔六〕。吳興太守詩亦好，往奏玉琯和《英》《咸》。盃行到手莫辭醉，明日舉棹天東南〔七〕。

【題　解】

原輯《居士集》卷一，繫慶曆元年。作於是年秋，時爲館閣校勘，與修《崇文總目》。題下原注：「時聖俞赴湖州。一本作『送梅堯臣赴湖州』。」梅堯臣時赴湖州監鹽稅，歐爲賦此詩。據嘉泰《吴興志》卷一四守臣題名，胡宿時任吴興太守，故詩中有「吴興太守詩亦好」之句。梅堯臣《宛陵先生集》卷八《醉中留别水叔、子履》爲同時之作，有云：「到君官舍欲取别，君惜我去頻增嘻，便步髯奴呼子履，又令開席羅酒卮……但愿音塵寄鳥翼，慎勿卻效兒女悲。」本詩讚美梅堯臣的文才武略，對其仕宦鬱鬱不得志深表同情，既無力推薦其赴關西施展武略，秖好勉勵他前往吴興大展詩才。詩語暢曉，句亦勁健，氣格接近韓愈七古。

【注　釋】

〔一〕「傾壺」四句：感慨洛陽舊友存亡離散，殷勤勸酒留飲。洛陽舊友：指擔任西京留守推官時結識的錢惟演、謝希深、尹師魯、梅堯臣、楊子聰、張太素、張堯夫、王幾道等人。可參見本書《七交詩》題解及注釋。十年會合：歐天聖九年（一〇三一）二十五歲爲西京留守推官，今年三十五歲，恰好十年。十年來洛陽文友或離或散，或病或亡，難得一聚。

〔二〕「京師」四句：天氣由熱變涼，又有滑州美酒，正好開懷痛飲。滑公井泉：酒名。無名氏《玉泉子》：「賈相耽在滑臺，於城北命築八角井。」梅堯臣《李審言遺酒》詩有云：「切莫汲竭滑公井，留釀此醑時我傳。」滑臺，滑州治所，在今河南滑縣。歐于去年（康定元年）春赴滑州，帶回滑公井泉釀造的美酒。赤泥印酒：以泥封酒，再以朱印印之，以爲標識。

〔三〕「杏花」句：句末原注：「君詩有『春風酣酣杏正妍』之句」。酣酣：豔盛貌。

〔四〕「誰得」句：句末原注：「一本有『鏗鏘文律金玉寫，森羅武庫戈戟銛』兩句。」

〔五〕「詩工」四句：讚頌梅堯臣的文韜武略。鑱刻：鋭利刻畫。天骨：星相家謂天庭多奇骨者，人物傑出。多指人的氣度、格調而言。《藝文類聚》卷五〇引蔡邕《荆州刺史庾侯碑》：「視（或作『朗』）鑑出於自然，英風發乎天骨。」《玉鈐》：相傳爲吕尚所遺的兵書。《列仙傳·吕尚》：「二百年而告亡，有難而不葬。後子伋葬之，無屍，唯有《玉鈐》六篇在棺中云。」此泛指兵略、武事。遺篇：此指孫武兵書。梅堯臣曾注《孫子》。歐爲梅氏作《孫子後序》，有云：「吾知此書當與三家（曹操、杜牧、陳皞均有《孫子注》）並傳，而後世取其説者，往往于吾聖俞多焉。」曹杜：《宋史·藝文志六》：「曹、杜注《孫子》三卷。」注：「曹操、杜牧。」夷芟：删除。

〔六〕「關西」四句：感愴邊事緊急，舉薦梅氏未果，致使梅堯臣有志難酬。關西幕府：指函谷關以西的邊防帥府。此指范仲淹、韓琦等人在陝西戍邊的幕府。《長編》卷一二七康定元年五月己卯：「以起居舍人、知制誥韓琦爲樞密直學士、陝西都轉運使，吏部員外郎、天章閣待制范仲淹爲龍圖閣直學士，並爲陝西經略安撫副使、同管勾都部署司事。」范仲淹時在陝西任邊帥，與梅氏又是舊交，歐曾向范氏推薦梅。歐《答陝西安撫使范龍圖辭辟命書》：「然尚慮山林草莽，有挺特知義、慷慨自重之士，未得出于門下也，宜少思焉。」即爲時已解去襄城知縣、對兵法卓有研究的梅堯臣進言，然范仲淹最終未能徵召梅氏，使其報國無路而抱憾終生。　隴山：在今陝西隴縣至甘肅平涼一帶，山勢險峻，爲陝甘要隘。　敗將：指環慶副都部署任福，本年他帶兵與西夏戰於甘肅隆德好水川，爲敵所殺。魏泰《東軒筆録》卷七：「魏公舉兵入界，師次好水川，元昊設伏，全師陷没，大將任福死之。」　不敢薦：詩人時爲館閣校勘，修《崇文總目》，不能越職推薦邊將。　四十：梅堯臣時四十歲。　青衫：唐制，文官八品、九品服以青。此指官職卑微。

〔七〕吴興太守：據嘉泰《吴興志》卷一四《守臣題名》，胡宿時任吴興太守。吴興即湖州。　玉琯：玉製的古樂器，用以定律。《漢書・律曆志上》：「竹曰管。」顔師古注引三國魏孟康曰：「《禮樂器記》：『管，漆竹，長一尺，六孔。』……古以玉作，不但竹也。」《舊唐書・音樂志三》：「律周玉管，星回金度。」琯，即管，同「筦」。　和《英》《咸》：應和著美妙的《大咸》、《六英》樂曲，指彼此可以不同凡響地唱和詩篇。《咸》，古樂名，也叫《大咸》、《咸池》。《禮記・樂記》注：「黄帝所作樂名也。」《英》，古樂名，指《六英》。《吕氏春秋・古樂》：「帝嚳命咸黑作爲聲歌：《九招》、《六列》、《六英》。」

【附録】此詩輯入清康熙《御選宋金元明四朝詩·御選宋詩》卷二五、吴之振《宋詩鈔》卷一一、陳訏《宋十五家詩選·廬陵詩選》。

病中聞梅二南歸

聞君解舟去，秋水正沄沄〔一〕。野岸曠歸思，都門辭世紛。稍逐商帆伴，初隨征雁群。山多淮甸出，柳盡汴河分。楚色蕪尚緑，江煙日半曛〔二〕。客意浩已遠，離懷寧復云〔三〕。宣城好風月，歸信幾時聞〔四〕？

【題解】原輯《居士外集》卷三，無繫年，列康定元年詩後。作於慶曆元年秋，時爲館閣校勘。梅二，即梅堯臣，參見本書《聞梅二授德興戲書》題解。《梅集編年》卷一一：慶曆元年梅堯臣「改監湖州鹽税，秋後南下。」詩歌作於梅堯臣南下赴任時，詩人想像梅氏從京城至宣城的一路行程與沿途風光，流露對摯友遠去的惆悵與不捨。情景交融，叙議相生，詩情誠摯感人。

【注釋】

〔一〕沄沄：水流洶湧貌。唐宋務光《海上作》詩：「浩浩去無際，沄沄深不測。」

〔二〕「野岸」八句：想像梅氏離京南歸一路上的自然風景。世紛：人世間的紛擾。《後漢書·班彪傳贊》：「彪識皇命，固迷世紛。」　商帆：商船，或曰秋天的航船。胡宿《論太湖登在祀典》：「商帆賈楫，日相上下。」蔡襄《題延平閣》詩：「古劍成蟄龍，商帆來陣馬。」「山多」二句：淮河一帶群山疊出，汴河兩岸柳樹綿延。淮甸，淮河流域。　曛：昏暗。庾肩吾《和劉明府觀湘東王書》：「峰樓霞早發，林殿日先曛。」

〔三〕「客意」二句：梅堯臣浩然思歸，哪裏還會對京城戀戀不捨呢。

〔四〕「宣城」二句：你家鄉宣城的風光委實美好，什麼時候才能聽到你返歸京城的消息呢。宣城：今屬安徽。距離梅氏湖州鹽税任所很近。

谷正至始得先所寄書及詩不勝喜慰因書數韻奉酬聖俞

寒日照深巷，柴門朝尚閉。有客自江來，尺書千里至〔一〕。啟書復何云，但言南北異。南方地常暖，風物稱佳麗。梅藹入新年，蘭皋動芳氣。樂哉登臨興，豈厭江湖滯〔二〕。伊予方寂寞，刻苦窮文字。萬國會王州，群英馳儁軌〔三〕。方朔常苦饑，子雲非官意〔四〕。歲暮慘風塵，官閑倦朝市。出處一云别，所思寧可冀？春江有歸雁，但使音書繼〔五〕。

【題解】

原輯《居士外集》卷三，繫康定元年，誤。當作於慶曆元年冬，時爲館閣校勘，與修《崇文總目》。此詩與同卷《答梅聖俞》内容相近。卷末校記：「《奉酬聖俞》、《答梅聖俞》二詩多同而韻異，故兩存之。」詩中有云：「有客自江來」、「但言南北異」、「歲暮慘風塵」，康定元年冬，梅堯臣在鄧州，不合「自江來」、「南北異」詩意。慶曆元年秋梅氏南下湖州任官，歐在京校書，湖州千里寄書，抵京當在歲末，與詩意相合。谷正，當爲梅堯臣家僕或書物傳遞者。歐書簡《與梅聖俞》五次提及此人，如其十一：「谷正來，得所示書。」其三十六：「谷正來，承惠詩。」詩歌欣慕梅堯臣江南爲官的山水之樂，流露自己京師案牘校勘的孤寂苦悶，抒寫歸隱之思。詩語樸實凝練，情感真摯淳厚，有似陶淵明詩風。

【注釋】

〔一〕「寒日」四句：冬日的早晨，有客攜帶朋友書信千里而來。尺書：書信。唐劉滄《留别崔澣秀才昆仲》詩：「對酒不能傷此别，尺書憑雁往來通。」千里至：杜甫《羌村三首》詩：「歸客千里至。」

〔二〕「啟書」八句：概括書信内容，言江南爲官的山水登臨之樂。此書簡今不存梅堯臣《宛陵先生集》。 梅蘤：梅花。 蘭皋：長著蘭草的水岸。《楚辭・離騷》：「步余馬於蘭皋兮。」漢王逸注：「澤曲曰皋，《詩》云：『鶴鳴於九皋』。」

〔三〕「伊予」四句：孤寂中的我專力文字校勘，京師館閣匯集的一群傑出人才彼此競爭角觸。 伊予：我。伊，發語詞，無義。 萬國會：梅堯臣《寶元聖德詩》：「來賓萬國會，受職百神協。」 儁軌：喻特出的典範。

〔四〕「方朔」三句：詩人以東方朔與揚雄爲喻，自表生活窮苦和不以做官爲意。 歐書簡《與梅聖俞》其十二（康定元年）自敘館閣清貧，云：「某於此，幸老幼無恙。但尤貧，不可住京師，非久，亦卻求外補。」 東方朔：《漢書・東方朔傳》：「臣朔生亦言，死亦言。朱儒長三尺餘，奉一囊粟，錢二百四十；臣朔長九尺餘，亦奉一囊粟，錢二百四十。朱儒飽欲死，臣朔飢欲死。」 子雲：揚雄。《漢書・揚雄傳》：「（揚雄）不汲汲於富貴，不戚戚於貧賤，不修廉隅以徼名當世。家産不過十金，乏無儋石之儲，晏如也。 自有大度：非聖哲之書不好也；非其意，雖富貴不事也。」

〔五〕「出處」四句：自從仕宦分手後，朋友相聚難以期盼，希望來年春上還能收到朋友的資訊。 所思：所思念的人。《楚辭・九歌・山鬼》：「被石蘭兮帶杜衡，折芳馨兮遺所思。」 音書：音訊，書信。 宋之問《渡漢江》詩：「嶺外音書斷，經冬復歷春。」

【附録】

此詩輯入清吴之振《宋詩鈔》卷一二。

答梅聖俞

寒日照窮巷，荆扉晨未開。驚聞遠方信，有客渡江來〔一〕。開緘復何喜，宛若見瓊瑰〔二〕。一爾乖出處，未嘗持酒盃〔三〕。官閒隱朝市，歲暮慘風埃〔四〕。音書日可待，春雁暖應回〔五〕。

【題解】

原輯《居士外集》卷三，無繫年，列康定元年詩後。作於慶曆元年冬，時爲館閣校勘，與修《崇文總目》。卷末校記：「《奉酬聖俞》、《答梅聖俞》二詩多同而韻異，故兩存之。」此詩省略上詩中間部分南北生活差異的内容，保留首尾詩意，换韻而賦。參見上詩題解。

【注釋】

〔一〕「寒日」四句：參見上詩《谷正至，始得先所寄書及詩，不勝喜慰，因書數韻奉酬聖俞》

注〔一〕。荆扉：同柴門。言其簡陋。陶弘景《尋山志》：「荆門晝掩，蓬户夜開，室迷夏草，徑惑春苔。」

〔二〕瓊瑰：次於玉的美石，喻珍貴的贈物。宋祁《送梵上人歸天台》詩：「嗟予投報乏瓊瑰，目睇金園剩九回。」

〔三〕「一爾」二句：一從仕宦不如意，酒也戒飲了。一爾：頃刻之間，一旦。《三國志·吴志·劉繇傳》：「一爾分離，款意不昭，奄然殂殞，可爲傷恨。」《梁書·王規傳》：「一爾過隙，永歸長夜。」

〔四〕官閒隱朝市：《文選·王康琚〈反招隱〉》：「小隱隱陵藪，大隱隱朝市。」風埃：指世俗，紛亂的現實社會。

〔五〕「音書」二句：希冀來年繼續得到朋友的音訊，流露對朋友的思念之情。春雁：春天的雁信。

送唐生

京師英豪域，車馬日紛紛〔一〕。唐生萬里客，一影隨一身。出無車與馬，但踏車馬塵。日食不自飽，讀書依主人〔二〕。夜夜客枕夢，北風吹孤雲。翩然動歸思，旦夕來叩門〔三〕。終年少人識，逆旅惟我親〔四〕。來學媿道曹，贈歸慚橐貧。勉之期不止，多獲由力耘〔五〕。指家大嶺北，重湖浩無垠。飛雁不可到，書來安得頻〔六〕？

【題　解】

原輯《居士集》卷一，無繫年，列慶曆元年詩後。作於是年冬，時爲館閣校勘，與修《崇文總目》。題下原注：「一本作《送唐秀才歸永州》。」詩中有云「夜夜客枕冷，北風吹孤雲」。可知時值寒冬。唐生，不詳其名，當爲永州書生，來京師向詩人求學。詩歌叙寫唐生羈旅京師之苦楚，南歸之際，贈此勉其爲學。叙事狀物，以韓爲法，簡勁利索，有行雲流水的動態美。

【注　釋】

〔一〕「京師」二句：京城英俊雲集，每日車馬紛馳。

〔二〕「唐生」六句：唐生在京孤單清貧，求學生活艱辛。　依主人：依靠别人接濟得以求學。

〔三〕「夜夜」四句：唐生想念親人，忽萌歸思，臨行前登門造訪。

〔四〕逆旅：旅居，指客居他鄉，羈旅在外。陶潛《自祭文》：「陶子將辭逆旅之館，永歸於本宅。」

〔五〕「來學」四句：自愧學淺難施教，又愧家貧無饋贈，勉勵唐生堅持學習。　道瞢：學識淺陋。瞢，懵懂，迷糊不清。　橐貧：財物貧乏。橐，盛物的袋子，此指所裝之財物。

〔六〕「指家」四句：唐生家居萬里之外的永州，别後書信聯係十分艱難，表露詩人的牽掛之情。大嶺北：南嶺之北，指永州。相傳北雁南飛止於衡陽回雁峰，永州更在其南，故稱「飛雁不可到」。

【附録】

此詩輯入清康熙《御選宋金元明四朝詩·御選宋詩》卷一一、吴之振《宋詩鈔》卷一一，又輯入高步瀛《唐宋詩舉要》卷一。

范大士《歷代詩發》卷二三評曰：「既憐之，復勉之，古道誼之交也，故情詞最爲深至。」

高步瀛《唐宋詩舉要》卷一評曰：「此等詩猶見盛唐步武。」

送曇穎歸廬山

吾聞廬山久，欲往世俗拘〔一〕。昔歲貶夷陵，扁舟下江湖。八月到湓口，停帆望香爐。香爐雲霧間，杳靄疑有無。忽值秋日明，彩翠浮空虚〔二〕。信哉奇且秀，不與灊霍俱〔三〕。偶病不時往〔四〕，中流但踟躕。今思尚髣髴，恨不傳畫圖。曇穎十年舊，風塵客京都。一旦不辭訣，飄然卷衣裾。山林往不返，古亦有吾儒〔五〕。西北苦兵戰，江南仍旱枯。新秦又攻寇，京陝募兵夫。聖君念蒼生，賢相思良謨〔六〕。嗟我無一說，朝紳拖舒舒。未能膏鼎鑊，又不老菰蒲〔七〕。羨子識所止，雙林歸結廬〔八〕。

【題解】

原輯《居士集》卷一，繫慶曆元年。作於是年冬，時爲館閣校勘，與修《崇文總目》。題下原注：「一作《送僧曇穎》。」曇穎，俗姓丘，字達官，錢塘人。爲南嶽十一世谷隱聰禪師法嗣。十三歲出家龍興寺，長游京師，與歐陽修、刁約等交游。先後住舒州香爐峰、明州雪竇、金山龍游寺等。於書無所不讀，所爲詞章，多出塵之語。事蹟見《禪林僧寶傳》等。廬山，在今江西九江。《大清一統志》卷二四三《南康府》：「（廬山）在星子縣西北二十里，北接九江府界，古名南障山，一名匡山，總名匡廬。朱子《九江彭蠡辨》：『《禹貢》「敷淺原」，說者以爲漢歷陵縣之傅易山，在今江州德安縣，爲山甚小而卑，不足以有所表見，而其全體正脈，遂起而爲廬阜，則甚高且大，以盡乎大江彭蠡之交，而所以識夫衡山東過一支之所極者，惟是爲宜耳。』周必大《廬山後録》：『山有九十九峰，櫛比磬折，如城垛然。』《輿圖廣記》：『廬山三面阻水，西臨大陸，爲群山所奔輳。山無主峰，蜿蜒蟬聯，指列條數，各自爲勝。』王禕《六老堂記》：『其陰土燥石枯，岡阜並出，以扼大江東來之勢，是爲九江。其陽千巖萬壑，土木秀潤，是爲南康。』」梅堯臣《宛陵先生集》卷八有《送曇穎上人往廬山》詩，朱東潤亦繫今年。詩人回憶貶官夷陵時停帆遙望香爐峰的情景，既而描繪廬山奇秀景觀，羨慕曇穎決絕遁世，愧疚國事多艱而自身未能作爲，字裏行間流露志在報效朝廷卻又心羡山林隱逸的矛盾心理。叙議結合，意脈流貫，氣格老健，結構跌宕有致。

【注釋】

〔一〕世俗拘：被世俗庶務所牽制，未能實現游覽廬山的夙願。

〔二〕「昔歲」八句：回憶貶官夷陵、途經廬山時的往事。景祐三年八月中旬，詩人舟行過九江，遥望廬山香爐峰在雲霧中隱現出没。當時適逢秋日晴朗，廬山彩翠鮮明，倒影水中，蔚爲奇觀。湓口：湓水入長江處，在今江西九江西。香爐：廬山香爐峰，以瀑布著稱，經年雲霧繚繞。李白有《望廬山瀑布》詩。

〔三〕「信哉」二句：廬山的確雄奇秀麗，與灊山、霍山不一樣。灊：灊山，即皖公山。最高峰名天柱，在今安徽灊山西北，與霍山縣接界。霍：霍山，在今安徽霍山南，西北接大别山。

〔四〕偶病：《于役志》：景祐三年「八月丁巳（十四日），在江州，約陳侍禁游廬山。余病，呼醫者，不果往。」

〔五〕「曇穎」六句：自己和曇穎是十年舊交，如今他厭倦風塵，決心離京歸去，這與古代儒士不得志而隱身遁世是一樣的。十年舊：由慶曆元年上推十年，即天聖九年（一〇三一），歐在洛陽西京留守推官任上與曇穎相識。不辭訣：不辭而别。韓愈《讀東方朔雜事》詩：「一旦不辭訣，攝身淩蒼霞。」

〔六〕「西北」六句：是年二月，宋軍與西夏軍決戰，敗于好水川。《資治通鑑後編》卷四八：「夏人再寇劉璠堡。」宋仁宗下詔於「京東、西等九路，增募鄉兵，置宜毅軍，大州兩指揮，小州一指揮，爲就糧禁軍，合十餘萬人。」江南仍旱枯：《宋史·五行志四》：「慶曆元年九月丁未朔，遣官祈雨。」秦：指陝西地區。京陝募兵夫：《會要·兵一》：「慶曆元年二月，中書、樞密院言，欲委諸路總管等於本處職員内擇有行止人，令募近邊土人立充護塞指揮，立在鄉村教閱武藝，遇有事宜，勾集使唤。」

〔七〕「嗟我」四句：慨歎自己進不能犯顔直諫，退不能歸隱田園，安然尸居，坐食俸禄。舒舒：安閒貌。《詩·召南·野有死麕》：「舒而脱脱兮。」毛傳：「舒，徐也。脱脱，舒遲也。」膏鼎鑊：就鼎鑊烹煮之酷刑，此指居官盡職而受刑罰。歐《與尹師魯書》：「往時砧斧鼎鑊，皆是烹斬人之物，然士有死不失義則趨而就之，與几席枕藉之無異。」老菰蒲：指歸隱。菰蒲，水生植物，借指湖澤。南唐張泌《洞庭阻風》詩：「空江浩蕩景蕭然，盡日菰蒲泊釣船。」

〔八〕雙林：指廬山。廬山之麓有東林、西林兩著名寺院，故稱。

【附録】

此詩輯入清吴之振《宋詩鈔》卷一一。

厲鶚《宋詩紀事》卷九一：「曇穎，錢塘丘氏子，出家龍興寺，與歐陽永叔、刁景純游。嘉祐四年，示寂於金山龍游寺。」

晏太尉西園賀雪歌

陰陽乖錯亂五行，窮冬山谷暖不冰。一陽且出在地上，地下誰發萬物萌〔一〕？太陰當用不用事，蓋由奸將不斬虧國刑。遂令邪風伺間隙，潛中瘟疫於疲氓〔二〕。神哉陛下至仁聖，憂勤懇禱通精誠。聖人與天同一體，意未發口天已聽〔三〕。忽收寒威還水官，正時肅物凜以清。寒風得勢獵獵走，瓦乾霰急落不停。恍然天地半夜白，群雞失曉不及鳴〔四〕。清晨拜表東上閤，鬱鬱瑞氣盈宮庭。退朝騎馬下銀闕，馬滑不慣行瑶瓊〔五〕。晚趨賓館賀太尉，坐覺滿路流歡聲。便開西園掃徑步，正見玉樹花凋零。小軒却坐對山石，拂拂酒面紅煙生〔六〕。主人與國共休戚，不惟喜悦將豐登。須憐鐵甲冷徹骨，四十餘萬屯邊兵〔七〕！

【題　解】　原輯《居士外集》卷三，繫慶曆元年。作於是年冬十一月，時爲館閣校勘，與修《崇文總目》。

《歐集》卷五六另有《和晏尚書對雪招飲》詩，亦繫今年，當作於同時。晏太尉，即晏殊，時任樞密使，故稱。宋敏求《春明退朝録》卷上：「文臣爲樞密使，皆帶檢校太尉、太傅兼本官。」相傳此詩曾引起晏殊不滿。《永樂大典》卷一八二二二載《東軒筆録》佚文云：「歐陽文忠素與晏公無它，但自即席賦雪詩後，稍稍相失。」詩歌渲染寒冬大雪，表達對國事的關心，對戍邊士卒的同情。詩人將眼前的酒宴，與嚴峻的邊防形勢、艱苦的屯邊生活聯係在一起，顯然對主人的安富尊榮寓含譏諷。詩語質樸灑脱，筆力剛健蒼勁，叙事中有波瀾，議論中見風采。

【注釋】

〔一〕「陰陽」四句：古人以五行與陰陽相配，解釋四時季節的循環變化。陰陽錯亂，纔出現窮冬水暖的氣候反常現象。在萬物斂藏的寒冬，誰讓草木萌生呢？一陽出地上：《周易》「復」卦象☷，「復」爲十一月卦。

〔二〕「太陰」四句：冬季氣候反常，這種時序錯亂與朝廷奸佞邪氣有關。太陰當用不用事：冬天當冷不冷。太陰，指冬季。陰陽五行家以爲北方屬水，主冬，太陰爲北方，故亦指代冬季或水。曹植《蟬賦》：「盛陽則來，太陰逝兮。」奸將：指反宋擾邊的元昊。虧國刑：國家的刑法徒設空文。疲氓：疲憊不堪的老百姓。

〔三〕「神哉」四句：皇上的仁德誠心感動了上天，終於要變天降温了。憂勤懇禱：皇上憂心忡仲，虔誠祈禱降雪。

〔四〕「忽收」六句：冬季陰氣滋生，天變冷，降大雪。　水官：即水正。傳説中的上古五行官之一。《左傳・昭公二十九年》：「龍，水物也，水官棄矣，故龍不生得。」《禮記・月令》：「〔孟冬之月〕其帝顓頊，其神玄冥。」鄭玄注：「玄冥，少皞氏之子，曰修，曰熙，爲水官。」　肅物凜以清：在寒風中萬物肅然，凜冽清冷。　獵獵：形容物體隨風飄蕩的樣子。

〔五〕「清晨」四句：雪後的清晨，朝覲時一片瑞氣。　東上閤：與西上閤同爲宋代宫門名，東上閤係群臣上表之所。《宋史・禮志二十三》：「群臣上表儀……宰相率文武群臣……詣東上閤門拜表，知表官跪授表於宰臣，宰臣跪授於閤門使，乃由通進司奏御。」　退朝騎馬：王明清《揮麈後録》卷二：「舊制，京官造朝不許步行，每自外任代還日，步軍司即差兵士三人，馬一匹，隨次得差遣朝辭畢。選人改官授告有日，閤門關布軍司差人馬。」　瑶瓊：喻白雪，形容雪後京師有如玉界仙境。

〔六〕「晚趨」六句：晚上拜見太尉，賓主暢飲賞雪笑談的情景。　紅煙生：喻酒後臉頰泛紅。

〔七〕「主人」四句：主人身爲樞密使，應當與國家同樂共憂，不僅要想到瑞雪兆豐年，還要想到雪後戍邊士卒的苦楚。　四十餘萬：《宋史・兵志四》：「康定初，詔河北、河東添籍强壯，河北凡二十九萬三千，河東十四萬四千，皆以時訓練。」

【附録】

趙令畤《侯鯖録》卷四：「晏元獻公作相，因雪設客，如歐陽文忠公輩在坐。時西方用兵，歐公有詩曰：『可憐鐵甲冷徹骨，四十餘萬屯邊兵。』次日，蔡襄遂言其事，晏坐此罷相。公曰：『唐裴度作相，亦曾邀文士飲，如退之但作詩曰：「園林窮勝事，鐘鼓樂清時。」幾曾如此合鬧。』」按：又見魏泰《臨漢隱居詩話》、《東軒筆録》卷十一、胡仔《苕溪漁隱叢話》前集卷二六、祝穆《古今事文類聚》前集卷四、魏慶之《詩人玉屑》卷九、王昌會《詩話類編》卷二六、卷三一。

吴曾《能改齋漫録》卷一一：「劉莘老丞相《和王定國雪中絶句》：『袁安秖有高眠興，謝朓空餘後會艱。十萬健兒春瘴近，飛花宜過海南山。』定國云：『公無乃學歐陽公耶？』劉爲之一笑。蓋晏元獻爲樞密使時，西師未解嚴。會天雪，陸子履與歐公同謁之。晏置酒西園，歐即席賦詩，有『主人與國同休戚，不惟喜悦將豐登。須憐鐵甲冷徹骨，四十餘萬屯邊兵』，晏由是銜之，語人曰：『韓愈亦能作言語，作裴令公宴集，但云「園林窮勝事，鐘鼓樂清時」。』劉和詩時，政元豐間。朝廷方問罪安南，故定國援以爲戲。」

黄徹《䂬溪詩話》卷九：「永叔嘗謁執政，坐中賦雪詩，有云：『主人與國共休戚，豈惟喜悦將豐登。須憐鐵甲冷徹骨，四十餘萬屯邊兵。』當時乃謂韓退之亦能道言語，其豫裴晉公宴會，但云：『林園窮勝事，鐘鼓樂清時。』不曾如此作鬧。殊不知老杜一言一詠，未嘗不在於憂國恤人，物我之際，則淡然無著。《夏日歎》曰：『浩蕩想幽薊，王師安在哉？』《夏夜歎》曰：『念我荷戈士，窮年守邊疆。』

此仁人君子之用心，終食不可忘也，邊兵之語，豈爲過哉！如退之『始知神官未聖賢，護短憑愚要我敬』、『雪徑抵樵叟，風廊折譚僧』，真作鬧詩也。」按：又見阮閲《詩話總龜》後集卷二。

胡仔《苕溪漁隱叢話》前集卷二六引潘錞《潘子真詩話》：「永叔頗聞晏因賦《雪詩》有語，其後歐守青社，晏亦出鎮宛丘，歐乃作啟叙生平出處，以致謝悃，其略曰：『伏念曩者，相公始掌貢舉，修以進士而被選掄，及當鈞衡，又以諫官而蒙獎擢，出門館，不爲不舊，受恩知，不爲不深。』晏得書，即於書尾作數語，授掌記謄本答之，甚滅裂。坐客怪而問焉，晏徐曰：『作答知舉時一門生書也。』意終不平。」

郎瑛《七修類稿》卷二三：「慶曆中，西師未解，晏元獻大雪會飲。歐文忠席上有『須憐鐵甲冷徹骨，四十餘萬屯邊兵』之詩。孔溪《談苑》以爲似尋鬧也，且引韓昌黎赴燕裴度詩爲證。殊不知韓詩亦有諷意，如曰『園林窮勝事，鐘鼓樂清時』，正見清時乃可窮勝事也。又如白樂天《雪詩》有『豈知閿鄉獄，中有凍死囚』，杜子美《雲安陪諸公宴》有『萬國皆戎馬，酣歌淚欲垂』，皆具樂以天下之情，是孔溪不知作詩之義也。」

秦朝釪《消寒詩話》：「臘月八日曉起，庭除浩然，夜已得雪。因憶宋仁宗時，冬月得雪，諸臣入賀；朝退，晏元獻招集諸名士擁爐賞雪，飲酒賦詩，歐陽公在座得句云：『應念西征十萬師，鐵衣寒重骨欲折。』晏公視之不喜，歐退，元獻謂人曰：『好好宴集，歐九輒喜作鬧。』時正值元昊鴟張，西夏用兵也。晏公爲宰相，當佐天子擇將帥，恤士卒，念及用兵，惻然傷心，天下有一夫不免飢餓，引爲己罪，方得大臣體。乃已不能然，而人言之，而復惡之，斥曰『作鬧』，是何心也？豈所謂清客宰相乎？嗚呼！後樂先憂，范希文真人傑矣。」

和晏尚書對雪招飲

瑶林瓊樹影交加，誰伴山翁醉帽斜〔一〕？自把金船浮白蟻，應須紅粉唱梅花〔二〕。

【題解】

原輯《居士外集》卷六，繫慶曆元年。作於是年冬，時爲館閣校勘，與修《崇文總目》。參見上詩題解。詩歌描寫晏殊雪天招飲、主賓對酒當歌的奢華生活。語言清新，不事藻繪，意境渾成雋遠。

【注釋】

〔一〕瑶林瓊樹：雪天的瓊玉世界。山翁，即山簡。醉帽斜：典出《世説新語·任誕》，參見本書《惠泉亭》注〔四〕。

〔二〕「自把」二句：飲酒賞雪的放達之情：自個把酒酣飲，還需美女歌舞助興。金船：一種金質的盛酒器。庾信《北園新齋成應趙王教》詩：「玉節調笙管，金船代酒卮。」浮白蟻：浮於酒面的白色泡沫。梅花：古曲《梅花落》的省稱。漢樂府横吹曲名。《樂府詩集·横吹曲辭四·梅花落》郭茂倩題解：「《梅花落》本笛中曲也。按唐大角曲，亦有《大單于》、《小單于》、《大梅花》、《小梅花》等曲，今其聲猶有存者。」

贈杜默

南山有鳴鳳，其音和且清。鳴於有道國，出則天下平〔一〕。杜默東土秀〔二〕，能吟鳳凰聲。作詩幾百篇，長歌仍短行。携之入京邑，欲使衆耳驚。來時上師堂，再拜辭先生。先生頷首遣，教以勿驕矜〔三〕。贈之三豪篇，而我濫一名〔四〕。杜子來訪我，欲求相和鳴。顧我文字卑，未足當豪英。豈如子之辭，鏗鍠間鏞笙〔五〕。淫哇俗所樂，百鳥徒嚶嚶。杜子捲舌去，歸衫翩以輕〔六〕。京東聚群盜，河北點新兵〔七〕。饑荒與愁苦，道路日以盈。子盍引其吭，發聲通下情。上聞天子聰，次使宰相聽。何必九包禽，始能瑞堯庭。子詩何時作，我耳久已傾。願以白玉琴，寫之朱絲繩〔八〕。

【題解】

原輯《居士集》卷二，繫康定元年，誤。當作於慶曆元年，時爲館閣校勘，與修《崇文總目》。題下

原注：「一本注云：默師太學先生石守道介。」杜默學成辭歸時，石介賦《三豪詩送杜默師雄》詩，其中有句「曼卿苦汩没，老死殿中丞」，可知時在慶曆元年二月石延年逝世後，歐此詩更在其後。杜默，《大清一統志》卷九一《和州》：「杜默，字師雄，歷陽人。師事石介，介謂其歌篇甚豪，嘗作《三豪詩》送之，與石曼卿、歐陽修並稱。《廬陵集》亦有《贈杜默詩序》。」厲鶚《宋詩紀事》卷二七稱杜默「熙寧末，特奏名，仕新淦尉」。詩歌首八句讚美杜默詩才；次十八句敘寫杜氏來京造訪，不遇而歸；末十四句感慨内憂外患，規誡杜氏以詩歌表現民生疾苦。歐氏贈詩杜默，倡導用詩歌反映社會現實，反對粉飾太平，意在規勸並勉勵之。以議論爲詩，敘事簡勁，造語新奇，縱横跳宕，透見韓愈筆力。

【注釋】

〔一〕「南山」四句：鳳凰出鳴而天下太平。鳴鳳：鳳凰，喻賢者。出則天下平：《山海經·南山經》：「有鳥焉，其狀如雞，五彩而文，名曰鳳凰，首文曰德，翼文曰義，背文曰禮，膺文曰仁，腹文曰信。是鳥也，飲食自然，自歌自舞，見則天下安寧。」

〔二〕東土秀：杜默是東方俊秀。杜氏爲和州人，屬東部地區，故稱。

〔三〕「先生」二句：石介詩《三豪詩送杜默師雄》，末句云：「師雄子勉旃，勿便生驕矜。」

〔四〕「贈之」四句：石介《三豪詩送杜默師雄》譽我爲「三豪」之一，自己實屬濫竽充數。此爲自謙之辭。

〔五〕鏗鍠：指鐘和琴瑟發出的聲響。　鏞：大鐘。《尚書·益稷》：「笙鏞以間。」

〔六〕「淫哇」四句：世俗之樂乃不正之聲，杜默不願參與其中，秖好揮袖歸去。　淫哇：邪僻的詩歌。　捲舌：不開口，閉口不言。《文選·揚雄〈解嘲〉》：「是以欲談者捲舌而同聲，欲步者擬足而投跡。」李善注：「言不敢奇異也。故欲談者捲舌而不言，待彼發而同其聲。」

〔七〕京東：宋置京東東路、京東西路，大致包括今天的山東和河南東部、江蘇北部地方。　河北：宋置河北東路、河北西路，大致包括今天的河北南部、山西東部。　點新兵：《宋會要·兵一》：康定元年「四月，詔河北都轉運使姚仲孫、緣邊安撫使高志寧密下諸州添補强壯。」

〔八〕「子盍」十句：對杜默提出規誡，期望其以詩歌反映民瘼。　通下情：班固《兩都賦》：「抒下情以通諷喻。」　聰：聽。　九包禽：即九苞禽，指鳳凰。《初學記》卷三〇引《論語摘衰聖》：「鳳有六像、九苞。」　瑞堯庭：《尚書中侯》：「堯即政七十年，鳳凰止庭。」　朱絲繩：紅色琴絃，指詩歌被之音樂而廣爲流傳。

【附録】

此詩輯入清康熙《淵鑑類函》卷三〇三、吴之振《宋詩鈔》卷一一、陳焯《宋元詩會》卷一〇、陳訏《宋十五家詩選·廬陵詩選》。

石介《徂徠石先生文集》卷二《三豪詩送杜默師雄并序》：「近世作者，石曼卿之詩，歐陽永叔之文辭，杜師雄之歌篇，豪於一代矣。師雄學於予，辭歸，作《三豪詩》以送之：曼卿豪於詩，社壇高數層。永叔豪於辭，舉世絶儔朋。師雄歌亦豪，三人宜同稱。曼卿苦汩没，老死殿中丞。身雖埋黄泉，詩名長如冰。永叔亦連蹇，病鸞方塞騰。四海讓獨步，三館最後登。師雄二十二，筆距獰如鷹。才格自天來，辭華非學能。迴顧李賀輩，粗俗良可憎。玉川《月蝕》詩，猶欲相憑陵。曼卿苟不死，其才堪股肱。永叔器甚閎，用之王道興。師雄子勉旃，勿便生驕矜。」

王闢之《澠水燕談録》卷七：「濮人杜默師雄，少有逸才，尤長於歌篇，師事石守道。作《三豪詩》以遺之，稱默爲歌豪、石曼卿詩豪、永叔文豪。而永叔亦有詩曰『贈之《三豪篇》，而我濫一名。』默久不第，落魄不調，不護名節，屢以私干歐陽公。公稍異之，默怨憤，作桃花詩以諷，由是士大夫薄其爲人。」

蘇軾《東坡志林》卷一：「石介作《三豪詩》，其略云：『曼卿豪於詩，永叔豪於文，而杜默師雄豪於歌也。』永叔亦贈默詩云：『贈之《三豪》篇，而我濫一名。』默之歌少見於世，初不知之。後聞其一篇云『學海波中老龍，聖人門前大蟲』，皆此等語，甚矣，介之無識也！永叔不欲嘲笑之者，此公惡爭名，且爲介諱也。」按：又見阮閲《詩話總龜》前集卷四一、胡仔《苕溪漁隱叢話》前集卷二五、祝穆《古今事文類聚》别集卷一〇、魏慶之《詩人玉屑》卷一一。

魏泰《臨漢隱居詩話》：「（杜）默少以歌行自負，石介《贈三豪詩》，謂之『歌豪』，以配石曼卿、歐陽永叔。晚節益縱酒落魄，文章尤狂鄙。熙寧末，以特奏名得同出身，一命得臨江軍新淦縣尉，年近七十卒。」按：又見胡仔《苕溪漁隱叢話》前集卷二五。

歐陽修詩編年箋注卷六

慶曆二年至慶曆四年作

送黎生下第還蜀

《黍離》不復雅，孔子修《春秋》[一]。扶王貶吴楚，大法加諸侯[二]。妄儒泥於魯，甚者云黜周[三]。大旨既已矣，安能討源流。遂令學者迷，異説相交鉤[四]。黎生西南秀，挾策來東游。有司不見採，春霜滑歸輈[五]。自云喜《三傳》，力欲探微幽[六]。凡學患不彊，苟至將焉廋。聖言簡且直，慎勿迂其求[七]。經通道自明，下筆如戈矛。一敗不足衂，後功掩前羞[八]。

【題解】

原輯《居士集》卷一，繫慶曆二年（一〇四二）。作於是年春，詩人時年三十六歲，任集賢校理。

胡《譜》：慶曆元年十二月「己丑(十四日)，《崇文總目》成，改集賢校理。」慶曆二年「正月丁巳(十二日)，考試别頭舉人。三月丙辰(十三日)，御試進士《應天以實不以文》賦，公擬進一首，賜敕書獎諭。」黎生，即黎錞，一作黎淳，字希聲。吕陶《淨德集》卷二二《朝議大夫黎公墓志》：「公諱淳，字希聲。幼務學，既冠，與仲兄洵游京師……第慶曆六年進士，調利州節度推官，以父憂罷。終制，除成德軍觀察推官……歐陽文忠公、吴長文薦爲學官，得國子監直講……元豐七年，以朝請大夫致仕。哲宗即位加朝議。元祐八年五月二十九日卒，享年七十九。」蘇軾《東坡志林》卷一云：「吾故人黎錞，字希聲。治《春秋》有家法，歐陽文忠公喜之。然爲人質木遲緩，劉貢父戲之爲『黎檬子』……黎亦能文守道，不苟隨者也。」《蘇舜欽集》卷六亦有《黎生下第還鄉》詩。作者讚賞黎生的《春秋》觀，引爲自己的同調，宣傳「聖言簡且直，慎勿迂其求」的經學思想，勉勵其敗試而不氣餒，最終奪取科第成功。通篇以議論爲詩，縱横開合，自由灑脱，韻味迥異於唐詩。

【注　釋】

〔一〕「《黍離》」二句：周室衰微，大雅不作，而後孔子作《春秋》。《孟子·離婁下》：「《詩》亡然後《春秋》作。」孔穎達正義：「自周之王者風化之跡熄滅而《詩》亡，歌詠於是乎衰亡，歌詠既已衰亡，然後《春秋》褒貶之書於是乎作。」《黍離》：《詩·王風·黍離序》：「《黍離》，閔宗周也。周大夫行役，至於宗周，過故宗廟宫室，盡爲禾黍，閔周室之顛覆，彷徨不忍去，而作是詩也。」

〔二〕貶吴楚：春秋吴楚國君自稱王，孔子《春秋》爲扶持周王室，稱之爲吴子、楚子。歐《正統論》：「仲尼作《春秋》，區區于尊周而黜吴楚者，豈非以其正統之所在乎？」大法：指孔子《春秋》大義。韓愈《答劉秀才論史書》：「愚以爲凡史氏褒貶大法，《春秋》已備之矣！」加諸侯：歐《原正統論》：「仲尼以爲周平雖始衰之王，而正統在周也，乃作《春秋》。自平王以下，常以推尊周室，明正統之所在，故書王以加正月而繩諸侯，王人雖微，必加于上，諸侯雖大，不與專封；以天加王，而别吴楚，刺譏褒貶，一以周法，凡其用意，無不在於尊周。」

〔三〕「妄儒」二句：那些不懂《春秋》真意的人，秪是拘泥於孔子學説，更有甚者認爲孔子貶黜周王。甚者：指何休。何休注《公羊傳》「隱公元年」曰：「唯王者然後改元立號，《春秋》託新王受命于魯。」此黜周王魯之説也。

〔四〕「大旨」四句：後人對《春秋》大法的真諦不知曉，以致異説紛起，彼此爭相攻伐。大旨：大要，主旨，指《春秋》大法。

〔五〕「黎生」四句：黎生本是西南俊秀，懷才東游赴考，春日落第歸鄉。有司：官吏。此指掌管科舉取士的官吏。輈：車轅。代指車。

〔六〕三《傳》：《春秋》三傳，即《左傳》、《公羊傳》、《穀梁傳》。

〔七〕「凡學」四句：强學必能窮究經典本義，聖人之言本來簡明而直率，用不著迂回曲折地探

求。　庾：藏匿，隱藏。　衄：同「衄」。本指鼻子出血，

〔八〕「經通」四句：勉勵黎生通經明道，敗而不餒，奪取科舉成功。引申爲挫折、失敗。陳子昂《爲副大總管蘇將軍謝罪表》：「遂以貔貅之師，衄於犬羊之衆。」後功掩前羞：據宋呂陶《淨德集》卷二二《朝散大夫黎公墓誌銘》，黎錞未負所望，慶曆六年終獲登第。

答楊闢喜雨長句

吾聞陰陽在天地，升降上下無時窮。環回不得不差失，所以歲時無常豐〔一〕。古之爲政知若此，均節收斂勤人功。三年必有一年食，九歲常備三歲凶。縱令水旱或時遇，以多補少能相通〔二〕。今者吏愚不善政，民亦游惰離于農。軍國賦斂急星火，兼併奉養過王公。終年之耕幸一熟，聚而耗者多於蜂。是以比歲屢登稔，然而民室常虛空。遂令一時暫不雨，輒以困急號天翁〔三〕。賴天閔民不責吏，甘澤流布何其濃〔四〕。農當勉力吏當愧，敢不酌酒澆神龍〔五〕！

【題解】

原輯《居士外集》卷一，無繫年，置天聖九年至明道二年之間，誤。當作於慶曆二年春，時任集賢校理。題目「楊闢」下原注：「一作『子靜』。」「喜」下原注：「一作『祈』。」長句，即七言古詩。本詩内容可在作者景祐三年《原弊》文中一一找到注脚。歐慶曆三年有詩《送楊闢秀才》：「吾奇曾生者，始得之太學……既又得楊生，群獸出麟角。」可知其結識楊闢，在慶曆元年認識曾鞏之後、慶曆三年賦詩送行之前。慶曆二年春，楊闢在京應試，兩人當於此時相識。楊闢，字子靜，一曰楊愈之弟。本詩體察民情，有的放矢，深刻分析宋王朝國困民貧的原因，指陳時弊，革故鼎新，宣傳農爲國本、節用愛民、改革吏治等政治主張。詩風沉鬱高遠，通篇夾叙夾議而挾情韻，開合跌宕中折射理性之光，頗具説服力與感染力。

【注釋】

〔一〕「吾聞」四句：我聽説陰陽二氣永無休止地運行天地之間，這種上下循環一旦出錯，就會造成災荒，因此不可能年年風調雨順、五穀豐登。　陰陽在天地：歐《原弊》：「夫陰陽在天地間騰降而相推，不能無愆伏，如人身之有血氣，不能無疾病也。故善醫者不能使人無疾病，療之而已；善爲政者不能使歲無凶荒，備之而已。」

〔二〕「古之」六句：古代爲政者通曉常備無患之道理，因此荒災之年也能應對。　均節收斂：徵收賦税要均匀，役使民力有節制。或曰：「均節」猶「調節」。三年必有一年食：三年一定要積餘一年的糧食，九年要備三年荒。《禮記·王制》：「三年耕必有一年之食，九年耕必有三年之食。」《原弊》：「堯湯大聖，不能使無水旱，而能備之者也。古者豐年補救之術，三年必留一年之畜，是凡三歲期一歲以必災也。此古之善知天者也。」

〔三〕「今者」十句：批評今之爲政者不能未雨綢繆，豐熟之年也國庫虚空，遇上災年則民不聊生。游惰：游手好閒，懶于務農。《原弊》：「然民盡力乎南畝者，或不免乎狗彘之食，而一去爲僧兵，則終身安佚而享豐腴，則南畝之民不得不日減也。」軍國賦斂：《原弊》：「今不先制乎國用，而一切臨民而取之。故有支移之賦，有和糴之粟，有入中之粟，有和買之絹，有雜料之物，茶鹽山澤之利有榷有征；制而不定，則有司屢變其法，以爭毫末之利。」聚而耗者多於蜂：《原弊》：「今乃不然，耕者不復督其力，用者不復計其出入，一歲之耕供公僅足，而民食不過數月。甚者，場功甫畢，簸糠麩而食秕稗，或採橡實畜菜根以延冬春……今以不勤之農贍無節之用故也，非徒不勤農，又爲衆弊以耗之。」

〔四〕「賴天」三句：爲政者光依賴上蒼體恤民衆而不重責官吏們勤于政事，這樣的恩政荒唐可笑。甘澤：甘雨。杜甫《遣興》詩其三：「豐年孰云遲，甘澤不在早。」仇兆鼇注引《荆楚歲時記》：「六月必有三時雨，田家以爲甘澤。」

〔五〕「農當」二句：百姓要勤於農事，官吏要自責，要勤於政事，豈敢不好好祭神祈雨。澆神龍：

以酒祭龍，答謝降雨。古時用泥塑龍像，用以祈雨。《淮南子》曰：「土龍致雨。」高誘注云：「湯遭旱，作土龍以像龍，雲從龍，故致雨也。」

送吕夏卿

始吾尚幼學弄筆，群兒争誦公初文。嗟我今年已白髮，公初相見猶埃塵〔一〕。傳家尚喜有二子，始知靈珠出淮濱。去年束書來上國，欲以文字驚衆人。駑駘群馬斂足避，天衢讓路先騏驎。尚書禮部奏高第，斂衣襆硯趨嚴宸。曈曈春日轉黄傘，藹藹賦筆摛青雲〔二〕。我時寓直殿廬外，衆中迎子笑以忻〔三〕。明朝失意落人後，我爲沮氣羞出門〔四〕。得官高要幾千里，猶幸海遠無惡氛〔五〕。英英帝圃多鸞鳳，上下羽翼何繽紛〔六〕。期子當呼丹山鳳，爲瑞相與來及群〔七〕。

【題解】

原輯《居士集》卷二，繫慶曆二年。作於是年春夏間，時任集賢校理。題下原注：「夏卿父造，字公初，有名進士也。一本云『送吕先輩赴端州高要尉』。」吕夏卿，字縉叔，泉州晉江人。慶曆二年進士，皇祐初年調任《新唐書》編修官，書成後進直秘閣，同知禮院。英宗朝官同修起居注，神宗初卒於知潁州任所。《宋史》卷三三一有傳。吕氏啟程遠赴端州高要尉之際，詩人賦此送行。詩人惋惜吕夏卿材高學贍，卻被壓抑在科舉與仕途的末等，堅信吕氏日後定當大任，必與群賢共輔朝政。筆力雄勁，叙議相生，行文跌宕，感情真摯而深沉。

【注釋】

〔一〕「始吾」四句：我在童蒙學習作文時，大家爭相誦讀你父親吕造的文章。如今我已滿頭白髮，見到的吕造還是官卑職微。猶埃塵：白居易《送洪右史赴召三首》其三：「一生冰清但糠粃，兩鬢雪白猶塵埃。」埃塵，塵土，比喻卑賤。宋江少虞《事實類苑》卷五〇《史照母張氏》：「史中暉之母張氏能知人，觀其所爲而知其貴賤貧富。文潞公、張杲卿、高敏之、吕公初舉進士時，皆館其家，極禮待之。言潞公、杲卿、敏之大貴，公初有名而不達，後皆如其言。中暉名照，爲光禄卿。公初，終於大理寺丞、國子監直講。」

〔二〕「傳家」十句：值得欣喜的是吕造二子文才驚世，藝壓群雄，在科舉考試中脱穎而出。二子：指吕夏卿與其兄吕喬卿，據《福建通志》卷三三《選舉》，二人俱中慶曆二年進士。淮濱：即淮蠙，淮水産珠之蚌。原本校曰：「一作『海蠙』，一作『淮蠙』。」《尚書·禹貢》曰：「淮夷蠙珠暨魚。」孔穎達疏：「蠙是蚌之別名，此蠙出珠，遂以蠙爲珠名。」上國：京師。江淹

《四時賦》：「憶上國之綺樹，想金陵之蕙枝。」駑駘群馬：才識平平之人。駑駘，本指劣馬，後喻才能低劣者。　天衢：京都的大路。李賀《漢唐姬飲酒歌》：「御服沾霜露，天衢長蓁棘。」騏驎：良馬，喻才識出衆的吕氏兄弟。　尚書禮部：唐代科舉考試通常由禮部侍郎主持。宋初知貢舉者，往往是翰林學士或其他學士官充當，然貢生、監生皆解名禮部，禮部尚書職掌學校貢舉之政令，故仍稱禮部試。　斂衣襆硯：整理衣服，包好筆硯。襆，用布巾包裹。蘇舜欽《奉酬公素學士見招之作》詩：「呼兒襆衣辨舟楫，一日百里豈憚勞。」　趨嚴宸：參加殿試。宸，北極星所居，即紫微垣，指帝王居所。　曈曈：日初出漸明貌。唐盧綸《臘日觀咸寧王部曲娑勒擒豹歌》：「山頭曈曈日將出，山下獵圍照初日。」　轉黄傘：皇上出場，親臨考場。　藹藹：應試者不急不緩，從容應對。　摛青雲：揮筆鋪陳青雲般燦爛的文采。

〔三〕「我時」二句：當時我在考場外值班，看到你高興地笑著走出考場。　寓直：寄宿於别的署衙當值。宋之問《和姚給事寓直之作》：「寓直光輝重，乘秋藻翰揚。」胡《譜》：慶曆二年「正月丁巳（十二日），考試别頭舉人。三月丙辰（十三日），御試進士《應天以實不以文》賦，公擬進一首，賜敕書獎諭。」

〔四〕落人後：吕夏卿科第等次名次居他人之後。

〔五〕「得官」二句：吕夏卿被授以小官遠赴端州高要，幸好離海很遠，没有瘴氣侵襲。　高要：宋代縣名，屬廣南東路，爲端州州治所在地，治所在今廣東肇慶。　惡氛：指瘴氣類惡劣自然環境。

〔六〕「英英」二句：皇家宫殿群賢集聚，朝廷上下衆多輔弼良臣。帝圃：皇家。鸞鳳：喻指賢能之士。羽翼：輔佐。《吕氏春秋·舉難》：「〔魏文侯〕以私勝公，衰國之政也。然而名號顯榮者，三士羽翼之也。」高誘注：「羽翼，佐之。」繽紛：衆多貌。韓愈《送陸暢歸江南》詩：「鸞鳴桂樹間，觀者何繽紛。」

〔七〕丹山鳳：即鳳凰，喻有傑出才華者。李商隱《越燕》：「記取丹山鳳，今爲百鳥尊。」丹山，山名。《山海經·南山經》：「丹穴之山，其上多金玉。丹水出焉，而南流注於渤海。有鳥焉，其狀如雞，五彩而文，名曰鳳凰。」《吕氏春秋·本味》：「流沙之西，丹山之南，有鳳之丸，沃民所食。」來及群：來朝共同輔政。唐鮑溶《經隱叟》：「余有世上心，此來未及群。」

答蘇子美離京見寄

衆奇子美貌，堂堂千人英〔一〕。我獨疑其胸，浩浩包滄溟。滄溟産龍蜃，百怪不可名〔二〕。是以子美辭，吐出人輒驚。其於詩最豪，奔放何縱横〔三〕！衆絃排律吕，金石次第鳴。間以險絶句，非時震雷霆。兩耳不及掩，百痾爲之醒〔四〕。語言既可駭，筆墨尤其精。少雖嘗力學，老乃若天成。濡毫弄點畫，信手不自停。端莊雜醜怪，群星見欃槍。爛然溢紙幅，視久無定形。使我終老學，得一已足矜〔五〕。而君兼衆美，磊落猶自輕。高冠出人上，誰敢揖其膺〔六〕？群臣列丹陛，幾位缺公卿。使之束帶立，可以重朝廷。況令參國議，高論吐崢嶸。惜哉三十五，白髮今已生〔七〕。近者去江淮，作詩寄離情。口誦不及寫，一日傳都城〔八〕。退之序百物，其鳴由不平。天方苦君心，欲使發其聲〔九〕。嗟我非鸞鷟，徒思和嚶嚶〔一〇〕。因風幸數寄，警我聾與盲。

【題解】

原輯《居士外集》卷三，無繫年，列慶曆二年詩後。作於是年夏，時任集賢校理。卷末題下校記：「子美」《慶曆文粹》作『倩仲』，蓋舜舊字。後篇（《立秋有感寄子美》）同。」蘇子美，即蘇舜欽，參見本書《初至夷陵答蘇子美見寄》題解。《蘇舜欽集》卷二有詩《出京後舟中有作寄文韓二兄弟、永叔歐陽九、和叔杜二》，此爲答詩。蘇舜欽扶母喪還京，船行淮水，作《淮上喜雨聯句》，有云：「江淮經歲旱，春暮忽然雨。」其抵京時間當在春末，立秋時節已在山陽，歐有《立秋有感寄蘇子美》詩。由此可知蘇、歐此次贈答，時在夏季。本詩前二十六句高度讚揚蘇舜欽的體貌、襟懷、詩文與書法；後二十六句推崇蘇舜欽的政治才幹，同情其悲劇人生，鼓勵其「不平則鳴」，創作更好的作品。詩歌直抒胸臆，筆力雄健，想象奇特，氣象闊大，表現出崇尚「奇險」的審美取向，風格與蘇舜欽詩相類。

【注釋】

〔一〕「衆奇」二句：蘇舜欽相貌堂堂，才德出衆。歐《湖州長史蘇君墓誌銘》：「君狀貌奇偉，慷慨有大志。」

〔二〕「我獨」四句：我覺得蘇氏心胸廣大，能包容大海，更具奇思異想。滄溟：大海。《漢武帝内傳》：「諸仙玉女，聚居滄溟。」龍蜃：傳説中的蛟屬。能吐氣成海市蜃樓。亦指海市蜃樓。宋王讜《唐語林·補遺四》：「海上居人，時見飛樓如結構之狀甚壯麗者，太原以北，晨行則煙靄之中覩城闕狀如女牆雉堞者，皆《天官書》所謂蜃也。」李時珍《本草綱目》卷四三《蜃》：「蛟之屬有蜃，其狀亦似蛇而大，有角如龍狀……能吁氣成樓臺城郭之狀，將雨即見，名蜃樓，亦曰海市。」

〔三〕「是以」四句：因此蘇氏詩文驚世駭俗，詩風豪邁奔放，不可羈絆。《宋史·蘇舜欽傳》：「發奮於詩歌，其體豪放，往往驚人。」歐《水谷夜行寄子美聖俞》詩：「蘇豪以氣轢，舉世徒驚駭。」

〔四〕「衆絃」六句：蘇詩樂律和諧，音韻鏗鏘，常有奇警之句。律吕：古代校正樂律的器具。用竹管或金屬製成，共十二管，管徑相等，以管的長短來確定音的不同高度。從低音管算起，成奇數的六個管叫作「律」；成偶數的六個管叫作「吕」，合稱「律吕」。震雷霆：詩中間雜振聾發聵的警句，就象隨時響起的千鈞雷霆。百痾爲之醒：奇警的詩句具有驚人的力量，可以治病醒人。

〔五〕「語言」十二句：蘇氏書法妙出天然，靈活多姿。筆墨尤其精：《宋史·蘇舜欽傳》：「善草書，每酣酒落筆，爭爲人所傳。」陶宗儀《書史會要》卷六稱譽蘇舜欽「工行草，用筆沉著不凡，端勁可愛，評書之流謂入妙品。當時殘章片簡傳播天下，美其翰墨者有『花發上林，月滉淮水』之語。」欃槍：彗星的别稱。古人認爲是凶星，主不吉。《爾雅·釋天》：「彗星爲欃槍。」

〔六〕「而君」四句：讚美蘇舜欽德才兼美，人格高尚，無人能平揖其心，無人能與之分庭抗禮。

〔七〕「群臣」八句：感歎蘇氏有將相之才，人及中年卻難以見用。丹陛：宫殿的臺階，因深紅色，故云。幾：機要，政事。吐崢嶸：《中吴紀聞》：「蘇舜欽，字子美，易簡參政之孫。慷慨有大志，工爲古文，聲名與歐陽公相上下。天聖七年，玉清昭應宫災，子美以太廟齋郎詣登聞上疏，謂：『天以此垂戒，愿陛下恭默自省。』語甚切直。時年方二十，登景祐元年進士第。俄有詔戒越職言事者，子美又上書，極論其不可。」三十五：蘇舜欽生於大中祥符元年（一〇〇八），至慶曆二年（一〇四二），恰好三十五歲。

〔八〕「近者」四句：蘇舜欽最近離京去山陽守制，舟中寄贈詩《出京後舟中有作寄文韓二兄弟、永叔歐陽九、和叔杜二》一日傳徧京師。

〔九〕「退之」四句：韓愈《送孟東野序》：「大凡物不得其平則鳴。」歐借韓愈文句表達對蘇舜欽懷才不遇的不平之鳴。韓愈「不平則鳴」説，承繼屈原《楚辭·九章·惜誦》「發憤以抒情」、司馬遷《史記·太史公自序》「發憤之所爲作」、桓譚《新論》「賈誼不左遷失志，則文彩不發」等論説，對後代文學理論影響深遠。

〔一〇〕鸑鷟：鳳的别稱。《國語·周語上》：「周之興也，鸑鷟鳴於岐山。」韋昭注：「三君云：鸑鷟，鸞鳳之别名也。《詩》云：『鳳皇鳴矣，于彼高岡。』其在岐山之脊乎？」嚶嚶：鳥鳴聲。《詩·小雅·伐木》：「嚶其鳴矣，求其友聲。」比喻朋友間的同氣相求、詩文酬唱。

【附　録】

此詩輯入清康熙《御選宋金元明四朝詩·御選宋詩》卷一一、吴之振《宋詩鈔》卷一二、陳訏《宋十五家詩選·廬陵詩選》。

趙琦美《趙氏鐵網珊瑚》卷三載胡儼題跋：「予觀文忠之詩，稱道子美者，以其氣之豪，才之雄，語之奇，不牽世俗，誠卓犖不群之士也。然子美在當時，以酒食微過，竟坐，流落不偶，而文忠他日序其文，誌其墓，深致意焉。夫不矜細行，君子不能無惜於子美，而文忠好賢育才之心，見諸文詞者，又拳拳焉，爲當時諸君子惜也。」

答朱寀捕蝗詩

捕蝗之術世所非，欲究此語興於誰？或云豐凶歲有數，天孽未可人力支。或言蝗多不易捕，驅民入野踐其畦。因之奸吏恣貪擾，户到頭斂無一遺。蝗災食苗民自苦，吏虐民苗皆被之〔一〕。吾嗟此語秖知一，不究其本論其皮！驅雖不盡勝養患，昔人固已決不疑。秉蟊投火況舊法，古之去惡猶如斯。既多而捕誠未易，其失安在常由遲〔二〕。詵詵最説子孫衆，爲腹所孕多蜫蚳。始生朝畝暮已頃，化一爲百無根涯。口含鋒刃疾風雨，毒腸不滿疑常飢。高原下隰不知數，進退整若隨金鼙〔三〕。嗟兹羽孽物共惡，不知造化其誰尸〔四〕？大凡萬事悉如此，禍當早絶防其微。蠅頭出土不急捕〔五〕，羽翼已就功難施。秖驚群飛自天下，不究生子由山陂。官書立法空太峻，吏愚畏罰反自欺。蓋藏十不敢申一，上心雖惻何由知。不如寬法擇良令，告蝗不隱捕以時。今苗因捕雖踐死，明歲猶免爲蝝菑〔六〕。吾嘗捕蝗見其事，較以利害曾深思。官錢二十買一斗，示以明信民爭馳。斂微成衆在人力，頃刻露積如京坻。乃知孽蟲雖甚衆，嫉惡苟鋭無難爲。往時姚崇用此議，誠哉賢相得所宜〔七〕。因吟君贈廣其説，爲我持之告採詩〔八〕。

【題解】原輯《居士外集》卷三，繫慶曆二年。作於是年夏，時任集賢校理。朱寀，《長編》卷一四四慶曆三年冬十月乙卯（二十一日）：「集賢校理曾公亮、朱寀爲檢閲官。」附注：「朱寀九月丙寅以佐著作直講爲集賢校理，尋卒。《范仲淹集》有奏狀，乞録其弟。」《續資治通鑑》卷三九景祐三年三月辛酉（一日）「開封府判官謝絳言：『蝗亘田野，坌入郛郭，跳擲官寺，井匽皆滿，而使者數出，府縣監捕驅逐，蹂踐田舍，民不聊生。』」同書卷一二三寶元二年六月癸酉（十四日）「曹、濮、單三州言蝗」，卷一二九康定元年十二月癸巳（十八日）「詔天下諸縣，民瘞飛蝗遺子一升者，官給以米豆三升」，可見景祐以來連年蝗災，災情嚴峻。此詩酬答朱寀《捕蝗詩》，反映民生疾苦，指斥官員隱情不報，批評官府滅災無能，並進獻滅蝗良方，表現詩人的仁政思想與愛民情結。詩歌前二十六句論析蝗蟲的危害、捕蝗的必要以及以往捕蝗的得失；後二十八句提出捕蝗的有效措施，如防患未然，慎選官吏，及時捕捉，改强迫捕捉爲鼓勵捕捉等。全詩結構「提出問題——分析問題——解決問題」，三段論格式明顯，可謂是一篇典型的政論文。全詩無一處無議論，論點鮮明，論據確鑿，論證嚴密，堪稱慶曆年間「以文爲詩」的成熟之作。

【注　釋】

〔一〕「捕蝗」十句：列舉自古人們反對捕蝗之術的各種理由。　户到頭斂：官府按户按人頭責收蝗蟲。頭斂，即頭會箕斂。《漢書·陳餘傳》：「百姓罷敝，頭會箕斂。」服虔注：「吏到其家，人人頭數出穀，以箕斂之。」

〔二〕「吾嗟」八句：論析以上各家説法的片面與膚淺，揭示捕蝗無成效在於捕捉失時。　秉蝥投火：《詩・小雅・大田》：「去其螟螣，及其蟊賊，無害我田稺。田祖有神，秉畀炎火。」毛傳：「食心曰螟，食葉曰螣，食根曰蟊，食節曰賊。」鄭箋：「此四蟲者恒害我田中之稺禾……持之付與炎火，使自消亡。」

〔三〕「詵詵」八句：揭示蝗蟲的最大危害。　詵詵：衆多貌。《詩・周南・螽斯》：「螽斯羽，詵詵兮，宜爾子孫，振振兮。」毛傳：「詵詵，衆多也。」　多蝝蚳：指蝗腹中的卵多於蟻卵。　蝝蚳，螞蟻卵。　高原下隰：高地和沼澤地。　金鼙：軍隊中指揮進退的鑼鼓，此指蝗蟲成群往來。

〔四〕羽孽：指蝗蟲。　物共惡：爲萬物所共同厭惡。　尸：主。《詩・召南・采蘋》：「其誰尸之，有齊季女。」

〔五〕蠅頭：比喻剛出土的蝗蝻。

〔六〕「官書」八句：指出治蝗關鍵在於慎選官吏，捕捉及時，不必過分顧惜禾苗。　蓋藏：隱瞞。上心：皇帝的心情。歐景祐三年《送王聖紀赴扶風主簿序》指出：「前二三歲旱蝗相連，朝廷歲歲隨其災之厚薄，蠲其賦之多少，至兵食不足，則歲糴或入粟以爵而充之。是在上者之愛人，而仁人之心易惻也。」　蝝蓄：蝗災。《文選張衡〈西京賦〉》：「獲胎拾卵，蚳蝝盡取。」李周翰注：「蝝，蝗子。」

〔七〕「吾嘗」十句：提議官府應以錢物鼓勵人民捕蝗，指出唐代姚崇採用此法收到實效。　京坻：高臺。《詩・小雅・甫田》：「曾孫之庾，如坻如京。」京，高丘。坻，水中高地。　姚崇：字元之，陜州硤石人。唐武則天、睿宗、玄宗朝名相，與宋璟合稱「姚宋」。鄭綮《開天傳信記》：「開元初，山東大蝗，姚元之崇請分遣使捕蝗埋之。上曰：『蝗，天災也，誠由不德而致焉。卿請捕蝗，得無違而傷義乎？』元崇進曰：『臣聞《大田》詩曰：「秉畀炎火」者，捕蝗之術也。古人行之於前，陛下用之於後。古人行之，所以安農；陛下用之，所以除害。臣聞安農，非傷義也。農安，則物豐；除害，則人豐樂。興農去害，有國家之大事也。幸陛下熟思之。』上喜曰：『事既師古，用可救時，是朕心也。』遂行之。時中外咸以爲不可，上謂左右曰：『吾與賢相討論已定，捕蝗之事，敢議者死。』是歲，所司結奏捕蝗蟲凡百餘萬石，時無饑饉，天下賴焉。」

〔八〕君贈：指朱寀的捕蝗詩。采詩：《漢書·藝文志》：「古有采詩之官，王者所以觀風俗，知得失，自考其正也。」

【附録】

此詩輯入宋祝穆《古今事文類聚》前集卷五，又輯入清康熙《御選宋金元明四朝詩·御選宋詩》卷二五、《淵鑑類函》卷四五〇、吴之振《宋詩鈔》卷一二、陳焯《宋元詩會》卷一〇。

黄震《黄氏日鈔》卷六一評曰：「言蝗當早捕，或以踐苗爲戒而不捕者非。」

立秋有感寄蘇子美

庭樹忽改色，秋風動其枝。物情未必爾，我意先已悽〔一〕。雖恐芳節謝〔二〕，猶忻早涼歸。起步雲月暗，顧瞻星斗移。四時有大信，萬物誰與期〔三〕？故人在千里，歲月令我悲。所嗟事業晚，豈惜顔色衰。廟謀今謂何，胡馬日以肥〔四〕！

【題解】

原輯《居士外集》卷三，無繫年，列慶曆二年詩後。作於是年七月十三日，時任集賢校理。據張《曆日天象》，本年七月十三日甲寅「立秋」。蘇子美，即蘇舜欽，參見本書《初至夷陵答蘇子美見寄》題解。蘇舜欽是時在山陽守母喪，參見本書《答蘇子美離京見寄》題解。宋秦楚材、張守有步韻此詩之作，參見「附録」。立秋之日，詩人步月悲秋，感時思友，賦詩寄贈蘇舜欽，勉勵朋友堅守氣節，秖爭朝夕，建功立業。叙事、寫景、抒懷雜出，氣勢淩厲，意藴深長，激情溢於言表。

【注釋】

〔一〕「庭樹」四句：秋天的物情未必悲涼，自己的心境卻已淒清。宋玉《九辨》：「悲哉秋之爲氣也，蕭瑟兮草木摇落而變衰。」

〔二〕芳節謝：草木凋零。唐于濆《戍卒傷春》：「連年戍邊塞，過卻芳菲節。」

〔三〕「四時」二句：四季推移有定數，萬物盛衰則難以逆料。四時：四季。《禮記·孔子閒居》：「天有四時，春秋冬夏。」大信：有規律，決不發生差誤。此指四季周而復始，輪回不已。《禮記·學記》：「大信不約。」孔穎達疏：「大信不約者，大信謂聖人之信也。約，謂期要也。大信不言而信。」

〔四〕「所嗟」四句：歎息蘇舜欽身世際遇蹭蹬，未能爲萬方多難的國家效力。歐《答蘇子美離京見寄》詩：「群臣列丹陛，幾位缺公卿。使之束帶立，可以重朝廷。況令參國議，高論吐崢嶸。」是年西夏與契丹聯合謀宋，契丹主頒南征之詔，宋西北邊境軍事形勢危急。廟謀：朝廷謀略。《文選·范曄〈後漢書·光武紀贊〉》：「明明廟謨，赳赳雄斷。」李善注：「廟謨，廟筭也。」胡馬：指契丹。《長編》卷一三七紀事：慶曆二年九月二十五日，契丹使者耶律仁先、劉六符持來「誓書」，二國和議成。宋在「澶淵之盟」基礎上，增納歲銀十萬兩、絹十萬匹。

【附録】

此詩輯入明曹學佺《石倉歷代詩選》卷一四〇，又輯入清管庭芬、蔣光煦《宋詩鈔補·歐陽文忠詩補鈔》。

張守《毗陵集》卷一四《秦楚材和六一先生秋懷，因次韻送別》：「抱疊久羸瘠，兀若槁木枝。别離故作惡，未别意已悽。況此清商時，木落水潦歸。艤舟話心曲，未了舟欲移。借問何匆匆，直恐違官期。念此登臨意，何止騷人悲。子行不可留，子鬢殊未衰。痛飲置人事，江上鱸魚肥。」

送孔生再游河北

志士惜白日，高車無停輪〔一〕。孔生東魯儒，年少勇且仁。大軸獻理匭，長裾弊街塵。門無黄金聘，家有白髮親〔二〕。寒風八九月，北渡大河津。玉塞積精甲，金戈耀秋雲〔三〕。孔生力數斗，其智兼千人。裋褐不自暖，高談吐陽春〔四〕。北州多賢侯，待士誰最勤。一見贈雙璧，再見延上賓〔五〕。丈夫患不遇，豈患長賤貧〔六〕！

【題　解】

原輯《居士集》卷二，繫慶曆二年。作於是年秋末，時任集賢校理。題目「孔生」下原注：「一本『生』作『監簿』。」監所置主簿稱監簿。去年，歐有《送孔秀才游河北》詩，所送當爲同一人，可參見該詩題解。詩人讚揚孔生仁勇兼具，文武齊全，感慨其身窮家貧，懷才不遇，同情、安慰並鼓勵之。詩語質直，辭氣慷慨，大筆淋漓，平易之中顯見精神。

【注釋】

〔一〕「志士」二句：有志之士珍惜光陰，爲酬壯志而奔走不息。前句借用杜甫《上後園山脚》「志士惜白日」句。後句化用唐歐陽詹《初發太原途中寄太原所思》「一屨不出門，一車無停輪」句意。　高車：古代車篷高，供立乘的車。《釋名·釋車》：「高車，其蓋高，立乘之車也。」

〔二〕「孔生」六句：孔生年少雖貧，卻有仁有勇。參見注〔四〕。　勇且仁：《論語·子罕》：「子曰：『仁者不憂，勇者不懼。』」　大軸：指孔生進獻的書狀，猶言宏論。軸，書畫卷軸。　理匭：即匭院，官署名，受理臣下意見書。武后垂拱年間，鑄銅匭四，塗以青、紅、白、黑四色，列於朝堂，接受四方投書，以御史中丞、侍御史一人爲理匭使。《燕翼詒謀録》卷二：「唐有理匭使，五代以來無聞。太宗皇帝淳化三年五月辛亥，詔置理檢司，以錢若水領之。其後改曰登聞院，又置鼓於禁門外，以達下情，名曰鼓司。真宗景德四年五月戊申，詔改鼓司爲登聞鼓院，登聞院爲檢院，應上書人並詣鼓院，如本院不行，則詣檢院。以朝官判之。判院之名始於此。」　長裾弊：長衣破敗。長裾，即長衣。漢孔鮒《孔叢子·儒服》：「子高衣長裾，振褎袖，方屐麤翣，見平原君。」　黄金聘：即「黄金聘賢」。《孔叢子》卷中《陳士義》：「魏王遣使者奉黄金束帛，聘子順爲相。」李白《古風五十九首》其十五：「燕昭延郭隗，遂築黄金臺。」門無黄金聘，指未能謀得一官半職。聘，以禮徵召賢士。

〔三〕「寒風」四句：謂孔生辭家遠游。　玉塞：玉門關，此泛指邊塞。《晉書·禿髮傉檀載記論》：

「控絃玉塞，躍馬金山。」

〔四〕力數斗：力能挽數斗弓的力量。古時挽弓的力量以斗石爲重量單位測計，故稱。亦泛指膂力。　陽春：温暖的春天。唐酒肆布衣《醉吟》：「陽春時節天氣和，萬物芳盛人如何？」此處「陽春」與上句「不自暖」相對，稱讚孔生言論有如春風般和暖。

〔五〕「北州」四句：孔生北游必將受到禮遇。　雙璧：兩塊璧玉。駱賓王《海曲書情》詩：「江濤讓雙璧，渭水擲三錢。」此指受到隆重禮遇。　延上賓：以上等賓客接待。「一見」、「再見」二句，典出《史記·平原君虞卿列傳》：「虞卿者，游説之士，躡屩擔簦説趙孝成王。一見賜黄金百鎰，白璧一雙，再見爲趙上卿。」

〔六〕「丈夫」二句：大丈夫害怕懷才不遇，哪裏擔心終生貧賤。　丈夫：成年男子的通稱，猶言男子漢。《穀梁傳·文公十二年》：「男子二十而冠，冠而列丈夫。」

【附　録】

此詩輯入明曹學佺《石倉歷代詩選》卷一四〇，又輯入清管庭芬、蔣光煦《宋詩鈔補·歐陽文忠詩補鈔》。

劉壎《隱居通議》卷七：「文忠公得時行道，在慶曆、嘉祐、治平間，正宋朝文明極盛時，故發爲詩章，皆中和碩大之聲，無窮愁鬱抑之思，所謂治世之音安以樂，以其時考之則可矣。然亦有奇壯悲吒，如『寒風八九月，北渡大河津。玉塞積隋甲，金戈耀秋雲』……如此等作，可與古人《出塞曲》相伯仲。信乎能備衆體者矣！」

喜雪示徐生

清穹凜冬威，旱野渴天澤。經旬三尺雪，萬物變顏色〔一〕。愁雲噓不開，慘慘連日夕〔二〕。寒風借天勢，豪忽肆陵轢。空枝凍鳥雀，癡不避彈弋。長河寂無聲，厚地若龜坼〔三〕。陰階夜自照，缺瓦晨復積。貯潔瑩冰壺，量深埋玉尺〔四〕。凝陰反窮剝，陽九兆初畫〔五〕。春回百草心，氣動黃泉脉。堅冰雖未破，土潤已潛釋〔六〕。常聞老農語，一臘見三白。是爲豐年候，占驗勝蓍策〔七〕。天兵血西陲，萬輸走供億〔八〕。嗟予媿疲俗，奚術肥爾瘠？惟幸歲之穰，茲惠豈人力。非徒給租調，且可銷盜賊。從今潔餔廩，期共飽麰麥〔九〕。

【題　解】

原輯《居士外集》卷三，無繫年，列慶曆二年至三年詩間。作於慶曆二年冬，時任滑州通判。胡《譜》：慶曆二年「八月，請外。九月，通判滑州，十月至。」徐生，即徐無黨，婺州永康人。慶曆初慕名至京師從詩人學古文辭，繼而隨行從學滑州，皇祐五年進士及第，知澠池縣，仕至州學教授，曾爲歐《新五代史》作注，頗精到。歐次年《歸雁亭》詩云：「荒蹊臘雪春尚埋，我初獨與徐生來。」可知歐、徐今冬曾一道雪天出游歸雁亭。劉敞《公是集》卷一六有《和永叔喜雪》，即和此詩。本詩刻畫冬雪及雪後場景，展示憫農憂邊的淑世情懷，表現一位關注民生的正直官吏形象。情景交融，叙議相生，詩語簡勁，情致婉曲深沉。

【注釋】

〔一〕「清穹」四句：冬寒天旱，需要一場雨雪滋潤，連降大雪，大地焕然一新。清穹：天空。《文選·謝瞻〈九日從宋公戲馬臺集送孔令詩〉》：「輕霞貫日月，迅商薄清穹。」李周翰注：「清穹，穹天也。」

〔二〕「愁雲」二句：連日烏雲密布，雪後天色尚未開顔。

〔三〕「寒風」六句：野外天寒地凍之情狀。豪忽：猛烈急驟，形容風勢之烈。陵轢：欺壓，欺蔑。《史記·孔子世家》：「楚靈王兵强，陵轢中國。」喻風勢洶洶，横掃一切。癡：鳥被凍呆，反應遲鈍。龜拆：形容天旱土地裂開。

〔四〕「陰階」四句：家院白雪深積之景況。冰壺：盛冰的玉壺，清白潔淨。《文選·鮑照〈白頭吟〉》：「直如朱絲繩，清如玉壺冰。」李周翰注：「玉壺冰，取其絜淨也。」埋玉尺：以尺量雪，雪深過尺。玉尺，玉製的尺，尺的美稱。

〔五〕「凝陰」二句：天地之道，四季遞變，陰極陽生，陽之始也，謂冬去春來。凝陰反窮剥：剥，卦名，爲卦坤下艮上，卦畫一陽居五陰之上。意思是陽被陰剥落。《伊川易傳》：「卦五陰而一陽，陰始自下生，漸長至於盛極，群陰消剥于陽，故爲剥也。」陽九兆初畫：復卦卦畫最下一爻爲陽爻。復，卦名，爲卦震下坤上，卦畫一陽生五陰之下。《周易本義》：「復，陽復生於下也。」《伊川易傳》：「物無剥盡之理，故剥極則復來，陰極則陽生。」

〔六〕「春回」四句：春回大地，土地得到雪水滋潤。黄泉脉：地下水之脈動。黄泉，地下的泉水。元稹《酬樂天雨後見憶》詩：「黄泉便是通州郡，漸入深泥漸到州。」

〔七〕「常聞」四句：下雪是豐年徵兆。三白：三度下雪。《全唐詩》卷八八〇《占年》：「要見麥，見三白」、「正月三白，田公笑赫赫。」蓍策：用蓍草占卜。《淮南子·覽冥訓》：「磬龜無腹，蓍策日施。」

〔八〕「天兵」二句：宋軍正在西北與西夏激戰，國家危困之際所需軍需數額繁多。《宋史·仁宗本紀三》慶曆二年閏九月：「是月，元昊寇定川砦，涇原路馬步軍副都總管葛懷敏戰殁，諸將死者十四人，元昊大掠渭州而去。」供億：按需要而供給。唐劉禹錫《謝貸錢物表》：「經費所資，數盈鉅萬；饋餉時久，供億力殫。」

〔九〕「嗟予」八句：自己富民乏術，寄希望于上蒼賜予豐年，以保障官税和民生。疲俗：衰敗的風俗。司馬光《送祖之守陝》詩：「仁風思布濩，疲俗待綏寧。」租調：向農民收取賦稅，以養國庫。䰞㢑：飯鍋和倉庫。䰞，鍋。《漢書·五行志中之下》：「燕王宫永巷中豕出圂，壞都竈，銜其䰞六七枚置殿前。」顏師古注引晉灼曰：「䰞，古文釜字。」飽麰麥：麥糧足以飽食。麰麥，即大麥。《孟子·告子上》：「今夫麰麥，播種而耰之，其地同，樹之時又同，浡然而生，至於日至之時，皆孰矣。」趙岐注：「麰麥，大麥也。」亦泛指麥類。

【附録】

胡仔《苕溪漁隱叢話》後集卷二三：「永叔《喜雪》云：『常聞老農語，一臘見三白，是爲豐年候，占驗勝蓍策。』三白事古人不曾用，自永叔始，遂爲故實。如鮑欽止《雪霽》云：『三白歲可期，一飽分已定。』吕居仁《雪詩》云：『看取一年三白，喜歡共入新年。』皆本此也。」按：唐諺已有「三白」之説，參見本詩注〔七〕。

黄宗羲《宋元學案》卷四《廬陵學案》：「徐無黨，永康人，從歐陽永叔學古文詞……嘗注《五代史》，妙得良史筆意。皇祐中，以南省第一人登進士第，仕至郡教授。」

和對雪憶梅花

昔官西陵江峽間，野花紅紫多斕斑。惟有寒梅舊所識，異鄉每見心依然〔一〕。爲憐花自洛中看，花上蜀鳥啼綿蠻。當時作詩誰唱和？粉蕊自折清香繁〔二〕。今來把酒對殘雪，却憶江上高樓山。群花四時媚者衆，何獨此樹令人攀？窮冬萬木立枯死，玉艷獨發淩清寒。鮮妍皎如鏡裏面，綽約對若風中仙。惜哉北地無此樹，霰雪漫漫平沙川〔三〕。徐生隨我客此郡，冰霜旅舍逢新年。憶花對雪晨起坐，清詩寶鐵裁琅玕〔四〕。長河風色暖將動，即看緑柳含春煙。寒齋寂寞何以慰，卯盃且醉酣午眠〔五〕。

【題　解】

原輯《居士外集》卷三，無繫年，列慶曆二年、三年詩間。作於慶曆二年歲末，時任滑州通判。時徐無黨從學滑州，故詩云：「徐生隨我客此郡，冰霜旅舍逢新年。」徐無黨賦贈《對雪憶梅花》詩，此爲和詩。詩人滑州對雪懷舊，回憶貶官夷陵時所識梅花之高潔品性，抒發鬱鬱不得志的情緒。梅花綽約仙姿，嫻雅不俗，經霜耐寒，傲然貞秀，實爲詩人理想人格之化身。詩語疏暢，情感起伏，物我相融，意蘊深婉委曲。

【注　釋】

〔一〕「昔官」四句：當年貶官夷陵多次觀賞過野花爭豔，秖有異鄉的梅花總使我難以忘懷。歐景祐三年《初至夷陵答蘇子美見寄》詩有句：「未臘梅先發，經霜葉不凋。」《冬至後三日陪丁元珍游東山寺》詩有句：「爲貪賞物來猶早，迎臘梅花吐未齊。」景祐四年《代贈田文初》詩有句：「江上梅花落如積」，《戲贈丁判官》詩有句：「西陵江口折寒梅」。西陵：夷陵別稱。參見《代贈田文初》注〔三〕。心依然：見到梅花如見故友，依舊讓詩人怦然心動。

〔二〕「爲憐」四句：可惜當年洛陽鳥語花香，卻無人唱和。蜀鳥：即杜鵑。《太平御覽》卷一六六引漢揚雄《蜀王本紀》：「荆人鱉令死，其屍流亡，隨江水至成都，見蜀王杜宇，杜宇立以爲相。杜宇號望帝，自以德不如鱉令，以其國禪之，號開明帝。」又據《成都記》載：杜宇又曰杜主，自天而降，稱望帝。好稼穡，治郫城。後望帝死，其魂化爲鳥，名曰杜鵑。緜蠻：亦作「緡蠻」，小鳥的模樣，或曰鳥鳴聲。《詩·小雅·緜蠻》：「緜蠻黄鳥。」毛傳：「緜蠻，小鳥貌。」朱熹集傳：「緜蠻，鳥聲。」

〔三〕「今來」十句：梅花之所以受衆人追攀，就因爲它凌寒獨放，敖霜鬥雪，又有仙女般的柔美，遺憾的是此地無梅花可觀賞。綽約：柔婉美好貌。《莊子·逍遥游》：「肌膚若冰雪，綽約若處子。」

〔四〕「徐生」四句：徐無黨隨學滑州，歲暮對雪賦詩。寳鐵裁琅玕：形容詩句精巧清新，象用刀劍鏤刻玉器一樣。寳鐵，名貴的兵器。琅玕，美玉。張耒《琉璃瓶歌贈晁二》：「昆吾寳鐵雕春冰。」又《寄答參寥五首》其三：「精工造奥妙，寳鐵鏤瑶瓊。」

〔五〕「長河」四句：春前的嚴寒寂寞難耐，我秖能對雪飲酒，憶梅自慰。卯盃：即卯酒，早晨喝的酒。卯，十二時辰之一，早晨五時至七時。白居易《醉吟》：「耳底齋鐘初過後，心頭卯酒未消時。」

【附　録】

此詩輯入清康熙《御選宋金元明四朝詩·御選宋詩》卷二五。

方東樹《昭昧詹言》卷一二評曰：「不解古文，不能作古詩，放翁所以不可人意也。此詩細縷密針，麤才豈識。余最不喜放翁，以其猶粗才也。此論前未有人見者，亦且不知古文也。昔在西陵，見梅憶洛，今在北地，對雪無梅，憶西陵再入題。和詩從昔時見梅説，即逆捲法也。用意深，情韻深，句逸而清。先叙後點，叙處夾議夾寫，此定法也。正題在後，卻將虚者實之於後。『當時』二句，接『風中仙』下。『今來』四句删。此不及坡元韻三首，而情韻幽折可愛。」

滑州歸雁亭

長河終歲足悲風，亭古臺荒半倚空〔一〕。惟有雁歸時最早，柳含微緑杏粘紅〔二〕。

【題　解】

原輯《居士外集》卷六，繫慶曆三年（一〇四三）。作於是年初春，時年三十七歲，任滑州通判。

胡《譜》：慶曆二年「八月，請外。九月，通判滑州，十月至。」從下首《歸雁亭》詩中可知，此次游亭有徐無黨同行。滑州，北宋州名，屬京西北路，治所在今河南滑縣東。歸雁亭，《大清一統志》卷一七六《光州》：「在州西北滑城内，《名勝志》：『光之舊治所也。』宋歐陽修有詩。」詩歌描寫歸雁亭荒涼而孕育生機的早春景象，抒發詩人喜迎春歸之情。畫面鮮明，思致高遠，情融于景，意藴婉曲深長。

【注釋】

〔一〕長河：黄河。宋代黄河流經滑州。亭古臺荒：亭臺古老荒蕪。亭臺，即古滑臺。唐李吉甫《元和郡縣志》卷九《滑州》：「州城，即古滑臺城。城有三重，又有都城，週二十里。相傳云：衛靈公所築小城，昔滑氏爲壘，後人增以爲城，甚高峻堅險，臨河亦有臺。慕容時，宋公遣征虜將軍王仲德攻破之，即魏武破袁紹、斬文醜於此岸者。」北魏於此建滑臺宫。太和十七年冬十月「乙未，解嚴，設壇於滑臺城東，告行廟以遷都之意。大赦天下。起滑臺宫。」

〔二〕「惟有」二句：早春的歸雁亭，柳芽剛綻，杏花纔開，歸來的大雁給這裏增添無限生機。粘紅：形容杏花剛開，正添紅暈。

歸雁亭

荒蹊臘雪春尚埋，我初獨與徐生來。城高樹古禽鳥野，聲響格磔寒磑磑〔一〕。頹垣敗屋巍然在，略可遠眺臨傾臺〔二〕。高株唯有柳數十，夾路對立初誰栽？漸誅榛莽辨草樹〔三〕，頗有桃李當牆隈。欣然便擬趁時節，斤斸日夕勞耘培。新年風色日漸好，晴天仰見雁已回。枯根老脉凍不發，遶之百匝空徘徊〔四〕。頑姿野態煩造化，勾芒不肯先煦吹。酒酣幾欲撾大鼓，驚起龍蟄驅春雷〔五〕。偶然不到纔數日，顔色一變由誰催。翠芽紅粒迸條出，纖趺嫩萼如剪裁。卧槎燒枿亦强發，老朽不避衆豔咍〔六〕。姹然山杏開最早，其餘紅白各自媒。初開盛發與零落，皆有意思牽人懷〔七〕。衆芳勿使一時發，當令一落續一開。畢春應須酒萬斛，與子共醉三千盃〔八〕。

【題解】原輯《居士外集》卷三，繫慶曆三年。作於是年春正月下旬，任滑州通判。歸雁亭，參見上詩題解。詩歌前二十句描寫早春初游歸雁亭的冷清景況，後十四句描寫驚蟄後歸雁亭的濃郁春色。通過對比歸雁亭的早春荒蕪與時近陽春美盛，歌頌大自然的頑强生命力，表達喜愛春天之情。語勢流轉，一氣盤旋，信筆任情，變化自如，動態中傳遞美感。據詩中「驚起龍蟄驅春雷」句意，可知作於「驚蟄」後。又據張《曆日天象》，本年正月十八日「驚蟄」。

【注釋】

〔一〕「荒蹊」四句：回憶初春與徐無黨游歸雁亭的情景。徐生：徐無黨。參見本書《喜雪示徐生》題解。格磔：鳥鳴聲。錢起《江行無題》：「祇知秦塞遠，格磔鷓鴣啼。」毰毸：鳥因寒冷而羽毛蓬鬆。劉禹錫《飛鳶操》：「毰毸飽腹蹲枯枝。」

〔二〕「頽垣」二句：晉時南燕慕容德曾于滑臺建都，北魏建有滑臺宫，時已毁壞。傾臺：廢圮之臺，即滑臺宫。參見本書《滑州歸雁亭》注〔一〕。

〔三〕榛莽：雜亂衆生的草木。

〔四〕「枯根」二句：枯老的樹枝在春寒中尚未發芽開花，我們環繞著它空走了一圈又一圈。枯根老脉：枯老而殘存的樹木。

〔五〕「頑姿」四句：枯老的樹木感春較遲，酒後不禁想擊鼓催春，促使其早日開花。勾芒：古代傳説中主管樹木的神。正字作「句芒」。《尚書大傳》卷三：「東方之極，自碣石東至日出榑木之野，帝太皞神勾芒司之。」班固《白虎通·五行》：「勾芒者，物之始生……芒之爲言萌也。」掏：敲擊。驚起龍蟄：擊鼓將沉睡的龍驚起。昆蟲冬眠曰蟄，驚蟄動雷後出土。龍蟄，實指陽氣潛伏未出。

〔六〕「偶然」六句：數日後重游歸雁亭，這裏生機勃勃，春意盎然，被砍伐火燒的樹木也發出新枝。翠芽：指柳眼。紅粒：指杏蕊。趺：花萼。晉束晰《補亡詩》：「白華降趺。」剪裁：梅堯臣《東城送運判馬察院》：「春風騁巧如剪刀，先裁楊柳後杏桃。」　枿：樹木被砍伐後新抽出的枝條。

〔七〕「姹然」四句：杏花開得最早，隨後桃李芬芳，無論初開、盛放、凋落，都能牽動人們的情懷。紅白各自媒：楊萬里《過百家渡四絶句》「白白紅紅各自媒」化用此句。

〔八〕一落續一開：參見本書《謝判官幽谷栽花》詩，表達的是同一情趣。子：指徐無黨。

【附　録】

此詩輯入清吴之振《宋詩鈔》卷一二。

方東樹《昭昧詹言》卷一二評曰：「情韻好，字密。細讀數過，乃見情韻之妙，不似俗手作重複不通之言也。」

送韓子華

嗟我久不見韓子，如讀古書思古人。忽然相逢又數日，笑語反不共一罇〔一〕。諫垣尸居職業廢，朝事汲汲勞精神〔二〕。子華筆力天馬足，駑駘千百誰可群？嗟予老鈍不自笑，尚欲疾走追其塵〔三〕。子華有時高談駭我聽，榮枯萬物移秋春。所以不見令我思，見之如飲玉醴醇〔四〕。叩門下馬忽來別，高帆得風披飛雲。離懷有酒不及寫，別後慰我寓於文〔五〕。

【題解】

原輯《居士外集》卷三，無繫年，列慶曆三年詩後。作於是年夏，時知諫院，故詩中有「諫垣尸居」語。胡《譜》：慶曆三年「是歲，仁宗廣言路，修政事，人多薦公宜爲臺諫。三月，召還。癸巳（二十六日），轉太常丞、知諫院。四月，至京。」韓絳，字子華，開封雍丘人。名臣韓億子。歷江南、河北體量安撫使，知成都、開封府等，神宗朝爲樞密副使、參知政事，官至宰相。據《宋史》卷三一五本傳，韓絳去年中進士甲科，今年通判陳州，歐賦此送行。詩人讚頌韓絳博學多才，雄辯健談，並自愧不如，囑託別後保持詩文酬唱。對比鮮明，議論雜出，跌宕而顯平易，婉曲而見真情。

【注釋】

〔一〕「嗟我」四句：與韓氏久別重逢，未及深談暢飲又此送別。久不見韓子：韓絳景祐二年（一〇三五）二月與蘇舜欽同謁歐陽修，蘇氏有詩《和韓三謁歐陽九之作》。此後，歐於景祐三年貶官出京，當於今春返京後與登第候官的韓氏重逢，故云。

〔二〕諫垣：諫官官署。歐《謝知制誥啟》：「代言禁掖，已愧才難，兼職諫垣，猶當責重。」尸居：尸位素餐，任職無所作爲。

〔三〕「子華」四句：讚揚韓氏文章出類拔萃，謙稱自己老鈍，欲追慕其後塵。　子華筆力：宋李清臣《韓獻肅公絳忠弼之碑》：「試進士，唱名第三，文章驚動一時。以太子中允通判陳州。」　天馬足：李白《天馬歌》：「四足無一蹶。」元陸居仁《國馬足》：「國馬足，吉行五十轡如沃；天馬足，一日千里更神速。」　駑駘：劣馬，喻材力一般之人。

〔四〕「子華」四句：韓氏才華出衆，多美言高論，相處使人如飲醇酒。　如飲玉醴醇：喻喜見賢者。《三國志·周瑜傳》裴注引《江表傳》：「與周公瑾交，若飲醇醪。」

〔五〕「叩門」四句：韓氏登門告别，詩人囑託别後寄贈詩文。

送楊闢秀才

吾奇曾生者，始得之太學。初謂獨軒然，百鳥而一鶚〔一〕。既又得楊生，群獸出麟角。乃知天下才，所識慚未博〔二〕。楊生初誰師，仁義而禮樂。天姿樸且茂，美不待追琢〔三〕。始來讀其文，如渴飲醴酪。既坐即之談，稍稍吐鋒鍔。非唯富春秋，固已厚天爵〔四〕。有司選群材，繩墨困量度。胡爲謹毫分，而使遺磊落〔五〕？至寶異常珍，夜光驚把握。駭者棄諸塗，竊拾充吾橐。其於獲二生，厥價玉一縠〔六〕。嗟吾雖得之，氣力獨何弱！帝閽啟巉巉，欲獻前復却。遽令扁舟下，飄若吹霜籜〔七〕。世好競辛鹹，古味殊淡泊。否泰理有時，惟窮見其確〔八〕。

【題　解】

原輯《居士集》卷二，繫慶曆三年。作於是年夏秋間，時任諫官。楊闢，字子靜。慶曆二年春試禮部落第。本書有《答楊闢〈喜雨〉長句》，可參見。詩歌首八句由曾鞏引出楊闢；次二十句讚美楊闢的傑出才學，惋惜科舉失選俊才，欣喜遺才爲己所得；末十句愧怍自己無力舉薦，勉勵曾、楊二生窮當益堅。詩歌頌揚楊闢的人品與學識，勉勵其高才見遺之後砥礪道德，堅守節操，不隨波逐流，字裏行間對不合理的科舉取士制度有所非議。行文大開大合，結構跌宕起伏，措詞也多借助古文用語，純係散文章法，是詩人以議論爲詩的代表作之一。

【注　釋】

〔一〕「吾奇」四句：稱讚曾鞏的傑出才華，以引入正題。曾生：曾鞏，字子固，建昌南豐人。人稱南豐先生。嘉祐二年進士，官至中書舍人。《宋史》卷三一九本傳稱其「年十二，試作《六論》，援筆而成，辭甚偉。甫冠，名聞四方。歐見其文，奇之。」後爲古文「唐宋八大家」之一。慶曆二年，曾鞏由太學選拔參加禮部試，亦下第，歐爲作《送曾鞏秀才序》。曾鞏《上歐陽學士第一書》有云：「所深念者，執事每曰：『過吾門者百千人，獨於得生爲喜。』」百鳥而一鶚：一百隻普通鳥，不如一隻魚鷹。《漢書·鄒陽傳》：「臣聞鷙鳥絫百，不如一鶚。」鶚，鳥名。雕屬。性兇猛，背褐色，頭頂頸後及腹部白色，嘴短脚長，趾具鋭爪，棲水邊，捕魚爲食，俗稱魚鷹。

〔二〕「既又」四句：後來又發現傑出人才楊闢，這纔知道自己所識人物極其有限。　麟角：麒麟之角。《詩·周南·麟之趾》：「麟之角，振振公族。」喻稀罕而可貴的人事物。

〔三〕「楊生」四句：讚美楊闢學道師經，資質樸茂，不待雕琢。歐《答祖擇之書》：「夫世無師矣，學者當師經，師經必先求其義。意得則心定，心定則道純，道純則充於中者實，中充實則發爲文者暉光，施於世者果至。」

〔四〕「始來」六句：讚美楊闢能文善談，年輕而德高望重。　醴酪：甜美的乳漿。醴，一作「湩」。卷末題下校記：「『如渴飲醴酪』，諸本同，惟衢本作『湩酪』。」朝佐按：《列子》：「『乳湩有餘。』謝承《後漢書》：『乳爲生湩。』湩，乳汁也，音種，訛而爲『湩』。《史記·匈奴傳》：『湩酪之美。』今正之。」　鋒鍔：本指劍鋒和刀刃，喻顯露出來的才幹和氣勢。此指談吐間鋒芒與才氣。　富春秋：即「富於春秋」，謂年少，年輕。《後漢書·樂恢傳》：「陛下富於春秋，纂承大業，諸舅不宜干正王室，以示天下之私。」李賢注：「春秋謂年也。言年少，春秋尚多，故稱富。」　天爵：天然的爵位，指高尚的道德修養。德高則受人尊敬，勝於有爵位，故稱。《孟子·告子上》：「仁義忠信，樂善不倦，此天爵也；公卿大夫，此人爵也。」

〔五〕「有司」四句：批評科舉考試因程式僵化而遺漏英才。歐《送曾鞏秀才序》：「有司斂群材、操尺度，概以一法，考其不中者而棄之；雖有魁壘拔出之材，其一累粟不中尺度，則棄不敢取。」磊落：材智俊偉超群。《晉書·索靖傳》：「體磥落而壯麗，姿光潤以粲粲。」

〔六〕「至寶」六句：我從科舉漏選人才中獲得曾、楊二生，二生就是兩塊價值連城的美玉。歐《送曾鞏秀才序》：「曾生橐其文數十萬言來京師，京師之人無求曾生者，然曾生亦不以干也。予豈敢求生，而生辱以顧予。是京師之人既不求之，有司又失之，而獨予得也。」 夜光：珠名。傳說有夜光珠、夜光璧，古人認爲是至寶，後以喻奇才。葛洪《抱朴子·祛惑》：「凡探明珠，不於合浦之淵，不得驪龍之夜光也；采美玉，不於荆山之岫，不得連城之尺璧也。」南朝梁任昉《述異記》卷上：「南海有明珠，即鯨魚目瞳，鯨死而目皆無精，夜可以鑑，謂之夜光。」 瑴：同「珏」，合在一起的兩塊玉。《左傳·莊公十八年》：「賜玉五瑴，馬三匹。」杜預注：「雙玉爲瑴。」陸德明釋文：「瑴字，又作珏。」

〔七〕「嗟吾」六句：感歎自己雖知曾、楊之才，却無力推薦，秖能使他們失意歸去。 帝閽：古人想像中掌管天門的人。《楚辭·離騷》：「吾令帝閽開關兮，倚閶闔而望予。」王逸注：「帝，謂天帝也；閽，主門者。」喻皇宮之門。 巗巗：同「嚴嚴」。威重貌，莊嚴貌。《荀子·儒效》：「嚴嚴兮其能敬己也。」楊倞注：「嚴嚴，有威重之貌。」 籜：竹笋皮，俗稱笋殼。《文選·謝靈運〈于南山往北山經湖中瞻眺詩〉》：「初篁苞緑籜，新蒲含紫茸。」李善注引服虔《漢書》注：「籜，竹皮也。」

〔八〕「世好」四句：流行的時文喜好標新立異，文淺意深的古文不受歡迎，時運變化自有定數，秖有經受困窮纔見志向堅定。辛鹹：即五味，喻時文。歐《記舊本韓文後》：「是時天下學者楊（億）劉（筠）之作，號爲時文，能者取科第，擅名聲，以誇容當世。」否泰：《周易》的兩個卦名。天地交，萬物通謂之「泰」；不交閉塞謂之「否」。後常以指世事的盛衰，命運的順逆。《玉臺新詠·古詩〈爲焦仲卿妻作〉》：「否泰如天地，足以榮汝身。」確：堅定，堅守志操，不同流俗。《世説新語·方正》：「南陽宗世林。」劉孝標注引晉張方《楚國先賢傳》：「宗承字世林，南陽安衆人……少而修德雅正，確然不群。」

賦竹上甘露

梢梢兩竹枝，甘露葉間垂〔一〕。草木有靈液，陰陽凝以時〔二〕。深山與窮谷，往往嘗有之。幸當君子軒，得爲衆人知。物生隨所託，晦顯各有宜〔三〕。聊以助歌詠，兼堪飲童兒〔四〕。

【題　解】

原輯《居士外集》卷三，繫慶曆三年。作於是年秋，時知諫院。詩歌首先揭示甘露的形成，乃是「陰陽凝以時」，隨即轉入議論，闡發「顯晦有宜」的事理，其中藴含作者的人生體驗與生命領悟。以文爲詩，以議論爲詩，由叙到議，自然渾成，由物及理，發人深省。

【注釋】

〔一〕梢梢：風聲。鮑照《野鵝賦》：「風梢梢而過樹，月蒼蒼而照臺。」 靈液：指露水。 陰陽：《太平御覽》卷一二引《春秋元命苞》曰：「陰陽散爲露。」卷一四引同書曰：「陰陽凝爲霜。」《初學記》卷二引《白虎通》曰：「露者霜之始，寒則變爲霜。」 凝：原本作「疑」，據《全宋詩》改。

〔二〕「草木」二句：草木之上的露水，乃天地陰陽之氣凝結而成。

〔三〕「物生」二句：萬物的生長隨性所託，彰顯隱晦也各有其道理。 君子軒：宋魏野《贈孫何狀元》：「我愿爲松竹，生在君子軒。」

〔四〕「聊以」二句：甘露可作詩詠對象，還可以供小孩吸飲。

送慧勤歸餘杭

越俗僭宫室，傾貲事雕牆。佛屋尤其侈，耽耽擬侯王。文彩瑩丹漆，四壁金焜煌。上懸百寶蓋，宴坐以方牀〔一〕。胡爲棄不居，棲身客京坊。辛勤營一室，有類燕巢梁〔二〕。南方精飲食，菌筍鄙羔羊。飯以玉粒粳，調之甘露漿。一饌費千金，百品羅成行。晨興未飯僧，日昃不敢嘗。乃兹隨北客，枯粟充飢腸〔三〕。東南地秀絶，山水澄清光。餘杭幾萬家，日夕焚清香。煙霏四面起，雲霧雜芬芳。豈如車馬塵，鬢髮染成霜〔四〕。三者孰苦樂，子奚勤四方。乃云慕仁義，奔走不自遑。始知仁義力，可以治膏肓。有志誠可樂，及時宜自彊〔五〕。人情重懷土，飛鳥思故鄉。夜枕聞北雁，歸心逐南檣。歸兮能來否，送子以短章〔六〕。

【題解】

原輯《居士集》卷二，繫慶曆三年。作於是年秋，時任諫官。慧勤，一作惠勤。歐《山中之樂并序》：「佛者慧勤，餘杭人也。少去父母，長無妻子。以衣食於佛之徒，往來京師二十年。」歐氏退居潁上後，將隱居孤山的惠勤推薦給蘇軾，使蘇軾與惠勤成爲益友。蘇軾《臘日游孤山訪惠勤、惠思二僧》施元之注：「東坡通守錢塘，見歐陽文忠公於汝陰而南。公曰：『西湖僧惠勤甚文，而長於詩，子求人於湖山間而不可得，則往從勤乎？』」餘杭，縣名，屬兩浙路杭州，治所在今浙江餘杭西南。本詩渲染朋友歸地餘杭的富庶與繁華，描寫南方的宫室之美、飲食之珍、山水之勝，奉勸摯友安心歸隱杭州，熱情宣揚仁義，亦隱含出家人長期混跡市井難免沾染世俗齷齪的規勉。詩語樸實，對比鮮明，興象超妙，平中顯奇，叙事與議論之中，傳致幽韻深情。

【注釋】

〔一〕「越俗」八句：古越地杭州一帶的民衆講究房屋構建，寺廟裝飾奢華，更是超越王侯宫室。事雕牆：大事修葺裝潢宫室。雕牆，雕有文彩的牆。耽耽：即眈眈，宫室深邃貌。《文選·左思〈魏都賦〉》：「翼翼京室，眈眈帝宇。」薛綜注：「眈眈，深邃之貌也。」金焜煌：金碧輝煌。焜煌，明亮，輝煌。沈約《彌陀佛銘》：「琪路異色，林沼焜煌。」百寶蓋：用各種珍寶裝飾的蓋頭。方牀：寬大的牀。《南史·賀革傳》：「革有六尺方牀，思義未達，則横卧其上，不盡其義，終不肯食。」

〔二〕「胡爲」四句：爲什麼不住江南華麗佛殿，卻孤身住在京城狹窄小窩？燕巢梁：燕子築小巢于房梁。

〔三〕「南方」十句：放棄南方精美飲食，跑來北方以陋食填肚子。菌笋鄙羔羊：精心烹調的菌筍，美味勝於羔羊。菌，一作箘。卷末校記：「『箘筍鄙羔羊』，衢本、建本、吉本作『箘』，從竹。吉州羅寺丞家京師舊本、蜀本作『菌』，從艹。朝佐按：箘簬，美竹也；菌，蕈也。《吕氏春秋》『越駱之菌』注：竹筍也，本亦從艹，今兩存之。」百品：形容飯菜豐富。飯僧：善男信女的供佛。

〔四〕「東南」八句：放棄山青水秀、日夜焚香供佛的餘杭，來此京師白髮侍人。地秀絶：宋仁宗《賜梅摯知杭州》詩：「地有湖山美，東南第一州。」

〔五〕「三者」八句：就以上三者對比慧勤的江南與京師生活：「越俗僭宫室」與「棲身客京坊」，「南方精飲食」與「枯粟充饑腸」，「東南地秀絶」與「鬢髮染成霜」，讚賞其客居京師、雲游四方，旨在學習並傳播仁義。　不自遑：没有閒暇休息，不停頓。

〔六〕「人情」六句：出自人之常情，慧勤急於還鄉。不知能否再來，贈此詩以道别。　飛鳥：《楚辭·哀郢》：「鳥飛反故鄉兮。」王逸注：「思故巢也。」　短章：篇幅較短的詩篇。　顔延之《五君詠》：「頌酒雖短章，深衷自此見。」

【附録】

此詩輯入清康熙《御選宋金元明四朝詩·御選宋詩》卷一一、吴之振《宋詩鈔》卷一一、陳訏《宋十五家詩選·廬陵詩選》。

歐《山中之樂并序》：「佛者慧勤，餘杭人也……其人聰明材智，亦嘗學問於賢士大夫。今其南歸，遂將窮極吴、越、甌、閩江湖海上之諸山，以肆其所適。予嘉其嘗有聞於吾人也，於其行也，爲作《山中之樂》三章，極道山林閒事，以動盪其心意，而卒反之於正。」

蘇軾《東坡題跋》卷三《跋文忠公送惠勤詩後》：「始予未識歐公，則已見其詩矣。其後屢見公，得勤之爲人，然猶未識勤也。熙寧辛亥，余出倅錢塘，過汝陰見公，屢屬余致謝勤。到官不及月，以臘月見勤於孤山下，則余詩所謂『孤山孤絶誰肯廬，道人有道山不孤』者也。其明年閏七月，公薨於汝陰，而勤亦退老於孤山下，不復出游矣。又明年六月六日，偶至勤舍，出此詩，蓋公之真跡，讀之流涕，而勤請余題其後云。」

蘇軾《蘇軾全集》卷三四《錢塘勤上人詩集叙》：「（歐）公不喜佛老，其徒有治詩書學仁義之説者，必引而進之。佛者惠勤，從公游三十餘年，公常稱之爲聰明材智有學問者，尤長於詩。公薨於汝陰，余哭之於其室。其後見之，語及於公，未嘗不涕泣也。」

洪邁《容齋五筆》卷九：「國朝承平之時，四方之人，以趨京邑爲喜。蓋士大夫則用功名進取係心。商賈則貪舟車南北之利，後生嬉戲則以紛華盛麗而悦。夷考其實，非南方比也。讀歐陽公《送僧慧勤歸餘杭》之詩可知矣……觀此詩中所謂吴越宫室、飲食、山水三者之勝，昔日固如是矣。公又有《山中之樂》三章送之歸。勤後識東坡，爲作《詩集序》者。」

黄震《黄氏日鈔》卷六一評曰：「叙東南宫居、飲食、山水之勝，捨之而從我求仁義。」

清無名氏《静居緒言》：「廬陵瓣昌黎，力矯時習，式唐人之作則，爲宋代之正宗，天德不凡，工夫邃密。學者從此公門户而入，則宋詩之道，無斷港絶潢之誤。集中如……《送慧勤歸餘杭》，似擬（韓愈）《送文暢北游》之詩。」

讀張李二生文贈石先生

先生二十年東魯，能使魯人皆好學。其間張續與李常，剖琢珉石得天璞[一]。大圭雖不假雕琢，但未磨礱出圭角。二生固是天下寶，豈與先生私褚橐〔二〕。先生示我何矜誇，手攜文編謂新作。得之數日未暇讀，意欲百事先屏却。夜歸獨坐南窗下，寒燭青熒如熠爚。病眸昏澀乍開緘，燦若月星明錯落〔三〕。辭嚴意正質非俚，古味雖淡醇不薄。千年佛老賊中國，禍福依憑群黨惡。拔根掘窟期必盡，有勇無前力何犖。乃知二子果可用，非獨詞堅由志確〔四〕。朝廷清明天子聖，陽德彙進群陰剥。大烹養賢有列鼎，豈久師門共藜藿〔五〕。予慚職諫未能薦，有酒且慰先生酌〔六〕。

【題解】

原輯《居士集》卷二，繫慶曆三年。作於是年冬，時任知制誥，仍供諫職。胡《譜》：慶曆三年「九月戊辰（四日），賜緋衣銀魚。己巳（五日），同詳定國朝勳臣名次。丙戌（二十二日），同修三朝典故。十月戊申（十四日），擢同修起居注。十二月己亥（六日），召試知制誥，公辭。辛丑（八日），有旨不試，直以右正言知制誥，仍供諫職。」題目中「讀張、李二生文，贈」下附校：「一本作『謝張續、李常寄』。」「石先生」下注：「先生，石介也。」石介，字守道，兖州奉符人。隱居徂徠，世稱徂徠先生。官至太子中允。慶曆元年五月，石介送張、李二子入京應試，作《送張績、李常序》（《徂徠石先生文集》卷一八），稱張績字禹功，二十三歲；李常字遵道，二十二歲，同爲濮州人。《歐集》作「張續」，恐形似而訛。張、李二生贄文拜謁歐陽修的時間，據詩中「予慚職諫」、「陽德彙進」及「寒燭青熒」等詩句，當在歐任諫官，范、韓登二府的秋後。詩歌首八句肯定石介弟子張績、李常爲可供琢磨之璞玉，是天下公有之財寶；次十六句讚揚張、李二生文章的内容醇正和古淡不俗；末六句堅信二生必獲進用，自愧未能舉薦。詩人借詠張、李二生，讚頌石介育才有方，表現雙方一致的捍衛儒學、排斥佛老的正統思想。文氣酣暢，情理相融，顯示以文爲詩、以意取勝的宋詩特色。

【注釋】

〔一〕「先生」四句：《宋史·石介傳》：「丁父母憂，耕徂徠山下，葬五世之未葬者七十喪。以《周易》教授于家，魯人號介徂徠先生。」　珉石：似玉的美石。　璞：天然未經雕琢的璞玉。

〔二〕「大圭」四句：張、李二生雖是美材，仍須磨練陶冶；二生是天下之寶，不是石介所能私蓄家養。　大圭：佩玉。作丁字形，用途如笏，插在腰帶間以記事備忘。《周禮·考工記·玉人》：「大圭長三尺，杼上終葵首，天子服之。」鄭玄注：「王所搢大圭也，或謂之珽。」　圭角：猶言鋒芒。《禮記·儒行》：「毁方而瓦合。」鄭玄注：「去己之大圭角，下與衆人小合也。」孔穎達疏：「圭角謂圭之鋒鋩有楞角，言儒者身恒方正，若物有圭角。」　褚橐：裝書的袋子。

〔三〕「先生」八句：先生高度誇讚張、李二生，二生之文有如日月群星般光輝燦爛。　熠爚：光明貌。晉何宴《景福殿賦》：「光明熠爚。」

〔四〕「辭嚴」八句：讚揚張、李二生文章語言質樸，内容純正，勇於反對佛老。　質非俚：文章説理深刻，非流俗之作。《漢書·司馬遷傳》：「質而不俚。」佛老：佛教和道教。《宋史·石介傳》：「介爲文有奇氣，嘗患文章之弊、佛老爲蠹，著《怪説》、《中國論》，言去此三者，乃可以有爲。」張、李二人爲其弟子，從師貶斥佛老。力何犖：力量多麽堅强。犖，堅硬貌。

〔五〕「朝廷」四句：朝廷正在醞釀慶曆新政，范仲淹、韓琦、富弼、杜衍等相繼進用，相信張、李二人將有機會出仕。末句下原注：「一本有『先生在魯魯皆化，苟用於朝其利博』兩句。」陽德：指正直的臣僚。群陰剥：奸邪的臣僚被削弱。剥，宋葉適《賀龔參政》：「然物之萃者勢必升，陰之剥者陽必復。」參見本書《喜雪示徐生》注〔五〕。大烹：豐盛的食物。《周易·鼎》：「大亨以養賢。」王弼注：「亨者，鼎之所爲也。」列鼎：陳列盛饌。劉向《説苑》：「累茵而坐，列鼎而食。」藜藿：野菜。

〔六〕「予慚」二句：我身居諫職，不能舉賢，深感慚愧，秖能酌酒安慰先生。

【附　録】

此詩輯入清吴之振《宋詩鈔》卷一一。

方東樹《昭昧詹言》卷一二評曰：「『千年佛老』四句，此等入學究之氣，不可法。二子必拾唾之文。」

送李太傅知冀州

吾慕李漢超，爲將勇無儔。養士三千人，人人百貔貅。關南三十年，天子不北憂[一]。吾愛李允則，善覘多計籌。虜動靜寢食，皎如在雙眸。出入若變化，談笑摧敵謀。恩信浹南北，聲名落燕幽[二]。二公材各異，戰守兩堪尤。天下不用兵，爾來三十秋[三]。今其繼者誰？守冀得李侯。李侯年尚少，文武學彬彪。河朔一尺雪，北風煖貂裘。上馬彎長弓，白羽飛金鏃[四]。臨行問我言，我慚本儒鯫[五]。漢超雖已久，故來尚歌謳；允則事最近，猶能想風流。將此聊爲贈，勉哉行無留[六]！

【題　解】

原輯《居士外集》卷三，無繫年，列慶曆三年詩後。作於是年初冬，時任知制誥，仍供諫職。李太傅，題下原注：「端懿。」李端懿，字元伯，開封人。母親爲太宗之女、真宗之妹、仁宗之姑。七歲授如京副使，累官寧遠軍節度使，知澶州。喜問學，工書畫，兼通醫術陰陽等學。《宋史》卷四六四有傳。冀州，北宋州名，屬河北東路，治所在今河北冀縣。據《長編》卷一四四慶曆三年十月癸亥（二十九日）紀事：「以舒州團練使李端懿知冀州。」又據詩中「河朔」、「北風」句，知時在冬季。《蘇舜欽集》卷三有《送李冀州詩》，傅平驤、胡問陶《蘇舜欽集編年校注》亦繫今年，當爲同時作。詩歌借詠古今名將李漢超、李允則，讚頌李端懿文武兼備，智勇雙全。借古詠今，詩語疏暢簡勁，氣勢雄健，意蘊委婉深沉。

【注　釋】

〔一〕「吾慕」六句：李漢超英勇善戰，有其鎮守關南，天子不憂邊患。李漢超：字顯忠，雲州雲中人。後周時官至殿前都虞侯，宋初任齊州防禦使兼關南兵馬都監，善撫士卒，守邊有功。《宋史》卷二七三有傳。《宋史·陳貫傳》：「昔李漢超守瀛州，契丹不敢視關南尺寸地。」貔貅：古籍中的兩種猛獸，後多連用以比喻勇猛的戰士。關南：古地區名。北宋時指瓦橋、益津、淤口三關以南的地區，約當今河北白洋澱以東的大清河流域以南至河間縣一帶。

〔二〕「吾愛」八句：李允則足智多謀，名揚境内外。李允則，字垂範，并州盂縣人。北宋中期有名的將領，歷知潭、滄、雄、鎮、潞諸州，愛兵安邊，事功最多。《宋史》卷三二四有傳，其傳論云：「李允則在河北二十年，設施方略，不動聲氣，契丹至以長者稱之。」其中「虜動」二句，指敵軍的睡覺、用食等一切動靜，均明白清楚地出現在他眼裏。燕幽：古稱今河北北部及遼寧一帶。《周禮》幽州之地，春秋戰國時屬燕國，故稱。

〔三〕「二公」四句：李漢超、李允則二公文韜武略各有所長，以此换取三十年天下太平。三十秋：景德元年（一〇〇四）宋遼簽訂澶淵之盟，天下罷兵，至康定元年（一〇四〇）西夏軍入侵延州，戰火重起，實爲三十六年，此言概數。

〔四〕「今其」八句：李太傅繼承前人，也具文治武功之才幹。彬彪：光彩焕發貌。金鏃：金做的箭鏃，泛指堅固的箭頭。

〔五〕儒鯫：卑賤的儒生。鯫，指一小白魚，比喻淺陋，卑微。

〔六〕「漢超」六句：以宋代河北傑出守將，激勵李太傅爲國效力。行無留：勇往直前不停留。《莊子·説劍》：「曰：『臣之劍十步一人，千里不留行。』王大説之，曰：『天下無敵矣』」郭象注：「千里不留行，十步一人相擊輒殺之，故千里不留於行也。」

送黄通之鄖鄉

君子貴從俗，小官能養賢〔一〕。無慚折腰吏，勉食落頭鮮〔二〕。困有亨之理，窮當志益堅〔三〕。惟宜少近禍，親髪況皤然〔四〕。

【題　解】

原輯《居士外集》卷六，無繫年，列慶曆三年詩後。作於是年冬，時任知制誥，仍供諫職。黄通，字介夫，邵武人。嘉祐二年特奏名進士，除大理丞，常浩歌長嘯。《長編》卷一四五慶曆三年十一月辛未（七日）：「以試方略人黄通爲試大理評事。」《福建通志》卷五一《文苑》：「韓琦、范仲淹薦其才，除大理寺丞。」范仲淹《范文正集》卷二《送鄖鄉尉黄通》、韓琦《安陽集》卷五《黄通尉鄖鄉》及《蘇舜欽集》卷八《送黄通》詩，與歐此詩意相近，當作於同時。鄖鄉，宋代縣名，屬京西路均州，治所在今湖北鄖縣。黄通出爲鄖鄉尉，當在本年十一月召試之後。詩人勉慰初入仕途的黄通，要遵禮隨俗，小官養賢，孝親養家，守時待命。詩語平易，意蘊深沉，以情韻取勝。

【注　釋】

〔一〕從俗：《禮記·曲禮上》：「禮從宜，使從俗。」宋衛湜《禮記集説》卷十引馬氏曰：「從俗禮也，變俗亦禮也，求變俗非禮也。君子之於俗，可則從，否則變。宜從而變則爲亂常，宜變而從則爲泥俗。」　養賢：保持、培養才德。《周易·頤·彖》：「天地養萬物，聖人養賢以及萬民。」

〔二〕無慚折腰吏：不以屈居小官而羞愧。折腰吏，用陶淵明不爲五斗米折腰之典故。范仲淹《送鄖鄉尉黄通》云：「五門對萬鐘，所問道何如。」韓琦《黄通尉鄖鄉》亦云：「身屈何傷道，才多少晦名。」　落頭鮮：句下原注：「均人相尚食腐魚，故俗傳爲落頭鮮。」梅堯臣《代書寄歐陽永叔》：「難醒撥醅醁，殊厭落頭鮮。」

〔三〕「困有」二句：困窘者總有順心遂意的時候，不得志更要意志堅强。　志益堅：《後漢書·馬援傳》：「丈夫爲志，窮當益堅，老當益壯。」王勃《滕王閣序》：「窮且益堅，不墜青雲之志。」

〔四〕「惟宜」二句：應該儘量避免禍患，何況有白髮親人待你孝養。韓琦《黄通尉鄖鄉》有云：「高堂方待養，寸禄豈宜輕？」皤然：鬚髮變白。唐權德輿《渭水》詩：「吕叟年八十，皤然持釣鉤。」

劍聯句

聖人作神兵，以定天下厄。〈范〉蚩尤發靈機，干將構雄績〔一〕。〈歐〉橐籥天地開，爐冶陰陽闢。〈滕〉南帝輸火精，西皇降金液。〈歐〉炎炎崑岡焚，洶洶洪河擘。〈范〉雷霆助意氣，日月淪精魄。〈滕〉神氣不在大，錯落就三尺〔二〕。直淬靈溪泉，横磨太行石。〈歐〉雄雌威並立，晝夜光相射〔三〕。〈范〉提携風雲生，指顧煙霞寂。〈滕〉堅剛正人心，耿介志士跡〔四〕。〈歐〉初疑成夏鼎，魑魅世所適。〈滕〉又若引吴刀，犀象謂無隔〔五〕。〈范〉截波虬尾滑，脱浪鯨牙直。頑冰掛陰霤，皎月乘孤隙〔六〕。〈歐〉河角起彗氣，雲鏬露秋碧。曉鐔星斗爛，夜匣飛龍宅。〈范〉舞酣霰雪回，彈俊球琳擊。鮮摇雪水光，膩刮湘山色〔七〕。〈滕〉青蛟渴雨瘦，素虺蟠霜瘠〔八〕。〈歐〉清音鏘以鳴，寒姿堅且澤。〈范〉鬼類喪影響，佞黨摧肝膈〔九〕。〈歐〉一旦會神武，四海屠兇逆。〈范〉周王奉天討，商郊千里赤。〈歐〉楚子揚軍聲，秦師萬首白。祥輝冠吴楚，殺氣横燕易〔一〇〕。〈范〉與君斬鼇足，八極停震虢。〈歐〉與君剸鵬翼，三辰增焕赫〔一一〕。莫使化猿翁，辱我爲幻惑。〈范〉莫使暴虎人，屈我執仇敵〔一二〕。〈滕〉尊嚴俟冠冕，左右舞干戚〔一三〕。〈歐〉功成不可留，延平空霹靂〔一四〕。〈范〉

【題解】

原輯《居士外集》卷四，繫慶曆三年。時作者在汴京任知制誥，供諫職。題下原注：「范仲淹、滕宗諒。」據《宋史·仁宗本紀三》，范仲淹本年四月任樞密副使，八月改參知政事，人在京師。而據《長編》卷一四三紀事，滕宗諒慶曆三年九月以涇州任上超支公用錢受劾，由慶州徙知鳳翔府，人不在京城。又歐書簡《與滕待制》（慶曆五年）有云：「自夷陵之貶，獲見於江寧，逮今十年。而執事謫守湖濱，某亦再逐淮上，音塵靡接，會遇無期。」可見歐、滕自景祐三年至慶曆五年未曾面晤，不知何以有此聯句？姑存疑待考。詩歌詠誦劍的鑄造、功能、神威等典實，聯綴成詩，展示才學，可謂逢場作戲的游戲文墨。此類文酒聯句，詩人逞才競藝，以新奇取勝，開拓詩歌新題材，革新詩歌藝術表現手法，是對唐詩的創新與發展，也是宋調的探索與奠基。

【注釋】

〔一〕「聖人」四句：聖人軒轅氏興兵平亂，以安定天下。蚩尤憑靈感始製劍器，干將、莫邪開始鑄造名劍。作神兵：《史記·五帝本紀》：「炎帝欲侵陵諸侯，諸侯咸歸軒轅。軒轅乃修德，振兵，治五氣，蓺五種，撫萬民，度四方，教熊羆、貔貅、貙虎，以與炎帝戰於阪泉之野。」蚩尤：傳説中的古代九黎族首領。以金作兵器。《史記·五帝本紀》：「蚩尤作亂，不用帝命。於是黄帝乃徵師諸侯，與蚩尤戰于涿鹿之野，遂禽殺蚩尤。」干將：相傳春秋吴人，與妻莫邪夫婦善鑄劍，爲闔閭鑄陰陽劍，陽曰「干將」，陰曰「莫邪」。事見漢趙曄《吴越春秋·闔閭内傳》、《搜神記》卷一一。

〔二〕「橐籥」十句：詠干將、莫邪鑄劍過程：拉動風箱，煅冶礦石，以液態金屬鑄造劍。橐籥：亦作「橐爚」，古代冶煉時用以鼓風吹火的裝置，猶今之風箱。《老子》五章：「天地之間，其猶橐籥乎？虚而不屈，動而愈出。」吴澄注：「橐籥，冶鑄所以吹風熾火之器也。爲函以周罩於外者，橐也；爲轄以鼓扁於内者，籥也。」陰陽闢：陰陽二氣聚合煅冶。南帝：古代神話中的五位天帝之一，即南方赤帝，名赤熛怒。《雲笈七籤》卷五二：「北帝激電，南帝火陳，東蒼啟燭，赫赫雷震。」火精：太陽。漢王充《論衡·説日》：「夫日，火之精也；月，水之精也。」西皇：傳説中西方的尊神，指古帝少皞金天氏。《楚辭·遠游》：「鳳皇翼其承旂兮，遇蓐收乎西皇。」姜亮夫校注：「西皇，西方天神也。西方庚辛，其帝少皞，少皞即西皇。」金液：液態金屬。崑岡：即崑崙山。《尚書·胤征》：「火炎崑崙，玉石俱焚。」洪河：大河。古時多指黄河。班固《西都賦》：「右界褒、斜、隴首之險，帶以洪河、涇、渭之川，衆流之隈，汧湧其西。」精魄：《晉書·張華傳》：晉時，斗牛之間常有紫氣，豫章人雷焕曰：「寶劍之精，上徹於天耳。」豐城掘地四丈餘，得雙劍，一曰龍泉，一曰太阿。三尺：指劍。《漢書·高祖紀下》：「吾以布衣提三尺，取天下，此非天命乎？」顔師古注：「三尺，劍也。」

〔三〕「直淬」四句：用靈泉水澆淬劍，用太行山之石磨礪劍，雄雌二劍神光四射。淬：鍛造時，把燒紅的鍛件浸入水中，急速冷卻，以增强硬度。靈溪：陳耆卿《赤城志》：「靈溪在（天台）縣西北一十五里福聖觀前。孫綽賦所謂『瀑布飛流以界道』、『過靈溪而一濯』是也。」雄雌：《太平御覽》卷三四三《列士傳》：「干將、莫耶爲晉君作劍，三年而成。劍有雌雄，天下名器也。」

〔四〕「提携」四句：攜劍頓生勇威，適合正人君子佩帶。耿介：高聳突兀貌。宋玉《大言賦》：「方地爲車，圓天爲蓋，長劍耿介倚天外。」南朝梁何遜《七召·宫室》：「復道耿介而連雲，阿閣穹窿而仰漢。」

〔五〕「初疑」四句：雌雄二劍有似夏鼎，令妖孽膽懾心寒；又像吴刀，鋒利無比。夏鼎：禹鼎。相傳夏禹鑄九鼎以象九州。其上鏤山精水怪之形，使人以知神姦，有備而無患。參見本書《讀〈山海經圖〉》注〔一〕。魑魅：古謂能害人的山澤之神怪。亦泛指鬼怪。《漢書·王莽傳中》：「敢有非井田聖制，無法惑衆者，投諸四裔，以禦魑魅。」顏師古注：「魑，山神也。魅，老物精也。」《拾遺記》：「越王鑄八劍，六曰滅魂，挾之夜行，不遇魑魅。」吴刀：傳説舜殛鯀所用之刀。《吕氏春秋·行論》：「舜於是殛之於羽山，副之以吴刀。」後也泛指寶刀。犀象：犀牛和象。此謂寶劍一揮，犀象雖然皮厚，立刻斬爲兩截，好像根本没有阻隔。曹植《七啟》：「步光之劍，華藻繁縟」，「陸斷犀象，未足稱雋。」

〔六〕「截波」四句：揮劍劈波斬浪，虬鯨驚避。劍光寒冷，使屋簷掛冰，使月光失色。虬尾：龍尾。虬，傳説中的一種無角龍。《楚辭·離騷》：「駟玉虬以椉鷖兮，溘埃風余上征。」王逸注：「有角曰龍，無角曰虬。」洪興祖補注：「虬，龍類也。」霤：屋簷下接水的長槽。《禮記·檀弓上》：「池視重霤。」鄭玄注：「如堂之有承霤也。承霤以木爲之，用行水。」孔穎達疏：「以木爲之，承於屋霤，入此木中，又從木中而霤於地。」亦指屋簷。

〔七〕「河角」八句：用誇飾手法描寫劍柄劍匣、劍光劍影。河角：指斗、牛兩宿。彗氣：彗星之光，喻殺氣。雲罅：雲中裂縫。「曉鐔星斗爛，夜匣飛龍宅」：據《晉書·張華傳》，豫章有紫氣直沖牛斗，地下有兩劍裝於匣中。其一被送與張華。後兩劍化爲龍。曉鐔，閃亮的劍柄。鐔，指刀、劍之柄與刀、劍之身連接處的兩旁突出部分。舞酣霰雪回：《劍器舞》舞姿美妙，如流風回雪。球琳：皆美玉名。泛指美玉。《書·禹貢》：「〔雍州〕厥貢惟球琳琅玕。」孔傳：「球、琳，皆玉名。」霅水：河流名，在浙江湖州。湘山：山名。即君山。在湖南岳陽西南洞庭湖中。

〔八〕「青蛟」二句：寶劍寒氣逼人，震懾蛟虺。青蛟：青龍。蛟指古代傳説中興風作浪、能發洪水的龍。《禮記·中庸》：「今夫水，一勺之多，及其不測，黿鼉鮫龍魚鱉生焉，貨財殖焉。」陸德明釋文：「鮫，本又作蛟。」素虺：土灰色。虺，古稱蝮蛇一類的毒蛇。通常指土虺蛇，色如泥土。《詩·小雅·斯干》：「維虺維蛇。」

〔九〕「清音」四句：劍聲鏗鏘威寒，使鬼怪邪佞聞而生畏，摧肝裂肺。鏘以鳴：《拾遺記》：「帝顓頊有曳影之劍，騰空而舒。若四方有兵，此劍則飛起，指其方。則克伐未用之時，常於匣裏如龍虎之吟。」喪影響：無影無蹤，毫無聲響。摧肝膈：摧肝裂肺，非常恐懼。

〔一〇〕「一旦」八句：以周武伐紂，楚子揚威，荆珂刺秦等史事，誇説寶劍的赫赫戰功。神武：原謂以吉凶禍福威服天下而不用刑殺，後多用以稱頌帝王將相。《漢書·叙傳下》：「皇矣漢祖，纂堯之緒，實天生德，聰明神武。」周王奉天討：《史記·周本紀》：「至紂死所，武王自射之，三發，而後下車，以輕劍擊之。」商郊千里赤：《尚書·武成》：武王誅紂，戰鬥殺人，「血流漂杵」。商郊，指牧野。楚子揚軍威：《史記·范雎蔡澤列傳》：「昭王曰：『吾聞楚之鐵劍利而倡優拙。夫鐵劍利則士勇，倡優拙則思慮遠。夫以遠思慮而御勇士，吾恐楚之圖秦也。夫物不素具，不可以應卒，今武安君既死，而鄭安平等畔，内無良將而外多敵國，吾是以憂。』」萬首白：《越絶書》：「晉鄭聞而求之，不得，興師圍楚。於是王引泰阿之劍登城而麾之，三軍破敗，士卒迷惑，流血千里，江水抑折，晉鄭之頭畢白。」 殺氣横燕易：燕易，燕國易水之地。荆珂是由燕地易水與衆人訣别出發，負劍西向而刺秦王。

〔二〕「與君」四句：寶劍能爲人主除暴安良，使日月增光。 鼇足：即鼇足。傳説中女媧用作天柱的大龜四足。《淮南子·覽冥訓》：「於是女媧煉五色石以補蒼天，斷鼇足以立四極。」高誘注：「鼇，大龜。天廢頓以鼇足柱之。」 八極：八方極遠之地。《淮南子·原道訓》：「夫道者，覆天載地，廓四方，柝八極，高不可際，深不可測。」高誘注：「八極，八方之極也，言其遠。」震虩：恐懼貌。《周易·震》：「震來虩虩，笑言啞啞。」王弼注：「震之爲義，威至而後乃懼也。故曰，震來虩虩，恐懼之貌也。」李鼎祚集解引虞翻曰：「多懼故虩虩。」 剸鵬翼：砍擊鵬鳥的翅膀。 鵬翼，大鵬的翅膀。《莊子·逍遥游》：「鵬之背，不知其幾千里也，怒而飛，其翼若垂天之雲。」《文選·左思〈吴都賦〉》：「屠巴蛇，出象骼，斬鵬翼，掩廣澤。」李周翰注：「鵬鳥其翼垂天，今斬之，固掩蔽廣澤也。」 三辰：日、月、星。《左傳·桓公二年》：「三辰旂旗，昭其明也。」杜預注：「三辰，日、月、星也。」 焕赫：熾熱明亮，光亮顯赫。葛洪《抱朴子·知止》：「吾聞無熾不滅，靡溢不損，焕赫有委灰之兆，春草爲秋瘁之端。」

〔三〕「莫使」四句：持寶劍者要識破對手詭計，不能爲幻像迷惑；也不要委屈我，棄我不用而使好人受傷害。 化猿翁：《吴越春秋》云越有處女，道逢老人，自稱袁公。公問曰：「吾聞子善劍，願一見之。」女曰：「妾不敢有所隱，惟公試之。」袁公即杖箖箊竹，竹枝上頡橋，末墮地，女即捷末，袁公即飛上樹，變爲白猿。遂别去。又宋曾慥《類説》卷一三《四叟俱化猿》：「王縉少在嵩陽覲肄業，一日有四叟攜榼來訪，一曰木巢南，二曰林大節，三曰孫文蔚，四曰石媚虬。高談雄飲，既醉俱化爲猿，升木而去。」辱我爲幻惑：對方以幻象辱我。幻惑，猶眩惑。變幻形象以惑人。暴虎人：空手與虎搏鬥者。《詩·鄭風·大叔于田》：「襢裼暴虎，獻於公所。」序云：「刺莊公也。叔多才而好勇，不義而得衆也。」

〔三〕「尊嚴」二句：劍由有地位者佩帶，享受武舞尊嚴。侍冠冕：唐徐堅《初學記》卷二二引《賈子》：「古者天子二十而冠帶劍，諸侯三十而冠帶劍，大夫四十而冠帶劍。隸人不得冠，庶人有事得帶劍，無事不得帶劍。」干戚：盾與斧。古代的兩種兵器。亦爲武舞所執的舞具。《詩·大雅·公劉》：「弓矢斯張，干戈戚揚，爰方啟行。」毛傳：「戚，斧也。」鄭箋：「干，盾也。」

〔四〕「功成」二句：功成名就之後，龍泉、太阿二劍化龍而去。延平：延平津，古津名。晉時屬延平縣。《晉書·張華傳》：「初，吴之未滅也，斗牛之間常有紫氣……（雷）焕到縣，掘獄屋基，入地四丈餘，得一石函，光氣非常，中有雙劍，並刻題，一曰龍泉，一曰太阿。其夕，斗牛間氣不復見焉……焕卒，子華爲州從事，持劍行經延平津，劍忽於腰間躍出墮水，使人没水取之，不見劍，但見兩龍，各長數丈，蟠縈有文章，没者懼而返。」

【附録】

此詩輯入宋吕祖謙《宋文鑑》卷二九。

郎瑛《七修類稿》卷三一：「余幼時得鈔本《劍》、《鶴》聯句，因没前後，不知其名，乃云：『范文正公仲淹在海陵時與歐靜、滕宗諒劍、鶴聯句，皆屬對森嚴，造語雅健，當時已爲難得。寶元二年石曼卿與滕集於闕下，始得其備，乃用唐楷法書以附九華書堂，厥後代爲名人題跋。近讀歐文忠公外集，内載此詩，乃知歐非歐靜也。參之范集又無，意或范集失收耳。蓋滕乃范之相好同年，二本俱曰仲淹。曼卿真宗時已死，何謂寶元年書？是知歐靜則訛也。況詩比舊爲多，故特録於稿而注於下，句下人名一二不同，姑仍舊耳……二篇共六十二韻，歐最爲多也。』」

胡應麟《詩藪》外編卷五：「范文正詩，世所傳二絶句，似非留意聲律者；而與滕宗諒、歐陽永叔作《劍》、《鶴》聯句，精練奇警，殊不在退之、東野下，信古人未易窺也……二詩皆祖韓昌黎。前篇用《鬬雞》體，後篇用《石鼎》體，豪勁偉麗，幾欲亂真，惜不入詩家正果。然工力斫模，固已至矣。歐古詩如此甚少。文正品格之高，其詩亡論工拙，皆當改觀，況若此耶！滕蓋巴陵守，亦俊快士也。」

鶴聯句

上霄降靈氣，鍾此千年禽〔一〕。〈范〉幽閒靖節性，孤高伯夷心〔二〕。〈歐〉頡頏紫霄垠，飄飖滄浪潯〔三〕。〈歐〉岳湛有仙姿，鈞韶無俗音〔四〕。〈范〉毛滋月華淡，頂粹霞光深〔五〕。〈歐〉目流泉客淚，翅垂羽人襟〔六〕。〈滕〉騰漢雪千丈，點溪霜半尋〔七〕。〈范〉纖喙礪青鐵，修脛雕碧琳〔八〕。〈歐〉巖棲干溪樹，澤飲卑蹄涔〔九〕。〈滕〉鸞皇自塤篪，燕雀徒商參〔一〇〕。〈范〉獨翅聳瓊枝，群舞傾瑶林。〈歐〉病餘霞雲段，夢回松吹吟〔一一〕。〈滕〉靜嫌鸚鵡言，高笑鴛鴦淫。〈范〉金清冷澄澈，玉格寒蕭森〔一二〕。〈歐〉潔白不我恃，腥膻非所任〔一三〕。〈滕〉稻粱不得已，蟣虱胡爲侵。〈范〉天池憶鵬游，雲羅傷鳳沈〔一四〕。〈滕〉風流超縞素，雅淡絶規箴〔一五〕。〈歐〉相親長道情，偶見銷煩襟〔一六〕。〈范〉西漢惜馮唐，華皓欲投簪〔一七〕。〈歐〉南朝仰衛玠，清羸疑不禁〔一八〕。〈滕〉端如方直臣，處群良足欽〔一九〕。〈范〉介如廉退士，驚秋猶在陰〔二〇〕。〈范〉幾誚鷹隼鷙，羈鞲俄見臨〔二一〕。〈歐〉還嗤鳧鷖貪，弋繳終就擒〔二二〕。〈歐〉乘軒乃一芥，空籠仍萬金〔二三〕。〈滕〉片雲伴遥影，冥冥越煙岑〔二四〕。〈范〉長飆送逸響，亭亭出霜砧〔二五〕。〈歐〉蓬瀛忽往來，桑田成古今〔二六〕。〈歐〉願下八佾庭，鼓舞熏風琴〔二七〕。〈滕〉

【題解】原輯《居士外集》卷四，繫慶曆三年。時詩人在汴京任知制誥，供諫職。題下原注：「范仲淹、滕宗諒」。滕宗諒時不在京城，且自景祐三年至慶曆五年，歐、滕十年未曾面晤，不知何以有此聯句，姑存疑待考。參見上詩題解。詩歌通過詠頌鶴的悠閒孤高、冰清玉潔、抱節守志、情侶和諧等，歌頌賢人美德，表現君子節操，作者使氣逞才，競顯各自才學。此類詩作是文人士大夫閒適生活的寫照，而彼此的示才競藝，創新出奇，導引詩歌向詠物、議論方向發展，促進宋詩内容與形式的革新。

【注釋】

〔一〕「上霄」二句：上天降落的仙靈之氣，都集中在鶴的身上。千年禽：指鶴。《抱朴子》内篇卷一：「千歲之鶴，隨時而鳴。」唐胡曾《詠史詩·華亭》：「惆悵月中千歲鶴，夜來猶爲唳華亭。」

〔二〕「幽閒」二句：仙鶴具有陶潛的悠閒性情及伯夷的孤高心態。封建文士視此二人爲抱節守志之典範。靖節：東晉大詩人陶潛，私謚靖節徵士。伯夷：商末孤竹君長子。武王滅商後，與其弟叔齊恥食周粟，采薇而食，餓死于首陽山。見《吕氏春秋·誠廉》與《史記·伯夷列傳》。

〔三〕頡頏：鳥飛上下貌。《淵鑑類函》卷四二〇引《相鶴經》：「鳴則聞於天，飛則一舉千里。」滄浪潯：水邊，指隱居地。滄浪，古水名，也借指青蒼色的水。《孟子·離婁上》：「滄浪之水清兮，可以濯我纓。」後以「濯纓」比喻超脱世俗，操守高潔。

〔四〕「岳湛」二句：形容鶴的仙姿不俗。《文選·鮑照〈舞鶴賦〉》：「散幽經以驗物，偉胎化之仙禽。」李善注：「《相鶴經》曰：鶴，陽鳥也……蓋羽族之宗長，仙人之騏驥也。」岳湛：晉潘岳與夏侯湛的並稱。兩人過從甚密，均以文章著稱。《晉書·夏侯湛傳》：「湛幼有盛才，文章宏富，善構新詞，而美容觀，與潘岳友善，每行止同輿接茵，京都謂之『連璧』。」鈞韶：樂調和諧、雅正無俗的天樂、仙樂。鈞，即鈞天廣樂。《史記·趙世家》：「趙簡子疾，五日不知人……居二日半，簡子寤。語大夫曰：『我之帝所甚樂，與百神游於鈞天，廣樂九奏萬舞，不類三代之樂，其聲動人心。』」後因以「鈞天廣樂」指天上的音樂，仙樂。《韶》，虞舜時樂名。《尚書·益稷》：「《簫韶》九成，鳳皇來儀。」孔傳：「《韶》，舜樂名。」其音雅正無俗。

〔五〕「毛滋」二句：鶴的羽毛呈淡色，有似微明淡亮的月光；頭頂的赤冠，像雲霞一樣呈紅色。《文選·鮑照〈舞鶴賦〉》：「疊霜毛而弄影，振玉羽而臨霞。」「精含丹而星曜，頂凝紫而煙華。」劉禹錫《步虛詞二首》其二：「華表千年一鶴歸，凝丹爲頂雪爲衣。」

〔六〕泉客：即鮫人，神話傳説中的人魚。《博物志》卷二：「南海外有鮫人，水居如魚，不廢織績，其眼能泣珠。」任昉《述異記》卷上：「鮫人，即泉先也，又名泉客。」羽人：神話中的飛仙。《楚辭·遠游》：「仍羽人於丹丘兮，留不死之舊鄉。」洪興祖補注：「羽人，飛仙也。」曾慥《類説》卷五三載李昉畜五禽爲五客，鶴曰仙客。

〔七〕「騰漢」二句：白鶴成群騰飛有如高空飛雪，停立在小溪邊有如一片白霜。尋：古代長度單位。《詩·魯頌·閟宫》：「是斷是度，是尋是尺。」鄭箋：「八尺曰尋。」或云七尺、六尺。

〔八〕「纖喙」二句：鶴的細小的嘴像在鐵上磨礪過一樣鋒利，修長的雙腿像是被雕刻過的玉一樣潔白。《淵鑑類函》卷四二〇引《相鶴經》：「食于水故其喙長，軒於前故後趾短，棲于陸故足高而尾凋。」

〔九〕「巖棲」二句：晚上棲息在兩岸長滿樹的溪水邊的巖洞裏；渴了喝大澤裏的水，決不喝牛蹄印裏的污水。白居易《感鶴》詩：「飢不啄腐鼠，渴不飲盜泉。」干：岸，水邊。《詩·魏風·伐檀》：「坎坎伐檀兮，寘之河之干兮，河水清且漣猗。」毛傳：「干，厓也。」蹄涔：原作「朱涔」，據《四庫全書》本改。蹄涔，《淮南子·泛論訓》：「夫牛蹄之涔，不能生鱣鮪。」高誘注：「涔，雨水也，滿牛蹄跡中，言其小也。」

〔一〇〕「鸞皇」二句：對比鸞皇與燕雀，讚頌仙鶴成雙結對，關係和諧。鸞皇：鸞與鳳。皆瑞鳥名。常用以比喻夫妻或情侶。塤篪：塤、篪皆古代樂器，二者合奏時聲音相應和。因以比喻兄弟親密和睦或互相呼應和配合。《詩·小雅·何人斯》：「伯氏吹塤，仲氏吹篪。」商參：參商。二十八宿的商星與參星，商在東，參在西，此出彼沒，永不相見。後以「商參」比喻人分離不能相見。漢蔡琰《胡笳十八拍》：「子母分離兮意難任，同天隔越兮如商參。」

〔一一〕「獨翅」四句：仙鶴的獨立與群舞姿態優美，病後與睡餘依然美麗動人。瓊枝，瑤林：傳說中仙界的玉花樹。唐康駢《劇談録·玉蘂院真人降》：「上都安業坊唐昌觀舊有玉蘂花。其花每發，若瑤林瓊樹。」霞雲段：喻鶴羽豔麗。段，即緞。

〔一二〕「靜嫌」四句：仙鶴冰清玉潔，嫺靜高雅，它討厭鸚鵡的多舌吵鬧，嘲笑鴛鴦的追逐嬉戲。金清：秋季天高氣清，在五行之説中屬金。玉格：玉做的筆架。周必大《玉堂雜記》：「御前設小案，用牙尺壓蠲紙一幅，傍有漆匣小歙硯，寘筆墨於玉格。」

〔三〕腥膻：難聞的腥味。晉葛洪《抱朴子·明本》：「山林之中非有道也，而爲道者必入山林，誠欲遠彼腥膻，而即此清淨也。」

〔四〕「天池」二句：回想鯤鵬在高空展翅飛翔，感傷鳳凰沉淪在雲羅。鵬游：《莊子·逍遥游》：「北冥有魚，其名爲鯤。鯤之大，不知其幾千里也。化而爲鳥，其名爲鵬。鵬之背，不知其幾千里也。怒而飛，其翼若垂天之雲。是鳥也，海運則將徙于南冥。南冥者，天池也。」雲羅：高入雲天的網羅。《文選·鮑照〈舞鶴賦〉》：「厭江海而游澤，掩雲羅而見羈。」吕延濟注：「雲羅，言羅高及雲。」鳳沈：庾信《周上柱國齊王憲神道碑》：「鳳沉丹穴，龍亡黑陂。」沈，同「沉」。

〔五〕縞素：供書畫用的白絹。亦指書畫。杜甫《韋諷録事宅觀曹將軍畫馬圖歌》：「此皆騎戰一敵萬，縞素漠漠開風沙。」

〔六〕長道情：增長道義。道情，道義。謝靈運詩《述祖德》其二：「拯溺繇道情，龕暴資神理。」銷煩襟：消解煩惱。煩襟，煩悶的心懷。王勃《游梵宇三覺寺》詩：「遽忻陪妙躅，延賞滌煩襟。」

〔七〕「西漢」二句：西漢的馮唐白髮而棄官。馮唐：《史記·張釋之馮唐列傳》論載，馮唐以孝著稱，事漢文帝時爲中郎署長。漢景帝接位時唐以楚相而被罷免。漢武帝時求天下賢良，再招馮唐時已經九十餘歲，不能再當官了。後世多以此典感慨人事蹉跎，無以作爲。左思《詠史》其二：「馮公豈不偉，白首不見招。」華皓：鬚髮花白，指年老。投簪：丟下固冠用的簪子，比喻棄官。陸機《應嘉賦》：「苟形骸之可忘，豈投簪其必谷。」

〔一八〕「南朝」二句：晉人衛玠俊美而弱不禁風。衛玠：以俊美清瘦著稱。《晉書·衛玠傳》：「京師人士聞其姿容，觀者如堵。玠勞疾遂甚，永嘉六年卒，時年二十七。時人謂玠被看殺。」疑不禁：《世説新語·文學》：「衛玠始度江，見王大將軍，因夜坐，大將軍命謝幼輿。玠見謝，甚説之，都不復顧王，遂達旦微言，王永夕不得豫。玠體素羸，恒爲母所禁。爾昔忽極，於此病篤，遂不起。」

〔一九〕「端如」二句：鶴在群體中像正直大臣一樣莊重，極度受欽敬。端如：猶端然。莊重貌。范成大《大所後堂南窗負暄》詩：「端如擁褐茅簷下，祇欠烏烏擊缶歌。」

〔二〇〕「介如」二句：鶴天冷仍在陰僻處，如耿介廉潔之士。在陰：《周易·中孚》：「鳴鶴在陰。」《淵鑑類函》卷四二〇引《汲冢書目》云：「鶴曰陰羽。」附注：「以其愛陰而惡陽也。」

〔二一〕「幾誚」二句：譏諷鷹和雕等兇猛狠戾的鳥，很快就失去自由。羈鞲：套上馬籠頭和馬鞍。見臨：猶光臨。韓愈《答楊子書》：「學問有暇，幸時見臨。」

〔二二〕「還嗤」二句：還嗤笑鳧和鷗等水鳥一味貪婪，最終被獵人捕獲。鳧鷖：《詩·大雅·鳧鷖》：「鳧鷖在涇，公尸來燕來寧。」毛傳：「鳧，水鳥也。鷖，鳧屬。太平則萬物衆多。」弋繳：獵取飛鳥的箭。繳，繫在箭上的絲繩。唐敬括《蜘蛛賦》：「龍竟入於炮醢，隼終嬰於弋繳。」

〔三〕「乘軒」二句：高官厚禄算什麽，自由價更高。乘軒：《左傳·閔公二年》：「衛懿公好鶴，鶴有乘軒者。」杜預注：「軒，大夫車。」後用以指做官。空籠：《史記·滑稽列傳》：「昔者，齊王使淳于髡獻鵠於楚。出邑門，道飛其鵠，徒揭空籠，造詐成辭，往見楚王曰：『齊王使臣來獻鵠，過於水上，不忍鵠之渴，出而飲之，去我飛亡。吾欲刺腹絞頸而死。恐人之議吾王以鳥獸之故令士自傷殺也。鵠，毛物，多相類者，吾欲買而代之，是不信而欺吾王也。欲赴佗國奔亡，痛吾兩主使不通。故來服過，叩頭受罪大王。』楚王曰：『善，齊王有信士若此哉！』厚賜之，財倍鵠在也。」

〔四〕「片雲」句，化用杜甫《孤雁》「誰憐一片影，相失萬重雲」句。

〔五〕長飆：大風。逸響：奔放的樂音。《詩·小雅·鶴鳴》：「鶴鳴於九皋，聲聞於天。」霜砧：寒秋時擣衣的砧聲。唐楊巨源《長城聞笛》詩：「孤城笛滿林，斷續共霜砧。」

〔六〕「蓬瀛」二句：能够快速往來仙界人間，一定發現古往今來的滄桑變化。蓬瀛：道教傳説中兩處仙山：蓬萊山和瀛州。唐許敬宗《游清都觀尋沈道士得清字》詩：「幽人蹈箕潁，方士訪蓬瀛。」桑田：即桑田滄海。晉葛洪《神仙傳·麻姑》：「麻姑自説云：『接侍以來，已見東海三爲桑田，向到蓬萊，水淺於往者，會時略半也，豈將復還爲陵陸乎！』」後以喻世事的鉅大變遷。

〔二七〕「願下」二句：希望仙鶴出現在當今朝廷，歌頌這太平盛世。八佾庭：奏天子樂的宫廷。八佾，古代天子用的一種樂舞。佾，舞列，縱横都是八人，共六十四人。《論語·八佾》：「孔子謂季氏，八佾舞於庭，是可忍也，孰不可忍也！」朱熹集注：「佾，舞列也，天子八，諸侯六，大夫四，士二。」熏風：和煦的南風。鼓舞熏風琴：《樂府詩集》卷五七引《古今樂録》：「舜彈五絃之琴，歌《南風》之詩。」《史記·樂書》：「舜歌《南風》而天下治。」

【附録】

郎瑛《七修類稿》卷三一：「余幼時得鈔本劍、鶴聯句，因没前後，不知其名，乃云：『范文正公仲淹在海陵時與歐靜、滕宗諒劍、鶴聯句，皆屬對森嚴，造語雅健，當時已爲難得。寶元二年石曼卿與滕集於闕下，始得其備，乃用唐楷法書以附九華書堂，厥後代爲名人題跋。近讀歐文忠公外集内載此詩，乃知歐非歐靜也。參之范集又無，意或范集失收耳。蓋滕乃范之相好同年，二本俱曰仲淹。曼卿真宗時已死，何謂寶元年書？是知歐靜則訛也。況詩比舊爲多，故特録於稿而注於下，句下人名一二不同，姑仍舊耳……二篇共六十二韻，歐最爲多也。」

胡應麟《詩藪》外編卷五：「范文正詩，世所傳二絶句，似非留意聲律者，而與滕宗諒、歐陽永叔作《劍》、《鶴》聯句，精練奇警，殊不在退之、東野下，信古人未易窺也……二詩皆祖韓昌黎。前篇用

《鬬雞》體，後篇用《石鼎》體，豪勁偉麗，幾欲亂真，惜不入詩家正果。然工力斫模，固已至矣。歐古詩如此甚少。文正品格之高，其詩亡論工拙，皆當改觀，況若此耶！滕蓋巴陵守，亦俊快士也。」

送楊君歸漢上

我昔謫窮縣，相逢清漢陰〔一〕。拂塵時解榻，置酒屢横琴〔二〕。介節温如玉，嘉辭擲若金〔三〕。趣當鄉士薦，無滯計車音〔四〕。

【題解】

原輯《居士外集》卷六，無繫年，列慶曆三年至五年詩間。作於慶曆四年（一〇四四）春，詩人時年三十八歲，在汴京任知制誥，供諫職。楊君，乾德人，生平不詳。漢上，即漢水一帶，此指乾德。《宋史》卷八五《地理志》：「光化軍，同下州。乾德二年，以襄州陰城鎮建爲軍，析谷城縣三鄉，置乾德縣隸焉。」詩人邂逅當年乾德貶所結識的朋友，賦詩送其歸鄉。詩歌回憶與楊君的昔日交游，讚美其德高才美，勉勵其早登仕途。撫今追昔，感慨繫之，關愛之情，溢於紙面。

【注釋】

〔一〕「我昔」二句：詩人寶元元年由夷陵移知乾德，結識楊君。漢陰：漢水之南，指乾德縣。陰，山之南水之北謂「陽」，反之謂「陰」。

〔二〕解榻：熱情招待賓客。典出《漢書·徐穉傳》、《陳蕃傳》，參見本書《送賈推官赴絳州》注〔三〕。横琴：撫琴，彈琴。唐羊士諤《書樓懷古》詩：「遠目窮巴漢，閒情閲古今。忘言意不極，日暮但横琴。」

〔三〕「介節」二句：讚美楊君節操剛介、詞章美妙。温如玉：《詩·秦風·小戎》：「言念君子，温其如玉。」擲若金：晉孫綽作《天台山賦》成，對友人范榮期説：「卿試擲地，當作金石聲。」事見《世説新語·文學》及《晉書·孫綽傳》。

〔四〕「趣當」二句：相信楊君當被舉薦，定取功名。計車：計吏（考察官吏）所乘的車。贊寧《宋高僧傳·習禪五·慧恭》：「年十七，舉進士，名隨計車。將到京闕，因游終南山奉日寺。」

再至西都

伊川不到十年間，魚鳥今應怪我還〔一〕。浪得浮名銷壯節，羞將白髮見青山〔二〕。野花向客開如笑，芳草留人意自閑。却到謝公題壁處，向風清淚獨潺潺〔三〕。

【題解】原輯《居士集》卷一二，繫慶曆四年。作於是年四月，時在出使河東的途中。題下原注：「一作《寄謝希深》。」西都，即西京洛陽。胡《譜》：慶曆四年四月「己亥（八日），命公使河東，計度廢麟州及盜鑄鐵錢並礬課虧額利害。」詩人出使河東，途經闊別十年的洛陽，故地重游，眼前山水依舊，回首人事全非。歐佇立在當年與謝絳同游題詩的石壁前，緬懷已經作古的朋友，不由得臨風灑淚，慨歎不已。睹物思人，感懷今昔，詩語平易而顯滄桑，意境沉鬱而不悲涼。

【注釋】

〔一〕「伊川」二句：詩人自景祐元年西京留守推官任滿離開洛陽後，至此已逾十年。當年與之相親的魚鳥，也應爲重逢而驚喜。

〔二〕「浪得」二句：此時的歐，深得仁宗信任，文壇名聲大著，然十多年的坎坷經歷，自覺徒獲虚名，消蝕了壯志，面對不變的青山，感傷未老先衰。浪：徒然。壯節：壯烈的節操。《三國志·魏志·吕布臧洪傳論》：「陳登、臧洪並有雄心壯節，登降年夙隕，功業未遂，洪以兵弱敵强，烈志不立，惜哉！」

〔三〕謝公：即謝絳，字希深，曾任河南府通判，寶元二年離世。

【附録】

此詩輯入明李蓘《宋藝圃集》卷九，又輯入清康熙《御選宋金元明四朝詩·御選宋詩》卷四六、吴之振《宋詩鈔》卷一二。

過錢文僖公白蓮莊

城南車馬地，行客過徘徊〔一〕。野水寒猶入，餘花晚自開〔二〕。命賓曾授簡，開府最多才〔三〕。今日西州路，何人更獨來〔四〕。

【題解】

原輯《居士集》卷一一，繫慶曆四年。作於是年四月，時在出使河東途中。錢文僖公，即錢惟演，謚「文僖」。白蓮莊，《邵氏聞見録》卷一〇所載「白樂天白蓮莊，今爲少師任公别墅」，即錢惟演留守西京時故居。參見《游彭城公白蓮莊》題解。詩人重訪故地，遥想當年莊主喜文愛才，招攬群彦，賢人名士雲集幕府，常在這裏吟詩飲酒。如今主人謝世，文士飄零，白蓮莊野水清寒，晚花寂寥，一派冷落荒涼景象。撫今追昔，内心一片淒苦，悵然而賦此詩，抒寫滄桑之感與故舊之思。睹物懷人，移情入景，悼亡感恩，情真意摯。

【注釋】

〔一〕「城南」二句：在洛陽城南車水馬龍的繁華地段，我停下來徘徊留連。韋應物《送開封盧少府》詩：「雄藩車馬地，作尉有光輝。」

〔二〕野水：非經人工開鑿的天然水流。唐裴度《白二十侍郎有雙鶴在洛下，余西園多野水長松可以棲息，遂以詩請之》：「且將臨野水，莫閉在樊籠。」

〔三〕授簡：給予簡劄，謂囑人寫作。謝惠蓮《雪賦》：「梁王不悦，游於兔園……授簡于司馬大夫，曰：『抽子秘思，騁子妍辭，侔色揣稱，爲寡人賦之。』」　開府：古代指高級官員（如三公、大將軍、將軍等）成立府署，選置僚屬。此指錢府。歐《河南府司録張君墓表》：「初，天聖、明道之間，錢文僖公守河南。公王家子，特以文學仕至貴顯，所至多招集文士，而河南吏屬，適皆當時賢材知名士，故其幕府號爲天下之盛」。

〔四〕西州路：《晉書·謝安傳》：「羊曇者，太山人，知名士也，爲（謝）安所愛重。安薨後，輟樂彌年，行不由西州路。嘗因石頭大醉，扶路唱樂，不覺至州門。左右白曰：『此西州門。』曇悲感不已，以馬策扣扉，誦曹子建詩曰：『生存華屋處，零落歸山丘。』慟哭而去。」後遂以「西州路」爲典實，表示感舊興悲、悼亡故人之情。按：羊曇，謝安的外甥。

愁牛嶺

邦人盡説畏愁牛，不獨牛愁我亦愁〔一〕。終日下山行百轉，却從山脚望山頭〔二〕。

【題　解】　原輯《居士集》卷一一，無繫年，列康定元年至慶曆五年詩間。作於慶曆四年夏，在奉使河東途中。愁牛嶺，當在汴京至河東之間。詩歌描寫愁牛嶺的盤紆難行，表現行程的勞苦艱辛。語言淺近，幽默明快，緊扣山名生發議論，體制雖小，卻傳致豐富的情感與哲理。

【注　釋】

〔一〕「邦人」二句：愁牛嶺高聳險峻，翻越它牛愁人也愁。　邦人：即鄉人。

〔二〕「終日」二句：一整天的下山，都是在山上轉來轉去。

晉祠

古城南出十里間，鳴渠夾路何潺潺。行人望祠下馬謁，退即祠下窺水源。地靈草木得餘潤，鬱鬱古柏含蒼煙〔一〕。并兒自古事豪俠，戰争五代幾百年。天開地闢真主出，猶須再駕方凱旋〔二〕。頑民盡遷高壘削，秋草自緑埋空垣〔三〕。并人昔游晉水上，清鏡照耀涵朱顔。晉水今入并州裹，稻花漠漠澆平田〔四〕。廢興髣髴無舊老，氣象寂寞餘山川。惟存祖宗聖功業，干戈象舞被管絃〔五〕。我來覽登爲歎息，暫照白髮臨清泉。鳥啼人去廟門闔，還有山月來娟娟〔六〕。

【題解】原輯《居士集》卷二，繫慶曆四年。作於是年夏秋間，時出使河東，過并州，謁晉祠。題下原注：「一本作『過并州晉祠泉』。」晉祠，地處晉水源頭，又名唐叔虞祠，爲紀念叔虞而立。《史記·晉世家》：周成王「封叔虞于唐。唐在河、汾之東，方百里，故曰唐叔虞。姓姬氏，字子于。唐叔子燮，是爲晉侯。」《大清一統志》卷九七《太原府》：「晉祠在太原縣西南十里懸甕山麓晉水發源處，祀唐叔虞。叔虞封唐，子燮因晉水更國號，因以名祠。」詩中有句「秋草自緑埋空垣」，當作於七月初歸程中。梅堯臣《宛陵先生集》卷一一《和永叔晉祠詩》有云：「伊君持節過其下，愛此佳處聊停車。」此詩借詠晉祠，懷古感今，抒寫并州盛衰興亡之感。詩人臨風懷想，往復詠唱，既跌宕開合，又一氣呵成，詩境悲愴感人。

【注釋】

〔一〕「古城」六句：晉祠山泉相鳴，草木靈秀，雲霧蒼茫，使人至此流連。祠下窺水源：《水經注》卷六《晉水》：「《山海經》曰：『縣甕之山，晉水出焉。』今在縣之西南。昔智伯遏晉水以灌晉陽，其川上溯，後人踵其遺跡，蓄以爲沼，沼西際山枕水，有唐叔虞祠。水側有涼堂。結飛梁於水上。左右雜樹交蔭，希見曦景。至有淫朋密友，羈游宦子，莫不尋梁契集，用相娱慰，於晉川之中，最爲勝處。」

〔二〕「并兒」四句：晉祠所處地區，自古就是兵家爭戰之地。宋太祖結束五代分裂局面，統一宇内。并兒：并州的百姓。五代：唐末後以中原爲中心的北方五個政權——後梁、後唐、後晉、後漢、後周。真主：封建社會所謂的真命天子，此指宋太祖、宋太宗。《後漢書·公孫述傳》：「吾欲保郡自守，以待真主。」再駕方凱旋：指宋太祖、太宗兩代皇帝分别于開寶三年、太平興國四年兩次御駕親征，擊敗佔據此地的北漢劉氏，將河東路歸入宋朝版圖。可參見《十國春秋》卷一〇五《北漢紀》。

〔三〕頑民：本指殷代遺民中堅決不服從周朝統治的人。《尚書·畢命》：「毖殷頑民，遷於洛邑，密邇王室，式化厥訓。」孔傳：「惟殷頑民，恐其叛亂，故徙於洛邑，密近王室，用化其教。」此指太平興國四年滅北漢後徙遷之民。《宋史·太宗本紀》：「（原北漢）官吏及高貲户授田河南……盡徙餘民於新城，遣使督之，既出，即命縱火。」

〔四〕「并人」四句：晉水昔日秖是游客用來照鏡子，如今還可灌溉田地，爲民造福。漠漠：密布貌，布列貌。陸機《君子有所思行》：「廛里一何盛，街巷紛漠漠。」

〔五〕「廢興」四句：世事興廢無定，惟有祖宗功德，在祭祀音樂中永遠傳頌。《宋史·樂志》：「舞有六變之象，每變各有樂章，歌詠太祖功業……四變，象克殄并汾。」所謂「克殄并汾」，即本詩所涉及的滅北漢。象舞：周代摹擬用兵時的擊刺動作，以象徵其武功的一種樂舞。《詩·周頌·維清序》：「《維清》，奏象舞也。」孔穎達疏：「《維清》詩者，奏象舞之歌樂也。謂文王時有擊刺之法，武王作樂，象而爲舞，號其樂曰象舞。」

〔六〕娟娟：月色柔美貌。鮑照《玩月城西門廨中》詩：「始出西南樓，纖纖如玉鉤。末映東北墀，娟娟似娥眉。」

【附録】

此詩輯入清康熙《御選宋金元明四朝詩·御選宋詩》卷二五、吴之振《宋詩鈔》卷一一、陳訏《宋十五家詩選·廬陵詩選》、張景星、姚培謙、王永祺《宋詩别裁集》卷二。

方東樹《昭昧詹言》卷一二評曰:「不及太白《堯祠》。題本不同,太白兼送人。起六句寫。『并兒』以下六句叙。」

登絳州富公嵩巫亭示同行者

群峰擁軒檻,竹樹陰漠漠。公胡苦思山,規構自心作〔一〕。惟予愛山者,初仕即京洛。嵩峰三十六,終日對高閣。陰晴無朝暮,紫氣常浮泊。雄然九州中,氣象壓寥廓。亦嘗步其巔,培塿視四嶽〔二〕。其後竄荆蠻,始識峽山惡。長江瀉天來,巨石忽開拓。始疑茫昧初,渾沌死鐫鑿。神功夜催就,萬仞成一削〔三〕。尤奇十二峰,隱見入冥邈。人蹤斷攀緣,異物宜所託。顧瞻但徘徊,想像逢綽約〔四〕。嵩山近可愛,泉石吾已諾。終期友幽人,白首老雲壑。荆巫惜遐荒,詭怪杳難貌。至今清夜思,魂夢輒飛愕〔五〕。偶來玩兹亭,塵眼刮昏膜。況逢秋雨霽,濃翠新染濯。峰端上明月,且可留幽酌〔六〕。

【題解】

原輯《居士集》卷二,繫慶曆四年。作於是年夏秋間,時出使河東。本年歐《與尹師魯書》其四云：「修在絳，阻雨數日。」絳州，北宋州名，屬河東路，治所在今山西絳縣。富公，即富弼。《宋史·富弼傳》：「仲淹坐爭廢后事貶，弼上言：『是一舉而二失也，縱未能復后，宜還仲淹。』不聽。通判絳州。」嵩巫亭，在絳守居園池内，明道二年富弼通判絳州時所建，相傳以其地兼有嵩山、巫山之美而獲名。詩人撫今追昔，借詠嵩巫亭，回顧自己洛陽、峽州的仕宦經歷，表達内心的山水情深。所刻畫的亭外美景中，注入歸隱之思。叙事簡勁，氣韻沉雄。想像奇特，情景相融。

【注　釋】

〔一〕「群峰」四句：嵩巫亭建在群山環抱的竹林叢中，可見主人富弼構築此亭的良苦用心。軒檻：欄板，代指嵩巫亭。

〔二〕「惟予」十句：追述初官洛陽時望嵩山、游嵩山的印象。愛山者：歐《留題南樓二絶》云：「須知我是愛山者，無一詩中不説山。」初仕即京洛：《宋史·歐陽修傳》：「舉進士，試南宫第一，擢甲科，調西京推官。」京洛，即西京洛陽。嵩峰三十六：《大清一統志》卷一六二《河南府一》：嵩山「又名嵩高，亦曰太室，其西曰少室……其山東跨密縣，西跨洛陽，北跨鞏縣，延亘五十里。太室中爲竣極峰，左右列峰各十二，凡二十四。又西二十里爲少室山，其峰三十有六。」紫氣：祥瑞之氣，此指山嵐。無論陰晴早晚，嵩山常爲山嵐籠罩。九州：指中國。《白虎通》：「中央之嶽獨加嵩高字者何？中陽居四方之中而高，故曰嵩高山」。《詩·大雅・嵩高》：「嵩高維嶽，駿極於天。」 步其巔：明道元年春與秋，歐兩次登嵩山。 培塿：亦作「部婁」。小土丘。《左傳・襄公二十四年》：「部婁無松柏。」杜預注：「部婁，小阜。」漢應劭《風俗通・山澤・培》引《左傳》作「培塿」。 四嶽：東嶽泰山、西嶽華山、南嶽衡山、北嶽恒山。嵩山爲中嶽，此極言其高，視諸嶽如土堆。

〔三〕「其後」八句：後來貶官夷陵，見識險峻雄奇的三峽，可謂天造地設，鬼斧神工。 竄荆蠻：景祐三年，歐貶謫夷陵，始見巫山及三峽。 開拓：三峽兩岸的峭壁似爲鬼斧神工所劈。 渾沌：清濁不分，指洪荒時期。《莊子・應帝王》：「南海之帝爲儵，北海之帝爲忽，中央之帝爲混沌。儵與忽時相遇於混沌之地，混沌待之甚善。儵與忽謀報混沌之德，曰：人皆有七竅，以視聽食息，此獨無有，嘗試鑿之。日鑿一竅，七日而混沌死。」 鐫鑿：喻巫山、三峽爲天地開闢時鬼神所鑿。

〔四〕「尤奇」六句：誇言巫山十二峰秀麗奇險。 巫山十二峰，在瞿塘峽和巫峽之間，西陵峽的上游。陸游《入蜀記》卷六有云：「過巫山凝真館，謁妙用真人祠。真人，即世謂巫山神女也。 巫山峰巒上入雲霄，山角直插江中，太華、衡、廬皆無此奇。然十二峰者不可希見，所見八九峰，惟神女峰最爲纖麗奇俏，宜爲仙人所託。」 綽約：姿態柔美，指巫山神女。 白居易《長恨歌》：「樓閣玲瓏五雲起，其中綽約多仙子。」

〔五〕「嵩山」八句：比較嵩山、巫山優劣，嚮往將來歸老嵩山。 幽人：隱士。《周易・履》：「履道坦坦，幽人貞吉。」孔穎達疏：「幽人貞吉者，既無險難，故在幽隱之人守正得吉。」

〔六〕「偶來」六句：秋雨新晴之後，嵩巫亭四周濃緑如洗，一輪明月東升，值得留連亭中飲酒賞月。

絳守居園池

嘗聞紹述絳守居，偶來覽登周四隅〔一〕。異哉樊子怪可吁，心欲獨出無古初。窮荒搜幽入有無，一語詰曲百盤紆。孰云已出不剽襲，句斷欲學《盤庚》書〔二〕。荒煙古木蔚遺墟，我來嗟秖得其餘。柏槐端莊偉丈夫，蒼顔鬱鬱老不枯。靚容新麗一何姝，清池翠蓋擁紅蕖。胡髯虎搏豈足道，記録細碎何區區〔三〕。虙氏八卦畫河圖，禹湯臯夔暨唐虞。豈不古奥萬世模，嫉世姣巧習卑汙。以奇矯薄駭群愚，用此猶得追韓徒〔四〕。我思其人爲躊躇，作詩聊謔爲坐娱〔五〕。

【題　解】

原輯《居士集》卷二，繫慶曆四年。作於是年夏秋間，時出使河東。題下原注：「一本上有『留題』字。」絳守居園池在絳州城北，以樊宗師《絳守居園池記》而得名。樊氏苦心孤詣撰寫《絳守居園池記》，追求高古，晦澀險怪，引起力倡平易文風的歐陽修反感，梅聖俞《宛陵先生集》卷四九《寄題絳守園池》詩亦云：「黑石鐫辭澀如棘，今昔往來人不識。」「樊文韓詩怪若是，徑取一二傳優伶。」本詩描寫園池景象，感慨樊文奇澀險怪，以爲不過仿效《尚書·盤庚》詰曲聱牙而已。詩人對樊宗師文風的高古新奇不以爲然，表明對當時文壇的理性思考，以及對浮豔詩風、險怪文風的强烈不滿，這正是其倡導詩文革新的内動力。叙議相生，情理共融，詩語古硬勁峭，意脈蕩漾貫通。

【注釋】

〔一〕紹述：樊宗師，字紹述，河中人。始爲國子主簿，歷金部郎中、綿州刺史。力學多通，作文求奇古，僻澀不可句讀。長慶三年（八二三），宗師官絳州刺史，即守居，構園池，撰《絳守居園池記》。韓愈稱其論議平正有經據，嘗薦其材。

〔二〕「異哉」六句：樊氏爲文苦求高古，實不過學《尚書·盤庚》詰曲聱牙而已。唐李肇《國史補》：「元和之後，文章則學奇於韓愈，學澀于樊宗師。」退之作樊氏墓誌，稱其爲文不剽襲，觀《絳守居園池記》，誠亦太奇澀矣。」然韓愈在樊氏墓誌中稱其「不煩繩削而自合」，又在銘文中肯定其「文從字順各識職，有欲求之此其躅」。窮荒搜幽：形容措詞用語時的絞盡腦汁，搜索枯腸。百盤紆：語言表達千回百轉，拐彎抹角。《盤庚》書：句下原注「一本有『《方言》、《爾雅》不訓詁，幾欲舌譯從象胥』兩句。」《尚書》有《盤庚》上中下三篇，其文古奧難懂。

序曰：「盤庚五遷，將治亳殷，民咨胥怨，作《盤庚》三篇。」

〔三〕「荒煙」八句：描述絳守居園池的景色，譏刺《絳守居園池記》的瑣碎描述不足爲法。樊氏園池記不憚其煩地描述園中柏樹、槐樹、池水、芙蓉，胡人搏虎馴豹牆畫等，奇澀費解，殆不能讀。靚容：經過刻意打扮的容貌。翠蓋、紅蕖：指荷葉、荷花。胡髯：樊宗師《絳守居園池記》有云「右胡人髯」。髯，髮亂貌。

〔四〕「虙氏」六句：八卦、河圖、《尚書》雖然古奥，仍是萬世楷模，樊宗師追慕韓愈，用險怪奇澀之文，來矯正浮薄世風，可謂驚世駭俗。虙氏：伏羲氏。八卦、河圖：《尚書·顧命》「天球河圖」傳：「河圖、八卦，伏羲王天下，龍馬出河，遂則其文以畫八卦，謂之河圖。」禹：指《大禹謨》；湯：即《湯誓》、《湯誥》；臯虺：指《臯陶謨》。虺，原注：「作『陶』。」唐：即陶唐氏，傳説中的遠古部落，堯乃其首領。此借指《堯典》。虞：即有虞氏，傳説中的遠古部落，舜乃其首領。此借指《舜典》。以上諸文均爲《尚書》篇章，文字極古奥。萬世模：《尚書》古奥難懂，仍是後世學習的典範。歐認爲學習《尚書》筆法可取，但不能過於艱澀，令人讀不懂。

〔五〕爲坐娱：爲娱賓助興而賦詩。

【附録】

此詩輯入清吴之振《宋詩鈔》卷一一、陳焯《宋元詩會》卷一〇、陳訏《宋十五家詩選·廬陵詩選》。

或云此石宗師自書。嗚呼！元和之際，文章之盛極矣，其怪奇至於如此。」

《歐集》卷一四二《集古録跋尾·唐樊宗師絳守居園池記》：「右《絳守居園池記》，唐樊宗師撰，

《山西通志》卷六〇《古跡·絳州》：「絳守居園池在州治北。隋開皇十六年，内軍將軍、臨汾縣令梁軌導鼓堆泉，開渠灌田，又引餘波貫牙城，蓄爲池沼，中建洄漣亭，旁植竹木花柳。唐長慶中刺史樊宗師刻石記之，文殊奇澀，人罕成誦。宋通判孫沖重刻記於石，乃爲之序。」

水谷夜行寄子美聖俞

寒雞號荒林，山壁月倒掛。披衣起視夜，攬轡念行邁〔一〕。我來夏云初，素節今已屆〔二〕。高河瀉長空，勢落九州外〔三〕。微風動涼襟，曉氣清餘睡。緬懷京師友，文酒邈高會。其間蘇與梅，二子可畏愛。篇章富縱横，聲價相磨蓋〔四〕。子美氣尤雄，萬竅號一噫。有時肆顛狂，醉墨灑霶霈〔五〕。譬如千里馬，已發不可殺。盈前盡珠璣，一一難柬汰〔六〕。梅翁事清切，石齒漱寒瀨。作詩三十年，視我猶後輩〔七〕。文詞愈清新，心意雖老大。譬如妖韶女，老自有餘態〔八〕。近詩尤古硬，咀嚼苦難嘬。初如食橄欖，真味久愈在〔九〕。蘇豪以氣轢，

舉世徒驚駭。梅窮獨我知，古貨今難賣〔一〇〕。二子雙鳳凰，百鳥之嘉瑞。雲煙一翱翔，羽翮一摧鎩。安得相從游，終日鳴噦噦〔一一〕。問胡苦思之，對酒把新蟹〔一二〕。

【題解】

原輯《居士集》卷二，繫慶曆四年。作於是年七月。題下原注：「一本題上有『補成』二字。」詩中有句「我來夏云初，素節今已屆」，可知時在初秋。胡《譜》：慶曆四年四月「命公使河東，計度廢麟州及盜鑄鐵錢並礬課虧額利害。七月，還京師。」水谷，在今山西芮城西北中條山一帶。「水谷秋聲」與「魏城春色」、「古魏城遺址」等自古被譽爲「芮城八景」。《大清一統志》卷一一七《解州》：「水谷，在芮城縣西北二十五里。」又見《山西通志》卷二七《山川》。一説「水谷」在今河北完縣西北，即南宋時金兵守防蒙古之水谷砦。然歐出使河東之末，有絳州（歐夫人薛氏籍里）之行。返歸汴京時，没必要多走數千里，繞行河北西路北端。詩人奉命巡視河東路，歸途上經行水谷，想起京師的文酒高會，特致詩蘇、梅二友。時蘇舜欽在京以館職監進奏院，梅堯臣於今春解湖州監税任，暫歸宣城，正在赴京途中。梅堯臣讀此詩後，賦詩寄蘇氏，即《宛陵先生集》卷一一《偶書寄蘇子美》詩，《蘇舜欽集》卷二亦有《答梅聖俞見贈》詩。本詩首十句描寫初秋水谷夜半起行的所見所感，以月夜曉氣渲染悠悠思情；次二十六句巧用各種比喻，鮮明生動地辨析蘇、梅的不同詩風；末十二句，深情地抒寫對蘇、梅二子的懷念之情。詩人生動描述蘇詩豪放雄健，梅詩清婉淡逸的個性特點，並準確評價各自的創作成就，表明其對當時詩壇的理性思考，極具詩論價值。叙事、寫景、議論相結合，一氣貫穿，脈絡清晰，意象瘦硬，音韻鏗鏘，可謂聲情並茂，堪稱五古佳作。

【注釋】

〔一〕「寒雞」四句：旅途中黎明登程的景況。行邁：行走不止，遠行。《詩·王風·黍離》：「行邁靡靡，中心如醉。」馬瑞辰通釋：「邁亦爲行，對行言，則爲遠行。行邁連言，猶《古詩》云『行行重行行』也。」

〔二〕「我來」二句：歐出使河東，四月離京，回程已是初秋七月。素節：本指重陽、中秋節，此泛指秋天。梁元帝《纂要》：「秋曰三秋……節曰素節、商節。」據張《曆日天象》，本年七月六日乙丑「立秋」。

〔三〕高河：李白《將進酒》：「君不見黄河之水天上來，奔流到海不復回。」芮城水谷之地靠近黄河，此處高河指黄河。九州：據《尚書·禹貢》，夏分天下爲冀、兖、青、徐、揚、荆、豫、梁、雍九州。後以泛指天下、全中國。

〔四〕「緬懷」六句：懷念當年京師文友的詩酒聚會，其中蘇舜欽與梅堯臣二人縱横馳騁，名聲不相上下。畏愛：可敬可愛。《禮記·曲禮》：「賢者狎而敬之，畏而愛之。」磨蓋：同「摩戛」，相互摩擦，難分高下。磨：通「摩」，接觸，迫近。

〔五〕「子美」四句：蘇舜欽詩風豪放，似乎將天地間的各種聲音都聚集在一聲感歎之中。有時酒醉後濡墨揮毫，那氣勢就像大雨從天而降。《宋史·文苑傳四》稱子美「少慷慨有大志，狀貌怪偉。好爲古文、歌詩，一時豪俊多從之游。」又「時發憤懣於歌詩，其體豪放，往往驚人。善草書，每酣酒落筆，爭爲人所傳。」萬竅：自然界各種聲音，古人以爲發自洞穴。《莊子·齊物論》：「大塊噫氣，其名爲風，是唯無作，作則萬竅怒號。」號一噫：聚集在一聲感歎中。

〔六〕「譬如」四句：喻蘇舜欽詩氣勢磅礴，語言精美，就象大小珍珠擺滿面前，很難挑出壞的來。柬汰：選擇、淘汰。

〔七〕「梅翁」四句：梅堯臣詩風清切，沁人心脾，我在他面前就象詩壇後輩一樣。《宋史·梅堯臣傳》：「工爲詩，以深遠古淡爲意，間出奇巧，初未爲人知。歐陽修與爲詩友，自以爲不及。」陸游《梅聖俞别集序》：「歐陽公平生常自以爲不能望先生，推爲詩老。」漱寒瀨：《世説新語·排調》：「孫子荆年少時欲隱，語王武子『當枕石漱流』，誤曰『漱石枕流』。王曰：『流可枕，石可漱乎？』孫曰：『所以枕流，欲洗其耳；所以漱石，欲礪其齒。』」瀨，沙石上流過的水。

〔八〕「文詞」四句：梅氏心境隨年齡增長與境遇不佳而日漸衰老，詩句卻更加清新。就象美女雖老，丰韻猶存。妖韶女：妖豔嫵媚的女子。

〔九〕「近詩」四句：近年的詩歌更具古人風骨，更加峻拔有力，欣賞起來就象食用橄欖，細細品嚼纔得真味。歐《梅聖俞墓誌銘》：「聖俞詩遂行天下。其初喜爲清麗閑肆平淡，久則涵演深遠，間亦琢刻以出怪巧，然氣完力餘，益老以勁。」

〔一〇〕「蘇豪」四句：比較蘇梅詩風。蘇詩氣勢雄豪，世人空自駭怪；梅詩古樸淡雅，也不爲世人賞識。

〔一一〕「二子」六句：蘇、梅同爲人間鳳凰，卻不能比翼齊飛。蘇氏官居清要，如鳳凰在雲煙中翺翔；梅氏沉淪下僚，如翅膀受傷的鳳凰。噦噦：有節奏的和鳴聲。《詩·魯頌·泮水》：「其旂茷茷，鸞聲噦噦。」毛傳：「噦噦，言其聲也。」高亨注：「噦噦，有節奏的鈴聲。」《文選·張衡〈東京賦〉》：「鑾聲噦噦，和鳴鉠鉠。」薛綜注：「噦噦，和鳴聲。」翮：鳥的翅膀。

〔一二〕對酒把新蟹：《世説新語·任誕》記載晉人畢卓（字茂世）嗜酒，有云：「一手持蟹螯，一手持酒杯，拍浮酒池中，便足了一生。」

【附録】

此詩輯入宋吕祖謙《宋文鑑》卷一五，又輯入清康熙《御選宋金元明四朝詩·御選宋詩》卷一〇、吴之振《宋詩鈔》卷一一、陳焯《宋元詩會》卷一〇、陳訏《宋十五家詩選·廬陵詩選》。

《歐集》卷一二八《詩話》：「聖俞、子美齊名於一時，而二家詩體特異。子美筆力豪雋，以超邁横絶爲奇；聖俞覃思精微，以深遠閑淡爲意。各極其長，雖善論者不能優劣也。余嘗於《水谷夜行詩》略道其一二云：『子美氣尤雄，萬竅號一噫……梅窮獨我知，古貨今難賣。』語雖非工，謂粗得其彷彿，然不能優劣之也。」按：又見阮閱《詩話總龜》前集卷六、張鎡《仕學規範》卷三七、魏慶之《詩人玉屑》卷一七。

《歐集》卷一四九《與梅聖俞》其十四：「前有水谷詩，見祁公，云子美不令人見，畏時譏謗。吾徒廓然以文義爲交，豈避此輩！子美豪邁，何乃如此！」

蔡絛《西清詩話》：「歐陽文忠公曰：『爲文要當做不盡，乃有餘味。』又曰：『爲文之體，初欲奔放，抗志氣於八極之表，久當收節，使簡嚴正，或時肆發以自舒，勿拘一體，則盡善矣。』其論梅聖俞詩曰：『譬如妖韶女，老自有餘態。又如食橄欖，真味久愈在。』公文章周流天壤，斯文主盟，信不誣已。」

陳善《捫虱新話》上集卷一：「韓退之與孟東野爲詩友，近歐陽公復得梅聖俞，謂可比肩韓孟。故公詩云『猶喜共量天下士，亦勝東野亦勝韓』也，蓋嘗目聖俞爲詩老云。公亦最重蘇子美，稱爲『蘇梅』。子美喜爲健句，而梅詩乃務爲清切閑淡之語。公有《水谷夜行》詩，備述其體。然子美嘗曰：『吾不幸寫字，人以比周越；作詩，人以比堯臣，此又可笑。』」

王之道《相山集》卷一《和北莊二詩》：「彦嘉通守，當今之俊偉人也。余心向慕之，常以未獲識君爲恨。兹因孔純老遂有邂逅之適，其何幸如此！將歸，純老置酒餞别，僕實預坐。酒數行，純老丐詩於彦嘉，以記坐上笑談之樂，頃刻掃數百言，揮毫落紙，雲煙飛動，永叔所謂『盈前盡珠璣，一一難簡汰』者，殆謂是邪。」

魏泰《臨漢隱居詩話》：「蘇舜欽以詩得名，學書亦飄逸，然其詩以奔放豪健爲主。梅堯臣亦善詩，雖乏高致，而平淡有工句。世謂之『蘇梅』，其實與蘇相反也。舜欽嘗自歎曰：『平生作詩被人比梅堯臣，寫字比周越，良可笑也。』」同書又云：「周越爲尚書郎，在天聖、景祐間以書得名，輕俗不近古，無足取也。」按：又見胡仔《苕溪漁隱叢話》前集卷三二。

葛立方《韻語陽秋》卷一：「歐公一世文宗，其集中美梅聖俞詩者，十幾四五。稱之甚者……又云：『作詩三十年，視我猶後輩。』……聖俞詩佳處固多，然非歐公標榜之重，詩名亦安能至如此之重哉。歐公後有詩云：『梅窮獨我知，古貨今難賣。』而聖俞《贈滁州謝判官詩》亦云：『我詩固少愛，獨爾太守知。』皆言識之者鮮矣。張芸叟評其詩云：『如深山道人，草衣捆屨，王公大人見之屈膝。』」

黄震《黄氏日鈔》卷六一：「『微風動涼襟，曉氣清餘睡』。見平旦氣象，極工。此詩説蘇子美詩雄，梅聖俞詩清。」

陳鵠《餘庵雜録》卷上：「歐陽讀聖俞詩曰：『梅翁事清切，石齒漱寒瀨。』又曰：『初如食橄欖，真味久愈在。』蘇東坡讀孟東野詩曰：『水清石鑿鑿，湍急不受篙。』又曰：『又如食蟛越，竟日嚼空螯。』其以水石相喻，一種巉削清峭之致似矣。若橄欖真味，梅窮當爲首肯；蟛越空螯，貧孟豈能心折？然兩文忠之品評，均自有真解。」

陸次雲《宋詩善鳴集》卷上稱此作「評蘇、梅二家詩，不爽銖兩。聖俞、子美固佳，得此品題，益置青雲之上。」

趙翼《甌北詩話》卷一一：「宋詩初尚西崑體，後蘇子美、梅聖俞輩出，遂各出新意，凌轢一時，而二家又各不同……歐嘗有詩贈二人云：『子美氣尤雄，萬竅號一噫……蘇豪以氣轢，舉世徒驚駭。梅窮獨我知，古貨今難賣。』此詩載公《歸田詩話》中，其傾倒於二公者至矣，而於梅尤所欽服。蓋梅嘗言：『詩貴意新語工，得前人所未道者，乃爲善也。必能狀難寫之景，如在目前，含不盡之意，見於言外，然後爲至。』歐公作詩之旨，亦與梅同，故尤推服也。歐又稱聖俞苦於吟詠，以閑遠古澹爲主，故構思極艱云。」

清無名氏《靜居緒言》：「廬陵瓣昌黎，力矯時習，式唐人之作則，爲宋代之正宗，天德不凡，工夫邃密。學者從此公門户而入，則宋詩之道，無斷港絶潢之誤。集中如《水谷夜行寄子美聖俞》詩，意仿《薦士》之詩。」

范大士《歷代詩發》卷二三評曰：「先達獎勵時賢，真有津津不絶於口者。然讚美無溢詞，而篇章稱傑作，則惟廬陵有焉。」

歐陽修詩編年箋注卷七

慶曆五年至慶曆六年作

欒城遇風效韓孟聯句體

歲暮氛霾惡，冬餘氣候爭。吹嘘回煖律，號令發新正〔一〕。遠響來猶漸，狂奔勢益横。頹城鏖戰鼓，掠野過陰兵。掃蕩無餘靄，顛摧鮮立莖。五山摇岌嶪，九鼎沸煎烹。玉石焚岡裂，波濤卷海傾〔二〕。遥聽午合市，爭呼夜驚營。慘極雲無色，陰窮火自生〔三〕。電鞭時砉劃，雷軸助喧轟。孔竅千聲出，陰幽百怪呈。狐妖憑莽蒼，鬼焰走青熒。奮怒神增悚，中休耳暫清。胡兵占月暈，江客候鼉鳴。飄葉千艘失，飛空萬瓦輕〔四〕。獵豪添馬健，船穩想帆征。畏壓頻移席，陰祈屢整纓〔五〕。凍消初醒蟄，枯活欲抽萌〔六〕。病體愁山館，春寒賴酒鐺〔七〕。雞號天地白，登壟看晴明〔八〕。

【題解】

原輯《居士集》卷一一，繫慶曆五年（一〇四五）。作於是年正月，詩人時年三十九歲，任河北轉運使，權知成德軍（今河北正定）。胡《譜》：慶曆四年「八月甲午（九日），保州軍叛。契丹聲言討西夏。癸卯（十四日），除公龍圖閣直學士、河北都轉運按察使。」慶曆五年「是春，真定帥田況移秦州，公權府事者三月。」欒城，北宋縣名，屬河北路真定府，治所在今河北欒城西。韓孟聯句體，韓愈和孟郊共同合作聯句詩，兩人依韻而接，輪流聯句，意盡而止。後人稱爲「韓孟聯句體」。詩人赴成德軍途經欒城時遇大風，詩歌形象描繪狂風的聲響與氣勢，摹擬韓孟詩風，構思奇特，想象豐富，詞語頗顯生澀險怪，屬於宋詩新調的探索性作品。

【注釋】

〔一〕「歲暮」四句：歲末氣候陰沉而轉暖，新春已經來臨。　煖律：古代以時令合樂律，温暖的節候稱「煖律」。羅隱《歲除夜》詩：「厭寒思煖律，畏老惜殘更。」　新正：農曆新年正月。

〔二〕「遠響」十句：描寫狂風的兇猛氣勢。　鏖戰鼓：有如戰場上戰鼓緊擂，兩軍鏖戰。　陰兵：神兵，鬼兵。唐盧仝《冬行詩》其三：「野風結陰兵，千里鳴刀槍。」　五山摇：風之强勁能吹摇五嶽。五山，指中嶽嵩山、東嶽泰山、西嶽華山、南嶽衡山、北嶽恒山。《後漢書·馮衍傳》：「疆理九野，經營五山。」李賢注：「五山即五嶽也。」　岌嶪：高大峻峭。《文選·張衡〈西京賦》：「疏龍首以抗殿，狀巍峩以岌嶪。」張銑注：「岌嶪，高壯貌。」九鼎沸：風響有似九鼎沸騰。相傳夏禹鑄九鼎，象徵九州，夏、商、周三代奉爲象徵國家政權的傳國之寶。焚岡裂：像烈火焚山。《尚書·胤征》：「火炎昆岡，玉石俱焚。」

〔三〕「遥聽」四句：風雲變幻之狀。狂風怒號，白日像鬧市喧嘩，黑夜似劫營驚呼。合市：猶互市。集市貿易。《後漢書·南匈奴傳》：「今北匈奴見南單于來附，懼謀其國，故數乞和親，又遠驅牛馬與漢合市。」王先謙補注引胡三省曰：「合市，與漢和合爲市也。」陰窮火自生：風後電閃雷鳴。風屬陰，火屬陽，陰盛極則陽生。

〔四〕「電鞭」十二句：風雲雷電齊作的景象。砉劃：飛箭破空聲。劉禹錫《飛鳶操》：「旗尾飄揚勢漸高，箭頭砉劃聲相似。」此指閃電伴著響雷劃破天空。占月暈：古諺云：「月暈風，日暈雨。」月暈，月亮周圍的光圈，常被認爲是天氣變化起風的徵兆，俗稱風圈。孟浩然《彭蠡湖中望廬山》詩：「太虚生月暈，舟子知天風。」鼉鳴：唐皇甫松《大隱賦》：「雉雊霧旦，鼉鳴雨天。」鼉，揚子鰐。也稱鼉龍，爬行動物，體長丈餘，背部與尾部有角質鱗甲，穴居於江河岸邊和湖沼底部。

〔五〕「獵豪」四句：側面描寫風快勢猛。獵豪：司馬光《送鄭推官戡赴邠州三首》：「百榼行春樂，千弓從獵豪。」添馬健：狂風能使馬跑得更快。

〔六〕凍消：土地解凍，冰雪融化。枯活欲抽萌：枯樹轉活，即將抽芽生枝。

〔七〕賴酒鐺：依靠喝酒禦寒。酒鐺，舊時一種三足温酒器。

〔八〕「雞號」句：韓愈《東方半明》詩：「雞三號，更五點。」

鎮陽殘杏

鎮陽二月春苦寒，東風力弱冰雪頑。北潭跬步病不到，何暇騎馬尋郊原〔一〕。雕丘新晴暖已動〔二〕，砌下流水來潺潺。但聞簷間鳥語變，不覺桃杏開已闌〔三〕。人生一世浪自苦，盛衰桃杏開落間〔四〕。西亭昨日偶獨到，猶有一樹當南軒。殘芳爛漫看更好，皓若春雪團枝繁。無風已恐自零落，長條可愛不可攀〔五〕。猶堪攜酒醉其下，誰肯伴我頽巾冠〔六〕。

【題　解】

原輯《居士集》卷二，繫慶曆五年。作於是年二月，時任河北轉運使，權知成德軍。題下原注：「一本有『寄聖俞』字。」此爲歐寄梅堯臣詩八首之一。梅堯臣《宛陵先生集》卷二四有《永叔寄詩八首並祭子漸文一首，因采八詩之意警以爲答》，概述八詩内容云：「北都健兒昨日至，扣門乃得所遺詩。上言病中初有寄，下言我詠蟠桃枝。盛衰開落感殘杏，暮春無事羨游絲。班班鳩鳴忽懷念，一埽十幅無閑辭。洛川花圖多品目，鬭新爭巧始可疑。讀書又憶石夫子，似蠶作繭誠有之。鎮陽歸夢北潭北，吟此八章誰謂癡。」其中「上言」句，指《病中代書奉寄聖俞二十五兄》；「下言」句，指《讀〈蟠桃詩〉寄子美》；「盛衰」句，指《鎮陽殘杏》；「暮春」句，指《暮春有感》；「班班」二句，指《班班林間鳩寄内》；「洛川」二句，指《洛陽牡丹圖》；「讀書」二句，指《鎮陽讀書》；「鎮陽」句，指《留題鎮陽潭園》。八首詩均存《歐集》卷二。鎮陽，即鎮州、真定府治所，在今河北正定。《明一統志》卷三《真定府》：「五代時梁改武順軍，唐復爲成德軍，後復爲鎮州，晉改順德軍，漢復爲成德軍，周改爲鎮州。宋爲真定府、成德軍節度。」詩人描繪鎮陽二月春景，並借觀賞春末殘杏，表達隨緣任性的思想，抒寫孤獨寂寞的情懷。情感跌宕，文氣流暢，富有特徵的春景，强烈透視詩人的内心世界。

【注釋】

〔一〕「東風」句：在微弱的春風吹拂下，堅硬的冰雪尚未溶化。身體不佳連近在咫尺的北潭都不能去，哪裏還能騎馬郊游呢。北潭：真定府著名的池苑。參見本書《後潭游船見岸上看者有感》題解。前句下原注：「即常山宫後池也，州之勝游惟此。」跬步：半步，指極近的距離。

〔二〕雕丘：河流名。句下原注：「雕丘水在州西十五里，以長渠引走城中。」

〔三〕闌：衰落，敗落。唐李頎《送司農崔丞》詩：「邑里春方晚，昆明花欲闌。」

〔四〕「人生」二句：人生不要自討苦吃，因爲人的一生太短暫，就像桃花、杏花一樣，在花開花謝之間就完成了生命的盛衰轉變。

〔五〕「西亭」六句：偶爾來到西亭，看到春末殘存杏花的可愛景象。

〔六〕「猶堪」二句：抒寫孤單落寞之情：殘杏值得酌酒觀賞，可有誰陪伴呢？　頹巾冠：醉酒而使衣冠顛倒顯得頹放。

【附　録】

此詩輯入清康熙《御選宋金元明四朝詩·御選宋詩》卷二五、《御定佩文齋廣群芳譜》卷二五、陳訏《宋十五家詩選·廬陵詩選》。

方東樹《昭昧詹言》卷一二評曰：「『西亭』以下正叙，收句夾叙議。」

後潭游船見岸上看者有感

喧喧誰暇聽歌謳，浪遶春潭逐綵舟〔一〕。爭得心如汝無事，明年今日更來游〔二〕。

【題　解】

原輯《居士外集》卷六，繫慶曆五年。作於是年三月，時任河北轉運使，權知成德軍。胡

《譜》：慶曆五年「是春，真定帥田況移秦州，公權府事者三月。時二府杜正獻、范文正、韓忠獻、富文忠公，以黨論相繼去，公上書辨之。」題下原注：「河朔之俗，不知嬉游。大名與真定以三月十八日爲行樂之日，其俗頗盛。」後潭，即北潭，真定府著名的池苑。《夢溪筆談》卷二四：「鎮陽池苑之盛，冠于諸鎮，乃王鎔時海子園也。鎔嘗館李正威於此，亭館尚是舊物，皆甚壯麗。鎮人喜大言，矜大其池謂之潭園，蓋不知昔嘗謂之海子矣。」詩歌詠誦鎮陽民衆三月游樂場景，表現河朔民風樸實，民生安樂，反襯詩人面對慶曆新政失敗局面的焦慮心態。語言平易，風格明朗，詩旨蘊藉，韻味深沉。

【注釋】

〔一〕「喧喧」二句：岸上游人甚多，人多聲雜，對游船上的美妙歌聲充耳不聞，秖是隨船繞潭趕熱鬧而已。浪：不拘、任意。

〔二〕「爭得」二句：面對新政失敗局面，詩人抒發内心的焦慮不安。爭得：同「怎得」。

寄子山待制二絶

其一

留滯西山獨可嗟〔一〕，殘春過盡始還家。落花縱有那堪醉，何況歸時無落花。

其二

聞君屢醉賞紅英〔二〕，落盡殘花酒未醒。嗟我落花無分看，莫嫌狼藉掃中庭。

【題解】　原輯《居士集》卷一一，繫慶曆五年。作於是年三月，時任河北轉運使，權知成德軍。題下原注：「一本後篇作《别鎮陽寄沈待制》。」卷末題下校記：「京本作《今日報鎮陽守有行日，某不久可出局，先寄子山待制四兄二絶》。」子山待制，即沈邈，字子山，信州弋陽人。寶元元年第進士，歷官侍御史知雜事、知澶州、河北都轉運使，又徙陝西，官終刑部郎中、知延州。《宋史》卷三〇二有傳。《長編》卷一五六末附注：「沈邈以慶曆四年九月爲（陝西）都漕。」此詩作於作者離開真定前夕，沈邈尚未赴任。「其一」借殘春抒思家之情，「其二」借落花興惜春之嘆。自然流暢，短語小景，傳致深情。

【注釋】

〔一〕留滯：歐本年夏《與尹師魯書》有云：「修一春在外，四月中還家，則母、病妻皆卧在牀……往德博視河功，比還，馬墜傷足，至今行履未得。」西山：山名，在今河北平山縣西北，屬鎮州管轄。此代指鎮州。

〔二〕紅英：紅花。南唐後主李煜《採桑子》詞：「亭前春逐紅英盡。」

【附録】

二詩全輯入明曹學佺《石倉歷代詩選》卷一四〇，又輯入清管庭芬、蔣光煦《宋詩鈔補·歐陽文忠詩補鈔》。

寄秦州田元均

由來邊將用儒臣，坐以威名撫漢軍〔一〕。萬馬不嘶聽號令，諸蕃無事著耕耘〔二〕。夢回夜帳聞羌笛，詩就高樓對隴雲。莫忘鎮陽遺愛在，北潭桃李正氛氲〔三〕。

【題　解】

原輯《居士集》卷一一，繫慶曆五年。作於是年三月，時任河北轉運使，權知成德軍。秦州，北宋州名，爲秦鳳路治所，在今甘肅天水。田元均，即田況。本年初春，真定帥田況移知秦州。歐陽修權知成德軍事三月。《長編》卷一五三慶曆四年十二月甲辰（十七日）云：「徙知成德軍、龍圖閣直學士、起居舍人田況知秦州。」又司馬光《涑水紀聞》卷三：「慶曆五年正月，田況居憂。」田況秦州任職時間不久。末句下原注：「一作『春深桃李正絪緼』。」可知時在三月。詩歌稱揚田況政績，詠頌儒將鎮邊守關，軍令嚴明，民生安樂，軍政之餘吟詩作文。此詩是宋朝太平盛世的寫照，亦是宋代「右文」、「恢儒」國策的讚歌。學杜之作，詩律整齊，情景融一。

【注　釋】

〔一〕「由來」二句：宋代多以文臣主持邊地軍政，如寇準、范仲淹、韓琦等，都是著名邊將。田況在任真定帥前官陝西宣撫副使，秦州屬邊地，知州兼領軍政。《宋史》本傳稱「況寬厚明敏，有文武之才。與人若無不可，至其所守，人亦不能移也」。

〔二〕諸蕃：此指歸附定居的羌族等。

〔三〕「莫忘」二句：在北潭桃李芬芳的春光裏，我們不會忘記你的仁政和遺愛。鎮陽：真定府之舊稱，亦爲真定府治所，在今河北正定。遺愛：以仁政遺惠後人。《國語·晉語二》：「死必遺愛，死民之思，不亦可乎？」北潭：真定府著名的池苑，參見本書《後潭游船見岸上看者有感》題解。

【附録】

此詩輯入明李蓘《宋藝圃集》卷九、曹學佺《石倉歷代詩選》卷一四〇，又輯入清管庭芬、蔣光煦《宋詩鈔補·歐陽文忠詩補鈔》。

蘇軾《東坡志林》卷七：「七言之偉麗者，杜子美云：『旌旗日暖龍蛇動，宮殿風微燕雀高。』『五更鼓角聲悲壯，三峽星河影動摇。』爾後寂寞無聞焉。直至歐陽永叔『蒼波萬古流不盡，白鳥雙飛意自閒。』『萬馬不嘶聽號令，諸蕃無事樂耕耘。』可以並驅爭先矣。」按：又見蔡夢弼《杜工部草堂詩話》、阮閱《詩話總龜》前集卷七、魏慶之《詩人玉屑》卷一二、蔡正孫《詩林廣記》後集卷一、何汶《竹莊詩話》卷二四、單宇《菊坡詩話》卷九、卷二二、黄溥《詩學權輿》卷一五等。

劉壎《隱居通議》卷七以爲「萬馬不嘶聽號令，諸蕃無事樂耕耘」一聯「足以想見當時太平氣象」，「誦其詩，想其景，則昇平氣象瞭然在目」。

胡應麟《詩藪》外編卷五：「『萬馬不嘶聽號令，諸蕃無事樂耕耘。』……此雄麗冠裳，得杜調者也。」

賀裳《載酒園詩話》：「永叔本一秀冶之筆……作近體詩，便露本質，雖慕平淡，逸韻自饒……《寄秦州田元均》：『萬馬不嘶聽號令，諸蕃無事樂耕耘。』尤爲典麗。」

陸以湉《冷廬雜識》卷六：「歐陽公七律，卓鍊警健處，令人百誦不厭……此最著稱於後世者。餘若『萬馬不嘶聽號令，諸蕃無事樂耕耘』……亦調高響逸。東坡才氣雖大，若論風格，恐猶遜一籌耳。」

自勉

引水澆花不厭勤，便須已有鎮陽春〔一〕。官居處處如郵傳，誰得三年作主人〔二〕。

【題解】　原輯《居士集》卷一一，繫慶曆五年。作於是年春，時任河北轉運使，權知成德軍。范仲淹、杜衍、富弼、韓琦等新政頭目，此時被誣爲「朋黨」，相繼罷官外出，歐曾經上疏辯誣，朝廷未加理睬。詩人自知居位難久，仍然自表心跡，決心矢志守職，勤於政事。詩歌借花寄意，自勵而兼自嘲，語多感慨，貌似平直，實蘊慷慨委婉之筆。

【注釋】

〔一〕「引水」二句：自己勤奮澆花，自能贏得春光，正面點明「自勉」。鎮陽春：慶曆五年初春，真定帥田況移知秦州。歐陽修權知成德軍事三月。歐在鎮陽度過一個春天，故云。鎮陽，地名，即今河北正定，唐置鎮州治此。

〔二〕郵傳：驛站。宋代地方官任期一般不超過三年，歐近期仕宦生活動盪不定，每居一官，長者不過兩年，短則幾個月，每到一處，就如寄住旅舍，故云。《宋史·選舉志四》：「每任以周三年爲限，閏月不預。」

病中代書奉寄聖俞二十五兄

憶君去年來自越，值我傳車催去闕。是時新秋蟹正肥，恨不一醉與君别〔一〕。今年得疾因酒作，一春不飲氣彌劣。飢腸未慣飽甘脆，九蟲寸白爭爲孼〔二〕。一飽猶能致身患，寵禄豈無神所罰。乃知賦予分有涯，適分自然無夭閼〔三〕。昔在洛陽年少時，春思每先花亂發。萌芽不待楊柳動，探春馬蹄常踏雪〔四〕。到今年纔三十九，怕見新花羞白髮。顔侵塞下風霜色，病過鎮陽桃李月〔五〕。兵閑事簡居可樂，心意自衰非屑屑。日長天暖惟欲睡，睡美尤厭春鳩聒〔六〕。北潭去城無百步，渌水冰銷魚撥剌。經時曾未著脚到，好景但聽游人説〔七〕。官榮雖厚世味薄，始信衣纓乃羈紲。故人有幾獨思君，安得見君憂暫豁〔八〕。公廚酒美遠莫致，念君貰飲衣屢脱。郭生書來猶未到，想見新詩甚飢渴〔九〕。少年事事今已去，惟有愛詩心未歇。君閑可能爲我作，莫辭自書藤紙滑。少低筆力容我和，無使難追韻高絶〔一〇〕。

【題　解】

原輯《居士集》卷二，繫慶曆五年。作於是年春，時任河北轉運使，權知成德軍，治所在鎮陽（今河北正定）。題下原注：「一本無『奉』及下四字。」此爲歐寄梅堯臣詩八首之一。梅堯臣《宛陵先生集》卷二四有《永叔寄詩八首並祭子漸文一首，因采八詩之意警以爲答》。本詩詠誦鎮陽風物，抒寫不見摯友的苦悶心情，詩人對梅氏讚賞有加，表達切磋詩文、追蹤高韻的心願。作者的身心交病，嚮往超脱塵世，歸心大自然，標誌其前後期思想嬗變的萌芽。詩中不見早年歐陽修倔强不屈的個性，代之以樂天知命的平和心態。全詩紆餘委備，跌宕有致，首尾照應，開合自然，散文化結構而不失形象性。此類代書體的唱和詩，叙事、議論與抒情雜出，措詞淺近，口吻親切，顯示宋詩的生活化、世俗化發展趨勢，也彰顯以文爲詩、以氣格爲主的宋調特色。

【注釋】

〔一〕「憶君」四句：去年七月底歐出使河東返抵京師，次月中旬離朝廷出任河北都轉運使，時梅堯臣解湖州監税任後回京，雙方又要分手，故深以爲憾。 傳車：古代驛站的專用車輛。 文天祥《正氣歌》：「楚囚纓其冠，傳車送窮北。」

〔二〕「今年」四句：今年因酒致病，飽食終日，反而引起疾病纏身。「飢腸」句下原注：「一作『平生乍得飽甘肥』。」 甘脆：美味，佳餚。《戰國策·韓策二》：「臣有老母，家貧，客游以爲狗屠，可旦夕得甘脆以養親。」 九蟲寸白：原本校云：「一作『腹蟲不慣』。」九蟲，道教語。泛指在人身中作祟的種種屍蟲。葛洪《抱朴子·金丹》：「三屍九蟲，皆即消壞。」 寸白，絛蟲的别稱。因絛蟲包孕蟲卵的節片呈白色，長約一寸，故稱。

〔三〕「乃知」二句：感慨人的秉賦和緣份有限，安於本分纔能免受禍端。 夭閼：亦作「夭遏」。摧折，遏止。《莊子·逍遥游》：「〔大鵬〕背負青天而莫之夭閼者，而後乃今將圖南。」陸德明釋文引司馬彪云：「夭，折也；閼，止也。」

〔四〕「昔在」四句：回憶昔日在洛陽時，春天常騎馬踏雪游賞。 春思每先花亂發：化用隋薛道衡《人日思歸》「思發在花前」句意。

〔五〕「到今」四句：感歎自身壯年而患病，錯過鎮陽春游賞花好時節。 鎮陽：鎮州之别稱，唐置，五代稱爲真定府，宋因之，治所在今河北正定。 桃李月：桃李開花的月份，泛指春天。 李白

《宫中行樂詞》其五：「昭陽桃李月，羅綺自相親。」

〔六〕「兵閒」四句：官府無事之時，感覺空虚寂寥，尤其是春季，使人消沉欲睡，抒寫官場倦怠之情。非屑屑：並非因爲勞累而衰病。屑屑，勞瘁匆迫貌。元稹《曉將别》詩：「屑屑命僮御，晨裝儼已齊。」春鳩聒：春天的斑鳩亂叫。聒，喧鬧，聲音高響或嘈雜。

〔七〕「北潭」四句：北潭近在城郊，又風景美好，卻未曾前往觀覽。渌水：清澈的水。張衡《東京賦》：「於東則洪池清籞，渌水澹澹。」撥剌：鳥飛魚躍聲。岑參《至大梁卻寄匡城主人》詩：「仲秋蕭條景，拔剌飛鵝鴿。」

〔八〕「官榮」四句：雖然官位顯榮，然而人情澆薄，仕宦羈縻，孤寂無助之中只想早日見到你，以解心頭之憂。衣纓：衣冠簪纓。古代仕宦的服裝。此指從仕。羈紲：本指馬絡頭和馬繮繩。此指拘禁，束縛。歐《答聖俞〈白鸚鵡雜言〉》詩：「渴雖有飲飢有啄，羈紲終知非爾樂。」憂暫豁：憂愁暫且得到排解。豁，排遣，發洩。

〔九〕「公廚」四句：眼下無法飲到官府公廚酒，卻時刻想起你脱衣暢飲的情景，郭之美書信已來人尚未到，真想早日讀上你的新詩。「貰」字下原注：「一作『慣』。」郭生：指郭子美。《蔡忠惠集·尚書屯田員外郎郭公墓誌銘》：「郭君諱子美，字君錫，世居廬陵……景祐元年，年十八，與其父同日登第。仁宗皇帝臨軒，賞其爽異，爲改今名。」梅堯臣《宛陵先生集》卷二四有《郭子美忽過，云往河北謁歐陽永叔、沈子山》詩：「春風無行跡，似與草木期。高低新萌芽，閉户我未知。忽聞人扣門，手把蟠桃枝。問我此蟠桃，緣何結子遲。但笑不復答，問者當自推。振衣向河朔，河朔人偉奇。以兹不答意，遲子北歸時。」

〔一〇〕「少年」六句：自己愛詩，卻無力追和你的高雅詩篇，賦詩請通俗一點。　藤紙：亦稱「剡藤紙」。唐宋時，越中多以古藤製紙，紙質勻細光滑，潔白如玉。孫能傳《剡溪漫筆小叙》：「剡故嵊地，奉化與嵊接壤亦有剡溪，爲余家上游。其地多古藤，土人取以作紙，所謂剡溪藤是也。」

【附　録】

此詩輯入清吴之振《宋詩鈔》卷一一。

葛立方《韻語陽秋》卷一：「歐公一世文宗，其集中美梅聖俞詩者，十幾四五。稱之甚者，如：『少低筆力容我和，無使難追韻高絶』……聖俞詩佳處固多，然非歐公標榜之重，詩名亦安能至如此之重哉。歐公後有詩云：『梅窮獨我知，古貨今難賣。』而聖俞《贈滁州謝判官詩》亦云：『我詩固少愛，獨爾太守知。』皆言識之者鮮矣。張芸叟評其詩云：『如深山道人，草衣捆屨，王公大人見之屈膝。』」

何孟春《餘冬詩話》卷上：「歐陽永叔年四十謫滁，號醉翁，亦太早計。《亭記》云：『蒼顔白髮，頽乎其中。』或出寓言，『年又最高』之言，豈是當時賓從更無四十歲人耶？公《病中代書寄聖俞》詩云：『到今年纔三十九，怕見新花羞白髮。』大抵早衰人也。公他日《贈沈博士歌》：『我昔被謫居滁山，名雖爲翁實少年。』」

洛陽牡丹圖

洛陽地脈花最宜，牡丹尤爲天下奇。我昔所記數十種，於今十年半忘之〔一〕。開圖若見故人面，其間數種昔未窺。客言近歲花特異，往往變出呈新枝。洛人驚誇立名字，買種不復論家貲〔二〕。比新較舊難優劣，爭先擅價各一時。當時絶品可數者，魏紅窈窕姚黄妃。壽安細葉開尚少，朱砂玉版人未知。傳聞千葉昔未有，秖從左紫名初馳。四十年間花百變，最後最好潛溪緋〔三〕。今花雖新我未識，未信與舊誰妍媸。當時所見已云絶，豈有更好此可疑。古稱天下無正色，但恐世好隨時移。鞓紅鶴翎豈不美，斂色如避新來姬。何況遠說蘇與賀，有類異世誇嬙施〔四〕。造化無情宜一概，偏此著意何其私。又疑人心愈巧僞，天欲鬬巧窮精微。不然元化朴散久，豈特近歲尤澆漓。爭新鬬麗若不已，更後百載知何爲〔五〕。但應新花日愈好，惟有我老年年衰。

【題　解】　原輯《居士集》卷二，繫慶曆二年，誤。當作於慶曆五年春，時任河北轉運使，權知成德軍。此詩開章云：「洛陽地脈花最宜，牡丹尤爲天下奇。我昔所記數十種，於今十年半忘之。」其「所記」即《洛陽牡丹記》，作於景祐元年（一〇三四），合于「於今十年」之概稱。此爲歐寄梅堯臣詩八首之一。梅堯臣《宛陵先生集》卷二四有《永叔寄詩八首並祭子漸文一首，因采八詩之意警以爲答》，詩中「洛川花圖多品目，鬬新爭巧始可疑」，顯然采本詩之意爲答，朱東潤亦繫今年。本詩前二十句睹圖懷舊，回憶《洛陽牡丹記》所記諸多牡丹名品；後二十句感慨天下無正色，言外有其寓意。詩人巧借洛陽牡丹圖，描寫洛陽牡丹之盛，感慨時人爭新鬬巧，對時風世俗語含譏刺，亦曲折表現作者的美學觀點與政治主張。詩歌叙議相生，平易切實，婉曲有致。

【注釋】

〔一〕「洛陽」四句：洛陽水土最適合牡丹生長，故洛陽牡丹甲天下。十年前我譜寫的三十種洛陽牡丹，如今大都遺忘了。《洛陽牡丹記》：「洛陽城方圓數十里。而諸縣之花莫及城中者，出其境則不可植焉。」所記數十種：《洛陽牡丹記》：「然余所經見而今人多稱者，纔三十許種。」

〔二〕「洛人」二句：《洛陽牡丹記》：「大抵洛人家家有花而少大樹者，蓋其不接則不佳。春初時，洛人於壽安山中斲小栽子，賣城中，謂之山篦子。人家治地爲畦塍，種之，至秋乃接，接花工尤著者，謂之門園子，豪家無不邀之。姚黄一接頭，直錢五千。秋時立券買之，至春見花，乃歸其直。」唐宋時皆以牡丹爲貴，愛花者不惜重金買之。李賀《牡丹種曲》：「蓮枝未長秦蘅老，走馬馱金斫春草。」王琦注：「春草即牡丹，謂亦是春草之類。走馬馱金而往者，秖掘此春草而歸，以見一時好尚之奢。」

〔三〕「當時」八句：列舉當時洛陽牡丹絶品。魏紅、姚黄、壽安、朱砂、玉板、左紫、潛溪緋，均係《洛陽牡丹記》所記牡丹品名。魏紅，「魏家花者，皆千葉肉紅花，出於魏相仁溥家」。「姚黄者，千葉黄花，出於民姚氏家」。壽安「細葉、粗葉壽安者，皆千葉肉紅花，出壽安縣錦屏山中，細葉者尤佳」。「朱砂紅者，多葉紅花，不知所出」。「玉板白者，單葉白花，葉細長如拍板，其色如玉而深檀心，洛陽人家亦少有」。「左花者，千葉紫花出民左氏家，葉密而齊如截，亦謂之平頭紫」。「潛溪緋者，千葉緋花，出於潛溪寺」。

〔四〕「今花」十句：古今人愛好不一，花的新舊妍媸衆説紛紜，難以區辨。《洛陽牡丹記》：「初姚黄未出時，牛黄爲第一；牛黄未出時，魏花爲第一；魏紅未出時，左花爲第一；左花之前，唯有蘇家紅、賀家紅、林家紅之類，皆單葉花，當時爲第一。自多葉、千葉花出後，此花黜矣，今人不復種也。」天下無正色：天下之美，没有固定的標準。《莊子·齊物論》：「毛嬙、麗姬，人之所美也，魚見之深入，鳥見之高飛，麋鹿見之決驟，四者孰知天下之正色哉。」白居易《議婚》詩：「人間無正色，悦目皆爲姝。」鞓紅、鶴翎，皆牡丹品名。《洛陽牡丹記》：「鞓紅者，單葉深紅花，出青州，亦曰青州紅。」「鶴翎紅者，多葉花，其末白而本肉紅，如鴻鵠羽色。」蘇與賀：即蘇家花、賀家花。異世誇嬙施：在花的世界裏誇讚毛嬙、西施誰更漂亮。嬙施，古美女毛嬙、西施的並稱。《管子·小稱》：「毛嬙，西施，天下之美人也。」

〔五〕「造化」八句：慨歎大自然施惠人間本是一視同仁，不應特意偏私洛陽牡丹，而世道人心爭新鬥巧，窮極機變，不知百年後是何模樣。造化：大自然，此指天地之和氣。《洛陽牡丹記》：「又況天地之和氣，宜遍被四方上下，不宜限其中以自私。」元化朴散：自然界的變化很不正常。朴散，本謂純真之道分離變異，後亦謂淳樸之風消散。語本《老子》：「朴散爲器。」王弼注：「朴，真也。真散則百行出，殊類生，若器也。」澆漓：謂世風浮薄。

【附録】

此詩輯入宋孫紹遠《聲畫集》卷六，又輯入清吴之振《宋詩鈔》卷一一。

陳善《捫虱新話》下集卷二：「然《石屏歌》云：『又疑鬼神好勝憎吾儕，欲極奇怪窮吾才。』而《洛陽牡丹圖》詩又云：『又疑人心愈巧僞，天欲鬭巧窮精微。』二詩殆是一意，自不宜兩用。」

葛立方《韻語陽秋》卷一六：「《酉陽雜俎》言，隋朝種植法七十卷，不説牡丹，則隋朝花藥中所無也。然北齊楊子華在隋朝之前，乃有『畫牡丹處極分明』之句，何邪？至唐則此花盛矣。柳子厚《龍城録》載，宋單父能種藝之術，牡丹變易千種。上皇召至驪山，種花萬本，色樣各不同。信乎人力或能勝天工也。歐陽永叔《洛陽牡丹圖詩》云：『當時絶品可數者，魏紅窈窕姚黄妃。壽安細葉開尚少，朱砂玉版人未知。四十年間花百變，最後最好潛溪緋。』」

黄震《黄氏日鈔》卷六一評曰：「有『元化朴散』之語，然洛陽以此成俗，而歐公初譜之，亦助其瀾者也。」

送沈待制陝西都運

幾歲瘡痍近息兵，經營方喜得時英〔一〕。從來漢粟勞飛輓，當使秦人自戰耕〔二〕。道左旌旗諸將列，馬前弓劍六蕃迎〔三〕。知君材力多閒暇，剩聽《陽關》醉後聲〔四〕。

【題　解】

原輯《居士集》卷一一，繫慶曆五年。作於是年春，時任河北轉運使，權知成德軍。題下原注：「邈」。沈待制，名邈。參見《寄子山待制二絶》題解。據《長編》卷一五六末附注：「沈邈以慶曆四年九月爲（陝西）都漕。」上任當在今年。同書卷一五七慶曆五年十二月甲戌（二十三日）有注：「沈邈以五年十一月自陝西都漕知延州。」欣聞朋友沈邈出掌陝西諸倉漕糧，詩人贈以此作，盛讚朋友才華，稱賀朝廷得人，祝愿沈氏政事之餘，歌舞吟詠以享受生活。情致灑脱，筆勢警拔，平易裏見奇崛，叮嚀中顯深情。

【注釋】

〔一〕「幾歲」二句：連年兵荒馬亂，國家滿目瘡痍，近來戰事平息，委以邊地重任的乃是朝廷英才。自寶元元年（一〇三八）元昊稱帝立國以來，西夏多次入侵，宋軍屢次敗衄。慶曆四年宋夏媾和，元昊受封夏國主，宋歲給銀、絹、茶，邊境方纔安寧。

〔二〕「從來」二句：自古西北軍食都從内地輸送，應該鼓勵陝地秦兵屯軍自守。漢粟：指糧草。飛輓：即飛芻輓粟，指快速運送糧草。《漢書·主父偃傳》：「又使天下飛芻輓粟。」顏師古注：「運載芻稾，令其疾至，故曰飛芻也。輓謂引車船也。」

〔三〕「道左」二句：想像沈邈蒞任時的威儀，及其深受邊地軍民歡迎的場面。六蕃：泛指西北歸化的少數民族。

〔四〕《陽關》：古曲《陽關三疊》的省稱，泛指離別時唱的歌曲。李商隱《飲席戲贈同舍》詩：「唱盡《陽關》無限疊，半杯松葉凍頗黎。」

【附録】

此詩輯入元方回《瀛奎律髓》卷二四，又輯入清康熙《御選宋金元明四朝詩·御選宋詩》卷四六。

胡應麟《詩藪》外編卷五：「七言如……歐陽修『道左旌旗諸將列，馬前弓劍六蕃迎』……皆七言近唐句者，此外不多得也。」

《瀛奎律髓匯評》卷二四查慎行評曰：「名臣之言。」紀昀評曰：「第二句頗凡庸，後六句精神飽滿。」

郡人獻花

蝶遶蜂游露滿盤，芳條可惜折來殘〔一〕。我緣多病經春卧，砌下花開不暇看〔二〕。

【題　解】

原輯《居士外集》卷六，無繫年，列景祐元年詩後，恐誤。作於慶曆五年春，時任河北轉運使，權知成德軍。景祐元年春，詩人尚在西京留守推官任，不應有「郡人獻花」。景祐元年亦無詩人「多病經春卧」的任何記載，而慶曆五年春《病中代書奉寄聖俞二十五兄》、《暮春有感》、《鎮陽殘杏》、《留題鎮陽潭園》等詩歌，均言及卧病。詩人經春卧病，未能出游觀賞，秖能從郡人所獻盤中鮮花當中，體味大地春光春色。郡人獻花病榻，反映詩人爲政受到民衆擁戴，亦表現其鍾愛大自然的情結。語言平易流暢，思致恬淡，抒發惜春情感。

【注釋】

〔一〕「蝶遶」二句：滿盤的帶露鮮花惹來蜜蜂與蝴蝶，可憐的是那被摘去花朵的殘枝。芳條：充滿芳香的花枝。

〔二〕砌下：臺階下，院落中。白居易《山石榴花十二韻》：「本是山頭物，今爲砌下芳。」

班班林間鳩寄内

班班林間鳩，穀穀命其匹。迨天之未雨，與汝勿相失。春原洗新霽，緑葉暗朝日。鳴聲相呼和，應答如吹律〔一〕。深棲柔桑暖，下啄高田實。人皆笑汝拙，無巢以家室。易安由寡求，吾羨拙之佚。吾雖有室家，出處曾不一〔二〕。荆蠻昔竄逐，奔走若鞭抶。山川瘴霧深，江海波濤颶。跬步子所同，淪棄甘共没。投身去人眼，已廢誰復嫉。山花與野草，我醉子鳴瑟。但知貧賤安，不覺歲月忽〔三〕。還朝今幾年，官禄霑兒姪。身榮責愈重，器小憂常溢〔四〕。今年來鎮陽，留滯見春物。北潭新漲渌，魚鳥相聱耴。我意不在春，所憂空自咄。一官誠易了，報國何時畢〔五〕。高堂母老矣，衰髪不滿櫛。昨日寄書言，新陽發舊疾。藥食子雖勤，豈若我在膝。又云子亦病，蓬首不加髴。書來本慰我，使我煩憂鬱〔六〕。思家春夢亂，妄意占凶吉。却思夷陵囚，其樂何可述〔七〕。前年辭諫署，朝議不容乞。孤忠一許國，家事豈復卹。横身當衆怒，見者旁可慄〔八〕。近日讀《除書》，朝廷更輔弼。君恩優大臣，進退禮有秩。小人妄希旨，論議爭操筆。又聞説朋黨，次第推甲乙〔九〕。而我豈敢逃，不若先自劾。上賴天子聖，必未加斧鑕。一身但得貶，群口息啾唧。公朝賢彦衆，避路當揣質〔一〇〕。苟能因謫去，引分思藏密。還爾禽鳥性，樊籠免驚怵。子意其謂何，吾謀今已必。子能甘藜藿，我易解簪紱。嵩峰三十六，蒼翠爭聳出。安得携子去，耕桑老蓬蓽〔一一〕。

【題解】

原輯《居士集》卷二，繫慶曆五年。作於是年春，時任河北轉運使，權知成德軍。此前，朋友蘇舜欽因「進奏院事件」受誣陷被削職爲民；在朝主持新政的范仲淹、富弼、杜衍、韓琦等，先後以朋黨罷官離京，磨勘、蔭子等新法相繼罷用。在「慶曆新政」失敗之際，詩人顧念國事，自覺劫數難逃，特賦此詩與妻子薛氏夫人商議，準備「自劾」以示抗議。鳩，即斑鳩，詩人以其雄雌和鳴喻夫妻和諧。內，即薛夫人，薛奎第四女。蘇轍《歐陽文忠公夫人薛氏墓誌銘》：「夫人高明清正，而敏於事，有父母之風。及歸於歐陽氏，治其家事，文忠所以得盡力於朝而不恤其私者，夫人之力也，而世莫知之……夫人生於富貴，方年二十，從公涉江湖，行萬里，居小邑，安於窮陋，未嘗有不足之色。」此詩亦爲歐寄梅堯臣詩八首之一。梅堯臣《宛陵先生集》卷二四有《永叔寄詩八首並祭子漸文一首，因采八詩之意警以爲答》。此詩詠誦患難夫妻的伉儷情深，展現宦海生涯奔波，流露對國事的憂慮，萌生歸隱之思。作者一變傳統寄内詩的情調，注入政治内容，拓展表現空間。全詩叙事寫懷，如叙家常，賦中含比，柔裏藴剛，詩語平實而親切，情感真摯而自然。

【注釋】

〔一〕「班班」八句：春雨初霽，林間鳩鳥呼唤匹偶，雄雌鳴唱和諧。以鳥起興。班班：通「斑斑」，斑點多的樣子。迨天之未雨：化用《詩·豳風·鴟鴞》：「迨天之未陰雨。」陸佃《埤雅·釋鳥》：「鵓鳩，陰則屏逐其婦，晴則呼之。語曰：『天將雨，鳩逐婦。』」如吹律：鳩鳴之聲，有如樂聲相和。律，用竹管或銅管做成的定音器。

〔二〕「深棲」八句：感慨自己夫妻分居而居無定所，羡慕鳩鳥笨拙而安逸。笑汝拙：《禽經》謂「鳩拙而安」。相傳鳩性笨拙，不善築巢，而居鵲所成之巢。《詩·召南·鵲巢》：「維鵲有巢，維鳩居之。」《方言》：「（鳩）蜀謂之拙鳥，不善營巢，取鳥巢居之，雖拙而安處也。」「不一」下原注：「一本有『豈如鳴桑欒，天性免乖咈』兩句。」

〔三〕「荆蠻」十二句，回憶夷陵貶所生活，雖處境艱險，卻家人團聚，和諧安寧。竄逐：貶官夷陵時，吏人百般催促，有如發遣罪犯。歐《與尹師魯書》：「臨行，臺吏催苛百端，不比催師魯人長者有禮，使人惶迫不知所爲。」瘴霧：猶瘴氣。韓愈《杏花》詩：「浮花浪蘂鎮長有，纔開還落瘴霧中。」颸：形容風疾浪大。　跬步：半步，跨一脚。《大戴禮記・勸學》：「是故不積跬步，無以致千里；不積小流，無以成江海。」王聘珍解詁：「跬，一舉足也。」　淪棄：指貶官偏僻地。

〔四〕「還朝」四句：慶曆三年三月召還朝廷知諫院以來，兒侄們蔭補入仕。然而官高責重，擔心才德不孚。　器小：才器小。歐《蔡州再乞致仕第二表》：「名浮於實，用之始見於無能；器小易盈，過則不勝於幾覆。」

〔五〕「今年」八句：言鎮陽任上憂慮朝政國事，無暇觀賞春色。　鎮陽：見《病中代書奉寄聖俞二十五兄》注解〔五〕。　相聱耴：原本校云：「一作『歡聲逸』。」聱耴，形容衆聲雜作。《文選・左思〈吴都賦〉》：「魚鳥聱耴，萬物蠢生。」李善注：「聱耴，衆聲也。」

〔六〕「高堂」十句：憂慮老母病妻，表現收閱家書後的心中煩惱。不滿櫛：喻頭髮稀疏。櫛，梳子。　「蓬首」句：描寫薛夫人病態。　髴，婦女首飾。

〔七〕「思家」四句：今日公私憂迫，心煩意亂，反不如貶官夷陵時夫妻團聚的安樂。

〔八〕「前年」六句：自己在諫官任上犯顔直諫，公而忘私，豈顧得上家庭。　孤忠：忠貞自持，不求他人體察的節操。曾鞏《韓魏公挽歌詞》：「覆冒荒遐知大度，委蛇艱急見孤忠。」「横身」二句：韓琦《祭少師歐陽永叔文》：「公之諫諍，務傾大忠。在慶曆初，職司帝聰。顔有必犯，闕無不縫。正路斯闢，奸萌輒攻。氣勁忘忤，行孤少同。」

〔九〕「近日」八句：指斥新政失敗後小人希旨生事，株連「朋黨」。　更輔弼：慶曆五年春，杜衍、范仲淹罷正副宰相，代以反新政人物賈昌朝爲宰相兼樞密使。小人：指新政反對者章得象、陳執中，諫官劉元瑜、錢明逸等人。他們交章上書，攻擊已經去職的范仲淹等新政派。妄希旨：狂亂地迎合旨意。説朋黨：新政反對者將贊成慶曆新政者誣爲「朋黨」，並編排出等次。歐名列其中。

〔一〇〕「而我」八句：自念難免朋黨之災，準備自劾罷官。自劾：自己彈劾自己。《歐集》卷一一八有《自劾乞罷轉運使》。斧鑕：鐵砧，古刑具。置人於砧上，用斧砍之。揣質：忖度自己的資質和能力。

〔一一〕「苟能」十二句：決心退職歸田，夫妻團聚共過貧賤日子。引分：按正則，退守本份，本該。韓愈《瀧吏》詩：「官不自謹慎，宜即引分往。」朱熹《楚辭後語·自悼賦》：「引分以自安，援古以自慰。」藏密：隱居山林。然事隔一月，歐最終奏呈《論杜衍范仲淹等罷政事狀》，將個人安危置之度外，直陳政見，力圖挽救新政。禽鳥性：像飛鳥一樣的自由天性。陶潛《歸園田居》：「久在樊籠裹，復得返自然。」「今已必」句下原注：「一本有『試思憂與樂，便可齊升黜』兩句。」甘藜藿：甘於過貧賤生活。藜藿，藜草豆葉，野菜。解簪紱：放棄官職。簪，連冠於髮的長針；紱，繫官印的絲帶。蓬蓽：「蓬門蓽户」的省語。用草、樹枝等做成的門户。形容窮苦人家所住的簡陋房屋。葛洪《〈抱朴子〉内篇自序》：「藜藿有八珍之甘，而蓬蓽有藻棁之樂也。」指鄉村簡陋住房。

【附　録】

黄震《黄氏日抄》卷六一：「《班班林間鳩》，寄其夫人之詩也。云『易安由寡求』，此其爲家之法。」

鎮陽讀書

春深夜苦短，燈冷焰不長。塵蠹文字細，病眸澀無光。坐久百骸倦，中遭群慮戕。尋前顧後失，得一念十忘。乃知學在少，老大不可彊。廢書誰與語，歎息自悲傷〔一〕。因憶石夫子，徂徠有茅堂。前年來京師，講學居上庠。青衫綴朝士，而有數畝桑。不耐群兒嗤，束書歸故鄉〔二〕。却尋茅堂在，高卧泰山傍。聖經日陳前，弟子羅兩廂。大論叱佛老，高聲誦虞唐。賓朋足棗栗，兒女飽糟糠。雖云待官闕，便欲解朝裳。有似蠶作繭，縮身思自藏〔三〕。嗟我一何愚，貪得不自量。平生事筆硯，自可娱文章。開口攬時事，論議爭煌煌。退之嘗有云，名聲暫羶香。誤蒙天子知，侍從列班行。官榮日已寵，事業暗不彰。器小以任大，蹐顛理之常〔四〕。聖君雖不誅，在汝豈自遑。不能雖欲止，恍若失其方。却欲尋舊學，舊學已榛荒。有類邯鄲步，兩失皆茫茫〔五〕。便欲乞身去，君恩厚須償。又欲求一州，俸錢買歸裝。譬如歸巢鳥，將棲少徊翔。自覺誠未晚，收愚老縑緗〔六〕。

【題　解】

原輯《居士集》卷二，繫慶曆五年。作於是年春三月，時任河北轉運使，權知成德軍。此爲歐寄梅堯臣詩八首之一。梅堯臣《宛陵先生集》卷二四有《永叔寄詩八首並祭子漸文一首，因采八詩之意警以爲答》。詩人回憶自己的讀書歷程，對比石介泰山講學生活，自慚形穢，表達對崇高志向的追求，對官場傾軋的厭倦，對引退與讀書生活的嚮往。鋪陳中穿插場景描寫，展現人物形象，顯示較强的叙事性。以文爲詩，舒卷流動，極富感情色彩。既理直氣壯，又從容不迫，充溢雄豪之氣。

【注　釋】

〔一〕「春深」十二句：中年孤獨，夜燈讀書，感慨爲學在年少，老大健忘收穫少。病眸：眼疾。歐中年後苦於病目，慶曆八年冬書簡《與王文恪公樂道》其一：「某近以上熱太盛，有見教云水火未濟，當行内視之術。行未逾月，雙眼注痛如割，不惟書字艱難，遇物亦不能正視，但恐由此遂爲廢人。」皇祐五年書簡《與蘇丞相子容》：「窮居兀坐，病目眊然，無以度日。」又《雜法帖六》其六：「老年病目，不能讀書，又艱於執筆。」百骸倦：身體十分疲倦。百骸，全身的關節。群慮戕：内心各種憂慮，難以專心致志。戕，戕害，損傷。

〔二〕「因憶」八句：《宋史·石介傳》：「入爲國子直講，學者從之甚衆，太學由此益盛。」歐《徂徠石先生墓誌銘》：「是時，兵討元昊久無功，海内重困。天子奮然思欲振起威德，而進退二三大臣，增置諫官御史，所以求治之意甚鋭。先生躍然喜曰：『此盛事也，雅頌吾職，其可已乎！』乃作《慶曆聖德詩》，以褒貶大臣，分别邪正，累數百言。詩出，太山孫明復曰：『子禍始於此矣。』明復，先生之師友也。其後所謂奸人作奇禍者，乃詩之所斥也。」上庠：古代的大學。《禮記·王制》：「有虞氏養國老於上庠，養庶老於下庠。」鄭玄注：「上庠，右學，大學也。」此指國子監。青衫綴朝士：石介官職小，卻能與大臣同班。青衫，古時學子所穿之服，借指學子、書生。綴，前後相連，連接成行。群兒：指朝中不學無術，排斥石介者。

〔三〕「却尋」十二句：石介不以官身爲念，安心歸隱田園，在家鄉設帳授徒，弘揚儒學，力辟佛老。叱佛老：歐《徂徠石先生墓誌銘》：「其斥佛老時文，則有《怪説》、《中國論》，曰去此三者，然後可以有爲。」虞唐：唐堯與虞舜的並稱。此處代指儒家經典。待官闕：在家等待朝廷宣命授官。宋代制度，官吏經吏部銓選擬注某官後，需要等待該闕現任者任滿，方可繼任。

〔四〕「嗟我」十四句：相形之下，自己不知自足，踔厲風發，指點時政，力微負重，功業不顯，有愧於朝廷。名聲暫羶香：韓愈《答孟郊》詩：「名聲暫羶腥，腸肚鎮煎熝。」羶，通「馨」。香氣遠聞，芳香。班行：朝班的行列，朝官的位次。蹐顛理之常：跌跤摔倒是符合常理的。

〔五〕「聖君」八句：自己政治上無所建樹，理應止步知足，卻又荒廢學業，心中充滿悲哀感。不能雖欲止：《論語·季氏》：「孔子曰：『求，周任有言曰：「陳力就列，不能者止。」危而不持，顛而不扶，則將焉用彼相矣？』」邯鄲步：邯鄲學步。《莊子·秋水》：「且子獨不聞夫壽陵餘子之學行於邯鄲與？未得國能，又失其故行矣，直匍匐而歸耳。」郭象注：「以此效彼，兩失之。」《漢書·叙傳上》：「昔有學步於邯鄲者，曾未得其仿佛，又復失其故步，遂匍匐而歸耳。」後因用以比喻模仿不成，反將自己原有的長處丢失。

〔六〕「便欲」八句：萌念辭官退養，歸家著書立説。乞身：古代以作官爲委身事君，故稱請求辭職爲乞身。《史記·張儀列傳》：「今齊王甚憎儀，儀之所在，必興師伐之，故儀願乞其不肖之身之梁，齊必興師伐之。」老縑緗：收身讀書做學問。縑緗，供書寫用的淺黄色細絹，代指書籍。

【附　録】

此詩輯入清吴之振《宋詩鈔》卷一一。

暮春有感

幽憂無以銷，春日靜愈長。薰風入花骨，花枝午低昂〔一〕。往來採花蜂，清蜜未滿房。春事已爛漫，落英漸飄揚。蛺蝶無所爲，飛飛助其忙。啼鳥亦屢變，新音巧調簧。游絲最無事，百尺拖晴光〔二〕。天工施造化，萬物感春陽。我獨不知春，久病卧空堂。時節去莫挽，浩歌自成傷〔三〕。

【題　解】

原輯《居士集》卷二，繫慶曆五年。作於是年春末，時任河北轉運使，權知成德軍。此爲歐寄梅堯臣詩八首之一。梅堯臣《宛陵先生集》卷二四有《永叔寄詩八首並祭子漸文一首，因采八詩之意警以爲答》。詩歌借詠暮春景物，抒寫時節變遷之感，並以萬物沐浴春光映襯自己的孤獨寂寞。雖有對美好春景的隔膜，對春光消逝的無奈，但詩人在冷靜觀察暮春風物的同時，能够一反傳統的浩歌自傷，摒棄傷逝的憂愁與悲哀。「時節去莫挽，浩歌自成傷」的結語，表現其面對自然規律的理性思考，導引後來蘇軾「春去不容惜」的客觀態度與曠達襟懷。融叙事、繪景、議論於一爐，意境清新，耐人咀味。

【注　釋】

〔一〕「幽憂」四句：暮春花盛日長，内心卻充滿憂傷。幽憂：《莊子·讓王》：「我適有幽憂之病，方且治之，未暇治天下也。」成玄英疏：「幽，深也；憂，勞也。」熏風：春夏間温暖的東南風。花骨：花苞。低昂：化用宋子侯《董嬌嬈》「花葉正低昂」詩句。

〔二〕「往來」十句：蜜蜂、落花、蝴蝶、飛鳥、游絲等感受春天的温暖，隨物候發生變化。調篁：本指調節篁管的音色，此指鳥調弄舌頭，變換聲音。篁，竹管樂器。游絲：春天裏蜘蛛等吐出飄蕩在空中的絲。沈約《八詠詩·會圃臨春風》：「游絲曖如網，落花雰似霧。」

〔三〕「天工」六句：對應上文的「萬物感春陽」，表現詩人「我獨不知春」的孤寂與自慰。

【附録】

此詩輯入清康熙《御選宋金元明四朝詩·御選宋詩》卷一〇、吴之振《宋詩鈔》卷一一、陳訏《宋十五家詩選·廬陵詩選》。

黄震《黄氏日鈔》卷六一評曰：「『游絲最無事，百尺拖晴光』，有太平氣象。」

陸次雲《宋詩善鳴集》卷上評曰：「有情無情，物態盡出。」

留題鎮陽潭園

官雖鎮陽居，身是鎮陽客〔一〕。北園潭上花，安問誰所植。春風無先後，爛漫爭紅白。一花聊一醉，盡醉猶須百。而我病不飲，對花空歎息〔二〕。朝來不能歸，暮看不忍摘。謂言花縱落，滿地猶可席。不來纔幾時，人事已非昔〔三〕。芳枝結青杏，翠葉新奕奕〔四〕。落絮風卷盡，春歸不留迹。空餘緑潭水，尚帶餘春色。疑春竟何之，意謂追可得。東西遶潭行，蜂鳥已寂寂。惘然無所依，歸駕不停軛〔五〕。寓興誠可樂，留情豈非惑。至今清夜夢，猶遶北潭北〔六〕。

【題　解】

原輯《居士集》卷二，繫慶曆五年。作於是年春末，時任河北轉運使，權知成德軍。鎮陽潭園，即北潭，真定府著名的池苑。《夢溪筆談》卷二四：「鎮陽池苑之盛，冠于諸鎮，乃王鎔時海子園也。鎔嘗館李正威於此，亭館尚是舊物，皆甚壯麗。鎮人喜大言，矜大其池謂之潭園，蓋不知昔嘗謂之海子矣。」此爲歐寄梅堯臣詩八首之一。梅堯臣《宛陵先生集》卷二四有《永叔寄詩八首並祭子漸文一首，因采八詩之意警以爲答》。此詩借詠花木盛衰，感慨年華易逝，人事全非。作者直抒胸臆，叙事狀物之中夾雜議論，顯示宋詩新貌。

【注　釋】

〔一〕鎮陽客：歐代真定帥田況知成德軍，故稱。胡《譜》：慶曆五年「是春，真定帥田況移秦州，公權府事者三月。」

〔二〕「而我」二句：歐此春病於酒，未能春游。歐詩《病中代書奉寄聖俞二十五兄》有云：「今年得疾因酒作，一春不飲氣彌劣……顔侵塞下風霜色，病過鎮陽桃李月。」

〔三〕「人事」句：《長編》卷一五四慶曆五年正月二十八日，范仲淹以「朋黨」罷參知政事，出知邠州，兼陝西四路緣邊安撫使。富弼罷樞密副使，出知鄆州，兼京東西路安撫使。《宋史·仁宗本紀三》：慶曆五年正月二十九日，杜衍罷知兗州，賈昌朝爲宰相兼樞密使。

〔四〕奕奕：光明貌，亮光閃動貌。謝惠蓮《秋懷》詩：「皎皎天月明，奕奕河宿爛。」

〔五〕軛：牛馬拉車時駕在脖子上的器具。《楚辭·卜居》：「寧與騏驥亢軛乎？」朱熹集注：「軛，車轅前衡也。」代指車馬。

〔六〕「寓興」四句：寄興觀景自然是一大樂事，但過於傾心就會迷戀惑亂，至今夜晚作夢，常常夢見鎮州北潭。留情：傾心，留注情意。謝惠蓮《七月七日夜詠牛女》：「留情顧華寢，遥心逐奔龍。」

【附　録】

此詩輯入明曹學佺《石倉歷代詩選》卷一四〇，又輯入清管庭芬、蔣光煦《宋詩鈔補·歐陽文忠詩補鈔》。

范大士《歷代詩發》卷二三評曰：「宦情如水，秖堪痛飲花間，所以留題致惜，不勝繾綣。」

過中渡二首

其一

中渡橋邊十里堤，寒蟬落盡柳條衰〔一〕。年年塞下春風晚，誰見輕黄弄色時〔二〕。

其二

得歸還自歎淹留，中渡橋邊柳拂頭〔三〕。記得來時橋上過，斷冰殘雪滿河流。

【題　解】

原輯《居士集》卷一二，繫慶曆五年。作於是年春末，時卸任權知成德軍，離開河北真定。中渡，即中渡橋。《大清一統志》卷二八《正定府》：「中渡橋，舊在正定縣東南五里，跨滹沱河上。」組詩「其一」借詠春末衰柳，展示河朔氣候苦寒。「其二」對比來去橋頭景觀，感慨經春鎮陽羈留。詩語明快，意象鮮明，借景抒懷，含蓄深沉。

【注釋】

〔一〕寒蟬：原本附校：蟬「一作『梅』」。

〔二〕弄色：顯現美色。蘇軾《宿望湖樓再和》詩：「新月如佳人，出海初弄色。」

〔三〕「得歸」二句：中渡橋邊柳枝拂頭的時節，自己卸任暫歸，猶自感慨滯留太久。

【附録】

二詩全輯入清康熙《御選宋金元明四朝詩·御選宋詩》卷六五、陳訏《宋十五家詩選·廬陵詩選》。

讀蟠桃詩寄子美

韓孟於文詞，兩雄力相當〔一〕。篇章綴談笑，雷電擊幽荒。衆鳥誰敢和，鳴鳳呼其皇〔二〕。孟窮苦纍纍，韓富浩穰穰。窮者啄其精，富者爛文章〔三〕。發生一爲宫，揪斂一爲商。二律雖不同，合奏乃鏘鏘〔四〕。天之産奇怪，希世不可常。寂寥二百年，至寶埋無光〔五〕。郊死不爲島，聖俞發其藏。患世愈不出，孤吟夜號霜〔六〕。霜寒入毛骨，清響哀愈長。玉山禾難熟，終歲苦飢腸。我不能飽之，更欲不自量。引吭和其音，力盡猶勉彊。誠知非所敵，但欲繼前芳〔七〕。近者《蟠桃詩》，有傳來北方。發我衰病思，藹如得春陽。忻然便欲和，洗硯坐中堂。墨筆不能下，恍恍若有亡。老雞觜爪硬，未易犯其場。不戰先自却，雖奔未甘降〔八〕。更欲呼子美，子美隔濤江。其人雖憔悴，其志獨軒昂。氣力誠當對，勝敗可交相。安得二子接，揮鋒兩交鋩。我亦願助勇，鼓旗譟其旁〔九〕。快哉天下樂，一釂宜百觴。乖離難會合，此志何由償〔一〇〕！

【題解】

原輯《居士集》卷二，繫慶曆五年。作於是年初夏，時任河北轉運使。題中「讀」字下原注：「一本有『聖俞』字。」卷末校記：「『子美』二字上，一有『蘇』字。」此爲歐寄梅堯臣詩八首之一。梅堯臣《宛陵先生集》卷二四有《永叔寄詩八首並祭子漸文一首，因采八詩之意警以爲答》。歐《歸田録》卷二：「聖俞自天聖中，與余爲詩友，余嘗贈以《蟠桃詩》，有『韓、孟』之戲。故至此梅贈余云：『猶喜共量天下士，亦勝東野亦勝韓。』」由此可知，文字與此詩相同的梅堯臣《讀〈蟠桃詩〉寄子美、永叔》詩（《宛陵先生集》卷二四），實出後人誤收，而真正梅堯臣《蟠桃詩》及蘇舜欽唱和詩，均已失傳。李之亮《歐陽修集編年箋注》以爲題目中的《蟠桃詩》，即《宛陵先生集》卷二四《郭之美忽過云往河北謁歐陽永叔、沈子山》，然與歐此述不一。詩歌首十八句惋歎韓孟唱和之後，斯文寂寞二百餘年；次二十六句讚賞梅堯臣詩才，以梅氏比孟郊，感慨今無韓愈，難爲世用；末十四句感傷蘇舜欽與梅氏詩才匹敵，惜天各一方，無由實現三人唱和。詩作追摹韓愈，想像豐富，妙喻迭出，氣勢酣暢，意象新奇，是詩人繼《水谷夜行寄子美、聖俞》之後又一論詩絶作，也是作者對當時詩壇創作深刻理性思考的智慧結晶。

【注釋】

〔一〕「韓孟」二句：韓愈、孟郊同爲中唐傑出詩人，材力相匹敵，詩風各具特色。韓詩雄放奇崛，孟詩冷峭險硬，後人將其並稱「韓孟」。末句下原注：「一本有『偶以怪自戲，作詩驚有唐』兩句。」

〔二〕「篇章」四句：長篇聯句由韓孟首創，韓孟聯句有如奔雷掣電氣勢磅礴，有如鳳凰和鳴没人敢於唱和。今韓愈集中有《同宿》、《納涼》、《秋雨》、《征蜀》、《城南》、《鬬雞》等聯句詩，皆韓、孟聯句之作。鳴鳳：喻韓愈。皇：通「凰」，喻孟郊。韓愈《雙鳥詩》：「雙鳥海外來，飛飛到中州。一鳥落城市，一鳥集巖幽。」朱熹考異：「竊意此但公爲己、孟郊作耳。落城市者，己也。集巖幽者，孟也。」

〔三〕「孟窮」四句：孟郊詩境清寒，著意精練；韓愈詩篇宏富，文采斑爛。韓愈《薦士》詩：「有窮者孟郊，受材實雄驁。」爛文章：《後漢書·張衡傳》：「文章煥以粲爛兮，美紛紜以從風。」

〔四〕「發生」四句：以宫商之相配和，喻韓孟二人天賦、詩風不同，合作即成佳作。宫和商：均爲五音之一。發生：萌發，此謂舒發，狀韓詩之雄放。揫斂：聚束，喻孟詩之精嚴。

〔五〕「天之」四句：韓孟詩是天下奇産，希世瑰寶，可惜埋没了二百年，無人問津。歐《蘇氏文集序》：「予嘗考前世文章政理之盛衰，而怪唐太宗致治幾乎三王之盛，而文章不能革五代之餘習。後百有餘年，韓、李之徒出，然後元和之文始得于古。唐衰兵亂，又百餘年而聖宋興，天下一定，晏然無事。又幾百年，而古文始盛於今。」希世：世所稀有。

〔六〕「郊死」四句：梅堯臣繼承孟郊詩風，亦窮而後工。惜今世無韓愈，梅詩像孤鳳清吟。歐《書梅聖俞稿後》：「唐之時，子昂、李、杜、沈、宋、王維之徒，或得其淳古淡泊之聲，或得其舒和高暢之節，而孟郊、賈島之徒，又得其悲愁鬱堙之氣。由是而下，得者時有，而不純焉。今聖俞亦得之。」又《梅聖俞詩集序》：「奈何使其老不得志，而爲窮者之詩，乃徒發於蟲魚物類、羈愁感歎之言？世徒喜其工，不知其窮之久而將老也，可不惜哉！」

〔七〕「霜寒」十句：梅堯臣詩淒清入骨，音調深長，我的勉强唱和，意在繼承韓孟唱和盛事。玉山禾：《山海經·西山經》載西王母所居之玉山，「上有木禾，長五尋，大五圍」。韓愈《駑驥》詩：「飢食玉山禾，渴飲醴泉流。」和其音：表示唱和詩歌。末句下原校：「一本有『嗟我於韓徒，足未及其牆，而子得孟骨，英靈空比邰』四句。」前芳：指韓孟。《邵氏聞後見録》：「聖俞謂蘇子美云：『永叔要做韓退之，强差我作孟郊。』」芳，喻賢德之人。

〔八〕「近者」十二句：梅氏「蟠桃詩」傳來，我難以下筆唱和，又不甘未戰而降。　衰病思：悲歎生病的情思。是春歐因酒患病，其《病中代書寄聖俞》詠道：「今年得疾因酒作，一春不飲氣彌劣。」　藹如：和藹可親貌。韓愈《答李翊書》：「仁義之人，其言藹如也。」　恍恍：模模糊糊，彷彿。李白《草書歌行》：「恍恍如聞神鬼驚，時時秖見龍蛇走。」　「老雞」二句：喻梅詩無人匹敵。以鬥雞喻和詩，梅氏就象嘴硬爪利的鬥雞，無人敢犯其領域。

〔九〕「更欲」十句：想叫蘇舜欽與梅氏競相唱和，我在旁擂鼓揮旗吶喊助威。　隔濤江：時蘇氏遠在蘇州。慶曆四年十一月，蘇舜欽以進奏院祀神事，被削職爲民，五年春攜家南下蘇州，故云。「其人」二句：蘇舜欽受到摧殘而面容消瘦，其意志卻昂揚高舉。杜甫《夢李白》其二：「冠蓋滿京華，斯人獨憔悴。」　「安得」二句：以兵刃相接爲喻，形容梅、蘇兩人詩歌唱和，鋒芒畢露，勢均力敵。

〔一〇〕「快哉」四句：三人聚會唱和該是多麼快樂，這個心願什麽時候能滿足呢？時詩人在河北，蘇舜欽在蘇州，梅堯臣在京師，三者難以相聚。其後蘇舜欽于慶曆八年病逝，三人唱和再也没機會了。

【附　録】

此詩輯入清吴之振《宋詩鈔》卷一一、陳訏《宋十五家詩選·廬陵詩選》。

阮閱《詩話總龜》前集卷一引《王直方詩話》：「東坡云：在潁時，陳無己、趙德麟輩適亦守官於彼，而歐陽叔弼與季默亦久居閑，日相唱和。而二歐頗不作詩，東坡以句挑之云：『君家文律冠西京，旋築詩壇按酒兵。袖手其欺真將種，致師須得老門生。明朝鄭伯降誰受？昨夜條侯壁已驚。從此醉翁天下樂，還須一舉百觴傾。』蓋爲文忠公昔有詩贈梅聖俞、蘇子美云『我亦愿助勇，鼓旗譟其旁，快哉天下樂，一嚼宜百觴』也。」

阮閱《詩話總龜》前集卷八引《王直方詩話》：「劉壯輿云，歐陽公自謂『吾畏慕不可及者，聖俞、子美。』及贈詩，云：『文會忝予盟，詩壇推子將。』又曰：『維持于文章，泰山一浮塵。』既曰『郊死不爲島，聖俞發其藏』；又曰『堪笑區區郊與島，螢飛露濕凝秋草』：是其自謂不如者，乃所以過之也。」

邵博《邵氏聞見後録》卷一八：「東坡《與陳傳道書》云：『知傳道日課一詩，甚善，此技雖高才，非甚習不能工。』蓋梅聖俞法也。又韓少師云：『梅聖俞學詩日，欲極賦象之工，作《挑燈杖子》詩尚數十首。』李邯鄲諸孫亨仲云：『吾家有梅聖俞詩善本，世所傳，多爲歐陽公去其尤者，忌能名之或壓也。』予謂歐陽公在諫路，頗詆邯鄲公，亨仲之言恐不實。然曾仲成云：『歐陽公有「韓孟於文詞，兩雄力相當。孟窮苦纍纍，韓富浩穰穰。郊死不爲島，聖俞發其藏」等句。聖俞謂蘇子美曰：「永叔自要作韓退之，强差我作孟郊。」雖戲語，亦似不平也。』」

何汶《竹莊詩話》卷八：「《集注》云：『公與東野聯句，詞意雄渾，極其情態，間以人才爲喻，兩皆傑作，真歐陽文忠所謂「韓、孟於文詞，兩雄力相當」者也。』」

初伏日招王幾道小飲

北園數畝官墻下，嗟我官居如傳舍[一]。滹沱北渡馬踏冰，西山病歸花已謝[二]。落英不見空繞樹，細草初長猶可藉。空園一鎖不復窺，不覺芳蹊繁早夏。隔墻時時聞好鳥，如得嘉客聽清話[三]。今朝試去繞園尋，緑李横枝礙行馬。蒲萄憶見初引蔓，翠葉陰陰還滿架。紅榴最晚子已繁，猶有殘花藏葉罅[四]。人生有酒復何求，官事無了須偷暇[五]。古云伏日當早歸，況今著令許休假。能來解帶相就飲，爲子掃月開風榭[六]。

【題　解】

原輯《居士集》卷二，繫慶曆五年。作於是年閏五月二十五日，時任河北轉運使。初伏日，夏至後的第三個庚日，據張《曆日天象》，本年五月二十五日甲申「夏至」，閏五月丙戌朔，歷庚寅、庚子，至庚戌（二十五日）爲初伏日。王幾道，即王復，字幾道。昔日「洛中七友」（歐陽修、張堯夫、尹師魯、楊子聰、梅聖俞、張大素、王幾道）之一，歐慶曆八年曾爲其母撰作《長壽縣太君李氏墓誌銘》，有云：「太中大夫、尚書屯田郎中、上柱國王公諱利之夫人，曰李氏……其爲母也，有三男三女。及其老也，鼎爲職方員外郎，震太子中舍，復太常博士，三子者皆有才行，而復尤好古有文，聞於當世。」厲鶚《宋詩紀事》卷二九：「復，洛人，鄉貢進士，官典君正郎。」參見本書《七交》詩《王秀才》注釋。此詩狀寫初伏日花果之盛，致殷勤相邀之意。以詩代簡，叙事議論，輕鬆明快，舒卷流轉之中寄寓朋輩深情。

【注　釋】

〔一〕北園：即北潭、潭園。參見本書《後潭游船見岸上看者有感》題解。傳舍：古時供行人休息住宿的處所。《戰國策·魏策四》：「今鼻之入秦之傳舍，舍不足以舍之。」

〔二〕滹沱：水名。即滹沱河。在河北省西部。出山西繁峙，東流入河北平原，匯爲子牙河，經北運河入海。西山：參見本書《寄子山待制二絶》注解〔一〕。

〔三〕「落英」六句：夏日的園林，花落草長，鳥兒鳴唱，十分中聽。可藉：可以當作草墊坐。芳蹊：鋪滿落花的路徑。李賀《春懷引》：「芳蹊密影成花洞，柳結濃煙花帶重。」清話：本指高雅不俗的言談，此處形容鳥聲幽雅不躁。

〔四〕「今朝」六句：游覽仲夏園林，所見景物之繁盛。末句下原注：「一本有『雖無桃李競繁華，固有竹柏資瀟灑』兩句。」紅榴：原本校云：「一作『榴花』。」

〔五〕偷暇：忙裏偷閒，抽空。

〔六〕「古云」四句：伏日當休假，誠邀朋友開懷痛飲。伏日當早歸：胡宿《文恭集》卷一一《謝傳宣入伏早出表》：「景炎朱火，氣匿庚金。伏日早歸，雖聞著於漢令；中曦促下，乃特軫於堯仁。」解帶：解開衣帶，表示熟悉不拘禮。《三國志·蜀志·諸葛亮傳》：「亮深謂備雄姿傑出，遂解帶寫誠，厚相結納。」

【附録】

此詩輯入明曹學佺《石倉歷代詩選》卷一四〇，又輯入清康熙《御選宋金元明四朝詩·御選宋詩》卷二五、《御定佩文齋廣群芳譜》卷四、陳訏《宋十五家詩選·廬陵詩選》。

邵伯温《邵氏聞見録》卷八：「一時幕府之盛，天下稱之。又有知名進士十人，游希深、永叔之門，王復、王尚恭爲稱首。時科舉法寬，秋試府園醮廳，希深監試，永叔、聖俞爲試官。王復欲往請懷州解，永叔曰：『王尚恭作解元矣。』王復不行，則又曰：『解元非王復不可。』蓋諸生文賦，平日已次第之矣。其公如此。」

白髮喪女師作

吾年未四十，三斷哭子腸[一]。一割痛莫忍，屢痛誰能當！割腸痛連心，心碎骨亦傷。出我心骨血，灑爲清淚行。淚多血已竭，毛膚冷無光。自然鬚與鬢，未老先蒼蒼[二]。

【題　解】

原輯《居士集》卷二，繫慶曆五年。作於夏末秋初，時任河北轉運使。題下原注：「一本無下四字。」歐三十二歲時，胥氏夫人所生子夭亡，三十九歲喪女歐陽師，另有一次女夭于歐陽師前。歐陽師生于歐、薛婚娶之次年，爲歐陽修長女，八歲而夭。吴充《歐陽公行狀》：「長女師，蚤卒。」本年春，梅堯臣應許州知州王舉正辟命，出任簽署許昌忠武軍節度判官。《宛陵先生集》卷二五有詩《乙酉六月二十一日，予應辟許昌，京師内外之親則有刁氏昆弟、蔡氏子，予之二季；友人則胥平叔、宋中道、裴如晦，各攜肴酒送我于王氏之園，盡歡而去，明日予作詩以寄焉》，可知梅堯臣離汴京，由水路赴許昌，時在本年六月二十一日。因汴河水淺，船行暫受阻，時聞歐喪女師，當在六月末七月初。梅堯臣《宛陵先生集》卷二五《開封古城阻淺聞永叔喪女》有云：「今年我聞若喪女，野岸孤坐還增思……幾多恩愛付涕淚，灑作秋雨隨風吹。」本詩以質樸之語言，直抒胸臆，叙寫喪女之悲痛。至情至性，發自内衷，字字血淚，悽楚動人。

【注　釋】

〔一〕三斷哭子腸：胡《譜》：寶元元年「是歲，胥夫人所生子夭。」《歐集》附録卷一吴充《歐陽公行狀》：「男八人，女三人。長女師，蚤卒；次發，光禄寺丞；次女，蚤卒；次奕，光禄寺丞；次棐，大理評事；次某，蚤卒；次辯，光禄寺丞；次三男，皆蚤卒；次女，封樂壽縣君，蚤卒。」此八男三女，均爲薛氏所出。胥氏所生子，亦早卒，未統計在數。此云「三斷哭子腸」，指胥氏所生子、薛氏所生一次女，加上長女歐陽師。

〔二〕血已竭：淚盡血乾，形容極度悲傷。《文選・左思〈蜀都賦〉》「碧出萇弘之血，鳥生杜宇之魂」李善注引《蜀記》：「蜀人聞子規鳥鳴，皆曰望帝也。」子規鳥相傳爲望帝，即古蜀王杜宇之魂所化。春末夏初，常晝夜啼鳴，其聲哀切，以至哀鳴出血。實質爲杜鵑鳥口紅，春時杜鵑花開即鳴，古人誤傳其「夜啼達旦，血漬草木。」又王嘉《拾遺記》卷七記載，魏文帝所愛美人薛靈芸，常山人，「別父母，歔欷累日，淚下沾衣。至升車就路之時，以玉唾壺承淚，壺即紅色。既發常山，及至京師，壺中淚凝如血矣。」蒼蒼：韓愈《祭十二郎文》：「吾年未四十，而視茫茫，而髮蒼蒼，而齒牙動搖。」

哭女師

暮入門兮迎我笑，朝出門兮牽我衣，戲我懷兮走而馳〔一〕。旦不覺夜兮不知四時，忽然不見兮一日千思。日難度兮何長？夜不寐兮何遲？暮入門兮何望？朝出門兮何之〔二〕？怳疑在兮杳難追，髣髴毛兮秀雙眉。不可見兮如酒醒睡覺，追惟夢醉之時〔三〕。八年幾日兮百歲難期，於汝有頃刻之愛兮，使我有終身之悲〔四〕。

【題　解】原輯《居士外集》卷八，入《古賦・辭》，繫慶曆五年。作於是年夏秋間，時任河北轉運使。女師，即歐陽修長女歐陽師。參見上詩題解。此詩在歐詩中别具一格，它仿效屈騷，借助夢幻，撫今追昔，長歌當哭，抒發痛失愛女之悲情。斷腸之哭，死别生離，真情流露，感天動地。

【注　釋】

〔一〕「暮入門」三句：回憶嬌女生前小鳥依人的可愛形象。

〔二〕「旦不覺」六句：痛失愛女之後朝思暮想、心神不寧的情狀。

〔三〕怳疑：恍惚迷離，迷惑不清。唐竇叔向《雪中遇直》：「怳疑白雲上，乍覺金印非。」　髧兩毛：古時兒童髮式。《詩・鄘風・柏舟》：「髧彼兩髦。」髧，髮垂貌。蘇軾《將至筠先寄遲适遠三猶子》詩：「夜來夢見小於菟，猶是髧髦垂兩耳。」　睡覺：從睡眠中覺醒。　追惟：追思，追念。

〔四〕八年：歐陽師生于景祐五年，至今八虚歲。

【附　録】

《歐集》卷二《白髮喪女師作》：「吾年未四十，三斷哭子腸。一割痛莫忍，屢痛誰能當。」按：歐三十二歲時，胥氏夫人所生子夭亡，三十九歲喪女師，另有一次女夭于師前。

劉壎《隱居通議》卷五評此詩曰：「悲哀繾綣，殆骨肉之情不能忘邪？」

得滕岳陽書大誇湖山之美郡署懷物甚野其意有戀著之趣作詩一百四十言爲寄且警激之

峭巘孤城倚，平湖遠浪來。萬尋迷島嶼，百仞起樓臺〔一〕。太守凭軒處，群賓奉笏陪。清霜薦丹橘，積雨過黄梅。逸思歌湘曲，遒文繼楚材。魚貪河岫樂，雲忘帝鄉回〔二〕。遥信雙鴻下，新緘尺素裁。因聞誇野景，自笑擁邊埃〔三〕。龍漠方多孽，旄頭久示災。旌旗時映日，鼙鼓或驚雷〔四〕。有志皆嘗膽，何人可鑿壞？儒生半投筆，牧豎亦輸財〔五〕。沮澤辭猶慢，蒲萄館未開。支離莫攘臂，天子正求才〔六〕。

【題解】

原輯《居士外集》卷六，無繫年，列慶曆五年至八年詩間。作於慶曆五年秋，時任河北都轉運使。滕岳陽，即滕宗諒，字子京，河南府人，大中祥符八年與范仲淹同年舉進士。歷殿中丞、左正言、左司諫、知信州、通判江寧府、知湖州等。西夏攻宋，范氏薦知涇州，徙慶州，時以用公使錢逾制被劾，降知虢州，徙岳州，遷蘇州卒。《宋史》卷三〇三有傳。詩中「百刃起樓臺」，指岳陽樓。滕宗諒慶曆五年重修岳陽樓，請范仲淹爲記，同時擬修偃虹堤，致書歐陽修請爲記。歐書簡《與滕待制》（慶曆五年）有云：「示及新堤之作，俾之紀次其事。」湖山，指岳陽樓憑欄所見的洞庭湖及湖中之君山。詩人準依來書而賦此詩，並於翌年作《偃虹堤記》。詩歌讚揚洞庭湖、岳陽樓之大觀，勉勵滕宗諒先憂後樂不要因湖山秀美而消磨報國壯志。詩風雄放，氣勢磅礴，詩旨與詩風都堪稱范仲淹《岳陽樓記》之同調。

【注釋】

〔一〕「峭巘」四句：岳州城依山伴湖，洞庭湖波濤萬頃，君山島迷朦隱現，湖畔岳陽樓巍然聳立，極盡「湖山之美」。　峭巘：陡峻的峰巒。

〔二〕「太守」八句：想像滕宗諒岳陽樓宴請群僚，桌上物薦江南之美，席間客有楚湘之才，以致貪戀而忘返。對應題目中的「郡署懷物甚野，其意有戀著之趣。」　笏：也稱「手板」，古時官員用以記事的狹長板，多用玉、象牙、竹製成。　丹橘：洞庭湖畔産橘，經霜後橘色變紅。　楚材：屈原、宋玉等楚地人才，泛指南方人才。岳州地處楚地，故云。　魚貪：魚兒貪戀河潭之樂。《文選·陸機〈擬行行重行行〉》：「王鮪懷河岫，晨風思北林。」劉良注：「王鮪，魚名。晨風，鷂屬。言魚鳥猶思所居，而君何不思歸？」　雲忘：白雲貪戀人間，不愿回仙界。　帝鄉：指天宮，仙鄉。《文選·鮑照〈舞鶴賦〉》：「去帝鄉之岑寂，歸人寰之喧卑。」劉良注：「帝鄉，天帝之鄉也。」

〔三〕「遥信」四句：鴻雁傳書至河北，信中有沉湎湖山、鄙棄戎馬生涯之意。自笑在河北守邊境，哪能像滕氏這般游賞湖山美景。對應題目中的「得滕岳陽書，大誇湖山之美」。鴻：鴻雁，古有鴻雁傳書之説。《漢書·蘇武傳》：「使者謂單于，言天子射上林中，得雁，足有繫帛書，言武等在荒澤中。」尺素：古代用絹帛書寫，故稱短箋爲尺素。晉王僧孺《詠擣衣》：「尺素在魚腸，寸心憑雁足。」擁邊埃：歐時任河北都轉運按察使，處於對契丹作戰前綫。

〔四〕龍漠：白龍堆沙漠的略稱，泛指西北邊荒之地。《晉書·赫連勃勃載記贊》：「嘯群龍漠，乘釁侵漁。」旄頭：指昴星。二十八宿之一。《漢書·天文志》：「昴曰旄頭，胡星也，爲白衣會。」古人認爲昴星特别明亮時預示戰爭即將發生。

〔五〕「有志」四句：當此國家危難關頭，凡有志之士都應爲國效力，不容規避。嘗膽：越王勾踐卧薪嘗膽。《史記·越王勾踐世家》：「吴既赦越，越王勾踐反國，乃苦身焦思，置膽於坐，坐卧即仰膽，飲食亦嘗膽也。曰：『女忘會稽之恥邪？』」鑿壞：指隱遁。揚雄《解嘲》：「故士或自盛於橐，或鑿壞以遁。」顔師古注：「應劭曰：自盛以橐，謂范睢也；鑿壞，謂顔闔也。魯君聞顔闔賢，欲以爲相，使者往聘，因鑿後垣而亡。壞，壁也。」投筆：用漢班超投筆從戎事，指棄文就武。魏徵《述懷》詩：「中原初逐鹿，投筆事戎軒。」牧竪：牧童。通作「牧豎」。

〔六〕「沮澤」四句：外敵囂張，國事未寧，皇帝正招納賢材，殘疾者尚攘臂爭先，有才者不宜自隱。暗諷滕宗諒仍將重用，不應貪戀湖山之美。對應題目中的「警激之」。沮澤：沼澤地，指西夏、契丹，以其游牧常居水草之地，故稱。蒲萄館：漢張騫出使西域帶回葡萄種，徧植長安，漢開葡萄館以接待西域使者。《三輔黄圖·甘泉宫》：「葡萄宫在上林苑，漢哀帝元壽二年，單于來朝，以太歲厭勝所，舍之此宫也。」支離：肢體不全者。《莊子·人間世》：「上徵武士，則支離攘臂於其間。」郭象注：「恃其無用，故不自竄匿。」《文選·謝靈運〈永初三年七月六日之郡初發都〉》：「良時不見遺，醜狀不成惡；曰餘亦支離，依方早有慕。」李善注引《七賢音義》：「形體離，不全正也。」攘臂：捋起衣袖，伸出胳膊。形容激奮貌。

【附　録】

《岳陽紀勝彙編》卷四滕宗諒《岳陽樓詩集序》：「況僕忝宰於今，旦暮爲湖山主事，弗慮乎一旦衆作與橈棟同淪委，則後之議我者以爲何如？亦將恐風月仇人不淺矣。遂用崇新基址，徧索牆堵間及本朝諸公歌詩古賦，紀以時代，次以歲月，不以官爵貴賤爲升降，比鑱石置於南北二壁中，庶幾他日有聞《韶》忘味君子知僕之志也。然歷世寖遠，必多疑難備，直以所存者筆之。如其删繁擷英，請俟來者焉。」

席上送劉都官

都城車馬日喧喧，雖有離歌不慘顔〔一〕。豈似客亭臨野岸，暫留樽酒對青山。天街樹緑騰歸騎，玉殿霜清綴曉班〔二〕。莫忘西亭曾醉處，月明風溜響潺潺〔三〕。

【題　解】

原輯《居士集》卷一一，繫慶曆五年。作於是年秋，時任河北都轉運使。劉都官，名不詳，當爲河北都轉運屬官。劉都官調回汴京任職，詩人在野岸客亭設宴送行。詩歌對比現實中的送别場面與想像中的朋友返朝後的情形，表現醉吟之樂，流露惜别之情。通過對比，借助想像，寓情感於景物之中，情婉而意深。

【注　釋】

〔一〕「都城」二句：京城整日車馬喧鬧，離别曲聽來也不像野外江邊客亭這樣傷感。　喧喧：形容聲音喧鬧。化用白居易《買花》詩：「帝城春欲暮，喧喧車馬度。」

〔二〕「天街」二句：想像劉都官歸京任職、清晨早朝的情形。　天街：京城的街道。　綴曉班：清晨大臣隨班早朝。

〔三〕「莫忘」二句：别後不要忘記今日野外的西亭餞别，除了明月秋風還有潺潺流水。 風溜：蘇軾《除夜訪子野食燒芋戲作》：「松風溜溜作春寒，伴我飢腸響夜闌。」

寄劉都官

别後山光寒更緑，秋深酒美色仍清〔一〕。繞亭黄菊同君種，獨對殘芳醉不成〔二〕。

【題　解】

原輯《居士集》卷一一，無繫年，列慶曆五年至六年詩間。作於慶曆五年深秋，時任河北都轉運使。劉都官，參見上詩。詩人對菊思人，流露懷友之情。語言清放，情感親切，意藴含蓄深沉，韻致接近唐風。

【注　釋】

〔一〕「别後」二句：别後美酒依舊，秖是深秋山色更具寒意。 暗寓相思懷念之情。

〔二〕「繞亭」二句：睹物思人，以自己的孤獨之感襯託對朋友的思念之情。 殘芳：此謂衰敗的菊花。

【附　録】此詩輯入明曹學佺《石倉歷代詩選》卷一四〇，又輯入清管庭芬、蔣光煦《宋詩鈔補·歐陽文忠詩補鈔》。

自河北貶滁州初入汴河聞雁

陽城淀裏新來雁，趁伴南飛逐越船〔一〕。野岸柳黄霜正白，五更驚破客愁眠〔二〕。

【題　解】

原輯《居士集》卷一一，繫慶曆五年。作於是年深秋，時在由河北赴滁州的途中。河北，北宋路名，歐氏剛卸任河北都轉運按察使。胡《譜》：慶曆五年「時二府杜正獻、范文正、韓忠獻、富文忠公，以黨論相繼去，公上書辨之。小人素已憾公，會公孤甥張氏犯法，諫官錢明逸因以財産事及公，下開封鞫治。府尹楊日嚴觀望傅會，上命户部判官蘇安世、入内供奉官王昭明監勘，得無他。八月甲戌（二十一日），猶落龍圖閣直學士，罷都轉運按察使，降知制誥、知滁州。」滁州，宋代州名，屬淮南東路，治所在今安徽滁州。宋時汴河於河南滎陽北汴河口引黄河水，經開封、應天府（今河南商丘）、宿州（今安徽宿州），在泗州（今江蘇盱眙）入淮。由「柳黄霜白」，可知時在深秋。殘夜聞雁，客船難眠，貶途中詩人眼裏的逐船新雁，野岸黄柳白霜，均寄寓心中愁緒。借物寫意，融情于景，詩旨含蓄深婉。

【注　釋】

〔一〕陽城淀：在河北定州望都縣境。《宋史·真宗本紀》景德元年閏九月乙亥：「契丹駐陽城淀，因王繼忠致書于莫州石普以講和。」《元和郡縣志》卷二二《河北道·定州三》：望都縣「陽城淀，縣東南七里。周迴三十里，莞蒲菱芡，靡所不生。」　趁伴：結伴，搭伴。白居易《初到洛下閒游》詩：「趁伴入朝應老醜，尋春放醉尚粗豪。」「趁伴南飛逐」下原校：「一作『何事來隨南』。」　越船：南方的船。張載《榷論》：「吴榜越船，不能無水而浮。」

〔二〕「野岸」二句：看見柳黄霜白，聽到南歸雁鳴，撩起詩人被貶他鄉的愁緒，心境悲涼而無法入睡。

【附　録】

胡仔《苕溪漁隱叢話》後集卷三三：「杜牧之《早雁詩》云：『仙掌月明孤影過，長門燈暗數聲來。』六一居士《汴河聞雁》云：『野岸柳黄霜正白，五更驚破客愁眠。』皆言幽怨羈旅，聞雁聲而生愁思。至後山則不然，但云：『遠道勤相唤，羈懷悮作愁。』則全不蹈襲也。」按：又見魏慶之《詩人玉屑》卷一八、單宇《菊坡叢話》卷五、王昌會《詩話類編》卷三一。

石篆詩 并序

某啟：近蒙朝恩守此州，州之西南有瑯琊山唐李幼卿庶子泉者〔一〕。某在館閣時，方國家詔天下求古碑石之文，集于閣下，因得見李陽冰篆《庶子泉銘》〔二〕。學篆者云：「陽冰之迹多矣，無如此銘者。」常欲求其本而不得，於今十年矣。及此來，已獲焉。而銘石之側，又陽冰别篆十餘字，尤奇于銘文，世罕傳焉。山僧惠覺指以示予，予徘徊其下，久之不能去。山之奇迹，古今紀述詳矣，而獨遺此字。予甚惜之，欲有所述，而患文辞之不稱。思予嘗愛其文而不及者，梅聖俞、蘇子美也。因爲詩一首，并封題墨本以寄二君，乞詩刻于石。

寒嵓飛流落青苔，旁斲石篆何奇哉！其人已死骨已朽，此字不滅留山隈〔三〕。山中老僧憂石泐，印之以紙磨松煤。欲令留傳在人世，持以贈客比瓊瑰〔四〕。我疑此字非筆劃，又疑人力非能爲〔五〕。始從天地胚渾判，元氣結此高崔嵬。當時野鳥踏山石，萬古遺迹於蒼崖〔六〕。山祇不欲人屢見，每吐雲霧深藏埋。群仙飛空欲下讀，常借海月清光來〔七〕。嗟我豈能識字法，見之但覺心眼開〔八〕。辭慳語鄙不足記，封題遠寄蘇與梅〔九〕。

【題解】

原輯《居士外集》卷三，繫慶曆五年。作於是年十月底，時知滁州。胡《譜》：慶曆五年「八月甲戌（二十一日），猶落龍圖閣直學士，罷都轉運按察使，降知制誥、知滁州。十月甲戌（二十二日），至郡。」李陽冰爲中唐著名書法家，工篆書。《宣和書譜》卷二：「唐李陽冰，字少温，趙郡人，官至將作少監。善詞章，留心小篆，迨三十年。初見李斯嶧山碑與仲尼延陵季子字，遂得其法，乃能變化開合，自名一家。」詩人偶在瑯琊山獲見其銘石，興奮不已，賦詩寄贈梅堯臣、蘇舜欽。歐次年書簡《與梅聖俞》其十五有云：「瑯邪泉石篆詩，秖候子美詩來，已招子美自來書而刻之。」梅堯臣《宛陵先生集》卷二六《歐陽永叔寄瑯琊山李陽冰篆十八字，並永叔詩一首，欲予繼作，因成十四韻奉答》、《蘇舜欽集》卷四《和永叔瑯琊山庶子泉陽冰石篆詩》、劉敞《公是集》卷二三《永叔附寄滁州庶子泉李監題十二字》，皆酬答此詩。《曾鞏集》卷二有《奉和滁州九詠九首并序》詩，所奉答者除此詩外，還有次年所作《游瑯琊山》、《幽谷晚飲》及《瑯琊山六題》等。本詩首八句言瑯琊山庶子泉有李陽冰神奇石篆，老僧以石篆拓文作爲珍貴禮物饋贈游客；次十句讚歎石篆是神物，非人力所能爲；末四句自謙拙筆不配記此石篆，特封題墨本寄贈梅、蘇，索請和詩，並刻於石。此類題材的開拓，導引宋人以俗爲雅，以俗爲美的新時尚。想像奇詭，大開大合，風格豪雄，深得韓愈七古神韻。語言疏暢，意蘊婉曲，仍顯歐詩本色。

【注釋】

〔一〕庶子泉：《明一統志》卷一八《滁州》：「庶子泉，在瑯琊山。山以唐庶子李幼卿得名。王禹偁詩：『乍挹清泚姿，頗愜幽閒性。味將春茗宜，光與曉嵐瞑。』梅堯臣詩：『庶子去來多少年，依舊清心共泉潔。』」唐獨孤及《瑯琊溪述》云：「隴西李幼卿，字長夫，以右庶子領滁州，而滁人飢者粒，流者占，乃至無訟以聽。故居多暇日，常寄傲此山之下。因鑿石引泉，釃其流以爲溪，溪左右建上下坊，作禪堂、琴臺以環之，探異好古故也。」

〔二〕李陽冰：字少温，唐趙郡人。李白的族叔。著名書法家，長於篆書。

〔三〕「寒嵓」四句：瑯琊山庶子泉銘石刻的旁邊，有李陽冰奇特的「别篆十餘字」。隈：山的彎曲處。

〔四〕「山中」四句：山僧惠覺擔心石裂字毁，將石刻製成珍貴的拓本。泐：石頭因風化、遇水而形成的紋理，石頭依其紋理而裂開。《周禮·考工記》：「石有時以泐。」鄭玄注引鄭司農曰：「泐，謂石解散也，夏時盛暑大熱則然。」松煤：製松煙墨的原料，松木燃燒後所凝之黑灰。此指墨。瓊瑰：美玉。《詩·秦風·渭陽》：「何以贈之？瓊瑰玉佩。」

〔五〕「我疑」二句：我懷疑這些石篆字跡非人力所爲。非筆劃：不是書寫刻畫而成。筆，書寫。

〔六〕「始從」四句：推測字畫的由來，元氣凝結成這座瑯琊山，石篆是當年野鳥踏出來的痕跡。天地胚渾判：《文選·郭璞〈江賦〉》：「類胚渾之未凝，象太極之構天。」李善注：「言雲氣杳冥，似胚胎渾混，尚未凝結；又象太極之氣，欲構天也。」胚，孕之初，指本源。渾，混沌，天地形成前的元氣狀態。判，分開。元氣：指天地未分前的混沌之氣。《漢書·律曆志上》：「太極元氣，函三爲一。」野鳥：因爲篆書又稱鳥篆，故有此聯想。漢許慎《説文解字序》：「黄帝之史倉頡，見鳥獸蹏迒之跡，知分理之可相别異也，初造書契。」

〔七〕「山祇」四句：石篆是山神護衛、群仙珍視的寶貝。山祇：山神。顔延之《車駕幸京口侍游曲阿後湖作》詩：「山祇蹕嶠路，水若警滄流。」

〔八〕字法：此指欣賞漢字的有關法則。心眼開：醒目開心。

〔九〕辭慳：詞彙欠缺。語鄙：語言粗俗。封題：即序中所説「封題墨本」，將所拓李篆的墨拓本封好口。

【附録】

此詩輯入清康熙《御選宋金元明四朝詩·御選宋詩》卷二五、吴之振《宋詩鈔》卷一二。

《歐集》卷一四〇《集古録跋尾·唐李陽冰庶子泉銘》：「右《庶子泉銘》，李陽冰撰並書。慶曆五年，余自河北都轉運使貶滁陽，屢至陽冰刻石處，未嘗不裴回其下。庶子泉昔爲流溪，今爲山僧填爲平地，起屋於其上。問其泉，則指一大井示余，曰『此庶子泉也』。可不惜哉！」

曾鞏《曾鞏集》卷二《奉和滁州九詠九首并序》：「先生貶守滁。滁，小州。先生爲之，殆無事。環州多佳山水，最有名瑯琊山。近得之曰幽谷。先生散游其間，又賦詩以樂之。鞏得而賡之者，凡九章。」

陳善《捫虱新話》下集卷二：「韓文公嘗作《赤藤杖歌》云：『赤藤爲杖世未窺，臺郎始攜自滇池。共傳滇神出水獻，赤龍拔鬚血淋漓。』又云：『羲和操火鞭，暝到西極睡所遺。』此歌雖窮極物理，然恐非退之極致者，歐陽公遂每每效其體……公又有《石篆詩》云：『我疑此字非筆墨，又疑人力非能爲。始從天地胚胎判，元氣結此高崔巍。當時野鳥踏山石，萬古遺跡於蒼崖。山祇不欲人屢見，每吐雲霧深藏埋。』……此三篇亦前詩之意也，其法蓋出於退之。」

方東樹《昭昧詹言》卷一二評曰：「起叙，以下卻起棱。此與題畫同。『當時』二句偷退之。」

按：韓愈《桃源圖》詩有云：「當時萬事皆眼見，不知幾許猶流傳。」

鷺鷥

激石灘聲如戰鼓〔一〕，翻天浪色似銀山。灘驚浪打風兼雨，獨立亭亭意愈閑〔二〕。

【題　解】

原輯《居士外集》卷六，無繫年，列慶曆五年至八年詩間。作於慶曆五年初冬，時知滁州。鷺鷥，即白鷺，一種羽毛潔白、捕食魚類的水鳥。詩人託物詠志，獨立不倚、高潔閒雅的鷺鷥形像，實爲詩人面對政治打擊而心靜不亂的精神寫照。聲與色兼備，思與境相偕，畫面逼真傳神，展示作者沉著剛毅的形象。

【注　釋】

〔一〕激石：水浪衝擊岸邊的石頭。

〔二〕亭亭：孤直高潔貌。《後漢書·蔡邕傳》：「和液暢兮神氣寧，情志泊兮心亭亭。」

永陽大雪

清流關前一尺雪，鳥飛不度人行絶〔一〕。冰連谿谷麋鹿死，風勁野田桑柘折。江淮卑濕殊北地，歲不苦寒常疫癘。老農自言身七十，曾見此雪纔三四。新陽漸動愛日輝，微和習習東風吹〔二〕。一尺雪，幾尺泥，泥深麥苗春始肥。老農爾豈知帝力，聽我歌此豐年詩〔三〕。

【題　解】原輯《居士集》卷二，繫慶曆五年。作於是年冬，時知滁州。永陽，滁州的古稱。《舊唐書·地理志》：「滁州永陽郡，武德三年，析揚州置。」此詩渲染滁州大雪，欣喜瑞雪兆豐年，表現詩人的愛民情懷與民本思想。隨興揮灑，韻隨意轉，古樸自然，有似樂府。

【注　釋】

〔一〕清流關：在滁州西北清流山上，南唐時置關，地勢險要。《輿地紀勝》：「清流關在清流縣西三十餘里。」　鳥飛不度：柳宗元《江雪》：「千山鳥飛絶，萬徑人蹤滅。」

〔二〕新陽：即春陽，指初春。謝靈運《登池上樓》：「初景革緒風，新陽改故陰」。　愛日：冬日。《左傳·文公七年》：「趙衰，冬日之日也；趙盾，夏日之日也。」杜預注：「冬日可愛，夏日可畏。」

〔三〕「老農」二句：歐《豐樂亭記》：「民生不見外事，而安於畎畝衣食，以樂生送死，而孰知上之功德，休養生息，涵煦百年之深也。」　帝力：帝王的作用。元張存中《孟子集註通證》卷下引《帝王通曆》：「帝堯之時，有老人擊壤於路，曰：『吾日出而作，日入而息，鑿井而飲，耕田而食，帝力於我何哉。』」

走筆答原甫提刑學士

歲暮山城喜少留，西亭尚欲挽行輈〔一〕。一鐏莫惜臨岐别，十載相逢各白頭〔二〕。

【題　解】

原輯《居士外集》卷七，繫慶曆五年。作於是年歲末，時知滁州。題下原注：「慶曆五年。詳見卷末。」卷末校記：「慶曆五年冬，公守滁州，而前政趙良規帶秘閣校理移京西提刑，即其人也。」原甫，即元甫。《宋史・趙安仁傳》附傳：「良規字元甫。父安仁奏爲秘書省正字、同判太常寺。張知白薦之，召試，賜進士及第。用王曙舉，擢集賢校理兼宗正丞，預修《會要》。坐宗正吏盜太廟神御物，出通判蘄州，徙河南府，知泰、滁二州，歷京西、陝西路提點刑獄、荆湖南路轉運……遷尚書工部侍郎，判本部，知濠州，卒。」走筆，謂揮毫疾書，詩歌立成。詩歌叙寫前政趙良規滁州逗留，詩人設宴款待，臨别勸飲，感傷歲月流逝，流露朋輩深情。語言疏暢，清新自然，情意真摯深沉。

【注　釋】

〔一〕歲暮山城：王禹偁《歲暮感懷》詩：「歲暮山城放逐臣」。山城，指滁州。西亭：餞别送行地。楊萬里《明發荆溪館下》：「五月炎天十月寒，東亭迎客西亭送。」輈：本指車轅，代指車。

〔三〕「一罇」二句：化用韋應物《淮上喜會梁川故人》詩意：「江漢曾爲客，相逢每醉還。浮雲一別後，流水十年間。歡笑情如舊，蕭疏鬢已斑。」臨岐：面臨歧路，後用爲贈别之辭。《文選·鮑照〈舞鶴賦〉》：「指會規翔，臨岐矩步。」李善注：「岐，岐路也。」杜甫《送李校書》詩：「臨岐意頗切，對酒不能喫。」

【附録】

此詩輯入明李蓘《宋藝圃集》卷九。

游瑯琊山

南山一尺雪，雪盡山蒼然〔一〕。澗谷深自暖，梅花應已繁。使君厭騎從，車馬留山前〔二〕。行歌招野叟，共步青林間。長松得高蔭，磐石堪醉眠。止樂聽山鳥，攜琴寫幽泉〔三〕。愛之欲忘返，但苦世俗牽。歸時始覺遠，明月高峰巔〔四〕。

【題　解】　原輯《居士集》卷三，繫慶曆六年（一〇四六）。作於是年早春，詩人時年四十歲，知滁州。胡《譜》：慶曆六年「公在滁，自號醉翁。」此詩與《幽谷晚飲》及《瑯琊山六題》同作於本年。次年曾鞏和此八詩連同去年所作的《石篆詩》，成《奉和滁州九詠九首》。胡柯繫「六題」於「慶曆七年」，恐誤。《梅集編年》繫梅堯臣《和永叔瑯琊山六詠》於慶曆六年，當是。歐書簡《與梅聖俞》其十五（慶曆六年）云「《游山六詠》等，即欲更立一石」，其十八亦云「得聖俞所寄《六詠》及《桐花》、《啼鳥》等詩」，均可佐證。明成化四年吉州知州程宗刊刻《東坡七集》，此詩與《東坡續集》卷一《黄州》詩重出，後者當誤。清查慎行《蘇詩補注》卷四九按語：「瑯邪在滁州之南，故稱南山。歐公時知滁州，故自稱使君。山中有泉若中音，會醉翁喜之，每把酒欣然忘歸，時有沈遵者，以琴寫其聲，爲《醉翁操》，故又云『攜琴寫幽泉』。此詩斷爲歐公作無疑也。」瑯琊山，在滁州城西南，爲皖東風景名勝。《明一統志》：「瑯琊山，在州城南一十里。晉瑯琊王嘗駐此，因名其山。谷深七八里，自城南行六七里至溪。溪之源出兩山間，爲釀泉。」本詩首六句言雪盡梅繁的早春時節出游瑯琊山；次六句描寫一幅山鳥林泉的春游圖，渲染山游之樂；末四句即景抒懷，表達超俗歸真的精神追求。詩歌表現文人學士超塵脱俗的幽雅情懷、回歸自然的生活愿望，以及在逆境中追懷高遠的思想境界。詩筆質樸，基調閒適輕鬆，與其灑脱恬靜的意境相得益彰。

【注釋】

〔一〕南山：即瑯琊山。在滁州西南，故云。歐《醉翁亭記》：「環滁皆山也。其西南諸峰，林壑尤美。望之蔚然而深秀者，瑯琊也。」

〔二〕使君：漢以後對州郡長官的稱呼，此爲詩人自謂。

〔三〕「攜琴」句：歐《幽谷晚歌》：「山色已可愛，泉聲難就聽，安得白玉琴，寫以朱絲繩。」

〔四〕「愛之」四句：山中美景使人留戀忘返，世俗牽掛秖得乘月而歸；來時乘興不覺得路遥，回程纔發現走出太遠。

【附録】

此詩輯入明李蓘《宋藝圃集》卷九、曹學佺《石倉歷代詩選》卷一四〇，又輯入清康熙《御選宋金元明四朝詩·御選宋詩》卷一〇、管庭芬、蔣光煦《宋詩鈔補·歐陽文忠詩補鈔》。

《歐集》卷三九《醉翁亭記》：「環滁皆山也。其西南諸峰，林壑尤美。望之蔚然而深秀者，瑯琊也。山行六七里，漸聞水聲潺潺，而瀉出於兩峰之間者，釀泉也。峰迴路轉，有亭翼然臨於泉上者，醉翁亭也。」

葛立方《韻語陽秋》卷一三：「韋應物、歐陽永叔皆作滁州太守，應物《游瑯琊山》則曰：『鳴騶響幽澗，前旌耀崇岡。』永叔則不然，《游石子澗詩》云：『麏麚魚鳥莫驚怪，太守不將車騎來。』又云：『使君厭騎從，車馬留山前。行歌招野叟，共步青林間。』游山當如是也。」

送京西提刑趙學士

題輿嘗屈佐留京，攬轡今行按屬城〔一〕。楚館尚看淮月色，嵩雲應過虎關迎〔二〕。春寒酒力風中醒，日暖梅香雪後清。野俗經年留惠愛，莫辭臨別醉冠傾〔三〕。

【題　解】

原輯《居士集》卷一一，繫慶曆六年。作於是年早春，時知滁州。胡《譜》慶曆五年所附「制詞」：「仍就差知滁州軍州，兼管内勸農使，替趙良規。」可知京西提刑趙學士，即剛卸任滁州知州之趙良規。趙良規，字元甫，河南洛陽人。參見本書《走筆答原甫提刑學士》題解。趙良規離滁州時，詩人賦此送行。詩歌描寫送行時春寒梅香，想像歸途中楚館嵩雲，感謝朋友多年滁州惠政，奉勸暢飲以盡别情，表現詩人逆境中的安窮獨善與閒適之樂。借景抒懷，移情入景，情致深婉委曲。

【注　釋】

〔一〕「題輿」二句：趙學士早年屈駕擔任西京通判，今日終得以提刑巡視京西州縣。題輿：東漢周景任豫州刺史時，嘗辟陳蕃（字仲舉）爲別駕。蕃辭不就。景題別駕輿曰：「陳仲舉座也。」不復更辟。蕃惶懼，起視職。事見《太平御覽》卷二六三引三國吴謝承《後漢書》。後遂用作典故，以「題輿」謂景仰賢達，望其出仕。佐留京：《宋史·趙良規傳》：「坐宗正吏盜太廟神御物，出通判蘄州，徙河南府。」

〔二〕「楚館」二句：描寫從離任地至任所的一路風光。楚館：楚地館舍。滁州屬淮南路，古屬楚地。故云。嵩雲：代指嵩山。虎關：即虎牢關。古邑名。與嵩山同在京西路。《水經注》卷五引《穆天子傳》：「有虎在於葭中，天子將至，七萃之士高奔戎生捕虎而獻之。天子命之爲柙，畜之東虢，是曰『虎牢』。」

〔三〕野俗：指民風民俗，亦代指民間。惠愛：趙氏在滁州的仁政惠愛。醉冠傾：因醉酒而衣冠不整。參見本書《惠泉亭》詩注〔四〕。

【附録】

此詩輯入清陳訏《宋十五家詩選·廬陵詩選》。

寄大名程資政琳

龍門長恨晚方登，便以忘年接後生〔一〕。談劇每容陪玉麈，飲豪常憶困金觥〔二〕。冰開御水春應綠，雲破淮天月自明〔三〕。醉倒離筵聽別曲，醒來猶尚記餘聲。

【題　解】

原輯《居士外集》卷七，無繫年，列嘉祐四年至七年詩間，誤。當作於慶曆六年早春，時知滁州。大名，即北京大名府。程資政琳，字天球，博野人。大中祥符舉服勤辭學科，歷知制誥、權御史中丞、知開封府，改三司使，累遷吏部侍郎。景祐四年參知政事，皇祐初加同平章事判大名府，兼北京留守，先後守大名十年。據《長編》紀事，程琳慶曆二年五月己未知大名府，慶曆五年五月壬戌加資政殿大學士，六年二月癸丑改知永興軍，據詩題「大名程資政」及頸聯「春應綠」、尾聯「聽別曲」句意，當作於作者離河北抵滁州之後，程琳離大名府赴永興軍之前的慶曆六年初春。詩人回憶與程琳的忘年交情，想像兩地共同春景，深致懷念之情。屬對工整，借物詠懷，意蘊深沉。

【注　釋】

〔一〕「龍門」二句：慶曆四年八月歐爲河北都轉運按察使，與以資政殿學士知大名府兼北京留守的程琳結下忘年交。　龍門：喻聲望高者的府第。《世説新語·德行》：「李元禮風格秀整，高自標持，欲以天下名教是非爲己任。後進之士，有升其堂者，皆以爲登龍門。」　忘年：不拘年齡、行輩，以德才相敬慕。《初學記》卷一八引晉張隱《文士傳》：「禰衡有逸才，少與孔融交。

時衡未滿二十，而融已五十，敬衡才秀，忘年殷勤。」據歐《程公神道碑銘》，程琳長詩人十九歲。

〔二〕談劇：談笑風生。宋陳師道《次韻蘇公涉潁》：「但怪笑談劇，莫知賓主誰。」任淵注：「《漢書》：雄口吃不能劇談。」玉麈：玉柄麈尾。參見本書《錢相中伏日池亭宴會分韻》注〔三〕。困金觥：指困於酒宴，不勝杯酌。金觥，酒杯的美稱。

〔三〕「冰開」二句：想像此時兩人所處的大名府與滁州，同是河開冰釋、雲破月明的春天光景。

春寒效李長吉體

東風吹雲海天黑，飢龍凍雲雨不滴。嗔雷隱隱愁煙白，宿露無光瑶草寂〔一〕。東皇染花滿春國，天爲花迷借春色。呼雲鎖日恐紅蔫，幾日春陰養花魄〔二〕。悠悠遠絮縈空擲，愁思織春挽不得〔三〕。高樓去天無幾尺，遠岫參差亂屏碧〔四〕。

【題解】

原輯《居士外集》卷三，無繫年，列慶曆六年詩後。作於是年早春，時知滁州。李長吉，即唐詩人李賀。其詩沉鬱有情致，喜歡描寫超現實的境界和神奇怪誕的幻像，寫法極盡想像、雕琢與誇張，後世稱其爲「詩鬼」，稱其詩爲「長吉體」。《新唐書·李賀傳》：「李賀字長吉，系出鄭王後。七歲能辭章……辭尚奇詭，所得皆驚邁，絶去翰墨畦逕，當時無能效者。」此詩前四句描寫春寒，中四句描寫春花，後四句描寫春思。意象虚荒誕幻，情調悲愁哀怨，詩風求奇探險，有類李賀詩作。

【注　釋】

〔一〕飢龍凍雲：龍飢餓，雲凍結，所以不下雨。《淮南子》「土龍致雨」許慎注：「湯遭旱，作土龍，以像雲從龍也。」　宿露：昨夜的露水。

〔二〕東皇：司春之神。戴叔倫《暮春感懷》詩：「東皇去後韶華在，老圃寒香別有秋。」　借春：預領春色。宋陳造《聞師文過錢塘》詩：「椒酒須分歲，江梅巧借春。」　紅蔫：春花衰敗不振。《四庫全書考證》：「『呼雲鎖日恐紅蔫』。刊本『蔫』訛『篶』，今改。」　養花魄：古人稱春陰爲養花天。《花品》：「牡丹開日，多輕雲微雨，謂之養花天。」

〔三〕「悠悠」二句：彌天飛揚的柳絮，仿佛要結成一張留春網，但春天挽留不住。　思：原注：「一作『絲』。」

〔四〕「高樓」二句：高樓聳入雲霄，遠山高低錯落不一，像雜亂放置的碧玉屏風。

【附　録】

此詩輯入明李蓘《宋藝圃集》卷九，又輯入清康熙《御選宋金元明四朝詩·御選宋詩》卷四，詩題爲《春寒曲效長吉體》。

幽谷泉

踏石弄泉流，尋源入幽谷。泉傍野人家〔一〕，四面深篁竹。溉稻滿春疇，鳴渠遶茅屋。生長飲泉甘，蔭泉栽美木。潺湲無春冬，日夜響山曲。自言今白首，未慣逢朱轂。顧我應可怪，每來聽不足〔二〕。

【題解】

原輯《居士集》卷三，繫慶曆六年。作於是年春，時知滁州。幽谷泉，參見本書《幽谷種花洗山題解》。劉攽《彭城集》卷四《題歐陽永叔新鑿幽谷泉》詩有云：「江南多名山，少有瑯琊比。瑯琊盛泉石，晚得幽谷美。」同書卷八《幽谷泉》詩又云：「幼卿初鑿瑯琊溪，憶當大曆六年時。歐陽今疏幽谷泉，復在慶曆之六年。兩公相望幾百載，中間游客常比肩。」王安石《臨川先生文集》卷四有《幽谷引》。此詩歌詠幽谷泉的潺潺泉聲，表達對自然山水的眷戀與喜愛。詩人以輕鬆、閒適的筆調，摹寫清新優美的風景，表現灑脱恬靜的心境。以文爲詩，氣脈流貫，情景自然融合。

【注　釋】

〔一〕野人：百姓，平民。《論語·先進》：「先進於禮樂，野人也；後進於禮樂，君子也。」劉寶楠正義：「野人者，凡民未有爵禄之稱也。」

〔二〕「自言」四句：山中老人自言生平很少見官，今見歐留戀泉石，覺得非常奇怪。朱轂：即朱輪，古代王侯顯貴所乘的車子。因用朱紅漆輪，故稱。《文選·楊惲〈報孫會宗書〉》：「惲家方隆盛時，乘朱輪者十人。位在列卿，爵爲通侯。」李善注：「二千石皆得乘朱輪。」後借指禄至二千石的官員。

【附　録】

此詩輯入明曹學佺《石倉歷代詩選》卷一四〇，又輯入清康熙《御定佩文齋詠物詩選》卷一〇七、管庭芬、蔣光煦《宋詩鈔補·歐陽文忠詩補鈔》。

《歐集》卷一四四《與韓忠獻王稚圭》其四（慶曆六年）：「某再拜啟。山州窮絶，比乏水泉。昨夏秋之初，偶得一泉於州城之西南豐山之谷中，水味甘冷。因愛其山勢回抱，構小亭於泉側……方惜此幽致，思得佳木美草植之，忽辱寵示芍藥十種，豈勝欣荷！山民雖陋，亦喜遨游。今春寒食，見州人靚裝盛服，但於城上巡行，便爲春游。自此得與郡人共樂，實出厚賜也。」

《歐集》卷一四九《與梅聖俞》其十六（慶曆七年）：「去年夏中，因飲滁水，甚甘，問之，有一土泉在城東百步許，遂往訪之。乃一山谷中，山勢一面高峰，三面竹嶺回抱，泉上舊有佳木一二十株，乃天生一好景也。遂引其泉爲石池，甚清甘，作亭其上，號『豐樂』，亭亦宏麗。」

吕本中《紫薇雜記》：「歐陽修謫守滁上，明年得醴泉于醉翁亭東南隅。一日，會僚屬於州廨。有以新茶獻者，公敕吏汲泉。未至，而汲者出水，且慮後期，遽酌他泉以進。公已知其非醴泉也，窮問之，乃得它泉于幽谷山下。」

書王元之畫像側

偶然來繼前賢迹，信矣皆如昔日言[一]。諸縣豐登少公事，一家飽暖荷君恩[二]。想公風采常如在[三]，顧我文章不足論。名姓已光青史上，壁間容貌任塵昏[四]。

【題解】

原輯《居士集》卷一一，繫慶曆六年。作於是年春，時知滁州。題下原注：「在瑯琊山。」王元之，名禹偁，濟州鉅野人。宋初古文家，出身農家，爲人剛直敢言，詩文多涉規諷，風格平易清麗。至道間官滁州知州，治滁寬簡，政清民安，滁人在瑯琊山立祠奉祀。《宋史》卷二九三有傳。王氏《今冬》詩有云：「況是豐年公事少，爲郎爲郡似閒人。」歐引爲同調。此詩頌揚王禹偁的爲人爲政，面對先賢畫像，表達敬重之情與效法之志，有臨風向往之意。將王氏原話化爲詩語，意境簡古淡雅，頗具跌宕摇曳之致，有似王禹偁詩風。

【注釋】

〔一〕「偶然」二句：我此番貶官滁州，纔信服王禹偁的話説得真準。前賢：前代才德傑出者，指王禹偁。

〔二〕「諸縣」二句：化用王禹偁《滁州謝上表》原話，即上句所云「昔日言」。篇末原注：「公貶滁州，《謝上表》云：『諸縣豐登，苦無公事。一家飽煖，共荷君恩。』」

〔三〕風采：風度，文采。

〔四〕「名姓」二句：王禹偁已是名垂史册，壁上的畫像即使布滿灰塵，也絲毫無損其光輝形象。青史：史籍。古以竹簡記事，故稱。

【附録】

此詩輯入宋吕祖謙《宋文鑑》卷二四、祝穆《古今事文類聚》别集卷二二、孫紹遠《聲畫集》卷一，又輯入明曹學佺《石倉歷代詩選》卷一四〇，又輯入清康熙《御定歷代題畫詩類》卷五四、管庭芬、蔣光煦《宋詩鈔補·歐陽文忠詩補鈔》。魏泰《東軒筆録》卷四：「王禹偁在太宗末年以事謫守滁州，到任謝表略曰：『諸縣豐登，苦無公事；一家飽煖，全荷君恩。』禹偁有遺愛，滁州懷之，畫其像於堂以祠焉。慶曆中，歐陽修責守滁州，觀禹偁遺像而作詩曰：『偶然來繼前賢跡，信矣皆如昔日言。諸縣豐登少公事，一家飽煖荷君恩。想公風采猶如在，顧我文章不足論。名姓已光青史上，壁間容貌任塵昏。』蓋用其表中語也。」按：又見阮閱《詩話總龜》前集卷一二、後集卷二五、黄徹《䂬溪詩話》卷九。

春日獨居

衆喧爭去逐春游，獨静誰知味最優〔一〕。雨霽日長花爛漫，春深睡美夢飄浮。常憂任重才難了，偶得身閑樂暫偷〔二〕。因此益知爲郡趣，乞州仍擬乞山州〔三〕。

【題　解】　原輯《居士外集》卷六，無繫年，列慶曆五年至八年詩間。作於慶曆六年春，時知滁州。此詩寫春日獨居，生活悠閒，對比昔日的公務繁忙，欣然領略到山區州郡長官的逍遥自在。語言質樸，情致深長，寄情山水之悠然心態，盎然可掬。仔細揣摩之，其閒適之樂中，似乎透見不平之氣。

【注釋】

〔一〕「衆喧」二句：春游時節大家爭鬧著外出踏青，哪知獨處幽靜方是最佳趣味。獨靜：唐寒山子《山居雜詩》：「巖前獨靜坐，圓月當天耀。」

〔二〕「常憂」二句：常常擔心自己肩負重任而難以稱職，偶爾忙裏偷閒尤覺快樂無比。

〔三〕「因此」二句：由此體味到山區小州的長官要比平原大郡輕鬆得多，日後任職還是要請調偏遠州郡。山州：多山的偏僻州郡。劉禹錫《送鴻舉師游江南》詩：「山州古寺好閒居，讀盡龍王宫裏書。」

啼鳥

窮山候至陽氣生，百物如與時節爭。官居荒涼草樹密，撩亂紅紫開繁英〔一〕。花深葉暗耀朝日，日暖衆鳥皆嚶鳴。鳥言我豈解爾意，綿蠻但愛聲可聽〔二〕。南窗睡多春正美，百舌未曉催天明。黄鸝顔色已可愛，舌端啞咤如嬌嬰。竹林静啼青竹笋，深處不見惟聞聲。陂田遶郭白水滿，戴勝穀穀催春耕。誰謂鳴鳩拙無用，雄雌各自知陰晴。雨聲蕭蕭泥滑滑，草深苔緑無人行。獨有花上提葫蘆，勸我沽酒花前傾。其餘百種各嘲哳，異鄉殊俗難知名〔三〕。我遭讒口身落此，每聞巧舌宜可憎〔四〕。春到山城苦寂寞，把盞常恨無娉婷〔五〕。

花開鳥語輒自醉，醉與花鳥爲交朋。花能嫣然顧我笑，鳥勸我飲非無情。身閒酒美惜光景，惟恐鳥散花飄零。可笑靈均楚澤畔，離騷憔悴愁獨醒〔六〕。

【題　解】

原輯《居士集》卷三，繫慶曆六年。作於是年春，時知滁州。此詩是作者的政治怨憤作，首八句以時令環境渲染氣氛，從僻遠之地的荒涼官署引出花繁鳥語，奠定全詩抑鬱悲涼的情感基調；次十六句描摹山地百舌、黄鸝、竹林、戴勝、班鳩、竹雞、提葫蘆等各種鳥啼聲，在寂寥無奈中寄情花鳥，從自然景物中尋求精神慰藉；末十二句乃全詩主旨所在，由鳥及人，轉入議論，抒寫在遭受誣陷打擊之後的無奈心境與曠達胸懷。梅堯臣《宛陵先生集》卷二七有《和歐陽永叔啼鳥十八韻》詩，朱東潤亦繫今年。詩人由山區宛轉動聽的啼鳥聯想起人間巧言佞色的小人，表達自守堅貞的生活熱情與高尚情操，宣洩受誣遭貶的孤寂與怨憤，以及歷經宦海風波後的困倦悵惘與隨緣自適。作者嘉祐四年再賦《啼鳥》詩，有云：「可憐枕上五更聽，不似滁州山裏聞。」可見其時過境遷之後的不同心緒。本詩詠物言志，移情入景，以鳥喻人，引譬類連，意蘊深婉。鳥語花笑的描寫，窮形極相，逆轉順佈，摇曳多姿，具有行雲流水的舒卷美。

【注　釋】

〔一〕「窮山」四句：春天來臨，萬物爭發，荒僻的滁州開滿野花。候至：節候時令到來，此指春天來臨。候，古代計時單位，五天爲一候，以百物生長變化證驗節候。陽氣：暖氣，生長之氣。《管子·形勢解》：「春者，陽氣始上，故萬物生。」

〔二〕嚶鳴：鳥鳴聲。《詩·小雅·伐木》：「嚶其鳴矣，求其友聲。」綿蠻：黄鳥的鳴叫聲。《詩·小雅·緜蠻》：「緜蠻黄鳥，止于丘阿。」

〔三〕「南窗」十六句：描摹山地各種鳥啼聲，曲折反映受誣遭貶的寂寥與無奈。百舌：鳥名。善鳴，其聲多變化。《淮南子·説山訓》：「人有多言者，猶百舌之聲。」高誘注：「百舌，鳥名，能易其舌效百鳥之聲，故曰百舌也。以喻人雖多言無益於事也。」即烏鶇，喙尖，毛色黑黄相雜，鳴聲圓滑。《禮記·月令》：「〔仲夏之月〕反舌無聲。」鄭玄注：「反舌，百舌鳥。」一曰畫眉鳥。啞吒：形容黄鸝的叫聲。竹林：鳥名，亦稱竹林鳥。蔡絛《西清詩話》：「崇寧間有貢士自同谷來，籠一鳥，大如雀，曰此竹林鳥也。」戴勝：鳥名。狀似雀，頭有冠，五色如方勝，故稱。有稱布穀鳥。《禮記·月令》：「〔季春之月〕鳲鳩拂其羽，戴勝降于桑。」《爾雅·釋鳥》：「戴鵀。」郭璞注：「鵀即頭上勝，今亦呼爲戴勝。」「誰渭」二句：誰説斑鳩是不會築巢的笨鳥，斑鳩無論公母都能預知陰晴。古諺有云：「天欲雨，鳩逐婦；天既雨，鳩呼婦。」參見《班班林間鳩寄内》注〔一〕。泥滑滑：鳥名，擬其鳴聲而名。亦稱竹雞。梅堯臣《竹雞詩》：「泥滑滑，苦竹岡；雨蕭蕭，馬上郎。」提葫蘆：鳥名，亦稱提壺鳥。梅堯臣《和歐陽永叔啼鳥十八韻》：「提壺相與來勸飲，戴勝亦助能勸耕。」嘲哳：形容鳥鳴聲嘈雜。梅堯臣《依韻和禁煙近事之什》：「小苑芳菲花鬭蕊，華堂嘲哳燕爭窠。」

〔四〕讒口：説壞話的人，讒人。《詩·小雅·十月之交》：「無罪無辜，讒口囂囂。」此指錢明逸之流「張甥案」誣陷事，雖終獲辨明，詩人仍被貶官滁州。　巧舌：花言巧語。盧仝詩《感古》其二：「蒼蠅點垂棘，巧舌成錦綺。」

〔五〕娉婷：姿態美好貌，此處代指歌伎。漢辛延年《羽林郎》詩：「不意金吾子，娉婷過我廬。」

〔六〕「可笑」二句：笑屈原的自尋煩惱，表述自己的曠達自適。看似豁達，主張及時行樂，實出於無奈，蘊含愁苦憤慨之情。　靈均：屈原。《楚辭·離騷》：「名余曰正則兮，字余曰靈均。」　離騷：本爲屈原長詩名，此指遭遇憂患之意。《史記·屈原賈生列傳》：「離騷者，猶離憂也……屈平之作《離騷》，蓋自怨生也。」　愁獨醒：《楚辭·漁父》：「屈原既放，游于江潭，行吟澤畔，顔色憔悴，形容枯槁，漁父見而問之曰：『子非三閭大夫與？何故至於斯？』屈原曰：『舉世皆濁我獨清，衆人皆醉我獨醒。』」

【附録】

此詩輯入明曹學佺《石倉歷代詩選》卷一四〇，又輯入清康熙《御選宋金元明四朝詩·御選宋詩》卷二五、吴之振《宋詩鈔》卷一一，又輯入高步瀛《唐宋詩舉要》卷三。

葛立方《韻語陽秋》卷一六：「人之悲喜，雖本於心，然亦生於境。心無繫累，則對境不變，悲喜何從而入乎？淵明見林木交蔭，禽鳥變聲，則歡然有喜，人以爲達道。余謂尚未免著於境者。歐陽永叔先在滁陽，有《啼鳥》一篇，意謂緣巧舌之人謫官，而今反愛其聲。後考試崇政殿，又有《啼鳥》一篇，似反滁陽之詠，其曰：『提胡蘆，不用沽美酒，宫壺日賜新撥醅，老病足以扶衰朽。』『百舌子，莫道泥滑滑，宫花正好愁雨來，暖日方催花亂發。』末章云：『可憐枕上五更聽，不似滁州山裏聞。』蓋心有中外枯菀之不同，則對境之際，悲喜隨之爾。啼鳥之聲，夫豈有二哉？」

方東樹《昭昧詹言》卷一二評曰：「直叙逐寫。『我遭』以下入議。」

高步瀛《唐宋詩舉要》卷三評曰：「是年永叔在滁州，詩中『我遭讒口』云云，所以發其不平也。」

寄題宜城縣射亭

作邑三年事事勤，宜城風物自君新〔一〕。已能爲政留遺愛，何必栽花遺後人〔二〕。藹若芝蘭芳可襲，温如金玉粹而純〔三〕。友朋欣慕自如此，何況斯民父母親。

【題　解】

原輯《居士集》卷一一，繫慶曆六年。作於是年春，時知滁州。宜城，宋代縣名，屬山南東道襄州，治所在今湖北宜城。射亭，古人爲習射而建的亭子。《宋史·嘉禮五》：「鄉飲酒前一日，本州於射亭東西序，量地之宜，設提舉學事諸監司、知州、通判、州學教授、應赴鄉飲酒官貢士幕次，本州兵馬教諭備弓矢應用物，設樂。其日初筵，提舉學事、知州軍、通判帥應赴鄉飲酒官貢士詣射亭，執弓矢，揖人射，乘矢若中，則守帖者舉獲唱獲，執算者以算，投壺畢，多算勝少算。射畢，贊者贊揖，酬酢如儀畢，揖退飲，如鄉飲酒。」此宜城縣令及射亭，當與木渠修繕有關。洪本健《歐陽修詩文集校箋》疑此宜城縣令爲連庠，恐非。《宋詩紀事》卷一六言慶曆二年連庠登進士第，尹洙《河南集》卷五《送光化縣尉連庠一首》稱「連君君子人也，其仕五歲矣」。則連庠本年尚在光化縣尉任，歐陽修慶曆八年閏正月所作《連處士墓表》亦云：「處士諱舜賓，字輔之……其二子教以學者，後皆舉進士及第。今庶爲壽春令，庠爲宜城令。」連庠當繼本詩所頌者出任宜城令。詩歌讚頌宜城知縣勤政愛民，表現作者的親民仁政思想。對仗工巧，意趣新穎。平易裏見奇崛，明靜中顯深沉。

【注釋】

〔一〕「作邑」二句：知縣三年勤於爲政，宜城面貌焕然一新。作邑：即作宰。王勃《滕王閣序》：「家君作宰，路出名區。」

〔二〕遺愛：留於後世而被人追懷的德行、恩惠、貢獻等。陶潛《影答形》詩：「立善有遺愛，胡可不自竭。」栽花：晉潘岳爲河陽縣令，滿縣栽桃花。葉庭珪《海録碎事》卷一二《河陽一縣花》：「潘岳爲河陽令，種桃李花，人號曰：『河陽一縣花』。」

〔三〕「藹若」二句：稱頌宜城縣令爲人可親，德行高潔，像黄金白玉一樣純粹無瑕。芝蘭：《孔子家語》：「與善人居，如入芝蘭之室。」温如金玉：《詩·秦風·小戎》：「言念君子，温其如玉。」

瑯琊山六題

歸雲洞〔一〕

洞門常自起煙霞，洞穴傍穿透谿谷。朝看石上片雲陰，夜半山前春雨足。

瑯琊谿〔二〕

空山雪消谿水漲，游客渡谿横古槎。不知谿源來遠近〔三〕，但見流出山中花。

石屏路〔四〕

石屏自倚浮雲外，石路久無人跡行。我來携酒醉其下，卧看千峰秋月明。

班春亭〔五〕

信馬尋春踏雪泥，醉中山水弄清輝〔六〕。野僧不用相迎送〔七〕，乘興閑來興盡歸。

庶子泉〔八〕

庶子遺蹤留此地，寒嵓徙倚弄飛泉〔九〕。古人不見心可見，一片清光長皎然〔一〇〕。

惠覺方丈〔一一〕

青松行盡到山門，亂峰深處開方丈〔一二〕。已能宴坐老山中〔一三〕，何用聲名傳海上。

【題解】

原輯《居士集》卷三，繫慶曆七年，誤。作於慶曆六年，時知滁州，四時先後成篇。題下原注：「一本作《山中六題》，注云：『瑯琊山中。』」瑯琊山，參見本書《游瑯琊山》題解。《大清一統志》卷九〇《滁州》：「瑯琊山在州西南十里。李吉甫《元和郡縣志》：『晉瑯琊王伷出滁中，即此地。』樂史

《太平寰宇記》：『東晉元帝爲瑯琊王，避地此山，因名之。』歐陽修《記》：『西南諸峰，林壑尤美，望之蔚然而深秀者，瑯琊也。』〔二〕歐書簡《與梅聖俞》其十五（慶曆六年）有云：「《游山六詠》等，即欲更立一石，不惜早見寄也。」其十八（慶曆六年）又云「得聖俞所寄《六詠》及《桐花》、《啼鳥》等詩」。梅堯臣《宛陵先生集》卷二六《和永叔瑯琊山六詠》即和此詩，《曾鞏集》卷二《奉和滁州九詠九首并序》詩，所和者除此六詩外，還有《石篆詩》、《游瑯琊山》和《幽谷晚飲》。組詩描寫瑯琊山水名勝，表達對大自然的喜愛，對悠閒生活的追慕。作者歸雲洞口觀煙霞，瑯琊溪中橫古槎，石屏路下看秋月，班春亭邊醉山水，庶子泉前尋遺跡，瑯琊寺里訪高僧，與其説是寫名勝，不如視爲表心懷。詩人身處逆境和面對苦難的平常心態，導引宋代士大夫的理想人格追求，亦導引宋代文壇平易風格的形成。語言質樸，詩風清拔，借景抒懷，天趣盎然。

【注　釋】

〔一〕歸雲洞：清熊祖詒《滁州志》：「歸雲洞在瑯琊山清風亭西，内有杜符卿紀游題名及贈僧上詮詩磨崖。洞門『歸雲』二字。」《明一統志》卷一八《滁州》亦云：「歸雲洞，在瑯琊山。梅堯臣詩：『雲收雨歇草樹濕，澗下流水空潺潺。』」

〔二〕瑯琊谿：在歸雲洞下方。《明一統志》卷一八《滁州》：「瑯琊溪，在瑯琊山源，出兩峰之間。」

〔三〕不知谿源：化用陶潛《桃花源記》「緣溪行，忘路之遠近」句意。

〔四〕石屏路：瑯琊寺後山高處的一條山路，路旁有石如屏，故名。

〔五〕班春亭：原位于無梁殿下，已廢。《明一統志》卷一八《滁州》：「班春亭，在州境。梅堯臣詩：『使君固自足風味，時傍青山去問農。』」

〔六〕「山水」句：化用謝靈運《石壁精舍還湖中作》詩句「山水含清暉」。

〔七〕野僧：山寺和尚。

〔八〕庶子泉：原在瑯琊山寺僧堂前，爲唐大曆中刺史李幼卿所開，書法家李陽冰《庶子泉銘》。李幼卿以右庶子領滁州，泉以此得名。宋時，該泉已夷爲平地，有僧起屋其上，僅存一井。歐《李陽冰庶子泉銘跋》言及此事。參見本書《石篆詩》注〔一〕及「附録」。

〔九〕徙倚：猶徘徊、逡巡。《楚辭·遠游》：「步徙倚而遥思兮，怊惝怳而乖懷。」王逸注：「彷徨東西，意愁憒也。」

〔一〇〕「古人」二句：古人李幼卿雖已没，其心地卻像泉水般的清澈。

〔一一〕惠覺：瑯琊寺（一名開化寺）住持惠覺。據蘇頌《東山長老語録序》：「宣城太守史館刁公景純，始辟東山寶惠佛寺爲禪居，疏召海惠師居實以主之，徇衆欲也。師東陽右姓，雙林淨徒，少游諸方，徧參知識，最後得法于瑯琊惠覺禪師。」

〔一二〕方丈：本指寺院住持，此指寺院。

〔一三〕宴坐：佛教指坐禪。《維摩詰所説經·弟子品》：「夫宴坐者，不於三界現身意，是爲宴坐。」

【附録】

組詩中的《石屏路》輯入明李蓘《宋藝圃集》卷九。《班春亭》輯入明李蓘《宋藝圃集》卷九，又輯入清康熙《御選宋金元明四朝詩·御選宋詩》卷六五。

送章生東歸

窮山荒僻人罕顧，子以一身千里來。問子之勤何所欲？自慚報子無瓊瑰〔一〕。非徒多難學久廢，世事漸懶由心衰〔二〕。吴興先生富道德，侁侁弟子皆賢材〔三〕。鄉閭禮讓已成俗，餘風漸被來江淮〔四〕。子年方少力可勉，往與夫子爲顔回〔五〕。

【題解】

原輯《居士集》卷二，繫慶曆六年。作於是年春夏間，時知滁州。章生，名字與生平不詳。據詩中「吴興先生富道德，侁侁弟子皆賢材」、「子年方少力可勉，往與夫子爲顔回」句意，章生當爲胡瑗門人，自吴興來滁州求教。東歸時，歐贈此詩勉勵之。詩人以孔子喻胡瑗，以顔回喻章生，高度肯定湖州之學。叙議雜出，情理相融。有如行雲流水，氣韻酣暢貫通。

【注釋】

〔一〕瓊瑰：次於玉的美石，喻美好的詩文。《詩·秦風·渭陽》：「何以贈之，瓊瑰玉佩。」毛傳：「瓊瑰，石而次玉。」

〔二〕「非徒」二句：不僅因爲身世坎坷學業荒廢，而且由於心志衰退懶於世事。

〔三〕吴興先生：即胡瑗，字翼之，世稱安定先生，泰州如皋人。教授湖州有法，慶曆時興太學，取其法。皇祐中任國子監直講，嘉祐初以天章閣侍講主持太學。居太學日久，弟子甚衆，禮部所得士，其弟子十居四五。《宋史》卷四三二有傳。侁侁：形容衆多。杜甫《題衡山縣文宣王廟新學堂》：「侁侁胄子行，若舞風雩至。」仇兆鼇注：「侁侁，衆多貌。」歐《胡先生墓表》：「先生之徒最盛，其在湖州之學，弟子去來常數百人。」

〔四〕「鄉閭」二句：在吴興先生的教化下，當地禮讓成風，附近的江淮之地也受到薰染。歐《胡先生墓表》：「其教學之法最備，行之數年，東南之士莫不以仁義禮樂爲學。慶曆四年，天子開天章閣，與大臣講天下事，始慨然詔州縣皆立學。於是建太學於京師，而有司請下湖州，取先生之法以爲太學法，至今爲著令。」

〔五〕「子年」二句：勉勵章生勤奮爲學，以顔回爲榜樣，弘揚胡瑗的道德文章。夫子：即孔子，相傳孔子非常欣賞他的弟子顔回。《論語·雍也》：「子曰：『賢哉，回也！一簞食，一瓢飲，在陋巷，人不堪其憂，回也不改其樂。賢哉，回也！』」詩人以胡瑗與章生之關係，喻爲孔子與顔回之關係。《史記·仲尼弟子列傳》：「顔回者，魯人也，字子淵，少孔子三十歲。」

會峰亭

山勢百里見，新亭壓其巔〔一〕。群峰漸靡迤，高下相綿聯。下窺疑無地，杳藹但蒼煙〔二〕。是時新雨餘，衆壑鳴春泉。林籟靜更響，山光晚逾鮮〔三〕。嵓花爲誰開，春去夏猶妍。野鳥窺我醉，谿雲留我眠〔四〕。日暮山風來，吹我還醒然。醉醒各任物，雲鳥徒留連〔五〕。

【題　解】

原輯《居士外集》卷四，無繫年，列至和二年詩後，誤。當作於慶曆六年夏，時知滁州。《輿地紀勝》卷四二載滁州有名勝會峰亭，可知此詩作於滁州。詩中「野鳥」、「日暮」等句意，與《題滁州醉翁亭》末段意思相同，亦可證爲同時之作。詩歌借詠會峰亭景觀，表現詩人以順處逆、會心適意的平常心態。叙寫俐落簡勁頗似韓愈，命意明靜深雋有類香山。

【注　釋】

〔一〕「山勢」二句：百里以外就能見到高山的雄姿，而座落山頂的就是會峰亭。

〔二〕「群峰」四句：亭中憑欄，居高臨下之景觀。靡迤：綿長貌，連續不絶貌。張衡《西京賦》：「高陵平原，據渭踞涇，澶漫靡迤，作鎮於近。」無地：《文選·王中〈頭陀寺碑文〉》：「飛閣逶迤，下臨無地。」張銑注：「言閣高下臨，見地若無也。」杳藹：雲霧飄緲貌。唐韓翃《題薦福寺衡岳暕師房》詩：「晚送門人出，鐘聲杳靄間。」

〔三〕「是時」四句：雨後的傍晚，谷中泉鳴，山光鮮豔。

〔四〕「嵓花」四句：夏日巖花盛開，雲鳥爲伴。

〔五〕「日暮」四句：詩人放浪山水，或醉或醒，任性所致，野鳥、溪雲爲自己徘徊留連，又何曾理解我的心懷。

【附録】

此詩輯入明曹學佺《石倉歷代詩選》卷一四〇，又輯入清康熙《御選宋金元明四朝詩·御選宋詩》卷一一、管庭芬、蔣光煦《宋詩鈔補·歐陽文忠詩補鈔》。

宋長白《柳亭詩話》卷三〇：「《會峰亭》結語四句，全同白香山《閒居》詩：『深閉竹間扉，靜掃松下地。獨嘯晚風前，何人知此意。』二公胸次，固非寒瘦者可比。」

晚步緑陰園遂登凝翠亭

餘春去已遠，緑水涵新塘。漸愛樹陰密，初迎蕙風涼〔一〕。高亭可四望，繞郭青山長〔二〕。野色晚更好，嵐曛共微茫〔三〕。幽懷不可寫，雅詠同誰觴〔四〕。明月如慰我，開軒送清光〔五〕。

【題　解】

原輯《居士外集》卷四，無繫年，列至和、嘉祐詩間，誤。當作於慶曆六年夏，時知滁州。《輿地紀勝》卷四二載滁州有名勝「凝翠亭」，知此詩作於滁州。今年秋，作者又有《秋晚凝翠亭》詩。詩人描寫傍晚凝翠亭的清幽景色，流露孤獨沉悶、幽微失意的情懷，表明他在寄情山水的同時，未曾忘懷世事，未曾放棄兼濟天下的責任。借景抒懷，情景相融，閒澹清雅，有類韋應物詩風。

【注　釋】

〔一〕蕙風：南風。

〔二〕「高亭」二句：站在凝翠亭上極目四望，城郭周圍的青山連綿不斷。

〔三〕嵐曛：傍晚的山中霧氣。曛，黄昏，傍晚。

〔四〕「幽懷」二句：我的内心情感難以抒寫，亦没人同我一道飲酒賦詩。幽懷：隱藏在内心的情感。唐皇甫枚《三水小牘·步飛煙》：「兼題短葉，用寄幽懷。」雅詠：謂風雅吟詩。《晉書·隱逸傳·陶潛》：「未嘗有喜愠之色，惟遇酒則飲，時或無酒，亦雅詠不輟。」

〔五〕「明月」二句：明月從窗户中送來縷縷清輝，算是對我的深情慰藉。表現詩人孤獨沉悶的心緒。

【附録】

此詩輯入明曹學佺《石倉歷代詩選》卷一四〇，又輯入清管庭芬、蔣光煦《宋詩鈔補·歐陽文忠詩補鈔》。

劉壎《隱居通議》卷七：「歐陽文忠公修，鴻文碩學，宗工大儒，所謂『文起八代之衰，道濟天下之溺』者，固不以詩名。人亦不敢以詩人目之，而公亦不以詩自名也。學者每恨公詩平易淺近，少鍛煉之工，不得與少陵、山谷爭雄。予獨以爲不然。公之所作，實備衆體，有甚似韋蘇州者，有甚似杜少陵者，有甚似選體者，有甚似王建、李賀者，有富麗者，有奇縱者，有清俊者，有雄健蒼勁者，有平淡純雅者。試摘其古體數篇，與韋酷似，而世或未之知也……《晚步緑陰園》……不似蘇州乎？」

讀徂徠集

徂徠魯東山，石子居山阿〔一〕。魯人之所瞻，子與山嵯峨。今子其死矣，東山復誰過。精魄已埋没，文章豈能磨！壽命雖不長，所得固已多〔二〕。舊稿偶自録，滄溟之一蠡。其餘誰付與，散失存幾何！存之警後世，古鑑照妖魔〔三〕。子生誠多難，憂患靡不罹〔四〕。宦學三十年，六經老研摩。問胡所專心？仁義丘與軻。揚雄韓愈氏，此外豈知他。尤勇攻佛老，奮筆如揮戈。不量敵衆寡，膽大身麽麽〔五〕。往年遭母喪，泣血走岷峨。垢面跣雙足，鋤犂事田坡。至今鄉里化，孝悌勤蠶禾〔六〕。昨者來太學，青衫踏朝靴。陳詩頌聖德，厥聲續猗那。羔雁聘黄晞，晞驚走鄰家。施爲可怪駭，世俗安委蛇。謗口由此起，中之若飛梭〔七〕。上賴天子明，不掛網者羅〔八〕。憶在太學年，大雪如翻波。生徒日盈門，飢坐列雁鵝。絃誦聒鄰里，唐虞賡詠歌。常續最高第，騫游各名科。豈止學者師，謂宜國之皤〔九〕。夭壽反仁鄙，誰尸此偏頗。不知詼詼者，又忍加詆訶〔一〇〕。聖賢要久遠，毁譽暫喧嘩。生爲舉世疾，死也魯人嗟〔一一〕。作詩遺魯社，祠子以爲歌〔一二〕。

【題　解】

原輯《居士集》卷三，繫慶曆六年。作於是年夏，時知滁州。《徂徠集》，即石介文集。石介生平，參見本書《讀張、李二生文，贈石先生》題解。石介以積極支持慶曆新政，創作《慶曆聖德頌》，得罪守舊大臣，成爲守舊派衆矢之的。死後政敵也不放過他，散布流言，稱其潛入契丹，勾結外敵，陰謀傾覆宋廷。謡諑盛傳的日子裏，歐在油燈下展讀《徂徠石先生集》，深受石介的忠勇正氣感染，奮筆賦寫此詩。詩歌回憶石介衛道興教的生平事蹟，哀悼其英年早逝，極力推崇其尊儒學、黜佛老的歷史功績。詩法韓愈，叙事議理，氣勢淩厲。一唱三歎，顯示以情韻見長的特色。

【注　釋】

〔一〕徂徠：山名，在山東泰安東南。《詩·魯頌·閟宫》：「徂來之松，新甫之柏。是斷是度，是尋是尺。」石子：石介。歐《徂徠石先生墓誌銘》：「徂徠先生姓石氏，名介，字守道，兖州奉符人也。徂徠，魯東山，而先生非隱者也，其仕嘗位於朝矣，魯之人不稱其官而稱其德，以爲徂徠魯之望，先生魯人之所尊，故因其所居山以配其有德之稱，曰徂徠先生者，魯人之志也。」

〔二〕「今子」六句：石介雖死，文章精神長存；享年雖短，所得實在太多。歐《徂徠石先生墓誌銘》：「（石介）以慶曆五年七月某日卒於家，享年四十有一。」

〔三〕「舊稿」六句：石介文章僅存《徂徠集》二十卷，《唐鑑》五卷、《三朝聖政録》僅存序言，《文獻通考・經籍考》著録《易解》五卷、《宋史・藝文志》著録《易口義》十卷均佚失。　滄溟之一蠡：石介留存的文章太少，相比其平生寫作，猶如滄海一粟。　古鑑照妖魔：石氏文章象古鏡一樣，讓一切奸佞鬼怪無從遁形。　唐王度《古鏡記》，記載古鏡降魔故事。

〔四〕靡不罹：没有不遭受的。　石介死後猶受迫害。《長編》卷一五七：「（慶曆五年十一月）辛卯，詔提點京東路刑獄司體量太子中允、直集賢院石介存亡以聞。先是，介受命通判濮州，歸其家待次，是歲七月，病卒。夏竦銜介甚，且欲傾富弼，會徐州狂人孔直温謀叛，搜其家，得介書，竦因言：介寔不死，弼陰使入契丹謀起兵，弼爲内應。執政入其言，故有是命。仍羈管介妻子于它州。」

〔五〕「宦學」十句：石介窮且益堅，精心研治仁義之説，弘揚儒學，討伐佛老。　六經：《詩》、《書》、《禮》、《樂》、《易》、《春秋》六部儒家經典。　丘與軻：孔丘與孟軻作爲儒家祖師，其核心學説是提倡仁義。歐《徂徠石先生墓誌銘》：「其爲言曰：『學者，學爲仁義也。惟忠能忘其身，信篤于自信者，乃可以力行也。』以是行於己，亦以是教於人，所謂堯、舜、禹、湯、文、武、周公、孔子、孟軻、揚雄、韓愈氏者，未嘗一日不誦於口。」　揚雄韓愈氏：石介《上孫少傅書》：「孟軻、荀卿、揚雄、文中子、吏部，能得聖人之道。」　攻佛老：石介對佛老學説大加鞭笞，撰寫《怪説》等文章，貶斥佛老異端，不遺餘力地維護儒家正統。《宋史・石介傳》：「介爲文有氣，嘗患文章之弊，佛、老爲蠹，著《怪説》、《中國論》，言去此三者，乃可以有爲。」　「不量」二句：

石氏地位卑下，膽勇過人。《徂徠石先生墓誌銘》：「先生貌厚而氣完，學篤而志大。雖在畎畝，不忘天下之憂。以爲時無不可爲，爲之無不至。不在其位則行其言，吾言用，功利施於天下，不必出乎己；吾言不用，雖獲禍咎，至死而不悔。其遇事發憤，作爲文章極陳古今治亂成敗，以指切當世。賢愚善惡，是是非非，無所諱忌。世俗頗駭其言，由是謗議喧然，而小人尤嫉惡之，相與出力，必欲擠之死。先生安然，不惑不變。曰：『吾道固如是，吾勇過孟軻矣。』」麼麼：細小。此指石介地位卑下。

〔六〕「往年」六句：石介孝于家母，勤于耕作。《宋史·石介傳》：「丁父母憂，耕徂徠山下，葬五世未葬者七十喪。以《周易》教授于家，魯人號介爲徂徠先生。」岷峨：特指峨眉山。以其在岷山之南，故稱。「往年」二句：石介通判四川嘉州時，聞母去世，千里奔喪。歐《徂徠石先生墓誌銘并序》：「代其父官于蜀，爲嘉州軍事判官，丁内外艱，去官，垢面跣足。」跣：赤脚，光著脚。

〔七〕「昨者」十句：回憶石介昔日爲官京城時，作詩歌頌慶曆聖德，維護儒家道統，結果被人引以爲怪，遭致中傷和譭謗。陳詩頌聖德：石介作《慶曆聖德頌》。《宋史·石介傳》：「會吕夷簡罷相，夏竦既除樞密使，復奪之，以衍代。章得象、晏殊、賈昌朝、范仲淹、富弼及琦同時執政，歐陽修、余靖、王素、蔡襄並爲諫官，介喜曰：『此盛事也，歌頌吾職，其可已乎。』作《慶曆聖德詩》……詩所稱多一時名臣，其言大奸，蓋斥竦也。詩且出，孫復曰：『子禍始於此矣。』」猗那：《詩・商頌・那》是殷商的後代宋國祭祀商朝的建立者成湯的樂歌。首句是「猗與那與」，後以「猗那」代指祭祀祖先的頌歌。《宋史・禮志十一》：「方作猗那之頌，永嚴昭穆之容。」羔雁：羔羊和大雁，用爲卿、大夫的贄禮。此處借指宴請黄晞爲學官的禮物。　黄晞：司馬光《涑水記聞》卷一〇：「黄晞，閩人，好讀書，客游京師，數十年不歸。家貧，謁索以爲生，衣不蔽體，得錢輒買書，所費殆數百緡，自號『聱隅子』。石守道爲直講，聞其名，使諸生如古禮，執羔雁束帛，就里中聘之，以補學職，晞固辭不就。故歐陽永叔哭《徂徠先生》詩云『羔鴈聘黄晞，晞驚走鄰家』是也。著書甚多。至和中，或薦於朝，除試太學助教月餘，未及具緑袍，遇疾暴卒。一子甚愚魯，所聚及自著書，皆散無存者。」《宋史・黄晞傳》：「石介在太學，遣諸生以禮聘召。晞走匿鄰家不出。」　委蛇：隨順、順應貌。「謗口」二句：歐《徂徠石先生墓誌銘》：「以指切當世，賢愚善惡，是是非非，無所諱忌。世俗頗駭其言，由是謗議喧然，而小人尤嫉惡之，相與出力必擠之死。」

〔八〕「上賴」二句：石介受人譭謗，但皇帝寬容，没有治罪，死後亦免於開棺。《東都事略》卷一一三《石介傳》：「介既卒，夏竦欲以奇禍中傷富弼，指介以起事，謂其詐死而北走契丹矣，請發棺。仁宗察其誣，得不發。」

〔九〕「憶在」十句：回憶石介在太學時，生徒盈門，歌詠太平盛世，是太學良師和朝廷重臣。　飢坐列雁鵝：學生雖飢餓，仍像雁鵝一樣端坐聽講。　絃誦：本指依琴聲而頌。後喻指禮樂教化。唐虞：唐堯與虞舜的並稱。亦指堯與舜的時代，古人以爲太平盛世。《論語・泰伯》：「唐虞之際，於斯爲盛。」賡詠歌：互相酬唱以歌詠盛世。常續最高第：石介弟子李常和張續，科舉登高第。可參見本書《讀張、李二生文，贈石先生》題解。騫游各名科：石介培養了類似子騫、子游的各種人才。孔門四科有德行、言語、政事、文學。孔子學生閔損字子騫、言偃字子游，分別以德行、文學著稱。國之皤：國家耆英、元老。

〔一○〕「夭壽」四句：仁義者短命，鄙俗者反而長壽，誰在主此不公道！更想不到石介死後還受人誣陷。此偏頗：偏向一方，不公平，不公正。《尚書・洪範》：「無偏無陂，遵王之義。」孔傳：「偏，不正；陂，不平。」諓諓者：喋喋不休地説壞話的人，指夏竦等。

〔一一〕「聖賢」四句：石介生前爲人所痛恨，死後爲魯人所惋惜。毀譽喧囂祇是暫時的，而作爲聖賢將要久遠流傳人世間。

〔一二〕魯社：石介故鄉魯地。祠子：祭祀你。祠，祭奠。《書・伊訓》：「伊尹祠于先王。」陸德明釋文：「祠，祭也。」

【附録】

此詩輯入宋呂祖謙《宋文鑑》卷一五，又輯入清吳之振《宋詩鈔》卷一一、陳焯《宋元詩會》卷一○。

大熱二首

其一

四時成萬物，寒暑迭鈞陶〔一〕。壯陽當用事，大夏蒸炎歊〔二〕。造化本無情，怨咨徒爾勞〔三〕。身微天地闊，四顧無由逃。九門閶闔開〔四〕，萬仞崑崙高。積雪寒凜凜，清風吹寥寥〔五〕。嗟我雖欲往，而身無羽毛〔六〕。

其二

陽暉爍四野，萬里纖雲收。羲和困路遠〔七〕，正午當空留。枝條不動影，草木皆含愁。深林虎不嘯，卧喘如吴牛〔八〕。蜩蟬一何微，嗟爾徒啾啾〔九〕。

【題解】原輯《居士集》卷三，繫慶曆六年。作於是年盛夏，時知滁州。據張《曆日天象》，本年六月十一日庚申「大暑」。歐書簡《與梅聖俞》其十八（慶曆六年）有云：「自谷正去後，更不曾上狀。蓋以經夏大暑。」此二詩形象描摹盛夏酷暑，極力誇張天氣炎熱。「其一」着重表達大熱難逃，「其二」主要渲染大熱難受。叙事狀物，以韓爲法，語言疏曠，意象新奇，氣勢流轉而淩厲。

【注釋】

〔一〕「四時」二句：春、夏、秋、冬四季孕育世間萬物，夏暑冬寒就像製陶器的轉輪一樣循環往復。鈞陶：轉動鈞製造陶器。

〔二〕壯陽：古代陰陽五行説認爲春、夏主陽，秋、冬主陰，陽氣至夏季最强盛，故云。炎歊：即炎熇，暑熱。歐《憎蚊》詩：「荒城繁草樹，旱氣飛炎熇。」

〔三〕「怨咨」句：怨恨嗟歎也是白費心力。怨咨：《尚書·君牙》：「夏暑雨，小民惟曰怨咨。」孔穎達疏：「怨恨而咨嗟」。

〔四〕九門：九天之門。閶闔：傳説中的天門。《楚辭·離騷》：「吾令帝閽開關兮，倚閶闔而望予。」王逸注：「閶闔，天門也。」

〔五〕寥寥：雄勁，清越。唐司空圖《二十四詩品·雄渾》：「荒荒油雲，寥寥長風。」

〔六〕「嗟我」二句：我雖然嚮往崑崙山那塊清涼地，可是没有翅膀去不成。

〔七〕羲和：古代神話傳説中駕御日車的神，借指太陽。《楚辭·離騷》：「吾令羲和弭節兮，望崦嵫而勿迫。」王逸注：「羲和，日御也。」

〔八〕吴牛：喻酷熱難受。《世説新語·言語》：「滿奮畏風。在晉武帝坐，北窗作琉璃屏，實密似疏，奮有難色。帝笑之，奮答曰：『臣猶吴牛，見月而喘。』」劉孝標注：「今之水牛唯生江淮間，故謂之吴牛也。南土多暑而此牛畏熱，見月疑是日，所以見月則喘。」

〔九〕「蜩蟬」二句：自己像蟬蟲一樣渺小，酷熱中秖能空自仰天哀鳴。蜩蟬：即蟬。蘇轍《柳湖感物》詩：「根如卧虵身合抱，仰視不見蜩蟬喧。」

【附録】

二詩輯入明李蓘《宋藝圃集》卷九。

百子坑賽龍

嗟龍之智誰可拘，出入變化何須臾〔一〕。壇平樹古潭水黑，沉沉影響疑有無〔二〕。四山雲霧忽晝合，瞥起直上拏空虚〔三〕。黿魚帶去半空落，雷輷電走先後驅〔四〕。傾崖倒澗聊一戲，頃刻萬物皆涵濡〔五〕。青天却掃萬里靜，但見緑野如雲敷〔六〕。明朝老農拜潭側，鼓聲坎坎鳴山隅〔七〕。野巫醉飽廟門闔，狼藉烏鳥爭殘餘〔八〕。

【題解】

原輯《居士集》卷三，繫慶曆六年。作於是年夏，時知滁州。是夏滁州大熱天旱，可參見上詩題解。百子坑，即柏子坑，滁州城西湖泊。《明一統志》卷一八《滁州》：「柏子潭，在州城西南三里。潭西北隅，水深莫測，有龍出没其中，祈雨輒應。」賽龍，滁州官民祈雨時的一種娱樂活動。詩歌渲染賽龍靈驗，首四句描寫祭龍求雨前百子坑的平静場面；次八句展示神龍騰挪變化，游戲天地之間而降大雨，嗣後雨過天晴的景象；末四句想像雨後百姓歡天喜地以及野巫醉酒、野鳥飽餐的情景。詩意縱横跳宕，一氣盤旋而下，極其瀏亮，展現一幅極具地方特色的風俗畫卷。此類題材唐詩很少攝入，它開啓宋人以俗爲雅、以俗爲美的新時尚。

【注釋】

〔一〕出入變化：《管子·水地》：「龍生於水，被五色而游，故神。欲小則化如蠶蠋，欲大則藏於天下，欲尚則凌於雲氣，欲下則入於深泉。變化無日，上下無時，謂之神。」

〔二〕「壇平」二句：神龍在漆黑的古潭裏深藏不露，令人懷疑其究竟有無。影響：影子和回聲。

〔三〕瞥起直上：轉眼之間，烏雲騰空而起。挐空虚：猶言淩雲。空虚，指雲天。

〔四〕輷：通「轟」。形容雷鳴鉅響。先後驅：雷鳴電閃，爭先恐後，仿佛在龍前後驅馳。

〔五〕「傾崖」二句：神龍秖要偶爾顯示一下自己的神通，頃刻之間就普降甘霖，萬物得以滋潤。

涵濡：滋潤，沉浸。元結《大唐中興頌》：「蠲除祆災，瑞慶大來，凶徒逆儔，涵濡天休。」

〔六〕雲敷：宋孔武仲《芻車吟》：「卻思當年在江湖，緑陰冉冉如雲敷，百馬嘶齕皆自如。」敷，鋪展。

〔七〕坎坎：形容鼓聲。　山隅：山角。司馬相如《美人賦》：「防火水中，避溺山隅。」

〔八〕「野巫」二句：祭拜神龍之後，酒宴醉飽後的狼藉場面。野巫：鄉間巫師。

【附録】

此詩輯入清康熙《淵鑑類函》卷四三八、吴之振《宋詩鈔》卷一一。

范大士《歷代詩發》卷二三評曰：「摹寫神龍，無過數筆。」

宋濂《游瑯琊山記》：「居人指云：『山下有幽谷，地形低窪，四面皆山，其中有紫微泉，宋歐陽公修所發。泉上十餘步，即豐樂亭。直豐樂之東，數百步至山椒，即醒心亭。由亭曲轉而西，入天寧寺，今皆廢，惟涼煙白草而已。』濂聞其語，爲悵然者久之。山東南有柏子潭，潭在深谷底，延袤畝餘，色正深黑，即歐陽公賽龍處，上有五龍君祠。」

憎蚊

擾擾萬類殊，可憎非一族。甚哉蚊之微，豈足污簡牘〔一〕。乾坤量廣大，善惡皆含育。荒茫三五前，民物交相黷〔二〕。禹鼎象神姦，蛟龍遠潛伏。周公驅猛獸，人始居川陸。爾來千百年，天地得清肅〔三〕。大患已云除，細微遺不録。蠅虻蚤虱蟣，蜂蠍蚖蛇蝮。惟爾於其間，有形纔一粟。雖微無奈衆，惟小難防毒〔四〕。嘗聞高郵間，猛虎死淩辱。哀哉露筋女，萬古讎不復〔五〕。水鄉自宜爾，可怪窮邊俗。晨飧下帷幬，盛暑泥駒犢〔六〕。我來守窮山，地氣尤卑溽。官閑懶所便，惟睡宜偏足。難堪爾類多，枕席厭緣撲。熏簷苦煙埃，燎壁疲照燭〔七〕。荒城繁草樹，旱氣飛炎熇。羲和驅日車，當午不轉轂。清風得夕涼，如赦脱囚梏。掃庭露青天，坐月蔭嘉木。汝寧無他時，忍此見迫促〔八〕。翾翾伺昏黑，稍稍出壁屋。填空來若翳，聚隙多可掬。叢身疑陷圍，聒耳如遭哭〔九〕。猛攘欲張拳，暗中甚飛鏃。手足不自救，其能營背腹〔一〇〕。盤湌勞扇拂，立寐僵僮僕。端然窮百計，還坐瞑雙目。於吾固不較，在爾誠爲酷〔一一〕。誰能推物理，無乃乖人欲。騶虞鳳皇麟，千載不一矚。思之不可見，惡者無由逐〔一二〕。

【題解】

原輯《居士集》卷三，繫慶曆六年。作於是年夏，時知滁州。葉夢得《避暑録話》卷下所云：「歐陽文忠滁州之貶，作《憎蠅賦》。」實將《憎蚊》詩誤爲《憎蠅賦》，參見「附録」有關按語。詩歌描寫蚊子的擾民害人。詩人對蚊子的描摹淋漓盡致，入木三分，同時由蚊蟲引發議論，借題發揮，託物言志。看似詠物寫蚊，意在抒懷喻人，揭示小人讒害君子「無奈衆」、「難防毒」、「無由逐」等切身體驗，表達歷經宦海艱險後的困倦、失落和無奈，可謂寄慨遥深。全詩以小見大，象外孤寄，嘻笑怒罵，幽默滑稽，開宋詩緣物説理之先河，又導引宋詩吟詠醜陋、不避瑣細、題材生活化、世俗化新方向。

【注釋】

〔一〕「擾擾」四句：世間萬物之中令人憎惡者甚多，小小蚊子哪值得汙筆記載。　擾擾：紛亂貌，煩亂貌。《國語·晉語六》：「唯有諸侯，故擾擾焉。」

〔二〕「乾坤」四句：蠻荒時代，人與萬物雜居，善惡美醜混在一起。　三五：三皇五帝的省稱。《楚辭·劉向〈九歎·思古〉》：「背三五之典刑兮，絶《洪範》其辟紀。」王逸注：「言君施行，背三皇五帝之常典。」　黷：多而煩，叢雜。《尚書·説命中》：「黷于祭祀，時謂弗欽。」

〔三〕「禹鼎」六句：經過夏禹、周公等人的整肅，天地間纔得以清靜安定。　禹鼎象神姦：夏禹鑄鼎畫像區别神與妖。《左傳·宣公三年》：「昔夏方有德，遠方圖物，貢金九牧，鑄鼎象物，百物而爲之備，使民知神、奸。故民入川澤山林，螭魅魍魎莫能逢之。」杜預注：「圖鬼神百物之形，使民逆備之。」禹鼎，即夏鼎。　蛟龍遠潛伏：《孟子·滕文公下》：「禹掘地而注之海，驅蛇龍而放之菹。」　周公驅猛獸：《孟子·滕文公下》：「周公兼夷狄，驅猛獸，而百姓寧。」

〔四〕「大患」八句：大患難以清除，但蚊蠅蜂蛇等小害蟲廣泛存在，難以防範。不録：不消滅。録，拘捕。蚖：指蠑螈或蜥蜴一類的動物。蝮：毒蛇名，蝮蛇。纔一粟：形狀衹有一粒粟米那麽大。

〔五〕「嘗聞」四句：相傳高郵有猛虎，夜行女子都被蚊子淩虐致死。高郵：宋代軍名，屬淮南東路，治所在今江蘇高郵。死淩辱：侵犯，欺侮並咬死對方。露筋女：祝穆《方輿勝覽》卷四六載，高郵軍「舊傳有女子夜過此，天陰蚊盛，有耕夫田舍在焉。其嫂止宿，女曰：『吾寧處死，不可失節。』遂以蚊死，其筋見焉」。又葉廷秀《詩譚》卷一〇：「召伯湖有女子，一云姓鄭名荷花者。嘗與嫂同行，遇天暮，至湖濱，蚊蟲甚盛。嫂邀女寄宿田家，女不從，因獨宿湖邊，一夜蚊蟲噬膚血，露筋而死。歐陽公有詩贈之，至今有露筋祠。」

〔六〕「水鄉」四句：偏僻的鄉村爲防禦蚊子叮吮，有一些奇怪習俗：早晚吃飯垂掛蚊帳，在小牛馬身上塗抹泥漿。

〔七〕「我來」八句：我來滁州後官閑貪睡，無奈蚊子特多，手撲扇打則不勝其煩，煙薰火燎又不堪其苦。「熏簷」句：用煙熏蚊子，人同樣受煙熏之苦。

〔八〕「荒城」十句：白天太長，酷熱難耐；黄昏清涼，可惜時間短暫。炎熇：即炎歊。參見本書《大熱二首》其二注〔二〕。羲和：參見本書《大熱二首》其二注〔八〕。「如赦」句：黄昏清風一吹，好比囚徒脱去枷鎖一樣輕鬆自在。

〔九〕「翾翾」六句：天一黑，蚊子鋪天蓋地，人身如陷重圍，四周一片蚊鳴聲。翾翾：飛貌。《韓詩外傳》卷九：「夫鳳凰之初起也，翾翾十步之雀，喔咿而笑之。」若翳：非常多。翳，指雲霧。漢陸賈《新語·慎微》：「罷雲霽翳，令歸山海，然後乃得覩其光明。」

〔一〇〕「猛攘」四句：蚊子撲人，比飛箭還快。人受蚊子叮咬時，手脚自顧不暇，哪還顧得上腹背。

〔一一〕「盤飧」六句：爲保存盤中盛的食物，扇風的童僕累得站著打瞌睡，絞盡腦汁驅蚊子，最終還是無計可施。蚊子害人真够殘酷。立寐：蘇軾《王頤赴建州錢監求詩及草書》：「酒闌燭盡語不盡，倦僕立寐僵屏風。」宋王十朋注引《漢書·陳萬年傳》：「萬年嘗病，召咸教戒於牀下，語至夜半，咸睡，頭觸屏風。」

〔一二〕「誰能」六句：推究人間事理，總是乖違人愿。期盼的騶虞、鳳皇、麟之類仁獸仁禽難得一見，討厭的蚊蟲類醜惡者卻無法驅逐。騶虞：傳説中的義獸名。《詩·召南·騶虞》：「彼茁者葭，壹發五豝，於嗟乎騶虞。」毛傳：「騶虞，義獸也。白虎，黑文，不食生物，有至信之德則應之。」麟：麒麟。《公羊傳·哀公十四年》：「麟者，仁獸也。」

【附録】

此詩輯入清吴之振《宋詩鈔》卷一一。

葉夢得《避暑録話》卷下：「歐陽文忠滁州之貶，作《憎蠅賦》，晚以濮廟事，亦厭言者屢困不已，又作《憎蚊賦》。」按：葉氏將《憎蚊》詩誤爲賦，又將一詩一賦之寫作年代互易。

邵博《邵氏聞見後録》卷三〇：「歐陽公云：予作《憎蠅賦》，蠅可憎矣。尤不堪蚊子自遠嘤喝來咬人也。」

袁文《甕牖閑評》卷七：「歐陽文忠公《蚊子詩》云：『蚤虱蚊虻罪一倫，未知蚊子重堪嗔。』又詩云：『嘗聞高郵間，猛虎死淩辱。哀哉露筋女，萬古讎不復。』……其可畏有如此者。」

黄震《黄氏日鈔》卷六一評曰：「始以乾坤廣大之語，終以麟鳳不見之語，詠微物，而先以大者言之，文法也。『掃庭露青天，坐月蔭嘉木。汝寧無他時，忍此見迫促？』語意清絶矣。」

送孫秀才

高門煌煌爀如赭，勢利聲名爭借假。嗟哉子獨不顧之，訪我千山一羸馬〔一〕。明珠渡水覆舟失，贈我璣貝猶滿把〔二〕。遲遲顧我不欲去，問我無窮慚報寡〔三〕。時之所棄子獨嚮，無乃與世異取捨〔四〕。

【題解】

原輯《居士集》卷三，繫慶曆六年。作於是年夏秋間，時知滁州。孫秀才，生平不詳，其不遠千里攜文來滁就教，令詩人十分感動，臨行賦詩勉勵之。詩歌讚揚孫秀才淡泊名利，不隨時俗，文才卓越，虚心好學。尤其敬重其不同流俗的獨立人格。語言凝練，叙事形象，情感真摯而充沛，有行雲流水般的舒卷流動美。

【注　釋】

〔一〕「高門」四句：孫秀才不慕權貴勢利，騎著一匹瘦馬，不遠千里來滁州拜訪自己。爀如赭：通紅顯亮，喻要顯之權貴。爀，火赤紅貌。泛指紅色。赭，赤紅如赭土的顔料。《詩·邶風·簡兮》：「赫如渥赭。」鄭箋：「赫然如厚傅丹。」爭借假：爭相憑藉，借助他勢力。借假，原本校云：「一作『假借』。」

〔二〕「明珠」二句：孫秀才渡河翻船，不少文章丢失，贈給我的仍有不少精品之作。璣貝：珍珠寶貝，喻詩文佳作。句末原注：「生攜文數十篇見訪，渡江而失。」

〔三〕慚報寡：慚愧自己能回答的太少。

〔四〕「時之」二句：孫秀才不同流俗，莫非其價值取向與世人不一。

【附　録】

此詩輯入清陳訏《宋十五家詩選·廬陵詩選》。

新霜二首

其一

天雲慘慘秋陰薄，卧聽北風鳴屋角。平明驚鳥四散飛，一夜新霜群木落。南山鬱鬱舊可愛，千仞巉巖如刻削〔一〕。林枯山瘦失顔色，我意豈能無寂寞。衰顔得酒猶彊發，可醉豈須嫌酒濁〔二〕。泉傍菊花方爛漫，短日寒輝相照灼〔三〕。無情木石尚須老，有酒人生何不樂〔四〕！

其二

荒城草樹多陰暗〔五〕，日夕霜雲意濃淡。長淮漸落見洲渚，野潦初清收瀲灩〔六〕。蘭枯蕙死誰復弔，殘菊籬根爭豔豔。青松守節見臨危，正色凜凜不可犯。芭蕉芰荷不足數，狼藉徒能汙池檻〔七〕。時行收斂歲將窮，冰雪嚴凝從此漸〔八〕。咿呦兒女感時節，愛惜朱顔屢窺鑑。惟有壯士獨悲歌，拂拭塵埃磨古劍〔九〕。

【題 解】

原輯《居士集》卷三，繫慶曆六年。作於是年秋，時知滁州。「其一」借詠深秋落木，抒發時光流逝、壯志難酬的人生感慨。「其二」讚頌淩霜青松，表達建功立業、思欲有爲的政治理想。作者在領悟外物無情、物是人非之際，難免感受孤寂惆悵，並發出及時行樂的慨歎，而拂塵磨劍的壯士悲歌，猶見詩人不甘消沉的雄心壯志，堅守理想的剛正氣節。以韓爲法，敘寫簡勁，造語新奇，氣格沉雄。

【注 釋】

〔一〕「南山」二句：原本鬱鬱葱葱的瑯琊山霜後草木凋零，山石裸露，一改以往可愛的面貌。歐《秋聲賦》：「蓋夫秋之爲狀也，其色慘澹，煙霏雲斂；其容清明，天高日晶；其氣栗冽，砭人肌骨；其意蕭條，山川寂寥。」

〔二〕「衰顏」二句：衰老的臉酒後尚能容光焕發，有酒喝就不嫌其濃淡清濁。發：發顏，顯現，指酒後臉色發紅。蘇軾《縱筆三首》其一：「兒童誤喜朱顏在，一笑那知是酒紅。」

〔三〕泉：瑯琊山有幽谷泉、釀泉，皆作者常游之處。短日寒輝：深秋晝短光弱，故云。

〔四〕「無情」二句：無情感的草木山石尚會凋零衰老，有情人生何不對酒當歌！歐《秋聲賦》：「草木無情，有時飄零；人爲動物，惟物之靈，百憂感其心，萬事勞其形，有動於中，必揺其精。」

〔五〕荒城：指滁州。

〔六〕長淮漸落：淮河水位慢慢降低。　野潦：田野裏的積水。

〔七〕「蘭枯」六句：描繪深秋各種花木的不同景況。蘭枯蕙死，似喻蘇舜欽的受誣除名以及尹洙、滕宗諒等人的含冤貶官。　蘭枯：《藝文類聚》卷八引《文子》：「衆蘭秀發，秋風敗之。」　殘菊：蘇軾《贈劉景文》詩：「荷盡已無擎雨蓋，殘菊猶有傲霜枝。」　青松守節：南朝梁范雲《詠寒松》：「淩風知勁節，負霜見直心。」

〔八〕時行收斂：秋季收取。《禮記·月令》：「修宫室，壞牆垣，補城郭。」鄭玄注：「順秋氣收斂物也。」《禮記·樂記》：「春作夏長，仁也；秋斂冬藏，義也。」

〔九〕「咿呦」四句：青年男女對鏡悲秋，感慨華年易逝朱顔凋落，獨有壯士拂塵磨劍，慷慨悲歌。壯士獨悲歌：《史記·刺客列傳》：荆軻由燕入秦，渡易水，高漸離擊筑，荆軻和而歌：「風蕭蕭兮易水寒，壯士一去兮不復返。」　磨古劍：賈島《劍客》：「十年磨一劍，霜刃未曾試；今日把示君，誰爲不平事。」透露逆境中的詩人壯心不已，仍然渴望有所作爲。

【附録】

組詩「其一」輯入清管庭芬、蔣光煦《宋詩鈔補·歐陽文忠詩補鈔》、陳訏《宋十五家詩選·廬陵詩選》。

范大士《歷代詩發》卷二三評曰：「全篇賦而兼興，皆本於《三百篇》也。細心諷詠，自知之。」

秋晚凝翠亭

黄葉落空城，青山遶官廨〔一〕。風雲淒已高，歲月驚何邁〔二〕。陂田寒未收，野水淺生派〔三〕。晴林紫榴拆，霜日紅梨曬〔四〕。蕭疎喜竹勁，寂寞傷蘭敗〔五〕。叢菊如有情，幽芳慰孤介〔六〕。嘉客日可携，寒醅美新醡〔七〕。登臨無厭頻，冰雪行即届〔八〕。

【題　解】

原輯《居士集》卷三，繫慶曆六年。作於是年秋，時知滁州。題下原注：「探韻作。」《輿地紀勝》卷四二載滁州名勝有「凝翠亭」，是年夏，作者有《晚步緑陰園，遂登凝翠亭》詩。詩歌描寫凝翠亭四周秋景，哀傷花木衰殘，呼籲及時登賞。繪景狀物，畫面鮮明，意境高曠，情寓於景。

【注　釋】

〔一〕官廨：官吏辦公的房舍。《梁書·吕僧珍傳》：「督郵官廨也，置立以來，便在此地，豈可徙之益吾私宅！」

〔二〕驚何邁：詫異時光流逝快。邁，謂時光流逝。《尚書·秦誓》：「我心之憂，日月逾邁。」

〔三〕生派：橫生支流。

〔四〕紫榴坼：石榴成熟裂開。　霜日紅梨曬：化用杜甫《冬日洛城北謁玄元皇帝廟》詩句「紅梨迥得霜」。

〔五〕「蕭疎」二句：令人可喜的是萬木蕭疏之中竹子依然勁拔蒼翠，令人悲傷的則是昔日芳馨的蘭花變得寂寞憔悴。

〔六〕孤介：耿直方正，不隨流俗。陶潛《戊申歲六月中遇火》詩：「總髮抱孤介，奄出四十年。」

〔七〕寒醅：冬酒。醅，未濾去糟的酒，亦泛指酒。　醡：榨酒，濾酒。湯顯祖《紫釵記·吹臺避暑》：「量珍珠，醡盡酸甜，留下水晶天乳。」

〔八〕「登臨」二句：秋天應多多登臨凝翠亭，因爲冬季就要來臨。　屆：到。《尚書·大禹謨》：「惟德動天，無遠弗屆。」孔傳：「屆，至也。」

【附　録】

此詩輯入明曹學佺《石倉歷代詩選》卷一四〇，又輯入清康熙《御選宋金元明四朝詩·御選宋詩》卷一〇、《御定佩文齋廣群芳譜》卷五、管庭芬、蔣光煦《宋詩鈔補·歐陽文忠詩補鈔》、陳訏《宋十五家詩選·廬陵詩選》。

題滁州醉翁亭

四十未爲老，醉翁偶題篇。醉中遺萬物，豈復記吾年〔一〕。但愛亭下水〔二〕，來從亂峰間。聲如自空落，瀉向兩簷前。流入巖下溪，幽泉助涓涓〔三〕。響不亂人語，其清非管絃。豈不美絲竹，絲竹不勝繁〔四〕。所以屢携酒，遠步就潺湲〔五〕。野鳥窺我醉，谿雲留我眠。山花徒能笑，不解與我言。惟有巖風來，吹我還醒然〔六〕。

【題解】

原輯《居士外集》卷三，繫慶曆六年。作於是年秋，時知滁州。醉翁亭，在滁州瑯琊山，瑯琊寺僧智仙所建，歐命名並撰《醉翁亭記》。《記》云：「環滁皆山也。其西南諸峰，林壑尤美。望之蔚然而深秀者，瑯琊也。山行六七里，漸聞水聲潺潺，而瀉出乎兩峰之間者，釀泉也。峰迴路轉，有亭翼然臨於泉上者，醉翁亭也。」此詩描摹醉翁亭景觀，旨在抒發主觀情感，寄寓自己情寄山水，悠然自樂，以順處逆的曠雅情懷。首四句借「醉翁」起議，醉翁不醉，山水致醉；醉翁非翁，因醉稱翁。次十句描寫醉翁亭下釀泉水，水聲比音樂更優美動聽。末八句表現詩人娱山樂水，與野鳥溪雲、山花巖風爲伴侣的生活情趣。滿紙寄性山林、託跡醉鄉，末句透露出未能忘懷世事的一絲哀愁。詩人精擇亭泉花鳥以抒懷寫志，巧借山水溪雲以排憂解憤，體現其對生命意識及人生哲理的深沉思考。語言疏暢清麗，情韻婉轉飄逸，顯示歐詩風格的轉變。

【注　釋】

〔一〕「四十」四句：詩人撰《醉翁亭記》，借酒消愁，戲稱老翁。歐《贈沈遵》：「我時四十猶强力，自號醉翁聊戲客。」

〔二〕遺萬物：《莊子·天道》：「故外天地遺萬物，而神未嘗有所困也。」

〔三〕亭下水：即釀泉，瑯琊谿。《醉翁亭記》：「山行六七里，漸聞水聲潺潺，而瀉出於兩峰之間者，釀泉也。峰迴路轉，有亭翼然臨於泉上者，醉翁亭也。」

〔四〕涓涓：細水長流貌。陶潛《歸去來兮辭》：「泉涓涓而始流。」

〔五〕「豈不」二句：化用左思《招隱詩》：「非必絲與竹，山水有清音。」

〔六〕就潺湲：靠近溪流。潺湲，水流緩貌，代指溪水。

〔六〕「惟有」二句：秖有山風吹來，使我頭腦清醒。

【附　録】

此詩輯入清康熙《御選宋金元明四朝詩·御選宋詩》卷一一。

宋長白《柳亭詩話》卷三〇：「歐陽公《題醉翁亭》曰：『野鳥窺我醉，谿雲留我眠。山花徒能笑，不解與我言。惟有巖風來，吹我還醒然。』有行雲流水，自得其樂之意。」

贈學者

人稟天地氣，乃物中最靈。性雖有五常，不學無由明〔一〕。輪曲揉而就，木直在中繩。堅金礪所利，玉琢器乃成〔二〕。仁義不遠躬，勤勤入至誠〔三〕。學既積於心，猶木之敷榮。根本既堅好，蓊鬱其幹莖〔四〕。爾曹宜勉勉，無以吾言輕〔五〕。

【題解】

原輯《居士外集》卷三，無繫年，列慶曆六年詩後。作於是年秋，時知滁州。詩人以詩論學，勉勵爲學者勤學成才，有似一篇詩體《勸學篇》。通篇議論，以文爲詩。「人稟天地氣，乃物中最靈」等句式，字數格局不循慣例，隨意調整。顯示詩文通體，此時漸成風氣，並已日臻成熟。

【注釋】

〔一〕「人稟」四句：人雖是萬物之靈，不學則不明事理。五常：指仁、義、禮、智、信。董仲舒《賢良策一》：「夫仁、義、禮、智、信五常之道，王者所當修飭也。」又《書・泰誓下》：「今商王受，狎侮五常。」孔穎達疏：「五常即五典，謂父義、母慈、兄友、弟恭、子孝，五者人之常行。」

〔二〕「輪曲」四句：强調後天學習的重要性。前三句化用荀子《勸學》：「木直中繩，輮以爲輪，其曲中規……輮使之然也。故木受繩則直，金就礪則利，君子博學而日參省乎己，則知明而行無過矣。」揉，通「煣」。用火烤木材使彎曲或伸直。《漢書・食貨志上》：「斲木爲耜，煣木爲耒。」顔師古注：「煣，屈也。」《説文・火部》：「煣，屈申木也。」　玉琢器乃成：化用《禮記・學記》：「玉不琢，不成器。人不學，不知道。」

〔三〕「仁義」二句：仁義道德離自己不遠，秖要勤學苦練就能達到至高境界。　不遠躬：化用《論語・述而》句意：「子曰：『仁遠乎哉？我欲仁，斯仁至矣。』」　至誠：古儒家道德修養的最高境界。《禮記・中庸》：「明則誠矣。」孔穎達正義：「賢人由身聰明勉學，乃致至誠，故云明則誠矣。」

〔四〕「學既」四句：求學貴在日積月累，然後方有大成。　敷榮：開花。嵇康《琴賦》：「迫而察之，若衆葩敷榮曜春風，既豐贍以多姿，又善始而令終。」　蓊鬱：草木茂盛貌。白居易《答桐花》詩：「山木多蓊鬱，茲桐獨亭亭。」　「根本」二句，韓愈《答李翊書》：「養其根而俟其實，加其膏而希其光。根之茂者其實遂，膏之沃者其光曄。」

〔五〕「爾曹」二句：勸勉爲學者牢記並力行自己的贈言。　勉勉：力行不倦貌。《詩・大雅・棫樸》：「勉勉我王，綱紀四方。」朱熹集傳：「勉勉，猶言不已也。」

幽谷晚飲

一徑入蒙密，已聞流水聲。行穿翠篠盡，忽見青山横〔一〕。山勢抱幽谷，谷泉含石泓〔二〕。旁生嘉樹林，上有好鳥鳴。鳥語谷中静，樹涼泉影清。露蟬已嘒嘒，風溜時泠泠〔三〕。渴心不待飲，醉耳傾還醒〔四〕。嘉我二三友，偶同丘壑情。環流席高蔭，置酒當崢嶸〔五〕。是時新雨餘，日落山更明。山色已可愛，泉聲難久聽。安得白玉琴，寫以朱絲繩〔六〕。

【題　解】

原輯《居士外集》卷三，無繫年，列慶曆六年詩後。作於是年秋，時知滁州。題目「幽谷」下原注：「一作『豐樂亭』。」幽谷，歐《豐樂亭記》云：「修既治滁之明年夏，始飲滁水而甘。問諸滁人，得于州南百步之近。其上豐山聳然而特立，下則幽谷窈然而深藏，中有清泉，滃然而仰出。俯仰左右，顧而樂之。於是疏泉鑿石，闢地以爲亭，而與滁人往游於其間。」吕本中《紫薇雜記》亦云：「歐陽修謫守滁州，明年，得醴泉于醉翁亭東南隅。一日，會僚屬于州廨，有以新茶獻者，公敕吏汲泉，未至而汲者仆，出水，且後期，遽酌他泉以進。公已知其非醴泉也。窮問之，乃得他泉于幽谷山下。」《曾鞏集》卷二有《奉和滁州九詠九首并序》詩，爲此詩奉答者之一。詩歌生動描繪發現幽谷、游覽幽谷的全過程，清幽的景觀，寄寓詩人的逸懷雅趣。語言清麗，意象幽深，詩境足以移情。

【注釋】

〔一〕「一徑」四句：歐書簡《與梅聖俞》其十六（慶曆七年）：「去年夏中，因飲滁水甚甘，問之，有一土泉在城東百步許……一徑穿入竹筱蒙密中，豁然路盡，遂得幽谷。」蒙密：形容竹林茂密，蔭蔽遮天。翠篠：緑竹。篠，小竹子。

〔二〕石泓：凹石積水形成的水潭。

〔三〕「露蟬」二句：描寫蟬鳴和水聲。嘒嘒：蟬鳴聲。《詩·小雅·小弁》：「菀彼柳斯，鳴蜩嘒嘒。」毛傳：「蜩，蟬也。嘒嘒，聲也。」

〔四〕「渴心」二句：懷著急切的盼望，未飲已有醉意，帶著醉意的傾聽，卻又顯得清醒。

〔五〕席高蔭：席坐在喬木樹蔭之下。當崢嶸：面對挺拔的山峰。

〔六〕「安得」二句：怎能將泉聲譜成琴曲，以便隨時聆聽呢？朱絲繩：指琴絃。鮑照《代白頭吟》詩：「直如朱絲繩，清如玉壺冰。」

【附録】

此詩輯入明曹學佺《石倉歷代詩選》卷一四〇，又輯入清康熙《御選宋金元明四朝詩·御選宋詩》卷一一、管庭芬、蔣光煦《宋詩鈔補·歐陽文忠詩補鈔》。

菱溪大石

新霜夜落秋水淺，有石露出寒溪垠。苔昏土蝕禽鳥啄，出没溪水秋復春〔一〕。溪邊老翁生長見，疑我來視何殷勤。愛之遠徙向幽谷，曳以三犢載兩輪〔二〕。行穿城中罷市看，但驚可怪誰復珍。荒煙野草埋没久，洗以石竇清泠泉〔三〕。朱欄緑竹相掩映，選致佳處當南軒〔四〕。南軒旁列千萬峰，曾未有此奇嶙峋〔五〕。乃知異物世所少，萬金争買傳幾人。山河百戰變陵谷〔六〕，何爲落彼荒溪濆。山經地誌不可究，遂令異説争紛紜〔七〕。皆云女媧初鍛煉，融結一氣凝精純。仰視蒼蒼補其缺，染此紺碧瑩且温〔八〕。或疑古者燧人氏，鑽以出火爲炮燔。苟非神聖親手迹，不爾孔竅誰雕剜〔九〕。又云漢使把漢節，西北萬里窮昆崙。行經于闐得寶玉，流入中國隨河源。沙磨水激自穿穴，所以鐫鑿無瑕痕〔一〇〕。嗟予有口莫能辨，歎息但以兩手捫。盧仝韓愈不在世，彈壓百怪無雄文。争奇鬭異各取勝，遂至荒誕無根原〔一二〕。天高地厚靡不有，醜好萬狀奚足論。惟當掃雪席其側，日與嘉客陳清罇〔一三〕。

【題解】

原輯《居士集》卷三，繫慶曆六年。作於是年深秋，時知滁州。題下原注：「一本無『大』字。」菱溪，滁州瑯琊山脚由西向東的一條溪水，早已廢失，僅存一口菱溪塘。《明一統志》卷一八《滁州》：「菱溪，在州城東一十里。源出永陽嶺，西經皇道山下。歐陽修《菱溪石記》：本名荇溪，避楊行密嫌名，故改曰『菱』。」詩人在菱溪上發現兩塊怪石，因作《菱溪石記》及此詩。《蘇舜欽集》卷五有《和菱溪石歌》。本詩首十八句叙寫發現、運輸、供養怪石的經過；次十八句假借各種神話傳説，推測怪石的來歷，讚美其「高才」與「美質」；末十句抒寫詩人對大石的無限愛惜之情。詩人讚頌菱溪大石清白堅貞的品格及其嶙峋勁骨，惋歎它埋没於荒煙野草而無人見賞，實質借石自況，抒寫懷抱。全詩構思奇特，人融於石，以物寓志，興寄深遠。叙事紆徐，議論精闢，義理辭章，頗顯奇險，有類韓孟詩風，意新語工，屬於搜怪獵奇之作。然取材日常瑣細，注入士大夫生活情趣與文化品味，又屬於宋詩新調開創之作。

【注釋】

〔一〕「新霜」四句：秋季菱溪水位下落，溪邊露出大石，長年無人光顧，任憑苔蘚侵蝕和禽鳥啄食。垠：指水邊。歐《菱溪石記》：「每歲寒霜落，水涸而石出。」

〔二〕「愛之」二句：《菱溪石記》云：「予感夫人物之興廢，惜其可愛而棄也，乃以三牛曳置幽谷。」

〔三〕「行穿」四句：蘇舜欽《和菱溪石歌》：「百人擁持大車載，城市觀走風濤翻。立於新亭面幽谷，共爲澡刷泥沙痕。」石竇清泠泉：指幽谷泉。

〔四〕南軒：豐樂亭的南窗。《菱溪石記》云：「遂立于亭之南北。」

〔五〕嶙峋：形容怪石突兀不平的樣子。

〔六〕變陵谷：形容山河地勢變化之大。陵谷，《詩·小雅·十月之交》：「高岸爲谷，深谷爲陵。」

〔七〕「山經」二句：各種輿地書上無記載，纔使得衆説紛紜。歐《菱溪石記》：「菱溪，按圖與經皆不載。」山經地志：泛指各種記録山川地貌的輿地書。

〔八〕「皆云」四句：滁州人關於菱溪石的一種傳説，説是當初女媧所煉補天之石。女媧：神話中的人類始祖。傳説她煉五色石補天。《淮南子·覽冥訓》：「往古之時，四極廢，九州裂，天不兼覆，地不周載。猛獸食顓民，鷙鳥攫老弱，於是女媧煉五色石，以補蒼天。」蒼蒼：指天。《莊子·逍遥游》：「天之蒼蒼，其正色耶？」紺碧：天青色，深青透紅色。唐李景亮《李章武傳》：「其色紺碧，質又堅密，似玉而冷，狀如小葉。」

〔九〕「或疑」四句：有人猜測這是古代燧人氏鑽石取火所用過的石頭。燧人氏：古帝名。傳説其發明鑽木取火。《韓非子·五蠹》：「有聖人作，鑽燧取火，以化腥臊，而民悦之，使王天下，號之曰燧人氏。」炮燔：燒烤食物。《詩·小雅·瓠葉》：「有兔斯首，炮之燔之」神聖：指燧人氏。孔竅誰雕剜：化用韓愈《假山詩》「有洞若神剜」句意。

〔一〇〕「又云」六句：關於菱溪石來源的另一種傳説：這是漢朝使者在西域獲得的一塊于闐寶石，不慎掉進河裏，隨流水而來到中國内地。萬里空崑崙：《漢書·張騫傳》載漢使張騫被匈奴扣留十餘年，持漢節不失。又云：「漢使窮河源，其山多玉石，采來，天子案古圖書，名河所出山曰崑崙云。」于闐：漢代西域古國名，今新疆和田。《漢書·西域傳》：「于闐國，王治西城，去長安九千六百七十里……于闐之西，水皆西流，注西海；其東，水東流，注鹽澤，河原出焉。多玉石。」

〔一一〕「盧仝」四句：可惜如今没有盧仝《月蝕詩》、韓愈《祭鱷魚文》這樣的雄文大作來彈壓百怪，遂使怪説紛紜，莫衷一是。盧仝：中唐詩人，號玉川子，曾作《月蝕詩》討伐食月的蛤蟆精怪。韓愈：中唐散文家、詩人，曾撰《祭鱷魚文》討伐吃人的鱷魚。他們都追求雄奇險怪的文風。

〔一三〕「天高」四句：大千世界無奇不有，形態醜美不值一論。秖該掃除積雪擺開酒席，每天與朋友們共賞此堅貞玉骨。

【附　録】

此詩輯入明曹學佺《石倉歷代詩選》卷一四〇，又輯入清康熙《御選宋金元明四朝詩·御選宋

詩》卷二五、吴之振《宋詩鈔》卷一一。

《歐集》卷四〇《菱溪石記》：「菱溪之石有六：其四爲人取去；其一差小而尤奇，亦藏民家；其最大者偃然僵卧於溪側，以其難徙，故得獨存。每歲寒霜落，水涸而石出，溪旁人見其可怪，往往祀以爲神……溪傍若有遺址，云故將劉金之宅，石即劉氏之物也……予感夫人物之廢興，惜其可愛而棄也，乃以三牛曳置幽谷；又索其小者，得于白塔民朱氏，遂立於亭之南北。亭負城而近，以爲滁人歲時嬉游之好。」

《歐集》卷一四九《與梅聖俞》其十六（慶曆七年）：「去年夏中……作亭其上，號豐樂，亭亦宏麗。又於州東五里許菱溪上，有二怪石，乃馮延魯家舊物，因移在亭前。」

陳善《捫虱新話》下集卷二：「韓文公嘗作《赤藤杖歌》云：『赤藤爲杖世未窺，臺郎始攜自滇池。共傳滇神出水獻，赤龍拔須血淋漓。』又云：『羲和操火鞭，暝到西極睡所遺。』此歌雖窮極物理，然恐非退之極致者，歐陽公遂每每效其體，作《淩溪大石》云：（略）觀其立意，故欲追仿韓作，然頗覺煩冗，不及韓公爲渾成爾。公又有《石篆詩》云：（略）。《紫石硯屏歌》云：（略）。公又嘗作《吴學士石屏歌》云：（略）。此三篇亦前詩之意也，其法蓋出於退之。」

黄震《黄氏日鈔》卷六一評曰：「形容布置，可觀文法。」

吴子良《荆溪林下偶談》卷二《二公不免於癡》：「歐公記菱溪石，慮後人取去，則以劉氏子孫不能長有此石爲戒。東坡記四菩薩畫，慮後人取去，則既以父母感動人子，而亦以廣明之賊不能全子孫而有此畫爲戒。以僕觀之，石雖奇，畫雖工，要皆外物耳。歐公之移置二石，雖非取爲己有，其爲取，一也。東坡既知捨此畫矣，而猶汲汲恐他人之取，其爲不能捨，亦一也。石與畫，自二公不能不戀戀，而欲使他人不戀戀。得乎？中人以上不待戒。中人以下苟萌貪心，雖刑禍立至，尚不知戒，況身後盛衰乎！且東坡之捨此畫者，爲父母也。安知他人取之者，不亦曰爲父母乎？然則二公之見，猶不免於癡矣。」

茅坤評點此詩：「事雖不甚緊要，卻自風致翛然。」

方東樹《昭昧詹言》卷一二評曰：「從韓《赤藤杖》來，不如坡《雪浪石》。『皆云』十四句，平叙中入奇，議以代寫。」

滄浪亭

子美寄我《滄浪吟》，邀我共作滄浪篇。滄浪有景不可到，使我東望心悠然〔一〕。荒灣野水氣象古，高林翠阜相回環。新篁抽筍添夏影，老枿亂發爭春妍。水禽閒暇事高格，山鳥日夕相啾喧。不知此地幾興廢，仰視喬木皆蒼煙。堪嗟人迹到不遠，雖有來路曾無緣〔二〕。窮奇極怪誰似子，搜索幽隱探神仙。初尋一逕入蒙密，豁目異境無窮邊。風高月白最宜夜，一片瑩淨鋪瓊田。清光不辨水與月，但見空碧涵漪漣。清風明月本無價，可惜秖賣四萬錢〔三〕。又疑此境天乞與，壯士憔悴天應憐〔四〕。鴟夷古亦有獨往，江湖波濤渺翻天。崎嶇世路欲脱去，反以身試蛟龍淵。豈如扁舟任飄兀，紅蕖渌浪摇醉眠〔五〕。丈夫身在豈長棄，新詩美酒聊窮年。雖然不許俗客到，莫惜佳句人間傳〔六〕。

【題　解】

原輯《居士集》卷三，繫慶曆七年。洪本健《歐陽修詩文集校箋》引天理本卷後續校，末句後有云：「慶曆丙戌十一月五日自滁寄到，明年春刻。」可知作於慶曆六年十一月，時知滁州。題下原注：「一本上云『寄題子美』」。滄浪亭，《清一統志》卷五四《蘇州府》：「滄浪亭在郡學之南，夢得《石林詩話》：錢氏廣陵王元璙别圃，蘇舜欽得之，築亭曰滄浪，因作《滄浪亭記》。」蘇舜欽廢官居蘇州後，作《滄浪亭記》及《滄浪亭》詩等，並邀友人共賦，歐回贈此作。梅堯臣《宛陵先生集》卷一九、韓維《南陽集》卷八亦有《寄題蘇子美滄浪亭》詩。本詩首四句交代寫作緣起；次二十句描繪的亭園美景，均據蘇舜欽《滄浪亭記》虚構而成；後十二句由景生情，由人及己，發牢騷，抒憤慨，哀勉友人，亦以自勉。詩人借題發揮，寄寓對摯友蒙冤被廢不幸政治遭遇的深切同情，同時由人及己，宣洩自己遭受打擊報復並屈遭貶謫的憤懣不平。謀篇布局，起承轉合，氣脈跌宕起伏，講究開闔照應，將古文章法貫徹於詩歌創作。詩歌氣象闊大，想像奇特，詞語遒勁，筆力雄健，風格與蘇舜欽詩相類。

【注釋】

〔一〕「子美」四句：蘇舜欽寄詩並邀我共賦滄浪亭。 《滄浪吟》：《蘇舜欽集》卷四有《郡侯訪予於滄浪亭，因而高會，翌日以一章謝之》詩、卷八有《滄浪亭》、《獨步游滄浪亭》、《初晴游滄浪亭》等詩。 東望：詩人在滁州，蘇氏東居蘇州，故云。

〔二〕「荒灣」十句：城外荒野棄地有勝境，惜前人未能入此幽深處，故無緣發現。 荒灣：蘇舜欽《滄浪亭記》云：「東顧草樹鬱然，崇阜廣水，不類城中。」 枿：通「蘖」，樹木砍伐後留下的根株。柳宗元《與蕭翰林俛書》：「雖朽枿腐敗，不能生植，猶足蒸出芝菌，以爲瑞物。」 事高格：表現出高雅的風度。 啾喧：鳥叫聲雜亂。

〔三〕「窮奇」十句：蘇氏發現並購買滄浪亭園的經過。 蒙密：茂密，茂密的草木。 范曄《樂游應詔詩》：「遵渚攀蒙密，隨山上嶇嶔。」 瓊田：傳説中能生靈草的田。《十洲記·祖洲》：「鬼谷先生云：『此草是東海祖洲上，有不死之草，生瓊田中，或名爲養神芝。其葉似菰，苗叢生，一株可活一人。』」 空碧：澄碧的水色或天空。白居易《西湖晚歸回望孤山寺贈諸客》詩：「煙波澹蕩摇空碧，樓殿參差倚夕陽。」句下原注：「一有『姑蘇臺邊人響絶，夜靜往往聞鳴船』兩句。」 「清風」二句：化用李白「清風明月不用一錢買」句意。蘇舜欽《滄浪亭記》：「予愛而徘徊，遂以錢四萬得之。」

〔四〕「又疑」二句：可能是老天爺同情英雄的不幸，纔將這麽一塊好地如此便宜地賜給他。 壯士憔悴：指蘇舜欽因「進奏院事件」被廢官並遭受折磨困苦。杜甫《夢李白》：「冠蓋滿京華，斯人獨憔悴。」

〔五〕「鴟夷」六句：當年范蠡駕舟渡海避世隱身，卻冒著江海風波之險，遠不如你在江南水鄉蕩舟的安全舒適。鴟夷：春秋時范蠡，自號鴟夷子皮。杜牧《杜秋娘詩》：「西子下姑蘇，一舸逐鴟夷。」馮集梧注：「《史記·貨殖傳》：范蠡乘扁舟，浮於江湖，變名易姓，適齊爲鴟夷子皮。」後世以「鴟夷」代稱范蠡。蛟龍淵：蛟龍出没之所，喻險惡之地。飄兀：飄摇。兀，動摇。紅蕖：紅荷花。蕖，芙蕖。李白《越中秋懷》詩：「一爲滄波客，十見紅蕖秋。」渌浪：即渌波，清波。曹植《洛神賦》：「灼若芙蕖出渌波。」

〔六〕「丈夫」四句：安慰勉勵朋友逆境之中不失志，堅持詩酒酬唱。長棄：長期廢棄，此指除名革職。宋費袞《梁谿漫志》卷八《蘇子美與歐陽公書》：「今以監主自盜定罪，減死一等科斷，使除名爲民，與貪吏揞官物入己者一同。」俗客：庸俗的客人。韓愈《奉和虢州劉給事使君三堂新題二十一詠·竹洞》：「洞門無鎖鑰，俗客不曾來。」

【附　録】

此詩輯入明李蓘《宋藝圃集》卷九，又輯入清康熙《御選宋金元明四朝詩·御選宋詩》卷二五、吴之振《宋詩鈔》卷一一、陳訏《宋十五家詩選·廬陵詩選》。

《蘇舜欽集》卷一三《滄浪亭記》：「一日過郡學，東顧草樹鬱然，崇阜廣水，不類乎城中。並水得微徑於雜花修竹之間，東趨數百步，有棄地，縱廣合五六十尋，三向皆水也。杠之南，其地益闊，旁無民居，左右皆林木相虧蔽。訪諸舊老，云錢氏有國，近戚孫承祐之池館也。坳隆勝勢，遺意尚存。予愛而徘徊，遂以錢四萬得之，構亭北碕，號『滄浪』焉。前竹後水，水之陽又竹，無窮極，澄川翠幹，光影會合於軒户之間，尤與風月爲相宜。予時榜小舟，幅巾以往，至則灑然忘其歸。箕而浩歌，踞而仰嘯，野老不至，魚鳥共樂，形骸既適則神不煩，觀聽無邪則道以明，返思向之汩汩榮辱之場，日與錙銖利害相磨戛，隔此真趣，不亦鄙哉！」

葉夢得《石林詩話》卷上：「姑蘇州學之南，積水瀰數頃，旁有一小山，高下曲折相望，蓋錢氏時廣陵王所作。既積土山，因以其地瀦水，今瑞光寺即其宅，而此其别圃也。慶曆間，蘇子美謫廢，以四十千得之爲居。旁水作亭，曰『滄浪』，歐陽文忠公詩所謂『清風明月本無價，可惜祇賣四萬錢』者也。子美既死，其後不能保，遂屢易主，今爲章僕射子厚家所有。廣其故址爲大閣，又爲堂山上，亭北跨水復有山，名洞山，章氏並得之。既除地，發其下，皆嵌空大石，又得千餘株，亦廣陵時所藏，益以增累其隙，兩山相對，遂爲一時雄觀。土地蓋爲所歸也。」按：又見胡仔《苕溪漁隱叢話》前集卷三二。

朱長文《吴郡圖經續記》卷下：「蘇子美滄浪亭，在郡學東。子美既以事廢，乃南游吴中。一日過郡學，東顧草木鬱然，崇阜廣水，並水得微徑於雜花修竹之間，趨數百步有棄地，乃中吴節度孫承祐之池館也。坳隆勝勢，遺意尚存。子美買地作亭，號曰『滄浪』。前竹後水，水之陽又竹無窮。諸公多爲之賦詩。子美嘗謂吴中渚茶野醖足以消憂，蓴鱸稻蟹足以適口，又多高僧隱君子，佛廟勝絶，家有園林，珍花奇石，曲池高臺，魚鳥留連，不覺日暮，遂終此不去焉。」

胡仔《苕溪漁隱叢話》前集卷三二引陳正敏《遯齋閒覽》：「李太白詩『清風明月不用一錢買』，歐陽文忠《題子美滄浪亭詩》乃云：『清風明月本無價，可惜只賣四萬錢。』二人者致詞雖異，然皆善談風月者也。」

龔明之《中吴紀聞》卷二：「滄浪亭，在郡學之東，中吴軍節度使孫承祐之池館。其後蘇子美得之，爲錢不過四萬。歐公詩所謂『清風明月本無價，可惜只賣四萬錢』是也。予家舊與章莊敏俱有其半，今盡爲韓王所得矣。」

陳善《捫虱新話》下集卷一：「蘇子美居姑蘇，買水石作滄浪亭，歐陽公以詩寄題，有云：『荒灣野水氣象古，高林翠阜相回抱。』此兩句最爲著題。」

黄震《黄氏日鈔》卷六一評曰：「『風高月白最宜夜』，極切。末借鴟夷言之：『崎嶇世路欲脱去，反以身試蛟龍淵。豈如扁舟任飄兀，紅渠渌浪摇醉眠。』飄得絶佳。」

胡應麟《詩藪》外編卷五：「歐陽自是文士，旁及詩詞。所爲《廬山高》、《明妃曲》，無論旨趣，只格調迥與歌行不同。驚駭俗流可耳，唐突李、杜，何也？《滄浪篇》、《詠雪行》，體制稍合，然亦退之後塵。」

陳廷敬《午亭文編》卷七《滄浪亭次歐陽公韻》：「清水濯纓濁濯足，朅來高詠滄浪篇。歐子吟詩跡不到，我今游目亭依然。應知結搆存古制，故令閱世如循環。喬木已疎閒弄影，襍花交映春爭妍。冷梅苦竹亦間發，時有百舌來啾喧。蘇君在日不得志，精魂此地棲雲煙。我生幸值休明運，不應與子相貪緣。嗟予賦性慕放誕，一枕喜遇龜茲仙。十洲三島不可望，天留老眼湖江邊。公乎避讐如避冦，睢陽豈無二頃田。嵩丘萬古疊蒼翠，洪河清濟波淪漣。賢妻孺子飽蔬食，那肯浪用公紙錢。惜哉與時自齟齬，洶洶人怒天須憐。人生有命天所定，屈申未了還聽天。水清水濁源自異，如金在沙玉在淵。鬱於生前昌厥後，回頭萬事輸醉眠。自昔遺臭甘百世，流芳故自經千年。我來弔古君識取，惡詩不用人間傳。」

汪由敦《松泉集·詩集》卷二《滄浪亭用歐陽公韻》：「滄浪好景昔在口，子美妙筆廬陵篇。今來恍若舊游地，入畫應過董巨然。到門高樹發新緑，平橋帶水流彎環。風流未必昔賢舊，點綴臺榭猶清妍。暮春三月亂飛絮，啼鶯滿耳游蜂喧。聞有洛花三百本，黄柎緑萼摇晴煙。苔痕如拭步碕曲，怪石細路愁攀援。孤亭虚敞冠高阜，酹酒便可招飛仙。幽檻更愛米家舫（亭畔有小齋如舫），宛若掛席蘆溪邊。小桃一枝紅粉靨，菜花百頃黄金田。清泉相賞濠濮意，輕鯈呴沫吹風漣。籠紗細讀壁間記，南園創自吴越錢。錢塘壯觀已消歇，荒灣翠壑無人憐。豈知更落賢俊手，勝地顯晦良由天。當時快飲視千古，失勢杯酒如隊淵。短章醉墨發豪興，門無俗客惟高眠。後來搜奇誰好事，西陂先生開府年。嗚呼此景信幽絶，不遇良史誰爲傳。」

方東樹《昭昧詹言》卷一二評曰：「起撫《石鼓》，四句叙。『荒灣』以下寫。『不知』以下議。『窮奇』四句叙。『豈如』句，筆勢挽力。」

陳衍《宋詩精華録》卷一評曰：「此詩未免辭費，使少陵、昌黎爲之，必多層折而無長語。《渼陂行》、《山石》可參看也。特此題是詩家一掌故，故録之。『清風明月』二句，更一詩料。」

送滎陽魏主簿

卓犖東都子，姓名聞十年。窮冬雪塞空，千里至我門〔一〕。子足未及閾，我衣驚倒顛。僕童相視疑，寮吏或不然〔二〕。俯首鵠鶴啄，進趨鳧雁聯。青衫靴兩脚，言色倩以温〔三〕。於公門豈少，乃獨得公懽。受知固不易，知士誠尤難。我思屈童吏，欲辯難以言〔四〕。觴豆及嘉節，高堂列群賢。文章看落筆，論議馳後先。破石出至寶，決高瀉長川。光暉相磨晻，浩渺肆波瀾〔五〕。寮吏媿我歎，僕童恪生顔。我顧寮吏嘻，士豈以此觀。此聊爲戲耳，以驚僕童昏〔六〕。士欲見其守，視其居賤貧。欲知其所趨，試以義利干。我始識其面，已窺其肺肝〔七〕。禮有來必往，木瓜報琅玕。十年思見之，一日捨我還。何用慰離居，贈子以短篇〔八〕。

【題解】原輯《居士集》卷四，無繫年，列皇祐元年詩後。作於慶曆六年冬，時知滁州。題下原注：「廣。」又云：「一本作《送魏廣》。」滎陽，北宋縣名，屬鄭州，治所在今河南滎陽。魏主簿，即魏廣，字晉道，汜水人，時任滎陽縣主簿。據《歐集》卷三五《集賢院學士劉公墓誌銘》及《公是集》卷二九《送魏廣秘校同年》，魏廣今春中第，初官當在今年。又由「窮冬」句，知時在歲暮。歐、魏爲初次面識。次年正月，歐致書晏殊引薦魏廣。歐書簡《與晏元獻公同叔》（慶曆七年）云：「有魏廣者，好古守道之士也。其爲人外柔而内剛，新以進士及第，爲滎陽主簿。今因吏役至府下，非有它求，直以卑賤不能自達，欲一趨門仞而已。」劉敞《公是集》卷一五有《和永叔十九韻送魏廣》詩。本詩慰藉離居，叙述朋友交往，並以寮吏、僕童的前後不同態度爲反襯，讚揚魏廣温文爾雅，才華横溢，窮且益堅。叙事、抒情、議論雜出，意趣新奇。轉折跌宕，氣脈流貫，表現以氣格爲主的宋詩特色。

【注釋】

〔一〕「卓犖」四句：十年前已聽説魏廣超群出衆，今冬不遠千里來滁州登門拜訪。東都子：指魏廣。東都，即洛陽，從漢唐之稱。「東」字下原注：「一作『魏』。」

〔二〕「子足」四句：述寫詩人、僕童、僚屬對魏廣造訪的不同反映。閾：門檻。《儀禮・士冠禮》：「布席於門中，闑西閾外，西面。」鄭玄注：「閾，閫也。」賈公彦疏：「閫，門限，與閾爲一也。」倒顛：顛倒衣裳，魏廣意外造訪，詩人急促惶遽中不暇整衣。《詩·齊風·東方未明》：「東方未明，顛倒衣裳。」毛傳：「上曰衣，下曰裳。」鄭玄箋：「挈壺氏失漏刻之節，東方未明而以爲明，故群臣促遽顛倒衣裳。」

〔三〕「俯首」四句：描寫魏廣的言行、舉止、裝束。以鵠鶴飲啄摹俯首之狀，以鳧雁聯翩寫趨進之態。青衫：唐制，文官八品、九品服以青。宋承唐制，魏廣時任縣主簿，故服青。

〔四〕「於公」六句：魏廣於衆多名公中選擇拜訪我，受知不易；一時也無法説服僕童與屬吏，知人實難。知士誠尤難：唐杜佑《通典》卷一五魏徵曰：「『知人則智，自知則明』，知人誠難矣。」

〔五〕「觴豆」八句：在一次文酒嘉會上讓魏廣獻文，展示其驚世才華。觴豆：「觴酒豆肉」的簡稱，泛指酒席。劉勰《文心雕龍·時序》：「傲雅觴豆之前，雍容衽席之上。」磨晻：掩映。

〔六〕「寮吏」六句：魏廣的酒會獻才，使屬吏與僕童深感慚愧。恪生顔：臉上表現恭敬之色。

〔七〕「士欲」六句：檢測人的操守志趣，就要觀察其貧賤之中的義利取捨，我一見魏廣即知其爲人。

〔八〕「禮有」六句：禮尚往來，魏廣即將離去，贈此詩以慰勉。木瓜：《詩·衛風·木瓜》：「投我以木瓜，報之以瓊琚。」借指互相饋贈之物。琅玕：似珠玉的美石。《尚書·禹貢》：「厥貢惟球、琳、琅玕。」孔傳：「琅玕，石而似玉。」孔穎達疏：「琅玕，石而似珠者。」

【附　録】

此詩輯入清吴之振《宋詩鈔》卷一一。

《歐集》卷一四五《與晏元獻》其一（慶曆七年）：「有魏廣者，好古守道之士也。其爲人外柔而内剛，新以進士及第，爲滎陽主簿。今因吏役至府下，非有他求，直以卑賤不能自達，欲一趨門仞而已。伏惟幸賜察焉。」

歐陽修詩編年箋注卷八

慶曆七年至慶曆八年作

謝判官幽谷種花

淺深紅白宜相間，先後仍須次第栽〔一〕。我欲四時携酒去，莫教一日不花開〔二〕。

【題解】

原輯《居士集》卷一一，繫慶曆七年（一〇四七）。作於是年早春，詩人時年四十一歲，知滁州。謝判官，即謝縝。梅堯臣《宛陵先生集》卷二六有詩《方在許昌幕，内弟滁州謝判官有書邀余詩送，近聞歐陽永叔移守此郡，爲我寄聲也》，卷三一又有《酌别謝通微判官兼懷歐陽永叔》詩二首，可知謝判官字通微，爲謝絳堂弟、梅堯臣内弟。曾鞏《元豐類稿》卷一四《謝司理字序》亦云：「陳郡謝君名縝。縝，密也，而取字乃本諸此，而字曰通微。」幽谷，參見本書《幽谷泉》、《幽谷種花洗山》等詩題解。詩人以詩代書，囑託謝縝在幽谷按花色、花時間雜栽種花卉，以便四季隨時有花觀賞。詩調明朗，摹寫自然，語淺意新，輕鬆風趣，展示作者灑脱豁達的襟懷，表現宋詩以意取勝的特徵。

【注　釋】

〔一〕「淺深」二句：花色要深淺紅白有别，花時應早晚先後有序，注意依次間隔栽種。淺深紅白：卷末校記：「一作『深紅淺白』」。

〔二〕「我欲」二句：要讓幽谷四季有花，以助我全年游興。宋晁補之《金陵南數十里，江心烈山崪然特起，猶金山也。家人云：『安得隱於此』，作一絶》：「我欲此中成小隱，莫教山脚有船來。」

【附　録】

此詩輯入清康熙《御選宋金元明四朝詩·御選宋詩》卷六五、管庭芬、蔣光煦《宋詩鈔補·歐陽文忠詩補鈔》，厲鶚《宋詩紀事》卷一二題爲《批謝判官紙尾》。

胡仔《苕溪漁隱叢話》前集卷二九引蔡絛《西清詩話》：「歐公守滁陽，築醒心、醉翁兩亭於琅琊、幽谷，且命幕客謝某者，雜植花卉其間。謝以狀問名品，公即書紙尾云：『淺深紅白宜相間，先後仍須次第栽，我欲四時攜酒去，莫教一日不花開。』其清放如此。」按：又見趙令畤《侯鯖録》卷一、蔡正孫《詩林廣記》後集卷一、單宇《菊坡叢話》卷四、王昌會《詩話類編》卷一七、葉廷秀《詩譚》卷七、惠康野叟《識餘》卷二。

幽谷種花洗山

洗出峰巒看臘雪[一]，栽成花木趁新年。使君功行今將滿，誰肯同來作地仙[二]？

【題　解】

原輯《居士外集》卷六，無繫年，列慶曆五年至八年詩間。作於慶曆七年春，時知滁州。幽谷，參見本書《幽谷泉》題解。歐書簡《與韓忠獻王稚圭》其四（慶曆六年）：「山州窮絶，比乏水泉。昨夏秋之初，偶得一泉於州城西南豐山之谷中，水味甘冷。因愛其山勢回抱，構小亭於泉側。」幽谷即泉水出處。洗山，本指山中小雨。《欽定熱河志》卷二：「不借豐隆並雨師，山靈自爲洗山姿。」附注：「塞上大山多著靈異，凡較獵後必有微雨，俗云洗山，亦奇事也。」此詩借詠幽谷種花，寓含孤芳自賞的人格自信。造語新奇，氣勢淩厲，借物寫懷，含蓄藴藉。

【注　釋】

〔一〕「洗出」句：雨後山色清新，可以欣賞寒冬臘月的峰巒雪景。

〔二〕使君：本謂刺史或知州，此爲詩人自稱。通例知州三年爲一任，歐至滁州已是第三年，故云「功行今將滿。」地仙：方士稱住在人間的仙人，此喻閒散享樂之人。

畫眉鳥

百囀千聲隨意移，山花紅紫樹高低〔一〕。始知鎖向金籠聽，不及林間自在啼〔二〕。

【題解】

原輯《居士集》卷一一，無繫年，列慶曆七年詩間。作於是年春。題下附注：「一作『郡齋聞百舌』」。《宛陵先生集》卷三一有《和永叔郡齋聞百舌》詩，朱東潤繫慶曆八年。畫眉，鳥名。眼圈白色，向後延伸呈蛾眉狀，故名。鳴聲婉轉悦耳。全篇託物言情，通過對畫眉鳥自由歌唱的讚美，表達詩人對羈束個性的仕宦生活的厭倦，對逍遥自在的田園生活的嚮往。前兩句寫景，形象生動，有聲有色；後兩句感慨議論，深寓哲理，耐人尋味。情與思、理與趣巧妙融於一體，詩歌情韻悠長、理趣盎然，顯示宋人詠物詩向哲理詩的發展。

【注　釋】

〔一〕「百囀」二句：畫眉鳥在山花錯落的樹林裏自由飛翔，啼聲靈活多變。梅堯臣《和永叔郡齋聞百舌》：「響舌能令百鳥羞，聽時丹杏發山郵。」

〔二〕「始知」二句：詩人巧借畫眉鳴聲抒發生活感慨：金籠裏的富貴榮華，不如山林間的自由瀟灑。

【附　録】

此詩輯入明李蓘《宋藝圃集》卷九，又輯入清康熙《御選宋金元明四朝詩·御選宋詩》卷六五、吴之振《宋詩鈔》卷一二、陳訏《宋十五家詩選·廬陵詩選》。

《歐集》卷七三《書三絶句詩後》：「前一篇梅聖俞詠泥滑滑，次一篇蘇子美詠黄鶯，後一篇，余詠畫眉鳥。三人者之作也，出於偶然，初未始相知，及其至也，意輒同歸，豈非其精神會通，遂暗合耶？自二子死，余殆絶筆於斯矣。」

王文濡《歷代詩評注讀本·宋元明詩評注》卷四評曰：「豢養雖優，究不如林間之自在，此詩蓋别有寄託。」

田家

緑桑高下映平川，賽罷田神笑語喧〔一〕。林外鳴鳩春雨歇，屋頭初日杏花繁〔二〕。

【題解】

原輯《居士集》卷一一，無繫年，列慶曆七年詩間。作於是年春，時知滁州。春雨杏花，美境如畫，江南春社賽神的熱鬧歡快場面，給人以春意盎然的感觸，鄉村美景樂事的生動描述，寄寓作者熱愛田園山水的生活情趣。詩語鮮活，文筆清新，一句一意，不講起承轉合，看似互不連貫，卻構建深邃而渾成的意境，足見詩人述事繪景的不凡功力。

【注釋】

〔一〕「緑桑」二句：在桑樹掩映的平原上，春社祭祀之後鄉民一片歡語喧囂。賽田神：舊時農家于每年立春後第五個戊日舉行賽神會，祭祀土地神，祈求一年五穀豐登，稱「春社」。王維《涼州郊外游望》：「婆娑依里社，簫鼓賽田神。」賽，酬祭神靈。

〔二〕「林外」二句：雨停鳥鳴，鄉間春光燦爛，一派勃勃生機。鳩：指布穀鳥。

【附録】

此詩輯入明李蓘《宋藝圃集》卷九，又輯入清康熙《御選宋金元明四朝詩·御選宋詩》卷六五、吴之振《宋詩鈔》卷一二、張景星、姚培謙、王永祺《宋詩别裁集》卷八。

豐樂亭小飲

造化無情不擇物，春色亦到深山中〔一〕。山桃溪杏少意思，自趁時節開春風〔二〕。看花游女不知醜，古妝野態爭花紅〔三〕。人生行樂在勉彊，有酒莫負琉璃鍾〔四〕。主人勿笑花與女，嗟爾自是花前翁〔五〕。

【題　解】

原輯《居士集》卷三，繫慶曆七年。作於是年春，時知滁州。豐樂亭，參見本書《豐樂亭游春》題解。詩歌描寫豐樂亭賞花飲酒，同時借酒生議，感慨人生易老，宣揚及時行樂，抒發生命體驗與憂患意識。寫景與議論相生，形象生動而極富情感，命意曲折而情致深婉。

【注釋】

〔一〕「造化」二句：無情的大自然對誰都一視同仁，美麗的春光亦來到深山老林。歐《洛陽牡丹圖》詩：「造化無情宜一概，偏此著意何其私。」造化，自然界的創造者，亦指大自然。

〔二〕「山桃」二句：山桃溪杏早迎春天，趁著春風及時開花。意思：情趣，趣味。梅堯臣《依韻和李舍人旅中寒食感事》：「梨花半殘意思少，客子漸老尋游非。」

〔三〕「古妝」句：看花游女一身粗俗的紅色妝扮。

〔四〕「人生」二句：梅堯臣《寄題滁州豐樂亭》：「勝事已不辜，吟觴無倦把。」琉璃鍾：琉璃做成的酒杯。

〔五〕「主人」二句：不要笑話爭春的桃杏花與粗俗的春游女，可歎自己是花前一介老翁。

【附録】

此詩輯入清康熙《御選宋金元明四朝詩·御選宋詩》卷二五、吴之振《宋詩鈔》卷一一。

范大士《歷代詩發》卷二三評曰：「醜亦不知，老亦不知，所謂行樂在勉强也。草蛇灰綫，何獨作文有之耶。」

陳衍《宋詩精華録》卷一評曰：「第六句寫得出，第五句以太守而説游女之醜，似未得體，當有以易之。」

豐樂亭游春三首

其一

緑樹交加山鳥啼，晴風蕩漾落花飛〔一〕。鳥歌花舞太守醉〔二〕，明日酒醒春已歸。

其二

春雲淡淡日輝輝，草惹行襟絮拂衣〔三〕。行到亭西逢太守，籃輿酩酊插花歸〔四〕。

其三

紅樹青山日欲斜，長郊草色緑無涯〔五〕。游人不管春將老，來往亭前踏落花〔六〕。

【題　解】

原輯《居士集》卷一一，繫慶曆七年。作於是年春，時知滁州。豐樂亭，《大清一統志》卷九〇《滁州》：「豐樂亭在州西南瑯琊山幽谷泉上。宋歐陽修建，自爲記，蘇軾書刻石。」詩人春游豐樂亭，紀行繪景，賦此組詩。「其一」寫晨景，述太守游春之樂；「其二」寫午景，繪太守醉春之態；「其三」寫夕景，抒太守惜春之情。三章意脈相屬，緊扣主題，主旨在於太守與民同樂，樂滁民之所樂。組詩皆前兩句寫景，後兩句抒懷，構思獨具匠心，描寫細膩鮮活，意藴委婉深沉。

【注　釋】

〔一〕晴風蕩漾落：原本校云：「一作『晚晴斜日雜』。」蕩漾，即飄揚、飄拂。梅堯臣《傷白雞》詩：「猶看零落毛，蕩漾隨風吹。」

〔二〕太守：漢代郡官，宋代改郡爲府或州，仍沿襲稱知府事、知州事爲太守。此爲詩人自指。

〔三〕行襟：衣服的下擺。

〔四〕「行到」二句：描寫醉酒而歸的情狀，表現作者的詩酒風流。　籃輿：古代供人乘坐的交通工具，形制不一，一般以人力抬著行走，類似後世的竹轎。《宋書·陶潛傳》：「潛有脚疾，使一門生二兒轝籃輿。」　插花：頭髮簪花。　酩酊：大醉貌。杜牧《九日齊山登高》：「菊花須插滿頭歸」、「但將酩酊酬佳節」。

〔五〕紅樹：夕陽映紅的花樹。

〔六〕「游人」二句：惋惜游人無情地踐踏落花，表現詩人惜春之情。

【附録】

三詩全輯入清康熙《御選宋金元明四朝詩·御選宋詩》卷六五、吴之振《宋詩鈔》卷一二，「其一」、「其二」又輯入李蓑《宋藝圃集》卷九，「其三」又輯入曹學佺《石倉歷代詩選》卷一四〇，「其三」又輯入清張景星、姚培謙、王永祺《宋詩别裁集》卷七，「其一」又輯入高步瀛《唐宋詩舉要》卷八，「其一」又輯入陳衍《宋詩精華録》卷一。

潘德輿《養一齋詩話》卷五：「如歐陽公《豐樂亭》云：『紅樹青山日欲斜，長郊草色緑無涯。游人不管春將老，來往亭前踏落花。』……與唐人聲情氣息，不隔累黍，何故遺之？且無論唐、宋，即以詩論，亦明珠美玉，千人皆見，近在眼前，而嚴氏置若無睹，故操選柄爲至難也。」

四月九日幽谷見緋桃盛開

經年種花滿幽谷，花開不暇把一卮。人生此事尚難必，況欲功名書鼎彝〔一〕。深紅淺紫看雖好，顔色不奈東風吹。緋桃一樹獨後發，意若待我留芳菲〔二〕。清香嫩蕊含不吐，日日怪我來何遲。無情草木不解語，向我有意偏依依〔三〕。群芳落盡始爛漫，榮枯不與衆豔隨。念花意厚何以報，唯有醉倒花東西。盛開比落猶數日，清罇尚可三四攜〔四〕。

【題　解】

原輯《居士集》卷三，繫慶曆七年。作於是年初夏，即四月九日，時知滁州。此詩通過題詠幽谷盛開的緋桃花，表達作者對美好大自然的由衷喜愛。緋桃如此多情，在癡情詩人筆下，雖反常，卻合情，顯得無理而妙。語言明快，格調清新，移情於物，詩中見人。

【注　釋】

〔一〕「經年」四句：幽谷種花多年，花開了卻没有時間去把酒觀賞。一樁小事尚且如此難以遂願，更何況建功立業的大事。鼎彝：古代祭器，上多銘刻表彰功勳人物的文字。《文選·任昉〈王文憲集序〉》：「前郡尹温太真、劉真長，或功銘鼎彝，或德標素尚。」李善注：「《禮記》曰：鼎有銘，銘者，論譔其先祖之德美、功烈、勳勞，而酌之祭器。《左氏傳》：臧武仲曰：大伐小，取其所得，以作彝器，銘其功，以示子孫。」「人生」句：卷末校記：「一作『世間小事尚如此』。」

〔二〕「緋桃」二句：一樹桃花獨自最後開放，好像是特意爲我而留。緋桃：緋紅的桃花。唐彦謙

《緋桃》詩：「短牆荒圃四無鄰，烈火緋桃照地春。」

〔三〕「無情」二句：草木没有感情也不會説話，卻有意偏愛我，顯得如此多情。

〔四〕「盛開」二句：自花盛開至衰落尚有一段時日，還有三四次機會賞花飲酒。三四：猶言再三再四。《北齊書·崔暹傳》：「握手殷勤，至於三四。」

【附録】

此詩輯入清康熙《御選宋金元明四朝詩·御選宋詩》卷二五、《御定佩文齋廣群芳譜》卷二六。

重讀徂徠集

我欲哭石子，夜開徂徠編〔一〕。開編未及讀，涕泗已漣漣。勉盡三四章，收淚輒忻懽〔二〕。切切善惡戒，丁寧仁義言。如聞子談論，疑子立我前。乃知長在世，誰謂已沉泉〔三〕。昔也人事乖，相從常苦艱。今而每思子，開卷子在顔〔四〕。我欲貴子文，刻以金玉聯。金可爍而銷，玉可碎非堅。不若書以紙，六經皆紙傳。但當書百本，傳百以爲千。或落於四夷，或藏在深山。待彼謗焰熄，放此光芒懸〔五〕。人生一世中，長短無百年。無窮在其後，萬世在其先。得長多幾何，得短未足憐〔六〕。惟彼不可朽，名聲文行然〔七〕。讒誣不須辨，亦止百年間。百年後來者，憎愛不相緣〔八〕。公議然後出，自然見媸妍〔九〕。孔孟困一生，毁逐遭百端。後世苟不公，至今無聖賢。所以忠義士，恃此死不難〔一〇〕。當子病方革，謗辭正騰喧。衆人皆欲殺，聖主獨保全。已埋猶不信，僅免斲其棺。此事古未有，每思輒長歎〔一一〕。我欲犯衆怒，爲子記此冤。下紓冥冥忿，仰叫昭昭天。書於蒼翠石，立彼崔嵬巔〔一二〕。詢求子世家，恨子兒女頑。經歲不見報，有辭未能詮〔一三〕。忽開子遺文，使我心已寬。子道自能久，吾言豈須鐫〔一四〕。

【題　解】

原輯《居士集》卷三，繫慶曆七年。作於是年六月，時知滁州。石介生平，參見本書《讀張、李二生文，贈石先生》題解。《徂徠集》，參見本書《讀徂徠集》題解。石介前年七月病逝後，守舊派仍不放過這位曾經熱情歌頌慶曆新政的文人，權奸夏竦誣告他私通契丹，險遭開棺驗屍。首十六句，詩人展讀亡友遺篇，悲憤交集，替石氏紓忿辯誣；次四十句聲稱著作不朽，公議不滅，人以文傳，高度肯定死者在中國思想史上的地位；末十四句堅信無須撰文刻碑，石介文章可垂千古。詩人借亡友之酒杯，澆胸中之壘塊，揭露權奸陷害直士忠良，旨在打擊慶曆新政改革派。全詩大義凜然，感天動地，展示詩人慶曆新政失敗後真實的内心世界。以文爲詩，叙議融通，詩格高古，氣韻沉雄。

【注釋】

〔一〕徂徠編：指石介《徂徠集》。編，串連竹簡的繩子，代稱書簡。

〔二〕「勉盡」二句：勉强讀完三四章，纔收淚轉悲爲喜。

〔三〕「切切」六句：詩文勸善懲惡，宣講仁義，讀其文，如見其人。　沉泉：沉入黄泉，指人已死。

〔四〕「昔也」四句：以前是仕途不順，彼此在艱難中交往；現在是獨對遺稿，生死之間相追憶。　顔：臉，指面前。

〔五〕「我欲」十二句：自己要刊印石介詩文，讓它傳播四方，永放光輝。歐《徂徠石先生墓誌銘》：「友人廬陵歐陽修哭之以詩，以謂待彼謗焰熄，然後先生之道明矣。」　刻以金玉聯：用連結的金、玉版鐫刻石介的詩文。「但當」句下原校：「一作『傳十以爲百』。」　或藏在深山：司馬遷《報任安書》：「藏諸名山，傳之其人」。　謗焰：指夏竦等人詐説石介没死，已逃往契丹借兵，將謀反進犯中原等謡言。　光芒懸：放射光芒。懸，高照。　韓愈《調張籍》：「李杜文章在，光焰萬丈長。」

〔六〕「人生」六句：人生難得百年，在無窮無盡的時間長河中，長壽者又能有多少呢，短壽者也不值得哀傷。歐《緑竹堂獨飲》詩：「前有萬古後萬世」。

〔七〕「惟彼」二句：世間秖有文人的名聲可以千古不朽，因爲他們有文章永世流傳。　文行，文章道德。《論語・述而》：「子以四教，文、行、忠、信。」

〔八〕不相緣：後人不會被前人的愛憎偏見所左右。緣，沿襲。

〔九〕媸妍：醜惡和美好。

〔一〇〕「孔孟」六句：孔子生前死後的行爲和際遇，激勵後世人勇敢抗爭，捨身取義。毁逐：譭謗和放逐，指孔孟游説各諸侯國，均被認爲迂腐無用，被迫四處流離顛簸。恃此死不難：後世志士仁人借助孔孟學説，敢於無所畏懼地捨生取義、殺身成仁。

〔一一〕「當子」八句：感慨石介生前屢遭譭謗逐殺。革：同「亟」，病重，危急。「謗辭」句：慶曆五年，石介正處病危時，適逢徐州孔某謀反敗露，抄家時搜出石介過去寫給他的信，夏竦後來據此散佈謡言，誣告石介沒有死，被富弼派往契丹借兵，富弼做內應，共同謀反。仁宗派人去兗州準備掘棺驗屍，參與石介喪事的數百人具結擔保，纔免於斲棺。參見《讀〈徂徠集〉》注〔八〕。「衆人」二句：從杜甫《不見》詩「世人皆欲殺，吾意獨憐才」中化出。

〔一二〕「我欲」六句：自己準備爲石介申冤，將其受誣遭謗的遭遇撰文刻石，公之於大衆，告之於蒼天。冥冥：幽深昏暗的陰間。代指處於冥間的死者。昭昭天：朗朗乾坤之意。書於蒼翠石：將文章刻寫在大青石上，樹碑於山頭。

〔一三〕「詢求」四句：遺憾的是石介家屬未能把家世資料傳抄出來，撰寫墓誌遇到困難。歐氏不知石介受誣後，家屬被「羈管於他鄉」（《續資治通鑑》），故云。頑：鈍，指反應遲鈍。

〔一四〕「忽開」四句：我閱讀石介詩文後放了心，石介道德文章自能傳世，無須樹碑立傳。歐後來還是撰寫了《徂徠石先生墓誌銘》，有云：「後二十一年，其家始克葬先生于某所。將葬，其子師訥與其門人姜潛、杜默、徐遁等來告曰：『謗焰熄矣，可以發先生之光矣，敢請銘。』某曰：『吾詩不云乎「子道自能久」也，何必吾銘？』遁等曰：『雖然，魯人之欲也。』乃爲之銘。」

【附録】

此詩輯入清吴之振《宋詩鈔》卷一一。

《長編》卷一六〇慶曆七年六月庚午（二十七日）紀事：「先是，夏竦讒言石介實不死，富弼陰使入契丹謀起兵。朝廷疑之……竦在樞府，又讒介説敵弗從，更爲弼往登、萊結金坑兇惡數萬人欲作亂，請發棺驗視。朝廷復詔監司體量。中使持詔至奉符，提點刑獄吕居簡曰：『今破塚發棺，而介實死，則將奈何？且喪葬非一家所能辦也，必須衆乃濟。若人人召問之，苟無異説，即令結罪保證，如此亦可應詔矣。』中使曰：『善。』及還奏，上意果釋。」

阮閲《詩話總龜》前集卷四五引《韓魏公別録》：「石守道爲國子監直講，天下呼爲徂徠先生，作《慶曆聖德頌》，大爲時所忌。會徐賊孔直温叛，搜其家有介書，坐貶而卒，時疑其詐死，欲剖棺驗之。近臣言介實死得免。永叔以詩哭之曰：『埋猶不信死，終免斲其棺。』楊章安云：『誰道蓋棺人事定，是非猶及土中身。』」按：又見王昌會《詩話類編》卷三〇。

許顗《彦周詩話》：「歐陽文忠公《重讀徂徠集詩》，英辯超然，能破萬古毁譽。」

魏了翁《鶴山集》卷四八《徂徠石先生祠堂記》：「昔歐公考先生之文，嘗爲詩曰：『後世苟不公，至今無聖賢。』又曰：『我欲犯衆怒，爲子記此冤。』」

魏了翁《經外雜抄》卷一：「歐公詩：『後世苟不公，至今無聖賢。』後山亦云：『若無天下議，美惡併成空。』」

李光地《榕村語録》卷三〇：「歐詩學韓而筆力不及，卻於不及處露出自己本色。如《斑斑林間鳩》、《重讀徂徠集》之類，但他自己極得意的《廬山高》，卻不見得佳處安在。」

范大士《歷代詩發》卷二三：「長篇大幅中極委折極精警。公殆以古文爲古詩者。謂以氣格爲主，而一歸於敷愉，誠定論也。」

秋懷二首寄聖俞

其一

孤管叫秋月，清砧韻霜風。天涯遠夢歸，驚斷山千重〔一〕。群物動已息，百憂感從中。日月矢雙流，四時環無窮〔二〕。隆陰夷老物，摧折壯士胸。壯士亦何爲，素絲悲青銅〔三〕。

其二

群木落空原，南山高巃嵸。巉巖想詩老，瘦骨寒愈聳〔四〕。詩老類秋蟲，吟秋聲百種。披霜掇孤英，泣古弔荒塚。琅玕叩金石，清響聽生悚〔五〕。何由幸見之，使我滌煩冗〔六〕。飛鳥下東南，音書無日捧〔七〕。

【題解】

原輯《居士集》卷三，繫慶曆七年。作於是年秋，時知滁州。題下原注：「一本《擬孟郊體秋懷》」。據朱東潤《梅集編年》，梅堯臣是年解許州簽書判官任，九月十六日回至汴京。《宛陵先生集》卷三〇《依韻和歐陽永叔秋懷擬孟郊體見寄二首》，即步韻此二首詩。組詩「其一」興歎悲秋，感傷年華飛逝，壯志難酬。「其二」思友懷人，讚賞梅氏傑出詩才。敘議結合，情理相融，詩筆峭折，有類韓孟詩風。意趣新奇，氣脈流貫，顯現以氣格爲主的宋詩特徵。

【注釋】

〔一〕「孤管」四句：在秋月鳴淒笛、霜風聞擣衣的氛圍中，夢懷千里之外的友人。清砧：搥衣石的美稱。杜甫《暝》詩：「半扉開燭影，欲掩見清砧。」此指擣衣聲。

〔二〕「群物」四句：萬籟俱寂的深夜，感憂光陰似箭，時不我待。首句化用陶潛《飲酒》詩句：「日入群動息」。

〔三〕「隆陰」四句：秋氣摧枯拉朽，壯士在銅鏡前爲黑髮變白而悲傷。隆陰：隆烈的陰氣，指秋氣。《春秋繁露·循天之道》：「故天地之化，春氣生而百物皆出，夏氣養而百物皆長，秋氣殺而百物皆死，冬氣收而百物皆藏。」夷老物：韓愈《感春》詩：「豈如秋霜雖慘冽，摧落老物誰惜之。」夷，殺。《後漢書·班固傳》：「草木無餘，禽獸殄夷。」李賢注：「夷猶殺也。」

〔四〕「群木」四句：秋季高山巉巖的清瘦峭拔，使人想起梅詩的雄健奇崛。巉巖：險峻的山巖。李白《北上行》：「磴道盤且峻，巉巖淩穹蒼。」此處形容詩風雄健奇崛。司馬相如《上林賦》：「於是乎崇山矗矗，巃嵸崔巍。」巃嵸：山勢高峻貌。

〔五〕「詩老」六句：梅堯臣詩歌就像一片奇特的秋聲，有淒切悲哀的弔墳之泣，也有令人敬畏的金石之音。詩老：作詩老手，指梅堯臣。弔荒塚：孟郊《弔李元賓墳》詩：「曉上荒涼原，弔彼冥寞魂。眼咽此時淚，耳淒在日言。寂寂千萬年，墳鎖孤松根。」琅玕：似珠玉的美石。《書·禹貢》：「厥貢惟球、琳、琅玕。」孔傳：「琅玕，石而似玉。」孔穎達疏：「琅玕，石而似珠者。」

〔六〕滌煩冗，洗刷鬱積的煩惱。

〔七〕「飛鳥」二句：飛鳥朝東南方向飛來，不久將收到梅堯臣的書信。下東南：化用韋應物《淮上即事寄廣陵親故》詩句：「獨鳥下東南。」梅堯臣《依韻和歐陽永叔秋懷擬孟郊體見寄二首》其一：「我居西北地，秋無東南風。」歐所在滁州位於汴京東南，故云。

【附録】

二詩全輯入清陳訏《宋十五家詩選·廬陵詩選》，「其二」又輯入明李蓘《宋藝圃集》卷九。

清無名氏《靜居緒言》：「廬陵瓣昌黎，力矯時習，式唐人之作則，爲宋代之正宗，天德不凡，工夫邃密。學者從此公門户而入，則宋詩之道，無斷港絶潢之誤……至《秋懷》詩『披霜綴孤英，泣古弔荒塚』句，清峻峭拔，雅類韓氏。」

懷嵩樓新開南軒與郡僚小飲

繞郭雲煙匝幾重，昔人曾此感懷嵩〔一〕。霜林落後山爭出，野菊開時酒正濃〔二〕。解帶西風飄畫角〔三〕，倚欄斜日照青松。會須乘醉携嘉客，踏雪來看群玉峰〔四〕。

【題解】

原輯《居士集》卷一一，繫慶曆七年。作於是年秋，時知滁州。懷嵩樓，滁州古跡。《江南通志》卷三六：「懷嵩樓，在州治後統軍池上，即贊皇樓。李德裕刺滁州時建。」王禹偁《北樓感事》詩序亦云：「唐朱崖李太尉衛公（德裕）爲滁州刺史，作懷嵩樓，取懷歸嵩洛之義也。衛公自爲之記。」群僚，即詩人在滁州官署的同事及下屬。詩人與同僚登樓會飲，緬懷一代英才李德裕，卻一反其《懷嵩樓記》的悲觀精神與消極思想，摹繪高遠闊大景致，展現昂揚傲岸形象，抒寫疏放曠達情懷。意境高遠，風格遒勁，字裏行間洋溢積極向上精神。

【注釋】

〔一〕昔人：指李德裕。李氏本是贊皇（今屬河北）人，曾兩度分司東都洛陽，後以黨爭貶滁州，因懷念嵩洛，建懷嵩樓，並撰《懷嵩樓記》。

〔二〕「霜林」二句：秋天樹葉凋落群山紛紛露出本色，野菊開放正是開懷飲酒的時節。陸游《宿村舍》：「霜林已熟橙相餽，雪窖初開芋可羹。」又《西林院》：「磴危漸覺山爭出，屐響方驚閣半虛。」

〔三〕畫角：古管樂器。傳自西羌。形如竹筒，表面有彩繪，故稱。發聲哀厲高亢，軍中多用於警昏曉，振士氣，肅軍容。

〔四〕「會須」二句：應當攜來賓客共飲，踏雪觀賞這環滁諸山。會須：應當。唐項斯《山友贈蘚花冠》詩：「會須尋道士，簪去繞霜壇。」群玉峰：即《山海經》所言玉山，神話傳説西王母的住所。此喻環滁諸山之美。

【附録】

此詩輯入清康熙《御選宋金元明四朝詩·御選宋詩》卷四六、吴之振《宋詩鈔》卷一二、陳訏《宋十五家詩選·廬陵詩選》、張景星、姚培謙、王永祺《宋詩別裁集》卷五。

賀裳《載酒園詩話》：「（永叔）作近體詩，便露本質，雖慕平淡，逸韻自饒。如《懷嵩樓新開南軒與郡僚小飲》曰：『繞郭雲煙匝幾重，昔人曾此感懷嵩。霜林落後山爭出，野菊開時酒正濃。解帶西風飄畫角，倚闌斜日照青松。會須乘醉攜佳客，踏雪來看群玉峰。』……俱極風流富貴之致。」

陳衍《宋詩精華録》卷一評語：「『霜林』二句，極爲放翁所揣摩。」

拒霜花

芳菲能幾時〔一〕，顔色如自愛。鮮鮮弄霜曉，裊裊含風態〔二〕。蕙蘭殞秋香，桃李媚春醉〔三〕。時節雖不同，盛衰終一致。莫笑黄菊花，籬根守憔悴〔四〕。

【題解】原輯《居士集》卷三，繫慶曆七年。作於是年秋，時知滁州。拒霜花，又名木芙蓉。仲秋開花，耐寒不凋謝，故云「拒霜」。《佩文齋廣群芳譜》卷三九《花譜》：「木芙蓉，一名木蓮，一名華木，一名拒霜花，一名桃木，一名地芙蓉。《本草》云：「此花艷如荷花，故有芙蓉、木蓮之名。八九月始開，故名拒霜。」詩人以爲拒霜花霜秋盛開，其盛衰如同蕙蘭桃李，而獨取的「籬根守憔悴」之菊花，實爲作者化身，是作者堅貞自守的人格寫照。語言平易，内藴深婉，借物抒懷，别有情趣。

【注釋】

〔一〕「芳菲」句：陳子昂《感遇詩》其三十三：「變化固非類，芳菲能幾時？」

〔二〕「鮮鮮」二句：淩霜綻放的拒霜花，在秋天的晨風中摇曳生姿。宋祁《益都方物略記》：「添色拒霜花，生彭、漢、蜀州，花常多葉，始開白色，明日稍紅，又明日則若桃花然。」　鮮鮮：鮮麗貌。韓愈《秋懷詩》其十一：「鮮鮮霜中菊，既晚何用好。」

〔三〕蕙蘭：多年生草本植物。初夏開花，色黄緑，有香味，可供觀賞。《古詩十九首·冉冉孤生竹》：「傷彼蕙蘭花，含英揚光輝。」

〔四〕憔悴：黄瘦，瘦損。《國語·吴語》：「使吾甲兵鈍弊，民人離落而日以憔悴，然後安受吾燼。」韋昭注：「憔悴，瘦病也。」

【附録】此詩輯入宋祝穆《古今事文類聚》後集卷三一。

希真堂東手種菊花十月始開

當春種花唯恐遲，我獨種菊君勿誚〔一〕。春枝滿園爛張錦〔二〕，風雨須臾落顛倒。看多易厭情不專，鬬紫誇紅隨俗好。豁然高秋天地肅，百物衰零誰暇弔。君看金蕊正芬敷，曉日浮霜相照耀〔三〕。煌煌正色秀可餐，藹藹清香寒愈峭。高人避喧守幽獨，淑女静容修窈窕。方當摇落看轉佳，慰我寂寥何以報〔四〕。時携一樽相就飲，如得貧交論久要〔五〕。我從多難壯心衰，迹與世人殊静躁〔六〕。種花勿種兒女花〔七〕，老大安能逐年少！

【題解】

原輯《居士集》卷三，繫慶曆七年。作於是年初冬，時知滁州。題下原注：「一本無『東』字。」希真堂，《大清一統志》卷九〇《滁州》：「希真堂在州治。曾肇《十詠詩序》：『滁州多卉木，希真堂左右前後列植尤衆。』」詩歌以春花對比菊花，讚美菊花堅貞剛强的品格。滿園春花不能承受風雨打擊，襯託菊花的凜凜風節，菊花實爲詩人自我寫照，標明其人生觀和價值取向，厭倦官場，澹泊名利而名節自守。敘事、議論、抒懷相結合，尋常的語言，疏暢的節奏，氣韻流走，意象深沉。

【注釋】

〔一〕「當春」二句：春季人們都搶種百花，不要笑話我秖種菊花。

〔二〕爛張錦：花枝爛漫，燦若錦繡。

〔三〕「豁然」四句：秋天一到，百花凋零，秖有菊花淩霜傲放。末句下原注：「一本有『後時寧與竹柏榮，媚世不爭桃李笑』兩句。」

〔四〕「煌煌」六句：菊花在秋霜中綻放，給自己孤寂無聊的生活增光添色。芬敷：散布芬芳。秀可餐：陸機《日出東南隅行》：「鮮膚一何潤，秀色若可餐。」藹藹：《楚辭・劉向〈九歎・湣命〉》：「懷椒聊之藹藹兮，乃逢紛以罹詬。」王逸注：「藹藹，香貌。」「高人」二句：菊花的嫻靜殊容。窈窕，嫻靜貌，美好貌。《詩・周南・關雎》：「窈窕淑女，君子好逑。」

〔五〕「時攜」二句：經常對菊飲酒，如得貧賤之交。貧交論久要：蔡邕《正交論》：「彼貞士者，貧賤不待夫富貴，富貴不驕乎貧賤，故可貴也。蓋朋友之道，有義則合，無義則離，善則久要不忘平生之言。」久要，舊約。《論語・憲問》：「久要不忘平生之言。」

〔六〕「我從」二句：自從受誣謫官後，我已無復雄心壯志，雅好閒靜，甘守寂寞。

〔七〕兒女花：普通的難耐風霜雪雨的花。蘇軾《山茶》詩：「蕭蕭南山松，黄葉隕勁風。誰憐兒女花，散火冰雪中。」高文虎《種菊》詩：「我羨柴桑里，最希履道宅。不種兒女花，紅紅與白白。」

【附録】

此詩輯入宋吕祖謙《宋文鑑》卷二一，又輯入清康熙《御定佩文齋廣群芳譜》卷五〇、吴之振《宋詩鈔》卷一一、陳焯《宋元詩會》卷一〇、陳訏《宋十五家詩選·廬陵詩選》。

范大士《歷代詩發》卷二三評曰：「愛蓮一説徒以隱逸目之，未若此詩品題之切。」

拜敕

拜敕古州南，山火明烈烈〔一〕。州人共喧喧，兩丱扶白髮〔二〕。丁寧天語深〔三〕，曠蕩皇恩闊。乃知天地施，幽遠無間别〔四〕。欣欣草木意，喜氣消殘雪〔五〕。

【題解】

原輯《居士集》卷四，繫慶曆七年。作於是年十二月，時知滁州。詩題「敕」字下原注：「一作敕」。胡《譜》：慶曆七年「十二月，以南郊恩，加上騎都尉，進封開國伯，加食邑三百户。」據《長編》

卷一六一紀事，本年十一月戊戌（二十八日）朝廷大赦，次月戊申（八日），加恩百官，歐爲作《謝加上騎都尉進封開國伯加食邑三百户表》及此詩。此爲歐氏貶滁後所獲恩賞，故稱「拜赦」。詩歌描繪拜赦場景，頌揚皇恩浩蕩。非敷衍之作，有真情實感。

【注釋】

〔一〕拜赦：拜謝皇帝恩赦。古州：即滁州。宋周紫芝《寒食滁陽阻雨》：「去年束書薄游梁，今年下馬古滁陽。」

〔二〕「州人」二句：州民喧鬧著聚會在一起，其中還有兒童攙扶著老人。丱：古時兒童束髮成兩角的樣子。《詩·齊風·甫田》：「婉兮孌兮，總角丱兮。」

〔三〕天語：此謂天子詔諭，皇帝赦罪賞恩的聖旨。胡《譜》慶曆七年引嵇穎行制詞：「歐陽某詞藻敏麗，風韻俊豪。參列諫垣，蔚有敢言之節；褒升詞禁，茂昭華國之文。委任素煩，安靜攸處。」

〔四〕「乃知」二句：天子公正地賞賜恩惠，朝野遠近均有份額。

〔五〕草木：比喻卑賤，多作自謙之詞。陳子昂《諫刑書》：「臣草木微品，天恩降休，伏刻肌骨，不敢忘捨。」

懷嵩樓晚飲示徐無黨無逸

滁山不通車，滁水不載舟。舟車路所窮，嗟誰肯來游〔一〕。念非吾在此，二子來何求。不見忽三年，見之忘百憂。問其別後學，初若繭緒抽。縱横漸組織，文章爛然浮。引伸無窮極，卒斂以軻丘。少進日如此，老退誠可羞〔二〕。敝邑亦何有，青山遶城樓。泠泠谷中泉，吐溜彼山幽。石醜駭溪怪，天奇瞰龍湫〔三〕。子初如可樂，久乃歎以愀。云此譬圖畫，暫看已宜收〔四〕。荒涼草樹間，暮館城南陬。破屋仰見星，窗風冷如鎪。歸心中夜起，輾轉卧不周〔五〕。我爲辦酒肴，羅列蛤與蚌。酒酣微探之，仰笑不頷頭〔六〕。曰予非此儂，又不負讟尤。自非世不容，安事此爲囚。幸以主人故，崎嶇幾摧輈。一來勤已多，而況欲久留〔七〕。我語頓遭屈，顔慚汗交流。川塗冰已壯，霰雪行將稠。羨子兄弟秀，雙鴻翔高秋。嗈嗈飛且鳴，歲暮憶南州〔八〕。飲子今日歡，重我明日愁。來貺辱已厚，贈言媿非酬〔九〕。

【題解】 原輯《居士集》卷三，繫慶曆七年。作於是年末，時知滁州。題下原注：「一本作《奉和徐生見示懷嵩樓晚飲》，一本無『見示』字。」懷嵩樓，參見本書《懷嵩樓新開南軒與郡僚小飲》題解。徐無黨，永康人，早年從歐學習古文辭，後又爲歐《新五代史》作注釋。參見本書《喜雪示徐生》題解。無逸，字從道，無黨之弟。徐氏兄弟不避艱辛，來到偏僻落後的滁州求教，歐爲之感動，贈詩稱頌並勉勵之。首十六句稱道徐氏兄弟來滁就學，學業已有大進；次十六句描寫滁州風物及徐氏兄弟的歸鄉之思；末二十四句言徐氏兄弟南歸，自已設宴餞别，贈詩送行。叙事、議論、抒情雜出，詩語疏暢，意脈流貫，有行雲流水般的舒卷美。

【注釋】

〔一〕「滁山」四句：歐《豐樂亭記》云：「今滁介於江淮之間，舟車商賈、四方賓客所不至焉。」

〔二〕「念非」十二句：三年後重逢，感覺徐氏兄弟二人文章學業大進，自已則老大而落伍。三年：慶曆四年歐在絳州曾與徐無黨同游嵩巫亭，至此恰好三年。軻丘：孟軻、孔丘。

〔三〕「敝邑」六句：狀寫滁州的青山、幽谷、泉水、溪石等風物。泠泠：指幽谷泉。石：指菱溪石，歐有《菱溪石記》和《菱溪大石》詩，可參見。龍湫：上有懸瀑下有深潭者。此指龍潭。滁州有白龍潭、百子潭，皆屬龍潭。《大明一統志》卷一八《滁州》：「白龍潭在瑯琊山。歲旱，禱雨輒應。」參見本書《柏子坑賽龍》題解。

〔四〕「子初」四句：二人初到滁州，覺得風景新奇可愛，日久就厭倦了。《醉翁亭記》云：「四時之景不同，而樂亦無窮也。」此處反其意，借徐氏兄弟的談吐，抒發自己幽居之苦悶。

〔五〕「荒涼」六句：二人因滁州簡陋落寞，引發歸鄉之思。陬：隅、角落。鎪：侵蝕，侵削。

〔六〕「我爲」四句：置酒餞別，探問辭去之緣由。蛤與蚌：蛤蜊和蛸蚌，都是當地水産。

〔七〕「曰予」八句：徐氏兄弟之答語：因爲歐的緣故，纔長途跋涉來到這裏，没必要長久受囚於此。此儂：此地人。儂，人。韓愈《瀧吏》詩：「比聞此州囚，亦有生還儂。」摧輈：摧折車轅。孟郊《殺氣不在邊》：「道險不在山，平地有摧輈。」

〔八〕「川塗」六句：歲暮冰封雪飄，徐氏兄弟啟程南歸。冰已壯：《禮記·月令》：「仲冬之月……冰益壯，地始坼。」嗈嗈：鳥鳴聲。以秋雁喻二人南歸。南州：指婺州永康（今屬浙江），徐氏兄弟的家鄉。在滁州之南，故稱。

〔九〕來貺：亦作「來況」，意爲有所賜益。此指來訪。《文選·司馬相如〈子虛賦〉》：「足下不遠千里，來貺齊國。」郭璞：「言有惠賜也。」

【附録】

此詩輯入清吴之振《宋詩鈔》卷一一。

送張生

一别相逢十七春，頹顔衰髮互相詢〔一〕。江湖我再爲遷客，道路君猶困旅人〔二〕。老驥骨奇心尚壯，青松歲久色逾新〔三〕。山城寂寞難爲禮，濁酒無辭舉爵頻〔四〕。

【題解】原輯《居士集》卷一一，繫慶曆七年。作於是年，時知滁州。張生，不詳名字，據首句「一别相逢十七春」，當是天聖八年（一〇三〇）試進士在汴京結交的文友。老朋友久别重逢，又匆匆離别，詩人設酒賦詩送行，詩中充溢摯情與傷感。語言疏暢，筆勢健拔，醉吟行樂之中，依然顯現詩人的傲岸氣骨。

【注釋】

〔一〕「一别」二句：一别十七年，此次相逢都已成衰翁，互不相識了。十七春：逆推十七年，時爲天聖八年。歐是年正月中進士，在京師與文人名士多有結交。

〔二〕「江湖」二句：相互一問，彼此人生際遇都很坎坷。再爲遷客：歐景祐三年貶謫夷陵，五年後返汴京；慶曆五年又罷知諫院出知滁州，故云。困旅人：困於旅途之人，指尚未及第，仍在爲功名奔走。

〔三〕「老驥」二句：抒寫青松不屈、老當益壯的豪情，既是誇讚對方，也是勉勵自我。前句暗用曹操《龜雖壽》「老驥伏櫪，志在千里；烈士暮年，壯心不已」句意。

〔四〕舉爵頻：頻頻舉杯飲酒。爵，古代一種盛酒禮器，像雀形，比樽彝小，亦用爲飲酒器。

【附録】

此詩輯入清吴之振《宋詩鈔》卷一二、陳訏《宋十五家詩選·廬陵詩選》。

汝癭答仲儀

君嗟汝癭多，誰謂汝土惡。汝癭雖云苦，汝民居自樂〔一〕。鄉閭同飲食，男女相媒妁。習俗不爲嫌，譏嘲豈知怍〔二〕。汝山西南險，平地猶磽确。汝樹生擁腫，根株浸溪壑〔三〕。山川固已然，風氣宜其濁〔四〕。接境化襄鄧，餘風被伊雒。思予昔曾游，所見可驚愕〔五〕。喔喔聞語笑，纍纍滿城郭。傴婦懸甕盎，嬌嬰包卵轂。無由辨肩頸，有類龜縮殼〔六〕。噫人稟最靈，反不如梟鶴〔七〕。駢枝雖形累，小小固可略。癰瘍暫畜聚，決潰終當涸。贅疣附支體，幸或不爲虐。未若此巍然，所生非所託〔八〕。咽喉繫性命，鍼石難砭削〔九〕。農皇古神聖，爲世名百藥。豈不有方書，頑然莫銷鑠。温湯汝靈泉，亦不能湔瀹〔一〇〕。君官雖謫居，政可瘳民瘼。奈何不哀憐，而反恣訶謔〔一一〕。文辭騁新工，醜怪極名貌〔一二〕。汝士雖多奇，汝女少纖弱。翻愁太守宴，誰與唱清角〔一三〕。乖離南北殊，魂夢山陂邈。握手未知期，寄詩聊一噱〔一四〕。

【題　解】

原輯《居士集》卷三，繫慶曆七年。作於是年，時知滁州。題下原注：「一作《答王素汝癭》」。汝癭，汝州人的大脖子病。王素，字仲儀，大名莘縣人。真宗朝宰相王旦之子。慶曆三年與歐同知諫院，遇事敢言。歷知開封、華、汝、定、成都、許、渭、太原等州府，官至工部尚書。《宋史》卷三二〇有傳。據《長編》卷一五六紀事，王素慶曆五年六月丁巳（三日）知汝州。王素原詩已佚。梅堯臣《宛陵先生集》卷二七《和江陵江鄰幾見寄》題下有注：「自此許州，起慶曆六年夏，盡此年終。」而《和王仲儀詠癭二十韻》列於此卷，有人據此定歐詩亦作於慶曆六年。然蔡襄《寄答汝州王仲儀待制》詩有云：「諫垣笑別三年近，病枕魂飛萬里强。」《長編》卷一五二載蔡襄慶曆四年十月二十一日别諫院出知福州，「三年近」的慶曆七年秋，王素仍在汝州任。此詩繫年當不誤。詩歌描寫汝民病瘿的痛苦情狀，奉勸知州王素不要取笑患瘿瘤的百姓，表現詩人關心民瘼，關注民生的人文精神。此類描摹醜怪的題材，唐詩很少攝入，它拓展宋詩表現空間，導引宋人以俗爲雅、以醜爲美的審美觀。

【注釋】

〔一〕「君嗟」四句：汝州水土惡劣，民多病瘿，百姓卻自得其樂。瘿：囊狀腫瘤。多生於頸部，包括甲狀腺腫大等。土惡：梅堯臣《和王仲儀詠瘿二十韻》：「汝水出山險，汝民多病瘿。」

〔二〕「鄉閭」四句：汝州多病瘿，婚姻民俗卻不嫌棄，也不覺羞愧。怍：羞慚。《後漢書·文苑傳下·禰衡》：「〔禰衡〕復參撾而去，顔色不怍。」李賢注：「怍，羞也。」

〔三〕「汝山」四句：汝州山勢險峻，土地貧瘠，樹木生有蟲瘿。汝山：汝州西南有竈君山、崆峒山和霍山等大山。《大清一統志》卷一七四《汝州》：「竈君山，在州西南三十里。」「崆峒山，在州西南六十里。」「霍山，在州西南六十里。」磽确：土地堅硬瘠薄。孟郊詩《秋懷》其十：「南逸浩淼際，北貧磽確中。」句下原校：「一作『确犖』，一作『磽礐』，一作『确礐』。」卷末校記：「『平地猶确礐』，衢本作『确犖』，吉本作『磽礐』，建本作『确礐』，蜀本、羅氏本作『磽确』。朝佐按：字書『磽』通作『墝』，『确』通作『埆』。『磽确』，不平也。『犖』，駁牛也。『礐』，石相扣聲。『确犖』、『磽礐』、『确礐』，字各不同，今從蜀本、羅氏本作『磽确』，而以諸本注其下。」臃腫：此指樹木長有蟲癭，呈漲大之狀。梅堯臣《和江鄰幾詠雪二十韻》：「庭槐高臃腫，屋蓋素模胡。」

〔四〕「山川」二句：窮山惡水之地，民風自然雜亂。

〔五〕「接境」四句：汝州四鄰的襄州、鄧州及河南府受其濡染，回想往昔所見，我深感驚訝。　化襄鄧：襄州、鄧州之地受到影響。鄧爲古國名，戰國屬楚地，秦置鄧縣，治所在今河南鄧州。襄州：北魏時置，轄境在今河南方城、舞陽一帶。　被伊雒：影響到周邊洛陽河南府一帶。伊洛，伊水與洛水，指洛陽地區。

〔六〕「喔喔」六句：言汝州癭患病狀。江少虞《事實類苑》卷六三《風俗雜誌·病癭》：「夫頸處嶮而癭，今汝洛間多，而浙右閩廣山嶺重阻，人鮮病之者。」　傴婦：駝背的婦女。　甕盎：陶製罐盆類容器。此指患癭婦女的脖子像懸挂著盆罐。　卵鷇：鳥蛋。《國語·魯語上》：「鳥翼鷇卵，蟲舍蚳蝝。」韋昭注：「翼，成也。生哺曰鷇，未乳曰卵。」此指初生小孩脖子上的癭像個鳥卵。

〔七〕「噫人」二句：感慨身爲萬物之靈的人類，反不如禽鳥。　人稟：人的天賦。

〔八〕「駢枝」八句：駢枝、癰瘍等多無大礙而易治，癭病爲害最重而難治。　駢枝：手指超過十個。劉勰《文心雕龍·麗辭》：「若斯重出，即對句之駢枝也。」　癰瘍：癰瘡，一種皮膚和皮下組織化膿性的炎症，多發於頸、背。　贅疣：指附生於體外的肉瘤。葛洪《抱朴子·交際》：「猶蚤虱之積乎衣，而贅疣之攢乎體也。」

〔九〕「咽喉」二句：蘇軾《大臣論上》：「人之癭，生於頸而附於咽，是以不可去。」砭削：減弱，萎縮。

〔一〇〕「農皇」六句：生在喉部的癭瘤，神醫靈丹難以根治，温泉靈水難以清除。農皇：即上古傳説中的神農氏。名百藥：《三皇紀》：「神農始嘗百草，始有醫藥。」方書：醫書。《史記·扁鵲倉公列傳》：「（陽慶）謂意曰：『盡去而方書，非是也。』」湔淪：洗雪，清除。蘇軾《西山詩和者三十餘人再用前韻爲謝》：「願求南宗一勺水，往與屈賈湔餘哀。」

〔一一〕「君官」四句：你雖然謫居汝州，爲政仍可解救民生疾苦，爲何不關心百姓而肆意戲謔。《宋史·王素傳》：「知渭州，坐市木河東，有擾民狀，降華州，又奪職徙汝。」《長編》卷一五六：「（慶曆五年六月）丁巳，刑部郎中、天章閣待制、新知江州王素落待制、知汝州。」民瘼：民衆的疾苦。《詩·大雅·皇矣》：「監觀四方，求民之莫。」馬瑞辰通釋：「《漢書》、《潛夫論》及《文選》注，並引作『求民之瘼』。」訶謔：訶責戲謔。

〔一二〕「文辭」二句：施展其文學才華，描摹病癭情狀。

〔一三〕「翻愁」二句：卻擔心你的官宴上找不到歌兒舞女。清角：雅曲名。泛指歌曲。漢傅毅《舞賦》：「揚《激徵》，騁《清角》。」李善注：「《激徵》、《清角》，皆雅曲名。」

〔一四〕「乖離」四句：你我如今南北分離，魂牽夢縈，相見無期，聊且寄此詩存念。乖離：離別，分離。晉孫楚《征西官屬送於陟陽候作詩》：「乖離即長衢，惆悵盈懷抱。」

【附録】

此詩輯入清吴之振《宋詩鈔》卷一一。

葛立方《韻語陽秋》卷一三：「汝人多苦癭，故歐公《汝癭詩》云：『傴婦垂甕盎，嬌嬰包卵轂。無由辨肩頸，有類龜縮殼。』梅聖俞詩云：『或如雞嗉滿，或若猨嗛並。女慚高掩襟，男衣闊裁領。』東坡《量移汝州詩》云：『闊領先裁蓋癭衣。』又云：『汝陽甕盎吾何恥。』魯直《汝州葉縣詩》亦云：『癭民見我亦悠悠。』余嘗侍先人知汝州，見州治諸井，皆以夾錫錢鎮之，每井率數十千。問其故，一老兵曰：『此邦饒風沙，沙入井中，人飲之則成癭，夾錫錢所以制沙土也。』因思無錫惠山泉，清甘甲於二浙者，以有錫也。則老兵之言不妄矣。」按：又見楊慎《升庵外集》卷五一。

寶　劍

寶劍匣中藏，暗室夜常明。欲知天將雨，錚爾劍有聲〔一〕。神龍本一物，氣類感則鳴。常恐躍匣去，有時暫開扃〔二〕。煌煌七星文，照曜三尺冰〔三〕。此劍在人間，百妖夜收形。姦兇與佞媚，膽破骨亦驚〔四〕。試以向星月，飛光射攙槍〔五〕。藏之武庫中，可息天下兵。奈何狂胡兒，尚敢邀金繒〔六〕。

【題　解】

原輯《居士集》卷三，無繫年，列慶曆七年詩後。作於是年，時知滁州。前十句極力渲染寶劍神奇非凡；後十句感慨寶劍威力無比，卻難以除奸息兵。全詩借物言志，通過詠贊神奇的寶劍，寄託詩人内除奸佞、外禦强敵的政治抱負。寶劍具有無比威力，能够斬奸除凶，威震邪惡。實際上它是朝政改革者和抗敵救國志士的象徵，是詩人理想中英雄人物的化身。全詩託物詠志，藴藉含蓄，耐人尋味。

【注　釋】

〔一〕「寶劍」四句：匣中寶劍有神龍之氣，會黑夜發光，雨天作響。匣中藏：見前《劍聯句》注〔七〕。常夜明：《列子》：「宵練（劍名），方晝見影而不見光，方夜見光而不見影。」又《西京雜記》卷一「高祖斬白蛇劍，劍上有七采珠、九華玉以爲飾，雜厠五色琉璃爲劍匣，劍在室中，光景猶照於外。」

〔二〕「神龍」四句：寶劍本是神龍所化，在一定氣候條件下，會發生感應而作響。常常擔心它騰空飛走，故不時打開匣蓋驗看。神龍：《拾遺記》：「帝顓頊有曳影之劍，騰空而舒，若四方有兵，此劍則飛起，指其方則克伐。未用之時，常於匣裏如龍虎之吟。」《晉書·張華傳》亦云：「劍忽於腰間躍出墮水」，「不見劍，但見兩龍各長數丈，蟠縈有文章」，「須臾光彩照水，波浪驚沸，於是失劍。」　扃：指劍匣蓋。

〔三〕「煌煌」二句：劍柄上有金光燦爛的七星，劍身發出冰雪般的寒光。七星文：七個星形的黑子或飾物。《吴越春秋》：「伍子胥過江，解其劍與漁父，曰：『此劍中有七星北斗，其值百金。』」　三尺冰：寶劍寒氣逼人，如冰一樣。三尺，指劍。《漢書·高祖紀下》：「吾以布衣提三尺，取天下，此非天命乎？」顔師古注：「三尺，劍也。」

〔四〕百妖夜收形：王嘉《拾遺記》：「六曰滅魂（劍名），挾之夜行，不遇魑魅。七曰卻邪，有妖魅者，見之則伏。」　佞媚：諂媚。《禮記·曲禮上》：「禮不妄説人。」鄭玄注：「爲近佞媚也。」　骨亦驚：江淹《别賦》：「心折骨驚」。

〔五〕欃槍：彗星名。即天欃，天槍。《淮南子·俶真訓》：「古之人處混冥之中……欃槍衡杓之氣，莫不彌靡，而不能爲害。」

〔六〕「奈何」二句：慶曆四年，西夏與宋媾和，狂妄地强索歲幣之賜。繼而契丹亦要求增加「澶淵之盟」的歲給金銀財物。《宋史·外國·夏國》載西夏强求「歲賜銀綺絹茶二十五萬五千」。《宋史·韓琦傳》亦云：「元昊介契丹爲援，强邀索無厭。」　金繒：黄金和絲織品。泛指金銀綢緞。繒，絲織品的總稱。

【附録】

此詩輯入明李蓘《宋藝圃集》卷九。

贈無爲軍李道士二首

其一

無爲道士三尺琴〔一〕，中有萬古無窮音。音如石上瀉流水，瀉之不竭由源深〔二〕。彈雖在指聲在意，聽不以耳而以心。心意既得形骸忘，不覺天地白日愁雲陰〔三〕。

其二

李師琴紋如卧蛇，一彈使我三咨嗟〔四〕。五音商羽主肅殺，颯颯坐上風吹沙，忽然黄鐘回煖律，當冬草木皆萌芽〔五〕。郡齋日午公事退，荒涼樹石相交加。李師一彈鳳凰聲，空山百鳥停嘔啞〔六〕。我怪李師年七十，面目明秀光如霞。問胡以然笑語我，慎勿辛苦求丹砂。惟當養其根，自然燁其華。又云理身如理琴，正聲不可干以邪〔七〕。我聽其言未云足，野鶴何事還思家〔八〕。抱琴揖我出門去，獵獵歸袖風中斜〔九〕。

【題解】

原輯《居士集》卷四，繫慶曆七年。作於是年，時知滁州。卷末題下校記：「石本作《贈宗教李尊師名景仙》。」無爲軍，宋代軍名，屬淮南路，治所在今安徽無爲。李道士，題下原注：「名景仙。」詩中有云「年七十」。《江南通志》卷三五《輿地志·古跡》：「萬卷堂，在無爲州天慶觀西。宋祥符中李景仙藏書於此，多秘閣所無者，以其半進於朝。」組詩「其一」以高山流水般的琴聲，喻李道士人品高潔；「其二」借琴理寫爲人之道。「惟當養其根，自然燁其華」，所言「養根」即作者的道德修養與文化内蘊。此説與韓愈《答李翊書》中的「養其根而竢其實，加其膏而希其光」，可謂異曲而同工。以文爲詩，語言酣暢，超然象外，興寄高遠。

【注釋】

〔一〕三尺琴：《琴操》：「伏羲作琴，長三尺六寸六分。」李白《悲歌行》：「君有數斗酒，我有三尺琴。」

〔二〕石上瀉流水：《太平御覽》卷五七八引《琴歷》，稱琴曲有「石上流泉操」。

〔三〕「心意」二句：形容聽琴出神之情狀。形骸忘：《晉書·阮籍傳》：「（籍）善彈琴，當其得意，忽忘形骸。」

〔四〕咨嗟：讚歎。《楚辭・天問》：「何親揆發，定周之命以諮嗟？」王逸注：「諮嗟，歎而美之也。」

〔五〕「五音」四句：稱讚李師彈琴技藝高超。其音猶如四季聲色，極具感染力。五音：我國古代五聲音階中的五個音級，即宮、商、角、徵、羽。商羽：五音中的商聲和羽聲。董俞《宋琬二鄉亭詞序》：「多商羽之音，秋飆拂林，哀泉動壑，不足喻其崢嶸蕭瑟也。」黄鐘回煖律：古代爲了預測節氣，將葦膜燒成灰，放在律管内，到某一節氣，相應律管内的灰就會自行飛出。黄鐘律和冬至節氣相應，時在十一月。《淮南子・天文訓》：「日行一度，十五日爲一節，以生二十四時之變。斗指子則冬至，音比黄鐘。」高誘注：「黄鐘，十一月也。鐘者，聚也，陽氣聚於黄泉之下也。」

〔六〕鳳凰聲：指模擬鳳凰鳴聲。韓愈《聽穎師彈琴》：「喧啾百鳥群，忽見孤鳳凰。」

〔七〕「我怪」八句：在詩人的探問當中，李師由養琴之道論及養身之道。求丹砂：道教主張以化汞煉丹，祈修身延年，宋人熱衷於服食。《宋史・薛居正傳》：「（居正）因服丹砂遇毒……吐氣如煙燄，輿歸私第卒。」養其根：滋養根基，培本固元。燁其華：容光焕發，色彩鮮豔。韓愈《答李翊書》：「養其根而俟其實，加其膏而希其光。根之茂者其實遂，膏之沃者其光曄。」理身：養生，修身。《後漢書・崔寔傳》：「爲國之道，有似理身，平則致養，疾則攻焉。」

〔八〕野鶴：鶴性孤高，居于林野，常喻隱士。唐劉長卿《送方外上人》詩：「孤雲將野鶴，豈向人間住。」

〔九〕獵獵：衣袖隨風飄拂的樣子。司馬光《夏夜》詩：「小冠簪短髮，衣裙輕獵獵。」

【附　録】

二詩全輯入清吳之振《宋詩鈔》卷一一、陳焯《宋元詩會》卷一〇。

宋刊本《歐集》卷七三《書琴阮記後》：「余爲夷陵令時，得琴一張于河南劉几，蓋常琴也。後做舍人，又得琴一張，乃張越琴也。後做學士，又得琴一張，則雷琴也。官愈高，琴愈貴，而意愈不樂。在夷陵時，青山緑水，日在目前，無復俗累，琴雖不佳，意則蕭然自釋。及做舍人、學士，日奔走於塵土中，聲利擾擾盈前，無復清思，琴雖佳，意則昏雜，何由有樂？乃知在人不在器，若有以自適，無絃可也。」又歐《試筆·琴枕説》有云：「余家石暉琴得之二十年，昨因患兩手中指拘攣，醫者言唯數運動以導其氣之滯者，謂唯彈琴爲可。亦尋理得十餘年已忘諸曲，物理損益相因，固不能窮，至於如此。老莊之徒，多寓物以盡人情，信有以也哉！」

宋長白《柳亭詩話》卷二二：「歐陽永叔贈李景仙詩『無爲道士三尺琴，中有萬古無窮音』、『彈雖在指聲在意，聽不以耳而以心』……兩章段落，俱有至詣，琴耶？畫耶？詩耶？其得無聲三昧者耶？」

彈琴效賈島體

古人不可見，古人琴可彈。彈爲古曲聲，如與古人言。琴聲雖可聽，琴意誰能論〔一〕。横琴置牀頭，當午曝背眠〔二〕。夢見一丈夫，嚴嚴古衣冠。登牀取之坐，調作南風絃。一奏風雨來，再鼓變雲煙。鳥獸盡嚶鳴，草木亦滋蕃。乃知太古時，未遠可追還。方彼夢中樂，心知口難傳〔三〕。既覺失其人，起坐涕汍瀾〔四〕。

【題　解】

原輯《居士集》卷四，無繫年，列慶曆七年詩間。作於是年，時知滁州。梅堯臣是年有《鳴琴》詩云：「雖傳古人聲，不識古人意。古人今已遠，悲哉廣陵思。」與本詩首六句意義相近。賈島體，指唐代詩人賈島因苦吟而形成的詩風。賈島字閬仙，其詩奇險瘦硬。蘇軾《祭柳子玉文》有云：「元輕白俗，郊寒島瘦。」此詩通過夢中聽琴，感歎今無古賢，表達恢儒復古志向。詩風寒峭，有類孟郊、賈島，顯示詩人對唐詩的綜合繼承，並從繼承中探索宋詩新調。

【注釋】

〔一〕「古人」六句：古人不可復見，聽古琴曲就象與古人對話，然而琴意卻很少有人説得出。

琴意：琴聲中寄託的情意。隋王通《中説·禮樂》：「子游汾亭，坐鼓琴，有舟而釣者過曰：『美哉琴意，傷而和，怨而静，在山澤而有廊廟之志。』」

〔二〕曝背：曬背。劉長卿《初到碧澗招明契上人》：「漸老知身累，初寒曝背眠。」

〔三〕「夢見」十二句：描寫夢中琴師的高超琴藝。巖巖：威重貌，莊嚴貌。王安石詩《寄曾子固》其一：「巖巖中天閣，藹藹層雲樹。」南風絃：古代樂曲名，相傳爲虞舜所作。《禮記·樂記》：「昔者舜作五絃之琴，以歌《南風》。」《孔子家語·辨樂解》：「昔者舜彈五絃之琴，造《南風》之詩。其詩曰：『南風之熏兮，可以解吾民之愠兮；南風之時兮，可以阜吾民之財兮。』」嚶鳴：鳥相和鳴。《詩·小雅·伐木》：「嚶其鳴矣，求其友聲。」

〔四〕涕汍瀾：眼淚疾流貌。韓愈《齪齪》詩：「報國心皎潔，念時涕汍瀾。」

【附録】

此詩輯入宋祝穆《古今事文類聚》續集卷二二。

酬學詩僧惟晤

詩三百五篇，作者非一人〔一〕。羈臣與棄妾，桑濮乃淫奔。其言苟可取，龐雜不全純〔二〕。子雖爲佛徒，未易廢其言。其言在合理，但懼學不臻〔三〕。子佛與吾儒，異轍難同輪。子何獨吾慕，自忘夷其身。苟能知所歸，固有路自新〔四〕。誘進或可至，拒之誠不仁〔五〕。維詩於文章，太山一浮塵。又如古衣裳，組織爛成文。拾其裁剪餘，未識袞服尊〔六〕。嗟子學雖勞，徒自苦骸筋。勤勤袖卷軸，一歲三及門。惟求一言榮，歸以耀其倫〔七〕。與夫榮其膚，不若啟其源。韓子亦嘗謂，收斂加冠巾〔八〕。

【題解】

原輯《居士集》卷四，無繫年，列慶曆七年詩間。作於是年，時知滁州。惟晤，《宋詩紀事》卷九一：「惟晤，字沖晦。」與時人多有唱和作。今存蘇頌《和惟晤師游鶴林寺寄穎長老》、《送惟晤游廬山》、强至《題惟晤師斑竹杖》、楊蟠《寄勉沖晦速和拙作》等詩，釋契嵩《鐔津集》卷二一有多組與惟晤、楊蟠酬唱之詩。僧惟晤向儒者學詩，詩人奉勸其棄佛理，學儒道。詩語沉鬱，命意深婉，多設比喻，氣韻流走，有跌宕起伏之美感。詩人有意打破五言詩上二下三的傳統句式，表現出鮮明的散文化特色。

【注釋】

〔一〕「詩三百」二句：《詩經》作品三百零五篇，舉其整數稱「三百」，作者並非一人，故云。

〔二〕「羈臣」四句：《詩經》當中有放逐在外的羈臣之詩，有被遺棄的女子之詩，也有淫靡之詩。桑濮：「桑間濮上」的省稱。《禮記・樂記》：「桑間濮上之音，亡國之音也。其政散，其民流，誣上行私而不可止也。」鄭玄注：「濮水之上，地有桑間者，亡國之音於此之水出也。昔殷紂使師延作靡靡之樂，已而自沈于濮水，後師涓過焉，夜聞而寫之，爲晉平公鼓之。」後因以「桑間濮上」指淫靡之音。　淫奔：男女私相奔就，自行結合，多指女方往就男方。《詩・王風・大車序》：「禮義陵遲，男女淫奔。」孔穎達疏：「男女淫奔，謂男淫而女奔之也。」

〔三〕「子雖」四句：惟晤雖爲佛教徒，但勤奮好學，秖要是合理之學，唯恐學不到。

〔四〕「子佛」六句：佛教與儒學所宗不同，認識各異，惟晤欣慕儒學，迷途知返，當有自新之路。夷其身：儒士以佛教爲夷狄之教，視僧人爲夷狄之徒。歐《本論上》：「佛爲夷狄，去中國最遠。」

〔五〕誘進：誘導進取，誘導進用。《史記・禮書》：「誘進以仁義，束縛以刑罰。」

〔六〕「維詩」六句：詩文與儒家仁義禮智信等「大道」相比，實屬微不足道，就像泰山和微塵一樣相差甚遠。組織：經緯相交，織作布帛。《呂氏春秋·先己》：「《詩》曰『執轡如組』。」高誘注：「組讀組織之組。夫組織之匠，成文於手，猶良御執轡於手而調馬口，以致萬里也。」衮服：古代帝王及上公穿的繪有卷龍的禮服，此喻儒道。

〔七〕「嗟予」六句：詩僧惟晤勤學好問，年内多次登門拜訪求教，希望求得詩人的讚譽，回去好向同輩們誇耀。「徒自」句：原本校云：「一作『自遠涉江津』。」

〔八〕「韓子」二句：勸惟晤去佛從儒，就象當年韓愈所説的那樣。加冠巾：指僧徒轉變爲儒士。韓愈《送僧澄觀》詩：「我欲收斂加冠巾。」又《送靈師》詩：「方將斂之道，且欲冠其顛。」

【附録】

此詩輯入清吴之振《宋詩鈔》卷一一。

邵博《邵氏聞見後録》卷一八：「劉中原父望歐陽公稍後出，同爲昭陵侍臣，其學問文章，勢不相下，然相樂也。歐陽公喜韓退之文，皆成誦。中原父戲以爲『韓文究』，每戲曰：永叔於韓文，有公取，有竊取，竊取者無數，公取者粗可數。永叔《贈僧》云：『韓子亦嘗謂，收斂加冠巾。』乃退之《送僧澄觀》『我欲收斂加冠巾』也……非公取乎？歐陽公以退之《讀墨子》『不相用，不足爲孔墨』爲叛道。中原父笑曰：『永叔無傷事主也。』」

葛立方《韻語陽秋》卷一二："歐陽永叔素不信釋氏之説，如……《酬惟悟師》云『子何獨吾慕，自忘夷其身。韓子亦嘗謂，收斂加冠巾』是也。既登二府，一日被病亟，夢至一所，見十人端冕環坐，一人云：『參政安得至此，宜速反舍。』公出門數步，復往問之，曰：『公等豈非釋氏所謂十王者乎？』曰然。因問：『世人飯僧造經，爲亡人追福，果有益乎？』答云：『安得無益。』既寤，病良已。自是遂信佛法。文康公得之於陳去非，去非得之於公之孫恕，當不妄。葉少藴守汝陰，謁見永叔之子棐，久之不出。已而棐持數珠出，謝曰：『今日適與家人共爲佛事。』葉問其所以，棐曰：『先公無恙時，薛夫人已如此，公弗之禁也。』"按：又見阮閲《詩話總龜》後集卷四五。

劉壎《隱居通議》卷七："其《酬學詩僧》有曰：『維詩於文章，泰山一浮塵。又如古衣裳，組織爛成文。拾其裁翦餘，未識衮服尊。』……如此等語，殊似少陵。舉此以例其餘，概可知矣，而謂公不工於詩可乎？"

初春

新年變物華，春意日堪嘉〔一〕。霽色初含柳，餘寒尚勒花〔二〕。風絲飛蕩漾，林鳥哢交加〔三〕。獨有無悰者〔四〕，誰知老可嗟！

【題解】

原輯《居士外集》卷六，無繫年，列慶曆八年（一〇四八）詩後。作於是年春初，年四十二歲，知滁州。據張《曆日天象》，本年正月十四日癸未「立春」。詩人次月受命改知揚州，尚未赴任。胡《譜》：慶曆八年「閏正月乙卯（十六日），轉起居舍人，依舊知制誥，徙知揚州。二月庚寅（二十二日），至郡。」詩歌描寫新年新春新氣象，面對大自然一派生機與活力，詩人自歎衰老，鬱悶不樂。詩景如畫，意象顯現時令特徵，韻味深沉。

【注釋】

〔一〕嘉：快樂、喜歡。《禮記·禮運》：「君與夫人交獻，以嘉魂魄。」鄭玄注：「嘉，樂也。」

〔二〕勒花：抑止花開。王安石《四月果》詩：「一春强半勒花風，幾日園林幾樹紅。」

〔三〕「風絲」二句：風裏游絲飄蕩，林中群鳥交鳴。

〔四〕無悰者：詩人自指。無悰，没有歡樂。《漢書·廣陵厲王劉胥傳》：「何用爲樂心所喜，出入無悰爲樂亟。」顔師古注引韋昭曰：「悰，亦樂也。」

【附録】

潘自牧《記纂淵海》卷二《歲時部·春》録入此詩前六句。

別滁

花光濃爛柳輕明〔一〕，酌酒花前送我行。我亦且如常日醉，莫教絃管作離聲〔二〕。

【題解】

原輯《居士集》卷一一，繫慶曆八年。作於是年二月，時詩人離滁州赴揚州（今屬江蘇）。歐《揚州謝上表》有云：「已於今月（二月）二十二日赴任訖者。」滁揚毗鄰，路途不遠，啟程赴任當在二月。詩歌前兩句寫景叙事，描繪滁州吏民熱烈送别的場面；後兩句抒情達意，抒發詩人留戀滁州山水的真摯情誼，表達灑脱曠達的情懷。筆調輕快，風趣有味，語婉情濃，以意取勝。

【注釋】

〔一〕柳輕明：柳絲輕盈明麗。

〔二〕「莫教」句：鮑照《代東門行》：「傷禽惡弦驚，倦客惡離聲。離聲斷客情，賓御皆涕零。」唐武元衡《酬裴起居西亭留題》：「況是池塘風雨夜，不堪絲管盡離聲。」作離聲：演奏送别的樂曲。《藝文類聚》卷二九：「《吴越春秋》曰：『勾踐伐吴，乃命國中與之訣，而國人悲哀，皆作離别之聲。』又曰：『群臣送勾踐，至於江上，臨水祖道，大夫種爲祝勾踐，舉杯垂涕。』」

【附録】

此詩輯入清吴之振《宋詩鈔》卷一二、陳焯《宋元詩會》卷一一、陳訏《宋十五家詩選·廬陵詩選》。

吴曾《能改齋漫録》卷六：「歐陽公詩：『我亦秖如常日醉，莫教絃管作離聲。』按，《吴越春秋》：『勾踐伐吴，乃命國中與之訣，而國人悲哀，皆作離别之聲。』」

陳衍《宋詩精華録》卷一評曰：「末二語直是樂天。」

錢鍾書《宋詩選注》：「黄庭堅《夜發分寧寄杜澗叟》『我自秖如常日醉，滿川風月替人愁』，正從這首詩來。」按：黄庭堅《山谷外集》卷七《夜發分寧寄杜澗叟》詩：「《陽關》一曲水東流，燈火族陽一釣舟。我自秖如常日醉，滿川風月替人愁。」

答謝判官獨游幽谷見寄

聞道西亭偶獨登〔一〕，悵然懷我未忘情。新花自向游人笑，啼鳥猶爲舊日聲〔二〕。因拂醉題詩句在，應憐手種樹陰成〔三〕。須知别後無由到，莫厭頻携野客行〔四〕。

【題　解】

原輯《居士集》卷一一，繫慶曆八年。作於是年三月，時知揚州。胡《譜》：慶曆八年「二月庚寅（二十二日），至郡。」謝判官，即謝縝。參見本書《謝判官幽谷種花》題解。詩人感懷朋友春游不忘故舊的真摯情意，想像幽谷鳥語花香的美好春光，囑託謝縝常攜村民前去游覽，不要辜負如此良辰美景，表現作者熱愛自然風物、眷戀滁州名勝的深情厚誼，亦見其逆境中的守窮獨善與安常處順。移情入景，借物抒懷，意藴深沉委婉。

【注　釋】

〔一〕西亭：即豐樂亭，亭在城西豐山之下，故云。

〔二〕舊日聲：鳥鳴聲就如當年我聽到的那樣，或像我當年《啼鳥》詩中所描繪的那樣。

〔三〕因拂醉題：吴處厚《青箱雜記》卷六：「世傳魏野嘗從萊公游陜府僧舍，各有留題，後復同游，見萊公之詩已用碧紗籠護，而野詩獨否，塵昏滿壁。時有從行官妓頗慧黠，即以袂就拂之。野徐曰：『若得常將紅袖拂，也應勝似碧紗籠。』萊公大笑。」樹陰成：當年栽種的花木已經長大成蔭。謝縝曾在幽谷栽樹種花。參見本書《謝判官幽谷種花》詩。

〔四〕「須知」二句：要知道離别後我是不能與你同游的，你不妨多攜村民前往幽谷游覽。野客：村民，村野之人，亦指隱逸者。

【附録】

此詩輯入清陳訏《宋十五家詩選·廬陵詩選》。

贈歌者

病客多年掩緑樽，今宵爲爾一顔醺〔一〕。可憐玉樹庭花後，又向江都月下聞〔二〕。

【題解】

原輯《居士外集》卷六，繫慶曆八年。作於是年三月，時知揚州。詩人聽豔曲而爲之心迷酒醉，對浮靡世風，又似乎頗有微詞，表現儒家學者生活中的自慎自誡。詩風明朗活潑，意藴含蓄深沉。

【注釋】

〔一〕「病客」二句：自己多年患病戒酒，今宵爲你破例舉杯。實爲讚揚歌聲美妙動聽。醺：醉。

杜甫《撥悶》詩：「聞道雲安麴米春，纔傾一盞即醺人。」

〔二〕玉樹庭花：即《玉樹後庭花》，陳後主所製曲，被視爲靡靡之音。《陳書·後主張貴妃》：「後主每引賓客對貴妃等游宴，則使諸貴人及女學士與狎客共賦新詩，互相贈答，采其尤豔麗者以爲曲詞，被以新聲，選宫女有容色者以千百數，令習而歌之，分部迭進，持以相樂。其曲有《玉樹後庭花》、《臨春樂》等，大指所歸，皆美張貴妃、孔貴嬪之容色也。」江都：宋代縣名，爲淮南路揚州府治，治所在今江蘇江都。

【附　録】

此詩輯入高步瀛《唐宋詩舉要》卷八。

金鳳花

憶繞朱欄手自栽〔一〕，緑叢高下幾番開。中庭雨過無人迹，狼藉深紅點緑苔〔二〕。

【題　解】

原輯《居士集》卷一一，無繫年，列慶曆八年詩間。作於是年春末，時知揚州。金鳳花，即鳳仙花。明王象晉《群芳譜·花譜》：「鳳仙花，開花頭、翅、羽、足翹然如鳳狀，故又有金鳳之名。」詩歌描寫暮春時節風吹雨打、花落紅殘的狼藉情態，俯仰今昔，流露孤獨落寞之感。詩語平易，輕鬆自然，短章小景，傳致閒情逸趣。亦顯示詠物創新，關注日常事物，情物融合無跡。

【注　釋】

〔一〕朱欄：紅色的欄杆。晏殊《詠鳳仙花》詩：「題品直須名最上，昂昂驤首倚朱闌。」

〔二〕「狼藉」句：雨後殘花濺落在緑色的苔蘚上，顯得一片狼藉。韓愈《石榴》詩：「顛倒青苔落絳英。」

【附　録】

此詩輯入宋潘自牧《記纂淵海》卷九三，又輯入明曹學佺《石倉歷代詩選》卷一四〇，又輯入清康熙《御定佩文齋廣群芳譜》卷四七、《御定佩文齋詠物詩選》卷三六六、《淵鑑類函》卷四〇七、管庭芬、蔣光煦《宋詩鈔補·歐陽文忠詩補鈔》。

鷺　鷥

風格孤高塵外物，性情閒暇水邊身〔一〕。盡日獨行溪淺處，青苔白石見纖鱗〔二〕。

【題解】

原輯《居士集》卷一一，無繫年，列慶曆八年詩間。作於是年春末，時知揚州。鷺鷥，即白鷺。因其頭頂、胸、肩、背部皆生長毛如絲，故稱。《本草綱目》卷四七《鷺》：釋名：「鷺鷥（《禽經》）。」集解：「時珍曰：鷺，水鳥也。林棲水食，群飛成序，潔白如雪，頸細而長，脚青善翹，高尺餘，解指短尾，喙長三寸，頂有長毛十數莖，毿毿然如絲。」詩歌描寫鷺鷥的潔身自好，安於寂寞，寄寓作者孤高而閒雅的襟懷，是詩人逆境中安祥平和心態的藝術寫照。詠物擬人，創新意象，寓情於物，物我融爲一體。

【注釋】

〔一〕「風格」二句：鷺鷥孤高而又閒暇的情態。李白《白鷺鷥》詩：「白鷺下秋水，孤飛如墜霜。心閒且未去，獨立沙洲傍。」塵外物：《世説新語·賞譽》：「王戎云：『太尉神姿高徹，如瑶林瓊樹，自然是風塵外物。』」

〔二〕纖鱗：小魚。駱賓王《上兗州刺史啟》：「躍纖鱗於涓滴，望鴻澤之微霑。」

【附録】

此詩輯入宋祝穆《古今事文類聚》後集卷四六、潘自牧《記纂淵海》卷九七，又輯入清康熙《淵鑑類函》卷四二七。

蔡正孫《詩林廣記》後集卷一：「《庚溪詩話》云：『衆禽中惟鶴標致高逸，其次鷺亦閒野不俗。若規規秖及羽毛飛鳴，則陋矣……如歐陽此詩，真佳句也。』愚因記有賦振鷺者，其一聯云：『翛然其容，立以不倚；皓乎其羽，涅而不緇。』語意精緻，亦不規規於賦物者也。」按：又見單宇《菊坡叢話》卷五、黄溥《詩學權輿》卷六。

野鵲

鮮鮮毛羽耀朝輝，紅粉墻頭緑樹枝。日暖風輕言語軟，應將喜報主人知〔一〕。

【題解】

原輯《居士集》卷一一，無繫年，列慶曆八年詩間。作於是年春末，時知揚州。野鵲，《本草綱目》卷四九《山鵲》：釋名：「鷽（《爾雅》）。」集解：「時珍曰：山鵲，處處山林有之，狀如鵲烏，色有文采，赤嘴赤足，尾長不能遠飛。」此詩描寫晨光中的野鵲，毛色美麗，鳴聲可愛。景美心喜，表現詩人對自然風物的由衷喜愛與細緻觀察。詩語清新自然，情致恬淡悠閒。詠物而注重發掘事物的人文特質，創新審美境界。

【注　釋】

〔三〕「日暖」二句：風和日暖之際，野鵲軟綿綿的鳴叫，像是向主人報喜似的。喜報：民間認爲喜鵲啼叫預示有喜事進門。鵲，稱喜鵲，亦稱乾鵲。其性好晴，其聲清亮，故名。《西京雜記》卷三：「乾鵲噪而行人至，蜘蛛集而百事嘉。」宋彭乘《墨客揮犀》卷二：「北人喜鴉聲而惡鵲聲，南人喜鵲聲而惡鴉聲。鴉聲吉凶不常，鵲聲吉多而凶少。故俗呼喜鵲，古所謂乾鵲是也。」

【附　録】

此詩輯入宋祝穆《古今事文類聚》後集卷四四、潘自牧《記纂淵海》卷九七，又輯入清康熙《淵鑑類函》卷四二三。

樵　者

雲際依依認舊林，斷崖荒磴路難尋〔一〕。西山望見朝來雨，南澗歸時渡處深。

【題　解】

原輯《居士集》卷一一，無繫年，列慶曆八年詩間。作於是年夏秋間，時知揚州。詩人以獨特的觀察力，描寫變幻無常的山地氣候、艱危不測的樵夫生活。早晨出發時西山下雨，砍柴歸來時渡口漲水，既是樵夫生存環境的觀察，也爲詩人仕途際遇的寫照。詩人將描寫物件移向普通樵夫，既是詩人關注民生的表現，也是宋詩走向平民化、世俗化的標誌。

【注釋】

〔二〕依依：依稀貌，隱約貌。陶潛詩《歸園田居》其一：「曖曖遠人村，依依墟里煙。」斷崖荒磴：殘斷的山崖與荒蕪的石階。

【附録】

此詩輯入宋吕祖謙《宋文鑑》卷二七，又輯入明李蓘《宋藝圃集》卷一，又輯入清康熙《御選宋金元明四朝詩·御選宋詩》卷六五、《御定佩文齋詠物詩選》卷二二七。

招許主客

欲將何物招嘉客，惟有新秋一味涼〔一〕。更掃廣庭寬百畝，少容明月放清光。樓頭破鑑看將滿，甕面浮蛆撥已香〔二〕。仍約多爲詩準備，共防梅老敵難當〔三〕。

【題解】

原輯《居士集》卷一一，繫慶曆八年。作於是年八月中旬，時知揚州。許主客，即許元，字子春，宣州宣城人。時以主客郎中出任江淮兩浙荆湖發運使。晚年歷知揚州、越州、泰州，官至工部郎中、天章閣待制。《宋史》卷二九九有傳，歐有《尚書工部郎中充天章閣待制許公墓誌銘》。梅堯臣《宛陵先生集》卷三三有《依韻和歐陽永叔中秋邀許發運》詩。據《梅集編年》卷一八，是年八月上旬，梅堯臣應晏殊辟，由宣城赴陳州鎮安軍節度判官任，途經揚州時，適逢中秋，被歐氏留飲。新秋天涼，詩人灑掃庭除，特賦此詩邀請許元出席賞月酒宴，共同對付詩敵梅堯臣。以詩代書，以文爲詩，語言清朗疏曠，展示詩人的坦蕩灑脱襟懷，亦顯現宋詩生活化、世俗化的發展趨勢。

【注釋】

〔一〕嘉客：指梅堯臣。一味涼：喻新秋純淨清涼。黄庭堅《鄂州南樓書事四首》其一：「清風明月無人管，並作南樓一味涼。」

〔二〕破鑑：殘缺的月亮。甕面浮蛆：酒面浮沫。浮蛆，《清異録·酒漿門》載：「舊聞李白好飲玉浮粱，不知其果如何。余得吴婢，使釀酒，因促其功，答曰：『尚未熟，但浮粱耳！』試取一盞至，則浮蛆酒脂也，乃悟太白所飲，蓋此耳。」

〔三〕梅老：對梅堯臣的尊稱，是年梅氏四十七歲。

【附録】

此詩輯入清吴之振《宋詩鈔》卷一二。

陳衍《宋詩精華録》卷一評曰：「『少容』若作『多容』更佳，第七句『多』字可改。」

酬王君玉中秋席上待月值雨

池上雖然無皓魄，樽前殊未減清歡〔一〕。緑醅自有寒中力，紅粉尤宜燭下看〔二〕。羅綺塵隨歌扇動，管絃聲雜雨荷乾〔三〕。客舟閒卧王夫子，詩陣教誰主將壇〔四〕。

【題解】

原輯《居士外集》卷七，無繫年，列嘉祐四年至七年詩間，誤。當作於慶曆八年中秋節，時知揚州。王君玉，名琪，王珪之從兄。《宋史·王珪傳》：「（珪）從兄琪。琪字君玉，兒童時已能爲歌詩。起進士，調江都主簿。……歷開封府推官，直集賢院，兩浙淮南轉運使，修起居注，鹽鐵判官，判户部勾院，知制誥。」是年秋，梅堯臣由宣城赴陳州，途經揚州，歐中秋留飲梅堯臣，並賦詩招許元、王琪共同賞月。因中秋夜雨，改在船内飲酒聽樂，觀舞賦詩。梅堯臣《宛陵先生集》卷三三有《和永叔中秋夜會不見月酬王舍人》詩，朱東潤亦繫今年。本詩描寫中秋夜雨船宴的情狀，表現文士聚會的雅趣，語言清逸，情景相生。詼嘲笑謔的戲語之中，蕴含以俗爲雅的時代文化精神。

【注　釋】

〔一〕皓魄：明月，亦指明亮的月光。唐棲白《八月十五夜玩月》：「清光凝有露，皓魄爽無煙。」

〔二〕「緑醅」二句：緑酒能驅寒並增强人體活力，燭下比月下更適合觀賞歌兒舞女。梅堯臣《和永叔中秋夜會不見月酬王舍人》詩：「自有嬋娟侍賓榻，不須迢遞望刀頭。」

〔三〕羅綺塵：美女舞步。宋謝維新《古今合璧事類備要》前集卷一四引詩句「歌鐘喧夜銅壺永，羅綺滿階塵土香。」明顧璘《麗卿宅觀燈席上賦》：「江南舊勝依稀在，羅綺塵香十二橋。」

〔四〕「客舟」二句：王君玉悠閒地卧在船上，一邊飲酒賞歌，一邊賦詩詠懷，這就是能讓别人甘拜下風的詩壇英雄啊！

【附　録】

此詩輯入元方回《瀛奎律髓》卷二二，又輯入清康熙《御定佩文齋詠物詩選》卷四五、吴之振《宋詩鈔》卷一二、陳焯《宋元詩會》卷一一、陳訏《宋十五家詩選·廬陵詩選》。

《瀛奎律髓匯評》卷二二方回評曰：「聖俞和云『自有嬋娟待賓榻』，謂人足以代月也。永叔答王君玉云『紅粉尤宜燭下看』，謂燭下見美人勝於月下。固一時滑稽之言，然亦近人情而奇。上一句亦佳。」馮班評曰：「宋結。」紀昀評曰：「格力未高。『雨荷乾』三字自相矛盾。結亦散漫。」

中秋不見月問客

試問玉蟾寒皎皎，何如銀燭亂熒熒〔一〕。不知桂魄今何在，應在吾家紫石屏〔二〕。

【題　解】

原輯《居士外集》卷七，無繫年，列嘉祐四年至七年詩間，誤。當作於慶曆八年八月十五中秋節，時知揚州。梅堯臣《宛陵先生集》卷三三《中秋不見月答永叔》、《宋文鑑》卷二七王琪《答永叔問客》詩，均爲同時之作。中秋值雨，詩人詼諧地詠歎月亮離開天空，躲藏在自家的石硯屏上。本詩爲娱樂戲謔之作，調侃之中，充滿機智與情趣。構思精到，立意新穎，理趣盎然。詩人吟詠日常生活情事，爲宋詩發展探索新路子，顯示詩歌世俗化新走向。

【注　釋】

〔一〕玉蟾：明月。參見下詩《紫石屏歌》注〔四〕。

〔二〕「不知」二句：如今明月在哪裏？應是躲在我家石硯屏上。梅堯臣《中秋不見月答永叔》詩云：「天嫌物兼美，而使密雲藏。已向石屏見，何須照席光。」桂魄：指月亮。駱賓王《傷祝阿王明府》詩：「嗟乎，輪銷桂魄，驪珠毀貝闕之前；斗散紫氛，龍劍沒延平之水。」參見下詩《紫石屏歌》注〔一〕。紫石屏：張昷之送歐紫石屏，梅堯臣、蘇舜欽等都曾爲之賦詩。參見本書《紫石屏歌》題解。

紫石屏歌

月從海底來，行上天東南。正當天中時，下照千丈潭。潭心無風月不動，倒影射入紫石巖。月光水潔石瑩淨，感此陰魄來中潛〔一〕。自從月入此石中，天有兩曜分爲三。清光萬古不磨滅，天地至寶難藏緘〔二〕。天公呼雷公，夜持巨斧隳嶄巖，墮此一片落千仞，皎然寒鏡在玉奩〔三〕。蝦蟆白兔走天上，空留桂影猶杉杉〔四〕。景山得之惜不得〔五〕，贈我意與千金兼。自云每到月滿時，石在暗室光出簷。大哉天地間，萬怪難悉談。嗟予不度量，每事思窮探。欲將兩耳目所及，而與造化爭毫纖〔六〕。煌煌三辰行〔七〕，日月尤尊嚴。若令下與物爲比，擾擾萬類將誰瞻〔八〕？不然此石竟何物，有口欲説嗟如鉗〔九〕。吾奇蘇子胸，羅列萬象中包含。不惟胸寬膽亦大，屢出言語驚愚凡〔一〇〕。自吾得此石，未見蘇子心懷慚。不經老匠先指決，有手誰敢施鐫鑱〔二〕。呼工畫石持寄似，幸子留意其無謙〔三〕。

【題解】

原輯《居士集》卷四，繫慶曆七年，誤。當作於慶曆八年八月十五日中秋節，時知揚州。歐慶曆八年《月石硯屏歌序》有云：「景山南謫，留以遺予。」張昷之字景山，慶曆八年二月因王則叛亂事受牽連，謫監鄂州稅。此《紫石屏歌》與《月石硯屏歌序》作於同年，稍在其後。紫石屏，即石硯屏，又稱月石硯屏，其形制在「方廣盈尺間」，其作用是「獨立筆硯間，莫使浮埃度」，即爲硯臺障塵。梅堯臣《宛陵先生集》卷四一《中秋月下懷永叔》詠道：「往年過廣陵，公欣來我值……一夜看石屏，怛吟無逸氣。」篇後附注：「當時出月石屏同詠。」可知歐此詩作於八月中秋同題共詠。題下原注：「一作『月石硯屏歌寄蘇子美』。」《宋文鑑》題作『紫石屏歌寄蘇子美』。《蘇舜欽集》卷五存《永叔石月屏圖》詩，《宛陵先生集》卷三三亦存《詠歐陽永叔文石硯屏二首》。呂肖奐《創新與引領：宋代詩人對器物文化的貢獻——以硯屏的產生及風行爲例》一文，依據本詩考證硯屏並非南宋趙希鵠《洞天清録·硯屏辨》所云「自東坡、山谷始作」，而是歐至遲在慶曆八年就請人用虢州紫石（又稱月石）製作而成，並有了「硯屏」之名。本詩首十二句描摹月亮進入石屏之奇想；次二十二句探索月石發光之緣由；末十句表達向蘇舜欽索詩之願望。詠物模擬韓愈詩風，想像奇特，搜奇抉怪，表現詩人窮究天下物理的探索創新精神。歐、梅、蘇三家合詠石硯屏，各自逞才使氣，馳騁奇思異想，使之成爲宋人吟詠器物詩的一種範式。宋代詩人根據自身文化生活需要創製硯屏，又用詩文形式賦詠其精神氣質，使物質文化與精神文化結合起來，對宋詩風貌形成具有探索之功。

【注釋】

〔一〕「月從」八句：描摹紫石屏上月亮、潭水等圖案。梅堯臣《詠歐陽永叔文石硯屏二首》其一：「虢州紫石如紫泥，中有瑩白象明月。」陰魄：指月亮。古代相傳月爲陰精。魄爲陰神。

〔二〕「自從」四句：月亮進入此石硯屏，本來天上秖有太陽、月亮，而今多出一曜。蘇舜欽《永叔石月屏圖》：「或疑月入此石中，分此二曜三處明。」兩曜：太陽和月亮。《舊唐書·張庭珪傳》：「則和氣上通於天，雖五星連珠，兩曜合璧，未足多也。」

〔三〕「天公」四句：雷公以神奇的力量，從高空劈落這塊石屏。嶄巖：高而險的巖石。嶄，通「巉」。皎然寒鏡：石屏上有月亮，就像皎潔冰涼的圓鏡。玉奩：形容此石如同潔白如玉的鏡匣。

〔四〕蝦蟆白兔：傳説中月宮之物。蝦蟆，指蟾蜍，俗稱癩蛤蟆。形似蛙而大，背面多呈黑緑色，有大小疙瘩。《後漢書·天文志上》：「言其時星辰之變。」劉昭注：「羿請無死之藥於西王母，姮娥竊之以奔月……姮娥遂託身於月，是爲蟾蠩。」白兔，指月兔。《藝文類聚》卷一引漢劉向《五經通義》：「月中有兔與蟾蜍何？月，陰也，蟾蜍，陽也，而與兔並明，陰繫陽也。」《藝文類聚》卷一引晉傅咸《擬天問》：「月中何有？白兔搗藥。」宋俞琰《席上腐談》卷上：「愚謂兔自屬日，所謂月中兔者，月中之日光也……世俗遂謂月中有搗藥兔，妄矣。」桂：即月中桂。蘇舜欽《永叔石月屏圖》：「桂樹散疏陰，有若圖畫成。」神話傳説月中有桂樹，高五百丈，下有一人，名吴剛，學仙有過，謫令常斫桂樹，樹創隨合。事見《初學記》卷一引晉虞喜《安天論》、唐段成式《酉陽雜俎·天咫》。杉杉：句下原校：「一作『毶毶』。」毶毶，毛細長貌，這裏形容細長的枝葉。

〔五〕景山得之：原本校云：「一作『虢州刺史』。」張昷之，字景山，滁州人。大中祥符進士。張氏任虢州（今河南盧氏）知州時，曾「命治石橋小版」而發現此月石，後來因事「南謫」，留贈此月石於歐陽修，見「附録」《月石硯屏歌序》。

〔六〕「大哉」六句：我自不量力搜奇抉幽，以耳目所及探尋自然奥秘。造化：自然界。晉張協《七命》：「功與造化爭流。」

〔七〕三辰：日、月、星。《左傳·桓公二年》：「三辰旂旗，昭其明也。」杜預注：「三辰，日、月、星也。」

〔八〕與物爲比：將紫石屏與日、月並稱三曜。比，並列。原注：「去聲。」擾擾萬類：萬物紛擾。

〔九〕鉗在口：閉口，嘴被鉗制。蘇軾《石鼓》：「細觀初以指畫肚，欲讀嗟如鉗在口。」

〔一〇〕「吾奇」四句：蘇舜欽想像奇特，襟懷開闊，詩才令人稱奇。

〔一一〕「自吾」四句：此紫石屏非蘇舜欽莫敢題詩。老匠：歷事多、造詣深的宗匠。

〔三〕呼工畫石：歐《月石硯屏歌序》有云：「令善畫工來松寫以爲圖。」工，即畫工來松，梅堯臣詩作「來嵩」。梅堯臣《畫真來嵩》：「廣陵太守歐陽公，令爾畫我憔悴容。」無譴：《晉書·韓伯傳》：「王生之談，以至理無譴，近得之矣。」

【附録】

此詩輯入清吴之振《宋詩鈔》卷一一。

《歐集》卷六五《月石硯屏歌序》：「張景山在虢州時，命治石橋，小版一石，中有月形，石色紫而月白，月中有樹森森然。其文黑而枝葉老勁，雖世之工畫者不能爲，蓋奇物也。景山南謫，留以遺予。予念此石古所未有，欲但書事，則懼不爲信，因令善畫工來松寫以爲圖。子美見之，當愛歎也。其月滿，西旁微有不滿處，正如十三四時，其樹横生，一枝外出。皆其實如此，不敢增損，貴可信也。」

阮閲《詩話總龜》前集卷六引李頎《古今詩話》：「江外有石，人破之，其形色皆類月。歐陽文忠有《月石詩》云『二曜分爲三』，固爲佳句，尚念未快。子美見之，作詩寄之云：『我疑此山石，久爲月昭著。老蚌吸月月降胎，水犀望星星入角。彤霞爍石變丹砂，白虹貫巖生美璞。』永叔見之，曰：『此奇才，精通物理者也。』」

陳善《捫虱新話》下集卷二：「韓文公嘗作《赤藤杖歌》云：『赤藤爲杖世未窺，臺郎始擕自滇池。共傳滇神出水獻，赤龍拔鬚血淋漓。』又云：『羲和操火鞭，暝到西極睡所遺。』此歌雖窮極物理，然恐非退之極致者，歐陽公遂每每效其體，作《淩溪大石》云：（略）觀其立意，故欲追仿韓作，然頗覺煩冗，不及韓公爲渾成爾。公又有《石篆詩》云：（略）。《紫石硯屏歌》云：（略）。公又嘗作《吴學士石屏歌》云：（略）。此三篇亦前詩之意也，其法蓋出於退之。」

陳鵠《耆舊續聞》卷九：「歐陽公《石月屏序》云：……余嘗于赤岸陳文惠裔孫忠懿家，出示余此屏，自言文忠公所藏之本，其月樹枝葉，與公之序無少異，但其圖與石屏微不類爾，豈公所謂『世之工於畫者不能爲乎？』忠懿且求余跋語，余謂歐公方詫此石『自云每到月滿時，石在暗室光出簷』，聖俞則曰『曾無纖毫光，未若燈照席。徒爲頑瑛一片圖，温潤又不如圭璧』。何貶此石之甚耶！雖然，此屏不幸而遇聖俞，亦幸而有聖俞，則此屏可以長寶而不爲好事者奪，豈愿復有歐陽公者出而見之乎！」

黄震《黄氏日鈔》卷六一評曰：「文之奇者也。」

范大士《歷代詩發》卷二三：「一本作『月石硯屏歌寄蘇子美』。寄詩直欲推究月屏石之故，古人之好問如此，久才情已也。」

别後奉寄聖俞二十五兄

長河秋雨多，夜插寒潮入。歲暮孤舟遲，客心飛鳥急〔一〕。君老忘卑窮，文字或綴緝。余生苦難厄，世險蹈已習〔二〕。離合二十年，乖暌多聚集。常時飲酒別，今別輒飲泣〔三〕。君曰吾老矣，不覺兩袖濕。我年雖少君，白髮已揖揖〔四〕。憶初京北門，送我馬暫立。自兹遭檻穽，一落誰引汲。顛危偶脱死，藏竄甘自縶。但令身尚在，果得手重執〔五〕。聞來喜迎前，貌改驚乍揖。別離纔幾時，舊學廢百十。殘章與斷稿，草草各收拾。空窗語青鐙，夜雨聽霵霵〔六〕。明朝解舟南，歸翼縱莫戢。還期明月飲，幸此中秋及〔七〕。酒酣弄篇章，四坐困供給。歡言正喧嘩，別意忽於邑〔八〕。日暮北亭上，濁醪聊共挹。輕橈動翩翩，晚水明熠熠。行心去雖迫，訣語出猶澀〔九〕。歸來録君詩，卷軸多⿰角戢⿰角戢。誰云已老矣，意氣何嶪岌〔一〇〕！惜哉方壯時，千里足常馽〔一一〕。知之莫予深，力不足呼吸。歎吁偶成篇，聊用綴君什〔一二〕。

【題解】

原輯《居士集》卷四，繫慶曆七年，誤。當作於慶曆八年中秋後，時知揚州。題下原注：「一本作《叙別寄聖俞，兼酬進道堂夜話見寄之什》」。是年夏，梅堯臣攜新婦刁氏歸宣城，途經揚州，與歐氏通宵夜話。八月上旬，梅氏應晏殊辟，由宣城赴陳州鎮安軍節度判官任，再經揚州，爲歐氏中秋留飲。梅堯臣《宛陵先生集》卷三三有《永叔進道堂夜話》詩。此詩作於梅詩及梅氏北赴陳州之後，詩人回憶與梅氏的結交離合，抒發相知相得之朋友真愛與人間深情，對梅氏的詩歌創作成就由衷讚許。詩歌構思精巧，結構跳躍動盪，語言瑰麗，想像奇特，頗有韓孟險怪詩風痕跡。

者的黯淡心情相契合。

【注釋】

〔一〕「長河」四句：時近歲暮，客子念家思歸之心像秋雁南飛一樣急迫。秋雨寒潮的淒苦背境與作者的黯淡心情相契合。

〔二〕「君老」四句：梅堯臣詩文創作不輟，窮而益工，自生困苦艱阨，已經習慣世間險惡。

〔三〕「離合」四句：自己與梅氏自天聖九年（一〇三一）洛陽結交，已近二十年，其間總是聚少離多，此次離別尤爲傷懷。乖暌：乖離暌隔。《周易·序卦》：「家道窮必乖，故授之以暌。暌者，乖也。」　歛泣：淚流滿面，進入口中。形容極度悲痛。司馬遷《報任少卿書》：「然李陵一呼勞軍，士無不起，躬自流涕，沫血歛泣，更張空拳，冒白刃，北向爭死敵者。」

〔四〕揖揖：群聚貌，衆多貌。《詩·周南·螽斯》：「螽斯羽，揖揖兮，宜爾子孫，蟄蟄兮。」毛傳：「揖揖，會聚也。」

〔五〕「憶初」八句：慶曆四年八月京師一别，自己遭受誣陷打擊，孤苦無助，所幸尚有機會與梅氏在揚州會面。　檻穽：本指捕捉野獸的工具和陷坑，喻人世間的陷阱、牢籠。曾鞏《書閣》詩：「世路因仍憂檻穽，他鄉衰暮傍風塵。」　引汲：引薦扶持，此指拯救幫忙。宋李新《上劉夢臣提舉書》：「即借助齒牙，引汲舉代，無所不力。」　顛危：覆滅。《三國志·魏志·夏侯玄傳》：「〔李豐等〕將以傾覆宗室，顛危社稷。」

〔六〕「聞來」八句：回顧夏季重逢時進道堂夜話的情景。梅堯臣《永叔進道堂夜話》：「初探《周易》奧，大衍遺五十。乾坤露根源，君臣排角立。言史書星瑞，亂止由不戢。鉅惡參大美，微顯豈相襲。」　驚乍揖：容貌變化大，揖見感覺突然而驚異。　青鐙：光綫青熒的油燈。韋應物《寺居獨夜寄崔主簿》詩：「坐使青燈曉，還傷夏衣薄。」也指孤寂、清苦的生活。　霰霰：雨下貌。借指雨聲。

〔七〕「明朝」四句：次日匆匆相别，幸好又有此中秋重逢。　莫戢：（歸去的翅膀）不停息。

〔八〕「酒酣」四句：重逢時歡快地飲酒賦詩，歡聚後又要匆匆别離。　困供給：寫詩作文很酣暢，以致僕人供應不上筆墨紙硯。歐《招許主客》詩云：「樓頭破鑑看將滿，甕面浮蛆撥已香。仍約多爲詩準備，共防梅老敵難當。」　於邑：憂鬱煩悶。《楚辭·九章·悲回風》：「傷太息之愍憐兮，氣於邑而不可止。」王逸注：「氣逆憤懣，結不下也。」

〔九〕「日暮」六句：離别前的長亭餞别，分手時的依戀不捨。　濁醪：濁酒，村酒。

〔一〇〕「歸來」四句：回來後整理梅氏詩文，覺得詩語雖言衰老，内容卻有奮勵之氣。　觵觵：簇聚貌。唐盧仝《月蝕詩》：「但見萬國赤子觵觵生魚頭。」　嶪岌：本指高聳貌。此處喻人意氣高昂。

〔二〕羈：本指拴縛馬足的繩索，絆子。此指受束縛，壯年仕途蹇乖。

〔三〕「知之」四句：雖然自己對梅堯臣其人其詩知之甚深，卻無力改變他的坎坷命運，這裏秖能湊詩幾句，聊作回贈。 呼吸：比喻有能力改變事態，改變命運。《晉書·苻堅下》：「陛下應天順時，恭行天罰，嘯咤則五嶽摧覆，呼吸則江海絶流，若一舉百萬，必有征無戰。」 什：詩作。《詩經》中《雅》、《頌》部分多以十篇爲一組，稱之爲「什」。如《鹿鳴之什》、《清廟之什》等。後以泛指詩文，猶言篇什。

【附録】

此詩輯入清吴之振《宋詩鈔》卷一一、陳訏《宋十五家詩選·廬陵詩選》。

木芙蓉

種處雪消春始動，開時霜落雁初過〔一〕。誰栽金菊叢相近，織出新番蜀錦窠〔二〕。

【題解】

原輯《居士集》卷一一，無繫年，列慶曆八年詩後。作於是年秋，時知揚州。木芙蓉，落葉灌木或小喬木，葉掌狀，秋季開白或淡紅色花。栽培供觀賞，俗稱芙蓉或芙蓉花，又稱木蓮，或稱地芙蓉。韓愈《木芙蓉》詩：「豔色寧相妒，嘉名偶自同。材江官渡晚，搴木古祠空。」朱熹考異：「此詩言荷花與木芙蓉生不同處，而色皆美，名又同，故以采江、搴木二事相對，言其生處。」詩歌描寫秋天的木芙蓉與菊花，二者相互媲美，彼此映襯，構成一幅色彩鮮豔的秋景圖。託物言志，比興象徵，從耐寒的金菊與木芙蓉身上，可以看見剛强不屈的詩人形像。

【注釋】

〔一〕「種處」二句：栽種時初春冰雪剛融化，開花時深秋霜降雁南飛。韓愈《昌黎集》卷九《木芙蓉》詩：「新聞寒露叢，遠比水間紅。」

〔二〕蜀錦窠：蜀地織錦上的華美花紋。宋孔平仲《呈陸農師》詩：「手搴露蘂真清旦，一樣新翻蜀錦窠。」窠，織物上的花紋式樣之一，即團花。唐李賀《梁公子》詩：「御箋銀沫冷，長簟鳳窠斜。」王琦匯解：「唐時有獨窠綾、兩窠綾。所謂窠者，即團花也。鳳窠，織作團花爲鳳凰形者耳。」

【附録】

此詩輯入宋祝穆《古今事文類聚》後集卷三二、陳景沂《全芳備祖集》前集卷二四、潘自牧《記纂淵海》卷九三，又輯入清康熙《御定佩文齋廣群芳譜》卷三九、《淵鑑類函》卷四〇七、《御定佩文齋詠物詩選》卷三四〇。

詠雪

至日陽初復，豐年瑞遽臻〔一〕。飄飖初未積，散漫忽無垠。萬木青煙滅，千門白晝新〔二〕。往來衝更合，高下著何勻〔三〕。望好登長榭，平堪走畫輪〔四〕。馬寒毛縮蝟，弓勁力添鈞〔五〕。客醉看成眩，兒嬉咀且齧〔六〕。虚堂明永夜，高閣照清晨〔七〕。樹石詩翁對，川原獵騎陳。凍狐迷舊穴，飢雀噪空囷〔八〕。此土偏宜稼，而予濫長人〔九〕。應須待和暖，載酒共行春〔一〇〕。

【題　解】

原輯《居士集》卷一一，繫慶曆八年。作於是年十一月九日冬至節，時知揚州。據張《曆日天象》，本年十一月九日癸卯「冬至」。詩歌刻畫雪花飛舞的場景和雪中動物的活動，歌詠瑞雪兆豐年，表達對民生的關注。以賦爲主，多兼比興，造語新奇，氣韻流走，内涵深遠豐厚。

【注釋】

〔一〕至日：冬至日。杜甫《冬至》詩：「年年至日長爲客，忽忽窮愁泥殺人。」　陽初復：過了冬至日，白晝時間開始變長，氣温漸漸變暖，所謂陰氣盡而陽氣復生。程頤《伊川易傳》卷二：「至日陽之始生，安靜以養之。」　豐年瑞：指雪。孟浩然《和張丞相春朝喜雪》詩：「不睹豐年瑞，安知變理才。」

〔二〕「飄颻」四句：瑞雪飄灑，萬物皆白，人間萬象更新。　飄颻：飄揚。唐武元衡《寓興呈崔員外諸公》詩：「三月楊花飛滿空，飄颻十里雪如風。」

〔三〕「往來」二句：描寫雪的飄灑姿態，往來重合，高下均匀。

〔四〕長榭：長長的高臺木屋。　畫輪：彩飾的車輪，指裝飾華麗的車子。唐鄭嵎《津陽門》詩：「畫輪寶軸從天來，雲中笑語聲融怡。」

〔五〕毛縮蝟：馬凍得像刺蝟一樣全身緊縮。鮑照《代出自薊北門行》詩：「馬毛縮如蝟。」《西京雜記》：「元封二年大雪，牛馬皆蜷縮如蝟。」　力添鈞：天冷凍硬了弓，拉弓要比平時多花氣力。鈞，古代重量單位之一。《尚書·五子之歌》：「關石和鈞，王府則有。」孔穎達疏：「《律曆志》云：二十四銖爲兩，十六兩爲斤，三十斤爲鈞，四鈞爲石。」

〔六〕看成眩：雪光刺目，像喝醉酒變得暈乎乎的，眼睛視物迷亂。　咀且顰：頑皮小孩拾雪咀嚼而皺眉毛的情狀。

〔七〕「虚堂」二句：夜幕中的堂樓在積雪映照下格外明亮。虚堂，即高堂。蕭統《示徐州弟》詩：「高宇既清，虚堂復靜。」

〔八〕「樹石」四句：積雪中的文人吟詩、壯士出獵、狐狸迷路、鳥雀餓食等景況。空囷：空的穀倉。

〔九〕濫長人：自己濫竽充數，忝爲揚州知州。長人：指居上位者、官長。《墨子·雜守》：「有長人，有謀士。」

〔一〇〕「應須」二句：等待春回地暖，載酒下縣勸人農桑。行春：官吏春日出巡。《後漢書·鄭弘傳》：「弘少爲鄉嗇夫，太守第五倫行春，見而深奇之，召署督郵，舉孝廉。」李賢注：「太守常以春行所主縣，勸人農桑，振救乏絶。」

【附録】

此詩輯入宋祝穆《古今事文類聚》前集卷四。

青松贈林子

青松生而直，繩墨易爲功。良玉有天質，少加磨與礱〔一〕。子誠懷美材，但未遭良工。養育既堅好，英華充厥中〔二〕。於誰以成之，孟韓荀暨雄〔三〕。

【題　解】

原輯《居士集》卷四，繫慶曆八年。作於是年，時知揚州。林子，即林國華。題下原注：「一本作『贈林國華秘校』。」據《淳熙三山志》卷二六，林國華慶曆六年中諸科「三禮」，時官秘書省校書郎。此詩以青松爲喻，旨在勸學，勉勵林子學習孟、荀、揚、韓，倡行儒家大道，捍衛並弘揚儒學。議論説理，巧比妙喻，藴含興寄，頗具情韻。

【注　釋】

〔一〕「青松」四句：直松、良玉素質好，稍加繩墨磨礱即成良材。繩墨：木工用以打直綫的工具。《荀子·勸學》：「木直中繩。」屈原《離騷》：「背繩墨以追曲兮。」王逸注：「繩墨所以正曲直。」磨與礱：琢磨切磋。《詩·衛風·淇奥》：「如琢如磨。」毛傳：「治骨曰切，象曰瑳，玉曰琢，石曰磨。」礱，《説文解字》段玉裁注：「以石磨物曰礱。」

〔二〕「英華」句：歐《與樂秀才書》：「古人之于學也，講之深而信之篤，其充於中者足，而後發乎外者大以光。」

〔三〕孟、韓、荀、雄：即孟軻、韓愈、荀況及揚雄，歐推崇其人其道其文。《答吴充秀才書》：「先輩文浩乎沛然，可謂善矣，而又志於爲道，猶自以爲未廣，若不止焉，孟荀可至而不難也」。

送田處士

秦士多豪俠，夫君久遁名〔一〕。青山對高卧，白首喜論兵。氣古時難合，詩精格入評〔二〕。公車不久召，歸袖夕風生〔四〕。

【題　解】

原輯《居士外集》卷六，無繫年，列慶曆八年詩後。作於是年，時知揚州。田處士，生平不詳，由首四句可知，當爲不遠千里由秦地來揚州求教的高齡士子。詩歌稱讚田處士文武雙全、德才兼備，相信其不久將被召用。詩語平實，裁對工巧，叙事中藴含深情。

【注　釋】

〔一〕遁名：隱姓埋名。蘇舜欽《粹隱堂記》：「遁名匿跡，惟恐有聞於人也。」

〔二〕「氣古」二句：田處士秉性高古不入俗流，詩格精巧合乎規範。

〔三〕公車：《後漢書·丁鴻傳》：「賜御衣及綬，稟食公車，與博士同禮。」李賢注：「公車，署名。

公車所在，因以名。諸待詔者，皆居以待命，故令給食焉。」歸袖：韓愈《送張道士》詩：「寧當不竢報，歸袖風披披。」歐《贈無爲軍李道士二首》詩：「抱琴揖我出門去，獵獵歸袖風中斜。」

中國古典文學基本叢書

歐陽修詩編年箋注

第三册

〔宋〕歐陽修 撰
劉德清
顧寶林 箋注
歐陽明亮

中華書局

歐陽修詩編年箋注卷九

皇祐元年至皇祐二年作

行次壽州寄内

紫金山下水長流，嘗記當年此共游〔一〕。今夜南風吹客夢，清淮明月照孤舟〔二〕。

【題解】

原輯《居士外集》卷六，無繫年，列慶曆八年詩後、皇祐元年詩前。詩人慶曆八年自滁州遷揚州，無需經行壽州。當作於皇祐元年（一〇四九）春，詩人時年四十三歲，在由揚州赴任潁州（今安徽阜陽）途中。胡《譜》：皇祐元年「正月丙午（十三日），移知潁州。二月丙子（十三日），至郡。」此次由揚赴潁，經運河溯淮而上，家屬隨後啟程。壽州，宋代州名，屬淮南西路，治所在今安徽鳳臺。詩人水行途中夜宿壽州，明月孤舟，念及夫人與子女，賦此詩以寫懷。語言淺白順暢，情致清雅疏淡，詩法李白，有類唐風。

【注釋】

〔一〕紫金山：在今安徽壽縣東北淮河南岸，其山産硯石，名紫金硯。淮水流經山下。《方輿勝覽》卷四八：「紫金山在壽春南，或云即八公山。周顯德四年征淮，太祖率殿前諸軍擊紫金山連珠砦拔之，遂平壽州。」當年：慶曆五年歐貶知滁州時，攜家眷由汴河、潁水入淮，經行壽州。

〔二〕吹客夢：化用李白《江上寄巴東故人》詩句「東風吹客夢」。

【附録】

此詩輯入明李蓘《宋藝圃集》卷九、曹學佺《石倉歷代詩選》卷一四〇，又輯入清管庭芬、蔣光煦《宋詩鈔補·歐陽文忠詩補鈔》、張景星、姚培謙、王永祺《宋詩别裁集》卷八。

答呂公著見贈

晉人歌《蟋蟀》，孔子録於《詩》。因知聖賢心，豈不惜良時〔一〕。行樂不及早，朱顔忽焉衰。馳光如騕褭，一去不可追。今也不彊飲，後雖悔奚爲〔二〕？三年謫永陽，陷穽不知危。種今者荷樹滿幽谷，疏泉瀉清池。新陽染山木，撩亂發枯枝。無人歌青春，自醻白玉巵〔三〕。四時花與竹，寬宥，乞州從爾宜。西湖舊已聞，既見又過之。菡萏間紅緑，鴛鴦浮渺彌。臨觴樽俎動可隨。況與賢者同，薰然襲蘭芝〔四〕。醁醅寒且醲，清唱婉而遲。四坐各已醉，獨何疑。昔人逢麴車，流涎尚垂頤。況此盃中趣，久得樂無涯。多憂衰病早，心在良可噫。譬若卧櫪馬，聞鼙尚鳴悲〔五〕。春膏已動脈，百卉漸葳蕤。丹砂得新方，舊疾庶可治。尚可執鞭弭，周旋以忘疲〔六〕。

【題解】

原輯《居士集》卷四，繫皇祐元年。作於是年春，時知潁州。題下原注：「一本作『奉答通判太博爲予不飲見贈之作』。」吕公著，字晦叔，壽州人。前宰相吕夷簡之子，慶曆二年進士，時以太常博士通判潁州。仁宗朝官至天章閣待制兼侍讀，英宗時出知蔡州，哲宗元祐間官至宰相。《宋史·吕公著傳》：「吕公著……通判潁州，郡守歐陽修與爲講學之友。」張邦基《墨莊漫録》卷八：「（歐）公知潁州，時吕公著爲通判，爲人有賢行而深自晦默，時人未甚知。公後還朝，力薦之，由是漸見進用。」吕公著以詩人戒酒而贈詩勸飲，詩人答以此詩。首十句感歎時光易逝，鼓吹及時行樂；次八句感慨昔日滁州雖有林泉之美，卻無詩侶酒宴之樂；次十句描寫潁州有佳景美酒，又有良師賢友；末十八句答報對酒當歌，無奈攜病來潁，暫時戒飲，康復後定當奉陪酒宴。詩中作者自比伏櫪老驥，發出

「心在良可噫」的感歎，顯示其報國之志並未泯滅，渴望實現政治理想。詩語鋪陳，一氣通貫，情致真摯而深婉。「因知」、「豈不」、「况與」、「况此」等關聯詞語的使用，顯示以古文章法入詩的宋調特色。

【注釋】

〔一〕「晉人」四句：《詩·唐風》有《蟋蟀》篇，可見聖人有惜時行樂之意。《毛詩序》：「《蟋蟀》，刺晉僖公也。儉不中禮，故作是詩以閔之。欲其及時以禮自虞樂也。」晉人：唐國即晉國。周成王封弟叔虞于堯之故墟唐，南有晉水，叔虞子燮父改國號晉。孔子録：《詩經》相傳爲孔子整理删定，故云。惜良時：《毛詩序》以爲《蟋蟀》詩旨在於「欲其及時以禮自虞樂也」，故稱有「惜良時」之意。

〔二〕「行樂」六句：時光流逝，青春易老，今日不强飲爲歡，將來後悔也徒然。朱顔：年輕時美好的容貌。騕褭：駿馬名，傳説日行萬里。《文選·張衡〈思玄賦〉》：「斥西施而弗御兮，縶騕褭以服箱。」李善注：「《漢書音義》，應劭曰：『騕褭，古之駿馬也，赤喙玄身，日行五千里。』」

〔三〕「三年」八句：昔日滁州雖有美好春景，卻衹能喝悶酒。三年：從慶曆五年（一〇四五）貶職滁州，到慶曆八年（一〇四八）徙知揚州，凡三年。永陽：即滁州，宋屬淮南東路。唐時稱永陽郡。青春：春天。春季草木茂盛，其色青緑，故稱。《楚辭·大招》：「青春受謝，白日昭只。」王逸注：「青，東方春位，其色青也。」自醻：無歌舞助興，自斟自酌。醻，飲盡杯中酒。

《禮記·曲禮上》：「長者舉未釂，少者不敢飲。」鄭玄注：「盡爵曰釂。」

〔四〕「今者」十句：如今遂愿求得穎州，有西湖美景，又有賢良陪伴。 乞州：慶曆八年，歐眼疾惡化，一再上表請求移知小郡，頤養身心，終獲允。 西湖：穎州西湖。《大清一統志》卷八九《穎州府》：「西湖在阜陽縣西北三里。長十里，廣二里，穎河合諸水匯流處也。」 菡萏：荷花的別稱。 渺瀰：水流曠遠貌。《文選·木華〈海賦〉》：「沖瀜沆瀁，渺瀰湠漫。」李善注：「渺瀰湠漫，曠遠之貌。」 賢者：指呂公著。 薰然：溫和貌。《莊子·天下》：「薰然仁慈，謂之君子。」 襲蘭芝：《孔子家語》：「與善人居，如入芝蘭之室，久而不聞其香，即與之化矣。」

〔五〕「醁醅」十二句：前賢羨慕美酒清歌，我因早年衰病，有心無力，就如老驥伏櫪，秖能發出悲鳴。 醁醅：美酒。唐胡曾《詠史詩·姑蘇臺》：「吴王恃霸棄雄才，貪向姑蘇醉醁醅。」 臨觴：面對著酒。陸機《短歌行》：「置酒高堂，悲歌臨觴。」觴，酒杯。 「昔人」二句：化用杜甫《飲中八仙歌》：「汝陽三斗始朝天，道逢麴車口流涎，恨不移封向九泉。」昔人：指汝陽王李璡。 麴車：載酒的車。杜甫《飲中八仙歌》：「汝陽三斗始朝天，道逢麴車口流涎。」 「多憂」二句：憂慮患病早衰，心想飲酒也秖能哀歎止杯。 卧櫪馬：唐耿緯《上裴行軍都統》詩：「櫪上驊騮嘶鼓角。」櫪，馬槽。 鼙：古代軍中所用的一種小鼓，漢以後亦名騎鼓。《周禮·夏官·大司馬》：「中軍以鼙令鼓，鼓人皆三鼓。」

〔六〕「春膏」六句：春暖花開，新獲朱砂藥方，自己的陳年老病或許可以治癒，屆時酒宴一定奉陪到底。春膏：春雨。唐李咸用《春晴》詩：「簷滴春膏絶，憑欄晚吹生。」葳蕤：草木茂盛枝葉下垂貌。漢東方朔《七諫·初放》：「上葳蕤而防露兮，下泠泠而來風。」卷末校記：「『百卉漸萎蕤』，按字書，萎，于危切，草木枯貌。既云『春膏已動脈』，豈有萎枯之理！當作『葳蕤』。」葳蕤，草木華垂貌。《選》詩：『文物共葳蕤。』《東都賦》：『望翠華之葳蕤。』今改作『葳』。」鞭弭：馬鞭與弓箭。周旋：奉陪，相追逐意。《左傳·僖公二十三年》：「若不獲命，其左執鞭弭，右屬櫜鞬，以與君周旋。」杜預注：「周旋，相追逐也。」

【附　録】

此詩輯入清吴之振《宋詩鈔》卷一一。

《宋史·吕公著傳》：「吕公著，字晦叔，幼嗜學，至忘寢食。父夷簡器異之，曰：『他日必爲公輔。』恩補奉禮郎，登進士第，召試館職，不就。通判潁州，郡守歐陽修與爲講學之友。後修使契丹，契丹主問中國學行之士，首以公著對。」

無名氏《南窗紀談》：「吕申公爲潁州通判，歐公爲守。素不以文靖（吕夷簡）爲然，及與其子爲僚，見其學識，已改觀矣。時劉原甫、王深甫皆寓居都下。四人日相從講學爲事，情好款密。」

眼有黑花戲書自遣

洛陽三見牡丹月〔一〕，春醉往往眠人家。揚州一遇芍藥時，夜飲不覺生朝霞〔二〕。天下名花惟有此〔三〕，罇前樂事更無加。如今白首春風裏，病眼何須厭黑花〔四〕。

【題解】原輯《居士外集》卷四，無繫年，列皇祐元年詩後。作於是年春，時知潁州。黑花，即眼生黑花，一種眼疾，亦稱飛蚊症，視力受障，視物時眼前飄浮著一些黑點。白居易《自問》詩云：「黑花滿眼絲滿頭，早衰因病病因愁。」慶曆八年冬，歐在揚州行内視之術治病，結果損傷雙目，釀成眼疾，自求移潁頤養。詩歌以眼中「黑花」爲紐帶，扣住「春」花，緬懷洛陽、揚州賞花飲酒的瀟灑生活，調侃如今病眼昏花，以自嘲戲筆排遣愁悶，表現作者在疾病和痛苦面前，保持樂觀曠達的襟懷、詼諧幽默的情趣。小題大做，馳騁筆墨，詩風平易，構思奇巧。取材日常生活，不避俗俚，調侃自娱，顯示宋詩的創新與發展。

【注釋】

〔一〕「洛陽」句：歐天聖九年（一〇三一）三月到洛陽，景祐元年（一〇三四）三月職滿回汴京，在洛陽四年，其中明道元年（一〇三二）春末，與梅聖俞往游嵩山，未及觀賞牡丹，故云「三見牡丹月」。

〔二〕「揚州」二句：詩人任揚州知州時，觀賞芍藥往往通宵達旦。歐慶曆八年二月到揚州後，正趕上芍藥花開。次年二月，離揚來潁，故云：「一遇芍藥。」《佩文齋廣群芳譜》卷四五引孔武仲《芍藥譜序》：「揚州芍藥名於天下，與洛陽牡丹俱貴于時。四方之人盡皆齎攜金帛市種以歸者多矣，吾見其一歲而小變，三歲而大變，卒與常花無異。由此芍藥之美，益專推於揚州焉。」

〔三〕此：指洛陽牡丹與揚州芍藥。

〔四〕「如今」二句：化用王禹偁詩《老態》「白髮不相饒，秋來生鬢邊。黑花最相親，終日在眼前」句意，表達「戲書自遣」之旨趣。

【附録】

此詩輯入清吴之振《宋詩鈔》卷一二、陳訏《宋十五家詩選·廬陵詩選》。

《歐集》卷一四七《與王文恪公樂道》其一：「某近以上熱太盛，有見教云水火未濟，當行内視之術。行未逾月，雙眼注痛如割，不惟書字艱難，遇物亦不能正視，但恐由此遂爲廢人。」

秀才歐世英惠然見訪於其還也聊以贈之

相逢十年舊，暫喜一罇同〔一〕。昔日青衫令，今爲白髮翁〔二〕。俟時君子守，求士有司公〔三〕。況子之才美，焉能久困窮〔四〕。

【題解】

輯《居士集》卷一二，繫皇祐元年。作於是年春，時知潁州。乾德舊友歐世英來訪，詩人有詞《聖無憂》，並有此詩送行。《歐集》卷二四《永春縣令歐君（慶）墓表》，載歐慶爲乾德人，其子世英爲鄧城縣令。歐陽修寶元年間爲乾德縣令時，尊歐慶爲鄉里「三賢」之一，並結識其子歐世英，與詞中「十年一别」、詩句「相逢十年舊」契合。詩人與老友久别重逢，熱情設宴款待，勉慰科場多蹇的朋友守時待命。關愛同情之心，溢於言表。詩句對仗精工，對比鮮明，意脈流貫，一氣呵成。

【注釋】

〔一〕「相逢」二句：十年重逢，有幸飲酒同歡。暗用韓愈《贈鄭兵曹》詩意：「樽酒相逢十年前，君爲壯夫我少年。樽酒相逢十年後，我爲壯夫君白首。」一罇同：孟郊《夜集汝州郡齋聽陸僧辨彈琴》詩：「千里愁並盡，一樽歡暫同。」

〔二〕「昔日」二句：詩人感歎光陰似箭，而今成爲白髮老翁。青衫令：詩人自指。唐宋時縣令、州司馬皆著青衫，故稱。景祐三年五月，歐被貶爲峽州夷陵縣令。次年十二月爲乾德縣令，直至寶元二年（一〇三九）六月纔恢復舊官。白髮翁：歐書簡《與杜正獻公世昌》其五（皇祐元年）：「某年方四十有三，而鬢髮皆白。」

〔三〕君子守：君子守正守道。有司：官吏。古代設官分職，各有專司，故稱。此指科考選拔人才的官吏。

〔四〕「況子」二句：況且你材高行美，豈會長期窮困，總有出頭之日。

【附録】

《歐集》卷一三三《聖無憂》詞：「世路風波險，十年一别須臾。人生聚散常如此，相見且歡娱。好酒能消光景，春風不染髭鬚。爲公一醉花前倒，紅袖莫來扶。」

思二亭送光禄謝寺丞歸滁陽

其一

吾嘗思醉翁，醉翁名自我〔一〕。山林本我性，章服偶包裹〔二〕。君恩未知報，進退奚爲可？自非因讒逐〔三〕，決去焉能果。前時永陽謫，誰與脱韁鎖〔四〕？山氣無四時，幽花常婀娜。石泉咽然鳴，野艷笑而傞〔五〕。賓歡正喧嘩，翁醉已岌峨〔六〕。我樂世所悲，衆馳予坎軻。惟兹三二子，嗜好其同頗。因歸謝巖石，爲我刻其左。

其二

吾嘗思豐樂〔七〕，魂夢不在身。三年永陽謫，幽谷最來頻〔八〕。谷口兩三家，山泉爲四鄰。但聞山泉聲，豈識山意春。春至换群物，花開思故人。故人今何在，憔悴潁之濱〔九〕。人去山自緑，春歸花更新。空令谷中叟，笑我種花勤。

【題解】

原輯《居士外集》卷四，無繫年，列皇祐元年詩後。作於是年春，時知潁州。二亭，指滁州的醉翁亭和豐樂亭。光禄謝寺丞，即滁州判官、光禄寺丞謝縝，霍邱（今屬安徽六安）人。後調遷餘姚知縣，官轉太子中舍。劉敞《公是集》卷一五《送霍邱謝寺丞》詩云：「吾聞歐公客，必皆當世賢。衆中一見子，始信斯言然。」滁陽，即滁州。謝縝本年首次來訪潁州，返滁時詩人贈此二詩。「其一」回憶醉翁亭的主賓山林醉飲，「其二」懷念豐樂亭的朋友幽谷春游。詩人深情回憶滁州二亭，緬懷當年寄情山水、與民同樂的貶所生活。叙事寫景，貫通一氣，情融于景，妙合無垠。

【注釋】

〔一〕「吾嘗」二句：歐《醉翁亭記》：「峰迴路轉，有亭翼然臨於泉上者，醉翁亭也。作亭者誰？山之僧曰智仙也。名之者誰？太守自謂也。」

〔二〕「山林」二句：我的本性適合隱居山林，穿上官服衹是暫時的。章服：繡有日月星辰等圖案的古代禮服。每圖爲一章，天子十二章，群臣按品級以九、七、五、三章遞降。《韓非子・亡徵》：「父兄大臣，禄秩過功，章服侵等，宫室供養太侈。」

〔三〕讒逐：因「張甥案」遭讒毁而被放逐。胡《譜》：慶曆五年「是春……會公孤甥張氏犯法，諫官錢明逸因以財産事及公，下開封鞫治。府尹楊日嚴觀望傅會，上命户部判官蘇安世、入内供奉官王昭明監勘，得無他。八月甲戌（二十一日），猶落龍圖閣直學士，罷都轉運按察使，降知制誥、知滁州。」

〔四〕「前時」二句：自己貶官滁州時，無人爲自己説情解救。 韁鎖：本爲繫馬之具，此指遭讒被貶之事。

〔五〕「山氣」四句：化用《醉翁亭記》文意：「若夫日出而林霏開，雲歸而巖穴暝，晦明變化者，山間之朝暮也。野芳發而幽香，佳木秀而繁陰，風霜高潔，水清而石出者，山間之四時也。朝而往，暮而歸，四時之景不同，而樂亦無窮也。」 傞：醉舞失態貌。《晏子春秋·雜上》：「晏子飲景公酒，日暮，公呼具火。晏子辭曰：『《詩》云「側弁之俄」，言失德也。「屢舞傞傞」，言失容也。』」

〔六〕岌峨：本爲高竣貌，此指因醉酒而傾頽的樣子。

〔七〕豐樂：即豐樂亭，參見歐《豐樂亭記》。

〔八〕「三年」二句：慶曆五年（一〇四五）八月歐貶知滁州，到慶曆八年移知揚州，爲期三年。其間，常到州西幽谷泉游覽，以排遣貶謫愁緒。

〔九〕潁之濱：《高士傳》：「堯又召爲九州長，（許）由不欲聞之，洗耳于潁水濱。」此句雙關，明指爲官潁州，隱喻自己將像許由那樣終老水濱山曲。

【附録】二詩全輯入明曹學佺《石倉歷代詩選》卷一四〇。

桐花

猗猗井上桐，花葉何蓑蓑。下蔭百尺泉，上聳陵雲材。翠色洗朝露，清陰午當階。幽蟬自嘒嘒，鳴鳥何喈喈。日出花照耀，飛香動浮埃。今朝一雨過，狼藉黏青苔〔一〕。斯桐乃誰樹？意若銘吾齋。嘗聞漢道隆，上下相和諧。選吏擇孝廉，視民嬰與孩。政聲如《九韶》，百物絶妖災。優優潁川守，能致鳳凰來〔二〕。到此幾千載，丹山自崔嵬。聖君勤治理，百郡列賢材。嗟爾不自勉，鳳凰其來哉〔三〕！

【題解】原輯《居士外集》卷四，繫皇祐元年。作於是年春三月，時知潁州。詩中有「優優潁川守，能致鳳凰來」之句，梅堯臣和詩亦有「當時集潁川，偶值黄次公」之句，《宛陵先生集》卷二六《和永叔瑯琊山六詠》詩，卷二七《和歐陽永叔啼鳥十八韻》、《和永叔桐花十四韻》詩，《梅集編年》均繫皇祐元年，在是春移知潁州後。然《歐集》卷一四八《與梅聖俞》其十八（慶曆六年）有云：「中間卻又得聖俞所寄六詠及《桐花》、《啼鳥》等詩」，又似作於慶曆六年春知滁州任上。桐樹開花，在三月清明前後。白居易《桐花》詩：「春令有常候，清明桐始發。」詩歌描寫潁州桐花，追慕治潁先賢，並以之自勉。詩人由梧桐想到鳳凰，再想到潁州名宦黄霸，表達見賢思齊的生活願望，以及吏治清廉的政治理想。託物寄興，借物詠志，以自然物象諷喻政治人事，狀物、叙事、議理融於一體，既形象又深邃。

【注釋】

〔一〕「猗猗」十二句：桐樹偉拔，桐花茂盛，煞是可愛，然春雨過後殘花狼藉。猗猗：美盛貌。《詩·衛風·淇奥》：「瞻彼淇奥，緑竹猗猗。」毛傳：「猗猗，美盛貌。」蓑蓑：茂盛貌。韓愈《南山有高樹行贈李宗閔》：「南山有高樹，花葉何衰衰！」

〔二〕「斯桐」十句：由桐樹想到種樹人，緬懷潁州先賢，表達仁政惠民之情。漢道：漢代治國之道，指政治措施。選孝廉：封建統治者選拔人才的科目，始於漢代。《漢書·武帝紀》：「元光元年冬十一月，初令郡國舉孝廉各一人。」顔師古注：「孝謂善事父母者，廉謂清潔有廉隅者。」視民嬰與孩：愛護百姓就象愛護嬰兒一樣。嬰與孩，梅堯臣《甘陵亂》：「雷聲三日屋瓦摧，殺人不問嬰與孩。」《九韶》：舜時樂曲名。《周禮·春官·大司樂》：「九德之歌，《九韶》之舞。」優優：寬和貌。《詩·商頌·長發》：「敷政優優，百禄是遒。」毛傳：「優優，和也。」潁川守：指漢潁川太守黄霸，字次公。任潁川太守八年，爲政外寛内明，重視農桑耕織，政績顯著。相傳爲官期間，鳳凰多次光顧潁川。《漢書·黄霸傳》：「霸以外寛内明得吏民心，户口歲增，治爲天下第一……有詔歸潁川太守官，以八百石居治如其前。前後八年，郡中愈治。是時，鳳皇神爵數集郡國，潁川尤多。」又姚之駰《後漢書補逸》卷九《陸閎》：「吴郡陸閎爲潁川太守，致鳳凰甘露之瑞。」後世遂以「潁川守」或「潁川政」作爲讚揚州郡官吏的典故。鳳凰：古人以爲祥瑞象徵物。梅堯臣《和永叔桐花十四韻》：「我愿二千石，但使德化隆。有桐鳳不來，於桐無愧容。有鳳政不舉，於鳳何爲崇。答君桐花篇，聊以發我衷。」又梅氏《送余中舍知漢州德陽》詩云：「桐花鳳何似？歸日爲將行。」桐花鳳，鳥名，亦省稱「桐鳳」，以暮春時棲集於桐花而得名。唐李德裕《畫桐花鳳扇賦序》：「成都夾岷江岸，多植紫桐，每至暮春，有靈禽五色，小於玄鳥，來集桐花，以飲朝露。及華落則煙飛雨散，不知所往。」

〔三〕「到此」六句：詩人自我勵勉，以先賢爲榜樣，在潁州實施仁政。丹山：傳説中鳳凰鳥産地。《山海經》卷一：「丹穴之山……有鳥焉，其狀如雞，五采而文，名曰鳳凰……是鳥也飲食自然，自歌自舞，見則天下安寧。」

【附録】

此詩輯入清康熙《御定佩文齋廣群芳譜》卷七三。

送楊先輩登第還家

解榻方欣待儁英〔一〕，掛帆千里忽南征。錦衣白日還家樂，鶴髮高堂獻壽榮〔二〕。殘雪楚天寒料峭，春風淮水浪崢嶸〔三〕。知君歸意先飛鳥，莫惜停舟酒屢傾〔四〕。

【題　解】

原輯《居士集》卷一一，繫皇祐元年。作於是年春三月，時知潁州。先輩，稱秀才文士。張爾岐《蒿庵閒話》：「唐、宋官長稱秀才爲先輩。」《宋史·仁宗本紀三》：皇祐元年三月「賜禮部奏名進士、諸科及第出身千三百九人。」新進士楊氏登第後自汴京南歸鄉里，經行潁州，詩人贈詩送行。詩歌祝賀楊氏登第後衣錦還鄉，描寫其春風得意，歸心似箭之情狀。一氣舒卷，情景相融，意境親切而深雋。

【注　釋】

〔一〕解榻：比喻熱情待客或禮賢下士。典出《漢書·徐穉傳》、《陳蕃傳》，參見本書《送賈推官赴絳州》注〔三〕。　儁英：傑出人物，指楊生。

〔二〕「錦衣」二句：楊氏榮歸故里，以功名向老父獻壽。錦衣：即衣錦還鄉，指富貴後回到故鄉，含有向親友鄉里誇耀之意。

〔三〕崢嶸：形容波濤洶湧。王昌齡《小敷谷龍潭祠作》詩：「跳波沸崢嶸，深處不可挹。」

〔四〕「知君」二句：知道你歸心似箭，還是希望停船接受我的餞行酒宴。酒屢傾：頻頻飲酒乾杯。屢傾，原本校云：「一作『餞行』。」

獲麟贈姚闢先輩

世已無孔子，獲麟意誰知？我嘗爲之說，聞者未免非〔一〕。而子獨曰然，有如塤應篪。惟麟不爲瑞，其意乃可推〔二〕。《春秋》二百年，文約義甚夷〔三〕。一從聖人没，學者自爲師。崢嶸衆家說，平地生嶮巇。相沿益迂怪，各鬭出新奇。爾來千餘歲，舉世不知迷〔四〕。焯哉聖人經，照耀萬世疑〔五〕。自從蒙衆說，日月遭蔽虧。常患無氣力，掃除浮雲披。還其自然光，萬物皆見之〔六〕。子昔已好古，此經手常持。超然出衆見，不爲俗牽卑。近又脱賦格，飛黄擺銜羈〔七〕。聖門開大道，夷路肆騰嬉。便可剿衆説，旁通塞多歧〔八〕。正途趨簡易，慎勿事嶇崎。著述須待老，積勤宜少時。苟思垂後世，大禹尚胼胝〔九〕。顧我今老矣，兩瞳蝕昏眵。大書難久視，心在力已衰。因思少自棄，今縱悔可追！戒我以勉子，臨文但吁嘻〔一〇〕。

【題解】

原輯《居士集》卷四，繫皇祐元年。作於是年春三月，時知潁州。獲麟，指春秋魯哀公十四年獵獲麒麟事。相傳孔子作《春秋》至此而輟筆。《春秋·哀公十四年》：「春，西狩獲麟。」杜預注：「麟者仁獸，聖王之嘉瑞也。時無明王出而遇獲，仲尼傷周道之不興，感嘉瑞之無應，故因《魯春秋》而修中興之教。絶筆於『獲麟』之一句，所感而作，固所以爲終也。」歐《〈春秋〉或問》、《春秋論》上、中、下等著述，認爲獲麟與《春秋》寫作没有關係。姚闢，字子張，金壇人。《京口耆舊傳》卷六載其本年進士及第，歷項城令、通州通判。嘉祐中，韓琦薦與蘇洵同修《太常因革禮》。姚闢《春秋》研究贊同歐氏觀點，使詩人甚感欣慰。前輩，對文人的敬稱。參見本書《送楊先輩登第還家》題解。詩歌首八句讚賞姚闢《春秋》研究疑經惑傳，詩人引爲同調；次十八句，言《春秋》本義平實，批評歷代解經者標新立異，怪説亂義；末二十四句勉勵姚闢勤奮治學，趨簡易，戒新奇，探求《春秋》本義。詩人巧借獲麟宣揚求真務實、守正創新的經學思想。語勢淩厲，議論風發，平易中透露鋒芒，是學韓愈以議論爲詩的成功之作。

【注釋】

〔一〕「世已」四句：孔子早已故世，還有誰能知道「獲麟」的本義呢。我曾經解釋過，卻無人贊同。獲麟：歐《〈春秋〉或問》：「或問：『《春秋》何爲始於隱公而終於獲麟？』……曰：『義在《春秋》，不在起止。《春秋》，謹一言而信萬道者也。予厭衆説之亂《春秋》者也。』」其《易童子問》卷三又説：「若余者，可謂不量力矣。邈然遠出諸儒之後，而學無師授之傳，其勇於敢爲而決於不疑者，以聖人之經尚在，可以質也。」

〔二〕「而子」四句：你贊同我的《春秋論》觀點，認爲麟不是瑞獸，獲麟與《春秋》寫作無關。塤篪：樂聲相合。此指姚闢與詩人對《春秋》的看法相合，如塤篪之相應和。塤，古吹奏樂器。土製，或以陶土燒製而成。篪，横吹七孔竹管古樂器。《詩·小雅·何人斯》：「伯氏吹壎，仲氏吹篪。」

〔三〕「《春秋》」二句：《春秋》爲今傳最早的編年體史書，相傳孔子據魯史修訂而成，其紀事二百四十二年，語言簡略，内容平易。歐《春秋論》中：「《春秋》詞有同異，尤謹嚴而簡約，所以别嫌明微，慎重而取信，其於是非善惡難明之際，聖人所盡心也。」

〔四〕「一從」八句：自從孔子死後，解經者標新立異，惑亂經典本義。歐《春秋論上》：「孔子，聖人也，一人而已。若公羊高、穀梁赤、左氏三子者，博者而多聞矣，其傳不能無失者也。孔子之於經，三子之於傳，有所不同，而學者寧舍經而傳，不信孔子而信三子，甚哉其惑也！」　崢嶸：

高峻崎嶇貌。孟郊《感興》詩：「吾欲載車馬，太行路崢嶸。」險巇：險要高峻貌。《楚辭·九辯》：「何險巇之嫉妒兮，被以不慈之僞名。」嵇康《琴賦》：「丹崖險巇，青壁萬尋。」

〔五〕「焯哉」二句：儒家經典就像日月輝耀萬古。

〔六〕「自從」六句：自從衆家説經，聖人經典的本義，就像日食、月蝕一樣被遮蔽。要想還其本義，自感力量不够。歐《〈春秋〉或問》：「經不待傳而通者十七八，因傳而惑者十五六。」歐《〈春秋〉或問》：「聖人之意皎然乎經，唯明者見之，不爲他説蔽者見之也。」浮雲披：撥開浮雲，得見日月。漢徐幹《中論·審大臣》：「文王之識也，灼然若披雲而見日，霍然若開霧而觀天。」《世説新語·賞譽》：「衛伯玉爲尚書令，見樂廣與中朝名士談議，奇之，曰：『自昔諸人没以來，常恐微言將絶，今乃復聞斯言於君矣。』命子弟造之，曰：『此人，人之水鏡也，見之若披雲霧睹青天。』」

〔七〕「子昔」六句：讚揚姚闢好古喜經，學識超常，不拘俗見，又擺脱科考羈絆，有如神馬騰空。脱賦格：指進士及第，擺脱科舉考試的程式。飛黄：駿馬名，韓愈《符讀書城南》：「飛黄騰踏去，不能顧蟾蜍。」銜羈：馬嚼子、馬籠頭，引申爲約束、限制。

〔八〕「聖門」四句：姚闢説經平易，古今貫通，足以堵塞衆家怪異之説。多歧：衆多岔路，此喻紛紜衆説。

〔九〕「正途」六句：告誡姚闢儒家經義簡易，不要婉曲探求，著述要厚積薄發，爲學要自幼積累，功垂後世者離不開勤奮。大禹：傳説中古代部落領袖。奉命治水十三年，三過家門而不入。胼胝：胼手胝足。手掌脚底因長期勞動摩擦而生的繭子。《史記·李斯列傳》：「禹鑿龍門，通大夏，疏九河，曲九防，決渟水致之海，而股無胈，脛無毛，手足胼胝，面目黎黑，遂以死於外，葬於會稽。」

〔一〇〕「顧我」八句：自歎年老體衰，勉勵姚闢勤學成才。時歐以眼病自請潁州。其書簡《與韓忠獻王稚圭》其八有云：「某昨以目疾爲苦，因少私便，求得汝陰。」《與章伯鎮》其四亦云：「某昨以目病爲梗，求潁自便。」昏眵：視力模糊。眵，俗稱眼屎。

【附録】

此詩輯入宋呂祖謙《宋文鑑》卷一五，又輯入清吴之振《宋詩鈔》卷一一。

吴曾《能改齋漫録》卷一〇：「前輩未嘗敢自誇大。宋景文公嘗謂：『予於爲文，似蘧瑗。瑗年五十，知四十九年非；余年六十，始知五十九年非。其庶幾至道乎？』又曰：『予每見舊所作文章，憎之，必欲燒棄。』梅堯臣曰：『公之文進矣，僕之爲詩亦然。』故公晚年修《唐書》，始悟文章之難，且歎曰：『若天假吾年，猶冀老而後成。』南城李泰伯叙其文，亦曰：『天將壽我乎，所爲固未足也。』類皆不自滿如此，故其文卓然自成一家。善乎歐陽公之言曰：『著述須待老，積勤宜少時。』豈公亦有所悔耶？」

初至潁州西湖種瑞蓮黄楊寄淮南轉運吕度支發運許主客

平湖十頃碧琉璃，四面清陰乍合時〔一〕。柳絮已將春去遠，海棠應恨我來遲〔二〕。啼禽似與游人語，明月閑撑野艇隨〔三〕。每到最佳堪樂處，却思君共把芳卮〔四〕。

【題解】 原輯《居士集》卷一一，繫皇祐元年。作於是年春末，時知潁州。胡《譜》：皇祐元年「正月丙午（十三日），移知潁州。二月丙子（十三日），至郡，樂西湖之勝，將卜居焉。」題目「初至潁州西湖」下原注：「一作『到潁治事之明日，行西湖上』。」「種瑞蓮、黄楊」下原注：「一作『因與郡官小酌其上，聊書所見』。」歐氏二月十三日抵潁州任，然詩中所繪，非二月中旬景物，當是春末夏初光景。關於歐陽修潁州赴任時間，歐氏自有兩説：《歐集》卷九〇《潁州謝上表》云：「臣已於三月十三日赴上訖者。」卷一四四書簡《與韓忠獻王稚圭》其八（皇祐元年）又云：「仲春初旬，已趨官所。」若以前者不誤，據張《曆日天象》，本年三月十三日乙巳「穀雨」，時景則與本詩相合。潁州，宋屬京西北路，治所在今安徽阜陽，下轄汝陰、泰和、潁上、沈丘四縣。潁州西湖，以風景湖聞名于唐宋，後因黄河奪淮入海，淤積泥沙，今已成良田或沼澤。正德《潁州志》卷一：「西湖在州西北二里，外湖長十里，廣三里。前代名賢達士，往往泛舟游玩。」瑞蓮，象徵吉祥之蓮。多指雙頭或並蒂蓮。黄楊，常緑灌木或小喬木，葉子對生，披針形或卵形，花黄色而有臭味。木材淡黄色，木質緻密。吕度支，名公弼，時爲淮南轉運使。王安禮《吕公行狀》：「文靖公薨，以恩遷度支員外郎。服除，又爲鹽鐵判官，爲淮南轉運使，賜紫金魚袋。召爲三司度支判官，遷兵部員外郎，糾察在京刑獄，拜直史館，爲河北轉運使。」許主客，即許元，字子春，時以主客郎中任江淮、兩浙、荆湖發運使。參見本書《招許主客》題解。宋金君卿《金氏文集》卷上《和永叔潁川西湖》，即步韻此作。本詩描寫潁州西湖春夏間的綺麗風景，表達對朋友的深沉思念。詩律工整，情致深沉。詩語雅淡平和，與詩人安閒平常的心態相得益彰。

【注　釋】

〔一〕琉璃：形容湖水碧緑澄明，猶如天然琉璃之色。　清陰乍合：樹葉稠密，樹底下剛開始交相成蔭。

〔二〕「柳絮」二句：柳絮送春，海棠已謝。有人認爲其中暗藏一段故事，參見「附録」趙令時《侯鯖録》卷一。　應恨我來遲：杜牧《歎花》詩：「自恨尋芳到已遲，往年曾見未開時。如今風擺花狼藉，緑葉成陰子滿枝。」元辛文房《唐才子傳》卷五，載杜牧賦此《悵别》詩本末：「太和末往湖州，近城一女子方十餘歲，約以十年後吾來典郡當納之，結以金幣。洎周墀入相，牧上箋乞守湖州。比至，已十四年，前女子從人兩抱雛矣。」

〔三〕「啼禽」二句：閒游湖，與禽鳥爲友，悠閒地划著小船，在月光夜色中游蕩。

〔四〕君：指吕度支、許主客。　把芳卮：宋韓淲《次韻五叔梅花》其五：「千里民熙歲熟時，使君應爲把芳卮。」

【附録】

此詩輯入清康熙《御選宋金元明四朝詩·御選宋詩》卷四六

趙令畤《侯鯖録》卷一：「歐公閒居汝陰時，一妓甚韻文，公歌詞盡記之。筵上戲約他年當來作守。後數年，公自維揚果移汝陰，其人已不復見矣。視事之明日，飲同官湖上，種黄楊樹子，有詩留纈芳亭云：『柳絮已將春去遠，海棠應恨我來遲。』後三十年東坡作守，見詩笑曰：『杜牧之緑葉成陰之句耶！』」按：又見胡仔《苕溪漁隱叢話》前集卷三〇。

初夏劉氏竹林小飲

春榮忽已衰，夏葉换初秀。披荒得深蹊，掃緑蔭清晝〔一〕。萬竿交已聳，千畝蔚何富。驚雷迸狂鞭，霧籜舒文繡〔二〕。虚心高自擢，勁節晚愈瘦。雖慚桃李妖，豈愧松柏後〔三〕。川源湛新霽，林麓洗昏霧。猗猗色可餐，滴滴翠欲溜〔四〕。況兹夏首月，景物得嘉候。晚蝶舞新黄，孤禽弄清咮。窺深入窗蒙，玩密愛林茂〔五〕。依依帶幽澗，隱隱見孤岫。林蓀縟堪眠，野汲冷可漱。鳴琴瀉山風，高籟發仙奏。暑却自蠲渴，心閑疑愈疢〔六〕。盃盤雜芬芳，圖籍羅左右。怡然忘簪組，釋若出羈廄〔七〕。矧予懷一丘，未得解黄綬。官事偶多閑，郊扉須屢叩〔八〕。新篁漸添林，晚筍堪薦豆。誰邀接籬公，有酒幸相就〔九〕。

【題　解】

原輯《居士外集》卷四，無繫年，列皇祐元年詩後。作於是年初夏，時知潁州。劉氏竹林，當爲潁州劉氏家園。詩歌形象地描寫竹子初夏間蓬勃生長的情景，小酌竹林，秀色可餐，抒發山林之趣與悠閑之致。鋪陳爲詩，語言疏暢，氣脈流貫，情理相融，感慨深婉。

【注　釋】

〔一〕「春榮」四句：春花衰落的初夏，於深蹊清蔭之中得見劉氏竹林。　披荒：同「披山」，撥開荒野草木以通行。《史記·五帝本紀》：「披山通道，未嘗寧居。」司馬貞索隱：「謂披山林草木而行以通道也。」

〔二〕「萬竿」四句：初夏竹林茂密，竹筍破土，新竹落籜。　蔚何富：竹林多麼茂密。蔚，竹木茂密。唐蕭穎士詩《有竹》其三：「彼蔚者竹，蕭其森矣。」狂鞭：迅猛生長的竹筍。蘇轍《林筍》詩：「狂鞭已逐草侵徑，疏影長隨月到楹。」籜：竹皮，筍殼。文繡：本指有花紋的絲織品。此處形容竹皮與繡有花紋的絲織品一樣美觀。

〔三〕「虚心」四句：讚美青竹的虚心、勁節與堅强。勁節：謂堅貞的節操。南朝梁范雲《詠寒松》：「淩風知勁節，負雪見貞心。」松柏後：《論語·子罕》：「歲寒，然後知松柏之後凋也。」

〔四〕「川源」四句：雨後竹林的水清竹翠，秀色可餐。湛：澄清貌。《文選·謝混〈游西池〉》：「景昃鳴禽集，水木湛清華。」李周翰注：「湛，澄。」猗猗：美盛貌。《詩·衛風·淇奥》：「瞻彼淇奥，緑竹猗猗。」毛傳：「猗猗，美盛貌。」色可餐：景色秀美異常。陸機《日出東南隅行》：「鮮膚一何潤，秀色若可餐。」

〔五〕「況兹」六句：竹林的四月，蝶飛鳥鳴，入窺深窗，愛玩密林。清味：清脆的鳥聲。《增補中州集·崔巍〈成趣園詩〉》：「松竹交翠蔭，禽鳥弄清味。」

〔六〕「依依」八句：竹林中的幽澗，孤峰、香草、野水和山風，除暑熱而安人心。孤岫：孤立的山峰。岫，有洞穴的山。《爾雅·釋山》：「山有穴爲岫。」郭璞注：「謂巖穴。」高籟：高遠之聲。蠲：除去，減免。漢荀悦《申鑑·政體》：「四患既蠲，五政既立，行之以誠，守之以固。」

〔七〕「盃盤」四句：竹林酒宴開懷暢飲之情狀。簪組：冠簪和冠帶。王維《留别丘爲》詩：「親勞簪組送，欲趁鶯花還。」出羈廄：擺脱束縛，獲得自由。

〔八〕「矧予」四句：何況自己心懷退隱，未能得請，偶得官閑，應多多出游郊野。一丘：一丘之隱，謂隱居地。《漢書·叙傳上》：「棲遲於一丘，則天下不易其樂。」解黄綬：解官致仕。黄綬，黄色的綬帶，代指官服。

〔九〕「新篁」四句：竹林中有新筍可下酒，有誰設宴相邀嗎？薦豆：供奉祭祀食品。豆，古代食器。《漢書·劉歆傳》：「棄籩豆之禮。」顔師古注：「籩豆，禮食之器也。以竹曰籩，以木曰豆。」接籬公：晉代荆州刺史山簡，字季倫。喜外出暢飲，行爲放蕩。此爲詩人自謂。《世説新語·任誕》：「山季倫爲荆州，時出酣暢。人爲之歌曰：『山公時一醉，徑造高陽池，日莫倒載歸，酩酊無所知。復能乘駿馬，倒著白接籬，舉手問葛彊，何如并州兒？』」接籬，白帽。

【附録】

此詩輯入清康熙《御定佩文齋廣群芳譜》卷八四。

葉大慶《考古質疑》卷四：「按《爾雅》，山有穴爲岫……歐陽詩『依依帶幽澗，隱隱見孤岫。』直以岫爲山，其相承誤用之歟？」

酬張器判官泛溪

園林初夏有清香，人意乘閑味愈長〔一〕。日暖魚跳波面靜，風輕鳥語樹陰涼〔二〕。野亭飛蓋臨芳草，曲渚迴舟帶夕陽〔三〕。所得平時爲郡樂，況多嘉客共銜觴〔四〕。

【題解】原輯《居士集》卷一二，繫皇祐元年。作於是年初夏，時知潁州。卷末題下校記：「一作『示泛溪之什』。」張器，即歐書簡所稱「張職方」，家居潁州，皇祐元年曾任潁州判官，三年以著作郎爲蘄春縣令，治平四年以職方郎中知道州。歐書簡《與張職方》其一，作於皇祐二年七月離潁赴南京留守任途中，其中有云：「相聚逾年，別來豈勝思戀。」可證皇祐元年曾共事。劉敞《公是集》卷一〇《送張器判官》題下注：「此君自初登第，至今二十餘年。某總角時盛聞其名。」劉攽《彭城集》卷一三《送張器判官》亦云：「吾子白頭趨幕府，同年黄綬亦雲霄。」梅堯臣《宛陵先生集》卷三八有《送張著作器宰蘄水》，朱東潤繫皇祐三年。《公是集》卷二二、《彭城集》卷一四亦有《送張器著作》詩。歐書簡《與張職方》其二（皇祐三年）有云：「方知已授蘄春，且居潁上。」可知張器時爲蘄水縣令。治平四年歐有詩《送道州張職方》，知其時任道州知州。歐與幕僚泛溪出游，張器有泛溪詩奉呈，歐賦此詩答之。詩歌描寫初夏園林之美景，抒發寬簡爲郡之樂趣，表述朋輩相得之真情。詩語清秀，情韻綿邈，初夏之景致，閒適之樂趣，透露時尚的靜謐内斂之美。

【注釋】

〔一〕「園林」二句：初夏閒游園林，心中別有意趣。人意：人的意緒。《三國志·蜀志·秦宓傳》：「上當天心，下合人意。」

〔二〕「日暖」二句：水靜魚躍，林蔭鳥鳴，襯託園林幽静清涼。

〔三〕「野亭」二句：在草地上乘車，在湖水中泛舟，黄昏興盡而歸。飛蓋：本爲車乘，代指乘車。曲渚：水中彎彎曲曲的小塊陸地。

〔四〕「所得」二句：除了平日做郡守的樂趣之外，還有與諸多朋友開懷飲酒的歡快。

【附録】

此詩輯入清康熙《御定佩文齋詠物詩選》卷九七、陳訏《宋十五家詩選·廬陵詩選》。

答通判吕太博

千頃芙蕖蓋水平，揚州太守舊多情〔一〕。畫盆圍處花光合，紅袖傳來酒令行〔二〕。舞踏落暉留醉客，歌遲檀板換新聲〔三〕。如今寂寞西湖上，雨後無人看落英〔四〕。

【題解】

輯《居士集》卷一一，繫皇祐元年。作於是年夏，時知潁州。通判呂太博，即呂公著，字晦叔，時以太常博士通判潁州。生平參見本書《答呂公著見贈》題解。通判，知州的副貳官，有監州之責。太博，太常寺博士的簡稱，爲文臣寄禄官階。詩歌描寫揚州邵伯湖的夏時美景，以及賓主賞荷傳花、酒宴歌舞的歡樂場面，感傷潁州西湖雨後的冷清寂寞。今昔對比，慨然興歎。音韻諧婉，情調悽愴。

【注釋】

〔一〕「千頃」二句：邵伯湖面的荷花一望無際，曾是揚州太守的我素來喜愛荷花。首句下原注：「邵伯荷花，四望極目。」芙蕖：荷花的别稱。邵伯：湖名。在揚州城北運河之東，今江都縣境内。晉謝安曾在此地築壩以利民生，後人追思其德，比之爲周之召伯（邵伯），故稱。揚州太守：詩人自謂。慶曆八年（一〇四八），歐轉官起居舍人，依舊知制誥，徙知揚州。

〔二〕「花光合」句下原注：「予嘗採蓮千朵，插以畫盆，圍繞坐席。」「酒令行」句下原注：「又嘗命坐客傳花，人摘一葉，葉盡處飲，以爲酒令。」紅袖：代指歌兒舞女。

〔三〕「舞踏」二句：歡歌醉舞直到夕陽西下，醉酒的客人留下來繼續夜宴，在舒緩的檀板伴奏下，歌妓們唱起了新歌。檀板：檀木製成的拍板。

〔四〕「如今」二句：感歎朋友離去之後的落寞淒涼。西湖：潁州西湖。落英：落花。《楚辭·離騷》：「朝飲木蘭之墜露兮，夕餐秋菊之落英。」

【附録】

此詩輯入清吴之振《宋詩鈔》卷一二。

葉夢得《避暑録話》卷上：「歐陽文忠公在揚州作平山堂，壯麗爲淮南第一。堂據蜀岡，下臨江南數百里，真、潤、金陵三州，隱隱若可見。公每暑時，輒淩晨攜客往游，遣人走邵伯，取荷花千餘朵，以畫盆分插百許盆，與客相間。遇酒行，即遣妓取一花傳客，以次摘其葉，盡處則飲酒，往往侵夜載月而歸。」

葛立方《韻語陽秋》卷一六：「歐公在揚州，暑月會客，取荷花千朵插畫盆中，圍繞坐席。又命坐客傳花，人摘一葉，盡處飲以酒。故《答吕通判詩》云：『千頃芙渠蓋水平，揚州太守舊多情。畫盆圍處花光合，紅袖傳來酒令行。』然維揚芍藥妙天下，可以奴視荷花，而是時歐公不聞有芍藥勝會，何邪？東坡在東武，四月，大會于南禪、資福兩寺，剪芍藥置瓶盎中，供佛外以供賞玩，不下七千餘朵。有白花獨出於衆花之上，圓如覆盂，因有『兩寺裝成寶瓔珞，一枝争看玉盤盂』之詠。惜乎歐公未知出此。」

答吕太博賞雙蓮

年來因病不飲酒，老去無悰懶作詩[一]。我已負花常自愧，君須屢醉及芳時[二]。漢宫姊妹爭新寵，湘浦皇英望所思[三]。天下從來無定色，況將鉛黛比天姿[四]。

【題　解】

原輯《居士外集》卷六，繫皇祐元年。作於是年夏，時知潁州。吕太博，即吕公著。生平參見本書《答吕公著見贈》題解。雙蓮，並生於同一枝幹的兩朵荷花，又名並蒂蓮。古代以爲祥瑞徵兆。詩人自歎衰病，以古代美女趙飛燕姐妹、娥皇姐妹，比擬吕公著所欣賞的雙蓮，勉勵吕公著賞蓮飲酒，及時享受生活。對仗工巧，對比鮮明，一氣流轉之中，感慨委婉深沉。

【注　釋】

〔一〕無悰：没有歡樂。參見本書《初春》注〔四〕。

〔二〕及芳時：趁著春花嬌豔時。

〔三〕漢宫姊妹：漢成帝劉驁皇后趙飛燕和其妹趙婕妤。《漢書·外戚傳》：「孝成趙皇后，本長安宮人。初生時，父母不舉，三日不死，乃收養之。及壯，屬陽阿主家，學歌舞，號曰飛燕。成帝嘗微行出。過陽阿主，作樂，上見飛燕而說之，召入宮，大幸。有女弟復召入，俱爲婕妤，貴傾後宮。」皇英：娥皇與女英，相傳爲唐堯二女，同嫁給虞舜。後舜死，二女同溺于湘水，化作湘水之神，稱爲湘妃或湘靈。漢劉向《古列女傳》卷一：「有虞二妃者，帝堯之二女也，長娥皇，次女英。」李賀《帝子歌》：「九節菖蒲石上死，湘神彈琴迎帝子。」王琦匯解：「湘神，湘水之神。《九歌》所謂『湘君』、『湘夫人』也。」

〔四〕「天下」三句：絕色女子從來没有統一的標準，美女與荷花更没有可比性。鉛黛：鉛粉和黛墨，古代婦女化妝用品，代指女子。

西湖戲作示同游者

菡萏香清畫舸浮，使君寧復憶揚州〔一〕。都將二十四橋月，换得西湖十頃秋〔二〕。

【題　解】

輯《居士集》卷一二，繫皇祐元年。作於是年夏，時知潁州。題下原注：「一作《初泛西湖》。」詩歌戲稱揚州不如潁州西湖美麗，表達詩人的真摯愛潁情懷。詩語淺白，卻造意不俗，風流藴藉，情韻俱佳。此類調侃游戲之作，顯示宋詩的生活化、通俗化新走向，是詩歌題材内容的創新。

【注釋】

〔一〕「菡萏」二句：泛舟于潁州西湖的荷花清香之中，難道還會思念揚州麽！　菡萏香清：原本校云：「一作『緑菱紅蓮』。」菡萏，荷花的别稱。　畫舸：裝飾彩繪的大船。岑參《早春陪崔中丞泛浣花溪宴》詩：「紅亭移酒席，畫舸逗江村。」　使君：州郡長官。

〔二〕「都將」二句：揚州「二十四橋明月夜」不如潁州「西湖十頃秋」，自己愿以揚州换取潁州西湖。　二十四橋：揚州古名勝。本句化用杜牧《寄揚州韓綽判官》詩句：「二十四橋明月夜，玉人何處教吹簫？」

【附録】

此詩輯入明李蓘《宋藝圃集》卷九，又輯入清康熙《御選宋金元明四朝詩·御選宋詩》卷六五、《御定佩文齋詠物詩選》卷九三。

趙令畤《侯鯖録》卷一：「歐陽公自維揚移守汝陰，作《西湖》詩云：『緑芰紅蓮畫舸浮，使君寧復憶揚州，都將二十四橋月，换得西湖十頃秋。』東坡復自潁移維揚，作詩寄予曰：『二十四橋亦何有，换此十頃玻璃風。』使歐公詩也。」按：又見胡仔《苕溪漁隱叢話》前集卷三〇、魏慶之《詩人玉屑》卷八、蔡正孫《詩林廣記》後集卷一、黄溥《詩學權輿》卷五、王昌會《詩話類編》卷二一、惠康野叟《識餘》卷二。

孫奕《履齋示兒編》卷九：「東坡《西湖新成》云：『二十四橋亦何有，換此十頃玻璃風。』即歐公《西湖》云：『都將二十四橋月，換得西湖十頃秋。』」

西湖泛舟呈運使學士張掞

波光柳色碧溟濛，曲渚斜橋畫舸通〔一〕。更遠更佳唯恐盡，漸深漸密似無窮。綺羅香裏留佳客，絃管聲來颺晚風〔二〕。半醉迴舟迷向背，樓臺高下夕陽中〔三〕。

【題　解】

原輯《居士外集》卷六，無繫年，列皇祐元年詩後。作於是年夏，時知潁州。運使，即轉運使。宋初諸路設轉運使，掌錢糧物資轉運及一路財賦收入，兼督察地方官吏。張掞，字文裕，齊州歷城人。舉進士，知益都縣，累官户部侍郎。《宋史》卷三三三有傳。宋文同《丹淵集》卷三九《太子中舍王君墓誌銘》，自稱與死者有「一日之素」，死者王紳即「皇祐初，余在邛州幕時，有以强幹爲轉運使所委，往來邛蜀間辦公事者」，同文又言及「轉運使張公掞」稱賞王紳才幹而「數任之」。由此可知，張掞皇祐初爲益州轉運使。詩人陪伴時任益州路轉運使而作客潁州的張掞，在詩酒歌舞中泛舟游覽西湖。詩歌描寫西湖美麗景觀，表達游湖的愉悦心情，將西湖置於浩渺煙波和悠揚絃管之中，彰顯其安祥與寧静，極富情韻。語言清麗，詩律精工，情韻綿邈，字裏行間透露平静内斂之美。

【注釋】

〔一〕畫舸：畫船。有圖飾的游船。

〔二〕綺羅香：絲織品的奇異香味，喻身著綺羅的美女。佳客：作客潁州的張掞。

〔三〕「半醉」二句：夕陽照耀高低錯落的樓閣臺榭，帶著醉意的我們找不到回航的方向。迷向背：迷失來回的方向。唐皇甫冉《雨雪》詩：「山川迷向背，氛霧失旌旗。」

【附録】

此詩輯入明曹學佺《石倉歷代詩選》卷一四〇，又輯入清康熙《淵鑑類函》卷三二、《御定佩文齋詠物詩選》卷九三、吴振之《宋詩鈔》卷一二。

三橋詩

宜遠

朱欄明緑水，古柳照斜陽。何處偏宜望，清漣對女郎〔一〕。

飛蓋〔二〕

鳴騶入遠樹〔三〕，飛蓋渡長橋。水闊鷺雙起，波明魚自跳。

望佳

輕舟轉孤嶼，幽浦漾平波〔四〕。回看望佳處，歸路逐漁歌。

【題　解】

原輯《居士集》卷一一，繫皇祐元年。作於是年夏，時知潁州。題下原注：「皇祐元年，新作三橋而名之，既而又爲之詩。」明《鳳陽府志》亦云：「宋皇祐元年，歐陽文忠公守潁，新作三橋，名之曰宜遠、飛蓋、望佳，又爲之詩。」詩歌描寫三橋周圍的壯觀景象，歌詠風光綺麗的潁州西湖。扣題而作，揭示命名旨意。詩氣貫注，物我合一，含蓄雋遠。

【注　釋】

〔一〕「何處」二句：站在橋頭哪裏最壯觀，就是清漣閣和女郎臺。末句下原注：「清漣，閣名，後改作去思堂。」明正德《潁州志》卷一：「宋晏元獻公以使相出知潁州，作屋北渚之北，臨西溪，以爲出祖所。初名清漣閣，嘗手植雙柳閣前，既代，民不能忘，更題曰去思，後又更曰雙柳閣。」女郎：即女郎臺。春秋時歸姓的胡子國，在今安徽阜陽。相傳胡子國君有二女，爲敬歸、齊歸，出嫁魯襄公。胡子國君思其女，築臺北望，人稱爲女郎臺。北魏酈道元《水經注》卷二《潁水》：「潁水又東經汝陰縣古城北……城外東北隅，有舊臺，翼城若丘，俗謂之女郎臺。雖頽廢，猶自廣崇，上有一井。疑故陶丘鄉。」

〔二〕飛蓋：古代車上的一種類似遮風擋雨用的蓬，狀如傘。曹植《公宴》詩：「清夜游西園，飛蓋相追隨。」

〔三〕鳴騶：古代隨從顯貴出行並傳呼喝道的騎卒。後常代指顯貴。孔稚珪《北山移文》：「及其鳴騶入谷，鶴書起隴，形馳魄散，志變神動。」長橋：飛蓋橋是連接通向湖心諸洲渚和亭臺的廊橋。

〔四〕幽浦：罕有人至的水濱。

和人三橋

其一

笳鼓下層臺，旌旗轉長嶼〔一〕。橋響鶩歸軒，溪明望行炬〔二〕。

其二

北臨白雲澗，南望清風閣。出樹見人行，隔溪聞魚躍。

其三

斷虹跨曲岸〔三〕，倒影涵清波。爲愛斜陽好，迴舟特特過〔四〕。

【題解】

原輯《居士外集》卷四，無繫年，列皇祐元年詩後。作於是年夏，時知潁州。歐於潁州建宜遠、飛蓋、望佳三橋，並賦《三橋詩》，詩題下原注：「皇祐元年，新作三橋而名之，既而又爲之詩。」有人和三詩，歐再賦此作。三詩巧借三橋之景觀，描寫西湖名勝及游覽樂趣。「其一」狀寫宜遠橋的熱鬧喧嘩，「其二」描摹飛蓋橋的僻靜清幽，「其三」刻畫望佳橋的夕照美觀。語言清新，不事藻繪，小景傳致深情。

【注釋】

〔一〕笳鼓：笳聲與鼓聲。借指軍樂。韓愈《大行皇太后挽歌詞》其一：「秋天笳鼓歇，松柏徧山鳴。」長嶼：狹長的小島。

〔二〕「橋響」二句：橋上聲音嘈雜，交馳著返程的車馬；溪上一片通明，映照著行人的火把。

騖：亂馳，交馳。《戰國策・齊策五》：「魏王被甲底劍，挑趙索戰。邯鄲之中騖，河山之間亂。」鮑彪注：「騖，亂馳也。」《文選・班固〈答賓戲〉》：「曩者王塗蕪穢，周失其馭，侯伯方軌，戰國横騖。」李善注：「東西交馳謂之騖。」　歸軒：回家的車輛。庾信《對宴齊使》詩：「歸軒下賓館，送蓋出河堤。」　行炬：游走的火把。何遜《下直出溪邊望答虞丹徒敬》詩：「溪北映初星，橋南望行炬。」

〔三〕斷虹：一段彩虹，喻拱橋。

〔四〕「爲愛」二句：就因爲喜歡夕陽中拱橋在水中的倒影，特地掉轉船頭從那裏經過。

西園石榴盛開

荒臺野徑共躋攀，正見榴花出短垣〔一〕。緑葉晚鶯啼處密，紅房初日照時繁〔二〕。最憐夏景鋪珍簟，尤愛晴香入睡軒〔三〕。乘興便當携酒去，不須旌騎擁車轅〔四〕。

【題　解】

原輯《居士集》卷一二，繫皇祐元年。作於是年夏，時知潁州。西園，歐於潁州有《西園》詩，其開章言及「西溪」，正德《潁州志》卷一「去思堂」載：「歐公文集有北渚、西溪，今皆不詳其地。」又云：

「宋晏元獻公殊以使相出知潁州日，作屋北渚之北，臨西溪……初名清漣閣。」此西園當爲西溪畔的舊園，在清漣閣、女郎臺之間。此詩描寫石榴盛開之美景，抒發獨游之興。詠物而含興寄，平叙中見奇崛，風景中自有縷縷情思。

【注 釋】

〔一〕「荒臺」二句：在攀登女郎臺的小路上，就看見冒出西園矮牆的石榴花。荒臺：即女郎臺。春秋汝陰歸姓胡子國君爲其二女「敬歸」、「齊歸」築臺，以供歌舞游樂。一曰胡子國君嫁二女魯襄公後，以思念而築臺，人稱女郎臺。參見本書《三橋詩》注〔一〕。野徑：村野小路。沈約《宿東園》詩：「野徑既盤紆，荒阡亦交互。」

〔二〕紅房：盛開的石榴紅花。房，花的子房，亦指花朵、花果。白居易詩《花下對酒二首》其一：「紅房爛簇火，素豔紛團雪。」

〔三〕珍簟：精美的竹席。南朝宋孝武帝《傷宣貴妃擬漢武李夫人賦》：「寶羅暍兮春幌垂，珍簟空兮夏幬扃。」睡軒：此指可供睡覺的長廊平臺。軒，亭前屋簷下的平臺。

〔四〕「乘興」二句：興會所至，喜歡獨自攜酒前來賞景，不必旌旗高車、衆人前呼後擁。

【附 録】

此詩輯入清康熙《御定佩文齋廣群芳譜》卷二八。

伏日贈徐焦二生

徐生純明白玉璞，焦子皎潔寒泉冰。清光瑩爾互輝映，當暑自可消炎蒸〔一〕。平湖緑波漲渺渺，高榭古木陰層層。嗟哉我豈不樂此，心雖欲往身未能〔二〕。俸優食飽力不用，官閑日永睡莫興。不思高飛慕鴻鵠，反此愁卧償蚊蠅〔三〕。三年永陽子所見，山林自放樂可勝。清泉白石對斟酌，巖花野鳥爲交朋。崎嶇澗谷窮上下，追逐猿狖爭超騰。酒美賓佳足自負，飲酣氣横猶驕矜〔四〕。奈何乖離纔幾日，蒼顔非舊白髮增。彊歡徒勞歌且舞，勉飲寧及合與升。行揩眼眵旋看物，坐見樓閣先愁登〔五〕。頭輕目明脚力健，羡子志氣將飄淩。秖今心意已如此，終竟事業知何稱。少壯及時宜努力，老大無堪還可憎〔六〕。

【題　解】

原輯《居士集》卷四，繫皇祐元年。作於是年六、七月間，時知潁州。題下原注：「一本作『徐、焦二子伏日游西湖，余以病不能往，因以贈之』。」伏日，三伏的總稱，古代亦指三伏中祭祀的一天。宋高承《事物紀原·正朔歷數》：「立秋以金代火而畏火，故至庚日必伏，故謂之伏日。」據張《曆日天象》，本年六月三十日辛卯「立秋」，末伏止於立秋後第一個庚日前一天，即七月十八日己酉。徐、焦二生，即徐無黨、焦千之。徐無黨，參見本書《喜雪示徐生》題解。焦千之，字伯强，潁州焦陂人。本年春夏間投歐門下，師事之。通判吕公著延爲塾師，次年隨赴京師。嘉祐四年，歐薦主鄆州州學。治平年間任樂清知縣。清黄宗羲《宋元學案》卷四：「焦千之，字伯强，潁州焦陂人也。從歐陽公學，稱上弟……歐陽公知潁州，吕正獻公爲通判，正獻日與公講學，其于諸弟子中獨敬先生，延之館，使子希哲輩師事焉。」徽宗朝吕希哲知潁，爲作焦館以紀念業師。本詩誇讚徐無黨、焦千之二人，緬懷昔日滁州山水之樂，感慨而今人老體衰，勸勉徐、焦二生及時建功立業。以詩代書，題材趨於生活化、世俗化，叙事、議論與抒情相結合，平易中藴調侃，幽默中見深沉。

【注釋】

〔一〕「徐生」四句：誇讚徐、焦二生冰清玉潔，簡直可消暑熱。玉璞：未經琢磨的玉石。李白《雜言用投丹陽知己》詩：「客從崑崙來，遺我雙玉璞。」瑩爾：光彩照人。炎蒸：暑熱薰蒸。杜甫詩《熱》其三：「欻翕炎蒸景，飄颻征戍人。」

〔二〕「平湖」四句：西湖緑波與高樹古木，可供暑夏游樂，奈何自己有病在身，無法出游。渺渺：幽遠貌。《管子·内業》：「折折乎如在於側，忽忽乎如將不得，渺渺乎如窮無極。」尹知章注：

「渺渺，微遠貌。」

〔三〕「俸優」四句：自述優裕悠閒而夏季臥病的苦惱。日永：白日長。睡莫興：酣睡不起。興，起。《詩·衛風·氓》：「夙興夜寐，靡有朝矣。」鄭箋：「早起夜卧。」高飛慕鴻鵠：鴻鵠高飛，喻遠大的志向。《吕氏春秋·士容》：「夫驥驁之氣，鴻鵠之志，有諭乎人心者誠也。」償蚊蠅：供蚊蟲叮咬。

〔四〕「三年」八句：回憶昔日滁州山水之樂。三年永陽：慶曆五年（一〇四五）八月至慶曆八年（一〇四八）正月，時歐貶職滁州。永陽，即滁州。子所見：徐、焦二人曾隨行就學滁州。超騰：飛騰，跳躍。陸游詩《和張功夫見寄》：「超騰已得丹換骨，戀著懇求香返魂。」驕矜：驕傲自豪。《史記·魏公子列傳》：「公子聞之，益驕矜而有自功之色。」

〔五〕「奈何」六句：感歎别後自己體衰多病，難與歌舞宴飲，難游風景名勝。乖離：背離。《法苑珠林》卷九七：「妻兒角目，兄弟鬩牆，眷屬乖離，親朋隔絶。」寧及：不及，哪裏達得到。合：量詞。一升的十分之一。《孫子算經》卷上：「十抄爲一勺，十勺爲一合，十合爲一升。」眼眵：俗稱眼屎。歐患有嚴重眼疾。《潁州謝上表》：「加之肺肝渴涸，眼目眊昏，去秋以來，所苦增劇。兩脛惟骨，拜履俱艱，雙瞳雖存，黑白纔辨。」

〔六〕「頭輕」六句：羨慕徐、焦二人青春年少，奮發有爲，勉勵二子及時努力，以免老大無能。飄淩：淩空高飛。形容意氣昂揚。《史記·司馬相如傳》：「相如既奏大人之頌，天子大説，飄飄有淩雲之氣，似游天地之間意。」知何稱：達到何等程度。無堪：無可取處。常用爲謙詞。杜甫詩《絶句漫興》其六：「懶慢無堪不出村，呼兒日在掩柴門。」仇兆鼇注：「無堪，無可人意者。」

【附録】

此詩輯入清吴之振《宋詩鈔》卷一一。

虞儔《尊白堂集》卷一《歐公詩有云：「俸優食飽力不用，官閒日永睡莫興。」因廣之》：「日長官事少，食飽俸錢優。宴坐香凝篆，欲眠書枕頭。莫知斯我貴，此外更何求。畢竟歸田是，他鄉莫久留。」

飛蓋橋翫月

天形積輕清，水德本虚静。雲收風波止，始見天水性〔一〕。澄光與粹容，上下相涵映。乃於其兩間，皎皎掛寒鏡〔二〕。餘暉所照耀，萬物皆鮮瑩〔三〕。矧夫人之靈，豈不醒視聽。而我於此時，翛然發孤詠。紛昏欣洗滌，俯仰恣涵泳〔四〕。人心曠而閒，月色高愈迥。惟恐清夜闌，時時瞻斗柄〔五〕。

【題解】

原輯《居士集》卷四，繫皇祐元年。作於是年六月十四日，時知潁州。題下原注：「一本題上有『六月十四夜』。」飛蓋橋，歐皇祐初守潁時新作三橋之一，參見本書《三橋詩》題解。詩歌前十句議論天光、水色與明月，勾畫寧靜而闊遠的空間形像，感受天地生生不息的活力；後十句抒寫置身海闊天空的體驗與感受，感悟塵雜盡去、物我合一的和諧境界，展示曠遠恬適、迷戀明月、熱愛大自然的生活情趣。詩人盛夏橋上賞月，眼前水天一碧，心靈與自然妙合無間，而靜悟所得，肯定水德的虚靜不爭，深受道家思想浸潤，頗具理趣。氣韻流貫，情理融合，意境清曠，體現宋人以文爲詩、以議論爲詩的特點。

【注釋】

〔一〕「天形」四句：天形與水德各自的特性，即天形輕清，水德之淵靜清虚、順時不爭。輕清：《太平御覽》卷一引《三五曆記》：「輕清者上爲天，重濁者下爲地，中和氣者爲人。」水德：水的德性，即水的特性。《老子》八章：「上善若水……居善地，心善淵，與善仁，言善信，正善治，事善能，動善時。夫唯不爭，故無尤。」

〔二〕「澄光」四句：明淨的天空與澄澈的湖水上下輝映，詩人于天水一色中見皎皎月色。澄光：指水光。李之儀詞《鷓鴣天》：「收盡微風不見江，分明天水共澄光。」粹容：天色。《宋書·

謝靈運傳》："雖粹容之緬邈，謂哀音之恒存。" 寒鏡：清冷的滿月。

〔三〕"餘暉"二句：月光照耀之下，萬物光潔澄澈。詩人感受到天地生生不息之活力。

〔四〕"而我"四句：我在這靜謐莊穆的氛圍中，以"孤詠"洗滌塵念，沉思並領悟飛蓋橋夜景的哲理內涵。 翛然：無拘無束貌，超脱貌。《莊子·大宗師》："翛然而往，翛然而來而已矣。"成玄英疏："翛然，無係貌也。" 涵泳：浸潤，沉浸，引申爲深入領會。 羅大經《鶴林玉露》卷一三："正淵明詩意，詩字少意多，尤可涵泳。"

〔五〕"人心"四句：更深人靜之時，人與自然和諧相融，仰視星空，生怕夜晚就此結束。流露詩人賞玩天地造化、觀照宇宙自然的閒情逸致。 斗柄：北斗星末尾的三顆星，據其方位可判定時辰。

【附録】

此詩輯入宋祝穆《古今事文類聚》前集卷二、吕祖謙《宋文鑑》卷一五，又輯入清康熙《御選宋金元明四朝詩·御選宋詩》卷一一，題目爲《六月十四夜飛蓋橋玩月》。

胡仔《苕溪漁隱叢話》後集卷二三："歐公作詩，蓋欲自出胸臆，不肯蹈襲前人，亦其材高，故不見牽强之跡耳。如《六月十四夜飛蓋橋玩月》云……"按：又見魏慶之《詩人玉屑》卷一七、蔡正孫《詩林廣記》後集卷一、何汶《竹莊詩話》卷九、黄溥《詩學權輿》卷六。

葉□□《愛日齋叢鈔》：「歐陽公《玩月》云：『天形積輕清，水德本虚靜。雲收風波止，始見天水性。澄光與粹容，上下相涵映。乃於其兩間，皎皎掛寒鏡。』卻是先得東坡《鑑空閣》詩意度。」賀裳《載酒園詩話》：「詩道至廬陵，真是一厄，如《飛蓋橋望月》中云：『乃於其兩間』，『矧夫人之靈』，『而我於此時』，便開後人無數惡習。」按：又見吴喬《圍爐詩話》卷五。

送謝中舍二首

其一

滁南幽谷抱山斜，我鑿清泉子種花〔一〕。故事已傳遺老説，世人今作畫圖誇〔二〕。金閨引籍子方壯，白髮盈簪我可嗟〔三〕。試問絃歌爲縣政，何如罇俎樂無涯〔四〕。

其二

喜聞嘉譽藹淮壖，又看吴帆解畫船〔五〕。隴畝遺民談舊政，江山餘思入新篇〔六〕。人生白首吾今爾，仕路青雲子勉旃〔七〕。舉棹南風吹酒醒，離觴莫惜少留連〔八〕。

【題　解】

輯《居士集》卷一二，繫皇祐元年。作於是年夏秋間，時知潁州。題目中「送」字下原校：「一作『寄』。」北京圖書館藏宋刻本校語：「《掇英集》作『送謝縝知餘姚』。」謝中舍，即滁州判官、光禄寺丞謝縝，本年春曾來訪歐氏，歐爲賦《思二亭送光禄謝寺丞歸滁陽》詩，如今官轉太子中舍人，調遷餘姚知縣，途經潁州赴京，詩人又贈此二作。「其一」回憶滁州同官的美好往事，抒寫自己的人生體驗；「其二」讚美謝氏的惠民仁政，勉勵朋友的仕途進取，字裏行間洋溢著摯愛真情。詩句明暢，語氣親切，彰顯藹然長者風度。

【注　釋】

〔一〕清泉：幽谷泉，亦稱豐樂泉。陳廷燦《續茶經》卷下之三：「呂元中《豐樂泉記》：歐陽公既得釀泉，一日會客，有以新茶獻者。公勅汲泉瀹之，汲者道仆覆水，僞汲他泉代。公知其非釀泉，詰之，乃得是泉于幽谷山下，因名豐樂泉。」種花：謝縝曾在幽谷種花。參見本書《謝判官幽谷種花》詩。

〔二〕遺老：滁州當地的老人。畫圖詩：今人把這掌故當成一幅美麗畫卷，盡情想像。畫圖，即繪圖。《莊子·田子方》：「宋元君將畫圖，衆史皆至，受揖而立，舐筆和墨，在外者半。」

〔三〕「金閨」二句：年輕力壯的謝中舍已是朝廷名臣，我則白髮蒼蒼已成老朽。反用韓愈《贈鄭兵曹》：「我爲壯夫君白首」詩意。　金閨：漢長安金馬門，代指朝廷。鮑照《侍郎報滿辭合疏》：「金閨雲路，從兹自遠。」錢振倫注引李善《江淹〈别賦〉》注：「金閨，金馬門也。」參見本書《弔黄學士三首》注〔七〕。　引籍：引人及門籍。古代宫廷的門使及出入宫門的牒籍。《周禮·天官·宫正》「幾其出入」鄭玄注引漢鄭司農曰：「幾其出入……無引籍不得入宫司馬殿門也。」賈公彦疏：「言引籍者，有門籍及引人皆得出入也。」籍，門籍。《漢書·元帝紀》：「令從官給事宫司馬門中者，得爲大父母父母兄弟通籍。」顔師古注引應劭曰：「籍者，爲二尺竹牒，記其年紀、名字、物色，縣之宫門，案省相應，乃得入也。」

〔四〕絃歌：指禮樂教化。後世稱縣令爲政有方曰「絃歌爲政」。《論語·陽貨》：「子之武城，聞絃歌之聲，夫子莞爾而笑曰：『割雞焉用牛刀。』」　罇俎：盛酒食的器具，代指酒宴。

〔五〕「喜聞」二句：謝縝在滁州仁政愛民，受到民衆稱讚，如今又將乘船南行，以太子中舍人出知餘姚。　藹淮壖：譽滿淮滁。藹，盛多貌。淮壖，淮河邊。滁州，漢以來爲淮南地。

〔六〕遺民：泛指老百姓。宋陳亮《胡夫人吕氏墓碣銘》：「因歎承平遺民，雖婦人猶能如此。」

〔七〕勉旃：勉力，努力。多於勸勉時用之。旃，之焉的合音字。《漢書·楊惲傳》：「方當盛漢之隆，願勉旃，毋多談。」

〔八〕舉棹：擺動船槳，開船。　離觴：離别的酒宴。

【附録】

組詩「其一」輯入宋孔延之《會稽掇英總集》卷一〇，又輯入清吴之振《宋詩鈔》卷一二。

酬孫延仲龍圖

洛社當年盛莫加，洛陽耆老至今誇〔一〕。死生零落餘無幾，齒髮衰殘各可嗟〔二〕。北庫酒醪君舊物，西湖煙水我如家〔三〕。已將二美交相勝，仍枉新篇麗彩霞〔四〕。

【題解】

原輯《居士外集》卷六，無繫年，列皇祐元年詩後。作於是年秋，時知潁州。孫延仲，名祖德，濰州北海人。歐初仕洛陽時，孫祖德曾任西京留守司通判。時卸潁州知州，以吏部侍郎致仕。據《宋史·孫祖德傳》：「知河中府，歷陳、許、蔡、潞、鄆、亳州、應天府，以疾得潁州，除吏部侍郎致仕，卒。」孫祖德當爲歐之前任，時已致仕。詩人酬答老友孫祖德，緬懷當年洛陽文酒詩社生活，感慨今昔的滄桑變化，感謝老友一片深情厚意。語言平易，意脈一氣貫通，對比點染，韻味淳真深濃。

【注　釋】

〔一〕洛社：歐天聖九年與梅堯臣、尹洙、蘇舜欽等在洛陽共結詩社，從事古文與新體歌詩創作。耆老：泛指老人。句下原注：「梅聖俞、張堯夫、張子野、延仲與予皆在洛中。」

〔二〕「死生」二句：昔日的洛陽耆英，如今衰殘飄零，所剩無幾。至皇祐初，洛陽文友已有張汝士、張先、謝絳、尹洙等先後謝世。

〔三〕「北庫」二句：官倉中的美酒是你知潁州時的舊物，煙波浩渺的西湖被我視爲新家。北庫：北面之庫。此指酒倉。一曰「北庫」爲宋代名酒，見張能臣《酒名記》。出句下原注：「延仲前守汝陰。」

〔四〕「已將」二句：你已遺留交相爭勝的「二美」（醪酒和西湖），還寄贈彩霞般絢麗的詩篇。交相勝：不相上下，彼此爭美。

【附　録】

此詩輯入清吴之振《宋詩鈔》卷一二。

送楊員外

予昔走南宫，江湖浩然涉〔一〕。今來厭塵土，常懷把輕楫〔二〕。聞君東南行，山水恣登躡〔三〕。秋江湛已清，樹色映丹葉〔四〕。羨君舟插櫓，去若魚鼓鬣〔五〕。君家兄弟才，門族當世甲〔六〕。行期薦賢書，疾驛來上閤〔七〕。

【題解】

原輯《居士外集》卷四，無繫年，列皇祐元年詩後。作於是年秋，時知潁州。楊員外，不詳其人。員外，本指正員以外的官員，後世以此類官職可捐買，故富豪皆稱員外。此詩借送楊員外東南之行，祝福朋友仕途順亨，亦表達自己的歸隱之思。情景如繪，對比鮮明，羨慕與慰存，意厚而情深。

【注釋】

〔一〕「予昔」二句：自己當年奔走科場，正氣浩然地出入五湖四海。南宮：尚書省的別稱，後專指禮部，此指禮部會試。《宋史·歐陽修傳》：「舉進士，試南宮第一。」浩然：正大剛直貌。《孟子·公孫丑上》：「我善養吾浩然之氣……其爲氣也，至大至剛，以直養而無害，則塞於天地之間。」

〔二〕「今來」二句：如今思念歸隱，對競走塵世轉而生厭。輕楫：代指小船。《國語·越語下》：「范蠡對曰：『臣聞命矣，君行制，臣行意。』遂乘輕舟以浮於五湖，莫知其所終極。」

〔三〕「聞君」二句：用謝靈運典事，想像楊員外此行，恣情山水的樂趣。《宋書·謝靈運傳》：「尋山陟嶺，必造幽峻，巖障千重，莫不備盡登躡。」恣登躡：盡情登攀。

〔四〕「秋江」二句：江南的秋天，江水清，楓葉紅，景色美。

〔五〕「羨君」二句：對楊君的奮然離去，心生幾分羡慕之情。魚鼓鬣：魚奮力振鰭暢游。鬣，魚鰭。韓愈《答張徹》詩：「魚鬣欲脱背，虬光先照硎。」

〔六〕「君家」二句：楊氏爲世家大族，兄弟皆有才。

〔七〕「行期」二句：楊君此行一定有人舉薦，必返朝廷受重用。上閣：登東閣，來朝廷。《漢書·公孫弘傳》：「弘自見爲舉首，起徒步，數年至宰相封侯，於是起客館，開東閤以延賢人。」

和徐生假山

匠智無遺巧，天形極幽探。謂我愛山者，爲山列前簷。頹垣不數尺，萬嶮由心潛〔一〕。或開如斷裂，或吐似谺䫴。或長隨靡迤，或瘦露崆嵌。陰穴覷杳杳，高屏立巉巉。後出忽孤聳，群奔沓相參。霙若氣融結，突如鬼鐫鑱〔二〕。昔歲貶荆楚，扁舟極東南。孤山馬當夾，兩岸臨江潭。常恨江水惡，輕風不留帆。峰巒千萬狀，可愛不可談〔三〕。但欲借粉繪，圖之掛紈縑。豈如几席間，百態生濃纖。暮雲點新翠，孤煙起朝嵐。況此窮冬節，陰飆積凝巖。幽齋喜深處，遠目生遐瞻。晝卧不移枕，晨興自開簾〔四〕。吾聞君子居，出處無常占。

卷道或獨善，施物仁貴兼。於時苟無益，懷禄古所慚。嵩山幸不遠，薇蕨豈不甘。自可結幽侶，披雲老溪巖。胡爲不即往，一室安且恬〔五〕。辱子贈可愧，因詩以自讒〔六〕。

【題　解】

原輯《居士外集》卷四，無繫年，列皇祐元年詩後。詩中有云「況此窮冬節」，可知作於是年冬至節後，時知潁州。據張《曆日天象》，本年十一月十九日戊申「冬至」。徐生，即徐無黨，宋婺州永康（今屬浙江）人。慶曆初年攜其弟無逸至京師，從歐陽修學古文辭，歐氏知滁、潁期間，徐無黨、徐無逸兄弟曾千里造訪，請教學業。參見本書《喜雪示徐生》題解。此詩酬和徐氏《假山》詩，讚美假山造型精美，進而由園林假山聯想起貶官夷陵的真山水，引發山林歸隱之思，抒寫仕與隱的心理矛盾。勾畫細緻，由此及彼，情景妙合，顯現婉曲藴藉的含蓄美。

【注　釋】

〔一〕「匠智」六句：工匠施展技藝才巧，假山極呈幽深險要。　匠智：工匠的聰明智慧。匠指在某一技藝有造詣的人。　遺巧：未盡其巧，精美的技藝有所保留，没有充分發揮出來。　萬巘：非常險要。巘，險要，險阻。

〔二〕「或開」十句：詳細描繪假山非凡之險、非凡之美。　谺豁：又作「豁谺」，本指山谷空曠貌。

此爲山石險峻貌。唐獨孤及《招北客文》：「其北則有劍山巉巉，天鑿之門，一壁谽谺，高岸嶙峋。」靡迤：綿長貌，連續不絶貌。崆嵌：凹陷，張開貌。司馬光《和不疑聞鄰幾聖俞長逝作詩哭之》：「逮于易簀辰，皮骨餘崆嵌。」杳杳：幽深貌。巉巉：形容山石突兀重疊。靉：雲盛貌。晉潘尼《逸民吟》：「朝雲靉靆，行露未晞。」

〔三〕「昔歲」八句：以貶謫夷陵途中的山水之美，心境不佳，烘託假山之美。貶荆楚：景祐三年五月，歐被貶爲夷陵縣令。《胡》譜：景祐三年「五月戊戌，降爲峽州夷陵縣令。」孤山：指小孤山。在江西彭澤縣北，安徽宿松縣東百二十里，屹立江中，俗名髻山，别于彭蠡湖之大孤，故稱小孤，俗訛作小姑。歐《歸田録》卷二：「江南有大小孤山，在江水中，嶷然獨立，而世俗轉孤爲姑，江側有一石磯，謂之澎浪磯，遂轉爲彭郎磯，云彭郎者，小姑壻也。」《小孤山志》：「宿松縣東有山，在江中央，爲小孤山，鄰彭澤間，突兀巑岏，一柱直插天半，舊云髻山，相沿日久，遂指小孤謂小姑，非也。山以特立不倚，故得名，其云小者，則從彭澤之大孤别言之耳。」馬當：馬當山。在江西彭澤東北四十里，安徽東流西南七十里，山形似馬，横枕大江。《元和郡縣志》卷二九《江南道·江州·彭澤縣》：「馬當山，在縣東北一百里，横入大江，甚爲險絶，往來多覆溺之懼。」

〔四〕「但欲」十二句：希望將山水勝景畫成圖卷，供早晚起卧觀瞻。紈縑：絲織物，古人作畫于其上。濃纖：顔色濃郁的細紋織物。窮冬節：隆冬，深冬。冬節，即冬至日。宗懔《荆楚歲時記》：「去冬節一百五日，即有疾風甚雨，謂之寒食。」 陰飆：陰冷的劇風。 遐瞻：遠望，遠眺。

〔五〕「吾聞」十二句：抒寫進退出處的矛盾心態，于時無益自當隱居山林而獨善其身。 無常占：命運難測。或曰没有固定的位置。 卷道：收藏自己的道德學問而不發之於外，卷藏其道而隱退自保。《論語・衛靈公》：「邦有道則仕，邦無道則可卷而懷之。」《文選・張景陽〈七命八首〉》：「聖人不卷道而背時，智士不遺身而匿跡。」李善注：「應瑒《釋賓》曰：聖人不違時而遁跡，賢者不背俗而遺功。《七啟》曰：感分遺身。《楚辭》曰：聊竄端匿跡也。」 獨善：獨善其身。《孟子・盡心上》：「窮則獨善其身，達則兼善天下。」趙岐注：「獨治其身以立於世間，不失其操也。」 施物：兼濟天下。 「嵩山」四句：用伯夷、叔齊典故。伯夷、叔齊爲商末孤竹君之二子。相傳其父遺命次子叔齊爲繼承人。孤竹君死後，叔齊讓位給伯夷，伯夷不受，叔齊也不願登位，先後逃到周國。周武王伐紂，二人叩馬諫阻。武王滅商後，他們恥食周粟，采薇而食，餓死於首陽山。事見《呂氏春秋・誠廉》、《史記・伯夷列傳》。古人將他們視爲抱節守志之典範。 幽侶：結爲隱士朋友。

〔六〕辱：猶言承蒙，表自謙。 自譏：自我批評。

讀梅氏詩有感示徐生

子美忽已死，聖俞捨吾南。嗟吾譬馳車，而失左右驂〔一〕。勍敵嘗壓壘，羸兵當戒嚴。凡人貴勉强，惰逸易安恬〔二〕。吾既苦多病，交朋復凋殲。篇章久不作，意思如膠粘。良田失時耕，草莽廢鋤芟。美井不日汲，何由發清甘〔三〕？偶開梅氏篇，不覺日掛簷。乃知文字樂，愈久益無厭〔四〕。吾嘗哀世人，聲利競爭貪。哇咬聾兩耳，死不享《韶》《咸》〔五〕。而幸知此樂，又常深討探。今官得閒散，捨此欲奚耽〔六〕？頑庸須警策，賴子發其箝〔七〕。

【題解】

原輯《居士外集》卷四，無繫年，列皇祐元年詩後。與上詩同作於是年深冬，時知潁州。梅氏詩，即梅堯臣詩。徐生，即徐無黨，參見本書《喜雪示徐生》題解。詩人高度推崇梅詩成就，感慨文字之樂，鄙夷聲利之爭，並以此勉勵門人徐無黨。作爲文壇盟主的歐陽修，也借此道出人生體驗與内心隱憂，面對蘇梅兩驂並失，文壇朋輩凋殲殆盡的形勢，志在重新組織隊伍，堅持詩文革新。全詩重議論，語言質樸，情感真摯。

【注釋】

〔一〕「子美」四句：蘇舜欽慶曆八年（一〇四八）十二月病逝，梅堯臣離我南下守制，歐氏感愴失去兩位摯友，如同失去左右臂。　捨吾南：據歐《太子中舍梅君墓誌銘》，梅堯臣父梅讓「皇祐元年正月朔卒于家」，時梅堯臣已南奔宣城守喪。　左右驂：駕車時位於兩邊的馬。《詩·鄭風·大叔于田》：「執轡如組，兩驂如舞。」鄭玄箋：「在旁曰驂。」喻得力助手。

〔二〕「勍敵」四句：蘇、梅之詩使自己感受壓力。人有惰性，貴在有壓力，一旦懶散起來，就容易耽于安閒。　勍敵：强敵。代指蘇、梅。　壓壘：逼近陣地。　羸兵：詩人自比。

〔三〕「吾既」八句：感傷自身體衰多病，朋友又相繼謝世，文思枯竭，寫不出美妙詩文。　凋殲：辭世、喪亡。《魏書·高允傳》：「同征之人，凋殲殆盡。」　如膠粘：文思好像被膠水黏住一樣，無法自由釋放。言寫作困難、費勁。　芟：除草。《詩·周頌·載芟》：「載芟載柞，其耕澤澤。」毛傳：「除草曰芟，除木曰柞。」　清甘：水清澈甘甜。此喻清新甜美的詩文。

〔四〕「偶開」四句：讚美梅詩意趣無窮，耐人尋味。　日掛簷：太陽西沉，時近黄昏。

〔五〕「吾嘗」四句：悲歎世人秖競聲利，不會真正賞識詩文。　哇咬：俚俗之歌，指格調不高的文章。《韶》、《咸》：均爲古代六樂之一，情調高古。代指情趣高雅之詩文。

〔六〕「而幸」四句：慶幸自己領悟高雅詩文，如今官清有閒暇，捨此又該研討什麽呢？

〔七〕「頑庸」二句：我是頑庸之人，希望徐無黨多多警示鞭策，逼壓自己寫作高雅詩文。　發其箝：開口説話，喻創作詩文。

【附録】此詩輯入清吴之振《宋詩鈔》卷一二、陳焯《宋元詩會》卷一〇、陳訏《宋十五家詩選·廬陵詩選》。

王文濡《歷代詩評注讀本·宋元明詩評注》卷一評曰：「朋舊凋殘，文事亦因而久廢。一篇重對，如晤故人，宜其有感於中而不能自已。」

夢中作

夜涼吹笛千山月，路暗迷人百種花〔一〕。棋罷不知人换世，酒闌無奈客思家〔二〕。

【題解】原輯《居士集》卷一二，無繫年。列皇祐元年詩間，作於是年，時知潁州。詩歌一句一絶，分寫夜月、路花、棋罷、酒闌四個獨立的夢境。四者似斷似續，卻詩情完整，渾然一體。末句思鄉情結，似乎暗寓詩人既想超凡出世而又留戀人間，即隱與仕的矛盾心理。結構跌宕，飄然跳躍，詩意朦朧，撲朔迷離，充滿神秘感，古人譽爲神助之作。

【注　釋】

〔一〕路暗迷人：化用李白《夢游天姥吟留别》詩句：「千巖萬轉路不定，迷花倚石忽已暝。」

〔二〕「棋罷」二句：感慨人世變幻，有超然出世之想，卻又無法忘卻人世情懷，似有歸隱之思。棋罷：化用「爛柯人」典故。宋潘自牧《記纂淵海》卷八四引梁任昉《述異記》：「王質入山采樵，見二童子弈棋，所持斧置坐而觀之。童子曰：『汝斧柯爛矣。』質歸鄉閭，無復時人。」人换世：指王質觀棋歸家，已是數十年後，親故盡逝，世間换了一茬人。

【附　録】

此詩輯入明李蓘《宋藝圃集》卷九，又輯入清康熙《御選宋金元明四朝詩·御選宋詩》卷六五、管庭芬、蔣光煦《宋詩鈔補·歐陽文忠詩補鈔》、厲鶚《宋詩紀事》卷一二。

蘇軾《東坡全集》卷一〇一《書李巖老棋》：「南嶽李巖老好睡，衆人食飽下棋，巖老輒就枕，閱數局，乃一輾轉。云：『我始一局，君幾局矣？』東坡曰：『巖老常用四脚棋盤，秖著一色黑子。昔與邊韶敵手，今被陳摶饒先著。時自有輸贏，著了並無一物。歐陽公詩云：『夜涼吹笛千山月，路暗迷人百種花。棋罷不知人换世，酒闌無奈客思家。』殆是類也。」按：又見祝穆《古今事文類聚》前集卷

四二、胡仔《苕溪漁隱叢話》前集卷三三、阮閱《詩話總龜》卷七、王昌會《詩話類編》卷二九。洪邁《容齋五筆》卷一〇：「『夜涼吹笛千山月，路暗迷人百種花。棋罷不知人換世，酒闌無奈客思家。』此歐陽公絶妙之語。然以四句各一事，似不相貫穿，故名之曰《夢中作》。」按：又見徐樹丕《識小録》卷三。

楊慎《升庵集》卷五十七：「絶句者，一句一絶，起於《四時詠》『春水滿四澤，夏雲多奇蜂。秋月揚明輝，冬嶺秀孤松』是也。或以爲陶淵明詩，非。杜詩『兩個黄鸝鳴翠柳』實祖之。王維詩：『柳條拂地不忍折，松柏捎雲從更長。藤花欲暗藏猱子，柏葉初齊養麝香。』宋六一翁亦有一首云：『夜涼吹笛千山月，路暗迷人百種花。棋散不知人換世，酒闌無奈客思家。』皆此體也。」

葉矯然《龍性堂詩話》續集：「即以宋、元人論，路舒云：『庭樹鳥頻啄，山房人未眠。寒叢落桂子，野水過茶煙。』永叔云：『夜涼吹笛千山月，路暗迷人百種花。棋罷不知人換世，酒闌無奈客思家。』此二絶即摩詰、少陵亦不能遠過也。」

陳衍《宋詩精華録》卷一評曰：「此詩當真是夢中作，如有神助。」

送楊君之任永康

劍峰雲棧未嘗行，圖畫曾看已可驚〔一〕。險若登天懸鳥道，下臨無地瀉江聲〔二〕。折腰莫以微官恥，爲政須通異俗情〔三〕。況子多才兼美行，薦章期即達承明〔四〕。

【題解】

原輯《居士集》卷一二，無繫年，列皇祐元年、二年詩間。作於皇祐元年，時知潁州。楊君，未詳其人。永康，詩中有「劍峰雲棧」、「險若登天」、「下臨無地」、「異俗情」等語，當指宋永康軍，屬成都府路，即今四川都江堰市。詩歌描繪西行途中的江山險阻，勸勉並撫慰遠行的朋友。繪景如畫，情融于景，充滿詩情畫意，亦洋溢送行者的深情厚愛。

【注釋】

〔一〕劍峰：四川劍閣東北有大劍山、小劍山，山勢險峻陡峭。雲棧：懸於半空中的大小劍山棧道，是川陝之間的主要通道。首句化用白居易《長恨歌》「雲棧縈紆登劍閣」句意。

〔二〕「險若」二句：極寫由陝入川路途之奇狹險峻。鳥道：險峻狹窄的山路。李白《蜀道難》詩：「西當太白有鳥道，可以横絶峨眉巔。」下臨無地：王勃《滕王閣序》：「飛閣流丹，下臨無地。」歐《會峰亭》詩：「下窺疑無地。」

〔三〕「折腰」二句：反用陶潛「不爲五斗米而折腰」事，勸導楊君做官須忍辱負重，爲政應體察瞭解民俗風情。

〔四〕「況子」二句：況且你才德兼備，舉薦入朝爲官的表章一定會很快奏呈朝廷。承明：古代天子左右路寢稱承明，因承接明堂之後，故稱。此處代指朝廷。權德輿《送崔諭德致政東歸》：「褐衣入承明，樸略多古風。」

送朱生

萬物各有役，無心獨浮雲〔一〕。遂令幽居客〔二〕，日與山雲親。植桂比芳操，佩蘭思潔身〔三〕。何必濯於水，本無纓上塵〔四〕。

【題　解】

原輯《居士外集》卷四，無繫年，列皇祐元年詩後。作於是年，時知潁州。朱生，生平不詳。此詩讚揚朱生堅守獨立人格，甘於淡泊歸隱的生活態度。借景抒情，託物説理，情景物理，相融爲一。

【注　釋】

〔一〕「萬物」二句：世間萬事萬物都受控制與制約，秖有天上的白雲自由自在。有役：難以超脱役使的束縛，即不自由。役，役使，束縛，限制。無心：猶無意，没有打算。陶潛《歸去來兮辭》：「雲無心以出岫，鳥倦飛而知還。」

〔二〕幽居客：隱居之人。

〔三〕「植桂」二句：勉勵朱生種植桂樹、佩帶蘭花，培養高尚節操。佩蘭：以蘭花爲佩飾，表示志趣高潔。《楚辭·離騷》：「扈江離與辟芷兮，紉秋蘭以爲佩。」

〔四〕「何必」二句：反用「濯纓」典故，讚譽朱生超凡脱俗，清高自守。《孟子·離婁上》：「滄浪之水清兮，可以濯我纓。」濯纓：比喻超脱世俗，操守高潔。南朝宋殷景仁《文殊師利贊》：「體絶塵俗，故濯纓者高其跡。」纓上塵：沈約《新安江水至清淺深見底貽京邑游好》詩：「願以潺湲水，霑君纓上塵。」

【附録】此詩輯入明曹學佺《石倉歷代詩選》卷一四〇，又輯入清管庭芬、蔣光煦《宋詩鈔補·歐陽文忠詩補鈔》。

常州張卿養素堂

江左衣冠世有名，幾人今復振家聲〔一〕？朝廷獨立清冰節，閭里歸來白首卿〔二〕。志在言談猶慷慨，身閑耳目益聰明〔三〕。長松野水誰爲伴，顧我堪羞戀寵榮〔四〕。

【題解】

原輯《居士外集》卷六，無繫年，列皇祐元年詩後。作於是年，時知潁州。張卿，常州人，名不詳。養素堂，堂名。洪本健《歐陽修詩文集校箋》以爲養素堂主人即張鑄。《明一統志》卷一〇《常州府人物》：「張鑄，晉陵人。祥符中進士甲科，歷知四郡，五任漕憲，皆有政績。嘗帥南陽，王安石出其門，後以光禄卿致仕。」宋潘自牧《記纂淵海》卷九《常州》：「皇朝張鑄、侄昷之，並以光禄卿致仕，號東西二卿。」張昷之字景山，大中祥符八年進士，慶曆間范仲淹等薦爲天章閣待制，慶曆四年歐陽修接替昷之爲河北都轉運按察使，《宋史》卷三〇三有傳。此詩讚頌張卿出身世家大族，立朝、致仕歸隱皆著名節，欣慕其逍遥自在的生活，嚮往其冰清玉潔的人格。對仗工穩，情致深婉，詠物寓含興寄。

【注釋】

〔一〕江左：江東，指長江下游以東地區。魏禧《日録·雜説》：「江東稱江左，江西稱江右，何也？曰：自江北視之，江東在左，江西在右耳。」　衣冠：古代士以上戴冠，因以代稱縉紳、士大夫。《漢書·杜欽傳》：「茂陵杜鄴與欽同姓字（顔師古注：「並字子夏。」），俱以材能稱京師，故衣冠謂欽爲『盲杜子夏』以相别。」顔師古注：「衣冠，謂士大夫也。」

〔二〕清冰節：節操冰瑩高潔，喻爲官清正廉潔。　白首卿：指張卿。卿，古代高級官員的名稱。秦漢時期三公以下設有九卿。歷代相沿。《禮記·王制》：「王者之制禄爵……諸侯之上大夫卿、下大夫、上士、中士、下士，凡五等。」鄭玄注：「上大夫曰卿。」

〔三〕「志在」二句：張卿壯志猶存，言談依然慷慨激昂；年高居閑，尚耳聰目明，身心康健。

〔四〕長松野水：喻荒野之地。元黄鎮成《南田耕舍》：「行到長松野水間，吹簫石上不知還。」長松，又謂長松之風，稱讚名門之後的典故。《世説新語·言語》：「劉尹云：『人想王荆産（王微）佳，此想長松下當有清風耳。』」　寵榮：猶尊榮。《史記·禮書》：「德厚者位尊，禄重者寵榮。」

【附録】

祝穆《古今事文類聚》前集卷三二：「張鑄希顔祥符中登進士甲科，歷四郡守，五任漕憲，常帥南陽，王介甫乃其門人也。與姪顯並以光禄卿致仕同歸鄉，縉紳榮之。杜祁公贈詩云：『七十引年遵禮經，君家何事最爲榮？清朝叔姪同辭禄，歸去田園盡列卿。』」

韓公閲古堂

兵閑四十年，士不識金革〔一〕。水旱數千里，民流誰墾闢〔二〕。公初來視之，嘻此乃予責。將法多益辦，萬千由十百〔三〕。整齊談笑間，進退有寸尺。曰此易爲耳，在吾繩與墨〔四〕。天成而地出，古所重民食〔五〕。貯儲非一朝，人命在旦夕。惟兹將奈何，敢不竭吾力！木牛尚可運，玉罄猶走糴〔六〕。因難乃見材，不止將有得。公言初未信，終歲考成績。驕惰識恩威，謳吟起羸瘠。貔貅著行伍，倉廩飽堆積〔七〕。文章娱閒暇，傳記尋往昔。英英文與武，粲粲圖四壁。酒令列諸將，談鋒摧辯客。周旋顧視間，是不爲無益。循吏一州守，將軍萬夫敵〔八〕。於公豈止然，事業本夔稷。富壽及黎庶，威名懾夷狄。當歸廟堂上，有位久虚席〔九〕。大匠不揮斧，衆工隨指畫。從容任群材，文武各以職〔一〇〕。

【題解】

原輯《居士集》卷四，繫皇祐元年，時知潁州。題目「韓公」下原注：「一本『公』作『定州』。」韓公，即韓琦，字稚圭，相州安陽人。天聖五年進士，慶曆三年任樞密副使，支持新政。嘉祐元年入朝爲樞密使，三年拜相。英宗朝進右僕射，封魏國公。神宗時因反對新法，拜司空兼侍中，出判外郡。據《長編》卷一六四慶曆八年四月辛卯（二十三日）紀事：「資政殿學士、給事中韓琦知定州。」韓琦《安陽集》卷一《閲古堂》詩，署「皇祐元年」。閲古堂，據《明一統志》卷三《真定府》：「閲古堂在定州治後圃，宋韓琦帥定武時建，自爲記，摭前代良守將事蹟凡六十條，繪於堂左右壁，龍圖李絢爲序，富弼有詩。」歐平日素服韓琦，曾因事興歎：「累百歐陽修，不足望韓公。」范仲淹《范文正集》卷二有《閲古堂詩》，吕祖謙《宋文鑑》卷一二有富弼《定州閲古堂》詩并序。本詩借閲古堂稱讚韓琦的吏才與政績，首十二句稱道韓琦受命定州，胸有成竹；次十六句言韓琦治理定州，首重民食；次十句言韓琦治定，注重教化；末十句，感慨韓琦具有廊廟之材，預言必將再獲大用。韓琦嘉祐後果真重登二府，歐可謂韓琦終生知己。學韓變韓，以文爲詩，表情達意，淋漓盡致。

【注釋】

〔一〕「兵閑」二句：景德元年（一〇〇四），宋遼締結「澶淵之盟」，至慶曆間四十多年，士兵不習征戰。

〔二〕「水旱」二句：慶曆末年，水旱災害導致農民流離失所，土地荒蕪。慶曆七年初，雨雪成災，歐有《祈晴祭城隍神文》；五月淫雨害農，有《又祭城隍神文》；七月久旱，又有《祈雨祭漢高皇帝文》。《宋史·仁宗本紀》：慶曆八年「十二月乙丑朔，以霖雨爲災，頒德音，改明年元，減天下囚罪一等，徒以下釋之。」 墾闢：墾山闢田，開墾土地。

〔三〕「將法」二句：能者將兵，多多益善。韓琦治理定州，以軍法教習流民，使之整齊能戰。 多益辦：《漢書·韓信傳》：「上嘗從容與信言諸將能各有差，上問曰：『如我能將幾何？』信曰：『陛下不過能將十萬。』上曰：『如公何如？』曰：『如臣，多多益辦耳。』」 十百：即什伯，指軍隊基層組織。《淮南子·兵略訓》：「正行伍，連什伯，明鼓旗，此尉之官也。」

〔四〕整齊：整治，使之劃一。 繩與墨：木工畫直綫用的工具，喻規矩法度。《史記·孫子吴起列傳》：「孫子曰：『臣既已受命爲將，將在軍，君命有所不受。』遂斬隊長二人以徇。用其次爲隊長，於是復鼓之。婦人左右前後跪起，皆中規矩繩墨。」

〔五〕天成而地出：即「天平地成」。相傳禹治水成功，地正其勢，天循其時。《左傳·僖公二十四年》：「《夏書》曰『地平天成』，稱也。」杜預注：「《夏書》，逸書。地平其化，天成其施，上下相稱爲宜。」此謂天下太平。

〔六〕木牛：古代一種運載工具。即獨輪車。《三國志·蜀志·諸葛亮傳》：「亮復出祁山，以木牛運。」 玉磬：即玉磬，古代玉製樂器名。《禮記·郊特牲》：「諸侯之宫縣，而祭以白牡，擊玉磬……諸侯之僭禮也。」孫希旦集解：「玉磬，《書》所謂鳴球，天子之樂器也。」 走糴：買進穀物。宋劉恕《資治通鑑外紀》卷四：周惠王十一年「冬，魯饑。臧文仲言于莊公曰：『國病矣，君盍以名器請糴于齊。』公命文仲以鬯圭、玉磬如齊告糴……齊歸其玉而與之糴。」

〔七〕「公言」六句：韓琦治定州，糧豐兵勇，政績卓著。富弼《定州閱古堂》：「公夙夜裁整，以威以懷，兵之驕不從令者，捽其首惡，斬以徇。略爲條教，餘怙怙就約，不敢嘩於室。至有調發者，遠而彌戢，如公親臨……農無廢隴，賦有餘粒。」貔貅：本指古籍中的兩種猛獸。《逸周書·周祝解》：「山之深也，虎豹貔貅何爲可服？」後多連用以比喻勇猛的戰士。

〔八〕「文章」十句：韓琦治定州，注重教化，遴選歷代著名文武守臣，繪像于閱古堂兩壁，勉勵官兵軍民。韓琦《閱古堂記》：「堂既成，乃摭前代良守將之事實，可載諸圖而爲人法者，凡六十條，繪於堂之左右壁。」范仲淹《閱古堂詩》：「堂上繪昔賢，閱古以儆今。牧師六十人，冠劍竦若林。」娛閒暇：政事之餘，賦詩作文以自娛。尋往昔：撰文追尋定州古代史事。英英：俊美而有才華。潘岳《夏侯常侍誄》：「英英夫子，灼灼其雋。」粲粲：鮮明貌。《詩·小雅·大東》：「西人之子，粲粲衣服。」朱熹集傳：「粲粲，鮮盛貌。」周旋：盤桓，輾轉。晉夏侯湛《東方朔畫贊》：「周旋祠宇，庭序荒蕪。」卷末題下校記：「周旋，一作『摳衣』。」循吏：守法循理的官吏。萬夫敵：即萬人敵。精通兵法的良將。《史記·項羽本紀》：「劍一人敵，不足學，學萬人敵。」

〔九〕「於公」六句：韓氏造福百姓，威震四方，必將受到朝廷重用。夔稷：喻指賢能大臣韓琦。夔，人名。相傳舜時樂官。《禮記·樂記》：「昔者舜作五絃之琴，以歌《南風》。夔始製樂，以賞諸侯。」鄭玄注：「夔，舜時典樂者也。」稷，后稷。相傳周之先祖，名棄，舜時爲農官，教民耕稼。懾夷狄：宋王稱《東都事略》卷五九上：「（范）仲淹與韓琦俱有威名，軍中爲之語曰：『軍中有一韓，西賊聞之心骨寒；軍中有一范，西賊聞之驚破膽。』」當歸：《宋史·韓琦傳》：「久之，求知相州。嘉祐元年，召爲三司使，未至，迎拜樞密使。三年六月，拜同中書門下平章事、集賢殿大學士。」

〔一〇〕「大匠」四句：讚揚韓氏具有帥才，運籌帷幄，使部屬各司其職。韓琦《閱古堂》詩：「苟能奉規矩，曷愧大匠斲。或此賢賓僚，指顧便揚擢。」大匠：技藝高超的木工。《孟子·盡心上》：「大匠不爲拙工改廢繩墨。」此喻韓琦。不揮斧：技藝高超的工匠秖是劃定繩墨，指揮監督他人，不需親自揮斧勞作。喻將相大臣謀劃大事，不親瑣屑。

【附録】

葉廷秀《詩譚》卷一點評此詩：「《韓公閱古堂》：『兵閑四十年，士不識金革。水旱數千里，民流誰塈闢。公初來視之，嘻此乃予責。（要任事）將法多益辦，萬千由十百。整齊談笑間，進退有寸尺。曰此易爲耳，（要看得易）在吾繩與墨。天成而地出，古所重民食。貯儲非一朝，（長慮）人命在旦夕。（痛切）惟兹將奈何，敢不竭吾力！木牛尚可運，玉罄猶走糴。因難乃見才，不止將有得。公言初未信，（民難於更始如此）終歲考成績。驕惰識恩威，謳吟起羸瘠。（化民大乎）貔貅著行伍，倉廩飽堆積。文章娱閒暇，傳記尋往昔。（仕優者學）英英文與武，粲粲圖四壁。酒令列諸將，談鋒摧辯客。周旋顧視間，是不爲無益。循吏一州守，將軍萬夫敵。於公豈止然，事業本夔稷。富壽及黎庶，威名懾夷狄。當歸廟堂上，有位久虚席。大匠不揮斧，衆工隨指畫。從容任群材，文武各以職。（好在不自用而用人）』此歐公詩，足爲韓公道出吏治苦心，不止先憂後樂之云也。」

永州萬石亭

天於生子厚，稟予獨艱哉〔一〕。超淩驟拔擢，過盛輒傷摧〔二〕。苦其危慮心，常使鳴聲哀。投以空曠地，縱横放天才。山窮與水險，下上極沿洄。故其於文章，出語多崔嵬〔三〕。人迹所罕到，遺蹤久荒穨。王君好奇士，後二百年來。翦薙發幽薈，搜尋得瓊瑰〔四〕。感物不自貴，因人乃爲材。惟知古可慕，豈免今所咍。我亦奇子厚，開編每徘徊。作詩示同好，爲我銘山隈〔五〕。

【題　解】

原輯《居士集》卷四，繫皇祐元年。作於是年，時知潁州。題下原注：「寄知永州王顧。一本上有『寄題』，注云：『柳子厚亭。』」王顧，字公慥，太原人。天聖、明道間任河南府判官，與歐交往密切。康熙《永州府志》卷四守臣題名：「王顧，皇祐三年任。」梅堯臣《宛陵先生集》卷三七詩《永州守王公慥寄九巖亭記云：此地疑是柳子厚所説萬石亭也。因爲二百言以答，願當留詠》，朱東潤繫於皇祐二年。據歐嘉祐二年《河南府司録張君墓表》「王顧者死亦六七年矣」，王顧當卒於皇祐三年左右。永州，宋屬荆湖南路，治所在今湖南零陵。《明一統志》卷六五《永州府》：「萬石亭，在府城北，唐刺史崔能建，柳宗元記。」參見「附録」。此詩借詠萬石亭，感傷柳宗元身世不遇，贊賞柳宗元卓越文才。以韓爲法，語言簡勁，氣勢雄健，舒卷自如而極富情感。

【注釋】

〔一〕子厚：柳宗元，字子厚，祖籍河東（今山西永濟）。世稱柳河東，古文「唐宋八大家」之一。貞元二十一年（八〇五），與劉禹錫、王叔文等發動永貞革新，失敗後貶爲永州司馬，後調任柳州刺史，卒于任所。

〔二〕「超淩」二句：柳宗元入仕後提昇過快，超越同輩，故容易遭受劫難。過盛則傷摧：程頤《伊川易傳》卷一：「過盛則凶咎所由生也。」

〔三〕「苦其」八句：柳宗元遭貶謫後，文章越發雋奇。韓愈《柳子厚墓誌銘》：「例貶永州司馬。居閒，益自刻苦，務記覽，爲詞章，汎濫停蓄，爲深博無涯涘，而自肆於山水間。」沿洄：順流或逆流。崔嵬：高聳貌。此指出語奇崛。胸中鬱積的不平之氣。黄庭堅《次韻子瞻武昌西山》："平生四海蘇太史，酒澆不下胷崔嵬。"

〔四〕"人迹"六句：王顧思古好奇，在永州人跡罕至的荒野中，發現此瑰寶奇石。二百年：王顧知永州時，距柳宗元貶永州二百餘年。翦薙：剷除雜草。瓊瑰：美玉，此指奇石。

〔五〕山隈：山脚拐彎處。

【附録】

柳宗元《柳河東集》卷二七《永州崔中丞萬石亭記》："御史中丞清河男崔公，來莅永州。閒日登城北墉，臨于荒野藂翳之隙，見怪石特出，度其下必有殊勝。步自西門，以求其墟。伐竹披奥，欹側以入。綿谷跨溪，皆大石林立，涣若奔雲，錯若置碁，怒者虎鬭，企者鳥厲。抉其穴，則鼻口相呀，搜其根，則蹄股交峙，環行卒愕，疑若搏噬。於是刳闢朽壤，翦焚榛薉，決澮溝，導伏流，散爲疎林，洄爲清池。寥廓泓渟，若造物者始判清濁，效奇於兹地，非人力也。乃立游亭，以宅厥中。直亭之西，石若掖分，可以眺望。其上青壁斗絶，沈於淵源，莫究其極。自下而望，則合乎攢巒，與山無窮。"

人日聚星堂燕集探韻得豐字

汙池以其下，衆流之所鍾。尺水無長瀾，蛟龍豈其容〔一〕。顧予誠鄙薄，群俊枉高蹤。得一不爲少，雖多肯辭豐〔二〕。譬如登圜壇，羅列璧與琮。又若饗鈞天，左右間笙鏞。文章爛照耀，應和相撞舂〔三〕。而予處其間，眩晃不知從〔四〕。退之亦嘗云，青蒿倚長松〔五〕。新陽發群枯，生意漸豐茸〔六〕。暮雪浩方積，醁醅寒更濃。毋言輕此樂，此樂難屢逢〔七〕！

【題解】

原輯《居士集》卷四，繫皇祐二年（一〇五〇）。作於是年正月，詩人時年四十四歲，任潁州知州。題目中的「豐」字，卷末校記：「一作『松』。」人日，即農曆正月初七日。宗懍《荆楚歲時記》：「正月七日爲人日。」宋高承《事物紀原·天生地植·人日》：「東方朔《占書》曰：歲正月一日占雞，二日占狗，三日占羊，四日占豬，五日占牛，六日占馬，七日占人，八日占穀。」聚星堂，歐治潁時，在府治内建此堂，旨在紀念先後出守潁州的劉筠、蔡齊、晏殊等，榜其堂曰：「潁濱聚星。」正德《潁州志》卷一《聚星堂》：「宋歐陽文忠公守潁……建堂治内，題曰聚星。」燕集探韻，在聚會酒宴上分韻賦詩，即作詩前規定韻字，各人按抽籤所得韻脚賦詩。此次人日聚星堂燕集探韻之作，朱弁《風月堂詩話》卷上繫於歐陽修致仕歸潁的熙寧四年（一〇七一）後，誤。探韻賦詩者中的王回卒於治平二年（一〇六五），劉敞逝於熙寧元年（一〇六八），焦千之、魏廣、徐無逸等人熙寧年間均不在潁州。本詩讚美聚星堂燕集賦詩的同仁之作，表達文人雅集的無窮樂趣。此類文酒詩會的分題吟詠以及由此引發的文人連環酬唱，既是詩人結交文友、切磋技藝的機會，更是組織創作隊伍，鼓勵文士投身詩文革新，開創繁榮局面的文學活動。

【注釋】

〔一〕「汙池」四句：稱譽俊傑衆賓，謙稱聚星堂簡陋，有如淺水小池，難容蛟龍施展才華。長瀾：驚濤駭浪。

〔二〕「顧予」四句：自己材力不高，徒有虛名，各位文才俊傑光臨，多多益善。枉高蹤：枉駕光臨。高蹤，指高尚的行跡。《文選·傅咸〈贈何劭王濟〉》：「豈不企高蹤，麟趾邈難追。」張銑注：「豈不慕高軌，但蹤跡邈遠難可追攀也。」

〔三〕「譬如」六句：讚揚衆位嘉賓及佳作，亦象徵衆樂和鳴，響徹鈞天的文學繁榮局面。圜壇：即圜丘。《後漢書·祭祀志上》：「爲圓壇八陛，中又爲重壇，天地位其上，皆南鄉，西上。」璧與琮：祭祀時奉獻的精美玉器。前者圓形，扁平，中有小孔。後者方形，中有圓孔。饗：通「享」。祭祀，祭獻。《禮記·郊特牲》：「蜡也者，索也，歲十二月，合聚萬物而索饗之也。」鄭玄注：「饗者，祭其神也。」鈞天：「鈞天廣樂」的略語，指天上的音樂。南朝梁劉勰《文心雕龍·樂府》：「鈞天九奏，既其上帝。」笙鏞：樂器名。笙，管樂器。大者十九簧，小者十三簧。鏞，打擊樂器，類鐘。撞舂：撞擊，衝擊。曾鞏《喜晴》詩：「況遭積雨駕高浪，沙翻石走相撞舂。」

〔四〕「而予」二句：自己身處群雋之間，受到薰染陶冶。而衆人佳作使自己恍然迷離，不知所從。眩晃：迷惑。蘇轍《游太山・四禪寺》詩：「粲然共一理，眩晃莫能識。」

〔五〕「退之」二句：韓愈《醉留東野》詩云：「韓子稍姦黠，自慚青蒿倚長松。低頭拜東野，願得終始如駏蛩。」舊注引《孔叢子》曰：「北方有獸名曰蟨，愛蛩蛩駏驉，食得甘草，必齧以遺，蛩蛩駏驉見人將來，必負蟨以走，蟨非愛駏蛩也，爲其假足。二獸亦非心愛蟨也，爲其得甘草而遺之也。夫禽獸猶知此假而相報也，況士君子之欲名利者乎。」

〔六〕新陽：指初春。《文選・謝靈運〈登池上樓〉》：「初景革緒風，新陽改故陰。」吕延濟注：「春爲陽，秋爲陰也。」　豐茸：草木豐盛茂密貌。宋祁《右史院蒲桃賦》：「豐茸大德之穀，棲息無機之禽。」

〔七〕「暮雪」四句：雪中飲酒賦詩，乃人生難得之樂趣。　醁醅：美酒。唐胡曾《詠史詩・姑蘇臺》：「吴王恃霸棄雄才，貪向姑蘇醉醁醅。」

【附　録】

朱弁《風月堂詩話》卷上：「歐公居潁上，申公吕晦叔作太守（應作「通判」），聚星堂燕集，賦詩分韻。公得『松』字，申公得『雪』字，劉原父得『風』字，魏廣得『春』字，焦千之得『石』字，王回得『酒』字，徐無逸得『寒』字……詩編成一集，流行於世，當時四方能文之士及館閣諸公，皆以不與此會爲恨。」

雪

新陽力微初破萼，客陰用壯猶相薄〔一〕。朝寒稜稜風莫犯，暮雪緌緌止還作〔二〕。驅馳風雲初慘澹，炫晃山川漸開廓。光芒可愛初日照，潤澤終爲和氣爍〔三〕。美人高堂晨起驚，幽士虚窗靜聞落。酒壚成徑集瓶罌，獵騎尋蹤得狐貉〔四〕。龍蛇掃處斷復續，猊虎團成呀且攫〔五〕。共貪終歲飽𪎊麥，豈恤空林飢鳥雀〔六〕。沙墀朝賀迷象笏，桑野行歌没芒屩〔七〕。乃知一雪萬人喜，顧我不飲胡爲樂。坐看天地絶氛埃，使我胸襟如洗瀹。脱遺前言笑塵雜，搜索萬象窺冥漠〔八〕。潁雖陋邦文士衆，巨筆人人把矛槊〔九〕。自非我爲發其端，凍口何由開一噱〔一〇〕？

【題解】

原輯《居士外集》卷四，繫皇祐二年。作於是年正月，時知潁州。題下原注：「時在潁州作。玉、月、梨、梅、練、絮、白、舞、鵝、鶴、銀等事，皆請勿用。」作者成功避開相約禁用的「體物語」，圍繞「一雪萬人喜」的主題，描摹雪中、雪後天地萬象的變化，以及朝野上下各色人物的歡悦場面，表達詩人對民生的關注，對瑞雪兆豐的期盼。詩中雪景情趣盎然，有如一幅生動畫卷。蘇軾在其《聚星堂雪并敘》中稱道此詩「於從艱難中特出奇麗」，絶非溢美之詞。以賦爲詩，重在鋪陳，詩風雄健奇崛，用拗句，押險韻，因難見巧，僻處見奇。此種「禁體物語」詩，一反傳統詠物詩的注重巧似，一反傳統詠物詩的常用喻體，開創後世詩壇所謂的「白戰體」，乃典型的文人雅事。

【注釋】

〔一〕「新陽」二句：春寒料峭之際，陽氣初升而力微，寒氣時時侵擾。　破萼：破蕾綻放。　客陰用壯：初春新陽，仍是大雪奇寒。客陰，陽氣升騰，然而寒氣猶存，退居客位，故謂之客陰。用壯，謂逞其强力。《周易・大壯》九三：「小人用壯，君子用罔，貞厲。」

〔二〕「朝寒」二句：朝寒而暮雪。　稜稜：嚴寒貌。《文選・鮑照〈蕪城賦〉》：「稜稜霜氣，蔌蔌風威。」李善注：「稜稜霜氣，嚴冬之貌。」　緌緌：物下垂貌。杜牧《杜秋娘詩》：「燕禖得皇子，壯髮緑緌緌。」此指雪片飄落貌。

〔三〕「驅馳」四句：雪落、雪停、雪霽、雪融的不同狀貌。　炫晃：顯耀，閃爍貌。　和氣：雪後初霽氣温回升。

〔四〕「美人」四句：雪中晨起的美女、靜居的隱士、沽酒禦寒者、尋蹤狩獵者等各種人物活動。　酒壚：賣酒處安置酒甕的砌臺。借指酒肆、酒店。　狐貉：狐狸與貉子。

〔五〕「龍蛇」二句：人們在積雪上掃出的路徑，如龍蛇般蜿蜒曲折，人們用積雪堆成的獅虎，相互張牙舞爪。　猊：狻猊的省稱。《爾雅·釋獸》：「狻麑如虦貓，食虎豹。」郭璞注：「即師子也，出西域。」

〔六〕「共貪」二句：大家爲瑞雪兆豐年而慶幸，哪會顧及光禿林間的餓鳥。　麰麥：大麥。

〔七〕「沙堤」二句：宰相進宮朝賀瑞雪，象牙笏板在沙道上看不真切；農夫在田野歌詠瑞雪，草鞋被深厚的積雪埋没。　沙堤：沙堤，沙道。唐代專爲宰相通行車馬所鋪築的沙面大路。唐李肇《唐國史補》卷下：「凡拜相，禮絶班行，府縣載沙填路。自私第至於子城東街，名曰沙堤。」象笏：象牙做成的手板，供朝臣上朝奏事用。《禮記·玉藻》：「史進象笏，書思對命。」鄭玄注：「書之於笏，爲失忘也。」　芒屩：即芒鞋。

〔八〕「坐看」四句：雪後天地潔淨，洗滌胸中俗慮，摒除前人陳詞濫調，搜索枯腸自鑄偉詞。　絶氛埃：屏棄塵埃，變得一塵不染。　洗淪：洗乾淨、清潔。　脱遺前言：去陳言，捨棄前人説過的話，即「禁體物語」。

〔九〕矛槊：矛稍。此處形容文筆之犀利。

〔一〇〕「自非」二句：如果不是我開頭吟詩，諸位怎麼會張開凍僵的嘴巴哈哈大笑。　一噱：歐《汝癭答仲儀》詩：「寄詩聊一噱。」噱，大笑。

此詩輯入宋祝穆《古今事文類聚》前集卷四，又輯入清康熙《御選宋金元明四朝詩·御選宋詩》卷二五、陳焯《宋元詩會》卷一〇、陳訏《宋十五家詩選·廬陵詩選》。

【附録】

《歐集》卷一二八《詩話》：「國初浮圖，以詩名於世者九人，故時有集號《九僧詩》，今不復傳矣。余少時聞人多稱其一曰惠崇，餘八人者忘其名字也。余亦略記其詩，有云『馬放降來地，雕盤戰後雲』。又云『春生桂嶺外，人在海門西』。其佳句多類此。其集已亡，今人多不知有所謂九僧者矣，是可歎也。當時有進士許洞者，善爲辭章，俊逸之士也。因會諸詩僧分題，出一紙約曰：『不得犯此一字。』其字乃山、水、風、雲、竹、石、花、草、雪、霜、星、月、禽、鳥之類，於是諸僧皆閣筆。洞，咸平三年進士及第，時無名子嘲曰『張康渾裹馬，許洞鬧裝妻』者是也。」

蘇軾《聚星堂雪並叙》：「元祐六年十一月一日，禱雨張龍公，得小雪，與客會飲聚星堂。忽憶歐陽文忠作守時，雪中約客賦詩，禁體物語，於艱難中特出奇麗，爾來四十餘年莫有繼者。僕以老門生繼公後，雖不足追配先生，而賓客之美殆不減當時，公之二子又適在郡，故輒舉前令，各賦一篇，以爲汝南故事云：窗前暗響鳴枯葉，龍公試手行初雪。映空先集疑有無，作態斜飛正愁絶。衆賓起舞風竹亂，老守先醉霜松折。恨無翠袖點横斜，秖有微燈照明滅。歸來尚喜更鼓永，晨起不待鈴索掣。未嫌長夜作衣稜，卻怕初陽生眼纈。欲浮大白追餘賞，幸有回飆驚落屑。模糊檜頂獨多時，歷亂瓦溝裁一瞥。汝南先賢有故事，醉翁詩話誰續説。當時號令君聽取，白戰不計持寸鐵。」

葉夢得《石林詩話》卷下：「詩禁體物語，此學詩者類能言之也。歐陽文忠公守汝陰，嘗與客賦雪於聚星堂，舉此令，往往皆閣筆不能下。然此亦定法，若能者，則出入縱横，何可拘礙。」按：又見魏慶之《詩人玉屑》卷九、蔡正孫《詩林廣記》後集卷一。

朱弁《風月堂詩話》卷上：「聚星堂詠雪，約云：玉月梨花練絮白舞鵝鶴等事，皆請勿用。杜祁公覽之嗟賞，作詩贈歐公云：『嘗聞作者善評議，詠雪言白匪精思。及窺古人今人詩，未能一一去其類：不將柳絮比輕揚，即把梅花作形似。或誇瓊樹鬬玲瓏，或取瑶臺造嘉致；散鹽舞鶴實有徒，吮墨含毫不能既。深悼無人可踐言，一旦見君何卓異。』又云：『萬狀驅從物外來，終篇不涉題中意。宜乎衆目詩之豪，便合登壇推作帥。回頭且報郢中人，從此《陽春》不爲貴。』祁公耆德碩望，歐公爲文章宗師，祁公禮所宜厚。然前輩此風類多有之，所可歎息者，後來無繼耳。」

胡仔《苕溪漁隱叢話》前集卷二九：「六一居士守汝陰日，因雪會客賦詩，詩中玉、月、梨、梅、練、絮、白、舞、鵝、鶴、銀等事，皆請勿用。詩曰……其後，東坡居士出守汝陰，禱雨張龍公祠，得小雪，與客會飲聚星堂，忽憶歐陽文忠公作守時，雪中約客賦詩，禁體物語，於艱難中特出奇麗，爾來四十餘年，莫有繼者。僕以老門生繼公後，雖不足追配先生，而賓客之美，殆不減當時。公之二子，又適在郡，故輒舉前令，各賦一篇。」按：又見阮閱《詩話總龜》前集卷二〇、魏慶之《詩人玉屑》卷九、黄溥《詩學權輿》卷七、王昌會《詩話類編》卷一六。

蔡正孫《詩林廣記》後集卷一：「胡苕溪云：『六一居士守汝陰日，因雪會客賦詩，詩中玉、月、梨、梅、練、絮、白、舞、鵝、鶴、銀等事，皆請勿用。其後東坡出守汝陰，禱雨得雪，舉前令賦詩。自二公之後，未有繼之者，豈非難於措筆乎？』《蔡載集》云：『本朝歐陽公《雪詩》多大篇，然已屏去白事，故東坡效之……』《石林詩話》云：『詩禁體物，學詩者類能言之。如鄭谷「亂飄僧舍茶煙濕，密灑歌樓酒力微」，非不去體物語，而氣格如此之卑。如東坡「凍合玉樓寒起粟，光摇銀海眩生花」，則超然飛動，何害其言玉樓、銀海哉？』」

無名氏《漫叟詩話》：「歐陽文忠守潁日，因小雪，會飲聚星堂，賦詩，約不得用玉月梨梅練絮白舞鵝鶴等事。歐公一篇云：『脱遺前言笑塵雜，搜索萬象窺冥漠。』自後數十餘年，莫有繼者。元祐六年，東坡在潁因禱雪於張龍公獲應，遂復舉前篇令，末云：『汝南先賢有故事，醉翁詩話誰能説？當時號令君聽取，白戰不許持寸鐵。』」

朱誠泳《小鳴稿》卷三《詠雪和歐陽公禁體韻》：「長空汗漫呈六蕚，脈脈隨風旋回薄。望窮袞廣極幽潛，至巧信出天機作。江山一洗塵土空，使我方寸成恢廓。即妨見晛行且消，輕體不受春陽爍。閉門靜聽疑有異，歷亂寒聲瓦溝落。衾裯如水不成眠，起坐中庭擁裘貉。狡兔失穴不得歸，飢鷹斂翮難施攫。農倉有粟牀有醞，醉飽歌謳躍如雀。出門玩賞恣所如，水行孤舟陸雙屩。一方坐食百無補，矧敢暇逸先民樂。題詩苦無道韞續，取茗不待家姬瀹。紙窗官燭夜沉沉，翠柏蒼松雲漠漠。翻思吟社十年事，白戰壇中曾擁槊。短歌聊爾代風謡，不似尋常浪吟噱。」

孫存吾《元風雅》後集卷一二收録劉南金《歐陽詩雪（禁體題詩）》詩：「鹽絮飛飛語濫觴，如何説馬到驪黄。北方明禁千餘字,倏令昭垂六乙堂。潁士筆茅成束手,坡翁戰鐵可爭光。采薇秖把霏説,删後多安牀上牀。」

單宇《菊坡叢話》卷一:「鄭谷《雪詩》云:『亂飄僧舍茶煙濕,密灑歌樓酒力微。江上晚來堪畫處,漁人披得一蓑歸。』此詩禁體物語也。其後歐陽公在潁州,雪中會客賦詩,亦禁體物語也,作序云:『如玉、月、梨、梅、練、絮、白、舞、鵝、鶴、銀等事皆請勿用。』」

梁橋《冰川詩式》卷一〇:「朱文公云:古人詩中有句,今人詩只一直説,如簡齋詩云『亂雲交翠壁,細雨濕青林』之類,他是什麽句法。歐陽公《雪詩》多大篇,然已屏去白事。」

胡應麟《詩藪》外編卷五:「歐陽自是文士,旁及詩詞。所爲《廬山高》、《明妃曲》,無論旨趣,秖格調迥與歌行不同。驚駭俗流可耳,唐突李、杜,何也?《滄浪篇》、《詠雪行》,體制稍合,然亦退之後塵。」

費經虞《雅論》卷一五:「歐公守汝潁,與客賦雪詩於聚星堂,凡玉、月、梅、梨、、絮、白、鵝、鶴之類皆勿得用。禁體物語謂之『白戰』。」

賀裳《載酒園詩話》:「歐公在潁州作雪詩,戒不得用玉、月、梨、梅、練、絮、白、舞、鵝、鶴、銀等事。後四十年,子瞻繼守潁州,小雪,與客會飲聚星堂,復舉前事,請客各賦一篇。客詩不傳,兩公之什具在,殊不足觀。固知鈞奇立異,設苛法以困人,究亦自困耳。正猶以毳飯召客,亦須陪穆父忍飢半日,豈得獨餔?」

翁方綱《石洲詩話》卷三：「歐公詠雪，禁體物語，而用『象笏』字，蘇用『落屑』字，得非亦銀玉之類乎？蘇詩又有『聚散行作風花瞥』之句，『花』字似亦當在禁例。」

宋犖《西陂類稿》卷一〇《雪同山蔚賦（效歐陽體不以鹽、玉、月、梨、梅、練、絮、銀、鶴、鵝、鷗、鷺、蝶、飛、舞之類爲比，仍不使皓、潔、白、素等字，即次原韻）》：「曉起忽訝樹添萼，怪道中宵錦衾薄。從來南雪不到地，如掌漫空卻大作。支派章江歸混茫，面目廬山失寥廓。戟門畫角吹劇澀，竹屋紙窻光乍爍。空階跂足對灑灑，破帽蒙頭殊落落。捎欄蕭摵爬沙蟹，埋蹤寂寞藏丘貉。幽人閉户或晏眠，稚子忍凍時競攫。輪囷壓折嗟古松，啁啾道飢憐寒雀。故人平臺舊賦客，遠路看山踏芒屩。冰衙那阻鼓枻興，地爐聊共傾杯樂。坡老櫜鞬與周旋，醉翁號令嚴洗瀹。擊鉢快意傾泉源，聳肩旁搜窮冥漠。三徑滅没手欲龜，一舞縱横蔗當槊。來鶿雖慶吟太苦，門外吏人聞而噱。」

《西陂類稿》卷一〇劉榛《再次歐公韻》：「五出試驗春來萼，鴛瓦初承紙樣薄。疎疎枯葉零亂鳴，灑灑空城次第作。漸凝徑竹强撑持，不辨雲山莽寥廓。深壑偏容風去填，清江更比日能爍。身若栩栩在廣寒，世已漫漫連碧落。何處覓得三窟鵵，果然涸作一丘貉。佳人自會茶鐺掃，小兒戲爲粉餈攫。累積有時折凍松，翔迴無地啄飢雀。謝莊原不在鮮衣，東郭何妨少完屩。惟我來分銷金煖，與公堪鬭拈髭樂。天地精華足探搜，兒女塗抹盡淪瀹。老興雪時愈騫騰，本色風光歸澹漠。堅陣要防攻偏師，對壘不容持短槊。孫武徒將粉黛驅，不堪白戰將軍發一噱。」

雪晴

悠悠野水來，瀲瀲西溪闊〔一〕。曉日披宿雲，荒臺照殘雪〔二〕。風光變窮臘，歲律新陽月〔三〕。凍卉意初回，緑醅浮可撥〔四〕。人閒樂朋友，鳥哢知時節〔五〕。豈止探芳菲，耕桑行可閲〔六〕。

【題解】

原輯《居士外集》卷四，繫皇祐二年。作於是年正月，時知潁州。此詩描寫冬去春來，雪後初霽的美好風景，展示大自然的無限生機與蓬勃活力，表現詩人悠閒自在的歡快心境，又將時令與農事相聯繫，表現對民生的關注。師法韋應物，閑澹雅致，情融其中，不露斧鑿痕跡。

【注釋】

〔一〕悠悠野水：連綿不盡的野外流水。温庭筠《夢江南》詞：「過盡千帆皆不是，斜暉脈脈水悠悠。」瀲瀲：水光蕩漾閃動貌。張若虚《春江花月夜》：「灩灩隨波千萬里，何處春江無月明。」西溪：潁州西南一小溪，久已廢壞。歐《答杜相公寵示〈去思堂詩〉》「西溪水色春長緑，北渚花光暖自薰」句下注：「去思堂在北渚之北，臨西溪。溪，晏公所開也。」

〔二〕「曉日」二句：朝陽從雪後初晴經宿未散的陰雲中露出，照射在荒涼的女郎臺上。荒臺：古女郎臺。春秋汝陰歸姓胡子國君爲「敬歸」、「齊歸」二女而築臺，以供歌舞游樂。參見本書《三橋詩》注〔一〕。

〔三〕窮臘：臘月已盡。臘，歲末。因臘祭而得名，通指農曆十二月或泛指冬月，常與「伏」相對。歲律：即時令。新陽月：初春正月。新陽，初春。《文選・謝靈運〈登池上樓〉》：「初景革緒風，新陽改故陰。」吕延濟注：「春爲陽，秋爲陰也。」

〔四〕緑醅：清澈美酒。蘇軾《南鄉子》詞：「認得岷峨春雪浪，初來，萬頃蒲萄漲渌醅。」

〔五〕「人閒」二句：人閒適則喜朋友往來，鳥鳴叫則知季節變化。哢：鳥鳴聲。

〔六〕探芳菲：觀賞花草。芳菲，花草繁盛。南朝陳顧野王《陽春歌》：「春草正芳菲，重樓啟曙扉。」耕桑行可閱：歐時兼「監管内勸農使」，負有督察農業生産的責任，故云。

【附録】

此詩輯入明曹學佺《石倉歷代詩選》卷一四〇，又輯入清管庭芬、蔣光煦《宋詩鈔補・歐陽文忠詩補鈔》。

劉壎《隱居通議》卷七：「（歐陽文忠）公之所作，實備衆體，有甚似韋蘇州者，有甚似杜少陵者，有甚似選體者，有甚似王建、李賀者，有富麗者，有奇縱者，有清俊者，有雄健蒼勁者，有平淡純雅者。試摘其古體數篇，與韋酷似，而世或未之知也……《雪晴》有曰：『悠悠野水來，灩灩西溪闊。曉日披宿雲，荒臺照殘雪。』凡此數章，不似蘇州乎？」

感春雜言

鳩鳴兮屋上，雀噪兮簷間。百鳥感春陽，有如動機關。雄雌相呼和，日夕聒聒不得閒〔一〕，砌下兩株樹，枯條有誰攀。春風一夜來，花葉何班班。乃知天巧奪人力，能使枯木生紅顏〔二〕。奈何人爲萬物靈，不及草木與飛翾〔三〕。自從春來何所覺，但怪睡美不覺白日高。南山行逢百花不着眼，豈念四氣如回環〔四〕。却思年少憶前事，雖有駬駿難追還〔五〕。奈何來日尚可樂，曾不勉彊相牽扳〔六〕。淥酒如春波，黃金爲誰慳〔七〕。人生一世中，一步百險艱。俟河之清不可得，聊自歌此譏愚頑〔八〕。

【題解】

原輯《居士集》卷五，繫皇祐二年。作於是年春，時知潁州。題下原注：「一本題下有『和呂公著』。」雜言，古詩的一種，詩歌句數及詩句字數均不拘，用韻比較自由。詩人借詠花木再榮，感歎人無再少，流露惜時傷逝而又無可奈何的情緒，表達及時行樂的思想。議論風生，變態百出，詩歌以「無施不可」的筆力，隨心所欲，直抒胸臆。

【注釋】

〔一〕「鳴鳩」六句：春天百鳥爭鳴的熱鬧景象。首句化用王維《春中田園作》詩：「屋上春鳩鳴。」機關：設有機件而能制動的器械。

〔二〕「砌下」六句：感歎大自然的神奇力量，春風一吹，枯木復蘇，花繁葉茂。班班：繁密盛多貌。杜甫詩《憶昔》其二：「齊紈魯縞車班班，男耕女桑不相失。」仇兆鼇注：「言商賈不絶於道。」

〔三〕「奈何」二句：感慨人爲萬物之靈，對春天的敏感竟不如草木飛鳥。飛翾：指鳥雀。《梁書·賀琛傳》：「至於翾飛蠕動，猶且度脱，況在兆庶。」

〔四〕「自從」四句：自己春季未曾出游賞花，對氣候轉暖南山花開麻木不仁，秪是感覺春天好睡覺。四氣：指春、夏、秋、冬四時的温、熱、冷、寒之氣。《禮記·樂記》：「奮至德之光，動四氣之和，以著萬物之理。」孔穎達疏：「動四氣之和，謂感動四時之氣，序之和平，使陰陽順序也。」

〔五〕「却思」三句：少年往事，不可追還。駔駿：指駿馬。

〔六〕「奈何」二句：來日可追，何不及時行樂？　牽扳：攀登。扳，同「攀」。

〔七〕淥酒：清澈的酒，指美酒。　黄金爲誰慳：《漢書・疏廣傳》：「廣既歸鄉里，日令家共具設酒食，請族人故舊賓客，與相娛樂。數問其家金餘尚有幾所，趣賣以共具。居歲餘，廣子孫竊謂其昆弟老人廣所愛信者曰：『子孫幾及君時頗立産業基址，今日飲食，費且盡。宜從丈人所，勸説君買田宅。』老人即以閒暇時爲廣言此計，廣曰：『吾豈老悖不念子孫哉？顧自有舊田廬，令子孫勤力其中，足以共衣食，與凡人齊。今復增益之以爲贏餘，但教子孫怠惰耳。賢而多財，則損其志；愚而多財，則益其過。且夫富者，衆人之怨也；吾既亡以教化子孫，不欲益其過而生怨。又此金者，聖主所以惠養老臣也，故樂與鄉黨宗族共饗其賜，以盡吾餘日，不亦可乎！』」

〔八〕「人生」四句：人生之途多坎坷，理想境界難實現，姑且以此雜言詩，笑話那些不知享受生活的愚頑者。　俟河之清：等待黄河水變清。常指期望之事難以實現。《左傳・襄公八年》：「周詩有之曰：『俟河之清，人壽幾何。』」《後漢書・趙壹傳》：「有秦客者，乃爲詩曰：『河清不可俟，人命不可延。』」

西園

落日叩溪門，西溪復何所〔一〕？人侵樹裏耕，花落田中雨〔二〕。平野見南山，荒臺起寒霧〔三〕。歌舞昔云誰，今人但懷古。

【題　解】

原輯《居士外集》卷四，無繫年。作於皇祐二年春，時知潁州。開章提及的「西溪」，正德《潁州志》卷一「去思堂」云：「歐公文集有北渚、西溪，今皆不詳其地。」參見本書《雪晴》詩注〔一〕。詳其詩意，當與《雪晴》同爲潁州春季之作，西溪、西園同在潁州西湖附近。此詩描摹田園風景，抒寫懷古幽情，表現自然情趣與人文精神。語言疏暢，氣脈流貫，感懷古今，意藴深沉。

【注　釋】

〔一〕西溪：在潁州西湖西南，久廢。歐《雪晴》詩有云：「悠悠野水來，灩灩西溪闊。」

〔二〕「人侵」二句：耕地深入樹林中，殘花飄落農田裹。　侵：漸進之意。杜甫《寄贊上人》詩：「年侵腰脚衰，未便陰崖秋。」

〔三〕南山：滁州南面的群山，城中視野開闊處皆可見。　荒臺：即女郎臺。春秋汝陰歸姓胡子國君嫁二女魯襄公後，以思念而築臺，人稱女郎臺。參見本書《三橋詩》注〔一〕。

【附　録】

此詩輯入明曹學佺《石倉歷代詩選》卷一四〇，又輯入清康熙《御選宋金元明四朝詩·御選宋

詩》卷一一、管庭芬、蔣光煦《宋詩鈔補·歐陽文忠詩補鈔》。

竹間亭

啾啾竹間鳥，日夕相嚶鳴。悠悠水中魚，出入藻與萍〔一〕。水竹魚鳥家，伊誰作斯亭〔二〕？翁來無車馬，非與彈弋並。潛者入深淵，飛者散縱横。奈何翁屢來，浪使飛走驚〔三〕。忘爾榮與利，脱爾冠與纓。還來尋魚鳥，傍此水竹行〔四〕。鳥語弄蒼翠，魚游翫清澄。而翁乃何爲，獨醉還自醒〔五〕。三者各自適，要歸亦同情〔六〕。翁乎知此樂，無厭日來登〔七〕。

【題　解】

原輯《居士集》卷四，繫皇祐二年。當作於春末，時知潁州。竹間亭，《大清一統志》卷八九：「竹間亭，在阜陽縣西湖之北。」蘇軾有詩《竹間亭小酌，懷歐陽叔弼、季默，呈趙景貺、陳履常》。陳師道亦有《次韻蘇公竹間亭絶句》。詩人描寫竹間亭四周景物，感悟靜中之樂，又借魚鳥之驚與不驚，抒寫恬澹自適之情，表達詩人在歷經宦海風波之後，擺脱名利世俗，回歸自然本性，心儀並嚮往寧靜淡泊的田園生活。寫景、敘事、議論雜出，情景理融於一體，意脈流貫，有曲折掩映之致。

【注釋】

〔一〕「啾啾」四句：竹間亭上下，魚鳥悠然自得。嚶鳴：鳥相和鳴。《詩·小雅·伐木》：「嚶其鳴矣，求其友聲。」

〔二〕伊誰：是誰之意。

〔三〕「翁來」六句：自己來此游玩，没有車馬相隨，也不帶彈弓箭矢，還是擾亂了魚鳥的正常生活。彈弋：彈丸與帶絲繩的箭。弋，《楚辭·九章·惜誦》：「矰弋機而在上兮，罻羅張而在下。」

〔四〕「忘爾」四句：自己願意拋棄人間功名富貴，在水竹之中與魚鳥同樂。冠與纓：帽子和帽子上的絲帶。代指仕宦。李白《古風》十九：「流血塗野草，豺狼盡冠纓。」蒼翠：指竹。

〔五〕「而翁」二句：與鳥魚的自得其樂相比，自己秖能當醉則醉，當醒則醒。《史記·屈原賈生列傳》：「屈原至於江濱，被髮行吟澤畔，顔色憔悴，形容枯槁。漁父見而問之曰：『子非三閭大夫歟？何故而至此？』屈原曰：『舉世混濁而我獨清，衆人皆醉而我獨醒，是以見放。』漁父曰：『夫聖人者，不凝滯於物而能與世推移。舉世混濁，何不隨其流而揚其波？衆人皆醉，何不餔其糟而啜其醨？何故懷瑾握瑜，而自令見放爲？』」

〔六〕要歸：要點所在，要旨。《史記·司馬相如列傳》：「相如雖多虚辭濫説，然其要歸，引之節儉，此與《詩》之風諫何異。」同情：謂同一性質，實質相同。《韓非子·揚權》：「參名異事，通一同情。」

〔七〕「翁乎」二句：你若能融於魚鳥之樂，就會不辭辛勞多多來此登臨玩賞。

【附録】此詩輯入明曹學佺《石倉歷代詩選》卷一四〇，又輯入清康熙《御選宋金元明四朝詩·御選宋詩》卷一〇。

祈雨曉過湖上

清晨驅馬思悠然，渺渺平湖碧玉田〔一〕。曉日未昇先起霧，緑陰初合自生煙。身閒始覺時光好，春去猶餘物色妍〔二〕。更待四郊甘雨足，相隨簫鼓樂豐年〔三〕。

【題解】原輯《居士集》卷一一，繫皇祐二年。作於是年初夏，時知潁州。據「春去」、「更待」二句，可知作於三月春旱後，五月《喜雨》前。祈雨，因久旱而求神降雨，古稱雩祀。《禮記·月令》：「（仲夏之月）乃命百縣雩祀百辟卿士有益於民者，以祈穀實。」鄭玄注：「雩，吁嗟求雨之祭也。」此詩描繪清晨湖上風光，抒寫生活感受，祈求歲成豐樂，表達愛民情懷。襟胸灑脱，風光豔麗，體物曲盡人意。

【注釋】

〔一〕「清晨」二句：清晨騎馬過湖上思緒悠深，平靜的湖水就如碧玉般清緑。悠然：深遠貌。宋葉適《朝奉郎致仕俞公墓誌銘》：「入其塾，誦讀之鏘然，覃思之悠然，人雅多公父子不窮於儒也。」

〔二〕「身閒」二句：身閒心静纔發覺時光與生活如此美好，春天逝去還留下一片豔麗的湖光山色。物色：景色，景象。蘇舜欽《寄王幾道同年》詩：「新安道中物色佳，山昏雲澹晚雨斜。」

〔三〕簫鼓：簫與鼓。泛指樂奏。江淹《别賦》：「琴羽張兮簫鼓陳，燕趙歌兮傷美人。」

【附録】

此詩輯入清康熙《御定佩文齋詠物詩選》卷九三。

食糟民

田家種糯官釀酒，榷利秋毫升與斗〔一〕。酒沽得錢糟棄物，大屋經年堆欲朽。酒酤瀺灂如沸湯〔二〕，東風來吹酒甕香。纍纍罌與瓶〔三〕，惟恐不得嘗。官沽味醲村酒薄，日飲官酒誠可樂。不見田中種糯人，釜無糜粥度冬春。還來就官買糟食，官吏散糟以爲德〔四〕。嗟彼官吏者，其職稱長民〔五〕。衣食不蠶耕，所學義與仁。仁當養人義適宜，言可聞達力可施〔六〕。上不能寬國之利〔七〕，下不能飽爾之飢。我飲酒，爾食糟，爾雖不我責，我責何由逃〔八〕！

【題　解】

原輯《居士集》卷四，無繫年，列皇祐二年詩後。作於是年初夏，時知潁州。食糟民，指災荒之年不得不買酒糟充飢的老百姓。糟，醞酒剩下的渣滓。劉敞《公是集》卷一六有《和永叔食糟民》詩。本詩批評朝廷與民爭利的「榷酤」之法，表現儒家「仁政」思想。作爲地方官，未能富國裕民，作者反躬自責，表現封建正直官吏未能施展政治抱負的苦悶心緒和憂國憂民的高尚情操。詩作揭露時弊而引咎自責，語言淺直，對比鮮明，有似白居易「新樂府」。

【注　釋】

〔一〕「田家」二句：官府用農民種出的糯米釀酒，連升斗之間的微小利潤也不放過。榷利：指官府以專賣與民爭利。榷，專營，專利。《漢書·武帝紀》：「天漢三年春，初榷酒酤」。宋朝沿用此例，民間不得私自醞酒買賣。《宋史·食貨志下》：「宋榷酤之法：諸州城内皆置務釀酒，縣、鎮、鄉、閭或許民釀而定其歲課，若有遺利，所在多請官酤。」

〔二〕酒醅：未濾去糟的酒。亦泛指酒。賈思勰《齊民要術·法酒》：「合醅飲者，不復封泥。」瀺灂：本爲小水聲，此處形容酒初發酵時的冒泡聲。

〔三〕纍纍：層層堆積，排列成串。《漢書·佞幸傳·石顯》：「印何纍纍，綬若若邪！」顏師古注：「纍纍，重積也。」罌：古代盛酒或水的瓦器，小口大腹，較缶爲大。

〔四〕以爲德：以爲是恩德善行。劉敞《和永叔食糟民》：「黄頭稚子白髮翁，哺糟相隨塵土中。豈嫌身居犬彘後，還喜生值恩施豐。」

〔五〕長民：爲民之長，管理百姓。古指天子、諸侯，後泛指地方官吏。《禮記·緇衣》：「長民者，衣服不貳，從容有常，以齊其民，則民德壹。」

〔六〕仁當養人：仁就是要養活百姓。義適宜：義就是凡事要適當，不可超越限度。《禮記·中庸》：「義者，宜也。」聞達：地方官吏將百姓疾苦報告皇帝。力可施：有力量可以施行。

〔七〕寬國之利：使國家收益擴大。

〔八〕不我責：不責備我。我責何由逃：我的責任又哪能逃避得了呢？劉敞《和永叔食糟民》：「翰林仙伯屈主諾，憂民之憂樂民樂。」

【附　録】

此詩輯入清吳之振《宋詩鈔》卷一一。

許顗《彥周詩話》評曰：「《食糟民》詩，忠厚愛人，可爲世訓。」范大士《歷代詩發》卷二三評曰：「貴賤之別，甘苦之殊，但以固然視之矣，作此觸目驚心語，洵是聖賢分上人也。莫徒作好詩讀過。」

竹間亭

高亭照初日，竹影涼蕭森〔一〕。新篁漸解籜，翠色日已深〔二〕。雨多苔莓青，幽徑無人尋。靜趣久迺得，暫來聊解襟〔三〕。清風颯然生，鳴鳥送好音〔四〕。佳時不易得，濁酒聊自斟。興盡即言返，重來期抱琴〔五〕。

【題解】

原輯《居士外集》卷四，無繫年，列皇祐二年詩後。作於是年初夏，時知潁州。題下原注：「二首。『其二』已見《居士集》。」詩歌描寫竹間亭的幽雅環境，頗有王維「獨坐幽篁裏，彈琴復長嘯。深林人不知，明月來相照」的旨趣，從這種清靜幽遠的意境中，作者感受到靜趣，滌除了塵煩，表現出熱愛大自然、嚮往山林田園、追求淡泊寧靜的生活情趣。詩語疏暢，意趣新奇，清幽的自然境界與詩人超塵脱俗的內心世界達到和諧統一。

【注釋】

〔一〕「高亭」二句：旭日高照竹間亭，竹影斑駁涼意多。「高亭照初日」化用常建《題破山寺後禪院》詩句：「初日照高林。」蕭森：陰森。杜甫詩《秋興》其一：「玉露凋傷楓樹林，巫山巫峽氣蕭森。」

〔二〕解籜：竹筍脱殼。

〔三〕解襟：亦作「襟解」，飲酒身熱而解衣。杜甫《西山戲題武昌王居士》：「解襟顧景各箕踞，擊劍賡歌幾舉觥。」

〔四〕颯然：形容風雨聲。杜甫《秦州雜詩》其十二：「俛仰悲身世，溪風爲颯然。」好音：悦耳的聲音。杜甫《蜀相》詩：「映階碧草自春色，隔葉黄鸝空好音。」

〔五〕期抱琴：化用李白《山中與幽人對酒》詩句：「明朝有意抱琴來」。期，約定。

【附録】

此詩輯入明曹學佺《石倉歷代詩選》卷一四〇，又輯入清康熙《御選宋金元明四朝詩·御選宋詩》卷一〇、管庭芬、蔣光煦《宋詩鈔補·歐陽文忠詩補鈔》。

喜雨

大雨雖霶霈，隔轍分晴陰。小雨散浸淫，爲潤廣且深。浸淫苟不止，利澤何窮已〔一〕。無言雨大小，小雨農尤喜。宿麥已登實，新禾未抽秧。及時一日雨，終歲飽豐穰〔二〕。夜響流霡霂，晨暉霽蒼涼。川原淨如洗，草木自生光〔三〕。童稚喜瓜芋，耕夫望陂塘。誰云田家苦，此樂殊未央〔四〕。

【題　解】

原輯《居士集》卷四，繫皇祐二年。作於是年夏，時知潁州。由「宿麥」句，可知時在五月。據《宋史·仁宗本紀四》，本年三月七日，因春旱，朝廷「遣官祈雨」。歐四月有《祈雨曉過湖上》詩。此詩作於久旱逢雨之時，詩人欣喜夏雨解救農旱，表達歲熟年豐、與民同樂的喜悦心情。語言簡勁，氣脈流貫，詩風沉鬱，格調高遠。

【注　釋】

〔一〕「大雨」六句：大小雨各具特色，其中小雨更可貴，給百姓帶來無窮好處。霶霈：雨大貌。

晉潘尼《苦雨賦》：「而徐始蒙濊墜，終霶霈而難禁。」「隔轍」句：夏天的大雨常是一轍之隔，這邊雨濕，那邊晴乾。　浸淫：漸漸地浸潤。

〔二〕「無言」六句：無論大雨還是小雨，越冬小麥成熟時節，一場及時雨，必定帶來大豐收。「無言」句：原本校云「一作『言雨大小異』」。」　宿麥：來年成熟的麥。即冬麥。《漢書·武帝紀》：「遣謁者勸有水災郡種宿麥。」顏師古注：「秋冬種之，經歲乃熟，故云宿麥。」

〔三〕「夜響」四句：一夜小雨，清晨放晴，空氣涼爽，江山如洗，草木一片生機活力。　霢霂：小雨。南朝齊謝朓、紀晏《閑坐聯句》：「霢霂微雨散，葳蕤蕙草密。」

〔四〕「童稚」四句：農家一派喜雨歡樂，孩童喜瓜果成熟，農夫喜陂塘蓄水。　未央：未盡，不已。《漢書·禮樂志》：「靈殷殷，爛揚光。延壽命，永未央。」　誰云田家苦：反用陶潛《庚戌歲九月中於西田獲早稻》詩句：「田家豈不苦。」

【附録】

此詩輯入宋祝穆《古今事文類聚》前集卷五、吕祖謙《宋文鑑》卷一五，又輯入清康熙《御選宋金元明四朝詩·御選宋詩》卷一〇。

送焦千之秀才

焦生獨立士，勢利不可恐。誰言一身窮，自待九鼎重。有能揭之行，可謂仁者勇〔一〕。吕侯相家子，德義勝華寵。焦生得其隨，道合若膠鞏〔二〕。始生及吾門，徐子喜驚踊。曰此難致寶，一失何由踵。自吾得二生，粲粲獲雙珙。奈何奪其一，使我意紛荰〔三〕。吾嘗愛生材，抽擢方鬱蓊。猶須老霜雪，然後見森聳。况從主人賢，高行可傾竦〔四〕。讀書趨簡要，害説去雜冗。新文時我寄，庶可蠲煩壅〔五〕。

【題解】原輯《居士集》卷四，繫皇祐元年，誤。當作於皇祐二年六月。焦千之，字伯强。參見本書《伏日贈徐、焦二生》題解。據《長編》卷一六八紀事，皇祐二年六月二十六日，吕公著改判吏部南曹。歐書簡《與吕正獻公晦叔》其一（皇祐二年）有云：「别後人還，兩辱書，暑中喜承寢味多福。某十三日受命，與孫公易地。此月下旬當行。」可知吕公著赴京師在歐改知應天府之前。焦千之隨吕公著行，赴京教其子，歐賦此詩送行。詩歌高度稱讚焦千之才華與品格，焦氏離去自己有如寶玉丟失，表達深沉的惜別之情。詩語疏暢，音調高朗，婉轉一氣，任情而往。

【注釋】

〔一〕「焦生」六句：焦千之秀才是特立獨行之士，威武不可屈，貧窮不能移，秖有仁勇之士，才能推舉與之同行。獨立士：不隨流俗的特立超群之士，有堅定的志向和操守。歐《蘇氏文集序》：「其始終自守，不牽世俗趨舍，可謂特立之士也。」九鼎：相傳夏禹鑄九鼎，象徵九州，夏、商、周三代奉爲象徵國家政權的傳國之寶。後世多喻分量重。《史記·平原君虞卿列傳》：「毛先生一至楚，而使趙重于九鼎大呂。」仁者勇：《論語·子罕》：「子曰：『仁者不憂，勇者不懼。』」仁者，仁義之人，即道德高尚之人。參見本書《送孔生再游河北》注〔二〕。

〔二〕「呂侯」四句：焦千之追隨呂公著，是志同道合之伴侶。呂侯：呂公著出生相門（其父是前宰相呂夷簡），故云「相家子」。華寵：榮華優寵，指榮貴的地位。《漢書·孝成許皇后》：「且財幣之省，特牛之祠，其於皇后，所以扶助德美，爲華寵也。」或曰華歆與劉寵，漢時德義之士。華歆曾舉孝廉授尚書郎，後爲魏國重臣；劉寵曾任會稽太守，治郡清明，深得民心。膠鞏：像被膠黏著樣穩固，比喻二人關係非同一般。

〔三〕「始生」八句：焦秀才剛來時，徐無黨如獲至寶。徐、焦二人在詩人心中的地位，就是一雙璀璨的美玉。徐子：徐無黨。踵：跟隨。《漢書·武帝紀》：「步兵踵軍後數十萬人。」顔師古注：「踵，接也，猶言躡其踵。」粲粲：鮮明光亮貌。《詩·小雅·大東》：「西人之子，粲粲衣服。」朱熹集傳：「粲粲，鮮盛貌。」雙珙：一對大玉璧。喻徐、焦二人。紛蘤：雜亂貌。

〔四〕「吾嘗」六句：焦千之有文才德行，隨賢主人去後，定可茁壯成材。抽擢：拔擢，提拔。《急就篇》卷四：「抽擢推舉白黑分。」顔師古注：「賢者升擢，不肖退黜，是爲白黑有分别也。」蘙薈：形容草木茂盛。《文選·張衡〈西京賦〉》：「蘙薈蘙薱，橚爽櫹槮。」薛綜注：「皆草木盛貌也。」森聳：同「森竦」，聳立，挺立。傾竦：非常恭敬、仰慕的樣子。《晉書·姚興載記》：「興謙恭孝友，每見緒及碩德，如家人之禮，整服傾悚，言則稱字，車馬服玩，必先二叔，然後服其次者。」

〔五〕「讀書」四句：儒家經典簡明扼要，讀書要不理那些歪曲本義的繁瑣注釋，希望常常寄贈新作，以解除我心中煩悶。害説：《四庫全書》本作「言説」。

【附録】

《京口耆舊傳》卷一：「焦千之，字伯强，丹徒人。嚴毅方正，歐陽公修敬待之，常館修家，累試不利，修以書勞之，其一勉之以孟子不動心之勇，二則勉之棄去科場文字專意經術。趙康靖公槩之守鄆，修以書薦之云：『千之久相從，篤行之士，專心學古，不習治生，得招致鄆學，不止千之可以自託，其於教道必有補益，亦爲政之一端。』比修之守潁，吕公著適通判州事，請于修，延之教子。公著去潁，復攜以歸。修以詩送之。」

橄欖

五行居四時，維火盛南訛〔一〕。炎焦陵木氣，橄欖得之多〔二〕。酸苦不相入，初爭久方和〔三〕。霜苞入中州，萬里來江波。幸登君子席，得與衆果羅〔四〕。中州衆果佳，珠圓玉光瑳〔五〕。媿兹微陋質，以遠不見訶〔六〕。餳飴兒女甜，遺味久則那〔七〕。良藥不甘口，厥功見沉痾。忠言初厭之，事至悔若何〔八〕？世已無採詩〔九〕，詩成爲君哦。

【題解】

原輯《居士集》卷四，無繫年，列皇祐二年詩後。作於是年夏，時知潁州。橄欖，果樹名。亦以稱其果實。常緑喬木。果實呈橢圓形，又名青果，可食，味略苦澀而又芳香，亦可入藥。産於我國廣東、廣西、福建、臺灣等地。此詩由橄欖的生長環境寫到其橄欖的味道，然後巧借橄欖之苦酸而後甜，闡釋良藥苦口，忠言逆耳的道理，對朝廷拒納忠言進行規諫。由物及理，貼切自然，是「以議論爲詩」的成功之作。此後日漸增多的文酒詩會與分題吟詠，並導引文人連環酬唱，它將詩歌題材引向詠物娛樂，引向通俗化、生活化，引向表現士大夫的人文精神及文化人格，最終成爲宋調鮮明特色。

【注釋】

〔一〕「五行」二句：古人以五行與四時、四方相匹配，且各具性味。詩人用五行理論解釋橄欖的初澀後甜。夏屬火，爲南，性苦。橄欖爲木，木性酸，産南方，故稱火氣侵入木氣，始味酸苦，中和後變爲甜味。五行：金、木、水、火、土。我國古代稱構成各種物質的五種元素，古人常以此說明宇宙萬物的起源和變化。《孔子家語·五帝》：「天有五行，水、火、金、木、土，分時化育，以成萬物。」四時：春夏秋冬四季。宋袁燮《絜齋家塾書鈔》卷三：「自一歲而言，春屬木，夏屬火，秋屬金，冬屬水，土分旺四季。」南訛：借指南方。南方主夏屬火，炎帝所司。火性苦。《左傳·昭公元年》「降生五味」杜預注：「金味辛，木味酸，水味鹹，火味苦，土味甘，皆由陰陽風雨而生。」

〔二〕炎焦：代指炎炎暑氣。木氣：金、木、水、火、土五氣之一。《吕氏春秋·名類》：「及禹之時，天先見草木秋冬不殺。禹曰：『木氣勝。』木氣勝故其色尚青，其事則木。」

〔三〕「酸苦」二句：橄欖初食時，味道略顯苦酸，久而覺得和味可食。和：和味，適口之食。沈約《三朝雅樂歌》：「實體平心待和味，庶羞百品多爲貴。」

〔四〕「霜苞」四句：橄欖經秋而熟，又經萬里水程來到中原，纔和中原各式名貴水果同列爲筵席珍品。霜苞：經霜始熟的水果。此指橄欖。來江波：通過江河水路到達中原。

〔五〕「中州」二句：中原出産的水果，有似圓潤的珠玉，非常好看。光瑳：玉色鮮潔貌。《詩·鄘風·君子偕老》：「瑳兮瑳兮，其之展也。」

〔六〕「媿兹」二句：相形見絀的橄欖，外觀不美，以其來自遠方而未被排斥。訶：責罵，喝斥。《漢書·食貨志下》：「〔吏〕縱而弗呵虖，則市肆異用，錢文大亂。」顔師古注：「呵，責怒也。」

〔七〕「餳飴」二句：糖飴初入口，味道甘甜，時間一久又怎麽樣呢。餳飴：軟糖果。那：「奈何」的合音。「則那」出自《左傳·宣公二年》：「犀兕尚多，棄甲則那。」杜預注：「那，猶何也。」顧炎武《日知録》三十二云：「直言之曰『那』，長言之曰『奈何』，一也。」

〔八〕「良藥」四句：良藥苦口利於病，忠言逆耳利於行。沉痾：久病，重病。

〔九〕採詩：採集民間歌謡。上古有專門機構采詩，爲統治階級觀風俗、知得失的一項政治措施。《漢書·藝文志》：「古有采詩之官，王者所以觀風俗，知得失，自考正也。」《漢書·食貨志上》：「孟春之月，群居者將散，行人振木鐸徇于路，以采詩，獻之大師，比其音律，以聞於天子。」

【附　録】

此詩輯入宋祝穆《古今事文類聚》後集卷二七、陳景沂《全芳備祖集》後集卷四，又輯入清康熙

《御選宋金元明四朝詩·御選宋詩》卷一〇、《御定佩文齋廣群芳譜》卷五七。

朱弁《風月堂詩話》卷上：「歐公居潁上，申公吕晦叔作太守，聚星堂燕集，賦詩分韻……又賦室中物，公得鸚鵡螺盃，申公得癭壺，劉原父得張越琴，魏廣得澄心堂紙，焦千之得金星研，王回得方竹杖，徐無逸得月硯屏風。又賦席間果，公得橄欖，申公得紅焦子，劉原父得温柑，魏廣得鳳棲，焦千之得金橘，王回得荔枝，徐無逸得楊梅……詩編成一集，流行於世，當時四方能文之士及館閣諸公，皆以不與此會爲恨。」

魏泰《臨漢隱居詩話》：「王禹偁《橄欖詩》云：『南方多果實，橄欖稱珍奇。北人將就酒，食之先顰眉。皮核苦且澀，歷口復棄遺。良久有回味，始覺甘如飴。』蓋六句説回味。歐陽文忠公曰：『甘苦不相入，初爭久方和。』極快健也，勝前句多矣。」

黄震《黄氏日鈔》卷六一評曰：「言忠愛。」

鸚鵡螺

大哉滄海何茫茫，天地百寶皆中藏。牙鬚甲角爭光鋩，腥風怪雨灑幽荒〔一〕。珊瑚玲瓏巧綴裝，珠宫貝闕爛煌煌。泥居殼屋細莫詳，紅螺行沙夜生光〔二〕。負材自累遭刳腸，匹夫懷璧古所傷〔三〕。濃沙剥蝕隱文章，磨以玉粉緣金黄，清罇旨酒列華堂〔四〕。隴鳥回頭思故鄉。美人清歌蛾眉揚，一釂凜冽回春陽〔五〕。物雖微遠用則彰，一螺千金價誰量，豈若泥下追含漿〔六〕。

【題　解】

原輯《居士集》卷四，無繫年，列皇祐二年詩後。與上詩同作於是年夏，同爲詩友聚會，分題吟詠之作。參見上詩題解。鸚鵡螺：海螺的一種。殼可製酒杯和裝飾品。唐劉恂《嶺表録異》卷下：「鸚鵡螺，旋尖處屈而朱，如鸚鵡嘴，故以此名。殼上青緑斑文，大者可受二升。殼内光瑩如雲母，裝爲酒杯，奇而可玩。又紅螺，大小亦類鸚鵡螺，殼薄而紅，亦堪爲酒器。刳小螺爲足，綴以膠漆，尤可佳尚。」詩歌感慨海螺以物用而受累，又讚美鸚鵡螺一旦見用，則今非昔比，價值連城。鸚鵡螺以其名貴而遭刳腸之禍，製成酒杯雖列于華貴庭堂，卻永遠失去自由，「思故鄉」而不可得。實質在借題發揮，託物自諷，針砭人情世態，感慨人生自由之可貴，抒寫困縶官場俗務之苦惱。詩用柏梁體，一韻貫通，而波瀾起伏，格調高古，境界雄奇。其想像之豐富，節奏之急促，立意及遣詞造句風格，頗類韓愈詩歌。

【注　釋】

〔一〕「牙鬚」二句：大海之中多有珍奇，魚蝦蛟龍的牙齒、鬣鬚、鱗甲、頭角都是海中至寶。牙鬚甲角：生牙長鬚、披甲有角的海生物。韓愈《别趙子》詩：「又嘗疑龍蝦，果誰雄牙鬚。」光鉒：同「光芒」。唐歐陽詹《送洪孺卿赴舉序》：「金欲求鍛，玉將就磨，光鉒穎耀，朝夕以冀。」幽荒：荒遠之地。泛指九州之外。《文選·張衡〈東京賦〉》：「惠風廣被，澤洎幽荒。」薛綜注：「幽荒，九州外，謂四夷也。」此指海洋深遠之處。

〔二〕「珊瑚」四句：大海中既有珊瑚、珠貝玲瓏裝飾之物，也有困守爛泥之中的鸚鵡螺。珠宮貝闕：以珠貝爲宫闕，即水神的宫殿，代指海底世界。泥居殼屋：住在泥裏，以殼爲屋。行沙夜生光：紅色海螺有爬行沙上、夜裏放光的特點。「腥風」五句，原注：「一本作：『珠宮貝闕爛煌煌。泥居殼室細莫詳，珊瑚玲瓏巧綴粧。腥風怪雨灑幽荒，紅螺行沙夜生光。』」

〔三〕「負材」二句：紅螺因爲夜晚生光，纔被人輕易抓住，慘遭刳腸。因此物之用、棄之間，有時難以決斷。刳腸：剖腹摘腸。《莊子·外物》：「仲尼曰：『神龜能見夢於元君，而不能避余且之網，知能七十二鑽而無遺筴，不能避刳腸之患。』」後常成爲事物因特異而遭害的典實。匹夫懷璧：普通百姓隱藏至寶而慘遭禍害。因以「懷璧」比喻多財招禍或懷才遭忌。《左傳·桓公十年》：「周諺有之：『匹夫無罪，懷璧其罪。』」《左傳杜林合注》引林堯叟言：「匹夫本無罪，蓋由其懷璧，則人利其璧，以害其身，此其所以爲罪。璧，美玉也。」

〔四〕「濃沙」三句：鸚鵡海螺花紋隱伏，秖要以玉粉將其打磨，外表裝飾金箔，就可以擺在華宴上作酒杯。濃沙：句下原注「一本注：『胡人謂硇砂爲濃沙。出《本草》。』」剥蝕：指物體表面因受到侵蝕而脱落損壞。文章：指花紋。旨酒：美酒。《詩・小雅・鹿鳴》：「我有旨酒，以燕樂嘉賓之心。」

〔五〕「隴鳥」三句：鸚鵡螺眷戀大海，而人們在美女輕歌曼舞中舉杯，一杯飲下，身上就像春陽照耀般温暖。隴鳥：鸚鵡。多産隴西得名。李商隱《五言述德抒情詩獻上杜七兄僕射相公》：「隴鳥悲丹觜，湘蘭怨紫莖。」思故鄉：化用禰衡《鸚鵡賦》：「眷西路而長懷，望故鄉而延佇。」釂：飲盡杯中酒。《新唐書・胡證傳》：「晉公裴度未顯時，羸服私飲，爲武士所窘，證聞，突入坐客上，引觥三釂，客皆失色。」凜冽回春陽：一杯美酒能够使寒冷的身體變得暖和，仿佛回到春天。

〔六〕「物雖」三句：鸚鵡螺本卑微遠人，一見用則名聲彰著，價值千金，這哪是泥中螺蚌可比擬的。微遠：幽遠，卑微而遠離。含漿：蚌的别名。《爾雅・釋魚》：「蚌，含漿。」郝懿行義疏：「蓋蚌類多蘊伏泥中，含肉而饒漿，故被斯名矣。」

【附録】

此詩輯入清康熙《御選宋金元明四朝詩・御選宋詩》卷二五。

朱弁《風月堂詩話》卷上：「歐公居潁上，申公吕晦叔作太守，聚星堂燕集，賦詩分韻……又賦室中物，公得鸚鵡螺盃，申公得癭壺，劉原父得張越琴，魏廣得澄心堂紙，焦千之得金星研，王回得方竹杖，徐無逸得月硯屏風。……詩編成一集，流行於世，當時四方能文之士及館閣諸公，皆以不與此會爲恨。」

方東樹《昭昧詹言》卷一二評曰：「『紅螺』句入。『匹夫』句頓。『濃沙』句寫。『美人』句汁議。」

趙翼《陔餘叢考》卷二十三：「漢武宴柏梁臺賦詩，人各一句，句皆用韻，後人遂以每句用韻者爲柏梁體。然《柏梁》以前如漢高《大風歌》、荆卿《易水歌》……可見此體已久有之，不自《柏梁》始也。但聯句之每句用韻者，乃爲柏梁體耳。」

堂中畫像探題得杜子美

風雅久寂寞，吾思見其人〔一〕。杜君詩之豪，來者孰比倫〔二〕？生爲一身窮，死也萬世珍。言苟可垂後，士無羞賤貧〔三〕。

【題　解】

原輯《居士外集》卷四，無繫年，列皇祐元年至二年詩間。作於皇祐二年，時知潁州。與上二詩作於同時，同爲詩友聚會、分題吟詠之作。「附録」所引朱弁《風月堂詩話》，所言雖有小誤，但極詳細，應屬實。其中所言歐陽修「得『松』（實是「豐」）字」，「得鸜鵒螺杯」，「得橄欖」，三詩均繫於皇祐二年，而朱弁又言「又賦壁間畫像，公得杜甫」，則此詩亦作於同時。探題，指以抽簽方式分題賦詩。本詩借詠杜甫畫像，頌揚杜甫的詩歌成就，同時表達儒家「太上立言」的傳統思想。作爲北宋詩文革新的領袖，歐氏高度評價「韓柳文章李杜詩」，詩文創作並尊韓柳李杜。有人據歐《筆説·李白杜甫詩優劣説》論定歐氏揚李抑杜，論據並不充分。詩語疏暢，氣韻沉雄，温雅可誦。

【注　釋】

〔一〕「風雅」二句：很久不見關注現實的詩歌，我更加仰慕唐代現實主義大詩人杜甫。風雅：《詩經》中關注現實的《國風》和《大雅》、《小雅》。代指詩文。杜甫詩《戲爲六絶句》其六：「别裁僞體親風雅，轉益多師是汝師。」

〔二〕「杜君」二句：杜甫是唐代詩界英豪，他以後的詩人誰可以與之並論？歐《筆説·李白杜甫詩優劣説》：「杜甫於白得其一節，而精强過之。至於天才自放，非甫可到也。」比倫：比並，匹敵。

〔三〕「言苟」二句：一個讀書人，其詩文如果能像杜甫那樣垂範後世，即使終生貧賤，也絲毫不感到羞愧。

【附録】

朱弁《風月堂詩話》卷上：「歐公居潁上，申公吕晦叔作太守，聚星堂燕集，賦詩分韻。公得『松』字，申公得『雪』字，劉原父得『風』字，魏廣得『春』字，焦千之得『石』字，王回得『酒』字，徐無逸得『寒』字……又賦壁間畫像，公得杜甫，申公得李文饒，劉原父得韓退之，魏廣得謝安石，焦千之得諸葛孔明，王回得李白，徐無逸得魏鄭公。詩編成一集，流行於世，當時四方能文之士及館閣諸公，皆以不與此會爲恨。」

寄生槐

檜惟凌雲材，槐實凡木賤〔一〕。奈何柔脆質，累此孤高幹〔二〕。龍鱗老蒼蒼，鼠耳光粲粲〔三〕。因緣初莫原，感吒徒自歎〔四〕。偷生由附託，得勢爭葱蒨〔五〕。方其榮盛時，曾莫見真贋。欲知窮悴節，宜試以霜霰〔六〕。萌芽起微蘖，辨别乖先見。剪除初非難，長養遂成患〔七〕。雖然根性殊，常恐枝葉亂。惟應植者深，幸不習而變〔八〕。含容固有害，剿絶須明斷〔九〕。惟當審斤斧〔一〇〕，去惡無傷善。

【題　解】

原輯《居士集》卷四，繫皇祐二年。作於是年夏，時知潁州。題下原注：「一本題上有『答張推官庭檜』」。當爲答張洞推官《庭槐》詩而作。張洞，字仲通，開封祥符人。時任潁州推官，後入朝爲三司度支判官，歷江西、淮南轉運使，官至工部郎中。《宋史》卷二九九有傳。寄生槐，是一種葉似槐的寄生植物。這是一首託物寓意的詩作，闡述儒家善惡性理之説。寄生槐象徵託附權貴、作威作福的小人，淩雲之檜象徵正人君子，稱寄生槐是「偷生由附託，得勢爭蔥蒨」，必須及早剪除，以免「長養遂成患」，顯繫有感而發，攻擊矛頭直指那些依附權勢、讒陷直士的奸佞之徒，從中可以深切感受詩人愛恨分明的政治立場。通篇詠物抒懷，託物言志，比喻象徵手法的運用，强化了詩歌説服力與感染力。

【注　釋】

〔一〕「檜惟」二句：檜柏高聳挺拔，槐樹平庸猥瑣，這是兩種質地不同的樹木。檜：柏科，亦稱檜柏，常緑喬木。莖直立，幼樹的葉子象針，大樹的葉子象鱗片，雌雄異株，春天開花。木材桃紅色，有香味，細緻堅實。壽命可長達數百年。《詩·衛風·竹竿》：「淇水悠悠，檜楫松舟。」毛傳：「檜，柏葉松身。」淩雲材：高聳雲霄的木材。

〔二〕「奈何」二句：爲什麽質地柔脆的寄生槐，要死死地纏住獨立挺拔的檜樹呢？

〔三〕龍鱗：代指檜樹。檜樹皮斑斑多皺，如龍鱗，故稱。梅堯臣《檜詠》：「龍鱗已愛松身直，珠實還看柏華垂。」鼠耳：此謂槐樹葉像老鼠耳朵的樣子。《太平御覽》卷九五四引《淮南子》：「槐之生也，入季春五日而兔目，十日而鼠耳。」

〔四〕「因緣」二句：槐寄生于檜的由來，誰都没有去推究，大家秖是感到驚奇而發出嗟歎。因緣：憑藉，攀附。

〔五〕「偷生」二句：槐樹寄託檜柏而偷生，一旦得勢就與檜柏爭榮比翠。葱蒨：形容樹木青翠茂盛。

〔六〕「方其」四句：槐樹經霜落葉，檜是常緑喬木，秖有經過霜雪考驗，纔知曉槐、檜的不同節操。窮悴節：困頓憂愁時表現出來的節操。

〔七〕「萌芽」四句：檜、槐萌芽之初，彼此難以辨别。然禍患始於忽微，秖有防微杜漸，除惡防患才不難。微蘖：植物砍去又長出的細芽。

〔八〕「惟應」三句：檜樹秖有栽種得深，才能不受寄生槐的浸染而改變自己的本性。

〔九〕含容：寬容。剿絶：連根拔除。

〔一〇〕審斤斧：砍伐時要小心慎重。

【附録】

此詩輯入清康熙《御定佩文齋廣群芳譜》卷七四。

葉廷秀《詩譚》卷一點評曰：「《寄生槐》：『檜惟淩雲材，槐實凡木賤……翦除初非難，長養遂成患。（天下事未有不始於微，而成於著。）……惟當審斤斧，去惡無傷善。（《夬》之上六無號終有凶，何可以不慎。）』玩此詩，永叔其有深慮乎？《詩經》曰：『薈兮蔚兮，南山朝隮。』言小人在位，而氣焰衆盛也。《周易》曰：『履霜，堅冰至。』貴防之於早則可矣。」

聚星堂前紫薇花

亭亭紫薇花，向我如有意〔一〕。高煙晚溟濛，清露晨點綴〔二〕。豈無陽春月，所得時節異。靜女不爭寵，幽姿如自喜〔三〕。將期誰顧眄〔四〕，獨伴我憔悴。而我不彊飲，繁英行亦墜。相看兩寂寞，孤詠聊自慰〔五〕。

【題　解】

原輯《居士集》卷四，繫皇祐二年。作於是年夏末，時知潁州。聚星堂，《大清一統志》卷八九《潁州府》：「聚星堂在府治内。宋歐陽修守潁日，以前守晏殊、蔡齊、曾肇，倅吕公著皆一代名賢，建堂署内，曰『聚星』。有《聚星堂》詩。」紫薇花，又稱滿堂紅、百日紅，夏、秋之間開花，淡紅紫色或白色，美麗可供觀賞。此詩借詠夏季盛開的紫薇花，抒寫不隨流俗、甘守高潔的人生志向，表達對世態炎涼的感喟，對遭受不公平待遇的自我慰藉，其中「獨伴我憔悴」、「孤詠聊自慰」等詩句，亦含自鳴不平之憤慨。詠物抒懷，人花對語，構思精巧，物象、情感與理思融於一體。

【注釋】

〔一〕「亭亭」二句：孤峻高潔的紫薇花，似乎對我別有情意。　亭亭：直立貌，孤峻高潔貌。劉楨詩《贈從弟》其二：「亭亭山上松，瑟瑟谷中風。」　有意：歐《四月九日幽谷見緋桃盛開》詩：「向我有意偏依依」。

〔二〕「高煙」二句：傍晚籠罩著迷朦飄浮的煙霧，清晨點綴著晶瑩剔透的露珠。　溟濛：昏暗，景色模糊不清。

〔三〕「豈無」四句：哪是沒有百花爭豔的春天，衹是紫薇花所開的時節不同，她就象嫻雅的女子，不喜歡爭寵奪愛而孤芳自賞。　靜女：端莊嫻雅的女子。《詩・邶風・靜女》：「靜女其姝，俟我於城隅。」此處比作紫薇花。　自喜：自樂，自我欣賞。《莊子・秋水》：「於是焉河伯欣然自喜，以天下之美爲盡在己。」

〔四〕顧眄：看重，賞識。《南史・顔延之傳》：「仰竊過榮，增憤薄之性；私恃顧眄，成强梁之心。」

〔五〕「相看」二句：你我都是寂寞者，聊且吟詩，自慰自賞吧。

【附録】

此詩輯入清康熙《御定佩文齋廣群芳譜》卷三八。

紀德陳情上致政太傅杜相公二首

其一

儉節清名世絶倫，坐令風俗可還淳〔一〕。貌先年老因憂國，事與心違始乞身〔二〕。四海儀刑瞻舊德，一罇談笑作閒人〔三〕。鈴齋幸得親師席，東向時容問治民〔四〕。

其二

事國一心勤以瘁，還家五福壽而康〔五〕。風波已出憑忠信，松柏難凋耐雪霜。昔日青衫遇知己，今來白首再升堂〔六〕。里門每入從千騎，賓主俱榮道路光。

【題解】

原輯《居士集》卷一二，繫皇祐二年。作於是年秋，時知應天府。胡《譜》：皇祐二年「七月丙戌（一日），改知應天府，兼南京留守司事。己酉（二十四日），至府。」題下原注：「一云《與丞相太傅杜公唱和一十二首》，自此而下。」卷末題下校記：「京本作『某啟：謹吟成紀德陳情拙詩一章，拜獻太傅相公，雖不足游揚大君子之盛美，亦聊伸門下小子區區感遇之心。干冒臺嚴，伏惟俯賜采覽』。」紀德陳情，以詩紀杜氏之功德，陳杜公之恩情。致政，即致仕退休。太傅杜相公，即杜衍，字世昌，越州山陰人。大中祥符元年進士，出仕州郡，爲户部副使、河北都轉運使，歷御史中丞，判吏部流内銓、改知審官院，慶曆三年任樞密使，次年拜相。支持「慶曆新政」，新政失敗後，罷相出知兖州，慶曆七年致仕，退居應天府南京。《宋史》卷三一〇有傳。組詩「其一」主要讚頌杜衍忠心爲國之節操，「其二」著重表達個人知遇之恩。屬對工巧，警健沉鬱，是學杜之作。

【注釋】

〔一〕「儉節」二句：用《孟子·盡心下》「故聞伯夷之風者，頑夫廉，懦夫有立志」語意。杜甫《奉贈韋左丞丈二十二韻》：「再使風俗淳。」宋劉延世編《孫公談圃》：「杜祁公爲人清約，平生非賓客不食羊肉。時朝多恩賜，請求無不從，祁公尤抑倖，所請皆封還。其有私謁，上曰：『朕無不可，但這白鬚老子不肯。』」

〔二〕「貌先」二句：杜衍因心憂國事而身體早衰。歐《祭杜祁公文》：「公居於家，心在於國，思慮精深，言辭感激。或達旦不寐，或憂形於色，如在朝廷而有官責。嗚呼！進不知富貴以爲容，退不忘天下以爲心，故行於己者老益篤，而信於人者久愈深。人之愛公，寧有厭已。」參見「附録」葉夢得《石林詩話》卷上紀事。乞身：古代以作官爲委身事君，故稱請求辭職爲乞身。《史記·張儀列傳》：「今齊王甚憎儀，儀之所在，必興師伐之，故儀愿乞其不肖之身之梁，齊必興師伐之。」

〔三〕四海：代指天下。儀刑：法式，模範。《詩·大雅·文王》：「儀刑文王，萬邦作孚。」

〔四〕鈴齋：古代州郡長官辦事的地方。唐韓翃《贈鄆州馬使君》詩：「他日鈴齋内，知君亦賦詩。」師席：歐《答太傅相公見贈長韻》「凋零鶯谷友」句下自注：「修與尹師魯、蘇子美同出門下。」東向：古代公侯將相以坐西向東爲尊。

〔五〕「事國」二句：杜衍一生事國勤苦，致仕歸家五福俱全。瘁：勞累。《詩·小雅·北山》：「或燕燕居息，或盡瘁事國。」五福：五種幸福。《尚書·洪範》：「五福：一曰壽，二曰富，三曰康寧，四曰攸好德，五曰考終命。」漢桓譚《新論》：「五福：壽、富、貴、安樂、子孫衆多。」

〔六〕「昔日」二句：歐景祐元年在京任館閣校勘，結識杜衍，受其賞識，今日有幸重逢，仍執弟子之禮。青衫遇知己：歐《跋杜祁公書》：「景祐中爲御史中丞，時余以鎮南軍掌書記爲館閣校勘，始登公門，遂見知獎。」青衫，古時學子所穿之服，借指學子、書生。又唐制，文官八品、九品服以青，泛指官職卑微者。

【附　録】

《歐集》卷七三《跋杜祁公書》：「余以尚書禮部郎中、龍圖閣直學士留守南都，公已罷相致仕於家者數年矣。余歲時率僚屬候問起居。」

葉夢得《石林詩話》卷上：「杜正獻公自少清羸，若不勝衣，年過四十，鬢髮即盡白。雖立朝孤峻，凜然不可屈，而不爲奇節危行，雍容持守，不以有所不爲爲賢，而以得其所爲爲幸。歐陽文忠公素出其門。公謝事居宋，文忠適來爲守，相與歡甚。公不甚飲酒，惟賦詩倡酬，是時年已八十，然憂國之意，猶慷慨不已，每見於色。歐公嘗和公詩，有云：『貌先年老因憂國，事與心違始乞身。』公得之大喜，常自諷誦。當時以爲不惟曲盡公志，雖其形貌亦在摹寫中也。」按：又見胡仔《苕溪漁隱叢話》前集卷二七、祝穆《古今事文類聚》後集卷二〇、單宇《菊坡叢話》卷二〇。

葛立方《韻語陽秋》卷一八：「歐公與尹師魯、蘇子美俱出杜祁公之門。歐公雖貴，猶不替門生之禮，和祁公詩云：……又云：『昔日青衫遇知己，今來白首再升堂。』蓋未嘗一日忘祁公也。張芸叟有荆公哀詞四首，有『慟哭一聲惟有弟，故時賓客合如何。』又云：『今日江湖從學者，人人諱道是門生。』蓋深病人情之薄也。其歐公之罪人哉！」按：又見陳繼儒《佘山詩話》

葉廷秀《詩譚》卷一〇：「歐陽文忠《上致政太保杜相公》云：『儉節清名世絶倫，坐令風俗可還淳。貌先年老因憂國，事與心違始乞身。四海儀刑瞻舊德，一樽談笑作閒人。鈴齋幸得親師席，東向時容問治民。』按此詩乃知士君子居官美政，居家美俗，至念廑國家，則未可一日忘也。歐陽公好士，爲天下第一。士有一言中於道，不遠千里而求之，甚於士之求公。至退休于潁水之上，猶論士之賢者，惟恐其不聞於世。其殷殷務世，豈以在野而忘情哉！故《上致政相公》有味於『問治民』之句也。」

趙翼《甌北詩話》卷一一評頷聯云：「意更沉鬱深摯，即少陵集中，亦無可比擬也。」

陸以湉《冷廬雜識》卷六：「歐陽公七律，卓鍊警健處，令人百誦不厭。如……《上杜相公》：『貌先年老因憂國，事與心違始乞身。』……此最著稱於後世者。」

太傅杜相公索聚星堂詩謹成

楚肆固知難衒玉，丘門安敢輒論詩〔一〕。藏之十襲真無用，報以雙金豈所宜〔二〕。已恨語言多猥冗，況因盃杓正淋漓〔三〕。願投几格資哈噱，欲展須於欲睡時〔四〕。

【題　解】

原輯《居士集》卷一二，繫皇祐二年。作於是年秋，時知應天府。題下原注：「一本云『太傅相公寵答佳篇，仍索拙詩副本，謹吟成四韻，以叙鄙懷』。」卷末題下校記：「京本作『某啟：伏蒙太傅相公寵答佳篇，仍索拙詩副本，謹吟成四韻，以叙鄙懷，兼伸感慰』。」太傅杜相公，即杜衍，字世昌。參見本書《紀德陳情上致政太傅杜相公二首》題解。聚星堂，《江南通志》卷三六《輿地志·古跡·潁州府》：「聚星堂，在府城舊州治内。歐陽修守潁州，一時從游者皆名流，故以『聚星』名堂。」聚星堂詩，參見本書《人日聚星堂燕集探韻得豐字》、《聚星堂前紫薇花》題解。歐自謙詩拙，班門弄斧，祇能聊供杜衍一笑。用典自然，裁對工穩，情韻兼勝。

【注釋】

〔一〕「楚肆」二句：詩人覺得在行家杜相公門前論詩，簡直是班門弄斧。楚肆：楚國的街市。衒玉：誇耀美玉。此處暗用「和氏璧」典故。《三國志·蜀志·秦宓傳》：「卞和衒玉以耀世。」丘門：孔丘之門。輒：擅自，專擅。《資治通鑑·晉武帝泰始八年》：「朝廷猝聞召萬兵，必不聽；不如輒召，設當見卻，功夫已成，勢不得止。」胡三省注：「輒，專也。」

〔二〕十襲：把物品一層又一層地包裹起來，以示珍貴。《藝文類聚》卷六引《闞子》：「宋之愚人得燕石於梧臺之東，歸而藏之，以爲寶。周客聞而觀焉。主人齋七日，端冕玄服以發寶，革匱十重，緹巾十襲。客見之掩口而笑曰：『此特燕石耳，殆與瓦甓不殊。』」雙金：雙南金，指品級高、價值貴一倍的優質銅，後亦指黄金。此指杜衍贈詩人的兩首詩，在歐氏唱和詩中屢屢提及，如《和太傅杜相公寵示之作》中的「兩辱嘉篇永爲寶」、《答杜相公惠詩》中的「二寶收藏傳百世」等。

〔三〕猥冗：煩瑣，蕪雜。明胡應麟《少室山房筆叢·九流緒論中》：「王充氏《論衡》八十四篇，其文猥冗蘮沓，世所共輕。」盃杓：酒杯和勺子。借指飲酒。

〔四〕「願投」二句：我還是願意將詩歌投贈杜公，以資一笑，詩作不好，想讀最好選擇打瞌睡的時候，它可以催眠。几格：亦稱「几閣」。書櫥，書架。《漢書·刑法志》：「文書盈于几閣，典者不能徧睹。」哈噱：聊供一笑。

【附録】

朱弁《風月堂詩話》卷上：「聚星堂詠雪，約云：玉月梨花練絮白舞鵝鶴等事，皆請勿用。杜祁公覽之嗟賞，作詩贈歐公云：『嘗聞作者善評議，詠雪言白匪精思。及窺古人今人詩，未能一一去其類：不將柳絮比輕揚，即把梅花作形似。或誇瓊樹鬪玲瓏，或取瑶臺造嘉致；散鹽舞鶴實有徒，吮墨含毫不能既。深悼無人可踐言，一旦見君何卓異。』又云：『萬狀驅從物外來，終篇不涉題中意。宜乎衆目詩之豪，便合登壇推作帥。回頭且報郢中人，從此《陽春》不爲貴。』祁公耆德碩望，歐公爲文章宗師，祁公禮所宜厚。然前輩此風類多有之，所可歎息者，後來無繼耳。」

和太傅杜相公寵示之作

平生孤拙荷公知，敢向公前自衒詩〔一〕？憂患飄流誠已甚，文辭衰落固其宜〔二〕。非高僅比巴音下，少味還同魯酒漓〔三〕。兩辱嘉篇永爲寶，豈惟榮耀詫當時〔四〕。

【題解】

原輯《居士集》卷一二，繫皇祐二年。作於是年秋，時知應天府。題下原注：「一本『屢賜嘉篇褒借，謹依元韻，聊述愧佩之意』。」卷末題下校記：「京本作『某啟：伏蒙累賜嘉篇，過形褒借，在於庸拙，何以當之？謹依元韻課成一首，聊述媿佩之意』。」杜相公，即杜衍，字世昌。參見本書《紀德陳情上致政太傅杜相公二首》題解。詩人感荷杜氏知遇之恩，自歎憂患餘生，文辭衰落，稱道兩番惠詩永爲珍藏之至寶。對仗工整，詩風平和，情感與思理融爲一體。

【注釋】

〔一〕「平生」二句：自己孤陋才拙，承蒙知遇之恩，怎敢在你面前誇耀詩文。荷公知：歐《跋杜祁公書》：「景祐中爲御史中丞，時余以鎮南軍掌書記爲館閣校勘，始登公門，遂見知獎。」

〔二〕「憂患」二句：自己一生飄零，多罹憂患，文章隨之衰落也是理所當然。

〔三〕「非高」二句：謙指自己的文章，就象巴音一樣鄙俗，象魯酒一樣淡薄。巴音：古代巴地流行的民間歌曲，即「下里巴人」之音，喻指文章鄙俗。魯酒：魯國出産的酒。味淡薄。後作爲薄酒、淡酒的代稱。庾信《哀江南賦》序：「楚歌非取樂之方，魯酒無忘憂之用。」漓：淡薄，淺薄。

〔四〕「兩辱」二句：杜公的兩次贈詩將作爲珍藏之寶物，它所帶來的榮耀將影響久遠。兩辱：杜衍兩次給自己惠寄的詩作。

太傅杜相公有答兗州待制之句其卒章云獨無風雅可流傳因輒成

南都已見成新集，東魯休嗟未作詩〔一〕。霖雨曾爲天下福，甘棠何止郡人思〔二〕。元劉事業時無取，姚宋篇章世不知〔三〕。二美惟公所兼有，後生何者欲攀追〔四〕。

【題　解】

原輯《居士集》卷一二，繫皇祐二年。作於是年秋，時知應天府。題中「因輒成」原本校云：「一本作『因成四韻』。」杜相公，即杜衍，字世昌。參見本書《紀德陳情上致政太傅杜相公二首》題解。

兖州待制，當指王素。《長編》卷一六〇紀事，杜衍慶曆七年正月由知兖州致仕，《長編》卷一七一注：「皇祐三年四月辛丑，王素自兖州徙知渭州。」《華陽集》卷三七《王懿敏公素墓誌銘》有云：「知兖州，復以天章閣待制知渭州。」杜衍賦詩婉歎兖州任上「獨無風雅可流傳」，詩人就此而興感慨，讚揚杜氏立功立言，兼備姚崇、宋璟之功業及元稹、劉禹錫之文章。詩思曲折，對仗工巧，情致深婉。

【注釋】

〔一〕「南都」二句：杜公退居南京已有新詩集流傳，何必嗟歎兖州任上未曾作詩。南都：應天府南京，即今河南商丘。東魯：兖州。杜衍慶曆四年（一〇四四）出知山東兖州，七年（一〇四七）致仕，退居南都。

〔二〕「霖雨」二句：杜公勤政爲民謀福祉，其恩澤遺愛自當爲百姓所銘記。霖雨：甘雨，時雨。多喻濟世澤民。甘棠：《詩·召南·甘棠》：「蔽芾甘棠，勿翦勿伐，召伯所茇。」毛詩序：「《甘棠》美召伯也。召伯之教，明於南國。」《史記·燕召公世家》：「召公之治西方，甚得兆民和。召公巡行鄉邑，有棠樹，決獄政事其下，自侯伯至庶人各得其所，無失職者。召公卒，而民人思召公之政，懷棠樹不敢伐，歌詠之，作《甘棠》之詩。」後遂以「甘棠」稱頌循吏的美政和遺愛。

〔三〕「元劉」二句：詩人以爲元稹、劉禹錫二人文學有成，政事無取；姚崇、宋璟二人政績卓著，文章無傳。」元劉：元稹與劉禹錫。元稹字微之，河南洛陽人。《新唐書》本傳：「稹尤長於詩，與居易名相埒，天下傳諷，號『元和體』，往往播樂府。穆宗在東宫，妃嬪近習皆誦之，宫中呼元才子。」劉禹錫，字夢得，中山人。《新唐書》本傳：「禹錫恃才而廢……乃以文章自適。素善詩，晚節尤精，與白居易酬復頗多。居易以詩自名者，嘗推爲『詩豪』，又言：『其詩在處，應有神物護持。』」姚宋：姚崇與宋璟。姚崇字元之，陜州硤石人。參見本書《答朱寀〈捕蝗詩〉》注〔七〕。宋璟，邢州南和人，唐玄宗開元年間名相。

〔四〕「二美」二句：杜衍立功立言，兼具元、劉文才和姚、宋功業，後輩無人能够追攀。

【附録】

王銍《四六話》卷上：「文章有彼此相資之事，有彼此相須之對，有彼此相須而曾不及當時事，此所以助發意思也。唐人方有此格，謂之互換格，然語猶拙，至後人襲用講論而意益妙。如楊汝士《陪裴晉公東雒夜宴詩》曰：『昔日蘭亭無豔質，此時金谷有高人。』止於此而已。至永叔和杜祁公詩曰：『元劉事業時無取，姚宋篇章世不知。二美惟公所兼有，後生何者欲攀追。』其後，蘇明允《代人賀永叔作樞密啟》曰：……此又何啻出藍更青，研朱益丹也。」

單宇《菊坡叢話》卷一：「唐姚元崇《秋夜望月》詩云：『明月有餘鑑，羈人殊未安。桂含秋樹晚，影入夜池寒。灼灼雲枝淨，光光草露團。所思迷所在，長望獨長歎。』歐公詩曰：『元、劉事業時無取，姚、宋篇章世不知。」宋廣平有《梅花賦》，姚元崇亦有此等詩，未可忽也。起句稍健，最佳。」

太傅相公入陪大祀以疾不行聖恩優賢詔書俞允發於感遇紀以嘉篇小子不揆輒亦課成拙惡詩一首

驛騎頻來急詔隨，都人相與竊嗟咨〔一〕。自非峻節終無改，安得清衷久益思〔二〕。前席蓋將求讜議，在廷非爲乏陪祠〔三〕。尊賢優老朝家美，他日安車召未遲〔四〕。

【題　解】

原輯《居士外集》卷六，繫皇祐二年。作於是年秋，時知應天府。杜相公，即杜衍，字世昌。參見本書《紀德陳情上致政太傅杜相公二首》題解。《宋史》卷一二《仁宗本紀》：皇祐二年九月「庚戌（二十七日），饗太廟。辛亥，大饗天地於明堂，以太祖、太宗、真宗配，如圜丘。大赦，百官進秩一等。」杜衍被召陪祠明堂，因病獲允辭命。此詩讚揚杜衍峻節清操，德高望重，以爲日後必將再受朝廷徵召陪祠。有感而賦，淡語高致，情深意長。

【注　釋】

〔一〕急詔：《長編》卷一六九皇祐二年九月「丙申，詔太子太保致仕杜衍、太子太傅致仕任布陪祀明堂……衍手疏以疾辭。」

〔二〕清衷：純潔的内心。宋邵雍《履道會飲》詩：「清衷貫金石，劇談驚鬼神。」

〔三〕「前席」二句：皇帝虚前席以召大臣，旨在徵求直言讜論，決非在朝大臣缺乏陪同祭祠之人。前席：《史記·商君列傳》：「衛鞅復見孝公。公與語，不自知膝之前于席也。」後以「前席」謂欲更接近而移坐向前。李商隱《賈生》詩：「可憐夜半虚前席，不問蒼生問鬼神。」讜議：剛直的議論，直言不諱的議論。《晉書·羊祜傳》：「其嘉謀讜議，皆焚其草，故世莫聞。」

〔四〕朝家：指皇帝。宋吴自牧《夢粱録·元旦大朝會》：「次至玉津御園射弓，朝家選能射武臣伴射，就園賜宴。」安車：古代可以坐乘的小車。古車立乘，此爲坐乘，故稱安車。供年老的高級官員及貴婦人乘用。高官告老還鄉或徵召有重望的人，往往賜乘安車。安車多用一馬，禮尊者則用四馬。《周禮·春官·巾車》：「安車，雕面鷖總，皆有容蓋。」鄭玄注：「安車，坐乘車。凡婦人車皆坐乘。」

蟲　鳴

葉落秋水冷，衆鳥聲已停。陰氣入牆壁，百蟲皆夜鳴〔一〕。蟲鳴催歲寒，唧唧機杼聲〔二〕。時節忽已换，壯心空自驚。平明起照鏡，但畏白髮生〔三〕。

【題　解】

原輯《居士集》卷五，無繫年，列皇祐二年詩間。作於是年秋，時知應天府。詩人借蟲鳴抒寫年華已逝、老來堪悲。詩旨與《秋聲賦》相近，可相參讀。作者飽經仕途風霜之後，感悟人生，體驗生命，有壯志難酬的惆悵，更有悲秋歎老的感傷。擺脱以往詠物窠臼，發掘事物人文特質，託物以諷，詠物明志，寄意深遠。

【注　釋】

〔一〕「葉落」四句：隨著時令變遷，蟲鳴鳥叫也發生變化。　陰氣：寒氣，肅殺之氣。《管子·形勢解》：「秋者陰氣治下，故萬物收。」

〔二〕唧唧：此摹秋蟲鳴聲。化用《木蘭辭》：「唧唧復唧唧，木蘭當户織。」

〔三〕「時節」四句：時節的變化，促使詩人自省自警，感慨壯志未酬，早生華髮。鮑照《秋日詩》：「枯桑葉易落，疲客心易驚。」

【附　録】

此詩輯入明曹學佺《石倉歷代詩選》卷一四〇，又輯入清管庭芬、蔣光煦《宋詩鈔補·歐陽文忠詩補鈔》。

贈廬山僧居訥

方瞳如水衲披肩，邂逅相逢爲灑然〔一〕。五百僧中得一士，始知林下有遺賢〔二〕。

【題　解】

原輯《居士外集》卷六，無繫年，列皇祐二年詩後。作於是年秋，時知應天府。廬山，參見本書《送曇穎歸廬山》題解。居訥，字中敏，梓州中江人。十一歲在漢州什邡竹林寺出家，十七歲試法華，得度受具，以講學冠兩川。後游荆楚江右，曾住廬山歸宗寺、圓通寺，道價日增，仁宗賜號「祖印禪師」。熙寧四年卒。生平事蹟見曹學佺《蜀中廣記》卷八九《高僧記》第九、釋惠洪《禪林僧寶傳》卷二六《圓通訥禪師》等。宋王令《廣陵集》卷九亦有《贈廬山老居訥》詩。本詩讚揚廬山僧居訥貌異材高，譽之爲僧中儒士與林下遺賢。語言淺白，意境渾成，敬重之情，溢於言表。

【注　釋】

〔一〕「方瞳」二句：邂逅相逢時，見居訥有長壽之相，頗覺驚異。方瞳：方形的瞳孔。古人以爲長壽之相。李白詩《游太山》其二：「山際逢羽人，方瞳好容顔。」王琦注：「按仙經云：八百歲人瞳子方也。」衲：僧衣。因其常用許多碎布拼綴而成，故稱。白居易《贈僧·自遠禪師》詩：「自出家來長自在，緣身一衲一繩牀。」灑然：驚異貌。《莊子·庚桑楚》：「庚桑子之始來，吾灑然異之。」

〔三〕「五百」二句：讚美居訥極有儒學才識，爲當世遺賢。惠洪《禪林僧寶傳》卷二六《圓通訥禪師》：「歐陽文忠公貶異立教者，獨尊敬訥。」五百僧：即五百羅漢。佛教語。常隨釋迦聽法傳道的五百弟子。《十誦律》卷四：「今日世尊與五百羅漢入首波城。」遺賢：棄置未用的賢材。宋王令《贈廬山老居訥》稱頌居訥禪師：「標韻樂天淳，不肯外禮假……高才可施用，售世嗟無價。」

【附　録】

惠洪《禪林僧寶傳》卷二六《圓通訥禪師》：「禪師名居訥，字中敏，出於蹇氏，梓州中江人。生而英特，讀書過目成誦。年十一，去依漢州什邡竹林寺元昉，十七試法華，得度受具於穎真律師，以講學冠兩川……訥於是出蜀，放浪荆楚，屢閲寒暑，迄無所得，西至襄州洞山，留止十年……後游廬山，道價日增，南康太守程師孟請住歸宗，遂嗣榮禪師，又住圓通。仁宗皇帝聞其名，皇祐初詔住十方淨因禪院，訥稱目疾不能奉詔，有旨令舉自代，遂舉僧懷璉……既老，休居於寶積喦。熙寧四年三月十六日無疾而化。」

歐陽修詩編年箋注卷十

皇祐三年至和元年作

答杜相公寵示去思堂詩

當年丞相倦洪鈞，弭節初來潁水濆〔一〕。惟以琴罇樂嘉客，能將富貴比浮雲〔二〕。西溪水色春長緑，北渚花光暖自薰〔三〕。得載公詩播人口，去思從此四夷聞〔四〕。

【題解】

原輯《居士集》卷一二，繫皇祐三年（一〇五一）。作於是年春，詩人時年四十五歲，知應天府。卷末題下校記：「京本作『某啟：伏蒙寵示去思堂詩，曲有褒揚，形于雅韻，有以見大君子樂善之心，而小子蒙幸之厚也。謹課七言四韻叙謝』。」杜相公，即杜衍，字世昌。參見本書《紀德陳情上致政太傅杜相公二首》題解。去思堂，亦稱清漣閣。《大清一統志》卷八九《潁州府》：「去思堂在府城内。

宋晏殊以使相知潁州，於北渚建清漣閣，殊既去，民思之，改今名。」此詩記述潁州去思堂來歷，稱賞堂主晏殊淡泊名利、游宴賦詩的悠閒生活。詩法杜甫，構思巧妙，裁對精工，字句尤見錘煉功夫。

【注釋】

〔一〕「當年」二句：晏殊慶曆四年（一〇四四）九月罷相，以工部尚書出知潁州。洪鈞：本指天，此喻國家政權。唐李德裕《離平泉馬上作》詩：「十年紫殿掌洪鈞，出入三朝一品身。」弭節：駐節，停車。節，車行的節度。《楚辭·離騷》：「吾令羲和弭節兮，望崦嵫而勿迫。」洪興祖補注：「弭，止也。」潁水濆：指潁州。濆，水邊，涯岸。《詩·大雅·常武》：「鋪敦淮濆，仍執醜虜。」毛傳：「濆，涯。」

〔二〕「惟以」二句：祇樂於以琴瑟酒宴款待天下賓客，將榮華富貴視爲浮雲糞土。比浮雲：《論語·述而》：「不義而富且貴，於我如浮雲。」

〔三〕薰：香草名，此指花香。《文選·江淹〈别賦〉》：「閨中風暖，陌上草薰。」李善注：「薰，香氣也。」此句下原注：「去思堂在北渚之北，臨西溪。溪，晏公所開也。」

〔四〕公詩：杜衍《去思堂詩》。已軼。四夷：古代華夏族對四方少數民族的統稱，含有輕蔑之意。《尚書·畢命》：「四夷左衽，罔不咸賴。」孔傳：「言東夷、西戎、南蠻、北狄，被髮左衽之人，無不皆恃賴三君之德。」此指邊遠地。

【附　録】

此詩輯入清陳訏《宋十五家詩選·廬陵詩選》。

答太傅相公見贈長韻

蹤跡本羈單，登門二十年〔一〕。平生任愚拙，自進恥因緣〔二〕。憂患經多矣，疲駑尚勉旃〔三〕。凋零鷺谷友，憔悴雁池邊〔四〕。忽忽良時失，區區俗慮闐〔五〕。公齋每偷暇，師席屢攻堅。善誨常無倦，餘談亦可編〔六〕。仰高雖莫及，希驥豈非賢〔七〕。報國如乖願，歸耕寧買田〔八〕。期無辱知己，肯逐利名遷？

【題　解】

原輯《居士集》卷一二，繫皇祐三年。作於是年春，時知應天府。卷末題下校記：「京本作『某啟：伏蒙寵示長篇，過褒後學，其爲榮幸，何可勝言！輒述鄙懷，聊叙感槩，隨高韻，文不盡誠，仰浼臺慈，實深媿懼』。」太傅相公，即杜衍，字世昌。參見本書《紀德陳情上致政太傅杜相公二首》題解。

詩人感慨宦海浮沉，飽經憂患，而疲憊憔悴之餘，自歎報國乖願，甘願歸隱田園，不幸負對方的知遇之恩。叙事寫懷，文氣流轉，舒緩平實之中，隱寓峭拔之氣格。

【注　釋】

〔一〕「蹤跡」二句：自己出身寒微，少年憂患，二十年前結識杜公。　羈單：羈旅孤單。此指寒微，出身卑賤。　登門二十年：歐《跋杜祁公書》有云：「公當景祐中爲御史中丞。時余以鎮南軍掌書記，爲館閣校勘，始登公門，遂見知獎。」

〔二〕愚拙：愚頑而笨拙。　恥因緣：以拉關係、找後臺、往上爬爲恥辱。

〔三〕疲駑：疲勞而駑鈍。　勉旃：努力吧。多於勸勉時用之。

〔四〕「凋零」二句：尹洙死于慶曆七年，蘇舜欽卒于慶曆八年，同出門下者秖剩下應天府裏衰病而困頓的我。首句下原注：「修與尹師魯、蘇子美同出門下。」　鷽谷友：仕宦人貧賤時的朋友，指患難之交。鷽谷，鷽處幽谷，比喻人未顯達時的處境。　雁池：漢梁孝王劉武所築兔園中的池沼名。兔園，也稱梁園。在應天府（今河南商丘）東。爲游賞與延賓之所。《西京雜記》卷二：「梁孝王好營宫室苑囿之樂，作曜華之宫，築兔園。」

〔五〕忽忽：倏忽，急速貌。《楚辭·離騷》：「欲少留此靈瑣兮，日忽忽兮其將暮。」　闐：充滿，填塞。班固《西都賦》：「人不得顧，車不得旋，闐城溢郭，旁流百廛。」

〔六〕「餘談」句下原注：「每接公論議，皆立朝行己之節。至於談笑之間，亦多記朝廷故事。皆可紀録，以貽後生。」

〔七〕仰高：見賢思齊，仰慕高義。《詩·小雅·車舝》：「高山仰止，景行行止。」希驥：謂仰慕才俊。《後漢書·趙壹傳》：「君學成師範，縉紳歸慕，仰高希驥，歷年滋多。」李賢注：「《法言》曰：『希驥之馬，亦驥之乘；希顔之士，亦顔之徒。』希，慕也。」

〔八〕乖愿：背離愿望。

【附録】

葛立方《韻語陽秋》卷一八：「歐公與尹師魯、蘇子美俱出杜祁公之門。歐公雖貴，猶不替門生之禮，和祁公詩云：……又云：『公齋每偷暇，師席屢攻堅。善誨常無倦，餘談亦可編。』……蓋未嘗一日忘祁公也。張芸叟有荆公哀詞四首，有『慟哭一聲惟有弟，故時賓客合如何』。又云：『今日江湖從學者，人人諱道是門生。』蓋深病人情之薄也。其歐公之罪人哉！」按：又見陳繼儒《佘山詩話》。

答杜相公惠詩

藥苗本是山家味，茶具偏於野客宜〔一〕。敢以微誠將薄物，少資清興入新詩〔二〕。言無俗韻精而勁，筆有神鋒老更奇〔三〕。二寶收藏傳百世，豈惟榮耀詫當時〔四〕。

【題解】

原輯《居士集》卷一二，繫皇祐三年。作於是年春，時知應天府。題下原注：「一本云：近以藥苗、茶具爲獻，伏蒙報以嘉篇云云。謹于別韻，課成一首。」卷末題下校記：「京本作『某啟：近以藥苗、茶具爲獻，伏蒙報以嘉篇，而清韻孤高，無容攀企，牽强累日，終不能成，智力俱疲，不知自止。謹于別韻，課成一首，伏惟采覽』。」杜相公，即杜衍，字世昌。參見本書《紀德陳情上致政太傅杜相公二首》題解。詩人贈送杜衍茶葉茶具，獲杜氏回贈詩作一首，此詩自謙己作不好，讚揚回贈二詩無論詩歌、墨寶均爲傳世傑作。詩格老成平和，比喻形象，筆酣情足，意蘊深長。

【注釋】

〔一〕「藥苗」二句：茶葉與茶具本就適宜山家、野客生活。藥苗：茶葉。宋蘇頌詩《和劉明仲都曹見別三首》其三：「茗飲藥苗留待客，時時賓友自過從。」句下附注：「予飲酒絕少，但喜啜茶，家山多藥芽，可爲籩實。」野客：村野之人，借指隱逸者。

〔二〕「敢以」二句：贈送杜衍茶葉茶具，希望能引發詩興。微誠：微薄的誠意。常用作謙詞。陸機《謝平原內史表》：「臣之微誠，不負天地。」

〔三〕「言無」二句：杜衍年紀越大，詩作越清新高雅，書法越精煉遒勁。歐《太子太師致仕杜祁公墓誌銘》：「自少好學，工書畫，喜爲詩，讀書雖老不倦。」又宋刊本《歐集》卷七三後續添《書杜祁公帖石本後》：「祁公真楷有法，筆力精勁，爲世所貴。」　俗韻：鄙俗而不高雅的情味。

〔四〕「二寶」二句：杜衍回贈的兩首詩，將作爲傳家寶永久珍藏，豈秖是在今天引以爲榮。

【附録】

周必大《文忠集》卷一九《跋杜祁公詩》：「右杜祁公《酬九華吴殿院鼠鬚筆》古、律詩各一篇……《仁録》本傳云：『晚年喜爲草書。』而歐陽公詩亦云：『言無俗韻精而勁，筆有神鋒老更奇。』皆紀實也」。

送張洞推官赴永興經略司

自古天下事，及時難必成。爲謀於未然，聰者或莫聽。患至而後圖，智者有不能。未遠前日悔，可爲來者銘〔一〕。熙熙彼西人，老死織與耕。狂羝一朝叛，烽火四面驚。用兵五六年，首惡竟逃刑〔二〕。仰賴天子聖，乾坤量包並。苗頑不率德，舜羽舞於庭。謂此雖異類，有生亦含情。藩籬被觸突，譬若豨與羺。馴擾以芻豢，可呼隨指令〔三〕。稱藩效臣職，冠帶復人形。四海得休息，瘡痍肉新生〔四〕。敢問前孰失，恃安而弛兵。酒肴爲善將，循默乃名卿。慮患謂生事，高談笑難行。一方兵遽起，愚智共營營〔五〕。上煩天子仁，旰食憂吾氓。謀議及臺皂，幽棲訪巖扃〔六〕。小利不足爲，涓流助滄溟。大功難速就，倉卒始改更。徒自益紛擾，何由集功名。乃知深遠畫，施設在安平〔七〕。今也實其時，鑑前豈非明。嚴嚴經略府，罇俎集豪英。千營飽而嬉，萬馬牧在坰〔八〕。相公黄閣老，與國爲長城。張子美而秀，文章博群經。從軍古云樂，知己士所榮。感激報恩義，當來請長纓〔九〕。

【題解】

原輯《居士集》卷五，繫皇祐二年，誤。當作於皇祐三年春，時知應天府。題下原注：「一本云『送張推官掌機宜』。」梅堯臣《宛陵先生集》卷三八有《送張推官洞赴晏相公辟》詩，朱東潤亦繫今年。張洞，字仲通，開封祥符人。官至工部郎中。參見本書《寄生槐》題解。《宋史·張洞傳》有云：「晏殊知永興軍，奏管勾機宜文字。殊儒臣，喜客，游其門者皆名士，尤深敬洞。」永興經略使，即永興軍路軍事機構，爲陝西四路經略安撫使司之一，治所在京兆府（今陝西西安）。《長編》卷一七五皇祐五年閏七月辛未（四日）記載：「知永興軍晏殊秩將滿。」周必大《益公題跋》卷四《跋歐陽文忠公與張洞書》有云：「皇祐三年，（張洞）從晏元獻公（殊）辟于長安，文忠時守南京。」詩人爲朋友張洞送行，敘寫宋夏議和以來的利弊得失，勉勵張洞奔赴西部前綫，爲國家建功立業。作者以文爲詩，時已成熟，然通篇議論，形象欠缺，情韻不足，有似一篇押韻論説。

【注釋】

〔一〕「自古」八句：世事必須早作謀劃，防患於未然。歷史的教訓值得記取。前日悔：前事之鑑。悔，過失，災禍。《公羊傳・襄公二十九年》：「飲食必祝，曰：『天苟有吴國，尚速有悔於予身。』」何休注：「悔，咎。」

〔二〕「熙熙」六句：康定、慶曆以來，党項族首領元昊擅行稱帝，建立西夏國。此後，西夏軍侵宋，宋軍一敗再敗。慶曆四年宋夏議和，宋册封元昊爲夏國主，並每年賜予大量絹、銀、茶等。熙熙：和樂貌。《漢書・禮樂志》：「衆庶熙熙，施及夭胎。」顔師古注：「熙熙，和樂貌也。」羝：古代我國西部的一個部落名。曾建立前秦、後梁等政權。此指元昊。

〔三〕「仰賴」十句：仁宗以包容天地的胸懷寬恕元昊叛逆，堅持禮樂教化，使西夏稱臣，就像野獸被豢養，可以馴導安撫。 苗頑：有苗，三苗，我國古代部落名。此處代指元昊。 率德：遵循德義。《尚書・蔡仲之命》：「惟爾率德改行，克慎厥猷。」孔傳：「言汝循祖之德。」 舜羽：舜帝對「苗頑」施以禮樂教化。《書・大禹謨》：「苗民逆命……帝乃誕敷文德，舞干羽於兩階，七旬，有苗格。」羽，古代用雉羽製成的舞具，文舞者所持。 樊籬：用竹木編成的籬笆。此指宋朝邊防綫。 豨：野豬。 羺：同「羚」。羚羊。 馴擾：順服。《文選・禰衡〈鸚鵡賦〉》：

「矧禽鳥之微物，能馴擾以安處！」李善注：「薛君《韓詩章句》曰：鳥，微物也。《説文》曰：馴，順也。《漢書・音義》應劭曰：擾，馴也。」芻豢：泛指牛、羊等家畜。

〔四〕「稱藩」四句：元昊得到實惠，又受仁德感化，臣服宋廷，就像動物穿衣戴帽，獸性得以改變。天下戰火弭滅，百姓休養生息。瘡痍：本指瘡疤，此喻社會疾苦。杜甫《雷詩》：「故老仰面啼，瘡夷向誰數。」

〔五〕「敢問」八句：論析慶曆議和的得失。恃安而弛兵：沉湎安逸而弛廢軍備防務。歐《論軍中選將劄子》：「今軍帥暗懦非其人，禁兵驕惰不可用，此朝廷自以爲患，不待臣言而可知也。」酒肴爲善將：大吃大喝者竟成了名將。蘇舜欽《慶州敗》詩指斥鄜延都監黄德和，有云：「國家防塞今有誰？官爲承制乳臭兒。酣觴大嚼乃事業，何嘗識會兵之機。」循默乃名卿：保持緘默、無所事事的成了名臣，指無補時政的宰相張士遜。《宋史紀事本末》卷六：康定元年「夏五月壬辰，張士遜罷，以吕夷簡同平章事。時軍興，機務填委，士遜位首相，無所補。諫官以爲言，遂罷士遜而用夷簡。」營營：忙碌貌。張九齡《上封事》：「欲利之心，日夜營營。」此指邊患中人們束手無策的狼狽像。

〔六〕「上煩」四句：天子寢食不安，謀及平民隱士，以求長治久安。旰食：晚食，指事務繁忙，未能按時吃飯。《左傳・昭公二十年》：「奢聞員不來，曰：『楚君、大夫其旰食乎！』」臺皂：古代賤等人之稱。《左傳・昭公七年》：「人有十等……故王臣公，公臣大夫，大夫臣士，士臣皂，皂臣輿，輿臣隸，隸臣僚，僚臣僕，僕臣臺，馬有圉，牛有牧，以待百事。」巖扃：巖洞的門。此指隱居地。

〔七〕「小利」八句：總結慶曆新政以來的經驗教訓，主張穩健改革。紛擾：動亂，混亂，紛亂騷擾。《三國志·魏志·袁術傳》：「今世事紛擾，復有瓦解之勢矣，誠英乂有爲之時也。」深遠畫：深謀遠慮。施設在安平：社會安定背景下的穩健改革。

〔八〕「今也」六句：如今國安邊寧，是建功立業的時機。嚴嚴：威嚴莊重貌。坰：遠郊，野外。《詩·魯頌·駉》：「駉駉牡馬，在坰之野。」毛傳：「坰，遠野也。邑外曰郊，郊外曰野，野外曰林，林外曰坰。」

〔九〕「相公」八句：張洞此行與知永興軍晏殊一定相知相契。相公：指晏殊，參見本書《寄謝晏尚書二絶》題解。黄閣老：亦稱閣老，五代、宋以後用爲對宰相的稱呼。唐李肇《唐國史補》卷下：「兩省（中書省、門下省）相呼爲閣老。」黄閣，漢代丞相、太尉和漢以後的三公官署避用朱門，廳門塗黄色，以區别于天子。後因以黄閣指宰相官署。長城：比喻可資倚重的人物。《宋書·檀道濟傳》：「道濟見收，脱幘投地曰：『乃復壞汝萬里之長城。』」張子美而秀：《宋史·張洞傳》：「洞爲人長大，眉目如畫，自幼開悟，卓犖不群……爲文甚敏。未冠，曄然有聲，遇事慷慨，自許以有爲。」請長纓：自告奮勇從軍殺敵。《漢書·終軍傳》：「軍自請：『願受長纓，必羈南越王而致之闕下。』」長纓，捕縛敵人的長繩。

【附録】

葉廷秀《詩譚》卷一評點曰：「歐陽文忠論治詩：讀歐陽文忠《答子華學士安撫江南》、《送張洞推官赴永興經略司》二詩，指畫時敝，吐陳治略，寫出心上痌瘝，不可以詩論矣。然非文忠，誠不能有此詩也……《送張洞推官》云：『自古天下事，及時難必成。爲謀于未然，聰者或莫聽。患至而後圖，（天下事坐壞于此）智者有不能。未遠前日悔，可爲來者銘。熙熙彼西人，老死織與耕。狂氐一朝叛，烽火四面驚。用兵五六年，首惡竟逃刑。（當事者何如）仰賴天子聖，乾坤量包並。苗頑不率德，舜羽舞於庭。謂此雖異類，有生亦含情。藩籬被觸突，譬若豨與羚。馴擾以芻豢，可呼隨指令。稱藩效臣職，冠帶復人形。四海得休息，瘡痍肉新生。敢問前孰失，恃安而弛兵。酒肴爲善將，循默乃名卿。慮患謂生事，高談笑難行。（正是爲謀未然莫聽之意）一方兵遽起，愚智共營營。上煩天子仁，旰食憂吾氓。謀議及臺皂，幽棲訪巖扃。小利不足爲，涓流助滄溟。大功難速就，倉卒始改更。徒自益紛擾，何由集功名。（竟無成著，臨時乃手脚忙亂，何益？）乃知深遠畫，施設在安平。今也實其時，鑑前豈非明。嚴嚴經略府，樽俎集豪英。千營飽而嬉，萬馬牧在坰。（又似視爲無事乃何）相公黃閣老，與國爲長城。張子美而秀，文章博群經。（二語似寓規於譽，當時之用人可概見矣）從軍古云樂，知己士所榮。感激報恩義，當來請長纓。』愚按歐公二詩，即奏議無如此貼切。乃知熱腸報國者，一矢口不忘當世之慮，可謂有用文章矣。公詩有曰：『文章無用等畫虎。』豈非有所重哉？韓子曰：『君子居其位，則思死其官，未得位，則思修其辭，以明其道。』士君子固無時無地而得忘世也。」

依韻答杜相公寵示之作

醉翁豐樂一閑身，憔悴今來汴水濱〔一〕。每聽鳥聲知改節，因吹柳絮惜殘春〔二〕。平生未省降詩敵，到處何嘗訴酒巡〔三〕。壯志銷磨都已盡，看花翻作飲茶人〔四〕。

【題解】

原輯《居士集》卷一二，繫皇祐三年。作於是年春末，時知應天府。題下原注：「一本云：『伏蒙寵示佳篇，以不赴東園之會。某亦經春多病，誠有可嗟。謹依元韻，輒紓鄙素』。一本於『經春多病』下文有『略無少暇』四字。」卷末題下校記：「京本作『某啟：伏蒙寵示佳篇，以不赴東園之會爲恨。某亦經春多病，略無少暇，誠有可嗟。謹依元韻，輒紓鄙素』。」杜相公，即杜衍，字世昌。參見本書《紀德陳情上致政太傅杜相公二首》題解。詩人同年答謝杜衍的詩作，還有《依韻和杜相公喜雨之什》、《謝太傅杜相公寵示嘉篇》、《答杜相公寵示〈去思堂詩〉》、《答太傅相公見贈長韻》、《答杜相公惠詩》等，同屬於《與丞相太傅杜公唱和一十二首》。此詩感慨自己因病錯過東園佳會，未能共同詩酒流連，而歷經慶曆新政風波之後，如今壯志消磨，春游賞花秖得戒酒改茶。詩律嚴整，對仗工巧，展示詩人離滁後的心境變化與詩風改遷。

【注釋】

〔一〕汴水濱：指應天府南京。汴河流經其地，故稱。

〔二〕改節：時節改换。末句下原注：「蓋經春罕見花也。」

〔三〕「平生」二句：我生性要强，賦詩不肯服輸，所到之處，喝酒何曾辭杯！出句下原注：「近數和難韻，甚覺牽强。」降詩敵：向寫詩對手投降。意指屈服。訴酒巡：酒席上給坐客依次斟酒時辭杯。訴，謂辭酒。韋莊《對梨華贈皇甫秀才》詩：「且戀殘陽留綺席，莫推細袖訴金卮。」張相《詩詞曲語詞匯釋》卷五：「訴，辭酒之義。」

〔四〕「壯志」二句：平生雄心壯志銷磨殆盡，文士賞花理應飲酒，而今卻因衰病改爲以茶代酒。看花：李白《餞校書叔雲》：「看花飲美酒，聽鳥臨晴山。」

【附録】

此詩輯入宋吕祖謙《宋文鑑》卷一三，又輯入明李蓘《宋藝圃集》卷九。又輯入清吴之振《宋詩鈔》卷一二、陳訏《宋十五家詩選·盧陵詩選》、厲鶚《宋詩紀事》卷一二。

寄聖俞

凌晨有客至自西，爲問詩老來何稽〔一〕。京師車馬曜朝日，何用擾擾隨輪蹄。面顔憔悴暗塵土，文字光彩垂虹霓。空腸時如秋蚓叫，苦調或作寒蟬嘶。語言雖巧身事拙，捷徑恥蹈行非迷。我今俸禄飽餘賸，念子朝夕勤鹽齏。舟行每欲載米送，汴水六月乾無泥〔二〕。乃知此事尚難必，何況仕路如天梯。朝廷樂善得賢衆，臺閣俊彦聯簪犀。朝陽鳴鳳爲時出，一枝豈惜容其棲〔三〕。古來磊落材與知，窮達有命理莫齊。悠悠百年一瞬息，俯仰天地身醯雞〔四〕。其間得失何足校，況與鳧鶩爭稗稊〔五〕。憶在洛陽年各少，對花把酒傾玻瓈。二十年間幾人在，在者憂患多乖睽〔六〕。我今三載病不飲，眼眵不辨騧與驪。壯心銷盡憶閑處，生計易足纔蔬畦。優游琴酒逐漁釣，上下林壑相攀躋。及身彊健始爲樂，莫待衰病須扶携〔七〕。行當買田清潁上，與子相伴把鋤犁〔八〕。

【題　解】

原輯《居士集》卷五，繫皇祐二年，誤。作於皇祐三年春夏間，時知應天府。梅堯臣皇祐二年尚在宣城守父喪，三年五月方返抵京師。題下原注：「一作『因馬察院至，云見聖俞於城東，輒書長韻奉寄』。」梅堯臣《宛陵先生集》卷一四有《東城送運判馬察院》詩，可知馬察院即監察御史裏行、江淮兩浙荆湖發運判官馬遵。歐慶曆八年冬患眼疾，於今三年，與詩中「我今三載病不飲，眼眵不辨騧與驪」相合。梅堯臣《宛陵先生集》卷一四《依韻和永叔見寄》，即步韻此詩。本詩前二十句讚賞梅堯臣貧賤不移的節操，感慨其懷才不遇，仕途蹇滯；後二十句感歎人生窮達有命，萌生及時行樂、歸隱田園的念頭，對朋友多方寬慰，相約一道買田潁州，共謀歸養之計。作者對無力幫助朋友深表遺憾，展示詩人在宦海起落之後嚮往漁釣歸隱，卻未曾頹廢喪志，而是以寬濶的心胸，曠達的態度面對人生坎坷。詩語疏暢，感慨深沉，紆徐委婉，真切感人。

【注釋】

〔一〕「凌晨」二句：清晨馬遵從西邊汴京趕過來，我向他詢問梅堯臣没來的原因。客：指馬察院，名遵，字仲塗，饒州樂平人。《宋史》卷三〇二有附傳。至自西：京城汴京（開封）在應天府（今河南商丘）以西，故稱。詩老：指梅聖俞。

〔二〕「京師」十二句：描述梅聖俞目前在京師待官的窘困狀態。秋蚓叫：秋蚓即蚯蚓。古人誤以爲蚯蚓能够鳴叫，故有歌女之稱。晉崔豹《古今注》卷中：「蚯蚓，一名蜿蟺，一名曲蟺，善長吟於地中。江東謂之歌女，或謂之鳴砌。」苦調：困苦哀傷之調。此指梅詩。梅詩多反映民生疾苦，故稱。「語言」二句：梅氏才華出衆而仕途蹇乖，然堅持操守，不鑽營以求進用。鹽齏：形容清貧者之食。蘇軾《與子由同游寒溪西山》詩：「行逢山水輒羞歎，此處未免勤鹽齏。」「汴水」句：暗用郗超事。郗超，東晉時人。據《晉書》本傳載：少卓犖不羈，有曠世之度，交游士林，每存勝拔，善談論，義理精微。太和中，桓温將伐慕容氏於臨漳，超諫以道遠、汴水又淺，運道不通。温不從，果有枋頭之敗。後以爲臨海太守，加宣威將軍，不拜。　汴水：北宋時，汴水自開封經商丘、宿州、靈壁至泗州注入淮河。後黄河奪道，淤塞。

〔三〕「乃知」六句：仕途之難進如登天梯，朝廷樂善得賢，命蹇的梅聖俞卻無立足之地。梅堯臣《依韻和永叔見寄》：「蛟龍失水等蚯蚓，鱗角雖有辱在泥。困居廢井誰引手，豈得更望青雲梯。」臺閣：指尚書臺。後亦泛指朝廷機構。《後漢書・仲長統傳》：「光武皇帝愠數世之失權，忿强臣之竊命，矯枉過直，政不任下，雖置三公，事歸臺閣。」李賢注：「臺閣，謂尚書也。」　聯簪犀：俊彦極多。簪犀，犀角製成的髮簪。《舊唐書・輿服志》：「五品已上，金玉鈿飾，用犀爲簪，是爲常服，武官盡服之。」　朝陽鳴鳳：比喻賢材應時而出。《詩・大雅・卷阿》：「鳳凰鳴兮，于彼高岡；梧桐生兮，于彼朝陽。」《世説新語・賞譽》：「君兄弟龍躍雲津，顧彦先鳳鳴朝陽。」一枝豈惜：朝廷官位不少，爲何捨不得給梅堯臣一個？晉張華《鷦鷯賦》：「其居易容，其求易給。巢林不過一枝，每食不過數粒。」李善注：「《莊子》曰：『鷦鷯巢林，不過一枝。』」

〔四〕「古來」四句：感慨自古才俊的窮通都得聽天由命，百年人生在天地間既短促又渺小。　磊落：亦作「磊犖」。形容胸懷坦蕩。《文心雕龍・明詩》：「慷慨以任氣，磊落以使才。」　醯雞：即蠛蠓。古人以爲是酒醋上的白黴變成。《列子・天瑞》：「醯雞生乎酒。」

〔五〕「其間」二句：人間得失不值得比較，更何況是微弱的醯雞要與强大的鴨子去爭食。　鳧鶩：野鴨。《爾雅・釋鳥》：「舒鳧，鶩。」郭璞注：「鴨也。」邢昺疏引李巡曰：「野曰鳧，家曰鶩。」　稗稊：稗草和稊草。泛指雜草，比喻卑微。韓愈《南内朝賀歸呈同官》詩：「君恩泰山重，不見酬稗稊。」

〔六〕「憶在」四句：天聖九年三月，歐初官伊洛，任西京留守推官，時與梅聖俞、尹師魯、謝希深、張堯夫、張子野、楊子聰、王幾道等交游唱和。至本詩寫作時，尹、謝、張、楊諸人均已亡故。尚在世者或貶或困，天各一方，難以相聚。　玻瓈：同「玻璃」。此指酒杯。

〔七〕「我今」八句：自己今非昔比，三年眼病戒酒，壯志消磨，還是趁身體尚可而及時行樂吧。　眼眵：俗稱眼屎。歐慶曆八年冬始患眼病，迄今三年。歐《與王文恪公樂道》其一（慶曆八年）：「内視之術，行未逾月，雙眼注痛如割，不惟書字艱難，遇物亦不能正視，但恐由此遂爲廢人。」　騧與驪：黄馬與黑馬。

〔八〕「行當」二句：歐《續思潁詩序》：「皇祐二年，余方留守南都，已約梅聖俞買田於潁上。其詩曰：『優游琴酒逐漁釣，上下林壑相攀躋。及身强健始爲樂，莫待衰病須扶攜。』此蓋余之本志也。時年四十有四。」胡柯當據此繫本詩於皇祐二年，然有違詩中所述梅堯臣事蹟。歐《太子中舍梅君墓誌銘》稱梅父讓「皇祐元年正月朔卒於家。」梅堯臣當月離陳州判官任，迄皇祐三年二月，梅氏一直在宣城守制。梅堯臣《依韻和永叔見寄》詩云：「我貧尚不給朝夕，焉得負郭置稻畦……儻公他時買田宅，愿以藜杖從招攜。」　清潁，即潁州，州有潁水，故稱。清查慎行《蘇詩補注》卷六：「清潁：《元和郡縣志》：『潁水自項城縣界入州。』《名勝志》：『古語云：世亂潁水濁，世治潁水清。』」

【附録】

此詩輯入清吴之振《宋詩鈔》卷一一、陳訏《宋十五家詩選·廬陵詩選》。

洪邁《容齋續筆》卷一六《思潁詩》:「歐陽公,吉州廬陵人。其父崇公,葬於其里之瀧岡,公自爲阡表,紀其平生。而公中年乃欲居潁……公次年致仕,又一年而薨,其逍遥於潁,蓋無幾時,惜無一語及於松楸之思。崇公惟一子耳,公生四子,皆爲潁人,瀧岡之上,遂無復有子孫臨之,是因一代貴達,而墳墓乃隔爲他壤。」

羅大經《鶴林玉露》甲篇卷一《仕宦歸故鄉》:「歐陽公居永豐縣之沙溪,其考崇公葬焉,所謂瀧岡阡是也。厥後奉母鄭夫人之喪歸合葬,載青州石鐫阡表……然公自葬鄭夫人之後,不復歸故鄉……樂潁昌山水,作《思潁》詩,退休竟卜居焉。前輩議其無回首楸廬、息肩喬木之意。近時周益公歸休,尹直卿以詩賀之云:『六一先生薄吉州,歸田去作潁昌游。我公不向螺江住,羞殺青原白鷺洲。』」

方東樹《昭昧詹言》卷一二評曰:「真似退之,尚帶痕跡。凡寄人書,通彼我之情,叙離合之跡,引申觸類,無有言則。此詩前叙彼之才,次言己不能振之,又惜其遇而廣之,抵一篇書。『汴水』句,暗用郗超事。」

再和聖俞見答

兩鱶相望東與西，書來三日猶爲稽。短篇投子譬瓦礫，敢辱報之金褭蹄〔一〕。文章至寶被埋没，氣象往往干雲霓。飛黄伯樂不世出，四顧驤首空長嘶〔二〕。嗟哉我豈敢知子，論詩賴子初指迷。子言古淡有真味，太羹豈須調以虀。憐我區區欲彊學，跛鼈曾不離汙泥。問子初何得臻此，豈能直到無階梯。如其所得自勤苦，何憚入海求靈犀〔三〕。周旋二紀陪唱和，凡翼每並鸞皇棲。有時爭勝不量力，何異弱魯攻彊齊〔四〕。念子京師苦憔悴，經年陋巷聽朝雞。兒啼妻噤午未飯，得米寧擇秕與稊〔五〕。石上紫豪家故有，剡藤瑩滑如玻瓈。追惟平昔念少壯，零落生死嗟分暌。一揮累紙恣奔放，駿若駕駱仍驂驪。腹雖枵虚氣豪横，猶勝諂笑病夏畦〔六〕。名聲不朽豈易得，仕宦得路終當躋〔七〕。年來無物不可愛，花發有酒誰同携。問我居留亦何事，方春苦旱憂民犁〔八〕。

【題　解】

原輯《居士集》卷五，繫皇祐二年，誤。當作於皇祐三年春夏間，時知應天府。參見上詩題解。

梅堯臣在汴京獲讀歐《寄聖俞》詩後，回贈詩《依韻和永叔見寄》，此爲歐和韻再寄詩。梅堯臣《宛陵先生集》卷三五《依韻酬永叔再示》詩，再次步韻唱和。本詩首四句以自謙之辭，稱讚梅氏和詩精美；次三十二句回顧向梅氏學詩的經歷，自愧詩技不如，肯定梅氏「名聲不朽」，對其仕途困窘發出不平之鳴；末四句感傷風物美好而孤寂無友。詩歌表現歐氏爲人之真誠及歐、梅友情之懇至。全詩步韻而作，語言流暢自如，筆端挾帶感情。人物形像稍經點化，神采立見。此類連環體唱和詩競爭詩藝，炫耀才學，促使宋詩題材拓展，主題深化，技法更新，導引「宋調」最終形成。

【注釋】

〔一〕兩畿：東畿指應天府，西畿指開封府。畿，國都附近的地方。短篇：指前詩《寄聖俞》。金褭蹄：馬蹄形的鑄金。《漢書·武帝紀》：「今更黄金爲麟趾褭蹄，以協瑞焉。」

〔二〕「文章」四句：梅聖俞詩歌氣象萬千，卻欠識貨者，慘遭埋没，以至仰天鳴不平。干雲霓：直沖雲霄。傅玄《秦女休行》：「猛氣上干雲霓。」干，干犯，沖犯。《國語·晉語五》：「河曲之役，趙孟使人以其乘車干行。」韋昭注：「干，犯也。」飛黄：又名乘黄，傳説中的神馬名。《淮南子·覽冥訓》：「青龍進駕，飛黄伏皁。」高誘注：「飛黄，乘黄也，出西方，狀如狐，背上有角，壽千歲。」不世出：不能同世並出。驤首：抬頭。漢鄒陽《上書吴王》：「臣聞蛟龍驤首奮翼，則浮雲出流，霧雨咸集。」後多比喻意氣軒昂。

〔三〕「嗟哉」十句：詩人自歎才能低下，稱讚梅詩古淡意深，有賴梅氏指點迷津，方纔强學作詩。歐氏《書梅聖俞稿後》：「余嘗問詩於聖俞，其聲律之高下，文語之疵病，可以指而告余也，至其心之得者，不可以言而告也。余亦將以心得意會，而未能至之者也。」指迷：指點迷津。古淡：歐《詩話》：「聖俞平生苦於吟詠，以閒遠古淡爲意。」太羹：即大羹，不和五味的肉汁，喻自然的美味。《禮記·樂記》：「大饗之禮，尚玄酒而俎腥魚，大羹不和，有遺味者矣。」鄭玄注：「大羹，肉湆，不調以鹽菜。」區區：愚拙，凡庸。《玉臺新詠·無名氏〈古詩爲焦仲卿妻作〉》：「阿母謂府吏：何乃太區區！」無階梯：謝靈運《與諸道人辨宗論》：「寂鑑微妙，不容階級。」靈犀：舊説犀角中有白紋如綫直通兩頭，感應靈敏。因用以比喻兩心相通。李商隱詩《無題》其一：「身無彩鳳雙飛翼，心有靈犀一點通。」

〔四〕「周旋」四句：作者以凡鳥、弱魯自喻，以鸞鳳、强齊喻梅，自謙詩技不及梅氏。二紀：歐、梅天聖九年（一〇三一）洛陽結交，至皇祐三年（一〇五一），時逾二十年。古時以十二年爲一紀。此處二紀，概約言之。弱魯攻彊齊：喻不自量力的較量。春秋時齊國勢力强大，爲五霸之一，魯國是齊國的鄰國，國力弱小。

〔五〕「念子」四句：梅堯臣返抵京師，缺衣少食，爲生計仕宦奔波。朝雞：早晨報曉的雄雞。宋袁文《甕牖閒評》卷五：「朝雞者，鳴得絶早，蓋以警入朝之人，故謂之朝雞。」秕與稊：中空的穀和稗草類植物。

〔六〕「石上」八句：回顧往昔與梅堯臣的詩歌唱和，而今的逆境創作猶見其豪氣與傲骨。石上紫豪：紫石屏上題詩。紫豪，即紫毫，代指毛筆，亦代指題詩。梅堯臣《中秋月下懷永叔》云：「一夜看石屏，怛吟無逸氣。」篇後附注「當時出月石屏同詠」，故云「家故有」。剡藤瑩滑：光滑的藤紙。歐《病中代書奉寄聖俞二十五兄》：「君閒可能爲我作，莫辭自書藤紙滑。」剡藤，剡溪出産的古藤，可造紙，有盛名。代指名紙。分睽：違背，分離。駱：駱馬。《詩·魯頌·駉》：「有驒有駱，有騮有雒。」毛傳：「白馬黑鬣曰駱。」驂驪：以黑色的馬爲驂。驂：駕車時位於兩邊的馬。枵虛：空虛。此指空腹飢餓。諂笑病夏畦：《孟子·滕文公下》：「脅肩諂笑，病于夏畦。」趙岐注：「脅肩，竦體也。諂笑，强笑也。病，極也。言其意苦勞極，甚于仲夏之月治畦灌園之勤也。」朱熹集注：「脅肩，竦體；諂笑，强笑，皆小人側媚之態也。病，勞也。夏畦，夏月治畦之人也。言爲此者，其勞過於夏畦之人也。」

〔七〕「仕宦」句：如果仕宦順利應該向上攀登。這是歐對梅的勸慰和鼓勵。同年九月十二日，梅堯臣賜同進士出身，官改太常博士。

〔八〕苦旱憂民犁：《宋史·仁宗本紀四》：皇祐三年「五月庚戌，以恩、冀州旱，詔長吏決繫囚。」

【附録】

此詩輯入清吴之振《宋詩鈔》卷一一、陳訏《宋十五家詩選·廬陵詩選》。

葛立方《韻語陽秋》卷一：「歐公一世文宗，其集中美梅聖俞詩者，十幾四五。稱之甚者，如……又云：『嗟哉吾豈能知子，論詩賴子能指迷。』聖俞詩佳處固多，然非歐公標榜之重，詩名亦安能至如此之重哉。歐公後有詩云：『梅窮獨我知，古貨今難賣。』而聖俞《贈滁州謝判官詩》亦云：『我詩固少愛，獨爾太守知。』皆言識之者鮮矣。張芸叟評其詩云：『如深山道人，草衣捆屨，王公大人見之屈膝。』」

宋長白《柳亭詩話》卷二三：「歐陽永叔詩：『剡藤瑩滑如玻璃。』……一名玉版，一名敲冰，東坡、聖俞俱有詩，今絶響已。」

張仲通示墨竹嗣以嘉篇豈勝欽玩聊以四韻仰酬厚貺

數竿蒼翠寫生綃，寄我公齋伴寂寥〔一〕。不待雪霜常凜凜，雖無風雨自蕭蕭〔二〕。嗟予心志俱憔悴，羡子文章騁富饒〔三〕。嗣以嘉篇誠厚貺，遠慚爲報乏瓊瑶〔四〕。

【題解】原輯《居士外集》卷七，繫嘉祐四年至七年詩間，誤。當作於皇祐三年春夏間，時知應天府。張仲通，即張洞，參見本書《寄生槐》題解。據首聯「寄我」、尾聯「遠慚」句意，當作於張洞赴永興經略司之後。周必大《益公題跋》卷四《跋歐陽文忠公與張洞書》有云：「皇祐三年，(張洞)從晏元獻公(殊)辟於長安，文忠時守南京。」詩歌前半部分讚揚張氏畫好，後半部分稱道張氏詩佳。此類題畫詩，寓議論於形象，導引詩歌由主情向主理方面發展，展現文士的精神氣質與風流雅致。意象生動，情感深沉，有杜甫題畫詩風韻。

【注釋】

〔一〕「數竿」二句：竹畫圖的出現，給自己的寂寥公案生活增添些許生機活力。生綃：未漂煮過的絲織品。古時多用以作畫，因亦以指畫卷。

〔二〕凜凜：威嚴而使人敬畏的樣子。唐王勃《慈竹賦》：「氣凜凜而猶在，色蒼蒼而未離。」蕭蕭：形容風雨聲。王安石《試院中五絶句》其五：「蕭蕭疏雨吹簷角，噎噎暝蛩啼草根。」

〔三〕心志俱憔悴：詩人是春多病，其《依韻答杜相公寵示之作》詩有云：「醉翁豐樂一閒身，憔悴今來汴水濱。」詩題下注：「一本云：伏蒙寵示佳篇，以不赴東園之會。某亦經春多病，誠有可嗟。」「惜殘春」句下附注：「蓋經春罕見花也。」文章馳富饒：《宋史·張洞傳》：「(洞)自幼開悟，卓犖不群。惟簡異之，抱以訪里之卜者。曰：『郎君生甚奇，必在策名，後當以文學政事顯。』既誦書，日數千言，爲文甚敏。未冠，曄然有聲。」

〔四〕厚貺：豐厚的贈禮。杜甫《太子張舍人遺織成褥段》詩：「奈何田舍翁，受此厚貺情。」瓊瑶：美玉，此喻美文。《詩·衛風·木瓜》：「投我以木桃，報之以瓊瑶。匪報也，永以爲好也。」毛傳：「瓊瑶，美石。」

【附録】

此詩輯入清康熙《御定歷代題畫詩類》卷八一。

依韻和杜相公喜雨之什

歲時豐儉若循環，天幸非由拙政然〔一〕。一雨雖知爲美澤，三登猶未補凶年〔二〕。桑陰蔽日交垂路，麥穗含風秀滿田〔三〕。千里郊原想如畫，正宜携酒望晴川〔四〕。

【題解】

原輯《居士集》卷一二，繫皇祐三年。作於是年夏，時知應天府。卷末題下校記：「京本作『某啟：伏蒙太傅相公寵示喜雨之什，過形獎誘，感愧何勝！謹依元韻奉和，少伸鄙悰』。」杜相公，即杜衍，字世昌。參見本書《紀德陳情上致政太傅杜相公二首》題解。詩人心喜天雨惠農而自謙爲政拙疏，表達關注民生之情懷，描繪初夏風光，展示美好田園生活。詩法杜甫，對仗精工，婉曲致意，情韻綿邈。

【注釋】

〔一〕「歲時」二句：歲時豐歉相接，有如往復循環；降雨是上天的關照，不是我爲政的功勞。

〔二〕「一雨」二句：此番降雨固然是件好事，但不足爲喜，即使莊稼一年三熟，也難以彌補連年歉收的損失。句下原注：「京東累歲不熟。」三登：五穀一年三熟。北魏酈道元《水經注·耒水》：「〔便縣〕縣界有温泉，在郴縣之西北，左右有田數十頃……温水所溉，年可三登。」凶年：災荒之年。

〔三〕「桑陰」二句：雨水滋潤之後，田野一派生機。

〔四〕「千里」二句：田間秀麗如畫，正好攜酒出游。晴川：陽光照耀下的原野。

答原父

炎歊鬱然蒸，午景熾方燄。子來清風興，蕭蕭吹几簟。又如沃瓊漿，遽飲不知厭〔一〕。嗟予學苦晚，白首困鉛槧。危疑奚所質，孔孟久已窆。群儒室自私，惟子通且贍。幸時丐贏餘，屢得飽飢歉〔二〕。嚴嚴《春秋》經，大法誰敢覘〔三〕。三才失綱紀，五代極昏墊。盜竊恣胠篋，英雄爭奮劍。興亡兩倉卒，事蹟多遺欠。纔能紀成敗，豈暇誅奸僭〔四〕。聞見患孤寡，是非誰證驗。嘗欣同好惡，遂乞指瑕玷。反蒙華衮褒，如礜嫫母豔〔五〕。救非當在早，已暴何由斂。苟能哀廢痼，其可惜針砭〔六〕。風舲或許邀，湖緑方灩灩〔七〕。

【題解】

原輯《居士集》卷五，繫皇祐二年，恐誤。當作於皇祐三年夏，時知應天府。題下原注：「一作『答劉廷評』。」原父，即劉敞，臨江新喻人。慶曆六年御試進士第二，爲大理寺評事（簡稱廷評）。歷知制誥、知揚州、鄆州兼京東西路安撫使、糾察在京刑獄。因言事忤諫官，自請出知永興軍。據歐《尚書主客郎中劉君墓誌銘》，其父劉立之慶曆八年十一月卒於益州轉運使任所。皇祐元年、二年，劉敞兄弟居潁州守喪，一般不會有詩作。張尚英《劉敞年譜》（《宋人年譜叢刊》第四册）：「仁宗皇祐元年，與弟攽自蜀奉父喪歸京師，居潁州守喪。弟攽有《潁州始居》（《彭城集》卷六）詩。」三年二月服除，還爲大理評事。詩人景祐年間在夷陵開始撰著《五代史》，皇祐年間稿本在朋友間傳閲，徵求修改意見。劉敞《公是集》卷九《觀永叔五代史》詩對《五代史》多有稱道，歐氏答以此詩。詩歌首十四句欣喜劉敞來書，稱讚劉氏學問精深，表達請教之意；次十六句就劉書將《五代史》與《春秋》並提，深感惶恐，以爲指醜爲美；末六句請求及時指正，邀請盛夏游湖。以詩代書，敘議結合，情理相兼，表現宋詩題材生活化、世俗化的新走向。

【注釋】

〔一〕「炎歊」六句：劉敞的來信，猶如盛夏的一絲涼風，又如飲而不厭的瓊漿，讓人倍覺清爽。炎歊：即「炎熇」，暑熱上升。歐《憎蚊》詩：「荒城繁草樹，旱氣飛炎熇。」鬱然：濃密貌。陳師道《答無咎畫苑》詩：「逢人不信六十餘，鬱然一莖無白須。」午景：正午的太陽光。几簟：几桌與竹席。

〔二〕「嗟予」八句：我爲學太晚，無法向死去已久的孔孟請教，幸有你通暢經義，學識豐贍，可得諮詢。鉛槧：古人記録文字之工具，此指寫作。韓愈《送無本師歸范陽》詩：「老懶無鬬心，久不事鉛槧。」鉛，鉛粉筆，即石磨筆；槧，竹簡、木板。危疑：疑義。《左傳·僖公二十八年》：「仲尼曰：以臣召君，不可以訓。」杜預注：「變例以起大義，危疑之理，故特稱仲尼以明之。」窆：埋葬。南朝齊武帝《加恩京師二縣詔》：「窆枯掩骼，義重前誥。」通且贍：融通而又充足，指劉敞學問通達而淵博。歐《集賢院學士劉公墓誌銘》：「公於學博，自六經、百氏、古今傳記，下至天文、地理、卜醫、數術、浮圖、老莊之説，無所不通。其爲文章，尤敏贍。」丐飢歉：向他人請教，以彌補自己的知識缺陷。《宋史·劉敞傳》：「歐陽修每於書有疑，折簡來問，對其使揮筆答之，不停手，修服其博。」飢歉，食不飽。《説文·欠部》：「歉，食不滿。」唐寫本《玉篇》「歉」下注引《説文》作「食不飽也」。

〔三〕「嚴嚴」二句：劉敞詩中將《五代史》與《春秋》並提，詩人感到受譽過高。劉敞《觀永叔五代史》：「天意晚有屬，先生拔乎彙。是非原正始，簡古斥辭費。哀善傷獲麟，疾邪記有蜚。處心必至公，撥亂豈多諱。何必藏名山，端如避羅罻。」　嚴嚴：威重貌，莊嚴貌。《荀子・儒效》：「嚴嚴兮其能敬己也。」楊倞注：「嚴嚴，有威重之貌……嚴，或作儼。」原本校云：嚴嚴「一作『落落』」。」　大法：指「寓褒貶，别善惡」等《春秋》筆法，所謂「《春秋》作而亂臣賊子懼」。句下原注：「一本有『譬如天之蒼，乃欲學而染』兩句。」

〔四〕「三才」八句：五代史事混亂，史料殘缺，自己的《五代史》祇能粗記興衰，未能象《春秋》那樣盡褒貶善惡之義。歐《本論》：「前日五代之亂，可謂極矣。五十三年之間，易五姓十三君，而亡國被弒者八，長者不過十餘歲，甚者三四歲而亡。夫五代之主豈皆愚者邪，其心豈樂禍亂而不欲爲久安之計乎？顧其力有不能爲者，時也。」　三才：天、地、人。《周易・説卦》：「是以立天之道曰陰與陽，立地之道曰柔與剛，立人之道曰仁與義。兼三才而兩之，故《周易》六畫而成卦。」　五代：指後梁、後唐、後晉、後漢、後周。　昏墊：陷溺，困于水災，喻世道混亂，百姓困苦。《尚書・益稷》：「洪水滔天，浩浩懷山襄陵，下民昏墊。」孔穎達疏：「言天下之人，遭此大水，精神昏瞀迷惑，無有所知，又若沈溺，皆困此水災也。鄭云：『昏，没也；墊，陷也。』禹言洪水之時，人有没陷之害。』」　胠篋：撬開箱子偷竊東西，此喻大盜竊國。《莊子・胠篋》：「將爲胠篋、探囊、發匱之盜，而爲守備，則必攝緘縢，固扃鐍，此世俗之所謂知也。」陸德明釋文引司馬彪曰：「從旁開爲胠，一云發也。」　奸僭：指割據分裂，與正統王朝對立的政權。僭，超越本分，冒用在上者的職權、名義行事。《公羊傳·隱公五年》：「初獻六羽，何以書？譏。何譏爾？譏始僭諸公也。」何休注：「僭，齊也，下效上之辭。」

〔五〕「聞見」六句：自己孤陋寡聞，未能明斷是非，希望能指正《五代史》錯誤，你卻過於溢美，就像稱道嫫母是美女一樣。　瑕玷：玉的瑕疵，喻事物存在的缺點。　華衮褒：崇高的褒獎。古代賜衮衣以示嘉獎，給斧鉞以示懲罰。晉范甯《春秋穀梁傳序》：「一字之褒，寵踰華衮之贈。」華衮，古代帝王及上公穿的繪有卷龍的禮服。　嫫母：亦作「嫫姆」。傳説爲黄帝第四妃，貌甚醜。《荀子·賦》：「閭娵、子奢，莫之媒也；嫫母、力父，是之喜也。」楊倞注：「嫫母，醜女，黄帝時人。」

〔六〕「救非」四句：指正錯誤要及時，書稿一旦問世就晚了。　暴：暴露，指《五代史》問世。　廢痼：不治之疾。《北史·魏紀三·高祖孝文帝》：「及不滿六十而有廢痼之疾，無大功親，窮困無以自療者，皆於别坊，遣醫救護。」　針砭：針與石，古代針灸的工具，喻批評指正。

〔七〕「風舲」二句：湖光正美，如蒙賞光，我一定邀你同游。　風舲：有窗户的小船。　灩灩：亦作「灧灧」。水光貌。

【附　録】

此詩輯入清吴之振《宋詩鈔》卷一一、陳訏《宋十五家詩選·廬陵詩選》。

員興宗《九華集》卷二十《跋劉原父文》：「至和、嘉祐間，歐陽子永叔以古文章名天下，士率曰『今之韓愈』，而歐亦規愈自名者。予退索其師友淵源，得所謂公是劉子，與歐文誼往返，所以考質訓廸甚具。劉於談詠記載，一曰歐九，二曰歐九，語意簡逸，竊怪永叔抱負如爾，公是何遇之淺也。豈其微學授受，抗顏博喻者，法當如此乎？於是悉取其《經小傳》、《權衡》、《百工》、《同道》諸篇，觀其破去百氏，離異獨造，光澄演迤，則寖寖乎周末鄒魯之遺音已，其規模不但漢也。嗟乎，是歐陽子之所以敬學者歟！」

翁方綱《石洲詩話》卷三：「觀歐公答劉廷評詩，蓋嘗以《五代史》資原父訂證，不獨《集古録》與有功也。」

送渭州王龍圖

漢軍十萬控山河，玉帳優游暇日多〔一〕。夷狄從來懷信義，廟堂今不用干戈〔二〕。吟餘畫角吹殘月，醉裏紅燈炫綺羅〔三〕。此樂直須年少壯，嗟余心志已蹉跎〔四〕。

【題　解】原輯《居士集》卷一二，繫至和二年，誤。當作於皇祐三年夏，時知應天府。渭州王龍圖，即王素，時以龍圖閣直學士、兵部郎中知渭州。《長編》卷一七一皇祐三年八月辛巳紀事注：「四月辛丑（二十一日），王素自兗州移渭州。」同書卷一七四皇祐五年五月辛丑（二日）所載詔書，亦言及「知渭州王素」。王珪《王懿敏公素墓誌銘》載：「復以天章閣待制知渭州，即除龍圖閣直學士、兵部郎中。」此詩作於王素自兗州移知渭州途經南京應天府之時，詩人歌詠西部邊境安寧，想像王素守邊之餘大可詩酒風流，感傷歲月蹉跎自身心志衰替。裁對精工，以古喻今，感慨深沉。

【注　釋】

〔一〕「漢軍」二句：宋廷西部邊境安定，守邊主帥高枕而悠閒。　控山河：王素知渭州兼涇原路經略安撫使，故云。　玉帳：主帥所居的帳幕。《抱朴子外篇》：「兵在太乙玉帳之中，不可攻也。」

〔二〕「夷狄」二句：宋與西夏慶曆四年十月簽定盟約後，邊境相安無事。　懷信義：歸服於信用與道義。

〔三〕「吟餘」二句：王素在渭州大可吟詩醉酒，歌舞風流。　綺羅：此指穿著綺羅的歌兒舞女。

〔四〕「此樂」二句：感歎自己心志已經衰微，未能像青春少年那樣對酒當歌。　此樂直須年少壯：歐《朝中措》詞：「行樂直須年少。」

謝太傅杜相公寵示嘉篇

凜凜節奇霜澗柏，昭昭心瑩玉壺冰〔一〕。正身尚可清風俗，當暑何須厭鬱蒸〔二〕。塵柄屢揮容請益，龍門雖峻忝先登〔三〕。立朝行己師資久，寧止篇章此服膺〔四〕。

【題解】

原輯《居士集》卷一二，繫皇祐三年。作於是年秋，時知應天府。卷末題下校記：「京本作『某啟：代蒙寵示嘉篇，謹課成七言四韻以敘謝』。」杜相公，即杜衍，字世昌。參見本書《紀德陳情上致政太傅杜相公二首》題解。詩人獲讀杜衍贈詩後，回贈此作，讚頌杜氏高風亮節，表達個人知遇之恩。比喻形象，意脈流貫，字裏行間洋溢著真情摯感。

【注釋】

〔一〕「凜凜」二句：杜衍正氣凜然，冰清玉潔，威嚴而令人敬畏。霜澗柏：秋霜後溪澗邊的松柏，喻節操凜然。玉壺冰：形容人格高尚。鮑照《代白頭吟》：「清如玉壺冰。」王昌齡《芙蓉樓送辛漸二首》其一：「洛陽親友如相問，一片冰心在玉壺。」

〔二〕正身：正直不阿。《東觀漢記·趙憙傳》：「憙内典宿衛，外干宰職，正身立朝，未嘗懈惰。」

鬱蒸：悶熱。杜甫《贈特進汝陽王二十韻》：「花月窮游宴，炎天避鬱蒸。」

〔三〕「塵柄」二句：自己有幸能够早登龍門，多年請教而備受教益。塵柄：借指塵尾。參見本書《普明院避暑》注〔二〕。曾鞏《東軒小飲呈坐中》詩：「談劇清風生麈柄，氣酣落日解帶鐶。」

請益：要求老師再講一徧。《禮記·曲禮上》：「請業則起，請益則起。」鄭玄注：「益，謂受説不了，欲師更明説之。」泛指向人請教。龍門：喻聲望高者之府第。《後漢書·李膺傳》：「膺獨持風裁，以聲名自高。士有被其容接者，名爲登龍門。」《世説新語·德行》：「李元禮風格秀整，高自標持，欲以天下名教是非爲己任。後進之士，有升其堂者，皆以爲登龍門。」

〔四〕「立朝」二句：杜公的立朝爲官與立身行事，我等師法已久，豈止是詩賦文章令我心悦誠服。行己：謂立身行事。《論語·公冶長》：「子謂子産有君子之道四焉：其行己也恭，其事上也敬，其養民也惠，其使民也義。」服膺：銘記在心，衷心信奉。《禮記·中庸》：「得一善，則拳拳服膺而弗失之矣。」

【附録】

葛立方《韻語陽秋》卷一八：「歐公與尹師魯蘇子美俱出杜祁公之門。歐公雖貴，猶不替門生之禮，和祁公詩云：『塵柄屢揮容請益，龍門雖峻許先登。立朝行己師資久，寧止篇章此服膺。』……蓋未嘗一日忘祁公也。張芸叟有荆公哀詞四首，有『慟哭一聲惟有弟，故時賓客合如何。』又云：『今日江湖從學者，人人諱道是門生。』蓋深病人情之薄也。其歐公之罪人哉！」按：又見陳繼儒《佘山詩話》。

借觀五老詩次韻爲謝

脱遺軒冕就安閒，笑傲丘園縱倒冠〔一〕。白髮憂民雖種種，丹心許國尚桓桓〔二〕。鴻冥得路高難慕，松老無風韻自寒〔三〕。聞説優游多唱和〔四〕，新篇何惜盡傳看？

【題解】

原輯《居士集》卷一二，繫皇祐三年。作於是年秋，時知應天府。歐陽修借觀杜衍「五老詩」，賦此詩致謝。「五老」指杜衍、王涣、畢世長、朱貫、馮平。題下原注：「一本注云：『即丞相杜公、太子賓客王涣、光禄卿畢世長、兵部郎中朱貫、尚書郎馮平。』」參見「附録」王闢之《澠水燕談録》卷四紀事。詩人讚賞杜氏退休後不廢優游酬唱的生活，頌揚其憂國愛民的情懷。以詩代書，生活氣息濃郁，語言疏暢，情致藴含其中。

【注釋】

〔一〕脱遺軒冕：離開官場。軒冕，古時大夫以上官員的車乘和冕服，借指官位爵禄。《莊子·繕性》：「古之所謂得志者，非軒冕之謂也，謂其無以益其樂而已矣。」丘園：指隱逸。陳子昂《申宗人冤獄書》：「臣知其忠，然非是丘園之賢，道德之茂。」倒冠：把帽子戴反，比喻醉態。梅堯臣《詠王右丞所畫阮步兵醉圖》：「獨畫來東平，倒冠醉乘驢。」

〔二〕「白髮」二句：杜衍等五老雖已退休，仍然具有憂民報國之心。種種：頭髮短少貌，形容老邁。《左傳·昭公三年》：「余髮如此種種，余奚能爲。」杜預注：「種種，短也。」桓桓：勇武、威武貌。《尚書·牧誓》：「勖哉夫子！尚桓桓。」孔傳：「桓桓，武貌。」陶潛《命子》詩：「桓桓長沙，伊勳伊德。」

〔三〕「鴻冥」二句：杜衍等五老像飛向高空的鴻雁，小人難以加害；又像靜穆肅立的蒼松，令人凛然生畏。鴻冥：即「鴻飛冥冥」的省稱，比喻隱者遠走高飛，全身避害。揚雄《法言·問明》：「治則見，亂則隱。鴻飛冥冥，弋人何慕焉？」李軌注：「君子潛神重玄之域，世網不能制禦之。」

〔四〕優游：悠閒自得。嵇康詩《贈秀才入軍》其一：「俛仰慷慨，優游容與。」

【附録】

此詩輯入宋祝穆《古今事文類聚》前集卷四五，又輯入元方回《瀛奎律髓》卷九，又輯入明《趙氏鐵網珊瑚》卷一三，又輯入清厲鶚《宋詩紀事》卷一四。

王闢之《澠水燕談録》卷四：「慶曆末，杜祁公告老，退居南京，與太子賓客致仕王涣、光禄卿致仕畢世長、兵部郎中分司朱貫、尚書郎致仕馮平爲『五老會』，吟醉相歡，士大夫高之……是時，歐陽文忠公留守睢陽，聞而歎慕，借其詩觀之，因次韻以謝。卒章云：『聞説優游多唱和，新詩何惜借傳看。』」

陳思《兩宋名賢小集》卷六九《睢陽五老圖（杜衍八十歲、王焕九十歲、畢世昌九十四、馮平八十七、朱貫八十八）》：「五人四百有餘歲，俱稱分曹與掛冠。天地至仁難補報，林泉幽致許盤桓。花朝月夕隨時樂，雪鬢霜髯滿座寒。若也睢陽爲故事，何妨列向畫圖看。」

祝穆《古今事文類聚》前集卷四五錢明逸《睢陽五老圖序》：「夫蹈榮名而保終吉，都（一作「却」）貴勢而躋遐耇，白首一節，人生所難。今致政宫師相國杜公，雅度敏識，圭璋巖廟，清德令望，龜準當世，功成自引，得謝君門。視所難得者則安享之，謂所難行者則恬居之。燕申睢陽，與賓客太原王公、故衛尉河東畢卿、兵部沛國朱公、駕部始平馮公，咸以耆年掛冠，優游鄉梓。暇日宴集，爲五老會，賦詩酬唱，怡然相得。宋人形於繪事，以紀其盛。昔唐白樂天居洛陽，爲九老會，於今圖識傳以爲勝事。距兹數百載，無能紹者。以今況昔，則休烈鉅美過之，明逸游公之門久矣，以鄉閭世契，倍厚常品。今假手留鑰，日登翹館，因得圖像，占述序引，以代鄉校詠謡之萬一。至和丙申中秋日，錢明逸。」

《瀛奎律髓匯評》卷九查慎行評曰：「《五老圖》和章甚多，載孫紹遠《聲畫集》。不獨歐陽公，此爲尚多可采者。」紀昀評曰：「五、六好。」

奉答子華學士安撫江南見寄之作

百姓病已久，一言難遽陳。良醫將治之，必究病所因〔一〕。天下久無事，人情貴因循。優游以爲高，寬縱以爲仁〔二〕。今日廢其小，皆謂不足論。明日壞其大，又云力難振〔三〕。旁窺各陰拱，當職自逡巡。歲月寖隳頽，紀綱遂紛紜〔四〕。坦坦萬里疆，蚩蚩九州民。昔而安且富，今也迫以貧〔五〕。疾小不加理，浸淫將徧身。湯劑乃常藥，未能去深根。鍼艾有奇功，暫痛勿吟呻。痛定支體胖，乃知鍼艾神〔六〕。猛寬相濟理，古語六經存。蠹弊革僥倖，濫官絶貪昏。牧羊而去狼，未爲不仁人。俊乂沈下位，惡去善乃伸〔七〕。賢愚各得職，不治未之聞。此説乃其要，易知行每艱。遲疑與果決，利害反掌間。捨此欲有爲，吾知力徒煩〔八〕。家至與户到，飽飢而衣寒。三王所不能，豈特今所難〔九〕。我昔忝諫列，日常趨紫宸〔一〇〕。聖君堯舜心，閔閔極憂勤〔一一〕。子華當來時，玉音耳嘗親。上副明主意，下寬斯人屯〔一二〕。江南彼一方，巨細到可詢。諭以上恩德，當冬反陽春〔一三〕。吾言乃其概，豈止一方云〔一四〕。

【題解】

原輯《居士集》卷五，繫皇祐二年，誤。當作於皇祐三年秋，時知應天府。題下原注：「一作『答韓絳』。」題目「見寄之作」前原注：「一本無下四字。」韓絳，字子華。參見本書《送韓子華》題解。《長編》卷一七一皇祐三年八月丙戌（八日）：「詔遣使體量安撫諸路……户部判官、太常博士、直集賢院韓絳江南東、西路。」梅堯臣《宛陵先生集》卷三八有《韓子華江南安撫》詩，朱東潤亦繫今年。本詩首十二句揭示宋廷積貧積弱的病因，在於朝政因循、優游、寬縱；次三十二句，直斥時弊，闡述自己的治國主張；末十四句勉勵朋友出巡期間要體察皇帝衷腸，安撫苦難百姓。詩人痛陳政弊，主張朝政改革要果敢澄清吏治，任賢去不肖，表達革弊興利，重振朝綱，實現天下太平的政治理想。不假形象，徑直議論，直抒胸臆，是以文爲詩的典範作。

【注釋】

〔一〕「百姓」四句：要拯救老百姓疾苦，必須首先找出病源，對症下藥。病：指民生疾苦，貧困。《左傳·哀公十四年》：「孟孫爲成之病，不圉馬焉。」杜預注：「病，謂民貧困。」

〔二〕「天下」四句：揭示朝政積弊：天下長期太平無事，朝臣因循守舊，優游寬縱。

〔三〕「今日」四句：各種改革措施，當權者或以事小不值得做，或以事大難做爲藉口，一概予以否定。此實爲總結「慶曆新政」失敗原因。

〔四〕旁窺：旁觀。 陰拱：袖手旁觀，暗中坐觀成敗。《漢書·黥布傳》：「今撫萬人之衆，無一人渡淮者，陰拱而觀其孰勝。」顔師古注：「斂手曰拱；孰，誰也。言不動摇，坐觀成敗也。」按，《史記》作「垂拱而觀其孰勝」。 逡巡：徘徊不進，喻身居其職而謹小慎微，敷衍了事。《後漢書·鍾皓傳》：「逡巡王命，卒歲容與。」 歲月寖：指時光流逝，時序更替。

〔五〕「坦坦」四句：如今邊境日益多事，民生困窘不安。 蚩蚩：敦厚貌。一説，無知貌。《詩·衛風·氓》：「氓之蚩蚩，抱布貿絲。」毛傳：「蚩蚩者，敦厚之貌。」朱熹集傳：「蚩蚩，無知之貌。」

〔六〕「疾小」八句：小病不治，大病難理。 朝政積弊由來已久，已非一般藥劑所能醫治。 湯劑：中藥藥劑分湯、散、膏、丸等。 鍼灸：中醫鍼法和灸法的總稱。鍼法是用特製的金屬鍼，按一定穴位，刺入患者體内，運用操作手法達到治病目的。 灸法是把燃燒著的艾絨，温灼穴位的皮膚表面，利用熱刺激以治病。

〔七〕「猛寛」八句：要治理朝政痼疾，必須下猛藥，使用强硬手段。爲政用才，革新吏治是振興朝政的重要措施。 猛寛相濟：寛大與嚴厲相結合的治民之道。《左傳·昭公二十年》：「仲尼曰：『善哉！ 政寛則民慢，慢則糾之以猛；猛則民殘，殘則施之以寛。寛以濟猛，猛以濟寛，政以是和。』」 僥倖：指無真才實學，靠投機鑽營、攀附權貴或恩蔭濫賞而獲得官位等現象。「牧羊」句：《史記·酷吏列傳》：甯成家居，上欲以爲郡守。御史大夫（公孫）弘曰：「臣居山東爲小吏時，甯成爲濟南都尉，其治如狼牧羊。成不可使治民。」「俊乂」句：化用左思《詠史》句：「世胄躡高位，英俊沉下僚。」俊乂，才德出衆的人。

〔八〕「賢愚」八句：任賢黜愚，天下大治，然知易行難，遲疑不決，秖能徒勞無益。字裏行間流露詩人對改革難以如願的無奈。

〔九〕「家至」四句：讓每家每户吃飽穿暖，這在三王時代都没能做到，現在要做到就更難了！三王：夏禹，商湯，周文王。《孟子·告子下》：「五霸者，三王之罪人也。」趙岐注：「三王，夏禹、商湯、周文王是也。」

〔一〇〕忝諫列：慶曆三年三月，歐由滑州召還，遷太常丞，知諫院。十二月，以右正言知制誥，仍供諫職。忝，非其才而據其位，常用作謙詞。紫宸：殿名。唐宋時爲皇帝接見群臣，外國使者朝見慶賀的内朝正殿。

〔一一〕閔閔：幽思深遠貌。韓愈《閔己賦》：「余悲不及古之人兮，伊時勢而則然。獨閔閔其曷已兮，憑文章以自宣。」

〔一二〕「子華」四句：勉勵韓絳上報效朝廷，下解救民困。玉音：尊稱帝王的言語。司馬相如《長門賦》：「願賜問而自進兮，得尚君之玉音。」斯人屯：這些人的困苦，指老百姓的艱辛、苦楚。屯，《周易》卦名，有艱難之意。《周易·屯》：「彖曰：『屯，剛柔始交而難生。』」

〔一三〕「江南」四句：民生之艱辛，到江南一問便知道。以皇上恩德安撫百姓，即便是冬天，也會感到如沐春光。

〔四〕「吾言」二句：我説的這些是爲政的大綱，不僅僅是鍼對江南一地而言。

【附録】

黄震《黄氏日鈔》卷六一評曰：「指陳治道之要者也。」

李燾《長編》卷一七三仁宗皇祐四年秋九月辛酉（十九日）：「絳前使江南，所寬減財力，賑救全活十數事，創爲五則，以均衙前役；斥陂湖利，奪其錮者予貧民；罷信州民運鹽，趣發運司以時輸送；宣州守奸賄不法，收以付獄，州人歡賀。」

葉廷秀《詩譚》卷一評點曰：「歐陽文忠論治詩：讀歐陽文忠《答子華學士安撫江南》、《送張洞推官赴永興經略司》二詩，指畫時敝，吐陳治略，寫出心上痌瘝，不可以詩論矣。然非文忠，誠不能有此詩也。其《答子華學士》云：『百姓病已久，一言難遽陳。（便有流涕意）良醫將治之，必究病所因。天下久無事，人情貴因循。優游以爲高，寬縱以爲仁。（坐是病根）。今日廢其小，皆謂不足論。明日壞其大，又云力難振。（天下事所謂壞於推委者大，所謂前人委之後人，後人又委之後人，竟何濟事？）旁窺各陰拱，當職自逡巡。歲月侵隳頹（繇來者漸），紀綱遂紛紜。坦坦萬里疆，蚩蚩九州民。昔而安且富，今也迫以貧。疾小不加理，浸淫將徧身。（繇治之不蚤也）湯劑乃常藥，未能去深根。針艾有奇功，暫痛勿吟呻。痛定支體胖，乃知鍼艾神。（韓子詠子産，鄉校不毀，鄭國以理，正是此意。四語正是用鍼艾猛先之意。爲政不多言，顧力行。）猛寬相濟理，古語六經存。蠹弊革僥倖，濫官絶貪昏。牧羊而去狼，未爲不仁人。（正是善用其仁）俊乂沈下位，惡去善乃伸（如何耳）。賢愚各得職，不治未之聞。此説乃其要，易知行每艱。遲疑與果決，利害反掌間。捨此欲有爲，吾知力徒煩。家至與户到，飽飢而衣寒。（二語正是徒煩罔益之意）三王所不能，豈特今所難。我昔忝諫列，日常趨紫宸。聖君堯舜心，閔閔極尤勤。子華當來時，玉音耳嘗親。（因時度勢，以求至當。須從虚公采詢中來）上副明主意，下寬斯人屯。江南彼一方，巨細到可詢。諭以上恩德，當冬反陽春。吾言乃其概，豈止一方云。（憂天下之心）』……愚按歐公二詩，即奏議無如此貼切。乃知熱腸報國者，一矢口不忘當世之慮，可謂有用文章矣。公詩有曰：『文章無用等畫虎。』豈非有所重哉？韓子曰：『君子居其位，則思死其官，未得位，則思修其辭，以明其道。』士君子固無時無地而得忘世也。」

廬山高贈同年劉中允歸南康

廬山高哉幾千仞兮，根盤幾百里，巀然屹立乎長江〔一〕。長江西來走其下，是爲揚瀾左蠡兮，洪濤巨浪日夕相舂撞〔二〕。雲消風止水鏡淨，泊舟登岸而遠望兮，上摩青蒼以晻靄，下壓后土之鴻厖〔三〕。試往造乎其間兮，攀緣石磴窺空谾。千巖萬壑響松檜，懸崖巨石飛流淙。水聲聒聒亂人耳，六月飛雪灑石矼〔四〕。仙翁釋子亦往往而逢兮，吾嘗惡其學幻而言哤。但見丹霞翠壁遠近映樓閣，晨鐘暮鼓杳靄羅幡幢。幽花野草不知其名兮，風吹露濕香澗谷，時有白鶴飛來雙〔五〕。幽尋遠去不可極，便欲絶世遺紛痝。羨君買田築室老其下，插秧盈疇兮釀酒盈缸。欲令浮嵐暖翠千萬狀，坐卧常對乎軒窻〔六〕。君懷磊砢有至寶，世俗不辨珉與玒。策名爲吏二十載，青衫白首困一邦。寵榮聲利不可以苟屈兮，自非青雲白石有深趣，其氣兀硉何由降？丈夫壯節以君少，嗟我欲説安得巨筆如長杠〔七〕！

【題解】

原輯《居士集》卷五，繫皇祐三年。作於是年，時知應天府。廬山高，新樂府題名。廬山，參見本書《送曇穎歸廬山》題解。同年，科舉時代同年考中的考生彼此相稱。題目「劉中允」下原注：「涣。」劉涣，字凝之，筠州（今江西高安）人。北宋著名史學家劉恕之父，歐的同年進士，性格剛直，不合於世，長期屈居下僚。作潁上令，因不肯屈節事人，以太子中允致仕，歸隱廬山。歐賦此詩爲之送行。南康，宋代軍名，治所在今江西星子。劉敞《公是集》卷二五亦有《送劉中允涣年五十餘以潁上縣令致仕卜居廬山》詩。詩人以歌詠神奇江山來讚揚朋友和抒寫情懷，詩中氣勢雄偉的廬山奇景，襯託歸隱友人絶世殊俗的高潔情操，亦藴含歸隱者懷才不遇的憤慨不平。首十句描寫泊舟長江、登岸遠眺的廬山雄姿；次十三句想象登臨廬山的奇特見聞，以及廬山深處勝似人間仙境的僧道世界；末十五句歌頌劉涣歸隱廬山的高遠志趣與豪壯氣節。雖爲贈别詩，卻不拘陳規老套，效法李白

《廬山謡寄廬侍御虚舟》詩法，融情于景，以游山者的行蹤爲綫索，由遠及近，從山到人，開闔鋪張，參差流宕，極盡七古句式之變化。全詩氣格雄豪，意境瑰麗，音韻鏗鏘，有一瀉千里之氣勢。以文爲詩的筆法，生新拗折的構架，更添跌宕縱横的文勢，是詩人平生自鳴得意的一篇力作。

【注釋】

〔一〕「廬山」三句：長江畔巍然屹立廬山，景象奇麗壯觀。　巀然：高山挺立貌，高峻貌。

〔二〕「長江」三句：廬山下彭蠡湖吞江揚波，洶湧澎湃。　揚瀾左蠡：彭蠡湖水波浪激蕩。《五燈會元》卷一〇：「廬山棲賢道堅禪師，有官人問：『如何是佛祖西來意？』師曰：『揚瀾左蠡，我風浪起。』」　左蠡：本爲城名，故址在今江西都昌西北左蠡山下，以臨彭蠡湖（鄱陽湖）之左（東面）而得名。此指彭蠡湖。

〔三〕「雲消」四句：遠望廬山之雄偉氣勢。據《于役志》景祐三年八月丁巳（十二日）紀事，歐陽修相約游廬山，因病未果。下文「試往」爲想象之辭。　晻靄：雲霧籠罩貌。一曰蔭蔽貌；重疊貌。　鴻厖：廣大而厚重。

〔四〕「試往」六句：想象登山途中的崖谷、松濤與瀑布。　空谺：空曠的山谷。　流淙：山石上飛懸的瀑布。　飛雪灑石矼：韓愈詩《盧郎中雲夫寄示送盤谷子詩兩章歌以和之》：「飛雨白日灑洛陽」。飛雪，瀑布濺起的水霧。石矼，石橋。

〔五〕「仙翁」七句：狀寫廬山佛廟道觀、僧侣道士之衆多，花草飛禽之奇特。仙翁：道士。學幻而言哤：佛道教義虚幻而雜亂。哤，言語雜亂。杳靄：煙霧彌漫貌。幡幢：廟宇和佛像前樹立的旗幟。

〔六〕「幽尋」六句：朋友歸隱居處之恬美寧靜。幽尋：探尋幽勝之境。紛厖：紛繁雜亂。浮嵐暖翠：山間雲氣和山野翠色。

〔七〕「君懷」九句：感慨朋友懷才不遇之身世、抑鬱難平之意氣。磊砢：植物多節，喻人有奇特才能。晉戴凱之《竹譜》：「竹之堪杖，莫尚於筇，磥砢不凡，狀若人功。」珉與玒：均爲玉石，等次不一。《漢書·司馬相如傳上》：「其石見赤玉玫瑰，琳瑉昆吾。」顔師古注引張揖曰：「琳，玉也。瑉，石之次玉者也。」許慎《説文解字》卷一上：「玒，玉也。」二十載：劉中允天聖八年（一〇三〇）進士及第出仕爲官，至皇祐三年（一〇五一）辭官歸隱，二十年間受困於州縣小官。青衫白首：滿頭白髮還是低級官吏。青衫，唐代官制，文官八品、九品穿青衫服，因以青衫喻卑官。其氣兀硉：劉敞《送劉中允涣年五十餘以潁上縣令致仕卜居廬山》：「五柳先生厭俗紛，拂衣歸去卧江濆。」兀硉，突兀高亢不平狀，形容憤懣難平之意氣。壯節：遠大的志向，壯烈的節操。《三國志·魏志·吕布臧洪傳論》：「陳登、臧洪並有雄心壯節，登降年夙隕，功業未遂，洪以兵弱敵强，烈志不立，惜哉！」長杠：長旗杆。

此詩輯入宋吕祖謙《宋文鑑》卷一三，又輯入明李蓘《宋藝圃集》卷九，又輯入清管庭芬、蔣光煦《宋詩鈔補·歐陽文忠詩補鈔》、厲鶚《宋詩紀事》卷一二。

【附録】

《宋史·劉恕傳》：「劉恕，字道原，筠州人。父渙字凝之，爲潁上令，以剛直不能事上官，棄去。家于廬山之陽，時年五十。歐陽修與渙，同年進士也，高其節，作《廬山高》詩以美之。渙居廬山三十餘年，環堵蕭然，饘粥以爲食，而游心塵垢之外，超然無慼慼意，以壽終。」

梅堯臣《宛陵先生集》卷四三《依韻和郭祥正秘校遇雨宿昭亭見懷》：「君乘瘦馬來，骨竦毛何長。下馬與我語，滿屋聲琅琅。一誦廬山高，萬景不得藏。出没望林寺，遠近數鳥行。鬼神露怪變，天地無炎涼。設令古畫師，極意未能詳。誦説冒雨去，夜宿昭亭傍。明朝有使至，寄多驚俗章。」篇後附注：「郭來誦歐陽永叔《廬山高》送劉復。」

黄庭堅《山谷集》卷三〇《跋歐陽文忠公廬山高詩》：「劉公中剛而外和，忍窮如鐵石……而公獨安樂四十年，起居飲食於廬山之下，没而名配此山，以不磨滅。」

司馬光《傳家集》卷六八《劉道原十國紀年序》：「渙，字凝之，進士及第，爲潁上令，不能屈節事上官，年五十棄官，家廬山之陽且三十年矣。人服其高，歐陽永叔作《廬山高》以美之，今爲屯田員外郎致仕云。」

葉夢得《石林詩話》卷中：「前輩詩文，各有平生自得意處，不過數篇，然他人未必能盡知也。毘陵正素處士張子厚善書，余嘗於其家見歐陽文忠子棐以烏絲欄絹一軸，求子厚書文忠《明妃曲》兩篇、《廬山高》一篇。略云：『先公平日，未嘗矜大所爲文，一日被酒，語棐曰：「吾《廬山高》，今人莫能爲，惟李太白能之。《明妃曲》後篇，太白不能爲，惟杜子美能之；至於前篇，則子美亦不能爲，惟我能之也。」因欲別録此三篇也。』」按：又見胡仔《苕溪漁隱叢話》前集卷二九、魏慶之《詩人玉屑》卷一七。

胡仔《苕溪漁隱叢話》前集卷二九引《王直方詩話》云：「郭功父少時喜誦文忠公詩。一日，過梅聖俞，曰：『近得永叔書，方作《廬山高》詩，送劉同年，自以爲得意。恨未見此詩。』功父爲誦之。聖俞擊節歎賞，曰：『使吾更作詩三十年，亦不能道其中一句。』功父再誦，不覺心醉，遂置酒，又再誦，酒數行，凡誦十數徧，不交一談而罷。明日，聖俞贈功父詩，其略曰：『一誦《廬山高》，萬景不得藏，設令古畫師，極意未能詳。』」又云：「余閲《宛陵集》，聖俞於此詩自注云：『郭來誦歐陽永叔《廬山高》。』」按：又見蔡正孫《詩林廣記》後集卷一、阮閲《詩話總龜》前集卷八。

胡仔《苕溪漁隱叢話》後集卷二三：「近觀《本朝名臣傳》，乃云：『歐陽修爲詩，謂人曰：《廬山高》惟韓愈可及；《琵琶前引》，韓愈不可及，杜甫可及；《後引》，李白可及，杜甫不可及。其自負如此。』則與《石林》所紀全不同。《琵琶引》即《明妃曲》也。」按：又見魏慶之《詩人玉屑》卷一七、蔡正孫《詩林廣記》後集卷一。

袁文《甕牖閒評》卷五：「唐李端有《巫山高》一篇，歐陽文忠公作《廬山高》以擬之。」

樓鑰《攻媿集》卷七一《跋東坡送劉道原歸南康詩》：「劉凝之棄官居南康，歐陽公所爲賦《廬山高》，山谷謂其忍貧如鐵石者，是生道原，坡公亟稱之，所謂古君子，即凝之也。司馬公《通鑑》一書，賴道原爲多。其子壯輿亦奇士。坐客問此詩本末，因爲道此。」

費袞《梁谿漫志》卷七：「歐公作《廬山高》，氣象壯偉，始與此山爭雄，非公胸中有廬山，孰能至此！」

史容《山谷外集詩注》卷九《過致政屯田劉公隱廬注》：「劉焕字凝之，筠州人，舉進士爲潁上令，以剛直不屈棄官家於廬山之陽，時年五十，歐陽公爲作《廬山高》。」

黄震《黄氏日鈔》卷六一評曰：「文之豪者也。」

王逢《梧溪集》卷四《送日本僧得中游廬山》有句云：「嘗歌廬山謡，既誦廬山高。謫仙歐九氣兩鏖，後世邈見詩人豪。」

周叙《詩學梯航》：「詩自賡歌既作，有琴操焉……蘇東坡《芙蓉城》、歐陽文忠《廬山高》，在宋人中深不亦易得。」

黄溥《詩學權輿》卷一二：「文忠公贈中允劉涣凝之，以《廬山高》名篇，廬山在江州，實東南之奇觀。劉君居於山下，其爲人極有氣節，不屈乎時。文忠作此贈之，以廬山極其高，狀劉君氣節之豪邁發越極其妙，故梅聖俞云：『一誦《廬山高》，萬景不得藏。設令古畫師，極意未能詳。』郭功父少時有曰：『近得永叔書，方作《廬山高》詩送劉同年，自以爲得意，恨未見此詩。』功父爲誦之，聖俞擊節歎賞，曰：『使君更作詩三十年，亦不能道其中一句。』功父再誦，不覺心醉，遂置酒又再誦，酒數行，凡誦十數徧，不交談而罷飲。歐公一日被酒語其子棐曰：『吾詩《廬山高》，今人莫能爲，惟李太白能之。』先儒又曰：『其文豪縱，有類于李翰林《蜀道難》，而韻險過之。』」

文徵明《甫田集》卷二《題廬山圖（余爲林師寫《丘壑高》，間用謝幼輿事也，而石田丈以《廬山高》賦之，輒亦賦此）》：「壯哉廬山天下奇，瀑流千丈江瀰瀰。何人鉅筆寫奇秀，歐公昔贈劉君詞。蒐玄抉怪轢萬象，萬古直與山爭馳。莆田先生山澤姿，壯節五老同崔嵬。名通仕版偶服吏，癖在泉石終難醫。高堂東絹風披披，令我掃筆爲嶔崎。飛橋細路緣翠壁，偃松絶壑臨蒼坻。已擬先生謝幼輿，故著逸士泉之湄。就中有理未可説，卻被石翁加品題。惟翁自有王維筆，謂我解畫歐公詩。由來絶倡不可和，況此粉墨那容追。秖應披霧見突兀，庶此峻拔如吾師。吾師真是劉凝之，我視六一無能爲。凝之不作六一遠，此詩此畫誰當知。」

郎瑛《七修類稿》卷三六：「予論《廬山高》全似太白，前引類杜，後引類韓，當以石林所記爲是。但歐公自不當謂前引則子美亦不能此，或棐乃過譽乃翁之辭，抑夢得誤紀之耶？若《名臣録》所記《廬山高》豈似韓耶？二引既不擬李，又雜太白之名，何也？此必其傳聞也。」

王世貞《弇州山人四部稿》卷一三六：「歐陽公《廬山高》，自謂出李、杜上，不滿識者一笑。然其雄勁豪放，亦是公最合作詩也。凡李、杜長歌所以妙者，有奇語爲之骨，有麗語爲之姿。若十萬衆長驅，而中無奇正，器甲不精麗，何言師也！山谷此書，姿態猶存，而鋒勢都乏，豈石頑工拙之故耶？」

王世貞《藝苑卮言》卷四：「歐陽公自言《廬山高》、《明妃曲》，李杜所不能作。余謂此非公言也，果爾，公是一夜郎王耳。《廬山高》僅玉川之淺近者，無論其他。秖『半壁見海日，空中聞天雞』，太白率爾語，公能道否耶？二歌警句，如『紅顔勝人多薄命，莫怨春風强自嗟』，尋常閨閤，不足形容明妃也。『耳目所及尚如此，萬里安能制夷狄』，論學繩尺，公從何處削去之乎拾來？」按：又見王昌會《詩話類編》卷二三。

孫鑛《書畫跋跋》卷二下：「歐公初爲此詩，梅聖俞恨未見，郭功甫爲頌之。聖俞極歎賞，令再誦，因置酒，又再誦，每誦一徧，酒數行，如此十徧，竟不交一言而罷。今司冦乃短之如此，亦時尚異耳。歐公失處，乃由用險韻，又不能以五七言行之，卻作枝蔓語輾轉以就其韻，故味不長。然歐詩他佳者尚多，謂此爲最合作詩亦未然。」

郭子章《豫章詩話》卷三：「劉凝之，宋天聖中爲潁上令，棄官歸，徙居廬山之陽。歐公與公同年，高其節，賦《廬山高》以美之，中有『丈夫壯節似君少』之句。朱文公守南康，爲作《壯節亭記》，蘇子由稱其『冰清玉剛，廉潔不撓，凜乎非今世之士』。張耒云：『文章似司馬遷、談，而遷、談無其氣節；風節似疏廣、受，而廣、受無其文學。』」

胡應麟《詩藪》外編卷五：「歐陽自是文士，旁及詩詞。所爲《廬山高》、《明妃曲》無論旨趣，秖格調迴與歌行不同。驚駭俗流可耳，唐突李、杜何也？《滄浪篇》、《詠雪行》，體制稍合，然亦退之後塵。」

彭大翼《山堂肆考》卷八一：「宋劉渙，字凝之，剛直不屈於上位，即棄官歸家於廬山之陽，嘗作《騎牛歌》曰：『我騎牛，君莫笑，萬事從吾好。』李伯時爲畫騎牛圖。歐陽文忠與渙爲同年進士，高其節，作《廬山高》以美之。渙居廬山三十餘年，環堵蕭然，饘粥爲食，而游心塵垢之外，超然無戚戚之意，以壽終。」

王昌會《詩話類編》卷二二：「歐陽公自言《廬山高》《明妃曲》，李杜所不能作。余謂此非公言也，果爾。公是一夜郎王耳。《廬山高》僅玉川之淺近者，無論其他。秖『半壁見海日，空中聞天雞』，太白率爾語，公能道否耶？二歌警句如『紅顏勝人多薄命，莫怨春風强自嗟』，尋常閨閤不足形容明妃也。『耳目所及尚如此，萬里安能制夷狄』，二句警策。」

支允堅《藝苑閒評》：「歐陽文忠公《廬山高》自謂出李杜上，不滿識者一笑。然其雄勁豪放，亦是公最合作也。凡李杜長歌之妙，有奇語爲之骨，麗語爲之姿。若千萬兵馬並驅，而奇正器甲，無不精麗，文忠視此，謂無有愧色耶？王元美曰：『此論學繩尺語，公從何處拾來？』」

葉矯然《龍性堂詩話》續集：「永叔語其子棐曰：『吾《廬山高》惟李太白能之。《明君曲》雖太白不能，惟子美能之；至其後篇，雖子美不能，惟吾能也。』今其詩具在，試取太白《廬山謡》與較之，果何如也？《明君曲》前後篇與『群山萬壑』，直有仙凡之隔。人苦不自知，『家有敝帚，享之千金』，不意永叔而作是言也。或曰其子揚厥考之詞，非六一語也。良然。」

王士禛《帶經堂詩話》卷四：「宋承唐季衰陋之後，至歐陽文忠公始拔流俗，七言長句高處直追昌黎，自王介甫輩皆不及也。《廬山高》一篇，公所自負，然殊非其至者。」

宋長白《柳亭詩話》卷一〇以爲《廬山高》：「另有一種氣色，亦須另具一副手眼讀之。」

宋長白《柳亭詩話》卷三〇：「按凝之名渙，與歐陽公同舉進士，以剛直棄官，隱於廬山之陽，號西澗先生。歐公作《廬山高》以美之。」

賀裳《載酒園詩話》：「公嘗謂人曰：『吾《廬山高》惟韓愈可及。《琵琶前引》韓愈不可及，杜甫可及；《後引》李白可及，杜甫不可及。』《石林詩話》則曰：『吾詩《廬山高》，今人莫能爲，惟李太白能之。《明妃曲》後篇，太白不能爲，惟杜子美能之；至於前篇，則子美亦不能爲，惟吾能之也。』二説聚訟，總可不論，大抵自矜，則斷然者矣。（黄白山評：「宋人沾沾自喜，如夜郎之不知漢大，歐公盛德，亦不免爾爾。」）今觀《廬山高》僅僅鋪叙，言外别無意味。至若『君懷磊落有至寶，世俗不辨珉與玒』，『丈夫壯節似君少，嗟我欲説安得鉅筆如長杠』，雖曰『横空盤硬語』，實傖父聲音耳。」按：又見吴喬《圍爐詩話》卷五。

李光地《榕村語録》卷三〇：「歐詩學韓而筆力不及，卻於不及處露出自己本色。如《斑斑林間鳩》、《重讀徂徠集》之類，但他自己極得意的《廬山高》卻不見得佳處安在。」

姚範《援鶉堂筆記》卷四〇：「葉石林《詩話》紀公子叔弼云……余按：公筆力既不及前人崛奇，其長句多不可人意，且經營地上語耳，乃欲擬太白飛仙耶！篇中『洪濤鉅浪』、『雲消風止』、『千巑萬壑』、『懸崖鉅石』、『丹霞翠壁』、『晨鐘暮鼓』、『幽花野草』、『風吹露濕』、『浮嵐暖翠』、『青山白雲』、『青雲白石』，四字句俱犯複，學幻言哤，學究氣，後幅尤覺鼠尾，阮亭不取甚當。且易椽筆爲『長杠』，尤未安。跨躐李、杜，或非公語。」

紀昀《四庫全書總目》卷一八二：「（王）戩字孟穀，漢陽人。新城王士禛最稱其《池陽山行長句》，以爲突過歐陽修《廬山高》，蓋士禛於歐詩不喜《廬山高》，是以見有長句崛奇者即謂能過之，其實未能也。」

翁方綱《復初齋文集》卷三《廬山紀游圖序》：「廬山詩，歐陽子一篇最著。」

翁方綱《石洲詩話》卷三：「歐公有《太白戲聖俞》一篇，蓋擬太白體也。然歐公與太白本不同調，此似非當家之作。《廬山高》亦然。」

翁方綱《石洲詩話》卷五：「歐公《廬山高》用江韻尚可，若胡傲軒《海棠》給四江韻一篇，則幾於有韻無詩矣。」

翁方綱《石洲詩話》卷五：「七言歌行，以極長之句，雜以騷體，中插三言、四言，皆所不難。獨中間插入七言整句一聯，則頗難合拍。雖以歐公《廬山高》，尚未免以氣勝壓人也。求於此等處拍出正調之七言，而從容中節，毫無强拗，蓋洵所罕見。所以漁洋極不勸人爲此。」

洪亮吉《北江詩話》卷一：「歐陽公善詩而不善評詩，如所推蘇子美、梅聖俞，皆非冠絶一代之才。又自詡《廬山高》一篇，在公集中，亦屬中下。」

胡壽芝《東目館詩見》卷四：「永叔《廬山高》一詩最得意，蓋用險韻，而以長句屈曲達之，遂覺穩峭可喜，然非傑作，何謂出李、杜上？」

潘德輿《養一齋詩話》卷七：「歐公被酒時語其子云：『吾詩《廬山高》，今人莫能爲，惟太白能之。《明妃曲》後篇，太白不能爲，惟杜子美爲之；前篇則子美亦不能爲，惟吾爲之。』歐公三詩具在，猶是宋人駕氣勢、行議論詩耳，遽云李、杜所不到，此真被酒時言語。石林津津述之，亦無鑑别也。」

陸以湉《冷廬雜識》卷三：「歐陽公《廬山謡》二百九十六字，衹叶十三韻，此詩中奇格也。」

去思堂手植雙柳今已成蔭因而有感

曲欄高柳拂層簷，却憶初栽映碧潭〔一〕。人昔共游今孰在，樹猶如此我何堪〔二〕！壯心無復身從老，世事都銷酒半酣。後日更來知有幾，攀條莫惜駐征驂〔三〕。

【題解】

原輯《居士集》卷一二，繫至和元年（一〇五四）。作於是年四月，詩人時年四十八歲，在潁州母喪除服後，由末聯可知作於離潁赴闕前夕。胡《譜》：皇祐四年「三月壬戌（十七日），丁母夫人憂，歸潁州。」又至和元年「五月，服闋，除舊官職，赴闕。」古制父母喪守孝三年，一般二十五個月，第三年頭月「大祥」後可除喪服，歐母喪除服當在本年四月。去思堂，參見本書《答杜相公寵示去思堂詩》題解。堂前雙柳，歐陽修皇祐元年（一〇四九）知潁州時所植；一曰晏殊慶曆四年（一〇四四）知潁州時所植。晏殊，參見本書《寄謝晏尚書二絶》題解。正德《潁州志》卷一：「宋晏元獻公殊以使相出知潁州，作屋北渚之北，臨西溪，以爲出祖所。初名清漣閣，嘗手植雙柳閣前，既代，民不能忘，更題曰『去思』，後又更曰『雙柳閣』。」詩人撫今追昔，睹物思人，感慨歲月流逝，世事滄桑，悲從中來。詠物傷懷，詩境蒼涼，情致動人。

【注釋】

〔一〕「曲欄」二句：去思堂前的兩棵柳樹，是自己知潁州時種植，今已長大，高可拂簷。

〔二〕人昔共游：皇祐初年，歐出知潁州時與吕公著、焦千之、張洞、王深甫、魏廣等人同游去思堂者，時皆不在潁州。樹猶如此：自然物有榮衰變化，人卻無法抗拒衰老。《世説新語·言語》：「桓公北伐，經金城，見前爲瑯琊時種柳，皆已十圍，慨然曰：『木猶如此，人何以堪！』攀枝折條，泫然流淚。」

〔三〕駐征驂：停下征途上的車馬。

【附録】

此詩輯入清康熙《御定佩文齋廣群芳譜》卷七六、《御選宋金元明四朝詩·御選宋詩》卷四六、吴之振《宋詩鈔》卷一二。

吴曾《能改齋漫録》卷八：「魏文帝《柳賦》：『在余年之二七，植斯柳乎中庭。始圍寸而高尺，今連拱而九成。』桓温北伐，經金城，見爲瑯琊時種柳，皆已十圍，慨然曰：『木猶如此，人何以堪？』乃知睹木而興嘆，代有之矣。按，《廣人物志》載：『蘇頲年五歲，裴談過其父。試誦庾信《枯樹賦》，頲避談字，易其韻曰：「昔年移柳，依依漢陰。今看摇落，悽愴江潯。樹猶如此，人何以任？」』文忠公詩云：『人昔共游今孰在，樹猶如此我何堪？』荆公詩：『道人從南來，問松我東岡。舉手指屋脊，云今如許長。』劉斯立詩云：『麥隴漫漫宿槁黄，新苗寸寸未禁霜。手中馬箠餘三尺，想見歸時如許長。』意皆相沿以生也。」按：又見吴幵《優古堂詩話》。

劉學箕《方是閒居士小稿》卷上有《紫溪莊舍讀癸丑壁間舊題，轉眼忽十八年，同游十不存一。滋蘭弟亦作古人，拂拭灑涕，幾不能去。因誦歐公詩云：「人昔共游今有幾？樹猶如此我何堪。」以是爲韻，感懷成十四章，庚午四月中澣》詩。

范大士《歷代詩發》卷二三評此詩曰：「大有攀枝執條之慨。」

去思堂會飲得春字

世事紛然百態新，西岡一醉十三春〔一〕。自慚白髮隨年少，猶把金鐘勸主人〔二〕。黄鳥亂飛深夏木，紅榴初發艷清晨。佳時易失閑難得，有酒重來莫厭頻。

【題 解】

原輯《居士外集》卷六，無繫年，列皇祐元年、二年詩間，誤。作於至和元年四月，時母喪服除，尚未由潁州赴闕。題下原注：「甲午四月，潁州張唐公座上。」張瓌，字唐公，滁州全椒人。仁宗朝歷知洪、潁、揚等州，拜淮南轉運使，出爲黄州，還判流内銓。英宗時進左諫議大夫、翰林侍讀學士，出知濠州、應天府等。《宋史》卷三三〇有傳。《長編》卷一七〇皇祐三年五月庚午（二十一日）：（宰臣文彦博等言）：「伏見工部郎中、直史館張瓌十餘年不磨勘，朝廷獎其退静，嘗特遷兩浙轉運使，代還，差知潁州，亦未嘗以資序自言。」《宋史·張瓌傳》亦云：「知潁州，揚州，即拜淮南轉運使。」去思堂，亦稱清漣閣。《大清一統志》卷八九《潁州府》：「去思堂在府城内。宋晏殊以使相知潁州，於北渚建清漣閣，殊既去，民思之，改今名。」此爲分韻同題詩，叙寫世事滄桑、人生易老的生活體驗，抒發對酒當歌、及時行樂的人生感慨。巧比妙喻，裁對精工，意藴委婉深沉。

【注 釋】

〔一〕西岡：晏殊在汴京的私宅所在地。曾慥《類説》卷五七引《王直方詩話》：「紅梅獨盛于姑蘇，晏元獻始移植西岡第中。」又張耒《柯山集》卷二〇有《予向集賢殿罷試，寓居京師，嘗游西岡……》詩，可知西岡在汴京。十三春：十三年前，即慶曆元年（一〇四一），歐以館閣校勘與修《崇文總目》，當在京師西岡晏殊私邸與張唐公有過醉飲。

〔二〕金鐘：盛酒器。《列子·楊朱》：「朝之室也，聚酒千鐘，積曲成封，望門百步，糟漿之氣逆於人鼻。」

【附録】

此詩輯入清康熙《御選宋金元明四朝詩·御選宋詩》卷四六、吴之振《宋詩鈔》卷一二、陳訏《宋十五家詩選·廬陵詩選》。

梅聖俞寄銀杏

鵝毛贈千里，所重以其人。鴨脚雖百箇，得之誠可珍〔一〕。問予得之誰，詩老遠且貧〔二〕。霜野摘林實，京師寄時新〔三〕。封包雖甚微，採掇皆躬親〔四〕。物賤以人貴，人賢棄而淪〔五〕。開緘重嗟惜，詩以報殷勤〔六〕。

【題解】原輯《居士集》卷五，繫至和元年。作於是年秋，時除母喪還京，權判流内銓，歷經一番折騰，最終留京師修《唐書》。胡《譜》：至和元年「六月癸巳（一日），朝京師，乞郡，不許。七月甲戌（十三日），權判流内銓。會小人詐爲公奏請汰内侍，其徒怨怒，以胡宗堯不當改官事中公。戊子（二十七日），出知同州。判吏部南曹吴充，爲公辨明，不報。知諫院范鎮再極言，而參知政事劉沆方提舉修《唐書》，亦乞留公修書。八月丙午（十五日），沆拜相。戊申（十七日），詔公修《唐書》。」梅堯臣時在宣城守父喪。題下原注：「一作『和聖俞銀杏見寄代書之什』」。據「霜野」、「京師」句，可知作於秋季。梅堯臣《宛陵先生集》卷四二有《代書寄鴨脚子於都下親友》，朱東潤繫於今年，本詩當爲獲寄後之作。《宛陵先生集》卷三五又有《依韻酬永叔示予銀杏》，即酬此詩，朱東潤繫至和二年。梅堯臣自宣城寄贈銀杏，禮輕仁義重，詩人直書胸臆，表達對朋友的謝忱，顯示雙方生死不渝的友情。以詩代書，夾叙夾議，既表現以文爲詩的特色，又顯示宋詩題材生活化、世俗化的走嚮。

【注釋】

〔一〕「鵝毛」四句：遥寄百個銀杏，有如千里送鵝毛，禮輕仁義重。贈千里：胡仔《漁隱叢話後集》卷三一：《復齋漫録》云：「諺云『情人眼裏有西施』，又云『千里寄鵝毛，物輕人意重』，皆鄙語也。」鴨脚：指銀杏，因其葉形酷似鴨脚，故名。此指銀杏果實，俗稱白果。歐有詩句云：「鴨脚生江南，名實未相符。」參見「附録」黄震《黄氏日鈔》卷六一。

〔二〕詩老：指梅堯臣。宋人喜好稱老，年過四十皆謂老。時梅堯臣五十一歲，遠在宛陵守母喪。

〔三〕時新：應時而鮮美的東西，此指銀杏。元顧瑛《次韻觀音山》：「山中九月銀杏熟，庭下五株丹桂好。」

〔四〕「封包」二句：銀杏數量雖少，却都是梅氏一顆顆親自采摘的，物輕仁義重啊！　封包：封緘。亦指封緘著財物、文書等的封套。

〔五〕棄而淪：梅聖俞久試不第，不被朝廷重用。

〔六〕開緘：拆開（函件等）。李白《久别離》詩：「况有錦字書，開緘使人嗟。」　殷勤：情意懇切。晏殊《清平樂》詞其二：「蕭娘勸我金卮，殷勤更唱新詞。」

【附録】

此詩輯入宋祝穆《古今事文類聚》後集卷二七、陳景沂《全芳備祖集》後集卷七，又輯入清康熙《御定佩文齋廣群芳譜》卷五九、《御定佩文齋詠物詩選》卷二九三。

任淵《山谷内集詩注》卷二「霜林收鴨脚，春網薦琴高」句下注：「歐陽公有《謝梅聖俞寄銀杏》詩曰：『鴨脚雖百個，得之誠可珍。』又云：『霜野摘林實，京師寄時新。』聖俞即宣州人，琴高，鯉魚也。《列仙傳》：琴高爲宋舍人，後乘赤鯉見其弟子。後山嘗有句云『霜林堆鴨脚，春味薦貓頭』，今山谷乃有此句，雖各極其妙，豈非效此耶？」

黄震《黄氏日鈔》卷六一評曰：「『鵝毛贈千里，所重以其人。鴨脚雖百個，得之誠可珍。』……蓋銀杏名鴨脚，中原所無也。今江南有草名鴨脚，而此果則自名銀杏。」

贈王介甫

翰林風月三千首，吏部文章二百年〔一〕。老去自憐心尚在，後來誰與子爭先〔二〕。朱門歌舞爭新態，緑綺塵埃試拂絃〔三〕。常恨聞名不相識，相逢罇酒盍留連〔四〕。

【題解】 原輯《居士外集》卷七，繫嘉祐元年，誤。當作於至和元年秋，時任翰林學士，在京修《唐書》。胡《譜》：至和元年「八月丙午（十五日），沆拜相。戊申（十七日），詔公修《唐書》。」王介甫，即王安石，撫州臨川人。慶曆二年進士，初知鄞縣，有政聲。神宗朝兩度爲相，積極推行變法，罷相後退居金陵。文風峭拔雄健，爲古文「唐宋八大家」之一。《長編》卷一七七至和元年九月辛酉（一日）：「殿中丞王安石爲群牧判官。安石力辭召試，有詔與在京差遣。及除群牧判官，安石猶力辭，歐陽修諭之，乃就職。」葉夢得《避暑録話》卷上云：「王荆公初未識歐文忠公，曾子固力薦之，公愿得游其門，而荆公終不肯自通。至和初，爲群牧判官，文忠還朝，始見知，遂有『翰林風月三千首，吏部文章二百年』之句。」歐、王初次會晤時間，應以此「至和初」爲當。由末聯可知，此詩作於歐、王初次面晤之前。王安石《臨川先生文集》卷二二有《奉酬永叔見贈》詩。本詩首聯盛讚王安石詩文創作成就，頷聯、頸聯自歎衰老，將文壇復古、詩文革新的希望，寄託在後起之秀王安石身上，更希望王氏能繼自己之後主盟文壇，領導詩文革新健康發展。尾聯表達傾慕之情，熱切誠邀杯酒聯歡，體現一位文壇宗師對後起之秀的關愛和支持。全詩一氣呵成，音調朗暢，情韻深雋。王安石的回詩《奉酬永叔見贈》，對歐陽修的推崇褒獎，表示由衷感謝，而詩中透露的慨然以天下爲己任的雄心狀志，展示其志向在於立德、立功，不屑於僅僅立言及主盟文壇。自從此次會晤之後，歐王雙方書信往來頻繁，儘管晚年兩人政見不盡相同，卻終生保持友好交往。

【注　釋】

〔一〕「翰林」二句：以李白、韓愈詩文成就勉勵王安石。王安石《奉酬永叔見贈》：「他日若能窺孟子，終身何敢望韓公？」　翰林：李白曾任翰林院供奉，故稱。　風月：指詩文。　宋羅燁《醉翁談録·小説引子》：「編成風月三千卷，散與知音論古今。」　吏部：韓愈曾任吏部侍郎，世稱韓吏部。

〔二〕「老去」二句：自己追隨李、韓詩文創作的雄心尚在，可歎的是一天天衰老了；在文壇的後起之秀中，不知誰能與你王安石競爭了。《王荆公年譜考略》卷五：「歐陽公詩好李白，文宗韓昌黎，故云『老去自憐心尚在』，三句作一氣讀，蓋公所以自道也。『後來誰與子爭先』，則始及介甫矣。」

〔三〕「朱門」二句：勉勵王安石不從時俗，追求古文古道。朱門歌舞：喻時文與西崑體詩。緑綺：古琴名。傅玄《琴賦序》：「司馬相如有琴曰緑綺。」古琴重彈，喻復古旗幟下的詩文革新。

〔四〕「常恨」二句：邀請對方面晤，希望相逢時杯酒聯歡。葉夢得《避暑録話》卷上有云：「王荆公初未識歐文忠公，曾子固力薦之，公愿得游其門，而荆公終不肯自通。」曾鞏慶曆七年《與王介甫第一書》亦云：「歐公甚欲一見足下，能作一來計否？胸中事萬萬，非面不可道。」可知歐、王十年來「聞名不相識」。

【附録】

此詩輯入清康熙《御選宋金元明四朝詩·御選宋詩》卷四六、吴之振《宋詩鈔》卷一二、陳焯《宋元詩會》卷一一、陳訏《宋十五家詩選·廬陵詩選》。

王安石《臨川先生文集》卷七四《上歐陽永叔書》其二：「某以不肖，愿趨走于先生長者之門久矣。初以疵賤，不能自通。閣下親屈勢位之尊，忘名德之可以加人，而樂與之爲善……過蒙奬引，追賜詩書（即本詩），言高旨遠，足以爲學者師法。惟褒被過分，非先進大人所宜施於後進之不肖，豈所謂『誘之欲其至於是』乎？雖然，懼終不能以上副也，輒勉强所乏，以酬盛德之貺（作《奉酬永叔見贈》詩），非敢言詩也，惟赦其僭越，幸甚。」按：此書作於「蒙恩出守一州（常州）」的嘉祐二年，所追述的仍至和元年之事。

吴幵《優古堂詩話》：「韓子蒼言歐陽文忠公《寄荆公》詩云：『翰林風月三千首，吏部文章二百年。』吏部蓋謂《南史》謝朓，于宋明帝朝爲吏部尚書郎，長五言詩。沈約嘗云：『二百年來無此詩也。』文忠之意，直使謝朓事，而荆公答之曰：『他日若能窺孟子，終身安敢望韓公。』則荆公之意，竟指吏部爲退之矣。」

葉夢得《避暑録話》卷上：「王荆公初未識歐文忠公，曾子固力薦之，公愿得游其門，而荆公終不肯自通。至和初爲群牧判官，文忠還朝，始見知，遂有『翰林風月三千首，吏部文章二百年』之句。然荆公猶以爲非知己也，故酬之曰：『它日倘能窺孟子，此身安敢望韓公。』自期以孟子，處公以爲韓愈，公亦不以爲嫌。」

莊綽《雞肋編》卷上：「歐陽文忠有《贈介甫》詩云：『翰林風月三千首，吏部文章二百年。老去自憐心尚在，後來誰與子爭先？』王答云：『它日若能窺孟子，終身何敢望韓公。』余少時聞人謂吏部乃隱侯，非文公也。翰林詩無三千，亦非太白。後見《沈約傳》，雖嘗爲吏部郎，及稱謝朓云：『二百年來無此詩。』謂由建安至宋元嘉二百三十餘年，舉其全數耳。自嘉祐上至唐元和，餘二百五十年，去元嘉則遠矣。則吏部蓋指韓也。鄭谷有《題太白集詩》云：『何事文星與酒星？一時分付李先生。高吟大醉三千首，留著人間伴月明。』永叔所引，但用沈二百年之語，加於退之，以對翰林三千首耳。詩年之數，安在如書馬數馬乎？」

朱翌《猗覺寮雜記》卷上：「歐陽永叔贈介甫云：『翰林風月三千首，吏部文章二百年。』介甫答云：『他日若能窺孟子，終身何敢望韓公。』議者謂介甫怒永叔以退之相比，介甫不知二百年事乃《南史》謝朓吏部也，沈約見其詩云『二百年來無此詩』，以介甫爲誤。以余考之，歐公必不以謝比介甫，介甫不應誤以謝爲韓也。孫樵《與高錫望書》曰：『唐朝以文索士，二百年間，作者數十輩，獨高韓吏部。』歐公用此爾。介甫未嘗誤認事也。見《孫樵集》。」

黄徹《䂬溪詩話》卷第五：「永叔以昌黎比介甫。答云：『他日若能窺孟子，終身何敢望韓公。』吴季野以方賈誼。答云：『俯仰謬恩方自歉，慚君將比洛陽人。』皆憤然不平，如惡無鹽唐突。而宋景山贈文忠詩，有『才如夢得多爲累，情似安仁久悼亡』，即開門當之。二公何抑揚之異也。」

胡仔《苕溪漁隱叢話》前集卷三〇引《漫叟詩話》：「歐公有詩與王荆公云：『翰林風月三千首，吏部文章二百年。』荆公答詩云：『他日若能窺孟子，終身何敢望韓公。』文忠所謂吏部乃謝吏部也，後人疑荆公有韓公之句，遂以爲韓吏部，非也。此二聯政不相參涉。」又云：「齊吏部侍郎謝朓，以清詞麗句，動於一時，長五言詩，與沈約友善，約嘗謂二百年來無此詩也。歐公所用乃此事，見《南史》。」

吴曾《能改齋漫録》卷三：「韓子蒼言，歐陽文忠公《寄荆公》詩云：『翰林風月三千首，吏部文章二百年。』吏部，蓋謂《南史》：『謝朓于宋明帝朝，爲尚書吏部郎，長五言詩。沈約嘗云：「二百年來，無此詩」』也。文忠之意，直使謝朓事。而荆公答之曰：『他日若能窺孟子，終身安敢望韓公。』則荆公之意，竟指吏部爲退之矣。」

葛立方《韻語陽秋》卷一八：「王介甫、蘇子瞻皆爲歐陽文忠公所收，公一見二人，便知其他日不在人下。《贈介甫詩》云：『老去自憐心尚在，後來誰與子爭先。』子瞻登乙科，以書謝歐公，歐公語梅聖俞曰：『老夫當避此人，放出一頭地。』當是時，二人俱未有聲，而公知之於未遇之時，如此所以爲一世文宗也與？東坡跋梅聖俞詩後云：先君與梅二丈游時，軾與子由弟年甚少，未有知者。家有老泉公作詩云：『歲月不知老，家有雛鳳凰。百鳥戢羽翼，不敢呈文章。』則二蘇當少年時，已擅文價矣。」

葛立方《韻語陽秋》卷一八：「歐公贈介甫詩云：『翰林風月三千首，吏部文章二百年。』可謂極其褒美。世傳介甫猶以歐公不以孔孟許之爲恨。故作報詩云：『他日若能窺孟子，終身何敢望韓公。』恐未必然也。嘗讀曾子固集，見子固與介甫書云：『歐公更欲足下少開廓其文，勿爲造語及模擬前人。孟韓文雖高，不必似之，但取其自然。』蓋荆公之文，因子固而授於歐公者甚多，則知介甫歸附歐公，非一日也。葉少藴以爲荆公自期於孟子，而處歐公以韓愈，恐未必然爾。」

單宇《菊坡叢話》卷二三：「王十朋云：『翰林風月三千首，吏部文章二百年。老去自憐心尚在，後來誰與子爭先？』此歐公贈王介甫詩也。介甫不肯爲退之，故答歐詩云：『他日略曾窺孟子，終身何敢望韓公。』由今日觀之，介甫之所成就，與退之孰優孰劣，必有能辨之者。予謂歐公此詩，可移贈東坡，則贈者不失言，當者無愧色。」

俞弁《山樵暇語》卷七：「王介甫嘗有譏韓昌黎詩曰：『紛紛易盡百年身，舉世無人識道真。力去陳言誇末俗，可憐無補費精神。』青溪姚世昌指介甫謂『無忌憚者』。余竊疑之。歐陽永叔《贈介甫》云：『翰林風月三千首，吏部文章二百年。』介甫答云：『他日若能窺孟子，終身何敢望韓公。』噫！前後之言何不同如此，徒貽後世之議。」

蔡上翔《王荊公年譜考略》卷五：「歐陽公詩好李白，文宗韓昌黎，故云『老去自憐心尚在』，三句作一氣讀，蓋公所以自道也。『後來誰與子爭先』，則始及介甫矣。又寄蘇子美詩：『韓孟於文詞，兩雄力相當。』『寂寥二百年，至寶埋無光。』則皆可爲次句確證，首言詩，次言文也。韓子蒼見《南史》辭句偶同，遂强作解事。歐公豈於謝朓詩自言『老去自憐心尚在』哉？介甫詩曰『欲傳道義心雖壯，强學文章力已窮。』言壯心猶在道義，若文章，至力窮之後，雖終身望韓公不能。此正答『後來誰與子爭先』，而若不敢以韓公自任，曷嘗怒歐公以退之相比哉？合觀二公詩，其爲交相傾服，何其至也……世傳歐陽詩以第五、第六句不得入《居士集》，予謂介甫詩首四句亦覺牽和費力。要之詩以道性情，宋儒爲詩多言道德性命，又束以近體七言，其不能揮灑如意，雖二公猶不免焉。」

陳衍《宋詩精華録》卷一：「《贈王介甫》前半首云：『翰林風月三千首，吏部文章二百年。老去自憐心尚在，後來誰與子爭先。』《唐崇徽公主手痕碑》云：『玉顏自古爲身累，肉食何人與國謀』，皆傳作也。」

寄子春發運待制

廣陵花月嘗同醉，睢苑風霜暫破顔〔一〕。但喜交情久彌重，休嗟人事老多艱〔二〕。壯心未忍悲華髮，强飲猶能倒玉山〔三〕。留滯江湖應不久，多爲春酒待君還〔四〕。

【題　解】

原輯《居士外集》卷六，無繫年，列皇祐二年與至和元年詩間。作於至和元年秋，在京任翰林學士，主修《唐書》。子春發運待制，即許元，字子春。據《長編》卷一六七皇祐元年十月乙酉（二十六日）紀事，許元由淮南江浙荆湖發運副使升任發運使，駐揚州，同書卷一七一皇祐四年十月「戊戌，淮南江浙荆湖制置發運使、侍御史許元爲刑部員外郎、天章閣待制」。據詩題「發運待制」，此詩作於歐今年終喪返京後。詩歌以酒飲爲話題，感慨人事多艱，壯志難酬，同時勸慰朋友，展示摯友深情。裁對精工，意藴深婉，一唱三歎，以情韻取勝。

【注　釋】

〔一〕「廣陵」二句：揚州花前月下曾經醉飲同歡，應天府秋霜中又曾短暫相聚。廣陵：揚州。歐慶曆八年知揚州，曾與梅堯臣、許元等中秋飲酒。見本書《招許主客》等詩。睢苑：漢梁孝王劉武所造園林。在睢陽（今河南商丘東），故稱。歐皇祐三年《真州東園記》有云：「歲秋八月，子春以其職事走京師，圖其所謂東園者來以示予。」

〔二〕「但喜」二句：衹需珍重彼此交久彌深的情義，不要埋怨歲月蹉跎和生活艱辛。既是勸導對方，也是寬慰自我。

〔三〕倒玉山：亦作「玉山倒」，形容人酒醉欲倒的樣子。《世説新語·容止》：「嵇叔夜之爲人也，巖巖若孤松之獨立；其醉也，傀俄若玉山之將崩。」李白《襄陽歌》：「清風朗月不用一錢買，玉山自倒非人推。」

〔四〕「留滯」二句：長期的游宦生活即將結束，我這裏多釀春酒等待你返歸京師同事共享。

天辰

天形如車輪，晝夜常不息。三辰隨出没，曾不差分刻〔一〕。北辰居其所，帝座嚴尊極。衆星拱而環，大小各有職。不動以臨之，任德不任力〔二〕。天辰主下土，萬物由生殖。一動與一靜，同功而異域〔三〕。惟王知法此，所以治萬國〔四〕。

【題　解】

原輯《居士集》卷五，無繫年，列至和元年詩後。作於是年秋，時任翰林學士，在京修《唐書》。詩人觀物引發事理探索，詩歌叙寫日月星辰各守其分，各司其職，並以天辰運行的自然規律，推論治國安邦之社會法則。以天象喻治國，託物寄興，意象鮮明，議論説理寓於形象之中。

【注　釋】

〔一〕「天形」四句：天地運轉，晝夜循環，日、月、星「三辰」出没有序，可謂毫釐無差。　三辰：日、月、星。《左傳·桓公二年》：「三辰旂旗，昭其明也。」杜預注：「三辰，日、月、星也。」末句下原注：「一本有『其行一何勤，乾健貴于易』兩句。」

〔二〕「北辰」六句：帝王如北極星居中不動，受衆星環繞，所以治國御民，尚德不尚力。　北辰：北極星，常喻帝王。《論語·爲政》：「子曰：『爲政以德，譬如北辰，居其所而衆星拱之。』」《爾雅·釋天》：「北極謂之北辰。」　帝座：古星名。屬天市垣。戰國甘德、石申《星經》：「帝座一星在市中，神農所貴，色明潤。」

〔三〕「天辰」四句：天上星宿與地面萬物一動一静，其運行原理同功而異域。　由生殖：天下萬物均按照天辰運轉而生殖繁衍。

〔四〕「惟王」二句：帝王秪要能法天道，就能治理好天下萬國。　法此：效法天地運行規律。　治萬國：《宋書·百官下》：「黄帝立四監，以治萬國。」

酬滑州公儀龍圖見寄

畫舫齋前舊菊叢，十年開落任秋風〔一〕。知君爲我留紅旆〔二〕，猶記栽花白髮翁。

【題解】

原輯《居士外集》卷六，無繫年，列至和二年詩後，誤。當作於至和元年十一月。洪本健《歐陽修詩文集校箋》引天理本所附石本詩後云：「至和元年仲冬七日記。」清畢沅《中州金石記》卷四則曰：「梅、歐唱和詩：至和元年十月立，隸書，在滑縣。此詩當是梅摯知滑州事時所作也，並書歐陽修和詩。」韓琦《安陽集》卷八有《次韻答滑州梅龍圖以詩酒見寄二首》。滑州公儀龍圖，即梅摯，字公儀，成都新繁人。以進士通判蘇州。慶曆中擢侍御使，正直敢言，愛仁宗稱道。累遷右諫議大夫，知河中府卒。據胡《譜》，歐曾兩度滑州爲官，即寶元二年「六月甲申（二十五日），復舊官，權武成軍節度判官廳公事」。慶曆二年「九月，通判滑州」。歐慶曆二年於滑州建畫舫齋，並於齋前栽培菊花，十餘年後得到新守梅摯的呵護，詩人致詩答謝。借景抒情，詩風清新明快，情感真摯自然。

【注釋】

〔一〕「畫舫」二句：畫舫齋前的菊花，自開自落已有十年之久。畫舫齋：歐慶曆二年建畫舫齋，至今十二年，取其概數。其《畫舫齋記》有云：「予至滑之三月，即其署東偏之室，治爲燕私之居，而名曰畫舫齋。」

〔二〕紅旆：紅色的旗幟。高適《部落曲》：「琱戈蒙豹尾，紅旆插狼頭。」

葛氏鼎

大河昔決東南流，蕭條東郡今遺湫。我從故老問其由，云古五鼎藏高丘。地靈川秀草木稠，鬱鬱佳氣蒸常浮。惟物伏見數有周，秘藏奇怪神所搜〔一〕。天昏地慘鬼哭幽，至寶欲出風雲愁。蕩摇山川失維陬，九龍大戰驅蛟虬〔二〕。剨然岸裂轟雲驫，滑人夜驚鳥嘲啁〔三〕。婦走抱兒扶白頭，蒼生仰叫黄屋憂。聚徒百萬如蚍蜉，千金一掃隨浮漚〔四〕。天旋海沸動九州，此鼎始出人間留〔五〕。滑人得之不敢收，奇模古質非今侔。器大難用識者不，以示世俗遭揶揄〔六〕。明堂會朝饗諸侯，饔官百品供王羞。調以五味烹全牛，時有用捨吾無求〔七〕。二三子學雕琳球，見之始驚中歎愀。披荒斲古爭窮蒐，苦語難出聲咿嚘〔八〕。馬圖出河龜負疇，自古怪説何悠悠〔九〕。嗟吾老矣不能休，勉彊作詩慚效尤〔一〇〕。

【題　解】

原輯《居士集》卷五，無繫年，列至和元年詩間。作於是年秋，時任翰林學士，在京修《唐書》。題下原注：「一本有『歌』字。」葛氏，傳説中的遠古帝名，一説爲遠古時期的部落名。《吕氏春秋·古樂》：「昔葛天氏之樂，三人摻牛尾，投足以歌八闋。」《史記·司馬相如列傳》：「奏陶唐氏之舞，聽葛天氏之歌。」歐本年有《與子華、原父小飲，坐中寄同州江十學士休復》詩，《南陽集》卷四《和永叔小飲懷同州江十學士》有云：「大鼎葛所銘，小鼎澤而粹。」亦言及此葛氏鼎。詩的前半部分以神話色彩，渲染葛氏鼎重見天日的經過，後半部分質疑「河圖洛書」怪異之説。詩人先從大河東流入筆，倒叙葛氏鼎的發現及其功用，篇末交代作詩宗旨。全詩有聲有色，充滿想像和誇張，筆力雄健，意象譎怪。結構錯落有致，順卷逆布，轉折頓挫，韓詩的古文章法顯而易見。

【注　釋】

〔一〕「大河」八句：黄河決流，沖出地下埋藏的奇珍異寶。　東郡：即滑州，北魏時爲兖州東郡治所。宋太宗時黄河大決滑州韓村，東南流至彭城界。真宗時滑州河溢，歷澶、濮、曹、鄆，注入梁山泊。　湫：水池，指梁山泊。　五鼎：古代行祭禮時，大夫用五個鼎，分别盛羊、豕、膚、魚、臘五種供品。見《儀禮·少牢饋食禮》。　地靈川秀：土地山川秀美有靈氣。　鬱鬱佳氣：《後漢書·光武紀》：「後望氣者蘇伯阿爲王莽使，至南陽，遥望舂陵郭，唶曰：『氣佳哉，鬱鬱葱葱然。』」佳氣，美好的雲氣。古代以爲是吉祥、興隆的象徵。李白《明堂賦》：「含佳氣之青葱，吐祥煙之鬱葎。」　數有周：天數有定時。

〔二〕「天昏」四句：葛氏鼎出世前，風雨交加的驚人場面。　維陬：即地維，繫綴大地四角的大繩。古人以爲天圓地方，天有九柱支持，地有四維繫綴。《列子·湯問》：「其後共工氏與顓頊爭爲帝，怒而觸不周之山，折天柱，絶地維。」《楚辭·天問》：「斡維焉繫？天極焉加？」王逸注：「言天晝夜轉旋，寧有維綱繫綴，其際極安所加乎？」　九龍：傳説中神仙駕御的神獸。葛洪《抱朴子·金丹》：「元君者，大神仙之人也。能調和陰陽，役使鬼神興作風雨，驂駕九龍十二白虎。」　蛟虬：古代傳説中神奇動物。蛟，水族，類龍。虬，無角龍。

〔三〕劃然：以刀割物聲。《莊子·養生主》：「庖丁爲文惠君解牛，手之所觸，肩之所倚，足之所履，膝之所踦，砉然嚮然，奏刀騞然，莫不中音。」　轟雲鬣：雷的轟鳴聲有如萬馬奔騰發出的鉅響。　滑人：滑州人。春秋時姬姓國，公元前六二七滅于秦。　鳥嘲哳：鳥鳴聲。　深夜洪水突至，鳥兒都被嚇得驚叫。

〔四〕「婦走」四句：河水氾濫，百姓遭遇滅頂之災。　黄屋憂：天子之憂。黄屋，古代帝王專用的黄繒車蓋。常作帝王的代稱。　浮漚：泡沫。

〔五〕「天旋」二句：描寫葛氏鼎出土時，天旋地轉、海動山摇的恐怖場面。

〔六〕「滑人」四句：葛氏鼎出世，其功用引起滑州人的驚疑猜測。 揶揄：嘲笑，戲弄。

〔七〕「明堂」四句：它曾是明堂朝會的祭器，又曾是國賓飲食的餐具，曾用以烹全牛，享貴賓，棄而不用流落於此。 明堂：古代帝王宣明政教的地方。凡朝會、祭祀、慶賞、選士、養老、教學等大典，都在此舉行。參見本書《犖縣初見黄河》注〔二六〕。 會朝：諸侯或大臣上朝面君議事。 饔官：掌管廚事的官員。《周禮·天官·内饔》：「凡王之好賜肉脩，則饔人共之。」 供王羞：黄庭堅《次韻孫子實寄少游》詩：「豈其供王羞，而棄會稽筍。」羞，美味的食品。 五味：泛指各種味道或調和衆味而成的美味食品。《老子》十二章：「五味令人口爽。」《禮記·禮運》：「五味，六和，十二食，還相爲質也。」鄭玄注：「五味，酸、苦、辛、鹹、甘也。」 用捨：用行捨藏，即被任用就行其道，不被任用就退隱。《論語·述而》：「子謂顔淵曰：『用之則行，捨之則藏，惟我與爾有是夫。』」

〔八〕「二三子」四句：幾個學詩的人吟誦葛氏鼎，一見吃驚而嘆服，搜索枯腸，找不出合適的描述詞語。 二三子：猶言諸君，幾個人。韓愈《山石》詩：「嗟哉吾黨二三子，安得至老不更歸。」 雕琳球：雕刻玉石，此喻文學創作。琳球，美玉名。 愀：容色改變貌。《文選·司馬相如〈上林賦〉》：「於是二子愀然改容，超若自失，逡巡避席。」李善注引郭璞曰：「愀然，變色貌。」 窮蒐：極力搜尋。王闓運《〈尚書大傳〉序》：「先師遺書，冥討窮搜，而四卷古本訖不可得見。」苦語難出：以詞語難出爲苦。

〔九〕「馬圖」二句：關於《周易》、《洪範》兩書的來源，古代儒家有「河圖」、「洛書」的神怪傳説。《周易·繫辭上》：「河出圖，洛出書，聖人則之。」洪範，指九類關於治理國家的大法，亦稱九疇，即《洪範》。《洪範》爲《尚書》篇名，又名《洪範疇書》，源於洛書。馬圖出河：《禮記》：「天降膏露，地出醴泉，山出器車，河出馬圖。」鄭玄注：「馬圖，龍馬負圖而出。」龜負疇：《尚書·洪範》：「天乃錫禹洪範九疇，彝倫攸叙。」孔安國傳「天與禹，洛出書。神龜負文而出，列於背，有數至於九。禹遂因而第之，以成九類。」

〔一〇〕效尤：仿效錯誤的行爲。《左傳·莊公二十一年》：「鄭伯效尤，其亦將有咎！」

【附録】

此詩輯入清康熙《淵鑑類函》卷三八三、陳焯《宋元詩會》卷一〇、陳訏《宋十五家詩選·盧陵詩選》。

方東樹《昭昧詹言》卷一二評曰：「章法太密，出之費力矣。然深重條曲，老於翦裁。起二句逆入。三四倒叙。『蕩摇』句實叙見出。『滑人』以下，後面虚寫鼎。『明堂』以上，虚説兩層。『二三子』以下作詩，亦兩層。」

太白戲聖俞

開元無事二十年，五兵不用太白閑。太白之精下人間，李白高歌《蜀道難》〔一〕。蜀道之難難於上青天，李白落筆生雲煙。千奇萬險不可攀，却視蜀道猶平川〔二〕。宫娃扶來白已醉，醉裏詩成醒不記〔三〕。忽然乘興登名山，龍咆虎嘯松風寒。山頭婆娑弄明月，九域塵土悲人寰〔四〕。吹笙飲酒紫陽家，紫陽真人駕雲車。空山流水空流花，飄然已去凌青霞〔五〕。下看區區郊與島，螢飛露濕吟秋草〔六〕。

【題　解】

原輯《居士集》卷五，無繫年，列至和元年詩間。作於是年秋，時任翰林學士，在京修《唐書》。題下原注：「一作『讀李白集效其體』。」這是仿效李白詩風的作品。詩歌從民間傳説引入正題，巧妙地將李白詩句貫串起來，展示李白詩歌的積極浪漫主義精神與風格，又通過李白與孟郊、賈島的比較，肯定李白在唐代詩壇上的崇高地位，同時寓含不滿當時刻意雕琢的西崑詩風的絃外之音。直抒胸臆，詩句長短參差，自由靈活而文氣酣暢。

【注釋】

〔一〕「開元」四句：生活在太平盛世的天才詩人李白，高歌一曲《蜀道難》。　開元無事：鮑溶《温泉宮》詩：「憶昔開元天地平，武皇十月幸華清。」　五兵：五種兵器。所指不一。《周禮·夏官·司兵》：「掌五兵五盾。」鄭玄注引鄭司農云：「五兵者，戈、殳、戟、酋矛、夷矛也。」此指車之五兵。步卒之五兵，則無夷矛而有弓矢。見《司兵》鄭玄注。後也泛指軍隊。　太白之精：指詩人李白，唐人仰其詩才，喻爲天仙下凡。裴敬《翰林學士李公墓碑》：「或曰太白之精下降，故字太白，故賀監（賀知章）號爲謫仙，不以然乎？」太白，即金星。又名啟明星、長庚星。

〔二〕「蜀道」四句：引《蜀道難》詩句，讚頌李白的英雄豪邁氣概。唐殷璠《河岳英靈集》記載李白云：「其爲文章率皆縱逸。至如《蜀道難》等篇，可謂奇之又奇，自騷人以還，鮮有此體調也。」　蜀道如平川：李白《上皇西巡南京歌十首》其四：「誰道君王行路難，六龍西幸萬人歡。地轉錦江成渭水，天回玉壘作長安。」

〔三〕「宮娃」二句：天寶元年，李白應詔入京，受到唐玄宗的特殊禮遇，實際上被視爲宮廷御用文人。一天，唐玄宗與楊貴妃在宮中沉香亭畔賞牡丹，並召來李龜年等演奏新曲，宣召李白入宮，李白早已喝得大醉，入宮後乘醉寫成《清平調》三章。《新唐書·李白傳》：「帝坐沈香亭子，意有所感，欲得白爲樂章，召入，而白已醉，左右以水靧面，稍解，援筆成文，婉麗精切無留思。帝愛其才，數宴見。」

〔四〕「忽然」四句：化用李白詩句，鑄成奇幻瑰麗之景，表現李白詩歌内容上的關注民生和藝術上的浪漫主義。登「名山」、「龍咆虎嘯」，見李白詩《夢游天姥吟留别》。弄明月、悲人寰，參見李白詩《古風·西上蓮花山》。九域塵土：原本校云：一作「下看塵世」。

〔五〕「吹笙」四句：化用李白詩句，概述李白游仙詩的神奇意境，詠歎詩仙已經逝去。吹笙飲酒，參見李白詩《憶舊游寄譙郡元參軍》：「紫陽之真人，邀我吹玉笙……我醉横眠枕其股。」紫陽真人：道家傳説中的神仙，本名周義山，因在蒙山遇到古仙人羨門人傳道而成仙。李白有《冬夜於隨州紫陽先生餐霞樓送煙子元演隱仙城山序》、《漢東紫陽先生碑銘》等作品。駕雲車：仙去，逝去。

〔六〕「下看」二句：李白詩歌的成就遠遠超過秪會吟詠秋草流螢之類細碎景物的孟郊與賈島。郊與島：中唐詩人孟郊、賈島，二人皆以苦吟著稱，爲韓愈賞識。二者皆注重雕琢，推敲字句，獲得「郊寒島瘦」的評語和「苦吟詩人」的稱號。

【附録】

此詩輯入明李蓘《宋藝圃集》卷九，又輯入清吴之振《宋詩鈔》卷一一、陳訏《宋十五家詩選·廬陵詩選》。

阮閲《詩話總龜》前集卷八引《王直方詩話》：「劉壯輿云，歐陽公自謂『吾畏慕不可及者，聖俞、子美。』及贈詩云：『文會忝予盟，詩壇推子將。』又曰：『維詩與文章，泰山一浮塵。』既曰『郊死不爲島，聖俞發其藏』，又曰『堪笑區區郊與島，螢飛露濕凝秋草』。是其自謂不如者，乃所以過之也。」

黄徹《䂬溪詩話》卷四：「永叔『堪笑區區郊與島，螢飛露濕吟秋草』，以爲二子之窮。然子美亦有『暗飛螢自照，水宿鳥相呼』，『幸因腐草出，敢近太陽飛』，雖吟詠微物，曾無一點窮氣。」按：又見阮閱《詩話總龜》後集卷二七。

范大士《歷代詩發》卷二三評曰：「一作《讀李白集效其體》。渾脱瀏漓，頓挫獨處。」

翁方綱《石洲詩話》卷三：「歐公有《太白戲聖俞》一篇，蓋擬太白體也。然歐公與太白本不同調，此似非當家之作。《廬山高》亦然。」

有馬示徐無黨

吾有千里馬，毛骨何蕭森〔一〕。疾馳如奔風，白日無留陰。徐驅當大道，步驟中五音〔二〕。馬雖有四足，遲速在吾心。六轡應吾手，調和如瑟琴。東西與南北，高下山與林。惟意所欲適，九州可周尋〔三〕。至哉人與馬，兩樂不相侵〔四〕。伯樂識其外，徒知價千金。王良得其性，此術固已深〔五〕。良馬須善馭，吾言可爲箴〔六〕。

【題解】

原輯《居士集》卷五，繫至和元年。作於是年秋，時任翰林學士，在京修《唐書》。徐無黨，參見本書《喜雪示徐生》題解。歐氏是年作《送徐無黨南歸序》，有云：「東陽徐生，少從予學，爲文章，稍稍見稱於人。既去，而與群士試於禮部，得高第，由是知名。其文辭日進，如水湧而山出。予欲摧其盛氣而勉其思也，故於其歸，告以是言。」此詩以馭馬之術，喻爲文之道，或喻爲政之術，體現長者對後學的諄諄教誨，也表達詩人的人才觀念。以議論爲詩，寓義理於形象之中，以馬爲喻，就傳統説法翻出新意。

【注釋】

〔一〕蕭森：形容千里馬的非凡氣度。

〔二〕「疾馳」四句：千里馬無論快奔慢跑，都能顯示其俊良之資質。無留陰：形容馬奔走速度特快，連影子都没留下。中五音：符合音樂的節奏，指馬蹄聲鏗鏘中節。

〔三〕「馬雖」八句：良馬秖有善御，纔能得心應手。六轡：古代一車四馬八轡。其中左右驂的内兩轡繫于車軾。御馬人執其餘六轡。《詩·秦風·駟驖》：「駟驖孔阜，六轡在手。」鄭箋：「四馬六轡。六轡在手，言馬之良也。」琴瑟：比喻關係和諧。《詩·小雅·常棣》：「妻子好合，如鼓瑟琴。」鄭箋：「好合，志意合也。合者，如鼓瑟琴之聲相應和也。」

〔四〕「至哉」二句：全詩以人馬關係比喻爲文之道。詩人以爲道和文相輔相成，既相互依賴，又各自獨立。歐《代人上王樞密求先集序書》：「某聞傳曰：『言之無文，行而不遠。』君子之所學也，言以載事而文以飾言，事信言文乃能表見於後也。」一曰喻爲政之術。　兩樂：指道文配合默契，彼此相得益彰。

〔五〕「伯樂」四句：擅長駕車的王良，比善於相馬的伯樂更會識馬。　伯樂：伯樂善相馬，秖能識其外表。北齊劉晝《劉子》：「昔有賣良馬於市者，已三旦矣，而市人不顧。乃謂伯樂曰：『吾賣良馬，而市人莫賞，願子一顧，請獻半馬之價。』於是伯樂造市，來而迎睇之，去而目送之。一朝之價，遂至千金。」　王良：春秋時晉人，善御馬，亦善相馬。宋馬永易《實賓録》卷一二：「《吕氏春秋》曰：古之善相馬者……若趙之王良、秦之伯樂、九方堙，盡其妙矣。」

〔六〕箴：古文體的一種。以規勸告誡爲主。劉勰《文心雕龍·銘箴》：「箴者，所以攻疾防患，喻鍼石也。」

【附録】

此詩輯入明曹學佺《石倉歷代詩選》卷一四〇，又輯入清康熙《御選宋金元明四朝詩·御選宋詩》卷一〇、管庭芬、蔣光煦《宋詩鈔補·歐陽文忠詩補鈔》。

送徐生之澠池

河南地望雄西京，相公好賢天下稱。吹嘘死灰生氣燄，談笑煖律回嚴凝。曾陪罇俎被顧盼，羅列臺閣皆名卿〔一〕。徐生南國後來秀，得官古縣依崤陵。脚靴手板實卑賤，賢儁未可吏事繩。携文百篇赴知己，西望未到氣已增〔二〕。我昔初官便伊洛，當時意氣尤驕矜。主人樂士喜文學，幕府最盛多交朋。園林相映花百種，都邑四顧山千層。朝行緑槐聽流水，夜飲翠幕張紅燈〔三〕。爾來飄流二十載，鬢髮蕭索垂霜冰。同時並游在者幾？舊事欲説無人應。文章無用等畫虎，名譽過耳如飛蠅。榮華萬事不入眼，憂患百慮來填膺〔四〕。羡子年少正得路，有如扶桑初日昇。名高場屋已得儁，世有龍門今復登。出門相送親與友，何異籬鷃瞻雲鵬〔五〕。嗟吾筆硯久已格，感激短章因子興〔六〕。

【題解】

原輯《居士集》卷五，繫至和元年。作於是年秋，時任翰林學士，在京修《唐書》。徐生，題下原校：「一作『徐無黨』。」生平參見本書《喜雪示徐生》題解。澠池，宋代縣名，屬京西北路河南府，治所在今河南澠池。歐同年《與澠池徐宰(無黨)六通》其二有云:「又知淮水淺澀,雖深欲相見,但恐阻滯,遂失赴官之期……某秋涼方卜離此。」可知徐氏赴官時在秋季。詩人借送徐無黨赴晏殊幕府,回憶自己年輕時爲官洛陽的情形,祝福徐氏仕途順利。全詩巧比妙喻,意象内藴,述事議理,融匯一體。

【注 釋】

〔一〕「河南」六句:河南府地望以洛陽最佳,河南知府晏殊愛才好賢,其人物品評,有如鄒衍吹律,可使寒冬返春。徐生作爲座上賓,一定受青睞。　地望:魏晉以下,行九品中正制,士族大姓壟斷地方選舉等權力,一姓與其所在郡縣相聯繫,稱爲地望。　晏殊,參見本書《寄謝晏尚書二絶》題解。《宋史·晏殊傳》:「殊平居好賢,當世知名之士,如范仲淹、孔道輔皆出其門。及爲相,益務進賢材,而仲淹與韓琦、富弼皆進用,至於臺閣,多一時之賢。」歐《贈司空兼侍中晏公神道碑銘》:「拜觀文殿大學士、知永興軍,充一路都部署安撫使,徙知河南府兼西京留守。」《長編》卷一七五皇祐五年閏七月辛未「知永興軍晏殊秩將滿」,又《長編》卷一七八至和二年正月丁亥「觀文殿大學士、兵部尚書晏殊卒」,可知至和元年晏殊已在河南知府任。　吹噓:比喻獎掖,汲引。《後漢書·鄭泰傳》:「孔公緒清談高論,噓枯吹生。」李賢注:「枯者噓之使生,生者吹之使枯,言談論有所抑揚也。」　死灰生氣燄:猶如「死灰復燃」,比喻失勢者重新得勢或停息的事物又重新活動起來。煖律：古代以時令合樂律，温暖的節候稱「煖律」。回嚴凝：《玉海》卷六《鄒衍律》：「《文選》注：劉向《别録》曰：『鄒衍在燕，有谷寒不生五穀，鄒衍吹律而温之，至生黍。』」曾陪罇俎：歐有《晏太尉西園賀雪歌》、《和晏尚書對雪招飲》等詩。罇俎，借指宴席。罇，盛酒器；俎，置肉之几。

〔二〕「徐生」六句：後起之秀徐無黨得官澠池，雖官卑職低，必不爲吏事所拘束，攜文章百篇謁見晏殊，未就任已是意氣昂揚。古縣：指澠池。宋歐陽忞《輿地廣記》卷五：「澠池縣有古東西俱利二城，秦昭王與趙惠文王相會澠池，藺相如劫秦王令爲趙兵鼓缶處。」崤陵：即崤山。在河南洛寧北，東接澠池縣界。《河南通志》卷五一：「崤陵，在澠池縣西四十里。蹇叔曰『崤有二陵』，即此。」脚靴手板：官吏的衣履及用品，借指官位。

〔三〕「我昔」八句：詩人自述初官伊洛時的情形。胡《譜》：天聖九年「三月，公至西京。錢文僖公惟演爲留守，幕府多名士。與尹洙師魯、梅堯臣聖俞尤善，日爲古文歌詩，遂以文章名冠天下。」主人：指錢惟演。錢氏天聖九年以使相名義出判河南府兼西京留守，是歐頂頭上司。都邑：西京洛陽，爲北宋陪都。

〔四〕「爾來」八句：此後二十年，四方輾轉，當年同游者所剩無幾，雖有榮華虚名，也是患難餘生。二十載：歐自景祐元年（一〇三四）西京推官任滿離開洛陽，至寫作此詩正好二十年。文章無用等畫虎：文章寫得再好，就像畫在紙上的猛虎一樣，中看不中用。宋熊克《中興小紀》卷三〇：「朕謂文貴適用，若不適用，譬猶畫虎刻鵠，何益於事哉！」

〔五〕「羨子」六句：羨慕徐無黨年輕有爲，前途無量。扶桑：神話中的樹名。相傳日出於扶桑之下，故代指東方。《山海經·海外東經》：「湯谷上有扶桑，十日所浴，在黑齒北。」郭璞注：「扶桑，木也。」《楚辭·九歌·東君》：「暾將出兮東方，照吾檻兮扶桑。」王逸注：「日出，下浴於湯谷，上拂其扶桑，爰始而登，照曜四方。」名高場屋：徐無黨皇祐五年高中禮部試省元。場屋，科舉考試的地方，又稱科場。得儁：謂及第。元稹《和王侍郎酬廣宣上人觀放榜後相賀》詩：「競走牆前希得儁，高懸日下表無私。」籬鷃：籬間之鳥。此處比喻目光短淺者。雲鵬：直飛雲霄的鵬鳥，比喻胸懷大志者。《莊子·逍遥游》：「有鳥焉，其名爲鵬，背若泰山，翼若垂天之雲，摶扶摇羊角而上者九萬里。絶雲氣，負青天，然後圖南，且適南溟也。斥鷃笑之曰：『彼且奚適也？我騰躍而上，不過數仞而下，翱翔蓬蒿之間，此亦飛之至也，而彼且奚適也？』」登龍門：喻爲晏殊接納。龍門，喻聲望高的人的府第。《世説新語·德行》：「李元禮風格秀整，高自標持，欲以天下名教是非爲己任。後進之士，有升其堂者，皆以爲登龍門。」《藝文類聚》卷九六引辛氏《三秦記》：「河津一名龍門，大魚集龍門下數千，不得上，上者爲龍，不上者魚，故云曝鰓龍門。」

〔六〕「嗟吾」二句：母喪以來，很久未作詩歌，你的出仕激發了我的寫詩興致。格：擱置，阻隔。《史記·梁孝王世家》：「竇太后心欲以孝王爲後嗣。大臣及袁盎等有所關説於景帝，竇太后議格，亦遂不復言以梁王爲嗣事由此。」

【附録】

此詩輯入明李蓘《宋藝圃集》卷九，又輯入清康熙《御選宋金元明四朝詩·御選宋詩》卷二五、吴之振《宋詩鈔》卷一一、陳訏《宋十五家詩選·廬陵詩選》、張景星等《宋詩别裁集》卷二。

葉廷秀《詩譚》卷一：「熱腸報國者，一矢口不忘當世之慮，可謂有用文章矣。公詩有曰：『文章無用等畫虎。』豈非有所重哉？韓子曰：『君子居其位，則思死其官，未得位，則思修其辭，以明其道。』士君子固無時無地而得忘世也。」

潘德輿《養一齋詩話》卷一〇：「永叔詩『文章無用等畫虎，名譽過耳如飛蠅。』東坡詩『新詩綺語亦安用，相與變滅隨東風』。作詩文者胸中必具此等見地，方有入處。若驅逐聲華，自誇壇坫，縱多傑構，終未得門。」

和子履游泗上雍家園

長橋南走群山間，中有雍子之名園〔一〕。蒼雲蔽天竹色淨，暖日撲地花氣繁。飛泉來從遠嶺背，林下曲折寒波翻。珍禽不可見毛羽，數聲清絶如哀彈〔二〕。我來據石弄琴瑟，惟恐日暮登歸軒。塵紛解剥耳目異，秖疑夢入神仙村〔三〕。知君襟尚我同好，作詩閎放莫可攀。高篇絶景兩不及，久之想像空冥煩〔四〕。

【題解】

原輯《居士外集》卷七，無繫年。與《戲劉原甫》同爲「續添」之作，列熙寧四年詩後。姑繫于至和元年秋，時任翰林學士，在京修《唐書》。子履，即陳經，又稱陸經。詩後附記：「京本：子履姓陳。」參見本書《聞潁州通判國博與知郡學士唱和頗多，因以奉寄知郡陸經、通判楊褒》題解。《長編》卷一三四慶曆元年十一月庚寅紀事附注：「陳經，本姓陸，其母再嫁陳見素，因冒陳姓。見素卒，經服喪既除，乃還本姓。見素，河南人。富弼爲作墓誌，其子釋鉉。見素卒於景祐二年二月。」實際上，陳經景祐二年（一〇三五）復姓陸氏後，朋友仍有以「陳」姓相稱的。歐明道元年（一〇三二）《送陳經秀才序》、景祐二年《送陳子履赴絳州翼城序》等早期詩文均以「陳」姓稱之，改稱「陸」姓者，始於至和二年《和陸子履〈再游城西李園〉》詩。此詩以「陳」姓相稱，當作於至和二年前。本詩又輯入《蘇舜欽集》卷三，題曰《和子履雍家園》。詩後附記：「右《雍家園》詩，吉、綿、閩本皆入公外集，而王荆公《四家詩選》亦有之。今乃載蘇子美《滄浪集》，後人安得不疑？或謂公親作《滄浪集序》，不應誤雜己詩，可以無疑。姑附見於此。按王荆公取公詩凡一百二十五首，内一百三首載《居士集》，二十一首載《外集》，又一篇，即此詩。其它或全改一聯，或增減一聯，甚者至增四聯，或移兩聯之類，已注『一作』於逐篇，豈當時傳本不同，抑荆公自加潤色也？」《宋詩鈔》中《歐陽文忠詩鈔》有此詩，並附此校語。宋陳起《江湖後集》卷二三繫此詩於釋斯植名下。《歐集》除《居士集》爲自己編定外，其餘均爲後人于歐去世後補輯，此詩究爲誰作，尚難定論。泗上，泗水北岸的地域。雍家園，在汴水入淮口附近，故地在今淮陰。詩歌描摹雍家園林勝景，抒寫幽賞情懷，讚美朋友詩作佳美。興象超妙，情景如繪。以文爲詩，情韻兼具。

【注釋】

〔一〕雍子：即雍家園主，未詳其人。

〔二〕「蒼雲」六句：描繪園林多姿多彩之景色。　哀彈：猶哀絃，指悲淒的絃樂聲。　韓愈《齪齪》詩：「妖姬坐左右，柔指發哀彈。」

〔三〕「我來」四句：自己倚石撫琴，流連忘返，塵世煩惱擺脱了，耳目爲之一新，如同進入夢中仙境。　塵紛：塵土紛飛。亦指紛亂的塵世。　顏延之《夏夜呈從兄散騎車長沙》詩：「炎天方埃鬱，暑晏闋塵紛。」

〔四〕「知君」四句：陳經襟懷與我一致，詩風豪放高不可攀，詩歌描繪的園林美景也難以觀賞，心頭不由增添無窮煩悶。　高篇：陳經原唱。已佚。　冥煩：無限煩惱。　范仲淹《謝賜鳳茶表》：「濯五神之精爽，祛百疾之冥煩。」

【附　録】

此詩輯入宋陳起《江湖後集》卷二三，又輯入清康熙《御選宋金元明四朝詩·御選宋詩》卷二五，吴之振《宋詩鈔》卷一二。

姚範《援鶉堂筆記》卷四〇：「按：子履，陸經也。歐公外集又有《送陳子履赴絳州翼城序》。」

方東樹《昭昧詹言》卷一二評曰：「平叙小景，而老成幽韻，無奇肆大觀。」

景靈朝謁從駕還宮

琳館清晨藹瑞氛，玉旒朝罷奏韶鈞〔一〕。緑槐夾路飛黄蓋，翠輦鳴鞘向紫宸。金闕日高猶泫露，綵旗風細不驚塵〔二〕。自慚白首追時彦，行近儲胥忝侍臣〔三〕。

【題　解】

原輯《居士集》卷一二，繫至和元年。作於是年十月十五日，時仁宗朝饗景靈宫天興殿，歐攝侍中。胡《譜》：至和元年「十月乙巳（十五日），朝饗景靈宫天興殿，攝侍中，捧盤取水。」景靈宫，《長編》卷七九：「先是，詔丁謂等於京城擇地建宫，以奉聖祖……乃得錫慶院吉地，令謂等與内侍鄧守恩修建。戊辰，詔上新宫名曰景靈。」《明一統志》卷二六《河南布政司》：東景靈宫、西景靈宫「在府城内端禮街之東、西。宋建，置藝祖以下御容於内。」劉敞《公是集》卷一三有詩《和永叔景靈朝謁從駕還宫》，韓維《南陽集》卷八亦有《和永叔從駕謁景靈宫》詩。詩歌描寫隨駕朝謁景靈宫返程中的威儀壯觀，自愧忝列帝王侍臣。措辭行文，雍容華貴，頗有臺閣雍雅氣息，亦見時代太平氣象。

【注釋】

〔一〕琳館：仙宫。宫殿之美稱。元馬祖常《息齋風竹圖道士華山隱得之命予賦之》：「琳館瑶臺九天近，夜寒笙磬聲鏘鏘。」玉旒：古代帝王冠冕前後懸垂的玉串。常以代稱天子。韶鈞：《韶》樂與鈞天廣樂，亦泛指優美的樂曲。韓愈《送惠師》詩：「微風吹木石，澎湃聞《韶》鈞。」

〔二〕「緑槐」四句：帝王朝謁景靈回宫之威儀。黄蓋：皇帝的車馬護蓋，代指皇帝車駕。翠輦：飾有翠羽的帝王車駕。鳴鞘：揮舞而發出鳴聲的鞭鞘。李白《行行且游獵篇》詩：「金鞭拂雪揮鳴鞘，半酣呼鷹出遠郊。」宋楊齊賢《李太白集分類補注》卷三：「鞘，音肖，鞭鞘也。」紫宸：宫殿名。《汴京遺跡志》卷一：「大慶殿北有紫宸殿（舊名崇德，明道元年改），視朝之前殿也。」

〔三〕「自慚」二句：自己和當代俊傑一起成爲侍臣，内心深感慚愧。儲胥：漢宫館名，泛指帝王宫殿。宋黄朝英《靖康緗素雜記》卷九：「漢武帝作儲胥館，故李義山詩云『風雲長爲護儲胥』……蓋儲胥猶言皇居也。」

【附録】

劉壎《隱居通議》卷七以爲「緑槐夾道飛黄蓋，翠輦鳴鞘向紫宸」一聯「足以想見當時太平氣象」，「誦其詩，想其景，則昇平氣象瞭然在目。」

萬斯同《廟製圖考》：「宋有景靈宫，祀司天保生天尊大帝，謂之聖祖。史言真宗夢之帝所，有一神自言姓趙名玄朗，乃汝始祖。明日言於廷臣，遂建此宫。自僖祖以下，悉立廟於其側，供神御焉。殿宇之高廣，十倍太廟。日役四萬人，七年而後成。再郊祀天地，先朝獻景靈，後告太廟。其誕妄不經至此，視唐之德明興聖更有甚焉，而宋臣曾無一人議及者，吁可歎哉。」

答許發運見寄

瓊花芍藥世無倫，偶不題詩便怨人〔一〕。曾向無雙亭下醉，自知不負廣陵春〔二〕。

【題解】

原輯《居士外集》卷六，無繫年，列皇祐二年與至和元年詩間。作於至和元年末，時在汴京任翰林學士，兼史館修撰，主修《唐書》。題下原注：「許詩云『芍藥瓊花應有恨，維揚新什獨無名』。」許發運，即許元，字子春，時知揚州。《長編》卷一七七至和元年十一月「丙寅，徙淮南江浙荆湖制置發運使、工部郎中、天章閣待制許元知揚州。」許氏寄詩歐陽修，感慨揚州瓊花、芍藥今無好詩，詩人則以「無雙亭下醉」、「不負廣陵春」自我解嘲。詩語清新明快，情感含蓄深沉。

【注釋】

〔一〕瓊花：一種珍貴的花。葉柔而瑩澤，花色微黄而有香。宋淳熙以後，多爲聚八仙（八仙花）接木移植。《春明退朝録》卷下：「揚州后土廟有瓊花一株，或云自唐所植，即李衛公所謂玉蕊花也。」周密《齊東野語·瓊花》：「揚州后土祠瓊花，天下無二本，絶類聚八仙，色微黄而有香。仁宗慶曆中，嘗分植禁苑，明年輒枯，遂覆載還祠中，敷榮如故。」芍藥：多年生草本植物。五月開花，花大而美麗，有紫紅、粉紅、白等多種顏色，供觀賞。根可入藥。《四庫全書總目》卷一一五王觀《揚州芍藥譜》提要有云：「揚州芍藥自宋初名於天下。」

〔二〕無雙亭：《明一統志》卷一二《揚州府》：「無雙亭，在府治東蕃釐觀前，以瓊花天下無雙故也。宋歐陽修建，前賢題詠甚多。」祝穆《方輿勝覽》卷四四：「無雙亭，與后土廟瓊花相對。」

與子華原父小飲坐中寄同州江十學士休復

歲晚忽不樂，相過偶乘閑。百年纔幾時，一笑得亦艱〔一〕。有酒醉嘉客，無錢買嬌鬟。問予官何爲，侍從聯朝班〔二〕。朝廷多賢材，何用蒯與菅。白髮垂兩鬢，黄金腰九環。奈何章綬榮，飾此木石頑。於國略無補，有慚常在顔〔三〕。幸蒙二三友，相與文字間。江子獨捨我，高鴻去難攀〔四〕。秋風動沙苑，郡閣當南山。吟詠日多暇，詔條寬可頒〔五〕。寒雲雪紛糅，幽鳥春綿蠻〔六〕。勝事日向好，思君何時還〔七〕。

【題　解】

原輯《居士集》卷五，繫至和元年。作於是年末，時任翰林學士，兼史館修撰，主修《唐書》。胡《譜》：至和元年「九月辛酉（一日），遷翰林學士。」劉敞《公是集》卷二一有詩《和永叔寒夜會飲寄江十》，附注：「永叔出所收古文碑碣及龍頭銅槍示客，以張飲興也。」又韓維《南陽集》卷四有《和永叔小飲懷同州江十學士》詩，云：「北堂冬日明，有朋聯騎至。新樽布几案，二鼎屹先置。大鼎葛所銘，小鼎澤而粹。」而本詩題爲「與子華、原父小飲」，嚴傑《歐陽修年譜》疑韓絳詩作誤入其弟韓維集，當是。子華，即韓絳。原父，即劉敞。生平參見本書《答原父》題解。同州江十學士休復，即江鄰幾，時知同州。同州，宋屬永興軍路，治所在今陝西大荔。詩人自愧尸位居官，于國無補，幸有同仁文字之樂，今又感傷文友離散，不勝思念。以文爲詩，敘議結合，學韓變韓，寄意遥深。

【注釋】

〔一〕「歲晚」四句：歲暮心情欠佳，偶爾趁空相訪，難得相聚一笑。相過：互相往來。過，造訪。

〔二〕「有酒」四句：身居朝廷，官爲侍從，雖無美姬，卻有美酒，生活閒散而安逸。侍從：宋代稱翰林學士、給事中、六尚書、侍郎爲侍從。胡《譜》：歐氏至和元年「九月辛酉，遷翰林學士。」

〔三〕「朝廷」八句：自己出身卑微，愚鈍如木石，卻披帶榮耀的章綬，内心深感慚愧。蒯與菅：兩種草名。二者均爲多年生草本植物，葉細小。喻微賤如草芥，不值一用。《左傳·成公九年》：「《詩》曰：『雖有絲麻，無棄菅蒯。雖有姬姜，無棄蕉萃。』」杜預注：「逸詩也。姬、姜，大國之女。蕉萃，陋賤之人。」腰九環：腰帶上懸掛九個金環。九環，九環帶。古代帝王貴臣的腰帶，以有九個金環，故稱。章綬：章服綬帶，借指官服。木石：比喻無知覺、無感情之物。鮑照詩《擬行路難》其四：「心非木石豈無感，吞聲躑躅不敢言。」

〔四〕高鴻去難攀：朋友如鴻雁高飛，難以追攀。高鴻：鴻雁高飛，喻陞遷騰達，奮發有爲。

〔五〕「秋風」四句：朝中公務閒散，聊以詠詩自娱。詔條：皇帝頒發的考察官吏的條令。

〔六〕綿蠻：鳥的鳴叫聲。《詩·小雅·緜蠻》：「緜蠻黄鳥，止于丘阿。」朱熹集傳：「緜蠻，鳥聲。」

〔七〕勝事：美好的事情。劉長卿《送孫逸歸廬山》詩：「常愛此中多勝事，新詩他日佇開緘。」

【附録】

此詩輯入清康熙《御選宋金元明四朝詩·御選宋詩》卷一〇。

胡仔《苕溪漁隱叢話》前集卷三〇引《王直方詩話》云：「《寄江十學士詩》云：『白髮垂兩鬢，黄金腰七鐶。』又有《當宿直詩》：『萬釘寶帶爛腰鐶。』劉貢父云：『永叔這條腰帶，幾次道著也。』」

葛立方《韻語陽秋》卷一一：「歐陽永叔詩文中好説金帶……《寄江十詩》云：『白髮垂兩鬢，黄金腰九環。』……而謝表又云：『頭垂兩鬢之霜毛，腰束九環之金帶。』或謂未免矜服銜寵，而況下於金帶者乎！杜子美、白樂天皆詩豪，器識皆不凡，得一緋衫何足道，而詩句及之不一何邪？……蓋命服章身，人情所甚喜，故心聲所發如是。退之云：『峨峨進賢冠，耿耿水蒼珮。服章非不好，不與德相對。』其必有以稱之哉。」

周必大《二老堂詩話》：「杜工部詩屢及銀章，歐陽文忠公詩數言金帶，此亦常事。後來士大夫多以不仕爲曠達，又因前輩偶謂『老覺腰金重，慵便枕玉涼』，爲未是富貴。小説遂云『永叔這條金帶，幾道著。』余謂近世邁往凌雲，視官職如韁鎖，誰如東坡。然《送陳睦詩》云『君亦老嫌金帶重』，《望湖海詞》云『不堪金帶垂腰』，豈害其爲達耶？」

内直晨出便赴奉慈齋宫馬上口占

凌晨更直九門開，驅馬悠悠望禁街〔一〕。霜後樓臺明曉日，天寒煙霧著宫槐〔二〕。山林未去猶貪寵，罇酒何時共放懷〔三〕。已覺蕭條悲晚歲，更憐衰病怯清齋〔四〕。

【題解】原輯《居士集》卷一二，繫至和二年，誤。當作於至和元年末，在京任翰林學士，兼史館修撰，主修《唐書》。題下原注：「一本云：『呈子華、子履』。」韓維《南陽集》卷八有《和永叔内直晨出馬上口占》詩，劉敞《公是集》卷二五亦有詩《和宿直晨出遂赴奉慈齋告，寄持國、子履》。奉慈，齋宫名。《宋史·禮志十二》：「（明道二年）詔有司更議，皆謂：『章穆位崇中壼，與懿德有異，已祔廟室，自協一帝一后之文。章獻輔政十年，章懿誕育帝躬，功德莫與爲比，退就后廟，未厭衆心。按《周官》大司樂職，「奏《夷則》，歌《小吕》，以享先妣」者，姜嫄也，帝嚳之妃，后稷之母，特立廟曰閟宫。宜別立新廟，奉安二太后神主，同殿異室，歲時薦享用太廟儀。別立廟名，自爲樂曲，以崇世享。忌前一日，不御正殿，百官奉慰，著之令甲。』乃作新廟兩廟間，名曰奉慈。」《長編》卷一一三亦載明道二年八月：「壬寅（九日），名章獻明肅太后、章懿太后新廟曰奉慈。」口占，作詩文不起草稿，隨口而成。此詩描寫清晨趕赴慈齋宫途中的所見所感，詩人眷念詩朋酒友，自傷老病衰殘。口占爲詩，敘訴衷腸，詩情沉鬱而悲凉。

【注釋】

〔一〕更直：輪流值班。張九齡《和許給事中直夜簡諸公》詩：「他日聞更直，中宵屬所欽。」九門：指皇宫之門。參見本書《除夜偶成，拜上學士三丈》詩注〔四〕。

〔二〕「霜後」二句：在朝陽照耀下蒙霜的樓閣格外明亮，寒冷的天氣中宫中槐樹籠罩著一片煙靄。

檴：《爾雅·釋木》：「檴，槐大葉而黑。」

〔三〕「山林」二句：自己没能退隱山林，依舊貪戀榮禄，何時纔能放懷飲酒？

〔四〕「已覺」二句：自己漸入老境，體弱多病，害怕寂寞冷清的齋戒生活。清齋：舉行祭祀或典禮前潔身静心以示誠敬。《唐會要》卷九下：「自今以後攝祭南郊，太尉行事前一日，於致齋所具羽儀鹵簿，公服引入，親授祝版，乃赴清齋所。」

【附録】

此詩輯入清吴之振《宋詩鈔》卷一二、陳訏《宋十五家詩選·廬陵詩選》。

宋長白《柳亭詩話》卷二九「廬陵於子美、聖俞，最爲傾倒，五、七言古多宗其派。至言近體，則又自爲憲章矣。如……『霜後樓臺明曉日，天寒煙霧著宫槐』……皆紆徐不迫，雅似其文境矣。」

述懷

歲律忽其周，陰風慘遼敻。孤懷念時節，朽質驚衰病〔一〕。憶始來京師，街槐緑方映。清霜一以零，衆木少堅勁。物理固如此，人生寧久盛？當時不樹立，後世猶譏評〔二〕。顧我實孤生，飢寒談孔孟。壯年猶勇爲，剌口論時政〔三〕。中間蒙選擢，官實居諫諍。豈知身愈危，惟恐職不稱〔四〕。十年困風波，九死出檻穽〔五〕。再生君父恩，知報犬馬性。歸來見親識，握手相弔慶〔六〕。丹心皎雖存，白髮生已迸。慚無羽毛彩，來與鸞皇並。鎩翮追群翔，孤唳驚衆聽〔七〕。嚴嚴玉堂署，清禁肅而靜。職業愧論思，文章慚誥命。厚顔難久居，歸計無荒逕〔八〕。偷閒就朋友，笑語雜嘲詠。歡情雖索莫，得酒猶豪横〔九〕。群居固可樂，寵禄猶難幸。何日早收身，江湖一漁艇〔一〇〕。

【題解】

原輯《居士集》卷五，繫至和元年。作於是年末，時任翰林學士，兼史館修撰，主修《唐書》。胡《譜》："至和元年「六月癸巳（一日），朝京師，乞郡，不許。七月甲戌（十三日），權判流内銓。會小人詐爲公奏請汰内侍，其徒怨怒，以胡宗堯不當改官事中公。戊子（二十七日），出知同州。判吏部南曹吴充，爲公辨明，不報。知諫院范鎮一再極言，而參知政事劉沆方提舉修《唐書》，亦乞留公修書。八月丙午（十五日），沆拜相。戊申（十七日），詔公修《唐書》。九月辛酉（一日），遷翰林學士。壬戌（二日），兼史館修撰，又差勾當三班院。」"詩人歷經留京折騰之後，撫追今昔，俯仰盛衰，賦此詩以明志。首十二句由時令物候變化，感念人生盛衰；次二十六句回顧自身的坎坷經歷，慨嘆仕途煩惱與人生無奈；末八句在朋友歡聚之餘，萌念求退全身。詩人回顧壯年勇爲、困于風波以至中年憂讒畏譏、嚮往收身歸隱的曲折經歷，實爲自己半生宦海沉浮的複雜心態寫照，字裏行間可見其坦蕩情懷、曠達胸襟，亦可見仕宦險惡，有志難伸的人生苦悶，以及詩人飽經政治風霜之後的心灰意冷、悲憤無奈。詩語質樸，叙議結合，以文爲詩，情調低沉蒼涼。

【注釋】

〔一〕「歲律」四句：大自然節候的變化，引發詩人悲秋歎老的身世感慨。歲律：時令，季節。律，古代用作測候季節變化的器具。《夢溪筆談·象數一》引晉司馬彪《續漢書》：「候氣之法，於密室中，以木爲案，置十二律管，各如其方，實以葭灰，覆以緹縠，氣至則一律飛灰。」

〔二〕「憶始」八句：夏季返京師時街上的槐樹蒼翠欲滴，而今秋霜葉落，人生豈能長盛不衰？年輕時不建功立業，一定受後人譏笑。

〔三〕「顧我」四句：自己少年憂患，在貧寒中發憤自立，遇事直道敢言。孤生：猶孤子。父早亡曰孤子，歐四歲亡父，故稱。壯年猶勇爲：歐陽發《先公事蹟》：「先公爲人天性剛勁……事不輕發，而義有可爲，則雖禍患在前，直往不顧。」又云：「先公天性勁正，不顧仇怨，雖以此屢被讒謗，至於貶逐，及居大統，毅然不少顧惜。尤務直道而行，横身當事，不恤浮議。」刺口：多嘴多言，饒舌。

〔四〕「中間」四句：慶曆三年三月，歐轉太常丞，知諫院。十二月以右正言知制誥。次年，范仲淹推行慶曆新政，歐氏積極參與，成爲新政派的代言人與辯護者。

〔五〕「十年」二句：慶曆五年（一〇四五）八月新政失敗，歐以「張甥案」貶職滁州，後輾轉多地，直到至和元年（一〇五四）召回京師，其間恰好十年。　出檻穽：歐《別後奉寄聖俞二十五兄》：「自兹遭檻穽，一落誰引汲。」

〔六〕「再生」四句：歐陽發《先公事蹟》：「先公初服除還朝，惟除本官龍圖閣直學士，而無主判。入見日，仁宗惻然怪公鬢髮之白，問公在外幾年，今年幾何，恩意甚至。」　犬馬：舊時臣子對君上的自卑之稱。　弔慶：撫慰慶幸。

〔七〕「丹心」六句：雖有報國之心，卻因年老才弱，心有餘而力不足。　鸞皇：鸞與鳳。皆瑞鳥名。此喻賢士。《楚辭·離騷》：「鸞皇爲余先戒兮，雷師告余以未具。」王逸注：「鸞皇，俊鳥也。皇，雌鳳也。以喻仁智之士。」　鎩翮：猶鎩羽，即指受到傷殘。後常比喻做事失敗。左思《蜀都賦》：「鳥鎩翮，獸廢足。」

〔八〕「嚴嚴」六句：自己官居翰林學士，才德不配，嚮往歸隱，又没有退居之所。　玉堂署：翰林學士辦公處。漢侍中有玉堂署，宋以後翰林院稱玉堂。《漢書·李尋傳》：「過隨衆賢待詔，食太官，衣御府，久汙玉堂之署。」顔師古注：「玉堂殿在未央宫。」王先謙補注引何焯曰：「漢時待詔於玉堂殿，唐時待詔于翰林院，至宋以後，翰林遂並蒙玉堂之號。」葉夢得《石林燕語》卷七：「玉堂爲學士院之稱，而不爲榜。太宗時，蘇易簡爲學士，上嘗語曰『玉堂之設，但虚傳其説，終未有正名。』乃以紅羅飛白『玉堂之署』四字賜之。」　論思：議論、思考。特指皇帝與學士、臣子討論學問。歐入翰林院，掌管有關内命召敕。荒逕：即三徑，指歸隱之處。嵇康《高士傳》：「求仲、羊仲，皆治車爲業，挫廉逃名。蔣元卿之去兗州，還杜陵，荆棘塞門，舍中有三徑，不出，唯二人從之游。」陶潛《歸去來兮辭》：「三徑就荒，松竹猶存。」

〔九〕「偷閒」四句：忙裏偷閒與朋友聚會戲謔，寂寥失意中的歡樂，借助酒力尚有一些豪情。索莫：寂寞無聊，失意消沉。

〔一〇〕「群居」四句：群體生活固然快樂，恩寵利禄特別難以希求，哪一天纔能退隱江湖，駕一葉扁舟逍遥餘生？

【附　録】

此詩輯入清康熙《御選宋金元明四朝詩·御選宋詩》卷一〇。

春帖子詞·皇帝閣六首

其一

萌牙資煖律，養育本仁心〔一〕。顧彼蒼生意，安知帝力深〔二〕。

其二

陽進升君子，陰消退小人〔三〕。聖君南面治，布政法新春〔四〕。

其三

氣候三陽始，勾萌萬物新〔五〕。雷聲初發號，天下已知春。

其四

玉琯氣來灰已動〔六〕，東郊風至曉先迎。乾坤有信如符契〔七〕，草木無知但發生。

其五

朝雲藹藹弄春暉〔八〕，萬木欣欣暖尚微。造化未嘗私一物，各隨妍醜自芳菲〔九〕。

其六

熙熙人物樂春臺〔一〇〕，風送春從天上來。玉輦經年不游幸，上林花好莫爭開〔一一〕。

【題　解】

原輯《内制集》卷一，繫至和元年。作於是年末，題下原注：「十二月二十九日。」據張《曆日天象》，至和二年正月一日庚申「立春」，此組詩提前三日而作。春帖子，又稱春帖、春端帖、春端帖子。宋制，翰林一年八節要撰作帖子詞。帖子詞是一種娱樂消遣的文學樣式，表祥瑞、寫時令，多爲歌頌昇平，或寓意規諫，貼於禁中門帳。于立春日撰作的帖子詞，稱「春帖子」。蘇軾《次韻秦少游元旦立春》：「好遣秦郎供帖子，盡驅春色入毫端。」自注：「立春，翰林學士供詩帖子。」朱弁《曲洧舊聞》卷七：「歐公與王禹玉、范忠文同在禁林，故事：進春帖子，自皇后貴妃以下，諸閤皆有。」周輝《清波雜誌》卷一〇：「翰林書待詔請春詞，以立春日翦貼於禁中門帳。」又明徐師曾《文體明辨序説》：「貼子詞者，宫中黏貼之詞也。古無此體，不知起於何時。第見宋時每遇令節，則命詞臣撰詞以進，而黏諸閣中之户壁，以迎吉祥。觀其詞，乃五七言絶句詩。」本組詩題詠立春節令風俗，並寓勸諫、歌頌之意。文字工麗，體近宫詞，卻顯自然藴藉。從内容與藝術上影響後人的帖子詞寫作。

【注　釋】

〔一〕「萌牙」二句：立春氣候變暖，草木滋生；春天以仁爲本，養育天下萬物。煖律：指温暖的節候。參見本書《欒城遇風效韓孟聯句體》注〔一〕。

〔二〕蒼生：草木叢生之處，多喻指百姓。《尚書·益稷》：「光天之下，至於海隅蒼生。」孔傳：「光天之下，至於海隅蒼蒼然生草木，言所及廣遠。」帝力：帝王的作用或恩德。參見本書《留守相公禱雨九龍祠，應時獲澍，呈府中同僚》詩注〔一二〕「擊壤」。

〔三〕「陽進」二句：君子陞遷則正氣上升；小人退卻則濁氣自消。《周易·泰卦》彖曰：「内陽而外陰，内健而外順，内君子而外小人，君子道長，小人道消也。」宋綦崇禮《北海集》卷二二《論德宗不能用陸贄》：「臣嘗讀修之詞而窺其旨。有曰『陽進升君子，陰消退小人』，勸上以用威斷也。」

〔四〕「聖君」二句：皇上聖明，爲政措施如新春朝陽，徧布恩澤。南面治：《春秋繁露·天辨在人》：「陽者，君父是也，故人主南面，以陽爲位也。」

〔五〕三陽：古人稱農曆十一月冬至一陽生，十二月二陽生，正月三陽開泰，合稱「三陽」。後專指春天，也指農曆正月。《藝文類聚》卷八引南朝宋孔皋《會稽記》：「餘姚縣南百里，有太平山……三陽之辰，華卉代發。」勾萌：草木發芽生長。

〔六〕玉琯：指玉管吹葭。古人將葭灰置於律管内放置密室以測定節氣。新節氣至，灰則自行由相應律管内飛出。後遂以吹灰表示節氣變换。參見本書《述懷》注〔一〕。

〔七〕「乾坤」句：天地如遵守契約一樣守信，應時而動。符契：符券契約一類文書的統稱。

〔八〕藹藹：温和貌，和氣貌。

〔九〕造化：自然界的創造者。《莊子·大宗師》：「今一以天地爲大鑪，以造化爲大冶，惡乎往而不可哉？」自芳菲：自我爭奇鬥豔。

〔一〇〕熙熙：和樂貌。《老子》二十章：「衆人熙熙，如享太牢，如登春臺。」《漢書·禮樂志》：「衆庶熙熙，施及夭胎，群生嘕嘕，唯春之祺。」顔師古注：「熙熙，和樂貌也。」

〔一一〕「玉輦」二句：由於皇帝經年不來游賞，以至苑中的花都不爭春鬥豔。宋綦崇禮《論德宗不能用陸贄》：「有曰『玉輦經年不游幸，上林花好莫爭開』，戒上以節盤游也。」玉輦：天子所乘之車，以玉爲飾。此處代指皇上。上林：古宫苑名，故址在今西安市西及周至、户縣界，後泛指帝王的苑囿。《三輔黄圖·苑囿》：「漢上林苑，即秦之舊苑也。《漢書》云：『武帝建元三年，開上林苑，東南至藍田宜春、鼎湖、御宿、昆吾，旁南山而西，至長楊、五柞，北繞黄山，瀕渭水而東，周袤三百里。』離宫七十所，皆容千乘萬騎。」

【附録】

六詩全輯入宋蒲積中《歲時雜詠》卷四《立春》。

《歐集》附録卷五《事蹟》：「先公在翰林，嘗草《春帖子詞》。一日，仁宗因閒行，舉首見御閤帖子，讀而愛之，問何人作。左右以公對。即悉取皇后、夫人諸閤中者閲之，見其篇篇有意，歎曰：『舉筆不忘規諫，真侍從之臣也。』自是，每學士院進入文書，必問何人當直。若公所作，必索文書自覽。」附注：「先公每述仁宗恩遇，多言此事，云内官梁寔爲先公説。《春帖子詞》有云『陽進升君子，陰消退小人。聖君南面治，布政法新春』，至今士大夫盡能誦之。及温成皇后閤帖子云『聖君念舊憐遺族，常使無權保厥家』。」

春帖子詞·皇后閤五首

其一

御水冰銷緑〔一〕，宫梅雪壓香。新年賀交泰，白日漸舒長〔二〕。

其二

藹藹珠簾日，溶溶碧瓦煙〔三〕。漪漣採荇水，和暖浴蠶天〔四〕。

其三

初欣綵勝迎春早，已覺雞人報漏遲〔五〕。風色結寒猶料峭，天光煦物已融怡〔六〕。

其四

鶯寒未報宫花發，風暖還催臘雪銷。欲識春來自何處，先從天上斗回杓〔七〕。

其五

三辰明潤璿機運，四氣均調玉燭光〔八〕。共喜新年獻椒酒〔九〕，惟將萬壽祝君王。

【題解】

原輯《内制集》卷一，繫至和元年。題下注：「十二月二十九日」。組詩描寫立春節令風俗，寓含讚頌之意。自然清麗，含蓄藴藉。

【注釋】

〔一〕御水：宫禁中的河水。《後漢書·宦者傳·曹節》：「苟營私門，多蓄財貨，繕修第舍，連里竟巷。盜取御水以作魚釣，車馬服玩擬於天家。」李賢注：「水入宫苑爲御水。」

〔二〕「新年」二句：新春之際，陽光和煦，白天漸長。交泰：《周易·泰》：「天地交，泰。」王弼注：「泰者，物大通之時也。」言天地之氣融通，則萬物各遂其生，故謂之泰。後以「交泰」指天地之氣和祥，萬物通泰。

〔三〕「藹藹」二句：寫宫苑日光煙色。珠簾日：透過珠飾窗簾的陽光。

〔四〕漪漣：微波。謝靈運《發歸瀨三瀑布望兩溪》詩：「沫江免風濤，涉清弄漪漣。」采荇：《詩·周南·關雎》：「參差荇菜，左右采之。」荇，多年生水生草本植物，葉呈對生圓形，嫩時可食，亦可入藥。浴蠶：浸洗蠶子。古代育蠶選種的方法。南朝梁劉孝威《妾薄命》詩：「浴蠶思漆水，條桑憶鄭埛。」

〔五〕綵勝：古代的一種飾物。立春日用五色紙或絹剪製成小旌旗、燕、蝶、金錢等形狀，簪於髻上，以示迎春。雞人：本周官名。掌供辦雞牲。凡舉行大典，則報時以警夜。《周禮·春官·雞人》：「雞人掌共雞牲，辨其物。大祭祀，夜嘑旦以嘂百官。凡國之大賓客、會同、軍旅、喪紀，亦如之。凡國事爲期，則告之時。凡祭祀，面禳釁，共其雞牲。」後指宫廷中專管更漏之人。報漏：以滴漏報時。

〔六〕「風色」二句：雖然風寒料峭，卻已春光融融。　煦物：温暖萬物。

〔七〕斗回杓：北斗回轉，季節更替，冬去春來。斗杓，即斗柄。《淮南子·天文訓》：「斗杓爲小歲。」高誘注：「斗，第五至第七爲杓。」

〔八〕「三辰」二句：天理勻轉，四季調和，天下太平。　三辰：日、月、星。　明潤：明亮潤滑。　璿機：北斗七星的第二、三星。《太平御覽》卷五引《春秋運斗樞》：「北斗七星：第一天樞，第二璿，第三機，第四權。」　四氣：指春、夏、秋、冬四時的温、熱、冷、寒之氣。《禮記·樂記》：「奮至德之光，動四氣之和，以著萬物之理。」孔穎達疏：「動四氣之和，謂感動四時之氣，序之和平，使陰陽順序也。」　玉燭光：謂四時之氣和暢。形容太平盛世。《尸子》卷上：「四氣和，正光照，此之謂玉燭。」《爾雅·釋天》：「四氣和謂之玉燭。」

〔九〕椒酒：用椒浸製的酒。古俗，農曆元旦向長輩獻此酒，以示祝壽、拜賀之意。

【附録】

五詩全輯入宋蒲積中《歲時雜詠》卷四《立春》，「其二」又輯入清康熙《御選宋金元明四朝詩·御選宋詩》卷六一。

春帖子詞・温成皇后閣四首

其一

瑣窗珠户暖生煙[一]，不覺新春换故年。衆卉争妍競時態，却尋遺跡獨依然[二]。

其二

寶奩香歇掩鉛華，舊閣春歸老監嗟[三]。畫棟重來當日燕，玉欄猶發去年花[四]。

其三

椒壁輕寒轉曉暉[五]，珠簾不動暖風微。可憐春色來依舊，惟有餘香散不歸。

其四

内助從來上所嘉[六]，新春不忍見新花。君王念舊憐遺族，常使無權保厥家[七]。

【題解】

原輯《内制集》卷一，繫至和元年。題下注：「十二月二十九日。」温成皇后，即張貴妃。《宋史·后妃傳上》：「張貴妃，河南永安人也……長得幸，有盛寵。妃巧慧多智數，善承迎，勢動中外……皇祐初，進貴妃。後五年薨，年三十一。仁宗哀悼之，追册爲皇后，謚温成。」據《宋史·仁宗本紀四》，張貴妃卒於今年正月八日，同月十二日追册爲皇后。帖子詞爲死者作，此爲特例。釋惠洪《冷齋夜話》卷二云：「會温成皇后薨，閣虚不進，有旨亦令進。」立春之日，温成皇后閣中遺跡依舊，然物是人非，令人傷感。組詩抒緬懷之情，寓諷諫之意。

【注釋】

〔一〕瑣窗珠户：鏤刻有連瑣圖案和帶有珠子裝飾的窗户。借稱富貴之地。鮑照《玩月城西門廨中》詩：「蛾眉蔽珠櫳，玉鉤隔瑣窗。」此指温成皇后閣。

〔二〕「衆卉」二句：衆花爭豔，而此處寂靜悄然。爭妍競時態：爭奇鬥豔，競相開放。

〔三〕「寶奩」二句：美人已去，空留舊閣，惹老太監傷心嗟歎。寶奩：梳妝鏡匣的美稱。李商隱《垂柳》詩：「寶奩抛擲久，一任景陽鐘。」鉛華：本指婦女化妝用的鉛粉。借指婦女的美麗容貌、青春年華。

〔四〕玉欄：玉石製的欄杆，亦用爲欄杆的美稱。南朝梁費昶詩《行路難》其一：「唯聞啞啞城上烏，玉欄金井牽轆轤。」猶發去年花：化用岑參《山房春事》詩句：「春來還發舊時花」。

〔五〕椒壁：以椒和泥所塗的牆壁。多指后妃的居室。南朝梁元帝《縣名詩》：「蒲洲涵水色，椒壁雜風吹。」

〔六〕内助：妻室稱「内助」，此指温成皇后。《宋史·后妃傳下·哲宗昭慈孟皇后》：「得賢内助，非細事也。」

〔七〕無權：權，即權力。與之富貴而不與之權力，所以保全外戚。此句讚美君王之仁，亦婉刺重用貴妃族叔張堯佐執政，有違「無權保厥家」之古訓。宋綦崇禮《論德宗不能用陸贄》：「而於温成皇后閣乃曰『君王念舊憐遺族，常使無權保厥家』，則又有所謂焉。是時温成薨，既追册以尊號，上念之不已，其叔父堯佐本以科舉進至三司使，且將用矣，公議未然，而御史中丞王舉正留百官班於朝，力諫止之，遂不復用，故修因是以申諷。」林駉《古今源流至論》後集卷九亦稱此句旨在「抑外戚也」。憐遺族：《宋史·后妃傳上》：「追封（張貴妃父）堯封清河郡王，謚景思。

而堯佐因緣僥倖，致位通顯云。」

【附録】

四詩全輯入宋蒲積中《歲時雜詠》卷四《立春》。

吕希哲《吕氏雜記》卷下：「皇祐中，張堯佐爲三司使，時堯佐兄女貴妃有寵，言事官王舉正、包拯、唐介等言堯佐妃之族叔，以恩澤進，陛下富之可也，貴之可也，然不可任以政事。仁宗特爲詔：『自今后妃之家及尚主者不得與政。』迄今爲故事。貴妃卒，贈『温成皇后』。歐陽公爲學士，立春進門帖子，其《温成閤》詩曰：『内助從來上所嘉，新春不忍見新花。君王念舊憐遺族，常使無權保厥家。』」

單宇《菊坡叢話》卷三：「歐陽公作《温成皇后閤春帖子》云：『内助從來上所嘉，新春不忍見新花。君王念舊憐遺族，長使無權保厥家。』又《端午帖子》云：『楚國因讒逐屈原，終身無復入君門。愿因角黍詢遺俗，可鑑前王惑巧言。』《詩話》云：『凡詞人作宫帖甚多，惟公所作詞寓諷切當。時以爲得體。』」

黄溥《詩學權輿》卷五：「歐陽公詩：歐陽永叔《題宫中春帖》詩：『内助從來上所嘉，新春不忍見新花。君王念舊憐遺族，常使無權保厥家。』《端午帖》云：『楚國因讒逐屈原，終身無復入君門。愿因角黍詢遺俗，可鑑前王惑巧言。』此二詩皆寓規風之意，一則欲其君崇節儉、抑外戚，一則欲其君遠讒佞、保忠直。故先儒以犯顔敢諫爲公之文，又曰歌詠爲公諷諫之首，於斯概可見矣。」何喬新《椒丘文集》卷一《策府十科摘要·經科·論詩》：「宋之以詩名世者，固不可一二數，如楊大年之賦《朝京》，有致君堯舜之心；歐陽修之詠《春帖》，得以詩諷陳之旨，是皆有《三百篇》之遺意，而非後世騷人詞客所可及也。」

春帖子詞·夫人閣五首

其一

太史頒時令，農家候土牛〔一〕。青林自花發，黄屋爲民憂〔二〕。

其二

元會千官集〔三〕，新春萬物同。測圭知日永，占歲喜時豐〔四〕。

其三

黄金未變千絲柳，白日初遲百刻香〔五〕。聖主本無聲色惑，宫花不用妬新粧〔六〕。

其四

微風池沼輕澌漾，旭日樓臺瑞藹浮〔七〕。四海懽聲歌帝澤，萬家春色滿皇州〔八〕。

其五

玉殿籤聲玉漏催，綵花金勝巧先裁〔九〕。宿雲容與朝暉麗〔一〇〕，共喜春隨曙色來。

【題　解】

原輯《内制集》卷一，繫至和元年。題下注：「十二月二十九日」。組詩描寫立春節日風俗，並寓勸諫、讚頌之意。其中「青林自花發，黄屋爲民憂」、「元會千官集，新春萬物同」等，旨在勸君重農愛民，而「聖主本無聲色惑，宫花不用妬新粧」，誠如綦崇禮《論德宗不能用陸贄》所揭示的「諷上以遠女色也」。

【注釋】

〔一〕「太史」二句：春耕開始。太史：官名。西周、春秋時太史掌記載史事、編寫史書、起草文書，兼管國家典籍和天文曆法等。宋設太史局、司天監、天文院等負責掌管天文曆法。土牛：用泥土製的牛。古代在農曆十二月出土牛以除陰氣。後來，立春時造土牛以勸農耕，象徵春耕開始。《禮記·月令》：「〔季冬之月〕命有司大難，旁磔，出土牛，以送寒氣。」

〔二〕「青林」二句：草木生長發芽，皇上替民擔憂。黄屋：本古代帝王專用的黄繒車蓋。後也用作帝王的代稱。杜甫《將適吴楚留别章使君》詩：「中原消息斷，黄屋今安否？」

〔三〕元會：皇帝于元旦朝會群臣稱正會，也稱元會。始於漢。魏、晉以降因之。《晉書·禮志下》：「魏武帝都鄴，正會文昌殿，用漢儀，又設百華燈。晉氏受命，武帝更定元會儀。」《宋書·禮志一》：「正旦元會，設白虎樽於殿庭，樽蓋上施白虎，若有能獻直言者，則發此樽飲酒。」

〔四〕「測圭」二句：白日漸長，歲時預豐。圭：圭表。古代測日影的儀器叫圭表。石座上的横尺叫圭，南北兩端的標杆叫表，用以測量日影長短。占歲：占卜年景。

〔五〕「黄金」二句：閣内柳絲依然，春日遲緩，光流之間，滿屋生香。百刻：古代用刻漏計時，一晝夜分百刻。

〔六〕「聖主」二句：皇上不爲聲色所動，夫人不必嫉妒新來的宫女。宫花：喻指夫人。新妝：新來裝飾一新的宫女。

〔七〕輕澌：輕薄的浮冰。澌，同「凘」。解凍時流動的冰。《楚辭·九歌·河伯》：「與女游兮河之渚，流澌紛兮將來下。」王逸注：「流澌，解冰也。」瑞藹：祥瑞之氣。

〔八〕「四海」二句：歌頌皇家恩澤如春回大地，徧地生輝。皇州：帝都，京城。鮑照詩《侍宴覆舟山》其二：「繁霜飛玉闥，愛景麗皇州。」

〔九〕籤：漏箭。古代滴水計時器中標識時刻的竹簽。李賀《崇義里滯雨》：「南宫古簾暗，濕景傳籤籌。」玉漏：古代計時漏壺的美稱。唐蘇味道《正月十五夜》詩：「金吾不禁夜，玉漏莫相催。」綵花、金勝：即采勝。參見本書《春帖子詞·皇后閣五首》注〔五〕。

〔一〇〕宿雲：夜晚的雲氣。容與：從容閑舒貌。《楚辭·九歌·湘夫人》：「時不可兮驟得，聊逍遥兮容與。」

【附録】

五詩全輯入宋蒲積中《歲時雜詠》卷四《立春》，「其一」、「其二」又輯入清康熙《御選宋金元明四朝詩·御選宋詩》卷六一。

歐陽修詩編年箋注卷十一

至和二年至嘉祐元年作

晏元獻公挽辭三首

其一

接物襟懷曠，推賢品藻精〔一〕。謀猷存二府，臺閣徧諸生〔二〕。帝念宫臣舊，恩隆衮服榮〔三〕。春風緑野迥，千兩送銘旌〔四〕。

其二

四鎮名藩忽十春，歸來白首兩朝臣〔五〕。上心方喜親耆德，物論猶期秉國鈞〔六〕。退食圖書盈一室，開鐏談笑列嘉賓〔七〕。昔人風采今人少，慟哭何由贖以身〔八〕。

其三

富貴優游五十年，始終明哲保身全〔九〕。一時聞望朝廷重，餘事文章海外傳〔一〇〕。舊館池臺閒水石，悲笳風日慘山川〔一一〕。解官制服門生禮，慚負君恩隔九泉〔一二〕。

【題　解】

原輯《居士外集》卷六，繫至和二年（一〇五五）。作於是年正月末，詩人時年四十九歲，在京任翰林學士，兼史館修撰，主修《唐書》。晏元獻公，即晏殊，卒謚元獻。歐《觀文殿大學士行兵部尚書西京留守贈司空兼侍中晏公神道碑銘》：「至和元年六月……明年正月疾作……其月丁亥（二十八日），以公薨聞，天子震悼。」王安石《臨川先生文集》卷三五亦有《元獻晏公挽辭三首》。本挽辭「其一」讚美晏殊襟懷磊落，熱心薦賢，死後皇恩浩蕩。「其二」稱譽晏氏四鎮名藩，兩朝老臣，文采風流，哀傷其不幸隕世。「其三」總括逝者功德，感念知遇之恩。詩語莊穆，雍容典雅，意境沉鬱，情感真摯。

【注釋】

〔一〕「接物」二句：晏殊胸襟寬闊，精於薦賢。《宋史·晏殊傳》：「殊平居好賢，當世知名之士，如范仲淹、孔道輔皆出其門。及爲相，益務進賢材，而仲淹與韓琦、富弼皆進用，至於臺閣，多一時之賢。」品藻：品評鑑定人物。《漢書·揚雄傳下》：「爰及名將尊卑之條，稱述品藻。」顔師古注：「品藻者，定其差品及文質。」

〔二〕「謀猷」二句：晏殊自慶曆四年九月後列位宰相與樞密使，善於謀斷，門生弟子徧布朝廷。二府：《宋史·職官志二》：「宋初，循唐五代之制，置樞密院，與中書對持文武二柄，號爲『二府』。」

〔三〕「帝念」二句：歐《晏公神道碑銘》：「至和元年六月，觀文殿大學士、行兵部尚書、西京留守、臨淄公以疾歸於京師。八月，疾少間，入見。天子曰：『噫！予舊學之臣也。』乃留侍講邇英閣，詔五日一朝前殿。明年正月，疾作，不能朝。敕太醫朝夕往視……既葬，賜其墓隧之碑首曰『舊學之碑』。」衮服：公卿之服。

〔四〕銘旌：豎在靈柩前標誌死者官職和姓名的旗幡，多用絳帛粉書。品官則借銜題寫曰某官某公之柩，另紙書題者姓名粘於旌下。大斂後，以竹杠懸之依靈右，葬時取下加於柩上。《周禮·春官·司常》：「大喪，共銘旌。」

〔五〕「四鎮」二句：晏殊自慶曆四年九月後歷知潁州、陳州、許州、永興軍等四鎮，主政名藩河南府，至和元年元月以病歸京師，爲時十年。一生忠事真宗、仁宗兩朝。

〔六〕「上心」二句：皇上恩寵德高名望的晏殊，社會輿論期望其能擔當朝廷重任，掌控國家權柄。耆德：年高德劭、素孚衆望者。國鈞：猶國柄，喻朝政重任。

〔七〕退食：退朝就食於家或公餘休息。《北史·高允傳》：「〔司馬消難〕因退食暇，尋季式，酣歌留宿。」

〔八〕贖以身：以自身換回死者。《詩·秦風·黄鳥》：「如可贖兮，人百其身。」鄭玄箋：「如此奄息之死，可以他人贖之者，人皆百其身。」

〔九〕「富貴」二句：王安石《元獻晏公挽辭三首》其二：「優游太平日，密勿老成人。」五十年：歐《晏公神道碑銘》：「公世家江西之臨川，年始十四，一日起田里，進見天子……自始至卒，五十餘年。」明哲：明智，洞察事理。《尚書·説命上》：「知之曰明哲，明哲實作則。」孔傳：「知事則爲明智，明智則能製作法則。」

〔一〇〕餘事文章：業餘從事文學創作。《論語·學而》：「行有餘力，則以學文。」《宋史·晏殊傳》：「文章贍麗，應用不窮，尤工詩，閑雅有情思，晚歲篤學不倦。文集二百四十卷，及刪次梁、陳以後名臣述作，爲《集選》一百卷。」王安石《元獻晏公挽辭三首》其一：「文章晉康樂，經術漢公孫。」

〔一一〕「舊館」二句：斯人已去，遺跡尚存，在悲痛的笳鼓聲中，山川也爲之傷悲痛惜。

〔一二〕制服：指喪服。《後漢書·袁閎傳》：「及母殁，不爲制服設位，時莫能名，或以爲狂生。」

答子華舍人退朝小飲官舍

玉階朝罷卷晨班，官舍相留一笑閒〔一〕。與世漸疎嗟已老，得朋爲樂偶偷閒〔二〕。紅牋搦管吟紅藥，緑酒盈罇舞緑鬟〔三〕。自是風情年少事，多慚白髮與蒼顔〔四〕。

【題　解】

原輯《居士集》卷一二，繫至和二年。作於是年早春，在京任翰林學士，兼史館修撰，主修《唐書》。題下原注：「一作《和子華朝退，寒甚，陪諸公飲》。」子華，即韓絳。韓絳原唱已佚，韓維《南陽集》卷八存『和子華兄同永叔飲三班官舍兼約明日飲永叔家』詩。詩人退朝後，與同僚賦詩、飲酒、觀賞歌舞，自矜人生樂趣。內容趨於世俗生活，裁對工整，文氣悠揚，情韻悠長。

【注　釋】

〔一〕卷晨班：結束早朝。卷班，宋代朝拜皇帝時的一種制度，謂朝見後官員們隨本班班首順次後轉退出。《宋史·禮志二一》：「皇帝御崇德殿……舍人合班奏報閤門無事，唱喏訖，卷班西出。」

〔二〕「與世」二句：自己年老體衰，疏於人間交際，偶爾能與朋友對飲，乃是一大樂事。嗟已老：原本校云：「一作『緣老態』。」

〔三〕「紅牋」二句：鋪開錦箋握執毛筆與朋友一塊吟詠芍藥，端著酒杯觀賞美女的輕歌曼舞。緑鬟：青髮，代指舞女。

〔四〕風情：風雅的情趣、韻味。陸游《雪晴》詩：「老來莫道風情減，憶向煙蕪信馬行。」

【附　録】

此詩輯入清吴之振《宋詩鈔》卷一二、陳訏《宋十五家詩選·廬陵詩選》。

憶滁州幽谷

滁南幽谷抱千峰，高下山花遠近紅〔一〕。當日辛勤皆手植，而今開落任春風〔二〕。主人不覺悲華髮，野老猶能説醉翁〔三〕。誰與援琴親寫取，夜泉聲在翠微中〔四〕。

【題　解】

原輯《居士集》卷一二，無繫年，列至和元年後。作於至和二年春，在京任翰林學士，兼史館修撰，主修《唐書》。韓維《南陽集》卷八《和永叔〈思滁州幽谷〉》即和此詩，劉敞《公是集》卷二三亦有《和憶幽谷二首》。時過境遷之後，詩人深情地回憶滁州幽谷給自己貶謫生活所帶來的無窮樂趣，緬懷當年回歸大自然、親近山林琴泉所過閒雲野鶴般的自由生活。宦海沉浮的深痛創傷，使滁州秀美山水與醉翁逍遥歲月成爲詩人後半生抹不去的永恒嚮往。語言樸實，詩境深幽，抒情氣息濃鬱。

【注釋】

〔一〕滁南幽谷：參見本書《幽谷種花洗山》題解。滁南，原本校云：「一作『豐山』。」

〔二〕開落任春風：聽任春風吹開吹落。

〔三〕「主人」二句：詩人自傷年齡老大，欣慰當年同游共樂的村夫野老還能記得自己。歐《贈沈遵》詩異文有云：「沈夫子，君過滁陽今幾時。滁人皆喜醉翁醉，至今人人能道之。長記山間逢太守，籃轝酩酊插花歸。」野老：村野老人。杜甫《哀江頭》詩：「少陵野老吞聲哭，春日潛行曲江曲。」

〔四〕「誰與」二句：是誰用美妙的琴曲，將山間幽泉的流淌聲記録下來？歐《贈沈遵》序云：「予昔於滁州作醉翁亭於瑯琊山，有記刻石，往往傳人間。太常博士沈遵，好奇之士也，聞而往游焉。愛其山水，歸而以琴寫之，作《醉翁吟》一調。」翠微：青翠掩映的山間幽深處。李白《贈秋浦柳少府》詩：「摇筆望白雲，開簾當翠微。」

【附録】

此詩輯入明曹學佺《石倉歷代詩選》卷一四〇，又輯入清吴之振《宋詩鈔》卷一一、陳訏《宋十五家詩選·廬陵詩選》。

黄庭堅《山谷集》别集卷一二《跋永叔與挺之郎中及憶滁州幽谷詩》：「歐陽文忠公書不極工，然喜論古今書，故晚年亦少進。其文章議論一世所宗，書又不惡，自足傳百世也。建中靖國元年冬至，觀於荆州沙市舟中，雪晴大寒，捉筆不能字。鍾陵黄某題。」

范大士《歷代詩發》卷二三評曰：「叙述樸老，妙在自然。」

端午帖子詞·皇帝閤六首

其一

天清槐露浥，歲熟麥風涼〔一〕。五日標嘉節，千齡獻壽觴〔二〕。

其二

午位星杓正〔三〕，人間令節同。四時和玉燭，萬物被薰風〔四〕。

其三

舜舞來遐俗，堯仁浹九區[五]。五兵消以德，何用赤靈符[六]。

其四

楚國因讒逐屈原，終身無復入君門[七]。願因角黍詢遺俗，可鑑前王惑巧言[八]。

其五

嘉辰共喜沐蘭湯，毒沴何須採艾禳[九]。但得臯夔調鼎鼐，自然災祲變休祥[一〇]。

其六

炎暉流爍蕙風薰，草木蕃滋德澤均[一一]。畜藥蠲痾雖故事，使民無疾乃深仁[一二]。

【題　解】

原輯《内制集》卷二，繫至和二年。作於是年三月二十五日，在京任翰林學士，兼史館修撰，主修《唐書》。題下注：「三月二十五日。」端午，即農曆五月初五日，爲我國傳統的民間節日，紀念相傳於是日自沉汨羅江的古代愛國詩人屈原，有裹粽子及賽龍舟等民俗。《初學記》卷四引晉周處《風土記》：「仲夏端午，烹鶩角黍。」宗懔《荆楚歲時記》：「五月五日四民並蹋百草……採艾以爲人，懸門户上，以禳毒氣。」帖子詞是宫廷一種娱樂消遣的文學樣式，表祥瑞、寫時令，多爲歌頌昇平，或寓意規諫，貼於禁中門帳。爲端午撰作的帖子詞，稱「端午帖子」。參見本書《春帖子詞·皇帝閣六首》題解。此帖子詞早四十天而作，組詩描寫端午節俗，頌詠太平盛世，蘊含勸諫之意，勉勵國君仁政愛民，明辨忠姦，任賢用能，求天下大治。詩體爲五、七言絶句，文字清新而工麗，在繪景基礎上生發議論，頗顯自然藴藉。

【注　釋】

〔一〕麥風：亦稱麥信，江淮間指農曆五月的信風。白居易《和微之四月一日作》：「麥風低冉冉，稻水平漠漠。」李肇《唐國史補》卷下：「江淮船泝流而上，常待東北風，謂之信風。七月八月有上信，三月有鳥信，五月有麥信。」

〔二〕「千齡」句：獻上一杯賀壽酒，祝君長命萬壽。宋范質《乾德上尊號册文》：「承天之佑，萬壽千齡。」

〔三〕午位：午所處的位子。一般居中，如午時。　星杓正：北斗星尾部正居正中。

〔四〕「四時」二句：四季之氣和暢，陽光和煦，萬物沐浴在春風之中。　玉燭：《尸子》卷上：「四氣和，正光照，此之謂玉燭。」《爾雅·釋天》：「春爲青陽，夏爲朱明，秋爲白藏，冬爲玄英，四時和謂之玉燭。」　薰風：初夏時和暖的東南風。《呂氏春秋·有始》：「東南曰薰風。」白居易《首夏南池獨酌》詩：「薰風自南至，吹我池上林。」

〔五〕「舜舞」二句：舜以盾斧舞臣服荒遠之主，堯以仁德布澤九州四方。《三國志·魏志》卷一〇：「昔舜舞干戚而有苗服臣。」　遐俗：邊遠之地。《梁書·沈約傳》：「鼓玄澤於大荒，播仁風於遐俗。」　堯仁：堯帝仁德。《史記·五帝本紀》：「帝堯者放勛，其仁如天，其知如神，就之如日，望之如雲。富而不驕，貴而不舒。」　九區：九州。　漢劉騊駼《郡太守箴》：「大漢遵周，化洽九區。」

〔六〕「五兵」二句：以仁德治國可消兵禍於外，遠比占卜靈驗得多。　五兵：五種兵器。所指不一，代指戰爭。　參見本書《太白戲聖俞》注〔一〕。　赤靈符：宋祝穆《古今事文類聚》前集卷九《赤靈符》：「《抱朴子》：或問辟兵之道，答曰以五月五日作赤靈符著心前。　王沂公《端午夫人閣帖子》：『欲謝君恩卻無語，心前笑指赤靈符。』章簡公《帖子》云：『自有百神長侍衛，不應須佩赤靈符。』歐陽公云：『五兵消以德，何用赤靈符。』今謂之釵頭符。」

〔七〕因讒逐屈原：班固《離騷贊序》：「屈原初事懷王，甚見信任。同列上官大夫妬害其寵，讒之王，王怒而疏屈原。屈原以忠信見疑，憂愁幽思而作《離騷》……至於襄王，復用讒言，逐屈原。在野又作《九章》賦以風諫，卒不見納。不忍濁世，自投汨羅。」

〔八〕「願因」二句：希望就端午吃粽習俗而究問其緣由，借鑑楚王因被小人迷惑而亡國的教訓。旨在借古諷今，規勸君王。角黍：食品名。即粽子。以箬葉或蘆葦葉等裹米蒸煮使熟。狀如三角，古用黏黍，故稱。《太平御覽》卷八五一引晉周處《風土記》：「俗以菰葉裹黍米，以淳濃灰汁煮之令爛熟，於五月五日及夏至啖之。一名糉，一名角黍。」

〔九〕蘭湯：熏香的浴水。《楚辭·九歌·雲中君》：「浴蘭湯兮沐芳，華采衣兮若英。」明楊慎《藝林伐山·蘭湯》：「劉義慶曰：『古制，廟方四丈，不墉壁，道廣四尺，夾樹蘭香，齋者煮以沐浴，然後親祭，所謂蘭湯。』」艾禳：用艾草除去邪惡或災異。宗懔《荆楚歲時記》：「五月五日謂之浴蘭節，四民並蹋百草之戲。採艾以爲人，懸門户上，以禳毒氣。」

〔一〇〕「但得」二句：用賢臣執政治國，則自然災異也會變成祥瑞之物。皋夔：皋陶和夔的並稱。傳説皋陶是虞舜時刑官，夔是虞舜時樂官。後常借指賢臣。調鼎鼐：即鼎鼐調和。相傳商武丁問傅説治國之方，傅以如何調和鼎中之味喻説，遂輔武丁以治國。後因以「鼎鼐調和」比喻處理國政。變休祥：變爲祥瑞。

〔一一〕「炎暉」二句：皇家的恩澤像太陽一樣，萬物沐浴其中，繁殖生長。蕙風薰：吹著夾有蕙草香氣的風。蕃滋：繁殖增益。《國語·越語下》：「五穀睦熟，民乃蕃滋。」

〔三〕畜藥蠲疴：《荆楚歲時記》引《夏小正》：「此日（五月五日）蓄藥以蠲除毒氣。」畜藥，積蓄、積儲藥品。蠲疴，治癒疾病。

【附録】

六詩中「其三」輯入清康熙《御選宋金元明四朝詩·御選宋詩》卷六一。

王十朋《梅溪集》後集卷二〇《提舶贈玉友六言詩次韻以酬》其二：「競渡爭飛畫舫，賜衣紛集丹墀。舉筆不忘規諫，玉堂誰進歐詩。」自注云：「歐陽公《端午帖子詩·六》：『楚國因讒逐屈原，終身無復入君門。願因角黍詢遺俗，可鑑前王惑巧言。』仁宗曰：『舉筆不忘規諫，真侍從臣也。』」

蔡正孫《詩林廣記》後集卷一《端午帖子》：「《詩話》云：凡詞人作宫帖者甚多，惟歐陽公所作詞意多寓諷切，當時以爲得體。」

單宇《菊坡叢話》卷三：「歐陽公作《温成皇后閤春帖子》云：『内助從來上所嘉，新春不忍見新花。君王念舊憐遺族，長使無權保厥家。』又《端午帖子》云：『楚國因讒逐屈原，終身無復入君門。願因角黍詢遺俗，可鑑前王惑巧言。』《詩話》云：『凡詞人作宫帖甚多，惟公所作詞寓諷切當。時以爲得體。』」

端午帖子詞・皇后閣五首

其一

畫扇催迎暑，靈符喜辟邪〔一〕。風光麗宫禁，時節重仙家〔二〕。

其二

椒塗承茂渥，嬪壼範柔儀〔三〕。更以親蠶繭，紉爲續命絲〔四〕。

其三

覆檻午陰黄鳥囀，烘簾曉日絳榴繁。六宫綵縷爭新巧，共續千齡奉至尊〔五〕。

其四

紫蘭淅淅光風轉，緑葉陰陰禁苑涼。天子萬機多暇日，喜逢嘉節奉瑶觴〔六〕。

其五

五色雙絲獻女功，多因荆楚記遺風〔七〕。聖君照物同天鑑，不用江心百鍊銅〔八〕。

【題　解】

原輯《内制集》卷二，繫至和二年。作於是年三月二十五日，在京任翰林學士，兼史館修撰，主修《唐書》。題下注：「三月二十五日。」組詩描寫端午節風俗，歌頌太平盛世，蘊含勸諫之意，規戒皇后襄助君王家事，遠離姦邪，淑德懿範，儀表天下。

【注　釋】

〔一〕靈符：見前《皇帝閣六首》注〔六〕。

〔二〕仙家：仙人所住之處，此喻宫苑。《海内十洲記·玄洲》：「玄洲在北海中，地方三千里，去南岸十萬里，上有五芝玄澗……亦多仙家。」

〔三〕椒塗：皇后居住的宫室。因用椒和泥塗壁，故名。《文選·顔延之〈宋文皇帝元皇后哀策文〉》：「蘭殿長陰，椒塗弛衛，嗚呼哀哉！」吕向注：「蘭殿、椒塗，后妃所居也……椒塗，以椒塗室也。」　茂渥：謂恩澤優厚。　嬪壼：嬪妃。壼，古時宫中道路，引申指内宫，亦泛指婦女居住的内室。《詩·大雅·既醉》：「其類維何，室家之壼。」朱熹注：「壼，宫中之巷也。言深遠而嚴肅也。」

〔四〕親蠶繭：古禮之一，季春之月皇后躬親蠶事的典禮。《穀梁傳·桓公十四年》：「天子親耕以共粢盛，王后親蠶以共祭服。」《韓詩外傳》卷三：「先王之法，天子親耕，后妃親蠶，先天下憂衣與食也。」　續命絲：舊俗於端午節以彩絲繫臂，謂可以避災延壽，故名續命絲。《宋史·禮志十五》：「〔降聖節〕前一日，以金縷延壽帶、金塗銀結續命縷、緋彩羅延壽帶、彩絲續命縷分賜百官，節日戴以入。」亦作「續命縷」。《孝經援神契》：「仲夏蠒始出，婦人染練，咸有作務。日月星辰鳥獸之狀，文繡金縷，貢獻所尊，一名長命縷，一名續命縷，一名辟兵繒。」

〔五〕綵縷：宋羅願《爾雅翼》卷九：「荆楚之俗，五月五日，民並斷新竹筍爲筒粽，楝葉插頭，纏五絲縷，江水中以爲辟水厄，士女或楝葉插頭，五絲纏臂謂爲長命縷。俗言屈原以此日投水，百姓競以食祭之。漢建武中，長沙人有見人自稱三閭大夫者，謂之曰：所祭甚善，常苦爲蛟龍所竊，蛟龍畏楝葉五色絲，自今見祭，宜以五色絲合楝葉縛之。所以俗並事之。」

〔六〕瑶觴：酒杯的美稱。

〔七〕「五色」二句：多虧宗懍《荊楚歲時記》記載，端午纔有五色絲和楝葉包粽子的習俗。

〔八〕「聖君」二句：皇上英明，考察朝臣有如天公，不需要特别的監察就能明察秋毫。　百鍊銅：白居易《百煉鏡》：「百煉鏡，鎔範非常規。日辰置處靈且寄，江心波上舟中鑄。五月五日日午時，瓊粉金膏磨瑩已。化爲一片秋潭水，鏡成將獻蓬萊宫。揚州長史手自封，人間臣妾不敢照，背有九五飛天龍，人人呼爲天子鏡。我有一言聞太宗，太宗常以人爲鏡，鑑古鑑今不鑑容。四海安危居掌内，百王理亂懸心中。乃知天子别有鏡，不是揚州百煉銅。」

端午帖子詞・温成皇后閤四首

其一

密葉花成子，新巢燕引雛〔一〕。君心多感舊，誰獻辟兵符〔二〕。

其二

旭日映簾生，流暉槿艷明〔三〕。紅顔易零落，何異此花榮〔四〕。

其三

綵縷誰云能續命，玉奩空自鎖遺香〔五〕。白頭舊監悲時節，珠閣無人夏日長〔六〕。

其四

依依節物舊年光〔七〕，人去花開益可傷。聖主聰明無色惑，不須西國返魂香〔八〕。

【題　解】

原輯《内制集》卷二，繫至和二年。作於是年三月二十五日，在京任翰林學士，兼史館修撰，主修《唐書》。題下注：「三月二十五日。」温成皇后，參見《春帖子詞·温成皇后閣四首》題解。組詩描寫端午節令風俗，表達對温成皇后紅顏薄命的哀悼，亦藴含聖明君主應不惑女色的規勸。

【注　釋】

〔一〕「密葉」二句：花落結籽、春燕産雛的端午時節。杜甫《少年行》：「巢燕引雛渾去盡，江花結子也無多。」

〔二〕辟兵符：即辟兵繒。參見本書《端午帖子詞·皇后閤五首》注〔四〕《孝經援神契》所引。

〔三〕「流暉」句：在陽光下，木槿花開得更加鮮豔。

〔四〕「紅顏」二句：温成皇后紅顏薄命，如木槿花，紅豔而易衰。

〔五〕「綵縷」二句：人去樓空，空留遺跡。續命：參見上組詩注〔四〕「續命絲」。

〔六〕白頭舊監：老宫女。

〔七〕依依：形容思慕懷念的心情。《後漢書·章帝紀》：「豈亡克慎肅雍之臣，辟公之相，皆助朕之依依。」李賢注：「依依，思慕之意。」

〔八〕西國返魂香：《十洲記》：「香氣聞數百里，死者在地，聞香氣乃卻活，不復亡也。以香薰死人，更加神驗。征和三年，武帝幸安定，西胡月支國王遣使獻香四兩，大如雀卵，黑如桑椹。」

端午帖子詞·夫人閤五首

其一

梅黄初過雨，麥實已登秋〔一〕。避暑多佳賞，皇歡奉豫游〔二〕。

其二

鳴蜩驚早夏，鬬草及良辰〔三〕。共薦菖華酒〔四〕，君王壽萬春。

其三

楚俗傳筒黍〔五〕，江人喜競舡。深宫亦行樂，綵索續長年〔六〕。

其四

凉生玉宇來風細，日永金徒報漏稀〔七〕。皎潔冰壺清水殿，三千爭捧赭黄衣〔八〕。

其五

仙盤冷泛銀河露，紈扇香摇緑蕙風〔九〕。禁掖自應無暑氣，瑶臺金闕水精宫〔一〇〕。

【題解】

原輯《内制集》卷二，繫至和二年。作於是年三月二十五日，在京任翰林學士，兼史館修撰，主修《唐書》。題下注：「三月二十五日。」組詩描寫端午節俗，宮中行樂，歌詠太平盛世的民俗風情。

【注釋】

〔一〕「梅黄」二句：端午時分，梅雨剛過，麥子成熟了。秋：禾穀熟。《能改齋漫録·事始一》引漢蔡邕《月令章句》：「百谷各以其初生爲春，熟爲秋。故麥以孟夏爲秋。」

〔二〕奉豫游：隨皇帝游樂。庾信《象戲賦》：「況乃豫游仁壽，行樂徽音。」吴兆宜注：「夏諺曰：『吾君不游，吾何以休？吾君不豫，吾何以助？』」豫，古代帝王秋天出游。游，古代帝王春天出游。

〔三〕鬭草：一種古代游戲。競採花草，比賽多寡優劣，常於端午行之。宗懔《荆楚歲時記》：「五月五日，四民並蹋百草，又有鬭百草之戲。」

〔四〕菖華酒：同菖蒲酒。用菖蒲葉浸製的藥酒。舊俗端午節飲之，謂可去疾疫。宗懔《荆楚歲時記》：「（五月五日）以菖蒲或鏤或屑，以泛酒。」壽萬春：孫皓《爾汝歌》：「令汝壽萬春。」

〔五〕傳筒黍：楚時的一個娛樂項目。相互在手上傳本用來裝黍的竹筒，以跌落判罰。或曰吃粽子。宗懔《荆楚歲時記》「夏至節日食粽」條引周處《風土記》：「謂爲角黍，人並以新竹爲筒粽。」

〔六〕「綵索」句：即續命絲。古時端午習俗。此處用彩色的絲索繫在臂上，以辟邪。

〔七〕金徒：古代渾天儀上抱箭指時的胥徒像。用金鑄成，故稱。《文選·陸倕〈新刻漏銘〉》：「銅史司刻，金徒抱箭。」李善注：「張衡《漏水轉渾天儀制》曰：『蓋上又鑄金銅仙人居左壺，爲胥徒居右壺，皆以左手抱箭，右手指刻，以别天時早晚。』」

〔八〕冰壺：借指月亮或月光。元稹《獻滎陽公》詩：「冰壺通皓雪，綺樹眇晴煙。」　赭黄衣：天子衣服。代指天子。

〔九〕仙盤：即承露盤。古時祭祀時承接祥瑞之氣的盤。漢武帝時建于建章宫。參見本書《仙意》注〔四〕。　紈扇：細絹製成的團扇。江淹《雜體詩·效班婕妤〈詠扇〉》：「紈扇如團月，出自機中素。」

〔一〇〕「禁掖」二句：宫廷暑氣消退，如入人間仙境。　瑶臺：傳説中的神仙居處。王嘉《拾遺記·崑崙山》：「傍有瑶臺十二，各廣千步，皆五色玉爲臺基。」亦泛指雕飾華麗的樓臺。　金闕：道家謂天上有黄金闕，爲仙人或天帝所居。喻指皇宫。顔之推《觀我生賦》：「指金闕以長鎩，向王路而蹶張。」　水精宫：即水晶宫，泛指仙宫。此處喻指皇宫。

【附録】五詩中「其二」輯入清康熙《御選宋金元明四朝詩·御選宋詩》卷六一。

和陸子履再游城西李園

京師花木類多奇，常恨春歸人不歸〔一〕。車馬喧喧走塵土，園林處處鎖芳菲〔二〕。殘紅已落香猶在，羈客多傷涕自揮〔三〕。我亦悠然無事者，約君聯騎訪郊圻〔四〕。

【題解】原輯《居士集》卷一二，繫至和二年。作於是年初夏，在京任翰林學士，兼史館修撰，主修《唐書》。陸子履，即陸經，字子履，越州人。參見本書《長句送陸子履學士通判宿州》題解。去年十二月，陸經遇大赦返抵京師，殿中侍御史趙抃奏請恢復其原官。《清獻集》卷六有《奏劄·乞牽復陸經舊職》。清羅以智《趙清獻公年譜》亦云：「至和元年十二月，奏乞牽復陸經舊職……從之。」陸經年底復官集賢校理，管勾三館秘閣，今春與歐等多有詩歌唱和。城西李園，參見《清明前一日，韓子華以靖節斜川詩見招游李園，既歸，遂苦風雨……》題解。此詩又以題爲《次韻〈再游城西李園〉》，載於王安石《臨川先生文集》卷二二、《王文公文集》卷六七，吴之振《宋詩鈔》卷一九亦輯入王安石名下。作者究竟爲誰，尚待考證。詩歌描寫與同僚初夏出游城西的惜春情懷，表現文學侍從的閒暇生活。詩語平實，本人情，狀風物，情趣盎然。

【注釋】

〔一〕「京師」二句：京城多有奇花異木，可歎春歸人間你卻久久未能歸來。慶曆四年（一〇四四）十二月，陸經貶官袁州别駕。《長編》卷一五三慶曆四年十二月乙巳（十八日）紀事：「監察御史劉元瑜劾奏：『大理寺丞、集賢校理陸經，前責監汝州酒，轉運司差磨勘西京物，杖死爭田寡婦李氏，並貸民錢，又數與僚友燕聚，語言多輕肆。監司謬薦其才，權要主張，遂復館職。請重寘於法，勿以赦論。』詔遣太常博士王翼往按其罪，並以經前與進奏院祠神會，坐之，責授袁州别駕。」

〔二〕常恨春歸：白居易《大林寺桃花》詩：「常恨春歸無覓處。」

〔三〕喧喧：形容擾攘紛雜。白居易《買花》：「帝城春欲暮，喧喧車馬度。」

〔四〕羈客：離鄉背井、羈留在外之人。

〔五〕「我亦」二句：自己也是官閒無事之人，特約你一塊去郊外游賞。郊圻：郊野，郊外。高適《同陳留崔司户早春宴蓬池》詩：「同官載酒出郊圻，晴日東馳雁北飛。」

【附録】

此詩緝入宋李壁《王荆公詩注》卷三四、清吳之振《宋詩鈔》卷一九。

李留後家聞箏坐上作

不聽哀箏二十年〔一〕，忽逢纖指弄鳴絃。綿蠻巧囀花間舌，嗚咽交流冰下泉〔二〕。嘗謂此聲今已絶，問渠從小自誰傳〔三〕？樽前笑我聞彈罷，白髮蕭然涕泫然〔四〕。

【題解】

原輯《居士集》卷一二，無繫年，列至和二年詩後。作於是年夏，在京任翰林學士，兼史館修撰，主修《唐書》。題下附注：「余少時，嘗聞一鈞容老樂工箏聲，與時人所彈絶異，云是前朝教坊舊聲，其後不復聞，至此始復一聞也。」鈞容，爲「鈞容直」的省稱，《宋史·樂志一七》：「鈞容直，亦軍樂也。太平興國三年，詔籍軍中之善樂者，命曰引龍直……淳化四年，改名鈞容直，取鈞天之義。」李留後，即李端懿，字元伯，開封人。駙馬都尉李遵勗之子，母齊國大長公主，太宗之女，真宗之妹。喜爲詩，工書畫，陰陽醫術星經地理無所不通。官至鎮潼軍節度觀察留後。《宋史》卷四六四有傳。據《長編》卷一八〇紀事，至和二年六月「乙卯（二十八日），鎮潼軍留後李端懿知鄆州，帝賜詩以寵之。」劉敞《公是集》卷二三有《和永叔李太尉飲席聞箏》詩。詩歌借詠悽涼箏聲，抒寫今昔盛衰之感。時光流逝，人事蹉跎，詩人心中充滿憂思感憤。撫事而生慷慨，文氣酣暢，情致沉鬱悲壯。

【注釋】

〔一〕哀箏：悲涼悽愴的箏聲。曹丕《與朝歌令吴質書》：「高譚娱心，哀箏順耳。」

〔二〕「綿蠻」二句：淒涼的錚聲有如鳥鳴婉轉和水流嗚咽。化用白居易《琵琶行》「間關鶯語花底滑，幽咽泉流水下灘」句意。綿蠻：《詩·小雅·緜蠻》：「緜蠻黄鳥，止於丘隅。」毛傳：「小鳥貌。」巧囀：唐祖詠《聞百舌鳥》詩：「高飛憑力致，巧囀任天姿。」

〔三〕問渠：問她。顧況《千松嶺》：「問渠何旨意，恐落凡人耳。」

〔四〕「樽前」二句：在酒席上聽完箏曲後，大家都笑我這白髮老頭淚流滿面。蕭然：稀疏貌。葉適《題〈林秀文集〉》：「鬢髮蕭然，奔走未已，可歎也！」泫然：流淚貌。《禮記·檀弓上》：「孔子泫然流涕曰：『吾聞之，古不修墓。』」

【附録】

此詩輯入清吴之振《宋詩鈔》卷一二、陳焯《宋元詩會》卷一一、陳訏《宋十五家詩選·廬陵詩選》。

胡仔《苕溪漁隱叢話》前集卷一六：「古今聽琴阮琵琶箏瑟諸詩，皆欲寫其音聲節奏，類以景物故實狀之，大率一律，初無中的句，互可移用，是豈真知音者。但其造語藻麗，爲可喜耳……『綿蠻巧囀花間舌，嗚咽交流冰下泉。』此永叔聽箏詩也。」

朱承爵《存餘堂詩話》：「苕溪漁隱評昔賢聽琴、阮、琵琶、箏諸詩，大率一律，初無的句，互可移用。余謂不然……歐陽公聽箏云：『綿蠻巧囀花間舌，嗚咽交流冰下泉。』綿蠻之語，可移以詠琴乎？……自是聽箏詩也。」

和劉原父澄心紙

君不見曼卿子美真奇才，久已零落埋黄埃〔一〕。子美生窮死愈貴，殘章斷稿如瓊瑰〔二〕。曼卿醉題紅粉壁，壁粉已剥昏煙煤〔三〕。河傾崑崙勢曲折，雪壓太華高崔嵬〔四〕。自從二子相繼没，山川氣象皆低摧〔五〕。君家雖有澄心紙，有敢下筆知誰哉〔六〕？宣州詩翁餓欲死，黄鵠折翼鳴聲哀〔七〕。有時得飽好言語，似聽高唱傾金罍〔八〕。二子雖死此翁在，老手尚能工翦裁〔九〕。奈何不寄反示我，如棄正論求俳詼〔一〇〕。嗟我今衰不復昔，空能把卷闔且開〔一一〕。百年干戈流戰血，一國歌舞今荒臺。當時百物盡精好，往往遺棄淪蒿萊。君從何處得此紙，純堅瑩膩卷百枚〔一二〕。官曹職事喜閒暇，臺閣唱和相追陪〔一三〕。文章自古世不乏，間出安知無後來〔一四〕。

【題　解】

原輯《居士集》卷五，繫至和二年。作於是年夏，在京任翰林學士，兼史館修撰，主修《唐書》。題下原注：「一作『奉賦澄心堂紙』。」劉原父，即劉敞，參見本書《答原父》題解。澄心紙，即澄心堂紙。南唐後主李煜所造的一種細薄光潤的紙，以後主藏書籍會文士撰述之所澄心堂而得名。歐《詩話》：「余家嘗得南唐後主澄心堂紙，曼卿爲余以此紙書其《籌筆驛》詩。」元費著《箋紙譜》：「澄心堂紙，取李氏澄心堂樣制也，蓋表光之所輕脆而精絶者。」劉敞《公是集》卷一七有詩《去年得澄心堂紙，甚惜之，輒爲一軸，邀永叔諸君各賦一篇，仍各自書藏以爲玩，故先以七言題其首》，此爲和詩，韓維《南陽集》卷四亦有《奉同原甫賦澄心堂紙》詩。梅堯臣《宛陵先生集》卷三五《依韻和永叔澄心堂紙答劉原甫》，步韻此作。本詩首十二句感慨石延年、蘇舜欽死去，當世無人配用澄心堂紙；次八句哀歎梅堯臣人窮詩工，澄心紙當寄梅氏不應寄自己；末十二句稱讚澄心紙精美，未來必有配用此紙之奇才。詩歌借澄心堂紙發論，感慨當代奇才漂零，稱讚蘇舜欽、石延年、梅堯臣爲詩書奇才。以文爲詩，詩風雄健激昂，又曲折抑揚，意藴深長。此類詠物詩，表現文人雅趣，體現士者的文化性格與人文精神，顯示宋詩的鮮明特色。

【注　釋】

〔一〕「君不見」二句：石延年、蘇舜欽爲天下奇才，他們過早隕世實在可惜。曼卿：指石延年，慶曆元年（一〇四一）卒。《宋史·石延年傳》稱其「爲文勁健，於詩最工，而善書。」 子美：即蘇舜欽，慶曆八年（一〇四八）卒。《宋史·蘇舜欽傳》謂之「善草書，每酣酒落筆，爭爲人所傳」。

〔二〕「子美」二句：讚揚蘇子美詩文。歐《蘇氏文集序》：「斯文，金玉也，棄擲埋没糞土，不能銷蝕。其見遺于一時，必有收而寶之於後世者。雖其埋没而未出，其精氣光怪已能常自發見，而物亦不能掩也。故方其擯斥摧挫、流離窮厄之時，文章已自行於天下，雖其怨家仇人及嘗能出力而擠之死者，至其文章，則不能少毁而掩蔽之也。」 瓊瑰：珠玉，喻美好詩文。

〔三〕曼卿醉題：石延年游蹤所至，好題壁紀游。釋文瑩《湘山野録》卷下紀其醉題事。 參見本書《哭曼卿》注〔五〕。 煙煤：煙熏的黑灰，可製墨。 此指墨蹟。

〔四〕「河傾」三句：贊石曼卿詩歌筆勢曲折多變，有如黄河從崑崙山蜿蜒而下；氣象宏偉高潔，如同大雪覆蓋華山一樣。 太華：西嶽華山。

〔五〕「自從」二句：痛悼二子隕殁。 低摧：萎靡不振。

〔六〕「有敢」句：誰還敢以詩書俱佳落筆於澄心紙。

〔七〕「宣州」二句：梅堯臣仕途乖蹇，生活困頓，難以施展才華，就像善飛的黄鵠斷了翅膀一樣。 宣州詩翁：梅堯臣。 餓欲死：《漢書·東方朔傳》：「侏儒飽欲死，臣朔飢欲死。」 黄鵠：鳥名，喻高材賢士。《文選·屈原〈卜居〉》：「寧與黄鵠比翼乎？將與雞鶩爭食乎？」劉良

注：「黄鵠，喻逸士也。」

〔八〕金罍：飾金的大酒器。

〔九〕老手：梅堯臣詩法精工，賦詩得心應手，老練嫺熟。　工翦裁：善於謀篇布局，安排詩句。

〔一〇〕「奈何」二句：澄心紙寄我而不寄梅堯臣，就如放棄正統嚴肅的論著而選擇插科打諢的小品。　正論：正確合理的言論。

〔一一〕「空能」句：不會作詩，也不會書法，秖能握住澄心紙卷，一時打開，一時合上，用心賞析而已。

〔一二〕「百年」六句：手持澄心紙而心生遐想：生産澄心紙的南唐國，飽經百年戰亂與流離，當年的歌舞秦淮早已衰敗，這澄心紙爲何能遺留下來呢？　一國歌舞：南唐後主李煜因迷戀歌舞而亡國。　蒿萊：野草，雜草。

〔一三〕官曹：猶指官部。職官治事分科謂之曹。　喜閒暇：時歐以翰林學士兼史館修撰主修《唐書》，故云。

〔一四〕「文章」二句：江山代有才人出，將來必有配用此澄心紙之奇才。　間出：時不時地出現。　後來：後繼者。後來果真出現蘇軾、黄庭堅等大詩人、大書法家。

【附　録】

此詩輯入清吴之振《宋詩鈔》卷一一、陳焯《宋元詩會》卷一〇。

胡仔《苕溪漁隱叢話》前集卷三〇引《王直方詩話》：「澄心堂紙，乃江南李後主所製，國初亦不甚以爲貴。自劉貢甫首爲題之，又邀諸公賦之，然後世以爲貴重。貢甫詩云：『當時百金售一幅，澄心堂中千萬軸。』『後人聞名寧復得，就令得之當不識。』文忠公詩云：『君不見曼卿、子美真奇才……有敢下筆知誰哉？』梅聖俞云：『寒溪浸楮春夜月，敲冰舉簾勻割脂。焙乾堅滑若鋪玉，一幅百金曾不疑。』東坡云：『詩老囊空一不留，一番曾作百金收。』又從宋肇求此紙云：『知君也厭雕肝腎，分我江南數斛愁。』」

方東樹《昭昧詹言》卷一二評曰：「歐公閒淡，此極有氣。然有不振處，才氣弱也。不善學之，便成弱派。如『璧粉』句，即不振也。因紙思用，因用思人。」

學書二首

其一

蘇子歸黄泉，筆法遂中絶。賴有蔡君謨，名聲馳晚節〔一〕。醉翁不量力，每欲追其轍。人生浪自苦，以取兒女悦〔二〕。豈止學書然，自悔從今決〔三〕。

其二

學書不覺夜，但怪西窻暗。病目故已昏，墨不分濃淡〔四〕。人生不自知，勞苦殊無憾。所得乃虚名，榮華俄頃暫〔五〕。豈止學書然，作銘聊自鑑〔六〕。

【題　解】

原輯《居士外集》卷四，無繫年，列至和二年詩後。作於是年夏，在京任翰林學士，兼史館修撰，主修《唐書》。是夏，梅堯臣寄贈「宣城筆」，歐有《聖俞惠宣州筆戲書》詩，劉敞贈澄心堂紙，歐也有詩奉和。次年，歐《鳴蟬賦》跋云：「予因學書，起作賦草。」歐晚年學書法始於至和、嘉祐之交。組詩從書法學習起詠，感悟生命，領略人生，展示其生平後期的悲涼心態。「其一」借詠蘇、蔡書法，感慨人生應當自知足。「其二」借詠學書練字，感歎人生不要務虚名。以文爲詩，一氣貫注，以小見大，思理深刻。

【注　釋】

〔一〕「蘇子」四句：蘇舜欽去世後，蔡襄以其書法和節操聲名鵲起。　蘇子：指蘇舜欽，字子美，北宋中期文學家，也是一位著名書法家，工行草，慶曆八年（一〇四八）卒。《宣和書譜》卷一二云：「蘇舜欽，字子美……人謂冰清玉潤，作事沉著而精神充實。尤工行草，評書之流謂入妙品。當時殘章片簡，傳播天下，美其文翰者，有『花發上林，月滉淮水』之語。」蔡君謨：即蔡襄，字君謨，福建仙游人。天聖八年進士，歷知制誥、知開封府，出知福、泉二州。嘉祐五年入爲翰林學士。英宗朝遷三司使，以端明殿學士出知杭州。《宋史》卷三二〇有傳。蔡襄爲人正直，知識淵博，其字渾厚端莊，淳淡婉美，「端勁高古，容德兼備」，爲「宋四大家」之一。其書法在生前就受時人推崇，享負盛譽。最推崇他書藝的人，首數蘇東坡、歐陽修。《東坡題跋》指出：「獨蔡君謨天資既高，積學深至，心手相應，變態無窮，遂爲本朝第一。然行書最勝，小楷次之，草書又次之……又嘗出意作飛白，自言有翔龍舞鳳之勢，識者不以爲過。」

〔二〕「醉翁」四句：自己不自量力，欲學蔡氏書法，真是白費功夫，自找苦吃。浪：徒然，白白地。唐寒山《詩三百三首》其七七：「終歸不免死，浪自覓長生。」

〔三〕「豈止」二句：人生豈止學書法是如此，後悔現在纔明白這個道理，纔決心改變這種做法。

〔四〕「學書」四句：自己癡迷書法，練至天黑不願輟筆，本已病眼昏花，加上光綫暗，分不清墨蹟濃淡。

〔五〕「人生」四句：人往往缺乏自知之明，辛辛苦苦一輩子，所得的僅是過眼雲煙般的虛名。

〔六〕自鑑：自我觀照，自我警醒。

【附録】

二詩全輯入清吴之振《宋詩鈔》卷一二。

内直對月寄子華舍人持國廷評

禁署沉沉玉漏傳，月華雲表溢金盤。纖埃不隔光初滿，萬物無聲夜向闌〔一〕。蓮燭燒殘愁夢斷，蕙爐薰歇覺衣單〔二〕。水精宫鎖黄金闕，故比人間分外寒〔三〕。

【題解】

原輯《居士集》卷一二，繫至和二年。作於是年七月，在京任翰林學士，兼史館修撰，主修《唐書》。題下原注：「一作『呈原父』。」内直，在宫内值班，此指翰林學士院值夜。梅堯臣有《七夕永叔内翰遺鄭州新酒，言值内直，不遐相邀》詩。子華舍人，即中書舍人韓絳，字子華。持國廷評，即大理評事韓維，字持國。韓絳弟，以蔭入官。元祐初拜門下侍郎，旋分司南京。韓維《南陽集》卷八有《和歐陽内翰内直對月見寄》詩，《兩宋名賢小集》卷五五存劉敞《和永叔禁中對月》詩。詩人内直對月，心境淒清而孤單。情景交融，虚實相生，心靈與自然妙合，似無人間煙火氣。

【注釋】

〔一〕「禁署」四句：宫中之夜深沉寂靜，月光如水，唯聞計時漏壺之聲。沉沉：宫室深邃貌。魏徵《暮秋言懷》詩：「沉沉蓬萊閣，日久鄉思多。」金盤：指透過薄雲的月光如白金盤閃閃發亮。

〔二〕蕙爐：以蕙草作燃料的火爐，其煙奇香無比。

〔三〕「水精」二句：深居禁宫之中，感覺格外寒冷，有如廣寒宫寂寞地鎖閉在月亮之上。水精宫：即水晶宫，喻月宫。黄金闕：天子所居的宫闕。顔之推《觀我生賦》：「指金闕以長鎩，向王路而蹶張。」

【附録】

此詩輯入清康熙《御選宋金元明四朝詩·御選宋詩》卷四六、吴之振《宋詩鈔》卷一二、陳訏《宋十五家詩選·廬陵詩選》、張景星、姚培謙、王永祺《宋詩别裁集》卷五。

贈潘景温叟

秦盧不世出，俗子相矜誇。治疾不知源，横死紛如麻〔一〕。番陽奇男子，衣冠本儒家。學本得心訣，照底窮根厓。泠然鑑五藏，曾靡毫釐差〔二〕。公卿掃榻迎，黄金載盈車。語言無羽翰，飛入萬齒牙〔三〕。相逢京洛下，使我驚且嗟。七年慈母病，庸工口咿啞。恨不早見君，以乞壺中砂〔四〕。通宵耳高論，飲恨知何涯。瞥然别我去，征途指煙霞。孤雲不可留，淚線風中斜〔五〕。

【題　解】

原輯《居士外集》卷四，無繫年，列至和二年詩後。作於是年秋，在京任翰林學士，兼史館修撰，主修《唐書》。潘景温，據詩意爲鄱陽（今屬江西）名醫。詩人讚揚潘景温醫術高明，並想起生前久病而未遇良醫的母親，大有相見恨晚之感。文氣酣暢，跌宕起伏，叙事、議論、抒情相結合，顯示以文爲詩、以氣格爲主的宋詩特色。

【注　釋】

〔一〕「秦盧」四句：世上良醫不常有，多有庸醫治病，草菅人命。　秦盧：即名醫扁鵲。《史記·扁鵲列傳》正義：「秦越人，與軒轅時扁鵲相類，仍號之爲扁鵲。又家于盧國，因命之曰盧醫也。」　俗子：指庸醫。　横死：被害或因意外事故而死亡。《宋書·柳元景傳》：「世祖崩，義恭、元景等並相謂曰：『今日始免横死！』」

〔二〕「番陽」六句：潘景温醫功深厚，醫術高明，診斷病症從來没有出差錯。泠然：輕妙貌。鑑五藏：《史記·扁鵲列傳》：「（長桑君）乃悉取其禁方書，盡與扁鵲。忽然不見，殆非人也。扁鵲以其言飲藥三十日，視見垣一方人，以此視病，盡見五藏癥結。」鑑，查看，診斷。五藏，即五臟，指心、肝、脾、肺、腎。中醫謂「五臟」有藏精氣而不瀉的功能，故名。

〔三〕「公卿」四句：潘景温醫術高明，受到達官貴人的隆重禮遇和平民百姓的廣泛稱讚。無羽翰：詩讚的話語不翼而飛，傳徧四面八方。

〔四〕「相逢」六句：驚訝在汴京結識名醫，遺憾母親患病七年未能碰見潘叟。七年：歐書簡《與梅聖俞》其十八（慶曆六年）有云「親老一二年多病」，至皇祐四年棄世，患病正好七年。壺中砂：方藥。《後漢書·費長房傳》：「費長房者，汝南人也。曾爲市掾。市中有老翁賣藥，懸一壺於肆頭，及市罷，輒跳入壺中。市人莫之見，唯長房於樓上睹之，異焉，因往再拜奉酒脯。翁知長房之意其神也，謂之曰：『子明日可更來。』長房旦日復詣翁，翁乃與俱入壺中。唯見玉堂嚴麗，旨酒甘肴，盈衍其中，共飲畢而出。」後世行醫賣藥稱懸壺。

〔五〕「通宵」六句：通宵聽潘氏高論，真是相見恨晚。潘叟去意已定，秖能揮淚告别。

【附録】

此詩輯入清吴之振《宋詩鈔》卷一二。

奉使契丹初至雄州

古關衰柳聚寒鴉，駐馬城頭日欲斜[一]。猶去西樓二千里[二]，行人到此莫思家。

【題解】

原輯《居士集》卷一二，繫至和二年。作於是年深秋。胡《譜》：至和二年「八月辛丑（十六日），假右諫議大夫充賀契丹國母生辰使，將持送仁宗御容，會虜主殂。癸丑（二十八日），改充賀登位國信使。十二月庚戌（二十七日），宿虜界松山。」題下原注：「一作『過塞』。」奉使，指宋與契丹之間，有慶弔之事，互派使者致賀。《宋史紀事本末》卷三：景德二年「是時，以契丹修好，有慶弔之使，乃置國信司專主之，領以宦者。二月癸卯，遣太子中允孫僅如契丹，賀其太后生辰……冬十月，遣職方郎中韓國華如契丹賀正旦。十一月，契丹遣使來賀承天節。十二月，契丹使來賀明年正旦。自是皆歲以爲常。」雄州，北宋州名，治所在今河北雄縣。歐出使契丹，登臨瓦橋古關，滿目衰柳寒鴉，殘照落霞。此距上京，路途遥遠，前程一片迷茫。作者偶發詩興，即景而賦。詩歌描繪雄州邊關的蕭瑟荒涼，抒寫去國懷家的惆悵思緒，表達公而忘私的奉使決心。詩語清新，情景交融，真情自溢。

【注釋】

〔一〕古關：指瓦橋關。《畿輔通志》卷四〇：「瓦橋關，在雄縣南關外。胡三省通鑑注：『瓦橋，古易京之地，在莫州北三十里，唐置瓦橋關。』《續通典》：『後周于瓦橋關地置雄州。』《名勝志》：『瓦橋關，今瓦濟橋沿其名。五代周顯德間以雄當九河之衝，控扼燕薊，故置此關。』《方輿紀要》：『關在雄縣南。』」

〔二〕西樓：契丹國都上京臨潢府（今遼寧昭烏達盟巴林左旗）。「駐馬」句下原注：「一作『駐馬關頭見落霞』。」胡嶠《記》曰：「上京西樓有邑屋，市肆交易無錢而用布。」《遼史·地理志一》：「周廣順中，乃契丹所謂西樓者。」厲鶚《遼史拾遺》卷一一：「上京，

【附録】

此詩輯入清康熙《御選宋金元明四朝詩·御選宋詩》卷六五、吴之振《宋詩鈔》卷一二、陳訏《宋十五家詩選·廬陵詩選》。

陸次雲《宋詩善鳴集》卷上評曰：「有『行人到此莫思家』之意，方能奉使不辱。」

邊户

家世爲邊户，年年常備胡〔一〕。兒僮習鞍馬，婦女能彎弧〔二〕。胡塵朝夕起，虜騎蔑如無。

邂逅輒相射，殺傷兩常俱〔三〕。自從澶州盟，南北結歡娱〔四〕。雖云免戰鬭，兩地供賦租〔五〕。將吏戒生事，廟堂爲遠圖〔六〕。身居界河上，不敢界河漁〔七〕。

【題 解】

原輯《居士集》卷五，無繫年，列至和元年詩間，誤。當作於至和二年深秋，時以賀登位國信使出使契丹，當爲過邊境時有感而作。邊户，邊境地區的住户，此指河北與契丹交界處的宋朝居民。前八句叙述澶淵之盟前邊民的尚武與抗争，後八句揭露澶淵之盟後宋廷的妥協與邊民的屈辱。詩人巧借邊民之口，婉諷宋王朝苟且偷安的外交國策，表現北方邊境人民高昂的抗戰情緒，控訴朝廷屈辱退讓外交下的民生疾苦。語言簡勁俐落，婉曲而不失犀利，深得諷託之致。

【注 釋】

〔一〕「家世」二句：世世代代住在北方疆界上的邊民，年年得防備遼兵的侵擾。胡：此指契丹。

〔二〕彎弧：彎弓射箭。

〔三〕「胡塵」四句：面對强敵入侵，邊民們毫無懼色。偶爾遭遇便展開激戰，彼此的傷亡大體相當。蔑如：藐視敵軍，覺得他們並没有什麽了不起。兩常俱：雙方死傷相當。

〔四〕澶州盟：即「澶淵之盟」。宋真宗景德元年（一〇〇四），遼軍南侵，直達澶州（今河南濮陽南），進逼汴京。以王欽若爲首的主和派主張南逃，而以寇準爲代表的主戰派力戰，終於贏得澶州之戰大勝。遼軍被迫請和，宋卻簽訂每年贈遼絹二十萬匹，銀十萬兩的屈辱和約，史稱「澶淵之盟」。

〔五〕「雖云」二句：邊民雖然避免了戰爭，但從此得向邊界兩側的朝廷繳納賦税。

〔六〕「將吏」二句：武將文官不準邊民反抗遼軍侵擾，以免生出糾紛，並聲稱朝廷自有深謀遠略。

〔七〕界河：當時宋、遼界河在今河北中部，西起今河北淶源縣北的沉遠泊，東至泥沽海口，上游叫拒馬河，下游叫白溝河，全長九百里。

過　塞

身驅漢馬踏胡霜，每歎勞生秖自傷〔一〕。氣候愈寒人愈北，不如征雁解隨陽〔二〕。

【題　解】

原輯《居士外集》卷六，繫至和元年，誤。當作於至和二年深秋，時以賀登位國信使出使契丹。原題《過塞二首》，題下原注：「一首已見《居士集》。」即《奉使契丹初至雄州》。此詩作於奉使入遼境之後，感慨北國氣候嚴寒和征塗艱辛勞苦，表達對祖國故土的依戀之情。因物生情，人雁對比，慨然而生悲。

【注　釋】

〔一〕勞生：使生命勞頓，疲勞。

〔二〕「氣候」二句：自己不如大雁，冬天來了大雁都飛往南方，自己卻走向相反的方向。隨陽：跟隨太陽運行，指候鳥依季節而定行止。《尚書·禹貢》：「陽鳥攸居。」孔傳：「隨陽之鳥，鴻雁之屬，冬月所居於此澤。」孔穎達疏：「日之行也，夏至漸南，冬至漸北，鴻雁之屬，九月而南，正月而北。」

【附　録】

此詩輯入明曹學佺《石倉歷代詩選》卷一四〇，又輯入清管庭芬、蔣光煦《宋詩鈔補·歐陽文忠詩補鈔》。

奉使契丹道中答劉原父桑乾河見寄之作

憶昨初受命，同下紫宸朝。問君當何之，笑指北斗杓〔一〕。共念到幾時，春風約回鑣。所持既異事，前後忽相遼〔二〕。歲月坐易失，山川行知遥。回頭三千里，雙闕在紫霄〔三〕。我老倦鞍馬，安能事吟嘲。君才綽有餘，新句益飄飄〔四〕。前日逢吕郭，解鞍憩山腰。僮僕相問喜，馬鳴亦蕭蕭。出君《桑乾》詩，寄我慰寂寥〔五〕。又喜前見君，相期駐征軺〔六〕。雖知不久留，一笑樂亦聊。歸路踐冰雪，還家脱狐貂。君行我即至，春酒待相邀〔七〕。

【題解】

原輯《居士集》卷六，繫至和二年。作於是年冬，時以賀登位國信使出使契丹。劉原父，即劉敞。生平參見本書《答原父》題解。劉敞時以「契丹國母生辰使」使北，然與歐往返不同行。劉敞詩《寄永叔》題下自注：「永叔後予數日使北。」歐《重贈劉原父》詩亦云：「我後君歸秖十日，君先躍馬未足誇。」桑乾河，即古漯水，今永定河之上游。《明一統志》卷五《保安州》：「桑乾，在州城西南四十里，舊州城南一里，一名漯水。自渾源州流至州境，土田賴以灌溉，與温河、洋河合流，東南入宛平縣界，爲盧溝河。」劉敞《公是集》卷七有《發桑乾河》詩，同書卷一三《寄永叔》詩有云：「俱持强漢節，共下承明殿。相從不相及，相望不相見……桑乾北風度，冰雪卷飛練。古來戰伐地，慘澹氣不變。」題下自注：「永叔後予數日使北。」詩人在北行途中，自使北正副「祭奠使」吕公弼、郭諮處獲讀劉敞贈詩，無比欣喜，答寄此作相慰勉，並期待回國後春酒相聚。敘議結合，情理相兼，跌宕縱横，一氣舒卷。

【注釋】

〔一〕「憶昨」四句：至和二年（一〇五五）八月，歐奉命爲「契丹登寶位使」（《長編》卷一八〇），劉敞等也同時以「契丹國母生辰使」使北。紫宸：宫殿。唐宋時爲接見群臣及外國使者朝見慶賀的内朝正殿。北斗杓：北斗七星，第五至第七星爲杓，即斗柄，可指示方向。此指北方契丹。

〔二〕「共念」四句：雙方相約翌春一起踏上歸程，卻因使命有異出發不一。回鑣：即回馬，指完成使命歸國。鑣，馬嚼子，代指乘騎。

〔三〕雙闕：古代宫殿前兩邊高臺上的樓觀，借指京都。

〔四〕飄飄：形容思想、意趣高遠。曹植《七啟》：「志飄飄焉，嶢嶢焉，似若狹六合而隘九州。」

〔五〕《桑乾》詩：劉敞《發桑乾河》詩，今存《公是集》卷七。吕、郭：使北正副「祭奠使」吕公弼、郭諮。

〔六〕駐征軺：停下遠行的使節車。軺，使節所用之車。《文選·丘遲〈與陳伯之書〉》：「乘軺建節，奉疆埸之任。」劉良注：「軺，使車也。」

〔七〕「歸路」四句：來年我繼你稍後抵家，屆時脱去冬日行裝，當以春酒相待。踐冰雪：潘岳《寡婦賦》：「履霜以踐冰雪。」

【附録】

沈括《夢溪續筆談》：「歐陽文忠有《奉使回寄劉元甫》詩云：『老我倦鞍馬，誰能事吟嘲？』王荆公《贈弟和甫》詩云：『老我銜主恩，結草以爲期。』言『老我』則語有情，上下句皆有惜老之意。若作『我老』，與『老我』雖同，而語無情，詩意遂頽惰。此文章佳語，獨可心喻。」

書素屏

我行三千里，何物與我親。念此尺素屏，曾不離我身。曠野多黄沙，當午白日昏。風力若牛弩〔一〕，飛砂還射人。暮投山椒館〔二〕，休此車馬勤。開屏置牀頭，輾轉夜向晨。卧聽穹廬外，北風驅雪雲。勿愁明日雪，且擁狐貂温。君命固有嚴，羈旅誠苦辛〔三〕。但苟一夕安，其餘非所云。

【題解】

原輯《居士集》卷六，繫至和二年。作於是年冬，時以賀登位國信使出使契丹。素屏，没有繪圖彩飾的白色小屏風。古人外出時攜帶，用於睡覺時障面。此詩賦詠素屏，抒發奉使途中的艱辛行程、孤寂心境及報國志向。叙議雜出，情物相融，意脈流貫，一氣呵成。

【注釋】

〔一〕牛弩：用牛筋、牛角製成的一種强力弩弓。李商隱《偶成轉韻七十二句贈四同舍》：「横行闊視倚公憐，狂來筆力如牛弩。」

〔二〕山椒館：建立在山頂上的館舍。山椒，山頂。《文選·謝莊〈月賦〉》：「菊散芳於山椒，雁流哀於江瀨。」李善注：「山椒，山頂也。」

〔三〕「君命」句：皇帝的使命莊嚴而緊急，出使在外又實在辛苦。羈旅：旅居異鄉。《左傳·莊公二十二年》：「齊侯使敬仲爲卿，辭曰：『羈旅之臣……敢辱高位？』」杜預注：「羈，寄；旅，客也。」

奉使道中作三首

其一

執手意遲遲，出門還草草〔一〕。無嫌去時速，但願歸時早。北風吹雪犯征裘，夾路花開回馬頭〔二〕。若無二月還家樂，爭奈千山遠客愁〔三〕？

其二

爲客莫思家，客行方遠道。還家自有時，空使朱顔老〔四〕。禁城春色暖融怡，花倚春風待客歸〔五〕。勸君還家須飲酒，記取思歸未得時〔六〕。

其三

客夢方在家，角聲已催曉〔七〕。匆匆行人起，共怨角聲早。馬蹄終日踐冰霜，未到思回空斷腸。少貪夢裏還家樂，早起前山路正長〔八〕。

【題解】 原輯《居士外集》卷四，無繫年，列至和二年詩後。作於是年冬，時以賀登位國信使出使契丹。組詩「其一」寫親友送别時的依依不捨，以及征途上的思家之愁。「其二」寫遠行途中的思歸不得，想像來春時的還家之樂。「其三」寫凌晨睡夢中的號角催行，驚破還家團聚的美夢。詩語曉暢，聯章詠歎，情感細膩真摯。

【注釋】

〔一〕遲遲：眷念貌，依戀貌。《孟子·萬章上》：「孔子……去魯，曰：『遲遲吾行也，去父母國之道也。』」草草：匆忙倉促貌。李白《南奔書懷》詩：「草草出近關，行行昧前算。」

〔二〕「北風」二句：北上途中，寒風襲人，雪滿征衣，當路途春花開滿之時，該是我們回歸祖國之日。

〔三〕「若無」二句：如果没有二月回家團聚的歡樂，怎麼受得了這千山萬水的遠征。　犯征裘：歐《南征道寄相送者》：「楚天風雪犯征裘」。

〔四〕「爲客」四句：出使途中不要思家，想家秖能徒增煩惱而使人衰老。　莫思家：歐《奉使契丹初至雄州》：「行人到此莫思家。」

〔五〕「禁城」二句：待回到京城，已是春暖花開時節。　融怡：暖和。

〔六〕「記取」句：記住這段思家而不能歸家的日子。

〔七〕角聲：號角聲。古代戰時或邊地以角聲報曉。

〔八〕「少貪」二句：不要貪戀晨夢中的家人團聚，還是早起趕行眼前的漫長山路吧。

【附録】

三詩全輯入清管庭芬、蔣光煦《宋詩鈔補·歐陽文忠詩補鈔》，「其一」、「其二」又輯入明曹學佺《石倉歷代詩選》卷一四〇，「其三」又輯入清康熙《御選宋金元明四朝詩·御選宋詩》卷二五。

奉使道中寄坦師

道人少賈海上游，海舶破散身沉浮〔一〕。黄金滿篋人所寄，吹簸偶得還中州〔二〕。羸身歸金不受報，秖取斗酒相獻酬〔三〕。歡娱慈母終一世，脱棄妻子藏巖幽〔四〕。蒼煙寥寥池水漫，白玉菡萏吹高秋〔五〕。夜燃柏子煮山藥，憶此東望無時休〔六〕。塞垣春枯積雪溜，沙礫威怒黄雲愁〔七〕。五更匹馬隨鴈起，想見鄮郭花今稠〔八〕。百年誇奪終一丘，世上滿眼真悠悠〔九〕。寄聲萬里心綢繆，莫道異趣無相求〔一〇〕。

【題解】

原輯《居士外集》卷四，無繫年，列至和二年至嘉祐五年詩間。作於至和二年冬，時以賀登位國信使出使契丹。此詩又以《寄育王山長老常坦》、《奉使道中寄育王山長老常坦》爲題輯入王安石《王荆公詩集》卷七、《臨川集》卷六、《王文公文集》卷四三，李蓘《宋藝圃集》卷七、清康熙《御選宋金元明四朝詩·御選宋詩》卷二六、吴之振《宋詩鈔》卷一八輯入王安石名下，吴之振《宋詩鈔》卷一二、陳焯《宋元詩會》卷一〇則輯於歐陽修名下，作者究竟爲誰，尚待考證。坦師，即鄞縣（今屬浙江）

育王山常坦禪師。清沈欽韓注：「《一統志》：『育王山，在寧波府鄞縣東四十里。晉太康中，并州人劉薩訶得阿育王舍利，建塔於此，因名。』《五燈會元》：『雲門宗福昌善禪師法嗣，爲育王常坦禪師。』」此詩描寫常坦禪師的坎坷人生，欣賞其入道後的逍遥自在，反襯奉使途中的苦難艱辛。叙事寫景與抒情融爲一體，款款道來，不動聲色，卻藴含深沉情致。

【注　釋】

〔一〕「道人」二句：坦師年輕時在海上做生意，後來船破落水，沉浮大海。

〔二〕「黄金」二句：雖然暫時擁有滿箱黄金，卻都是别人寄存的，一路上風浪顛簸，總算平安回歸中州。　吹簸：謂水面上下簸動。

〔三〕「贏身」二句：坦師回來後不受重報，秖求以酒相酬謝。　贏身：猶空手。《漢書·陳平傳》：「贏身來，不受金無以爲資。」

〔四〕「歡娱」二句：母殁之後，坦師離妻别子，深藏于山中修道。　巖幽：山巖幽深處。

〔五〕菡萏：荷花。《爾雅·釋草》：「荷，芙蕖……其華菡萏，其實蓮，其根藕。」

〔六〕柏子：香名。《真仙感遇記》：「楊泰明者，唐長安縣令。永泰元年，棄官遁入廬山峰頂，結庵燃柏子香，禱于九天使者，求長生之道。」　山藥：薯蕷的别名。　韓愈《送文暢師北游》詩：「僧還相訪來，山藥煮可掘。」

〔七〕「塞垣」二句：塞外的春天積雪雖然消融，但草枯風狂，飛沙走石。塞垣：北方邊境地帶。沙礫盛怒：風起沙礫飛揚，似在發怒。沙礫，《漢書·衛青傳》：「而大風起，沙礫擊面。」顔師古注：「礫，小石也。」

〔八〕鄮郭：鄮縣城郭。代指常坦禪師道場所在地。鄮，古縣名。秦置，漢屬會稽郡，在今浙江鄞縣東。居鄮山之北，因山得名。

〔九〕「百年」二句：一輩子爭榮誇耀，到頭來黄土一抔，人的一生都是這樣度過。誇奪：誇耀榮譽，爭名奪利。韓愈《雜詩》：「向者誇奪子，萬墳壓其巔。」悠悠：众多貌。《後漢書·朱穆傳》：「悠悠者皆是，其可稱乎？」李賢注：「悠悠，多也。」

〔一〇〕「寄聲」二句：願意與坦師爲友，即使儒釋之道不同，也可同氣相求。綢繆：情意殷切。漢李陵《與蘇武詩》其二：「獨有盈觴酒，與子結綢繆。」異趣：二人不同道，一爲儒，一爲道，人生取捨諸多方面不同。相求：《周易·乾·文言》：「同氣相求。」孔穎達疏：「同氣相求者，若天欲雨而礎柱潤是也。」

奉使契丹回出上京馬上作

紫貂裘暖朔風驚，潢水冰光射日明〔一〕。笑語同來向公子，馬頭今日向南行〔二〕。

【題解】

原輯《居士集》卷一二，繫至和二年。作於是年十二月，時以賀登位國信使出使契丹，已完成使命，啟程歸國。上京，契丹皇都臨潢府，故址在今内蒙古巴林左旗南。《遼史·道宗本紀一》："清寧元年（一〇五五）十二月「丙申（十三日），宋遣歐陽修等來賀登位。」胡《譜》："「十二月庚戌（二十七日），宿虜界松山。」劉敞《公是集》卷二八《柳河》詩，明鈔本題作『十二月二十七日宿柳河，聞永叔是日宿松山，作七言寄之……』。松山館在今内蒙赤峰市北，柳河館在今河北承德西北伊遜河西岸，此是回程之中。劉敞以「契丹國母生辰使」使北，先于歐氏啟程，其《寄永叔》（《公是集》卷一三）題下自注："「永叔後予數日使北。」返程早于歐氏，歐《重贈劉原父》亦云："「我後君歸秖十日。」此詩作於啟程歸國之時，詩人與同僚騎馬出上京，笑語戲謔之中，歡悦之情，盎然可掬。

【注釋】

〔一〕「紫貂」二句：穿著貂皮製成的衣裘，仍感覺到朔風刺骨，潢河上的封冰在日照下閃閃發光。潢水：即潢河，今西拉木倫河，被譽爲塞北文明的發祥地。

〔二〕向公子：同行的「契丹登寶位副使」向傳範，字仲模，開封人。名臣向敏中之子，官終密州觀察使。《宋史》卷四六四有傳。《長編》卷一八〇："至和二年八月「辛丑（十六日），翰林學士、吏部郎中、知制誥、史館修撰歐陽修爲契丹國母生辰使，四方館使、果州團練使向傳範副之……

癸丑（二十八日），改命歐陽修、向傳範爲賀契丹登寶位使。」

【附録】

此詩輯入清吴之振《宋詩鈔》卷一二。

陸次雲《宋詩善鳴集》卷上評曰：「西行爲意外之喜，亦復淡然，使臣高致。」

馬齧雪

馬飢齧雪渴飲冰，北風卷地來崢嶸〔一〕。馬悲躑躅人不行，日暮塗遠千山横。我謂行人止歎聲，馬當勉力無悲鳴。白溝南望如掌平，十里五里長短亭。臘雪銷盡春風輕，火燒原頭青草生〔二〕。遠客還家紅袖迎，樂哉人馬歸有程〔三〕。男兒雖有四方志，無事何須勤遠征〔四〕。

【題解】

原輯《居士集》卷六，繫至和二年，誤。作於嘉祐元年（一〇五六）正月，詩人時年五十歲，在出使契丹還朝途中。詩中有「臘雪銷盡春風輕」之句，據張《曆日天象》，本年正月一日庚申「立春」。詩人奉使回程，行至白溝，初春氣候依然嚴寒，但念及歸家日近，心中化悲爲喜。詩語悠揚流貫，情感跌宕起伏。由衷之言，真情四溢。

【注釋】

〔一〕崢嶸：寒風凜冽。司馬光《苦寒行》：「窮冬北上太行嶺，霰雪糺結風崢嶸。」

〔二〕「白溝」四句：白溝之南是平坦的大地，驛道上長亭短亭接續；冬雪消融之後，地上露出充滿生機活力的青草。白溝：古驛名，以臨白水溝而得名，故址在今河北容城縣西北。《明一統志》卷二《保定府》：「白溝河，在新城縣南三十五里拒馬河下流，宋與遼分界之處。」如掌平：杜甫《樂游園歌》：「秦川對酒平如掌。」「臘雪」兩句化用白居易《賦得古原草送別》詩句：「野火燒不盡，春風吹又生。」

〔三〕紅袖：女人，此指家中妻孥。歸有程：歸期有定，並非遥遥無期。

〔四〕「男兒」二句：男兒雖然志在四方，無事還是不要離家遠征。

【附録】

此詩輯入清康熙《御選宋金元明四朝詩·御選宋詩》卷四。

劉壎《隱居通議》卷七：「文忠公得時行道，在慶曆、嘉祐、治平間，正宋朝文明極盛時，故發爲詩章，皆中和碩大之聲，無窮愁鬱抑之思，所謂治世之音安以樂，以其時考之則可矣。然亦有奇壯悲吒，如……『馬飢齧雪渴飲冰，北風卷地來崢嶸。馬悲躑躅人不行，日暮途遠千山横。』……如此等作，可與古人《出塞曲》相伯仲。信乎能備衆體者矣！」

風吹沙

北風吹沙千里黄，馬行确犖悲摧藏〔一〕。當冬萬物慘顔色，冰雪射日生光芒〔二〕。一年百日風塵道，安得朱顔長美好。攬鞍鞭馬行勿遲，酒熟花開二月時〔三〕。

【題解】原輯《居士集》卷六，繫至和二年，誤。作於嘉祐元年正月，時在出使契丹還朝途中，尚在契丹境域。題下原注：「一本題上有『北』字。」詩歌描寫塞外氣候嚴寒，環境惡劣，詩人思家心切，想像二月歸家情形，勉勵同伴鞭馬快行。韻隨句轉，直抒胸臆，文氣暢達而灑脱。

【注釋】

〔一〕确犖：即犖确。形容道路崎嶇多石。韓愈《山石》：「山石犖确行徑微，黄昏到寺蝙蝠飛。」

摧藏：極度傷心。

〔二〕「當冬」二句：隆冬時節萬物都凍得變了顔色，冰雪在陽光下閃閃發光。句中原注：「當，一作『窮』。」

〔三〕攬鞍鞭：句下原注「一作『起鞭歸』。」又《四庫全書考證》：「『據鞍鞭馬行匆遲』，刊本『據』訛『攬』，今改。」

二月時：歐《奉使道中作三首》云：「若無二月還家樂，爭奈千山遠客愁。」

【附録】

此詩輯入明李蓘《宋藝圃集》卷九、曹學佺《石倉歷代詩選》卷一四〇，又輯入清康熙《御選宋金元明四朝詩·御選宋詩》卷四、吴之振《宋詩鈔》卷一一、陳訏《宋十五家詩選·廬陵詩選》。

奉使道中五言長韻

初旭瑞霞烘，都門祖帳供。親持使者節，曉出大明宫〔一〕。城闕青煙起，樓臺白霧中。繡韉驕躍躍，貂袖紫濛濛〔二〕。朔野驚飆慘，邊城畫角雄。過橋分一水，回首羨南鴻〔三〕。地理山川隔，天文日月同。兒童能走馬，婦女亦腰弓〔四〕。度險行愁失，盤高路欲窮〔五〕。山深聞喚鹿，林黑自生風。松壑寒逾響，冰溪咽復通。望平愁驛迥，野曠覺天穹。駿足來山北，輕禽出海東。合圍飛走盡，移帳水泉空〔六〕。講信鄰方睦，尊賢禮亦隆〔七〕。斫冰燒酒赤，凍膾縷霜紅〔八〕。白草經春在〔九〕，黃沙盡日濛。新年風漸變，歸路雪初融。祇事須彊力，嗟予乃病翁〔一〇〕。深慚漢蘇武，歸國不論功〔一一〕。

【題解】

原輯《居士集》卷一二，原繫至和二年，誤。作於嘉祐元年正月末，在出使契丹還朝途中。據胡《譜》，至和二年八月十六日歐陽修受命爲契丹國母生辰使，將持送仁宗畫像。二十八日，因雄州奏告契丹宗真喪事，改命爲賀契丹登寶位使。嘉祐元年二月二十二日，歐回抵京師。此詩叙事未涉及返朝後，從「白草經春」、「新年」、「歸路」等語看，作於嘉祐元年正月底，詩人尚在回國途中的契丹境內。詩歌回顧奉使從京師出發至返回的歷程，叙寫沿途的奇聞異景，以及行程的苦楚艱辛。叙事簡勁，造語新奇，雜以議論，氣勢淩厲，全詩舒卷流動，情感沉摯。

【注釋】

〔一〕「初旭」四句：奉使出宮，晨宴餞別。祖帳：古代送人遠行，在郊外路旁爲餞別而設的帷帳。

亦指送行的酒筵。大明宫：唐代宫名。内有麟德、含元、宣政、紫宸等殿。此借指宋皇宫。

〔二〕繡韉：繡有花紋的馬鞍。　貂袖：貂袍的衣袖。

〔三〕「朔野」四句：至邊城，入異域，回首依戀故土，羨慕南飛的鴻雁。　驚飆：突發的暴風，狂風。曹植《吁嗟篇》：「驚飆接我出，故歸彼中田。」　畫角：古管樂器。發聲哀厲高亢，古時軍中多用以警昏曉，振士氣，肅軍容。　分一水：北宋與契丹的界河，此指雄州拒馬河。

〔四〕「地理」四句：同一藍天下，山川隔阻，南北民俗殊異。　走馬、腰弓：指契丹兒童婦女均能騎馬射箭。古樂府《李波小妹歌》：「李波小妹字雍容，褰裙逐馬如卷蓬，左射右射必迭雙。婦女尚如此，男子那可逢？」

〔五〕「度險」二句：末句下原注：「一作『斗絶誇天險，高盤畏路窮』。」

〔六〕「山深」十句：一路所聞所見，顯露旅途艱險困苦。　行愁失：行旅怕走散。　盤高路欲窮：山路盤旋，似乎無路可走。　望平愁驛迥：瞭望茫茫原野，驛站遠在天邊，發愁不知何時抵達。　駿足：駿馬。　輕禽：飛禽。《文選·司馬相如〈上林賦〉》：「流離輕禽。」六臣注：「輕禽，飛鳥也。」此指海東青，即獵隼，其出遼東者最俊，謂海東青。　合圍飛走盡：圍獵者騎著北地的駿馬，帶著遼東的海東青，將飛禽走獸一網打盡。　移帳水泉空：一旦水草食盡，就移帳遷徙。

〔七〕「講信」二句：國與國之間講求信用，方能和睦相處；契丹尊賢禮士，接待禮節格外隆重。韓琦《歐陽公墓誌銘》：「嘗奉使契丹，其主必遣貴臣押宴，出於常例，且謂公曰：『以公名重故爾。』」

〔八〕「斫冰」二句：取火斫冰熱酒，凍肉上的血絲凝固成條條紅紋。斫冰：葉庭珪卷三下《斧冰》：「《選》詩『擔囊行採薪，斧冰持作糜』，言冰凍，故斫冰以作粥。」燒酒赤：陸游《客思》詩：「杯觴灩灩紅燒酒，風露盈盈紫笑花。」

〔九〕白草：牧草。乾熟時呈白色，故名。《漢書·西域傳上·鄯善國》：「地沙鹵，少田，寄田仰穀旁國。國出玉，多葭葦、檉柳、胡桐、白草。」顏師古注：「白草似莠而細，無芒，其乾熟時正白色，牛馬所嗜也。」

〔一〇〕「新年」四句：新春的歸程上，風雪減弱，自己年邁體弱，盡職勉力而行。祗事：敬業盡職。

〔一一〕「深慚」二句：漢使蘇武回朝後不居功論勞，自己能平安歸來就是大幸，不敢貪求功勳。蘇武：字子卿，杜陵（今陝西西安）人。漢武帝天漢元年（前一〇〇），以中郎將奉命出使匈奴。由於匈奴緱王謀劃劫持單于母親閼氏歸順漢朝，牽涉副使張勝，蘇武受牽連。羈押匈奴十九年，蘇武手持漢朝符節，牧羊爲生，表現出頑强的毅力和不屈的氣節。昭帝始元六年（前八一）終於回到長安。

【附録】

此詩輯入清康熙《御選宋金元明四朝詩·御選宋詩》卷五七。

納蘭性德《通志堂集》卷一八《渌水亭雜識四》評「兒童能走馬，婦女亦腰弓」二句：「善狀燕中風景。」

重贈劉原父

憶昨君當使北時，我往别君飲君家。愛君小鬟初買得，如手未觸新開花。醉中上馬不知夜，但見九陌燈火人喧嘩。歸來不記與君别，酒醒起坐空咨嗟〔一〕。自言我亦隨往矣，行即逢君何恨邪。豈知前後不相及，歲月忽忽行無涯〔二〕。古北嶺口踏新雪，馬盂山西看落霞。風雲暮慘失道路，澗谷夜靜聞麏麚。行迷方嚮但看日，度盡山險方逾沙。客心漸遠誠易感，見君雖晚喜莫加〔三〕。我後君歸秖十日，君先躍馬未足誇。新年花發見回雁，歸路柳暗藏嬌鴉。而今春物已爛漫，念昔草木冰未芽〔四〕。人生每苦勞事役，老去尚能憐物華。從今有暇即相過，安得載酒長盈車〔五〕。

【題解】　原輯《居士集》卷六，繫嘉祐元年。作於是年二、三月間，時任翰林學士，兼史館修撰，主修《唐書》。題下原注：「一作『憶昨呈劉原父』。」詩中有句「而今春物已爛漫」，當在陽春，歐與劉氏均已歸朝。胡《譜》：嘉祐元年「二月甲辰（二十二日），使還，進《北使語録》。」劉原父，生平參見本書《答原父》題解。此詩回憶與劉敞先後奉使的情形，感慨行役艱苦，表達朋友間的真摯情誼。全詩叙議相生，信墨揮灑，平易裏有錯落，暢達中見曲折，是以文爲詩的成功作。

【注釋】

〔一〕「憶昨」八句：回憶劉敞出使時，自己前往告别醉飲的情形。劉敞《公是集》卷一三《寄永叔》題下自注：「永叔後予數日使北。」九陌：通向長安城中的九條大道。《三輔黄圖·長安八街九陌》：「《三輔舊事》云：長安城中八街，九陌。」亦泛指都城大道和繁華鬧市。

〔二〕「自言」四句：歐《奉使契丹道中，答劉原父桑乾河見寄之作》有云：「憶昨初受命，同下紫宸朝。問君當何之，笑指北斗杓。所持既異事，前後忽相遼。」

〔三〕「古北」八句：途中歷經千辛萬苦，纔與劉敞在契丹上京會面。古北嶺口：即古北口、虎北口，在今北京密雲縣東北，爲長城隘口之一。《明一統志》卷一《京師》：「古北口，在密雲縣東北一百二十里，兩崖壁立，中有路僅容一車。下有澗，鉅石磊塊，凡四十五里。自是而東凡二十四關口，至峨嵋山寨。」馬盂山：《遼史·地理志》：「臨潢府（即上京，今内蒙古昭烏達盟巴林左旗）有馬盂山。」麏麚：又作麏麚，指鹿類動物群。麏，獐子。麚，雄鹿。

〔四〕「我後」六句：感慨時光流逝，北使歸來已是春光明媚。新年花發：歐二月下旬回抵開封，已是春花爛漫。藏嬌鴉：梁簡文帝蕭綱《楊叛兒》：「槐香欲覆井，楊柳正藏鴉。」

〔五〕「從今」二句：今後一有空閒，希望常相往來。載酒：《漢書・揚雄傳》：「（雄）素貧，耆（顏師古注：「讀曰嗜。」）酒，人希至其門。時有好事者載酒肴從游學。」

【附録】

此詩輯入清康熙《淵鑑類函》卷三〇一、吴之振《宋詩鈔》卷一一。

劉壎《隱居通議》卷七：「文忠公得時行道，在慶曆、嘉祐、治平間，正宋朝文明極盛時，故發爲詩章，皆中和碩大之聲，無窮愁鬱抑之思，所謂治世之音安以樂，以其時考之則可矣。然亦有奇壯悲吒，如……『古柏嶺口踏新雪，馬盂山西口落霞。風雲莫慘失道路，澗谷夜靜聞麏麚。行迷方向但看日，度盡山險方逾沙。』如此等作，可與古人《出塞曲》相伯仲。信乎能備衆體者矣！」

贈沈遵

一本序云：「予昔於滁州作醉翁亭於瑯琊山，有記刻石，往往傳人間。太常博士沈遵，好奇之士也，聞而往游焉。愛其山水，歸而以琴寫之，作《醉翁吟》一調，惜不以傳人者五六年矣。去年冬，予奉使契丹，沈君會予恩冀之間。夜闌酒半，出琴而作之。予既嘉君之好尚，又愛其琴聲，乃作歌以贈之。」

群動夜息浮雲陰，沈夫子彈《醉翁吟》〔一〕。《醉翁吟》，以我名，我初聞之喜且驚。宮聲三疊何泠泠，酒行暫止四坐傾〔二〕。有如風輕日煖好鳥語，夜靜山響春泉鳴。坐思千巖萬壑醉眠處，寫君三尺膝上橫〔三〕。沈夫子，恨君不爲醉翁客，不見翁醉山間亭。翁歡不待絲與竹，把酒終日聽泉聲。有時醉倒枕谿石，青山白雲爲枕屏。花間百鳥喚不覺，日落山風吹自醒〔四〕。我時四十猶彊力，自號醉翁聊戲客。爾來憂患十年間，鬢髮未老嗟先白〔五〕。滁人思我雖未忘，見我今應不能識。沈夫子，愛君一罇復一琴，萬事不可干其心〔六〕。自非曾是醉翁客，莫向俗耳求知音〔七〕。

【題解】

原輯《居士集》卷六，繫嘉祐元年。作於是年春，時任翰林學士，兼史館修撰，主修《唐書》。題下原注：「一作『贈沈博士歌并序』。」沈遵，東陽人，精通音樂，官太常博士，曾任太和縣令、建州通判。宋孫覿《滁州重建醉翁亭記》稱「東陽沈遵」，元程文海《太和州重修快閣記》云：「廬陵有閣，最一郡之勝，在太和東南城上。邑令太常博士沈遵名曰『快閣』。」《臨川先生文集》卷九九《仙居縣太君魏氏墓誌銘》：「嘉祐二年十二月庚申（十八日）……（沈）遵爲太常博士、通判建州軍州事。」梅堯臣《宛陵先生集》卷五三有詩《送建州通判沈太博》。劉敞《公是集》卷一六亦有《同永叔贈沈博士》詩。

本詩首十句，叙寫夜半酒闌聽沈氏彈《醉翁吟》的感受；次十四句借沈遵《醉翁吟》，引發對滁州山水之樂的美好回憶，抒發今非昔比、知音難遇的感慨；末五句，讚賞沈氏耽愛飲酒彈琴、不慕富貴榮華的自適生活。詩語清新，行文錯落，氣格沉雄。謀篇布局講究開闔呼應，順卷逆布，加之氣脈流貫，顯現以文爲詩的特色。此詩與後來續作的《贈沈博士歌》，構成相映生輝的姊妹篇。

【注　釋】

〔一〕群動夜息：陶潛《飲酒》：「日入群動息。」群動，各種各樣的聲響。　沈夫子：即沈遵，時任太常博士。　《醉翁吟》：歐雜文《醉翁吟并序》：「余作醉翁亭於滁州，太常博士沈遵，好奇之士也，聞而往游焉。愛其山水，歸而以琴寫之，作《醉翁吟》三疊。去年秋，余奉使契丹，沈君會余恩冀之間。夜闌酒半，援琴而作之，有其聲而無其辭，乃爲之辭以贈之。其辭曰：始翁之來，獸見而深伏，鳥見而高飛。翁醒而往兮，醉而歸。朝醒暮醉兮，無有四時。鳥鳴樂其林，獸出游其蹊。咿嚶啁哳于翁前兮，醉不知。有心不能以無情兮，有合必有離。水潺潺兮，翁忽去而不顧；山岑岑兮，翁復來而幾時？風嫋嫋兮山木落，春年年兮山草菲。嗟我無德於其人兮，有情於山禽與野麋。賢哉沈子兮，能寫我心而慰彼相思。」

〔二〕句下原注：「一本有『爲君屏百慮，各以兩耳聽』兩句。」宫聲：宫調，代指音樂。古代有宫、商、角、徵、羽五音。三疊：反復演奏三徧。泠泠：聲音清晰悦耳。酒行：向人斟酒。每斟完一徧稱一行，亦叫一巡。

〔三〕三尺：三尺桐，代指琴。古琴身多以桐木製成，故稱。歐《贈無爲軍李道士》：「無爲道士三尺琴。」

〔四〕「沈夫子」九句：遺憾沈君當年未能成爲我的座上客，深情回憶知滁州時的山水之樂。可參見《醉翁亭記》。「日落」句下原注：「一本有『沈夫子，君過滁陽今幾時？滁人皆喜醉翁醉，至今人人能道之。長記山間逢太守，籃轝酩酊插花歸』六句。」

〔五〕「我時」二句：胡《譜》：慶曆六年「公年四十，自號醉翁。」「爾來」句下原注：「一本『客』字下作『爾來纔十年，遇酒飲不得，軒裳外飾誠可棨。』」

〔六〕干：違背，抵觸。

〔七〕「自非」二句：末句下原注：「一本末兩句作『高懷所得貴自適，俗耳何用求知音。可笑人生不飲酒，惟知白首戀黄金。』」化用王勃《送盧主簿》詩「琴樽俗事稀」句意。

【附録】

此詩輯入清康熙《御選宋金元明四朝詩·御選宋詩》卷二五、吴之振《宋詩鈔》卷一一、陳訏《宋十五家詩選・廬陵詩選》。

黄震《黄氏日鈔》卷六一：「言琴調《醉翁吟》也，云：『我昔被謫居滁上，名雖爲翁實少年。』前詩又云：『我時四十猶彊力，自號醉翁聊戲客。』」

劉壎《隱居通議》卷七：「《廬山高》、《明妃曲》、《鬼車》、《水谷夜行》諸篇，古今學者，誦之習矣，而予尤喜其《贈沈遵》一篇，清婉流麗，自成宫商，蓋學者未之知也……此篇筆力超然，高風遠韻，尚可想見，豈尋常詩人繩墨所能束縛！」

范大士《歷代詩發》卷二三評曰：「一本《贈沈遵博士歌并序》。半愛琴聲，半憶環滁舊跡，須得其神情宕往之微。」

方東樹《昭昧詹言》卷一二評曰：「此獨順題布放，而奇恣轉勝用章法，乃知詩貴精神旺爲妙也。起點叙。次寫。次追叙。後以議收。『我初』三句，低徊欲絶。」

予作歸雁亭於滑州後十有五年梅公儀來守是邦因取余詩刻于石又以長韻見寄因以答之

風吹城頭秋草黄，仰見鳴雁初南翔。秋草風吹春復緑，南雁北飛聲肅肅〔一〕。城下臺邊桃李蹊，憶初披荒手植之。雪消冰解草木動，因記鴻雁將歸時〔二〕。爾來十載空遺迹，飛雁年年自南北。臺傾餘址草荒涼，樹老無花春寂歷〔三〕。東州太守詩尤美，組織文章爛如綺。長篇大句琢方石，一日都城傳百紙〔四〕。我思古人無不然，慷慨功名垂百年。沉碑身後念陵谷，把酒泣下悲山川〔五〕。一時留賞雖邂逅，後世傳之因不朽。

【題　解】

原輯《居士集》卷九，繫嘉祐元年。作於是年春，時任翰林學士，兼史館修撰，主修《唐書》。題下原注：「一作『和滑州公儀龍圖歸雁亭長句』。」胡《譜》慶曆二年：「八月，請外。九月，通判滑州。」歐在滑州建歸雁亭，並有《歸雁亭》、《滑州歸雁亭》等詩，距今恰十五年。歸雁亭，《河南通志》卷五二《古跡下·光州》：「歸雁亭，在州城西北十五里故滑城内，譙樓乃其故址，本春申君故宅。」《明一統志》卷四《大名府》：「歸雁亭，在滑縣治。歐陽修建。」梅公儀，即梅摯，時以龍圖閣學士知滑州。生平參見本書《酬滑州公儀龍圖見寄》題解。此詩與下詩《寄題梅龍圖滑州溪園》作於同時。詩歌前半部分抒寫歸雁亭今昔滄桑之感，後半部分感慨文學創作足以名傳不朽。詩語疏暢，轉意换韻，縱横跳宕的節奏中，映襯詩人感情的起伏變化。

【注　釋】

〔一〕「風吹」四句：秋去春來，大雁南北來往，暗示時令變换，季節推移。肅肅：此處形容蕭瑟清冷的雁鳴聲。

〔二〕「城下」四句：回憶栽種桃李樹及大地回春鴻雁歸來的情景。桃李蹊：栽滿桃李的小路。薛道衡《昔昔鹽》：「水溢芙蓉沼，花飛桃李蹊。」

〔三〕「爾來」四句：大雁年年南來北去，歸雁亭邊卻一派荒涼。抒發歲月流逝，山河滄桑之感。寂歷：凋零疏落。

〔四〕「東州」四句：梅氏詩文兼美，作品廣爲傳抄。《宋史·梅摯傳》：「喜爲詩，多警句。有奏議四十餘篇。」東州太守：即梅公儀。東州，即東郡，滑州舊稱。滑州位於今河南滑縣。隋置，改爲兗州，尋廢，唐復置，改曰靈昌郡，尋復曰滑州，宋曰滑州靈河郡。《後漢書·樊陰列傳》：「宜先東州之急。」注云：「東州，謂冀、兗州。」滑州在古兗州境，故云。都城傳百紙：文章奇絶，廣爲傳抄。《晉書·左思傳》：左氏《三都賦》寫成，「於是豪貴之家競相傳寫，洛陽爲之紙貴。」

〔五〕「我思」四句：古人皆嚮往建功立業，追求百世垂名，晉杜預正是此類人。沉碑、陵谷：《晉書·杜預傳》：「預好爲後世名，常言『高岸爲谷，深谷爲陵』，刻石爲二碑，紀其勳績，一沈萬山之下，一立峴山之上，曰：『焉知此後不爲陵谷乎！』」後以「沉碑」指杜預的紀功碑。

【附録】

此詩輯入明曹學佺《石倉歷代詩選》卷一四〇。

方東樹《昭昧詹言》卷一二評曰：「『城下』句逆捲。『因記』句逆捲。順逆之中，插此句作章法，亦制勝法，此可爲成式。」

寄題梅龍圖滑州溪園

聞説溪園景漸佳，遥知清興已無涯〔一〕。飲闌歸騎多乘月，雪後尋春自探花。百囀黄鸝消永日，雙飛白鳥避鳴笳〔二〕。平生喜接君酬唱〔三〕，不得罇前詠落霞。

【題解】

原輯《居士集》卷一二，繫嘉祐元年。作於是年春，時任翰林學士，兼史館修撰，主修《唐書》。題目「溪園」下原注：「一作『西溪』。」梅龍圖，即梅摯，字公儀，時以龍圖閣學士知滑州。生平參見本書《酬滑州公儀龍圖見寄》題解。滑州，北宋州名，屬京西北路，治所在今河南滑縣。詩人想像滑州溪園的自然美景，欣賞梅摯的清興游賞，遺憾自己未能參與酌飲酬唱。韻調清雅，音節瀏亮，景中含情，情中見趣。

【注釋】

〔一〕清興：清雅的興致。王勃《山亭夜宴》詩：「清興殊未闌，林端照初景。」

〔二〕「百囀」二句：靜聽黄鸝婉轉歌唱，以消度漫長寂寥的夏日；仰見白鳥比翼雙飛，在躲避官員出行的笳笛。百囀：鳴聲婉轉多樣。南朝梁劉孝綽《詠百舌》：「孤鳴若無時，百囀似群吟。」鳴笳：吹奏笳笛。古代貴官出行，前導鳴笳以啟路。曹丕《與梁朝歌令吴質書》：「從者鳴笳以啟路，文學託乘于後車。」笳，即笛，古管樂器名。漢時流行於西域一帶少數民族地區，初卷蘆葉爲之，後改用竹。

〔三〕「平生喜接君酬」下原校：「一作『嗟予每許陪高』」。

奉寄襄陽張學士兄

東津渌水南山色，夢寐襄陽二十年〔一〕。顧我百憂今白首，羨君千騎若登仙。花開漢女游堤上，人看仙翁擁道邊〔二〕。況有玉鐘應不負，夜槽春酒響如泉〔三〕。

【題解】

原輯《居士外集》卷七，無繫年，列嘉祐四年至七年詩間，誤。當作於嘉祐元年春，時任翰林學士、史館修撰，主修《唐書》。襄陽張學士，當爲張瓌，時以「直史館」知襄州，故稱學士。《湖北通志》卷一一〇襄州知州：「張瓌，至和時任。」歐本年《再論水災狀》有云：「祠部員外郎、直史館、知襄州張瓌，靜默端直，外柔内剛，學問通達。」《長編》卷一七〇皇祐三年五月庚午（二十一日）紀事：張瓌「差知潁州。」至和元年四月在潁州知州張瓌去思堂酒宴上，歐有《去思堂會飲得春字》詩，張氏任滿後當移知襄州。詩人想像張學士寄情山水的瀟灑生活，表達對襄陽名勝的深情懷念，對山水田園生活的欣羨與嚮往。屬對工穩，意蕴深藏，情景融爲一體。

【注釋】

〔一〕東津：漢江渡口。《湖廣通志》卷一三《襄陽縣》：「東津渡，在縣東八里。」渌水：清澈的水。張衡《東京賦》：「於東則洪池清蘌，渌水澹澹。」南山：峴山。《湖廣通志》卷一〇《襄陽縣》：「峴山，縣南七里。」句末原注：「予昔游漢上，嘗愛其山川，迨今十六七年矣。」寶元元年（一〇三八）三月，歐由夷陵移知乾德縣，途經襄陽並登臨漢江峴山，距今剛好二十年。「十六七年」恐記誤。

〔三〕仙翁：指張學士。《四庫全書考證》卷七八：「《奉寄襄陽張學士兄》：『人看山翁擁道邊』，刊本『山』訛『仙』。據《晉書》改。」游堤上：化用《襄陽樂》：「朝發襄陽城，莫至大堤宿。大堤諸兒女，花豔驚郎目。」樂府有《大堤曲》。

〔三〕玉鐘：玉製的酒杯。亦用作酒杯的美稱。宋晏幾道《鷓鴣天》詞：「彩袖殷勤捧玉鍾，當年拚卻醉顔紅。」夜槽：即小槽，古時製酒器中的一個部件，酒由此緩緩流出。亦指釀酒。李賀《將進酒》詩：「琉璃鍾，琥珀濃，小槽酒滴真珠紅。」

感興五首

其一

奉祠嚴秘館，攝事罄精誠〔一〕。歲晏悲木落，天寒聞鶴鳴〔二〕。念昔丘壑趣，豈知朝市情〔三〕。弱齡嬰仕宦，壯節慕功名〔四〕。多病慚厚禄，早衰歎餘生。未知犬馬報，安得遂歸耕。

其二

懷禄不知慚，人雖不吾責〔五〕。貧交重意氣，握手猶感激〔六〕。煌煌腰間金，兩鬢颯已白。有生天地間，壽考非金石〔七〕。古人報一飯，君子不苟得〔八〕。憂來自悲歌，涕淚下沾臆〔九〕。

其三

清夜雖云長，白日亦易晚。循環百刻中，勢若丸走坂〔一〇〕。盈虧自相補，得失何足算。餐霞可延年〔一一〕，飲酒誠自損。未知辛苦長，孰若適意短。二者一何偷，百年皆不免〔一二〕。顔回不著述，後世存愈遠。聖賢非虚名，惟善爲可勉〔一三〕。

其四

仕宦希寸禄，庶無飢寒迫〔一四〕。讀書事文章，本以代耕織。學成頗自喜，禄厚愈多責〔一五〕。挾山以超海，事有非其力。君子貴量能，無輕食人食〔一六〕。

其五

唧唧復唧唧，夜歎曉未息。蟲聲急愈尖，病耳聞若刺〔一七〕。壯士易爲老，良時難再得。日月相隨東，天行自西北。三者不相謀，萬古無窮極。安知人間世，歲月忽已易〔一八〕。

【題解】

原輯《居士集》卷六，繫嘉祐元年。作於是年六月，時任翰林學士，兼史館修撰，主修《唐書》。題下原注：「齋于醴泉宮作。」歐《鳴蟬賦》序云：「嘉祐元年夏，大雨水，奉詔祈晴于醴泉宮。」胡《譜》：嘉祐元年「六月甲子（十四日），奉敕祈晴醴泉觀。」梅堯臣《宛陵先生集》卷四九《依韻奉和永叔感興五首》其一有云「向來霖雨暴……既祈致日出，杲杲紓民情」，亦可證詩成於六月。本組詩乃歐六月十四日奉敕齋戒醴泉觀所賦，「其一」自悲多病早衰，「其二」自慚國恩難報，「其三」自表立德修身，「其四」自歎力微負重，「其五」自傷韶華易逝。全詩歎老感愧，情思蕩漾，寄意遥深，風格沉鬱蒼涼。

【注釋】

〔一〕奉祠：祭祀。《史記·封禪書》：「杜主，故周之右將軍，其在秦中，最小鬼之神者。各以歲時奉祠。」　秘館：指醴泉觀。　攝事：代行其事，此指臨時代理太常卿職務。

〔二〕「歲晏」二句：有如歲暮秋寒，環境蕭殺淒涼。　歲晏：一年將盡的時候。

〔三〕丘壑趣：山林志趣。　朝市：朝廷爲官，市場交易，泛指名利之場。陶潛《感士不遇賦》：「擁孤襟以畢歲，謝良價於朝市。」

〔四〕「弱齡」二句：年輕時入仕爲官，決心砥礪名節建樹功業。　嬰：施加。《漢書·賈誼傳》：

「遇之有禮，故群臣自憙；嬰以廉恥，故人矜節行。」顏師古注：「嬰，加也。」

〔五〕懷祿：享受國家俸祿。歐《和徐生〈假山〉》：「懷祿古所慚。」

〔六〕感激：感奮激發。《後漢書・列女傳・許升妻》：「升感激自厲，乃尋師遠學，遂以成名。」

〔七〕腰間金：腰間掛的黃銅官印。或曰腰間繫的黃金腰帶。　非金石：《古詩十九首》：「人生非金石，豈能長壽考？」「人生忽如寄，壽無金石固。」

〔八〕報一飯：報恩。《左傳・宣公二年》：春秋晉靈輒曾餓于翳桑，趙盾見而賜以飲食，並以飲食饋贈其母。後靈輒爲晉靈公武士，靈公欲殺盾，靈輒倒戈相衛，趙盾倖免於難。又《史記・淮陰侯列傳》：「（韓）信釣於城下，諸母漂，有一母見信飢，飯信，竟漂數十日。信喜，謂漂母曰：『吾必有以重報母。』母怒曰：『大丈夫不能自食，吾哀王孫而進食，豈望報乎！』……漢五年正月，徙齊王信爲楚王，都邳。信至國，召所從食漂母，賜千金。」後用爲知恩必報之典實。　苟得：不當得而得。《禮記・曲禮上》：「臨財毋苟得。」孔穎達疏：「非義而取，謂之苟得。」

〔九〕沾臆：謂淚水浸濕胸前。沈約《夢見美人》詩：「那知神傷者，潺湲淚沾臆。」

〔一〇〕「清夜」四句：日夜循環，光陰迅速。　百刻：古代以刻漏計時，一晝夜分百刻。《日知録》卷三〇：「朱王逵《蠡海集》言：『百刻之説：每刻分爲六十分，百刻共得六千分。散于十二時，每時得五百分。如此則一時占八刻零二十分，將八刻截作初、正各四刻，卻將二十分零數分作初初、正初微刻各一十分也。』《困學紀聞》所載易氏之説亦同。」　丸走坂：喻事態順利而快速。《漢書·蒯通傳》:「必相率而降,猶如阪上走丸。」顔師古注:「言乘勢便易。」

〔二〕餐霞:餐食日霞,指修仙學道。《漢書·司馬相如傳下》:「呼吸沆瀣兮餐朝霞。」顔師古注引應劭曰:「《列仙傳》陵陽子言春〔食〕朝霞,朝霞者,日始欲出赤黄氣也。夏食沆瀣,沆瀣,北方夜半氣也。並天地玄黄之氣爲六氣。」

〔三〕「未知」四句:隱居學道者壽長而生活困頓,放蕩飲酒者命短卻生活瀟灑,姑不論兩種情狀哪個好,二者皆澆薄,皆難免一死。　二者一何偷:隱居餐霞與放蕩飲酒,二者皆非君子所爲之事。偷,澆薄,不厚道。《論語·泰伯》:「故舊不遺,則民不偷。」邢昺疏:「偷,薄也。」　不免:指難免一死。明顧璘《遺思》:「死者百年不免。」

〔三〕「顔回」四句:借讚頌顔回而强調立身修行德爲本。歐《送徐無黨南歸序》:「若顔回者,在陋巷,曲肱飢卧而已,其群居則默然終日如愚人。然自當時群弟子皆推尊之,以爲不敢望而及,而後世更百千歲,亦未有能及之者。其不朽而存者,固不待施於事,況於言乎?」

〔四〕「仕宦」二句:做官求得微薄俸禄,衹可免於飢寒。　寸禄:微薄的俸禄。左思詩《詠史》其八:「外望無寸禄,内顧無斗儲。」

〔五〕「禄厚」句:俸禄越多,責任越重大。

〔六〕挾山超海:比喻力所不及。《孟子·梁惠王上》:「挾泰山以超北海,語人曰吾不能,是誠不能也。爲長者折枝,語人曰吾不能,是不爲也,非不能也。」　無輕食人食:不要空耗百姓交納的租賦。食人食，《孟子·滕文公下》：「治於人者食人，治人者食於人。」

〔七〕「唧唧」四句：夜間輾轉難眠，各種蟲鳴更是讓患耳病的我心煩意亂。唧唧：歎息聲。《樂府詩集·横吹曲辭五·木蘭詩》：「唧唧復唧唧，木蘭當户織，不聞機杼聲，唯聞女歎息。」

〔八〕「壯士」八句：感慨時光無窮無盡，然人生易老，青春不再。

答聖俞

人皆喜詩翁，有酒誰肯一醉之〔一〕？嗟我獨無酒，數往從翁何所爲？翁居南方我北走〔二〕，世路離合安可期。汴渠千艘日上下，來及水門猶未知〔三〕。五年不見勞夢寐，三日始往何其遲〔四〕。城東賺河有名字〔五〕，萬家棄水爲汙池。人居其上苟賢者，我視此水猶漣漪。入門下馬解衣帶，共坐習習清風吹。濕薪熒熒煮薄茗，四顧壁立空無遺〔六〕。萬錢方丈飽則止，一瓢飲水樂可涯〔七〕。況出新詩數十首，珠璣大小光陸離〔八〕。他人欲一不可有，君家筐篋滿莫持。才大名高乃富貴，豈比金紫包愚癡〔九〕。貴賤同爲一丘土，聖賢獨如星日垂〔一〇〕。道德内樂不假物，猶須朋友並良時〔一一〕。蟬聲漸已變秋意，得酒安問醇與醨〔一二〕。玉堂官閒無事業〔一三〕，親舊幸可從其私。與翁老矣會有幾，當棄百事勤追隨。

【題解】

原輯《居士集》卷六，繫嘉祐元年。作於是年初秋，時任翰林學士，兼史館修撰，主修《唐書》。題下原注：「一本題下有『高車見過』。」本年夏末，梅堯臣除母喪返抵汴京。歐臨岸喜迎，並至城東探望之，梅堯臣《宛陵先生文集》卷四八《高車再過謝永叔内翰》詩云：「世人重貴不重舊，重舊今見歐陽公，昨朝喜我都門入，高車臨岸進船篷。俯躬拜我禮愈下……老雖得職不足顯，願與公去歡樂同。歡樂同，治園田，潁水東。」歐賦此詩酬答。詩人感慨梅氏居所簡陋，生活貧困，卻創作豐富，詩名顯赫，表達由衷欽敬和甘愿追隨之意。詩語錯落灑脱，筆墨酣暢淋漓，唱歎無窮，强化了詩歌的散文化韻味。

【注釋】

〔一〕「人皆」二句：《宋史·梅堯臣傳》：「堯臣家貧，喜飲酒，賢士大夫多從之游，時載酒過其門。」

〔二〕「翁居」句：嘉祐元年（一〇五六）端午後，梅堯臣始除服返汴京待官。此前居宣城老家守母喪，而歐至和元年六月除母喪由潁州北上汴京，故云南北睽違。

〔三〕水門：古汴京東、南、西外城臨水的城門。《東京夢華録》卷一《東都外城》載汴京水門甚多，有蔡河水門、東水門（汴河下流水門）、東北水門、西水門（汴河上水門）、西北水門等。

〔四〕「五年」二句：皇祐三年（一〇五一）五月，歐知應天府，梅堯臣除父喪，由宣城返抵京師應學士院召試，兩人短暫面晤後，直至嘉祐元年夏末未曾謀面。

〔五〕賺河：這裏指汴河。梅堯臣此次入京，直至病逝，居住在城東汴河北岸汴陽坊居民區。

〔六〕「濕薪」二句：梅氏家境貧困，用未乾的柴火煮茶，家中空空如也。四顧壁立：《史記·司馬相如列傳》：「文君夜亡奔相如，相如乃與馳歸成都。家居徒四壁立。」

〔七〕方丈：方丈之食。極言肴饌之豐盛。《孟子·盡心下》：「食前方丈，侍妾數百人，我得志，弗爲也。」趙岐注：「極五味之饌食，列于前，方一丈。」一瓢飲水：《論語·雍也》：「子曰：「賢哉！回也。一簞食，一瓢飲，在陋巷。人不堪其憂，回也不改其樂。賢哉！回也。」

〔八〕「珠璣」句：讚美梅氏詩歌精緻，光彩如珠。

〔九〕「才大」二句：梅堯臣才華卓越，詩名卓著，這是真正的富有，哪是身著金魚袋及紫衣官服而腹內空空的貴官們可比擬。金紫：金魚袋及紫衣。唐宋的官服和佩飾。因以指代貴官。

〔一〇〕「貴賤」二句：人無論貴賤最終化爲土墳堆，秪有聖賢才能像明星一樣永放光芒。

〔一一〕道德內樂：嵇康《答難養生論》：「此皆無主於內，借外物以樂之。外物雖豐，哀亦備矣。有主于中，以內樂，外雖無鐘鼓，樂已具矣。故得志者非軒冕也。」

〔一二〕醇與醨：醇酒與薄酒。

〔一三〕玉堂：宋翰林院稱玉堂。參見本書《述懷》注〔一一〕。

【附録】此詩輯入清吴之振《宋詩鈔》卷一一、陳焯《宋元詩會》卷一〇、陳訏《宋十五家詩選·廬陵詩選》。

初食車螯

纍纍盤中蛤，來自海之涯。坐客初未識，食之先歎嗟〔一〕。五代昔乖隔，九州如剖瓜。東南限淮海，邈不通夷華〔二〕。於時北州人，飲食陋莫加〔三〕。雞豚爲異味，貴賤無等差。自從聖人出，天下爲一家。南産錯交廣，西珍富邛巴。水載每連舳，陸輪動盈車。谿潛細毛髮，海怪雄鬚牙〔四〕。豈惟貴公侯，閭巷飽魚蝦。此蛤今始至，其來何晚邪。螯蛾聞二名〔五〕，久見南人誇。璀璨殼如玉，斑斕點生花。含漿不肯吐，得火遽已呀〔六〕。共食惟恐後，爭先屢成嘩。但喜美無厭，豈思來甚遐。多慚海上翁，辛苦斲泥沙〔七〕。

【題解】原輯《居士集》卷六，繫嘉祐元年。作於是年秋，時任翰林學士，兼史館修撰，主修《唐書》。題下

原注：「一本題上云『京師』」。梅堯臣《宛陵先生集》卷五〇《永叔請賦車螯》有云「海客穿海沙，拾貯寒潮退」，可知時在秋季。車螯，蛤的一種，璀璨如玉，有斑點，肉可食，肉殼皆入藥，自古視爲海味珍品。王安石《臨川先生文集》卷一〇有《車螯二首》，韓維《南陽集》卷四亦有《又賦京師初食車螯》詩。本詩借詠初食車螯，讚賞社會穩定後的南北物流通達、物産豐饒，歌詠天下一統，表達對平民百姓生活的關切。詩人借物起議，由物及人，以物理而興歎人事，突破以往詠物詩窠臼，不拘於事物本體，觀物尋理，發掘事物的社會價值與人文内涵。詩語奇險，想像新穎，有類韓孟詩風。嘉祐文人集團此類同題共詠，彼此逞才，相互競技，共同促進詠物詩發展，推動宋詩技藝提升。

【注釋】

〔一〕「纍纍」四句：一盤車螯端上餐桌，座客歎爲怪異。蛤：一種有介殼的軟體動物。生活在淺海底，肉可食。《左傳·昭公三年》：「山木如市，弗加於山；魚鹽蜃蛤，弗加於海。」來自海之涯：當寄自泰州知州王純臣。梅堯臣《宛陵先生集》卷四六《泰州王學士寄車螯蛤蜊》：「車螯與月蛤，寄自海陵郡。」朱東潤繫於今年，卷四五又有同年詩《依韻答泰州王道粹學士見寄》，附注：「檢討王純臣。」

〔二〕「五代」四句：宋朝建立之前，江山分裂，道路阻隔。中原政權的東南邊界限於淮河，東南部少數民族與中原政權互不往來。五代：唐末大動亂時，軍閥割據中原而建立起來的後梁、後唐、後漢、後周、後晉，史稱五代。當時在中原周邊的東南和西南又分布著十個小國。五代十國各自爲政，彼此少有往來。夷：古代對東方部落的貶稱。如剖瓜：鮑照《蕪城賦》：「五百餘載，竟瓜剖而豆分。」

〔三〕「於時」二句：那時的北方飲食，非常粗陋。北州：泛指北方地區。

〔四〕「自從」八句：宋太祖結束天下四分五裂的局面，使得全國各地的水陸物産，得以東南西北流通。聖人：此指宋太祖趙匡胤。交廣：交州、廣州，即今兩廣地區。邛巴：邛州、巴州，即今四川、重慶一帶。舳：本指船尾或船舵，後多代指船。谿潛：指内陸淡水水産。海怪：指海中物産。

〔五〕螯蛾：原注：「車螯，一名車蛾。」

〔六〕「璀璨」四句：車螯色彩斑斕，火燒後食用其漿。《本草綱目》卷四六《車螯》：「時珍曰：其殼色紫，璀粲如玉，斑點如花。海人以火炙之，則殼開，取肉食之。」呀：張口，張開。《魏書·崔巨倫傳》：「五月五日時，天氣已大熱。狗便呀欲死，牛復吐出舌。」

〔七〕「但喜」四句：人們衹知車螯是珍饈佳餚，卻不知它取自遥遠的海上，來自漁翁的辛苦勞動。海上翁：漁夫。

【附録】

此詩輯入宋祝穆《古今事文類聚》後集卷三五，又輯入清康熙《御定佩文齋詠物詩選》卷四七二、吳之振《宋詩鈔》卷一一。

陳善《捫虱新話》上集卷四：「梅聖俞河豚詩云：『但言美無度，誰知死如麻。』歐公食車螯詩亦云：『但知美無厭，誰謂來甚遐。』然已覺牽强，不似梅詩爲切題。」

孫奕《履齋示兒編》卷九：「太白云：『但得酒中趣，勿爲醒者傳。』類靖節『但得琴中趣，何勞絃上聲』。六一翁《食車螯》云：『但喜美無厭，豈思來甚遐。』梅聖俞《河豚》亦云：『但知美無厭，誰謂來甚遐。』」

黄震《黄氏日鈔》卷六一：「車螯，一名車蛾，歐詩有『泥居殼屋』之語。」

蘇才翁挽詩二首

其一

握手接歡言，相知二十年〔一〕。文章家世事，名譽弟兄賢〔二〕。可惜英魂掩，惟餘醉墨傳〔三〕。秋風衰柳岸，撫柩送歸船。

其二

雄心壯志兩崢嶸，誰謂中年志不成〔四〕。零落篇章爲世寶，平生風義見交情〔五〕。青松月下泉臺路，白草原頭薤露聲〔六〕。自古英豪皆若此，哭君徒有淚沾纓〔七〕。

【題解】

原輯《居士外集》卷七，無繫年，列嘉祐元年詩後。作於是年秋，時任翰林學士，兼史館修撰，主修《唐書》。蘇才翁，名舜元，蘇舜欽之兄。天聖七年賜進士出身，官至三司度支判官。工草書，詩文豪健，與其弟舜欽齊名。據蔡襄《端明集》卷三九《蘇才翁墓誌銘》，蘇舜元至和元年五月二日逝于京師，年四十九。梅堯臣《度支蘇才翁挽詩三首》題下注「子美同葬」，可知蘇舜元、蘇舜欽兄弟同時下葬。歐《湖州長史蘇君墓誌銘》稱蘇舜欽葬于嘉祐元年十月某日，蘇舜元靈柩船載離京，當在本年深秋，與本詩尾聯「秋風衰柳岸」亦相合。梅堯臣《宛陵先生集》卷四九有《度支蘇才翁挽詞三首》，《王荆公詩》卷五〇亦有《蘇才翁挽詞二首》。本組挽詩「其一」深情回憶與蘇舜元兄弟的相慕相知，「其二」沉痛悲悼逝者的材高而壽短。行文開合跌宕，意脈流貫，涕淚沾巾，撫今追昔，情致動人。

【注　釋】

〔一〕「握手」二句：歐天聖七年（一〇二九）春試國子監，秋赴國學解試，此時初識蘇舜欽，稍後又結識蘇舜元，至今已二十餘年。「二十」言其整數。歐《蘇氏文集序》：「天聖之間，予舉進士于有司，見時學者務以言語聲偶擿裂，號爲時文，以相誇尚。而子美獨與其兄才翁及穆參軍伯長，作爲古歌詩雜文。」

〔二〕「文章」二句：蘇氏兄弟詩文書法名擅一時。王安石《蘇才翁挽詞二首》其二：「翰墨隨談笑，風流在弟兄。」蔡襄《蘇才翁墓誌銘》：「其爲文不跡故陳，自爲高古，雖所不與者亦不能掩也。君善草隸。藏書數千卷，皆手自讎校。撰述《奏御集》十卷，《塞垣近事》二卷，《奏議》三卷，《文集》十卷。」

〔三〕醉墨：謂醉酒中所作字畫、詩文。

〔四〕「雄心」二句：蔡襄《蘇才翁墓誌銘》：「初，才翁少年，欲以文詞進，愿還官就科試，思與天下英豪角逐於筆研間，以力決勝，不得如其意。逮邊隅兵興，夙夜講畫謀策，要以術數翦屈夷虜，書屢上，不見省用。大臣如前丞相賈公、丞相文公、故參知政事范公，皆持國秉，力推薦之，終以序進，志不得騁。」

〔五〕「零落」二句：蘇舜元文章、翰墨爲世人所珍惜，而平生操守節義亦見於交情。梅堯臣《度支蘇才翁挽詞三首》其二：「高才飛健鶻，逸句吐明珠。未入周官采，爭持楚璞模。」明陶宗儀《書史會要》卷六：「蘇舜元，字才翁，舜欽兄。官至尚書度支員外郎，爲人精悍，任氣節，歌詩亦豪健。善篆、籀，亦工草字，筆簡而法足。書名與舜欽相後先。」風義：猶情誼。李商隱《哭劉蕡》詩：「平生風義兼師友。」

〔六〕薤露：樂府《相和曲》名，是古代的挽歌。

〔七〕纓：繫冠的帶子。以二組繫於冠，結在頷下。

【附録】

蔡襄《端明集》卷三九《蘇才翁墓誌銘》：「蘇才翁，諱舜元……充三司度支判官。至和元年五月初二日，終於京師之祖第，年四十九……才翁之歿汴，無資産以爲生，諸孤就養江南，居潤州，侍柩以行。某年某月某日，葬於丹陽（應爲丹徒）某鄉。」

内直奉寄聖俞博士

千門鑰入斷人聲，樓閣沉沉夜氣生〔一〕。獨直偏知宫漏永，稍寒尤覺玉堂清〔二〕。霜雲映月鱗鱗色，風葉飛空摵摵鳴〔三〕。犬馬力疲恩未報，坐驚時節已崢嶸〔四〕。

【題　解】原輯《居士集》卷一三，繫至和□年。作於嘉祐元年初冬，時任翰林學士，兼史館修撰，主修《唐書》。内直，翰林學士院值班。據胡《譜》，歐至和元年「九月辛酉（一日），遷翰林學士」。嘉祐元年夏末，梅堯臣除母喪返抵汴京。《歐集》卷三三《梅聖俞墓誌銘》：「嘉祐元年……（太常博士梅堯臣）乃得國子監直講。」詩歌描寫内直時的孤獨寂寞，感慨時光流逝，愧疚國恩未報。對仗工穩，情融于景，詩風明静而深雋。

【注　釋】

〔一〕「千門」二句：層層疊疊的宫廷大門上鎖，人語之聲斷絶，樓闕一片寂静，透出沉沉夜氣。千門：宫門。班固《西都賦》：「張千門而立萬户，順陰陽以開闔。」《資治通鑑·唐文宗開成元年》：「流血千門。」胡三省注：「漢武帝起建章宫，度爲千門萬户，後世遂謂宫門爲千門。」

〔二〕宫漏：宫中滴水計時器。　玉堂：宋翰林院稱玉堂。參見本書《述懷》注〔一二〕。

〔三〕鱗鱗：明亮貌。唐張謂《九日宴》詩：「秋葉風吹黄颯颯，晴雲日照白鱗鱗。」　摵摵：風吹葉落之聲。《文選·盧諶〈時興〉》：「摵摵芳草零，橥橥芬華落。」吕延濟注：「摵摵，葉落聲也。」

〔四〕犬馬：舊時臣子對君上的自卑之稱。曹操《上書讓增封武平侯及費亭侯》：「雖有犬馬微勞，非獨臣力，皆由部曲將校之助。」　崢嶸：指年末歲暮。參見本書《初至虎牙灘見江山類龍門》

注〔三〕。

【附録】

此詩輯入清陳訏《宋十五家詩選·廬陵詩選》。

孫奕《履齋示兒編》卷九：「詩人下雙字不一，然各有旨趣。如……六一翁『霜華映月鮮鮮色，風葉飛撼撼聲』、『古屋醉吟燈豔豔，畫廊靜聽雨瀟瀟』……雖隨事命詞，要不苟也。」

送裴如晦之吴江

雞鳴車馬馳，夜半聲未已。皇皇走聲利，與日爭寸晷〔一〕。而我獨何爲，閒宴奉君子〔二〕。京師十二門〔三〕，四方來萬里。顧吾坐中人，暫聚浮雲爾。念子一扁舟，片帆如鳥起〔四〕。文章富千箱，吏禄求斗米。白玉有時沽，青衫豈須恥〔五〕。人生足憂患，合散乃常理。惟應當歡時，飲酒如飲水〔六〕。

【題解】

原輯《居士集》卷六，繫嘉祐元年。作於是年十月，任翰林學士，兼史館修撰，主修《唐書》。題下

原注：「一本無下三字。注云：『席上分得「已」字』。」時歐陽修與王安石、楊褒、梅堯臣、王安國、蘇洵、姚闢、焦千之餞裴煜知吴江。吴江，宋代縣名，治所在今江蘇吴江。王安石《臨川先生文集》卷七《送裴如晦即席分題三首》（以「黯然消魂惟别而已」爲韻，擬而惟字韻作），當爲此餞宴之作。王詩其二有云：「十月潁水濱，問君行何爲？」可知時在十月。裴如晦，名煜，臨川人。慶曆六年進士，嘉祐七年爲太常博士、秘閣校理，歷知揚州、蘇州，官終集賢校理判三司户部勾院。梅堯臣《宛陵先生集》卷五〇有《永叔席上分韻送裴如晦（得黯字）》。梅堯臣《宛陵先生集》卷四九、王安石《臨川先生文集》卷七另有《送裴如晦宰吴江》詩。詩人感念人生聚散，勉勵裴煜志存高遠，勿以官小爲恥。字裏行間充溢朋友間的依依惜别，亦表現詩人的豪放個性與曠達襟懷。通篇以議論爲詩，一氣回轉，起伏頓挫之中，曲盡意趣。

【注釋】

〔一〕「皇皇」二句：天下士子忙忙碌碌，皆爲爭逐名利而奔波。皇皇：匆遽。歐《記舊本韓文後》：「孔孟惶惶于一時，而師法于千萬世。」寸晷：本爲日晷上的計時刻度，此指時間。

〔二〕「閒宴」句：奉陪酒宴聊天，打發悠閒時光。

〔三〕十二門：古代京城四面各有三座城門，總計有十二門。《周禮·考工記·匠人》：「旁三門。」鄭玄注：「天子十二門通十二子。」賈公彦疏：「子丑寅卯等十二辰爲子，故王城面各三門，以通十二子也。」《三輔黄圖・都城十二門》：「《三輔決録》曰：『長安城，面三門，四面十二門，皆通達九逵，以相經緯，衢路平正，可並列車軌。』」

〔四〕鳥起：江面扁舟孤帆，有如鳥飛藍天。唐無可《陪姚合游金州南池》：「張帆白鳥起，掃岸使君來。」

〔五〕「文章」四句：裴生文才卓越，著述等身，而今卻爲五斗米折腰。有志之士待價而沽，暫時屈身下僚，不應以爲恥。白玉有時沽：《論語・子罕》：「子貢曰：『有美玉於斯，韞櫝而藏諸？求善賈而沽諸？』子曰：『沽之哉！沽之哉！我待賈者也。』」青衫：代指低職的官。唐制，文官八品、九品服以青。泛指官職卑微。

〔六〕「人生」四句：分合散聚本是人生常事，應該趁此相聚開懷豪飲。

【附録】

龔頤正《芥隱筆記》：「荆公在歐公坐，分韻送裴如晦知吴江，以『黯然消魂，唯别而已』分韻。時客與公八人：荆公、子（之）美、聖俞、平甫、老蘇、姚子張、焦伯强也。」按：蘇子美卒於慶曆八年，當不得與會，疑爲楊褒（字之美）。王安國、蘇洵、姚闢、焦千之等詩作已佚。

盤車圖

淺山嶙嶙，亂石矗矗，山石磽聱車碌碌〔一〕。山勢盤斜隨澗谷，側轍傾轅如欲覆〔二〕。出乎兩崖之隘口，忽見百里之平陸。坡長坂峻牛力疲，天寒日暮人心速〔三〕。楊褒忍飢官太學，得錢買此纔盈幅〔四〕。愛其樹老石硬，山回路轉，高下曲直，横斜隱見，妍媸嚮背各有態，遠近分毫皆可辨〔五〕。自言昔有數家筆，畫古傳多名姓失〔六〕。後來見者知謂誰？乞詩梅老聊稱述〔七〕。古畫畫意不畫形，梅詩詠物無隱情。忘形得意知者寡，不若見詩如見畫〔八〕。乃知楊生真好奇，此畫此詩兼有之。樂能自足乃爲富，豈必金玉名高貲〔九〕。朝看畫，暮讀詩，楊生得此可不飢。

【題解】

原輯《居士集》卷六，繫嘉祐元年。作於是年初冬，時任翰林學士，兼史館修撰，主修《唐書》。題下原注：「一本上題『和聖俞』，下注『呈楊直講』。」梅堯臣《宛陵先生集》卷五〇有《觀楊之美盤車圖》詩，此詩乃其唱和作。次年，歐又有詩《于劉功曹家見楊直講褒女奴彈琵琶，戲作呈聖俞》，可知楊褒字之美，官國子監直講。盤車圖，描繪牛車艱難行進在盤山小道的圖畫，爲古代繪畫常見題材。唐開元間董萼、五代南唐衛賢都以畫盤車著稱。今故宫博物館藏有宋人《盤車圖》。首九句描寫畫面上的山石、山路、車、牛、人等形象；次十二句述寫楊褒不明古畫作者，請教梅堯臣，梅氏爲之賦詩；末十一句稱讚古畫具有神韻意趣、梅詩能够窮形盡相，二者相得益彰。詩歌形象地描摹畫面景物，並揣摩畫外人情，畫之意境與人之品格相互輝映，讚揚藏畫者楊褒不慕名利、題畫者梅堯臣清高好奇，同時闡述自己的詩畫藝術觀。其中「忘形得意」的詩畫藝術思想，直接導引蘇軾「論畫以形似，見與兒童鄰」（《東坡全集》卷一六《書鄢陵王主簿所畫折枝二首》其一）審美觀，並引發歷代詩話家熱烈討論。詩人仿效杜甫題畫作，抉幽入微，各極其態，行文參差錯落，詩情畫意融洽，氣象弘闊，風格高古，與梅詩同爲以文爲詩的名作。

【注釋】

〔一〕「淺山」三句：車輪在亂石堆積的山路上滾動。嶙嶙：山崖層層堆積貌。磽聱：亦作「磽磝」。山多石，山石嵯峨，高低不平。硉硉：形容車輪滾動的聲音。

〔二〕「山勢」二句：山路盤旋在險峰深澗之間，車身傾斜得似乎就要傾覆。盤斜：盤曲傾斜。

〔三〕「坡長」二句：爬上漫長而險峻的斜坡，牛累得疲憊不堪；已是寒冬又近黄昏，車夫顯得焦慮不安。

〔四〕楊褒：字之美，成都華陽人，官國子監直講。歐《集古録跋尾·唐薛稷書》：「昨日見楊褒家所藏薛稷書，君謨以爲不類，信矣……褒於書畫，好而不知者也。」《澠水燕談録》卷八：「華陽楊褒，好古博物，家雖貧，尤好書畫奇玩，充實橐中。」太學：我國古代設於京城的最高學府，宋初稱國子監，素來被視爲清苦衙門。杜甫《醉時歌》：「諸公袞袞登臺省，廣文先生官獨冷。甲第紛紛厭粱肉，廣文先生飯不足。」

〔五〕「愛其」六句：楊褒之所以忍飢買此畫，乃是愛其畫工精美。妍媸：同「妍蚩」，美和醜。《世説新語·巧藝》：「四體妍媸，本無關於妙處，傳神寫照，正在阿堵中。」

〔六〕「自言」二句：自稱古代有諸多名畫家畫過《盤車圖》，因流傳久遠而失其姓名。盤車是古代繪畫的常見題材，唐開元畫家董萼、五代後唐畫家衛賢都以善畫盤車而著稱。

〔七〕「後來」二句：古畫幾經流傳，楊褒不能確定此畫作者，特向梅堯臣請教，於是梅堯臣以詩代書，稱述此畫。梅老：梅堯臣，時五十五歲。梅堯臣《觀楊之美盤車圖》詩：「古絲昏晦三尺絹，畫此當是展子虔。坐中識別有公子，意思往往疑魏（衛）賢。」以爲畫此《盤車圖》者爲隋代畫家展子虔。展子虔是北朝著名畫家，歷仕北齊、北周，入隋爲官，善畫人物車馬。元湯垕《畫鑑·六朝畫》：「展子虔畫山水，大抵唐李將軍父子多宗之；畫人物描法甚細，隨以色暈開。余嘗見故實人物春山人馬等圖，又見北齊後主幸晉陽宮圖，人物面部神彩如生，意度具足，下爲唐畫之祖。」

〔八〕「古畫」四句：古畫重神似，不重形似，真正懂得欣賞畫的神韻意趣的人很少，而梅詩窮形盡相，就像形似之畫，如此還不如去讀梅詩。忘形得意：王弼《周易注》：「得意在忘象，得象在忘言。」

〔九〕「樂能」二句：人生懂得自得其樂，纔是最大的富有，何必一定要擁有許多的金銀財寶？貲：同「資」，財物。

【附録】

此詩輯入宋孫紹遠《聲畫集》卷六，又輯入清康熙《御定歷代題畫詩類》卷一一六、吴之振《宋詩鈔》卷一一。

阮閱《詩話總龜》前集卷六引李頎《古今詩話》：「謝赫云：『衛協之畫，雖不該備形妙，而有氣韻，淩跨群雄，誠曠代絶筆。』歐陽文忠《盤車圖》云：『古畫畫意不畫形，梅詩詠物無隱情。忘情得意知者寡，不若見詩如見畫。』此真識畫也。」

胡仔《苕溪漁隱叢話》前集卷三〇引《王直方詩話》：「歐公《盤車圖詩》云：『古畫畫意不畫形，梅詩詠物無隱情。忘形得意知者寡，不若見詩如見畫。』東坡作《韓幹畫馬圖詩》云：『韓生畫馬真是馬，蘇子作詩如見畫。世無伯樂亦無韓，此詩此畫誰當看？』又云：『論畫以形似，見與兒童鄰。賦詩必此詩，定知非詩人。詩畫本一律，天工與清新。』又云：『少陵翰墨無形畫，韓幹丹青不語詩。此畫此詩今已矣，人間駑驥謾爭馳。』余以爲若論詩畫，於此盡矣。每誦數過，殆欲常以爲法也。」按：又見梁橋《冰川詩式》卷一〇、王昌會《詩話類編》卷二二、阮閱《詩話總龜》前集卷八、蔡正孫《詩林廣記》後集卷三。

胡仔《苕溪漁隱叢話》前集卷三〇引蔡絛《西清詩話》：「丹青吟詠，妙處相資。昔人謂詩中有畫，畫中有詩者，蓋畫手能狀，而詩人能言之。唐人有《盤車圖》，畫重岡復嶺，一夫馳車山谷間。歐陽賦詩：『坡長阪峻牛力疲，天寒日暮人心速。』又南唐畫俗號《四暢圖》，其一剔耳者，曲肘仰面作挽弓勢；一搔首者，使小青理髮，趺坐頻首，兩手置膝作輪指狀。魯直題云：『剔耳厭塵喧，搔頭數歸日。』且畫工意初未必然，而詩人廣大之。乃知作詩者徒言其景，不若盡其情，此題品之津梁也。」按：又見何汶《竹莊詩話》卷九。

葛立方《韻語陽秋》卷一四：「歐陽文忠公詩云：『古畫畫意不畫形，梅詩寫物無隱情。忘形得意知者寡，不若見詩如見畫。』東坡詩云：『論畫以形似，見與兒童鄰。賦詩必此詩，定知非詩人。』或謂：『二公所論，不以形似，當畫何物？』曰：『非謂畫牛作馬也，但以氣韻爲主爾。』謝赫云：『衛協之畫，雖不該備形妙，而有氣韻，淩跨雄傑。』其此之謂乎？陳去非作《墨梅詩》云：『含章簷下春風面，造化工成秋兔毫。意得不求顏色似，前身相馬九方皋。』後之鑑畫者，如得九方皋相馬法，則善矣。」

俞弁《逸老堂詩話》卷下：「余謂不但臨摹法帖，看畫亦然。今人見畫不諳先觀其韻，往往以形似求之，此畫工鑑耳，非古人意趣，豈可同日語哉？歐陽文忠公詩云：『古畫畫意不畫形。』蘇東坡云：『作畫以似形，見與兒童鄰。』真名言也。」

宋長白《柳亭詩話》卷二二「歐陽永叔……《題盤車圖》詩：『古畫畫意不畫形，梅詩詠物無隱情。忘形得意知者寡，不若見詩如見畫。』梅詩者，謂宛陵曾題也。兩章段落，俱有至詣，琴耶？畫耶？詩耶？其得無聲三昧者耶？」

方東樹《昭昧詹言》卷一二評曰：「先寫逆捲，題畫老法。坡公偷此，作《韓十五馬》。『愛其樹老』五句刪。」

朱自清《宋五家詩鈔》評曰：「此雜言也。須留意詩中散文句。」

吴學士石屏歌

晨光入林衆鳥驚，腷膊群飛鴉亂鳴。穿林四散投空去，黄口巢中飢待哺。雌者下啄雄高盤，雄雌相呼飛復還。空林無人鳥聲樂，古木參天枝屈蟠。下有怪石横樹間，煙埋草没苔蘚斑〔一〕。借問此景誰圖寫？乃是吴家石屏者。虢工刳山取山骨，朝鑱暮斲非一日，萬象皆從石中出〔二〕。吾嗟人愚不見天地造化之初難，乃云萬物生自然。豈知鐫鑱刻畫醜與妍，千狀萬態不可殫，神愁鬼泣晝夜不得閒。不然安得巧工妙手憊精竭思不可到，若無若有縹緲生雲煙〔三〕。鬼神功成天地惜，藏在虢山深處石。惟人有心無不獲，天地雖神藏不得〔四〕。又疑鬼神好勝憎吾儕，欲極奇怪窮吾才，乃傳張生自西來〔五〕。吴家學士見且咍，醉點紫毫淋墨煤〔六〕。君才自與鬼神鬬，嗟我老矣安能陪。

【題　解】

原輯《居士集》卷六，繫嘉祐元年。作於是年，時任翰林學士，兼史館修撰，主修《唐書》。題下原注：「一作『和張生鴉樹屏』。一無『和』字。」吴學士，即吴充，字沖卿，建州浦城人。未冠，舉寶元元年進士高第。《長編》卷一八〇至和二年六月「甲午（七日），太常博士、集賢校理吴充爲群牧判官。」據同書卷二一三，熙寧元年知制誥，累官至樞密使、同中書門下平章事。《宋史》卷三一二有傳。梅堯臣《宛陵先生集》卷四九《和吴沖卿學士石屏》詩末附注：「時在《唐書》局與歐陽永叔、王原叔、范景仁會食，得所示詩。」可知爲同時之作。參與這次酬唱的還有王安石等，《臨川先生文集》卷七存《和吴沖卿鵶鳴樹石屏》詩。吴充出示有月鴉樹圖紋的虢石硯屏，希望與歐氏曩昔珍藏者相比較。詩人歌詠吴充石屏，描繪石屏影像巧奪天工，襯託吴學士才華出衆。窮形盡相，覃思精微，窮奇搜怪，氣象崢嶸，詩風頗類韓孟。

【注　釋】

〔一〕「晨光」十句：描述石屏上的天然紋理，形成鳥、樹、石等形像。梅堯臣《和吴沖卿學士石屏》亦云：「忽得虢略一片石，其中白色圓如規。又有樹與烏，畫手雖妙何能爲。」膈膊：形容鳥飛翅膀聲。韓愈、孟郊《鬭雞聯句》：「膈膊戰聲喧，繽翻落羽皠。」黄口：雛鳥的嘴。借指雛鳥。劉向《説苑·敬慎》：「孔子見羅者，其所得者皆黄口也。孔子曰：『黄口盡得，大爵獨不得，何也？』」

〔二〕「借問」五句：石屏上的天然圖景來歷不凡。虢工：虢州（今河南靈寶）的工匠。刳：挖，挖空。《周易·繫辭下》：「刳木爲舟，剡木爲楫。」山骨：山石。唐劉師服、侯喜等《石鼎聯句》：「巧匠斲山骨，刳中事煎烹。」

〔三〕「吾嗟」七句：石屏神奇精美，絶非人力、自然造化之果，應是神工鬼斧之傑作。王安石《和吴沖卿鵶鳴樹石屏》有云：「吾觀鬼神獨與人意異，雖有至巧無所爭。所以虢山間，埋没此寶千萬歲，不爲見者驚。」初難：開始創造時的艱難。鐫鑱：雕鑿。韓愈《酬司門盧四兄雲夫院長望秋作》詩：「若使乘酣騁雄怪，造化何以當鐫劖。」神愁鬼泣：《淮南子》：「昔者蒼頡作書而天雨粟，鬼夜哭。」

〔四〕「鬼神」四句：石屏初成後雖藏之深山，但還是被人挖掘出來。歐《集古録目序》：「物常聚於所好，而常得于有力之强……凡物好之而有力，則無不至也。」虢山：在今河南盧氏東北。「惟人」句下原注：「一作『乃知人爲天地賊』。」無不獲：歐《集古録目序》：「物常聚於所好，而常得于有力之强……凡物好之而有力，則無不至也。」

〔五〕「又疑」三句：鬼神爭强好勝，想窮盡瑰奇使我等無法摹寫，難以讚美。張生：指張昷之，字景山，曾任虢州知州。歐《月石硯屏歌序》稱其月石屏爲張景山所贈。張景山當由西北來汴京，帶來的石屏既贈歐陽修，又贈吴充。西來：虢州，位於開封西，故云。

〔六〕哈：歡樂，驚喜。韓愈詩《感春》其四：「前隨杜尹拜表回，笑言溢口何歡哈。」紫毫：紫毫筆。淋墨煤：筆蘸墨汁（準備寫詩）。

【附録】

此詩輯入清康熙《淵鑑類函》卷三七六、吴之振《宋詩鈔》卷一一。

陳善《捫虱新話》下集卷二：「韓文公嘗作《赤藤杖歌》云：『赤藤爲杖世未窺，臺郎始攜自滇池。共傳滇神出水獻，赤龍拔鬚血淋漓。』又云：『羲和操火鞭，暝到西極睡所遺。』此歌雖窮極物理，然恐非退之極致者，歐陽公遂每每效其體，作《凌溪大石》云：（略）觀其立意，故欲追仿韓作，然頗覺煩冗，不及韓公爲渾成爾。公又有《石篆詩》云：（略）。《紫石硯屏歌》云：（略）。公又嘗作《吴學士石屏歌》云：『吾嗟人愚不見天地造物之初難，乃云萬物生自然。豈知鐫鑿刻劃醜與妍，千狀萬態不可殫，神愁鬼泣日夜不得閒。』此三篇亦前詩之意也，其法蓋出於退之。然《石屏歌》云：『又疑鬼神好勝憎吾儕，欲極奇怪窮吾才。』而《洛陽牡丹圖》詩又云：『又疑人心愈巧僞，天欲鬭巧窮精微。』二詩殆是一意，自不宜兩用。」

送鄆州李留後

北州遺頌藹嘉聲，東土還聞政有成〔一〕。組甲光寒圍夜帳，綵旗風暖看春耕〔二〕。金釵墜鬢分行立，玉麈高談四坐傾〔三〕。富貴常情誰不羨，愛君風韻有餘清〔四〕。

【題解】原輯《居士集》卷一二，無繫年，列至和二年詩後。作於嘉祐元年，時任翰林學士，兼史館修撰，主修《唐書》。李留後，即李端懿。《長編》卷一八〇至和二年六月「乙卯（二十八日），鎮潼軍留後李端懿知鄆州，帝賜詩以寵之」。首聯所云「東土還聞政有成」，乃是赴任後之事。《宋史・李端懿傳》：「出知鄆州，兼京東、西路安撫使。是歲（至和二年），京東水，民多饑，大發倉廩以賑之。置弓手局，教以戰鬬，遂如精兵。治汶陽堤百餘里，以卻水患，民便之。」李端懿至和二年六月知鄆州，頷聯所叙的「看春耕」，衹能是來年，即嘉祐元年。鄆州，屬京東路，治須城，即今山東東平。劉敞《公是集》卷二四亦有《送李留後守東平》詩。本詩描繪李端懿性格曠達，風流倜儻，讚揚其出知鄆州，初顯政績。詩風温雅，情感濃鬱，有太平氣象，亦見杜詩風韻。

【注釋】

〔一〕「北州」二句：李端懿前番北治冀州，爲政有成，此次東守鄆州，又是有口皆碑。 北州：指冀州，屬河北路。《宋史·李端懿傳》：「乃以端懿知冀州，爲政循法度，民愛其不擾。」或曰鎮潼軍，屬永興軍路。治華州，即今陝西華縣。《長編》卷一八〇記載：至和二年「鎮潼軍留後李端懿知鄆州」。 藹嘉聲：多嘉譽。 東土：指鄆州。

〔二〕組甲：甲衣。用絲繩帶聯綴皮革或金屬的甲片。《管子·五行》：「天子出令，命左右司馬衍組甲厲兵，合什爲伍，以修於四境之内。」

〔三〕金釵墜鬟：金釵閃耀，黑髮低垂貌。借指美女。 玉麈高談：劉敞《送李留後守東平》詩亦云：「高談每及功名際，出守真寬聖主憂。」 玉麈，玉柄拂麈。參見本書《錢相中伏日池亭宴會分韻》注〔三〕。

〔四〕「富貴」二句：仰慕李留後的富貴榮華，更愛賞他的清雅風度。 餘清：洋溢清雅之氣。

【附録】

此詩輯入元方回《瀛奎律髓》卷二四。

胡仔《苕溪漁隱叢話》前集卷二九引《桐江詩話》云：「永叔《送李留後知鄆州詩》，乃士君子之處富貴，非庸鄙有力者所可爲，詩云：『北州能事藹佳聲，東土還聞政有成。組甲光寒圍夜帳，彩旗風暖看春耕。金釵墜鬟分行立，玉塵高談四坐傾。富貴常情誰不愛？羨君瀟灑有餘清。』李名愿，李都尉長子，先曾知相州。」又見蔡正孫《詩林廣記》後集一、祝穆《古今事文類聚》别集卷二九。

劉壎《隱居通議》卷七以爲「組甲光寒圍夜帳，彩旗風暖看春耕」一聯「足以想見當時太平氣象」，「誦其詩，想其景，則昇平氣象瞭然在目」。

《瀛奎律髓匯評》卷二四查慎行評語：「『富貴』、『風韻』緊頂，五、六分結。」紀昀評曰：「亦應酬之作。起二句庸俗惡套，三、四較可。」

瞿佑《歸田詩話》卷中：「『北州從事藹家聲，東土還聞政有成。組甲光寒圍夜帳，綵旗風暖看春耕。金釵墜鬟分行立，玉麈談詩四座傾。富貴常情誰不愛？羨君蕭灑有餘清。』此歐公《送李留後知鄆州》詩也。公語人云：『人開口好言富貴，如此詩所誇，清而不俗，非善處富貴者不能也。』」

單宇《菊坡叢話》卷九：「宋歐陽永叔詩矯崑體，專以氣格爲主，其《送李留後知鄆州》詩云：『北州能事藹嘉聲，東土還聞政有成。組甲光寒圍夜帳，綵旗風暖看春耕。金釵墜鬟分行立，玉塵高談四座傾。富貴常情誰不羨，愛君瀟灑有餘清。』《桐江詩話》云：『此詩乃士君子之處富貴，非庸鄙有力者可爲也。』李名愿，都尉長子也，先知相州。」

胡應麟《詩藪》外編卷五：「熙、豐以還，亦有作崑調者，歐陽公『組甲光寒圍夜帳，彩旗風暖看春耕』，介甫『初學水仙騎赤鯉，竟尋山鬼徙文貍』，子瞻『凍合玉樓寒起粟，光摇銀海眩生花』是也。」

宋長白《柳亭詩話》卷二九「廬陵於子美、聖俞，最爲傾倒，五、七言古多宗其派。至言近體，則又自爲憲章矣。如……『組甲光寒圍夜帳，彩旗風暖看春耕。』……皆紆徐不迫，雅似其文境矣。」

白兔

天冥冥，雲濛濛，白兔搗藥姮娥宫。玉關金鎖夜不閉，竄入滁山千萬重〔一〕。滁泉清甘瀉大壑，滁草軟翠摇輕風〔二〕。渴飲泉，困棲草，滁人遇之豐山道。網羅百計偶得之，千里持爲翰林寶〔三〕。翰林酬酢委金璧，珠箔花籠玉爲食。朝隨孔翠伴，暮綴鸞皇翼。主人邀客醉籠下，京洛風埃不霑席〔四〕。群詩名貌極豪縱，爾兔有意果誰識〔五〕？天資潔白已爲累，物性拘囚盡無益〔六〕。上林榮落幾時休〔七〕，回首峰巒斷消息。

【題解】

原輯《居士外集》卷四，繫至和二年。實作於嘉祐元年，時任翰林學士，兼史館修撰，主修《唐書》。白兔，古人視爲祥瑞。《唐開元占經》卷一一六：「《晉中興徵祥説》曰：『白兔，仁獸也。王者尊敬耆老則見。』」又云：「《瑞應圖》曰：『王者敬事耆老，則白兔見。』」此詩賦物詠懷，以白兔自喻，表達翰林侍從的人生體驗，對自由生活的衷心嚮往。滁州人饋贈歐陽修白兔，歐賦詩之後，引發京師文壇群英連環唱和，如梅堯臣《宛陵先生集》卷五〇《永叔白兔》、蘇洵《嘉祐集》卷一六《歐陽永叔白兔》、韓維《南陽集》卷四《賦永叔家白兔》、王安石《臨川先生文集》卷一〇《信都公家白兔》、劉敞《公是集》卷一七《題永叔白兔同貢甫作》、劉攽《彭城集》卷八《古詩詠歐陽永叔家白兔》等。此白兔組詩與詠唱紫石屏、澄心紙等一樣，雖然表現的是文人閒適自處的心境與娛樂調侃的情懷，但衆人逞才使氣，競技炫才，表現對詩歌技巧的刻意追求，促使詩歌題材的平民化、生活化，並表現人文精神志趣，張揚文化人格，最終促成宋調風貌形成。歐獲讀梅堯臣和詩後，書簡《與梅聖俞》其四十一（嘉祐三年）要求梅氏應不似「諸君所作，皆以常娥月宮爲説」，而要「以他意別作一篇，庶幾高出群類」。梅堯臣《重賦白兔》詩接受歐説，擺脱俗套，另立新意。歐氏倡導詠物詩的主題翻新，實是「禁體物語」詩的延伸與發展，即由當初的限禁措辭用事，進而限禁審題立意，它直接導引後來黄庭堅詩法的「换骨法」，對宋詩形成功不可没。

【注　釋】

〔一〕「天冥冥」五句：想象白兔偷出月宫，闖入滁山。冥冥：昏暗貌。《詩·小雅·無將大車》：「無將大車，維塵冥冥。」濛濛：迷茫貌。《詩·豳風·東山》：「零雨其濛。」鄭箋：「歸又道遇雨，濛濛然。」白兔搗藥：相傳月中有白兔搗藥。傅玄《擬天問》：「月中何有？白兔搗藥。」 玉關金鎖：指月宫及其鎖禁。

〔二〕「滁泉」二句：滁州泉清草軟，適宜白兔生活。

〔三〕「渴飲泉」五句：白兔被滁人捕獲，將其奉爲至寶，送給自己。

〔四〕「翰林」六句：自己百般寵愛白兔，白兔過上富貴豪華生活。 酬酢：主客相互敬酒，主敬客稱酬，客還敬稱酢。《淮南子·主術訓》：「觴酌俎豆酬酢之禮，所以效善也。」 委金璧：以金璧相送。 孔翠：指孔雀。 綴鸞皇翼：伴隨鳳凰。 京洛風埃：代指紛亂的世俗生活。陸機《爲顧彦先贈婦》：「京洛多風塵。」 不霑席：不受濡染。

〔五〕「群詩」二句：大家的詩看起來很豪放，但對白兔的心思似乎無所認識。 果誰識：誰真正理解白兔。

〔六〕「天資」二句：天生的白毛成了自身累贅，違反生性的拘禁生活更是有害無益。 物性：事物的本性。宋張世南《游宦紀聞》卷九：「嗚呼！地土風氣之能移物性如是耶？」

〔七〕上林：古宫苑名，泛指帝王苑囿。《三輔黄圖》卷四《苑囿》：「漢上林苑，即秦之舊苑也。《漢書》云：『武帝建元三年，開上林苑。』周袤三百里，離宫七十所，皆容千乘萬騎。」

【附録】

《歐集》卷一四九《與梅聖俞》其四十一：「某啟。累日不奉見，不審體氣如何？兼以俗事，無由奉詣，理固當然。聖俞遂以權門見薄，無乃太僭也！前承惠《白兔詩》，偶尋不見，欲别求一本。兼爲諸君所作，皆以常娥月宫爲説，頗願吾兄以他意别作一篇，庶幾高出群類，然非老筆不可。亦聞有與如晦一篇，甚佳，皆乞取。」

歐陽修詩編年箋注卷十二

嘉祐二年作

春日詞五首

其一

宮壇青陌賽牛回，玉琯東風逗曉來〔一〕。不待嶺梅傳遠信，剪刀先放綵花開〔二〕。

其二

試粉東窗待曉迴，共尋春柳傍香臺〔三〕。不驚樹裏禽初變，共喜釵頭燕已來〔四〕。

其三

紅霧初開上曉霞，共驚風色變年華〔五〕。香車遥認春雷響，庭雪先開玉樹花。

其四

玉琯吹灰夜色殘，雞鳴紅日上仙盤〔六〕。初驚百舌綿蠻語〔七〕，已覺東風料峭寒。

其五

待曉銅荷剪蠟煤〔八〕，繡簾春色犯寒來。畫眉不待張京兆，自有新妝試落梅〔九〕。

【題　解】

原輯《居士外集》卷七，無繫年，列嘉祐二年（一〇五七）詩後。作於是年正月九日前，詩人時年五十一歲，在汴京任翰林學士，主修《唐書》。春日，立春之日。據張《曆日天象》，本年正月九日丙戌「立春」。春日詞，屬春貼子詞之類。宋周煇《清波雜志》卷一〇云：「翰林書待詔請春詞，以立春日剪貼於禁中門帳。」明徐師曾《文體明辨序説》：「貼子詞者，宫中黏貼之詞也。古無此體，不知起於何時。第見宋時每遇令節，則命詞臣撰詞以進，而黏諸閣中之户壁，以迎吉祥。觀其詞，乃五七言絶句詩。」此組詩當作於省試鎖院之前。詩歌描寫立春的節令習俗，頌美春光春色。「其一」寫宫廷迎春，「其二」寫春柳春燕，「其三」寫春風春花，「其四」寫春陽春鳥，「其五」寫宫女春妝。詩語清新，流利婉轉，有淡雅疏放之致，接近唐風。

【注釋】

〔一〕宫壇：宫中祭祀天地、帝王、遠祖或舉行朝會、盟誓及拜將的場所，多用土石等建成。賽牛：古代在農曆十二月出土牛以除陰氣。後來，立春時造土牛祭祀牛神以勸農耕，象徵春耕開始。宋王之道《立春小酌呈諸兄》詩：「共喜春隨曉色來，東郊歡踴賽牛回。」玉琯：玉製古管樂器，用以定律。參見本書《聖俞會飲》注〔七〕。

〔二〕「不待」二句：不等梅花報春，絹剪的彩花已經迎風開放。嶺梅：《荆州記》：「陸凱與范曄相善，自江南寄梅花一枝，詣長安與曄。因贈以詩：『折梅逢驛使，寄與隴頭人。江南無所有，聊贈一枝春。』」以「一枝春」指「梅」，以「梅」代「春」。剪刀：發絹花之刀。綵花：彩絹製作之花。宋高承《事物紀原·歲時風俗·彩花》：「《實録》曰：『晉惠帝令宫人插五色通草花。』……晉《新野君傳》：『家以翦花爲業，染絹爲芙蓉，撚蠟爲菱藕，翦梅若生。』……按此則是花朵起於漢，剪彩起于晉矣。《歲時記》則云：『今新花，謝靈運所製，疑彩花也。』唐中宗景龍中，立春日出剪彩花。又四年正月八日立春令侍臣迎春，内出彩花，人賜一枝。」

〔三〕試粉：試春妝。　香臺：燒香之臺。佛殿的别稱。　盧照鄰《游昌化山精舍》詩：「寶地乘峰出，香臺接漢高。」

〔四〕「不驚」二句：對林中變幻的時鳥不感驚奇，卻驚喜大家頭上的釵燕飾物。　禽初變：化用謝靈運《登池上樓》詩句「園柳變鳴禽」。　釵頭燕：即釵燕，釵上之燕狀鑲飾物，傳説佩之吉祥。《太平御覽》卷七一八引《洞冥記》：「元鼎元年，起招靈閣。有神女留一玉釵與帝，帝以賜趙婕好。至昭帝元鳳中，宫人猶見此釵，共謀欲碎之。明旦視之匣，唯見白燕直升天去，故宫人作玉釵，因改名玉燕釵，言其吉祥。」

〔五〕風色：泛指天氣。　盧照鄰《至陳倉曉晴望京邑》詩：「今朝風色好，延瞰極天莊。」

〔六〕玉琯吹灰：古代置蘆灰于律管中，每月當其節氣，中律的管内蘆灰就會自行飛出，可憑此占驗時序。　參見本書《春帖子詞·皇帝閣六首》注〔六〕。　仙盤：承露盤，即漢武帝金銅仙人承露盤。　參見本書《仙意》注〔四〕。

〔七〕百舌：鳥名。　善鳴，其聲多變化。《淮南子·説山訓》：「人有多言者，猶百舌之聲。」　綿蠻語：泛指鳥鳴聲。

〔八〕銅荷：銅製的呈荷葉狀的燭臺。　庾信《對燭賦》：「銅荷承淚蠟，鐵鋏染浮煙。」　蠟煤：蠟燭的𤇾煤。

〔九〕「畫眉」二句：《漢書·張敞傳》：「敞無威儀……又爲婦畫眉，長安中傳張京兆眉憮。有司以奏敞。上問之，對曰：『臣聞閨房之内，夫婦之私，有過於畫眉者。』」後以「畫眉」喻夫妻感情融洽。新妝試落梅：梅花妝，古時女子妝式，描梅花狀於額上爲飾。相傳始于南朝宋壽陽公主。《太平御覽》卷九七〇引《宋書》：「武帝女壽陽公主每日卧于含章簷下，梅花落公主額上，成五出之華，拂之不去，皇后留之。自後有梅花妝，後人多效之。」

【附録】

五詩全輯入宋蒲積中《歲時雜詠》卷四、明李蓘《宋藝圃集》卷九、清康熙《御選宋金元明四朝詩·御選宋詩》卷六五。「其一」、「其二」、「其五」入明清曹學佺《石倉歷代詩選》卷一四〇，「其一」、「其二」、「其五」輯入清管庭芬、蔣光煦《宋詩鈔補·歐陽文忠詩補鈔》，「其一」、「其二」、「其三」又輯入清張景星、姚培謙、王永祺《宋詩别裁集》卷八。

胡仔《苕溪漁隱叢話》後集卷三五：「《荆楚歲時紀》云：『立春日，悉剪綵爲燕子以戴之。』故歐陽永叔詩云：『不驚樹裏禽初變，共喜釵頭燕已來。』鄭毅夫云：『漢殿鬬簪雙綵燕，並知春色上釵頭。』皆立春日貼子詩也。」按：又見阮閲《詩話總龜》後集卷五〇、祝穆《古今事文類聚》前集卷六、郭子章《豫章詩話》卷三。

和梅聖俞元夕登東樓

游豫恩同萬國懽，新年佳節候初還〔一〕。華燈爍爍春風裏，黄傘亭亭瑞霧間〔二〕。可愛清光澄夜色，遥知喜氣動天顔〔三〕。自憐曾預稱觴列，獨宿冰廳夢帝關〔四〕。

【題　解】　原輯《居士集》卷一二，繫嘉祐二年。作於是年春正月十五日，時以翰林學士權知禮部貢舉。胡《譜》：嘉祐二年「正月癸未（六日），權知禮部貢舉，賜御書文儒二字」。元夕，即元宵。東樓，即禮部東廂刑部高樓。宋胡仔《苕溪漁隱叢話》前集卷二九：「《蔡寬夫詩話》云：故事：春試進士皆在南省中東廂。刑部有樓甚宏壯，旁視宣德，直抵州橋。鎖院每以正月五日，至元夕例未引試，考官往往竊登樓，以望御路燈火之盛。」梅堯臣原唱《上元從主人登尚書省東樓》存《宛陵先生集》卷五一，又有《自和》、《又和》詩，歐步韻和詩，除此作外還有《再和》、《又和》，共三首。王珪《華陽集》卷三亦有《依韻和梅聖俞〈從登東樓〉三首》，分别和上述梅氏三詩。本詩以元宵節日熱鬧景象，襯託鎖院生活的孤單寂寞。此類連環式唱和詩，充分展示詩人對詩歌技巧的刻意追求。爲了在唱和過程中求勝，雙方都會在題材内容，形式技巧，結構立意上求異競變，翻新出奇。宋調的最終形成，與此類酬唱密不可分。

【注釋】

〔一〕游豫：游樂。《孟子·梁惠王下》：「吾王不遊，吾何以休？吾王不豫，吾何以助？一遊一豫，爲諸侯度。」趙岐注：「豫亦遊也。」

〔二〕「華燈」二句：遥看皇帝端坐春風瑞氣之中，與民同樂。黄傘：皇家專用傘蓋。借指皇上。蘇軾《九月十五日翼日各以表謝又進詩一篇臣軾詩云》：「日高黄傘下西清，風動槐龍舞交翠。」亭亭：高貴或威嚴貌。盧綸《和張僕射塞下曲》：「亭亭七葉貴，蕩蕩一隅清。」

〔三〕天顔：皇帝的容顔。漢趙曄《吴越春秋·勾踐歸國外傳》：「群臣拜舞天顔舒，我王何憂能不移。」

〔四〕稱觴：舉杯祝酒。冰廳：隋、唐禮部有祠部曹，掌祠祀事，人稱冰廳，言其冷落清閒。唐趙璘《因話録》卷五：「祠部呼爲冰廳，言其清且冷也。」帝闕：天帝、天子的宫門。江淹《倡婦自悲賦》：「於是怨帝闕之遂岨，悵平原之何極。」

【附録】

此詩輯入清吴之振《宋詩鈔》卷一二。

歐《歸田録》卷二：「嘉祐二年，余與端明韓子華、翰長王禹玉、侍讀范景仁、龍圖梅公儀同知禮部貢舉，辟梅聖俞爲小試官，凡鎖院五十日，六人者相與唱和，爲古律歌詩一百七十餘篇，集爲三卷……前此爲南省試官者，多窘束條制，不少放懷。餘六人者，歡然相得，群居終日，長篇險韻，衆製交作，筆吏疲於寫録，僮史奔走往來。間以滑稽嘲謔，形於風刺，更相酬酢，往往烘堂絶倒。自謂一時盛事，前此未之有也。」

王觀國《學林》卷一〇：「唐故事，尚書祠部號冰廳，讀冰作去聲，言事簡清冷也。歐陽文忠公《和梅聖俞〈從登樓〉詩》曰：『自憐曾預稱觴列，獨宿冰廳夢帝闗。』而用冰作平聲者，但欲順詩句平仄用之爾。歐公不應誤也。」

胡仔《苕溪漁隱叢話》前集卷二九引蔡啟《蔡寬夫詩話》：「故事：春試進士，皆在南省中東廂。刑部有樓甚宏壯，旁視宣德，直抵州橋。鎖院每以正月五日，至元夕，例未引試，考官往往竊登樓以望御路燈火之盛。宋宣獻公在翰林時，上元以修史促成書，特免扈從，嘗賦詩云：『屬書不得陪春豫，結客何妨事夜游。還勝南宫假宗伯，重扉深鎖暗登樓。』蓋謂此。至嘉祐中，歐陽文忠公知舉，梅聖俞作《莫登樓詩》，諸公相與唱和，自是遂爲禮闈一盛事。」

《宋史・禮志一六》：「三元觀燈，本起于方外之説。自唐以後，常於正月望夜，開坊市門然燈。宋因之，上元前後各一日，城中張燈，大内正門結彩爲山樓影燈，起露臺，教坊陳百戲。天子先幸寺觀行香，遂御樓，或御東華門及東西角樓，飲從臣。四夷蕃客各依本國歌舞列於樓下。東華、左右掖門、東西角樓、城門大道、大宫觀寺院，悉起山棚，張樂陳燈，皇城雉堞亦徧設之。其夕，開舊城門達旦，縱士民觀。」

阮閲《詩話總龜》前集卷二九引《王直方詩話》：「冰廳事見《因話録》云。歐陽有詩云：『獨宿冰廳夢帝闕』。」

袁文《甕牖閒評》卷四：「《因話録》云：『祠部俗謂之冰廳，冰字《唐書》音作去聲。』歐陽文忠公詩乃有『獨宿冰廳夢帝闕』，冰字作平聲用，文忠公誤矣。」

吴景旭《歷代詩話》卷五一：「李義山詩：『碧玉冰寒漿。』吴旦生曰：水凝曰冰，作平聲。所以寒物曰冰，作去聲。包佶詩『春飛雪粉如毫潤，曉漱瓊膏冰齒寒』，又『玳瑁明珠閣，琉璃冰酒缸』皆作去呼。《容齋隨筆》云：唐人謂祠部曰冰廳，冰音柄。《因話録》云：言其清且冷也。歐陽詩：『獨宿冰廳夢帝闕。』」

再和

禁城車馬夜喧喧，閒繞危欄去復還〔一〕。遥望觚棱煙靄外，似聞天樂夢魂間〔二〕。豈無罇酒當佳節，況有朋歡慰病顔〔三〕。待得歸時花在否？春禽簷際已關關〔四〕。

【題解】

原輯《居士集》卷一二，繫嘉祐二年。作於是年正月中旬，時以翰林學士權知禮部貢舉。此詩和梅堯臣《宛陵先生集》卷五一《自和》詩，王珪《華陽集》卷三《依韻和梅聖俞〈從登東樓〉三首》其二亦步韻和梅氏《自和》詩。參見上詩題解。本詩狀寫元宵節日歡樂，感慨置身鎖院的苦悶與寂寞。對比鮮明，屬對精妙，馳騁想像，韻味深長。

【注釋】

〔一〕「禁城」二句：京城元宵之夜車水馬龍，自己卻被困在高樓上踱來踱去。危欄：代指高樓。喧喧：歐《送王汲宰藍田》詩：「喧喧動車馬。」

〔二〕「遥望」二句：遥望宮殿外面，一片煙靄迷漫，歡慶的鼓樂聲，就像天籟入夢，縈繞不止。觚稜：也作觚棱。宮闕上轉角處的瓦脊成方角棱瓣之形。亦借指宮闕。《文選·班固〈西都賦〉》：「設璧門之鳳闕，上觚棱而棲金爵。」呂向注：「觚棱，闕角也。」《後漢書·班固傳上》作「柧棱」。天樂夢魂間：《史記·趙世家》：「居二日半，簡子寤，語大夫曰：『我之帝所，甚樂。與百神游於鈞天廣樂，九奏萬舞，不類三代之樂，其聲動人心。』」

〔三〕「豈無」二句：元宵之夜，衰病的我在鎖院中有美酒可斟，又與朋友歡聚，這是一種安慰。

〔四〕「待得」二句：等到自己解禁歸家，不知春花是否落盡，恐怕秖剩簷下春鳥鳴唱。關關：形容鳥鳴聲。《詩·周南·關雎》：「關關雎鳩，在河之洲。」毛傳：「關關，和聲也。」

又和

憑高寓目偶乘閒，袨服游人見往還〔一〕。明月正臨雙闕上，行歌遥聽九衢間〔二〕。黄金絡馬追朱幰，紅燭籠紗照玉顔〔三〕。與世漸疎嗟老矣，佳辰樂事豈相關。

【題解】

原輯《居士集》卷一二，繫嘉祐二年。作於是年正月中旬，時以翰林學士權知禮部貢舉。此詩和梅堯臣《宛陵先生集》卷五一《又和》詩，王珪《華陽集》卷三《依韻和梅聖俞〈從登東樓〉三首》其三亦步韻和梅氏《又和》詩。參見本書《和梅聖俞〈元夕登東樓〉》題解。本詩描寫京師元宵的繁華熱鬧，帝王與庶民同樂，感慨年老體衰與鎖院寂寞。格律純熟，圓轉自如，觸景生情，感慨遥深。

【注釋】

〔一〕「憑高」二句：自己乘閒登高，放目遠眺，秖見穿著節日盛裝的人們來往熙攘。袨服：盛服，豔服。宋洪邁《夷堅乙志·胡氏子》：「俄一女子袨服出，光麗動人。」

〔二〕雙闕：古代宫殿前兩邊高臺上的樓觀。《古詩十九首·青青陵上柏》：「兩宫遥相望，雙闕百餘尺。」借指京城。杜甫《承聞河北諸道節度入朝歡喜口號絶句》其十：「意氣即歸雙闕舞，雄豪復遣五陵知。」仇兆鼇注：「雙闕，謂都中。」九衢：縱横交叉的大道，繁華的街市。參見本書《代書寄尹十一兄、楊十六、王三》注〔九〕。

〔三〕朱幰：紅色的車帷。代指仕女所乘車輛。

【附録】

此詩輯入明曹學佺《石倉歷代詩選》卷一四〇，又輯入清吴之振《宋詩鈔》卷一二、陳焯《宋元詩會》卷一二。

答梅聖俞莫登樓

莫登樓，樂哉都人方競游，樓闕夜氣春煙浮〔一〕。玉輪東來從海陬，纖靄洗盡當空留。燈光月色爛不收，火龍銜山祝千秋。緣竿踏索雜幻優，鼓喧管咽耳欲咻。清風娟娟夜悠悠，瑩蹄文角車如流。婭姹扶欄車兩頭，髪髦垂鬟嬌未羞〔二〕。念昔年少追朋儔，輕衫駿馬今則不。中年病多昏兩眸，夜視曾不如鵂鶹。足雖欲往意已休，惟思睡眠擁衾裯〔三〕。人心利害兩不謀，春陽稍愆天子憂〔四〕。安得四野陰雲油，甘澤以時豐麥麰，游騎踏泥非我愁〔五〕。

【題解】

原輯《居士集》卷六，繫嘉祐二年。作於是年正月十五日，時以翰林學士權知禮部貢舉。題下原注：「在禮部貢院鎖試進士，上元夜作。」宋胡仔《苕溪漁隱叢話》前集卷二九引《蔡寬夫詩話》云：「春試進士皆在南省中東廡。刑部有樓甚宏壯，旁視宣德，直抵州橋。鎖院每以正月五日，至元夕例未引試，考官往往竊登樓，以望御路燈火之盛。」梅堯臣《宛陵先生集》卷五一有《莫登樓》詩，王珪《華陽集》卷一亦有《和聖俞〈莫登樓〉》詩。本詩描寫上元節令風物，渲染元宵熱鬧氣氛。在美好年華消逝的慨歎聲中，猶見其憂國愛民之心。詩用柏梁體，音韻悠揚，一氣流轉，情感跌宕有致。

【注釋】

〔一〕「莫登」三句：上元夜的汴京春意盈然，士民游興正濃，禁閉中的你我可別登樓遠眺。《東京夢華録》卷六《元宵》：「正月十五日元宵，大内前自歲前冬至後，開封府絞縛山棚，立木正對宣德樓，游人已集御街兩廊下。奇術異能，歌舞百戲，鱗鱗相切，樂聲嘈雜十餘里。」夜氣春煙浮：整個上元之夜彌漫在一片春煙之中。春煙，泛指春天的雲煙嵐氣等。

〔二〕「玉輪」十句：元宵之夜，京都街頭車水馬龍，奇光異彩，熱鬧非凡。梅堯臣《莫登樓》：「馬矜鞍轡牛服鞦，露臺歌吹聲不休，腰鼓百面紅臂韝，先打六麼後梁州。棚簾夾道多夭柔，鮮衣壯僕獰髭虯，寶撾呵叱倚王侯，誇妍鬭豔目已偷。」玉輪：月亮。元稹《月三十韻》：「絳河冰鑑朗，黄道玉輪巍。」火龍銜山：《東京夢華録》卷六《元宵》：「又於左右門上，各以草把縛成戲龍之狀，用青幕遮籠，草上密置燈燭數萬盞，望之蜿蜒如雙龍飛走。」緣竿踏索：爲宋時兩種雜耍項目。前者即指爬竿。立竿數十丈，竿上端立横木，耍者在上裝鬼神，吐煙火。《東京夢華録》卷八稱「上竿呈藝」其狀「甚危險駭人」。後者指爬大繩，類似現在的走鋼絲。演者在上走動，裝鬼神，舞判官等，把雜技與舞蹈相結合。《東京夢華録》卷六《元宵》：「兩廊下奇術異能，歌舞百戲，鱗鱗相切，樂聲嘈雜十餘里。擊丸蹴踘，踏索上竿……更有猴呈百戲，魚跳刀門，使唤蜂蝶，追呼螻蟻，其餘賣藥賣卦，沙書地謎，奇巧百端，日新耳目。」鼓喧管咽：鑼鼓喧天，笙管齊奏，泛指音樂。咻：喧嚷，擾亂。瑩蹄文角：飾有珠玉和花紋的馬牛，泛指車馬裝飾一新。《世説新語・汰侈》：「王君夫有牛名『八百里駮』，常瑩其蹄角。」南朝梁劉孝威《青牛畫贊》：「狡力難京，肆怒横行。朗陵瑩角，介葛瞻聲。」娅姹：形容女子嬌嬈多姿之態，此處代指美女。唐張鷟《游仙窟》：「然後逶迤迴面，娅姹向前。」扶欄：車上護欄。髡髦垂鬌：幼年小孩。髡，小兒髮式。語出《詩・鄘風・柏舟》：「髡彼兩髦。」

〔三〕「念昔」六句：懷往追今，感慨自己年邁體衰。朋儔：朋輩，伴侣。不：否。鵂鶹：鴟鴞的一種。羽棕褐色，有横斑，尾黑褐色，腿部白色。古人常視爲不祥之鳥。《莊子・秋水》：

「鵂鶹夜撮蚤，察毫末，晝出瞋目而不見丘山，言殊性也。」

〔四〕「人心」二句：世人心思的好壞都不去管，春旱不雨卻使皇上擔憂。　愆：豐盈，多餘。

〔五〕「安得」三句：自己企盼老天下雨，衹求天降甘霖，誰管那些雨中騎馬踏泥春游的人呢。　陰雲油：雲陰興雨。《孟子·梁惠王上》：「王知夫苗乎？七八月之間旱，則苗槁矣。天油然作雲，沛然下雨，則苗浡然興之矣。」　麰：泛指麥類穀物。

【附録】

此詩輯入清吴之振《宋詩鈔》卷一一、陳訏《宋十五家詩選·廬陵詩選》。

答聖俞莫飲酒

子謂莫飲酒，我謂莫作詩。花開木落蟲鳥悲，四時百物亂我思。朝吟摇頭暮蹙眉，雕肝琢腎聞退之〔一〕。此翁此語還自違〔二〕，豈如飲酒無所知。自古不飲無不死，惟有爲善不可遲〔三〕。功施當世聖賢事，不然文章千載垂〔四〕。其餘酩酊一罇酒，萬事崢嶸皆可齊〔五〕。腐腸糟肉兩家説，計較屑屑何其卑〔六〕。死生壽夭無足道，百年長短纔幾時。但飲酒，莫作詩，子其聽我言非癡。

【題解】　原輯《居士集》卷六，繫嘉祐二年。作於是年正月中旬，時以翰林學士權知禮部貢舉。題下原注：「此已下皆貢院中作。」梅堯臣《宛陵先生集》卷五一有《莫飲酒》，同卷又有梅氏獲讀本詩後所作的《依韻和永叔勸飲酒莫吟詩雜言》。本詩謔稱梅堯臣作詩太苦，會損害健康，不如及時行樂，酩酊一醉。詩語疏放流暢，議論風發，首尾照應，顯示以文爲詩的特色。寓莊於諧，意趣盎然，詩中的調侃戲謔的娛樂成份，顯示宋詩走向生活化、通俗化，形成宋詩區别於唐詩的特徵之一。

【注釋】

〔一〕「子謂」六句：梅氏勸人「莫飲酒」，我勸人們「莫作詩」，繼而訴説感物賦詩、搜索枯腸之苦楚。梅堯臣《莫飲酒》：「莫飲酒，酒豈讎，顏回不飲不白頭。千鐘稱帝堯，百觚號聖丘。定國數石無滯留，康成三百杯未休。」雕肝琢腎：指作詩使肝腎受到折磨。韓愈《贈崔立之評事》詩：「勸君韜養待徵招，不用雕琢愁肝腎」。卷末校記：「一作『雕琢肝腎』。」

〔二〕「此翁」句：韓愈話雖這麽説，其實自己也作詩。自違：自我違背，指韓氏口説詩歌「雕肝琢腎」，卻依然作詩。

〔三〕爲善：指立德，相對下句「立功」、「立言」而説。

〔四〕「功施」二句：建功立業，報效社會乃聖賢之事，還有著書立説，文章可使人千古留名。

〔五〕「其餘」二句：「三不朽」外之人，秖能渾渾噩噩，以酒消日，對他們而言，萬事皆齊平，難得糊塗。　萬事崢嶸：各種不平。　孔武仲《觀鍾離中散草書帖》：「萬事崢嶸置毫末，三杯縱逸如張顛。」　皆可齊：無是非，齊萬物。　韓維《和如晦游臨淄園示元明》：「長安緑酒春正美，與子一醉萬事齊。」

〔六〕「腐腸」二句：飲酒作詩對身體究竟是害還是有益，不屑於去計較。　腐腸：腐蝕腸胃，指飲酒食肉。《吕氏春秋·本生》：「肥肉厚酒，務以相强，命之曰爛腸之食。」　糟肉：用酒糟鹵醃的肉食，《齊民要術》卷九稱其「暑月得十日不臭」。《世説新語·任誕》：「鴻臚卿孔群好飲酒，王丞相語云：『卿何爲恒飲酒？不見酒家覆瓿布，日月糜爛？』群曰：『不爾，不見糟肉，乃更堪久？』」

【附録】

此詩輯入清吴之振《宋詩鈔》卷一一。

范大士《歷代詩發》卷二三評曰：「琵琶彈啄木，是其本意，而章法則不即不離，抑且忽即忽離，須細尋其絲理而得之。」

思白兔雜言戲答公儀憶鶴之作

君家白鶴白雪毛，我家白兔白玉毫。誰將贈兩翁，謂此二物皎潔勝瓊瑶〔一〕。已憐野性易馴擾，復愛仙格何孤高。玉兔四蹄不解舞，不如雙鶴能清嗥。低垂兩翅趁節拍，婆娑弄影誇嬌嬈〔二〕。兩翁念此二物者，久不見之心甚勞。京師少年殊好尚，意氣横出爭雄豪，清罇美酒不輒飲，千金爭買紅顔韶〔三〕。莫令少年聞我語，笑我乖僻遭譏嘲。或被偷開兩家籠，縱此二物令逍遥。兔奔滄海却入明月窟，鶴飛玉山千仞直上青松巢〔四〕。索然兩衰翁，何以慰無憀〔五〕？纖腰緑鬢既非老者事，玉山滄海一去何由招〔六〕。

【題　解】

原輯《居士集》卷六，繫嘉祐二年。作於是年正月，時以翰林學士權知禮部貢舉。白兔，古人視爲祥瑞。歐至和二年曾作《白兔》雜言詩，可參見其「題解」。雜言，古體詩的一種。最初出於樂府。每句字數不等，長短句間雜，無一定標準，用韻也較自由。公儀，即梅摯，成都新繁人。時以龍圖學士同知貢舉。生平參見本書《酬滑州公儀龍圖見寄》題解。梅堯臣《宛陵先生集》卷五一有《和公儀龍圖憶小鶴》、《和永叔内翰思白兔答憶鶴雜言》詩，劉敞《公是集》卷一七有《題永叔白兔同貢甫作》，王珪《華陽集》卷一有《和永叔思白兔戲答公儀憶鶴雜言》詩。本詩戲答梅摯《憶鶴》，聯繫舊作《白兔》，描繪白鶴的形神風貌可謂窮形極相。詩人以京師少年花天酒地的生活，反襯自己喜好白兔、梅摯喜愛白鶴的雅趣，白兔成爲詩人個體精神之寄託。詩中雜句交替，駢散結合，「間以滑稽嘲謔，形於風刺」，展示宋詩特有的幽默諧趣風貌。此類調侃娛樂而兼詠物之作，與歐《禮部唱和詩序》中倡導詩歌生活化、世俗化的創作傾向和娛樂功能有直接關係，詩序肯定唱和詩「時發於奇怪，雜以詼嘲笑謔」的行文特徵，以及「宣其底滯而忘其倦怠」的功能。歐氏這一理論與實踐，開拓詩境，提高詩藝，對後來蘇軾詩的無所不收、無意不入，以及大量採用俚句、戲語入詩，具有啓迪導引作用。

【注　釋】

〔一〕「君家」四句：你的白鶴、我的白兔，潔白純潔，勝玉似雪，皆爲人間仙物。　白鶴白雪毛：卷末校記：「石本作『雙鶴輕霜毛』。」　瓊瑶：美玉。此處喻鶴兔毛色。

〔二〕「已憐」六句：喜愛白兔馴服，更愛白鶴高雅。白鶴飛姿，卓絶孤高。　馴擾：順服，馴伏。《文選·禰衡〈鸚鵡賦〉》：「矧禽鳥之微物，能馴擾以安處。」張銑注：「況鳥微賤，能順柔安處也。」　仙格：本爲道家謂仙人的品級。此處借喻白鶴清雅高潔的品性。　嶕嶢：原作「嶕嶢」，據《四庫全書》本改。

〔三〕「京師」四句：京師青少年特别喜歡爭雄鬥豪，不僅清樽美酒，而且千金買笑。紅顔韶：女子青春貌美。韶，美好。

〔四〕「莫令」六句：京城青少年無法理解我們的雅趣，一定會發出譏笑，甚至開籠放走白鶴白兔，令它們回歸仙境，自在逍遥。乖僻：反常，怪僻。《宋書·何偃傳》：「偃不自安，遂發心悸病，意慮乖僻，上表解職，告醫不仕。」月窟：月宫。晉摯虞《思游賦》：「觀玄鳥之参趾兮，會根壹之神籌；擾毚兔於月窟兮，詰姮娥於蓐收。」

〔五〕索然：引申爲無興味。唐杜荀鶴《長安春感》詩：「出京無計住京難，深入東風轉索然。」玉山：傳説中西王母居住的仙山。《山海經·西山經》：「又西三百五十里，曰玉山，是西王母所居也。」郭璞注：「此山多玉石，因以名云。《穆天子傳》謂之群玉之山。」

〔六〕「纖腰」二句：美女嬌娃已不是我老頭子的愛好，白鶴、白兔一旦走失將意味著我的孤獨與寂寞。纖腰緑鬢：代指妙齡美女。梁劉緩《閨怨》詩：「纖腰轉無力，寒衣怨不勝。」唐崔浩《盧姬篇》：「盧姬少小魏王家，緑鬢紅唇桃李花。」

【附録】

此詩輯入清吴之振《宋詩鈔》卷一一、陳焯《宋元詩會》卷一〇。

戲答聖俞

鶴行而啄，青玉觜，枯松脚；兔蹲而纍，尖兩耳，攢四蹄〔一〕。往往於人家高堂靜屋曾見之，錦裝玉軸掛壁垂。乍見拭目猶驚疑，羽毛襂褷眼睛活，若動不動如風吹。主人矜誇百金買，云此絶筆人間奇〔二〕。畫師畫生不畫死，所得百分三二爾，豈如翫物翫其真。凡物可愛惟精神，況此二物物之珍〔三〕。月光臨靜夜，雪色淩清晨。二物於此時，瑩無一點纖埃塵〔四〕。不惟可醒醉翁醉，能使詩老詩思添清新〔五〕。醉翁謂詩老，子勿誚我愚。老弄兔兒憐鶴雛，與子俱老其衰乎。奈何反捨我，欲向東家看舞姝。須防舞姝見客笑，白髮蒼顔君自照〔六〕。

【題解】

原輯《居士集》卷六，繫嘉祐二年。作於是年正月，時以翰林學士權知禮部貢舉。梅堯臣《宛陵先生集》卷五一有《和永叔内翰戲答》詩，劉敞《公是集》卷一八亦有《戲題歐陽公廳前白鶴》詩，題下附注：「歐云：此鶴畏寒，常於屋中養之。」本詩讚美白鶴、白兔的冰清玉潔，並以其純潔可愛，調笑梅堯臣捨此高雅寵物而欣賞歌兒舞女，詩人以「白髮蒼顔」笑梅氏，實亦詩人自嘲自歎，而彼此以老朽衰殘相調笑，又見其樂天與達觀。詩歌調侃而兼詠物，興象超妙，戲語連篇，是對唐詩的變化求新。詩中引入古文句法，同一詩句中奇字句、偶字句雜糅使用，可謂隨心所欲，顯現以文爲詩的特色。

【注　釋】

〔一〕「鶴行」六句：白鶴與白兔同屬高雅，卻形態各異。梅堯臣《和永叔内翰思白兔答憶鶴雜言》：「我聞二公趣向殊，一養月中物，一養華亭雛。一畏奔海窟，一畏巢松株。」兔蹲而纍：梅堯臣《和永叔内翰戲答》：「拘之以籠縻以索，必不似纖腰誇綽約。」

〔二〕「往往」七句：白鶴與白兔常是高堂掛壁的描摹物，高明的畫師往往畫得栩栩如生，羽毛眼睛活靈活現。靜屋：清靜乾淨之室。　襂襹：毛羽下垂貌。《文選·揚雄〈甘泉賦〉》：「蠖略蕤綏，灕虖襂纚。」李善注：「灕虖襂纚，龍翰下垂之貌也。」

〔三〕「畫師」五句：技藝最好的畫師，表達也是有限，更何況鶴與兔二種珍貴動物，其神態精神是畫不出來的。

〔四〕「月光」四句：明月靜夜，白雪清晨，此時尤見白鶴與白兔的冰清玉潔。

〔五〕「不惟」二句：不僅使人從酒醉中清醒，也會使你詩思清新。

〔六〕「醉翁」八句：詩人調侃梅堯臣：你譏笑我偏愛白兔與白鶴，卻要去東家欣賞美人歌舞，就不怕美女嫌你白髮朽邁。詩老：梅堯臣。舞姝：漂亮的歌兒舞女。

【附録】

此詩輯入清吴之振《宋詩鈔》卷一一。

憶鶴呈公儀

一笑相驩樂得朋，誦君雙鶴句尤清〔一〕。高懷自喜凌雲格，俗耳誰思警露聲〔二〕。所好與時雖異趣，累心於物豈非情〔三〕。歸休約我携琴去，共看婆娑舞月明〔四〕。

【題解】

原輯《居士集》卷一二，繫嘉祐二年。作於是年正月，時以翰林學士權知禮部貢舉。題下原注：「一作『和公儀憶鶴』。」公儀，即梅摯，時同知貢舉。歐同時有詩《思白兔，雜言戲答公儀憶鶴之作》，可參見。梅摯《憶鶴》詩已佚。詩歌借詠白鶴讚揚梅摯的高潔胸懷，表達景慕心儀之意。詩法杜甫，對仗工巧，語言俊逸，平叙中透見健拔風力與灑脱情懷。

【注　釋】

〔一〕誦君雙鶴：誦讀梅摯《憶鶴》詩。　句尤清：句子格外清新。

〔二〕「高懷」二句：白鶴不同凡俗，比喻人的氣格高尚，不流世俗。　高懷：大志，高尚的胸懷。南朝梁荀濟《贈陰梁州》詩：「高懷不可忘，劍意何能已。」　凌雲格：指鶴。　警露聲：代指鶴聲。警露，因白露降臨而相警戒。《藝文類聚》卷九〇引晉周處《風土記》：「鳴鶴戒露。此鳥性警，至八月白露降，流於草上，滴滴有聲，因即高鳴相警，移徙所宿處，慮有變害。」因以「警露」作爲詠鶴之典故。駱賓王《初秋登王司馬樓宴賦得同字》：「鴻飛漸陸，流斷吹以來寒；鶴鳴在陰，上中天而警露。」

〔三〕「所好」二句：自己的志趣雖然與時尚不同，但爲名利所拖累也是實情。　累心於物：被外物所累，指功名利禄的拖累。

〔四〕「歸休」二句：相約二人歸隱後，月下撫琴觀賞白鶴起舞，擺脱鄙陋世俗。

春　雪

逗曉風聲惡，褰簾雪勢斜〔一〕。應憐未歸客，故勒欲開花〔二〕。病思寒添睡，春愁夢在家〔三〕。誰能慰寂寞，惟有酒如霞〔四〕。

【題解】

原輯《居士集》卷一二，繫嘉祐二年。作於是年二月初，時以翰林學士權知禮部貢舉。題下原注：「一本上有『和聖俞』字」。原唱即梅堯臣《宛陵先生集》卷五一《二月五日雪》，詩中有句「省闈輕妒粉，苑樹暗添花」，可證作於禁中。劉攽《彭城集》卷八有《和永叔〈春雪〉》，王珪《華陽集》卷一亦有《和聖俞〈春雪〉》詩。本詩借詠禁中春雪，抒寫戀家之情。詩思清新，淡語高致，表現平靜而閒適的鎖院生活。

【注釋】

〔一〕逗曉：破曉，天剛亮。周邦彦《鳳來朝·佳人》詞：「逗曉看嬌面。小窗深、弄明未徧。」

〔二〕「應憐」二句：該是可憐我們這些鎖院中難以回家的人，所以讓含苞欲放的花朵延遲綻放。勒：抑制，强迫。

〔三〕「病思」二句：有病之身天寒時更想睡覺，可又害怕夢見家人，醒後惹發滿腹春愁。

〔四〕酒如霞：古人以流霞喻酒。王充《論衡·道虚》：「（項曼都）曰：『有仙人數人，將我上天，離月數里而止……口飢欲食，仙人輒飲我以流霞一杯，每飲一杯，數月不飢。』」

【附録】

此詩輯入明曹學佺《石倉歷代詩選》卷一四〇，又輯入清管庭芬、蔣光煦《宋詩鈔補·歐陽文忠

詩補鈔》。

阮閱《詩話總龜》前集卷一四引《王直方詩話》：「梅聖俞在禮部考校時，和歐陽文忠公《春雪》詩云：『有夢皆蝴蝶，逢袍只紵麻。』用事如此，乃可貴。」

胡仔《苕溪漁隱叢話》前集卷三一引《王直方詩話》：「聖俞在禮部考校時，《和歐公春雪詩》云：『有夢皆蝴蝶，逢袍只紵麻。』諸人不復措手，蓋韻惡而能用事如此，可貴也。」並補充云：「余閱《宛陵集》，聖俞此《雪詩》，即非和歐公韻，乃是唱首，此詩聖俞自注云：『聞永叔謂子華曰：明日聖俞若無詩，修輸一盃酒。』歐公集中亦有《和聖俞〈春雪〉詩》，皆在禮部時唱和，以此可見矣。王直方不切審細，遂妄有韻惡而能用事之語，蓋其《詩話》中似此者甚衆，吾故辨證之。」

小桃

雪裏花開人未知，摘來相顧共驚疑〔一〕。便當索酒花前醉，初見今年第一枝〔二〕。

【題解】

原輯《居士集》卷一二，繫嘉祐二年。作於是年二月上旬，時以翰林學士權知禮部貢舉。題下原注：「一作『和公儀正月桃』。」梅摯桃花詩已佚，王珪《華陽集》卷四存《小桃絶句》詩。梅堯臣《宛陵先生集》卷五一有《和公儀龍圖〈小桃花〉》，王珪《華陽集》卷四亦有《和公儀〈小桃絶句〉》詩。本詩作者驚疑雪中桃花早開，倡議爲之飲酒共賞，喜春之情溢於紙面。詩語淺近，風格清逸，思致高遠，有類唐風。

【注　釋】

〔一〕「雪裏」二句：雪中桃花獨放，引起衆人稱奇。

〔二〕「便當」二句：能在天寒地凍之時首見桃花，理當飲酒吟賞，一醉方休。　今年第一枝：王珪《和公儀〈小桃絶句〉》：「粉闈飄雪對清晨，二月桃花始見春。」梅堯臣《和公儀龍圖〈小桃花〉》：「三分春色一分休，始見桃花著樹頭。」

【附　録】

此詩輯入清康熙《御定佩文齋廣群芳譜》卷二五，《淵鑑類函》卷三九九。

陸游《老學庵筆記》卷四：「歐陽公、梅宛陵、王文恭集，皆有《小桃詩》。歐詩云：『雪裏花開人未知，摘來相顧共驚疑。便須索酒花前醉，初見今年第一枝。』初但謂桃花有一種早開者耳。及游成都，始識所謂小桃者，上元前後即著花，狀如垂絲海棠。曾子固《雜識》云：『正月二十間，天章閣賞小桃。』正謂此也。」

和聖俞感李花

昨日摘花初見桃，今日摘花還見李〔一〕。晴風暖日苦相催，春物所餘知有幾〔二〕。中年多病壯心衰，對酒思歸未得歸〔三〕。不及牆根花與草，春來隨處自芳菲〔四〕。

【題　解】

原輯《居士集》卷六，繫嘉祐二年。作於是年二月上旬，時以翰林學士權知禮部貢舉。梅堯臣《宛陵先生集》卷五一有《感李花》詩，題下附注：「二月九日。」王珪《華陽集》卷一有《和梅聖俞〈感李花〉》詩。本詩借詠春季李花，抒發光陰易逝、青春不再的人生感慨。此類見花傷感之作，實質反映詩人中年多病，壯心衰減的内心苦悶。直抒胸臆，不假雕飾，寓情于景，詠物而兼歎老，形神俱佳。

【注　釋】

〔一〕「昨日」二句：化用韓愈《李花贈張十一署》詩句：「花不見桃惟見李」。梅堯臣《感李花》：「重門雖鏁春風入，先坼桃花後李花。」

〔二〕「晴風」二句：時節近夏，晴日暖風，春花凋殘，所剩無幾。王珪《和梅聖俞〈感李花〉》：「客心浩蕩東風急，把酒看春能幾時？」

〔三〕「中年」二句：中年體衰多病，壯志衰殘，請求歸養未獲允。作者本年曾上《乞洪州劄子》，請求出知洪州（今江西南昌），歸養故土，未獲恩準。

〔四〕「不及」二句：感歎人不如花草，四方飄零，無處紮根。　芳菲：芳香，亦指香花芳草。唐李嶠《二月奉教作》詩：「乘春重游豫，淹賞玩芳菲。」

【附録】此詩輯入明曹學佺《石倉歷代詩選》卷一四〇，又輯入清管庭芬、蔣光煦《宋詩鈔補·歐陽文忠詩補鈔》。

戲書

支離多病歎衰顏，賴得群居一笑歡〔一〕。人老思家甚年少，身閒泥酒過春寒〔二〕。來時御柳天街凍，歸去梨花禁籞殘〔三〕。縱使開門佳節晚，未妨雙鶴舞霜翰〔四〕。

【題解】

原輯《居士集》卷一二，繫嘉祐二年。作於是年二月，時以翰林學士權知禮部貢舉。王珪《華陽集》卷三有《依韻和永叔〈戲書〉》詩。本詩抒寫鎖院期間思家、泥酒，感慨出院錯過春游，仍有鶴舞可觀。詩爲調侃之作，戲謔成文，風格明快，意態閒適，可見作者詼諧性格與曠達胸襟。

【注釋】

〔一〕「支離」二句：自己體衰多病，幸有群居言笑之歡。支離：憔悴，衰疲。《晉書·郭璞傳》：「是以不塵不冥，不驪不騂，支離其神，蕭悴其形，形廢則神王，跡粗而名生。」賴得：賴有，幸有。「得」下原注：「一作『有』。」

〔二〕「人老」二句：年邁之人比年少者更戀家，清閒之時聊且飲酒打發寒冷的春日。泥酒：猶嗜酒。唐韓偓《有憶》詩：「愁腸泥酒人千里，淚眼倚樓天四垂。」

〔三〕「來時」二句：物候的變化暗示季節的推移。初進貢院時，衹見御街上受凍的柳樹，出院時當見梨花凋零。禁籞殘：宫苑中花朵凋謝。禁籞，古代帝王的禁苑，周圍有牆垣、籬落，禁人往來。

〔四〕「縱使」二句：即便出院時已錯過春游佳時，還可觀賞梅摯家的雙鶴翩翩起舞。句下注云：「一作『朝鎖漢臺空帳望，欲將春恨託飛翰』。」霜翰：白色的翅膀，指白鶴。明顧文昱《白雁》詩：「萬里西風吹羽儀，獨傳霜翰向南飛。」

【附録】

此詩輯入清吴之振《宋詩鈔》卷一二、陳訏《宋十五家詩選・廬陵詩選》。

琴高魚

琴高一去不復見，神仙雖有亦何爲〔一〕。溪鱗佳味自可愛，何必虚名務好奇〔二〕。

【題解】

原輯《居士外集》卷四，繫嘉祐二年。作於是年二月，時以翰林學士權知禮部貢舉。梅堯臣有禮部唱和詩《琴高魚和公儀》，存《宛陵先生集》卷五一。王珪《華陽集》卷四有《和梅公儀琴高魚》詩。

琴高魚是安徽涇縣的一種特産，它産于涇水支流琴高溪，渾身銀白色，長不盈寸，形似一根針。參見「附録」趙與旹《賓退録》卷五紀事。相傳琴高魚静卧水中可聞「錚錚」之音，説是琴魚所發出的琴聲。琴魚捕上後，置於鹽開水中，佐以茴香、茶葉、食糖，熗熟烘乾，即成琴魚茶，稱爲動物茶。早在唐代就列爲貢品。此詩否定附加在琴高魚身上的神仙怪異之説，揭示《列仙傳》中琴高故事的虚妄怪誕，詩中藴涵作者的人生體驗，表現其反對道教「神仙説」的一貫思想。題爲詠物，卻鮮有物態描摹，通篇議論，寄意遥深，表現宋詩尚理重意的創作傾向。

【注釋】

〔一〕「琴高」二句：王珪《和梅公儀琴高魚》：「琴高一去無蹤跡，枉是漁人尚見猜。」琴高：劉向《列仙傳·琴高》：「琴高，周末趙人，能鼓琴，爲宋康王舍人，浮游冀州、涿郡間。後與諸弟子期，入涿水取龍子，某日當返。至期，弟子候于水旁，琴高果乘鯉而出。留一月，復入水去。」葛洪《抱朴子·對俗》：「蕭史借翔鳳以淩虚，琴高乘朱鯉於深淵。」皮日休《投龍潭》詩：「琴高坐赤鯉，何許縱仙逸。」

〔二〕「溪鱗」二句：琴高魚美味可嘉，不必借助神奇傳説，博取虚名。溪鱗：即小鱗，溪水中普通小魚。梅堯臣《琴高魚和公儀》：「大魚人騎上天去，留得小鱗來按觴。」

【附録】

此詩輯入清康熙《御選宋金元明四朝詩·御選宋詩》卷六五。

趙與旹《賓退録》卷五：「《列仙傳》：『琴高，趙人也。以鼓琴爲宋康王舍人，行涓、彭之術，浮游冀州涿郡間二百餘年，後辭，入涿水中取龍子。弟子潔齋候于水旁，且設祠屋。果乘赤鯉出，祠中留一月餘，復入水去。』今寧國府涇縣東北二十里有琴溪，溪之側有石臺，高一丈，曰琴高臺，相傳琴高隱所，有廟存焉。溪中別有一種小魚，他處所無，俗謂琴高投藥滓所化，號琴高魚，歲三月，數十萬一日來集，漁者網取，漬以鹽而曝之，州縣須索無藝，以爲苞苴土宜，其來久矣。舊亦入貢，乾道間始罷。前輩多形之賦詠，梅聖俞、王禹玉、歐陽文忠公，皆有《和梅公儀（摯）琴高魚》詩。聖俞詩云：「大魚人騎上天去，留得小鱗來按觴。吾物吾鄉不須念，大官常膳有肥羊。」禹玉詩云：「三月江南花亂開，青溪曲曲水如苔。琴高一去無縱跡，枉是漁人尚見猜。」文忠詩云：「琴高一去不復見，神仙雖有亦何爲。溪鱗佳味自可愛，何必虛名務好奇。」

王士禛《帶經堂詩話》卷一六：「按《賓退録》云：涇縣東北二十里有琴溪，溪側有石高一丈，曰琴高臺，有廟存焉；溪中別有一種小魚，相傳琴高投藥汁所化，號琴高魚。歲三月，數十萬一日來集，舊以入貢，乾道中始罷。前輩多形之賦詠，梅聖俞、歐陽文忠公、王禹玉皆有《和梅公儀琴高魚詩》。梅詩云：『大魚人騎天上去，留得小鱗來按觴。吾物吾鄉不須念，大官常膳有肥羊。』歐云：『琴高一去不復見，神仙雖有亦何爲。溪鱗佳味自可愛，何必虛名務好奇。』公儀元倡未見，禹玉人不足道，詩句亦平平；歐梅大手，二絶句乃傖父面目，以今視昔，孰謂古今人不相及耶？」

刑部看竹效孟郊體

花妍兒女姿，零落一何速。竹色君子德，猗猗寒更緑〔一〕。京師多名園，車馬紛馳逐。春風紅紫時，見此蒼翠玉〔二〕。凌亂迸青苔，蕭疎拂華屋。森森日影閒，濯濯生意足〔三〕。幸此接清賞，寧辭薦芳醁〔四〕。黄昏人去鎖空廊，枝上月明春鳥宿。

【題　解】

原輯《居士集》卷六，繫嘉祐二年。作於是年二月，時以翰林學士權知禮部貢舉。時春試進士皆在南省中東廂，爲刑部所在地，參見本書《和梅聖俞〈元夕登東樓〉》題解所引《蔡寬夫詩話》。孟郊，字東野，中唐苦吟詩人。其詩風刻意求新，追求奇險古拙，情調寒酸清苦。梅堯臣《宛陵先生集》卷五二有《刑部廳看竹效孟郊體和永叔》詩。本詩歌詠翠竹的幽雅清賞，勉勵君子固窮守節。託物言理，借景抒情，情理相融爲一。仿學孟郊體，立意新穎而情調清寒。

【注　釋】

〔一〕「花妍」四句：花與竹相比，花紅易衰，竹卻有淩寒更緑的堅强德性。「兒女姿」、「君子德」分别比喻花、竹的不同品性。梅堯臣《刑部廳看竹效孟郊體和永叔》：「蒼蒼庭中竹，事莫歎遲速。不同欄下草，一歲一回緑。」君子德：古人多以竹子比附君子節操。《世説新語·任誕》：「王子猷嘗暫寄人空宅住，便令種竹。或問：『暫住何煩爾？』王嘯詠良久，直指竹曰：『何可一日無此君？』」猗猗：《詩·衛風·淇奥》：「瞻彼淇奥，緑竹猗猗。」毛傳：「猗猗，美盛貌。」

〔二〕蒼翠玉：指竹。古人以碧玉比喻翠竹。劉禹錫《庭竹》：「爐滁鉛粉節，風摇碧玉枝。」

〔三〕「凌亂」四句：竹林茂密，竹竿挺拔，在日光下顯得青翠明淨而生機勃勃。森森：樹木繁密貌。潘岳《懷舊賦》：「墳壘壘而接壟，柏森森以攢植。」此喻竹林茂密。濯濯：明淨貌，清朗貌。《詩·大雅·崧高》：「四牡蹻蹻，鉤膺濯濯。」毛傳：「濯濯，光明也。」

〔四〕「幸此」二句：有幸欣賞這雅致的翠竹，我寧願放棄美酒佳餚。清賞：幽雅的景致。南朝齊謝脁《和何議曹郊游》其一：「江陲得清賞，山際果幽尋。」芳醁：芳香四溢的美酒。南朝齊王融《修理六根篇頌》：「肥馬輕裘，蕙肴芳醁。」

【附録】

此詩輯入明李蓘《宋藝圃集》卷九、曹學佺《石倉歷代詩選》卷一四〇，又輯入清管庭芬、蔣光煦《宋詩鈔補·歐陽文忠詩補鈔》、陳訏《宋十五家詩選·廬陵詩選》。

王士禛《帶經堂詩話》卷三：「歐公有刑部海棠及刑部看竹詩，今刑部詎復有此游觀之勝耶？」

戲答聖俞持燭之句

辱君贈我言雖厚，聽我酬君意不同〔一〕。病眼自憎紅蠟燭，何人肯伴白鬚翁〔二〕。花時浪過如春夢，酒敵先甘伏下風〔三〕。惟有吟哦殊不倦，始知文字樂無窮〔四〕。

【題解】

原輯《居士集》卷一二，繫嘉祐二年。作於是年二月，時以翰林學士權知禮部貢舉。梅堯臣《宛陵先生集》卷五二有《謝永叔答述舊之作和禹玉》詩：「天下才名罕有雙，今逢陸海與潘江。筆生造化多多辦，聲滿華夷一一降。金帶繫袍回禁署，翠娥持燭侍吟窗。人間榮貴無如此，誰愛區區擁節幢。」歐似就梅氏此「持燭」詩而作，梅氏又有和作，即《宛陵先生集》卷五二《戲答持燭之句依韻和永叔》。本詩描寫在燭下賦詩作文之樂趣。語直情切，筆酣意足。游戲筆墨，妙趣横生，顯示宋詩求新求變、生活化通俗化的新走向。

【注釋】

〔一〕「辱君」二句：承蒙聖俞贈我語重心長之詩，我的答謝詩卻與你的意趣不同。辱：謙詞，表敬意。猶承蒙。

〔二〕病眼：歐書簡《與李留後公謹》（嘉祐二年）：「目疾得靜安息慮，當益清明。某昏花日甚，書字如隔雲霧，亦冀一閒處將養爾。」

〔三〕「花時」二句：因爲主考貢舉，未能外出游春，筵席鬥酒也甘拜下風。酒敵：飲酒的對手。

歐《歸田録》卷二：「有劉潛者，亦志義之士也，常與曼卿爲酒敵。」

〔四〕「惟有」二句：百無聊賴之際，唯有賦詩作文，纔是其樂無窮的最愛。

【附録】

此詩輯入清康熙《淵鑑類函》卷三〇三、吴之振《宋詩鈔》卷一二。

折刑部海棠戲贈聖俞二首

其一

摇摇牆頭花，笑笑弄顔色。荒涼衆草間，露此紅的皪〔一〕。草木本無情，及時如自得。青春不可恃，白日忽已昃〔二〕。繞之重吟哦，歸坐成歎息〔三〕。人生浪自苦，得酒且開釋〔四〕。不見宛陵翁〔五〕，作詩頭早白。

其二

搖搖牆頭花，豔豔爭青娥〔六〕。朝見開尚少，暮看繁已多。不惜花開繁，所惜時節過。昨日枝上紅，今日隨流波。物理固如此，去來知奈何〔七〕。達人但飲酒，壯士徒悲歌〔八〕。

【題解】

原輯《居士集》卷六，繫嘉祐二年。作於是年二月，時以翰林學士權知禮部貢舉。詩人在鎖院中，清閒而寂寥，折刑部海棠而賦二詩，戲贈梅堯臣。時春試進士皆在南省中東廂，爲刑部所在地，參見本書《和梅聖俞〈元夕登東樓〉》題解所引《蔡寬夫詩話》。梅堯臣《宛陵先生集》卷五二有《刑部廳海棠見贈依韻答永叔二首》。組詩「其一」以海棠適時而開，戲謔梅堯臣作詩太苦，以致早生華髮。「其二」借海棠花繁易衰，規勸朋友開懷飲酒，及時享受生活。詩人睹物傷情，感慨物是人非，抒寫生命體驗。以文爲詩，曲折多姿，議論中寓形象，議論中見風采。

【注釋】

〔一〕「搖搖」四句：在荒涼的草叢中，綻放著鮮豔的海棠花。笑笑：花盛開貌。唐包融《賦得岸花臨水發》：「笑笑傍溪花，叢叢逐岸斜。」梅堯臣《刑部廳海棠見贈依韻答永叔二首》其一：「搖搖牆頭花，蒨蒨有好色。」 的皪：光亮、鮮明貌。司馬相如《上林賦》：「明月珠子，的皪江靡。」皪，白色。

〔二〕「青春」二句：人的一生容易衰老，青春不可能常駐，就像夕陽很快就要西沉一樣。 昃：日西斜。《周易·離》：「日昃之離，何可久也！」

〔三〕「繞之」二句：自己環繞著海棠花吟詩，歸來坐下後感慨萬端，歎息不已。

〔四〕浪：徒然，白白地。蘇軾《贈月長老》詩：「功名半幅紙，兒女浪苦辛。」

〔五〕宛陵翁：指梅堯臣。梅氏爲宣城人，宣城古名宛陵，故稱。

〔六〕爭青娥：比美。青娥，年輕的女子，喻海棠花鮮豔，可與人間美女媲美。梅堯臣《刑部廳海棠見贈依韻答永叔二首》其二：「搖搖牆頭花，一一如舞娥。」

〔七〕「物理」二句：花紅易衰，榮枯匆匆，事物的發展規律本來如此，實屬無可奈何。

〔八〕「達人」二句：曠達者感懷人生幾何，瀟灑地對酒當歌；而胸懷壯志者，夙愿難酬，無奈地慷慨悲歌。

【附録】

二詩全輯入清康熙《御選宋金元明四朝詩·御選宋詩》卷一〇，「其二」又輯入陳焯《宋元詩會》

卷一〇。

王士禛《帶經堂詩話》卷三：「歐公有刑部海棠及刑部看竹詩，今刑部詎復有此游觀之勝耶？」

和聖俞春雨

簷瓦蕭蕭雨勢疎，寂寥官舍與君俱〔一〕。身遭鎖閉如鸚鵡，病識陰晴似鶻鳩〔二〕。年少自愁花爛熳，春寒偏著老肌膚〔三〕。莫嫌來往傳詩句，不爾須當泥酒壺〔四〕。

【題　解】

原輯《居士集》卷一二，繫嘉祐二年。作於是年二月，時以翰林學士權知禮部貢舉。梅堯臣《宛陵先生集》卷五二有《春雨呈主文》詩，此爲答詩。王珪《華陽集》卷三亦有《和聖俞〈春雨〉》詩。本詩借詠春雨，感慨禁中鎖院的寂寥以及身心老病的苦悶。詠物抒懷，詩思明快，情景相融，意境自然渾成。

【注　釋】

〔一〕「簷瓦」二句：屋外的雨勢逐漸變小，屋内的你我同感寂寞無聊。寂寥：冷落蕭條。

〔二〕「身遭」二句：身鎖貢院就像籠中的鸚鵡無自由；病體又像鵓鴣一樣頗能預測天氣陰晴。鎖閉：詩人仍在鎖院主考，故云。參見前詩《和〈較藝書事〉》注〔一〕。鵓鴣：即鵓鳩。《本草集解》：「天將雨即逐其雌，霽則呼而反之。」

〔三〕「年少」二句：年輕時爲春花爛漫而多愁善感，衰老之年稍有春涼就不勝其寒。

〔四〕「莫嫌」二句：不要厭煩來來往往的詩歌唱和，否則就得靠飲酒消度時光。泥酒：猶嗜酒。唐韓偓《有憶》詩：「愁腸泥酒人千里，淚眼倚樓天四垂。」

【附録】

此詩輯入清吴之振《宋詩鈔》卷一二、陳訏《宋十五家詩選·廬陵詩選》。

禮部貢院閲進士就試

紫案焚香暖吹輕，廣庭清曉席群英〔一〕。無譁戰士銜枚勇，下筆春蠶食葉聲〔二〕。鄉里獻賢先德行，朝廷列爵待公卿〔三〕。自慚衰病心神耗，賴有群公鑑裁精〔四〕。

【題解】

原輯《居士集》卷一二，繫嘉祐二年。作於是年二月，時以翰林學士權知禮部貢舉。題下原注：「自此而下二十首，皆禮部貢院唱和。一本云：『凡二十二首』。蓋二首見外集。」《禮部唱和詩集》三卷，《宋史》卷二〇九《藝文志》著録。原書久佚，今《歐集》存鎖院唱和詩三十三首，梅堯臣《宛陵先生集》卷五一、卷五二存三十七首，王珪《華陽集》存十餘首，韓絳、范鎮、梅摯唱和詩皆不傳。宋代禮部考場設在尚書省，故稱禮部貢院。此詩描寫舉子應試、考官衡文的肅静場面，以及身爲主考官的臨場感受，尾聯寄語同僚精選賢材，表達改革文風的堅强決心。屬對精工，情景妙合。頷聯描摹考生答卷作文情狀，尤爲精彩警策，是廣爲傳誦的名句。

【注釋】

〔一〕「紫案」二句：春天的清晨，暖風吹拂，紫紅色的書案上焚著香，考生在大庭上席地而坐。群英：參加禮部考試的天下英才。

〔二〕銜枚：古時行軍襲敵，爲防喧嘩，戰士口含一支筷子形狀的「枚」。此喻考場肅静，秩序井然。春蠶食葉：形容用筆寫字在紙上發出的沙沙響聲。參見附録宋阮閱《詩話總龜》卷七引《王直方詩話》。

〔三〕「鄉里」二句：鄉試推薦的舉子，首先考察道德品行；朝廷列有種種官爵，等待挑選中式的進士授官敘爵。鄉里獻賢：漢代實行察舉制與徵辟制，極重德行，如賢良方正、孝廉。魏晉南北朝九品中正名義上也講究德行，宋科舉鄉試推薦亦然。公卿：三公九卿的簡稱。

〔四〕「自愬」二句：自己慚愧體衰多病，有賴同知貢舉的各位同僚對舉子精心裁擇。群公：當時同知貢舉的范鎮、王珪、梅摯、韓絳，以及參詳官梅堯臣等人。

【附録】

此詩輯入清管庭芬、蔣光煦《宋詩鈔補·歐陽文忠詩補鈔》、厲鶚《宋詩紀事》卷一二。

《歐集》卷四三《禮部唱和詩序》：「嘉祐二年春，予幸得從五人者于尚書禮部，考天下所貢士，凡六千五百人。蓋絶不通人者五十日，乃於其間，時相與作爲古律、長短歌詩雜言，庶幾所謂群居燕處言談之文，亦所以宣其底滯而忘其倦怠也……次而録之，得一百七十三篇，以傳於六家。」

葉夢得《石林詩話》卷下：「至和嘉祐間，場屋舉子爲文尚奇澀，讀或不能成句。歐陽文忠公力欲革其弊，既知貢舉，凡文涉雕刻者，皆黜之。時范景仁、王禹玉、梅公儀、韓子華同事，而梅聖俞爲參詳官，未引試前，唱酬詩極多。文忠『無嘩戰士銜枚勇，下筆春蠶食葉聲』，最爲警策。聖俞有『萬蟻戰時春晝永，五星明處夜堂深』，亦爲諸公所稱。及放榜，平時有聲如劉煇輩，皆不預選，士論頗洶洶。未幾，詩傳，遂閧閧然，以爲主司耽於唱酬，不暇詳考校，且言以五星自比，而待吾曹爲蠶蟻，因造爲醜語。自是禮闈不復敢作詩，終元豐末幾三十年。元祐初，雖稍稍爲之，要不如前日之盛。然是榜得蘇子瞻爲第二人，子由與曾子固皆在選中，亦不可謂不得人矣。」按：又見胡仔《苕溪漁隱叢話》前集卷二九、蔡正孫《詩林廣記》後集卷一、祝穆《古今事文類聚》前集卷二五、王昌會《詩話類編》卷八。

單宇《菊坡叢話》卷一六：「梅聖俞《謝歐陽永叔答述舊之作和禹玉》詩云：『天下才名罕有雙，今逢陸海與潘江。筆生造化多多辨，聲滿華夷一一降。金帶繫袍回禁署，翠娥持燭侍唫窗。人間榮貴無如此，誰愛區區擁節幢。』此亦試院作，謂禹玉、永叔二學士大才也。前聯壯哉，次聯麗甚，又《較藝贈永叔和禹玉》詩云：『今看座主與門生，事事相同舉世榮。並直禁林司詔令，又來西省選豪英。飛龍借馬天邊下，光禄供醪月底傾。食葉蠶聲句偏美，當時曾記賦將成。』此『食葉蠶聲』謂歐公句也。王岐公乃歐公十五年前所取門生。」

水佳胤《留碩稿全集》第五册《刻黄州考卷序》：「嘗考歐公與梅聖俞諸公凡六人，在鎖院中五十日，相與唱和，得古律歌詩一百七十餘首。歐有『下筆春蠶食桑葉』之句，梅有『萬蟻戰時春日暖』之句。榜放而士論洶洶，以爲主司耽於唱酬，不暇評考較，且藐我曾以蠶蟻視之，因肆爲醜語。夫歐陽諸公負材殊絶，故能於鎖院中從容唱和，況得士如長公，考較之事已辦，主司之責已塞，雖一時謗因，未始非千古韻事。後來騷雅之士每每踵此，大抵皆兼人之材爲之也。」

阮閲《詩話總龜》前集卷七引《王直方詩話》：「歐陽知貢舉日，有詩云：『無嘩戰士銜枚勇，下筆春蠶食葉聲。』絶爲奇妙。故聖俞作詩云：『食葉蠶聲句偏美，當時曾記賦初成。』」

陳衍《宋詩精華録》卷一評曰：「三四寫舉子在闈中作文情狀。」

和梅龍圖公儀謝鵰

有詩鶴勿喜，無詩鵰勿悲。人禽固異性，所趣各有宜。朝戲青竹林，暮棲高樹枝。呷呦山鹿鳴，格磔野鳥啼。聲音不相通，各以類自隨〔一〕。使鶴居籠中，垂頭以聽詩。鶢鶋享鐘鼓，魚鳥見西施〔二〕。鵰鶴不宜爭，所爭良可知。蚍蜉與蟻子，爲物固已微。當彼兩交鬭，勇如聞鼓鼙〔三〕。有心皆好勝，未免爭是非。於我一何薄，於彼一何私。欄檻啄花卉，叫號驚睡兒。跳踉兩脚長，落泊雙翅垂〔四〕。何足充翫好，於何定妍媸〔五〕。鵰口不能言，夜夢以告之。主人起謝鵰，從我今幾時。僮奴謹守護，出入煩提攜。逍遥遂棲息，飲啄安雄雌。花底弄日影，風前理毛衣。豈非主人恩，報效爾宜思〔六〕。主人今白髮，把酒無翠眉。養鶴鵰又妬，我言堪解頤〔七〕。

【題　解】

原輯《居士集》卷六，繫嘉祐二年。作於是年二月，時以翰林學士權知禮部貢舉。梅龍圖公儀，即梅摯，字公儀，生平參見本書《酬滑州公儀龍圖見寄》題解。鷴，鳥名，即白鷴。《淵鑑類函》卷四二八《白鷴》：「《本草》集解曰：鷴，似山雞而色白，有黑文如漣漪，尾長三四尺，體備冠、距，紅頰赤觜丹爪。亦有黑鷴。《本草》釋名曰：按張華云『行止閒暇』，故曰鷴。李昉命爲『閑客』。」主要産於江南地區。梅摯《謝鷴》詩，今已佚。梅堯臣《宛陵先生集》卷五二有《謝鷴和公儀》、《送白鷴與永叔依韻和公儀》詩。歐去年春詩《予作歸雁亭於滑州，後十有五年梅公儀來守是邦，因取余詩刻于石，又以長韻見寄，因以答之》題下附注：「一作《和滑州公儀龍圖歸雁亭長句》。」同年又有《寄題梅龍圖滑州溪園》詩，時梅摯以龍圖閣學士知滑州，梅摯當在卸知滑州回朝時，送白鷴于歐氏。本詩以戲謔的口吻，告誡白鷴不要妒忌白鶴，凡物各有優劣，當報答主人餵養之恩。詩語自然灑脱，筆致活潑，詠物而兼調侃，顯示宋詩題材的開拓與風格的多樣化。

【注釋】

〔一〕「有詩」十句：我有詩詠鶴，無詩詠鷴，這不值得喜悲，因爲人禽異性，所趨不一，即便鶴、鷴同屬飛禽，也各以其類相通。　咿呦：鹿鳴聲。　格磔：鳥鳴聲。

〔二〕「使鶴」四句：將鶴關在籠中，讓它垂頭聽詩，叫海鳥鶢鶋享受鐘鼓禮樂，使魚鳥見上美女西施，因非同類，皆違其性。　鶢鶋享鐘鼓：《國語·魯語上》：「海鳥曰爰居，止于魯東門之外三日，臧文仲使國人祭之。」鶢鶋，海鳥名。《文選·左思〈吴都賦〉》：「鶢鶋避風。」劉逵注：

「鶢鶋，鳥也，似鳳。」一 魚鳥見西施：《莊子·齊物論》：「毛嬙、麗姬，人之所美也。魚見之深入，鳥見之高飛，麋鹿見之決驟。四者孰知天下之正色哉？」

〔三〕「蚍蜉」四句：蚍蜉與蟻子爲物雖小，卻好鬬。《酉陽雜俎》卷一七：「秦中多鉅黑蟻，好鬬，俗呼爲馬蟻。」又《淵鑑類函》卷四一八引《詞林海錯》曰：「蟻……大者爲蚍蜉，小者爲蛾蛘。」

鼙：古代樂隊用的小鼓。《儀禮·大射》：「應鼙在其東。」鄭玄注：「鼙，小鼓也。」

〔四〕「有心」八句：鷳鶴性好勝，爭風吃醋，叫鬧跳躍。 跳踉：猶跳躍。《莊子·逍遥游》：「子獨不見狸狌乎？卑身而伏，以候敖者；東西跳梁，不辟高下。」

〔五〕妍媸：美好和醜惡。《文選·陸機〈文賦〉》：「妍蚩好惡，可得而言。」劉良注：「妍，美；蚩，惡也。」白居易《吴宫詞》：「妍蚩各有分，誰敢妬恩多？」

〔六〕「僮奴」八句：主人叮囑僮僕小心翼翼地呵護白鷳，攜帶出入，生活安逸，白鷳應感恩知報。

〔七〕「主人」四句：主人晚年生活寂寞，養鶴鷳以解悶，二者宜和睦相處。 翠眉：代指美女。古代女子用青黛畫眉，故稱。晉崔豹《古今注·雜注》：「魏宫人好畫長眉，今多作翠眉警鶴髻。」解頤：謂開顔歡笑。《漢書·匡衡傳》：「無説《詩》，匡鼎來；匡説《詩》，解人頤。」

【附録】

此詩輯入清康熙《御定佩文齋詠物詩選》卷四三九、吴之振《宋詩鈔》卷一一。

和公儀贈白鷴

梅公憐我髭如雪，贈以雙禽意有云〔一〕。但見尋常思白兔，便疑不解醉紅裙〔二〕。吟齋雖喜留閒客，野性寧忘在嶺雲〔三〕。我有銅臺方尺瓦，慚非玉案欲酬君〔四〕。

【題　解】

原輯《居士集》卷一二，繫嘉祐二年。作於是年二月，時以翰林學士權知禮部貢舉。題目中的「和」字下原注：「一作『戲答』。」「白」字下原注：「一本無『白』字。」公儀，即梅摯，時同知貢舉。白鷴，鳥名，又稱銀雉。參見《和梅龍圖公儀〈謝鷴〉》題解。王珪《華陽集》卷三有《和公儀〈送白鷴于永叔〉》詩，題下附注：「公儀自滑州歸。」梅堯臣《宛陵先生集》卷五一有《送白鷴與永叔依韻和公儀》、《謝鷴和公儀》詩。此詩亦戲謔之作，稱白鷴雖不如白兔，聊可相伴，謔稱欲以銅臺瓦硯回贈。此類詠物詩，自我嘲戲，超脱曠達，表現文人雅趣，體現詩歌創作的生活化、通俗化。

【注　釋】

〔一〕「梅公」二句：梅摯見我鬚髮雪白，故意贈我一對白鷴，似乎是在取笑我。雙禽：指兩白鷴。

「禽」字下原注：「一作『鵰』。」

〔二〕「但見」二句：是不是平日老見我思念滁州白兔，覺得我愛白兔而不愛女色。　思白兔：參見本書《思白兔雜言戲答公儀憶鶴之作》題解。　醉紅裙：沉醉歌舞女色。　韓愈《醉贈張秘書》詩：「不解文字飲，惟能醉紅裙。」

〔三〕「吟齋」二句：我非常願意留下白鷴，有它相伴好吟詩；但又擔心白鷴出於本性，不會忘記山嶺雲端的自由生活。　閒客：指白鷴。《本草釋名》：「按張華云，行止閒暇，故曰鷴。李昉命爲閑客。」

〔四〕「我有」二句：自己愧無貴重禮品相贈，秖能以一尺見方的銅雀臺瓦硯回報。　銅臺方尺瓦：何薳《春渚紀聞》卷九《銅雀臺瓦》：「相州，魏武故都。所築銅雀臺，其瓦初用鉛丹雜胡桃油搗治火之，取其不滲，雨過即乾耳。後人于其故基，掘地得之，鑱以爲研，雖易得墨而終乏溫潤，好事者但取其高古也。」此瓦硯得之謝景山，參見本書《答謝景山遺古瓦硯歌》題解。　玉案：玉飾的有足之盤。《周禮·考工記·玉人》「案十有二寸」鄭玄注：「鄭司農云：『案，玉案也。』案，玉飾案也。」孫詒讓正義：「謂梓人爲之案，而玉人以玉飾之。」張衡《四愁詩》：「何以報之青玉案」。

【附　録】

葛洪輯《西京雜記》卷四：「南越王獻高帝石蜜五斛，蜜燭二百枚，白鷴、黑鷴各一雙。高帝大悦，厚報遣其使。」

彭大翼《山堂肆考》卷二一二《玉兔精神》：梅聖俞《送白鷴與永叔》詩：「玉兔精神憐已久，金鑾人物世無雙。休爭白鶴臨清沼，且伴鳴雞向緑窗。」

再　和

佳翫能令百事忘，豈惟閒伴倒餘釭〔一〕。珍奇來自海千里，皎潔明如璧一雙〔二〕。日暖朝籠青石砌，春寒夜宿碧紗窗〔三〕。蠻煙瘴霧雖生處，何必區區憶陋邦〔四〕。

【題　解】

原輯《居士集》卷一二，繫嘉祐二年。作於是年二月，時以翰林學士權知禮部貢舉。題下原注：「用其韻。一作《依韻再答公儀白鷴》。」參見上詩題解。王珪《華陽集》卷三有《和公儀〈送白鷴于永叔〉》詩，題下附注：「公儀自滑州歸。」本詩描寫白鷴珍貴潔白，所受寵愛有加，當不思歸。此類詩歌詠物而兼調侃娛樂，議論而具風韻情致，顯示宋詩的創新與發展。

【注釋】

〔一〕「佳翫」二句：白鷴這樣的好玩物能令我忘卻百事，豈止是陪我飲酒解愁。 倒餘缸：元稹《泛江玩月十二韻》詩：「已困連飛盞，猶催未倒缸。」缸，酒缸。

〔二〕「珍奇」二句：白鷴來自千里之外的海上，就像一雙潔白的玉璧。梅堯臣《送白鷴與永叔依韻和公儀》：「致鷴猶恐鷴飢渴，細織筠籠小瓦缸。」

〔三〕「日暖」二句：主人對白鷴關愛有加，晴天讓它在臺階上曬太陽，寒夜讓它住宿在紗窗之屋。

〔四〕「蠻煙」二句：蠻荒之地雖是白鷴生長的地方，何必天天惦記那片窮鄉僻壤呢。 陋邦：邊遠閉塞的蠻荒之地，即上文的「蠻煙瘴霧」。蘇軾《寓居定惠院之東雜花滿山有海棠一株土人不知貴也》詩：「陋邦何處得此花，無乃好事移西蜀。」

【附録】

此詩輯入清康熙《淵鑑類函》卷四二八。

答王禹玉見贈

昔時叨入武成宮，曾看揮毫氣吐虹〔一〕。夢寐閒思十年舊，笑談今此一罇同〔二〕。喜君新賜黄金帶，顧我宜爲白髮翁〔三〕。自古薦賢爲報國，幸依精識士稱公〔四〕。

【題　解】

原輯《居士集》卷一二，繫嘉祐二年。作於是年二月，時以翰林學士權知禮部貢舉。題下原注：「一作『和禹玉書事』。」王禹玉，即王珪，字禹玉，成都華陽人。慶曆二年進士，通判揚州，召直集賢院，進知制誥，擢翰林學士，知開封府，拜參知政事，哲宗朝官至尚書左僕射兼門下侍郎。《宋史》卷三一二有傳。王珪《呈永叔書事》詩存《華陽集》卷三，此爲歐答詩。詩人讚揚王珪才華横溢，少年得志，慶幸有深具精識的俊才襄助自己在省試中鑑别、選拔人才。今昔對比鮮明，感慨萬千；清調雅韻之外，情致深婉。

【注　釋】

〔一〕「昔時」二句：當年自己在武成王廟作「别頭試」考官時，親眼目睹王珪揮毫應試的恢宏氣概。《會要·選舉一九》：慶曆二年正月「十八日，以直集賢院知諫院張方平、集賢校理歐陽修考試知舉官親戚舉人」。歐《歸田録》：「禹玉，余爲校理時武成王廟所解進士也。」武成宫：即武成王廟，用以祭祀太公望。慶曆二年于此試進士。　氣吐霓：曹植《七啟》：「揮袂則九野生風，慷慨則氣成虹蜺。」

〔二〕「夢寐」二句：感慨昔日的座主與門生，如今同爲主考官。十年舊：慶曆二年，歐爲别頭試官，王珪中試，距今十五年，概稱爲十年。王珪《呈永叔書事》：「十五年前出門下，最榮今日預東堂。」

〔三〕黄金帶：黄金飾的腰帶。王珪新近晉升翰林學士，受到朝廷恩賜。

〔四〕「自古」二句：自古以來，爲朝廷舉才是報效國家的表現，王珪等精英協助鑑别，人才選拔一定公正。薦賢爲報國：歐《薦布衣蘇洵狀》：「爲時得士，亦報國之一端。」

【附録】

彭乘《續墨客揮犀》卷五：「禹玉，歐公門生也，而同局，近世盛事。故歐公贈其詩略曰：『當時發策武城宫，曾看揮毫氣吐虹。夢寐閒思十年事，笑談今此一樽同。喜君新賜黄金帶，顧我今爲白髮翁。』」

葉夢得《石林燕語》卷八：「蘇參政易簡登科時，宋尚書白爲南省主文。後七年，宋爲翰林學士承旨，而蘇相繼入院，同爲學士。宋嘗贈詩云：『昔日曾爲尺木階，今朝真是青雲友。』歐陽文忠亦王禹玉南省主文，相距十六年，亦同爲學士。故歐公詩有『喜君新賜黄金帶，顧我今爲白髮翁』之句。二事誠一時文物之盛也。」按：又見洪遵《翰苑群書》卷一二。

胡仔《苕溪漁隱叢話》後集卷二一：「《歸田録》云：嘉祐二年，余與端明韓子華、翰長王禹玉、侍讀范景仁、龍圖梅公儀，同知禮部貢舉，辟梅聖俞爲小試官，凡鏁院五十日，六人者相與唱和，爲古律歌詩一百七十餘篇，集爲三卷。禹玉，余爲校理時武成王廟所解進士也，至此新入翰林，與余同院，又同知貢舉，故禹玉贈余云：『十五年前出門下，最榮今日預東堂。』余答云：『昔時叨入武成宫，曾看揮毫氣吐虹。夢寐閒思十年事，笑談今日一樽同。喜君新賜黄金帶，顧我宜爲白髮翁。』天聖中，余舉進士，國學南省，皆忝第一人薦名，其後景仁相繼亦然，故景仁贈余云：『淡墨題名第一人，孤生何幸繼前塵。』聖俞自天聖中與爲詩友，余嘗贈云：『獨喜共量天下士，亦勝東野亦勝韓。』而子華筆力豪贍，公儀文思温雅而敏捷，皆勍敵也。前此有南省試官者，多窘束條制，不少放懷；余六人者歡然相得，群居終日，長篇險韻，衆製交作，筆吏疲於寫録，僮吏奔走往來，間以滑稽嘲謔，加於風刺，更相酬酢，往往哄堂絶倒，自謂一時盛事，前此未之有也。」按：又見阮閱《詩話總龜》後集卷一。

葛立方《韻語陽秋》卷一一：「歐陽永叔詩文中好説金帶……《答王禹玉詩》云：『喜君所賜黄金帶，故我宜爲白髮翁。』而謝表又云：『頭垂兩鬢之霜毛，腰束九環之金帶。』或謂未免矜服銜寵，而況下於金帶者乎！杜子美、白樂天皆詩豪，器識皆不凡，得一緋衫何足道，而詩句及之不一何邪？……蓋命服章身，人情所甚喜，故心聲所發如是。退之云：『峨峨進賢冠，耿耿水蒼珮。服章非不好，不與德相對。』其必有以稱之哉。」

答王内翰范舍人

相從一笑歡無厭，屢獲新篇喜可涯〔一〕？自昔居前誚穅秕，幸容相倚媿蒹葭〔二〕。白麻詔令追三代，青史文章自一家〔三〕。我亦諫垣新忝命，君恩未報髮先華〔四〕。

【題　解】

原輯《居士集》卷一二，繫嘉祐二年。作於是年二月，時以翰林學士權知禮部貢舉。題下原注：「一本云『叙懷謝景仁、禹玉』。」王内翰，即王珪，字禹玉，時爲翰林學士。生平參見本書《答王禹玉見贈》題解。范舍人，即范鎮，字景仁，成都華陽人。寶元元年登進士，時爲起居舍人，與歐同修《唐書》。歷官知諫院、集賢殿修撰、知制誥、翰林學士兼侍讀等，累封蜀郡公。《宋史》卷三三七有傳。詩歌讚譽王、范才華横溢，自愧不如。詩語清雅，屬對工穩，展示詩人坦蕩豁達的襟懷。

【注　釋】

〔一〕喜可涯：欣喜可有邊？意爲無涯。歐《答聖俞》：「一瓢飲水樂可涯？」

〔二〕「自昔」二句：過去的長輩總愛恃才傲物，視别人爲穅秕，我以微賤之身，卻幸運地獲得同仁們寬容。糠秕：穀皮和癟穀，比喻粗劣而無價值之物。《世説新語·文學》：「傅嘏善言虛勝，荀粲談尚玄遠。」劉孝標注引《荀粲別傳》：「然則六籍雖存，固聖人之糠秕。」蒹葭：《世説新語·容止》：「魏明帝使后弟毛曾與夏侯玄共坐，時人謂『蒹葭倚玉樹』。」蒹和葭都是價值低賤的水草，因喻微賤。亦常用作謙詞。《韓詩外傳》卷二：「吾出蒹葭之中，入夫子之門。」

〔三〕「白麻」二句：首句下原注：「一本注：『禹玉年前方入翰林。』」次句下原注：「一本注：『景仁修撰又同書局。』」白麻詔令：白麻紙書寫的文誥命令，此指追封三代的詔書。《新唐書·百官志一》：「凡拜免將相，號令征伐，皆用白麻。」

〔四〕「我亦」二句：詩人正月二十八日轉官右諫議大夫，感慨國恩未報卻已滿頭白髮。胡《譜》：嘉祐二年正月「乙巳（二十八日），磨勘，轉右諫議大夫。」末句下原注：「禹玉新除學士，景仁新兼修撰。」

和景仁試明經大義多不通有感

庠序制猶闕，鄉閭教不行〔一〕。古於經學政，今也藝虛名〔二〕。來者益可鄙，待之因愈輕。無徒誚其陋，講勸在公卿〔三〕。

【題解】

原輯《居士外集》卷七，繫嘉祐二年。作於是年二月，時以翰林學士權知禮部貢舉。景仁，即范鎮，生平參見《答王内翰、范舍人》題解。試明經，漢代以明經射策取士。隋煬帝置明經、進士二科，以經義取者爲明經，以詩賦取者爲進士。宋前期科考諸科，含進士、明經等，後期改以經義論策試進士，明經廢考。大義，指對儒家經典思想内容的理解，而不注重其背誦或字句訓詁。梅堯臣《宛陵先生集》卷五二有《明經試大義多不通有感，依韻和范景仁舍人》詩。本詩揭示參加明經科考者，大都不通經義，慨歎教育無方，勉勵世人仿效古學，敦教不務虚名，講求實效。議論中肯，攄情思以行筆，體現以文爲詩特色。

【注釋】

〔一〕庠序：古代的地方學校。後亦泛稱學校。鄉閭：泛指民衆聚居之處。古以二十五家爲閭，一萬二千五百家爲鄉。《南齊書·禮志上》：「郡縣有學，鄉閭立教。」

〔二〕「古於」二句：古人從儒家經典中學會爲政之道，今人從科舉考試中謀取虚名浮譽。經學政：猶言「學而優則仕」。藝：指經籍。王充《論衡·藝增》：「言審莫過聖人，經藝萬世不易。」古代科舉考試亦稱試藝。

〔三〕「無徒」二句：没人譏笑他們的淺陋無知，講業勸學的公卿負有教育責任。無徒，或曰「不能只是」。

和公儀試進士終場有作

朝家意在取遺才，樂育推仁亦至哉[一]。本欲勵賢敦古學，可嗟趨利競朋來[二]。昔人自重身難進，薄俗多端路久開[三]。何異鱣魴爭尺水，巨魚先已化風雷[四]。

【題解】

原輯《居士外集》卷七，無繫年，列嘉祐二年詩後。作於是年二月，時以翰林學士權知禮部貢舉。公儀，梅摯之字，時同知貢舉。詩歌諷刺諸多士子爲追名逐利而參加科考，彼此競爭，有如小魚在淺水中爭奪，而大魚早已跳過龍門化爲巨龍。比喻精切，對比鮮明，寓哲理於形象之中，見風采於議論之外。

【注釋】

〔一〕遺才：未被發現或未受重視的人才。唐梁鍠《天長節》詩：「愿持金殿鏡，處處照遺才。」樂育推仁：樂意培養推薦有才之士。樂育，《孟子·盡心上》：「得天下英才而教育之，三樂也。」

〔二〕「本欲」二句：本想以科考勉勵賢德之士，敦行古賢之學，可歎的是引來追名逐利的朋黨。

敦古學：《左傳·僖公二十七年》：「説禮、樂而敦《詩》《書》。」孔穎達疏：「説，謂愛樂之；敦，謂厚重之。」　競朋：拉朋結黨。

〔三〕身難進：古賢慎於進取，勇於退讓。《禮記·儒行》：「儒有衣冠中，動作慎；其大讓如慢，小讓如僞；大則如威，小則如愧；其難進而易退也，粥粥若無能也。」孫希旦集解引吕大臨曰：「非義不就，所以難進；色斯舉矣，所以易退。」

〔四〕「何異」二句：科考趨利之徒就像鱘鰉魚和鯿魚在淺水之中爭搶，那些大魚早已跳過龍門化爲鉅龍。　鱣魴：鱘鰉魚和鯿魚。唐于逖《野外作》：「魏人宅蓬池，結網佇鱣魴。」　化風雷：跳上龍門的鯉魚在風雷中化爲龍，指白衣秀才中進士後榮華富貴。

和梅公儀嘗茶

溪山擊鼓助雷驚，逗曉靈芽發翠莖〔一〕。摘處兩旗香可愛，貢來雙鳳品尤精〔二〕。寒侵病骨惟思睡，花落春愁未解酲〔三〕。喜共紫甌吟且酌，羨君瀟洒有餘清〔四〕。

【題解】原輯《居士集》卷一二，繫嘉祐二年。作於是年二月中旬春分後，時以翰林學士權知禮部貢舉。

據張《曆日天象》，本年二月十日丙辰「春分」。梅公儀，即梅摯，時以龍圖學士同知貢舉。生平參見本書《酬滑州公儀龍圖見寄》題解。梅堯臣《宛陵先生集》卷五一有《嘗茶和公儀》，王珪《華陽集》卷二有《和公儀〈飲茶〉》詩。本詩由催茶、採茶寫到貢茶、飲茶、吟茶，抒寫文人雅趣，是宋代茶文化的重要文獻。此類詩歌筆意靈活，格調高逸，顯示宋詩生活化、通俗化的走向，是對唐詩的變化求新。

【注釋】

〔一〕「溪山」二句：驚蟄春雷萌動時節，江南開山擊鼓採茶。擊鼓：擂鼓以催茶。在福建建安御茶場，二月開山採茶造茶，都要舉行隆重的「喊山」儀式。喊山往往選擇驚蟄鳴雷時節，官員們登臺喊山，祭祀茶神。祭典過後，紅燭高燒，鞭炮齊鳴，臺下茶農鳴金擂鼓，齊聲高喊：「茶發芽！茶發芽！」一時千人高呼，聲震峽谷，場面極爲壯觀。宋人龐元英《文昌雜録》、趙汝礪《北苑别録》等文獻，都有建州「喊山」採茶的記載，後者稱「方其春蟲震蟄，千夫雷動，一時之盛，誠爲偉觀。」據張《曆日天象》，以去年閏三月，本年正月二十四日辛丑「驚蟄」。

〔二〕「摘處」二句：採貢的鮮嫩茶葉，製作成精美龍鳳茶。王珪《和公儀〈飲茶〉》：「北焙和香飲最真，緑芽未雨帶旗新。煎須卧石無塵客，摘是臨溪欲曉人。」兩旗：明彭大翼《山堂肆考》卷二三六《茶槍》：「茶有『一槍兩旗』之號。歐陽公茶詩『槍旗幾時緑』。」旗，指茶芽始展的小葉。宋文瑩《玉壺清話》卷一：「夷簡《山居》詩有『宿雨一番蔬甲嫩，春山幾焙茗旗香』之句。」貢：進貢皇家。雙鳳：宋代貢茶特製精良的龍鳳茶，分大餅、小餅，稱大鳳、小鳳。産于福建建溪北苑茶場，表面印飾龍鳳花紋，專爲皇家享用，秖有皇親、近臣纔能偶得賞賜。歐《歸田録》：「茶之品莫貴于龍鳳，謂之『團茶』……金可有而茶不可得。每因南郊致齋，中書、樞密院各賜一餅，四人分之，宫人往往縷金花於其上，蓋其貴重如此。」

〔三〕解酲：醒酒，消除酒病。

〔四〕「喜共」二句：表達對梅公品茶吟詩的羨慕之情。紫甌：紫色的茶杯。餘清：餘留的清涼之氣。謝靈運《游南亭》詩：「密林含餘清，遠峰隱半規。」此指茶後的清香之氣。

【附 録】

此詩輯入清康熙《御選宋金元明四朝詩·御選宋詩》卷四六、《御定佩文齋廣群芳譜》卷二〇、陳訏《宋十五家詩選·廬陵詩選》。

趙汝礪《北苑别録》：「方其春蟲震蟄，千夫雷動，一時之盛，誠爲偉觀。」

周容《春酒堂詩話》：「歐陽文忠《新茶》詩，有云：『年窮臘盡春欲動，蟄雷未起驅龍蛇。夜聞擊鼓滿山谷，千人助呼聲喊呀。萬木寒癡睡不醒，惟有此樹先萌芽。』要知宋時有催茶之法。今山茶最遲，安得先萬木而萌芽乎？又有《和嘗茶》詩云：『溪山擊鼓助雷驚。』」

姚之駰《元明事類鈔》卷三一引《武夷山志》，載北苑茶場「喊泉亭」：「山四面有御茶園，每歲驚蟄，有司致祭，令衆鳴金鼓，齊喊曰：『茶發芽』。」

和較藝書事

相隨懷詔下天閽，一鎖南宮隔幾旬〔一〕。玉麈清談消永日，金罇美酒惜餘春〔二〕。盃盤餳粥春風冷，池館榆錢夜雨新〔三〕。猶是人間好時節，歸休過我莫辭頻〔四〕。

【題　解】

原輯《居士集》卷一二，繫嘉祐二年。作於是年二月下旬清明前，時以翰林學士權知禮部貢舉。據張《曆日天象》，本年二月二十五日辛未「清明」。題下原注：「一作《奉答禹玉再示之作》。」古代科舉之文稱「藝」，較藝指科場上的文章較量。王珪《華陽集》卷三有《較藝書事》、《較藝書事再呈永叔並同院諸公》詩，梅堯臣《宛陵先生集》卷五二有《較藝贈永叔和禹玉》詩。本詩描寫鎖院期間的清談與斟飲，相約出院後登門過訪。詩語雅麗，屬對精美，一氣迴旋，情致深婉。

【注　釋】

〔一〕「相隨」二句：大家一道奉皇命來到貢院，一鎖就是五十天。天閽：帝王宮殿的門。

南宮：指禮部。宋進士考試由尚書禮部主持，考場稱禮部貢院，故稱鎖南宮。歐《歸田録》：「凡鎖院五十日。」

〔二〕玉麈：玉柄麈尾。參見本書《錢相中伏日池亭宴會分韻》注〔三〕。金罇美酒：李白《行路難》：「金樽美酒斗十千。」

〔三〕「盃盤」二句：眼下的二月風雨中，有寒食清明的酒肴甜粥，有池館榆莢的清新景致。餳粥：甜粥。宋龐元英《文昌雜録》卷三：「寒食則有假花雞球、鏤雞子、子推蒸餅、餳粥。」榆錢：榆莢。因其形似小銅錢，故稱。唐施肩吾《戲詠榆莢》：「風吹榆錢落如雨，繞林繞屋來不住。」

〔四〕「猶是」二句：還是春光融融的大好時節，鎖院結束回家後，希望諸位多多造訪我。歸休：《漢書·孔光傳》：「沐日歸休，兄弟妻子燕語，終不及朝省政事。」

【附録】

此詩輯入清康熙《御選宋金元明四朝詩·御選宋詩》卷四六、吴之振《宋詩鈔》卷一二、陳焯《宋元詩會》卷一一、陳訏《宋十五家詩選·廬陵詩選》。

胡仔《苕溪漁隱叢話》前集卷二三引黄朝英《緗素雜記》：「寒食清明，多用餳粥事。如李義山詩云：『粥香餳白杏花天。』宋子京《途中清明》詩云：『漠漠輕花著早桐，客甌餳粥對禺中。』」並補充云：「六一居士詩云：『盃盤餳粥春風冷，池館榆錢夜雨新。』又云：『多病正愁餳粥冷。』東坡詩云：『新火發茶乳，温風散粥餳。』皆清明寒食詩也。」

出省有日書事

凌晨小雨壓塵輕，閒憶登高望禁城〔一〕。樹色連雲春泱漭，風光著草日晴明〔二〕。看榆吐莢驚將落，見鵲移巢忽已成〔三〕。誰向兒童報歸日：爲翁寒食少留餳〔四〕。

【題解】

原輯《居士集》卷一二，繫嘉祐二年。作於是年二月下旬清明前，時以翰林學士權知禮部貢舉，省試快要結束，即將解禁出省。梅堯臣《宛陵先生集》卷五二有《（出省有日書事）和永叔》，王珪《華陽集》卷三《和永叔（出省有日書事）》詩。本詩賦詠晚春景物，描繪盎然春意與寒食氣息，敘寫日常生活，表現喜悦心境與生活情趣。語言平實，畫面鮮明，情景相生，詩情深沉雋永。

【注釋】

〔一〕「凌晨」二句：閒適中回憶登高觀覽京城的情景，清晨的簌簌小雨中空氣格外清新。禁城：

指京城。

〔二〕泱漭：濃鬱貌。朱熹《六月十五日詣水公庵雨作》詩：「歸路緑泱漭，因之想巖耕。」風光著草：化用謝朓《和徐都曹出新亭渚》詩句：「風光草際浮。」

〔三〕「看榆」二句：晚春時節，榆莢行將脱落，轉眼間喜鵲完成了遷巢。

〔四〕「誰向」二句：希望有人給家裏報個信，寒食清明時節就要回家，給我留點飴糧甜粥吧。王珪《和永叔（出省有日書事）》：「漢殿未傳紅蠟燭，到家猶得趁清明。」寒食：參見本書《花山寒食》注〔一〕。餳：甜粥。白居易《贈舉之僕射》詩：「雞球餳粥屢開筵，談笑謳吟閑管絃。」宋龐元英《文昌雜録》卷三：「寒食則有假花雞球、鏤雞子、子推蒸餅、餳粥。」

【附録】此詩輯入明曹學佺《石倉歷代詩選》卷一四〇，又輯入清吴之振《宋詩鈔》卷二二、陳焯《宋元詩會》卷一一。

和較藝將畢

槐柳來時緑未匀，開門節物一番新〔一〕。踏青寒食追游騎，賜火清明忝侍臣〔二〕。拂面蜘蛛占喜事，入簾蝴蝶報家人〔三〕。莫嗔年少思歸切，白髮衰翁尚惜春〔四〕。

【題　解】

原輯《居士集》卷一二，繫嘉祐二年。作於是年二月下旬清明前，時以翰林學士權知禮部貢舉。題目「和」字下原注：「一本有『禹玉』字。」王珪，字禹玉，省試即將結束時，有《較藝將畢呈諸公》詩，存《華陽集》卷三，此爲和詩之一。梅堯臣《宛陵先生集》卷五二亦有《(較藝將畢)和禹玉》詩。本詩借詠清明踏青、寒食賜火，抒寫較藝將畢，歸家在即的欣喜心情。詩律工巧，情感真摯，意趣雋遠，善於抓住富有特徵的風物抒情寫意。

【注　釋】

〔一〕「槐柳」二句：正月初鎖院主試時，柳樹剛剛吐緑；二月下旬清明前解禁之日，已是槐黄柳緑，萬物長勢正旺。王珪《較藝將畢呈諸公》：「文昌宫裏柳依依，誰折長條贈我歸。」節物：各個季節的風物景色。

〔二〕「踏青」二句：本人忝爲侍臣，有幸追隨群臣寒食踏青，接受皇宫清明賜火。　賜火：《周禮・夏官・司爟》：「掌行火之政令，四時變國火，以救時疾。」《春明退朝録》卷中：「春取榆柳之火，夏取棗杏之火，秋取柞楢之火，冬取槐檀之火，而唐時惟清明取榆柳之火以賜近臣、戚里，本朝因之。」寒食，參見本書《花山寒食》注〔一〕。

〔三〕拂面蜘蛛：指喜子。《爾雅·釋蟲》：「蠨蛸，長踦。」晉郭璞注：「小蜘蛛長脚者俗呼爲喜子。」宗懔《荆楚歲時記》：「〔婦女七月七日〕陳瓜果於庭中以乞巧，有喜子網於瓜上，則以爲符應。」入簾蝴蝶：句下原注「在李賀詩」。參見「附録」所引吴曾《能改齋漫録》卷七。

〔四〕「莫嗔」二句：連我這樣白髮衰體的老頭，尚且貪戀美好春色，就不要責怪那些年輕人思家情切了。莫嗔：不要責怪，怪不得。王安石詩《暮春》其三：「白下門東春已老，莫嗔楊柳可藏鴉。」

【附録】

此詩輯入清吴之振《宋詩鈔》卷一二、陳焯《宋元詩會》卷一一。

吴曾《能改齋漫録》卷七：「歐陽文忠公詩云：『拂面蜘蛛占喜事，入簾蝴蝶報佳人。』自注云：『李賀詩：「東家蝴蝶西家飛，白騎少年今日歸。」』賀蓋用李淳風占怪書云：『蛺蝶忽入人宅舍及帳幕内者，主行人即返。』又云：『生貴子，吉。』」

喜定號和禹玉内翰

衡鑑慚叨選，英豪此所鍾〔一〕。古今參雅鄭，善惡雜皋共〔二〕。揮翰飄飄思，懷奇落落胸〔三〕。

披文驚可畏，奏下始開封〔四〕。但喜真才得，寧虞横議攻〔五〕。欲知儒學盛，首善本三廱〔六〕。

【題解】

原輯《居士集》卷一二，繫嘉祐二年。作於是年二月下旬清明前，時以翰林學士權知禮部貢舉。題下原注：「用其韻。一作『和禹玉喜定號』。」定號，即考官審定殿試成績上奏之序號。宋葉適《水心集》卷一八《校書郎王公夷仲墓誌銘》：「進士試御前，考官定號名來上。所謂高第者，天子常親擢賜之。」參見下詩題下原注。禹玉内翰，即王珪，字禹玉，時以翰林學士同知貢舉。生平參見本書《答王禹玉見贈》題解。王珪《華陽集》卷一有詩《喜定號》，梅堯臣《宛陵先生集》卷五二有《定號依韻和禹玉》詩。本詩描寫主持貢舉、判别優劣以及發現英才的過程，表達爲國選材、不恤物議的堅定信念，對弘儒興學滿懷信心。叙議結合，情理相融，詩筆明麗透闢，思致跌宕縱横，透見氣韻格力。

【注釋】

〔一〕衡鑑：本指衡器和鏡子，此喻審察辨識人才的知貢舉。叨選：自己受命選材。叨，猶忝。表示承受之意，常用作謙詞。

〔二〕「古今」二句：古往今來，人世間雅樂與淫聲、善人與惡人並存。雅鄭：雅樂和鄭聲。引申爲正與邪、高雅與低俗。劉勰《文心雕龍·體性》：「然才有庸俊，氣有剛柔，學有淺深，習有雅鄭。」皋共：皋陶和共工。皋陶相傳爲虞舜時刑官，常借指賢臣；共工爲堯臣，和驩兜、三苗、鯀並稱爲「四凶」，被流放於幽州。《尚書·舜典》：「流共工於幽洲。」

〔三〕「揮翰」二句：舉子從容應試情形。揮翰：揮筆。飄飄思：文思飛揚。懷奇：身懷奇才。韓愈《試大理評事王君墓誌銘》：「君諱適，姓王氏，好讀書，懷奇負氣，不肯隨人。」落落：猶磊落。常用以形容人的氣質、襟懷。楊炯《和劉長史答十九兄》：「風標自落落，文質且彬彬。」

〔四〕驚可畏：深感後生可畏。

〔五〕「但喜」二句：秖要能録用真才實學之士，哪用擔心别人横加指責。《宋史·歐陽修傳》：「知嘉祐二年貢舉。時士子尚爲險怪奇澀之文，號『太學體』，修痛排抑之，凡如是者輒黜。畢事，向之囂薄者伺修出，聚噪于馬首，街邏不能制；然場屋之習，從是遂變。」

〔六〕「欲知」二句：京城作爲四方的典範，實施教化應自京都開始。時代儒學的盛衰，看看京師三大學宫便可知曉。首善：指京城。參見本書《早赴府學釋奠》注〔六〕。三廱：指太學、國子監和開封府府學。廱，學宫。

和出省

僮奴襆被莫相催，待報霜臺御史來〔一〕。晴陌便當聯騎去，春風任放百花開〔二〕。文章紙貴爭馳譽，朝野人言慶得才〔三〕。共向丹墀侍臨選，莫驚鱗鬣化風雷〔四〕。

【題　解】

原輯《居士集》卷一二，繫嘉祐二年。作於是年二月二十六日，時以翰林學士權知禮部貢舉，出省，即結束鎖院，時在清明後一日。歐《歸田録》卷二：「凡鎖院五十日。」即正月六日「權知禮部貢舉」至二月二十六日，在清明後一天。據張《曆日天象》，本年二月二十五日辛未「清明」。題下原注：「國朝之制：禮部考定卷子，奏上字型大小，差臺官一人拆封出榜。一作《和公儀〈上馬有作〉》。」梅堯臣《宛陵先生集》卷五二有詩《〈上馬〉和公儀》，王珪《華陽集》卷三亦有《和公儀〈上馬〉》詩。本詩抒寫出省時的喜悦心情，祝福士子順利通過殿試一舉成名。氣脈流貫，節奏輕快，洋溢喜悦之情。

【注　釋】

〔一〕「僮奴」二句：且不要催促童僕急於打點行裝，還得等待御史臺官員拆封張榜後纔能離院回家。霜臺：御史臺的别稱。御史職司彈劾，爲風霜之任，故稱。

〔二〕「晴陌」二句：出院後應該趁著春晴一塊並馬踏青，觀賞春風中競放的百花。

〔三〕文章紙貴：《晉書·左思傳》載：左思作《三都賦》，構思十年，賦成，不爲時人所重。及皇甫謐爲作序，張載、劉逵爲作注，張華見之，歎爲「班張之流也」，於是豪富之家爭相傳寫，洛陽紙價因之昂貴。

〔四〕「共向」二句：省試中式的舉子再通過殿試，就像鯉魚跳龍門一樣喜登科第。丹墀：宫殿的赤色臺階或赤色地面。張衡《西京賦》：「右平左墄，青瑣丹墀。」鱗鬣：龍的鱗片和鬣毛。此處代稱龍，喻才俊之士。化風雷：跳上龍門的大魚在風雷中化爲龍。參見本書《和公儀〈試進士終場有作〉》注〔四〕。

來燕堂與趙叔平王禹玉王原叔韓子華聯句

賢侯謝郡歸，從游樂吾黨〔一〕。林泉富餘地，卜築疏陳莽〔二〕。是時春正中，來燕音下上。若賀大廈成，喜留衆賓賞〔三〕。槩　得名因談笑，揮墨粲題榜。所夸賢豪盛，豈止池榭廣〔四〕。人心樂且閒，鳥意頡而頏。吟鐏敞花軒，醉枕酣風幌〔五〕。歐　輕雲薄藻棟，初日麗珠網。紅袂生暗香，清絃泛餘響。林深隱飛蓋，岸曲遲去槳。波光欄檻明，竹飛衣巾爽〔六〕。珪　虛容涼樾入，影與文漣蕩〔七〕。晨飆轉緑蕙，夕雨滋膏壤〔八〕。嘉辰喜盍朋，命駕期屢往〔九〕。觴詠陶淑真，世俗豈吾倣〔一〇〕。洙　得以爲勝游，蕭然散煩想〔一一〕。公子固好

士，世德復可象〔一二〕。今此大基構，不圖專奉養〔一三〕。美哉風流存，來葉足師仰〔一四〕。絳

【題解】

原輯《居士外集》卷四，繫嘉祐三年，有誤。當作於嘉祐二年三月，時任翰林學士、史館修撰，主修《唐書》。題下原注：「見《華陽集》。」據「附録」陳鵠《西塘集耆舊續聞》卷五紀事，趙槩（字叔平）、歐陽永叔修、王珪（字禹玉）、王洙（字原叔）、韓絳（字子華）來燕堂聯句刻石，時在丁酉嘉祐二年，趙槩詩中有句：「是時春正中，來燕音下上。」可知時在春季，當在鎖院解禁之後。胡柯繫於次年，然王原叔洙卒於今年九月一日，不可能預名明年聯句。李端愿，字公謹。以母獻穆公主恩，七歲授如京副使，歷知襄州、郢州等。官終太子太保。來燕堂，據陳鵠《西塘集耆舊續聞》紀事，「李駙馬都尉和文之子少師端愿作來燕堂」。詩歌描寫來燕堂文人雅會，表現園林生活樂趣，頌揚主人李端愿的愛才好文。此類文酒詩會，宴飲聯句，詩人各自示才競藝，以創新出奇取勝，促進宋詩内容與形式的發展。

【注釋】

〔一〕「賢侯」二句：賢侯李端愿外郡卸任回京師，使我等享受從游之樂。賢侯：篇後原注：「賢侯，謂鎮東軍節度觀察留後李端愿。」李端愿，字公謹，李遵勖子，李端懿弟。歷知、郢二州，本

路轉運使。《宋史》卷四六四有傳。

〔二〕「林泉」二句：山水林泉之間有開闊地，除掉雜木叢草，新築來燕堂而居。卜築：擇地建築住宅，即定居之意。《梁書·外士傳·劉訏》：「〔劉訏〕曾與族兄劉歊聽講于鍾山諸寺，因共卜築宋熙寺東澗，有終焉之志。」陳莽：陳年雜草。

〔三〕「是時」四句：時值春暖花開，燕子來回穿梭，聲音婉轉，好像祝賀堂廈的建成，又好像高興地挽留賓客觀賞。音上下：《毛詩·邶風·燕燕》：「燕燕於飛，下上其音。」

〔四〕「得名」四句：「來燕」堂名來自大夥談笑，王洙題寫的榜匾對聯尤爲燦爛，它所誇耀的是賢侯的英雄豪邁，哪裏秖是看重亭臺樓閣。粲：鮮明貌，美好貌。《詩·唐風·葛生》：「角枕粲兮，錦衾爛兮。」朱熹集傳：「粲、爛，華美鮮明之貌。」

〔五〕「人心」四句：我們快樂而安閒，春燕上下自由翻飛，主賓吟詩賞花，沉醉于酒宴春風之中。頡而頏：鳥上下翻飛貌。《詩·邶風·燕燕》：「燕燕於飛，頡之頏之。」唐許渾《孤雁》詩：「昔年雙頡頏，池上靄春暉。」

〔六〕「輕雲」八句：從視覺、聽覺上描寫來燕堂的明媚春光及歌舞之樂，描寫林中馳車及湖面泛舟的游賞之樂。藻棟：繪有圖案的屋宇棟梁。珠網：綴珠之網狀的帳幃。《文選·王中〈頭陀寺碑文〉》：「夕露爲珠網，朝霞爲丹雘。」吕延濟注：「珠網，以珠爲網，施於殿屋者。」王維《白鸚鵡賦》：「經過珠網，出入金鋪。」紅袂：紅色的衣袖。代指歌女。飛蓋：車蓋。

代指車騎。遲：緩慢。爽：因飄動而顯得勁爽。

〔七〕「虚容」二句：樹蔭下空曠而清涼，水面上蕩漾著樹影與波紋。漣蕩：漣漪蕩漾。

〔八〕「晨飆」二句：晨風吹得翠緑的蕙草左右摇擺，夕雨使肥沃的土壤得到滋潤。

〔九〕「嘉辰」二句：如此良辰嘉日與好友相會多麽高興呀，希望經常能够駕車去那裏游玩。盍朋：朋友相聚。盍，合也。王安石《寄余温卿》：「雲散風流不自禁，天涯無路盍朋簪。」命駕：命人駕車馬，謂立即動身。《左傳·哀公十一年》：「退，命駕而行。」

〔一〇〕「觴詠」二句：希望通過飲酒詠詩陶冶自己真善美的情感，那些庸俗不堪的世俗生活哪是我所嚮往的。淑真：美善真實。漢王符《潛夫論·論榮》：「今觀俗士之論也，以族舉德，以位命賢，兹可謂得論之一體矣，而未獲至論之淑真也。」

〔一一〕「得以」二句：能够到此勝地一游，讓人忘卻塵世煩惱而變得瀟灑通脱。蕭然：瀟灑，悠閒。葛洪《抱朴子·刺驕》：「高蹈獨往，蕭然自得。」

〔一二〕「公子」二句：李公子端愿本來禮賢愛士，就像其賢良的先輩那樣。世德：累世的功德，先世的德行。《詩·大雅·下武》：「王配于京，世德作求。」鄭箋：「以其世世積德，庶爲終成其大功。」

〔一三〕「今此」二句：現在修建這來燕堂，其目的不是僅供個人養老。基構：建築物的基礎和結構。劉勰《文心雕龍·附會》：「若築室之須基構，裁衣之待縫緝矣。」此處代指來燕堂。

〔一四〕「美哉」二句：此地的樓堂之美、詩酒之樂，以及主人好文愛才之風流，將永久留存，足以讓後來人師法敬仰。　來葉：來世。　師仰：師法敬仰，尊奉。　宋孫光憲《北夢瑣言》卷一一：「有律僧忘其名，臨壇度人，四方受具者奔走師仰，檀施雲集。」

【附録】

此詩輯入宋王珪《華陽集》卷一，又輯入清康熙《御選宋金元明四朝詩·御選宋詩》卷七八。陳鵠《西塘集耆舊續聞》卷五：「……後觀趙子崧《中外舊事》，云：嘉祐丁酉，李駙馬都尉和文之子少師端愿，作來燕堂，會翰林趙叔平槩、歐陽永叔修、王禹玉珪、侍讀王原叔洙、舍人韓子華絳，永叔命名，原叔題榜，聯句刻之石，可以想見一時人物之盛。蓋仁宗末年，文、富二公爲相，引用得人如此。」

和原父揚州六題

時會堂二首〔一〕

其一

積雪猶封蒙頂樹，驚雷未發建溪春〔二〕。中州地暖萌芽早，入貢宜先百物新〔三〕。

其二

憶昔嘗修守臣職，先春自探兩旗開〔四〕。誰知白首來辭禁，得與金鑾賜一杯〔五〕。

東門泛舟至竹西亭，登崑丘，入蒙谷，戲題春貢亭〔六〕

崑丘蒙谷接新亭，畫舸悠悠春水生。欲覓揚州使君處，但隨風際管絃聲〔七〕。

竹西亭

十里樓臺歌吹繁，揚州無復似當年〔八〕。古來興廢皆如此，徒使登臨一慨然〔九〕。

崑丘臺

訪古高臺半已傾，春郊誰從綵旗行〔一〇〕。喜聞車馬人同樂，慣聽笙歌鳥不驚〔一一〕。

蒙谷

一徑崎嶇入谷中，翠條紅刺罥春叢〔二〕。花深時有人相應，竹密初疑路不通〔三〕。

【題解】 原輯《居士集》卷一三，繫嘉祐二年。作於是年三月，時任翰林學士、史館修撰，主修《唐書》。題下原注：「六，一作『五』。」原父，即劉敞。生平參見本書《答原父》題解。歐《集賢院學士劉公墓誌銘》：「（至和）三年，使還，以親嫌求知揚州。」《長編》卷一八二嘉祐元年閏三月辛卯（九日）：「知制誥劉敞知揚州。敞，王堯臣姑子；（王）洙，堯臣從父。堯臣執政，兩人皆避親也。」劉敞《公是集》卷二九有《崑丘臺》、《時會堂二首》詩，卷二八有詩《東門泛舟至竹西亭，登崑丘，入蒙谷，戲題二首》。本組詩《時會堂二首》稱道揚州貢茶所的茶芽早發，至今爲朝廷貢品。其餘四首描寫揚州西郊名勝，想像出游之樂，表達詩人對自然山水的無限熱愛，對揚州生活的深沉眷念。語言清新，聲色相生，詩畫相映，意境渾成。

【注釋】

〔一〕「時會堂」題下注：「造貢茶所也。」歐慶曆八年（一〇四八）擔任揚州知州期間，曾親臨蜀崗茶場，親臨製茶的時會堂，負責督造貢茶。《江南通志》卷三三《輿地志·古跡·揚州府》記載：「春貢亭，在甘泉縣蜀岡。宋時揚州貢茶皆出蜀岡，因名。」詩「其一」，作者對比四川蒙頂茶、福建龍鳳茶的採摘與製作，驚喜揚州蜀崗茶的「地暖萌芽早」，强調貢茶宜「先」宜「新」。詩「其二」，作者回憶早年親臨蜀岡茶場督貢新茶的情景，感慨晚年能在宫廷享受賞賜龍鳳茶的恩寵，頗爲自鳴得意。

〔二〕蒙頂：四川蒙山頂上所産的蒙頂名茶。宋毛晃《禹貢指南》卷二：「蒙山，在蜀郡青衣縣，其上出茶，俗呼蒙頂茶。」建谿春：福建建州所産的名茶。宋宋子安《東溪試茶録·採茶》：「建溪茶比他郡最先，北苑壑源者尤早。歲多暖，則先驚蟄十日即芽。歲多寒，則後驚蟄五日始發。先芽者，氣味俱不佳，惟過驚蟄者最爲第一。」

〔三〕「中州」二句：揚州蜀崗茶樹萌芽早，進貢京城的茶葉最爲時新。劉敞《時會堂二首》其一：「不關南國年芳早，自有東藩欲貢新。」

〔四〕「憶昔」二句：首句下詩人自注：「余嘗守揚州，歲貢新茶。」兩旗：代指茶葉。參見本書《和梅公儀〈嘗茶〉》注〔二〕。

〔五〕「誰知」二句：未料到白髮老頭時，召爲翰林學士，能在金鑾殿上得到皇上賞賜名茶。

〔六〕竹西亭：又名「歌吹亭」，始建唐咸通年間，位居禪智寺外東南角。與禪智寺隔小峽谷相望的是春貢亭。從春貢亭至竹西亭的一段山谷，即蒙谷。《大清一統志》卷六七《揚州府》：「竹西亭，在甘泉縣北，杜牧《題禪智寺》詩：『誰知竹西路，歌吹是揚州。』後人以此名亭。宋歐陽修、梅堯臣皆有詩，後向子固易名『歌吹亭』。《輿地紀勝》：『竹西亭在北門外五里。乾隆四十九年，皇上南巡，有御製《竹西精舍》詩。』」同書卷六七：「崑邱臺，在甘泉縣北五里，取《蕪城賦》：『軸以崑岡』爲名。宋歐陽修有詩。」同書卷六六：「蒙谷，在甘泉縣東北五里竹西亭北。宋歐陽修有詩。」

〔七〕「崑丘」四句：曆慶八年（一〇四八）歐知揚州時，常在名山勝水之間詩酒游玩，與民同樂。劉敞《東門泛舟至竹西亭，登崑丘，入蒙谷，戲題二首》其二：「此地重聞歌吹發，揚州風物故依然。」　使君：詩人自指。

〔八〕「十里」二句：揚州歌舞繁華，不像當年的荒涼冷落。杜牧《題揚州禪智寺》：「雨過一蟬噪，飄蕭松桂秋。青苔滿階砌，白鳥故遲留。暮靄生深樹，斜陽下小樓。誰知竹西路，歌吹是揚州。」

〔九〕慨然：感慨貌。唐元季川《山中晚興》詩：「靈鳥望不見，慨然悲高梧。」

〔一〇〕「訪古」二句：從前的古臺遺跡半數已成斷壁殘垣，州民有人隨你踏春憑弔嗎？　綵旗行：舊時州郡長官出行，隨行彩旗相從。

〔一一〕「喜聞」二句：此地車馬如舊，喧囂如昨，連樹上的鳥兒都習慣了熱鬧聲，聞歌不驚。

〔一二〕罥：懸掛，纏繞。《文選·鮑照〈蕪城賦〉》：「澤葵依井，荒葛罥塗。」李善注：「罥，猶絹也。」

〔一三〕「花深」二句：花深竹密，别以爲無路可行，裏面傳出游人笑語聲。

【附録】

《自東門泛舟至竹西亭，登崑丘，入蒙谷，戲題春貢亭》輯入明李蓘《宋藝圃集》卷九。

胡仔《苕溪漁隱叢話》後集卷一一：「歐公《和劉原父揚州時會堂絶句》云：『積雪猶封蒙頂樹，驚雷未發建谿春，中州地暖萌芽早，入貢宜先百物新。』注云：『時會堂，造茶所也。』余以陸羽《茶經》考之，不言揚州出茶，惟毛文錫《茶譜》云：『揚州禪智寺，隋之故宮，寺枕蜀岡，其茶甘香，味如蒙頂焉。』第不知入貢之因，起於何時，故不得而誌之也。」按：又見黄徹《䂬溪詩話》卷四、阮閲《詩話總龜》後集卷二九。

勉劉申

有司精考覈，中第爲公卿〔一〕。本基在積習，優學登榮名〔二〕。吾子齒尚少，加勤無自輕。努力圖樹立，庶幾終有成〔三〕！

【題解】

原輯《居士外集》卷四，無繫年，列至和二年至嘉祐五年詩間。作於嘉祐二年春夏間，在科試結束後，時任翰林學士、史館修撰，主修《唐書》。劉申，生平不詳，當爲今春少年落第，詩人爲賦此篇，勉勵其永不氣餒，勤學待時，終將有成。通篇以議論爲詩，如敍家常，情理相融。

【注　釋】

〔一〕有司：官吏。古代設官分職，各有專司，故稱。考覈：考查核實。漢王符《潛夫論·實貢》：「是故選賢貢士，必考核其清素，據實而言。」

〔二〕「本基」二句：讀書求學的根本在於逐漸積累，厚積薄發纔能登榜題名。優學登榮名：《論語》：「學而優則仕。」

〔三〕「吾子」四句：劉申還年輕，衹要勤奮好學，不自暴自棄，用不了多久，定會科第成功。自輕：妄自菲薄。

送鄭革先輩賜第南歸

少年鄉謽歎才淹，六十猶隨貢士函〔一〕。握手親朋驚白髮，還家閭里看青衫〔二〕。閣涵空翠連衡阜，門枕寒江落楚帆〔三〕。試問塵埃勤斗禄，何如琴酒老雲巖〔四〕！

【題解】

原輯《居士集》卷一三，繫嘉祐二年。作於是年春夏間，在科考授官後，時任翰林學士、史館修撰，主修《唐書》。據《長編》卷一八五嘉祐二年三月己丑（三日）：「賜諸科三百八十九人及第，又賜特奏名進士諸科二百十四人同出身，及補諸州長史、文學。」鄭革，生平不詳，當爲衡州人，本年獲恩科出身。題下原注：「一本注：『革以累舉年老，恩賜出身。』」詩人欣喜鄭革六十始得一第還鄉，同時對此類皓首窮經的人生選擇頗吐微詞，質疑以科第功名作爲人生惟一追求的價值取向。富於特徵的景物，藴含興寄的賦詠，透視詩人的情感世界。

【注釋】

〔一〕才淹：有才德而不得録用或陞遷。白居易《酬張太祝晚秋卧病見寄》詩：「高才淹禮寺，短羽翔禁林。」貢士：鄉試中式者爲貢士。

〔二〕青衫：泛指官職卑微。鄭氏恩科出身，出任低級文官，享有官服。唐制，文官八品、九品服以青。白居易《琵琶引》：「座中泣下誰最多？江州司馬青衫濕！」

〔三〕「閣涵」二句：家鄉樓閣的雲霧連接著巍峨衡山，門口略帶寒氣的江面上散布著楚地船帆。空翠：青色的潮濕的霧氣。王維《山中》詩：「山路元無雨，空翠濕人衣。」衡皋：衡山。《太平廣記》卷四三引《仙傳拾遺》：「祝融棲神於衡阜，虞舜登仙於蒼梧。」

〔四〕「試問」二句：一個人勤苦終生僅得微薄俸禄，還不如拋開世俗名利，到雲崖深處彈琴飲酒以享受人生。斗禄：形容俸禄少。曾鞏《雜詩》其三：「孔孟非其稱，斗禄應未取。」

【附録】

此詩輯入明李蓘《宋藝圃集》卷九。

單宇《菊坡叢話》卷一六：「宋之人才不得一第，老而不休。觀歐陽公送鄭革之詩及梁皓得第之吟，豈但可以資老舉人之談笑，亦足以厲仕進之志云。」按：又見王昌會《詩話類編》卷八。

送石揚休還蜀

長愛謫仙詩蜀道，送君西望重吟哦〔一〕。路高黄鵠飛不到，花發杜鵑啼更多〔二〕。清禁寒生鳳池水，繡衣榮照錦江波〔三〕。昔年同舍青衿子，夾道歡迎鬢已皤〔四〕。

【題解】

原輯《居士外集》卷七，無繫年，列嘉祐元年、二年詩間。作於嘉祐二年春夏間，時任翰林學士、史館修撰，主修《唐書》。石揚休，字昌言，眉州人。時爲同判太常寺。《長編》卷一八三嘉祐元年八月：「丙寅（十七日），刑部員外郎、知制誥石揚休爲契丹國母生辰使。」又《宋史·石揚休傳》：「使契丹，道感寒毒，得風痹，謁告歸鄉，别墳墓。」石氏去年使契丹，當於本年初還朝，回蜀亦當在本年。梅堯臣《宛陵先生集》卷五四詩《送石昌言舍人還蜀拜掃》，朱東潤亦繫今年，可資證。此詩借詠蜀道之難，讚揚並豔羨石揚休晚年榮歸故里。化用前人成句，不露斧鑿痕跡，平實舒緩節奏之中，透見宏闊氣象與藹然風度。

【注釋】

〔一〕「長愛」二句：一向喜歡李白的《蜀道難》，如今送石揚休還蜀，不由得重新吟誦這篇詩作。謫仙：賀知章稱李白爲「謫仙人」，後人遂以「謫仙」代稱李白。

〔二〕黄鵠：羽毛黄色的雁類鳥。「黄鵠飛不到」化用李白《蜀道難》「黄鵠之飛尚不得過」。杜鵑：鳥名。又名杜宇、子規。相傳爲古蜀王杜宇之魂所化。春末夏初，常晝夜啼鳴，其聲哀切。《太平御覽》卷一六六引漢揚雄《蜀王本紀》：「荆人鱉令死，其屍流亡，隨江水上至成都，見蜀王杜宇，杜宇立以爲相。杜宇號望帝，自以德不如鱉令，以其國禪之，號開明帝。」

〔三〕「清禁」二句：梅堯臣《送石昌言舍人還蜀拜掃》：「紫微星宿何煌煌，掖垣華閣上相當……其間飛星入王壘，天子賜告歸故鄉。」清禁：指皇宫。鳳池：即鳳凰池，代指中書省。《宋史·石揚休傳》：「判鹽鐵勾院，以刑部員外郎知制誥、同判太常寺……帝嘉之。兼勾當三班院，爲宗正寺修玉牒官。」錦江：岷江分支之一，在今四川成都平原。傳説蜀人織錦濯其中則錦色鮮豔，濯于他水，則錦色暗淡，故稱。左思《蜀都賦》：「百室離房，機杼相和；貝錦斐成，濯色江波。」

〔四〕「昔年」二句：當年同學館的青年學子，如今夾道歡迎你，都已是鬢髮斑白。青衿子：指青年學子。《詩·鄭風·子衿》：「青青子衿，悠悠我心。」

【附録】此詩輯入明曹學佺《石倉歷代詩選》卷一四〇，又輯入清管庭芬、蔣光煦《宋詩鈔補·歐陽文忠詩補鈔》。

凌迪知《萬姓統譜》卷一二一：「石揚休，眉山人。少孤力學，舉進士，累官刑部員外郎、知制誥。仁宗朝，上疏力請廣言路，尊儒術，防壅蔽，禁奢侈，其言皆有益於國，時人稱之。」清《御選宋金元明四朝詩·御選宋詩姓名爵里一》則稱其「進士高第，歷刑部員外郎、知制誥，同判太常寺，遷工部郎中，未及謝，卒」。

和劉原甫平山堂見寄

督府繁華久已闌，至今形勝可躋攀〔一〕。山橫天地蒼茫外，花發池臺草莽間。萬井笙歌遺俗在〔二〕，一罇風月屬君閒。遥知爲我留真賞，恨不相隨暫解顔〔三〕。

【題解】

原輯《居士外集》卷七，繫嘉祐二年。作於是年春夏間，時任翰林學士、史館修撰，主修《唐書》。劉原甫，即劉敞，時知揚州。《長編》卷一八二：嘉祐元年閏三月辛卯（九日）「知制誥劉敞知揚州」。平山堂，在今江蘇揚州蜀岡之上，《大清一統志》卷六七《揚州府》：「平山堂在甘泉縣西北五里蜀岡上，宋慶曆八年郡守歐陽修建。《輿地紀勝》：在州城西北大明寺側，負堂而望，江南諸山拱列簷下，故名。」清李斗《揚州畫舫録》卷一六云：「宋慶曆八年二月，廬陵歐陽文忠公繼韓魏公之後守揚州，構廳事於寺之坤隅。嘉祐初，公還翰林學士、知制誥，新喻劉敞知揚州，有《登平山堂寄永叔内翰詩》，公與都官員外郎宣城梅堯臣俱有和詩。」劉敞《游平山堂寄歐陽永叔内翰》，存《公是集》卷二五，本詩爲其和詩。梅堯臣《宛陵先生集》卷四六有《平山堂雜言》、卷五〇有《和永叔答劉原甫游平山堂寄》詩，後者當爲和本篇之作。本詩作者感慨揚州雖非往昔之繁盛，仍有形勝可觀瞻，對未能與劉敞同游深表遺憾。詩中有畫，涵藴幽深，詩思明快，情韻兼勝。

【注釋】

〔一〕督府：《江南通志》卷五《輿地志》：「唐武德三年置揚州，七年改爲蔣州，八年復爲揚州。置大都督府。」繁華久已闌：揚州唐代極盛，號「揚一益二」，至宋已失去往昔風光。可躋攀：梅堯臣《平山堂雜言》：「蕪城之北大明寺，闢堂開爽，趣廣而意厖。歐陽公經始曰平山，山之迤邐蒼翠隔大江。天清日明了了見峰嶺，已勝謝朓巘巘遠視於一窗。」

〔二〕萬井：古代以地方一里爲一井，萬井即一萬平方里。《漢書・刑法志》：「地方一里爲井……一同百里，提封萬井。」後泛指千家萬户。陳子昂《謝賜冬衣表》：「三軍葉慶，萬井相歡。」

〔三〕留真賞：留下值得觀賞的景物。劉敞《游平山堂寄歐陽永叔内翰》：「主人寄賞來何暮，游子銷憂醉不還。」解顔：開顔歡笑。

答梅聖俞大雨見寄

夕雲若頽山，夜雨如決渠。俄然見青天，燄燄升蟾蜍。倏忽陰氣生，四面如吹嘘〔一〕。狂雷走昏黑，驚電照夔魖。搜尋起龍蟄，下擊墓與墟〔二〕。雷聲每軒轟，雨勢隨疾徐。初若浩莫止，俄收闃無餘。但掛千丈虹，紫翠横空虚。頃刻百變態，晦明誰卷舒〔三〕。豈知下土人，水潦没襟裾。擾擾泥淖中，無異鴨與豬〔四〕。嗟我來京師，庇身無弊廬。閒坊僦古屋，卑陋雜里閭〔五〕。鄰注湧溝竇，街流溢庭除。出門愁浩渺，閉户恐爲瀦。牆壁豁四達，幸家無貯儲。蝦蟆鳴竈下，老婦但欷歔。九門絶來薪，朝爨欲毁車。壓溺委性命，焉能顧圖書〔六〕。

乃知生堯時，未免憂爲魚〔七〕。梅子猶念我，寄聲憂我居。慰我以新篇，琅琅比瓊琚〔八〕。官閒行能薄，補益愧空疎。歲月行晚矣，江湖盍歸歟。吾居傳郵爾，此計豈躊躇〔九〕。

【題　解】

原輯《居士集》卷八，繫嘉祐二年。作於是年七月，時任翰林學士、史館修撰，主修《唐書》。《宋史·五行志一上》：嘉祐二年六月「嘉祐二年六月，開封府界及京東西、河北水潦害民田。自五月大雨不止，水冒安上門，門關折，壞官私廬舍數萬區，城中繫栰渡人。七月，京東西、荆湖北路水災。淮水自夏秋暴漲，環浸泗州城。」七月九日，京師大雨，時歐陽修全家租賃城南一所舊房舍，上漏下浸，全家生活和生命安全陷入窘境。歐致書梅堯臣，告其窘況。梅堯臣得書後，有詩紀其事，題爲《嘉祐二年七月九日大雨寄永叔内翰》，今存殘宋本《宛陵先生集》卷五四。此詩即答梅氏寄詩。首二十二句描寫夏秋間雷雨大作，京師水澇的情狀；次十八句描繪自家居處低窪，在暴雨中陷於狼狽窘境；末十句感謝梅堯臣寄詩慰問，表露歸隱之思。詩歌叙議雜出，造語新奇，古健高逸，大筆淋漓之中，展現舒卷之美。

【注　釋】

〔一〕「夕雲」六句：夜雨來臨之前，天空雲層變化不定的景狀。頽山：將崩之山。有黑雲壓城之勢,預示暴雨即將來臨。　𤆵𤆵:明亮貌,鮮明貌。楊炯《益州温江縣令任君神道碑》:「明星焰焰,不臨太丘之前;暮雨沉沉,不散巫山之曲。」　蟾蜍:指月亮。《後漢書·天文志上》:「言其時星辰之變。」劉昭注:「羿請無死之藥於西王母,姮娥竊之以奔月……姮娥遂託身於月,是爲蟾蠩。」後用爲月亮的代稱。杜甫詩《八月十五夜月》其二:「刁斗皆催曉,蟾蜍且自傾。」

〔二〕「狂雷」四句:大雨前雷電交加之狀,似在搜索黑暗中的妖魔鬼怪。　夔魖:泛指神話傳説中的山怪。《文選·張衡〈東京賦〉》:「囚耕父于清泠,溺女魃於神潢。殘夔魖與罔象,殪野仲而殲游光。」薛綜注:「夔,木石之怪,如龍有角,鱗甲光如日月,見則其邑大旱。《説文》曰:『魖,耗鬼也。』罔象,木石之怪……野仲、游光,惡鬼也。兄弟八人,常在人間作怪害。」

〔三〕「雷聲」八句:暴雨時的情景。梅堯臣《嘉祐二年七月九日大雨寄永叔内翰》:「輦道有白水,都人無陸行。浮萍何處來?青青繞我楹。」　軒轟:喧鬧,震盪。　闃:寂静。　晦明:陰晴,明暗。《國語·楚語上》:「地有高下,天有晦明。」　卷舒:卷起與展開。韓愈《符讀書城南》詩:「燈火稍可親,簡編可卷舒。」

〔四〕「豈知」四句:大雨給人間帶來的災難,人在洪澇中的狼狽境況。　下土人:地上人。　水潦:雨後的積水。　擾擾:紛亂貌,煩亂貌。

〔五〕「嗟我」四句:自己初返京師時,居所的困窘狀况。　閈坊:飲食起居的房子。坊,城市中的住宅區，唐宋時以此爲區劃。僦：租賃。

〔六〕「鄰注」十二句：自家住宅在暴雨中的困窘與狼狽。鄰注：鄰居家流入的水。庭除：庭前階下。瀦：水停聚處。九門：古代天子所居有九門。參見本書《除夜偶成，拜上學士三丈》詩注〔四〕。後以代指皇宫。王維《同崔員外秋宵寓直》詩：「九門寒漏徹，萬井曙鐘多。」朝爨：燒火做早飯。爨，燒火煮飯。《左傳·宣公十五年》：「易子而食，析骸以爨。」杜預注：「爨，炊也。」壓溺：因房屋倒塌或水溺而倒斃。柳宗元《弔萇弘文》：「壓溺之不慮兮，堅剛以爲式。」

〔七〕「乃知」二句：《孟子·滕文公上》：「當堯之時，天下猶未平，洪水横流，氾濫於天下。」《左傳·昭公元年》：「劉子曰：美哉禹功，明德遠矣。微禹，吾其魚乎！」

〔八〕「梅子」四句：梅聖俞寄詩慰問，表示關心。梅堯臣《嘉祐二年七月九日大雨寄永叔内翰》：「獨知歐陽公，直南望滔滔。遣奴揭厲往，答言頗力勞。正取舊戽斗，自課僮僕操。明日苟不已，挈家仍避逃。賢者尚若是，焉用數我曹。」寄聲：指梅堯臣《嘉祐二年七月九日大雨寄永叔内翰》詩。琅琅：玉石相擊發出清朗、響亮之聲，此指梅氏詩富有音韻美。瓊琚：精美的佩玉，喻梅氏詩文。《詩·衛風·木瓜》：「投我以木瓜，報之以瓊琚。」毛傳：「瓊，玉之美者。琚，佩玉名。」韋應物《善福精舍答韓司録清都觀會宴見憶》詩：「忽因西飛禽，贈我以瓊琚。」

〔九〕「官閒」六句：詩人感慨自身居閒職，乏德能，無補于朝政，應該果斷退隱江湖。行能：品行與才能。傳郵：驛站。此喻官所。《漢書·蓋寬饒傳》：「美哉！然富貴無常，忽則易人，此如傳舍，所閲多矣。唯謹慎爲得久，君侯可不戒哉！」

【附録】

《歐集》卷一四九《與梅聖俞》其三十八：「自入夏，閭巷相傳，以謂今秋水當不減去年。初以爲訛言，今乃信然。兩夜家人皆戽水，並乃翁達旦不寐。街衢浩渺，出入不得。更三數日不止，遂復謀逃避之處。住京況味，其實如此，奈何奈何。方以爲苦，不意公家亦然，且須少忍。特承惠問存恤，多感多感。」

戲答仲儀口號

弊居回看如蛙穴，華宇來棲若燕身〔一〕。敢望笙歌行樂事，秪憂無米過來春〔二〕。

【題解】

原輯《居士外集》卷七，無繫年，列嘉祐四年至七年詩間，誤。作於嘉祐二年七月，時任翰林學士、史館修撰，主修《唐書》。詩末附注：「今年遠近大水。」京師大雨及歐家災情，可參見上詩題解與附録。《長編》卷一九四嘉祐六年秋亦有水患記載，然汴京無災情。故繫於此。仲儀，即王素，大名莘縣人。真宗朝宰相王旦次子，同歐天聖八年進士及第，慶曆三年又同知諫院。嘉祐二年王素知定州，六年自成都府回京復知開封，晚年官至工部尚書。《宋史》卷三二〇有傳。口號，古詩標題用語，始見於南朝梁簡文帝《仰和衛尉新渝侯巡城口號》詩，表示隨口吟成，和「口占」相似。此詩戲言水潦中一家人寄居他室，祈求來春衣食無憂。此類游戲筆墨，顯示詩歌題材趨於生活化與世俗化，導引後來「宋調」形成。

【注釋】

〔一〕「弊居」二句：被水淹没的舊居已成青蛙巢穴，而今我像燕子一樣寄居他家。句末自注：「寄宿人家。」歐書簡《與趙康靖公叔平》其二：「某爲水所淹，倉皇中搬家來《唐書》局，又爲皇城司所逐。一家惶惶，不知所之。」題下附注：「至和三年七月。」

〔二〕「秖憂」句：哪敢歌舞享樂，秖怕明年春天無米下鍋。句下原注：「今年遠近大水，稼穡何望？」

送張吉老赴浙憲

吴越東南富百城，路人應羡繡衣榮〔一〕。昔時結客曾游處，今見焚香夾道迎〔二〕。治世用刑期止殺，仁心聽獄務求生〔三〕。時豐訟息多餘暇，無惜新篇屢寄聲。

【題　解】

原輯《居士外集》卷七，無繫年，列嘉祐二年詩後。作於是年八月，時任翰林學士、史館修撰，主修《唐書》。張吉老，即張師中。司馬光《傳家集》卷一四《送張學士兩浙提點刑獄（賦得清字）》夾注：「師中，字吉老。」據嘉靖《邵武府志》、道光《福建通志》，此人至和中知邵武軍。《八閩通志》卷三九：「張師中，字吉老；嘉祐間知軍事。」司馬光《送張學士兩浙提點刑獄》詩云「秋風鱸鱠美，晝日錦衣榮」，厲鶚《宋詩紀事》引《吴郡志》張師中《楓橋寺》詩，其故里當在吴地。浙憲，即兩浙提點刑獄。宋代的提點刑獄司及提刑別稱憲。周必大《二老堂雜誌・憲臺》：「憲部，刑部也；憲臺，御臺也。今直以諸路刑獄爲憲。」歐嘉祐二年《舉宋敏求同知太常禮院劄子》云：「太臣等勘會同知常禮院張師中，近被朝命，差充兩浙提點刑獄……今取進止，六月日。」可知張師中（字吉老）差充浙憲，時在「六月」。其上任時間，據韓維《南陽集》卷五《席上探得游字餞兩浙提刑張吉老》「清風翩兩旗，八月下吴舟」、沈遘《西溪集》卷一《送張吉老兩浙提刑》「秋日響船鼓，西風轉檣烏」等詩句，可知時在八月。梅堯臣《宛陵先生集》卷五四亦有《送吉老學士兩浙提刑》詩。本詩作於張吉老赴兩浙任職之際，祝賀朋友衣錦還鄉，勉勵張氏斷獄以仁，豐年寬政，多寄詩作，表現朋友間的誠摯情誼及詩人的爲政思想。叙議結合，語言通脱，格調清新，意蘊深長。

【注釋】

〔一〕繡衣榮：即錦衣榮，指衣錦還鄉，富貴後回到故里。繡衣，精美華麗的衣服。「繡」字下原注：「一作『錦』。」梅堯臣《送吉老學士兩浙提刑》：「重過故鄉逢故老，一聞鳴鶴記山川。」

〔二〕「昔時」二句：當年結交賓朋游玩的地方，而今鄉民夾道焚香歡迎。沈遘《送張吉老兩浙提刑》：「里門過舊游，弩矢方前驅。威嚴勉自厲，寧顧舊酒徒。」

〔三〕「治世」二句：太平時代要慎用刑罰，刑殺的目的在於消除殺戮，聽案斷獄更要多爲死囚求活路。用刑期止殺：《尚書·大禹謨》：「刑，期於無刑，民協于中，時乃功懋哉！」孔傳：「雖或行刑，以殺止殺，終無犯者。刑期于無所刑，民皆合于大中之道。」求生：歐《瀧岡阡表》：「汝父爲吏，嘗夜燭治官書，屢廢而歎。吾問之，則曰：『此死獄也，我求其生不得爾。』吾曰：『生可求乎？』曰：『求其生而不得，則死者與我皆無恨也，矧求而有得邪？以其有得，則知不求而死者有恨也。夫常求其生猶失之死，而世常求其死也。』」

久在病告近方赴直偶成拙詩二首

其一

經時移病久端居，玉署新秋獨直廬〔一〕。夜靜樓臺落銀漢，人間鈴索少文書〔二〕。江湖未去年華晚，燈火微涼暑雨初〔三〕。敢向聖朝辭寵禄，多慚禁篽養慵疎〔四〕。

其二

清晨下直大明宫，馳馬悠然宿露中〔五〕。金闕雲開滄海日，天街雨後緑槐風。歲華忽忽雙流矢〔六〕，鬢髮蕭蕭一病翁。名在玉堂歸未得，西山晝閣興何窮〔七〕。

【題解】

原輯《居士外集》卷七，無繫年，列嘉祐二年詩後。作於是年初秋，時任翰林學士、史館修撰，主修《唐書》。詩句「玉署新秋獨直廬」揭示時在秋初。歐書簡《與吴正肅公長文》其二（嘉祐二年）亦云：「酷暑中，承氣體清適。某自初旬内，嘗冒熱赴宿，爲暑毒所傷，絶然飲不得，加以腹疾時時作，遂在告。」梅堯臣《宛陵先生集》卷五四有《依韻和永叔久在病告，近方赴直，道懷見寄二章》。本組詩「其一」描寫新秋内直，「其二」描寫清晨下直，共同抒發歎老悲秋，流露歸隱之思。情景相生，意蘊委婉深沉，情致平和淡遠。

【注釋】

〔一〕端居：謂平常居處。孟浩然《臨洞庭贈張丞相》詩：「欲濟無舟楫，端居恥聖明。」玉署：指翰林院。南朝梁劉孝綽《校書秘書省對雪詠懷》：「終朝守玉署，方夜勞石扉。」直廬：舊時侍臣值宿之處。

〔二〕「夜靜」二句：清靜的宫中值宿生活。鈴索：繫鈴的繩索。唐宋制翰林院禁署嚴密，内外不得隨意出入，須掣鈴索打鈴以傳呼或通報。唐韓偓《雨後月中玉堂閒坐》詩：「夜久忽聞鈴索動，玉堂西畔響丁東。」明楊慎《升庵集》卷五〇《鈴索》：「李德裕云：『翰林院有懸鈴，以備警急文字，引之以代傳呼也。』唐制禁署嚴密，非本院人，雖有公事，不敢遽入於内。夫人宣事，亦先引鈴。每有文書，即内臣立於門外，鈴聲達，本院小判官出，受訖，授院使，院使授學士。」

〔三〕江湖：引申爲退隱。歐書簡《與李留後公謹》其三（嘉祐二年）：「某自過年，如陡添十數歲人，但覺心意衰耗，世味都無可樂，百事强勉而已。請外決在今春，惟不知相見何時爾。」

〔四〕慵疎：懶散。柳宗元《衡陽與夢得分路贈别》詩：「直以慵疎招物議，休將文字占時名。」

〔五〕下直：在宫中當直結束，下班。《宋書·殷淳傳》：「淳居黄門爲清切，下直應留下省，以父老，特聽還家。」大明宫：唐宫殿名。貞觀八年建永安宫，九年改名大明宫。亦謂之東内，故址在今陝西長安東。此代指大内。

〔六〕雙流矢：光陰似箭，日月流逝。

〔七〕歸未得：詩人本年有《乞洪州劄子》，未獲允。西山畫閣：王勃《滕王閣》：「畫閣朝飛南浦雲，珠簾暮卷西山雨。」

【附録】

二詩全輯入明曹學佺《石倉歷代詩選》卷一四〇，又輯入清管庭芬、蔣光煦《宋詩鈔補·歐陽文忠詩補鈔》。

劉壎《隱居通議》卷七以爲「金闕雲開滄海日，天街雨後緑槐風」一聯「足以想見當時太平氣象」，「誦其詩，想其景，則昇平氣象瞭然在目」。

和聖俞李侯家鴨脚子

鴨脚生江南，名實未相浮。絳囊因入貢，銀杏貴中州〔一〕。致遠有餘力，好奇自賢侯。因令江上根，結實夷門秋〔二〕。始摘纔三四，金奩獻凝旒。公卿不及識，天子百金酬〔三〕。歲久子漸多，纍纍枝上稠。主人名好客，贈我比珠投〔四〕。博望昔所徙，蒲萄安石榴。想其初來時，厥價與此侔。今也徧中國，籬根及牆頭。物性久雖在，人情逐時流〔五〕。惟當記其始，後世知來由。是亦史官法，豈徒續君謳〔六〕。

【題解】

原輯《居士集》卷七，繫嘉祐二年。作於是年秋，時任翰林學士、史館修撰，主修《唐書》。詩歌末句附注：「京師無鴨脚樹，駙馬都尉李和文（遵勖）自南方移植於其第。」李侯即李遵勖。李太博即李評，字持正，爲李端愿之子、李遵勖之孫。鴨脚子，即銀杏。梅堯臣《宛陵先生集》卷五三有《永叔内翰遺李太博家新生鴨脚》，此爲和詩。詩中記載銀杏初次引種中原，具有珍貴的史料價值。通篇議論爲詩，縱横跳宕，開合自如，開拓詩歌題材，擴充詩歌表現範圍，對宋調形成具有深遠影響。

【注釋】

〔一〕「鴨脚」四句：吴景旭《歷代詩話》卷五六《鴨脚》：「銀杏，一名鴨脚子，謂其葉頗似鴨脚也。江南人共呼爲白果。此果北地不能種，故永叔云爾。」絳囊：紅色花果，如葡萄、石榴等。皮日休《病中庭際海石榴花盛發感而有寄》詩：「一夜春工綻絳囊，碧油枝上晝煌煌。」

〔二〕「致遠」四句：李侯生性好奇，也有力量從遠方移來銀杏，因此使生長在江南的銀杏，終於移植到京師。梅堯臣《永叔内翰遺李太博家新生鴨脚》：「今喜生都下，薦酒壓葡萄。初聞帝苑誇，又復主第褒。」夷門：本爲戰國魏都城的東門。故址在今河南開封城内東北隅。因在夷山之上，故名。此處爲大梁（開封）的别稱。唐唐堯客《大梁行》：「舊國多孤壘，夷門荆棘生。」

〔三〕金奩：金匣。唐張説詩《道家四首奉敕撰》其二：「金奩調上藥，寶案讀仙經。」凝旒：本指冕旒靜止不動，此處代稱帝王。張孝祥《醜奴兒》詞：「主人白玉堂中老，曾侍凝旒。」百金酬：重金賞賜。

〔四〕「主人」二句：主人以好客而聞名，將銀杏贈我，就像饋贈珠寶一樣珍貴。

〔五〕「博望」八句：張騫通西域引入葡萄、石榴，當時的珍貴程度，當與今日的銀杏相似，而今徧佈中原，人們就不怎麽看重了。博望：漢張騫因通西域功，被封爲博望侯。侔：齊等，相當。中國：指中原。

〔六〕「惟當」四句：銀杏被移植到北方，值得記載，可使後人知其來由。這是史官應做之事，並非秖是爲唱和你的詩歌。

【附録】

此詩輯入宋祝穆《古今事文類聚》後集卷二七、陳景沂《全芳備祖集》後集卷七，又輯入清康熙

《御定佩文齋廣群芳譜》卷五九、《御定佩文齋詠物詩選》卷二九三。

阮閲《詩話總龜》前集卷二九引《王直方詩話》：「京師舊無鴨脚，李文和自南方來，移植於私第，因而著子，自後稍稍蕃多，不復以南方者爲貴。歐陽文忠作詩云：『鴨脚生江南，名實未相浮……』是亦史官法，豈徒續君謳。』」

黄震《黄氏日鈔》卷六一：「又七卷《李侯家鴨脚》云：『鴨脚生江南。』……蓋銀杏名鴨脚，中原所無也。今江南有草名鴨脚，而此果則自名銀杏。」

吴景旭《歷代詩話》卷五六：「永叔詩：『鴨脚生江南，名實未相浮。絳囊因入貢，銀杏貴中州。』吴旦生曰：銀杏，一名鴨脚子，謂其葉頗似鴨脚也。江南人共呼爲白果。此果北地不能種，故永叔云爾。梅聖俞詩：『北人見鴨脚，南人見胡桃，識内不識外，疑是橡栗韜。』陸放翁詩：『鴨脚葉黄烏桕丹，草煙小店風雨寒。』」

送潤州通判屯田

船頭初轉兩旗開，清曉津亭疊鼓催〔一〕。自古江山最佳處，况君談笑有餘才〔二〕。雲愁海闊驚濤漲，木落霜清畫角哀〔三〕。善政已成多雅思，寄詩宜逐驛筒來〔四〕。

【題解】

原輯《居士外集》卷七，無繫年，列嘉祐二年詩後。作於是年秋，時任翰林學士、史館修撰，主修《唐書》。潤州通判屯田，姓李，名不詳。梅堯臣《宛陵先生集》卷五四《送潤州通判李屯田》詩，朱東潤亦繫今年，詩中所叙時景同爲秋季。潤州，宋屬兩浙路，治所在今江蘇鎮江。通判屯田，以屯田郎中或屯田員外郎通判潤州。通判，官名，即共同處理政務之意。宋初始于諸州府設置，地位略次於州府長官，但握有連署州府公事和監察官吏的實權，號稱監州。此詩送李屯田通判潤州，讚美李氏文才，望其善政之餘賦詩吟詠江山之美。筆力雅健，格調清新，景物極具特徵，意象飽含情韻。

【注釋】

〔一〕「船頭」二句：擊鼓開船的情景。兩旗：古時開船前要擊鼓插旗。韓愈《柳州羅池廟碑》：「侯之船兮兩旗」。「侯」指柳州刺史。通判地位類似刺史，故稱。津亭：古代建於渡口旁的亭子。王勃詩《江亭夜月送別》其一：「津亭秋月夜，誰見泣離群？」

〔二〕江山最佳處：潤州瀕臨長江，有北固山，號稱「天下第一江山」。《江南通志》卷三二《鎮江府》：「『天下第一江山』額，在丹徒縣甘露寺。」梅堯臣《送潤州通判李屯田》：「過江始與風沙隔，京口山連北固牢。」

〔三〕「雲愁」二句：想像李屯田到達潤州時的深秋風景。畫角：古管樂器。傳自西羌。形如竹筒，本細末大，以竹木或皮革等製成，因表面有彩繪，故稱。發聲哀厲高亢，古時軍中多用以警昏曉，振士氣，肅軍容。陳子昂《和陸明府贈將軍重出塞》：「晚風吹畫角，春色耀飛旌。」

〔四〕「善政」二句：囑託李屯田善政之餘，頻頻寄贈詩作。雅思：雅正的文思。韋昭《〈國語解〉叙》：「其明識高遠，雅思未盡。」驛筒：郵筒，驛站傳遞信函的工具。

【附録】

此詩輯入清陳訏《宋十五家詩選·廬陵詩選》。

樂哉襄陽人送劉太尉從廣赴襄陽

嗟爾樂哉襄陽人，萬屋連甍清漢濱。語言輕清微帶秦，南通交廣西峨岷〔一〕。羅縠纖麗藥物珍，枇杷甘橘薦清罇。磊落金盤爛璘璘，槎頭縮項昔所聞。黄橙擣虀香復辛，春雷動地竹走根。錦苞玉筍味爭新，鳳林花發南山春〔二〕。掩映谷口藏山門，樓臺金碧瓦鱗鱗。峴首高亭倚浮雲，漢水如天瀉沄沄〔三〕。斜陽返照白鳥群，兩岸桑柘雜耕耘。文王遺化已寂寞，千載誰復思其仁〔四〕。荆州漢魏以來重，古今相望多名臣〔五〕。嗟爾樂哉襄陽人，道扶白髮抱幼孫。遠迎劉侯朱兩輪，劉侯年少氣甚淳。詩書學問若寒士，罇俎談笑多嘉賓。往時邢洺有善政，至今遺愛留其民〔六〕。誰能持我詩以往，爲我先賀襄陽人。

【題　解】

原輯《居士集》卷七，繫嘉祐二年。作於是年秋冬間，時任翰林學士、史館修撰，主修《唐書》。題中「從廣」下校云：「一作景元。」題下原注：「一本無下三字。『景元』，蓋字。」樂哉襄陽人，爲作者自製樂府題。襄陽，今屬湖北，宋京西南路襄州治所在地。劉太尉，即劉從廣，字景元。少侍仁宗，劉太后愛之如家人子。娶荆王元儼女，年十七爲滁州防禦使。官終真定府路馬步軍副都總管。《宋史・外戚上》載劉從廣「知洺州」、「徙邢州」後「出知襄州」。《長編》卷一八六嘉祐二年八月乙巳（一日）：「降知襄州、兵部員外郎、知制誥賈黯知郢州」，劉從廣受命襄州當在此年秋冬間。此詩從市容、方言、交通、物産到名勝景觀、人文歷史，全方位展示襄陽風土人情，勉勵朋友一如繼往履行仁政，堅信其莅職必受襄人擁戴。情景相融，文采斑斕，情感深沉激昂。

【注　釋】

〔一〕「嗟爾」四句：感歎襄陽人口繁庶，交通位置極其重要。　連甍：屋簷相攀，接連成片。　漢濱：襄陽位於漢水之濱。　微帶秦：略帶秦腔。　交廣：今廣東、廣西地。　峨岷：川蜀的峨嵋山、岷山。

〔二〕「羅縠」八句：描摹襄陽的地域風物。羅縠：一種疏細的絲織品。槎頭縮項：即鯿魚。縮頭，弓背，色青，味鮮美，以産漢水者最著名。《太平寰宇記》卷一四五《襄州・土産》：「《襄陽耆老傳》曰：峴山下漢水中出鯿魚，味極肥而美，襄陽人採捕，遂以槎斷水，因謂之槎頭縮項。鯿魚爲水族上味。孟浩然詩『試垂竹竿釣，果得槎頭魚』是也。」鳳林：鳳林寺。《大清一統志》卷二七一《襄陽府》：「鳳林寺在襄陽縣東南十里。《名勝志》：鳳皇山舊有梁武帝寺。宋之問《使過襄陽登鳳林山閣》詩，即此處也。」又《元豐九域志》卷一載襄陽有鳳林、峴首等鎮。

〔三〕「掩映」四句：峴山樓臺相沿、山水相映之景觀。鱗鱗：喻屋瓦如魚鱗一樣多。峴首高亭：即峴山亭。峴首，山名，即襄陽南的峴山。沄沄：水流洶湧貌。

〔四〕「文王」二句：襄陽一帶是文王教化最早的地區，留下純美的風尚。《毛詩周南召南譜》：「至紂，又命文王典治南國江漢汝旁之諸侯，于時三分天下有其二，以服事殷，故雍梁荆豫徐揚之人咸被其德而從之。」遺化：遺留下的教化。三國魏明帝《苦寒行》：「遺化布四海，八表以肅清。」

〔五〕「荆州」二句：荆州歷來爲兵家必争之地，是戰略要衝，自古爲名臣鎮守。《明一統志》卷六二《荆州府》名宦有孫叔敖、蕭育、楊震、馬融、張飛、魯肅、陸遜、陶侃、謝安、姚崇、張九齡、顔真卿、李德裕、張齊賢、陳堯諮等。

〔六〕「嗟爾」八句：劉侯多處任職都有政聲，此行必受當地百姓愛戴。劉侯：即太尉劉從廣。朱兩輪：朱紅色的車輪。代指公車。邢洺：邢州、洺州的并稱。邢即今天的河北邢臺市，治所龍岡縣。洺在今河北永年東南，治所永年縣。遺愛：指留於後世而被人追懷的德行、恩惠、貢獻等。

【附録】

此詩輯入清陳焯《宋元詩會》卷一〇。

黄震《黄氏日鈔》卷六一評曰：「先序襄陽之勝，而勉以德化，其文騷以婉。」

奉答聖俞宿直見寄之作

寒夜分曹直，嚴城隔幾層〔一〕。予慚批鳳詔，君歎守螢燈〔二〕。病骨羸漳浦，官書蠹羽陵〔三〕。無嫌學舍冷，文字比清冰〔四〕。

【題解】

原輯《居士外集》卷七，無繫年，列嘉祐四年至七年詩間，誤。作於嘉祐二年八月中旬，時任翰林學士、史館修撰，主修《唐書》。梅堯臣時任國子監直講，八月十日宿值廣文舍下，賦詩贈歐。梅堯臣《宛陵先生集》卷五四《八月十夜廣文直聞永叔内當》詩，朱東潤繫於今年。歐此詩步韻奉和，描寫秋夜各自當值之冷靜寂寞，勉勵朋友創作格調清新之詩文。詩風沉鬱，意境冷清，情味雋永，風格有類杜詩。

【注釋】

〔一〕分曹直：分曹值守。歐當值内，梅宿直廣文館。曹，古代分科辦事的官署或部門。《墨子·號令》：「吏卒侍大門中者曹無過二人。」岑仲勉注：「曹猶今言『處』或『科』。」

〔二〕批鳳詔：起草詔書。歐爲翰林學士，職掌内制，故云。鳳詔，即詔書。晉陸翽《鄴中記》：「石季龍與皇后在觀上，爲詔書五色紙，著鳳口中，鳳既銜詔，侍人放數百丈緋繩，轆轤回轉，鳳凰飛下，謂之鳳詔。鳳凰以木作之，五色漆畫，脚皆用金。」　守螢燈：梅聖俞時爲國子監直講，宿值學舍，深感孤寂。梅堯臣《八月十夜廣文直聞永叔内當》：「秋聲暗葉雨，殘夢空堂燈。」梅堯臣補授國子監直講時間，當在去年初冬。歐去秋有《舉梅堯臣充直講狀》，《歐集》卷一一二《梅聖俞墓誌銘》云：「嘉祐元年……乃得國子監直講。」梅氏嘉祐元年初冬有詩《直宿廣文舍下》，云：「前夜宿廣文，葉響竹打雪。」

〔三〕「病骨」二句：自己以衰病之軀，困守清苦的翰林院，編修國史及草擬制誥。漳浦：本指漳水之濱，後世用爲患病之典。蕭統《錦帶書十二月啟》：「某沉痾漳浦，卧病泉山。」羽陵：本爲古地名，此代指貯藏秘笈之處。《穆天子傳》卷五：「仲秋甲戌，天子東游，次於雀梁，曝蠹書於羽陵。」郭璞注：「謂暴書中蠹蟲，因云蠹書也。」

〔四〕「無嫌」二句：不要嫌棄國子監清冷孤寂的生活，冷寂生活中創作的詩文格外清新雋美。

送梅龍圖公儀知杭州

萬室東南富且繁，羨君風力有餘閒〔一〕。漁樵人樂江湖外，談笑詩成罇俎間〔二〕。日暖梨花催美酒，天寒桂子落空山〔三〕。郵筒不絶如飛翼，莫惜新篇屢往還〔四〕。

【題　解】

原輯《居士集》卷一三，繫嘉祐二年。作於是年九月，時任翰林學士、史館修撰，主修《唐書》。梅龍圖公儀，即梅摯。近人吴廷燮《北宋經撫年表》卷四引《乾道臨安志》：「嘉祐二年九月戊寅（五日），龍圖閣直學士，吏部郎中梅摯知杭州，仁宗賜詩寵行：『地有湖山美，東南第一州。循良勤撫俗，來暮聽歡謳。』」梅摯離京赴杭州任時，歐賦此詩送行。詩人讚美梅摯文才，祝愿其爲政之餘，將杭州風景及歌酒生涯寫入詩篇相寄贈。文筆清淡，詩思曠達，風物飽含情韻。

【注釋】

〔一〕「萬室」二句：杭州是東南富郡，自古富庶繁華，梅摯材力卓越，治理杭州游刃有餘。富且繁：柳永《望海潮》詞：「東南形勝，三吴都會，錢塘自古繁華。」風力：氣概與魄力。《宋書·孔覬傳》：「覬少骨梗有風力，以是非爲己任。」

〔二〕「漁樵」二句：梅摯心志淡泊，文才非凡。《宋史》本傳云：「摯性純靜，不爲矯厲之行，政跡如其爲人。平居未嘗問生業，喜爲詩，多警句。」漁樵：本指漁人和樵夫，代指隱居生活。南朝劉孝威《奉和六月壬午應令》：「神心重丘壑，散步懷漁樵。」樽俎：本指盛酒器，代指酒宴。

〔三〕梨花催美酒：白居易《杭州春望》：「青旗酤酒趁梨花。」自注云：「其俗釀酒趁梨花時，熟，號爲梨花春。」桂子：桂花。柳永《望海潮》詞：「有三秋桂子，十里荷花。」

〔四〕「郵筒」二句：首句原注：「一作『雖然不得陪佳賞』。」末句原注：「一作『應有新篇慰病顔』。」郵筒：古時封寄書信的竹筒。白居易《秋寄微之十二韻》：「忙多對酒榼，興少閲詩筒。」自注：「此在杭州，兩浙唱和詩贈答，於筒中遞往來。」

【附録】

《歐集》卷四〇《有美堂記》：「嘉祐二年，龍圖閣直學士、尚書吏部郎中梅公出守于杭，於其行也，天子寵之以詩，於是始作有美之堂，蓋取賜詩之首章而名之，以爲杭人之榮。然公之甚愛斯堂也，雖去而不忘，今年自金陵遣人走京師，命予志之，其請至六七而不倦。予乃爲之言曰……」

奉酬揚州劉舍人見寄之作

別君今幾時，歲月如插羽。悠悠寢與食，忽忽朝復暮。紛紛竟何爲，凜凜還自懼。朝廷無獻納，倉廩徒耗蠹〔一〕。風霜苦見侵，衰病日增故。江湖豈不思，懇悃布已屢〔二〕。美哉廣陵公，風政傳道路。優游侍從臣，左右天子顧〔三〕。君來一何遲，我請亦有素。何當兩還分，尚冀一相遇〔四〕。把手或未能，尺書幸時寓〔五〕。

【題解】

原輯《居士集》卷七，繫嘉祐二年。作於是年秋，時任翰林學士、史館修撰，主修《唐書》。題下原注：「原父。一作『酬劉原父見寄』。」梅堯臣《宛陵先生集》卷五五有詩《依韻和永叔内翰酬寄揚州劉原甫舍人》。嘉祐元年閏三月九日，劉敞以親嫌出知揚州後，歐、劉之間多有唱和詩作，《公是集》

卷二五有《游平山堂寄歐陽永叔内翰》，《歐集》卷五七有《和劉原甫平山堂見寄》。詩人在詩中以衰病思歸，並珍視朋友間的堅貞友誼，表達對朋友的懷念之情。詩語簡勁，音韻鏗鏘，一氣盤旋之中，頗顯襟懷灑脱。

【注　釋】

〔一〕「别君」八句：二人分别以後，歲月飄忽，自己碌碌無爲，空耗國禄。《長編》卷一八二嘉祐元年閏三月「辛卯（九日），翰林學士王洙爲翰林侍讀學士兼侍講學士，知制誥劉敞知揚州。敞，王堯臣姑子；洙，堯臣從父。堯臣執政，兩人皆避親也。」插羽：古代軍書插羽毛以示迅急。此喻時光飛逝。悠悠：懶散不盡心貌。高適《溎上送别王秀才》詩：「行矣當自愛，壯年莫悠悠。」獻納：獻忠言供採納。蠹：蛀蟲。詩人自比。

〔二〕「江湖」二句：詩人多次乞知洪州而未獲允。歐書簡《與劉侍讀原父》其一（嘉祐二年）：「某以衰病，當此煩冗，已三請江西。」悃愊：懇切忠誠。韓愈《論佛骨表》：「上天鑑臨，臣不怨悔，無不感激悃愊之至。」

〔三〕「美哉」四句：劉敞爲政有聲，頗獲皇上青睞。廣陵公：揚州知州劉敞。廣陵，揚州舊稱。風政：指政績。《後漢書·李固傳》：「天下喁喁，屬望風政。」

〔四〕「君來」四句：你回朝侍君多麽遲緩，我求守外郡已非一日，何時纔能各得其所。有素：由來已久。

〔五〕寓：寄遞。《左傳·襄公二十四年》：「子産寓書於子西以告宣子。」

西齋手植菊花過節始開偶書奉呈聖俞

秋風吹浮雲，寒雨灑清曉。鮮鮮牆下菊，顔色一何好。好色豈能常，得時仍不早〔一〕。文章損精神，何用覷天巧〔二〕。四時悲代謝，萬物惜凋槁〔三〕。豈知寒鑑中，兩鬢甚秋草〔四〕。東城彼詩翁，學問同少小〔五〕。風塵世事多，日月良會少〔六〕。我有一罇酒，念君思共倒。上浮黄金蕊，送以清歌裊〔七〕。爲君發朱顔，可以却君老〔八〕。

【題　解】

原輯《居士集》卷七，繫嘉祐二年。作於是年九月，時任翰林學士、史館修撰，主修《唐書》。西齋，歐陽修時在汴京的居所。歐《筆説·辨甘菊説》：「余近來求得家菊，植於西齋之前。」又《與劉侍讀原父》其二十一：「西齋自去冬逮今，遂不復啟。」梅堯臣《宛陵先生集》卷五四《依韻和永叔内翰西齋手植菊花，過節始開，偶書見寄》詩步韻歐作，唯篇末脱二句，缺一「老」字韻。韓維《南陽集》卷五《次韻和永叔種菊過節方開》詩則步韻完整。此詩借詠菊花晚開，悲歎人生易老，表達朋友間詩酒相得的歡快心情。詩中的菊花意象，折射詩人堅强而平和的心態。以詩代書，以議論爲詩，筆墨酣暢，情思跌宕有致。

【注　釋】

〔一〕「秋風」八句：秋天風雨中的菊花多麽鮮豔，奈何開得太晚，美色豈能長久？梅堯臣《依韻和永叔内翰西齋手植菊花，過節始開，偶書見寄》：「開榮獨是遲，造化徒費巧。霜前擁繁萼，籬下同隕槁。」

〔二〕「文章」二句：賦詩撰文是損精耗神的事情，爲什麽要窺探天造地設的巧文？　天巧：不假雕飾，自然工巧。韓愈《答孟郊》詩：「規模背時利，文字覷天巧。」

〔三〕「四時」二句：悲傷春夏秋冬的季節變幻，惋惜天地萬物的枯萎凋零。　凋槁：草木凋謝枯萎。韓愈詩《秋懷》其十一：「西風蟄龍蛇，衆木日凋槁。」

〔四〕「豈知」二句：攬鏡自照，纔發現自己兩鬢之衰，超過了大自然的秋草。　寒鑑：清冷的鏡子。

〔五〕詩翁：指梅堯臣。　學問同少小：自己從青年時代就與梅堯臣切磋學問。少小，即年幼。《東觀漢記·馬援傳》：「臣與公孫述同縣，少小相善。」

〔六〕「風塵」二句：人世間俗事太多，朋友間的節令相聚太少。韓維《次韻和永叔種菊過節方開》：「人生苦多累，適意會常少。」　風塵：塵世，紛擾的現實世界。　良會：美好的聚會。曹植《洛神賦》：「悼良會之永絶兮，哀一逝而異鄉。」

〔七〕「我有」四句：我有美酒願與你共酌，酒面上飄浮著金黄色的菊花瓣，再送上一支清亮婉轉的歌曲。黄金蕊：菊花。蕭統《七契》：「玉樹始落，金蘂初榮。」

〔八〕卻君老：使你避免衰老。卻老：《史記·孝武本紀》：「是時而李少君亦以祠竈、穀道、卻老方見上，上尊之。」漢桓譚《新論·形神》：「言老子用恬惔養性，致壽數百歲。今行其道，寧能延年卻老乎？」

【附録】

此詩輯入清康熙《御選宋金元明四朝詩·御選宋詩》卷一〇、《御定佩文齋廣群芳譜》卷四九、陳訏《宋十五家詩選·廬陵詩選》。

長句送陸子履學士通判宿州

古人相馬不相皮，瘦馬雖瘦骨法奇。世無伯樂良可嗤，千金市馬惟市肥〔一〕。騏驥伏櫪兩耳垂，夜聞秋風仰秣嘶。一朝絡以黄金羈，旦刷吴越暮燕陲〔二〕。丈夫可憐憔悴時，世俗庸庸皆見遺〔三〕。子履自少聲名馳，落筆文章天下知，開懷吐胸不自疑〔四〕。世路迫窄多穽機，鬢毛零落風霜摧〔五〕。十年江湖千首詩，歸來京國舊游非〔六〕。大笑相逢索酒卮，酒酣猶能弄蛾眉〔七〕。山川揺落百草腓，愛君不改青松枝。念君明當整驂騑，贈以瑶華期早歸〔八〕。豈惟朋友相追隨，坐使臺閣生光輝〔九〕。

【題　解】

原輯《居士集》卷七，繫嘉祐二年。作於是年秋，時任翰林學士、史館修撰，主修《唐書》。原題下注：「一本作『亳州』，非。」長句：指七言古詩。陸子履，即陸經，字子履，亦即早年與作者結交的陳經。參見本書《聞潁州通判國博與知郡學士唱和頗多，因以奉寄知郡陸經、通判楊褒》題解。通判，官名，參見本書《送潤州通判屯田》題解。宿州，宋屬淮南路，治所在今安徽宿州。詩人對陸經的人格與才華給予高度肯定，對朋友的前程充滿信心，堅信陸氏未來定是臺閣棟梁之材，必會成爲帝王倚重的股肱大臣。對其而今淪爲小州通判，代發不平之鳴。梅堯臣《宛陵先生集》卷五四亦有《送陸子履學士通判宿州》詩，朱東潤亦繫今年。本詩以馬爲喻，寓意婉曲深刻，廣採秋時意象，詩情悲憤激昂，沉鬱起伏之中，可見杜詩神髓。

【注　釋】

〔一〕「古人」四句：感歎今世無伯樂，埋没陸經如此傑出人才。相馬不相皮：相馬不看表面，千里馬未必外表好看。《列子》：「（秦穆公）使（九方皋）行求馬，三月而返，報曰：『已得之，在沙丘。』穆公曰：『何馬？』對曰：『牝而黃。』使人往取之，牡而驪。公不悅，召伯樂曰：『敗矣，子之所使求馬者。色物牝牡弗能知，又何馬之能知也？』伯樂曰：『若皋之所觀，天機也，得其精而忘其粗，在其内而忘其外。』馬至，果天下之良馬也。」骨法：指馬的骨相特征。

〔二〕「騏驥」四句：駿馬困於槽櫪，一旦騰空而起，一日千里。言陸經一旦見用，定會鵬程萬里。騏驥：駿馬，比喻賢材。《楚辭·離騷》：「乘騏驥以馳騁兮，來吾道夫先路。」仰秣：昂起頭吃飼料。《荀子·勸學》：「伯牙鼓琴而六馬仰秣。」楊倞注：「仰首而秣，聽其聲也。」喻良馬志在千里。旦刷吴越暮燕陲：早晨從南方吴越出發，晚上抵達北方燕國的邊陲，喻日行千里。顔延年《赭白馬賦》：「旦刷幽燕，晝秣荆楚。」

〔三〕「丈夫」二句：感慨陸經久困下僚，高才而見棄。

〔四〕「子履」三句：王安石《河中使君修撰陸公挽辭三首》其一稱譽陸經：「文采機雲後，知名實妙年。」

〔五〕「世路」二句：陸經一生飽受誣陷，處境淒涼。《長編》卷一三九慶曆三年春正月紀事：「丙子，大理寺丞、集賢校理、同知太常禮院陸經落職，監汝州酒税。」又《長編》卷一五三仁宗慶曆四年十二月己巳紀事：「監察御史劉元瑜劾奏：『大理寺丞、集賢校理陸經，前責監汝州酒，轉運司差磨勘西京物，杖死爭田寡婦李氏，並貸民錢，又數與僚友燕聚，語言多輕肆。監司謬薦其才，權要主張，遂復館職。請重寘於法，勿以赦論。』詔遣太常博士王翼往按其罪，並以經前與進奏院祠神會坐之，責授袁州别駕。」

〔六〕「十年」二句：慶曆四年（一〇四四）十二月，陸經責授袁州别駕。余靖《武溪集》卷一〇有《大理寺丞陸經可責授袁州别駕》制誥。至和元年（一〇五四）十二月，陸經遇大赦返抵京師，趙抃《清獻集》卷六《奏劄・乞牽復陸經舊職》有云：「臣伏見大理寺丞陸經，頃因鄉里借錢，並與官員聚會等公事，勘斷止得杖一百罪，又已該赦釋放。當時有勘官王翼，於事外上言誣構，遂貶經袁州。十年江淮，六次恩赦，子母萬里，今始生還。」

〔七〕弄蛾眉：與青年歌女相娱樂。弄，玩耍，游戲。《左傳・僖公九年》：「夷吾弱不好弄。」杜預注：「弄，戲也。」

〔八〕「山川」四句：陸經窮且益堅，不改勁節本色，詩人以玉相贈，期望早日歸朝。梅堯臣《送陸子履學士通判宿州》：「睢南莫久留才子，宣室歸來問鬼神。」青松枝：喻陸經氣骨猶如青松，勁且有節。　整驂騑：整裝出發。驂騑，駕在服馬兩側的馬，代指駕車之馬。《墨子・七患》：「徹驂騑，塗不芸。」　瑶華：《楚辭・大司命》：「折疏麻兮瑶華，將以遺兮離居。」王逸注：「瑶華，玉華也。」

〔九〕朋友相追隨：王粲《七哀詩》：「朋友相追攀。」

【附録】

周必大《文忠集》卷五十三《陸子履嵩山集序》：「本朝文章至慶曆而盛，歐陽文忠公實主夏盟，學者一被品題，往往名世。當是時，陸公子履乃與文忠周旋館閣，詩文往復，相與至厚……予嘗歎尹師魯、蘇子美、江鄰幾、梅聖俞、丁元珍皆著美名，負屈稱，與子履大略相似，彼五賢者得文忠銘其藏，序其文，姓名鏗轟炳耀，至今藹人耳目，獨公以後死不得與於斯文。或者遂謂公生既不遇，其没又重不幸也。予曰：不然，公當古文復興時，文忠實與爲友，其出倅宿州，送以詩曰：『子履自少聲名馳，落筆文章天下知。』……是則公之生也，已爲文忠所稱道如此，尚何待於身後？其垂名不朽，亦豈下於五賢哉！」

於劉功曹家見楊直講褒女奴彈琵琶戲作呈聖俞

大絃聲遲小絃促，十歲嬌兒彈《啄木》〔一〕。啄木不啄新生枝，惟啄槎牙枯樹腹〔二〕。花繁蔽日鎖空園，樹老參天杳深谷。不見啄木鳥，但聞啄木聲。春風和暖百鳥語，山路磽确行人行〔三〕。啄木飛從何處來，花間葉底時丁丁。林空山静啄愈響，行人舉頭飛鳥驚〔四〕。嬌兒身小指撥硬，功曹廳冷絃索鳴。繁聲急節傾四坐，爲爾飲盡黄金觥〔五〕。楊君好雅心不俗，太學官卑飯脱粟〔六〕。嬌兒兩幅青布裙，三脚木牀坐調曲〔七〕。奇書古畫不論價，盛以錦囊裝玉軸〔八〕。披圖掩卷有時倦，卧聽琵琶仰看屋。客來呼兒旋梳洗，滿額花鈿貼黄菊。雖然可愛眉目秀，無奈長飢頭頸縮〔九〕。宛陵詩翁勿誚渠，人生自足乃爲娱，此兒此曲翁家無〔一〇〕。

【題解】

原輯《居士集》卷七，繫嘉祐二年。作於是年十月，時任翰林學士、史館修撰，主修《唐書》。梅堯臣《依韻和永叔戲作》有句：「女奚年少殊流俗，十月單衣體生粟」，「不肯那錢買珠翠，任從堆插階前菊。」可知「戲作」唱和，時在十月。劉功曹，不詳其名，時任開封府功曹參軍。洪本健《歐陽修詩文集校箋》指爲劉敞，以其「嘗判吏部南曹、尚書考功」，然劉氏任此職在皇祐三年九月乙卯「夏英公（竦）既薨」前後，《長編》卷一八五嘉祐二年五月癸未有「編敕、知制誥劉敞」紀事，不當稱爲「功曹」。楊直講，題下原注：「褒。」楊褒時任國子監直講，與梅堯臣同事。梅堯臣《宛陵先生集》卷五五有《依韻和永叔戲作》，韓維《南陽集》卷五有《又和楊之美家琵琶妓》，《兩宋名賢小集》卷五二載有劉敞《奉同永叔於劉功曹聽楊直講女奴彈啄木見寄之作》，司馬光《傳家集》卷二有《同張聖民過楊之美，聽琵琶女奴彈啄木曲，觀諸公所贈歌，明日投此爲謝》詩。本詩首十八句描寫楊家婢女彈《啄木》琵琶曲的高超技能與藝術魅力；次十二句戲言楊褒官卑家貧而志趣高雅；末三句調侃梅堯臣家没有婢女與琵琶曲，可不要譏笑楊褒，人生貴在自適自足。詩歌從婢女琵琶聲起筆，巧比妙喻，表現詩人不俗的音樂素養。又以女奴的貌美而面有飢相，調侃楊褒官微家貧，戲謔梅堯臣生活潦倒。亦莊亦諧，摹寫生動形象，彰顯宋詩詼嘲笑謔的娛樂游戲功能。

【注釋】

〔一〕「大絃」句：化用白居易《琵琶行》：「大絃嘈嘈如急雨，小絃切切如私語」句意。《啄木》：古琵琶曲名。

〔二〕「啄木」二句：婢女《啄木》琵琶曲，活像啄木鳥啄枯樹老幹的聲音。司馬光《同張聖民過楊之美，聽琵琶女奴彈啄木曲，觀諸公所贈歌，明日投此爲謝》：「彈爲幽鳥啄寒木，園林颯颯風雨和。喙長爪短躍更上，丁丁取蠹何其多。」 槎牙：交錯雜亂、不整貌。

〔三〕「花繁」六句：琵琶曲的音韻和情致，具有空闊幽深之意境及百鳥齊鳴之效果。 磽确：堅硬瘠薄的土地。

〔四〕丁丁：《毛詩·小雅·伐木》：「伐木丁丁。」此指啄木聲。 「行人」句：卷後校語：「一作『衆鳥啁啾飛且驚』。」

〔五〕「嬌兒」四句：婢女彈撥琵琶之音樂效果。 指撥：套在手指端的撥絃工具。 絃索：絲絃樂器的總稱，此指琵琶。

〔六〕太學官：楊褒爲國子監直講，官低位卑，吃食粗糧。 脱粟：糙米；衹去皮殼、不加精製的米。

《史記·平津侯主父列傳》：「食一肉脱粟之飯。」司馬貞索隱：「脱粟，纔脱穀而已，言不精鑿也。」粟，原作「栗」，據《四庫全書》本改。

〔七〕「嬌兒兩幅」二句：女奴著裝及坐具，可見其貧困。梅堯臣《依韻和永叔戲作》：「女奚年小殊流俗，十月單衣體生粟。」三脚木牀：四脚牀，少一脚，足見主人寒磣。江少虞《事實類苑》卷六二《西溪寺名》：「華陽楊褒，好古博物，家雖甚貧，而書畫奇玩充實中橐。家姬數人，布裙糲食，而歌舞絶妙，故歐陽公贈之詩曰『三脚木牀坐調曲』，蓋言褒之貧乏也。」

〔八〕「奇書」二句：楊褒雅愛藝術，搜集奇書古畫。韓維《又和楊之美家琵琶妓》：「楊君好古天下無，自信獨與常人殊……官卑俸薄不自給，買童教樂收圖書。」盛以錦囊：卷末校記：「一作『古錦裁囊』。」

〔九〕「客來」四句：楊君刻意妝扮婢女，無奈由於飢餓體瘦而模樣不雅。花鈿：用金翠珠寶製成的花形首飾。沈約《麗人賦》：「陸離羽佩，雜錯花鈿。」貼黄菊：以紙剪成菊花形貼於額頭上，是古代女子的一種裝飾物。《木蘭詩》：「對鏡貼花黄。」

〔一〇〕「宛陵」三句：你梅堯臣可不要譏笑她，人生當知足常樂，這是你家中没有的啊。

【附録】

此詩輯入清康熙《御選宋金元明四朝詩·御選宋詩》卷二五、吴之振《宋詩鈔》卷一一、陳焯《宋元詩會》卷一〇。

許顗《彦周詩話》：「韓退之《聽穎師彈琴詩》云『浮雲柳絮無根蒂，天地闊遠隨飛揚』，此泛聲也，謂輕非絲重非木也；『喧啾百鳥群，忽見孤鳳凰』，泛聲中寄指聲也；『躋攀分寸不可上』，吟繹聲也。『失勢一落千丈强』，順下聲也。僕不曉琴，聞之善琴者云，此數聲最難工。自文忠公與東坡論此詩，作聽琵琶詩後，後生隨例云云。柳下惠則可，我則不可，故特論之，少爲退之雪冤。」按：又見胡仔《苕溪漁隱叢話》後集卷一〇。

惠洪《冷齋夜話》卷五：「舒王以李太白、杜少陵、韓退之、歐陽永叔詩，編爲《四家詩集》，而以歐公居太白之上。世莫曉其意。舒王嘗曰：『太白詞語迅快，無疏脱處；然其識汙下，詩詞十句九句言婦人酒耳。歐公，今代詩人未有出其右者，但恨其不修《三國志》而修《五代史》耳。』如歐公詩曰「行人仰頭飛鳥驚」之句，亦有佳趣，第人不解耳。」

胡仔《苕溪漁隱叢話》前集卷一六：「古今聽琴、阮、琵琶、箏、瑟諸詩，借欲寫其音聲節奏，類以景物故實狀之，大率一律，初無中的句，互可移用，是豈真知音者。但其造語藻麗，爲可喜耳……『春風和暖百鳥語，磽确山路行人行。啄木飛從何處來，花間葉底時丁丁。林空山靜啄愈響，行人舉頭飛鳥驚。』此永叔聽琵琶詩也。」

魏泰《臨漢隱居詩話》：「頃年嘗與王荆公評詩，予謂：『凡爲詩，當使挹之而源不窮，咀之而味愈長。至如永叔之詩，才力敏邁，句亦清健，但恨其少餘味爾。』荆公曰：『不然，如「行人仰頭飛鳥鷩」之句，亦可謂有味矣。』然余至今思之，不見此句之佳，亦竟莫原荆公之意。信乎，所見之殊，不可强同也。」

葛立方《韻語陽秋》卷一五：「歐陽永叔《見楊直講女奴彈琵琶》云：『嬌兒兩幅青布裙，三脚木牀坐調曲。雖然可愛眉目秀，無奈長飢頭項縮。』梅聖俞和篇亦云：『不肯那錢買珠翠，任從堆插階前菊。』功曹時借乃許出，他日求觀龜殼縮。』亦可以想見風采矣。永叔倒殘壺酒，於筐筥間得枯魚，强飲疾醉之時，亦有小婢鳴絃佐酒。所謂『小婢立我前，赤脚兩髻丫。軋軋鳴雙絃，正如飆嘔啞』。議者謂亦與楊家嬌兒不遠。余謂永叔作此詩時，已爲内相。觀其所作長短句，皆富豔語，不應當此以汙樽俎，永叔特自謙之辭爾。梅聖俞嘗和其詩云：『公家八九姝，鬒髮如盤鵶。朱唇白玉膚，參年始破瓜。』則永叔所言赤脚者，非誠語無疑矣。」

朱承爵《存餘堂詩話》：「苕溪漁隱評昔賢聽琴、阮、琵琶、箏諸詩，大率一律，初無的句，互可移用。余謂不然……歐陽公云：『春風和暖百鳥語』、『花間葉底時丁丁』……自是聽琵琶詩，如曰聽琴，吾不信也。」

洪亮吉《北江詩話》卷二：「歐陽公『行人舉頭飛鳥鷩』七字，畢竟不同。」

方東樹《昭昧詹言》卷一二評曰：「閒淡可愛。起句點。次句冒寫，以下只寫此句。『嬌兒身小』句束，横截作章法。收入議。」

和韓學士襄州聞喜亭置酒

巀嶭高城漢水邊〔一〕，登臨誰與共躋攀。清川萬古流不盡〔二〕，白鳥雙飛意自閒。可笑沉碑憂岸谷，誰能把酒對江山〔三〕。少年我亦曾游目，風物今思一夢還〔四〕。

【題　解】　原輯《居士集》卷一二，無繫年，列至和元年詩後。作於嘉祐二年十一月，歐是年書簡《答韓欽聖宗彦》言及「寵惠佳篇」，並有「歲晚」、「十一月二日」等語。詩人時任翰林學士、史館修撰，主修《唐書》。題下原注：「一作《和欽聖學士〈聞喜置酒即事〉》。」韓學士，即韓宗彦，字欽聖。名臣韓億孫，韓綱子，《宋史·韓億傳》有附傳，稱其「歷提點京西、京東刑獄」。梅堯臣《宛陵先生集》卷五四有《送韓欽聖學士京西提刑》，卷五五有《和韓欽聖學士〈襄陽聞喜亭〉》，朱東潤繫於今年。《長編》卷一八八嘉祐三年閏十二月載有韓宗彦提點京東刑獄有關事蹟。襄州，宋代州名，屬京西路，治所在今湖北襄陽。詩歌描寫襄州風物，表達對舊游的懷念，譏議杜預好名，旨在倡導名節自持，張揚人格力量。詩語疏爽而氣格沉雄，有杜甫七律韻致。

【注釋】

〔一〕巀嶭：高峻貌。《漢書·司馬相如傳上》：「九嵕巀嶭，南山峩峩。」

〔二〕清川：梅堯臣《和韓欽聖學士〈襄陽聞喜亭〉》：「亭欄下望漢江水，浮緑無風寫鏡明。」

〔三〕「可笑」二句：非議杜預汲汲于個人名聲，缺乏「把酒對江山」的達觀逸情。沉碑：《晉書·杜預傳》：「預好爲後世名，常言『高岸爲谷，深谷爲陵』，刻石爲二碑，紀其勳績，一沈萬山之下，一立峴山之上，曰：『焉知此後不爲陵谷乎！』」後以「沉碑」指杜預的紀功碑。

〔四〕「少年」二句：寶元二年（一〇三八）三月，歐由夷陵赴乾德任，四月途徑襄陽，曾登臨峴山覽勝，故云。歐《集古録跋尾·唐獨孤府君碑》有云：「余自夷陵徙乾德令，嘗登峴山，讀此碑。」

【附録】

《歐集》卷一五一《答韓欽聖宗彦》（嘉祐二年）：「歲晚，以時自重。人還，謹奉此爲謝。不宣。某再拜欽聖提刑學士。（十一月二日）　辱寵惠佳篇，欽誦不已，旦夕和得，遞中附上……嘗説襄陽山水，一經真賞，果如鄙言否？」

蘇軾《東坡志林》卷七：「七言之偉麗者，杜子美云：『旌旗日暖龍蛇動，宫殿風微燕雀高。』『五更鼓角聲悲壯，三峽星河影動摇。』爾後寂寞無聞焉。直至歐陽永叔『蒼波萬古流不盡，白鶴雙飛意自閑』……可以並驅爭先矣。」按：又見蔡夢弼《杜工部草堂詩話》、胡仔《苕溪漁隱叢話》後集卷二

三、魏慶之《詩人玉屑》卷一二、阮閲《詩話總龜》前集卷七、何汶《竹莊詩話》卷二四、單宇《菊坡詩話》卷九。

胡應麟《詩藪》外編卷五：「老杜吴體，但句格拗耳，其語如……實皆冠冕雄麗。……宋人作拗體者，若永叔：『滄江萬古流不盡，白鳥雙飛意自閑。』文潛：『白頭青髪有存殁，落日斷霞無古今。』尚覺近之。」

葉矯然《龍性堂詩話》續集：「歐陽永叔詩，心手經營，較子瞻尤多作意。余於全集中録五十餘首，皆翩翩唐調，不落宋習者，另梓外，今爲摘其佳句……七言如『清江萬古流不盡，白鳥雙飛意自閑』……皆作家語也。」

贈沈博士歌

沈夫子，胡爲《醉翁吟》？醉翁豈能知爾琴。滁山高絶滁水深，空巖悲風夜吹林。山溜白玉懸青岑，一瀉萬仞源莫尋〔一〕。醉翁每來喜登臨，醉倒石上遺其簪。雲荒石老歲月侵，子有三尺徽黄金，寫我幽思窮崎嶔〔二〕。自言愛此萬仞水，謂是太古之遺音。泉淙石亂到不平，指下嗚咽悲人心。時時弄餘聲，言語軟滑如春禽〔三〕。嗟乎沈夫子，爾琴誠工彈且止！我昔被謫居滁山，名雖爲翁實少年〔四〕。坐中醉客誰最賢，杜彬琵琶皮作絃。自從彬死世莫傳，玉練鎖聲入黄泉〔五〕。死生聚散日零落，耳冷心衰翁索莫〔六〕。國恩未報慙禄厚，世事多虞嗟力薄。顏摧鬢改真一翁，心以憂醉安知樂〔七〕。沈夫子謂我：翁言何苦悲？人生百年間，飲酒能幾時！攬衣推琴起視夜，仰見河漢西南移〔八〕。

【題　解】

原輯《居士集》卷七，繫嘉祐二年。作於是年十二月，時任翰林學士、史館修撰，主修《唐書》。題下原注：「遵。」又云：「一作『醉翁吟』。」王安石《仙居縣太君魏氏墓誌銘》：「嘉祐二年十二月庚申（十八日）……於是（沈）遵爲太常博士、通判建州軍州事。」劉敞《公是集》卷一六有《同永叔贈沈博士》詩。同年，梅堯臣《宛陵先生集》卷五三亦有詩《送建州通判沈太博》，詳其詩意，沈遵赴建州任前與歐、梅京城邂逅相遇，時當在十二月間。詩歌前十八句描寫滁州山水，後二十句抒寫自我感受。作者仿效韓愈《八月十五夜贈張功曹》詩法，借詠沈遵《醉翁吟》，抒發人事滄桑之感，雖有「顏摧鬢改」、「國恩未報」等無奈情緒，最終卻能借酒自慰。句式長短參差，聲律不受拘束，敘議雜出，韻隨意轉，跌宕起伏，顯示以氣格爲主的宋詩特色。

【注　釋】

〔一〕「滁山」四句：滁州山高水險，瀑布壯觀。山溜：山間溪流澗水。山，原注：「一作『泉』。」

青岑：青翠的山峰。張衡《思玄賦》：「嗡青岑之玉醴兮，餐沆瀣以爲糧。」

〔二〕「雲荒」三句：雖然時過境遷，但是沈遵的琴聲勾起自己的往年幽思。劉敞《同永叔贈沈博士》：「寫之絲桐寄逸賞，曲度寥落含高深。絶調衆耳多不省，醉翁一聞能别音。」三尺：指琴。徽黄金：以黄金鑲製的音節標識。徽，指七絃琴琴面十三個指示音節的標識。《文選·嵇康〈琴賦〉》：「絃以園客之絲，徽以鍾山之玉。」李周翰注：「取此絲爲絃，以玉爲徽。」崎嶔：坎坷不平。

〔三〕「自言」六句：沈遵的琴聲音樂，包孕著自然界的萬種風情。歐《贈沈遵》詩云：「有如風清日暖好鳥語，夜静山鄉春泉鳴，坐思千巖萬壑醉眠處，寫君三尺膝上横。」

〔四〕「我昔」二句：歐《醉翁亭記》：「太守與客來飲於此，飲少輒醉，而年又最高，故自號曰醉翁也。醉翁之意不在酒，在乎山水之間也。」又《贈沈遵》有云：「我時四十猶彊力，自號醉翁聊戲客。」

〔五〕「坐中」四句：因沈遵琴曲而追念善彈琵琶的杜彬。杜彬：歐貶職滁州時的通判，善爲音律，時已死。參見詩後「附録」《苕溪漁隱叢話》等。玉練鎖：原注：「東坡詩云：『新客從翻玉連鎖。』練，疑當作連。」王十朋《東坡詩集注》卷七《宋叔達家聽琵琶》「新曲翻從玉連鎖」句下引李厚注：「玉連鎖，今曲名。」

〔六〕索莫：寂寞無聊，失意消沉。賈島《即事》詩：「索漠對孤燈，陰雲積幾層。」

〔七〕「國恩」四句：詩人自責自歎之言。虞：憂慮，憂患。韓愈《與鳳翔邢尚書書》：「戎狄棄甲而遠遁，朝廷高枕而無虞。」

〔八〕「沈夫子」六句：沈遵覺得我的話語過於悲觀，勸慰我及時行樂，感念此語，夜不能寢。河漢西南移：夜已深。河漢，即銀河。《古詩十九首·迢迢牽牛星》：「河漢清且淺，相去復幾許。」

【附　録】

此詩輯入清吴之振《宋詩鈔》卷一一、陳焯《宋元詩會》卷一〇。

陳師道《後山詩話》：「歐陽公謫永陽，聞其倅杜彬善琵琶，酒間取之，杜正色盛氣而謝不能，公亦不復强也。後杜置酒數行，遽起還内，微聞絲聲，且作且止而漸近。久之，抱器而出，手不絶彈，盡暮而罷，公喜甚，過所望也。故公詩云：『座中醉客誰最賢？杜彬琵琶皮作絃。自從彬死世莫傳。』皮絃世未有也。」

孔平仲《談苑》卷三：「朱柬之自言作滁州推官時，歐陽永叔爲太守，杜彬作倅，曉音律。永叔自瑯琊山幽谷亭醉歸，妓扶步行，前引以樂。彬自亭下舞一曲破，直到州衙前，凡一里餘。永叔詩云：『杜彬琵琶皮作絃。』元祐五年，彬子焯在金陵，或問皮何以作絃？焯云：『永叔詩詞之過也。琵琶誠好，乃國初老聶工造，世間秖有四面，今尚收藏在家，但無皮絃事爾。』」

葉夢得《避暑録話》卷上：「歐文忠在滁州，通判杜彬善彈琵琶，公每飲酒，必使彬爲之，往往酒行遂無算，故有詩云：『坐中醉客誰最賢，杜彬琵琶皮作絃。』此詩既出，彬頗病之，祈公改去姓名，而人已傳，卒不得諱……琵琶以下撥重爲難，猶琴之用指深，故本色有轢絃護索之稱。文忠嘗問琵琶之妙於彬，亦以此對，乃取使教他樂工試爲之。下撥絃皆斷，因笑曰：如公之絃，無乃皮爲之耶？故有『皮作絃』之句，而好事者遂傳彬真以皮爲絃，其實非也。」

胡仔《苕溪漁隱叢話》後集卷一〇：「《後山詩話》謂：『六一居士聞杜彬彈琵琶，作詩云：「坐中醉客誰最賢？杜彬琵琶皮作絃。自從彬死世莫傳。」皮絃世未有也。』丙戌歲，居苕溪，暇日因閱《酉陽雜俎》，云：『開元中，段師能彈琵琶用皮絃，賀懷智破撥彈之，不能成聲。』因思永叔、無己皆不見此說，何也？」

吴曾《能改齋漫録》卷五：「陳無己《詩話》：『歐陽公謫滁陽，聞其倅杜彬善琵琶。酒間請之，正色盛氣而謝不能，公亦不復强也。後彬置酒，數行，遽起還内，漸聞絲聲，且作且止而漸近。久之，抱器而出，手不絕彈，盡暮而罷。公喜甚，過所望也。故公詩云：「坐中醉客誰最賢，杜彬琵琶皮作絃，自從彬死世莫傳。」皮絃。世未有也。』以上皆陳說。葉少藴《避暑録》云：『文忠在滁州，通判杜彬善彈琵琶，故其詩云：「坐中醉客誰最賢，杜彬琵琶皮作絃。」此詩既出，彬頗病之，祈公改去姓名，而人已傳，卒不得諱。』又云：『琵琶以下撥重爲難，猶琴之用指深，故本色有轢絃護索之稱。文忠嘗問彬琵琶之妙，亦以此對。乃取使教他樂工試爲之，下撥絃皆斷。因笑曰：「如公之絃，無乃皮爲之邪？」故有「皮作絃」之句。而好事者遂傳彬真以皮爲絃，其實非也。唐人說賀懷智以鵾雞筋作絃，人因疑之。筋比皮雖有可作絃之理，然亦不應得許長。且所貴者聲爾，安在以絃爲奇乎。梅聖俞

《醉翁吟》亦云：「當時滁州所樂者，惟有杜彬彈琵琶。」使誠有之，聖俞亦當以異見於詩也。』以上皆葉説。余按，陶岳《五代史補》云：『馮道之子能彈琵琶，以皮爲絃。世宗令彈，深喜之，因號琵琶爲遶殿雷。』乃知以皮爲絃，古有其法，而杜彬得之。葉爲妄辨，無可疑者。且文忠公詩云：『我昔被謫居滁山，雖名爲翁實少年。坐中醉客誰最賢，杜彬琵琶皮作絃。自從彬死世莫傳，玉練鎖聲入黃泉。』則公作此詩時，杜彬已死之後，葉安得有『祈公改去姓名』之説哉！余以意料之，當是葉祇據兩句而遂爲此説。又不考《五代史補》，偶忘馮氏舊事耳。不然，何舛誤之甚也！」

黄震《黄氏日鈔》卷六一：「言琴調《醉翁吟》也，云：『我昔被謫居滁上，名雖爲翁實少年。』前詩又云：『我時四十猶彊力，自號醉翁聊戲客。』」

劉壎《隱居通議》卷七評《廬山高》等詩，云：「而予尤喜其《贈沈遵》一篇，清婉流麗，自成宫商，蓋學者未之知也……此篇筆力超然，高風遠韻，尚可想見，豈尋常詩人繩墨所能束縛！」

何孟春《餘冬詩話》卷上：「歐陽永叔年四十謫滁，號醉翁，亦太早計。《亭記》云：『蒼顔白髮，頽乎其中。』或出寓言；『年又最高』之言，豈是當時賓從更無四十歲人耶？公《病中代書寄聖俞》詩云：『到今年纔三十九，怕見新花羞白髮。』大抵早衰人也。公他日《贈沈博士歌》：『我昔被謫居滁山，名雖爲翁實少年。』」

何孟春《餘冬詩話》卷下：「《五代史補》：馮道之子能彈琵琶，以皮爲絃，世宗令彈，深善之，因號琵琶爲『繞殿雷』。《後山詩話》：歐陽公永叔聞其倅杜彬善琵琶，酒間請之，杜正色盛氣而謝不能，公亦不復强也。後杜置酒數行，遽起還内，微聞絲聲，且作且止而漸近。久之，抱器而出，手不絶彈，盡暮而罷，公喜甚過望也。故公詩云：『坐中醉客誰最賢，杜彬琵琶皮作絃，自從彬死世莫傳。』世遂以皮絃爲杜彬故事。自彬而作，自彬而止，蓋承用歐陽詩云爾。後山亦謂世未有也，不知更有先於彬者。」

陸深《儼山詩話》：「歐陽公『杜彬琵琶皮作絃』，吴虎臣《能改齋漫録》載一説云：『彈琵琶妙在指撥硬。杜彬琵琶如彈皮絃然，若絲絃則斷矣，所以喻其妙也，即「四絃一聲如裂帛」之意』。頗爲造理。段成式《酉陽雜俎》載段師能彈琵琶，用皮絃，賀懷智撥彈之，不能成聲。則似真有皮絃矣。或謂古琵琶用鵾鷄筋作絃。元楊瑀又記畏吾兒人聞世習銅絃，曰『余親見聞之』。漫書於此。」

王闢之《澠水燕談録》卷八：「慶曆中，歐陽公謫守滁州，有瑯琊幽谷，山川奇麗，鳴泉飛瀑，聲若環珮，公臨登忘歸。僧智仙作亭其上，公刻石爲記，以遺州人。既去十年，太常博士沈遵，好奇之士，聞而往游，其山水秀絶，以琴寫其聲，爲《醉翁吟》，蓋宫聲三疊。復會公河朔，遵援琴作之。公歌以遺，遵並爲《醉翁引》以叙其事。然調不主聲，爲知琴者所惜。後三十餘年，公薨，遵亦殁。其後廬山道人崔閑，遵客也，妙於琴理，常恨此曲無詞，乃譜其聲，請於東坡以補其缺。遂爲音中絶妙，好事者爭傳其詞曰：『琅然。清圓。誰彈。向空山無言，惟名醉翁知青天。明月風露娟娟，人未眠，荷蕢過山前，曰有心也哉此賢。』（第二疊泛聲同此）『醉翁笑詠，聲和流泉。醉翁去後，空有朝吟莫怨。山有時而同巔，水有時而回淵。思翁無歲年，翁今飛仙。此意在人間，試聽徽外三兩絃。』方其補詞，閒爲絃其聲，東坡倚爲詞，頃刻而就，無一點竄。遵之子爲比丘，號本覺法真禪師，東坡居士書以與之，云『二水同器有不相入，二琴同手有不相應。沈君信手彈琴而與泉合，居士縱筆作詞而與琴會，此必有真同者矣。』」

吴景旭《歷代詩話》卷五六《皮絃》：「歐陽永叔詩：『坐中醉客誰最賢？杜彬琵琶皮作絃。自從彬死世莫傳。』《避暑録話》曰：『琵琶以下撥重爲難，猶琴之用指深，故本色有轢絃、獲索之稱。文忠嘗使彬教他樂工試爲之，下撥絃皆斷，因笑曰：「如公之絃，無乃皮爲之邪？」故有『皮作絃』之句，非真以皮爲絃也。』孔毅夫《談苑》曰：『元祐五年，彬子焯在金陵，或問皮何以作絃，焯云：「永叔詩詞之過也。琵琶乃國初老聶工造，今尚收藏在家，但無皮絃事耳。」』吴旦生曰：《酉陽雜俎》載：『開元中，段師彈琵琶，用皮絃。』《五代史補》云：『馮吉，瀛王道之子，能彈琵琶，以皮爲絃。世宗嘗令彈於御前，深善之，因號其琵琶曰「繞殿雷」也。』蓋前此實有皮作絃者，何獨于杜彬而疑之？按釋氏書言，獅子筋爲絃，鼓之，衆絃皆絶。《樂府雜録》：『賀懷智以石爲槽，鵾雞筋作絃，用鐵撥彈之。』又房千里《大唐雜録》：『春州土人彈小琵琶，以狗腸爲絃，聲甚悽楚。』觀此，獨不可以皮爲絃邪？」

方東樹《昭昧詹言》卷一二評曰：「此與前章法同。『滁山』七句直寫。『子有』句入琴。『嗟乎』句入議。『杜彬』句是謂僦襯。收二句，學韓《八月十五夜》詩。」

子華學士儤直未滿遽出館伴病夫遂當輪宿輒成拙句奉呈

萬釘寶帶爛腰鐶，賜宴新陪一笑歡〔一〕。金馬並游年最少，玉堂初直夜猶寒〔二〕。自嗟零落凋顔鬢，晚得飛翔接羽翰〔三〕。今日遽聞催遞宿〔四〕，不容多病養衰殘。

【題　解】

原輯《居士集》卷一二，繫嘉祐二年。作於是年十二月，時任翰林學士、史館修撰，主修《唐書》。子華學士，即韓絳，時爲翰林學士。儤直，亦作「儤值」，指官吏在府署連日值宿。韓絳翰林院值班期間，因爲擔任館伴契丹的使臣，倉猝離院，歐代爲值班，爲賦此詩。詩歌讚美韓絳年少材高，自愧多病衰殘。情意真摯，詩脈通貫，風清韻雅，一氣回旋。

【注　釋】

〔一〕爛腰鐶：耀眼的學士腰帶。鐶，泛指圓圈形物。《戰國策·齊策五》：「軍之所出，矛戟折，鐶弦絶。」姚宏注：「鐶，刀鐶。」

〔二〕金馬、玉堂：金馬門與玉堂署。漢時學士待詔之處，宋代因以稱翰林院或翰林學士。歐《會老堂致語》詩：「金馬玉堂三學士，清風明月兩閒人。」

〔三〕得飛翔：喻在朝爲官。歐《詩本義》卷五《九罭》：「其二章、三章云『鴻雁遵渚』、『遵陸』，亦謂周公不得居朝廷，而留滯東都，譬夫鴻雁不得飛翔於雲際，而下循渚陸也。」接羽翰：比翼飛翔，喻相從共事。宋黄庭堅《次韻答邢居實二首》其一：「漢庭用少功何在？不使群飛接羽翰。」羽翰，翅膀。孟郊《出門行》其二：「參辰出没不相待，我欲横天無羽翰。」

〔四〕遞宿：謂輪流宿衛。張衡《西京賦》：「蘭臺金馬，遞宿迭居。」

【附録】

胡仔《苕溪漁隱叢話》前集卷三〇引《王直方詩話》：「《寄江十學士詩》云：『白髮垂兩鬢，黄金腰七鐶。』又有《當宿直詩》：『萬釘寶帶爛腰鐶。』劉貢父云：『永叔這條腰帶，幾次道著也。』」

黄徹《䂬溪詩話》卷六：「永叔『萬釘寶帶爛腰環』，人謂此帶幾度道著。觀子美『緋魚亦及之，扶病垂朱紱』，『挈滯著朱紱，銀章付老翁』，世未嘗譏之者，豈以其人品不止宜此服邪？固嘗有云：『朱紱負平生。』又云：『居然綰章紱，受性本幽獨。』」按：又見阮閱《詩話總龜》後集卷二七。

陸以湉《冷廬雜識》卷四：「漢玉堂乃天子所居，又爲嬖倖之舍。文翁立石室曰玉堂，則又爲講舍。宋學士院有玉堂，太宗曾親幸，又飛白書『玉堂之署』以賜蘇易簡，歐陽公詩云『金馬並游年最少，玉堂初直夜猶寒』，自是，玉堂遂專屬之翰林。」

中國古典文學基本叢書

歐陽修詩編年箋注

第四册

〔宋〕歐陽修 撰
劉德清
顧寶林 箋注
歐陽明亮

中華書局

歐陽修詩編年箋注卷十三

嘉祐三年至嘉祐四年作

送公期得假歸絳

風吹積雪銷太行，水暖河橋楊柳芳〔一〕。少年初仕即京國，故里幾歸成鬢霜〔二〕。山行馬瘦春泥滑，野飯天寒餳粥香〔三〕。留連芳物佳節過，束帶還來朝未央〔四〕。

【題解】

原輯《居士集》卷七，繫嘉祐三年（一〇五八）。作於是年早春，詩人時年五十二歲，任翰林學士，史館修撰，主修《唐書》。胡《譜》：嘉祐二年「十一月辛巳（九日），權判史館。」由首句可知時在早春，梅堯臣《宛陵先生集》卷五六《送薛公期比部歸絳州展墓》亦有句「風雨梨花殘，松柏墓門晚」，「春裘不畏寒，行路未爲遠」，可佐證。薛仲孺，字公期，歐岳父薛簡肅公奎之繼子。《歐集》卷四四

《薛簡肅公文集序》：「公有子直孺，早卒，無後，以其弟之子仲孺公期爲後。」薛奎爲絳州正平人，景祐元年卒，此詩送薛公期歸鄉掃墓。絳州，宋屬河東路，治所在今山西絳縣。詩歌想像薛仲孺歸程情景與旅途艱辛，盼其早日返歸朝廷。首聯介紹時令背景，起調工警；頷聯點題，寫歸絳掃墓之事；頸聯描寫清明前的行程艱辛；末聯望其節後歸朝。全詩開合跌宕，曲折往返，全是古文章法。

【注釋】

〔一〕「風吹」二句：春風融化太行山的積雪，正是河橋水暖，楊柳芬芳的早春時節。風吹積雪：古樂府：「朔風吹積雪。」

〔二〕「少年」二句：薛仲孺自小以恩蔭入仕，多次往返故里祭掃，而今已是兩鬢蒼蒼。歐《大理寺丞薛仲孺可太子右贊善大夫制》：「敕具官薛仲孺：爾之伯父奎，爲吾大臣，參議國政。剛直之節，見於臨事。歿而無嗣，吾甚哀之。爾幼以奎蔭，而登仕籍。今由累歲，遂升於朝。」又王安石《臨川先生集》卷五〇有《駕部員外郎薛仲孺可虞部郎中制》。

〔三〕「山行」二句：想像一路行程艱辛。梅堯臣《送薛公期比部歸絳州展墓》：「風雨梨花殘，松柏墓門晚。嗣子千里駒，羊腸九折阪。」餳：用麥芽或穀芽熬成的飴糖。常於清明節食用。

〔四〕未央：本爲漢宫名，借指朝廷。蘇軾詩《秋興》其三：「樓前夜月低韋曲，雲裏車聲出未央。」

【附録】

此詩輯入明曹學佺《石倉歷代詩選》卷一四〇，又輯入清管庭芬、蔣光煦《宋詩鈔補·歐陽文忠詩補鈔》、陳訏《宋十五家詩選·廬陵詩選》。

樓鑰《攻媿集》卷七一《跋歐公與薛公期駕部帖》：「歐公有《送公期得假歸絳》詩：『山行馬瘦春泥滑，野飯天寒餳粥香。』最爲人膾炙。簡肅公，絳人也，公爲之壻，稱其清德直節，家法嚴，子弟多賢材。公期豈其人哉。」

方東樹《昭昧詹言》卷一二評曰：「往返曲折，總是古文章法。此爲通人。逆起。三四點。五六正面。收二句棱，後面。」

嘗新茶呈聖俞

建安三千里，京師三月嘗新茶。人情好先務取勝，百物貴早相矜誇[一]。年窮臘盡春欲動，蟄雷未起驅龍蛇。夜聞擊鼓滿山谷，千人助叫聲喊呀。萬木寒癡睡不醒，惟有此樹先萌芽。乃知此爲最靈物，宜其獨得天地之英華[二]。終朝採摘不盈掬，通犀銙小圓復窊。鄙哉穀雨槍與旗，多不足貴如刈麻[三]。建安太守急寄我，香蒻包裹封題斜[四]。泉甘器潔天色好，坐中揀擇客亦嘉。新香嫩色如始造，不似來遠從天涯。停匙側盞試水路，拭目向空看乳花。可憐俗夫把金錠，猛火炙背如蝦蟆〔五〕。由來真物有真賞，坐逢詩老頻咨嗟〔六〕。須臾共起索酒飲，何異奏雅終淫哇〔七〕。

【題解】

原輯《居士集》卷七，繫嘉祐三年。作於是年三月，時任翰林學士、史館修撰，主修《唐書》。摯友福州知州蔡襄寄贈北苑新茶，詩人與梅堯臣品飲之餘，有過兩番酬唱。《淳熙三山志》卷二二守臣題名，蔡襄慶曆五年四月知福州，七年改本路轉運使，嘉祐元年八月再度知福州。歐《歸田録》卷二：「茶之品，莫貴于龍鳳，謂之團茶，凡八餅，重一斤。慶曆中，蔡君謨爲福建路轉運使，始造小片龍茶以進。其品絶精，謂之小團，凡二十餅，重一斤。其價直金二兩，然金可有而茶不可得。」此詩描寫建安人初春催茶、採茶、贈茶以及北宋烹茶、鬥茶的場景，比較雅士與俗人的茶座表現，展示時興的茶藝茶道，是文化内涵極其豐富的詠茶詩。結構跳躍動盪，筆意摇曳多姿，散文化的詩句中，充溢機智和幽默。歐此作後，梅堯臣《宛陵先生集》卷五六有《次韻和永叔嘗新茶雜言》；歐又作《次韻再作》，梅再作《次韻和再拜》詩，此類連環式唱和詩，充分展示詩人對詩歌技巧的刻意追求。爲了在唱和過程中求勝，彼此往往在題材内容、形式技巧、結構立意上求異競變，翻新出奇，對於詩歌藝術的提高及宋調的形成，功不可没。

【注　釋】

〔一〕「建安」四句：京師與建安遠隔三千里，但京師三月就可品味建安新茶。詩人感慨品茶時尚的「好先」與「貴早」。　建安：今福建建甌，宋福建路建州治所。趙汝礪《北苑别録》：「建安之東三十里，有山曰鳳凰，其下直北苑，旁聯諸焙，厥土赤壤，厥茶惟上。太平興國中初御焙，歲模龍鳳，以羞貢篚，益表珍異。」　三月：卷末校記：「一作『二月』。」

〔二〕「年窮」八句：描繪一幅北苑皇家茶場早春「喊山」採茶的壯麗圖景。福建建安御茶場，二月開山採茶造茶，都要舉行隆重的「喊山」儀式。喊山往往選擇驚蟄鳴雷時節，官員們登臺喊山，祭祀茶神。祭典過後，紅燭高燒，鞭炮齊鳴，臺下茶農鳴金擂鼓，齊聲高喊：「茶發芽！　茶發芽！」一時千人高呼，聲震峽谷，場面極爲壯觀。宋人龐元英《文昌雜録》、趙汝礪《北苑别録》等文獻，都有建州「喊山」採茶的記載，後者稱「方其春蟲震蟄，千夫雷動，一時之盛，誠爲偉觀。」又云：「採茶之法，須是侵晨，不可見日。侵晨則夜露未晞，茶芽肥潤，見日則爲陽氣所薄，使芽之膏腴内耗，至受水而不鮮明。故每日常以五更撾鼓，集群夫於鳳凰門，監採官人給一牌入山，至辰刻則復鳴鑼以聚之，恐其逾時貪多務得也。」儘管胡仔《苕溪漁隱叢話》等著述對此持有異議，歐詩中所描繪的壯觀場景，當爲實情。清人姚之駰《元明事類鈔》卷三一引《武夷山志》，稱北苑茶場建有「喊泉亭」：「山四面有御茶園，每歲驚蟄，有司致祭，令衆鳴金鼓，齊喊曰：『茶發芽。』」姚範《援鶉堂筆記》卷四〇亦云：「擊鼓助喊，紀實也。茶之先萬水而萌芽者，正以此，故云『最靈』。聞之閩人，今時尚如此。」蟄雷：驚蟄初發的春雷。雷未起驅龍：原本校云：「一作『龍未起驅蟲』。」英華：精英華彩，謂茶樹得天地之精華，故比其他樹木先發芽。

〔三〕「終朝」四句：早春之茶珍貴而稀少，穀雨過後採製的茶葉就不太值錢。終朝不盈掬：反用杜甫《佳人》詩句「采柏動盈掬」。掬，兩手相合捧物。通犀銙小：茶芽新鮮瑩嫩。通犀，即通天犀。飾有犀角的通天犀帶。銙，古代附於腰帶上的扣版，作方、橢圓等形。建州唐宋貢茶有「貢新銙」、「試新銙」等名目，喻茶就像寶帶上的珠玉一樣精美。窊：下凹，低陷。槍與旗：宋熊蕃《宣和北苑貢茶録》：「凡茶芽數品，最上者曰小芽，如雀舌鷹爪，以其勁直纖鋭，故號芽茶。次曰中茶，乃一芽帶一葉者，號一槍一旗。次曰大芽，乃一芽帶兩葉者，號一槍兩旗。其帶三葉四葉者，皆漸老矣。」

〔四〕建安太守：指蔡襄，字君謨，時知福州。梅堯臣《次韻和永叔嘗新茶雜言》：「建安太守置書角，青蒻包封來海涯。清明纔過已到此，正見洛陽人寄花。」香蒻包裹：蔡襄《茶録》：「茶宜蒻葉而畏香藥，喜温燥而忌濕冷，故收藏之家以蒻葉封裹入焙。」

〔五〕「泉甘」八句：寫當時文人士大夫鬥茶、論茶之習俗。黄儒《品茶要略》：「然士大夫間爲珍藏精試之具，非會雅好真，未嘗輒出。其好事者，又嘗論其採製之出入，器用之宜否，較試之湯火，圖於縑素，傳玩于時，獨未有補於賞鑑之明爾。」乳花：沖茶時所起的乳白色泡沫，宋人鬥茶以其圖案精美、時間持久爲贏輸。李德裕《故人寄茶》詩：「碧流霞脚碎，香泛乳花輕。」梅堯臣《得雷太簡自製蒙頂茶》詩：「湯嫩乳花浮，香新舌甘永。」　金錠：句下原注「一作『挺』，一作『鋌』」。《茶録》多用挺字，爲古。按《集韻》錠字去聲，訓鐙；鋌字上聲，訓銅鐵樸。」當指茶鈐。蔡襄《茶録》：「茶鈐，屈金鐵爲之，用以炙茶。」一曰金黄色茶磚。　炙背：曬背。這裏嘲笑俗夫猛火煮茶鐺，茶湯沸騰，茶泡如蛤蟆眼。

〔六〕真賞：得其真趣的會心欣賞。范仲淹《與諫院郭舍人書》：「又嘉江山滿前，風月有舊，真賞之際，使人愉然。」　詩老：指梅堯臣。

〔七〕奏雅終淫哇：飲茶本屬高雅之事，但俗人飲茶後還要喝酒解饞，自嘲爲先雅後俗。　奏雅：《史記·司馬相如列傳》：「揚雄以爲靡麗之賦勸百諷一，猶馳騁鄭衛之聲，曲終而奏雅。」歐反其意而用之。　淫哇：淫邪之聲，多指樂曲詩歌。《文選·嵇康〈養生論〉》：「目惑玄黄，耳務淫哇。」李善注：「《法言》曰：『哇則鄭』」，李軌曰：『哇，邪也。』」

【附録】

此詩輯入宋祝穆《古今事文類聚》續集卷一二、陳景沂《全芳備祖集》後集卷二八，又輯入清康熙《御定佩文齋廣群芳譜》卷二〇、陳焯《宋元詩會》卷一〇、吴之振《宋詩鈔》卷一二、陳訏《宋十五家詩選·廬陵詩選》。

阮閲《詩話總龜》後集卷三〇引蔡啟《蔡寬夫詩話》:「官焙造茶,常在驚蟄後一二日興工採摘,是時茶芽已皆一槍。蓋閩中地暖如此。舊讀歐公詩有『喊山』之説,亦傳聞之訛耳。」

胡仔《苕溪漁隱叢話》前集卷四六:「《詩》云:『誰謂荼苦?』《爾雅》云:『檟,苦荼。』注:『樹似梔子。今呼早采者爲茶,晚采者爲茗,一名荈,蜀人名之苦荼。』故東坡《乞茶栽詩》云:『周《詩》記苦荼,茗飲出近世,初緣厭粱肉,假此雪昏滯。』蓋謂是也。六一居士《嘗新茶詩》云:『泉甘器潔天色好,坐中揀擇客亦佳。』東坡守維揚,於石塔寺試茶,詩云:『禪窗麗午景,蜀井出冰雪,坐客皆可人,鼎器手自潔。』正謂諺云『三不點』也。」

胡仔《苕溪漁隱叢話》後集卷一一:「歐陽永叔《嘗茶詩》云:『年窮臘盡春欲動,蟄雷未起驅龍蛇。夜聞擊鼓滿山谷,千人助叫聲喊呀。萬木寒凝睡不醒,惟有此樹先萌芽。』余官富沙凡三春,備見北苑造茶,但其地暖,纔驚蟄,茶芽已長寸許,初無擊鼓喊山之事,永叔詩與《文昌》所紀,皆非也。北苑茶山凡十四五里,茶味惟均,豈有間壟茶品已相遠之説邪?」按:又見阮閲《詩話總龜》後集卷二九。

周容《春酒堂詩話》:「歐陽文忠《新茶》詩,有云:『年窮臘盡春欲動,蟄雷未起驅龍蛇。夜聞擊鼓滿山谷,千人助呼聲喊呀。萬木寒癡睡不醒,惟有此樹先萌芽。』要知宋時有催茶之法。今山茶最遲,安得先萬木而萌芽乎?又有《和嘗茶》詩云:『溪山擊鼓助雷驚。』」

姚範《援鶉堂筆記》卷四〇:「按:擊鼓助喊,紀實也。茶之先萬水而萌芽者,正以此,故云『最靈』。聞之閩人，今時尚如此。」

范大士《歷代詩發》卷二三評曰：「細心領略茶品入微，坡仙鉅合侯傳真，猶粗疏耳。」

方東樹《昭昧詹言》卷一二評曰：「起以二句作柱，以下只發，此亦一法也。」

次韻再作

吾年向老世味薄，所好未衰惟飲茶〔一〕。建谿苦遠雖不到，自少嘗見閩人誇〔二〕。每嗤江浙凡茗草，叢生狼藉惟藏蛇〔三〕。豈如含膏入香作金餅，蜿蜒兩龍戲以呀〔四〕。其餘品第亦奇絶，愈小愈精皆露芽。泛之白花如粉乳，乍見紫面生光華。手持心愛不欲碾，有類弄印幾成窊。論功可以療百疾，輕身久服勝胡麻〔五〕。我謂斯言頗過矣，其實最能祛睡邪〔六〕。茶官貢餘偶分寄，地遠物新來意嘉〔七〕。親烹屢酌不知厭，自謂此樂真無涯。未言久食成手顫，已覺疾飢生眼花。客遭水厄疲捧碗，口吻無異蝕月蟆。僮奴傍視疑復笑，嗜好乖僻誠堪嗟〔八〕。更蒙酬句怪可駭，兒曹助噪聲哇哇〔九〕。

【題解】

原輯《居士集》卷七，繫嘉祐三年。作於是年三月，時任翰林學士、史館修撰，主修《唐書》。題下附注：「一本云《茶歌》。」歐寄贈《嘗新茶呈聖俞》詩後，梅堯臣有《次韻和永叔嘗新茶雜言》，此爲歐再呈梅氏詩。詩歌結構跌宕有致，筆法幽默詼諧。梅堯臣讀此作後，《宛陵先生集》卷五六又有《次韻和再作》。此兩組唱和詩將北宋茶園生産和士大夫品茶生活兩幅畫卷連接起來，真實而生動地記録時代風土人情，全方位展示宋代茶文化，是極爲難得的中華茶文獻。

【注　釋】

〔一〕「吾年」二句：自己越年老越覺得世情淡薄，對飲茶卻始終情有獨鍾。

〔二〕「建谿」二句：建溪太遠没有去過，但「建茶」自小就聽福建人誇耀過。建谿：一作建水。源出今福建崇安。流經建陽、建甌縣，至南平市匯爲閩江。其地盛産名茶，號稱建茶。宋徽宗《大觀茶論序》：「本朝之興，歲修建溪之貢，龍團鳳餅，名冠天下。」

〔三〕「每嗤」二句：笑江浙名茶生長環境惡劣。茗草：指茶樹。句末自注：「今江浙茶園俗云多蛇。」

〔四〕「豈如」二句：龍鳳茶餅表面模印出雙龍形，從中擘開，泡在水中，猶如二龍戲水。蔡襄《北苑十詠·造茶》題下注：「其年改造新茶十斤，尤極精好，被旨號爲上品龍茶，仍歲貢之。」含膏入香：蔡襄《茶録》：「餅茶多以珍膏油其面。」「茶有真香，而入貢者微以龍腦和膏，欲助其香。」金餅：小龍團茶。

〔五〕「其餘」八句：描寫精品之茶的色澤及功效。　粉乳：即乳花，沖茶時所起的乳白色泡沫，宋人鬥茶以其圖案精美、時間持久爲贏輸。　有類弄印：茶餅上的花紋有如印篆般精美。　窊：下凹，低陷。　胡麻：即芝麻，服食有輕身健體功效。相傳漢張騫得其種於西域，故名。《神農本草經》卷一：「胡麻，一名巨勝。」葛洪《抱朴子·仙藥》：「巨勝，一名胡麻，餌服之不老，耐風濕補衰老也。」　乍見紫面生光華：蔡襄《茶録》：「餅茶多以珍膏油其面，故有青黄紫黑之異。」

〔六〕祛睡邪：治療失眠症。

〔七〕「茶官」二句：提舉茶鹽或産茶地的官員（蔡襄）在完成朝廷貢茶之後，偶爾將剩餘的茶分贈友人。

〔八〕「親烹」八句：抒寫烹茶、品茶之樂趣。　梅堯臣《次韻再和》：「烹新鬭硬要咬盞，不同飲酒爭畫蛇……人言飲多頭顫挑，自欲清醒氣味嘉。」　末言久食成手顫：自己長期飲茶，没有别人所説的會患手顫之病。　疾飢生眼花：眼花繚亂，感覺飢餓。　水厄：三國魏晉以後，漸行飲茶，其初不習飲者，戲稱爲「水厄」。後亦指嗜茶。《太平御覽》卷八六七引《世説新語》：「晉司徒王濛好飲茶，人至輒命飲之，士大夫皆患之。每欲候蒙，必云：『今日有水厄。』」　蝕月蟆：相傳月宫裏的蟾蜍。韓愈《月蝕詩效玉川子作》：「嘗聞古老言，疑是蝦蟆精。徑圓千里納女腹，何處養女百醜形。」

〔九〕「更蒙」二句：來客不僅飲茶怪僻，作詩更加怪異駭人，這些人不過是徒增噪音而已。兒曹：猶兒輩。《史記·外戚世家褚少孫論》：「是非兒曹愚人所知也。」

【附録】

此詩輯入清康熙《御定佩文齋廣群芳譜》卷二〇、吴之振《宋詩鈔》卷一二。

《歐集》卷一二七《歸田録》：「茶之品，莫貴於龍鳳，謂之團茶，凡八餅重一斤。慶曆中，蔡君謨爲福建路轉運使，始造小片龍茶以進。其品絶精，謂之小團，凡二十餅重一斤。其價直金二兩，然金可有而茶不可得。每因南郊致齋，中書、樞密院各賜一餅，四人分之。宫人往往縷金花於其上，蓋其貴重如此。」

李冶《敬齋古今黈》卷八：「六一翁《茶歌》云：『手持心愛不欲碾，有類弄印幾成窊。』謂印刓則可，謂印窊則不可。」

范大士《歷代詩發》卷二三評曰：「一本云《茶歌》。此詩更能發好茶之神理，補前篇之所未盡。」

送宋次道學士赴太平州

古堤老柳藏春煙，桃花水下清明前〔一〕。江南太守見之笑，擊鼓插旗催解船〔二〕。侍中令德宜有後，學士清才方少年。文章秀粹得家法，筆畫點綴多餘妍。藏書萬卷復强記，故事累朝能口傳〔三〕。來居侍從乃其職，遠置州郡誰謂然〔四〕。交游一時盡英俊，車馬兩岸來聯翩。船頭朝轉暮千里，有酒胡不爲留連〔五〕。

【題解】

原輯《居士集》卷七，繫嘉祐三年。作於是年三月清明前夕，時任翰林學士、史館修撰，主修《唐書》。據張《曆日天象》，本年三月七日丁丑「清明」。原題「赴」下附注：「一作『知』。」題下附注：「敏求。」宋次道，名敏求，趙州平棘人。寶元二年進士及第，歷知太常禮院、官告院、知制誥、右諫議大夫、龍圖閣直學士兼修國史等。《宋史》卷二九一有傳。《御定佩文齋書畫譜》卷三三《宋敏求》：「字次道，宣獻公綬子。賜進士及第，爲館閣校勘。王堯臣修《唐書》，以敏求習唐事，奏爲編修官。治平中，知制誥。神宗時，加龍圖閣直學士，修兩朝正史。」宋敏求與歐早年相識，至和元年八月歐、宋同修《唐書》。嘉祐二年六月，歐有《舉宋敏求同知太常禮院劄子》。本年宋以太常博士、集賢校理出知太平州。太平州，宋屬江南東路，治所在今安徽當塗。梅堯臣《宛陵先生集》卷五六亦有詩《送次道學士知太平州因寄曾子固》。本詩讚頌宋敏求博學多才，惜其外任，以爲應當居朝爲官。叙議結合，隨興揮灑，沖淡疏散的意象之中，透露不平之氣。

【注釋】

〔一〕「古堤」二句：清明前送别的自然風物。梅堯臣《送次道學士知太平州因寄曾子固》：「春浦楊花撩亂飛，春江鯊魚來正肥。」桃花水：亦作「桃華水」。即春汛。《漢書・溝洫志》：「來春桃華水盛，必羡溢，有填淤反壤之害。」顔師古注：「《月令》：『仲春之月，始雨水，桃始華。』蓋桃方華時，既有雨水，川谷冰泮，衆流猥集，波瀾盛長，故謂之桃華水耳。」

〔二〕江南太守：指宋敏求。太平州屬江南東路，故云。卷末校記：末句「一作『打鼓插旗催發船』。」

〔三〕「侍中」六句：宋綬爲官有道，平生積德，理應有此好後代。宋敏求能文善書，博聞强記，通曉歷朝典章制度。蘇頌《龍圖閣直學士修國史宋公神道碑》：「天聖三年乾元節，以父任秘書省正字。寶元二年召試學士院，賜進士第。慶曆三年，以光禄寺丞充館閣校勘。」侍中：宋敏求之父宋綬。《宋史・宋綬傳》：「卒，贈司徒兼侍中。」令德：美德。《左傳・襄公二十四年》：「子産寓書於子西，以告宣子曰：『子爲晉國，四鄰諸侯不聞令德，而聞重幣，僑也惑之。』」秀粹：秀美精純。得家法：《宋史・宋綬傳》：「家藏書萬餘卷，親自校讎，博通經史百家，其筆劄尤精妙。朝廷大議論，多綬所裁定。楊億稱其文沈壯淳麗，曰：『吾殆不及也。』」「藏書」二句：《宋史・宋敏求傳》：「敏求家藏書三萬卷，皆略誦習。熟于朝廷典故，士大夫疑議，必就正焉。」

〔四〕「來居」二句：宋敏求本應在京擔任文學侍從，誰也没料到他會遠放州郡爲官。

〔五〕「交游」四句：宋敏求廣交時代才俊，離京赴任時送行者甚多。餞別後輪船日行千里，不妨多多滯留飲酒。

【附録】

《琬琰集》中集卷一六范鎮《宋諫議敏求墓誌銘》：「公約清惇純而敏於記學……宋元憲公（庠）在河南，每諮以故實。歐陽文忠致手簡通問，則自處淺陋，而以鴻博名公。」

送朱職方提舉運鹽

齊人謹鹽策，伯者之事爾。計口收其餘，登耗以生齒。民充國亦富，粲若有條理。惟非三王法，儒者猶爲恥〔一〕。後世益不然，榷奪由漢始。權量自持操，屑屑已甚矣〔二〕。穴竈如蜂房，熬波銷海水。豈知戴白民，食淡有至死〔三〕。物艱利愈厚，令出姦隨起。良民陷盜賊，峻法難禁止。問官得幾何，月課煩笞箠。公私兩皆然，巧拙可知已〔四〕。英英職方郎，文行粹而美。連年宿與泗，有政皆可紀。忽來從辟書，感激赴知己。閔然哀遠人，吐策獻天子〔五〕：治國如治身，四民猶四體。奈何窒其一，無異釱厥趾。工作而商行，本末相表裏。臣請通其流，爲國掃泥滓。金錢歸府藏，滋味飽閭里。利害難先言，歲月可較比〔六〕。鹽官皆謂然，丞相曰可喜。適時乃爲才，高論徒譎詭。夷吾苟今出，未以彼易此〔七〕。隋堤樹毿毿，汴水流瀰瀰。子行其勉旃，吾黨方傾耳〔八〕。

【題解】

原輯《居士集》卷七，繫嘉祐三年。作於是年三月，時任翰林學士、史館修撰，主修《唐書》。題下附注：「一本云『表臣』。」朱職方，即朱處仁，字表臣，景祐元年進士及第。歐景祐三年貶官夷陵時，朱爲峽州推官，雙方酬唱頗多。梅堯臣本年有《送朱表臣職方提舉運鹽》詩，《長編》卷一九一嘉祐五年五月亦載「甲寅，以淮南、江浙、荆湖、福建等路提舉運鹽公事、職方員外郎朱處仁爲屯田郎中。時新置運鹽司，處仁歲滿當遷官」。參見本書《龍興寺小飲呈表臣、元珍》題解。提舉運鹽，主管鹽運事務。《長編》卷一八六嘉祐二年十一月癸酉朔：「置江淮南、荆湖制置司勾當運鹽公事一員。」附注：「歐陽修有詩可考。」所云即此詩。梅堯臣《宛陵先生集》卷五六《送朱表臣職方提舉運鹽》詩云：「汴水桃花時，犀舟順流發。」可知時在陽春三月。本詩首二十四句議論古今鹽政之弊，公私並蒙其害；次二十六句稱讚朱表臣的政績及工商並重、因時制宜的鹽政思想；末四句描寫送別情景，希望朱氏能對鹽政改革作出貢獻。據梅堯臣送行詩，朱職方蒞任前慷慨上書言事，此詩就上書内容，議論宋代鹽政流弊，表達對時代經濟的關注。以文爲詩，議論風生，跌宕開合之中，時見理性閃光。

【注釋】

〔一〕「齊人」八句：春秋時齊國以魚鹽之利致富，是爲霸道而非王道，故儒家以此爲恥。齊人謹鹽策：《史記·齊太公世家》：「桓公既得管仲，與鮑叔、隰朋、高傒修齊國政，連五家之兵，設輕重魚鹽之利……桓公於是始霸焉。」謹鹽策，《管子》曰：「海王之國，謹正鹽策。」即嚴守鹽稅之利以富國。伯者：即霸者，主張武力治天下之人。登耗以生齒：按照人口數量徵收賦稅。登耗，猶增減。《文獻通考·田賦考序》：「而王畿之内，復有公卿大夫採地禄邑……其土壤之肥磽，生齒之登耗，視之如其家。」粲若：清晰，明白。三王：指夏禹、商湯、周武王，是儒家理想中的聖明君子。《穀梁傳·隱公八年》：「盟詛不及三王。」范寧注：「三王，謂夏、殷、周也。夏后有鈞臺之享，商湯有景亳之命，周武有盟津之會。」猶爲恥：儒家恥言霸業。《孟子·梁惠王上》：「齊宣王問曰：『齊桓、晉文之事，可得聞乎？』孟子對曰：『仲尼之徒無道桓文之事者，是以後世無傳焉，臣未之聞也。無以，則王乎？』」

〔二〕「後世」四句：後世鹽政與民爭奪利，擾民甚深。榷奪由漢始：漢武帝時，桑弘羊建議重農抑商，大力推行鹽、鐵、酒類專賣政策。榷奪，利用行政權利壓制商人利益。屑屑：勞瘁匆迫貌。

〔三〕「穴竈」四句：沿海雖産鹽，卻有百姓因食鹽不足而致死。　穴竈：古代熬海鹽而搭建的竈臺。　鹽民稱竈民。　戴白民：滿頭冰霜的白髮老人。　戴白，頭戴白髮，形容人老。　亦代稱老人。《漢書·嚴助傳》：「戴白之老，不見兵革。」顔師古注：「戴白，言白髮在首。」

〔四〕「物艱」八句：高鹽利使得盗賣分子興起，即使嚴刑峻法也難以控制，結果造成國家私人兩相虧損。　良民陷盜賊，峻法難禁止：《宋史·食貨志下四》：「江、湖運鹽既雜惡，官估復高，故百姓利食私鹽，而並海民以魚鹽爲業，用工省而得利厚。　繇是不逞無賴盜販者衆，捕之急則起爲盜賊。　江、淮間雖衣冠士人，狃於厚利，或以販鹽爲事。　江西則虔州地連廣南，而福建之汀州亦與虔接，虔鹽弗善，汀故不産鹽，二州民多盜販廣南鹽以射利。　每歲秋冬，田事纔畢，恒數十百爲群，持甲兵旗鼓，往來虔、汀、漳、潮、循、梅、惠、廣八州之地。　所至劫人穀帛，掠人婦女，與巡捕吏卒鬭格，至殺傷吏卒，則起爲盜，依阻險要，捕不能得，或赦其罪招之。」　課：徵收賦税。　笞箠：鞭刑。　巧拙：巧指齊國鹽法，拙指漢後鹽法。

〔五〕「英英」八句：稱譽朱表臣知宿、泗二州的政績，徵辟後上書慷慨陳詞。　梅堯臣《送朱表臣職方提舉運鹽》：「朝廷用朱侯，提職欲無闕。　侯因許專畫，拜疏陳其説。」　英英：俊美而有才華。　潘岳《夏侯常侍誄》：「英英夫子，灼灼其儁。」　宿與泗：宿州，今安徽宿縣；泗州，今江蘇盱眙縣。　朱表臣曾相繼在兩地爲官。　辟書：徵辟的詔書。　朱氏當是受淮南轉運使舉薦，故有下句「赴知己」云云。　閔然：憂傷貌。　遠人：指鹽民。　吐策：直言忠諫。

〔六〕「治國」十二句：具述朱表臣上書内容。梅堯臣《送朱表臣職方提舉運鹽》：「曰臣有更張，敢以肝膽竭。荆湘嶺下城，恃遠不畏罰。堂堂事私貫，遮吏遭驅突。愿使商自通，輸金無暴猝。淮江且循常，約束備本末。國用必餘資，亭民無滯物。」四民：士、農、工、商。四體：人體四肢。窒其一：抑制其中之一，謂抑制商賈經營鹽業。鈦厥趾：古代刑法，鉗足趾。《漢書·食貨志》：「敢私鑄鐵器、煮鹽者，鈦左趾。」顔師古注：「鈦，足鉗也。」《周禮·掌囚》注『在手曰梏，在足曰桎』，梏亦械類。以是推之，則此亦當云『在手曰轄，在足曰鈦』矣。」本末：古代以農爲本，以商爲末。埽泥滓：清除積弊。閭里：民間老百姓。較比：證實之意。

〔七〕「鹽官」六句：鹽官與宰相都贊同設置勾當運鹽公事。能臣因時置宜，高談闊論秪是徒滋紛爭，如果管仲再世，也會採用此法。鹽官：三司掌管鹽鐵的官員，如鹽鐵使、鹽鐵副使、鹽鐵判官等。譎詭：變化多端。夷吾：管仲，字夷吾，齊桓公時著名宰相。

〔八〕隋堤：隋煬帝開鑿汴渠時修築，堤上多植柳樹。毿毿：形容柳絲細長濃密的樣子。瀰瀰：水滿貌。《詩·邶風·新臺》：「新臺有泚，河水瀰瀰。」傾耳：側著耳朵靜聽。

【附録】

此詩輯入清吴之振《宋詩鈔》卷一二。

宋長白《柳亭詩話》卷二三「歐陽公《送朱職方表臣提舉運鹽》詩中有云：『治國如治身，四民猶四體。奈何窒其一，無異釱厥趾。』注云：『釱音第。』《史記》：『私鑄器煮鹽者，釱左趾。』時鹽禁太厲，公即以職方之策述之於詩，因繼以『鹽官皆謂然，丞相曰可喜』安頓有情，不比大蘇聞《韶》之詠取憎於人也。」

謝觀文王尚書惠西京牡丹

京師輕薄兒，意氣多豪俠。爭誇朱顔事年少，肯慰白髮將花插〔一〕。尚書好事與俗殊，憐我霜毛苦蕭颯。贈以洛陽花滿盤，鬭麗爭奇紅紫雜〔二〕。兩京相去五百里，幾日馳來足何捷。紫檀金粉香未吐，緑萼紅苞露猶浥〔三〕。謂我嘗爲洛陽客，頗向此花曾涉獵〔四〕。憶昔進士初登科，始事相公沿吏牒。河南官屬盡賢俊，洛城池籞相連接。我時年纔二十餘，每到花開如蛺蝶〔五〕。姚黄魏紅腰帶鞓，潑墨齊頭藏緑葉。鶴翎添色又其次，此外雖妍猶婢妾〔六〕。爾來不覺三十年，歲月纔如熟羊胛〔七〕。無情草木不改色，多難人生自摧拉。見花了了雖舊識，感物依依幾抆睫〔八〕。念昔逢花必沽酒，起坐驩呼屢傾榼〔九〕。而今得酒復何爲，愛花繞之空百匝。心衰力懶難勉彊，與昔一何殊勇怯。感公意厚不知報，墨筆淋漓口徒囁〔一〇〕。

【題 解】

原輯《居士集》卷七，繫嘉祐三年。作於是年三月，時任翰林學士、史館修撰，主修《唐書》。題下原注：「舉正。」王尚書，即王舉正，字伯中，真定人，宋初名臣王化基之子。大中祥符八年第進士，天聖五年與歐在京師結識，慶曆初年官參知政事，歐等論其懦默不任事，請以范仲淹代之，王氏遂自求出知外郡，歷知許州、應天府。皇祐初，拜御史中丞。《宋史·王舉正傳》：「除觀文殿學士、禮部尚書、知河南府，入兼翰林侍讀學士……以太子少傅致仕，卒，贈太子太保，謚安簡。」觀文，觀文殿學士。《宋史·職官志二》：「觀文殿大學士學士之職，資望極峻，無吏守，無職掌，惟出入侍從備顧問而已。觀文殿即舊延恩殿，慶曆七年更名。皇祐元年，詔：『置觀文殿大學士，寵待舊相，今後須曾任宰相，乃得除授。』」王舉正時以觀文殿學士、禮部尚書知河南府，寄贈歐牡丹。歐賦此詩致謝。梅堯臣《宛陵先生集》卷五六有《次韻奉和永叔謝王尚書惠牡丹》詩。本詩首十四句致謝王尚書自洛陽送來鮮活的牡丹花；次十二句回憶三十年前洛陽牡丹之往事；末十二句感慨時過境遷，人事全非。詩人由牡丹引發對爲官洛陽的回憶，抒發今昔之感與衰病之歎。憶昔歎今，感物傷逝，旨在悲怨盛年不再。古風中雜用駢句，興象超妙，筆墨酣暢，詩風勁健而深情。

【注 釋】

〔一〕「京師」四句：京城輕薄少年追逐聲色，無人顧憐我白髮老頭。肯：猶「豈肯」。

〔二〕霜毛：白髮。歐《謝致仕表》：「頭垂兩鬢之霜毛，腰束九環之金帶。」蕭颯：稀疏，淒涼。李白《飛龍引》其二：「下視瑶池見王母，蛾眉蕭颯如秋霜。」洛陽花：牡丹的别稱。唐宋時洛陽牡丹最盛，故稱。李商隱詩《漫成》其一：「遠把龍山千里雪，將來擬並洛陽花。」

〔三〕「兩京」四句：牡丹花在兩京間傳送而不枯萎凋謝。香未吐：花苞尚未吐放。歐《洛陽牡丹記》：「洛陽至東京六驛，舊不進花，自今徐州李相迪爲留守時始進御。歲遣衙校一員乘驛馬，一日一夕至京師……以菜葉實竹籠子藉覆之，使馬上不動摇，以蠟封花蒂，乃數日不落。」

〔四〕嘗爲洛陽客：歐《洛陽牡丹記》：「余在洛陽四見春。天聖九年三月，始至洛，其至也晚，見其晚者。明年，會與友人梅聖俞游嵩山少室、緱氏嶺、石唐山、紫雲洞，既還，不及見。又明年，有悼亡之戚，不暇見。又明年，以留守推官歲滿解去，秖見其早者。是未嘗見其極盛時，然目之所矚，已不勝其麗焉。」

〔五〕「憶昔」六句：追憶昔日在洛陽爲西京推官事。參見本書《七交七首》題解及注釋。相公：指錢惟演，天聖末任西京留守。沿吏牒：謂官員隨選補之文牒而調遷。池籞：園林，宫苑。

〔六〕「姚黄」四句：描寫各種名貴牡丹爭奇鬥豔，花色各有差異。梅堯臣《次韻奉和永叔謝王尚書惠牡丹》：「擬王擬妃姚與魏，歲歲年年千萬葉。獨將顔色定高低，緑珠雖美猶爲妾。」姚黄、魏紅（即魏紫）、腰帶鞓，潑墨、齊頭、鶴翎、添色紅等均爲牡丹名，參見本書《洛陽牡丹圖》注

〔三〕。潑墨齊頭：指「千葉紫花」牡丹。《洛陽牡丹記》：「千葉紫花，（出民左氏家。）葉密而齊如截，亦謂之平頭紫。朱砂紅者，多葉紅花，不知其所出。有民門氏子者，善接花以爲生，買地於崇德寺前治花圃，有此花。洛陽豪家尚未有，故其名未甚著，花葉甚鮮，向日視之如猩血。葉底紫者，千葉紫花，其色如墨，亦謂之墨紫花。」鶴翎添色：指「鶴翎紅」牡丹。《洛陽牡丹記》：「鶴翎紅者，多葉花，其末白而本肉紅，如鴻鵠羽色。細葉、粗葉壽安者，皆千葉肉紅花，出壽安縣錦屏山中，細葉者尤佳。倒暈檀心者，多葉紅花。凡花近萼色深，至其末漸淺。此花自外深色，近萼反淺白，而深檀點其心，此尤可愛。」猶婢妾：别的牡丹與上述名品相比，就如婢妾之于夫人一樣不值錢。

〔七〕三十年：自歐初官洛陽天聖九年（一〇三一），至嘉祐三年（一〇五八），近三十年。熟羊胛：《新唐書・回鶻傳下》：「骨利幹處瀚海北……其地北距海，去京師最遠，又北度海則晝長夜短，日入亨羊胛，熟，東方已明，蓋近日出處也。」後用以比喻光陰快速流逝。參見「附録」《野客叢書》卷二三《骨利幹日出》。

〔八〕「無情」四句：感歎人生苦短，物是人非。無情草木：歐《秋聲賦》：「嗟乎！草木無情，有時飄零。人爲動物，惟物之靈，百憂感其心，萬事勞其形，有動於中，必摇其精。」摧拉：摧折，摧毁。《藝文類聚》卷八〇引潘尼《火賦》：「林木摧拉，沙粒並糜。」此指多受磨難。抆睫：擦拭眼睛。抆，擦拭。江淹《别賦》：「泣瀝共決，抆血相視。」此指極度傷悲。繞之空百匜：韓愈《詠李花》：「所以獨繞百匝至。」

〔九〕屢傾榼：不停地倒酒喝酒。榼，古代用來盛裝酒或儲藏水的器具。皎然《酬秦山人出山見呈》詩：「手攜酒榼共書幃，回語長松我即歸。」

〔一〇〕囁：欲言又止貌。韓愈《送李愿歸盤谷序》：「足將進而趑趄，口將言而囁嚅。」

【附　録】

此詩輯入清康熙《御定佩文齋廣群芳譜》卷三三、吴之振《宋詩鈔》卷一二、陳焯《宋元詩會》卷一〇。

蔡絛《西清詩話》：「歐陽文忠公文章道術爲學者師，始變楊、劉體，不泥古陳。然每用事間鉤深出奇以示學者，如《謝寄牡丹》：『爾來不覺三十年，歲月纔如熟羊胛。』用史載海東有國曰骨利幹，地近扶桑。國人初夜煮羊胛，方熟而日已出，言其疾也。」

王楙《野客叢書》卷二三《骨利幹日出》：「歐公詩『邇來不覺三十年，歲月纔如熟羊胛。』於『夾』字韻内押，用史載及《通典》骨利國事。骨利國，地近扶桑，晝長夜短，夜煮一羊胛，纔熟，而東方已明，言其疾也。《漁隱叢話》又引《資治通鑑》云：煮羊脾熟，日已出矣。所紀與史載《通典》小異。郭次象謂羊脾至微薄，不應太疾，如此當以胛爲是。僕考《唐書·骨利幹傳》，亦曰羊脾。然又觀《唐書·天文志》，則曰羊髀。此一字三説不同，蓋脾、胛、髀字文相近，諸公姑存其舊，不敢必以爲孰爲正也。然胛者肩也。髀者股也。二字意雖不同，爲熟之時亦不甚遠。至脾則太速矣。魯直詩亦曰『數面欣羊胛，論詩在雉膏。』羊胛字魯直亦常用之，不但歐公也。」

吴景旭《歷代詩話》卷五六《羊胛》：「永叔《謝人寄牡丹》詩云：『邇來不覺三十年，歲月纔如熟羊胛。』吴旦生曰：《西清詩話》云：『史載海東有國曰骨利幹，地近扶桑，國人初夜煮羊胛，方熟，而日已出，言其疾也。』《漁隱叢話》云：『《通鑑》：唐太宗時，骨利幹遣使入貢。骨利幹於鐵勒諸部爲最遠，晝長夜短，日没後天色正曛，煮羊脾適熟，日已復出矣。』余觀《西清》作『胛』，仄聲，《漁隱》作『脾』，平聲，相去甚懸，因考《唐書·天文志》云：『貞觀中，史官所載鐵勒、回紇部，在薛延陁之北，去京師六千九百里。又有骨利幹，居回紇北方瀚海之地，草多百藥，地出名馬，駿者行數百里。北又距大海，晝長而夕短，既日没後，天色正曛，煮一羊髀纔熟，而東方已曙，蓋近日出入之所。』則是胛也、脾也、髀也，一舉而三字殊焉。郭次象謂羊胛至微薄，不應太疾如此，當以脾爲是。王勉夫謂脾者，肩也，髀者，股也，二字意雖不同，爲熟之時，似不相遠；至胛，則太速矣。余觀《農田餘話》云：『至元中，遣官十四員，分道測日影，用四丈之表，至北海北極，出地五十六度，夏至景長六尺七寸八分，晝八十二刻，夜十八刻。』疑即唐貞觀二十年骨利幹來朝，言其國日入後煮羊脾熟已天明者，此地是也。據此，則夜雖極短，猶待十八刻而熟，蓋終以『脾』字爲正。然宋、元詩人率作『胛』字，何也？如黄山谷詩：『數面欣羊胛，論詩喜雉膏。』迺易之詩：『帳廬宿頓供羊胛，部落晨炊爨馬通。』袁德長詩：『氈屋起營羊胛熟，土房催頓馬駒乾。』」

方東樹《昭昧詹言》卷一二評曰：「『念昔』數語，即此花以追往事，詩人情思之常。『河南官屬』四字用《孔融傳》。『收睫』『收』字，古本作『放』。」

送薛水部通判并州

胷懷磊落逢知己，氣略縱横負壯心〔一〕。玉麈生風賓滿坐，金鱗照甲士如林〔二〕。牛羊日暖山田美，雨雪春寒土屋深。自古幽并重豪俠，秪應行樂費黄金〔三〕。

【題　解】　原輯《居士外集》卷七，題下無繫年，列嘉祐二年至四年詩間。作於嘉祐三年春，時任翰林學士、史館修撰，主修《唐書》。梅堯臣《宛陵先生集》卷五七有詩《送薛十水部通判并州》，朱東潤亦繫今年。薛水部，即歐内兄薛宗孺。范鎮《東齋記事》卷三稱「水部郎中薛宗孺」。據《歐集》卷六一薛塾（薛奎弟）墓誌銘，生二子仲孺、宗孺。仲孺，字公期，過繼薛奎爲嗣，又卷一五二《與薛少卿公期》其三，稱之爲「九哥」，宗孺當排行第十。此薛十水部，即治平末誣陷歐陽修「帷薄不修」的薛宗孺。通判，宋州府副長官，有監察州府官員之權。并州，北宋州名，屬河東路，治所在今山西太原。蘇頌《蘇魏公文集》卷七有詩《送薛宗孺通理并州》，司馬光《傳家集》卷一四亦有《送薛水部十丈通判并州》

詩。本詩讚美薛氏的胸懷、氣略、風度與威儀，祝願其爲政之餘與民同樂。屬對精巧，語句清新，景物富有特徵，意象飽含情韻。

【注　釋】

〔一〕氣略：氣魄和謀略。沈約《常僧景等封侯詔》：「或氣略强果，或志識貞濟。」

〔二〕玉麈：玉柄麈尾。參見本書《錢相中伏日池亭宴會分韻》注〔三〕。金鱗照甲：化用李賀《雁門太守行》詩句「甲光向日金鱗開」。金鱗，盔甲的反光。

〔三〕「自古」二句：梅堯臣《送薛十水部通判并州》：「并州自古近胡地，牛酒常行十萬兵。」幽并重豪俠：曹植《白馬篇》：「借問誰家子，幽并游俠兒。」幽并，幽州并州一帶，泛指北方。

【附　録】

此詩輯入明李蓘《宋藝圃集》卷九。

歸田四時樂春夏二首

其一

春風二月三月時，農夫在田居者稀。新陽晴暖動膏脉，野水泛灩生光輝〔一〕。鳴鳩聒聒屋上啄〔二〕，布穀翩翩桑下飛。碧山遠映丹杏發，青草暖眠黄犢肥。田家此樂知者誰，吾獨知之胡不歸〔三〕？吾已買田清潁上，更欲臨流作釣磯〔四〕。

其二

南風原頭吹百草，草木叢深茅舍小。麥穗初齊稚子嬌〔五〕，桑葉正肥蠶食飽。老翁但喜歲年熟，餉婦安知時節好〔六〕。野棠梨密啼晚鶯，海石榴紅囀山鳥〔七〕。田家此樂知者誰，我獨知之歸不早。乞身當及彊健時，顧我蹉跎已衰老〔八〕。

【題解】

原輯《居士集》卷八，繫嘉祐三年。作於是年春夏間，時任翰林學士、史館修撰，主修《唐書》。題下附注：「秋、冬二首，命聖俞分作。」梅堯臣《宛陵先生集》卷二三有《續永叔歸田樂秋冬二首》，續詠秋收冬藏時節的田園風光與農家之樂。本組詩「其一」寫春種，「其二」寫夏熟，以清新明麗之語，描寫春夏田園風光與農家之樂，抒發嚮往田園、急流勇退的歸隱情懷。景物極具時令特徵，意象飽蘸作者情韻，詩情畫意，清神幽韻，强烈透視詩人的内心世界。

【注釋】

〔一〕「新陽」二句：晴暖的陽光催動土壤萌發草木，日光下田野的水面熠熠閃光。春風二月：儲光羲《洛陽道五首獻吕四郎中》：「春風二月時。」膏脉：肥沃的土壤。

〔二〕聒聒：形容聲音雜亂。歐《鳴鳩》詩：「日長思睡不可得，遭爾聒聒何時停。」

〔三〕胡不歸：陶潛《歸去來兮辭》：「歸去來兮，田園將蕪胡不歸？」

〔四〕「吾已」二句：皇祐二年春，歐《寄聖俞》詩有云：「行當買田清潁上，與子相伴把鋤犁。」作釣磯：築釣魚臺，效法吕尚、嚴光等隱居垂釣。磯，水邊突出的巖石。孔融《離合作郡姓名字詩》：「吕公磯釣，闔口渭傍。」《後漢書·嚴光傳》：「嚴光字子陵，一名遵，會稽餘姚人也。少有高名，與光武同游學。及光武即位，乃變名姓，隱身不見……除爲諫議大夫，不屈，乃耕于富春山，後人名其釣處爲嚴陵瀨焉。」

〔五〕稚子：即雉雛，指覓食的小野雞。《九家集注杜詩》趙彦材注《絶句漫興九首》其七「筍根稚子無人見，沙際鳧雛傍母眠」云：「筍根稚子，則雉雞之子。出《古樂府》，有《雉子班》，固用對『鳧雛』。」明高啓《打麥詞》：「雉雛高飛夏風暖，行割黄雲隨手斷。」

〔六〕餉婦：送飯的婦女。餉，此作指饋食之人。《尚書·仲虺之誥》：「葛伯仇餉。」孔穎達疏：「葛伯以餉田之人爲己之仇。」

〔七〕晚鶯：卷末校記：一作「曉鶯」。　海石榴：石榴從海外傳入，故稱。元陶宗儀《説郛》卷一〇三下《海棠譜》：「凡今草木以海爲名者，《酉陽雜俎》云：唐贊皇李德裕嘗言：『花名中之帶海者，悉從海外來。』故知海棠、海柳、海石榴、海木瓜之類，俱無聞於記述，豈以多而爲稱耶！又非多也，誠恐近代得之於海外耳。」

〔八〕「乞身」二句：歐《續思潁詩序》：「忽忽七八年間，歸潁之志雖未違也，然未嘗一日少忘焉。故其詩曰：『乞身當及强健時，顧我蹉跎已衰老。』蓋歎前言之未踐也。時年五十有二。」乞身：古代以作官爲委身事君，故稱請求辭職爲乞身。

【附録】

二詩全輯入明曹學佺《石倉歷代詩選》卷一四〇，又輯入清康熙《御選宋金元明四朝詩·御選宋詩》卷四、管庭芬、蔣光煦《宋詩鈔補·歐陽文忠詩補鈔》、陳訏《宋十五家詩選·廬陵詩選》。

《歐集》卷一四九《與梅聖俞》其四十四：「閑作《歸田樂》四首，只作得二篇，後遂無意思。欲告聖俞續成之，亦一時盛事。」又其四十五：「承寵惠二篇，欽誦感愧。思之，正如雜劇人上名，下韻不來，須勾副末接續爾。呵呵！家人見誚，好時節將詩去人家廝攪，不知吾輩用以爲樂爾。」

胡仔《苕溪漁隱叢話》前集卷三〇引《王直方詩話》：「歐陽公《歸田樂》四首，只作二篇，餘令聖俞續之。及聖俞續成，歐陽公一簡謝之云：『正如雜劇人上名，下韻不來，須副末接續，家人見誚，好時節將詩去人家廝攪，不知吾輩用以爲樂。』真所謂一時之雅戲也。」

葛立方《韻語陽秋》卷一三：「又歐陽永叔居官之日多，然志未嘗一日不在潁也……《歸田樂》云：『我已買田清潁上，更欲臨流作釣磯。』觀其思歸之言，重複如是，豈懷禄固位者哉？老杜云：『非無江海志，瀟灑送日月。生逢堯舜君，不忍便永訣。』此永叔志也。」

黄震《黄氏日鈔》卷六一評曰：「有味，殆《田園雜興》之祖歟！」

送沈學士知常州

舊館芸香鎖寂寥，齋舲東下入秋濤〔一〕。江晴風暖旌旗颺，木落霜清鼓角高〔二〕。吟就綵牋賓已醉，舞飜紅袖飲方豪〔三〕。平生粗得爲州樂，因羨君行首重搔〔四〕。

【題解】

原輯《居士集》卷一三，繫嘉祐二年，誤。當作於嘉祐三年秋，時任翰林學士，兼龍圖閣學士，權知開封府，仍主修《唐書》。胡《譜》：嘉祐三年「六月庚戌（十一日），加龍圖閣學士，權知開封府。」題下原注：「康。」據《長編》卷一八七嘉祐三年二月「丙辰（十五日），詔新提點江南東路刑獄沈康知常州，知常州王安石提點江南東路刑獄。」附注：「安石知常州在二年秋，（沈）康以是年二月丙午自度外、集校除江東憲，纔旬日，改簽。」《咸淳毗陵志》卷八「守臣題名」亦云：「沈康，嘉祐三年二月，尚書度支員外郎、集賢校理、新江南東路提點刑獄改知軍州。」常州，宋屬江南東路，治所在今江蘇常州。劉敞《公是集》卷二四亦有《送沈康學士知常州》詩，題下附注：「沈自博士出郡，某少時居客此州甚久。」本詩描摹沈康赴常州途中的秋光秋色，想像莅任後的詩酒歌舞生活，流露豔羨之情。語含感慨，意溢象外，裁對精工，氣韻沉雄。

【注釋】

〔一〕舊館芸香：即「舊芸香館」，指芸香閣。芸香閣：秘書省的别稱。因秘書省司典圖籍，故亦指省中藏書、校書處。沈康官集賢校理，故稱。劉敞《送沈康學士知常州》：「三科妙選漢臺臣，君去分符牧遠人。」　齋舲：即齋艦。宋時較大的艦船多以「齋」爲名，比之於居室，因稱這類艦船爲「齋艦」。

〔二〕「江晴」二句：晴空萬里，江面上的旌旗迎風飄揚；木落千山，秋霜中的鼓角分外清亮。旌旗：唐時郡守賜雙旌。因沈康爲知州，故云。木落霜清：歐《送潤州通判屯田》：「木落霜清畫角哀。」

〔三〕「吟就」二句：餞別酒宴上，舞女狂歡，豪者醉飲，賓主詩酒流連。舞翻：舞過一徧又一徧，形容多。宋王十朋《喻叔奇自番陽來以詩見贈次韻以酬》：「舞翻烏鵲故人來。」附注：「舟至富川，烏鵲滿檣，次日九江與叔奇遇。」

〔四〕粗得爲州樂：領略過作州郡長官的樂趣。歐《酬張器判官泛溪》：「所得平時爲郡樂。」首重搔：多次搔頭，表示自歎不如及豔羨之情。

奉答聖俞達頭魚之作

吾聞海之大，物類無窮極。蟲鰕淺水間，鸁蜆如山積。毛魚與鹿角，一龠數千百〔一〕。收藏各有時，嗜好無南北。其微既若斯，其大有莫測。波濤浩渺中，島嶼生頃刻。俄而没不見，始悟出背脊。有時隨潮來，暴死疑遭謫〔二〕。海人相呼集，刀鋸爭剖析。骨節駭專車，鬚芒侔劍戟。腥聞數十里，餘臭久乃息〔三〕。始知百川歸，固有含容德。潛奇與秘寶，萬狀不一識〔四〕。嗟彼達頭微，誰傳到京國。乾枯少滋味，治洗費炮炙〔五〕。聊兹知異物，豈足薦佳客。一旦辱君詩，虚名從此得〔六〕。

【題　解】

原輯《居士集》卷八，繫嘉祐三年。作於是年秋，時任翰林學士，兼龍圖閣學士，權知開封府，仍主修《唐書》。據詩末附注，滄州向防禦寄達頭魚，歐分贈梅堯臣。參見「附録」歐書簡《與梅聖俞》其三十四。梅堯臣《宛陵先生集》卷二二有詩《北州人有致達頭魚于永叔者，素未聞其名，蓋海魚也，分以爲遺，聊知異物耳，因感而成詠》，此爲答詩。詩歌描寫海洋大千世界，描寫達頭魚的捕撈、宰割、饋贈過程，展示士大夫的日常生活，展示時代風俗畫卷。詩語灑脱，叙議結合，情理相互融通。

【注　釋】

〔一〕「吾聞」六句：聽説海中之物，物類各異，多如山積，隨便就能拾到成千上百條。　蠃蜆：泛指螺類水生動物。蠃，同「螺」。《國語・吴語》：「其民必移就蒲蠃於東海之濱。」韋昭注：「蠃，蚌蛤之屬。」　毛魚：各種小雜魚。　鹿角：小魚名。蘇軾《和蔣夔寄茶》：「剪毛胡羊大如馬，誰記鹿角腥盤筵。」　龠：一種古代量器。圓口，平底，有長柄，柄端有環。李商隱《太倉箴》：「問龠、合、斗、斛，何以用銅？　取寒暑暴露，不改其容。」

〔二〕「其微」八句：狀寫海中之物，大小各異，變化莫測。　遭譎：遭到災禍。　譎，災禍。《國語・周語中》：「秦師必有讁。」韋昭注：「讁，猶咎也。」　「波濤浩渺中」四句謂海魚露出脊背如島嶼，當指鯨魚。

〔三〕「海人」六句：海邊漁民對暴死之魚分而享之。骨節：指魚的骨頭關節。專車：占滿一車。《國語·魯語下》：「吴伐越，墮會稽，獲骨焉，節專車。」韋昭注：「骨一節，其長專車。專，擅也。」「鬚芒」句：魚鬚鋒芒利如刀劍。

〔四〕「始知」四句：大海納百川，包容萬物，人們對海裏的奇事怪物知之甚少。容德：謂寬容之德。《尚書·立政》：「率惟謀從容德，以並受此丕丕基。」潛奇、秘寶：均指海底潛藏的奇物珍寶。萬狀不一識：無奇不有的生物界，人們對其認識不及萬分之一。

〔五〕「嗟彼」四句：感慨達頭魚雖渺小卻名聞京師，衹是費時清洗和燒烤後，仍然乾枯乏味。炮炙：用火燒烤。

〔六〕「聊兹」四句：衹讓你知道此魚是異物，不值得向嘉客推薦，一旦沾上你的詩歌，倒使它更有名氣了。句末原注：「京師人不識此魚，滄州向防禦見寄，以分聖俞，辱以詩答。」

【附録】

此詩輯入清康熙《淵鑑類函》卷四四三，又輯入吴之振《宋詩鈔》卷一二。

《歐集》卷一四九《與梅聖俞》其三十四（嘉祐二年）：「陰雨累旬……北州人有致達頭魚者，素未嘗聞其名，蓋海魚也。其味差可食，謹送少許，不足助盤飧，聊知異物爾。稍晴，便當書局奉見。」

樂郊詩

樂郊何所樂？所樂從公游。三日公不出，其民蹙然愁。一聞車馬音，從者如雲浮〔一〕。吾問鄆之人，無乃失業不？云惟安其業，然後樂其休〔二〕。樂郊何所有？胡不考公詩。有山在其東，有水出逶夷。有臺以臨望，有沼以游嬉〔三〕。俯仰迷上下，朱欄映清池。草木非一種，青紅隨四時。其餘雖瑣屑，處置各有宜〔四〕。樂郊何以名？吾爲本其意。自古賢哲人，所存非一世。當時偶然迹，來者因不廢〔五〕。鄆非公久留，公去民孰賴？此亭公所登，此樹公所憩。俾民百年思，豈取一日醉〔六〕。

【題解】

原輯《居士集》卷七，繫嘉祐三年。作於是年秋，時任翰林學士，兼龍圖閣學士，權知開封府，仍主修《唐書》。題下原注：「爲劉原甫作。一本注：『原父鄆州東園也。』」據劉攽《彭城集》卷三五《劉公行狀》：劉敞「（嘉祐三年）四月，遷起居舍人、知鄆州，兼京東西路安撫使。居鄆五月，召還朝，糾察在京刑獄。」又《長編》卷一八七嘉祐三年八月末紀事，劉敞時知鄆州。樂郊，即樂土。《詩·

魏風・碩鼠》：「逝將去女，適彼樂郊。樂郊樂郊，誰之永號？」鄆州東園，劉敞與民同樂的樂土。劉敞《公是集》卷七有詩《樂郊陳漁臺下，柏林中，結茅作小亭，命曰『幽素』，本懿臣刑部之書也，謝且戲之》。卷一三又有《九月三日游樂郊作五言贈同游》詩。梅堯臣《宛陵先生集》卷五八有《和劉原父舍人〈樂郊詩〉》，其嘉定殘宋本篇末附注云：「其叙及詩注略云：出東城門，得故時游樂廢園，葺之爲堂於終曰『燕譽』，爲臺曰『陳漁』在其右，爲榭曰『博野』在其左。博野之側皆紋筱楸梧，命曰『梧竹塢』。『陳漁』之下引盧泉水注，命之曰『芹藻池』。『燕譽』之北爲亭曰『玩芳』，所種花皆廣陵芍藥之類，頗得觀覽之勝。命其地曰『樂郊』。」本詩借詠鄆州東園風物，歌頌朋友治鄆政績，勉勵朋友執政爲民。語言通脱，結構跳躍，展示詩人的跌宕情感與灑脱襟懷。

【注釋】

〔一〕「樂郊」六句：劉敞治鄆與民同樂，深得民衆愛戴。《孟子・梁惠王下》：「今王鼓樂于此，百姓聞王鐘鼓之聲，管籥之音，舉欣欣然有喜色而相告曰：『吾王庶幾無疾病與，何以能鼓樂也？』今王田獵于此，百姓聞王車馬之音，見羽旄之美，舉欣欣然有喜色而相告曰：『吾王庶幾無疾病與，何以能田獵也？』此無他，與民同樂也。」　蹙然：憂愁不悦貌。《荀子・富國》：「墨子大有天下，小有一國，將蹙然衣麤食惡，憂戚而非樂。」　如雲浮：形容追隨出行的民衆很多。

〔二〕「吾問」四句：鄆州百姓安居樂業。委婉稱讚劉敞政績。

〔三〕「有山」四句：據劉敞詩意，摹寫樂郊景致。劉敞《東平樂郊池亭記》：「據舊造新……堂曰燕譽，臺曰陳漁，池曰芹藻，榭曰博野，塢曰吾竹，亭曰玩芳，館曰樂游，南門曰舞詠，北門曰熙春。其制名也，或主於禮，或因於事，或寓於物，或諭於志，合而命之，以其地曰樂郊，所以與上下同棨者也。其草木之籍，松、梧、槐、柏、榆、柳、李、梅、梨、棗、楟柹、安榴、來檎、木瓜、櫻桃、葡萄、太山之竹、汶丘之筱、嶧陽之桐、雍門之荻、蒲圃之檟。孔林之香草奇藥，同族異名。洛之牡丹、吳之芍藥、芙蓉、菱芡、亭、蘭、菊、荇、茆，可玩而食者甚衆。」透夷：猶逶迤，曲折綿延之貌。卷末原附丁朝佐注：「《樂郊詩》有『水出逶夷』，『夷』，平也，傷也，與『逶』字不類。按《説文》『逶迤，斜去貌』；《集韻》『委曲，自得貌』；《詩》作『委蛇』；《漢書》作『逶蛇』。恐合作『逶迤』，而蜀本、建本、羅氏本誤作『逶夷』。」沼：大水池。

〔四〕「俯仰」六句：樂郊園的亭池草木佈置得當，各有其趣。瑣屑：煩瑣，細碎。岑參《佐郡思舊游》詩序：「悲州縣瑣屑，思掖垣清閒。」有宜：布局合理。

〔五〕「樂郊」六句：樂郊是古代聖賢遺存，聖賢千秋英名，其遺跡後人尊爲名勝。因不廢：繼承而不荒廢。

〔六〕「鄆非」六句：讚揚劉敞爲鄆城百姓留下一處古跡，將永澤後世。

【附　録】

洪邁《容齋五筆》卷九《委蛇字之變》：「歐公《樂郊詩》云：『有山在其東，有水出逶夷。』近歲丁朝佐《辨正》謂其字參古今之變，必有所據。予因其説而悉索之，此二字凡十二變。一曰委蛇，本於《詩·羔羊》：『退食自公，委蛇委蛇。』毛公注：『行可從跡也。』鄭箋：『委曲自得之貌。』委，於危反；蛇音移。《左傳》引此句，杜注云：『順貌。』《莊子》載齊桓公澤中所見，其名亦同。二曰委佗，《詩·君子偕老》：『委委佗佗。』毛注：『委委者，行可委曲從跡也。佗者，德平易也。』三曰逶迤，《韓詩》釋上文云：『公正貌。』《説文》：『逶迤，斜去貌。』四曰倭遲，《詩》：『四牡騑騑，周道倭遲。』注：『歷遠之貌。』五曰逶夷，《韓詩》之文也。六曰威夷，潘岳詩：『迴溪縈曲阻，峻阪路威夷。』孫綽《天台山賦》：『既克隮於九折，路威夷而修通。』李善注引《韓詩》『周道威夷』。薛君曰：『威夷，險也。』七曰委移，《離騷經》：『載雲旗之委蛇。』一本作『逶迤』，一本作『委移』。注：『雲旗委移，長也。』八曰逶移，劉向《九嘆》：『遵江曲之逶移。』九曰逶蛇，後漢《費鳳碑》：『君有逶蛇之節。』十曰蜲蛇，張衡《西京賦》：『女、娥坐而長歌，聲清暢而蜲蛇。』李善注：「蜲蛇，聲餘詰曲也。』十一曰⿺辶爲迆，漢《逄盛碑》：『當遂⿺辶爲迆，立號建基。』十二曰威遲，劉夢得詩：『柳動御溝清，威遲堤上行。』韓公《南海廟碑》『蜿蜿蛇蛇』，亦然也。則歐公正用《韓詩》，朝佐不暇尋繹之爾。』

鶴

樊籠毛羽日低摧，野水長松眼暫開〔一〕。萬里秋風天外意，日斜閒啄岸邊苔〔二〕。

【題解】

原輯《居士外集》卷七，無繫年，列嘉祐二年至四年詩間。作於嘉祐三年秋，時任翰林學士，兼龍圖閣學士，權知開封府，仍主修《唐書》。《本草綱目》卷四七《鶴》：「鶴大於鵠。長三尺，高三尺餘，喙長四寸，丹頂赤目，赤頰青脚，修頸凋尾，粗膝纖指，白羽黑翎。亦有灰色，蒼色者。嘗以夜半鳴，聲唳雲霄。」詩歌描寫鶴鳥被困樊籠的痛苦，以及回歸大自然的怡然自樂，寄寓作者的人生體驗。語言淺顯，詠物寄興，情致寧靜悠閒。

【注釋】

〔一〕樊籠：關鳥獸的籠子，比喻受束縛不自由的境地。陶潛詩《歸園田居》其一：「久在樊籠裏，復得返自然。」

〔二〕「萬里」二句：回歸大自然後，鶴的悠閒自得。

【附録】

此詩輯入清康熙《御選宋金元明四朝詩·御選宋詩》卷六五、陳訏《宋十五家詩選·廬陵詩選》。

吳喬《圍爐詩話》卷五：「而永叔云：『萬里秋風天外意，日斜閑啄岸邊苔。』寄趣更遠。」

賀裳《載酒園詩話》：「永叔絶句曰：『樊籠毛羽日低摧，野水長松眼倦開。萬里秋風天外意，日斜閑啄岸邊苔。』便覺興趣更遠。」

鶻

依倚秋風氣象豪，似欺黄雀在蓬蒿〔一〕。不知羽翼青冥上，腐鼠相隨勢亦高〔二〕。

【題　解】

原輯《居士外集》卷七，無繫年，列嘉祐二年至四年詩間。作於嘉祐三年秋，時任翰林學士，兼龍圖閣學士，權知開封府，仍主修《唐書》。《爾雅·釋鳥》「鶻鵃」郭璞注：「似山鵲而小，短尾，青黑色，多聲。今江東亦呼爲鶻鵃。」此詩詠物，嘲笑鶻夜郎自大，實爲託物寄情，抒寫君子與小人迥然不同之氣度與襟懷。用事精切，思致委婉，寄慨遥深。

【注　釋】

〔一〕在蓬蒿：《莊子·逍遥游》：「有鳥焉，其名爲鵬……斥鴳笑之曰：『彼且奚適也？我騰躍而上，不過數仞而下，翱翔蓬蒿之間，此亦飛之至也。而彼且奚適也？』」黄雀，小鳥名。鴳雀類，弱小不能遠飛。

〔三〕腐鼠：腐爛的死鼠。《莊子·秋水》：「惠子相梁，莊子往見之。或謂惠子曰：『莊子來，欲代子相。』於是惠子恐，搜于國中三日三夜。莊子往見之，曰：『南方有鳥，其名爲鵷雛，子知之乎？夫鵷雛發於南海，而飛于北海，非梧桐不止，非練實不食，非醴泉不飲。於是鴟得腐鼠，鵷雛過之，仰而視之曰：嚇！今子欲以子之梁國而嚇我邪？』」後用爲賤物之稱。李商隱《安定城樓》詩：「不知腐鼠成滋味，猜意鵷雛竟未休。」

【附録】

此詩輯入清康熙《御選宋金元明四朝詩·御選宋詩》卷六五。

鴈

來時沙磧已冰霜〔一〕，飛過江南木葉黄。水闊天低雲暗澹〔二〕，朔風吹起自成行。

【題解】

原輯《居士外集》卷七，無繫年，列嘉祐二年至四年詩間。作於嘉祐三年冬，時任翰林學士，兼龍圖閣學士，權知開封府，仍主修《唐書》。詩歌讚揚大雁在惡劣環境中高飛遠翔，激勵志士仁人在逆境中奮發有爲。情景相融，形神兼備。以雁喻人，言近旨遠。

【注釋】

〔一〕沙磧：沙漠。

〔二〕暗澹：亦作「暗淡」。不鮮豔，不明亮。元稹《送孫勝》詩：「桐花暗淡柳惺憁，池帶輕波柳帶風。」

【附録】

此詩輯入明曹學佺《石倉歷代詩選》卷一四〇，又輯入清康熙《御選宋金元明四朝詩·御選宋詩》卷六五、管庭芬、蔣光煦《宋詩鈔補·歐陽文忠詩補鈔》、陳訏《宋十五家詩選·廬陵詩選》、張景星、姚培謙、王永祺《宋詩别裁集》卷八。

洗兒歌

月暈五色如虹蜺，深山猛虎夜生兒〔一〕。虎兒可愛光陸離，開眼已有百步威〔二〕。詩翁雖老神骨秀，想見嬌嬰目與眉〔三〕。木星之精爲紫氣，照山生玉水生犀〔四〕。兒翁不比他兒翁，三十年名天下知〔五〕。材高位下衆所惜，天與此兒聊慰之〔六〕。翁家洗兒衆人喜，不惜金錢散閭里〔七〕。宛陵他日見高門，車馬煌煌梅氏子〔八〕。

【題　解】

原輯《居士集》卷七，繫嘉祐三年。作於是年十月，時任翰林學士，兼龍圖閣學士，權知開封府，仍主修《唐書》。題下原注：「爲聖俞作。一本云：『前日送酒，遂助洗兒，輒成短歌，更資一笑，呈聖俞。』」梅堯臣《宛陵先生集》卷五九《依韻和答永叔洗兒歌》有云：「我慚暮年又舉息，不可不令朋友知。開封大尹憐最厚，持酒作歌來賀之。」由「開封大尹」職官，可知事在今年。《梅集編年》卷二八嘉祐三年：「十月，幼子龜兒生，歐有《洗兒歌》。」洗兒，舊俗，嬰兒出生後三日或滿月時替其洗身，稱「洗兒」。《資治通鑑·唐玄宗天寶十載》：「上聞後宮歡笑，問其故，左右以貴妃三日洗禄兒對。上自往觀之，喜，賜貴妃洗兒金銀錢。」元張師曾《宛陵先生年譜》附有范仲淹《次韻永叔賀聖俞洗兒歌》。此詩慶賀梅氏晚年得虎子，並祝福虎兒未來富貴榮華。内容未能免俗，話語顯有誇張，然詩句生動活潑，氣勢磅礴，表現詩人深摯的友情與詼諧的個性。此類題材唐詩鮮有涉及，導引宋人宋詩生活化、世俗化的新方向。

【注　釋】

〔一〕「月暈」二句：述寫梅堯臣兒出生，吉人自有吉象。月暈：月亮周圍的光圈。月光經雲層中冰晶的折射而産生的光現象。常被認爲是天氣變化起風的徵兆，俗稱風圈。《史記·天官書》：「平城之圍，月暈參、畢七重。」　虹蜺：爲雨後或日出、日没之際天空中所現的七色圓弧。虹蜺常有内外二環，内環稱虹，也稱正虹、雄虹，外環稱蜺，也稱副虹、雌虹或雌蜺。宋玉《高唐賦》：「仰視山顛，肅何千千，炫耀虹蜺。」此處用以烘託梅氏子出生時有吉兆。　深山猛虎：梅氏子有虎氣，不同凡俗。月暈代表風，古人認爲風從虎，故作此聯想。

〔二〕陸離：光彩絢麗貌。《楚辭·招魂》：「長髮曼鬋，豔陸離些。」　百步威：韓愈《猛虎行》：「正晝當谷眠，眼有百步威。」

〔三〕「詩翁」二句：梅氏子與梅堯臣一樣神清骨秀，不同凡俗。梅堯臣《依韻和答永叔洗兒歌》：「仰看星宿正離離，玉魁東指生斗威。明朝我婦忽在蓐，乃生男子實秀眉。」

〔四〕「木星」二句：梅氏子被瑞氣照耀而生，猶如山被照耀而生玉，水被照耀而生犀。《廣博物志》卷二引《録異記》：「歲星之精墜于荆山，化而爲玉。」　木星：古稱「歲星」。太陽繫九大行星之一。繞日公轉週期約十二年。　紫氣：紫色雲氣。古代以爲祥瑞之氣。《南史·后妃傳下·梁武帝丁貴嬪》：「貴嬪生於樊城，初産有神光之異，紫氣滿室。」

〔五〕三十年：梅堯臣自天聖九年（一〇三一）作詩成名至今，已近三十年。

〔六〕「材高」二句：兒子的降生對官位低賤的梅堯臣是種慰藉。梅堯臣《依韻和答永叔洗兒歌》：「盧仝一生常困窮，亦有添丁是其子。」　位下：時梅堯臣任國子監直講，爲普通學官，故云。

〔七〕散閭里：梅家洗兒散錢鄰里，以示慶賀。

〔八〕「宛陵」二句：祝福梅氏子將來大富大貴，光耀門庭。煌煌：顯耀，盛美。《漢書·揚雄傳下》：「明哲煌煌，旁燭之疆，遜於不虞，以保天命。」

【附　録】

此詩輯入清陳焯《宋元詩會》卷一〇。

黄震《黄氏日鈔》卷六一評曰：「簡而勁。」

聖俞在南省監印進士試卷有兀然獨坐之歎因思去歲同在禮闈慨然有感兼簡子華景仁

南宫官舍苦蕭條，常憶群居接僞寮〔一〕。古屋醉吟燈黯黯，畫廊愁聽雨蕭蕭〔二〕。殘春共約無虚擲，一歲那知忽復銷〔三〕。顧我心情又非昨，秖思相伴老漁樵〔四〕。

【題　解】

原輯《居士集》卷一三，繫嘉祐三年。作於是年末，時任翰林學士，兼龍圖閣學士，權知開封府，仍主修《唐書》。梅堯臣《宛陵先生集》卷一九《次韻和永叔》，步韻歐此詩，首聯云：「省樹高槐雪壓條，沉沉古屋蔽疏寮。」可知時在冬月。子華，即韓絳。生平參見本書《送韓子華》題解。景仁，即范鎮，生平參見《答王内翰、范舍人》題解。因梅堯臣在南省監印試卷，詩人孤獨閑坐，想起去年同在禮闈主考的往事，賦詩慨歎時光流逝，抒發歸隱之思。俯仰今昔，在想像與展望之中感慨人生。詩語清雅自然，情致閒適恬靜。

【注釋】

〔一〕「南宫」二句：鎖院生活冷清孤寂，不時回味文友群居時的樂趣。南宫：指禮部貢院。俊寮：即俊僚，材智傑出的幕僚，指去年主考時的同僚韓絳、范鎮等。

〔二〕「古屋」二句：從屋内、屋外，視覺、聽覺的角度，想像試院雨夜之蕭條愁苦。

〔三〕「殘春」二句：本來約定珍惜出院後的春光，但是一晃就到了歲末。歐《和〈較藝書事〉》：「猶是人間好時節，歸休過我莫辭頻。」

〔四〕「顧我」二句：自己的心志今非昔比，秖希望退隱魚樵，能與梅氏相伴養老。梅堯臣《次韻和永叔》：「新年不管魚龍躍，安得乘風入剡樵。」魚樵：捕魚砍柴，指隱居。南朝梁劉孝威《奉和六月壬午應令》：「神心重丘壑，散步懷漁樵。」

【附　録】

此詩輯入清吴之振《宋詩鈔》卷一二。

孫奕《履齋示兒編》卷九：「詩人下雙字不一，然各有旨趣。如……六一翁『霜華映月鮮鮮色，風葉飛空撼撼聲』、『古屋醉吟燈豔豔，畫廊静聽雨瀟瀟』……雖隨事命詞，要不苟也。」

日本刀歌

昆夷道遠不復通，世傳切玉誰能窮〔一〕？寶刀近出日本國，越賈得之滄海東〔二〕。魚皮裝貼香木鞘，黄白間雜鍮與銅〔三〕。百金傳入好事手，佩服可以禳妖凶〔四〕。傳聞其國居大島，土壤沃饒風俗好。其先徐福詐秦民，採藥淹留丱童老〔五〕。百工五種與之居〔六〕，至今器玩皆精巧。前朝貢獻屢往來，士人往往工詞藻〔七〕。徐福行時書未焚，逸書百篇今尚存〔八〕。令嚴不許傳中國，舉世無人識古文。先王大典藏夷貊，蒼波浩蕩無通津〔九〕。令人感激坐流涕，鏽澀短刀何足云〔一〇〕！

【題　解】

原輯《居士外集》卷四，無繫年，列至和二年詩後。作於嘉祐三年，時任翰林學士，兼龍圖閣學士，權知開封府，仍主修《唐書》。今存的司馬光詩文集，如《傳家集》、《温國文正司馬公文集》等，都輯有此詩，僅七處詞語略有出入。《兩宋名賢小集》卷四六亦輯入司馬光名下。學界多認爲《日本刀歌》原唱作者是錢公輔，此和詩亦非歐氏所作，真實作者爲司馬光。《宋史·錢公輔傳》：「錢公輔……第進士甲科。通判越州，爲集賢校理、同判吏部南曹。歷開封府推官、户部判官、知明州。」錢氏第進士在皇祐元年，任開封府推官在嘉祐三年前後，知明州在嘉祐五年前後。梅堯臣《宛陵先生集》卷五五《錢君倚學士日本刀》詩云：「會稽上吏新得名，始將傳玩恨不早。歸來天禄示朋游，光芒曾射扶桑島。」可知錢氏自越州通判還京爲集賢校理時，曾賦《日本刀歌》，並向文友出示得之越州商賈之日本刀，後來司馬光、梅堯臣有和詩。今錢氏詩已佚，二和詩則傳世。可參見王水照《半肖居筆記》論文《日本刀歌與漢籍回流》。梅堯臣《宛陵先生集》卷五七《次韻和司馬君實〈同錢居倚二學士見過〉》詩云：「天京二賢佐，向晚忽來覿。」同卷《次韻和錢君倚〈同司馬君實二學士見過〉》亦云：「府僚忽方駕，乃知決訟餘。大尹不苛察，群吏不牽拘。嘗稱二三賢，助治無偏隅。」可知嘉祐三年《日本刀歌》問世時，錢公輔、司馬光同爲開封知府歐陽修僚屬，宋時就有歐作此詩之説，故爲《居士外集》編者輯入。清康熙《御定佩文齋詠物詩選》卷一四一、吴之振《宋詩鈔》卷一二、陳焯《宋元詩會》卷一〇亦輯於歐陽修名下。今姑存疑。本詩借詠越賈所得之日本寶刀，感慨徐福東渡日本及日本保藏中國古書古文，蘊含對漢以來儒家經學研究之不滿。詩語樸實，意境開闊，馳騁古今，激蕩情懷，行文開合逆順，氣格高古沉雄。此類詠物，題小意新，擴充詩歌題材，融入文化精神，對宋調形成頗有影響。

【注釋】

〔一〕「昆夷」二句：西戎遥遠而不相往來，世代相傳其所獻的鋒利寶刀，誰能説清楚它的情況呢？昆夷：殷周時代我國西北少數民族部落名。《詩·小雅·采薇序》：「文王之時，西有昆夷之患，北有玁狁之難。」鄭箋：「昆夷，西戎也。」後泛指西北方少數民族。　世傳切玉：《十洲記·鳳麟洲》：「昔周穆王時，西胡獻昆吾割玉刀……刀切玉如切泥。」

〔二〕「寶刀」三句：日本國最近製造的寶刀，由越地商人帶回來。　日本國：《新唐書·東夷·日本》：「日本，古倭奴也。去京師萬四千里，直新羅東南，在海中，島而居……隋開皇末，始與中國通。」　越賈：古越地（今浙江）的商人。

〔三〕「黄白」句：句下原注「真鍮似金，真銅似銀。」　鍮：黄銅礦或自然銅。《新唐書·西域傳下》：「綿地四千里，山周其外，土沃，産鍮、水精。」　銅：此指白銅。

〔四〕「百金」二句：該寶刀傳給好事者，佩戴它可以消除災凶。

〔五〕徐福：即徐市。曾被秦始皇派去尋仙，結果一去不返。《史記·秦始皇本紀》：「齊人徐市等上書，言海中有三神山，名曰蓬萊、方丈、瀛洲，仙人居之。請得齋戒，與童男女求之。於是遣徐市發童男女數千人，入海求仙人。」《史記·淮南衡山列傳》亦云：「又使徐福入海求神異物。」　採藥淹留：《雲笈七籤》卷一一〇《徐福》：「徐福，字君房，不知何許人也。秦始皇時，大苑中多枉死者横道，數有鳥如烏狀，銜草覆死人面，皆登時活。有司奏聞，始皇使使者賫此草，以問北郭鬼谷先生。先生云：是東海中祖洲上不死之草，生瓊田中，一名養神芝，其葉似菰，生不叢，一株可活一人。始皇於是乃謂可索得，因訪求精誠道士徐福，發童男童女各五百人，率樓船等入海尋祖洲，不返，不知所在。」淹留，即羈留，逗留。丱：古時兒童束髮成兩角的樣子。《詩·齊風·甫田》：「婉兮孌兮，總角丱兮。」朱熹集傳：「丱，兩角貌。」

〔六〕五種：五穀之種。百工五種：《史記·淮南衡山列傳》：「秦皇帝大説，遣振男女三千人，資之五穀種種百工而行，徐福得平原廣澤，止王不來。」

〔七〕「前朝」二句：以前的王朝中，日本多次遣使納貢，來朝的文士、僧侣工于詩文辭章。屢往來：《宋史·日本國》：「日本國者，本倭奴國也……自後漢始朝貢，歷魏、晉、宋、隋皆來貢，唐永徽、顯慶、長安、開元、天寶、上元、貞元、元和、開成中，並遣使入朝。」士人：指日本來朝的使者、僧侣和文士。詞藻：此指代詩詞文賦等，泛指文章。

〔八〕「徐福」二句：徐福走時秦皇尚未焚書，因此所帶的書在中國失傳而在日本卻還保存。逸書百篇：《漢書·藝文志》：「至孔子纂焉，上斷於堯，下訖于秦，凡百篇，而爲之序，言其作意。秦燔書禁學，濟南伏生獨壁藏之。漢興，亡失，求得二十九篇，以教齊魯之間。」

〔九〕先王：泛指先秦各代的君王。大典：重要的典籍文獻。夷貊：古代稱我國東方的民族爲夷，東北的爲貊。此處泛指異族。

〔一〇〕感激：感奮激發。劉向《説苑·修文》：「感激憔悴之音作而民思憂。」坐：徒勞。鏽澀：

鏽跡斑斑。李綱《劍》詩：「鐵花鏽澀蒼蘚痕。」

【附　録】

此詩輯入《兩宋名賢小集》卷四六，又輯入清康熙《御定佩文齋詠物詩選》卷一四一、吴之振《宋詩鈔》卷一二、陳焯《宋元詩會》卷一〇。

陸次雲《宋詩善鳴集》卷上評曰：「因寶刀而思古籍，非廬陵無此高想。」

宋長白《柳亭詩話》卷二一「《尚書》出自魯壁，古文今文，紛如聚訟。歐陽公《日本刀歌》末段云：『徐福行時書未焚，逸書百篇今尚存。令嚴不許傳中國，舉世無人識古文。先王大典藏夷貊，蒼波浩蕩無通津。令人感激坐流涕，鏽澀短刀何足云！』故知古來書籍，散失于四方者爲多，中原收藏之富，反不如外檄紅護之嚴也。」

納蘭性德《通志堂集》卷一八《淥水亭雜識四》：「六一詩云：『徐福行時書未焚，逸書百篇今尚存。令嚴不敢傳中國，舉世無由識古文。』謂日本國有逸書，歷問之貿易往來，不然。昔又傳聞彼國無《易經》，舟中有此經，即波浪不得過，亦不然。」

方東樹《昭昧詹言》卷一二評曰：「起平。先叙過本題，再入議，亦一定法。但此題平，俗人皆解之，而文法高妙，乃可爲此題。」

官舍假日書懷奉呈子華内翰長文原甫景仁舍人聖俞博士

鎖印春風雪入簾，天寒鳥雀聚空簷〔一〕。青幡受歲兒童喜，白髮催人老病添〔二〕。艷舞回腰飛玉盞，清吟擁鼻對冰蟾〔三〕。相從一笑兩莫得，簿領區區嘆米鹽〔四〕。

【題　解】

原輯《居士外集》卷七，無繫年，列嘉祐四年至七年詩間。作於嘉祐四年（一〇五九）元旦，詩人時年五十三歲，任翰林學士、史館修撰，主修《唐書》，兼龍圖閣學士、權知開封府。梅堯臣《宛陵先生集》卷一九有《次韻和永叔新歲書事見寄》詩，即和此詩，朱東潤亦繫今年。劉敞《公是集》卷二三亦有詩《次韻和永叔歲旦對雪見寄，時某於上源驛典護契丹朝正使，人日當歸，前一日始得此詩》。又據梅氏與劉敞的唱和詩題，可知作於元旦。子華内翰，即韓絳，嘉祐三年三月拜翰林學士。《翰苑群書》卷一〇《學士年表》：「韓絳，（嘉祐三年）三月，以吏部員外郎、知制誥拜（翰林學士）。」長文，即吴奎，時爲知制誥。原甫，即劉敞，時任糾察在京刑獄。景仁舍人，即范鎮，時爲中書舍人。聖俞博士，即梅堯臣，時爲太常博士。詩人歲旦抒懷，自傷節序催人，老病纏身，感慨平日冗雜纏身，難得朋友間詩酒相歡。語言秀冶，屬對工整，意象鮮活，情感深沉。

【注　釋】

〔一〕鎖印：官印鎖著，特指歲末封印休假。

〔二〕「青幡」二句：梅堯臣《次韻和永叔新歲書事見寄》：「盞裏醇醪無限滿，鏡中白髮不知添。妍童喜舞開羅幕，小吏愁澌入硯蟾。」青幡：古代春令作勸耕、護花等用的青旗。漢桓寬《鹽鐵論·授時》：「發春而後，懸青旛而策土牛，殆非明主勸耕稼之意，而春令之所謂也。」

〔三〕「艷舞」二句：在輕歌曼舞當中飛杯痛飲，在朦朧月色中吟詩詠句。冰蟾：月亮。宋張問《瓊花賦》：「桂娥競爽，借月影於冰蟾；阿母來觀，下雲軿於皓鵠。」擁鼻：即「擁鼻吟」，指用雅音曼聲吟詠。參見本書《七交七首》注〔二一〕。

〔四〕「相從」二句：老朋友們平日專意于繁瑣文翰，難得如此在一起歡樂相聚。米鹽：喻繁雜瑣碎。《史記·天官書》：「皋、唐、甘、石因時務論其書傳，故其占驗淩雜米鹽。」張守節正義：「淩雜，交亂也，米鹽，細碎也。」《漢書·酷吏傳·咸宣》：「宣爲左内史，其治米鹽，事小大皆關其手。」顔師古注：「米鹽，細雜也。」

【附　録】

此詩輯入清陳訏《宋十五家詩選·廬陵詩選》。

奉答聖俞歲日書事

積雪照清晨，東風冷著人。年光向老速，物意逐時新〔一〕。貰酒閒邀客〔二〕，披裘共探春。猶能自勉彊，顧我莫辭頻〔三〕。

【題　解】

原輯《居士集》卷一三，繫嘉祐四年。作於是年正月初，時任翰林學士、史館修撰，主修《唐書》，兼龍圖閣學士、權知開封府。梅堯臣獲歐元旦贈詩後，回贈《次韻和永叔新歲書事見寄》詩，並寄《嘉祐己亥歲旦永叔内翰》，後者存《宛陵先生集》卷一九，歐此詩即步韻梅氏後詩。歲日，即元旦，新年第一天。顧況有《歲日作》詩。此詩叙寫年歲向老，時物更新，特邀朋友飲酒探春。看似疏放的詩情，隱含時不我待的無限惆悵。屬對工穩，語言通脱，意境和諧渾成。

【注　釋】

〔一〕「年光」二句：年齡越老大越感覺光陰迅速，而四季的風物依然常變常新。積雪照：謝靈運《歲暮》詩：「明月照積雪」。

〔二〕貰酒：以物典押取酒。貰，賒欠。《史記·高祖本紀》：「常從王媪、武負貰酒。」裴駰集解引韋昭曰：「貰，賒也。」

〔三〕「猶能」二句：自己雖然老病，尚可勉强支撑，希望常來光顧。梅堯臣《嘉祐己亥歲旦永叔内翰》：「獨愛開封尹，鍾陵請去頻。」莫辭頻：不嫌多。

【附録】

《歐集》卷一四九《與梅聖俞》其四十：「昨夜再讀《和景仁雪詩》，甚妙，兼以韻難，如何可和？且秖和得《歲日書事》一篇。其元所示，遂留之，過節更送他處，告别寫去也。」按：此書原繫嘉祐三年，誤。梅堯臣《嘉祐己亥歲旦永叔内翰》詩與書中所云《歲日書事》（即本詩）同韻，可知歐詩爲梅氏和詩，時間同在本年。

牛

日出東籬黄雀驚〔一〕，雪銷春動草芽生。土坡平慢陂田闊，横載童兒帶犢行〔二〕。

【題解】原輯《居士外集》卷七，無繫年，列嘉祐四年至七年詩間。作於嘉祐四年正月，時任翰林學士、史館修撰，主修《唐書》，兼龍圖閣學士、權知開封府。描寫初春景象，詠物而蘊興寄。其中牧童横騎牛背，自在逍遥的田園生活，寄託詩人冗雜官務之中的心儀與嚮往。詠物寫景，詩中有畫，託意深遠，耐人咀味。

【注釋】

〔一〕東籬：籬笆牆，或曰園圃、菊圃。

〔二〕「土坡」二句：描繪富有鄉間色彩的生活畫面，表達詩人清新平和的思想感情。平慢：即「平漫」，平坦廣遠。《宋書·禮志五》：「地域平漫，迷於東西。」

【附録】

此詩輯入宋祝穆《古今事文類聚》後集卷三九。

奉酬長文舍人出城見示之句

春分臘雪未全銷，凜冽春寒氣尚驕〔一〕。攝事初欣迎社燕，尋芳因得過溪橋〔二〕。清浮酒蟻醅初撥，暖入鶯篁舌漸調〔三〕。興味愛君年尚少，莫嫌齋禁暫無憀〔四〕。

【題　解】

原輯《居士集》卷一三，繫嘉祐四年。作於是年二月二日春分日，時任翰林學士、史館修撰，主修《唐書》，兼龍圖閣學士、權知開封府。據張《曆日天象》，本年二月二日丁卯「春分」。長文舍人，即吴奎，時爲中書舍人、知制誥。《翰苑群書》卷一〇《學士年表》：「吴奎，（嘉祐四年）三月，以兵部員外郎、知制誥拜（翰林學士）。」英宗朝官至禮部侍郎。神宗即位，拜參知政事，後因反對啟用王安石，出知外郡。歐書簡《與吴正肅公長文》其五（嘉祐四年）云：「承奉祠齋宿，喜體候清休……承惠佳篇，甚釋病思，和得納上。」所言即此作。此詩又見於陳舜俞《都官集》卷一三。吴之振《宋詩鈔》、陳訏《宋十五家詩選》均輯入歐陽修名下。梅堯臣《宛陵先生集》卷一九亦有《次韻和長文社日禖祀出城》詩。本詩描繪同僚出城所見早春風景，勉慰朋友忍耐暫時的齋禁無聊，博取遠大的仕宦前程。屬對精工，詩語雅麗，景物極具特徵，意象飽蘸情韻。

【注　釋】

〔一〕「春分」二句：春分仍有積雪，寒氣依然逼人。梅堯臣《次韻和長文社日禖祀出城》：「壇邊宿雨微霑麥，水上殘冰壅過橋。」　驕：旺盛，强烈。

〔二〕攝事：攝社日禖祀之事，代爲齋宫行事。 社燕：燕子春社時來，秋社時去，故稱。 尋芳：游賞美景。唐姚合《游陽河岸》詩：「尋芳愁路盡，逢景畏人多。」

〔三〕「清浮」二句：春酒初撥，天氣轉暖，黄鶯開始歡叫。 酒蟻：酒面上的浮沫。唐蕭翼《答辨才》詩：「酒蟻頃還泛，心猿躁似調。」 鶯篁：卷末校記：篁「一作『簧』。」 舌漸調：聲音變得婉轉動聽。

〔四〕「興味」二句：欣慕對方青春年少前途無量，奉勸忍耐眼前齋戒無聊的生活。 年尚少：據《彭城集》卷三七《吴公墓誌銘》，吴奎時年五十。 齋禁：齋戒中的禁忌。原本校云：「一作『齋館。』」

【附録】

此詩輯入清吴之振《宋詩鈔》卷一二、陳訏《宋十五家詩選·廬陵詩選》。

小池

深院無人鎖曲池，莓苔繞岸雨生衣〔一〕。緑萍合處蜻蜓立，紅蓼開時蛺蝶飛〔二〕。

【題　解】

原輯《居士外集》卷七，無繫年，列嘉祐四年至七年詩間。作於嘉祐四年二月上旬，時以病免知開封府，轉官給事中，同提舉在京諸司庫務，仍以翰林學士主修《唐書》。胡《譜》：嘉祐四年「二月戊辰(三日)，免開封，轉給事中，同提舉在京諸司庫務」。詩歌描寫深院小池，蜻蜓立、蝴蝶飛的意象，既具生機，又有幽趣。全詩動靜相生，情景相融，詩境如畫，形神俱佳。從詩題到詩意，啓迪南宋楊萬里七絶同題詩的創作。

【注　釋】

〔一〕雨生衣：苔蘚又名地衣，因逢多雨潮濕時生，故云。《文選·張協〈雜詩〉》：「階下伏泉湧，堂上水衣生。」李善注引高誘《淮南子注》曰：「蒼苔，水衣也。」

〔二〕蓼：植物名。爲一年生或多年生草本。蜻蜓立：楊萬里《小池》：「小荷纔露尖尖角，早有蜻蜓立上頭。」《詩·周頌·良耜》：「以薅荼蓼。」毛傳：「蓼，水草也。」

【附　録】

此詩輯入清康熙《御選宋金元明四朝詩·御選宋詩》卷六五、《御定佩文齋詠物詩選》卷一〇三。

釣者

風牽釣線裊長竿〔一〕，短笠輕蓑細草間。春雨濛濛看不見，水煙埋却面前山〔二〕。

【題解】

原輯《居士外集》卷七，無繫年，列嘉祐四年至七年詩間。作於嘉祐四年二月上旬，時以病免知開封府，轉官給事中，同提舉在京諸司庫務，仍以翰林學士主修《唐書》。詩人借詠細雨中的長竿釣者，抒寫江湖田園情思。春雨水煙，萬物朦朧，是詩人恬靜安寧心境的寫照。遺貌取神，情致深沉。

【注釋】

〔一〕裊：細長貌。唐許渾《和常秀才寄簡歸州鄭使君借猿》：「謝守攜猿東路長，裊藤穿竹似瀟湘。」

〔二〕水煙：水上的煙靄。梁簡文帝《登烽火樓》詩：「水煙浮岸起，遥禽逐霧征。」

此詩輯入明曹學佺《石倉歷代詩選》卷一四〇，又輯入清管庭芬、蔣光煦《宋詩鈔補・歐陽文忠詩補鈔》。

【附　録】

清明前一日韓子華以靖節斜川詩見招游李園既歸遂苦風雨三日不能出窮坐一室家人輩倒殘壺得酒數杯泥深道路無人行去市又遠索於筐筥得枯魚乾鰕數種强飲疾醉昏然便寐既覺索然因書所見奉呈聖俞

少年喜追隨，老大厭諠譁〔一〕。慚愧二三子，邀我行看花〔二〕。花開豈不好，時節亦云嘉。因病既不飲，衆歡獨成嗟。管絃暫過耳，風雨愁還家。三日不出門，堆豗類寒鴉〔三〕。妻兒彊我飲，飣餖果與瓜〔四〕。濁酒傾殘壺，枯魚雜乾鰕。小婢立我前，赤脚兩髻丫〔五〕。軋軋鳴雙絃，正如鱝嘔啞〔六〕。坐令江湖心，浩蕩思無涯〔七〕。寵禄不知報，鬢毛今已華。有田清潁間，尚可事桑麻。安得一黄犢，幅巾駕柴車〔八〕。

【題解】

原輯《居士集》卷八，繫嘉祐四年。作於是年二月十六日清明前夕，時任翰林學士、史館修撰，主修《唐書》，兼給事中，同提舉在京諸司庫務。據張《曆日天象》，本年二月十七日壬午「清明」。韓子華，即韓絳，時爲翰林學士。據《宋學士年表》，韓絳嘉祐三年「三月以吏部外郎、知制誥拜（翰林學士）」。靖節斜川詩，即陶潛《陶淵明集》卷二《游斜川并序》。梅堯臣《宛陵先生集》卷一九《次韻和酬永叔》詩有「前日是清明，驟雨需梨花」等句，所和即本詩。李園，即北李園池，似指李遵勖家園。歐《和聖俞〈李侯家鴨脚子〉》詩末附注：「京師無鴨脚樹，駙馬都尉李和文（遵勖）自南方移植於其第。」朱弁《曲洧舊聞》卷四云：「銀杏出宣歙，京師始惟北李園地中有之，見於歐梅唱和詩。」歐書簡《與劉侍讀原父》其八（嘉祐四年）亦云：「昨日奉見後，遂之北李園池，見木陰蔥翠。」韓絳邀游李園，歸來苦於風雨，身體及情緒不佳。詩人描寫連日陰雨家居度假的鬱悶心情，抒寫歸隱之思。取材身邊瑣事與日常生活，敘議相雜，一氣盤旋而下，頗顯格高調逸。

【注釋】

〔一〕「少年」二句：年輕時喜歡追隨他人湊熱鬧，年老了愛好清靜而討厭吵鬧。

〔二〕慚愧：感幸之詞。意爲多謝、難得。王績詩《過酒家》其五：「來時長道貰，慚愧酒家胡。」二三子：猶言諸君，幾個人。《論語·八佾》：「出曰：『二三子何患於喪乎？』」

〔三〕「因病」六句：游園歸來，因病不飲，三日風雨，困於家門。　堆㾢：疲倦困頓貌。

〔四〕飣餖：將瓜果食品堆疊在盤中，擺設出來。　韓愈《喜侯喜至贈張籍張徹》詩：「呼奴具盤飧，飣餖魚菜贍。」

〔五〕髻丫：代指髮辮。

〔六〕雙絃：指奚琴。　陳暘《樂書》：「奚琴，本胡樂也，出於絃鞀，而形亦類焉，奚部所好之樂也。蓋其制，兩絃間以竹片軋之。至今民間用焉。」　嘔啞：划船搖櫓的聲音。

〔七〕坐：致使。　江湖心：歸隱之心。　賈島《過唐校書書齋》：「江湖心自切，莫可掛頭巾。」

〔八〕「安得」二句：如何纔能得以黄牛駕車、幅巾包頭，享受田園生活呢。　黄犢：小牛。《韓非子·内儲説上》：「南門之外，有黄犢食苗道左者。」　幅巾：古代男子以全幅細絹裹頭的頭巾。代指隱者所服。《後漢書·逸民傳·韓康》：「及見康柴車幅巾，以爲田叟也，使奪其牛。」　柴車：簡陋無飾的車子。《後漢書·文苑傳下·趙壹》：「時諸計吏多盛飾車馬帷幕，而壹獨柴車草屏，露宿其傍。」李賢注：「柴車，弊惡之車也。」

【附録】

此詩輯入宋蒲積中《歲時雜詠》卷一五《清明》，又輯入清康熙《御選宋金元明四朝詩·御選宋詩》卷一〇、陳焯《宋元詩會》卷一〇。

葛立方《韻語陽秋》卷一三：「又歐陽永叔居官之日多，然志未嘗一日不在潁也……《清明日詩》云：『有田清潁間，尚可事桑麻。安得一黄犢，幅巾駕柴車。』……觀其思歸之言，重複如是，豈懷禄固位者哉？老杜云：『非無江海志，瀟灑送日月。生逢堯舜君，不忍便永訣。』此永叔志也。」

葛立方《韻語陽秋》卷一五：「永叔倒殘壺酒，於筦箇間得枯魚，强飲疾醉之時，亦有小婢鳴絃佐酒。所謂『小婢立我前，赤脚兩髻丫。軋軋鳴雙絃，正如艣嘔啞』，議者謂亦與楊家嬌兒不遠。余謂永叔作此詩時，已爲内相。觀其所作長短句，皆富豔語，不應當此以汙樽俎，永叔特自謙之辭爾。梅聖俞嘗和其詩云：『公家八九姝，鬒髮如盤鵶。朱脣白玉膚，參年始破瓜。』則永叔所言赤脚者，非誠語無疑矣。」

夜聞春風有感奉寄同院子華紫微長文景仁

閏後春深雪始銷，東風凌鑠勢方豪〔一〕。陽生草木黄泉動，冰破江湖白浪高〔二〕。未報國恩嗟病骨，可憐身事一漁舠〔三〕。少年自與芳菲競，莫笑衰翁擁弊袍〔四〕。

【題解】

原輯《居士集》卷一三，繫嘉祐四年。作於是年二月下旬，時以病免知開封府，轉官給事中，同提舉在京諸司庫務，仍以翰林學士主修《唐書》。同院，指翰林學士院同僚。紫微，即中書舍人，唐稱紫微舍人。詩人夜聞春風，感慨聯翩，寄詩翰林學士院同僚韓絳（字子華）、中書舍人吴奎（字長文）、范鎮（字景仁）。冬去春來，萬物呈現勃勃生機，詩人自歎年老多病，勉勵同僚積極進取，爲國效力。借景抒懷，移情入景，敘議妙合，情致深沉。

【注　釋】

〔一〕「閏後」二句：閏年後入春已久，暖風吹，積雪融，春天氣息濃郁。歐陽發等《事蹟》：「嘉祐三年閏十二月，京師大雪，民凍餒而死者十七八。」凌鑠：超越，壓倒，喻春風勢頭强盛。

〔二〕陽生：春來。《文選·潘岳〈閒居賦〉》：「若乃背冬涉春，陰謝陽施。」李善注引《神農本草》：「春夏爲陽，秋冬爲陰。」黄泉：地下的泉水。《孟子·滕文公下》：「夫蚓，上食槁壤，下飲黄泉。」

〔三〕「未報」二句：國恩未報身體已經衰老，平生就像一葉小舟飄浮在宦海風波。漁舠：一種形體較小的漁船。王安石《移桃花》詩：「晴溝漲春渌周遭，俯視紅影移魚舠。」

〔四〕「少年」二句：不要笑我衰弱老頭縮頸畏寒，你們年輕人自應努力與人奮爭。

病告中懷子華原父

狂來有意與春爭，老去心情漸不能〔一〕。世味惟存詩淡泊，生涯半爲病侵陵〔二〕。花明曉日繁如錦，酒撥浮醅緑似澠〔三〕。自是少年豪横過，而今癡鈍若寒蠅〔四〕。

【題解】　原輯《居士集》卷一三，繫嘉祐四年。作於是年二月下旬，時以病免知開封府，仍以翰林學士主修《唐書》。此月，詩人曾以病告移居城南。歐書簡《與劉侍讀原父》其十（嘉祐四年）云：「某腹疾猶未平，衰年已覺難支，以不敢常食，遂且在告。」同年《與吴正肅公長文》其五又云：「某叅假方三日，左眼瞼上生一瘡，疼痛牽連右目，不可忍。旦夕未止，又須在告，屢廢職事，豈得安穩？」《與趙康靖公叔平》其三亦云：「卜居城南，粗亦自便。」子華，即韓絳。原父，即劉敞。韓維《南陽集》卷七《和永叔病中寄諸君子》即和此詩。本詩作者在卧病中感懷摯友，賦詩叙寫老病衰殘，雖有花明酒緑，難以撫慰癡鈍。對仗精巧，哀情深婉，頗有杜詩神韻。

【注　釋】

〔一〕「狂來」二句：年輕時狂妄有心爭强好勝，而今衰老已是無能爲力。

〔二〕世味：人世滋味，社會人情。韓愈《示爽》詩：「吾老世味薄，因循致留連。」侵陵：欺淩侵犯。

〔三〕酒撥浮醅：酒面上浮起的泡沫，亦指酒。緑似澠：酒色緑似澠水。澠，古水名。源出今山東淄博東北，久湮。《左傳·昭公十二年》：「有酒如澠。」杜預注：「澠水出齊國臨淄縣北，入時水。」

〔四〕「自是」二句：自己年輕時也曾豪氣十足，而今老愚遲鈍，就像寒冬凍僵的蒼蠅。豪横：猶豪放。爽朗有力。韓愈《東都遇春》詩：「飲噉惟所便，文章倚豪横。」

【附　録】

此詩輯入清吴之振《宋詩鈔》卷一二、陳訏《宋十五家詩選·廬陵詩選》。

詳定幕次呈同舍

來時宫柳緑初匀，坐見紅芳幾番新〔一〕。蜂蜜滿房花結子，還家何處覓殘春〔二〕？

【題　解】

原輯《居士集》卷一三，繫嘉祐四年。作於是年二月末，時以病免知開封府，轉官給事中，同提舉在京諸司庫務，在崇政殿後詳定御試卷子。胡《譜》：嘉祐四年二月「是月，充御試進士詳定官，賜御書『善經』二字」。題下原注：「嘉祐四年御試進士，時詳定卷子。幕次在崇政殿後。」《長編》卷一八九亦載是年二月二十八日崇政殿御試禮部奏名進士、明經諸科及特奏名進士諸科。幕次，即臨時搭建的帳篷，指崇政殿後詳定御試卷子的場所。同舍，指韓絳、江鄰幾等。此屬梅堯臣《宛陵先生集》卷二〇《和永叔六篇》其一，梅氏詩序云：「嘉祐四年春，御試進士，翰林學士歐陽永叔、韓子華，集賢校理江鄰幾同爲詳定官，有詩六篇，出而使予和焉。」詩人感慨大好春光忽忽流逝，遺憾詳定御試卷子後已是殘春難覓。詩語平易，繪景如畫，感情深沉委婉。

【注　釋】

〔一〕「來時」二句：剛進來時柳樹初緑，眼睁睁看著好幾度花開花落。緑初匀：剛剛長滿緑色。坐見：徒然看著。隋盧思道《聽鳴蟬篇》詩：「一夕復一朝，坐見涼秋月。」

〔二〕何處覓殘春：無處尋春。宋祁《三月晦日送春》詩：「無花何處覓殘春。」

鳴鳩

天將陰，鳴鳩逐婦鳴中林，鳩婦怒啼無好音。天雨止，鳩呼婦歸鳴且喜，婦不亟歸呼不已〔一〕。逐之其去恨不早，呼不肯來固其理〔二〕。吾老病骨知陰晴，每愁天陰聞此聲。日長思睡不可得，遭爾聒聒何時停〔三〕。衆鳥笑鳴鳩，爾拙固無匹。不能娶巧婦，以共營家室。寄巢生子四散飛，一身有婦長相失。夫婦之恩重太山，背恩棄義須臾間。心非無情不得已，物有至拙誠可憐〔四〕。君不見人心百態巧且艱，臨危利害兩相關。朝爲親戚暮仇敵，自古常嗟交道難〔五〕。

【題解】

原輯《居士集》卷七，繫嘉祐四年。作於是年二月末，時以病免知開封府，轉官給事中，同提舉在京諸司庫務，在崇政殿後詳定御試卷子。題下原注：「崇政殿後考試所作。」參見上詩題解。鳴鳩，即斑鳩，鳥名，形似鴿，灰褐色，頸後有白色或黄褐色斑點。三國吴陸璣《毛詩草木鳥獸蟲魚疏·宛彼鳴鳩》：「斑鳩，項有繡文斑然。」此篇雖不在梅堯臣《和永叔六篇》之列，卻與其中的《代鳩婦言》

内容有關聯。《代鳩婦言》題下原注：「聞士有欲棄妻者作。」劉敞《公是集》卷一六有《和永叔鳴鳩詩》。本詩以鳩喻人，譴責士子遺妻棄子，批評世道險惡、人心叵測，捍衛儒學倫理道德。以文爲詩，語言錯落有致，詠物興寄，意藴深沉婉曲。

【注釋】

〔一〕「天將陰」六句：斑鳩時而呼喚時而驅逐其伴侣，預示天氣的晴和雨。《埤雅》：「陰則屏逐其匹，晴則呼之。語曰『天將雨，鳩逐婦』是也。」

〔二〕「逐之」二句：雄鳩驅逐雌鳩如此狠心，雌鳩被呼喚時不肯來，乃是天經地義。

〔三〕「吾老」四句：我的老年風濕能預測天氣陰晴，天陰時的鳩聲聒聒令人生厭。

〔四〕「衆鳥」十句：借衆鳥之口，嘲笑鳴鳩不會營生，不懂夫婦之義，可憐可歎。寄巢：《詩・召南・鵲巢》：「維鵲有巢，維鳩居之。」毛傳：「鳲鳩不自爲巢，居鵲之成巢。」《爾雅翼》亦云：「鳩拙不能爲巢，纔架數枝，往往破卵。無巢不能居，天將雨則逐其雌，霽則呼而反之。今人辨其聲，以爲無屋住。」至拙：《禽經》：「鳩拙而安。」張華注：「鳩，鳲鳩也。《方言》云：『蜀謂之拙鳥，不善營巢，取鳥巢居之，雖拙而安處也。』」

〔五〕「君不見」四句：由物性議及人情，感慨人心叵測，交友之道太難。

【附　録】

此詩輯入宋祝穆《古今事文類聚》後集卷四五，又輯入清吴之振《宋詩鈔》卷一一、陳焯《宋元詩會》卷一〇。

王士禛《帶經堂詩話》卷一六：「《驪山集》辨鳩逐婦一則云：鳩逐婦，乃感天地之雨暘，而動其雌雄之情，求好逑也，非逐而去之之謂。歐陽永叔云：『天將陰，鳴鳩逐婦啼中林，鳩婦怒啼無好音。』非也。」

代鳩婦言

斑然錦翼花簇簇，雄雌相隨樂不足。抱雛出卵翅羽成，豈料一朝還反目〔一〕。人言嫁雞逐雞飛，安知嫁鳩被鳩逐。古來有盛必有衰，富貴莫忘貧賤時〔二〕。女棄父母嫁曰歸，中道捨君何所之〔三〕？天生萬物各有類，誰謂鳥獸爲無知〔四〕。雖無仁義有情愛，苟聞此言寧不悲〔五〕！

【題　解】

原輯《居士集》卷七，繫嘉祐四年。作於是年二月末，時以病免知開封府，轉官給事中，同提舉在京諸司庫務，在崇政殿後詳定御試卷子。此屬梅堯臣《宛陵先生集》卷二〇《和永叔六篇》其二，參見《詳定幕次呈同舍》題解。題下原注：「家本注：聞士有欲棄妻者作。」此詩代鳩婦立言，譴責士子遺妻棄子，批評社會險惡，捍衛儒學倫理道德。詩語淺白，叙議相生，以物喻人，言盡意永。

【注釋】

〔一〕「斑然」四句：慨歎斑鳩一家本來其樂融融，豈料兒女成人之後，雄鳩驅雌，反目成仇。花簇簇：形容羽毛花紋鮮明整潔。　翅羽成：喻棄妻者的孩子長大成人。　嫁雞逐雞飛：宋莊綽《雞肋編》卷下：「杜少陵《新婚别》云：『雞狗亦得將。』世謂諺云『嫁得雞，逐雞飛；嫁得狗，逐狗走』之語也。」

〔二〕「古來」二句：自古人生無定數，盛極而衰，富貴不可忘本。　富貴莫忘貧賤時：《後漢書·宋弘傳》：「（光武帝）因謂弘曰：『諺言貴易交，富易妻，人情乎？』弘曰：『臣聞貧賤之交不可忘，糟糠之妻不下堂。』」

〔三〕「女棄」二句：女子捨棄父母而嫁人，古人稱作「歸」，中道被分離抛棄，何處纔是女子的歸宿？嫁曰歸：《詩·周南·葛覃》：「言告師氏，言告言歸。」毛傳：「婦人謂『嫁』曰『歸』。」

〔四〕「天生」二句：萬物均識事理，鳥獸亦然。　無知：不明事理。《論語·子罕》：「子曰：『吾有知乎哉？無知也。』」

〔五〕「雖無」二句：鳥獸雖不懂仁義之道，卻也有情有愛，假如世人連這一點都不如，難道不令人感到悲哀嗎！詩人借此諷刺那位欲棄妻者，簡直禽獸不如。

【附　録】

此詩輯入宋祝穆《古今事文類聚》後集卷四五。

看花呈子華内翰

老雖可憎還可嗟，病眼眵昏愁看花。不知花開桃與李，但見紅白何交加〔一〕。春深雨露新洗濯，日暖金碧相輝華。浮香著物收不得，含意欲吐情無涯〔二〕。可愛疎簾靜相對，最宜落日初西斜。時傾賜壺共斟酌，及此蜂鳥方諠譁。凡花易見不足數，禁籞難到堪歸誇〔三〕。老病對此不知厭，年少何用苦思家〔四〕。

【題　解】

原輯《居士集》卷七，繫嘉祐四年。作於是年二月末，時以病免知開封府，轉官給事中，同提舉在京諸司庫務，在崇政殿後詳定御試卷子。詩題下注：「崇政殿後考試所作。」此屬梅堯臣《宛陵先生集》卷二〇《和永叔六篇》其三，參見《詳定幕次呈同舍》題解。子華内翰，即韓絳，嘉祐三年三月拜翰林學士。唐宋稱翰林爲内翰。因其專掌内制，故稱。詩人珍惜禁中飲酒賞花的難得機會，勸慰年輕的韓絳享受生活樂趣，抒發自己的人生體驗。語言酣暢，韻律悠揚，叙議相生，攜情思以行文。

【注釋】

〔一〕「老雖」四句：自己病眼昏花，辨不清桃花李花，衹看見一片紅白交加。眵昏：目多眵而昏花。韓愈《短燈檠歌》：「夜書細字掇語言，兩目眵昏頭雪白。」

〔二〕「春深」四句：春深時節，桃李得雨潤日照之後，吐卉浮香，情意盎然。

〔三〕禁籞：禁苑周圍的藩籬。此指宫廷。

〔四〕「老病」二句：我年老多病，對宫苑花鳥尚且樂此不疲，你年紀輕輕，何必老是顧念家室？

禁中見鞓紅牡丹

盛游西洛方年少，晚落南譙號醉翁〔一〕。白首歸來玉堂署，君王殿後見鞓紅〔二〕。

【題　解】

原輯《居士集》卷一三，繫嘉祐四年。作於是年二月末，時以病免知開封府，轉官給事中，同提舉在京諸司庫務，在崇政殿後詳定御試卷子。此屬梅堯臣《宛陵先生集》卷二〇《和永叔六篇》其四，參見《詳定幕次呈同舍》題解。鞓紅牡丹，題下原注：「洛中花之奇者也。」歐《洛陽牡丹記》：「鞓紅者，單葉深紅花，出青州，亦曰青州紅。故張僕射齊賢有第西京賢相坊，自青州以馲駝馱其種，遂傳洛中。其色類腰帶鞓，故謂之鞓紅。」從洛陽年少、滁州醉翁，到玉堂白首老儒，詩人撫今追昔，俯仰嗟歎，詠物而含興寄，借牡丹抒人生盛衰之感。口頭語，肺腑情，今昔對比，言簡意深。

【注　釋】

〔一〕「盛游」二句：昔日初仕伊洛正值青春年少，後來流落滁州已是白髮醉翁。南譙：即滁州。南朝梁在漢全椒縣地僑置南譙州，北齊移治新昌郡，隋改爲滁州。見《舊唐書·地理志三》。

〔二〕「白首」二句：梅堯臣《和永叔六篇》其四《禁中鞓紅牡丹》：「一見此花知有感，衰顔不似舊時紅。」玉堂署：宋翰林院稱玉堂。參見本書《述懷》注〔一二〕。

和江鄰幾學士桃花

草上紅多枝上稀，芳條緑萼憶來時〔一〕。見桃著子始歸後，誰道仙花開落遲〔二〕。

【題解】 原輯《居士集》卷一三，繫嘉祐四年。作於是年二月末，時以病免知開封府，轉官給事中，同提舉在京諸司庫務，在崇政殿後詳定御試卷子。江鄰幾，名休復，開封陳留人。舉進士，慶曆間任集賢殿校理，判尚書刑部。受蘇舜欽進奏院祠神會案牽聯，出監蔡州商税。久之，復職，累遷尚書刑部郎中。此詩屬梅堯臣《宛陵先生集》卷二〇《和永叔六篇》其五，參見《詳定幕次呈同舍》題解。題下原注：「用其韻。時在崇政殿後詳定幕次。」此次入宫苑時柳枝初緑，當爲二月下旬；出試院時桃樹落花結果，當在三月初。詩中所詠禁中桃花，故曰「仙花」。詩人以能够見上宫桃開落，聊爲未能外出春游自我解嘲。色彩斑斕的宫中小景，傳遞詩人熱愛大自然的一片深情。詩中有畫，意到筆隨，言簡意賅。

【注釋】

〔一〕「草上」二句：進宫時芳草正緑，而今桃花大都凋落草叢，枝頭紅花寥寥無幾。條：原本校云：「一作『苞』。」

〔二〕桃著子：桃花落後桃子著枝。仙花開落遲：《漢武帝内傳》：「須臾，以玉盤盛仙桃七顆，大如鴨卵，形圓，青色，以呈王母。母以四顆與帝，三顆自食。桃味甘美，口有盈味。帝食，輒收其核。王母問帝，帝曰：『欲種之。』母曰：『此桃三千年一生。』」仙花，指桃花。

【附録】此詩輯入清康熙《御定佩文齋廣群芳譜》卷二六。

啼鳥

提葫蘆，提葫蘆，不用沽美酒。宫壺日賜新撥醅，老病足以扶衰朽〔一〕。百舌子，百舌子，莫道泥滑滑。宫花正好愁雨來，暖日方催花亂發〔二〕。苑樹千重緑暗春，珍禽綵羽自成群〔三〕。花間柢慣迎黄屋，鳥語初驚見外人。千聲百囀忽飛去，枝上自落紅紛紛〔四〕。畫簾陰陰隔宫燭，禁漏杳杳深千門〔五〕。可憐枕上五更聽，不似滁州山裏聞〔六〕。

【題解】原輯《居士集》卷七，繫嘉祐四年。作於是年二月末，時以病免知開封府，轉官給事中，同提舉在京諸司庫務，在崇政殿後詳定御試卷子。詩題下原注：「崇政殿後考試舉人卷子作。」此屬梅堯臣《宛陵先生集》卷二〇《和永叔六篇》其六，參見《詳定幕次呈同舍》題解。詩人慶曆年間在貶所滁州有同題詩，然此次耳聞禁中鳥鳴，不如滁州動聽，寓有身在朝廷不自由、心志疲憊衰殘的人生體驗。詩歌以七言爲主，夾以三言、五言，句式參差錯落，不重對偶，具有散文圓美流動的美感。

【注釋】

〔一〕「提葫蘆」五句：鳥兒一再叫喚「提葫蘆」，我每天有宫廷賞賜的新釀，用不著沽酒。係諧音戲謔之詞。　提葫蘆：鳥名。宋王質《紹陶録》卷下：「提葫蘆，身麻斑，如鷂而小，觜彎，聲清重，初稍緩，已乃大激烈。」梅堯臣《和永叔六篇》其六《啼鳥》：「提胡蘆，提胡蘆，爾莫勸翁沽美酒。」　撥醅：即醱醅。重釀未濾的酒。李白《襄陽歌》：「遥看漢水鴨頭緑，恰似葡萄初醱醅。」

〔二〕「百舌子」五句：百舌子總叫著「泥滑滑」，宫花正盛開，還是别呼喚下雨吧。　百舌子：鳥名，即烏鴉，能模擬各種聲音，故名。　泥滑滑：鳥名，即竹雞，擬其鳴聲爲别名。

〔三〕綵羽：即彩色的羽毛。

〔四〕「花間」四句：鳥受驚而四飛。　黄屋：古代帝王專用的黄繒車蓋，亦代指帝王。杜甫《將適吴楚留别章使君》詩：「中原消息斷，黄屋今安否？」

〔五〕「晝簾」二句：深邃的宫廷之中，夜晚尤其静謐。　陰陰：幽暗貌。　禁漏：宫中更漏之聲。　杳杳：幽遠貌。《楚辭·九章·哀郢》：「堯舜之抗行兮，瞭杳杳而薄天。」　千門：指九重之地。《漢書》：「武帝起建章宫，有千門萬户。」

〔六〕「可憐」三句：如今宫廷五更聞啼鳥，其感受與當年滁州山間所聞大不一樣。慶曆五年（一〇四五）八月至慶曆八年（一〇四八）年二月，歐貶官滁州兩年半，曾賦《啼鳥》詩，表達對奸佞小人的厭惡，可參本書《啼鳥》詩注。

【附録】

此詩輯入明曹學佺《石倉歷代詩選》卷一四〇。

胡仔《苕溪漁隱叢話》前集卷三〇引《王直方詩話》：「荆公云：『凡人作詩，不可泥於對屬，如歐陽公作《泥滑滑》云：畫簾陰陰隔宫燭，禁漏杳杳深千門。千字不可以對宫字。若當時作朱門，雖可以對，而句力便弱耳。』」按：又見魏慶之《詩人玉屑》卷七、黄溥《詩學權輿》卷四、王昌會《詩話類編》卷三。

葛立方《韻語陽秋》卷一六：「人之悲喜，雖本於心，然亦生於境。心無繫累，則對境不變，悲喜何從而入乎？淵明見林木交蔭，禽鳥變聲，則歡然有喜，人以爲達道。余謂尚未免著於境者。歐陽永叔先在滁陽，有《啼鳥》一篇，意謂緣巧舌之人謫官，而今反愛其聲。後考試崇政殿，又有《啼鳥》一篇，似反滁陽之詠，其曰：『提葫蘆，不用沽美酒，宫壺日賜新撥醅，老病足以扶衰朽。』『百舌子，莫道泥滑滑，宫花正好愁雨來，暖日方催花亂發。』末章云：『可憐枕上五更聽，不似滁州山裏聞。』蓋心有中外枯菀之不同，則對境之際，悲喜隨之爾。啼鳥之聲，夫豈有二哉？」

試院聞奚琴作

奚琴本出奚人樂，奚虜彈之雙淚落〔一〕。抱琴置酒試一彈，曲罷依然不能作〔二〕。黄河之水向東流，鳧飛雁下白雲秋。岸上行人舟上客，朝來暮去無今昔[三]。哀絃一奏池上風，忽聞如在河舟中[四]。絃聲千古聽不改，可憐纖手今何在[五]。誰知着意弄新音，斷我罇前今日心[六]。當時應有曾聞者，若使重聽須淚下。

【題解】

原輯《居士外集》卷四，無繫年，列至和二年至嘉祐五年詩間。作於嘉祐四年二月末，時以病免知開封府，轉官給事中，同提舉在京諸司庫務，在崇政殿後詳定御試卷子。作者嘉祐二年二月以翰林學士權知禮部貢舉，所作詩歌輯入《禮部唱和詩集》，今存梅堯臣、王珪唱和詩中未見有此詩，故繫於此。奚琴，中國古代一種胡琴類弓絃樂器。其以刳桐木爲體，置二絃，以木杆繫馬尾擦絃以奏。此詩借詠奚琴哀婉之聲，抒發人事滄桑之感。韻隨句轉，意境跌宕，窮極琴樂之態。生活化、文人化的詩歌題材，叙事、議論、抒情雜出的表現手法，顯示以氣格爲主的宋詩特色。

【注釋】

〔一〕奚人樂：《文獻通考·樂十》：「奚琴，胡中奚部所好之樂，出於奚軺而形亦類焉。其制：兩絃間以竹片軋之，民間或用。」北宋陳暘的《樂書》中對奚琴的來歷、形制和演奏方式也有闡説：「奚琴，本胡樂也，出於弦鞀而形亦類焉。蓋其制，兩絃間以竹片軋之，至今民間用焉。非用夏變夷之意也。」奚人，我國北方的一個古老民族，南北朝時稱爲庫莫奚，唐時與契丹並稱「兩番」，從遼初始，漸與契丹人融合。　奚虜：又作奚奴，漢族對少數族的貶稱。奚這一古代中國西北方的游牧民族，常常淪爲中原人的奴隸。

〔二〕「曲罷」句：彈完一曲後，依然悲傷得站不起來。

〔三〕「黄河」四句：古往今來，河水東流，鳧雁秋下，自然風物與世間人事，似乎都無變化。

〔四〕河舟哀絃，似指白居易《琵琶行》：「絃絃掩抑聲聲思，似訴平生不得志。」「淒淒不似向前聲，滿座重聞皆掩泣。」　池上風：池水上泛起微風。

〔五〕「絃聲」二句：琴聲依舊，但昔日琴女不再，引發無限悵惘。　纖手：代指琴女。

〔六〕「誰知」二句：琴女彈奏的動人新曲，使我極度悲傷，喝酒都没心情了。　斷心：形容極端悲痛。《後漢書·安帝紀》：「豈意卒然顛沛，天年不遂，悲痛斷心。」

【附録】

此詩輯入明曹學佺《石倉歷代詩選》卷一四〇，又輯入清吴之振《宋詩鈔》卷一二。

和聖俞唐書局後叢莽中得芸香一本之作用其韻

有芸黄其華，在彼衆草中。清香濯曉露，秀色揺春風。幸依華堂陰，一顧曾不蒙〔一〕。大雅彼君子，偶來從學宫。文章高一世，論議伏群公。多識由博學，新篇匪雕蟲。唱酬爛衆作，光輝發幽叢〔二〕。在物苟有用，得時寧久窮。可嗟凡草木，糞壤自青紅〔三〕。

【題　解】

原輯《居士集》卷七，繫嘉祐四年。作於是年春，時任翰林學士、史館修撰，主修《唐書》，兼給事中，同提舉在京諸司庫務。題目「聖俞」二字下原注：「一本二字作『入』」。詩中有云：「大雅彼君子，偶來從學宫。文章高一世，論議伏群公。」詳兩詩内容，當爲梅氏初入《唐書》局時所作。元人張師曾《宛陵先生年譜》亦定本年「先生同修《唐書》」，並引證梅詩《次韻王景彝喜予赴修書》云：「荏苒十五載，探討日已精。如何力引我，我本學專經。」自慶曆五年五月四日《唐書》設局，至今恰十五年，其中「力引」者，當爲主修官歐陽修。芸香，多年生香草，夏季開黄花。花葉香氣濃鬱，可入藥。梅堯臣《唐書局叢莽中得芸香一本》詩，存《宛陵先生集》卷二一。本詩借詠出類拔萃的芸香，讚美梅堯臣的傑出才華，勉慰其守時待命，終有大用。感物抒懷，託物言志，議論爲詩，字裏行間流溢著深摯情誼。

【注釋】

〔一〕「有芸」六句：芸香黄花綻放在大廈旁邊的草叢中，卻無人光顧它，欣賞它。實爲梅氏懷才不遇而鳴。梅堯臣《唐書局叢莽中得芸香一本》：「黄花三四穗，結實植無窮。豈料鳳閣人，偏憐葵葉紅。」有芸黄其華：《詩·小雅·苕之華》：「芸其黄矣。」

〔二〕「大雅」八句：稱讚梅聖俞入太學、入《唐書》局，德高博學，詩文焕然。大雅：德高而有大才的人。班固《西都賦》：「大雅宏達，於兹爲群。」雕蟲：追求文采，好求雕飾。李賀詩《南園》其六：「尋章摘句老雕蟲，曉月當簾掛玉弓。」爛衆作：衆作皆佳。

〔三〕「在物」四句：由物及人，感慨並安慰梅聖俞「天生我才必有用」，不會久處困窘，就像芸香草雖然丟棄在糞壤，也能開放美麗花朵。得時：遇時，被時所用。

【附録】

此詩輯入清康熙《御定佩文齋廣群芳譜》卷八八。

暮春書事呈四舍人

樹陰初合苔生暈，花蘂新成蜜滿脾〔一〕。鶯燕各歸巢哺子，蛙魚共樂雨添池。少年春物今如此，老病衰翁了不知〔二〕。飽食杜門何所事，日長偏與睡相宜〔四〕。

【題　解】

原輯《居士外集》卷七，無繫年，列嘉祐四年詩後。作於是年春末，時任翰林學士、史館修撰，主修《唐書》，兼給事中，同提舉在京諸司庫務。舍人，即中書省直舍人院，《宋史·職官一》：「舍人，國初……復置知制誥及直舍人院，主行詞命，與學士對掌內外制。」四舍人，指吴奎（字長文）、劉敞（字原甫）、范鎮（字景仁）等人，本年初，歐有詩《官舍假日書懷，奉呈子華內翰、長文、原甫、景仁舍人、聖俞博士》。詩歌描寫暮春時節樹、花、鶯、燕、蛙、魚等生物，生機勃勃的自然景物，反襯詩人飽食懶睡的精神狀態，尤顯年老體衰。對仗工巧，繪景如畫，暮春風物之中飽含生活情韻。

【注　釋】

〔一〕「樹陰」二句：樹蔭剛剛合攏，地衣也是初長成，而新出的花蘂已有好多蜜蜂聞香而至。蜜滿脾：蜜蜂營造的釀蜜的房。其形如脾，故稱。陸佃《埤雅》卷一〇《蜂》：「採取百芳釀蜜，其房如脾，今謂之蜜脾。」

〔二〕「少年」二句：感慨物是人非。如今的春景同我少年時代一樣明媚燦爛，人卻變得老病不堪，對美好的春物麻木不仁。

〔三〕「飽食」二句：飽食終日，無所事事，最好睡懶覺。流露詩人閒適而寂寞的心情。杜門：閉門。《史記・陳丞相世家》：「陵怒，謝疾免，杜門竟不朝請。」

【附録】

此詩輯入清吴之振《宋詩鈔》卷一二、陳訏《宋十五家詩選・廬陵詩選》。

送襄陵令李君

緑髮襄陵新長官，面顔雖老渥如丹〔一〕。折腰聊爲五斗屈，把酒猶能一笑歡〔二〕。紅棗林繁欣歲熟，紫檀皮軟禦春寒〔三〕。民淳政簡居多樂，無苦思歸欲掛冠〔四〕。

【題解】

原輯《居士集》卷一三，繫嘉祐四年。作於是年春，時任翰林學士、史館修撰，主修《唐書》，兼給事中，同提舉在京諸司庫務。襄陵，北宋縣名，屬河東路晉州，治所在今山西臨汾西南。襄陵令李君，即李彦輔，亦作李堯輔，字公佐，爲歐隨州童年之交，宋庠妹夫，老年猶困微職。歐《李秀才東園亭記》有云：「修友李公佐有亭，在其居之東園……予爲童子，與李氏諸兒戲其家。」文中「其子堯輔」的「堯」下原注：「一作『彦』。」宋庠《元憲集》卷五《李公佐歸漢東》題下注：「予之妹婿。」梅堯臣《宛陵先生集》卷二三《送襄陵李令彦輔》題下附注：「李，宋丞相妹婿，永叔少居隨州，常往其家。」詩歌描寫李公佐治襄陵，歲熟年豐，民淳政簡，多游賞之樂，勸其不必思歸退隱。實質勉慰其老當益壯而仕途蹇滯，朋友間的關愛之情溢於言表。用典精切，屬對工巧，詩思跳蕩，形神俱妙。

【注釋】

〔一〕緑髮：烏黑而有光澤的頭髮。李白詩《游泰山》其三：「偶然值青童，緑髮雙雲鬟。」渥如丹：如丹一般紅而有光澤。渥，光潤，光澤。句末原注：「君服何首烏，鬚髮皆黑，顔容如少時。」

〔二〕「折腰」二句：李君屈才爲縣令，猶能淡然處之，把酒歡笑。五斗屈：爲五斗米而屈腰。屈身微官。《晉書·隱逸傳·陶潛》：「郡遣督郵至縣，吏白應束帶見之，潛歎曰：『吾不能爲五斗米折腰，拳拳事鄉里小人邪！』義熙二年，解印去縣。」後用以指微薄的官俸。

〔三〕「紅棗」二句：襄陵有代表性的兩種植物，一是秋天的棗樹；一是紫檀樹。紫檀：木名。常緑喬木，木材堅實，紫紅色，可做貴重傢俱、樂器或美術品，色能染物。晉崔豹《古今注·草木》：「紫旃木，出扶南，色紫，亦謂之紫檀。」

〔四〕「民淳」二句：李君治邑政寬民淳，百姓安居樂業，勸其不必辭官退隱。掛冠：指辭官、棄官。晉袁宏《後漢紀·光武帝紀五》：「〔逢萌〕聞王莽居攝，子宇諫，莽殺之。萌會友人曰：『三綱絶矣，禍將及人。』即解衣冠，掛東都城門，將家屬客于遼東。」《後漢書·逸民傳·逢萌》亦載此事。又《南史·隱逸傳下·陶弘景》載，陶弘景于齊高帝作相時，曾被引爲諸王侍讀。其家貧，求作縣令不得，乃脱朝服掛神武門，上表辭禄。

送王平甫下第

歸袂摇摇心浩然，曉船鳴鼓轉風灘〔一〕。朝廷失士有司恥，貧賤不憂君子難〔二〕。執手聊須爲醉別，還家何以慰親懽〔三〕？自慚知子不能薦，白首胡爲侍從官〔四〕！

【題　解】

原輯《居士集》卷一三，繫嘉祐四年。作於是年春，時任翰林學士、史館修撰，主修《唐書》，兼給事中，同提舉在京諸司庫務。題下原注：「安國。」王平甫，即王安石之弟王安國，撫州臨川人。是春科舉落選，後受薦賜進士及第，官至秘閣校理。《宋史》卷三二七有傳。王安石《王平甫墓誌》云：「君臨川王氏，諱安國，字平甫……以文學爲一時賢士大夫譽歎，蓋於書無所不該，於詞無所不工，然數舉進士不售。」王安國生於天聖六年，時年三十二。本詩感慨傑出人才落選，指責朝廷選士失誤，慚愧自己識才難薦，知人之明切，愛才之熱忱，藹然可掬。首聯稍涉描述，餘者全爲議論感慨。由衷之言，相知之心，深情溢於紙面。

【注釋】

〔一〕歸袂：歸袖。宋熊節《性理群書句解》卷四張栻《送元晦》「歸袂風颼颼」熊剛大注：「風吹歸袖颼颼然。」浩然：不可阻遏、無所留戀貌。《孟子·公孫丑下》：「夫出晝，而王不予追也，予然後浩然有歸志。」朱熹集注：「浩然，如水之流不可止也。」鳴鼓：古時以鳴鼓作爲船隻開航的信號。

〔二〕有司：此指主考官。貧賤不憂君子難：有道是「君子憂道不憂貧」，但要真正做到並非易事。《孟子·滕文公下》：「富貴不能淫，貧賤不能移，威武不能屈，此之謂大丈夫。」趙岐注：「淫，亂其心也；移，易其行也；屈，挫其志也。三者不惑，乃可以爲之大丈夫矣。」

〔三〕「執手」二句：握手送别，衹求一醉，然而歸家後用什麽來安慰雙親呢。

〔四〕侍從官：歐時以翰林學士兼給事中。宋稱翰林學士、給事中、六尚書、侍郎爲侍從，故云。

【附録】

此詩輯入元方回《瀛奎律髓》卷二四、又輯入清吴之振《宋詩鈔》卷一二、陳訏《宋十五家詩選·廬陵詩選》。

葛立方《韻語陽秋》卷一：「律詩中間對聯，兩句意甚遠，而中實潛貫者，最爲高作。如……歐陽永叔《送王平甫下第詩》云：「朝廷失士有司恥，貧賤不憂君子難。」……如此之類，與規規然在於媲青對白者，相去萬里矣。魯直如此句甚多，不能概舉也。」按：又見張鎡《仕學規範》卷四〇。

《瀛奎律髓匯評》卷二四方回評曰：「細味歐陽公詩，初與梅聖俞同官於洛，所作已超元、白之上，一掃『崑體』。其古詩甚似韓昌黎，以讀其文過熟故也。其五言律詩不濃不淡，自有一種蕭散風味。其七言律詩，自然之中有壯浪處，有閑遠處，又善言富貴而無辛苦之態，未嘗不立議論，而斧鑿之痕泯如也。如《送王平甫下第》詩，三、四已似江西，末句尤見好賢樂善之誠心，所與交游及門下士，爲宋一代文人巨擘焉。詩乃公之一端，後之作者亦無所容其喙也。」馮舒評曰：「超元、白未敢許，秪元、白以上亦能許之。」紀昀評曰：「詩是論詩，每遇元祐名人，洛閩道學，必有詩外推尊評論，以爲依草附木之計，亦是一種習氣。」又曰：「三、四調法不雅。五、六真切感人。七、八生吞王右丞《送丘爲》詩，殊爲可怪。」查慎行評曰：「第六句極淡，卻有觔兩，真情至之語。」

孫緒《沙溪集》卷一五《雜著》：「王維《送丘爲下第》詩曰：『知子不能薦，羞稱獻納臣。』索然無氣，不似王詩。韓子蒼學之曰：『虚作四清老從臣，知爾才華不能舉。』似不及王矣。歐公曰：『自慚知子不能薦，白首何爲侍從官。』則愈拙矣。不知具眼以爲何如？」

唐元竑《杜詩攟》卷三：「《詠懷古跡詩》：『伯仲之間見伊吕，指揮若定失蕭曹。』議論既卓，格力矯然，自是名句，世所同諷。然吾謂此是論斷，非詩也。老筆横溢，隨興所至，偶然超軼尋常，原非正格，若總如此亦復非難，魯直：『天於萬物定貧我，智效一官全爲親。』永叔：『朝廷失士有司恥，貧賤不憂君子難。』彼皆才士，又極摹杜，而若此者，蓋誤以此等句爲式故也。」

陸次雲《宋詩善鳴集》卷上評曰：「此真宋詩，讀之不覺其淡，不覺其平，不覺其腐，要是歐陽公筆力異人。」

蔡上翔《王荆公年譜考略》卷八：「歐陽公薦布衣蘇洵，所撰《權書》、《衡論》、《機策》二十篇隨狀上進；舉張望之、曾鞏、王回等充館職；舉蘇軾應制科；乃于平甫下第後，猶云『自慚知子不能薦』，其惓惓於爲國進賢如此。宋世得人，嘉祐爲盛，歐公之力也。」

陸以湉《冷廬雜識》卷六：「歐陽公七律，卓鍊警健處，令人百誦不厭……此最著稱於後世者。餘若……『朝廷失士有司恥，貧賤不憂君子難』，亦調高響逸。東坡才氣雖大，若論風格，恐猶遜一籌耳。」

同年秘書丞陳動之挽詞二首

其一

場屋當年氣最雄，交游樽酒弟兄同〔一〕。文章落筆傳都下，議論生鋒服座中〔二〕。自古聖賢誰不死，況君門户有清風〔三〕。凋零三十年朋舊，在者多爲白髮翁〔四〕。

其二

富貴聲名豈足論，死生榮辱等埃塵〔五〕。青衫照日誇春榜，白首餘年哭故人〔六〕。盛德不忘存誌刻，話言能記有朋親。吴江草木春風動，灑酒誰瞻壟樹新〔七〕。

【題解】

原輯《居士外集》卷七，無繫年，列嘉祐四年詩後。作於是年春，時任翰林學士、史館修撰，主修《唐書》，兼給事中，同提舉在京諸司庫務。卷末校記：陳動之的「動」「或作『洞』」，非，《登科記》可據。」陳動之、陳説之，福建莆田人，兄弟倆同時中天聖八年進士。參見「附録」《福建通志》引文。同年，唐宋時期稱同榜進士爲同年。挽詩「其一」尾聯「凋零三十年朋舊，在者多爲白髮翁」，本年距歐、陳中第正好三十年。王安石《臨川先生文集》卷三五《陳動之秘丞挽辭二首》其二，哀傷逝者「人間三十六，追逐孔鸞飛」，所述年齡當有誤，陳氏不可能天聖八年七歲科舉中第。本詩「其一」稱頌陳氏兄弟當年材高氣豪，哀悼三十年來朋輩凋零；「其二」讚揚陳氏功德永存，哀傷墓塋冷落淒涼。撫今追昔，長歌當哭，哀挽同年好友，情感真摯動人。

【注釋】

〔一〕「場屋」二句：陳動之兄弟當年科場雙雙中第，名氣很盛。場屋：科舉考試的地方，又稱科場。歐《送徐生之澠池》詩：「名高場屋已得雋，世有龍門今復登。」

〔二〕「文章」二句：王安石《陳動之秘丞挽辭二首》其一云：「空復文章在，流傳世上名。」其二亦云：「琴樽已寂寞，筆墨尚光輝。」議論生鋒：議論風發，鋒芒畢露。

〔三〕清風：高潔的品格。劉勰《文心雕龍·誄碑》：「標序盛德，必見清風之華。」

〔四〕「凋零」二句：感傷人世滄桑變化：三十年前的老朋友基本上凋零殆盡，少數在世者也都白髮蒼蒼。

〔五〕富貴聲名：《三國志·魏志·王昶傳》：「富貴聲名，人情所樂。」詩人反其意而用之。等埃塵：形容非常渺小。

〔六〕「青衫」二句：當年你高登科第享受皇恩，何其春風得意，如今衹剩下我一個白髮老翁爲你傷心哭泣。青衫：古時學子所穿之服。借指學子、書生。春榜：春試中式的名榜。唐許渾《贈桐廬房明府先輩》詩：「帝城春榜謫靈仙，四海聲華二十年。」

〔七〕「瀝酒」句：南方春天草本萌芽時節，誰在你墓前灑酒祭奠呢？壟樹新：墳墓邊的樹木萌新緑。

【附録】

《福建通志》卷三三《選舉》：「莆田縣陳説之：絳子，本第一人，夏竦與絳有宿憾，奏降第六人，終秘書丞。」又「陳動之，説之兄，秘書丞，贈銀青光禄大夫。」

端午帖子詞・皇帝閤六首

其一

天容清永晝，風色秀含薰〔一〕。五日逢佳節，千齡奉聖君。

其二

綵索盤中結〔二〕，楊梅粽裏紅。宮闈九重樂，風俗萬方同。

其三

寶典標靈日，明離正午方〔三〕。五行當火德〔四〕，萬壽續天長。

其四

歲時令節多休宴，風俗靈辰重祓禳〔五〕。肅穆皇居百神衛，滌邪寧待浴蘭湯〔六〕。

其五

香菰黏米著佳名，古俗相傳豈足矜〔七〕。天子明堂遵月令，含桃初薦黍新登〔八〕。

其六

聖主憂勤致治平，仁風惠澤被群生〔九〕。自然四海歸文德，何用靈符號辟兵〔一〇〕。

【題　解】

原輯《内制集》卷六，繫嘉祐四年。置「二月二十四日」與「六月二十五日」文章之間。作於是年夏，時任翰林學士、史館修撰，主修《唐書》，兼給事中，同提舉在京諸司庫務。端午，農曆五月初五日。我國傳統的民間節日。相傳紀念於是日自沉汨羅江的古代愛國詩人屈原，民間有裹粽子及賽龍舟等風俗。帖子詞是一種娱樂消遣的文學樣式，表祥瑞，寫時令，多爲歌頌昇平，或寓意規諫，貼於禁中門帳。於端午撰作的帖子詞，稱「端午帖子」。參見本書《春帖子詞·皇帝閣六首》題解。本組詩描寫端午風俗，祝福天子長壽，頌揚天下太平，亦寓含不信靈符、勤政愛民等規諫之義。詩語雅麗，頗近宫體，卻有别於夏竦、晏殊的帖子詞，在繪景的基礎上生發議論，清麗自然而顯藴藉，開啓後來司馬光、蘇軾、周密大等帖子詞寫作。

【注　釋】

〔一〕「天容」二句：天色清明，白日漫長，夏風吹來陣陣迷人的香氣。薰：指香氣。

〔二〕綵索：彩色絲繩。程大昌《演繁露》卷七《端午彩索》：「裴玄《新語》曰：五月五日集五彩繒，謂之辟兵。不解，以問伏君。伏君曰：青赤白黑爲之四面，黄居中央，名曰襞方。綴之於複，以示婦人養蠶之工也。傳聲者誤以爲辟兵。予案：此即今人五月彩索也。」

〔三〕寶典：古代記録月令時俗的書籍。　靈日：神明之日，指端午節。　明離：《周易·離》：「明兩作離，大人以繼明照于四方。」孔穎達疏：「明兩作離者，離爲日，日爲明。今有上下二體，故云明兩作離也。」後因以「明離」指太陽。　午方：午的方位。

〔四〕火德：五德之一。以五行中的火來附會王朝曆運的稱火德。《史記·秦始皇本紀》：「始皇推終始五德之傳，以爲周得火德，秦代周德，從所不勝。」宋人自認爲本朝屬火德。

〔五〕祓禳：除凶之祭。《左傳·昭公十八年》：「祓禳於四方，振除火災，禮也。」孔穎達疏：「祓禳皆除凶之祭。」

〔六〕「肅穆」二句：皇帝閣有百神衛護顯得嚴肅靜穆，除去邪惡不需要蘭草熱水澡。　蘭湯：參見至和二年所作《端午帖子詞·皇帝閣六首》注〔九〕。

〔七〕香菰黏米：指粽子。唐歐陽詢《藝文類聚》卷四《五月五日》：「以菰葉裹粘米，煮熟，謂之角黍。」

〔八〕「天子」二句：端午之際，皇帝在明堂以新熟之桃子、黍米祭奠祖宗。《禮記·月令》：「（仲夏之月）天子居明堂太廟……農乃登黍。是月也，天子乃雛嘗黍，羞以含桃，先薦寢廟。」　明堂：古代帝王宣明政教的地方。凡朝會、祭祀、慶賞、選士、養老、教學等大典，都在此舉行。

參見本書《鞏縣初見黄河》注〔二六〕。月令：《禮記》篇名。含桃：櫻桃的别稱。

〔九〕「聖主」二句：皇帝勤政憂國，致天下太平，其仁愛惠及所有百姓。

〔一〇〕「自然」二句：用仁德治天下，可使四海歸順，戰事消弭，何必相信靈符。靈符號辟兵：梁宗懔《荆楚歲時記》：「以五彩絲繫臂，名曰辟兵，令人不病瘟。」參見至和二年所作《端午帖子詞・皇帝閣六首》注〔六〕及「附録」。

【附録】

六詩全輯入宋蒲積中《歲時雜詠》卷二一。

曾季貍《艇齋詩話》：「歐公在禁中作端午帖子云：『綵索盤中結，楊梅粽裏紅。』蓋用古樂府『酒中挑喜子，粽裏得楊梅』。然古樂府『粽裏楊梅』不爲端午言，乃爲除夜言也。」

端午帖子詞・皇后閣五首

其一

藹館覆柔桑，新絲引更長。紉爲五色縷，續壽獻君王〔一〕。

其二

槐緑陰初合，榴繁豔欲然[二]。翠筒傳角黍，嘉節慶年年[三]。

其三

煙含玉樹風生細，日永宫花漏出遲[四]。深殿未嘗知暑氣，水精簾拂砌琉璃[五]。

其四

玉壺冰彩瑩寒光，避暑宸游樂未央[六]。採艾不須禳毒沴，塗椒自已馥清香[七]。

其五

蘭苕擢秀迎風紫，槿豔繁開照日紅[八]。嘉節相望傳有舊，深宫行樂自無窮。

【題　解】　原輯《内制集》卷六，繫嘉祐四年。作於是年春夏間，時任翰林學士、史館修撰，主修《唐書》，兼給事中，同提舉在京諸司庫務。組詩寫端午風俗，宫中節慶，祝皇后長壽，頌天下太平。語言清麗，含思婉轉。

【注　釋】

〔一〕五色縷：五色絲綫。《淵鑑類函・歲時・五月五日》引《風土記》：「〔端午〕造百索繫臂，一名長命縷，一名續命縷，一名辟兵縷，一名五色縷，一名五色絲，一名朱索，又有條達等織組雜物以相贈遺。」　繭館覆柔桑：端午用蠶絲做彩綫。　續壽：祝賀長生，增加年壽。

〔二〕「榴繁」句：石榴花葉繁盛，如同火焰燃燒。

〔三〕翠筒：包粽子所用緑葉卷成的筒狀。　角黍：即粽子。以箬葉或蘆葦葉等裹米蒸煮使熟。狀如三角，古用黏黍，故稱。《太平御覽》卷八五一引晉周處《風土記》：「俗以菰葉裹黍米，以淳濃灰汁煮之令爛熟，於五月五日及夏至啖之。一名糉，一名角黍。」

〔四〕「煙含」二句：初夏之際，微風習習，白天日漸變長。　漏出遲：白天變長，似更漏緩慢。

〔五〕水精簾：像水晶般的珠簾。　砌琉璃：如琉璃般的臺階。　琉璃：一種有色半透明的玉石。《後漢書・西域傳・大秦》：「土多金銀奇寶、有夜光璧、明月珠、駭雞犀、珊瑚、虎魄、琉璃、琅玕、朱丹、青碧。」

〔六〕「玉壺」二句：夜晚酌酒避暑之樂趣。宸游：帝王之巡游。唐蘇頲《奉和初春幸太平公主南莊應制》詩：「主第山門起灞川，宸游風景入初年。」未央：未盡，無已。

〔七〕採艾：宗懔《荆楚歲時記》：「五月五日，四民並蹋百草，有鬭百草之戲，採艾以爲人，懸門户上，以禳毒氣。」這裏反其意而用之。毒沴：惡氣，災氣。塗椒：皇后宫中以椒塗壁，取其香。《詩·唐風·椒聊》：「椒聊之實，蕃衍盈升。」椒：即花椒。芸香科，落葉灌木或小喬木，具有香氣。單數羽狀復葉。果實可做調味的香料，也可供藥用。其種子亦用以和泥塗壁。

〔八〕「蘭茝」二句：蘭花正迎風招展，木槿如日照般火紅，一片繁盛。

【附録】

組詩「其一」、「其二」兩首輯入宋蒲積中《歲時雜詠》卷二一，「其一」又輯入清康熙《御選宋金元明四朝詩·御選宋詩》卷六一。

端午帖子詞·温成閣四首

其一

香黍筒爲粽，靈苗艾作人〔一〕。芳音邈已遠，節物自常新〔二〕。

其二

珠箔涼飇入，金壺晝刻長〔三〕。鸞臺塵不動，銷盡故時香〔四〕。

其三

聞説仙家事杳微〔五〕，世傳真僞豈能知。遥思海上三山樂，寧記人間五日時〔六〕。

其四

雲散風流歲月遷，君恩曾不減當年〔七〕。非因掩面留遺愛，自爲難忘窈窕賢〔八〕。

【題解】

原輯《内制集》卷六，繫嘉祐四年。作於是年春夏間，時任翰林學士、史館修撰，主修《唐書》，兼給事中，同提舉在京諸司庫務。温成，即張貴妃，仁宗后妃。《宋史·后妃傳上》：「張貴妃，河南永安人也。祖穎，進士第，終建平令。父堯封，亦舉進士，爲石州推官卒……妃幼無依，錢氏遂納于章惠皇后宫寢。長得幸，有盛寵。妃巧慧多智數，善承迎，勢動中外。慶曆元年，封清河郡君，歲中爲才人，遷修媛。忽被疾，曰：『妾姿薄，不勝寵名，原爲美人。』許之。皇祐初，進貴妃。後五年薨，年三十一。仁宗哀悼之，追册爲皇后，謚温成。」組詩哀悼並追思温成皇后，亦委婉規戒君主遠離女色。意象清雅，哀思綿遠。

【注釋】

〔一〕香黍筒：宗懔《荆楚歲時記》引周處《風土記》：「爲角黍，人並以新竹爲筒粽。」艾作人：

《荆楚歲時記》：「採艾以爲人，懸門户上，以禳毒氣。」艾能禳毒氣，故稱靈苗。

〔二〕「芳音」二句：斯人已去，但節物依舊常新。節物：應時令的景物。

〔三〕珠箔：即珠簾。《漢武故事》：「武帝起神室，以白珠織爲箔。」李白《陌上贈美人》詩：「美人一笑褰珠箔，遥指紅樓是妾家。」涼颸：涼風。謝朓《在郡卧病呈沈尚書》詩：「珍簟清夏室，輕扇動涼颸。」金壺：即漏壺。

〔四〕鸞臺：妝臺。《敦煌曲子詞·天仙子》：「燕語鶯啼驚覺夢，羞見鸞臺雙舞鳳。」銷盡故時香：哀悼温成皇后，時已逝六年，故稱。

〔五〕杳微：深奥精微。韓愈《送窮文》：「傲數與名，摘抉杳微，高挹群言，執神之機。」

〔六〕三山樂：神仙之樂。三山：傳説中的海上三神山。王嘉《拾遺記·高辛》：「三壺，則海中三山也。一曰方壺，則方丈也；二曰蓬壺，則蓬萊也；三曰瀛壺，則瀛洲也。」

〔七〕雲散風流：王粲《贈蔡子篤》：「風流雲散，一别如雨。」此處借指男女情愛。掩面留遺愛：《漢書·外戚列傳》：「初，李夫人病篤，上自臨候之，夫人蒙被謝曰：『妾久寢病，形貌毁壞，不可以見帝。願以王及兄弟爲託。』上曰：『夫人病甚，殆將不起，一見我屬託王及兄弟，豈不快哉？』夫人曰：『婦人貌不修飾，不見君父。妾不敢以燕媠見帝。』上曰：『夫人弟一見我，將加賜千金，而予兄弟尊官。』夫人曰：『尊官在帝，不在一見。』上復言欲必見之，夫人遂轉鄉歔欷而不復言。於是上不説而起。夫人姊妹讓之曰：『貴人獨不可一見上屬託兄弟邪？何爲恨上如此？』夫人曰：『所以不欲見帝者，乃欲以深託兄弟也。我以容貌之好，得從微賤愛幸於上。夫以色事人者，色衰而愛弛，愛弛則恩絶。上所以攣攣顧念我者，乃以平生容貌也。今見我毀壞，顔色非故，必畏惡吐棄我，意尚肯復追思閔録其兄弟哉！』」

〔八〕窈窕賢：后妃之賢德。《詩·周南·關雎》：「窈窕淑女。」序云：「是以《關雎》樂得淑女以配君子，憂在進賢，不淫其色。哀窈窕，思賢才，而無傷善之心焉，是《關雎》之義也。」又云：「《關雎》，后妃之德也。」

端午帖子詞·夫人閣五首

其一

冰壺凝皓彩，水殿漾輕漣〔一〕。繡繭誇新巧，縈絲喜續年〔二〕。

其二

黄金仙杏粉，赤玉海榴房〔三〕。共鬭今朝勝，盈襜百草香〔四〕。

其三

光風細細飄香轉，緑葉陰陰覆檻涼。雲物鮮明時節麗〔五〕，水精宮殿侍君王。

其四

蓬萊仙闕彩雲中，端日欣逢歲歲同。皎潔霜紈空詠扇，深沉玉宇自生風〔六〕。

其五

古今風俗記佳辰，樂事深宮日日新。巧女金盤絲五色，皇家玉曆壽千春〔七〕。

【題　解】

原輯《内制集》卷六，繫嘉祐四年。作於是年春夏間，時任翰林學士、史館修撰，主修《唐書》，兼給事中，同提舉在京諸司庫務。組詩描寫端午風俗，宫中節慶，寓有勸諫之意。語言俊潔，清麗自然而藴藉。

【注釋】

〔一〕冰壺：借指月亮或月光。元稹《獻滎陽公》詩：「冰壺通皓雪，綺樹眇晴煙。」皓彩：光彩奕奕的彩絲。

〔二〕繡繭：用繭絲所作的彩綫。縈絲：糾結的絲縷。唐張祜《折楊柳》詩：「舞帶縈絲斷，嬌娥向葉嚬。」

〔三〕「黄金」二句：杏核製粉如黄金，海石榴花如紅玉。房：指花朵。李時珍《本草綱目·果三·檳榔》：「葉聚樹端，房構葉下，華秀房中，子結房外。」

〔四〕「共鬬」二句：《荆楚歲時記》：「五月五日謂之浴蘭節，四民並蹋百草之戲，採艾以爲人，懸門户上以禳毒氣，以菖蒲或鏤或屑以泛酒。按《大戴禮》曰：『五月五日，蓄蘭爲沐浴。』《楚辭》曰：『浴蘭湯兮，沐芳華。』今謂之浴蘭節。又謂之端午蹋百草，即今人有鬬百草之戲也。」盈襜：滿衣袖。

〔五〕「雲物」句：端午時節，陽光燦爛，景物絢麗鮮明。

〔六〕霜紈：潔白精緻的細絹。沈約《謝賜軨調絹等啟》：「霜紈雪委，霧縠冰鮮。」空詠扇：班婕妤詠扇哀傷宫女失寵，歐反其意而用之，稱仁宗不會冷落後宫夫人。漢班婕妤《怨歌行》：「新裂齊紈素，皎潔如霜雪。裁爲合歡扇，團團似明月。出入君懷袖，動摇微風發。常恐秋節至，涼風奪炎熱。棄捐篋笥中，恩情中道絶。」玉宇：華麗的宫殿。

〔七〕玉曆：原指正朔，引申爲曆數、國運。漢焦贛《焦氏易林·屯之蒙》：「山崩谷絶，大福盡竭。涇渭失紀，玉曆盡已。」　壽千春：祝福宋廷國運永盛。

【附　録】

組詩「其一」、「其二」輯入宋蒲積中《歲時雜詠》卷二一，「其一」、「其二」又輯入清康熙《御選宋金元明四朝詩·御選宋詩》卷六一。

原甫致齋集禧余亦攝事後廟謹呈拙句兼簡聖俞

受命分行攝上公，紫微人在玉華宫〔一〕。樓臺碧瓦輝雲日，蓮芰清香帶水風。每接少年嗟老病，尚能聯句惱詩翁〔二〕。凌晨已事追佳賞，緑李甘瓜興未窮〔三〕。

【題　解】

原輯《居士外集》卷七，繫嘉祐四年。作於是年四月九日，時孟夏薦饗太廟，歐攝太尉行事。胡《譜》：嘉祐四年「四月丁卯（三日），奏告今冬太廟親行祫饗之禮。癸酉（九日），孟夏薦饗，並攝太尉行事」。集禧，寺觀名。《汴京遺跡志》卷一〇引《宋朝會要》：「大中祥符八年五月詔：會靈觀池以『凝祥』爲名，園以『奉靈』爲名，觀以奉五嶽帝。仁宗時，觀火，既重建，改名曰『集禧』。」攝事，宋代舉行祭祀活動，往往由官員代行太尉、侍中等高官主持，或代皇帝祭告祖宗神靈，稱爲攝事。梅堯臣《宛陵先生集》卷二一有《次韻和永叔〈原甫致齋集禧〉》詩，劉敞《公是集》卷二三亦有詩《齋宿集禧觀戲酬永叔見寄，時永叔在後廟攝事》。本詩想像並比較劉敞致齋集禧與自己攝事後廟的情狀，抒發嗟病歎老的人生感慨。用典精切，對比鮮明，字裏行間洋溢彼此相知之情。

【注　釋】

〔一〕紫微人：指劉敞，時爲起居舍人。唐開元元年改中書省爲紫微省，中書舍人爲紫微舍人，宋沿唐習。　玉華宫：原指仙境，此指齋宫，即集禧觀。

〔二〕「每接」二句：每次與年輕人打交道，總感歎自己衰老多病，可還能勉强聯句賦詩打擾詩翁。詩翁：指梅堯臣。歐《答聖俞》詩：「人皆喜詩翁，有酒誰肯一醉之。」

〔三〕佳賞：即嘉賞，獎賞。江淹《雜體詩·王侍中懷德》：「賢主降嘉賞，金貂服玄纓。」　緑李甘瓜：並爲古代著名水果。緑李，水果名。《海録碎事》卷二二下《第果實名》：「李直方嘗第果實名如貢士者，以緑李爲首，楞梨爲副，櫻桃爲三，甘子爲四，蒲萄爲五。或薦荔支，曰：『寄舉之首。』」甘瓜，即甜瓜。《魏書·李諧傳》：「羞緑芰與丹耦，薦朱李及甘瓜。」

夏享太廟攝事齋宫聞鶯寄原甫

四月田家麥穗稠，桑枝生椹鳥啁啾〔一〕。鳳城緑樹知多少，何處飛來黄栗留〔二〕。

【題解】

原輯《居士集》卷一三，繫嘉祐四年。作於是年四月，時夏享太廟，詩人攝太尉行事。參見上詩題解。夏享，夏季祫享之禮。祫享，古代天子、諸侯宗廟祭禮之一。集合遠近祖先的神主于太祖廟大合祭。三年喪畢時舉行一次，次年禘祭後又舉行一次。《公羊傳·文公二年》：「大事者何？大祫也。大祫者何？合祭也。其合祭奈何？毁廟之主陳于大祖，未毁廟之主，皆升，合食于大祖。五年而再殷祭。」何休注：「殷，盛也。謂三年祫，五年禘。」原甫，即劉敞。劉敞《公是集》卷二九有《和永叔宿齋太廟聞鶯二韻》。本詩描寫麥熟鶯鳴，表現齋宫攝事的孤寂閒適，以及對美好大自然的喜愛與嚮往。聞鶯而想像成篇，詩語白描而風趣，句句入畫，字字傳情。

【注釋】

〔一〕「四月」二句：春夏之交的田園裏，麥子抽穗，桑樹結籽，小鳥鳴唱，一派生機勃勃。

〔二〕鳳城：京都的美稱。沈佺期《奉和立春游苑迎春》：「歌吹銜恩歸路晚，棲烏半下鳳城來。」黄栗留：即黄鸝。句下原注：「田家謂麥熟時鳴者爲黄栗留。出《詩》義。」陸機《陸氏詩疏》卷下之上《黄鳥于飛》云：「黄鳥，黄鸝留也，或謂之黄栗留。」

【附録】

此詩輯入祝穆《古今事文類聚》後集卷四五，又輯入明李蓘《宋藝圃集》卷九，又輯入清康熙《御選宋金元明四朝詩·御選宋詩》卷六五。

小飲坐中贈别祖擇之赴陝府

明日君當千里行，今朝始共一罇酒。豈惟明日難重持，試思此會何嘗有〔一〕。京師九衢十二門，車馬煌煌事奔走〔二〕。花開誰得屢相過，盞到莫辭頻舉手〔三〕。驢情落寞酒量減，置我不須論老朽〔四〕。奈何公等氣方豪，雲夢正當吞八九〔五〕。擇之名聲重當世，少也多奇晚方偶〔六〕。西州政事藹風謡，右掖文章焕星斗〔七〕。待君歸日我何爲，手把鋤犁汝陰叟〔八〕。

【題解】

原輯《居士集》卷八，繫嘉祐四年。作於是年初夏，時任翰林學士、史館修撰，主修《唐書》，兼給事中，同提舉在京諸司庫務。題下原注：「無擇。」祖無擇，字擇之，蔡州上蔡人。景祐五年進士，歷知南康軍、提點淮南、荆湖北路刑獄、廣東轉運使、知制誥、知開封府等職，元豐中主管西京御史臺，移知信陽軍。《宋史》卷三三一有傳。時祖氏出守陝郡，赴任前登門告别朋友，歐于《唐書》局置酒餞行，賦此詩送之。參見「附録」歐書簡《與祖學龍無擇》。陝府，即陝州，屬陝西路，治所在今河南陝縣。祖無擇《龍學文集》卷五載歐此詩及祖無擇和詩，並載吴奎、劉敞、范鎮、江休復、梅堯臣等和詩。其中吴奎和詩有云：「陝郡太守來告别，翰林主人爲置酒，急唤尋常詩酒伴，要誇此會爲難有。」祖無擇《龍學次韻和》亦云：「前日西行别翰林，爲我開樽飲之酒。」「顧我昏冥聞道晚，代謝春秋四十九。」可知祖無擇時年四十九歲。梅堯臣詩《次韻和永叔贈别擇之赴陝郊》存《宛陵先生集》卷二一，劉敞詩《依韻和永叔即席送擇之出守陝府》存《公是集》卷一六，范鎮詩《送祖龍學擇之赴陝府酌飲贈别次歐陽永叔韻》存《兩宋名賢小集》卷三九，吴奎、江休復和詩僅見於《龍學文集》附録。此書局之會，歐與友人詩酒酬唱，堪稱文壇佳話。詩歌讚美祖無擇的才華與政績，表達惜别之情與歸隱之思。語勢流暢，情感激昂，結構轉折跌宕，詩境沉鬱頓挫。

【注釋】

〔一〕「豈惟」二句：哪裏是怕明日分手時難以控制住自己的感情，試想當今文壇何曾有過這樣盛大的聚會。祖無擇《龍學次韻和》：「前日西行别翰林，爲我開樽飲之酒。高冠滿坐皆賢豪，談笑喧呼時各有。」明日難重持：沈約《别范安成》：「勿言一樽酒，明日難重持。」李善注：「蘇武詩曰：『我有一樽酒，將以贈遠人。』」劉良注：「勿以此一樽酒爲輕，生死無期，明日恐不得與之重持此也。持，執也。」

〔二〕九衢：縱横交叉的大道，繁華的街市。《楚辭·天問》：「靡蓱九衢，枲華安居。」王逸注：「九交道曰衢。」游國恩纂義：「靡蓱九衢，即謂其分散如九達之衢也。」十二門：唐都城長安一面三門，共十二門。後十二門代指長安，又借指京城。煌煌：明亮輝耀、光彩奪目貌。《詩·陳風·東門之楊》：「昏以爲期，明星煌煌。」朱熹集傳：「煌煌，大明貌。」

〔三〕「花開」二句：百花盛開時節難得相互過訪，應該盡情暢飲，享受生活。

〔四〕落寞：冷落，寂寞。唐辨才《設缸面酒款蕭翼》詩：「披雲同落寞，步月共裴回。」置：赦免。

〔五〕雲夢：古藪澤名。漢魏之前所指的雲夢範圍並不很大，晉以後雲夢澤的範圍越説越廣，把洞庭湖都包括在内。吞八九：司馬相如《上林賦》：「吞若雲夢者八九，其於胸中曾不蔕芥。」喻祖無擇等在座者年輕氣雄、酒量大，理應放開肚量痛飲。

〔六〕「擇之」二句：祖無擇名重當朝，晚年方纔婚娶。《宋史·祖無擇傳》：「無擇爲人好義，篤于師友，少從孫明復學經術，又從穆修爲文章。兩人死，力求其遺文匯次之，傳於世。以言語政事爲時名卿，用小累鍛煉放棄，訖不復振，士論惜之。」偶：指婚配。曾慥《高齋詩話》：「祖無擇晚娶徐氏，有姿色……歐公嘗作詩云：『無擇名聲重當世，早歲多奇晚方偶。』蓋爲此也。」

〔七〕「西州」句：祖無擇此番西行出任陝州太守，詩人希望他繼承召公遺風，惠愛其民，留下美名。西州：指陝西地區，即《詩經》中的「召南」，當年召公政績，即「政事藹風謡」。范鎮和詩有云：「甘棠雖云勿剪伐，未必從前不傷手。當時遺愛安在哉，賴有聲詩傳不朽……胸中藴蓄富術業，此行直欲古人偶。」可爲歐氏此句注脚。右掖文章：祖無擇曾任龍圖閣直學士、知制誥，文章辭采斑斕。右掖，唐時指中書省。因其在宫中右邊，故稱。掖，皇宫的旁垣或邊門。唐李乂、馬懷素《中宗十月誕辰内殿宴群臣效柏梁體聯句》：「鲰生侍從忝王枚，右掖司言實不才。」

〔八〕汝陰：潁州别稱。

【附 録】

《歐集》卷一四八《與祖龍學無擇》（嘉祐四年）：「自擇之使還，未嘗一得款奉。書局之會，幸出偶爾，遂成鄙句，兼邀坐客同賦。雖老拙非工，而諸君盛作，亦聊紀一時之事，謹以附遞致誠。當擇之西行，猶在齋禁，不得瞻違，實深爲恨。暑熱道路，不審尊候如何？惟冀以時自愛。」按：祖擇之離京西行之日，正值歐四月上旬齋禁之時，又由「暑熱」句，知西行時在暑夏。

葛立方《韻語陽秋》卷一三：「又歐陽永叔居官之日多，然志未嘗一日不在潁也……《送祖擇之》云：『待君今日我何爲，手把鉏犂汝陰叟。』……觀其思歸之言，重複如是，豈懷禄固位者哉？老杜云：『非無江海志，瀟灑送日月。生逢堯舜君，不忍便永訣。』此永叔志也。」

荷葉

池面風來波瀲瀲，波間露下葉田田〔一〕。誰於水上張青蓋？罩却紅粧唱採蓮〔二〕。

【題解】

原輯《居士外集》卷七，無繫年，列嘉祐四年至七年詩間。作於嘉祐四年夏，時任翰林學士、史館修撰，主修《唐書》，兼給事中，同提舉在京諸司庫務。詩歌描摹池塘夏日蓮葉，詩景如畫。詩語冷豔，映襯作者的平和心態。末句的設問，引人遐思，韻致高遠。

【注釋】

〔一〕瀲瀲：水波流動貌。唐楊夔《送鄭谷》詩：「春江瀲瀲清且急，春雨濛濛密復疏。」田田：蓮葉盛密貌。《樂府詩集·相和歌辭一·江南》：「江南可採蓮，蓮葉何田田。」

〔二〕紅粧：紅花，此指荷花。蘇軾《海棠》詩：「秖恐夜深花睡去，高燒銀燭照紅妝。」唱採蓮：古樂府《江南》曲。

【附録】此詩輯入宋祝穆《古今事文類聚》後集卷三二、潘自牧《記纂淵海》卷九三，又輯入清康熙《御定佩文齋廣群芳譜》卷三一、《淵鑑類函》卷四〇七。

試筆

試筆消長日〔一〕，躭書遣百憂。餘生得如此，萬事復何求？黄犬可爲戒，白雲當自由〔二〕。無將一抔土，欲塞九河流〔三〕。

【題解】原輯《居士外集》卷七，無繫年，列嘉祐四年至七年詩間。作於嘉祐四年夏，時任翰林學士、史館修撰，主修《唐書》，兼給事中，同提舉在京諸司庫務。歐《試筆》書法之論，大都作於嘉祐中期備位二府之前。其中《試筆·風法華》有云：「余每見筆輒書，故江鄰幾比余爲風法華。」以江鄰幾逝於嘉祐五年四月十七日，又詩中有「消長日」之語，故繫于此夏。試筆，即練習書法。梅堯臣《宛陵先生集》

卷四六有《依韻和試筆偶書》詩。詩人借詠試筆抒寫人生體驗，以爲人生貴在自適，知足常樂，適可而止。詩語用事精切，看似平直，實質深婉，透露詩人飽經風霜之後憂讒畏譏的深層心理。

【注　釋】

〔一〕長日：本指夏至，此泛指夏季漫長的白天。據張《曆日天象》，本年五月五日戊戌「夏至」。庾信《周圓丘歌》其八：「乘長日，壞蟄户。」倪璠注：「又按《月令》『仲夏』云：『是月也，日長至。』《正義》曰：『長至者，謂此月之時日長之至極。太史漏刻，夏至晝漏六十五刻，夜漏三十五刻，是日長至也。』」

〔二〕「黄犬」二句：以李斯臨死前的悔悟，抒寫自己的人生體驗：人世可貴者不在於高官厚禄，而在於悠閒自由。《史記·李斯列傳》：「（秦）二世二年七月，具斯五刑，論腰斬咸陽市。斯出獄，與其中子俱執，顧謂其中子曰：『吾欲與若復牽黄犬俱出上蔡東門逐狡兔，豈可得乎！』遂父子相哭，而夷三族。」晉向秀《思舊賦》：「昔李斯之受罪兮，歎黄犬而長吟。」黄犬：原作「黄大」，據清歐陽衡編校《歐陽文忠公全集》改。白雲：空中白雲舒卷自如，喻歸隱。左思《招隱詩》其一：「白雲停陰岡，丹葩曜陽林。」

〔三〕「無將」二句：一個人的一生非常渺小，應知難而退，不要企圖以一抔黄土去堵塞黄河巨流。一抔土：一捧之土，極言其少。亦指一個反用李白《北風行》詩：「黄河捧土尚可塞」之意。

人，古以爲人死葬變爲一抔黄土，故稱。　九河：禹時黄河的九條支流，後爲古代黄河下游許多支流的總稱。

聖俞惠宣州筆戲書

聖俞宣城人，能使紫毫筆〔一〕。宣人諸葛高，世業守不失〔二〕。緊心縛長毫，三副頗精密。硬軟適人手，百管不差一〔三〕。京師諸筆工，牌榜自稱述。纍纍相國東，比若衣縫蝨〔四〕。或柔多虚尖，或硬不可屈。但能裝管榻，有表曾無實。價高仍費錢，用不過數日。豈如宣城毫，耐久仍可乞〔五〕。

【題　解】

原輯《居士外集》卷四，無繫年，列至和二年至嘉祐五年詩間。作於嘉祐四年夏，參見上詩題解。梅堯臣寄贈宣州諸葛高筆，歐爲賦此詩。梅堯臣《宛陵先生集》卷二一有《次韻永叔試諸葛高筆戲書》詩，朱東潤亦繫今年。宣州筆，《宋稗類鈔》卷三二云：「宣州筆工諸葛氏，自右軍以來，世其業，其筆制散卓也。當元符、崇寧時，士大夫如米元章輩之好事者，爭所寶愛，亦皆散卓耳。」作者以詩代書，游戲筆墨，讚美諸葛高筆之佳美，詠誦與梅氏之友情。開篇先述宣州筆「硬軟適人手，百管不差一」，繼而議論京師筆工雖好，但往往名實不副，價高而不耐用。實質以莊寓諧，揭示事理，告誡人們觀察事物不要徒見外表，而要察看其内在本質。通篇議論，觸處生輝，既富有形象，又寓含哲理。

【注　釋】

〔一〕紫毫筆：毛筆的一種。産于安徽宣城，用紫色兔毛製成。

〔二〕「宣人」二句：宣州人諸葛高世代以製筆爲業。諸葛高：宋代製筆名工，生卒不詳，宣州（今安徽宣城）人，爲唐代製筆名工諸葛氏後代，擅製「散卓筆」。《江南通志》卷一七一《人物志》：「宋諸葛高世工製筆，梅堯臣《次歐陽修試諸葛筆》詩云：『筆工諸葛高，海内稱第一。』林逋云：『頃得宛陵葛生筆，如麾百勝之師，横行紙墨，所向如意。』」宋蔡絛《鐵圍山叢談》卷五：「宣州諸葛氏，素工管城子，自右軍以來世其業，其筆制散卓也……又幼歲當元符、崇寧時，與米元章輩士大夫之好事者爭寶愛，每遺吾諸葛氏筆，又皆散卓也。及大觀間偶得諸葛筆，則已有黄魯直樣作棗心者。」

〔三〕「緊心」四句：述寫諸葛氏製筆技藝高超。梅堯臣《次韻永叔試諸葛高筆戲書》：「筆工諸葛高，海内稱第一。」黄庭堅《筆説》：「宣城諸葛高繫散卓筆，大概筆長寸半，藏一寸于管中，出其半，削管洪纖與半寸相當。其撚心用栗鼠尾，不過三株耳，但要副毛得所，則剛柔隨人意，則最善筆也。栗尾，江南人所謂蛣蛉鼠者。」三副：指三種毛筆，即栗尾、棗核、散卓。黄庭堅《林爲之送筆戲贈》詩：「閻生作三副，規摹宣城葛。」

〔四〕「京師」四句：京城製筆作坊比比皆是，且名目繁多。相國：相國寺。《大清一統志》卷一五〇《開封府》：「大相國寺在府治東北，齊天保六年始建，名曰『建國』。唐睿宗改爲『相國寺』。宋至道二年重建，題寺額曰『大相國寺』。宋孟元老《夢華録》：相國寺每月五次開放，萬姓交易，又遼使入朝見訖，翌日詣大相國寺燒香。」

〔五〕「或柔」八句：京師筆工模仿諸葛氏筆，但徒得其表，價錢且高。不如宣城紫毫筆耐用，用壞了還可向梅堯臣再討要。

【附録】

此詩輯入清康熙《御定佩文齋詠物詩選》卷一七九、吳之振《宋詩鈔》卷一二、陳焯《宋元詩會》卷一〇。

答劉原父舍人見過後中夜酒定復追昨日所覽雜記並簡梅聖俞之作

君子忽我顧，貧家復何有。虚堂來清風，佳果薦濁酒〔一〕。簡編記遺逸，論議相可否〔二〕。

欲知所書人，其骨多已朽〔三〕。前者既已然，後來寧得久。所以昔人云，杯行莫停手〔四〕。

【題解】

原輯《居士集》卷七，繫嘉祐四年。作於是年夏，時因病告假，僦居城南數十日。劉原父，即劉敞，生平參見本書《答原父》題解。劉敞《公是集》卷一九《同梅二十五飲永叔家觀所抄集近事》詩云：「觀書太史氏，全性市門翁。」梅堯臣《宛陵先生集》卷二一詩《謹賦》亦云：「自言信手書，字字事有因，往往得遺逸，烜赫見名臣。」此「抄集近事」之《雜記》，當爲保存當代史料而作。嚴傑《歐陽修年譜》疑其爲歐氏《歸田録》，《歸田録序》有云：「《歸田録》者，朝廷之遺事，史官之所不記，與夫士大夫笑談之餘而可録者，録之以備閒居之覽也。」可參考。本詩追敘朋友造訪，議論史著《雜記》，抒發人生感慨。詩語簡勁，叙議雜出，頗近漢魏古調。

【注釋】

〔一〕「君子」四句：劉敞忽然造訪寒舍，秖有清風、濁酒、佳果相招待。劉敞《同梅二十五飲永叔家觀所抄集近事》：「陶公一畝宅，尤愛北窗風。心遠地成僻，客來樽不空。」我顧：卷後校記云：「一作『顧我』。」佳果：校記云：「一作『佳景』。」

〔二〕「簡編」二句：詩人鈔編的《雜記》，記載前朝遺聞逸事，其間偶爾發表的議論，劉敞與自己互存異同。

〔三〕「欲知」二句：《雜記》所記録的人物，大都早已作古。

〔四〕「前者」四句：前人難免一死，我等後來人又豈能長生不老，還是趁著一息尚存多多飲酒行樂吧。昔人云：韓愈《贈鄭兵曹》詩：「杯行到君莫停手。」又《岳陽樓别竇司直》：「杯行無留停。」

有贈余以端谿緑石枕與蘄州竹簟皆佳物也余既喜睡而得此二者不勝其樂奉呈原父舍人聖俞直講

端谿琢出缺月樣，蘄州織成雙水紋〔一〕。呼兒置枕展方簟，赤日正午天無雲。黄琉璃光緑玉潤，瑩淨冷滑無埃塵〔二〕。憶昨開封暫陳力，屢乞殘骸避煩劇。聖君哀憐大臣閔，察見衰病非虚飾。猶蒙不使如罪去，特許遷官還舊職〔三〕。選材臨事不堪用，見利無慙惟苟得〔四〕。一從僦舍居城南，官不坐曹門少客。自然唯與睡相宜，以懶遭閑何愜適〔五〕。從來羸茶苦疲困。況此煩歊正炎赫。少壯喘息人莫聽，中年鼻鼾尤惡聲。癡兒掩耳謂雷作，竈婦驚窺疑釜鳴〔六〕。蒼蠅蠛蠓任緣撲，蠹書懶架抛縱横〔七〕。神昏氣濁一如此，言語思慮何由清。嘗聞李白好飲酒，欲與鐺杓同生死。我今好睡又過之，身與二物爲三爾〔八〕。江西得請在旦暮，收拾歸裝從此始〔九〕。終當卷簟攜枕去，築室買田清潁尾〔一〇〕。

【題　解】

原輯《居士集》卷八，繫嘉祐四年。作於是年夏，時歐因病告假，僦居城南數十日。國家圖書館藏宋刻本校語：「碑本題作『有贈予以端谿石枕、蘄竹簟者，因呈原父、聖俞一首』。」歐書簡《與趙康靖公叔平》其四（嘉祐四年）：「自盛暑中忽得喘疾，在告數十日。近方入趨，而疾又作，動輒伏枕，情緒無悰。」同年《與王懿敏公仲儀》其六亦云：「某昨在府，几案之勞，氣血極滯，左臂疼痛，强不能舉。罷居城南，粗得安養。迄今病目，尚未復差……夏熱，爲國自重。」其間，劉敞饋贈端谿緑石枕與蘄州竹簟，歐氏不勝欣喜，爲贈此詩。端谿，在今廣東肇慶東南，産美石。蘄州，宋屬淮南路，治所在今湖北蘄春，以産竹著名。竹簟，即竹席。它與石枕同爲避暑之物。原父舍人，生平參見本書《答原父》題解。聖俞直講，參見本書《夜聞風聲有感，奉呈原父舍人、聖俞直講》題解。梅堯臣《宛陵先生集》卷二一有《次韻和永叔石枕與笛竹簟》，王安石《臨川先生文集》卷五亦有詩《次韻信都公石枕蘄簟》。本詩首六句描寫端溪石枕、蘄州竹簟的精美實用；次二十六句描繪朝廷恩許辭去開封府事，以及移居城南貪睡而懶散的生活情狀；末四句抒發退隱歸田之志向。詩人自嘲喜睡而閒逸，疏慵而懶散，讚頌朋友贈送端溪緑石枕與蘄州竹簟之美意，流露歸隱之思。全詩受韓愈詩

《嘲鼾睡二首》、《鄭群贈簟》的影響，題材趨於世俗化、生活化，風趣詼諧而略顯誇張，引領宋詩新格調。

【注　釋】

〔一〕端谿：指端溪石。　缺月樣：端溪緑石枕的形狀。　蘄州：指蘄州竹。可作簟、笛、杖。《廣群芳譜·竹譜·竹一》：「蘄竹出黄州府蘄州。以色瑩者爲簟，節疎者爲笛，帶鬚者爲杖。」　雙水紋：蘄州竹簟花紋之一。

〔二〕「呼兒」四句：暑日展放石枕、竹簟，光澤潤滑而清冷。

〔三〕「憶昨」六句：自己在開封任上力微負重，屢次上書請辭。承蒙仁宗可憐我，準辭府事並官還舊職。　陳力：盡力於職事。《論語·季氏》：「陳力就列，不能者止。」　煩劇：事務煩瑣沉重。　如罪：如，一作「加」。　遷官還舊職：胡《譜》嘉祐四年「二月戊辰，免開封，轉給事中，同提舉在京諸司庫務。」敕書有云：「可特授給事中，依前知制誥、史館修撰、充翰林學士、兼龍圖閣學士、提舉在京諸司庫務，仍舊刊修《唐書》、兼判秘閣秘書省，散官、勳、封賜如故。」

〔四〕「選材」二句：慚愧自己不堪重用，卻貪利受命。

〔五〕「一從」四句：詩人移居城南之後的生活變化及感受。　僦：租賃。　坐曹：猶坐班，指官吏在衙門裏辦公。　以懶遭閒：自己生性疏懶，又擔任閒官。歐書簡《與趙康靖公叔平》其三

（嘉祐四年）：「某昨衰病屢陳，蒙恩許解府事，雖江西之請未獲素心，而疲憊得以少休，豈勝感幸。」

〔六〕「從來」六句：衰病與酷夏使人容易疲倦，中青年的鼾聲卻令人受不了，小孩捂著耳朵以爲雷聲大作，廚娘跑向竈房以爲開水沸鳴。　羸苶：瘦弱疲憊。　煩歊：悶熱，煩躁。

〔七〕「蒼蠅」二句：因爲疲倦和懶散，我聽任蒼蠅、蟲子撲面亂飛，散亂的書籍也懶得收拾。梅堯臣《次韻和永叔石枕與笛竹簟》：「我吟困窮不可聽，晝夜蚊蚋蒼蠅聲。蠅如遠雞耳初感，蚊若隱雷空際鳴。」　蠛蠓：蟲名。體微細，將雨，群飛塞路。《文選・揚雄〈甘泉賦〉》：「歷倒景而絶飛梁兮，浮蠛蠓而撇天。」李善注引孫炎《爾雅》注：「蠛蠓，蟲小於蚊。」

〔八〕「嘗聞」四句：李白好飲酒，聲稱要與酒器二者同生死，我的好睡超過他，我與端溪石枕、蘄竹簟加起來可謂三者同命運。王安石《臨川先生文集》卷五《次韻信都公石枕蘄簟》：「端溪琢枕緑玉色，蘄水織簟黄金紋。翰林所寶此兩物，笑視金玉如浮雲。」　鐺杓：此指酒具，代指喝酒。　鐺，一種古代的温器。較小，有三足。用以把酒、茶等温熱。以金屬或陶、瓷等製成。李白《襄陽歌》：「舒州杓，力士鐺，李白與爾同死生。」杓，一種舀酒器。

〔九〕江西得請：本年正月，歐連呈《乞洪州第二劄子》、《乞洪州第三狀》、《乞洪州第四劄子》，乞罷府事獲準，出知洪州未果。但他仍然堅持請命，志在必得。

〔一〇〕潁尾：潁水下游，指潁州。

【附　録】

此詩輯入宋祝穆《古今事文類聚》續集卷一一，又輯入清吴之振《宋詩鈔》卷一二。

葛立方《韻語陽秋》卷一：「《歸叟詩話》載《鼾睡詩》一篇，以爲韓退之遺文，其實非也。所謂『有如阿鼻尸，長唤忍衆罪』，『鐵佛聞皺眉，石人戰摇腿』等句，皆不成語言，而厚誣退之，不亦冤乎？歐陽永叔有《謝人送枕簟詩》，因及喜睡，其曰『少壯喘息人莫聽，中年鼻鼾尤惡聲。癡兒掩耳謂雷作，竈婦驚窺疑釜鳴』，與前詩不侔矣。」

葛立方《韻語陽秋》卷一三：「又歐陽永叔居官之日多，然志未嘗一日不在潁也……《謝石枕蘄簟詩》云：『終當卷簟攜歸去，築室買田清潁尾。』……觀其思歸之言，重複如是，豈懷禄固位者哉？老杜云：『非無江海志，瀟灑送日月。生逢堯舜君，不忍便永訣。』此永叔志也。」

吴綺《嶺南風物記》：「端溪在肇慶羚羊峽，硯石産老坑。有三洞，曰西，曰東，曰中。西勝於中，中勝於東。」

送刁紡推官歸潤州

翹翹名家子，自少能慷慨。嘗從幕府辟，躍馬臨窮塞。是時西邊兵，屢戰輒奔潰。歸來買良田，俯首學秉耒〔一〕。家爲白酒醇，門掩青山對。優游可以老，世利何足愛〔二〕。奈何從所知，又欲向并代〔三〕。主人忽南遷，此計亦中悔〔四〕。彼在吾往從，彼去吾亦退。與人交若此，可以言節概〔五〕。

【題　解】

原輯《居士集》卷八，繫嘉祐四年。作於是年夏，時任翰林學士、史館修撰，主修《唐書》，兼給事中，同提舉在京諸司庫務。標題「推官」下原注：「一本無二字。」刁紡推官，字經臣，時任潤州推官。據張方平《樂全集》卷三九《刁公墓誌銘》及《宋史·刁衎傳》，刁紡爲刁湛之子、刁衎之孫，上有兄刁繹、刁約、刁紓等。《京口耆舊傳》卷一：「（刁）紡，字經臣，以父蔭入官，由户掾歷佐幕府。范公仲淹、歐陽公修皆有贈送之詩。」潤州，宋屬兩浙路，治所在今江蘇鎮江。梅堯臣《宛陵先生集》卷二三亦有《送刁經臣歸潤州兼寄曇師》詩，朱東潤亦繫今年。本詩描寫刁紡推官年少有志，不甘退隱，兩次游幕，卻壯志難酬。敘議結合，文氣慷慨，跌宕起伏，洋溢關愛之情。

【注　釋】

〔一〕「翹翹」八句：刁紡出身名門，從小慷慨豪爽，曾經從軍疆場，後來棄戎耕讀。翹翹：材智出衆之貌。名家子：名門後代。刁紡祖刁衎官至兵部郎中，預修《册府元龜》，《宋史》卷四四一有傳。父刁湛曾任夔州路轉運使、三司度支判官，官至刑部郎中。長兄刁繹，官揚州通判。

二兄刁約，曾官兩浙轉運使、判三司鹽鐵勾院等。秉耒：執耒，指躬耕。《禮記·祭義》：「是故昔者天子爲藉千畝，冕而朱紘，躬秉耒。」

〔二〕「家爲」四句：刁氏家庭生活優裕，世間名利不值得追求。梅堯臣《寄題刁經臣潤州園亭》詩云：「新作城邊圃，陂原上下斜。竹多劉裕宅，松接戴顒家。山色不須買，江流何處涯。但邀東海月，莫聽五更鴉。」

〔三〕并、代：并州和代州，北宋時與西夏接壤的邊地。并州，治所在陽曲（今山西太原），爲河東路治所。代州，治雁門縣（今山西代縣），隋以肆州改名，唐復置代州，亦曰雁門郡，宋曰代州。

〔四〕「主人」二句：所追隨的主人忽然貶官南方，從軍計畫於是擱淺。主人：李之亮《歐陽修集編年箋注》以爲詩中主人指「孫沔」，孫沔時任河東路經略安撫使。據《名臣碑傳琬琰之集》上卷二三畢仲游《孫威敏公沔神道碑》：「麟府將郭恩輕出軍敗，乃以公爲觀文殿學士、尚書禮部侍郎、河東路經略安撫使、知并州……上問公所在，欲召用，而言者果以飛語聞上。上不信，封其章示公。上適小不豫，言者乘而益讙，遂罷河東，知壽州，道貶寧國軍節度副使。」《長編》卷一八九嘉祐四年五月：「丙午，徙知并州、觀文殿學士、禮部侍郎孫沔知壽州。」中悔：中途反悔，後悔。王充《論衡·問孔》：「且本何善所見而使之王？後何惡所聞中悔不命？」

〔五〕「彼在」四句：受孫沔徵辟應該欣然從命，知己者離開并州可不必前往。如此的人際交往，可謂有節概之風。節概：志節氣概。《文選·左思〈吴都賦〉》：「士有陷堅之鋭，俗有節概之風。」李周翰注：「俗有志節梗慨之人。」

和原甫舍人閣下午寢歸有作

遥知好睡紫微郎，枕簟清薰緑蕙芳〔一〕。五色詔成人不到，萬年風動閣生涼〔二〕。平時下直歸宜早，陋巷相過意未忘〔三〕。揚子不煩多載酒，主人猶可具黄粱〔四〕。

【題　解】

原輯《居士外集》卷七，無繫年，列嘉祐四年至七年詩間。作於嘉祐四年夏秋間，時任翰林學士、史館修撰，主修《唐書》，兼給事中，同提舉在京諸司庫務。劉敞《公是集》卷二五《閣下午寢晚歸》有云：「蟬聲已覺迎秋急，雲物還驚過午涼。」梅堯臣《宛陵先生集》卷二一《次韻原甫〈閣下午寢晚歸見示〉》亦云：「殿閣風來夏日長，青林抽嫩見餘芳。」時值夏秋間。原甫舍人，即起居舍人劉敞。詩人吟詠朋友午寢晚歸，相邀飲酒爲樂。題詠醉吟閒適生活，仍見其傲岸氣骨與灑脱情懷。遺貌取神，語淺情深。詼諧風趣，生活氣息濃鬱。

【注釋】

〔一〕「遥知」二句：在石枕竹簟、清香宜人的環境中，起居舍人劉敞正在午睡。梅堯臣《次韻和原甫閣下〈午寢晚歸見示〉》：「殿閣風來夏日長，青林抽嫩見餘芳。簟供五吏詞休敏，簟展雙紋睡正涼。」紫微郎：舍人的别稱，唐代中書省稱紫薇省，故稱。白居易《紫薇花》詩：「獨坐黄昏誰是伴，紫薇花對紫微郎。」枕簟：卧具，當指清涼解暑的端溪緑石枕與蘄州竹簟。緑蕙芳：蕙草的芳香。《史記·司馬相如列傳》「掩以緑蕙」張守節正義云：「緑，王蒭也；蕙，薰草也。」顔師古云：「緑蕙，言蕙草色緑耳，非王蒭也。」

〔二〕五色詔：指詔書。晉陸翽《鄴中記》：「石季龍與皇后在觀上，爲詔書，五色紙，著鳳口中。鳳既銜詔，侍人放數百丈緋繩，轆轤回轉，鳳凰飛下，謂之鳳詔。鳳凰以木作之，五色漆畫，脚皆用金。」後因以「五色詔」代指詔書。萬年風：「萬年」爲木名。《文選·何晏〈景福殿賦〉》：「綴以萬年，綷以紫榛。」李善注：「《晉宫閣銘》曰：『華林園，萬年樹十四株。』」吕延濟注：「萬年、紫榛，木名。」

〔三〕平時：太平歲月。

〔四〕「揚子」二句：劉敞不必帶酒去，主人家尚有黄粱酒可以待客。揚子：揚雄。這裏指劉敞。不煩多載酒：《漢書·揚雄傳》：「家素貧，耆酒。人希至其門。時有好事者，載酒肴從游學。」歐詩反其意而用之。黄粱：黄小米，此指黄粱酒。梅堯臣《送懷州張從事仲賓》詩：「皁莢林初暗，黄粱酒未和。」或曰「黄粱」用「一枕黄粱」典實。

【附録】

劉壎《隱居通議》卷七以爲「五色詔成人不到，萬年風動閣生涼」一聯「足以想見當時太平氣象」，「誦其詩，想其景，則昇平氣象瞭然在目」。

夜聞風聲有感奉呈原父舍人聖俞直講

夜半群動息，有風生樹端。颯然飄我衣，起坐爲長歎〔一〕。苦暑君勿猒，初涼君勿歡。暑在物猶盛，涼歸歲將寒〔二〕。清霜忽以飛，零露亦漙漙。霜露本無情，豈肯私蕙蘭〔三〕。不獨草木爾，君形安得完。櫛髮變新白，鑑容銷故丹。風埃共侵迫，心志亦摧殘〔四〕。萬古一飛隼，兩曜雙跳丸〔五〕。擾擾賢與愚，流沙逐驚湍。其來固如此，獨久知誠難〔六〕。服食爲藥誤，此言真不刊。但當飲美酒，何必被輕紈〔七〕。

【題解】

原輯《居士集》卷八，繫嘉祐四年。作於是年初秋，時任翰林學士、史館修撰，主修《唐書》，兼給事中，同提舉在京諸司庫務。詩旨與《秋聲賦》大抵相同，寫作時間當相距不遠。詩中有云：「清霜忽以飛，零露亦漙漙。」梅堯臣《宛陵先生集》卷二一《次韻和永叔夜聞風聲有感》詩有句：「三伏已過二，炎赫應漸殘。」劉敞《公是集》卷九《奉和永叔夜聞風聲有感用其韻》詩亦云：「金火三伏交，束帶愁衣冠。」可知作於末伏初秋。本詩抒寫作者飽經風霜之後的人生感悟，以及感悟人生之後的超脱曠達。由物及人，議論風發，筆力矯健，情致委婉。

【注釋】

〔一〕「夜半」四句：夜半風起，有感起坐而歎。群動息：各種聲響都停息，非常靜謐。陶潛《飲酒》詩：「日入群動息。」颯然：迅疾、倏忽貌。杜甫《牽牛織女》詩：「颯然精靈合，何必秋遂通！」

〔二〕「苦暑」四句：暑涼變化，順應自然，各有苦樂，勿生厭歡之情。

〔三〕漙漙：露多貌。《詩·鄭風·野有蔓草》：「野有蔓草，零露漙兮。」毛傳：「漙漙然，盛多也。」私蕙蘭：霜風不會偏愛蕙蘭而減弱肅殺之氣。私，偏袒。

〔四〕「不獨」六句：草木受霜露侵襲而枯萎，人體受年齡、心志影響而衰殘。櫛髮：梳理頭髮，古代成年人櫛髮。因以借指年長。鑑容銷故丹：鏡子裏的容貌變得衰老，失去原先的紅潤。

〔五〕「萬古」二句：光陰似箭，日月如梭。飛隼：鳥名。隼，鷹類，兇猛善飛。萬古光陰短暫得就如飛隼一閃而過。兩曜：日月。李白《古風五十九首》其二：「浮雲隔兩曜，萬象昏陰霏。」跳丸：日月就像兩顆跳動的小球丸那樣迅速快疾。韓愈《秋懷詩十一首》其九：「憂愁費晷景，日月如跳丸。」

〔六〕「擾擾」四句：芸芸衆生當中，賢愚良莠混雜，塵俗競逐，大浪淘沙，要長久地守護住不變的自我確實很難。擾擾：紛亂貌，煩亂貌。驚湍：驚濤駭浪。

〔七〕「服食」四句：食丹服藥往往被丹藥所誤，人生在世秪該享受美酒，何必在乎華麗的服飾。詩句流露作者參悟人生之後的超脱曠達之情，其意脱胎於《古詩十九首》其十：「服食求神仙，多爲藥所誤。不如飲美酒，被服紈與素。」不刊：不可改變。輕紈：輕薄潔白的絹衣。《文選·劉鑠〈擬行行重行行〉》：「卧覺明燈晦，坐見輕紈緇。」

【附録】

此詩輯入清陳焯《宋元詩會》卷一〇。

黄震《黄氏日鈔》卷六一評曰：「『苦暑君勿厭，初涼君勿歡。暑在物猶盛，涼歸歲將寒』云云，『不獨草木爾，君形安得完』，此等善觀時變，感慨有味。」

霜

一夜新霜著瓦輕，芭蕉心折敗荷傾〔一〕。奈寒惟有東籬菊，金蘂繁開曉更清〔二〕。

【題解】

原輯《居士外集》卷七，無繫年，列嘉祐四年至七年詩間。作於嘉祐四年秋，時任翰林學士、史館修撰，主修《唐書》，兼給事中，同提舉在京諸司庫務。詩歌對比寒霜之下的芭蕉、敗荷形像，彰顯菊花的傲霜抗寒，讚頌其堅强品節。以花喻人，對比鮮明，立意新穎而涵蘊深刻。

【注釋】

〔一〕「一夜」二句：秋霜一來，芭蕉、蓮花衰殘不堪。著瓦：落在屋頂瓦片上。唐方干《冬夜泊僧舍》詩：「照牆燈焰細，著瓦雨聲繁。」

〔二〕東籬菊：陶潛《飲酒》詩：「採菊東籬下，悠然見南山。」奈寒：即「耐寒」，菊花素以傲霜耐寒著稱。元稹《菊花》詩：「不是花中偏愛菊，此花開後更無花。」黄巢《不第後賦菊》詩：「待到秋來九月八，我花開後百花殺。」

【附　録】

此詩輯入清康熙《御定佩文齋詠物詩選》卷三五七

景靈宫致齋

攝事衰年力不彊，誰憐岑寂卧齋坊〔一〕。青苔點點無人迹，緑葉陰陰覆砌涼〔二〕。玉宇清風來處遠，仙家白日静中長〔三〕。却視九衢車馬客，自然顔鬢易蒼蒼〔四〕。

【題　解】

原輯《居士集》卷一三，繫嘉祐四年。作於是年十月中旬，時仁宗朝饗景靈宫，歐氏攝侍中行事。卷末校記：「石本序云：某啟：景靈致齋書事奉懷審官糾察太學史院五君子，伏惟採覽，某上。」胡《譜》：嘉祐四年「十月壬申（十一日），車駕朝饗景靈宫；癸酉（十二日），祫太廟，並攝侍中行事。」景靈宫，奉祀宋太祖以下畫像。《汴京遺跡志》卷八：「景靈宫有二，在城内端禮街東、西。宋大中祥符五年十一月建，奉藝祖以下御容在内。」景靈宫致齋，《宋史·禮志四·明堂》：「九月二十四日未漏上水一刻，百官朝服，齋於文德殿。明日未明二刻，鼓三嚴，帝服通天冠、絳紗袍，玉輅。警蹕，赴景靈宫，即齋殿易衮圭，薦享天興殿畢，詣太廟宿齋。」梅堯臣《宛陵先生集》卷五七有《依韻和永叔景靈致齋見懷》詩。本詩描寫清靜孤寂的景靈宫，反映肅穆清幽的齋戒生活。景物超塵脱俗，詩語澹遠飄逸，如坐神界仙風。

【注釋】

〔一〕攝事：仁宗朝饗景靈宫，歐氏攝侍中行事。故云。　岑寂：寂寞，孤獨冷清。　齋坊：齋戒的居室，即景陵宫。坊，原本校記：「一作『房』。」

〔二〕「青苔」二句：以青苔、緑葉反襯齋房的冷落淒清，人跡罕至。梅堯臣《依韻和永叔景靈致齋見懷》：「高樹黄鸝無去意，深廊朱幕動微涼。」　砌：石階。

〔三〕玉宇清風：南朝宋劉鑠《擬古·擬〈明月何皎皎〉》：「玉宇來清風。」　仙家白日：唐秦系《送王道士》詩：「仙家日月長。」仙家，指仙人住處。

〔四〕「却視」二句：回看人間凡塵，人們一個個很快變成白髮蒼顏。　顔鬢：容顔和鬢髮。

【附録】

此詩輯入明李濂《汴京遺跡志》卷二三。

會飲聖俞家有作兼呈原父景仁聖從

憶昨九日訪君時，正見堦前兩叢菊。愛之欲繞行百匝，庭下不能容我足。折花却坐時嗅之，已醉還家手猶馥〔一〕。今朝我復到君家，兩菊堦前猶對束。枯莖槁葉苦風霜，無復滿叢金間緑〔二〕。京師誰家不種花，碧砌朱欄敞華屋。奈何來對兩枯株，共坐窮簷何局促〔三〕。詩翁文字發天葩，豈比青紅凡草木。凡草開花數日間，天葩無根長在目〔四〕。遂令我每飲君家，不覺長餅卧牆曲。坐中年少皆賢豪，莫怪我今雙鬢禿〔五〕。須知朱顔不可恃，有酒當歡且相屬〔六〕。

【題　解】

原輯《居士集》卷八，繫嘉祐四年。作於是年十一月下旬，時任翰林學士、史館修撰，主修《唐書》，兼給事中，同提舉在京諸司庫務。梅堯臣《宛陵先生集》卷二二《次韻和永叔飲余家詠枯菊》即和此作，有云：「今年重陽公欲來，旋種中庭已開菊……自兹七十有三日，公又連鑣入余屋。」可知此詩作於重陽後七十三日，即十一月二十三日，同卷梅氏有詩《十一月二十三日歐陽永叔、劉原甫、范景仁、何聖從見訪之什》，亦可佐證。原父，即劉敞。生平參見本書《答原父》題解。景仁，即范鎮，時爲中書舍人。參見本書《答王内翰、范舍人》題解。聖從，即何郯，成都人。景祐進士，歷監察御史、知河南府等職，官至尚書右丞。《宋史》卷三二二有傳。詩人叙寫兩次到梅堯臣家飲酒賞菊的情狀，讚美梅氏詩才，自嘲老病衰殘，感歎人生易老、好景不長，流露及時行樂思想。筆調幽默詼諧，文思睿智戲謔。託物詠懷，融情于景，詩中的枯菊形像，儼然是詩人自身寫照。

【注釋】

〔一〕「憶昨」六句：上次重陽節拜訪梅堯臣時，愛賞其庭院兩叢菊花，享受酒醉和花香。劉敞《公是集》卷一八《和永叔十二韻》（次韻）：「憶昔重陽醉共賞，已落紗帽歡不足。誰令繁霜逼芳意，坐使嚴風卷餘馥。」　繞行百匝：韓愈《詠李花》詩：「所以獨繞百匝至。」

〔二〕「今朝」四句：如今再次會飲時，兩叢菊花已經枯萎。梅堯臣《次韻和原甫陪永叔、景仁、聖從飲余家題庭中枯菊之什》：「九日車馬過，我庭黄菊鮮。重來逾七句，枯蕚無復妍。」

〔三〕「京師」四句：京師有花可賞，爲何來寒舍賞此殘株？　何局促：多麼受束縛，不得舒展。

〔四〕「詩翁」四句：就因爲梅堯臣詩歌像天葩，非一般自然花草可比。　天葩：非凡的花，喻秀逸的詩文。韓愈《醉贈張秘書》詩：「東野動驚俗，天葩吐奇芬。」　凡草木：泛比一般才情之人。歐《和聖俞〈唐書局後叢莽中得芸香一本〉之作用其韻》：「可嗟凡草木，糞壤自青紅。」

〔五〕「遂令」四句：每次與青年才俊在此飲酒，都是空瓶堆滿牆角，無人嫌棄我老朽。長缾卧：酒盡缸空。缾，即瓶，酒缸。宋吴曾《能改齋漫録》卷七《酒盡卧空瓶》：「東坡《病中大雪》詩『飲雋瓶屢卧』，趙夔注云：歐陽詩：『不覺長瓶卧。』張籍詩：『酒盡卧空瓶。』」

〔六〕「須知」二句：青春不常在，有酒且暢飲，及時享受生活。相屬：彼此勸酒。屬，斟酒相勸。韓愈《八月十五夜贈張功曹》詩：「沙平水息聲影絶，一杯相屬君當飲。」

【附録】

此詩輯入清吴之振《宋詩鈔》卷一二、陳焯《宋元詩會》卷一〇。

周必大《文忠集》卷一七八：「予謂紫芝論俗子改易張文潛詩，是也。至引『櫻桃欲破紅』謂不應改『破』作『綻』，梅『粉』不應改作『葩』，云是惡字，豈可入詩。然則『紅綻雨肥梅』，不應見杜子美詩。『詩正而葩』，不應見韓退之《進學解》。『天葩無根長在目』，不應見歐陽永叔長篇。況古今詩人亦多用之，豈可如此論詩邪？」

依韻奉酬聖俞二十五兄見贈之作

與君結交游，我最先衆人。我少既多難，君家常苦貧。今爲兩衰翁，髮白面亦皴〔一〕。念君懷中玉，不及市上珉。珉賤易爲價，玉棄久埋塵。惟能吐文章，白虹射星辰〔二〕。幸同居京城，遠不隔重闉。朝罷二三公，隨我如魚鱗〔三〕。君聞我來喜，置酒留逡巡。不待主人請，自脱頭上巾〔四〕。歡情雖漸鮮，老意益相親〔五〕。窮達何足道，古來兹理均〔六〕。

【題　解】

原輯《居士集》卷八，繫嘉祐四年。作於是年十一月下旬，時任翰林學士、史館修撰，主修《唐書》，兼給事中，同提舉在京諸司庫務。聖俞二十五兄，即梅堯臣。梅堯臣有詩贈歐陽修、劉敞、范鎮、何郯，即《宛陵先生集》卷二二《十一月二十三日歐陽永叔、劉原甫、范景仁、何聖從見訪之什》，此爲歐氏依韻唱和詩。詩歌前半部分感傷梅堯臣材高位卑，後半部分描寫公餘登門造訪，飲酒爲樂。以文爲詩，筆墨酣暢，巧比妙喻，意韻深長。

【注　釋】

〔一〕「與君」六句：自己與梅堯臣結交最早，又是患難之交，而今已成兩衰翁。歐、梅天聖九年（一〇三一）於西京洛陽相識，今近三十年之久。

〔二〕「念君」六句：梅堯臣懷才不遇，幸其詩文噴吐光輝。懷中玉：《老子》七十章：「知我者希，則我者貴，是以聖人被褐懷玉。」玉，比喻賢材。市上珉：市面上兜售的假玉。鮑照《見賣玉器者》詩序：「見賣玉器者，或人欲買，疑其是珸，不肯成市。」歐反其意而用之，以爲珸似玉而價賤，易於成市，真玉倒無人識貨，難以成交。珸，似玉的美石。　白虹：日月周圍的白色暈圈。此處比喻文章像白虹貫日月一樣有氣勢，有力量，有光彩。《史記·鄒陽列傳》：「昔者荆軻慕燕丹之義，白虹貫日，太子畏之。」裴駰集解：「應劭曰：燕太子丹質于秦，始皇遇之無禮，丹亡去。故厚養荆軻，令西刺秦王，精誠感天，白虹爲之貫日也。」

〔三〕「幸同」四句：幸好同居一城，相隔不遠，公事之餘，劉敞、范鎮、何郯等跟隨我前往拜訪。　重闉：幾重宫門或城門。唐楊炯《渾天賦》：「列長垣之百堵，啟閶闔之重闉。」此稱「不隔重闉」，反用李商隱《宿駱氏亭寄懷崔雍崔袞》「相思迢遞隔重城」詩意。　如魚鱗：像魚兒一樣依次相連。《漢書·劉向傳》：「今王氏一姓乘朱輪華轂者二十三人，青紫貂蟬充盈幄内，魚鱗左右。」顔師古注：「言在帝之左右，相次若魚鱗也。」　二三公：指劉敞、范鎮、何郯等人。

〔四〕「君聞」四句：梅堯臣聞我等前來，高興地設宴相待，我等也不見外。　逡巡：徘徊不進，滯留。《後漢書·隗囂傳》：「舅犯謝罪文公，亦逡巡於河上。」李賢注：「逡巡，不進也。」　不待主人請：《三國志·蜀志·龐德傳》：「司馬德操嘗造龐德公，值其渡沔上先人墓，徑入其室。」

〔五〕「歡情」二句：歡樂之情雖然日漸減少，晚年交情卻是更加親近。

〔六〕「窮達」二句：人的交往應該榮悴如一，仕途窮達不值得計較，古往今來此理相同。　梅堯臣《十一月二十三日歐陽永叔、劉原甫、范景仁、何聖從見訪之什》：「夷門魏公子，來過抱關人，車馬立市中，貴義不恥貧。」

【附録】

此詩輯入明曹學佺《石倉歷代詩選》卷一四〇，又輯入清吴之振《宋詩鈔》卷一二。

黄震《黄氏日鈔》卷六一評曰：「『歡情雖漸鮮，老意益相親』，形容晚年交游之意最工。」

奉和劉舍人初雪

夜雪填空曉更飄，龍墀風冷珮聲高〔一〕。瓊花落處縈仙仗，玉殿光中認赭袍〔二〕。下直笑談多樂事，平時罇酒屬吾曹〔三〕。羨君年少才無敵，顧我雖衰飲尚豪〔四〕。

【題解】

原輯《居士外集》卷七，無繫年，列嘉祐四年至七年詩間。作於嘉祐四年冬，時任翰林學士、史館修撰，主修《唐書》，兼給事中，同提舉在京諸司庫務。劉舍人，即起居舍人劉敞。劉敞《公是集》卷二三有七律《初雪朝退與諸公至西閣》，同書卷五、卷二二、卷二八，另有三首題爲《初雪》的詩，分别爲五古、五律、七絶。本詩描寫早朝時的雪景及下朝後朋友間的飲酒笑談。詩語清雅，叙事議理之中，透見英豪之氣。

【注釋】

〔一〕龍墀：代指皇宮。《敦煌曲子詞・望江南》：「數年路隔失朝儀，目斷望龍墀。」 珮聲高：在風聲中，官員身上的佩玉發出清脆聲響。

〔二〕赭袍：即赭黃袍，天子所穿的袍服。因顏色赭黃，故稱。《新唐書・車服志》：「至唐高祖，以赭黃袍、巾帶爲常服……既而天子袍衫稍用赤黃，遂禁臣民服。」後世用以指代天子。

〔三〕下直：下班，此指下朝。

〔四〕「羡君」二句：羡慕你年少材高，本人值得自矜的是年老體衰尚能豪飲。是年歐五十三歲，劉敞年方四十一。

【附録】

劉壎《隱居通議》卷七以爲「瓊花落處縈仙仗，玉殿光中認赭袍」一聯「足以想見當時太平氣象」，「誦其詩，想其景，則昇平氣象瞭然在目」。

雪後玉堂夜直

雪壓宫牆鎖禁城，沉沉樓殿景尤清〔一〕。玉堂影亂燈交晃，銀闕光寒夜自明〔二〕。塵暗圖書愁獨直，人閒鈴索久無聲〔三〕。鑾坡地峻誰能到，莫惜宫壺酒屢傾〔四〕。

【題解】

原輯《居士外集》卷七，無繫年，列嘉祐四年至七年詩間。作於嘉祐四年冬，時任翰林學士、史館修撰，主修《唐書》，兼給事中，同提舉在京諸司庫務。玉堂，即翰林院。《漢書·李尋傳》：「久汙玉堂之署。」顔師古注：「玉堂殿在未央宫。」王先謙補注引何焯曰：「漢時待詔於玉堂殿，唐時待詔於翰林院，至宋以後，翰林遂並蒙玉堂之號。」此詩描寫翰林院值夜班的清冷景象，借詠雪後夜景，抒發孤獨寂寞之情。詩境冷清，情景交織，字裏行間洋溢宋人宋詩厚重的人文氣息。

【注釋】

〔一〕沉沉：宫室深邃貌。《史記·陳涉世家》：「入宫，見殿屋帷帳，客曰：『夥頤！涉之爲王沉沉者！』」裴駰集解引應劭曰：「沉沉，宫室深邃之貌也。」

〔二〕銀闕：月亮。月中有廣寒宫，故稱。蘇軾《中秋見月寄子由》：「一杯未盡銀闕湧，亂雲脱壞如崩濤。」《史記·封禪書》：「三神山者……諸仙人及不死之藥皆在焉。其物禽獸盡白，而黄金白銀爲宫闕。」

〔三〕「塵暗」二句：塵封的圖書，閒置的鈴索，襯託自己的孤寂、環境的清冷。鈴索：繫鈴的繩索。唐宋翰林院禁署嚴密，内外不得隨意出入，須掣鈴索打鈴以傳呼或通報。參見《久在病告，近方赴直，偶成拙詩二首》詩注〔一〕。

〔四〕鑾坡：翰林院别稱。程大昌《雍録》卷四《金鑾坡》：「金鑾坡者，龍首山之支隴，隱起平地而坡陀靡迤者也。其上有殿，既名之爲金鑾殿矣，故殿旁之坡，亦遂名曰金鑾坡也……（唐）德宗即之以造東學士院，而明命其實爲金鑾坡也，《韋執誼故事》曰：『置學士院後，又置東學士院於金鑾殿之西。』李肇《志》亦曰：『德宗移院於金鑾坡西也。』石林葉氏曰：『俗稱翰林學士爲坡。』蓋德宗時嘗移學士院於金鑾坡，故亦稱坡。此其説是也，而不言金鑾何以名坡，於事未白，予故詳言也。」

【附録】

馬端臨《文獻通考》卷五四《學士院》：「石林葉氏曰：學士院正廳曰『玉堂』，蓋道家之名。初，李肇《翰林志》末言居翰苑者，皆謂『淩玉清，遡紫霄』，豈止於『登瀛洲』哉！亦曰『登玉堂』焉。自是遂以『玉堂』爲學士院之稱，而不爲榜。太宗時，蘇易簡爲學士，上嘗語曰：『玉堂之設，但虚傳其說，終未有正名。』乃以紅羅飛白『玉堂之署』四字賜之。易簡即扃鐍置堂上。每學士上事，始得一開視，最爲翰林盛事。紹聖間，蔡魯公爲承旨，始奏乞摹就杭州刻榜揭之，以避英廟諱，去下二字，止曰『玉堂』云。」

對雪十韻

對雪無佳句，端居正杜門〔一〕。人閒見初落，風定不勝繁〔二〕。可喜輕明質，都無剪刻痕〔三〕。鋪平失池沼，飄急響窗軒〔四〕。惜不摇嘉樹，衝宜走畫轅〔五〕。寒欺白酒嫩，暖愛紫貂温〔六〕。遠靄銷如洗，愁雲晚更屯〔七〕。兒吟雛鳳語，翁坐凍鴟蹲〔八〕。病思驚殘歲，朋歡賴酒罇〔九〕。稍晴春意動，誰與探名園。

【題解】

原輯《居士集》卷一三，繫嘉祐四年。作於是年歲暮，時任翰林學士、史館修撰，主修《唐書》，兼給事中，同提舉在京諸司庫務。梅堯臣《宛陵先生集》卷二二詩《次韻和永叔對雪十韻》題下原注：「玉、月、梨、梅、柳絮、粉皆不用。」劉敞《公是集》卷二六《和永叔對雪次韻》詩、韓維《南陽集》卷八《和永叔雪》殘詩、張耒《柯山集》卷一五《用歐陽文忠韻雪詩》，均屬「禁體物語」詩。本詩描寫雪花飄飛的情景，展示雪景中的池沼、窗軒、嘉樹、道路及人物活動，同時借雪抒懷言志。以賦爲詩，鋪陳雪花雪景時摒棄古人詠雪常用的字眼，避熟就生，因難見巧，顯示「白戰體」的表現技巧與藝術魅力。

【注釋】

〔一〕「對雪」二句：閉門獨處，面對雪景無好詩。端居：謂平常居處。孟浩然《臨洞庭贈張丞相》詩：「欲濟無舟楫，端居恥聖明。」

〔二〕不勝繁：説不出的多。楊萬里詩《初夏三絶句》其三：「手種琅玕劣十年，今年新筍不勝繁。」

〔三〕「可喜」二句：雪花質地輕盈透明，毫無人工雕琢痕跡。

〔四〕「鋪平」二句：積雪將池塘鋪平掩蓋，風裹著雪花敲打窗户沙沙作響。

〔五〕衝：交通要道。《左傳·昭公元年》：「子南知之，執戈逐之。及衝，擊之以戈。」杜預注：「衝，交道。」畫轅：相當於畫轂，指裝飾華美的車子。宋林逋《寄錢紫微易》詩：「畫轂坊門遠，蒼苔掖署春。」

〔六〕「寒欺」二句：喝薄酒無法禦寒，穿貂裘纔能保暖。

〔七〕「遠靄」二句：遠處的山嵐好像被沖洗得一乾二淨，天上的陰雲到了晚間積聚得更加深厚。愁雲：謂雲煙慘澹，望之易於引發愁思。班倢伃《擣素賦》：「佇風軒而結睇，對愁雲之浮沉。」

〔八〕「兒吟」二句：小孩在吟誦清麗的詩句，老頭凍得象貓頭鷹一樣蜷縮蹲坐。雛鳳語：小兒童音吟誦。雛鳳，初生的鳳。此指兒童。李商隱《韓冬郎即席爲詩相送，一座盡驚。他日余方追吟，連宵侍坐，徘徊久之，句有老成之風，因成二絶寄酬，兼呈畏之員外》其一：「桐花萬里丹山路，雛鳳清於老鳳聲。」凍鴟蹲：受凍的鴟鳥蹲狀，比喻老翁受凍瑟縮的樣子。

〔九〕「病思」二句：身軀衰病更覺得歲末嚴寒，朋友歡聚要依賴喝酒助興。

【附　録】

此詩輯入清康熙《御選宋金元明四朝詩·御選宋詩》卷五七。

和武平學士歲晚禁直書懷五言二十韻

多病淹殘歲，初寒卧直廬。朝廷務清靜，鈴索少文書〔一〕。儒學今爲盛，優賢古莫如〔二〕。靚深嚴禁署，閒宴樂群居。賜馬聯金絡，清塵侍玉輿。討論三代盛，獻納萬機餘。號令存寛大，文章復古初。笑談揮翰墨，俄頃列瓊琚。夜漏銷宮燭，春暉上玉除。歌詩唐李杜，言語漢嚴徐〔三〕。自顧追時彦，多慙不鄙予〔四〕。無鹽煩刻畫，寒谷借吹噓〔五〕。朋友飛雖鷺，君臣在藻魚〔六〕。貪榮同衛鶴，取笑類黔驢〔七〕。皎皎心雖在，蕭蕭髮已疎。未知論報効，安得遂樵漁〔八〕。雲破西山出，江横畫閣虚〔九〕。餘生歎勞止，搔首念歸歟。引綬誇民吏，椎牛會里閭。一麾終得請，此計豈躊躇〔一〇〕。

【題　解】

原輯《居士集》卷一三，繫嘉祐四年。作於是年歲暮，時任翰林學士、史館修撰，主修《唐書》，兼給事中，同提舉在京諸司庫務。題下原注：「用其韻。」武平學士，即胡宿，字武平，常州晉陵人，時爲翰林學士。兩年後拜樞密副使，官至觀文殿學士、知杭州。《宋史》卷三一八有傳。此詩和胡宿《文恭集》卷五《歲晚禁直呈承旨侍郎、同院五學士》。據宋洪遵《翰苑群書》卷一〇《學士年表》，「同院五學士」爲胡宿、歐陽修、孫抃、吴奎、王珪。韓維《南陽集》卷四《和永叔言懷》所和者即此詩。本詩作者以文學侍從的身份，歌頌右文國策，褒揚聖朝美政，自愧才拙，流露歸思。詩歌論今議古，縱横豪逸，語勢淩厲，意境沉鬱。

【注　釋】

〔一〕「多病」四句：歲末殘冬，帶病值班，公務清静，甚覺寂寥。韓維《和永叔言懷》：「弱歲抱衰病，掩關卧園廬。端居寡人事，永日惟對書。」直廬：值班。鈴索：繫鈴的繩索。唐宋翰林院禁署嚴密，内外不得隨意出入，須掣鈴索打鈴以傳呼或通報。參見《久在病告，近方赴直，偶成拙詩二首》詩注〔二〕。

〔二〕「嚮學」二句：求學問道於今爲盛，禮賢優士古不如今。

〔三〕「靚深」十四句：叙寫翰林院公務及歌詩宴飲生活。靚深：幽靜深邃。揚雄《甘泉賦》：「帷弸環其拂汨兮，稍暗暗而靚深。」金絡：金製的馬籠頭。玉輿：皇帝所乘之車，代指皇帝。三代：夏、商、周。《論語·衛靈公》：「斯民也，三代之所以直道而行也。」獻納：獻忠言供採納。班固《〈兩都賦〉序》：「故言語侍從之臣，若司馬相如……之屬，朝夕論思，日月獻納。」萬機：又作萬幾。《尚書·皋陶謨》：「無教逸欲有邦，兢兢業業，一日二日萬幾。」孔傳：「幾，微也，言當戒懼萬事之微。」後以「萬機」指帝王日常處理的紛繁的政務。號令存寬大：外出號令以寬大爲懷。文章復古初：文章寫作以古文爲標準。瓊琚：喻精美的詩文。玉除：玉階，用玉石砌成或裝飾的臺階，亦用作石階的美稱。《文選·曹植〈贈丁儀〉》：「凝霜依玉除，清風飄飛閣。」李善注：「玉除，階也。」此處借指朝廷。嚴、徐：漢嚴安、徐樂的並稱。漢武帝時二人上書言事，皆拜郎中。見《史記·平津侯主父列傳》。亦泛指有才識之士。

〔四〕追時彦：追隨時代俊傑。不鄙予：不鄙棄我。

〔五〕「無鹽」二句：自己好比醜女，並無姿色，秖是借助別人聲望來成就自己。無鹽：亦稱「無鹽女」。即戰國時齊宣王后鍾離春。因是無鹽人，故名。漢劉向《古列女傳》卷六《齊鍾離春》：

「鍾離春者，齊無鹽邑之女，宣王之正后也。其爲人極醜無雙，臼頭深目，長指大節，卬鼻結喉，肥項少髮，折腰出胸，皮膚若漆。」無鹽爲人有德而貌醜。後常用以代稱醜女。　寒谷借吹噓：漢劉向《七略别録・諸子略》：「鄒衍在燕，有谷地美而寒，不生五穀，鄒子居之，吹律而温至黍生，至今名黍谷。」王充《論衡・定賢》：「夫和陰陽，當以道德至誠。然而鄒衍吹律，寒谷更温，黍穀育生。」寒谷，山谷名，一名黍谷。

〔六〕雝鷺：《詩・周頌・振鷺》：「振鷺于飛，於彼西雝。」鄭箋：「白鳥集於西雝之澤，言所集得其處也。興者，喻杞宋之君有潔白之德。」此喻朋友品德高尚，同在翰林，實得其所。　藻魚：水藻和游魚，喻君臣關係密切。《詩・小雅・魚藻》：「魚在在藻。」鄭箋：「藻，水草也。魚之依水草，猶人之依明王也。」

〔七〕「貪榮」二句：謙稱自己有如衛鶴、黔驢，貪圖榮禄，虚有其表。　衛鶴：比喻貪圖榮華，濫叨封爵。《左傳・閔公二年》：「冬十二月，狄人伐衛。衛懿公好鶴，鶴有乘軒者。將戰，國人受甲者皆曰：『使鶴，鶴實有禄位，余焉能戰！』」　黔驢：即黔驢技窮，比喻徒有其表、技藝低下。可參見柳宗元《三戒・黔之驢》。

〔八〕「皎皎」四句：自己有心報國，無奈功業未竟，難以歸隱江湖。　皎皎：形容心底潔白貌。蕭蕭：形容頭髮斑白，雜亂。　樵漁：打柴和捕魚，指歸隱生活。

〔九〕西山：在洪州。《長編》卷一六宋太祖開寶八年九月：「道士周惟簡者，鄱陽人，隱居洪州西山。」江：指贛江。畫閣：指滕王閣，王勃《滕王閣》稱「畫閣」，故云。

〔一〇〕「餘生」六句：自己一生勞累，嚮往辭官歸隱，毫不猶豫地請求出爲郡守。勞止：勞苦。《詩·大雅·民勞》：「民亦勞止。」止，助詞，無義。引綬：民吏牽引著綬帶，指拉著官服，以示禮貌或好奇。椎牛：殺牛。《韓詩外傳》卷七：「是故椎牛而祭墓，不如雞豚之逮親存也。」一麾終得請：終要請得出知洪州。一麾，一面旌麾。舊時作爲出爲外任的代稱。

明妃曲和王介甫作

胡人以鞍馬爲家，射獵爲俗。泉甘草美無常處，鳥驚獸駭爭馳逐〔一〕。誰將漢女嫁胡兒，風沙無情貌如玉。身行不遇中國人，馬上自作思歸曲〔二〕。推手爲琵却手琶，胡人共聽亦咨嗟〔三〕。玉顏流落死天涯，琵琶却傳來漢家〔四〕。漢宮爭按新聲譜〔五〕，遺恨已深聲更苦。纖纖女手生洞房〔六〕，學得琵琶不下堂。不識黄雲出塞路，豈知此聲能斷腸〔七〕！

【題解】

原輯《居士集》卷八，繫嘉祐四年。作於是年，時任翰林學士、史館修撰，主修《唐書》。明妃，即王嬙，秭歸今屬湖北省人。漢元帝時宮女，漢與匈奴和親，遠嫁呼韓邪單于。王嬙本字昭君，晉時避司馬昭之諱，改稱明君或明妃。王介甫，即王安石。《長編》卷一八九嘉祐四年五月十九日：「度支判官、祠部員外郎王安石，累除館職，並辭不受，中書門下具以聞。詔令直集賢院，安石猶累辭，乃拜。」王安石《明妃曲二首》，今存《臨川先生文集》卷四，問世後一時名流皆有和作，如梅堯臣《宛陵先生集》卷二三《和介甫明妃曲》、劉敞《公是集》卷一八《同永叔和介甫昭君曲》、《曾鞏集》卷四《明妃曲二首》、司馬光《傳家集》卷五《和王介甫明妃曲》等。本詩以昭君「自作思歸曲」所叙異域之苦，對比「漢宫」以其「新聲譜」取樂，表現明妃的不幸命運與憂傷情懷，曲折嘲諷宋廷苟且偷安的享樂風氣。詩語平易，夾叙夾議，又不流於淺俗。以小見大，寄慨遥深，筆勢逆曲，氣韻沉雄，不失爲歐得意之作。嘉祐年間以歐爲中心、以競技創新爲特色的各式文酒詩會，尤其是此類同題唱和、連環唱和的詩歌創作活動，對宋詩技藝的提昇、主題的深化，基本特色的形成，作用尤爲明顯，它最終促使「宋調」形成。

【注　釋】

〔一〕「胡人」四句：化用李白《戰城南》詩「胡人以殺戮爲耕作」句意，描寫胡人的騎射游獵生活，暗示胡、漢之異。《史記·匈奴列傳》：「逐水草遷徙，毋城郭常處耕田之業……兒能騎羊引弓，射鳥鼠；少長則射狐兔，用爲食。士力能彎弓，盡爲甲騎。其俗寬則隨畜，因射獵禽獸爲生業；急則人習戰攻，以侵伐，其天性也。」　無常處：卷末校記：「石本作『隨山川』。」

〔二〕「誰將」四句：王昭君出塞在馬上作琵琶曲以寄託哀怨。歐將他人所作琴曲改爲明妃「自作」，有意借此翻新，發抒自我感歎。石崇《王明君詞序》：「昔公主嫁烏孫，令琵琶馬上作樂以慰其道路之思，其送明君亦必爾也，則知彈琵琶者乃從行之人，非行者自彈也。」中國：指中原地區。思歸曲：《古詩紀》卷一二王昭君《怨詩》：「父兮母兮，道里悠長。嗚呼哀哉，憂心惻傷。」

〔三〕「推手」二句：明妃以流落之苦譜曲思歸。《釋名·釋樂器》：「琵琶本出於胡中，馬上所鼓也。推手前曰琵，引手卻曰琶，象其鼓時，因以爲名也。」琵琶初名批把。

〔四〕「琵琶」句：此類樂器原流行於波斯、阿拉伯等地，漢代傳入我國。後經改造，圓體修頸，有四絃、十二柱，俗稱「秦漢子」。

〔五〕按：彈奏。

〔六〕纖纖：女手柔細貌。《古詩十九首·青青河畔草》：「娥娥紅粉妝，纖纖出素手。」洞房：幽深的內室。多指卧室、閨房。《楚辭·招魂》：「姱容修態，絙洞房些。」

〔七〕「不識」二句：詩人感歎漢宮人不識出塞之苦，秖知呆在宮中無病呻吟地「按新聲」，哪裏知曉這種「遺恨」之聲更叫人肝腸欲斷。詩句揭示明妃「思鄉曲」「傳入漢家」後的錯位反響，對漢皇的抨擊溢於言表。黄雲：黄塵，沙塵。謝靈運《擬魏太子〈鄴中集〉詩·阮瑀》：「河洲多沙塵，風悲黄雲起。」一曰邊塞之雲。塞外沙漠地區黄沙飛揚，天空常呈黄色，故稱。杜甫詩

《佐還山後寄》其一：「山晚黄雲合，歸時恐路迷。」仇兆鼇注：「塞雲多黄，故公詩云『黄雲高未動』，又云『山晚黄雲合』。」

【附録】

此詩輯入清管庭芬、蔣光煦《宋詩鈔補·歐陽文忠詩補鈔》、厲鶚《宋詩紀事》卷一二，又輯入高步瀛《唐宋詩舉要》卷三。

葉夢得《石林詩話》卷中：「前輩詩文，各有平生自得意處，不過數篇，然他人未必能盡知也。毘陵正素處士張子厚善書，余嘗於其家見歐陽文忠子棐以烏絲欄絹一軸，求子厚書文忠《明妃曲》兩篇，《廬山高》一篇。略云：『先公平日，未嘗矜大所爲文，一日被酒，語棐曰：「吾《廬山高》，今人莫能爲，惟李太白能之。《明妃曲》後篇，太白不能爲，惟杜子美能之；至於前篇，則子美亦不能爲，惟我能之也。」因欲別録此三篇也。』」按：又見胡仔《苕溪漁隱叢話》前集卷二九、魏慶之《詩人玉屑》卷一七。

胡仔《苕溪漁隱叢話》後集卷二三：「近觀本朝名臣傳，乃云：『歐陽修爲詩，謂人曰：《廬山高》惟韓愈可及；《琵琶前引》，韓愈不可及，杜甫可及；《後引》，李白可及，杜甫不可及。其自負如此。』則與《石林》所紀全不同。《琵琶引》即《明妃曲》也。」按：又見魏慶之《詩人玉屑》卷一七、蔡正孫《詩林廣記》後集卷一。

吴沆《環溪詩話》卷下：「琵琶詩當看《琵琶行》及歐陽公、王介甫《明妃曲》，卻雖用事時，不犯正位，不隨古人言語走。」

費袞《梁谿漫志》卷七：「古今人作《明妃曲》多矣，皆道其思歸之意。歐陽公作兩篇，語固傑出，然大概亦歸於幽怨……要當言其志在爲國和戎，而不以身之流落爲念，則詩人之旨也。」

羅大經《鶴林玉露》乙編卷二：「歐陽公《明妃詞》自以爲勝太白，而實不及樂天。」

黄震《黄氏日鈔》卷六一：「『推手爲琵卻手琶』，是『琵琶』兩字也。」

黄溥《詩學權輿》卷一二：「琵琶，胡琴，推手前曰琵，卻手後曰琶，取鼓時以爲名也。《唐書》：自下逆鼓曰琵，自上順鼓曰琶，其長三尺五寸，象三才五行，四絃象四時。單于，即匈奴。畫工，指毛延壽。歐陽二詩，詞意深到，其言近而宫廷聞見且有所不及，況遠而萬里之夷狄乎？此語切中膏肓。本言非元帝之不知幸於昭君，乃昭君之命薄而不見幸於元帝也，辭旨深遠超絶，非近世詩人騷客能及。」

郎瑛《七修類稿》卷三六：「予論《廬山高》全似太白，前引類杜，後引類韓，當以石林所記爲是。但歐公自不當謂前引則子美亦不能此，或棐乃過譽乃翁之辭，抑夢得誤紀之耶？若《名臣録》所記《廬山高》豈似韓耶？二引既不擬李，又雜太白之名，何也？此必其傳聞也。」

王世貞《藝苑卮言》卷四：「歐陽公自言《廬山高》《明妃曲》，李杜所不能作。余謂此非公言也，果爾，公是一夜郎王耳。」按：又見王昌會《詩話類編》卷二二。

王世貞《弇州山人四部稿》卷一三二：「文太史八十四時，爲余出金花古局箋行書此三詩以贈。書極蒼老秀潤，而結構復不疎。三詩濃婉不在温飛卿下。唯《明妃曲》爲永叔所誤，不免時作措大語耳。以此知宋人害，殊不淺也。」

胡應麟《詩藪》外編卷五：「歐陽自是文士，旁及詩詞。所爲《廬山高》、《明妃曲》，無論旨趣，只格調迥與歌行不同。驚駭俗流可耳，唐突李、杜何也？《滄浪篇》、《詠雪行》，體制稍合，然亦退之後塵。」

趙士喆《石室談詩》卷上：「王元美言作詩者勿涉議論，觀古大家，其詩未嘗無議論也。『豈不爾思，室是遠爾』，便是議論之祖。十九首有云：『服食求神仙，多爲藥所誤。不如飲美酒，被服紈與素。』陶元亮云：『人生會有道，衣食故其端。孰是都不管，而以求自安。』老杜則云：『憶昨狼狽初，事與古先别……不聞夏殷衰，中自誅褒妲。』元次山云：『安人天子命，符節我所持。州縣忽亂亡，得罪復是誰？』則純乎議論矣。或者謂古風用議論則可，近體用之則不可，此亦未然。蓋古風篇大，故議論之用多，近體篇小，故議論之用小。然中晚人作七言詩，有四句之中而三轉者，其轉處即議論也。又如杜牧之詠項籍及周郎事，翻案見奇，論英雄于成敗之外，此非議論之最顯者乎？吾蓋平心論之，三百篇、十九首，以及陶公，非有意於議論，但其詩靈圓活潑，如珠走盤，故有似於議論耳。老杜乃真議論者，然本其至性之所發，而環詞灝氣，足以佐之，令讀者渾然不覺，所以爲佳。杜牧所謂『抱羞忍恥是男兒』未免露頭巾本色。若歐陽公《明妃詩》，元美已笑爲論學繩尺。至云『漢廷當論畫，師功更迂闊』。不情之甚，作詩至此，安得不墜魔境乎？初學之士識見未定，骨格未成，凡涉議論者，一切戒之，亦未嘗不可。」

陸次雲《宋詩善鳴集》卷上評曰：「此詩久已膾炙，自是不祧。和介甫，勝介甫作。」

葉矯然《龍性堂詩話》續集：「永叔語其子棐曰：『吾《廬山高》惟李太白能之。《明君曲》雖太白不能，惟子美能之；至其後篇，雖子美不能，惟吾能也。』今其詩具在，試取太白《廬山謡》與較之，果何如也？《明君曲》前後篇與『群山萬壑』，直有仙凡之隔。人苦不自知，『家有敝帚，享之千金』，不意永叔而作是言也。或曰其子揚厥考之詞，非六一語也。良然。」

賀裳《載酒園詩話》：「《琵琶引》前篇，散叙處已是以文爲詩，至『推手爲琵卻手琶』，大是訓詁，詩法所不尚。惟後數語『玉顔流落死天涯，琵琶卻傳來漢家。漢宫爭按新聲譜，遺恨已深聲更苦。纖纖女手生洞房，學得琵琶不下堂。不識寒雲出塞苦，豈知此聲能斷腸！』稍嗚咽可誦。」按：又見吴喬《圍爐詩話》卷五。

姚範《援鶉堂筆記》卷四〇：「余按：此詩『纖纖女手生洞房，學得琵琶不下堂。不識黄雲出塞路，豈知此聲能斷腸』四句，頗具唐人風旨。」

方東樹《昭昧詹言》卷一二評曰：「思深，無一處是恒人胸臆中所有。以後一層作起。『誰將』句逆入明妃。『推手』句插韻，太白。『玉顔』二句，逆入琵琶。收四語又用他人逆襯。一層層不猶人，所以爲思深筆折也。此逆捲法也。」

方東樹《昭昧詹言》卷一二評曰：「此等題各人有寄託，借題立論而已……六一則言天下至妙，非悠悠者能知，以自喻其懷，非俗衆可知。」

潘德輿《養一齋詩話》卷七：「歐公被酒時語其子云：『吾詩《廬山高》，今人莫能爲，惟太白能之。《明妃曲》後篇，太白不能爲，惟杜子美爲之；前篇則子美亦不能爲，惟吾爲之。』歐公三詩具在，猶是宋人駕氣勢、行議論詩耳，遽云李、杜所不到，此真被酒時言語。石林津津述之，亦無鑑别也。」

陳衍《宋詩精華録》卷一以爲「推手爲批卻手琶」七字「自出新語。」

高步瀛《唐宋詩舉要》卷三引姚薑塢評語：「後四句頗具唐人風趣。」

再和明妃曲

漢宮有佳人，天子初未識〔一〕。一朝隨漢使，遠嫁單于國〔二〕。絶色天下無，一失難再得。雖能殺畫工，於事竟何益〔三〕。耳目所及尚如此，萬里安能制夷狄〔四〕！漢計誠已拙，女色難自誇〔五〕。明妃去時淚，灑向枝上花。狂風日暮起，飄泊落誰家。紅顔勝人多薄命，莫怨春風當自嗟〔六〕。

【題解】

原輯《居士集》卷八，繫嘉祐四年。作於是年，時任翰林學士、史館修撰，主修《唐書》。此作爲上詩的姊妹篇，亦是詩人的自命得意之作。首八句惋惜明妃因天子未識而遠嫁匈奴；次四句批評國君受人蒙蔽，指斥朝廷和親國策的懦弱無能；末六句對明妃的流落異鄉、紅顏薄命深表同情。詩歌借古諷今，以漢言宋，借王昭君的傳説故事抨擊時弊，突顯「漢計誠已拙」的主旨，對宋廷的苟安妥協、不思振作深表不滿。全篇以文爲詩，敘議結合，錯落跌宕，一氣貫通，展示「以氣格爲主」的特色。比較先後二作，兩篇的現實感都很强烈，上篇多情韻，下篇多議論，下篇形象性略輸上篇，深刻性則毫無遜色。

【注釋】

〔一〕「漢宫」二句：化用西漢李延年「北方有佳人，絶世而獨立」句意，寫王昭君被埋没的非凡之美。

〔二〕單于：漢時匈奴君長的稱號。《史記·匈奴列傳》：「匈奴單于曰頭曼。」裴駰集解：「單于者，廣大之貌，言其象天單于然。」

〔三〕「絶色」四句：據《西京雜記》所載漢元帝殺畫工事，把矛頭轉向漢元帝。漢劉歆《西京雜記》卷二：「元帝后宫既多，不得常見，乃使畫工圖形，按圖召幸之。諸宫人皆賂畫工，多者十萬，少者亦不減五萬。獨王嬙不肯，遂不得見。後匈奴入朝，求美人爲閼氏，於是上案圖以昭君行。及去，召見，貌爲後宫第一，善應對，舉止閑雅。帝悔之，而名籍已定。帝重信於外國，故不復更人。乃窮案其事，畫工皆棄市，籍其家資，皆鉅萬。畫工有杜陵毛延壽，爲人形，醜好老少必得其真……同日棄市。京師畫工於是差稀。」一失難再得：李延年歌：「佳人難再得。」

〔四〕「耳目」二句：對近在咫尺的後宫情況尚且如此美醜莫辨，對萬里之外的夷狄當更加昏庸無知，如此怎能降服他們呢？詩人借古喻今，意在言外。

〔五〕漢計：指漢朝走的「和親」妥協國策，影射宋朝的「納歲幣」的求和政策。

〔六〕「紅顔」二句：自古紅顔多薄命。歐對王昭君的悲慘命運寄予同情，但又覺得就像春風吹盡落花一樣，不能光把責任推在春風頭上。如此，對皇帝的指責稍微有所收斂。

【附　録】

此詩輯入《歷代名賢確論》卷四五、宋祝穆《古今事文類聚》前集卷二一、謝維新《古今合璧事類備要》前集卷二一、外集卷一一、吕祖謙《宋文鑑》卷一三，又輯入清管庭芬、蔣光煦《宋詩鈔補·歐陽文忠詩補鈔》、厲鶚《宋詩紀事》卷一二。

葛立方《韻語陽秋》卷一九：「古今人詠王昭君多矣，王介甫云：『意態由來畫不成，當時枉殺毛延壽。』歐陽永叔云：『耳目所及尚如此，萬里安能制夷狄。』白樂天云：『愁苦辛勤憔悴盡，如今卻似畫圖中。』後有詩云：『自是君恩薄於紙，不須一向恨丹青。』李義山云：『毛延壽畫欲通神，忍爲黄金不爲人。』意各不同，而皆有議論，非若石季倫、駱賓王輩徒序事而已也。邢惇夫十四歲作《明君引》，謂『天上仙人骨法别，人間畫工畫不得。』亦稍有思致。」

蔡正孫《詩林廣記》後集卷一：「錢晉齋云：歐陽公《明妃後曲》其間言近而宫廷聞見且有所不及，況遠而萬里之夷狄乎？此語切中膏肓。末言非元帝之不知幸於昭君，乃昭君之命薄而不見幸於元帝也，信哉！」

曹安《讕言長語》：「後漢《匈奴傳》言呼韓邪單于來朝，愿爲漢壻。後宫王嬙以積怨自請行。此事之實也。《西京雜記》乃云：元帝使畫工毛延壽圖宫人形貌，按圖召幸。王嬙以賂金少，畫不及貌，及賜單于，宫人王嬙當行，帝見之悔，乃殺延壽。梁石門寅已辯之。惟李太白、杜子美二詩得正。王介甫《明妃曲》云：『體態由來畫不成，當時枉殺毛延壽。』歐陽永叔亦云：『雖能殺畫工，于事竟何益。』自是後人多本之。」

謝榛《四溟詩話》卷三：「予曰：『晚唐人多用虚字，若司空曙「以我獨沉久，愧君相見頻」，戴叔倫「此别又萬里，少年能幾時」，張籍「旅泊今已遠，此行殊未歸」，馬戴「此境可長往，浮生自不能」，此皆一句一意，雖瘦而健，雖粗而雅。蓋建動兩句一意，則流於議論，乃書生講章，未嘗有一夜之夢而不歸乎千里之家也。歐陽永叔亦有此病，《明妃曲》：「耳目所及尚如此，萬里焉能制夷狄。」夫「耳目」之「所及」者「尚」然「如此」，況「萬里」之外，「焉能制」其「夷狄」也哉！』」

黄溥《詩學權輿》卷一二：「琵琶，胡琴，推手前曰琵，卻手後曰琶，取鼓時以爲名也。《唐書》：

自下逆鼓曰琵，自上順鼓曰琶，其長三尺五寸，象三才五行，四絃象四時。單于，即匈奴。畫工，指毛延壽。歐陽二詩，詞意深到，其言近而宮廷聞見且有所不及，況遠而萬里之夷狄乎？此語切中膏肓。本言非元帝之不知幸於昭君，乃昭君之命薄而不見幸於元帝也，辭旨深遠超絶，非近世詩人騷客能及。」

郎瑛《七修類稿》卷三六：「予論《廬山高》全似太白，前引類杜，後引類韓，當以石林所記爲是。但歐公自不當謂前引則子美亦不能此，或棐乃過譽乃翁之辭，抑夢得誤紀之耶？若《名臣録》所記《廬山高》豈似韓耶？二引既不擬李，又雜太白之名，何也？此必其傳聞也。」

王世貞《藝苑卮言》卷四：「歐陽公自言《廬山高》《明妃曲》，李杜所不能作。余謂此非公言也，果爾，公是一夜郎王耳……如『紅顔勝人多薄命，莫怨春風强自嗟』，尋常閨閤，不足形容明妃也？『耳目所及尚如此，萬里安能制夷狄』，論學繩尺，公從何處削去之乎拾來？」按：又見王昌會《詩話類編》卷二二。

支允堅《藝苑閒評》：「王介甫《明妃曲》云：『意態由來畫不成，當時枉殺毛延壽。』歐陽永叔亦云：『雖能殺畫工，于事竟何益？』自是後人多本之。予閲《歸德州志》載王嬙事，不及毛延壽，後見滇人詠昭君云：『塞上北風吹翠鈿，擁裘狐白勝於綿。將軍食肉自無恥，女子別嫁誠可憐。青草不凋胡地雪，碧梧空老漢宮煙。琵琶千載人猶學，哀怨分明第四絃。』亦不及延壽事。」

王士禎《帶經堂詩話》卷二：「若永叔『耳目所及尚如此，萬里安能制夷狄』，所謂議論，亦自近腐。」

賀裳《載酒園詩話》：「其後篇『絶色天下無，一失難再得。雖能殺畫工，于事竟何益』，亦落議論。惟結處『明妃去時淚，灑向枝上花。狂風日暮起，飄泊落誰家。紅顏勝人多薄命，莫怨春風當自嗟』，點染稍爲有情。」按：又見吴喬《圍爐詩話》卷五。

尚鎔《三家詩話》：「七古如太白『錦城雖云樂，不如早還家』，少陵『明眸皓齒今何在，血污游魂歸不得』，昌黎『將軍欲以巧伏人，盤馬彎弓惜不發』，廬陵『耳目所及尚如此，萬里安能制夷狄』，東坡『桃花流水在人世，武陵豈必皆神仙』，山谷『安知忠臣痛至骨，世上但賞瓊琚詞』，放翁『亦知興廢古來有，但恨不見秦先亡』等句，皆古人妙處。三家富於才調，此等伸縮轉换之妙，似未曾領取也。」

姚範《援鶉堂筆記》卷四〇：「『漢計誠已決，女色難自誇』，余謂阮亭云二句所謂詩論，亦自近腐。余謂前後兩意中間，又用二句作轉關，亦是科舉文字習徑。」

翁方綱《石洲詩話》卷一：「即如歐公《明妃曲》後篇，阮亭亦嘗譏之，而其妙自不可及。」

胡壽芝《東目館詩見》卷三：「歐陽文忠《明妃曲》最佳者『耳目所及尚如此，萬里安能制夷狄』，從樂天《續古詩》『閨房猶復爾，邦國當何如』化出。用在篇腹，人益難憶及已。」

方東樹《昭昧詹言》卷一二評曰：「起六散漫。『耳目』二句腐。『漢計』二句更漫。此篇全無佳處。」

潘德輿《養一齋詩話》卷七：「歐公被酒時語其子云：『吾詩《廬山高》，今人莫能爲，惟太白能之。《明妃曲》後篇，太白不能爲，惟杜子美爲之；前篇則子美亦不能爲，惟吾爲之。』歐公三詩具在，猶是宋人駕氣勢、行議論詩耳，遽云李、杜所不到，此真被酒時言語。石林津津述之，亦無鑑别也。」

陳衍《宋詩精華録》卷一：「《明妃曲》末『紅顔勝人多薄命』二句，即《手痕碑》詩意。」

盆池

西江之水何悠哉，經歷灘石險且回。餘波拗怒猶涵澹，奔濤擊浪常喧豗〔一〕。有時夜上滕王閣，月照淨練無纖埃。揚瀾左里在其北，無風浪起傳古來〔二〕。老蛟深處猒窟穴，蛇身微行見者猜。呼龍瀝酒未及祝，五色粲爛高崔嵬。忽然遠引千丈去，百里水面中分開。收縱滅跡莫知處，但有雨雹隨風雷〔三〕。千奇萬變聊一戲，豈顧溺死爲可哀。輕人之命若螻螘，不止山嶽將傾頹。此外魚鰕何足道，猒飫但覺腥盤盃〔四〕。壯哉豈不快耳目，胡爲守此空牆隈〔五〕。陶盆斗水仍下漏，四岸久雨生莓苔〔六〕。游魚撥撥不盈寸，泥潛日炙愁暴鰓。魚誠不幸此跼促，我能決去反徘徊〔七〕。

【題解】

原輯《居士集》卷八，繫嘉祐四年。作於是年，時任翰林學士、史館修撰，主修《唐書》。盆池，大型山水盆景，一曰埋盆於地，引水灌注而成的小池，用以種植供觀賞的水生花草。歐此詩吟詠自家盆池景觀，想像贛江、彭蠡湖洶湧澎湃的生動畫面，抒寫不甘成爲困居盆池的小魚，不願忍受朝廷官條束縛，期盼回歸大自然、自由生活的急迫心情，以及心想離開又生留戀的矛盾心理。詩語雄健新奇，不乏睿智諧謔。以贛江、鄱陽湖之浩翰壯闊對比盆池之狹小局促，既奇特又形象，藝術效果鮮明。

【注釋】

〔一〕「西江」四句：贛江之水歷經千險百回，呈現波濤洶湧、浪奔逐流的景象。西江之水：此指江西贛江。西江，江西贛江之别稱。蘇軾《贈龍光長老》「漲起西江十八灘」，王十朋《東坡詩集注》卷一九注：「次公：虔州西江有十八灘。」清查慎行《蘇詩補注》卷四四注：「《輿地紀勝》：貢水東江也，章水西江也。一名豫章水。」瀨石：贛江中石灘名。《陳書·高祖紀上》：「南康瀨石舊有二十四灘，灘多鉅石，行旅者以爲難。」拗怒：憤怒不平。涵澹：亦作「涵淡」。水激蕩貌。喧豗：形容轟響。李白《蜀道難》詩：「飛湍瀑流爭喧豗，砯崖轉石萬壑雷。」

〔二〕「有時」四句：贛江水勢之千奇百變。滕王閣：古代江南名樓之一，在今江西南昌贛江之濱。唐高祖子元嬰爲洪州刺史時所建，後元嬰封滕王，故名。其後閻伯嶼爲洪州牧，宴群僚於閣上，王勃省父過此，即席作《滕王閣序》。閣屢圮屢興，名揚天下。淨練：謝朓《晚登三山還望京邑》：「澄江静如練。」揚瀾左里：「左里」即「左蠡」，湖名。鄱陽湖在不同的地方有不同的名字。都昌縣西南者曰揚瀾湖，又北曰左蠡湖。無風浪起：因揚瀾湖、左蠡湖兩岸較窄，又北通長江，故云。

〔三〕「老蛟」八句：描寫贑江老蛟忽小忽大、忽低忽高，收縱變化莫測之情狀。灑酒：灑酒於地，表祝愿或起誓。唐王建《歲晚自感》詩：「灑酒愿從今日後，更逢三十度花開。」五色燦爛：《管子》：「龍被五色，而游於神。欲小則化如蠶蠋，大則極於天下，欲上則凌乎氣，欲沈則入乎深泉。變化無日，上下無時，謂之神。」隨風雷：《博物志》：「初登龍門，即有風雨隨之，火自後燒其尾，則爲龍矣。」

〔四〕「千奇」六句：江水兇猛時連山嶽都可摧毁，淹死人也是常事，至於戕害魚蝦，更是不值一提。傾頹：倒下，崩潰。猒飫：吃飽，吃膩。猒，即厭。

〔五〕「壯哉」二句：由江水之壯觀感歎自己萎縮牆角，毫無生機之生活。歐本年多次乞知洪州，書簡《與王懿恪公君貺》其三（嘉祐四年）有云：「南去有期，心欲飛動。」然始終未能如願，故興此歎。牆隈：牆角。

〔六〕陶盆斗水：形容陶盆之小。莓苔：青苔。晉孫綽《游天台山賦》：「踐莓苔之滑石，搏壁立之翠屏。」

〔七〕「游魚」四句：詩人羡慕大江之自由舒展，同情小魚之局促處境，感歎自己未能果敢隱退以擺脱束縛。撥撥：魚游動或跳動貌。白居易《泛渭賦》：「魚樂兮泉底，鬐撥撥兮尾瀲瀲。」「泥潛」句：盆池中的魚無緣化龍，秪能氣暴鰓。暴鰓：同「曝鰓」。《南史·何敬容傳》：「且暴鰓之魚，不念杯酌之水；雲霄之翼，豈顧籠樊之糧。」辛氏《三秦記》：「河津一名龍門，大魚集龍門下數千，不得上，上者爲龍，不上者魚，故云暴顋龍門。」

【附 録】

此詩輯入清吴之振《宋詩鈔》卷一二。

唐崇徽公主手痕和韓内翰

故鄉飛鳥尚啁啾，何況悲笳出塞愁〔一〕。青塚埋魂知不返，翠崖遺迹爲誰留〔二〕。玉顏自古爲身累，肉食何人與國謀〔三〕。行路至今空歎息，巖花澗草自春秋〔四〕。

【題　解】

原輯《居士集》卷一三，繫嘉祐四年。作於是年，時任翰林學士、史館修撰，主修《唐書》。崇徽公主，唐僕固懷恩之女。代宗時與回紇和親，大曆四年五月封爲崇徽公主，出嫁加紇可汗。崇徽公主手痕碑，在今山西靈石縣。相傳崇徽公主出嫁時，途經靈石，以手掌託石壁，遂留下手跡，後世稱爲手痕碑，碑上刻有唐人李山甫《陰地關崇徽公主手跡》詩。宋陳思《兩宋名賢小集》卷五六《公是集》有詩《汾州有唐大曆中崇徽公主嫁回鶻時手跡，在石壁上，李山甫作七言詩，並刻之。子華、永叔内翰皆繼其韻，亦同賦》，題下附注：「本僕固懷恩女，託名帝子，與解憂事同。」今梅堯臣《宛陵先生集》卷五九有《景彝率和唐崇徽公主手痕詩》，云：「兩壁美人虹已收，蒼崖纖手蘚痕秋。和親秪道能稽古，沉略從來不解羞。漢月明明掌中照，邊塵漠漠指間留。昭君歿後更多恨，彈作琵琶曲未休。」韓絳依韻唱和之作不存，歐詩即和韓絳之作。詩人悲傷唐崇徽公主和親遠嫁的不幸身世，借古諷今，婉刺趙宋王朝的屈辱外交，並從政治上揭示悲劇産生根源，批評統治者無安邦良策，以「和親」求苟安。詩中情與思、理與趣完美結合，詩意高遠而韻味綿邈，感情跌宕而意境渾成，哲理機趣中顯現綿密詩思，筋骨風神裏融入悠永情韻。議論、叙述、抒情融於一體，回味無窮。

【注　釋】

〔一〕啁啾：鳥鳴聲。王維《黄雀癡》詩：「到大啁啾解游颺，各自東西南北飛。」悲笳：悲涼的胡笳聲。笳，古代軍中號角，其聲悲壯。

〔二〕「青塚」二句：感歎魂埋異鄉，空留石壁遺跡的悲慘結局。青塚：本指漢王昭君墓。此指崇徽公主。《歸州圖經》：「邊地多白草，昭君塚獨青。」翠崖遺迹：宋董逌《廣川書跋》：「崇徽公主手痕碑」云：「碑在汾州靈石。蓋唐僕固懷恩女。懷恩，唐功臣，以嫌猜叛，入回鶻，没其家，入後宫。大曆四年，以回紇請婚，封爲崇徽公主，下降可汗，以兵部侍郎李涵往册命。唐都關中，其入回紇，道至汾上，此其常也。然託掌石壁，遂以傳後，豈怨憤之氣，盤結於中，而不得發，遇金石而開者耶？」

〔三〕「玉顔」二句：朝廷當權者將國運寄託給弱女子，既是薄命紅顔的不幸，更是朝臣無能的悲哀。肉食：享受厚禄而無謀略的達官貴人。《左傳·莊公十年》：「肉食者鄙，未能遠謀。」

〔四〕自春秋：花草按其自然規律春榮秋衰，年復一年，年年如故。

【附録】

此詩輯入明曹學佺《石倉歷代詩選》卷一四〇，又輯入清吴之振《宋詩鈔》卷一二、陳訏《宋十五家詩選·廬陵詩選》、厲鶚《宋詩紀事》卷一二、張景星、姚培謙、王永祺《宋詩别裁集》卷五。

《歐集》卷一四一《集古録跋尾·唐崇徽公主手痕詩》：「崇徽公主者，僕固懷恩女也。懷恩在肅宗時，先以二女嫁回紇：其一嫁毗伽可汗少子，後號登里可汗者是也；其一不知所嫁何人。《唐書·懷恩傳》及《回紇傳》，皆不載。惟懷恩所上書自陳六罪，有云『二女遠嫁，爲國和親』。以此知其又嘗嫁一女爾。此所謂崇徽公主者，懷恩幼女也。懷恩既反，引羌渾奴剌爲邊患，永泰中，病死于靈武。其從子名臣，以千騎降唐。大曆四年，始以懷恩幼女爲公主，又嫁回紇，即此也。」

李山甫《陰地關崇徽公主手跡》（《全唐詩》卷六四三）：「一拓纖痕更不收，翠微蒼蘚幾經秋。誰陳帝子和番策，我是男兒爲國羞。寒雨洗來香已盡，澹煙籠著恨長留。可憐汾水知人意，旁與吞聲未忍休。」

黄庶《汾州有唐大曆中崇徽公主嫁回鶻時手蹟，在石壁上。李山甫作七言詩並刻之，子華、永叔內翰皆繼其韻，亦同賦》（《宋百家詩存》卷四）：「錦車西去水東流，漢節何年送解憂。獨上青山自惆悵，彊歌黄鵠少淹留。遺蹤不逐哀笳斷，麗句空增北渚愁。君念平城三十萬，謀臣奇計已堪羞。」

葉夢得《石林詩話》卷上：「歐陽文忠公詩始矯『崑體』，專以氣格爲主，故其言多平易疏暢，律詩意所到處，雖語有不倫，亦不復問。而學之者往往遂失於快直，傾困倒廩，無復餘地。然公詩好處豈專在此？如《崇徽公主手痕詩》：『玉顏自古爲身累，肉食何人與國謀。』此自是兩段大議論，而抑揚曲折，發見於七字之中，婉麗雄勝，字字不失相對，雖『崑體』之工者，亦未易比。言意所會，要當如是，乃爲至到。」按：又見胡仔《苕溪漁隱叢話》前集卷二二、魏慶之《詩人玉屑》卷一七、蔡正孫《詩林廣記》後集卷一、單宇《菊坡叢話》卷二〇。

朱熹《朱子語類》卷一三九評此詩頸聯云：「以詩言之，是第一等好詩；以議論言之，是第一等議論。」

瞿佑《歸田詩話》卷中：「歐陽文忠公《題崇徽公主手痕》云：『玉顔自古爲身累，肉食何嘗預國謀？』朱文公云：『以議論言之，第一等議論；以詩言之，第一等詩。』其全篇云：『故鄉飛鳥尚啁啾，何況悲笳出塞愁。青塚芳魂知不返，翠崖遺跡爲誰留？玉顔自昔爲身累，肉食何嘗預國謀？行路至今空歎息，巖花野草自春秋。』全篇前後亦相稱。公主僕固懷恩女，唐代宗册立之，以嫁吐蕃，此其出塞時所記云。」

郭子章《豫章詩話》卷三：「『金馬玉堂三學士，清風明月兩閑人』、『玉顔自古爲身累，肉食何人與國謀』，士子類能誦之而未睹其全篇——乃六一公詩也。」

張時爲《界軒全集·爲學約言》卷二：「朱子曰：『歐公有詩云：「玉顔自古爲身累，肉食何人爲謀國？」以詩言之，是第一等好詩；以議論言之，是第一等議論。』爲謂前輩人多不善作詩，但詩能爲學問中長善救失之詞，則詩豈無裨於學哉？如歐公『玉顔身累』之句，是攻其病於身者，次語是攻其病於國者，兩病去而兩益收矣。或謂昔人送别詩『曉日都門道，微涼草樹秋』，又王建有『曲徑通幽初，禪房花木深』之句，兩詩歐公極喜之……云：『平生要道此語不得。』何如？曰：此等便是閑言語。」

宋長白《柳亭詩話》卷四：「僕固懷恩既叛，代宗畜其女於宫中，號崇徽公主，下嫁回紇可汗。其行也，手擊山崖可慟，掌痕在焉。雍陶有《陰地關見入蕃公主石上手跡》詩，即此。歐陽永叔題曰：

『故鄉飛鳥尚啁啾，何況悲笳出塞愁！青塚埋魂知不返，翠崖遺跡爲誰留。玉顔自古爲身累，肉食何人與國謀。行路至今空歎息，巖花澗草自春秋。』朱紫陽謂『玉顔』、『肉食』一聯，是第一等詩，第一等議論。余謂不若戎昱『社稷依明主，安慰託婦人』之句更爲爽朗也。」

趙翼《甌北詩話》卷一一：「歐陽以古文名家，其詩遂不大著。東坡舉其『萬馬不嘶聽號令，諸番無事樂耕耘』，以爲集中傑作，然非其至也。惟《崇徽公主和番詩》云：『玉顔自昔爲身累，肉食何人與國謀？』此何等議論，乃鎔鑄於十四字中，自然英光四射。」

陸以湉《冷廬雜識》卷六：「歐陽公七律，卓鍊警健處，令人百誦不厭。如《唐崇徽公主手痕》詩云：『玉顔自古爲身累，肉食何人與國謀。』……此最著稱於後世者。」

陳衍《宋詩精華録》卷一：「《贈王介甫》前半首云：『翰林風月三千首，吏部文章二百年。老去自憐心尚在，後來誰與子爭先。』《唐崇徽公主手痕碑》云：『玉顔自古爲身累，肉食何人與國謀。』皆傳作也。」

酬淨照大師説

佛説吾不學，勞師忽款關〔一〕。吾方仁義急，君且水雲閒〔二〕。意淡宜松鶴，詩清叩珮環〔三〕。林泉苟有趣，何必市廛間〔四〕。

【題解】

原輯《居士外集》卷七，無繫年，置嘉祐二年至四年詩間。作於嘉祐四年，時任翰林學士、史館修撰，主修《唐書》。淨照大師，姓戴名道臻，字伯祥，福州古田人。神宗死時受詔至福寧殿説法，賜號淨照禪師。卒於元祐八年八月，享年八十餘歲。元祐中期惠洪「至京師，尚及見之，時年已八十」。生平事蹟參見「附録」惠洪《禪林僧寶傳》。詩人表明無意學佛的人生觀，以自身的爲政憂國對比禪僧的悠游山水，肯定雙方的高雅志趣，隱含對山林清淨生活的嚮往，而對僧侶混跡市井的社會現象予以否定。詩語安閒，對比鮮明，情致恬淡深遠。

【注釋】

〔一〕款關：叩門。元稹《春日》詩：「款關一問訊，爲我披衣裳。」

〔二〕水雲：水雲相接之景，此指佛徒逍遥林泉。

〔三〕「意淡」二句：淨照大師志趣淡泊像松鶴一樣高雅，詩句清新如珮鳴一樣朗潤。

〔四〕市廛間：人間鬧市。市廛，市中店鋪。《孟子·公孫丑上》：「市，廛而不征。」趙岐注：「廛，市宅也。」此指世俗紅塵。

【附録】

惠洪《禪林僧寶傳》卷二六《淨因臻禪師·南嶽十二世》：「禪師名道臻，字伯祥。福州古田戴氏子也。幼不茹葷。十四歲去上生院，持頭陀行。又六年，爲大僧。閲大小經論，置不讀。曰：此方便説耳。即持一鉢，走江淮。所參知識甚多，而得旨訣於浮山遠禪師……臻爲人渠渠靜退，似不能言者，所居都城西隅。衲子四十餘輩，頽然不出户，三十年如一日……臻性慈祥純謹，奉身至約。一布裙二十年不易……（惠洪）贊曰：余至京師，尚及見之。時年已八十，褊首婆娑。面有孺子之色，取次伽梨。曳履送客，可畫也。」

葛立方《韻語陽秋》卷一二：「歐陽永叔素不信釋氏之説，如《酬淨照師》云『佛説吾不學，勞師忽款關。我方仁義急，君且水雲閒』……是也。既登二府，一日被病亟，夢至一所，見十人端冕環坐，一人云：『參政安得至此，宜速反舍。』公出門數步，復往問之，曰：『公等豈非釋氏所謂十王者乎？』曰然。因問：『世人飯僧造經，爲亡人追福，果有益乎？』答云：『安得無益。』既寤，病良已。自是遂信佛法。文康公得之於陳去非，去非得之於公之孫恕，當不妄。葉少藴守汝陰，謁見永叔之子棐，久之不出。已而棐持數珠出，謝曰：『今日適與家人共爲佛事。』葉問其所以，棐曰：『先公無恙時，薛夫人已如此，公弗之禁也。』」按：又見阮閲《詩話總龜》後集卷四五。

吴之鯨《武林梵志》卷八：「歐陽修，字永叔，廬陵人。仁宗朝爲諫官，論事切直，後拜參知政事，矢心匡弼，與韓琦策立英宗。熙寧初，以太子少師致仕，謚文忠。公始不信佛，如《酬淨照》詩云：『佛説吾不學，勞師空欵關。吾方仁義急，君且水雲閒。』後守亳社，有許昌游來游太清宫，公邀至州舍與語，忽然有悟。」

答聖俞白鸚鵡雜言

憶昨滁山之人贈我玉兔子，粤明年春玉兔死〔一〕。日陽晝出月夜明，世言兔子望月生。謂此瑩然而白者，譬夫水之爲雪而爲冰，皆得一陰凝結之純精〔二〕。常恨處非大荒窮北極寒之曠野，養違其性夭厥齡〔三〕。豈知火維地荒絶，漲海連天沸天熱〔四〕。黄冠黑距人語言，有鳥玉衣尤皎潔〔五〕。乃知物生天地中，萬殊難以一理通〔六〕。海中洲島窮人迹，來市廣州纔八國。其間注輦來最稀，此鳥何年隨海舶？誰能徧歷海上峰，萬怪千奇安可極〔七〕。兔生明月月在天，玉兔不能久人間。况爾來從炎瘴地，豈識中州霜雪寒〔八〕。渴雖有飲飢有啄，羈紲終知非爾樂〔九〕。天高海闊路茫茫，嗟爾身微羽毛弱。爾能識路知所歸，吾欲開籠縱爾飛〔一〇〕。俾爾歸詫宛陵詩，此老詩名聞四夷〔一一〕。

【題　解】　原輯《居士集》卷八，繫嘉祐四年。作於是年，時任翰林學士、史館修撰，主修《唐書》。海上胡人獻白鸚鵡，梅、歐賦詩詠懷。《梅集編年》卷二七詩《賦永叔家白鸚鵡雜言》有云：「胡人望氣海上來，獻於公所奇公才……胡爲使我作賦其間哉？」雜言，古體詩的一種。最初出於樂府。每句字數不等，長短句間雜，無一定標準，用韻也較自由。詩人以玉兔子陪襯白鸚鵡，認爲它們都應該回歸自然，回歸原態生活，並順勢讚頌梅堯臣詩名傳揚海外。詩語參差，文氣跌宕酣暢，格調雄豪，意蘊婉曲深長。

【注釋】

〔一〕玉兔：嘉祐元年滁州人贈歐陽修白兔，參見本書《白兔》題解。

〔二〕「日陽」五句：古俗認爲白天太陽爲陽，夜晚月亮屬陰，兔子望月而生，其毛髮之潔白，就像水成爲冰雪一樣，都是在陰氣的凝結下形成。望月生：《博物志》：「兔望月而孕，口中吐子，故謂之兔。」一陰凝結之純精：指月亮。漢丁鴻《日食上封事》：「月者陰精，盈毀有常。」

〔三〕「常恨」二句：玉兔屬陰，不與大荒窮北之冰雪相處，違背本性而飼養，導致它命短夭折。厥齡：指玉兔的壽命。

〔四〕「豈知」二句：南方遥遠之處，地熱水沸。火維：南方屬火，因以「火維」指南方。韓愈《謁衡嶽廟遂宿嶽寺題門樓》詩：「火維地荒足妖怪，天假神柄專其雄。」漲海：唐歐陽詢《藝文類聚》卷九一：「吴時，《外國傳》曰：『扶南東有漲海，海中有洲，出五色鸚鵡。』」

〔五〕「黄冠」二句：白鸚鵡生有黄冠黑距，能學人言，卻不懼怕天熱。黄冠黑距：黄色的頭冠，黑色的脚。距，雄雞、雉等的腿的後面突出像脚趾的部分。

〔六〕「萬殊」句：世上之物千差萬别，難以用一個事理去衡定。

〔七〕「海中」六句：海上洲島人跡稀少，到廣州做買賣的纔八個國家。其中注輦來往最少，此白鸚鵡何時隨船，經由何國來到廣州？　八國：古時八個小島國。　注輦：古國名。故地在今印度柯洛曼德耳海岸。宋大中祥符八年曾遣使來中國通好。自十一世紀前期至十五世紀前期，同中國保持悠久的友好關係。參閱《宋史·外國傳五·注輦》。

〔八〕「兔生」四句：玉兔離開寒冷的月宫，不能長存人間。白鸚鵡來自炎熱的南方，怎麽受得了中原的雪霜？　玉兔：嘉祐元年滁州人贈歐陽修白兔。參見本書《白兔》詩題解。　炎瘴：南方濕熱致病的瘴氣。杜甫《寄岳州賈司馬六丈巴州嚴八使君兩閣老五十韻》：「地僻昏炎瘴，山稠隘石泉。」

〔九〕羈紲：控制約束。

〔一〇〕「天高」四句：白鸚鵡體小力弱，歸程卻天高海闊，如果認識歸路，將你放歸故里。

〔一一〕「俾爾」二句：讓白鸚鵡歸去，傳誦梅堯臣《賦永叔家白鸚鵡》詩作，向那裏的人們誇耀，使梅氏詩名流傳海外。　詫：誇耀。《史記·司馬相如列傳》：「田罷，子虚過詫烏有先生，而無是公在焉。」裴駰集解引郭璞曰：「詫，誇也。」　詩名聞四夷：《宋史·梅堯臣傳》：「有人得西南夷布弓衣，其織文乃堯臣詩也。名重于時如此。」

【附録】

此詩輯入宋祝穆《古今事文類聚》後集卷四三。

黄震《黄氏日鈔》卷六一評曰：「先將白兔説，擺兩陣方合説，又三節而終焉。文法最可觀。」

夜坐彈琴有感二首呈聖俞

其一

吾愛陶靖節，有琴常自隨。無絃人莫聽，此樂有誰知〔一〕。君子篤自信，衆人喜隨時。其中苟有得，外物竟何爲〔二〕。寄謝伯牙子，何須鍾子期〔三〕。

其二

鍾子忽已死，伯牙其已乎。絶絃謝世人，知音從此無。瓠巴魚自躍，此事見於書。師曠嘗一鼓，群鶴舞空虚〔四〕。吾恐二三説，其言皆過歟。不然古今人，愚智邈已殊。奈何人有耳，不及鳥與魚〔五〕。

【題解】

原輯《居士集》卷八，無繫年，列嘉祐四年詩後。作於是年，時任翰林學士、史館修撰，主修《唐書》。梅堯臣《宛陵先生集》卷二三有《次韻和永叔夜坐鼓琴有感二首》，劉敞《公是集》卷一五亦有《和永叔夜坐鼓琴二首》。本詩「其一」自表彈琴貴在自適，不必求于知音。「其二」質疑「瓠巴鼓琴，而鳥舞魚躍」等古代傳説，表現詩人疑古辟怪，質諸人情的一貫思想。詩風受陶淵明影響，語言淺顯，含蘊豐厚，意境深沉而雋永。

【注釋】

〔一〕「吾愛」四句：我喜愛陶潛隨身攜琴，並以無絃琴自樂，聽不見的音樂有誰能欣賞呢。梅堯臣《次韻和永叔夜坐鼓琴有感二首》其一：「知公愛陶潛，全身衰弊時。有琴不安絃，與俗異所爲。寂然得真趣，乃至無言期。」　陶靖節：即陶潛，字淵明，死後人稱靖節徵士。據《蓮社高賢傳》：陶潛「性不解音，而蓄素琴一張，絃徽不具。每朋酒之會，則撫而扣之曰：『但識琴中趣，何勞絃上聲。』」

〔二〕「君子」四句：君子堅定地守護自己的節操，凡夫俗子則秖知道隨時俯仰。自己内心有所堅守，身外的世俗誘惑又有什麽作用呢？　外物：身外之物，多指利欲功名之類。《莊子·外物》：「外物不可必，故龍逢誅，比干戮，箕子狂，惡來死，桀紂亡。」

〔三〕「寄謝」二句：告訴伯牙無需知音鍾子期，自己足以鼓琴自樂。伯牙子：俞伯牙，春秋時以善琴著稱。鍾子期：與伯牙同時期的一位樵夫，善解伯牙琴意，二人堪稱知音。漢劉向《説苑》卷八：「伯牙子鼓琴，鍾子期聽之。方鼓而志在太山，鍾子期曰：『善哉乎鼓琴！巍巍乎若太山。』少選之間，而志在流水，鍾子期復曰：『善哉乎鼓琴！湯湯乎若流水。』鍾子期死，伯牙破琴絶絃，終身不復鼓琴，以爲世無足爲鼓琴者。」詩人此處反用其意。

〔四〕瓠巴：傳説春秋時楚國的著名琴師。《列子·湯問》：「瓠巴鼓琴，而鳥舞魚躍。」《荀子·勸學》：「昔者瓠巴鼓瑟，而沉魚出聽。」師曠：春秋晉國樂師，善於辨音。後以爲聽覺非凡，善辨音律的超人。《韓非子·十過》：「師曠不得已，援琴而鼓。一奏之，有玄鶴二八，道南方來，集于郎門之垝；再奏之而列；三奏之，延頸而鳴，舒翼而舞。」

〔五〕「吾恐」六句：質疑瓠巴、師曠等神奇傳説，否則古今人的智慧過於懸殊，爲什麽人有耳朵反倒不及無耳的鳥與魚呢。劉敞《和永叔夜坐鼓琴二首》其二：「舜韶舞百獸，事可觀於書。但非耳目接，便自疑其虚。誰謂今之人，反不如獸歟？」

【附録】

組詩「其一」輯入清康熙《御選宋金元明四朝詩·御選宋詩》卷一〇。

送劉虚白二首

其一

秘訣誰傳妙若神，能將題品徧朝紳〔一〕。因言禍福兼忠孝，吾愛君平善誨人〔二〕。

其二

我嗟韁鎖若牽拘，久羨南山去結廬〔三〕。自顧豈勞君借譽，偶然章服裹猿狙〔四〕。

【題解】

原輯《居士外集》卷七，無繫年，列嘉祐四年至七年詩間。作於嘉祐四年，時任翰林學士、史館修撰，主修《唐書》。劉虚白，金陵人，善相。宋人筆記中多有言及，入康熙《江南通志》卷一七〇《人物志》。《宋史·藝文志五》著録「劉虚白《三輔學堂正訣》一卷」。組詩「其一」誇讚劉虚白善於相面，既言禍福又言忠孝；「其二」感歎自身受制于官場名韁利鎖，内心卻傾慕陶淵明歸隱田廬的瀟灑自在。語言淡雅，意境渾成，思致清脱深遠。

【注釋】

〔一〕秘訣：隱秘而不公開的方術。晉干寶《搜神記》卷一：「遇異人授以秘訣。」此指《三輔學堂正訣》。題品：此指相面。相術之一種。觀察人的面貌以推測其吉凶禍福。劉延世《孫公談圃》卷上稱劉虚白「善三輔學堂，秖相兩府。」參見本詩「附録」。

〔二〕君平：姓嚴，名遵，字君平，西漢成都擅長卜筮者。《漢書·王貢兩龔鮑傳》：「（嚴）君平卜筮於成都市，以爲卜筮者賤業，而可以惠衆人。有邪惡非正之問，則依蓍龜爲言利害；與人子言，依於孝；與人弟言，依於順；與人臣言，依於忠，各因埶導之以善。」宋徐子光《蒙求集注》卷下《君平賣卜》：「前漢嚴遵，字君平，蜀郡人。修身自保，非其服弗服，非其食弗食。卜筮于成都市，以爲卜筮者賤業，而可以惠衆人，有邪惡非正之問，則依蓍龜爲言利害，與人子言依於孝，與人弟言依于順，與人臣言依於忠，各因勢導之。以善裁，日閲數人，得百錢，足自養，則閉肆下簾而授《老子》，博覽無不通，依老莊之指，著書十餘萬言。揚雄少時從游學，及雄仕京師，數爲朝廷在位賢者稱君平。德年九十餘終。」

〔三〕韁鎖牽拘：官場規矩、名韁利鎖使自己受羈絆，失去自由。南山去結廬：陶淵明辭官歸田後，築舍廬山，過隱居生活。南山，即廬山。陶詩《飲酒》其五有云：「採菊東籬下，悠然見南山。」亦化用孟浩然《歸故園作》詩「南山歸弊廬」以及杜甫《曲江三章》詩「故將移住南山邊」。

〔四〕「自顧」二句：自念無需勞駕你對我讚譽，因爲我秖是偶爾穿上官服，很快就要歸隱田園。

自顧：自念。曹植《贈白馬王彪》詩：「自顧非金石，咄唶令心悲。」李善注：「鄭玄《毛詩箋》曰：『顧，念也。』」章服裹猨狙：《莊子·天運》：「今取猨狙而衣以周公之服，彼必齕齧挽裂，盡去而後慊。」《史記·項羽本紀》：「説者曰：『人言楚人沐猴而冠耳，果然。』」司馬貞索隱：「言獮猴不任久著冠帶。」

【附　録】

劉延世《孫公談圃》卷上：「劉虚白，金陵人。善三輔學堂，秖相兩府。見曾子固，曰：『乞兒也。』陳執中爲撫州通判，使者將劾之，虚白曰：『無患，公當作宰相。』使者果被召，半道而去。王益知韶州，自期必至公輔。韶有張九齡廟，相傳兩府過，雖赤日亦下雨。王過，雨作，尤自負，還金陵，盛服見虚白，曰：『幾時入兩府？』虚白笑曰：『秖做得都官。』益大怒，欲危以事。時茶禁嚴，聞虚白自南來，使人伺察，爲一郡將庇之，得免。後虚白竟以他事杖脊，而益果終都官郎中。」

《江南通志》卷一七〇《人物志》：「劉虚白，金陵人，善相。陳執中爲撫州通判，使者將劾之。虚白曰：『無患。』使者果被召，半道而去。王益知韶州，幾大拜，還金陵，召虚白問狀。虚白曰：『當得一都官止耳。』益不懌，以他事繫之，已而益果終都官郎中。」

歐陽修詩編年箋注卷十四

嘉祐五年至嘉祐八年作

乞藥有感呈梅聖俞

宣州紫沙合，圓若截郫筒。偶得今十載，走宦南北東〔一〕。持之聖俞家，乞藥戒羸僮。聖俞見之喜，遽以手磨礱。謂此吾家物，問誰持贈公？因嗟與君交，事事無不同〔二〕。憶昔初識面，青衫游洛中。高標不可揖，杳若雲間鴻。不獨體輕健，目明仍耳聰〔三〕。爾來三十年，多難百憂攻。君晚得奇藥，靈根斸離宫。其狀若狗蹄，其香比芎藭〔四〕。愛君方食貧，面色悦以豐。不憚乞餘劑，庶幾助衰癃〔五〕。平時一笑歡，飲酒各爭雄。向老百病出，區區論藥功。衰盛物常理，循環勢無窮〔六〕。寄語少年兒，慎勿笑兩翁。

【題解】

原輯《居士外集》卷四，繫嘉祐五年（一〇六〇）。作於是年初春，詩人時年五十四歲，官給事中、知制誥、史館修撰、充翰林學士、兼龍圖閣學士，在朝主修《唐書》。梅堯臣《宛陵先生集》卷二三有《次韻永叔乞藥有感》詩，朱東潤亦繫今年歲首。本年「春寒」時節，歐書簡《與馮章靖公當世》其三、《與王懿恪公君貺》其四等，均述及自身「衰病無堪」、「以目病眩晃，不勝飲酒」等，知其乞藥有以。詩人乞藥梅堯臣，回顧雙方三十年的深厚交誼，感慨老病人生及盛衰天理。託物抒懷，叙議雜生，情理相融，唱歎無窮。

【注釋】

〔一〕「宣州」四句：宣州紫沙藥盒，圓形似郫筒，我帶著它走南闖北，已有十年之久。　宣州：梅堯臣故里，宋屬江南東路，治所在今安徽宣城。　郫筒：竹製盛酒具。郫人截大竹二尺以上，留一節爲底，刻其外爲花紋，或朱或黑或不漆，用以盛酒。李商隱《因書》詩：「海石分棋子，郫筒當酒缸。」　走宦：仕宦奔波。宦，原本校云：「一作『官』。」

〔二〕「持之」八句：老僕人受命前往乞藥，梅堯臣撫摸紫沙盒，以爲是自家之物，我亦感慨兩人結交後，許多事物不約而同。　戒羸僮：吩咐、告誡老僕人。　磨礱：摩挲，撫摸。

〔三〕「憶昔」六句：回憶當年洛邑初識時，年輕的梅堯臣官微志高，身强體壯。　青衫游洛中：歐天聖九年(一〇三一)以留守推官入錢惟演西京幕府,結識梅堯臣等,徧游洛陽名勝。高標:清高脱俗。《世説新語·德行》:「李元禮風格秀整,高自標持。」《舊唐書·武攸緒傳》:「王(武攸緒)高標峻尚,雅操孤貞。」不可揖:不可分庭抗禮,謂自己不如梅堯臣。揖,拱手行禮。陸游《老學庵筆記》卷八:「古所謂揖,但舉手而已。」

〔四〕「爾來」六句:三十年來梅氏陷入貧病交加,晚年得以救治,全賴一種形狀似狗蹄、香味類芎藭的奇藥。梅堯臣《次韻永叔乞藥有感》:「公問我餌藥,石臼將使礱。我餌乃藤根,得方非倉公。曾聞李習之,其品今頗同。此物俗爲賤,不入貴品中。吾妻希孟光,自春供梁鴻。荏苒歲月久,顔丹聽益聰。」靈根:神木的根,亦爲植物根苗的美稱。晉孫拯《贈陸士龍》詩:「制動以靜,秘景在陰,靈根可棲,樂此隈岑。」離宫:天子出行在外所住的宫室。此藥當如漢時初種在離宫旁的外國物種那樣珍貴。《漢書·西域傳》:「外國使來衆,益種蒲陶、目宿,離宫館旁極望焉。」芎藭:多年生草本植物,葉似芹,秋開白花,有香氣。或謂嫩苗未結根時名曰蘼蕪,既結根後乃名芎藭。根莖皆可入藥。以産於四川者爲佳,故又名川芎。《山海經·西山經》:「又北百八十里,曰號山,其木多漆、椶,其草多藥、虈、芎藭。」郭璞注:「芎藭,一名江蘺。」

〔五〕「愛君」四句:羨慕梅堯臣生活貧苦而臉色豐潤,希望乞取此藥根治衰病。食貧:《詩·衛風·氓》:「自我徂爾,三歲食貧。」馬瑞辰通釋:「食貧猶居貧。」衰癃:衰弱多病。《續資治通鑑·宋欽宗靖康二年》:「乃以衰癃之質,起於閑廢之中。」

〔六〕「向老」四句:年老衰病非藥效所能救治,世上萬物盛極而衰,循環往復本是自然之理。

【附　録】

此詩輯入清吴之振《宋詩鈔》卷一二。

二月雪

寧傷桃李花,無損杞與菊。杞菊吾所嗜,惟恐食不足〔一〕。花開少年事,不入老夫目。老夫無遠慮,所急在口腹〔二〕。風晴日暖雪初銷,踏泥自採籬邊緑〔三〕。

【題　解】

原輯《居士集》卷八,繫嘉祐五年。作於是年二月,時任史館修撰、翰林學士、兼龍圖閣學士,主修《唐書》。梅堯臣《宛陵先生集》卷二三《次韻永叔二月雪》詩云:「春雪損萌芽,未必摧杞菊。我心無愛憎,隨分樂自足。」本詩借詠二月雪,表達對杞菊的嗜好。詩律舒緩,詩語疏暢,抒寫生活情趣,風調俊逸清爽。

【注釋】

〔一〕杞與菊：枸杞與菊花。其嫩芽、葉可食，皆爲養生之物。菊，或説爲菊花菜，即茼蒿。陸龜蒙《杞菊賦》序：「天隨子宅荒，少牆屋，多隙地，著圖書所前後皆樹以杞菊。春苗恣肥，日得以采擷之，以供左右杯案。」宋陳元靚《歲時廣記》卷二「賦杞菊」條：「陸龜蒙自號天隨子，常食杞菊。及夏五月，枝葉老硬，氣味苦澀，猶食不已。因作《杞菊賦》以自廣云：『爾杞未棘，爾菊未莎，其如余何？』東坡詩云：『飢寒天隨子，杞菊自擷芼。』」

〔二〕口腹：指飲食，吃喝。梅堯臣《次韻永叔二月雪》：「杞菊嫩且甘，豈不飽我腹。」

〔三〕「風晴」二句：風和日麗、積雪融化時，我將外出採摘杞菊。

劉丞相挽詞二首

其一

南國鄰鄉邑，東都並儁游〔一〕。賜袍聯唱第，命相見封侯〔二〕。念昔趨黄閣，相看笑白頭〔三〕。盛衰同俯仰，旌旐送山丘〔四〕。

其二

連章相府辭榮寵，擁旆名都出鎮臨〔五〕。年少已推能宰社，鄉人終不見揮金〔六〕。長蛟息浪歸帆穩〔七〕，喬木生煙蔽日深。平昔家庭敦友愛，可憐松檟亦連陰〔八〕。

【題解】

原輯《居士外集》卷七，無繫年，列嘉祐四年至七年詩間。作於嘉祐五年三月，時任史館修撰、翰林學士、兼龍圖閣學士，主修《唐書》。劉丞相，即劉沆，字沖之，吉州永新人。天聖八年與詩人同登第。歷官知衡州、三司度支、户部判官、知制誥等。先後出知潭州、和州、江州。皇祐三年參知政事，至和元年同中書門下平章事。嘉祐初出知應天府，徙陳州。《宋史》卷二八五有傳。據《宋史·仁宗本紀》，本年三月四日，劉沆卒于知陳州任，享年六十六。《宋詩紀事》卷二〇亦有梅堯臣《劉丞相挽詞二首》。組詩「其一」叙寫平生與劉沆同鄉同年同事，對其突然逝世深表哀悼。「其二」讚揚劉沆材高德劭，對其千里歸葬深表關切。哀挽逝者，感念良深，字裏行間寄寓沉痛哀思，極富唐詩風韻。

【注釋】

〔一〕「南國」二句：劉沆籍屬吉州永新縣，詩人籍屬吉州永豐縣，故云「鄰鄉邑」。二人同舉天聖八年禮部試，至和、嘉祐間同在汴京爲官，故云「並儁游」。

〔二〕賜袍：二人同年進士及第，歐爲省試第一，劉爲殿試第二，同受朝廷賜袍唱第。　命相見封侯：《宋史·宰輔表二》：至和元年「八月丙午，劉沆參知政事依前工部侍郎加同平章事，集賢殿大學士」。元豐中追封兗國公。《長編》卷三〇九宋神宗元豐三年閏九月乙卯：「贈太師中書令兼尚書令劉沆追封兗國公，贈太尉，謚文安。」

〔三〕黄閣：宰相府。漢代丞相、太尉和漢以後的三公官署避用朱門，廳門塗黄色，以區别于天子。唐時門下省亦稱黄閣。漢衛宏《漢舊儀》卷上：「〔丞相〕聽事閣曰黄閣。」

〔四〕俯仰：比喻時間短暫。三國魏阮籍詩《詠懷》其三十二：「去此若俯仰，如何似九秋？」　旌旐：送葬用的一種魂幡。

〔五〕「連章」二句：嘉祐元年（一〇五六）末，劉沆被劾挾私出御史，連上奏章請辭相位，以觀文殿大學士、工部尚書出知應天府，後遷刑部尚書，徙陳州（今河南淮陽）。　鎮臨：猶鎮守。

〔六〕「年少」句：《史記·陳丞相世家》：「里中社，（陳）平爲宰，分肉食甚均。父老曰：『善，陳孺子之爲宰！』平曰：『嗟乎，使平得宰天下，亦如是肉矣！』」　劉沆精明有吏才。《宋史·劉沆傳》：「爲大理評事、通判舒州。有大獄歷歲不決，沆數日決之。……出知衡州，大姓尹氏欺鄰翁老子幼，欲竊取其田，乃僞作賣券，及鄰翁死，遂奪而有之。其子訴於州縣，二十年不得直，沆至，復訴之。尹氏持積歲稅鈔爲驗，沆曰：『若田千頃，歲輸豈特此耶？爾始爲券時，嘗如敕問鄰乎？其人固多在，可訊也。』尹氏遂伏罪。」不見揮金：西漢疏廣、疏受告老回鄉，未向子孫疏散金銀，以免其怠惰而捐志益過。參見本書《感春雜言》注〔六〕所引《漢書·疏廣傳》。

〔七〕長蛟息浪：劉沆靈柩沿水路返鄉歸葬，祈祝一路風平浪靜。

〔八〕「平昔」二句：劉沆家族平日和睦相處，死後合葬在一起，墓地樹木交枝連蔭。松檟：松樹與檟樹，常被栽植墓前，亦作墓地的代稱。唐張説《贈吏部尚書蕭公神道碑》：「松檟雖幽，音徽不昧。」

答和閣老劉舍人雨中見寄

花間鳥語愁泥滑，屋上鳩鳴厭雨多〔一〕。坐見殘春一如此〔二〕，可憐吾意已蹉跎。蕭條兩鬢霜後草，瀲灩十分金卷荷〔三〕。此物猶能慰衰老，稍晴相約屢相過〔四〕。

【題　解】

原輯《居士集》卷一三，繫嘉祐五年。作於是年三月，時任史館修撰、翰林學士、兼龍圖閣學士，主修《唐書》。閣老劉舍人，即劉敞，時爲起居舍人、知制誥。閣老是唐人對中書舍人年資深久者的敬稱。《舊唐書·楊綰傳》：「舍人年深者謂之閣老。」《丁晉公談録》：「中書舍人是閣老。」劉敞《公是集》卷二五有《奉和永叔雨中見寄》詩，梅堯臣《宛陵先生集》卷二三亦有詩《和劉原甫復雨寄永叔》。本詩作者以春末多雨愁人，感念年老體衰，誠邀劉敞登門飲酒。語言質樸，敘寫日常生活體驗，筆致細膩平和，曲盡人情，

【注釋】

〔一〕泥滑：鳥叫聲，又作泥滑滑。王安石《送項判官》詩：「山鳥自呼泥滑滑，行人相對馬蕭蕭。」

鳩鳴：鳩鳴爲天雨之徵候。宋陸佃《埤雅》卷六：「暮，鳩鳴即小雨；朝，鳶鳴則大風。」

〔二〕「坐見」句：劉敞《奉和永叔雨中見寄》：「卧聽雞鳴知景晦，起逢花謝惜春殘。」

〔三〕瀲灧：水波蕩漾貌，這裏指酒。白居易《中秋愛山玩月》詩：「一笑團欒人似月，十分瀲灧酒生瀾。」　金卷荷：荷葉形酒杯，即荷葉杯。元好問《聞丘丈晚集慶壽作詩戲之》：「緩聽一曲玉連鎖，滿泛十分金卷荷。」

〔四〕此物：指酒。　老：原本校云：「一作『病』。」　相過：過訪，拜訪。

寄閣老劉舍人

夢寐江西未得歸，誰憐蕭颯鬢毛衰〔一〕。莓苔生壁圖書室，風雨閉門桃李時〔二〕。得酒雖能

陪笑語，老年其實厭追隨〔三〕。明朝雨止花應在，又踏春泥向鳳池〔四〕。

【題解】

原輯《居士集》卷一三，繫嘉祐五年。作於是年三月，時任史館修撰、翰林學士、兼龍圖閣學士，主修《唐書》。梅堯臣《宛陵先生集》卷二三有《次韻和永叔雨中寄原甫舍人》詩，即和歐此詩。梅詩有云：「細籠芳草踏青後，欲打梨花寒食時。」可知時在三月清明前後。閣老劉舍人，即劉敞。參見上詩題解。詩人求歸不成，風雨閉門，感傷年邁體衰，嚮往歸隱而流露無奈。本人情，狀風物，節律平實舒緩，情意真摯殷切。

【注釋】

〔一〕「夢寐」二句：嘉祐二年至四年，歐七次上奏書乞知洪州，均未獲準。蕭颯：稀疏，淒涼。李白《飛龍引》其二：「下視瑶池見王母，蛾眉蕭颯如秋霜。」

〔二〕「莓苔」二句：書齋牆壁長滿青苔，桃李花開時節，又因風雨難以出門。梅堯臣《次韻和永叔雨中寄原甫舍人》：「賴得春巢燕未歸，高簷終日雨衰衰。細籠芳草踏青後，欲打梨花寒食時。」莓苔：青苔。蘇舜欽《寄守堅覺初二僧》詩：「松下莓苔石，何年重訪尋。」

〔三〕「得酒」二句：喝酒時雖然陪同歡聲笑語，老人其實都愛清静而怕熱鬧。

〔四〕鳳池：禁苑中池沼，代指翰林院。時歐以翰林學士主修《唐書》，故云。

寄題劉著作羲叟家園效聖俞體

嘉子治新園，乃在太行谷〔一〕。山高地苦寒，當樹所宜木〔二〕。群花媚春陽，開落一何速。凛凛心節奇，惟應松與竹〔三〕。毋栽當暑槿，寧種深秋菊。菊死抱枯枝，槿豔隨昏旭〔四〕。黄楊雖可愛，南土氣常燠。未知經雪霜，果自保其緑。顔色苟不衰，始知根性足〔五〕。此外衆草花，徒能悦凡目。千金買姚黄，慎勿同流俗〔六〕。

【題解】

原輯《居士集》卷九，無繫年，列嘉祐五年詩間。作於是年春，時任史館修撰、翰林學士、兼龍圖閣學士，主修《唐書》。劉著作，即羲叟，《宋史》卷四三二《儒林傳》：「劉羲叟，字仲更，澤州晉城人。歐陽修使河東，薦其學術。試大理評事，權趙州軍事判官。精算術，兼通《大衍》諸曆。及修唐史，令專修《律曆》、《天文》、《五行志》。尋爲編修官，改秘書省著作佐郎。以母喪去，詔令家居編修。書成，擢崇文院檢討，未入謝，疽發背卒。」宋杜大珪《名臣碑傳琬琰之集》中卷三八范鎮《劉檢討羲叟墓誌銘》：「嘉祐二年以母喪罷，有詔就第編修。既釋服還職，明年而書成，授崇文院檢討，未入謝，以病卒，年四十四，實五年八月壬戌也。」時劉羲叟守母喪居家修《唐書》，兼治澤州園亭，梅堯臣《宛陵先生集》卷二三有《寄題劉仲叟（當作更）澤州園亭》詩，歐仿效梅堯臣詩風亦寄題此作。劉攽《彭城集》卷六有詩《題劉羲叟著作澤州園亭》。本詩作者奉勸劉氏植種松竹與秋菊，寓含不遂世俗，砥礪節操的人格激勵。倣效梅堯臣詩風，詠物平易，興寄深沉，題詠閒適生活，仍見崢嶸之氣。

【注釋】

〔一〕太行谷：劉羲叟家晉城，在太行山南部，故云。梅堯臣《寄題劉仲叟（當作更）澤州園亭》：「城臨太行谷，谷暖宜草木。」

〔二〕「當樹」句：應該種植適宜的樹木。梅堯臣《寄題劉仲叟（當作更）澤州園亭》：「城臨太行谷，谷暖宜草木。」

〔三〕「群花」四句：與爭春的群花相比，松竹具有凜然氣節。凜凜：威嚴而使人敬畏的樣子。

〔四〕「毋栽」四句：不栽夏天短暫開花的木槿，要種秋季淩寒吐香的菊花。槿豔隨昏旭：《淮南子·時則訓》：「木堇榮。」高誘注：「木堇，朝榮暮落。」昏旭，指短時間。前蜀杜光庭《醮名山靈化詞》：「未更昏旭，悉已蕩餘。」

〔五〕「黄楊」六句：黄楊樹雖然可愛，但不知是否本性堅強，經得起雪霜考驗。梅堯臣《寄題劉仲叟（當作更）澤州園亭》：「婆娑黄楊樹，誰謂逢閏縮。」燠：暖，熱。《爾雅·釋言》：「燠，暖也。」根性：佛教語。佛家認爲氣力之本曰根，善惡之習曰性。人性有生善惡作業之力，故稱「根性」。蘇軾《勝相院經藏記》：「凡見聞者，隨其根性，各有所得。」

〔六〕「千金」二句：千萬不要像凡夫俗子那樣，花費千金去購買牡丹名種。姚黄：牡丹花的名種之一。五代王周《和杜運使巴峽地暖節物與中土異黯然有感》其三：「花品姚黄冠洛陽，巴中春早羨孤芳。」

【附録】

此詩輯入清陳焯《宋元詩會》卷一〇。

胡仔《苕溪漁隱叢話》前集卷四二引《王直方詩話》：「歐陽文忠亦嘗效聖俞體作一篇，有云：『嘉子治新園，乃在太行谷。』題劉羲叟家園也。」

壽樓

碧瓦照日生青煙，誰家高樓當道邊。昨日丁丁斤且斵，今朝朱欄横翠幕。主人起樓何太高？欲誇富力壓群豪〔一〕。樓中女兒十五六，紅膏畫眉雙鬢緑。日暮春風吹管絃，過者仰首皆留連〔二〕。應笑樓前騎馬客，腰垂金章頭已白。苦貪名利損形骸，爭若庸愚恣聲色〔三〕。朝見騎馬過，暮見騎馬歸。經年無補朝廷事，何用區區來往爲〔四〕！

【題解】

原輯《居士外集》卷四，無繫年，列至和二年至嘉祐五年詩間。作於嘉祐五年春，時任翰林學士，兼史館修撰，主修《唐書》。此詩詠歌壽樓富麗豪華，凡夫俗子迷戀歌舞享樂。反省自身，居官衰病而無所作爲，心裏充滿愧疚鬱悶。韻隨句轉，情酣興濃，古體新用，唱歎無窮。

【注釋】

〔一〕「碧瓦」六句：路邊高樓拔地而起，一派富麗堂皇，炫耀主人超群財力。丁丁：伐木之聲。《詩·小雅·伐木》：「伐木丁丁，鳥鳴嚶嚶。」富力：財力。

〔二〕「樓中」四句：樓中女子美麗善歌，行人無不迷戀。留連：即流連。依戀不捨。

〔三〕「應笑」四句：可笑自己白髮而戀棧，追求名利卻損耗體質，不如那些庸俗者自在快活。金章：金質的官印。一説，銅印。因以指代官宦仕途。鮑照《建除》詩：「開壤襲朱紱，左右佩金章。」爭若：怎麽像，怎如。

〔四〕「經年」二句：年邁體衰，于國無補，何苦早出晚歸爲朝事而奔波。區區：匆忙，急忙。歐書簡《與韓忠獻王稚圭》其八（皇祐元年）：「自去春初到維揚……自後區區不覺逾歲。」

【附　録】

此詩輯入明曹學佺《石倉歷代詩選》卷一四〇。又輯入清吴之振《宋詩鈔》卷一一。范大士《歷代詩發》卷二三評曰：「持禄養交之人，曾不若富豪之恣情聲色詘笑，誠爲定評。」

哭聖俞

昔逢詩老伊水頭，青衫白馬渡伊流。灘聲八節響石樓，坐中辭氣凌清秋。一飲百盞不言休，酒酣思逸語更遒〔一〕。河南丞相稱賢侯，後車日載枚與鄒〔二〕。我年最少力方優，明珠白璧相報投。詩成希深擁鼻謳，師魯捲舌藏戈矛〔三〕。三十年間如轉眸，屈指十九歸山丘。凋零所餘身百憂，晚登玉墀侍珠旒。詩老齏鹽太學愁，乖離會合謂無由，此會天幸非人謀〔四〕。頷鬚已白齒根浮，子年加我貌則不。歡猶可彊閒屢偷，不覺歲月成淹留〔五〕。文章落筆動九州，釜甑過午無饋餾。良時易失不早收，篋櫝瓦礫遺琳璆〔六〕。薦賢轉石古所尤，此事有職非吾羞。命也難知理莫求，名聲赫赫掩諸幽〔七〕。翩然素旐歸一舟〔八〕，送子有淚流如溝。

【題解】

原輯《居士集》卷八，無繫年，列嘉祐五年詩間。作於是年六月末，時任史館修撰、翰林學士、兼龍圖閣學士，主修《唐書》。四月二十五日，梅堯臣卒于京師，享年五十九。歐《梅聖俞墓誌銘》云：「嘉祐五年，京師大疫，四月乙亥，聖俞得疾，卧城東汴陽坊……居八日癸未，聖俞卒……粤六月甲申，其孤增載其柩南歸。」詩人送柩南歸時，以柏梁之體，悲傷之語，深情回憶往昔，哀叙現實，表達對摯友不幸去世的深切哀悼。劉敞《公是集》卷一八有詩《同永叔哭聖俞》，王安石《臨川先生文集》卷九亦有《哭梅聖俞》詩。本詩首十二句深情回憶三十年前洛陽結社的情景；次十一句哀叙三十年來詩友凋零、梅氏身家窮愁的現實；末十句哭訴詩友死後的家境蕭條與詩稿零散。生離死别，泣血之章，長歌當哭，盪氣迴腸。在宋詩發展史上，歐梅唱和至此結束，而以歐陽修、梅堯臣、蘇舜欽爲中心的北宋中期詩文革新業已取得決定性勝利。

【注釋】

〔一〕「昔逢」六句：回憶與梅堯臣初次結交的往事。天聖九年（一〇三一），歐在伊水邊與梅堯臣相識。參見本書《書懷感事呈梅堯臣》詩。八節灘、石樓都是洛陽名勝。參見本書《龍門分題十五首》詩注〔八〕、注〔一一〕。凌清秋：比喻談吐不凡。凌，超越。清秋，明淨爽朗的秋天。

〔二〕河南丞相：指前西京留守、判河南府錢惟演，曾加同中書門下平章事，故云。稱賢侯：梅詩獲得錢惟演稱賞。《宋史・梅堯臣傳》：「梅堯臣……工爲詩，以深遠古淡爲意，間出奇巧，初未爲人所知。用詢蔭爲河南主簿，錢惟演留守西京，特嗟賞之，爲忘年交，引與酬倡，一府盡傾。」　後車：副車，侍從所乘之車。曹丕《與朝歌令吴質書》：「從者鳴笳以啟路，文學託乘於後車。」　枚與鄒：西漢枚乘與鄒陽，二人同爲梁孝王幕客，著名才辯之士。此處比喻西京幕府多有才學之士，錢惟演出行，車後跟隨的都是詩文高手。

〔三〕「我年」四句：回憶年輕時在洛陽交往之文壇群英。　明珠白璧：比喻唱和的華美詩文。張籍《節婦吟》：「贈妾雙明珠。」李白《古風》其五十五：「一笑雙白璧，再歌千黄金。」　希深：謝絳，當時任河南府通判，洛陽詩社的實際盟主。　擁鼻謳：掩鼻吟詠，指用雅聲曼聲吟詠。典出《晉書・謝安傳》及《世説新語・雅量》注，參見本書《七交七首》注〔一一〕。　師魯：尹洙，歐的詩文好友。　捲舌：不開口，閉口不言。　戈矛：比喻能言善辯。尹洙時稱「辯老」。歐書簡《與梅聖俞》其三：「師魯之辯，亦仲尼、孟子之功也。」

〔四〕「三十年」七句：感傷昔日詩壇群英的凋零，慨歎自己與梅氏的遇合。　三十年：天聖九年至嘉祐五年，整三十年。　十九歸山丘：十分之九死亡。歐《祭梅聖俞文》：「念昔河南，同時一輩。零落之餘，惟予子在。子又去我，予存兀然。」　晚登玉墀：自己晚年成爲侍從之官。玉墀，玉石砌成的臺階，代指朝廷。　珠旒：帝王冠冕前懸掛的珠串。代指皇帝。　詩老齏鹽：梅堯臣官國子監直講，生活清苦。韓愈《送窮文》：「太學四年，朝齏暮鹽。」　乖離：離別，分離。歐《哭曼卿》詩：「乖離四五載，人事忽焉殊。」

〔五〕「頷鬚」四句：感歎自己未老先衰，梅氏雖年長於我，氣色精神卻强於自己。歐《祭梅聖俞文》：「予狷而剛，中遘多難。氣血先耗，髮鬚早變。子心寬易，在險如夷。年實加我，其顔不衰。」歲月成淹留：自己日後的歲月衹是虛度而已。淹留，滯留。

〔六〕「文章」四句：惋惜梅氏的悲劇命運，文卓材高而缺衣少食。劉敞《同永叔哭聖俞》：「名爲實賓道所捐，才與時逆行苦邅。起草建禮衰可憐，掌教國子寒無氈。」釜甑：古代炊具，煮飯用。過午無饙餾：吃了午餐無晚飯。饙餾，蒸飯。韓愈《南山詩》：「或如火熺焰，或若氣饙餾。」錢仲聯集釋引祝充曰：「饙餾，蒸飯。」此指飯食。「篋櫝」句：以箱匣收藏無用的瓦礫，卻丟失寶貴的美玉。

〔七〕「薦賢」四句：薦賢用才自古難，梅氏不見用，責任在有司，還有那不可捉摸的命運主宰。王安石《哭梅聖俞》詩：「貴人憐公青兩眸，吹噓可使高岑樓，坐令隱約不見收。」婉諷歐陽修等未盡力薦梅氏，歐似在替自己辯解。薦賢轉石：薦賢用才很難成功。《漢書·劉向傳》：「用賢則如轉石，去佞則如拔山。」尤：責備，怪罪。掩諸幽：埋在地下。

〔八〕素旐：白色的招魂幡。歸一舟：本年六月，梅堯臣子以舟載其父靈柩南歸宣城。參見歐《梅聖俞墓誌銘》。

【附録】

此詩輯入宋呂祖謙《宋文鑑》卷二一，又輯入明李蓘《宋藝圃集》卷九，又輯入清吴之振《宋詩鈔》卷一二、陳訏《宋十五家詩選·廬陵詩選》。

葛立方《韻語陽秋》卷一：「歐公一世文宗，其集中美梅聖俞詩者，十幾四五。稱之甚者，如『詩成希深擁鼻謳，師魯捲舌藏戈矛。』……聖俞詩佳處固多，然非歐公標榜之重，詩名亦安能至如此之重哉。歐公後有詩云：『梅窮獨我知，古貨今難賣。』而聖俞《贈滁州謝判官詩》亦云：『我詩固少愛，獨爾太守知。』皆言識之者鮮矣。張芸叟評其詩云：『如深山道人，草衣捆屨，王公大人見之屈膝。』」

袁桷《清容居士集》卷四六：「都官公與歐陽公繇河南幕府締交最久，至嘉祐元年始一薦爲直講，距都官之死僅五年耳。故王荆公挽詩有云：『貴人憐公青兩眸，吹噓可使高岑樓。坐令隱約不見收，空能乞錢助饙餾。』此蓋爲歐公發也。」

奉答原甫見過寵示之作

不作流水聲〔一〕，行將二十年。吾生少賤足憂患，憶昔有罪初南遷。飛帆洞庭入白浪，墮淚三峽聽流泉。援琴寫得入此曲，聊以自慰窮山間。中間永陽亦如此，醉卧幽谷聽潺湲〔二〕。

自從還朝戀榮禄，不覺鬢髮俱凋殘。耳衰聽重手漸顫，自惜指法將誰傳？偶欣日色曝書畫，試拂塵埃張斷絃。嬌兒癡女遶翁膝，爭欲彊翁聊一彈〔三〕。紫微閣老適我過，愛我指下聲泠然。戲君此是伯牙曲，自古常歎知音難〔四〕。君雖不能琴，能得琴意斯爲賢。自非樂道甘寂寞，誰肯顧我相留連。興闌束帶索馬去，却鎖塵匣包青氈〔五〕。

【題　解】

原輯《居士集》卷八，繫嘉祐五年。詩中有云「偶欣日色曝書畫」，作於是年夏秋間，時任史館修撰、翰林學士、兼龍圖閣學士，主修《唐書》。劉敞喜聞歐彈曲，有詩唱和。劉敞《公是集》今不存此「見過寵示」之作。詩歌前半部分題詠琴曲回憶仕宦歷程，後半部分感慨劉敞爲平生知音。雜言參差，自由暢達，文氣舒卷之中，洋溢人生體驗與朋友交誼。

【注　釋】

〔一〕流水聲：《高山流水》古琴曲，亦泛指琴曲。梅堯臣《贈張處士》：「一奏流水聲，落指鳴泱泱。」

〔二〕「吾生」八句：自己少時貧賤，一生憂患，景祐三年（一〇三六）貶官夷陵，慶曆五年（一〇四五）再貶滁州，在窮山僻壤聽流泉，寫入琴曲以自慰。　永陽：滁州舊名。

〔三〕「自從」八句：自至和元年（一〇五四）五月還京城爲官，身體越發衰老，琴法日益生疏，偶爾在兒女勉强之下彈奏一曲。耳衰聽重：聽覺遲鈍，耳聾。歐本年《乞洪州第六狀》有云：「兼臣稟賦奇薄，衰羸多病，兩目昏暗，已逾十年。近又兩耳重聽，如物閉塞。前患左臂疼痛，舉動無力。今年以來，又患右手指節拘攣。」曝書畫：曬書畫。古時有七夕曬書畫之習俗。《太平御覽》卷三一引晉王隱《晉書》：「時七月七日，高祖方曝書。」張斷絃：安裝新琴絃。據歐《三琴記》，其平生收藏「張越琴」、「樓則琴」、「雷氏琴」等三把古琴。詩人明道二年有《江上彈琴》詩，慶曆六年《游瑯琊山》詩云「攜琴寫幽泉」，可見其終生以琴遣憂養生。

〔四〕「紫微」四句：適逢劉敞來訪，愛我琴聲清越。於是戲稱所彈之曲爲伯牙曲，因爲自古以來知音難遇。紫微閣老：指劉敞，時爲起居舍人。唐開元元年改中書省爲紫微省，中書舍人爲紫微舍人。黄庭堅《次韻曾子開舍人游籍田載荷花歸》詩：「紫微樂暇日，披襟詠風漣。」泠然：清越激揚的琴音。《晉書·裴楷傳》：「綽子遐，善言玄理，音辭清暢，泠然若琴瑟。」伯牙曲：伯牙善鼓琴，琴曲《水仙操》、《高山流水》，相傳爲其所作。《吕氏春秋·本味》：「伯牙鼓琴，鍾子期聽之。方鼓琴而志在太山，鍾子期曰：『善哉乎鼓琴，巍巍乎若太山。』少選之間而志在流水，鍾子期又曰：『善哉乎鼓琴，湯湯乎若流水。』鍾子期死，伯牙破琴絶絃，終身不復鼓琴，以爲世無足復爲鼓琴者。」後伯牙所彈之曲當爲知音之曲。

〔五〕「君雖」六句：劉君不能琴，卻能識琴心，不是樂於大道、自甘寂寞，誰又會留滯我處聽琴曲。

劉君興盡離去，古琴束諸高閣。琴意斯爲賢：《晉書·陶潛傳》：「性不解音，而畜素琴一張，絃徽不具。每朋酒之會，則撫而和之曰：『但識琴中趣，何勞絃上聲。』」樂道：樂於大道。韓愈《送楊支使序》：「夫樂道人之善，以勤其歸者，乃吾之心也。」青氈：青色毛毯。曹操《與太尉楊彪書》：「今贈足下錦裘二領……青氈牀褥三具。」

【附録】

此詩輯入清吴之振《宋詩鈔》卷一二。

方東樹《昭昧詹言》卷一二評曰：「起追叙。」

聞原甫久在病告有感

東城移疾久離居，安得疑蛇意盡祛〔一〕？諸老何爲譏賈誼，君王猶未識相如〔二〕。浮沉俗喜隨時態，磊落材多與世疎〔三〕。誰謂文章金馬客，翻同憔悴楚三閭〔四〕。

【題解】

原輯《居士外集》卷七，無繫年，列嘉祐四年至七年詩間。作於嘉祐五年夏秋間，時任史館修撰、翰林學士、兼龍圖閣學士，主修《唐書》。《長編》卷一九二嘉祐五年：「九月丁亥朔，翰林學士歐陽修兼侍讀學士。起居舍人、知制誥劉敞爲翰林侍讀學士、知永興軍。初，臺諫劾敞行呂溱責官制詞不直，又前議郭后祔廟，嘗云上之廢后，慮在宗廟社稷，不得不然，是欲道人主廢后也。章十數上，敞不自安。會永興闕守，遂請行。詔從之。」此詩作於劉敞受讒病告，作《病暑賦》之後，當在夏秋之交。詩人讚美劉敞磊落多才，同情朋友遭讒被誣。詩語雅麗，典實繁富，意蘊深沉委婉。

【注釋】

〔一〕「東城」二句：劉敞稱病移居東城，長時間離群索居，如何纔能消除誤解，放下精神包袱？移疾：即移病，封建官吏上書稱病。《漢書·公孫弘傳》：「使匈奴，還報，不合意。上怒，以爲不能，弘乃移病免歸。」顏師古注：「移病，移書言病也。」疑蛇：漢應劭《風俗通·怪神·世間多有見怪驚怖以自傷者》載，杜宣飲于上司應郴家，「北壁有懸赤弩，照於杯中，其形如蛇」。杜甚惡之，但不敢不飲。回家即病，久治不愈。應知之，即招杜「於故處設酒，杯中故復有蛇」。經應説明，杜意遂釋，病頓愈。後以「疑蛇」謂因疑慮而引起的誤解。

〔二〕「諸老」二句：言劉敞受臺諫攻讒之事。歐《集賢院學士劉公墓誌銘》：「方嘉祐中，嫉者衆而攻之急，其雖危而得無害者，仁宗深察其忠也。」讒賈誼：《史記·屈原賈生列傳》：「絳、灌、東陽侯、馮敬之屬盡害之，乃短賈生曰：『雒陽之人，年少初學，專欲擅權，紛亂諸事。』於是天子後亦疏之，不用其議。」賈誼，西漢有名文學家，兼有吏才，不爲君王所用，年僅而立，憂鬱而死。猶未識相如：《史記·司馬相如列傳》：「蜀人楊得意爲狗監，侍上。上讀《子虛賦》而善之，曰：『朕獨不得與此人同時哉！』得意曰：『臣邑人司馬相如自言爲此賦。』上驚，乃召問相如。」司馬相如，西漢有名文學家，以文才而受賞識，武帝時官至中郎將。

〔三〕「浮沉」二句：庸俗者喜歡無原則地隨波上下，與世沉浮，而光明磊落之士堅持原則，大多與世俗不合。

〔四〕金馬客：指翰林學士。金馬，漢時文學之士待詔金馬門，後因以稱翰林院或翰林學士。此指劉敞。參見本書《弔黄學士三首》注〔七〕。楚三閭：屈原。《後漢書·孔融傳》：「忠非三閭，智非鼂錯，竊位爲過，免罪爲幸。」李賢注：「即屈原也，掌王族三姓，曰：昭、屈、景，故曰『三閭』。」

【附録】

劉敞《公是集》卷一《病暑賦》：「伊年六月，天久不雨。陽亢而不能反，陰筦而不能舉。赫兮歊歊，上下癉暑。其中人也，蟨蟳鬱螻。若燻若曜，若烹若灼。若病大甚，而不可救藥；若壯士之困，而草之解縛。若昔酒之酲，若毒蟲之螫。若漬膠漆，若僨溝壑。若商之季，懔乎厥角；若秦之敝，無所措手足。目眩白黑，耳亂清濁。噫，其甚也哉！」

西齋小飲贈别陝州沖卿學士

今日胡不樂，衆賓會高堂。坐中瀛洲客，新佩太守章〔一〕。豈無芳罇酒，笑語共一觴。亦有嘉菊叢，新苞弄微黄〔二〕。所嗟時易晚，節物已凄涼。群鷺方盛集，離鴻獨高翔〔三〕。山川正摇落，行李怯風霜〔四〕。君子樂爲政，朝廷須儁良。歸來紫微閣，遺愛在甘棠〔五〕。

【題解】

原輯《居士集》卷九，繫嘉祐五年。作於是年九月初，時任翰林學士兼侍讀學士、史館修撰，主修《唐書》。胡《譜》：嘉祐五年「七月戊戌（十二日），上新修《唐書》二百五十卷。庚子（十四日），推賞，轉禮部侍郎。九月丁亥（一日），兼翰林侍讀學士」。題下原注：「分得『黄』字爲韻。」《歐集》卷一四六《與王懿敏仲儀》其十一（嘉祐六年）：「弊齋有菊數叢，去歲自開便邀諸公，比過重陽，凡作數會。」此會當屬分題共詠的賞菊會之一，時在九月初。西齋，位於歐陽修汴京居所西廂。陝州，北宋屬陝西路，治今河南陝縣。沖卿，即吴充，參見本書《吴學士石屏歌》題解。據李清臣《吴正憲公充墓誌銘》，吴充時由「三司户部判官，遷尚書祠部員外郎、知陝州」。劉敞《公是集》卷一三有《永叔西齋送沖卿之陝府》詩，題下附注：「得『華』字。」本詩感傷節序流逝，朋輩遠去，勉勵朋友忠心爲政，造福百姓，成爲朝廷棟梁之才。跌宕起伏，氣韻悠揚，託物興寄，意藴深藏。

【注　釋】

〔一〕「今日」四句：今日高朋滿座，喜氣洋洋，自己爲什麽不高興？因爲吴充新授陝州知州，就要離群遠去。《漢書·孔融傳》：「賓客日盈其門，常歎曰：『坐上客常滿，樽中酒不空，吾無憂矣。』」此處反其意而用之。　瀛洲客：學士的雅稱。唐李肇《翰林志》：「唐興，太宗始于秦王府開文學館，擢房玄齡、杜如晦一十八人，皆以本官兼學士，給五品珍膳，分爲三番更直宿于閣下，討論墳典，時人謂之『登瀛洲』。」後人遂以「登瀛洲」爲入學士院之稱。

〔二〕「豈無」四句：宴會上有美酒、歡笑，也有新開的菊花陪伴。

〔三〕「所嗟」四句：嗟歎時光易逝，景物淒涼，群賓盛會後，又有吴充獨自遠去。　群鷺：比喻衆賓客。　離鴻：喻離去的吴充。

〔四〕行李：行旅。亦指行旅的人。杜甫《贈蘇四徯》詩：「别離已五年，尚在行李中。」

〔五〕「君子」四句：勉勵朋友忠心爲政，造福百姓，成爲朝廷俊才。　俊良：賢能優良之士。韓愈《請上尊號表》：「左右前後，莫匪俊良；小大之材，咸盡其用。」　紫微閣：唐開元元年改中書省爲紫微省，中書舍人爲紫微舍人。　此指中書郎官。　甘棠：古人稱頌循吏的美政和遺愛。陝州屬召公治地，故云。　參見《太傅杜相公有答兖州待制之句，其卒章云「獨無風雅可流傳」，因輒成》注〔二〕。

【附録】

此詩輯入清康熙《御選宋金元明四朝詩·御選宋詩》卷一〇。

奉答原甫九月八日見過會飲之作

老大惜時節，少年輕別離〔一〕。我歌君當和，我酌君勿辭。豔豔庭下菊，與君吟繞之。擷其黄金蘂，泛此白玉巵。君勿愛此花，問君此何時。秋風日益高，霜露漸離披。芳歲忽已晚，朱顔從此衰〔二〕。念君將捨我，車馬去有期。君行一何樂，我意獨不怡〔三〕。飛兔不戀群，奔風誰能追？老驥但伏櫪，壯心良可悲〔四〕。

【題解】

原輯《居士集》卷九，繫嘉祐五年。作於是年九月，時任翰林學士兼侍讀學士、史館修撰，主修《唐書》。此九月八日會飲西齋，亦爲歐書簡《與王懿敏公仲儀》其十一（嘉祐六年）所云「數會」之一。《長編》卷一九二嘉祐五年九月丁亥朔：「知制誥劉敞爲翰林侍讀學士、知永興軍。」時尚未赴任。劉敞《公是集》卷二六《九月八日晚會永叔西齋》有云：「醉翁手種菊，呼我宴西齋。落日有餘興，窮秋多所懷。」詩人與劉敞深秋會飲賞菊，賦詩感傷時光流逝，壯志難酬。慨歎朋友有如志存高遠的駿馬，自己則是心有餘而力不足的伏櫪老驥，讀來尤覺沉痛悲壯。立意高遠，託物寄興，叙事狀物之中，蘊含詩人的不平之氣，表現其剛烈個性。

【注釋】

〔一〕時節：四時的節日，此指九月九日重陽節。《吕氏春秋·尊師》：「敬祭之術，時節爲務。」高誘注：「四時之節。」　少年輕別離：沈約《别范安成》：「生平少年日，分手易前期。」

〔二〕「我歌」十二句：二人詩酒吟菊，感慨歲月流逝與人生遲暮。　豔豔：明媚豔麗貌。　黄金蘂：指菊花花蕊。　白玉卮：白玉做成的酒杯。李白《宣城送劉副使入秦》：「昔贈紫騮駒，今傾白玉卮。」　離披：紛紛下落貌，花草衰殘貌。《楚辭·九辨》：「白露既下百草兮，奄離披此梧楸。」朱熹集注：「離披，分散貌。」

〔三〕「念君」四句：感傷朋友即將出知永興軍，表達眷戀與悵惘之情。

〔四〕「飛兔」四句：讚揚朋友超群卓越，自己則是心有餘而力不足。　飛兔：亦作「飛菟」。駿馬名。《吕氏春秋·離俗》：「飛兔、要褭，古之駿馬也。」高誘注：「飛兔、要褭，皆馬名也。日行萬里，馳若兔之飛，因以爲名也。」奔風，猶言追風，駿馬名。北魏楊衒之《洛陽伽藍記·法雲寺》：「琛在秦州，多無政績，遣使向西域求名馬，遠至波斯國，得千里馬，號曰『追風赤驥』。」「老驥」二句：化用曹操詩句「老驥伏櫪，志在千里；烈士暮年，壯心不已」。

【附　録】

此詩輯入明曹學佺《石倉歷代詩選》卷一四〇。

和劉原父從幸後苑觀稻呈講筵諸公

禁籞皇居接，香畦鏤檻邊〔一〕。分渠自靈沼，種稻滿滮田〔二〕。六穀名居首，三農政所先〔三〕。擢莖蒙德茂，養實以時堅〔四〕。曉謁龍墀罷，行瞻鳳蓋翩〔五〕。粹容知喜色，嘉瑞奏豐年〔六〕。衰病慚經學，陪游與俊賢〔七〕。安知帝力及，但樂歲功全〔八〕。拜賜秋風裏，分行黼座前〔九〕。自憐臺笠叟，來綴侍臣篇〔一〇〕。

【題　解】

原輯《居士外集》卷七，無繫年，置嘉祐二年至四年詩間，誤。作於嘉祐五年九月下旬，時任翰林學士兼侍讀學士、史館修撰，主修《唐書》。劉原父，即劉敞。《公是集》卷二六存劉敞原作，題爲《九月二十五日召赴後苑觀稻》，題下原注：「時惟兩府及講筵諸學士得預，時方講《春秋》。」後苑觀稻始于仁宗景祐二年。《玉海》卷七七《景祐觀稼殿觀稻麥》：「景祐二年五月癸巳，後苑新作觀稼殿成。六月辛未，幸後苑觀獲稻及賞瑞竹，遂宴太清樓。寶元二年九月丙辰，召輔臣後苑翠亭觀稻。慶曆六年九月乙未，召輔臣兩制後苑觀稻。」《長編》卷一九二嘉祐五年九月一日載歐陽修兼翰林侍讀學士，起居舍人、知制誥劉敞以翰林侍讀學士知永興軍。劉氏十二月初始到任，九月二十五日在京師，與歐氏同以翰林侍讀學士身份參與後苑觀稻。詩人侍從仁宗後苑觀稻，賦詩呈各位翰林侍讀學士及翰林侍講學士，爲宋廷歌功頌德。

【注　釋】

〔一〕香畦：後苑散發香氣的稻田。　鏤檻：繪有花紋的欄杆。

〔二〕靈沼：池沼的美稱。班固《西都賦》：「神池靈沼，往往而在。」呂延濟注：「稱神、靈，美之。」滮田：水田。《詩·小雅·白華》：「滮池北流，浸彼稻田。」毛傳：「滮，流貌。」

〔三〕六穀：《周禮·天官·膳夫》：「凡王之饋，食用六穀。」鄭玄注引鄭司農曰：「六穀，稌、黍、稷、粱、麥、苽。苽，雕胡也。」稌，即稻。《詩·周頌·豐年》：「豐年多黍多稌。」毛傳：「稌，稻也。」《三字經》稱稻、粱、菽、麥、黍、稷爲「六穀」。　三農：指春、夏、秋三個農時。張衡《東京賦》：「三農之隙，曜威中原。」

〔四〕「擢莖」二句：喻人才培養除有德勳者提攜之外，真正成才尚須長時間充實歷練。德茂：謂道德美盛。司馬相如《難蜀父老》：「漢興七十有八載，德茂存乎六世。」

〔五〕龍墀：借指皇帝。《敦煌曲子詞·望江南》：「數年路隔失朝儀，目斷望龍墀。」鳳蓋：皇帝儀仗的一種。飾有鳳凰圖案的傘蓋。《文選·班固〈西都賦〉》：「張鳳蓋，建華旗。」李善注：「桓子《新論》曰：乘車，玉爪、華芝及鳳凰三蓋之屬。」

〔六〕粹容：純正之容，指天子臉色。嘉瑞：祥瑞。《漢書·宣帝紀》：「承天順地，調序四時，獲蒙嘉瑞，賜兹祉福。」

〔七〕「衰病」二句：自己衰病老年所知經學甚少，秖能陪同諸位賢俊之士游玩。

〔八〕帝力：帝王的作用或恩德。《古今事文類聚》引《通曆》：「帝堯之時，有老人擊壤于路，曰：『吾日出而作，日入而息，鑿井而飲，耕田而食，帝何力于我哉。』」此處反其意而用之。高適《别楊山人》詩：「鑿井耕田不我招，知君以此忘帝力。」歲功：指豐收。

〔九〕黼座：帝座，亦借指皇帝。天子座後設黼扆，故名。

〔一〇〕臺笠：指蓑衣和斗笠。《詩·小雅·都人士》：「彼都人士，臺笠緇撮。」鄭箋：「都人之士，以臺皮爲笠也。」陸機《陸氏詩疏廣要》：「鄭氏則言臺皮爲笠，夫臺但可以爲衣，不可以爲笠。古稱臺笠、蓑笠，自謂臺與笠爾。不必以『臺笠緇撮』之語，必欲合爲一物也。」

【附　録】此詩輯入清《御定佩文齋廣群芳譜》卷八、張景星、姚培謙、王永祺《宋詩别裁集》卷七。

送吴生南歸

自我得曾子，於兹二十年〔一〕。今又得吴生，既得喜且歎。古士不並出，百年猶比肩。區區彼江西，其産多材賢〔二〕。吴生初自疑，所擬豈其倫〔三〕。我始見曾子，文章初亦然。崑崙傾黄河，渺漫盈百川。決疏以道之，漸斂收横瀾。東溟知所歸，識路到不難〔四〕。吴生始見我，袖藏新文篇。忽從布褐中，百寶寫我前。明珠雜璣貝，磊砢或不圓〔五〕。問生久懷此，奈何初無聞？吴生不自隱，欲吐羞俛顔：少也不自重，不爲鄉人憐。中雖知自悔，學問苦賤貧。自謂久而信，力行困彌堅。今來決疑惑，幸冀蒙洗湔〔六〕。我笑謂吴生，爾其聽我言：世所謂君子，何異於衆人。衆人爲不善，積微成滅身。君子能自知，改過不逡巡。惟於斯二者，愚智遂以分〔七〕。顔回不貳過，後世稱其仁。孔子過而更，日月披浮雲。子路初來時，雞冠佩豭豚。斬蛟射白額，後卒爲名臣〔八〕。子既悔其往，人誰禦其新。醜夫祀上帝，孟子豈不云〔九〕。臨行贈此言，庶可以書紳〔一〇〕。

【題解】

原輯《居士集》卷七，繫嘉祐五年。作於是年秋，時任翰林學士兼侍讀學士、史館修撰，主修《唐書》。題下原注：「一作《送吴孝宗，字子京》。」吴生孝宗，江西臨川人。有文才，宋吕南公《灌園集》卷一二《與傅商容書》云：「近者吴孝宗能爲出衆文辭，而邦人呀呀謂之可怪，至信都公（歐陽修）以詩褒賞，然後笑者口吻乃斂。」吴曾《能改齋漫録》卷一四《吴子經言似莊子》：「吴子經，名孝宗，臨川人，荆公之舅。《歐陽文忠集》所載五言古詩《送吴生》者，即子經也。」《江西通志》卷四九《選舉》載吴孝宗登熙寧三年葉祖洽榜進士。蔡上翔《王荆公年譜考略》稱其著有《法語》、《先志》、《巷議》三書，並駁斥宋人筆記有關其人品的訾議。《宋史·藝文志七》著録「《吴孝宗集》二十卷。」此次吴孝宗來訪，歐賦詩送行。首八句由曾鞏引出吴孝宗，盛讚江西多才子；次二十八句比較曾鞏與吴生，引出吴生名聲不彰的原因在於少年不修德行；末二十四句是臨行贈言，勉勵吴生「自知」而「改過」，知過能改則成聖賢。詩歌以曾鞏陪襯吴生，通過稱讚吴生改過自新，表現作者的愛人以德及對後輩的諄諄教誨。叙議雜生，古今縱横，文墨酣暢，有行雲流水般的舒卷美。

【注釋】

〔一〕曾子：即曾鞏，字子固。參見本書《送楊闢秀才》注〔一〕。慶曆元年（一〇四一）曾鞏入太學，有《上歐陽學士第一書》。歐、曾結識，迄今二十年。

〔二〕「古士」四句：世間人才難得，百年間先後産生也算是並肩而出。曾鞏、吴孝宗都是江西人，江西可謂人才輩出。比肩：並列。《繹史》卷一九《文王受命》：「王道衰微，暴亂在上，賢士千里而有一人，則猶比肩也。」江西：宋代江南西路。其轄境與今江西省域比較，東北與西北部稍有差異。

〔三〕「吴生」二句：吴生開始不敢與曾鞏相比，以爲這不合禮制。所擬豈其倫：《禮記·曲禮下》：「儗人必於其倫。」意思是人必須與同類相比。

〔四〕「我始」八句：曾鞏文章頗具氣勢，經由疏導後，越發精粹燦爛。崑崙傾黄河：崑崙山積雪融化匯入黄河，並非洶湧澎湃，奔流既遠，廣納百川，方形成雄偉氣勢。渺漫：廣遠，漫長。高適《東征賦》：「連山鬱其莽蕩，大澤平乎渺漫。」決疏以道之：決山口疏河牀，束縛並導引水流，喻文章寫作由博及約。道，同「導」。東溟知所歸：喻文章主題明確。東溟，即東海。李白《古風》其十一：「黄河走東溟，白日落西海。」

〔五〕「吴生」六句：吴生文章卓犖不凡，像曾鞏一樣有異才而需陶冶。百寶寫我前：奇珍異寶傾瀉在我眼前。寫，原附注：「一作『瀉』。」明珠、璣貝：比喻文采斑爛。磊砢：形容植物多節，喻人有奇特的才能。《世説新語·賞譽》：「庾子嵩目和嶠：『森森如千丈松，雖磊砢有節目，施之大廈，有棟梁之用。』」

〔六〕「問生」十二句：問吴生爲何名聲不彰？吴生自謂少年不自重，希望獲得指教。力行困彌堅：《論語・子罕》：「顏淵喟然歎曰：『仰之彌高，鑽之彌堅。瞻之在前，忽焉在後。』」此指在實踐過程中越來越困難，感覺困惑。 洗湔：洗滌。此指獲得指教。韓愈《示爽》詩：「才短難自力，懼終莫洗湔。」

〔七〕「我笑」十句：詩人向吴生闡釋「君子」與「衆人」之別，在於知錯能改。 積微能滅身：多行小惡，積小成大，最終自滅其身。《新五代史・伶官傳序》：「夫禍患常積於忽微，而智勇多困於所溺，豈獨伶人也哉！」 逡巡：遲疑，猶豫。 斯二者：即「自知」與「改過」。

〔八〕「顏回」八句：以古賢爲例，説明知過能改不影響其成就聲名。 不貳過：同樣的錯誤不犯兩次。《論語・學而》：「有顏回者，好學，不遷怒，不貳過。」 孔子過知更：孔子有過失能够更改。《論語・述而》：「子曰：德之不修，學之不講，聞義不能徙，不善不能改，是吾憂也。」 日月披浮雲：孔子有過能改，就像日月暫時被浮雲所遮，但終究擋不住它的光輝。比喻改過不會影響孔子的地位與光彩。《論語・子張》：「子貢曰：君子之過也，如日月之食焉：過也人皆見之，更也人皆仰之。」 雞冠佩猳豚：《史記・仲尼弟子列傳》：「子路性鄙，好勇力，志伉直，冠雄雞，佩猳豚，陵暴孔子。孔子設禮稍誘子路，子路後儒服委質，因門人請爲弟子。」裴駰集解：「冠以雄雞，佩以猳豚，二物皆勇。子路好勇，故冠帶之。」猳豚，公豬。 斬蛟：暗用周處改過自新典故。《世説新語・自新》：「周處年少時，凶强俠氣，爲鄉里所患，又義興水中有蛟，山中有邅跡虎，並皆暴犯百姓，義興人謂爲『三横』，而處尤劇。或説處殺虎斬蛟，實冀三横唯餘其一。處即刺殺虎，又入水擊蛟，蛟或浮或没，行數十里，處與之俱，經三日三夜，鄉里皆謂已死，更相慶。竟殺蛟而出。聞里人相慶，始知爲人情所患，有自改意……遂改勵，終爲忠臣孝子。」白額：白額虎。

〔九〕「子既」四句：衹要悔過自新，人神都不會拒絶。《孟子·離婁下》：「雖有惡人，齋戒沐浴，則可以祀上帝。」禦其新：阻抗改過自新。醜夫：惡人。

〔一〇〕庶可：希望能够。書紳：把要牢記的話寫在紳帶上以自警。《論語·衛靈公》：「子張書諸紳。」邢昺疏：「紳，大帶也。子張以孔子之言書之紳帶，意其佩服無忽忘也。」

【附録】

魏泰《東軒筆録》卷一二：「吴孝宗，字子經，撫州人，少落魄，不護細行，然文辭俊拔，有大過人者。嘉祐初，始作書謁歐陽文忠公，且贄其所著《法語》十餘篇，文忠讀而駭歎，問之曰：『子之文如此，而我不素知之，且王介甫、曾子固皆子之鄉人，亦未嘗稱子，何也？』孝宗具言少無鄉曲之譽，故不見禮於二公。文忠尤憐之，於其行贈之詩。」按：此處「字子繼」，當爲「字子經」之誤。王安石《臨川先生文集》卷九四《臨川吴子善墓誌銘》有云「故于其弟子經孝宗之求志以葬也」。吴曾《能改齋漫録》卷八云：「子經，名孝宗，歐陽文忠公嘗有詩送吴生者也。」卷一四又云：「吴子經，名孝宗，臨川人，荆公之舅。」《鴻慶居士集》卷三四《宋故右承議郎吴公墓誌銘》亦云：「顯道，江右知名士，早從歐陽文忠公游，與其弟子經俱以文學稱天下。」

吴曾《能改齋漫録》卷八：「程正叔云：『韓退之晚年所爲文，所得甚多。學本是修德，有德然後有言。退之卻是倒學了。因學文求所未至，遂亦有所得。』然此意本吴子經耳。子經《法語》曰：『古之人好道而及文，韓退之學文而及道。』子經名孝宗，歐陽文忠公嘗有詩送吴生者也。荆公與之論文甚著。臨川人。」按：又見吴幵《優古堂詩話》。

黄震《黄氏日鈔》卷六一評曰：「論改過甚暢。」

寄題沙溪寶錫院

爲愛江西物物佳，作詩嘗向北人誇〔一〕。青林霜日换楓葉，白水秋風吹稻花〔二〕。釀酒烹雞留醉客，鳴機織苧徧山家〔三〕。野僧獨得無生樂，終日焚香坐結跏〔四〕。

【題解】

原輯《居士集》卷一四，繫嘉祐五年。作於是年秋，時任翰林學士兼侍讀學士、史館修撰，主修《唐書》。題目「錫」字下原注：「碑本作『積』。」卷末校記：「寶積去沙溪十五里，詩刻猶在，而諸本皆作寶錫，今兩存之。」寶錫院，在永豐沙溪靈鷲山。詩歌描寫江西故里風景優美，物産豐饒，民風淳樸，民生安閒。詩人在讚美野僧無生之樂的同時，流露對故鄉田園之樂的嚮往。筆鋒挾帶感情，鄉土氣息濃郁，叙事、寫景、抒情融爲一體，讀來清新可愛。

【注釋】

〔一〕「爲愛」二句：讚譽故里江西。詩人誇江西，參見本書《盆池》注〔一〕。

〔二〕「青林」二句：江南秋天楓紅稻香的田園風光。青林：蒼翠的樹林，此指楓林。陸游《舍北望水鄉風物戲作絶句》：「乞與畫工團扇本，青林紅樹一川秋。」

〔三〕鳴機：織布機。南朝梁何遜《同虞記室登樓望遠歸》詩：「對窗看寶瑟，入户弄鳴機。」苧：植物名。苧麻。織：原本校云：「墨蹟作『緝』。」

〔四〕「野僧」二句：僧人焚香坐禪的獨得之樂。無生：佛教語，謂没有生滅，不生不滅。晉王該《日燭》：「咸淡泊於無生，俱脱骸而不死。」亦指佛學。結跏：佛教徒坐禪法，即交迭左右足背於左右股上而坐。晉法顯《佛國記》：「菩薩入中，西向結加趺坐，心念若我成道，當有神驗。」

【附録】

此詩輯入清吴之振《宋詩鈔》卷一二、陳訏《宋十五家詩選·廬陵詩選》。

奉送原甫侍讀出守永興

酌君以荆州魚枕之蕉，贈君以宣城鼠鬚之管〔一〕。酒如長虹飲滄海〔二〕，筆若駿馬馳平坂。愛君尚少力方豪，嗟我久衰歡漸鮮。文章驚世知名早，意氣論交相得晚〔三〕。魚枕蕉，一舉十分當覆盞；鼠鬚管，爲物雖微情不淺。新詩醉墨時一揮，别後寄我無辭遠〔四〕。

【題　解】

原輯《居士集》卷八，繫嘉祐五年。作於是年十一月，時任樞密副使。胡《譜》：嘉祐五年「十一月辛丑（十六日），拜樞密副使。」原甫，即劉敞。侍讀，翰林侍讀學士的簡稱。永興，北宋軍府名，治所在今陝西西安。題下原注：「一作『奉送永興安撫劉侍讀』」。《長編》卷一九二嘉祐五年十二月紀事附注：「敞以九月丁亥朔除侍讀、知永興，十二月初始到任。」離京赴任當在十一月。劉敞《公是集》卷二三亦有《留别永叔》詩。本詩讚頌劉敞才華，感慨相得恨晚，贈以名筆，酌以美酒，表達惜别之情。參差雜言，文氣疏暢，巧語誇飾，情韻綿長。

【注釋】

〔一〕「酌君」二句：臨行酌酒贈筆，統領全詩。荆州：古地名，今屬湖北，宋稱江陵府，爲荆湖北路治所。魚枕之蕉：用魚骨製成的狀如芭蕉葉的淺底酒杯。魚枕，亦作「魚魫」。魚頭骨，魚枕骨。可製器或做飾物。宋彭乘《續墨客揮犀·魚魫》：「南海魚有石首者，蓋魚魫也。取其石，治以爲器，可載飲食，如遇蠱毒，器必暴裂，其效甚著。」宣城：宋時縣名，爲宣州州治所在地，在今安徽宣城市。安徽宣城所産的毛筆，稱「宣筆」。歐《試筆·宣筆》：「宣筆初不可用，往時聖俞屢以爲惠，尋復爲人乞去。今得此甚可用，遂深藏之。」鼠鬚之管：用老鼠鬍鬚製成的毛筆。倪濤《六藝之一録》卷一四七《王佐蘭亭禊圖記》：「佐初聞之鄉前輩云：右軍初書《蘭亭序》，用鼠鬚筆、蠶繭紙，遒媚勁健，自謂有神助爾。」

〔二〕長虹：指彩虹。古人以爲長虹善飲。《太平御覽》卷一四引《異苑》：「晉陵薛願，義熙初有虹飲其釜奥，吸響便竭。願輦酒灌之，隨投便竭，吐金滿器。」元陶宗儀《説郛》卷六五下《虹飲》：「晉時晉陵薛願家，有虹飲其釜中水，須臾而竭。願因以酒祝而益之，虹復飲盡，吐金滿釜而去。願家遂至大富。」

〔三〕文章驚世：宋王稱《東都事略》卷七六《劉敞傳》：「敞爲人明白俊偉，博學自信，自六經、諸子、百氏，下至傳記、小説，無所不通。爲文敏贍，在西掖時，一日追封皇子、公主九人，敞將下直，爲之立馬卻坐，一揮九制，文詞典雅，各得其體。」知名早：《宋史·劉敞傳》：「劉敞，字原父，臨江新喻人。舉慶曆進士，廷試第一。編排官王堯臣，其内兄也，以親嫌自别，乃以爲第二。」意氣論交：以志趣相合而成交情。意氣，即志趣。杜甫《贈王二十四侍御契四十韻》：「由來意氣合，直取性情真。」論交，即結交、交朋友。

〔四〕「魚枕蕉」六句：今日酌酒贈筆送行，别後勤寄新詩篇。

【附録】

胡仔《苕溪漁隱叢話》前集卷二九：「永叔《送原甫出守永興詩》云：『酌君以荆州魚枕之蕉，贈君以宣城鼠鬚之管，酒如長虹飲滄海，筆若駿馬馳平阪。』黄魯直《送王郎詩》云：『酌君以蒲城桑落之酒，泛君以湘纍秋菊之英，贈君以黟川點漆之墨，送君以陽關墮淚之聲；酒澆胸中之磊落，菊制短世之頽齡，墨以傳千古文章之印，歌以寫從來兄弟之情。』近時學者，以謂此格獨魯直爲之，殊不知永叔已先有也。」按：又見魏慶之《詩人玉屑》卷八、何汶《竹莊詩話》卷一八、黄溥《詩學權輿》卷五等。

謝榛《謝榛全集》卷二三《詩家直説》：「《古樂府》云：『有所思，乃在大江南。何用問遺君，雙珠瑇瑁簪。』此承上三句而言。鮑明遠《行路難》因學此句發端云：『奉君金巵之美酒，玳瑁玉匣之雕琴。』元微之《金鐺玉珮歌》：『贈君金鐺太霄之玉珮，金鎖禹步之流珠。』歐陽永叔《送王（劉）原甫》云：『酌君以荆州魚枕之蕉，贈君以宣城鼠鬚之管。』黄山谷《送王郎》云：『酌君以蒲城桑落之酒，泛君以湘纍秋菊之英。』明遠不以古樂府爲法，而起語突出，諸公轉相效尤，何邪？」

郭子章《豫章詩話》卷三：「永叔《送劉原甫出守永興》詩云：『酌君以荆州魚枕之蕉，贈君以宣城鼠鬚之管。酒如長虹飲滄海，筆若駿馬馳平阪。』黄魯直《送王郎者》詩云：『酌君以蒲城桑落之酒，泛君以湘纍秋菊之英。贈君以黟川點漆之墨，送君以陽關墮淚之聲；酒澆胸中之磊落，菊制短世之頹齡，墨以傳千古文章之印，歌以寫從來兄弟之情。』鮑照《行路難》：『奉君金卮之美酒，瑇瑁玉匣之彫琴。七綵芙蓉之羽帳，九華葡萄之錦衾。』醉翁、山谷語本此，而更加藻潤。」

宋長白《柳亭詩話》卷二一：「歐陽公送劉原父詩『魚枕蕉，一舉十分當覆盞；鼠鬚管，爲物雖微情不淺』，當作上三下三，中四字讀，亦創格也。」

東齋對雪有懷

東齋坐客飲方豪，誰報風簾雪已飄〔一〕。貪聽罇前歌嫋嫋，不聞牕外響蕭蕭〔二〕。已憐殘臘催梅蘂，更約新春探柳條。共憶瀛洲人獨直，神仙清景正寥寥〔三〕。

【題解】

原輯《居士外集》卷七，無繫年，列嘉祐四年至七年詩間。作於嘉祐五年十二月，時任樞密副使。詩人結束了學士院輪值生活，在居室與朋友飲酒詠雪，抒寫對酒當歌的歡樂。屬對工巧，文氣酣暢，意象飽蘸情韻，思致高遠悠閒。

【注 釋】

〔一〕東齋：歐住室東房。詩人書簡屢次提及居室東齋，如《與蔡省副》其二（嘉祐元年）：「變此新例，他時東齋之會，敢不遵用故事也。」《與劉侍讀》其十三（嘉祐五年）有云：「東齋雖狹，若心無事，可以坐致清涼。」

〔二〕「貪聽」二句：迷戀酒宴上的美妙歌聲，忘卻屋外的風雪蕭蕭。

〔三〕瀛洲：唐宋時期學士院的雅稱。唐李肇《翰林志》：「唐興，太宗始于秦王府開文學館，擢房玄齡、杜如晦一十八人，皆以本官兼學士，給五品珍膳，分爲三番更直，宿于閣下，討論墳典，時人謂之『登瀛洲』。」

偶 書

吾見陶靖節，愛酒又愛閒〔一〕。二者人所欲，不問愚與賢。奈何古今人，遂此樂尤難？飲酒或時有，得閒何鮮焉。浮屠老子流，營營盈市廛〔二〕。二物尚如此，仕宦不待言。官高責愈重，禄厚足憂患。暫息不可得，況欲閒長年。少壯務貪得，鋭意力爭前。老來難勉强，思此但長歎。決計不宜晚，歸耕潁尾田〔三〕。

【題解】

原輯《居士外集》卷四，無繫年，列至和二年詩後。據詩中「官高責愈重，禄厚足憂患」語，當作於嘉祐五年十一月後，時任樞密副使。詩歌抒寫仕宦不自由，居官不由己的人生尷尬，嚮往隱逸詩人陶淵明，流露歸田之思，祈望詩酒自適，閒居養生。字裏行間，透見詩人通達的人生觀。語言疏暢，氣格老健，議論縱横恣肆，又具素淡平和之美。

【注釋】

〔一〕陶靖節：即陶潛，字淵明，又字元亮，逝後好友謚號靖節。《文選·顔延年〈陶徵士誄〉》：「若其寬樂令終之美，好廉克己之操，有合《謚典》，無愆前志。故詢諸友好，宜謚曰靖節徵士。」李善注：「《謚法》曰：寬樂令終曰靖，好廉自克曰節。」

〔二〕「浮屠」二句：僧侶與道士們穿梭般往來於市井之間。浮屠：本指佛陀，佛。此指佛教。《後漢書·西域傳·天竺》：「其人弱於月氏，修浮圖道，不殺伐，遂以成俗。」李賢注：「浮圖，即佛也。」老子：代指道教。營營：勞而不知休息，忙碌。《莊子·庚桑楚》：「全汝形，抱汝生，無使汝思慮營營。」鍾泰發微：「營營，勞而不知休息貌。」市廛：指店鋪集中的市區。

〔三〕「歸耕」句：退居潁州，過田園生活。潁尾：指潁州，因地處潁水下游，故稱。

清明賜新火

魚鑰侵晨放九門，天街一騎走紅塵〔一〕。桐華應候催佳節，榆火推恩忝侍臣〔二〕。多病正愁餳粥冷，清香但愛蠟煙新〔三〕。自憐慣識金蓮燭，翰苑曾經七見春〔四〕。

【題解】

原輯《居士集》卷一三，繫嘉祐六年（一〇六一）。作於是年三月九日清明節，詩人時年五十五歲，官樞密副使。據張《曆日天象》，本年三月九日壬辰「清明」。清明節賜新火，古時寒食禁煙之後重新舉火，宮中賜火近臣，再傳遞至民家，俗稱「傳燭」。宋江少虞《事實類苑》卷三二《賜新火》：「《周禮》：『四時變國火』……而唐時惟清明取槐柳之火以賜近臣、戚里，本朝因之，唯賜輔臣、戚里，帥臣、節察、三司使、知開封府、樞密直學士、中使皆得厚賜，非常賜例也。」蔡絛《鐵圍山叢談》卷二：「國朝之制，待制、中書舍人以上皆座狨。雜學士以上，遇禁煙節至清明日，則賜新火。」此詩描寫清明節令習俗，對皇家惠賜新火深表榮幸。題詠貴族生活，不見富貴氣息，頗有真實情感。

【注釋】

〔一〕魚鑰：魚形之鎖。南朝梁簡文帝《秋閨夜思》詩：「夕門掩魚鑰，宵牀悲畫屏。」九門：禁城中的九種門。參見本書《除夜偶成，拜上學士三丈》詩注〔四〕。紅塵：車馬揚起的飛塵。杜牧詩《過華清宫》其一：「一騎紅塵妃子笑，無人知是荔枝來。」

〔二〕桐華應候：庾信《三月三日華林園馬射賦》：「羔獻冰開，桐華萍生。」倪璠注引《禮記·月令》：「〔仲春之月〕桐始華。」白居易《桐花》詩云：「春令有常候，清明桐始發。」應候：回應節候。榆火：春天鑽榆、柳之木以取火種。《周禮·夏官·司爟》：「四時變國火。」鄭玄注：「鄭司農説以《鄹子》曰：『春取榆柳之火。』」推恩：帝王對臣屬推廣封贈，以示恩典。

〔三〕餳粥：甜粥。蠟煙：蠟燭的煙。蘇軾《次天字韻答岑巖起》：「徘徊月色留壇影，縹緲松香泛蠟煙。」

〔四〕「自憐」二句：自己在翰林院度過七年，對金蓮燭早已司空見慣。金蓮燭：金飾蓮花形燈炬。《新唐書·令狐綯傳》：「〔綯〕夜對禁中，燭盡，帝以乘輿、金蓮華炬送還，院吏望見，以爲天子來。」後用以形容天子對臣子的特殊禮遇。亦作「金蓮花炬」。亦省稱「金蓮炬」、「金蓮」。七見春：經過七個清明節。至和元年（一〇五四）九月，歐還爲翰林學士，至今七年。

【附録】

此詩輯入宋祝穆《古今事文類聚》前集卷八，又輯入清康熙《御定佩文齋廣群芳譜》卷三。

應制賞花釣魚

絳闕晨霞照霧開，輕塵不動翠華來[一]。魚游碧沼涵靈德，花馥清香薦壽盃[二]。夢聽鈞天聲杳默，日長化國景徘徊[三]。自慙擊壤音多野，帝所賡歌亦許陪[四]。

【題 解】

原輯《居士集》卷一三，繫嘉祐六年。作於是年三月二十五日，時任樞密副使。胡《譜》：嘉祐六年「三月戊申(二十五日)，侍上幸後苑，賞花華景亭，釣魚涵曦亭，遂宴太清樓」。歐書簡《與吴正肅公長文》其十(嘉祐六年)亦云：「前日賞花釣魚，獲侍清宴。自景祐三年，逮今二十六年，獲見盛事，獨恨長文不在爾。」據《長編》卷一六記載，後苑賞花釣魚宴始于太宗雍熙二年四月丙子。此後每逢春月，多召兩府、兩制、三館，于後苑賞花、釣魚、賦詩，康定後，西夏侵邊，廢缺多年，本年仁宗復修故事，群臣和御制詩。歐詩如實記載這一盛世壯舉，頌美帝王功德。清神幽韻，質樸而顯蒼勁，深沉兼具悠揚。

【注釋】

〔一〕絳闕：絳紅色的宮城樓閣，代指皇都汴京。　翠華：天子儀仗中以翠羽爲飾的旗幟或車蓋。《文選·司馬相如〈上林賦〉》：「建翠華之旗，樹靈鼉之鼓。」李善注：「翠華，以翠羽爲葆也。」後爲御車或帝王的代稱。

〔二〕涵靈德：包涵神靈的恩德。靈德，神靈之德。《文選·班固〈東都賦〉》：「登祖廟兮享聖神，昭靈德兮彌億年。」吕延濟注：「言以此鼎升宗廟，享天地，以明神靈之德。」　薦壽盃：進獻祝壽酒。壽杯，祝賀延年益壽之酒杯。代指祝壽酒。

〔三〕夢聽鈞天：《史記·趙世家》：「居二日半，簡子寤，語大夫曰：『我之帝所甚樂，與百神游於鈞天廣樂，九奏萬舞，不類三代之樂，其聲動人心。』」　鈞天：雅正的鈞天大樂。　杳默：渺遠而幽微。　日長化國：《後漢書·王充傳》：「穀之所以豐殖者，以有民功也；功之所以能建者，以日力也；化國之日舒以長，故其民閒暇而力有餘；亂國之日促以短，故其民困務而力不足。」化國，教化施行之國，或曰教化國人。

〔四〕「自慙」二句：自己慚愧作詩能力平庸，天子卻允許我賡和其詩。　擊壤：古歌名，後人用以頌太平盛世。參見本書《留守相公禱雨九龍祠，應時獲澍，呈府中同僚》詩注〔二〕「擊壤」。　音多野：聲音多流俗。　賡歌：酬唱和詩。李白《明堂賦》：「千里鼓舞，百寮賡歌。」

【附錄】

司馬光《温公續詩話》：「先朝春月多召兩府、兩制、三館于後苑賞花、釣魚、賦詩。自趙元昊背誕，西陲用兵，廢缺甚久。嘉祐末，仁宗始復修故事，群臣和御制詩。是日微陰寒，韓魏公時爲首相，詩卒章云：『輕雲閣雨迎天仗，寒色留春入壽杯。二十年前曾侍宴，台司今日喜重陪。』時内侍都知任守忠，嘗以滑稽侍上，從容言曰：『韓琦詩譏陛下。』上愕然，問其故，守忠曰：『譏陛下游宴太頻。』上爲之笑。」

邵博《邵氏聞見後録》卷一七：「嘉祐六年三月，仁皇帝幸後苑，召宰執、侍從、臺諫、館閣以下賞花釣魚，中觴，上賦詩……宰相韓琦、樞密曾公亮、參政張昇、孫抃，副樞歐陽修、陳旭以下皆和。」

答西京王尚書寄牡丹

新花來遠喜開封，呼酒看花興未窮〔一〕。年少曾爲洛陽客，眼明重見魏家紅〔二〕。却思初赴青油幕，自笑今爲白髮翁〔三〕。西望無由陪勝賞，但吟佳句想芳叢〔四〕。

【題解】

原輯《居士集》卷一三，繫嘉祐六年。作於是年春，時任樞密副使。西京王尚書，即王拱辰，字君晛，開封咸平人。天聖八年舉進士第一，爲歐同年、連襟，時爲西京留守判河南府。慶曆間任御史中丞，反對新政。至和元年拜三司使，受劾後出任外官多年。劉敞《公是集》卷五一《王開府行狀》有云：「嘉祐二年，移秦州。西境無事，知河南府，知定州。八年，英宗即位，拜兵部尚書。」此詩借詠洛陽牡丹抒發今昔之感，並對王氏贈花遥致謝忱。撫今追昔，感慨興衰，由物及人，思致深婉。

【注　釋】

〔一〕「新花」二句：王尚書從洛陽寄來新牡丹，自己欣喜地拆開封識，呼酒觀賞。

〔二〕魏家紅：歐《洛陽牡丹記·花釋名》：「魏家花者，千葉肉紅花，出於魏相仁浦家……傳民家甚多，人有數其葉者，云至七百葉。錢思公嘗曰：『人謂牡丹花王，今姚黄真可爲王，而魏花乃后也。』」

〔三〕「却思」二句：想起當年初官伊洛的往事，可笑如今都已是白髮老翁。青油幕：青油塗飾的帳幕，多指將帥帳幕。此指留守錢惟演幕府。

〔四〕「西望」二句：自己無法到洛陽陪同賞花，秪能眺望西方，吟詩以表感念。芳叢：指牡丹花。

【附　録】

此詩輯入清康熙《御定佩文齋詠物詩選》卷三三七，又輯入吴之振《宋詩鈔》卷一二。

《歐集》卷一四六《與王懿公君貺》其五（嘉祐六年）：「是日，兼承見寄絶品，雖有已凋者，然所存不勝其麗。見之，病目開豁，勉强飲數酌以當佳會。」

《詩話總龜》前集卷四〇引蔡居厚《詩史》：「王君貺送牡丹與永叔，答詩云：『最好花常最後開。』蓋君貺同時輩皆入兩府，永叔以最後戲之也。王得詩不喜，對來价擲之。永叔謂人曰：『好花不開也。』君貺聞之愈怒。」按：歐答王拱辰送牡丹詩句「最好花常最後開」，不見於本詩，當另有答詩，已佚。

雙井茶

西江水清江石老，石上生茶如鳳爪〔一〕。窮臘不寒春氣早，雙井芽生先百草〔二〕。白毛囊以紅碧紗，十斤茶養一兩芽〔三〕。長安富貴五侯家，一啜猶須三日誇〔四〕。寶雲日注非不精，爭新棄舊世人情〔五〕。豈知君子有常德，至寶不隨時變易〔六〕。君不見建溪龍鳳團，不改舊時香味色〔七〕。

【題　解】

原輯《居士集》卷九，繫嘉祐六年。作於是年春，時任樞密副使。雙井茶，宋代洪州雙井（黄庭堅故里）所産的名茶。《江西通志》卷三八《古跡》「黄山谷故宅」：「《名勝志》：涪翁先居修水，後乃遷于雙井，在州西三十里。其南溪心有二井，土人汲以造茶，爲草茶第一。」葉夢得《避暑録話》卷下亦將雙井與名茶「顧渚」相提並論，譽爲「草茶極品」。此詩由雙井茶的精美貴重引入議論，强調君子處世當有常德。詩人將人類社會道德標準加於所吟詠的茶葉，茶被賦予人文色彩和文化性格。詩歌表現對真善美的精神追求，體現宋人重道德厚人品的時代精神，也導引後人以茶論道，茶中見道，從茶的意象中發現人品内涵，體察人生哲理。借物詠志，藴情理於記叙。韻隨意轉，筆勢騰挪，文氣舒捲自如。

【注　釋】

〔一〕「西江」二句：贛江水孕育雙井茶，其形特别如鳳爪。西江水：指贛水。元吴景奎《送日者黄學海歸江西》：「黄君舊飲西江水……千年老鶴今來歸，閣皂山前令威宅。」

〔二〕「窮臘」二句：雙井茶先得春氣，早於百草而萌生。

〔三〕「白毛」二句：歐《歸田録》卷一：雙井茶製作尤精，其中「囊以紅紗，不過一二兩，以常茶十數斤養之，用辟暑濕之氣。」

〔四〕「長安」二句：雙井茶深受京師貴人賞識。五侯：泛指權貴。《文選·鮑照〈數詩〉》：「五侯相餞送，高會集新豐。」李善注：「《漢書》曰：成帝悉封舅王譚、王立、王根、王逢時、王商爲列侯，五人同日封，故世謂之『五侯』。」 啜：品飲。

〔五〕「寶雲」二句：世人喜新厭舊，寶雲、日注精品茶，已被雙井茶取代。 寶雲：茶名。周密原本、明朱廷煥補《增補武林舊事》卷二：「寶雲山產者名寶雲茶，下天竺香林洞者名香林茶，上天竺白雲峰者名白雲茶。」王令有《謝張和仲惠寶雲茶》詩。 日注：即日鑄。《續茶經》卷下之四引《方輿覽勝》：「會稽有日鑄嶺，嶺下有寺名資壽，其陽坡名油車，朝暮常有日，茶產其地絶奇。歐陽文忠云：『兩浙草茶，日鑄第一。』」歐以爲雙井茶的茶品遠勝於寶雲、日鑄。

〔六〕「豈知」二句：哪知君子有常德，珍貴的寶物不因時而變異。 常德：始終不變的品德。歐《六一筆記・誨學説》：「玉不琢不成器，人不學不知道，然玉之爲物有不變之常德，雖不琢以爲器而猶不害爲玉也。」 至寶：最珍貴的寶物。 白居易《李都尉古劍》詩：「至寶有本性，精剛無與儔。」

〔七〕「君不見」二句：詩人以名貴的「龍鳳團」茶性，比喻君子「常德」，强調人的道德品質要像建溪龍鳳茶一樣，經得起時間的考驗，不要「隨時變易」。 建谿龍鳳團：產于福建建溪的一種名貴茶品。歐《歸田録》卷二：「茶之品，莫貴于龍鳳，謂之團茶，凡八餅，重一斤。慶曆中，蔡君謨爲福建路轉運使，始造小片龍茶以進。其品絶精，謂之小團，凡二十餅，重一斤。其價直金二兩，然金可有而茶不可得。每因南郊致齋，中書、樞密院各賜一餅，四人分之。宮人往往縷金花於其上，蓋其貴重如此。」

【附録】

此詩輯入清陳焯《宋元詩會》卷一〇。

歐陽修《歸田録》卷一："臘茶出於劍、建，草茶盛於兩浙，兩浙之品，日注爲第一。自景祐已後，洪州雙井白芽漸盛，近歲製作尤精，囊以紅紗，不過一二兩，以常茶十數斤養之，用辟暑濕之氣，其品遠出日注上，遂爲草茶第一。"

黄庭堅《山谷集》别集卷一三："所寄歐陽文忠《雙井詩》，詞意未當雙井之價，或恐非文忠所作。今分上去年雙井，可精洗石磑，曬乾，頻轉，少下茶臼，如飛羅麵乃善。煮湯烹試之，然後知此詩未稱雙井風味耳。"

初食雞頭有感

六月京師暑雨多，夜夜南風吹芡觜〔一〕。凝祥池鎖會靈園，僕射荒陂安可擬〔二〕。爭先園客採新苞，剖蚌得珠從海底。都城百物貴新鮮，厥價難酬與珠比〔三〕。金盤磊落何所薦，滑臺撥醅如玉醴〔四〕。自慚竊食萬錢廚，滿口飄浮嗟病齒〔五〕。却思年少在江湖，野艇高歌菱荇裏〔六〕。香新味全手自摘，玉潔沙磨軟還美。一瓢固不羨五鼎，萬事適情爲可喜〔七〕。何時遂買潁東田，歸去結茅臨野水。

【題解】

原輯《居士集》卷九，繫嘉祐六年。作於是年六月，時任樞密副使。題下原注：「一本無『有感』字。」雞頭，即芡實，水生植物名。全株有刺，葉圓盾形，浮於水面。種子稱「芡實」，供食用，亦可入藥。《吕氏春秋·恃君覽》：「夏日則食菱芡。」高誘注「菱，芰也；芡，雞頭也，一名雁頭，生水中。」揚雄《輶軒使者絶代語釋别國方言三》：「茷，芡：雞頭也。北燕謂之茷；青、徐、淮、泗之間謂之芡；南楚、江、湘之間謂之雞頭，或謂之雁頭，或謂之烏頭。」詩人于京師初食芡觜，賦詩抒寫生活體驗，表達江湖之思。詩思騰挪明快，隨性揮灑，筆致活潑。此類小題小詩，開啟後來蘇軾《荔枝》、黄庭堅《野菜》等詩歌創作通俗化，生活化新方向。

【注釋】

〔一〕芡觜：俗稱「雞頭觜」，芡實上端像雞嘴的部分。觜，鳥嘴。後泛指形狀或作用像嘴的東西。《吕氏春秋·恃君》：「夏日則食菱芡。」高誘注：「菱，芰也。芡，雞頭也，一名雁頭，生水中。」

〔二〕「凝祥」二句：京城芡實以會靈觀凝祥池所産的最好，久負盛名的僕射荒坡雞頭哪能相比。宋《王直方詩話》：「京師芡實，最盛於會靈觀之凝祥池。故文忠詩曰：『凝祥池鎖會靈觀，僕射荒村安可比。』而東坡又云：『忽憶嘗新會靈觀，滯留江海得加飡。』僕射坡在鄭州，世亦稱其芡實也。」首句下原注：「京師賣五嶽宮及鄭州雞頭最爲佳。」凝祥池：宋大中祥符年間建，靠近汴京城南會靈觀。王應麟《玉海》卷一七一《祥符凝祥池》：「八年五月癸巳詔會靈觀池名凝祥。」並附注：「即舊池導惠民河注之。」會靈園：即汴京附近的會靈觀，爲京城玉清、景靈、祥源四道教宫觀之一。僕射荒陂：僕射陂，又名廣仁池，在今鄭州市東南郊，相傳是後魏時孝文帝賜與僕射李沖者，故名。朱弁《曲洧舊聞》卷四：「鄭州東僕射陂，蓋後魏孝文遷洛時賜僕射李沖之陂也。後人立祠，遠近皆呼爲僕射廟。」

〔三〕「厥價」句：新鮮雞頭的價格，與珍珠相等。

〔四〕磊落：亦作「磊犖」。衆多委積貌。《後漢書·蔡邕傳》：「連横者六印磊落，合縱者駢組流離。」滑臺：古地名，在今河南滑縣東。《水經注》卷五：「滑臺城有三重，中小城謂之滑臺城。舊傳滑臺人自修築此城，因以名焉。城即故鄭廩延邑也。」滑臺産酒，宋朱翼中《北山酒經》卷中載有「滑臺麯」配方。撥醅：即「醱醅」，重釀未濾的酒。參見本書《啼鳥》注〔一〕。玉醴：代指美酒。

〔五〕萬錢廚：喻飲食奢華。《晉書·何曾傳》：「（何曾）性豪奢，務在華侈。帷帳車服，窮極綺麗，廚膳滋味，過於王者。每燕見，不食太官所設……日食萬錢，猶曰『無下箸處』。」飄浮：指齒牙動摇。

〔六〕菱荇：菱角與荇菜，皆水生植物，可食。荇，多年生水生草本植物，葉呈對生圓形，嫩時可食，亦可入藥。《詩·周南·關雎》：「參差荇菜，左右流之。」

〔七〕一瓢：《論語·雍也》：「賢哉，回也！一簞食，一瓢飲，在陋巷，人不堪其憂，回也不改其樂。」後以喻生活簡單清苦。王禹偁詩《滁上謫居》其三：「巧宦或五鼎，甘貧唯一瓢。」五鼎：古代行祭禮時，大夫用五個鼎，分别盛羊、豕、膚（切肉）、魚、臘五種供品。見《儀禮·少牢饋食禮》。此指五鼎食，即列五鼎而食，形容高官貴族的豪奢生活，亦喻高官厚禄。《史記·平津侯主父列傳》：「且丈夫生不五鼎食，死即五鼎烹耳。」

【附録】

此詩輯入宋祝穆《古今事文類聚》後集卷二六，又輯入清康熙《御選宋金元明四朝詩·御選宋詩》卷二五、康熙《御定佩文齋廣群芳譜》卷六六。

阮閲《詩話總龜》前集卷二九引《王直方詩話》：「京師芡實最盛於會靈觀之凝祥池。故文忠詩曰：『凝祥池鎖會靈園，僕射荒村安可比！』而東坡又云：『忽憶嘗新會靈觀，滯留江海得加餐』。僕射坡在鄭州，世亦稱其芡實也。」

方東樹《昭昧詹言》卷一二評曰：「小詩小題，不如坡《荔枝》、山谷《野菜》。」

寄題洛陽致政張少卿静居堂

洛人皆種花，花發有時闌。君家獨種玉，種玉産琅玕〔一〕。子弟守家法，名聲聳朝端。歲時歸拜慶，閭里亦相歡〔二〕。西臺有道氣，自少服靈丸。春酒養眉壽，童顏如渥丹〔三〕。清談不倦客，妙思喜揮翰。壯也已吏隱，興餘方掛冠〔四〕。臨風想高誼，懷禄愧盤桓〔五〕。

【題解】

原輯《居士集》卷九，繫嘉祐六年。作於是年秋，時任樞密副使。洛陽致政張少卿，即寶元元年京西提點刑獄張駕部師錫。厲鶚《宋詩紀事》：「張師錫，開封襄邑人，工部侍郎去華子，仁宗朝仕至殿中丞。」「父去華建隆二年舉進士第一」（《隆平集》卷一四），兄師古、弟師顔均官國子博士，弟師德太中祥符四年狀元。（《宋史·張去華傳》）邵伯温《邵氏聞見録》卷一八言及「静居張少卿師錫及其子職方君景伯」，吴處厚《青箱雜記》卷五載「近代洛中致政侍郎張公師錫」所作《老兒詩》、《喜子及第詩》，《記纂淵海》卷三七亦載「張師錫年八十《喜子得第》詩」。韓琦《安陽集》卷二有詩《寄題西京致政張郎中静居院》，梅堯臣《宛陵先生集》卷五七有《寄題西洛致仕張比部静居院四堂》詩，王安石《臨川先生文集》卷一三有詩《張氏静居院》，趙抃《清獻集》卷五有《寄酬張致政》詩，蘇軾《東城全集》卷四有詩《和致政張郎中春晝》，宋庠《元憲集》卷五、卷一一、卷一四亦有寄贈「致政張郎中」、「致政張少卿」等詩作，宋人施元之注蘇軾詩以張氏爲張子野，清人沈欽韓注王安石詩以張氏爲張望之子孫等，恐誤，朱東潤《梅集編年》卷二八：「疑是張師錫。」今持此説。詩歌盛讚張氏教子有方，養生有道，淡泊名利。詩語清麗，文氣舒卷，妙喻巧比，意蘊深婉。

【注釋】

〔一〕「洛人」四句：洛陽人會種牡丹，而張氏善於教育後代，子弟個個成才。阮閱《詩話總龜》卷一七張師錫詩《喜子登第》有云：「御榜今朝至，見名心始安。爾能俱中第，吾可遂休官。」王安石《張氏靜居院》：「不聞喜教子，滿屋青紫朱。張侯能兼取，勝事古所無。」闌：衰敗。李頎《送司農崔丞》詩：「邑里春方晚，昆明花欲闌。」種玉：《南史·謝莊傳》：「莊，字希逸，七歲能屬文，及長，韶令美容儀。宋文帝見而異之，謂尚書僕射殷景仁、領軍將軍劉湛曰：『藍田生玉，豈虚也哉！』」其中「藍田生玉」，宋謝維新《古今合璧事類備要》後集卷八、宋《翰苑新書前集》卷六七引文均作「藍田種玉」。琅玕：似珠玉的美石。

〔二〕「子弟」四句：張氏子弟守家法，名聲聞於朝廷。歲時歸拜家人，與鄉親共歡。閭里：故里。代指鄉親。

〔三〕「西臺」四句：張氏居洛陽，自幼服用道家靈丸，擅長養生之術，長壽而康健。韓琦《寄題西京致政張郎中靜居院》：「藥品稽神仙，門法尚忠正。肌膚松菊香，庭砌芝蘭盛。」西臺：西京御史臺，此指西京洛陽。參見《送京西提點刑獄張駕部》注〔六〕。眉壽：長壽。《詩·豳風·七月》：「爲此春酒，以介眉壽。」渥丹：潤澤而又光彩貌。

〔四〕「清談」四句：張少卿喜清談，善文翰，懂吏隱之道，及時辭官歸隱。清談：魏晉時期崇尚老莊，空談玄理的風氣，亦稱玄談。清談重心集中在有無、本末之辨。《晉書·隱逸傳·魯褒》：

「京邑衣冠，疲勞講肆；厭聞清談，對之睡寐。」揮翰：指書法和寫文章。吏隱：謂不以利禄縈心，雖居官而猶如隱者。王禹偁《游虎丘》詩：「我今方吏隱，心在雲水間。」掛冠：辭官歸隱。參見本書《送襄陵令李君》詩注〔四〕。

〔五〕「臨風」二句：想望張氏高風亮節，自愧貪戀俸禄而滯留官場。高誼：崇高的道義，高尚的德行。盤桓：徘徊，逗留。《文選·班固〈幽通賦〉》：「承靈訓其虚徐兮，竚盤桓而且俟。」李善注：「盤桓，不進也。」

鬼車

嘉祐六年秋，九月二十有八日，天愁無光月不出。浮雲蔽天衆星没，舉手嚮空如抹漆。天昏地黑有一物，不見其形，但聞其聲，其初切切凄凄、或高或低。乍似玉女調玉笙，衆管參差而不齊〔一〕。既而咿咿呦呦，若軋若抽。又如百兩江州車，回輪轉軸聲啞嘔。鳴機夜織錦江上，群雁驚起蘆花洲〔二〕。吾謂此何聲？初莫窮端由〔三〕。老婢撲燈呼兒曹，云此怪鳥無匹儔〔四〕。其名爲鬼車，夜載百鬼凌空游。其聲雖小身甚大，翅如車輛排十頭。凡鳥有一口，其鳴已啾啾。此鳥十頭有十口，口插一舌連一喉。一口出一聲，千聲百響更相酬〔五〕。昔時周公居東周，厭聞此鳥憎若讎。夜呼庭氏率其屬，彎弧俾逐出九州。射之三發不能中，天遣天狗從空投。自從狗嚙一頭落，斷頸至今青血流〔六〕。爾來相距三千秋，晝藏夜出如鵂鶹。每逢陰黑天外過，乍見水光驚輒墮。有時餘血下點汙，所遭之家家必破〔七〕。我聞此語驚且疑，反祝疾飛無我禍〔八〕。我思天地何茫茫，百物巨細理莫詳。吉凶在人不在物，一蛇兩頭反爲祥。却呼老婢炷燈火，捲簾開户清華堂。須臾雲散衆星出，夜靜皎月流清光〔九〕。

【題　解】

原輯《居士集》卷九，繫嘉祐六年。作於是年九月末，時任參知政事。胡《譜》：嘉祐六年「閏八月辛丑（二十一日），轉户部侍郎，參知政事」。鬼車，傳説中一種惡名昭著的怪鳥。周密《齊東野語》卷一九《鬼車鳥》：「鬼車，俗稱九頭鳥。陸長源《辨疑志》又名渠逸鳥。世傳此鳥昔有十首，爲犬噬其一，至今血滴人家，能爲災咎。故聞之者，必叱犬滅燈，以速其過。澤國風雨之夕，往往聞之。六一翁有詩，曲盡其悲哀之聲，然鮮有覩其形者。淳熙間，李壽翁守長沙日，嘗募人捕得之。身圓如箕，十脰環簇，其九有頭，其一獨無，而鮮血點滴，如世所傳。每脰各生兩翅，當飛時，十八翼霍霍競進，不相爲用，至有爭拗折傷者。」此詩雖然描繪鬼車飛行時恐怖不祥的情狀，最終卻表達「吉凶在人不在物」的反迷信思想。題材、結構、詩語均受盧仝《月蝕詩》、韓愈詩《月蝕詩效玉川子作》影響，寫怪狀醜，以文爲詩，曲盡其妙，又有奇險風致。詩爲長章歌行體，充滿想像與誇張，呈現雄奇詭異的藝術境界。此類詩作開拓宋詩的世俗生活題材，導引宋詩以醜爲美、以俗爲雅的審美旨趣。

【注　釋】

〔一〕「其初」四句：鬼車鳥行聲，初聞如高低不同的玉笙。　如抹漆：盧仝《月蝕詩》：「其初猶朦朧，既久如抹漆。」　衆管參差：玉笙各管發出高低不一的音響。

〔二〕「既而」六句：繼而又像舟車嘔啞、機杼夜織之聲。　百兩：百輛。　江州車：高承《事物紀原》：「蜀相諸葛亮之出征，始造木牛流馬以運餉。蓋巴蜀道阻，便於登陟故耳。木牛即今小車之有前轅者；流馬即今獨推者是，而民間謂之江州車。」　啞嘔：又作嘔啞，舟車聲。唐李咸用《江行》詩：「瀟湘無事後，征棹復嘔啞。」　錦江：岷江分支之一，在今四川成都平原。傳説蜀人織錦濯其中則錦色鮮豔，濯于他水，則錦色暗淡，故稱。《文選·左思〈蜀都賦〉》：「百室離房，機杼相和；貝錦斐成，濯色江波。」劉逵注引三國蜀譙周《益州志》：「成都織錦既成，濯於江水，其文分明，勝於初成；他水濯之，不如江水也。」

〔三〕端由：來由，緣起。

〔四〕匹儔：配得上的；比得上的。韓愈《駑驥》詩：「騏驥生絕域，自矜無匹儔。」

〔五〕相酬：相互應答。

〔六〕「昔時」八句：周公派庭氏射殺都城附近夭鳥，未中鬼車，天遣天狗齧落一頭顱，至今鮮血直流。　憎若讎：憎恨得像仇人。讎，通「仇」。　庭氏：官名。《周禮》秋官之屬。掌射殺都城附近的鴟鴞、狼、狐之類夜間鳴叫的鳥獸。《周禮·秋官·庭氏》：「庭氏掌射國中之夭鳥。」鄭玄注：「庭氏，主射妖鳥，令國中絜清如庭者也。」　彎弧俾逐：彎弓射箭，加以追逐。　天狗：星名。《史記·天官書》：「天狗狀如大奔星。」裴駰集解：「星有尾，旁有短彗，下有如狗形者，亦太白之精。」　狗嚙：唐段成式《酉陽雜俎·羽篇》：「鬼車鳥，相傳此鳥昔有十首，能收人魂，一首爲犬所噬。」

〔七〕「爾來」六句：此後三千年，鬼車鳥晝伏夜出，陰天飛翔，遇火則墜，血滴人家，必成災禍。　晝藏夜出：《太平御覽》卷九二七引《莊子》：「鵂鶹夜撮蚤，察毫末；晝瞑目，不見丘山，殊性也。」鵂鶹在古人心目中是不祥之鳥。《梁書·侯景傳》：「所居殿常有鵂鶹鳥鳴，景惡之，每使人窮山野討捕焉。」　陰黑天外過：唐劉恂《嶺表録異》卷中：「鬼車，春夏之間，稍遇陰晦，則飛鳴而過，嶺外尤多。」　火光驚輒墮：《本草綱目》卷四九《鬼車鳥》：「鬼車狀如鵂鶹，而大者翼廣丈許。晝盲夜瞭，見火光輒墮。」　餘血下點汙：陸長源《辨疑志》：「又名渠逸鳥。世傳此鳥昔有十頭，爲犬噬其一，至今血滴人家，能爲災咎，故聞之者必叱犬滅燈，以速其過。」

〔八〕「我聞」二句：聽了傳説後又驚又疑，祝誦鬼車不要給自己造成禍害。　無我禍：不要禍害我。

〔九〕「我思」八句：詩人質疑虛妄的鬼神之説，傾刻一切平靜如常。一蛇兩頭：賈誼《新書》：「孫叔敖之爲嬰兒也，出游而還，憂而不食。其母問其故，泣而對曰：『今日吾見兩頭蛇，恐去死無日矣。』其母曰：『今蛇安在？』曰：『吾聞見兩頭蛇者死，吾恐他人又見，吾已埋之也。』其母曰：『無憂，汝不死。吾聞之有陰德者，天報以福。』人聞之，皆諭其能仁也。及爲令尹，未治而國人信之。」

【附　録】

此詩輯入宋祝穆《古今事文類聚》後集卷四七，又輯入清吴之振《宋詩鈔》卷一二、陳焯《宋元詩會》卷一〇。

沈括《夢溪筆談》卷二一：「登州海中時有雲氣，如宫室、臺觀、城堞、人物、車馬、冠蓋，歷歷可見，謂之『海市』。或曰『蛟蜃之氣所爲』，疑不然也。歐陽文忠會出使河朔，過高唐縣驛舍中，夜有鬼神自空中過，車馬人畜之聲，一一可辨。其説甚詳，此不具紀。問本處父老，云：『二十年前嘗晝過縣，亦歷歷見人物。』土人亦謂之海市，與登州所見大略相類也。」

黄震《黄氏日鈔》卷六一：「《鬼車》一首，先序其聲之怪，次述老婢撲燈之説，以言其所以爲怪，終之不足怪，而呼婢炷燈焉，且亂之曰：『須臾雲散衆星出，夜靜皎月流清光。』曲盡文章之妙矣。」

王若虚《滹南集》卷三三：「柳文言『世塗昏險』云：『擬步如漆。』卻是地黑也；歐詩言『夜色晦冥』云：『舉手向空如抹漆。』卻是皮膚黑也。」

感二子

黄河一千年一清，岐山鳴鳳不再鳴〔一〕。自從蘇梅二子死，天地寂默收雷聲。百蟲坏户不啟蟄，萬木逢春不發萌〔二〕。豈無百鳥解言語，喧啾終日無人聽〔三〕。二子精思極搜抉，天地鬼神無遁情〔四〕。及其放筆騁豪俊，筆下萬物生光榮〔五〕。古人謂此覷天巧，命短疑爲天公憎〔六〕。昔時李杜爭横行，麒麟鳳凰世所驚〔七〕。二物非能致太平，須時太平然後生。開元天寶物盛極，自此中原疲戰爭〔八〕。英雄白骨化黄土，富貴何止浮雲輕〔九〕。唯有文章爛日星，氣凌山岳常崢嶸〔一〇〕。賢愚自古皆共盡，突兀空留後世名〔一一〕。

【題解】

原輯《居士集》卷九，關於此詩繫年，原本作「嘉祐□年」。國家圖書館藏明正統年間刻本等作「嘉祐六年」。作於嘉祐六年秋冬間，時任參知政事。二子，即蘇舜欽、梅堯臣，二人被譽爲北宋詩文革新中歐的「左右驂」。蘇舜欽卒于慶曆八年，梅堯臣卒於嘉祐五年。本詩深切懷念蘇、梅「二子」，頌揚其驚世才華，哀悼其命蹇壽短，欣慰其英名長存。詩人用李杜來比況蘇梅二子，又把李杜比爲並世而生的麒麟與鳳凰，亦表現對李杜詩歌成就的崇高評價。詩語矯健，想像奇特，縱橫跌宕，文氣通貫，顯現「以氣格爲主」的宋詩特色。

【注釋】

〔一〕「黄河」二句：感慨人才難得。有如黄河水難得一清，岐山鳳難得一鳴。黄河千年一清：漢京房《易傳》：「河千年一清。河水清，天下平。」晉王嘉《拾遺記》卷一：「黄河千年一清。」岐山：山名。相傳周代興盛時，常有鳳凰在山上鳴叫。此處反其意表示賢材不再世。明彭大翼《山堂肆考》卷一六《鳳鳴》：「岐山，在鳳翔府岐山縣東北。山有兩岐，故名。亦曰天柱山。周太王邑於岐山之下，文王時鳳凰鳴於岐山，即此。」

〔二〕「百蟲」二句：比喻蘇、梅死後，文壇的萬馬齊喑情狀。啟蟄：即驚蟄。動物經冬日蟄伏，至春又復出活動，故稱「啟蟄」。《左傳·桓公五年》：「凡祀，啟蟄而郊。」孔穎達疏：「《夏小正》曰：『正月啟蟄。』其《傳》曰：『言始發蟄也。』」

〔三〕「豈無」二句：喻文壇上詩作不少，但都無人欣賞。喧啾：形容鳥雜亂聲。

〔四〕搜抉：搜索挑取。無遁情：無法遮掩真情。《新唐書·突厥傳贊》：「然帝數暴師不告勞，料敵無遁情，善任將，必其功，蓋黄帝之兵也。」

〔五〕光榮：光輝，光彩。皎然《送烏程李明府得陟狀赴京》詩：「仲容綸綍貴，南巷有光榮。」

〔六〕「古人」二句：古人韓愈將此等文才稱之爲「覷天巧」，壽命短促是老天爺嫉妒作梗。覷天巧：偷得天工之巧。韓愈《答孟郊》：「規模背地利，文字覷天巧」。

〔七〕「昔時」二句：李杜二人以詩名天下，世人比之爲麒麟、鳳凰。

〔八〕「二物」四句：不是麒麟、鳳凰能導致天下太平，必須是天下太平然後麒麟、鳳凰出現。李杜生活的開元、天寶年間名物豐盛，帶來的卻是中原連年戰亂。此祖韓愈之説，參見韓愈《麒麟解》。疲：困苦窮乏。杜甫詩《傷春》其一：「西京疲百戰，北闕任群凶。」

〔九〕「富貴」句：化用《論語·述而》「不義而富且貴，於我如浮雲」句意。

〔一〇〕「唯有」二句：極力讚美文章之無窮光輝和永恒價值。爛日星：與日月一樣燦爛。《史記·屈原賈生列傳》：「屈平之作《離騷》……雖與日月爭光可也。」氣凌山岳：李白《江上吟》：「興酣落筆摇五嶽，詩成笑傲凌滄洲。」凌，逼近。峥嵘：本爲山勢高峻貌。此指文章氣勢風格超越尋常、不同凡響。

〔一一〕突兀：特出，奇特。施肩吾《壯士行》：「有時誤入千人叢，自覺一身横突兀。」

【附録】

此詩輯入清吴之振《宋詩鈔》卷一二、陳焯《宋元詩會》卷一〇。

讀書

吾生本寒儒，老尚把書卷。眼力雖已疲，心意殊未倦〔一〕。正經首唐虞，僞説起秦漢。篇章異句讀，解詁及箋傳〔二〕。是非自相攻，去取在勇斷。初如兩軍交，乘勝方酣戰。當其旗鼓催，不覺人馬汗。至哉天下樂，終日在几案〔三〕。念昔始從師，力學希仕宦。豈敢取聲名，惟期脱貧賤。忘食日已晡，燃薪夜侵旦。謂言得志後，便可焚筆硯。少償辛苦時，惟事寢與飯〔四〕。歲月不我留，一生今過半。中間嘗忝竊，内外職文翰〔五〕。官榮日清近，廩給亦豐羨〔六〕。人情慎所習，鴆毒比安宴。漸追時俗流，稍稍學營辦〔七〕。盃盤窮水陸，賓客羅俊彦〔八〕。自從中年來，人事攻百箭。非惟職有憂，亦自老可歎。形骸苦衰病，心志亦退懦。前時可喜事，閉眼不欲見〔九〕。惟尋舊讀書，簡編多朽斷。古人重温故，官事幸有間。乃知讀書勤，其樂固無限。少而干禄利，老用忘憂患。又知物貴久，至寶見百煉。紛華暫時好，俯仰浮雲散。淡泊味愈長，始終殊不變〔一〇〕。何時乞殘骸，萬一免罪譴。買書載舟歸，築室潁水岸。平生頗論述，銓次加點竄。庶幾垂後世，不默死芻豢。信哉蠹書魚，韓子語非訕〔一一〕。

【題　解】

原輯《居士集》卷九，繫嘉祐六年。作於是年冬，時任參知政事。歐近年官職雖獲榮升，卻體志疲憊，心儀江湖。同年秋，歐書簡《與韓獻肅公子華》云：「竊冒寵榮，不知爲樂，但覺其勞與負愧爾。」十一月二十日，《與劉侍讀原父》其二十三又云：「今歲京師寒甚，衰病之軀，尤所不堪。」詩歌首十六句總述讀書心得與樂趣；次四十四句回顧平生讀書歷程：少年讀書希取功名，知其苦而不知其樂；官職陞遷後，隨世俗學庶務無遐讀書；中年飽經憂患後，纔真正領會讀書樂趣；末十句期盼辭官歸田，居潁水邊，做蛀書蟲。詩人沉浮宦海之後，回顧讀書歷程，表述自己的經學思想，主張直接從經典探討本義，反對盲從箋傳，同時流露憂讒畏譏，厭倦官場傾軋，嚮往歸隱的思想。全詩音調高亢，縱橫跌宕，論理精闢，感慨深長，表現以文爲詩、以學爲詩、以議論爲詩的宋詩風貌。

【注　釋】

〔一〕「吾生」四句：我出身寒儒，一生保持讀書的癖好。寒儒：貧寒的讀書人。《宋史·歐陽修傳》：「四歲而孤。母鄭守節自誓，親誨之學，家貧，至以荻畫地學書。」

〔二〕「正經」四句：儒家六經首起唐堯虞舜，秦火之後，漢人傳箋各守家法，附會異説，惑亂經義。歐《〈春秋〉或問》二：「經不待傳而通者十七八，因傳而惑者十五六。日月萬物皆仰，然不爲盲者明，而有物蔽之者，亦不得見也。聖人之意皎然乎經，惟明者見之，不爲他説蔽者見之也。」

正經：儒家「六經」。《抱朴子外篇》卷三《尚博》：「正經爲道義之淵海，子書爲增深之川流。」唐虞：尚書中的《堯典》、《舜典》。句讀：古人指文辭休止和停頓處。文辭語意已盡處爲句，未盡而須停頓處爲讀。解詁：解釋詞意。詁，以今言解釋古代語言文字。《詩·周南·關雎序》「詁訓傳」孔穎達疏：「詁者，古也。古今異言，通之使人知也。」箋傳：注釋，解説文義。

〔三〕「是非」八句：經籍訓詁的是非取捨有如兩軍交戰，讀書治學是人生一大樂事。去取在勇斷：面對衆説紛紜的先儒解經，要勇於取捨明斷。乘勝方酣戰：推翻先儒誤説之後，要乘勝進軍，探求經典本義。

〔四〕「念昔」十句：回憶自己當年刻苦讀書，旨在博取功名，擺脱貧困。希仕宦：謀求官職。歐書簡《與荆南樂秀才書》云：「僕少孤貧，貪禄仕以養親，不暇就師窮經，以學聖人之遺業。」日已晡：太陽西移至晡時的視覺位置。晡，申時，即十五時至十七時。夜侵旦：通宵達旦。得志後：考取進士，博得功名後。焚筆硯：告别讀書做文章。陸雲《與兄士衡書》：「君苗每常見兄文，思欲焚筆硯。」「少償」二句：秖是睡覺吃飯，以補償從前的辛苦。

〔五〕「歲月」四句：歲月流逝，人生過半，隨著自己官位陞遷，成爲皇帝侍從。忝竊：謙言辱居其位或愧得其名。文翰：公文信劄。朝廷詔命文翰，有内制、外制之别。内制以翰林學士兼知制誥，參與皇宫值宿，所擬聖旨屬於高機密，由學士院直接傳達接旨方；外制以他官兼知制誥，擬寫一般性聖旨，按程式逐級傳達到接旨方。詩人慶曆年間供諫職，以右正言知制誥掌外制，嘉祐年間以翰林學士掌内制。

〔六〕清近：居官清貴，接近皇帝。歐《辭侍讀學士劄子》：「臣伏見侍讀之職，最爲清近，自祖宗以來，尤所慎選。」　豐羨：豐足有餘。

〔七〕「人情」四句：積久成習，漸漸學會追隨流俗，應酬庶務。　鴆毒比安宴：追求安逸好比飲食毒藥。《左傳·閔公元年》：「宴安鴆毒，不可懷也。」　學營辦：指籌辦世俗事務。營辦，承辦，籌辦。

〔八〕水陸：山珍海味。《晉書·石崇傳》：「絲竹盡當時之選，庖膳窮水陸之珍。」　俊彦：才俊豪傑之士。

〔九〕「自從」八句：人到中年後，詩人的身心變化。　人事攻百箭：遭人暗箭中傷、誣陷誹謗。慶曆五年，詩人蒙受「張甥案」之辱，最終外貶滁州。　苦衰病：詩人中年後患眼疾，早生華髮，未老先衰。

〔一〇〕「惟尋」十四句：此時詩人真正體會到讀書的樂趣。　簡編多朽斷：自己久不讀書，致使簡編朽斷，此爲作者謙辭。　簡編，古代以皮帶串編竹簡，上書文字，後世常以指代書籍。　重温故：重視温習學過的知識。《論語·學而》：「子曰：『温故而知新，可以爲師矣。』」　干禄利：求功名官職。干，求取。　見百煉：真正的寶物需要千錘百煉。漢應劭《漢官儀》卷上：

「金取堅剛，百煉不秏。」紛華：富麗繁華。華而不實。《史記·禮書》：「出見紛華盛麗而説，入聞夫子之道而樂，二者心戰，未能自決。」俯仰浮雲散：很快就煙消雲散。俯仰，比喻時間短暫。王安石詩《送李屯田守桂陽》其二：「追思少時事，俯仰如一夕。」淡泊：恬淡，不追名逐利。《東觀漢記·鄭均傳》：「好黄老，淡泊無欲，清静自守。」

〔三〕「何時」十句：憧憬自己歸田後的讀書生活。乞殘骸：請求全身退官歸田，即退休歸養。銓次：選擇和編輯。銓，通「詮」。韓愈《進〈順宗皇帝實録〉表狀》：「史官沈傳師等采事得于傳聞，詮次不精，致有差誤。」點竄：删訂，修改文字。「點」即删除，「竄」即改易。李商隱《韓碑》詩：「點竄《堯典》《舜典》字，塗改《清廟》《生民》詩。」不厭死芻豢：人不可在美食享受中渡過一生，死後默默無聞。芻豢，牛羊犬豕之類的家畜。泛指肉類食品。《孟子·告子上》：「故義理之悦我心，猶芻豢之悦我口。」朱熹集注：「草食曰芻，牛羊是也；穀食曰豢，犬豕是也。」蠹書魚：書中的蛀蟲。代指酷愛讀書之人。韓子語：韓愈《雜詩》：「古史散左右，詩書置後前。豈殊蠹書蟲，生死文字間。」非訕：不是調笑自嘲之語。

【附録】

此詩輯入宋吕祖謙《宋文鑑》卷一五，又輯入清吴之振《宋詩鈔》卷一二、陳焯《宋元詩會》卷一〇、陳訏《宋十五家詩選·廬陵詩選》。

葉適《習學記言序目》卷四七《皇朝文鑑一》：「歐陽氏《讀書》：『正經首唐虞，僞説起秦漢。篇章異句讀，解詁及箋傳。是非自相攻，去取在勇斷。初如兩軍交，乘勝方酣戰。當其旗鼓催，不覺人馬汗。至哉天下樂，終日在几案。』以經爲正而不汩于章讀箋詁，此歐陽氏讀書法也。然其間節目甚多，蓋未易言，以其學考之，雖能信經，而失事理之實者不少矣。且箋傳雜亂，無所不有，必待戰勝而後得，則迫切而無味，强勉而非真，几案之間，徒見其勞而未見其樂也。几案之樂，當默識先覺，迎刃自解，如日月朗耀，雲陰解駁；安在門是非、決勝負哉！」

黄震《黄氏日鈔》卷六一：「《讀書》一首，始言讀書之樂，中言仕宦不暇讀，而終之以乃知讀書之樂無限。前後照映，文亦甚妙。」

鵯鵊詞

龍樓鳳闕鬱崢嶸，深宫不聞更漏聲〔一〕。紅紗蠟燭愁夜短，緑窗鵯鵊催天明〔二〕。一聲兩聲人漸起，金井轆轤聞汲水〔三〕。三聲四聲促嚴粧，紅靴玉帶奉君王〔四〕。萬年枝軟風露濕，上下枝間聲轉急〔五〕。南衙促仗三衛列，九門放鑰千官入〔六〕。重城禁籞鎖池臺，此鳥飛從何處來〔七〕。君不見潁河東岸村陂闊，山禽野鳥常嘲哳〔八〕。田家惟聽夏雞聲〔九〕，夜夜壟頭耕曉月。可憐此樂獨吾知，眷戀君恩今白髮〔一〇〕。

【題　解】

原輯《居士集》卷九，繫嘉祐六年。作於是年冬，時任參知政事。題下原注：「效王建作。」《江南通志》卷一六七《人物志》：「王建，字仲初，潁州人。大曆十年舉進士，太和中曆陝州司馬。與韓愈、張籍同時，相友善。工爲樂府歌行，宫詞百首傳播天下。」鵯鶋，鳥名。似鳩，身黑尾長而有冠，春分始見之鳥，淩晨先雞而鳴，農人以爲耕田之候。陳元龍《格致鏡原》卷八一引《丹鉛總録》：「批頰，鳥名，即鵯鶋，催明之鳥也。一名夏雞，俗名隔隥雞。」黄震《黄氏日鈔》卷六一：「鵯鶋者，催明之鳥。京師謂之夏雞。」詩人宫中當值，晨聞鵯鶋聲，興發人生感慨。鵯鶋本是山林自在之物，囿于深宫催明，這與詩人困居京師的境遇和心態相合，鵯鶋成了作者思想的寄寓物。仿效王建宫詞體，詠物抒懷，託物寄興，詩語風趣，詩韻靈活，詩旨委婉深沉。

【注　釋】

〔一〕「龍樓」二句：皇城宫殿樓閣深邃巍峨，宫内聽不到報更聲。龍樓鳳闕：皇宫。王嘉《拾遺記》卷七：「青槐夾道多塵埃，龍樓鳳闕望崔嵬。」崢嶸：形容樓閣巍峨。更漏：漏壺。計時器。古代用滴漏計時，夜間憑漏刻傳更，故稱。

〔二〕催天明：鶻鵃淩晨先雞而鳴，其聲「加格加格」，農家以爲下田之候，俗稱催明鳥。

〔三〕金井：宫庭園林裏的井，井欄上有雕飾。南朝梁費昶詩《行路難》其一：「唯聞啞啞城上烏，玉欄金井牽轆轤。」

〔四〕嚴粧：整妝，梳妝打扮。《玉臺新詠・古詩爲焦仲卿妻作》：「雞鳴外欲曙，新婦起嚴妝。」紅靴玉帶：紅色朝靴，飾玉腰帶，古代貴官所用。《宋史・輿服志五》：「太平興國七年正月，翰林學士承旨李昉等奏曰：『奉詔詳定車服制度，請從三品以上服玉帶，四品以上服金帶。』」

〔五〕萬年枝：樹名。即冬青。漢魏時期，宫苑常植萬年樹以取吉利。吴曾《能改齋漫録・沿襲》：「萬年枝，江左謂之冬青。」程大昌《演繁露・萬年枝》：「謝詩有『風動萬年枝』之句，凡宫詞多承用之，然莫知其爲何種木也。或云冬青木長不凋謝，即萬年之謂，亦無明據……有吴興方勺所著《泊宅編》者曰：徽宗興畫學，同試諸生，以萬年枝上太平雀爲題。在試無能識其何木，遂皆黜不取。或密以叩中貴，中貴曰：『萬年枝，冬青木也。太平雀，頻伽鳥也。』惟此書指冬青爲萬年枝，又不知何所本也。」

〔六〕南衙：唐代禁衛軍有南衙、北衙之分。南衙又稱「南牙」，兵分隸十六衛，統屬宰相管轄。《新唐書・尉遲敬德傳》：「南衙北門兵與府兵尚雜鬬，敬德請帝手詔諸軍聽秦王節度，内外始定。」促仗：當爲捉仗。卷後原注曰：「碑本『促』作『捉』，似重磨再刻。按：《唐書・儀衛志》：『三衛番上，分爲五仗。』又云：『帶刀捉仗，列坐於東西廊，號曰内仗。』又云：『内外諸門，以排道人帶刀捉仗而立，號曰立門仗。』成都、眉州、綿州、衢州、大杭本並作『促』，吉州本及《時賢文纂》並作『捉』。」　三衛：即「三衙」。《宋史·職官志六》：「博士掌教道，校試三衛所習文武之藝。」宋以殿前司、侍衛親軍馬軍司、侍衛親軍步軍司掌領禁軍，謂之「三衙」。歐《歸田録》卷一：「舊制，侍衛親軍與殿前分爲兩司。自侍衛司不置馬步軍都指揮使，止置馬軍指揮使、步軍指揮使以來，侍衛一司，自分爲二，故與殿前司列爲三衙也。」

〔七〕禁籞：亦作「禁蘌」。禁苑周圍的藩籬，代指禁苑，也代指宫中。楊炯《送并州旻上人》詩序：「風煙凄而禁籞寒，草木落而城隍晚。」

〔八〕嘲哳：形容鳥叫聲雜亂。白居易《琵琶行》：「豈無山歌與村笛，嘔啞嘲哳難爲聽。」

〔九〕夏雞聲：句下原注「鵯鵊，京西村人謂之夏雞。」

〔一〇〕「可憐」二句：詩人以田家樂自許，抒發人生感慨。

【附録】

此詩輯入宋吕祖謙《宋文鑑》卷一三，又輯入明曹學佺《石倉歷代詩選》卷一四〇，又輯入清康熙《御選宋金元明四朝詩·御選宋詩》卷二五、《御定佩文齋詠物詩選》卷四六七、吴之振《宋詩鈔》卷一二，張景星、姚培謙、王永祺《宋詩别裁集》卷二、又輯入高步瀛《唐宋詩舉要》卷三。

戴表元《題坡書歐陽公鵯鵊詞》：「右草書歐陽《鵯鵊詞》一卷，建業翁舜諮得于姑孰士大夫家。

從來以爲山谷書，漁陽鮮于伯機以爲東坡草書世人見者絶少。余嘗見所藏書《秋聲賦》，筆法與此略相仿佛，蓋皆書歐陽公所作。一時師友，心相鄉往，風流映帶，自古未之有也。夏雞者，京西人以名鵯鵊，南衙捉仗，事出《唐書》，南字不作兩，今人以捉字爲促字之誤，皆非也。」

楊慎《升庵集》卷八一：「韻書鴂字注云：杜鵑。此解非。鴂，鵯鵊也。唐詩作批鴂，今名山呼，其鴂上有一點白。宋歐陽公有《鵯鵊詞》略云：『龍樓鳳閣鬱崢嶸，深宫不聞更漏聲。紅紗蠟燭愁夜短，緑窗鵯鵊催天明。』蓋直宿禁中所作也，審如韻書之言，則宋初宫禁已有杜鵑，不待邵子天津橋始聞矣，殊可笑也。」

吴景旭《歷代詩話》卷七一：「倪元鎮《聞鵯鵊》詩：『林影曨曨鵯鵊聲，歐陽詩句最關情。』吴旦生曰：歐陽永叔《鵯鵊詞》云：『紅紗蠟燭愁夜短，緑窗鵯鵊催天明。』此元鎮所稱關情句耶？乃催明之鳥，故韓致堯詩『殘夢依依酒力餘，城頭批頰伴啼烏』、張文潛詩『紙窗將白燭微明，鵯鵊枝頭一兩聲』，皆與永叔同意。」

方東樹《昭昧詹言》卷一二評曰：「小題感寄思君之意，此風人之旨，杜公慣用，然此不甚覺。蓋此以和平微婉出之，不似杜之血淚也。『可憐此樂』七字，用意深婉，不似今人一味説出。」

高步瀛《唐宋詩舉要》評語卷三評曰：「語意深婉，情韻俱佳。」又曰：「方植之以此詩寄思君之意，吴北江謂此乃侍從内廷不得志而思歸田里之作。以詩意及事蹟考之，則吴説是也。」

齋宫感事寄原甫學士

曾向齋宫詠麥秋，緑陰佳樹覆牆頭〔一〕。重來滿地新霜葉，却憶初聞黄栗留〔二〕。

【題　解】

原輯《居士外集》卷七，無繫年，列嘉祐四年至七年詩間。作於嘉祐七年（一〇六二）九月上旬，詩人年五十六歲，任參知政事。胡《譜》：「九月戊申（四日），文德殿奏請致齋，攝侍中，奏中嚴外辦。己酉（五日），朝饗景靈宫；庚戌（六日），朝饗太廟，並攝司徒。」詩中所云「曾向齋宫詠麥秋」，指嘉祐四年《夏享太廟攝事齋宫聞鶯寄原甫》，詩中有句「何處飛來黄栗留」。嘉祐五年九月初，劉敞以翰林侍讀學士知永興軍，十二月初始到任，時令已非「滿地新霜葉」。胡《譜》嘉祐五年、六年秋均無歐氏攝事齋宫記載，事當在七年秋。詩人追懷往事，抒寫齋宫攝事今昔之感。睹物懷舊，俯仰興歎，可謂感慨萬千。參見本書《景靈宫致齋》題解。

【注　釋】

〔一〕麥秋：麥熟的季節。通指農曆四、五月。《禮記·月令》：「〔孟夏之月〕靡草死，麥秋至。」陳澔集說：「秋者，百穀成熟之期。此于時雖夏，于麥則秋，故云麥秋。」

〔二〕黄栗留：鳥名。可參見本書《夏享太廟攝事齋宫聞鶯寄原甫》末句「何處飛來黄栗留」注釋。

明堂慶成

辰火天文次，皋門路寢閎〔一〕。奉親昭孝德，惟帝饗精誠〔二〕。禮以三年講〔三〕，時因萬物成。九筵嚴太室，六變導和聲〔四〕。象魏中天起，風雷大號行〔五〕。歡呼響山岳，流澤浹根莖〔六〕。寶墨飛雲動，金文耀日晶〔七〕。從臣才力薄，無以頌休明〔八〕。

【題解】

原輯《居士集》卷一三，繫嘉祐七年。作於是年九月七日，時任參知政事，朝廷大饗明堂。《長編》卷一九七嘉祐七年九月「辛亥（七日），大饗明堂，大赦。」明堂，古代帝王宣明政教的地方。凡朝會、祭祀、慶賞、選士、養老、教學等大典，都在此舉行。宋代皇帝親祀圜丘，大享明堂，始於皇祐二年。《宋史·禮志四》「明堂」載皇祐二年三月仁宗語：「夫明堂者，布政之宫，朝諸侯之位，天子之路寢，乃今之大慶殿也。」慶禮後設宴慶成。歐于慶成宴上賦此詩，借明堂大饗爲仁宗歌功頌德。用典繁富，内涵深沉，自然渾成，了無斧鑿痕跡。

【注釋】

〔一〕辰火：星名，又稱大火。二十八宿之一心宿中的亮星。　天文次：即「天文次星」。中國古代將黄道帶分成十二部分，各稱之爲次。宋許翰《因時立政疏》：「心爲大火，大火之所以爲大火者，天以心爲明堂故也……而我宋以珍光醇耀，天明地德，受命主之，則明堂之政不可不謹。」

皋門：古時王宫的外門。皋，通「高」。《詩·大雅·綿》：「乃立皋門，皋門有伉。」　路寢：古代天子、諸侯的正廳。《詩·魯頌·閟宫》：「松桷有舄，路寢孔碩。」毛傳：「路寢，正寢也。」此指明堂。

〔二〕「奉親」二句：皇帝齋于太廟，彰示孝德，請先帝享用精美祭牲。　孝德：尊祖愛親的品德。《周禮·地官·師氏》：「以三德教國子。一曰至德，以爲道本；二曰敏德，以爲行本；三曰孝德，以知逆惡。」鄭玄注：「孝德，尊祖愛親，守其所以生者也。」

〔三〕三年：三年一祫。禘祫爲古代帝王祭祀始祖的一種隆重儀禮。《後漢書·章帝紀》：「其四時禘祫于光武之堂。」李賢注引《續漢書》：「五年再殷祭，三年一祫，五年一禘。」《宋史·禮志十》：「《禮》三年一祫，以孟冬。」

〔四〕九筵：《周禮·考工記·匠人》：「周人明堂，度九尺之筵，東西九筵，南北七筵。」筵，竹席，長九尺。九筵，即八十一尺。後因以「九筵」借指明堂　太室：太廟中央之室，亦指太廟。《尚書·洛誥》：「王入太室裸。」孔傳：「太室，清廟。」孔穎達疏：「太室，室之大者，故爲清廟。

廟有五室，中央曰太室。」六變：謂樂章改變六次。古代祭百神，樂章變六次祭典始成。陸雲《移書太常府薦張贍》：「廣樂九奏，必登昊天之庭；《韶》《夏》六變，必饗上帝之祀矣。」

〔五〕象魏：古代天子、諸侯宮門外的一對高建築，亦叫「闕」或「觀」，爲懸示教令的地方。借指宮室，朝廷。葛洪《抱朴子·漢過》：「雲觀變爲狐兔之藪，象魏化爲虎豹之蹊。」中天起：高聳至天半。歐詞《少年游》其三：「洛陽城闕中天起。」大號：帝王的號令。《易·涣》：「涣汗其大號。」孔穎達疏：「涣汗其大號者，人遇險阨驚怖而勞，則汗從體出，故以汗喻險阨也。九五處尊履正，在號令之中，能行號令以散險阨者也。」

〔六〕流澤：流布恩德。根莖：本源，根基。《周禮·春官·大司樂》「以樂舞教國子」唐賈公彦疏：「五莖能爲五行之道，立根莖。」

〔七〕寶墨：與下文「金文」，指仁宗飛白手書明堂二門牌。歐《歸田録》卷二：「皇祐二年、嘉祐七年季秋大享，皆以大慶殿爲明堂，蓋明堂者，路寢也。方於寓祭圜丘，斯爲近禮。明堂額御篆，以金填字，門牌亦御飛白，皆皇祐中所書，神翰雄偉，勢若飛動。余詩云『寶墨飛雲動，金文耀日晶』者，謂二牌也。」

〔八〕從臣：詩人自指。休明：用以讚美明君或盛世。《文選·謝朓〈始出尚書省〉》詩：「惟昔逢休明，十載朝雲陛。」李善注：「休明，謂齊武皇帝也。」

【附録】 此詩輯入清張景星、姚培謙、王永祺《宋詩别裁集》卷七。

觀龍圖閣三聖御書應制

層構嚴清禁，披圖爛寶文〔一〕。虹蜺光照物，龍鳳勢騰雲〔二〕。妙極功歸一，真隨體自分〔三〕。孝思遵寶訓，聖業廣惟勤〔四〕。

【題解】 原輯《居士外集》卷七，繫嘉祐七年。作於是年十二月二十三日，時任參知政事。胡《譜》：嘉祐七年「十二月丙申（二十三日），上幸龍圖、天章閣，召輔臣至待制、三司副使以上、臺諫官、皇子、宗室、駙馬都尉、管軍，觀三聖御書。又幸寶文閣，親飛白書，分賜群臣。公得雙幅大書『歲』字，下有御押，加以御寶。王珪夾題八字云『嘉祐御劄賜歐陽修』，仍於絹尾書『翰林學士臣王珪奉聖旨題賜名』。又出御製《觀書詩》一首，令群臣屬和，遂宴群玉殿。」附注：「公和篇在《外集》」，即此詩。龍圖閣，《汴京遺跡志》卷一三引《宋史》：「真宗景德元年冬十月置龍圖閣，奉太宗御製文集及典籍、圖畫、寶瑞之物，與宗正所進屬籍，並置待制學士官。自是每一帝崩，則置一閣。」又引《石林燕語》卷六：「祥符中，始建龍圖閣，以藏太宗御集。天禧初，因建天章、壽昌兩閣於後，而以天章藏御集，虚壽昌閣未用。慶曆初，改壽昌爲寶文，仁宗亦以藏御集。二閣皆二帝時所自命也。神宗顯謨閣，哲宗徽猷閣，皆後追建之。惟太祖、英宗無集，不爲閣。」應制，特指應皇帝之命寫作詩文。三聖，即太祖、太宗、真宗。韓琦《安陽集》卷九亦有《御製天章閣觀三聖御書奉聖旨次韻》詩。本詩奉和仁宗《觀書詩》，稱讚三聖書法絶妙，各具風格，勸諫仁宗遵循寶訓，光大祖業。詩語典雅，寄慨遥深，雖是應制之作，亦蕴人間真情。

【注釋】

〔一〕層構：高聳而多層的建築物。枚乘《七發》：「連廊四注，臺城層構。」清禁：指皇宫。皇宫中清静嚴肅，故稱。寶文：寶文閣。

〔二〕「虹蜺」二句：讚美三聖書法如龍鳳騰雲，氣勢磅礴。虹蜺：舊時以虹蜺色彩豔麗，比喻人的才華藻繪。范仲淹《與謝安定屯田書》：「先生胸中之奇，屈盤虹蜺。」

〔三〕「妙極」二句：三聖書法都達到至妙的境地，各由真書隨體而變，形成各自的風格。歸一：統一，一致。真：漢字書體的一種。《南史·王彬傳》：「三真六草，爲天下寶。」真書，即楷書，也稱正書。自分：自然分化。真書變而爲真草、真行等。

〔四〕孝思：孝親之思。《詩·大雅·下武》：「永言孝思，孝思維則。」毛傳：「則其先人也。」鄭箋：「長我孝心之所思。所思者其維則三后之所行。子孫以順祖考爲孝。」　寶訓：宋代編纂本朝已去世皇帝的言論爲《寶訓》，此指吕夷簡《三朝寶訓》。

【附　録】

《長編》卷一九七嘉祐七年十二月：「丙申（二十三日），幸龍圖、天章閣，召輔臣、近侍、三司副使、臺諫官、皇子、宗室、駙馬都尉、主兵官觀祖宗御書。又幸寶文閣，爲飛白書，分賜從臣，下逮館閣。作《觀書詩》，韓琦等屬和。遂宴群玉殿，傳詔學士王珪撰詩序，刊石於閣。」

范鎮《東齋記事》卷一：「嘉祐七年十二月二十三日，召近臣天章閣下觀書、閱瑞物。上親作飛白書，令左右搢笏以觀，又令禹玉跋尾，人賜一紙。既而置酒群玉殿，上謂臣曰：『今天下無事，故與卿等樂飲。』中坐賜詩，群臣皆和。」

群玉殿賜宴

至治臻無事〔一〕，豐年樂有成。圖書開秘府，宴飫集群英〔二〕。論道皇墳奥，貽謀寶訓明〔三〕。九重多暇豫，八體極研精。筆力千鈞勁，毫端萬象生。飛箋金灑落，拜賜玉鏘鳴〔四〕。盛際崇儒學，愚臣濫寵榮〔五〕。惟能同舞獸，聞樂識和聲〔六〕。

【題 解】

原輯《居士集》卷一三，繫嘉祐七年。作於是年十二月二十七日，時任參知政事。題下原注：「一本作『謝上賜飛白書』。」胡《譜》：嘉祐七年十二月「庚子(二十七日)，再召近臣及三館臣僚赴天章閣，觀三朝瑞物、太宗真宗御集。次赴寶文閣，觀御飛白書，賜公金花箋字。復燕群玉殿。」附注：「狀在《四六集》，詩在《居士集》。」詩即此作。關於第二次宴飲，《宋史・禮志一六》記載：「數日再會天章閣，觀三朝瑞物，復宴群玉殿。酒行，上曰：『天下久無事，今日之樂，與卿等共之，宜盡醉，勿復辭。』因召韓琦至御榻前，別賜一大卮，出禁中名花金盤貯香藥，令各侍歸。莫不霑醉，至暮而罷。」群玉殿在天章閣。元馬端臨《文獻通考》卷五四《天章閣》：「宋朝天禧四年初建天章閣，在會慶殿之西，龍圖閣之北。明年，仁宗即位，修天章閣工畢，奉真宗御製安于天章閣。東曰群玉殿，西曰蘂珠殿，北曰壽昌殿，南曰延康殿。內以桃花文石爲流杯之所。以在位受天書祥符，改曰天章，取爲章于天之義。」詩歌頌揚趙宋王朝的弘儒佑文國策，讚美仁宗的精湛書法。詩語典雅，對仗精工，亦不乏情韻。

【注 釋】

〔一〕至治：安定昌盛、教化大行的時世。《文子・下德》：「欲治之主不世出，可與治之臣不萬一，以不世出求不萬一，此至治所以千歲不一也。」

〔二〕秘府：古代稱禁中藏圖書秘記之所。此指天章閣。　宴飫：猶宴飲。

〔三〕論道：謀慮治國的政令。《周禮·考工記序》：「或坐而論道。」鄭玄注：「論道，謂謀慮治國之政令也。」　皇墳：相傳三皇時代的典籍。韓愈《醉贈張秘書》詩：「險語破鬼膽，高詞媲皇墳。」　貽謀：父祖對子孫的訓誨。《詩·大雅·文王有聲》：「詒厥孫謀，以燕翼子。」　寶訓：參見本書《觀龍圖閣三聖御書應制》注〔四〕。

〔四〕「九重」六句：誇讚仁宗所賜金花箋字，筆力千鈞，技藝精湛。　九重：指帝王宫禁。天子之居門九重，故稱。唐李邕《賀章仇兼瓊克捷表》：「遵奉九重，決勝千里。」　暇豫：悠閒逸樂。《國語·晉語二》：「優施起舞，謂里克妻曰：『主孟啗我，我教兹暇豫事君。』」韋昭注：「暇，閒也；豫，樂也。」　八體：八種書體。秦代統一文字，廢除不符合秦文的六國文字，定書體爲大篆、小篆、刻符、蟲書、摹印、署書、殳書、隸書八種，謂之「八體」。見漢許慎《説文解字序》，後泛指書法。　飛箋金灑落：箋紙灑有泥金，指金花箋。　玉鏘鳴：金玉相撞而發聲，比喻音節響亮。駱賓王《帝京篇》：「繡柱璿題粉壁映，鏘金鳴玉王侯盛。」

〔五〕盛際：猶盛時，盛世。曹植《七啟》：「此霸道之至隆，而雍熙之盛際。」

〔六〕舞獸：《尚書·舜典》：「夔曰：『於！予擊石拊石，百獸率舞。』」謂百獸隨樂起舞，後用於歌頌君王聖明。　和聲：和諧的樂音。《左傳·昭公二十一年》：「故和聲入於耳，而藏於心。」

【附録】

此詩輯入宋吕祖謙《宋文鑑》卷二二，又輯入明李蓘《宋藝圃集》卷九。又輯入清康熙《御選宋金元明四朝詩·御選宋詩》卷五七、張景星、姚培謙、王永祺《宋詩别裁集》卷七。

《長編》卷一九七嘉祐七年十二月：「庚子（二十七日），再會于天章閣觀瑞物，復宴群玉殿。帝曰：『天下久無事，今日之樂，與卿等共之，宜盡醉勿辭。』賜禁中花、金盤、香藥，又召韓琦至御榻前，别賜酒一卮。從臣霑醉，至暮而罷。」

范鎮《東齋記事》卷一：「至二十六日，温州進柑子，復置會，自臺諫、三館臣僚悉預，因宣諭：『前日太草草，故再爲此會。』其禮數一如前，但不賦詩矣。」

邵博《邵氏聞見後録》卷一：「仁皇帝以嘉祐七年十二月丙申，幸天章閣，召兩府、兩制、臺諫等觀三朝御書。置酒賦詩於群玉殿。庚子，再幸天章閣，召兩府以下觀瑞物十三種……觀太宗、真宗御集，面書飛白，命翰林學士王珪題姓名徧賜之。又幸群玉殿置酒作樂，親諭以前日之燕草創，故再爲之，無惜盡醉。」

送王學士赴兩浙轉運

漢家財利析秋毫，暫屈清才豈足勞〔一〕。邑屋連雲盈萬井，舳艫銜尾列千艘〔二〕。春寒欲盡黄梅雨，海浪高翻白鷺濤〔三〕。平昔壯心今在否，江山猶得助詩豪〔四〕。

【題解】

原輯《居士集》卷一三，繫嘉祐八年（一〇六三）。作於是年春，詩人時年五十七歲，官參知政事。題下原注：「京本作『送王勝之兩浙轉運使』」。王學士，即王益柔，字勝之，洛陽人。名臣王曙之子，神宗朝累官龍圖閣直學士，知應天府。《宋史·王益柔傳》：「出爲兩浙、京東西轉運使，熙寧元年，入判度支審院。」明王鏊《姑蘇志》卷四二：「王益柔……除集賢校理、開封府推官、鹽鐵判官，出爲兩浙、京東西轉運使。」《長編》卷一九五嘉祐六年閏八月乙酉（五日）載王益柔任「鹽鐵判官」。《姑蘇志》卷三又載「李復圭嘉祐八年由兩浙轉運使遷淮南轉運使」，由此可知王氏本年赴兩浙轉運。歐書簡《與王龍圖益柔》其六（嘉祐八年）亦云：「前日辱訪別，但多愧荷……承已登舟，節氣遂爾寒凝，惟希加愛爲禱。」此詩描寫王學士赴任時情狀，想像到任後景況，讚美其才華，表達對朝廷漕運的關注。屬對精巧，朋友關愛之情，蘊乎風景之中。

【注釋】

〔一〕「漢家」二句：以古説今，稱讚王學士對當朝財政明察秋毫，就任轉運使乃是屈才。清才：卓越的才能。劉禹錫《裴相公大學士見示因命追作》詩：「不與王侯與詞客，知輕富貴重清才。」

〔二〕「邑屋」二句：兩浙人口衆多，經濟富庶，商貿繁華。盈萬井：形容房屋多。萬井，古代以地方一里爲一井，萬井即一萬平方里。《漢書·刑法志》：「地方一里爲井……一同百里，提封萬井。」

〔三〕黄梅雨：黄梅季節所下的雨。也叫「梅雨」。白鷺濤：指浙江潮。枚乘《七發》：「江水逆流，海水上潮，山出内雲，日夜不止。衍溢漂疾，波湧而濤起。其始起也，洪淋淋焉，若白鷺之下翔。」

〔四〕「平昔」二句：王學士能否保持往日的雄心壯志，江浙的秀美江山對你詩歌創作定有幫助。助詩豪：劉勰《文心雕龍·物色》：「屈平所以能洞監風騷之情者，抑亦江山之助乎。」詩豪，詩人中出類拔萃者。

【附録】

此詩輯入明曹學佺《石倉歷代詩選》卷一四〇，又輯入清管庭芬、蔣光煦《宋詩鈔補·歐陽文忠詩補鈔》。

永昭陵挽詞三首

其一

與子雖天意，知人昔帝難〔一〕。一言謀早定，九鼎勢先安〔二〕。太舜仁由性，成湯治以寬〔三〕。孤臣恩未報，清血但汍瀾〔四〕。

其二

干戈不用臻無事，朝野多歡樂有年〔五〕。便坐看揮飛白筆，侍臣新和《柏梁篇》〔六〕。衣冠忽見藏原廟，簫鼓愁聞向洛川〔七〕。寂寞秋風群玉殿，還同恍惚夢鈞天〔八〕。

其三

行殿沉沉晝翣重，淒涼挽鐸出深宮〔九〕。攀號不悟龍胡遠，侍從猶穿豹尾中〔一〇〕。日薄山川長起霧，天寒松柏自生風。斯民四十年涵煦，耕鑿安知荷帝功〔三〕！

【題　解】

原輯《居士集》卷一三，繫嘉祐八年。作於是年十月，時任參知政事。題下原注：「仁宗。」仁宗卒于本年三月二十九日，葬於十月二十七日。徐乾學《讀禮通考》卷九一《仁宗永昭陵》：「嘉祐八年三月辛未，帝崩于福寧殿。冬十月甲午，葬永昭陵。」歐陽修先後爲賦挽詞八首，此爲首賦的三首。「其一」緬懷仁宗善選嗣君，確保江山社稷穩定。「其二」頌揚仁宗時代國泰民安，哀傷一代聖君仙逝。「其三」描寫仁宗靈柩出殯，讚頌四十年太平歲月恩澤百姓。用典精切，意蘊深沉。哀傷與頌美之情寓於形象之中。

【注　釋】

〔一〕「與子」二句：仁宗無子嗣乃是天意，而選定皇侄宗實爲儲君，顯示其知人之明。昔帝難：選擇儲君自古是帝王難題。

〔二〕「一言」二句：《長編》卷一九七嘉祐七年八月：「己卯（五日），詔曰：……右衛大將軍、岳州團練使宗實，皇兄濮安懿王之子，猶朕之子也。少鞠于宮中，而聰知仁賢，見於夙成……其以爲皇子。」《宋史·仁宗本紀》亦載：「己卯，詔以宗實爲皇子。癸未（九日），賜名曙。」九鼎：

相傳夏禹鑄九鼎，象徵九州，夏商周三代奉爲象徵國家政權的傳國之寶。後以代指國柄或江山社稷。

〔三〕「太舜」二句：仁宗像虞舜和商湯一樣，天性仁恕，寬政愛民。虞舜：上古五帝之一。姓姚，名重華，因其先國于虞，故稱虞舜。《孟子·盡心上》「堯、舜，性之也」趙岐注：「性之，性好仁，自然也。」成湯：商開國之君。契的後代，子姓，名履，又稱天乙。夏桀無道，湯伐之，遂有天下，國號商。《史記·殷本紀》：「湯出，見野張網四面，祝曰：『自天下四方皆入吾網。』湯曰：『嘻，盡之矣！』乃去其三面，祝曰：『欲左，左。欲右，右。不用命，乃入吾網。』諸侯聞之，曰：『湯德至矣，及禽獸。』」

〔四〕「清血」句：泣血哀痛，眼淚像水波一樣流淌。清血：指眼淚。杜牧《杜秋娘》詩：「清血灑不盡，仰天知問誰？」汎瀾：淚疾流貌。參見本書《彈琴效賈島體》注〔四〕。

〔五〕有年：豐年。《尚書·多士》：「今爾惟時宅爾邑，繼爾居，爾厥有幹有年於茲洛。」孔傳：「汝其有安事有豐年於此洛邑。」

〔六〕飛白：一種特殊的書法。相傳東漢靈帝時修飾鴻都門，匠人用刷白粉的帚寫字，蔡邕見後，歸作「飛白書」。這種書法，筆劃中絲絲露白，像枯筆所寫，别具美感。歐《歸田録》卷一：「仁宗萬機之暇，無所玩好，惟親翰墨，而飛白尤爲神妙。」《柏梁篇》：本指漢武帝與群臣在柏梁臺聯詩，後泛稱應制詩。

〔七〕衣冠：帝王死後衣冠藏於宗廟後殿。原廟：在正廟以外另立的宗廟。《史記·高祖本紀》：「及孝惠五年，思高祖之悲樂沛，以沛宫爲高祖原廟。」裴駰集解：「謂『原』者，再也。先既已立廟，今又再立，故謂之原廟。」《宋史·禮制九》：「制有廟有寢，以象人君前有朝後有寢也。廟藏木主，寢藏衣冠。」簫鼓：此指送葬樂。洛川：此指河南鞏縣。《宋史·禮志二五》：「安陵在京城東南隅，乾德初，改卜河南府鞏縣西南四十里訾鄉鄧封村。」「嘉祐八年三月晦日，仁宗崩，英宗立。喪服制度及修奉永昭陵，並用定陵故事。」

〔八〕「寂寞」二句：如今目睹寂寞的群玉殿，不由想起從前君臣宴飲、高奏鈞天廣樂的熱鬧場面。群玉殿：參見本書《群玉殿賜宴》題解。夢鈞天：《史記·趙世家》：「居二日半，簡子寤，語大夫曰：『我之帝所甚樂。與百神游於鈞天廣樂，九奏萬舞，不類三代之樂，其聲動人心。』」

〔九〕「行殿」二句：出殯時的情景。行殿：可以移動的宫殿，指一種行進安穩的大車。晉僧法顯《佛國記》：「作四輪象車，高二丈餘，狀如宫殿。」畫翣：有彩畫的棺飾，古代出殯時用之。《禮記·喪大記》：「飾棺：君龍帷，三池……黼翣二，黻翣二，畫翣二。」孔穎達疏：「翣形似扇，以木爲之，在路則障車，入槨則障柩也。」挽鐸：拿著鈴鐺引喪車送葬。鐸，大鈴的一種。青銅製品，形如鉦而有舌。其舌有木製和金屬製兩種，故又有木鐸和金鐸之分。《尚書·胤征》：「遒人以木鐸徇于路。」孔傳：「木鐸，金鈴木舌，所以振文教。」

〔一〇〕攀號：攀龍髯而哭，謂哀悼帝喪。《南史·梁紀下論》：「攀號之節，忍酷於逾年；定省之制，申情於木偶。」 龍胡：即龍胡之痛。《漢書・郊祀志上》：「黄帝采首山銅，鑄鼎于荆山下。鼎既成，有龍垂胡髯下迎黄帝。黄帝上騎，群臣後宫從上龍七十餘人，龍乃上去……百姓卬望黄帝既上天，乃抱其弓與龍髯號。」後因以「龍胡之痛」指喪帝之痛。 豹尾：天子屬車上的飾物，借指天子屬車，即豹尾車。《宋史・禮志二五》：「嘉祐八年三月晦日，仁宗崩……九月二十八日，啟菆宫，以初喪服日一臨，易常服出。十月六日，靈駕發引，天子啟奠，梓宫升龍輴。祖奠徹，與皇太后步出宣德門，群臣辭於板橋。」

〔二〕「斯民」二句：仁宗在位四十餘年間，象雨露陽光一樣滋潤養育老百姓，可是辛勤耕作、生活安定的老百姓又哪知託的是皇帝的福呢。 四十年：仁宗乾興元年（一〇二二）即帝位，嘉祐八年（一〇六三）病死，在位四十二年。 耕鑿：耕田鑿井。《古樂府》卷一《擊壤歌》：「日出而作，日入而息，鑿井而飲，耕田而食，帝力于我何有哉？」

續作永昭陵挽詞五首

其一

王者居尊本無外，由來天下以爲家〔一〕。六龍白日乘雲去，何用金錢買道車〔二〕。

其二

苦霧霏霏著彩旗，猶排吉仗雜凶儀〔三〕。常時鳳輦行游處，今日龍輴慟哭隨〔四〕。

其三

都人擾擾塞康莊，西送靈車過苑牆〔五〕。金鼎藥成龍已去，人間惟有鼠拖腸〔六〕。

其四

素幕悠悠逗曉風，行隨哀挽出深宫〔七〕。妃嬪莫向蒼梧望，雲覆昭陵洛水東〔八〕。

其五

叨陪法從最多年，慣聽梨園奏管絃〔九〕。從此無因瞻黼坐，惟應魂夢到鈞天〔一〇〕。

【題　解】

原輯《居士集》卷一三，繫嘉祐八年。作於是年十月下旬，時任參知政事。仁宗卒于本年三月二十九日，葬於十月二十七日。歐爲賦挽詞八首，此爲續作的五首。參見上詩題解。組詩「其一」悲愴仁宗出殯，「其二」描繪靈車哭隨，「其三」狀寫都人送葬，「其四」哀傷柩車東去，「其五」抒寫私心感懷，共同表達對仁宗駕崩的深情哀悼。詩語清雅，感情誠摯，意境渾成。

【注　釋】

〔一〕「王者」二句：君王居九五之尊，以天下爲一家。居尊：居九五之尊。「九五」指帝位。無外：謂古代帝王以天下爲一家。《公羊傳·隱公元年》：「王者無外，言奔，則有外之辭也。」何休注：「王者以天下爲家，無絶義。」

〔二〕六龍：古代天子的車駕爲六馬，馬八尺稱龍，後因以爲天子車駕的代稱。漢劉歆《述初賦》：「摠六龍于駟房兮，奉華蓋於帝側。」白日：喻指君主。《文選·宋玉〈九辨〉》：「去白日之昭昭兮，襲長夜之悠悠。」張銑注：「白日喻君，言放逐去君。」道車：天子御車之一。《周禮·夏官·道右》：「道右掌前道車，王出入，則持馬陪乘，如齊車之儀。」鄭玄注：「道車，象路也，王行道德之車。」

〔三〕吉仗：吉利的儀仗。凶儀：凶禮的儀仗。《宋史·禮志二十五》：「吉仗用大駕鹵簿。凶仗用大升輿、龍輴、鵝茸纛、魂車、香輿、銘旌、哀謚册寶車……」

〔四〕鳳輦：皇帝的車駕。唐沈佺期《陪幸韋嗣立山莊》詩：「虹旗縈秀木，鳳輦拂疏筇。」此指仁宗的坐駕。龍輴：載天子棺柩的車。其車轅畫以龍。《禮記·檀弓上》：「天子之殯也，菆塗龍輴以椁。」鄭玄注：「天子殯以輴車，畫轅爲龍。」

〔五〕康莊：四通八達的大道。《爾雅·釋宫》：「一達謂之道路，二達謂之歧旁，三達謂之劇旁，四達謂之衢，五達謂之康，六達謂之莊。」

〔六〕金鼎藥成：《漢書·郊祀志上》：「黄帝采首山銅，鑄鼎于荆山下。鼎既成，有龍垂胡髯下迎黄帝。」鼠拖腸：宋劉敬叔《異苑》卷三：「昔仙人唐昉拔宅升天，雞犬皆去，唯鼠墜下不死，而腸出數寸，三年易之。俗呼爲唐鼠，城固川中有之。」此謂恨不能隨仁宗同去。

〔七〕哀挽：悲痛地挽著喪車。杜甫《故武衛將軍挽詞》其三：「哀挽青門去，新阡絳水遥。」仇兆鼇注：「哀挽，挽喪車而哀慟也。」

〔八〕蒼梧：《山海經·海内經》：「南方蒼梧之丘，蒼梧之淵，其中有九嶷山，舜之所葬，在長沙零陵界中。」洛水東：昭陵位於今河南鞏縣西南，在洛水以東，故云。仁宗葬永昭陵，宋人以昭陵代稱仁宗。

〔九〕法從：侍從、追從。《漢書·揚雄傳》：「又是時趙昭儀方大幸，每上甘泉，常法從，在屬車間豹尾中。」顔師古注：「法從者，以官法當從耳，非失禮也。一曰從法駕也。」

〔一〇〕「從此」二句：此後無法瞻仰仁宗儀容，要相見秖有在夢鄉之中。黼坐：即黼座。帝座。借指天子。天子座後設黼扆，故名。鈞天：《史記·趙世家》：「趙簡子疾，五日不知人……居二日半，簡子寤，語大夫曰：『我之帝所甚樂。與百神游於鈞天廣樂、九奏萬舞，不類三代之樂，其聲動人心。』」

【附　録】

五詩中「其四」輯入明李蓘《宋藝圃集》卷九，題爲《仁宗皇帝挽詞》。

夜宿中書東閣

翰林平日接群公〔一〕，文酒相歡慰病翁。白首歸田徒有約，黄扉論道愧無功〔二〕。攀髯路斷三山遠，憂國心危百箭攻〔三〕。今夜静聽丹禁漏，尚疑身在玉堂中〔四〕。

【題　解】

原輯《居士集》卷一三，繫嘉祐八年。作於是年十一月間，時任參知政事。周必大題《六一先生夜宿中書東閣詩》（《益公題跋》卷八）：「右歐陽公嘉祐八年冬末詩。按昭陵（仁宗）以是年春宴駕，十月復土時，厚陵（英宗）再屬疾，兩宮情意未通，故有『攀髯路斷』、『憂國心危』之句云。」據此，歐詩作於十一月兩宮矛盾尚未調和之時。中書東閣，本指宰相延召賓客之閣，此處當爲兩府宿值之翰林院。詩歌叙寫國運維艱之際夜宿中書東閣的感慨，表達憂懷國事，自愧無功，歸計無成的複雜心情。屬對工穩，用典精妙，意藴深沉。

【注釋】

〔一〕翰林：此指翰林院。韓愈《董公行狀》：「〔公〕拜秘書省校書郎，入翰林爲學士。」至和元年九月，歐陽修還翰林學士；嘉祐五年九月，兼翰林院侍讀學士。

〔二〕「白首」二句：自己曾與朋友約定五十八歲辭官歸隱，時下卻難以實現。自己身處官署坐而論道，毫無建樹。歐《寄韓子華》詩序云：「余與韓子華、長文、禹玉同直玉堂，嘗約五十八歲致仕，子華書於柱上。其後薦蒙恩寵，世故多艱，曆仕三朝，備位二府，已過限七年，方能乞身歸老。」黄扉：宰相官署，宋屬門下省。論道：謀慮治國的政令。《周禮·考工記序》：「或坐而論道。」鄭玄注：「論道，謂謀慮治國之政令也。」

〔三〕「攀髯」二句：仁宗去世後，英宗即位，時宫中形勢複雜，皇帝、太后矛盾尖鋭，内憂外患，岌岌可危。歐等憂思不安。《長編》卷一九九嘉祐八年：「方帝疾甚時，云爲多乖錯，往往觸忤太后，太后不能。左右讒間者或陰有廢立之議。」攀髯：常用爲哀悼皇帝去世的典故。參見本書《永昭陵挽詞三首》注〔一〇〕。三山：傳説中的海上三神山。王嘉《拾遺記·高辛》：「三壺，則海中三山也。一曰方壺，則方丈也；二曰蓬壺，則蓬萊也；三曰瀛壺，則瀛洲也。」百箭攻：白居易《箭鏃》詩：「百箭中心攢」。

〔四〕丹禁漏：宫中的計時之聲，即更漏聲。玉堂：宋翰林院稱玉堂。參見本書《述懷》注〔一二〕。

【附録】

此詩輯入明曹學佺《石倉歷代詩選》卷一四〇，又輯入清管庭芬、蔣光煦《宋詩鈔補·歐陽文忠詩補鈔》。

宋濂《文憲集》卷一二《題周益公所藏歐陽公遺墨後》：「《歐陽公譜圖序》作於至和二年乙未，後二百三十一年，平園周益公得公所具檢藁一段，並嘉祐八年癸卯《夜宿中書東閣》詩八句，聯爲一卷。詩陰有中書所録裕陵出閤親揮兩行，亦不棄去，而附見之，且各題其左，而識以中書省印者。三卷首又識以益國之章，其慎重之意至矣。平園與公皆廬陵人，故平生所敬慕者，於公爲尤切，文學政事皆欲並之，非止寶其字畫而已也。」

赴集禧宫祈雪追憶從先皇駕幸泫然有感

琳闕岧岧倚瑞煙，憶陪游豫入新年〔一〕。雲深曉日開宫殿，水闊春風颺管絃〔二〕。千騎清塵回輦路，萬家明月放燈天〔三〕。一朝人事淒涼改，惟有靈光獨巋然〔四〕。

【題　解】

原輯《居士集》卷一三，繫嘉祐八年。作於是年末，時任參知政事。集禧宫，《長編》卷一七四皇祐五年六月「丙戌（十八日），新修集禧觀成。初，會靈觀火，更名曰集禧，即舊址西偏復建一殿，共祀五嶽，名曰奉神殿，蓋取真宗嘗著《奉神述》也。」先皇，即本年三月去世之仁宗。詩人在集禧宫求雪，撫今追昔，抒寫對仁宗的深情悼念。詩律嚴整，語言秀冶，情景相生。

【注　釋】

〔一〕「琳闕」二句：新年來臨之際，巍峨高聳的集禧宫瑞煙嫋嫋，不由想起陪駕先皇仁宗游樂唱和的景况。琳闕：仙宫。宫殿、道院的美稱。游豫：猶游樂。《孟子·梁惠王下》：「吾王不游，吾何以休？吾王不豫，吾何以助？一游一豫，爲諸侯度。」趙岐注：「豫亦游也。」

〔二〕「雲深」二句：回憶昔日侍陪仁宗早晨出行，春風歌舞的歡樂場面。

〔三〕清塵：車後揚起的塵埃。清，敬詞，用作對尊貴者的敬稱。《漢書·司馬相如傳下》：「犯屬車之清塵。」顏師古注：「塵，謂行而起塵也。言清者，尊貴之意也。」

〔四〕「一朝」二句：新皇帝已經即位，朝廷人事有所改變，但仁宗的光輝神像巋然永存。靈光：漢代魯靈光殿的簡稱。常比喻碩果僅存的人或事物，此指集禧宫（原名會靈觀）。漢王延壽《魯靈光殿賦》序：「魯靈光殿者，蓋景帝程姬之子恭王餘之所立也……遭漢中微，盜賊奔突，自西京未央、建章之殿，皆見隳壞，而靈光巋然獨存。」庾信《哀江南賦》：「死生契闊，不可問天。況復零落將盡，靈光巋然。」倪璠注：「喻知交將盡，惟己獨存，若魯靈光矣。」

【附　録】

此詩輯入明李濂《汴京遺跡志》卷二三。

劉壎《隱居通議》卷七以爲「雲深曉日開宫殿，水闊春風颺管絃」一聯「足以想見當時太平氣象」，「誦其詩，想其景，則昇平氣象瞭然在目」。

戲劉原甫

其一

平生志業有誰先，落筆文章海内傳〔一〕。昨日都城應紙貴，開簾却扇見新篇〔二〕。

其二

仙家千載一何長，浮世空驚日月忙〔三〕。洞裏新花莫相笑，劉郎今是老劉郎〔四〕。

【題解】原輯《居士外集》卷七，無繫年，列熙寧四年詩後，誤。當作於嘉祐八年末，時任參知政事。劉敞卒于熙寧元年四月八日，本詩當作於此前。詩題下原注：「見蔡絛《西清詩話》，已下續添。」劉原甫，即劉敞。《長編》卷一九二嘉祐五年九月丁亥朔：「知制誥劉敞爲翰林侍讀學士、知永興軍。」據歐《集賢院學士劉公墓誌銘》：「（嘉祐）八年八月召還，判三班院、太常寺。」據二詩意，時在嘉祐八年末。詩歌「其一」稱頌劉敞的「志業」「文章」，戲言其新婚必有佳作；「其二」調侃劉敞晚年再娶少妻。詩語淺顯，筆墨酣暢，戲謔風趣，透見詩人的清放情懷與詼諧性格。

【注　釋】

〔一〕「平生」二句：歐《集賢院學士劉公墓誌銘》：「其爲文章，尤敏贍。嘗直紫微閣，一日，追封皇子、公主九人，公方將下直，爲之立馬卻坐，一揮九制數千言，文辭典雅，各得其體。」

〔二〕紙貴：即「洛陽紙貴」。稱譽別人的著作受人歡迎，廣爲流傳。參見本書《和〈出省〉》注〔三〕。開簾：《舊唐書·音樂志》：唐明皇在位「候明，百僚朝，侍中進中嚴外辦，中官素扇，天子開簾受朝。禮畢，又素扇垂簾，百僚常參供奉官、貴戚、二王后、諸蕃酋長，謝食就坐。」王僧孺詩：「二八人如花，三五月如鏡。開簾一種色，當户兩相映。」卻扇：古人行婚禮，新婦以扇遮面，交拜後去之。此代指完婚。《演繁露》卷一三：「唐德宗時，皇女下降。顏真卿爲禮儀使，如俗傳障車、卻扇花燭之禮，顏皆遵用不廢。」

〔三〕浮世：人間，人世。舊時認爲人世間是浮沉聚散不定的，故稱。唐許渾《將赴京留贈僧院》詩：「空悲浮世雲無定，多感流年水不還。」

〔四〕劉郎：本指東漢劉晨，此處謔稱劉敞。相傳東漢永平年間，劉晨和阮肇入天台山採藥迷路，遇二仙女，爲其所邀，留半年始歸。時已入晉，抵家子孫已過七代。後復入天台山尋訪，舊蹤渺然。唐司空圖詩《游仙》其二：「劉郎相約事難諧，雨散雲飛自此乖。」又唐劉禹錫《元和十年自郎州承召至京戲贈看花諸君子》詩：「玄都觀裏桃千樹，盡是劉郎去後栽。」《再游玄都觀》：「種桃道士歸何處，前度劉郎今又來。」

【附　録】

二詩全輯入清管庭芬、蔣光煦《宋詩鈔補·歐陽文忠詩補鈔》、厲鶚《宋詩紀事》卷一二，題爲《劉原父再昏以二絶戲之》。

胡仔《苕溪漁隱叢話》前集卷二九引蔡絛《西清詩話》：「劉原甫斅再婚，永叔以二絶戲之云：『平生志業有誰先，落筆文章海内傳，明日都城應紙貴，開簾卻扇見新篇。』『仙家千載一何長，浮世空驚日月忙，洞裏新花莫相笑，劉郎今是老劉郎。』原父不悦。」按：又見蔡正孫《詩林廣記》後集卷一、單宇《菊坡叢話》卷一一、王昌會《詩話類編》卷二七。

褚人穫《堅瓠二集》卷一：「劉原父晚年再娶，歐公作詩戲之云：『仙家千載一何長，浮世空驚日月忙。洞裏桃花莫相笑，劉郎今是老劉郎。』原父得詩不悦。一日，歐公與王拱辰同在會間，原父戲曰：有一學究訓徒，徒誦《毛詩》至『委蛇委蛇』，徒念從原字，學究怒而責之，曰蛇當讀作姨，毋得再誤。明日，徒觀乞兒弄蛇，飲後方來，先生怒其來遲，欲責，徒曰：『遇有弄姨者，從衆觀之，先弄大姨，後弄小姨，是以遲也。』歐公亦爲噱然。蓋歐公與拱辰同爲薛簡肅公婿，歐公先娶王夫人，姊亡後，再娶其妹，故拱辰有「舊女婿爲新女婿，大姨夫作小姨夫」之戲。按薛簡肅公墓文，拱辰兩爲公女婿，而詩話皆作歐公，未知何故。」

歐陽修詩編年箋注卷十五

治平元年至治平四年作

早朝

閶闔初開瑞霧中，丹霞曉日上蒼龍〔一〕。鳴鞭響徹廊千步，佩玉聲趨戟百重〔二〕。雪後朝寒猶凜冽，柳梢春意已豐茸〔三〕。少年自結芳菲侶，老病惟添睡思濃〔四〕。

【題解】原輯《居士集》卷一三，繫宋英宗治平元年（一〇六四）。作於正月，詩人時年五十八歲，官參知政事。詩歌描寫新春早朝情景，面對盎然春色，詩人自傷老病。風物極具特徵，意象飽攜情韻，雍容典雅之中，顯示太平氣象。

【注釋】

〔一〕「閶闔」二句：晨霧瑞氣之中宫門初開，旭日朝霞掩映宫闕殿閣。閶闔：天門，代指皇宫正門。蒼龍：漢代宫闕名。此處泛指宫闕。《文選·陸倕〈石闕銘〉》：「蒼龍玄武之制，銅雀鐵鳳之工。」李善注：「《三輔舊事》曰：未央宫東有蒼龍闕，北有玄武闕。」

〔二〕「鳴鞭」二句：儀仗擺陣，百官上朝，鳴鞭響過之後，一片趨步上朝的佩玉聲。鳴鞭：古代皇帝儀仗中的一種，鞭形，揮動發出響聲，使人肅靜，故又稱静鞭。《宋史·儀衛志二》：「上皇日常朝殿，差御龍直四十三人，執仗排立，並設傘扇，鳴鞭。」佩玉聲：官服佩戴的玉類飾物隨步發出的聲響。

〔三〕豐茸：草木豐盛茂密貌。宋祁《右史院蒲桃賦》：「豐茸大德之谷，棲息無機之禽。」

〔四〕「少年」二句：年輕時喜愛結伴賞花，老病後秪想多睡懶覺。

【附録】

此詩輯入宋祝穆《古今事文類聚》前集卷二九。

齋宫尚有殘雪思作學士時攝事於此嘗有聞鶯詩寄原父因而有感四首

其一

雪壓枯條脉未抽，春寒憀慄作春愁〔一〕。却思緑葉清陰下，來此曾聞黄栗留〔二〕。

其二

老來何與青春事，閒處方知白日長。自恨乞身今未得，齒牙浮動鬢蒼浪〔三〕。

其三

兩京平日接英髦〔四〕，不獨詩豪酒亦豪。休把青銅照雙鬢，君謨今已白刁騷〔五〕。

其四

詩篇自覺隨年老，酒力猶能助氣豪〔六〕。興味不衰惟此爾，其餘萬事一牛毛〔七〕。

【題解】

原輯《居士集》卷一三，繫治平元年。作於是年春，時任參知政事。嘉祐四年夏，歐任翰林學士時，有《夏享太廟攝事齋宫聞鶯寄原甫》詩。本詩感此而賦。攝事，即代皇帝主持祭祀禮。歐《春秋論中》云：「所謂攝者，臣行君事之名也。」組詩「其一」因春寒發愁，聯想起當年聞鶯賦詩；「其二」以老病生悲，遺憾未能辭官歸隱；「其三」替朋友興歎，昔日詩酒雙豪，而今白髮稀疏；「其四」爲自身傷感，自悲年老詩衰，借酒能助氣豪。詩語淺白，展示生活情趣，藴涵生命體驗。

【注釋】

〔一〕脉未抽：樹葉未發芽。脉，指葉脉。　㦂慄：即㦂栗、凜冽。寒氣襲人貌。歐書簡《與王懿恪公君貺》其九：「歲晚㦂栗，惟以時爲國自重。」

〔二〕黄栗留：黄鸝、黄鶯類鳥。歐《夏享太廟攝事齋宫聞鶯寄原甫》：「何處飛來黄栗留。」自注云：「田家謂麥熟時鳴者爲黃栗留。出《詩》義。」參見本書《夏享太廟，攝事齋宮，聞鶯寄原甫》注〔二〕。

〔三〕「自恨」二句：歐本年書簡《與韓忠獻王稚圭》其二十三云：「某衰病，最宜先去者，尚此遲疑。」《與吴正獻公沖卿》其四亦云：「第苦殘衰，齒牙摇脱，飲食艱難，殊無情況爾。」蒼浪：鬢髮花白。白居易《冬至夜》詩：「老去襟懷常濩落，病來鬚鬢轉蒼浪。」

〔四〕兩京：宋代東京、西京，即開封府和河南府。英髦：俊秀傑出的人。枚乘《柳賦》：「俊乂英旄，列襟聯袍。」

〔五〕青銅：指青銅鏡。君謨：蔡襄，字君謨。時在京爲翰林學士、權三司使。刁騷：頭髮稀落貌。元好問《麋鹿圖》詩：「白髮刁騷一秃翁，塵埃無處避西風。」

〔六〕「詩篇」二句：自己清楚隨著年齡老大，詩作不如從前，卻還能借助酒力，增加些許豪氣。

〔七〕興味：趣味，興趣。梅堯臣《睡意》詩：「四時自得興味佳，豈必鏘金與鳴玉。」一牛毛：比喻微乎其微，不值一提。

攝事齋宮偶書

齋宮岑寂偶偷閒，猶覺閒中興未闌〔一〕。美酒清香銷晝景，冷風殘雪作春寒。丹心未死惟憂國，白髮盈簪盍掛冠〔二〕？誰爲寄聲清潁客，此生終不負漁竿〔三〕。

【題　解】

原輯《居士集》卷一三，繫治平元年。作於是年春，時任參知政事。題下原注：「一作『齋夕感事』。」齋宮，祭祀齋戒之所。古人在祭祀前必沐浴更衣、整潔身心，以示虔誠。《孟子·離婁下》：「雖有惡人，齋戒沐浴，則可以祀上帝。」此詩叙寫攝事齋宮所見所感，表達憂國與思歸的矛盾心理。屬對精巧，意象極具特徵，内蘊深沉雋遠。

【注　釋】

〔一〕齋宮：供齋戒用的宫室、屋舍。《國語·周語上》：「王即齋宮，百官御事，各即其齋三日。」韋昭注：「所齋之宮也。」岑寂：寂寞，孤獨冷清。唐唐彦謙詩《樊登見寄》其三：「良夜最岑寂，旅況何蕭條。」

〔二〕「丹心」二句：白髮滿頭仍然忠心耿耿地憂慮國事，爲什麼不辭官歸隱呢？歐本年書簡《與吴正肅公長文》其十二：「入今年來，兩目昏甚，屯滯百端。直以京師饑疫，復此水患，上心憂勞，正當竭力，未敢請外。」表達的正是奉公憂國而老病思歸的矛盾心理。

〔三〕寄聲：託人傳達消息。陶潛《丙辰歲八月中於下潠田舍穫》詩：「司田眷有秋，寄聲與我諧。」清潁客：自指。詩人皇祐年間就決計退隱潁州。清潁，指潁州。潁州西湖有清潁亭。《明一統志》卷七《鳳陽府》：「清潁亭在潁州西湖上，宋晏殊建。蘇軾嘗與弟轍別于此，有『別淚滴清潁』之句。」

【附録】

葛立方《韻語陽秋》卷一三：「又歐陽永叔居官之日多，然志未嘗一日不在潁也……《齋宫偶書》云：『誰爲寄聲清潁客，此生終不負漁竿。』……觀其思歸之言，重複如是，豈懷禄固位者哉？老杜云：『非無江海志，瀟灑送日月。生逢堯舜君，不忍便永訣。』此永叔志也。」

下直

宫柳街槐緑未齊，春陰不解宿雲低〔一〕。輕寒漠漠侵駝褐，小雨班班作燕泥〔二〕。報國無功嗟已老，歸田有約一何稽！終當自駕柴車去，獨結茅廬潁水西〔三〕。

【題解】

原輯《居士集》卷一三，繫治平元年。作於是年春，時任參知政事。下直，即當值下班。直，即内閣值班。初春小雨微寒，詩人在下班途中，感慨報國無功，欣羨隱居歸田。景色淒清，筆調低回，情景相映生輝。

【注釋】

〔一〕「宫柳」二句：描繪宫中初春的自然景物。宿雲：隔夜的雲。宋之問《早發始興江口至虚氏村作》詩：「宿雲鵬際落，殘月蚌中開。」

〔二〕漠漠：寂靜無聲貌。《荀子·解蔽》：「掩耳而聽者，聽漠漠而以爲哅哅。」楊倞注：「漠漠，無聲也。」駝褐：駝毛做的短衣。班班：斑點衆多，指雨小而密。班，通「斑」。白居易《山中五絶句·石上苔》：「漠漠班班石上苔，幽芳静緑絶纖埃。」

〔三〕「報國」四句：感歎年老而壯志未酬，抒寫退隱之思。歸田有約：歐曾與朋友韓子華等人約定，五十八歲隱退，時已五十九歲，尚未如愿。參見本書《寄韓子華》詩序。柴車：簡陋無飾的車子。《後漢書·文苑傳下·趙壹》：「時諸計吏多盛飾車馬帷幕，而壹獨柴車草屏，露宿其傍。」李賢注：「柴車，弊惡之車也。」

【附録】

此詩輯入宋祝穆《古今事文類聚》前集卷二九、吕祖謙《宋文鑑》卷二四，又輯入清吴之振《宋詩鈔》卷一二、陳訏《宋十五家詩選·廬陵詩選》。

吴曾《能改齋漫録》卷八："文忠公詩：『小雨斑斑作燕泥。』東坡詩：『小雨斑斑未作泥。』山谷詩：『潤花小雨斑斑。』"按：又見胡仔《苕溪漁隱叢話》後集卷二三、吴幵《優古堂詩話》。

葛立方《韻語陽秋》卷一三："又歐陽永叔居官之日多，然志未嘗一日不在潁也。《下直詩》云：『終當自駕柴車去，獨結茅廬潁水西。』……觀其思歸之言，重複如是，豈懷禄固位者哉？老杜云：『非無江海志，瀟灑送日月。生逢堯舜君，不忍便永訣。』此永叔志也。"

郭子章《豫章詩話》卷三："六一公雖在朝而不忘山林，《下直》詩：『宫柳街槐緑未齊，春雲不解宿雲低。輕寒漠漠侵駝褐，小雨班班作燕泥。報國無功嗟已老，歸田有約一何稽！終當自駕柴車去，獨結茅廬潁水西。』《早朝感事》詩：『疎星牢落曉光微，殘月蒼龍闕角西。玉勒當門隨仗入，牙牌立殿報班齊。羽儀雖接鴛兼鷺，野性終存鹿與麋。笑殺汝陰常處士，十年騎馬聽朝雞。』一曰『終當自駕柴車去』，一曰『野性終存鹿與麋』，士大夫立朝，何可無此風味。"

早朝感事

疎星牢落曉光微，殘月蒼龍闕角西〔一〕。玉勒爭門隨仗入，牙牌當殿報班齊〔二〕。羽儀雖接鴛兼鷺，野性終存鹿與麋〔三〕。笑殺汝陰常處士，十年騎馬聽朝雞〔四〕。

【題　解】

原輯《居士集》卷一三，繫治平元年。作於是年春，時任參知政事。歐寄詩汝陰隱士常秩，稱慕其隱居生活，自嘲戀棧，故有尾聯「笑殺汝陰常處士，十年騎馬聽朝雞」。詎料數年後，神宗徵召，常秩即起，此聯終成笑柄。參見「附録」彭乘《墨客揮犀》卷七等。詩歌前兩聯寫景，描寫早朝曉色與儀仗威嚴，藴含太平氣象；後兩聯抒情，抒寫山野本性與田園情懷，表現詩人心態。恬靜凝重，雅淡有致，情志溢於象外。

【注　釋】

〔一〕牢落：猶寥落。稀疏零落貌。司馬相如《上林賦》：「牢落陸離，爛熳遠遷。」　蒼龍：漢宮闕名。泛指宫闕。參見本書《早朝》注〔一〕及本詩「附録」王得臣《麈史》。

〔二〕「玉勒」二句：描寫威嚴的朝儀。　玉勒：玉飾的馬銜，借指朝官的乘馬。庾信《三月三日華林園馬射賦》：「控玉勒而摇星，跨金鞍而動月。」　牙牌：指刻有「班齊」的象牙牌。　報班齊：皇帝坐殿問事前，主持儀衛要稟告皇帝朝官出朝情況。參見「附録」周必大釋「報班齊」語。

〔三〕羽儀：本指儀仗隊中羽毛做成的錦旗類，此處代指官位。《南齊書·東昏侯紀》：「帝烏帽袴褶，備羽儀，登南掖門臨望。」　鴛兼鷺：即鵷和鷺。鵷和鷺飛行有序，比喻班行有序的朝官。杜甫《贈李八秘書別三十韻》：「鴛鷺叨雲閣。」九家集注：「古詩『廁跡鴛鷺行』，謂侍從列也。」野性：喜愛自然，樂居田野的性情。唐韜光《謝白樂天招》詩：「山僧野性好林泉，每向巖阿倚石眠。」

〔四〕「笑殺」二句：自己十年朝官生活，讓高士常秩見笑。王闢之《澠水燕談録》卷一〇：「歐陽公晚治第於潁，久參政柄，將乞身以去。顧未得謝，而思潁之心日切，嘗有詩曰：『笑殺汝陰常處士，十年騎馬聽朝雞。』後，公既還政，而處士被召赴闕，爲天章閣待制，日奉朝請。有輕薄子改公詩以戲之曰：『卻笑汝陰歐少保，新來處士聽朝雞。』」汝陰：即潁州，今安徽阜陽。常處士：常夷甫，名秩，潁州隱士。以經術著稱，士論歸重。歐陽修、王安石等屢稱薦之。處士，本指有才德而隱居不仕的人，後亦泛指未做過官的士人。首句後原注：「墨蹟作『雲林高卧客』。」十年：至和元年，歐除喪服回京任職，至今恰好十年。朝雞：早上報曉的雄雞。宋袁文《甕牖閒評》卷五：「朝雞者，鳴得絶早，蓋以警入朝之人，故謂之朝雞。」

【附録】

此詩輯入《錦繡萬花谷》前集卷八，又輯入宋祝穆《古今事文類聚》前集卷二九、吕祖謙《宋文鑑》卷二四，又輯入清康熙《御選宋金元明四朝詩·御選宋詩》卷四六、《淵鑑類函》卷一二二、吴之振《宋詩鈔》卷一二、陳焯《宋元詩會》卷一一、厲鶚《宋詩紀事》卷一二。

彭乘《墨客揮犀》卷七：「少保歐陽永叔在政府，將求引去，先一詩寄潁陰隱士常秩，其略曰：

『笑煞汝陰常處士，十年騎馬聽朝雞。』及公致仕還潁，有詩贈秩曰：『賴有東鄰常處士，披蓑戴笠伴春鋤。』既而王丞相介甫秉政，遂以右正言、直史館召秩，而秩遂起。先是歐公既致政，凡有賓客上謁，率以道服華陽巾，便坐延見。至是秩授官來謝，公乃披衣束帶，正寢見之。明年，秩拜侍講、判國子監，尋有無名子改前詩，作秩寄歐公詩曰：『笑殺汝陰歐少保，新來處士聽朝雞。』又曰『昔日汝陰常處士，卻來馬上聽朝雞』。」

程頤《二程集·遺書》卷一〇：「正叔云：『永叔「笑殺汝陰常處士，十年騎馬聽朝雞」，夙興趨朝，非可笑之事，不必如此說。』又言：『常秩晚爲利昏，元來便有在，此鄉黨莫之尊也。』」

王得臣《麈史》卷二：「永叔《早朝》詩曰：『月在蒼龍闕角西。』甚美。然予按漢之四闕，南曰朱雀，北曰玄武，東曰蒼龍，西曰白虎。今永叔詩意蓋以當前門闕狀蒼龍，故云月在西也。蓋不用漢闕耳。」按：又見胡仔《苕溪漁隱叢話》後集卷二三。

葉夢得《石林詩話》卷中：「常待制秩，居汝陰，與王深父皆有盛名於嘉祐治平之間，屢召不至，雖歐陽文忠公亦重推禮之，其詩所謂『笑殺潁川常處士，十年騎馬聽朝雞』者是也。熙寧初，荆公當國，力致之，遂起判國子監太常禮院，聲譽稍減於前。嘗一日，大雪趨朝，與百官待門於仗舍，時秩已衰，寒甚不可忍，喟然若有所恨者，乃舉文忠詩以自戲曰：『凍殺潁川常處士，也來騎馬聽朝雞。』」

邵博《邵氏聞見後録》卷二二：「歐陽公在政府，寄潁州處士常秩詩云：『笑殺汝陰常處士，十年騎馬聽朝雞。』公將休致，又寄秩詩云：『賴有東鄰常處士，披蓑戴笠伴春鋤。』蓋公先爲潁州，得秩於民伍中，殊好之，至公休致歸，每接賓客，必返退士初服。秩已從王荆公之招，公獨朝章以見，愧之也。秩入朝極其諛佞，遂升次對。蚤日著《春秋學》數十卷，自許甚高，以荆公不喜《春秋》，亦絶口不言，匿其書不出。適兩河歲惡，有旨青苗錢權倚閣，王平甫戲秩曰：『君之《春秋》，亦權倚閣矣。』後神宗遇秩浸薄，荆公亦鄙之。秩失節，怏怏如病狂易。或云自裁以死。荆公尚表於墓，蓋其失云。」

王偁《東都事略》卷一一八：「常秩，字夷甫，潁州汝陰人也。嘗舉進士，不中，退而爲自得之學，尤長於《春秋》。居於陋巷二十餘年，澹如也。歐陽修、王安石聞而稱之，士論亦翕然歸重。嘉祐中，修薦於朝，以爲潁州教授，又除國子監直講，又以爲大理評事、知長葛縣，皆不赴，於是聲名愈高……及王安石更定法令，士大夫沸騰，以爲不便。秩在閭閻，見所下詔，獨以爲是，被召遂起。然在朝亦無所發明，聞望日損。」

陸游《老學庵筆記》卷七：「歐陽公《早朝詩》云：『玉勒爭門隨仗入，牙牌當殿報班齊。』李德芻言：『自昔朝儀，未嘗有牙牌報班齊之事。』予考之，實如德芻之説。問熟於朝儀者，亦惘然以爲無有。然歐陽公必不誤，當更博考舊制也。」

周必大《二老堂詩話》：「歐公詩云：『玉勒爭門隨仗入，牙牌當殿報班齊。』或疑其不然。今朝殿爭門者，往往隨仗而入，及在廷排立既定，駕將御殿。閤門持牙牌，刻班齊二字。候班齊，小黄門接入，上先坐後幄。黄門復出揚聲云：『人齊未？』行門當頭者應云：「人齊。」上即出，方轉照壁，衛士即鳴鞭。然此乃是駕出時，常日則不同。」按：又見吴景旭《歷代詩話》卷五六。

王若虚《滹南詩話》卷二：「歐公《寄常秩》詩云：『笑殺汝陰常處士，十年騎馬聽朝雞。』伊川云：『夙興趨朝，非可笑事，永叔不必道。』夫詩人之言，豈可如是論哉？程子之誠敬，亦已甚矣。」劉壎《隱居通議》卷七以爲「玉勒爭門隨仗入，牙牌當殿報班齊」一聯「足以想見當時太平氣象」，「誦其詩，想其景，則昇平氣象瞭然在目」。

郭子章《豫章詩話》卷三：「六一公雖在朝而不忘山林，《下直》詩：『宫柳街槐緑未齊，春雲不解宿雲低。輕寒漠漠侵駝褐，小雨班班作燕泥。報國無功嗟已老，歸田有約一何稽！終當自駕柴車去，獨結茅廬潁水西。』《早朝感事》詩：『疎星牢落曉光微，殘月蒼龍闕角西。玉勒當門隨仗入，牙牌立殿報班齊。羽儀雖接鴛兼鷺，野性終存鹿與麋。笑殺汝陰常處士，十年騎馬聽朝雞。』一曰『終當自駕柴車去』，一曰『野性終存鹿與麋』，士大夫立朝，何可無此風味。」

郭子章《豫章詩話》卷五：「陶淵明《赴鎮軍參軍》詩曰：『望雲慚高鳥，臨水愧游魚，真想初在襟，誰謂形跡拘。』似此胸襟，豈爲外榮所點染哉！荆公拜相之日，題詩壁間曰：『霜松雪竹鍾山寺，投老歸歟寄此生。』只爲他見趣高，故合則留，不合則拂袖便去，更無拘絆。六一公詩曰：『羽儀雖接鴛兼鷺，野性終存鹿與麋。』山谷云：『佩玉而心若槁木，立朝而意在東山。』亦此意也。」

葉廷秀《詩譚》卷一〇：「程正叔言歐陽永叔詩『笑殺汝陰常處士，十年騎馬聽朝雞』，夙興趣朝，非可笑之事，不必如此説。今按其全詩，乃早朝感事題，『疏星牢落曉光微，殘月蒼龍闕角西。玉勒爭門隨仗入，牙牌當殿報班齊。羽儀雖接鴛兼鷺，野性終存鹿與麋』，故接云云。」

吴景旭《歷代詩話》卷五六：「永叔早朝詩：『月在蒼龍闕角西。』吴旦生曰：《漢高帝本紀》：『蕭何治未央宫，立東闕、北闕。』師古注云：未央殿雖南向，而上書、奏事、謁見之徒，皆詣北闕。公車、司馬，亦在北焉。是則以北闕爲正門，（至今只説天北闕）而又有東門、東闕。至於西、南兩面，無門闕矣。蓋何初立未央宫，以厭勝之術，理宜然耳。《關中記》云：東有蒼龍闕，北有玄武闕。玄武，所謂北闕也。（《古今注》云：蒼龍闕，畫蒼龍；玄武闕，畫玄武。）今據歐詩觀之，是以當前闕狀蒼龍，故云月在西也，則知宋制與漢闕不同。」

集禧謝雨

十里長街五鼓催，泥深雨急馬行遲〔一〕。卧聽竹屋蕭蕭響，却憶滁州睡足時〔二〕。

【題解】

原輯《居士集》卷一三，繫治平元年。作於是年夏五月，時任參知政事。歐《集古録跋尾·後漢公昉碑》（卷一三五）題識：「治平元年四月二十三日，以旱開宫寺祈雨。」又胡《譜》：治平元年「四月甲午（二十八日），奉敕祈雨社稷。」謝雨當在此後。集禧，即集禧宫。參見《赴集禧宫祈雪，追憶從先皇駕幸，泫然有感》題解。詩人受命連夜冒雨急赴集禧宫謝天神，置身寂寞蕭瑟的集禧宫，不覺回顧並眷戀滁州的適意生活。詩境清疏，對比鮮明，意藴深婉，情味濃厚，顯露作者對滁州生活的一往情深。

【注　釋】

〔一〕「十里」二句：五更冒雨赴集禧觀途中的街景。五鼓：即五更，亦指第五更。北齊顔之推《顔氏家訓·書證》：「漢魏以來，謂爲甲夜、乙夜、丙夜、丁夜、戊夜；又云鼓，一鼓、二鼓、三鼓、四鼓、五鼓；亦云一更、二更、三更、四更、五更，皆以五爲節。」

〔二〕「卧聽」二句：躺卧在集禧觀竹齋内，聽著外面的瀟瀟雨聲，不由得想起昔日在滁州那種悠閒愜意的生活。蕭蕭：象聲詞，形容風雨聲。陶潛《詠荆軻》：「蕭蕭哀風逝，淡淡寒波生。」

【附　録】

此詩輯入明李濂《汴京遺跡志》卷二四，又輯入清陳訏《宋十五家詩選·廬陵詩選》。

東閣雨中

直閣時偷暇，幽懷坐獨哦〔一〕。緑苔人迹少，黄葉雨聲多。雲結愁陰重，風傳禁漏過〔二〕。

瑤圖新嗣聖，玉塞久包戈〔三〕。相府文書簡〔四〕，豐年氣候和。還將鳳池句，聊雜野人歌〔五〕。

【題解】

原輯《居士集》卷一三，繫治平元年。作於是年八月三日，時任參知政事。東閣，即中書東閣。歐《集古録跋尾·唐濟瀆廟祭器銘》自署云：「治平(元年)甲辰秋分後一日，中書東閣雨中書。」當與此詩作於同時。據張《曆日天象》，本年八月二日乙未「秋分」。詩人在中書省值班，雨中獨吟風景，歌詠英宗嗣位，祝福天下太平。詩語淡雅，意境清冷，頗具臺閣氣象。

【注釋】

〔一〕直閣：中書值班。　幽懷：隱藏在内心的情感。《水經注·廬江水》引晉吴猛詩：「曠載暢幽懷，傾蓋付三益。」

〔二〕愁陰：陰霾愁色。　禁漏：皇宫中的更漏聲。

〔三〕「瑤圖」二句：新皇帝繼位之後，邊塞安寧，無戰爭之患。　瑤圖：帝王世系；帝王族譜。宋柳永《送征衣》詞：「瑤圖纘慶，玉葉騰芳。」　新嗣聖：新繼位的英宗皇帝。　玉塞：玉門關的别稱。南朝宋謝莊《舞馬賦》：「辭水空而南傃，去輪臺而東洎，乘玉塞而歸寶，奄芝庭而獻秘。」包戈：把武器裹紮起來，謂偃武修文。《禮記·樂記下》：「武王克殷反商……倒載干戈，包之以虎皮……然後天下知武王之不復用兵也。」

〔四〕相府：宰相治事的官邸。杜甫《送李八秘書赴杜相公墓》詩：「貪趨相府今晨發，恐失佳期後命催。」東閣位於中書，《續資治通鑑·宋太宗太平興國八年》：「中書是宰相視事之堂，相府是陛下優賢之地。」

〔五〕野人：士人自謙之稱。杜甫《贈李白》詩：「野人對羶腥，蔬食常不飽。」

【附録】

此詩輯入宋吕祖謙《宋文鑑》卷二二，又輯入清康熙《御選宋金元明四朝詩·御選宋詩》卷五七、張景星、姚培謙、王永祺《宋詩别裁集》卷七。

下直呈同行三公

午漏聲初轉，歸鞍路偶同〔一〕。天清黄道日，街闊緑槐風〔二〕。萬國舟車會，中天象魏雄〔三〕。戢戈清四海，論道屬三公〔四〕。自愧陪群彦，從來但樸忠〔五〕。時平容竊禄〔六〕，歲晚歎衰翁。買地淮山北，垂竿潁水東〔七〕。稻粱雖可戀，吾志在冥鴻〔八〕。

【題　解】

原輯《居士集》卷一三，繫治平元年。作於是年末，時任參知政事。詩人宮中值班結束，下班時與三公同行，有感而賦呈此作。據《宋史・宰輔表三》，「三公」當指時任的同平章事韓琦、曾公亮，參知政事趙槩。詩歌描寫下班途中所見歲暮景物，抒發無爲之愧及歸隱之思。語言沉鬱，意象闊大，意蘊委婉深沉。

【注　釋】

〔一〕午漏：午時的滴漏，指午時。姚合《夏日書事寄丘亢處士》詩：「樹裏鳴蟬咽，宮中午漏長。」漏，漏壺，古計時器。　歸鞍：騎馬回家。唐張説詩《東都酺宴》其三：「洛橋將舉燭，醉舞拂歸鞍。」

〔二〕黃道日：良辰吉日。黃道，地球一年繞太陽轉一周，從地球上看成太陽一年在天空中移動一圈，太陽這樣移動的路綫叫做黃道。黃道和天球赤道相交于北半球的春分點和秋分點。《漢書・天文志》：「日有中道，月有九行。中道者，黃道，一曰光道。」古代曆法家以爲黃道日子是吉日，作事相宜。

〔三〕「萬國」二句：各國的車船來此相會，象魏參天聳立，更顯得雄偉壯觀。　中天、象魏：參見本書《明堂慶成》注〔五〕。

〔四〕戢戈：停止戰爭，息兵。 三公：古代中央三種最高官銜的合稱。唐、宋沿東漢之制，以太尉、司徒、司空爲三公，但已非實職。此處代指同行的三位輔臣，參見「題解」。

〔五〕群彦：諸位賢俊。彦，才德出衆之人。

〔六〕「時平」句：太平盛世容忍自己無功受禄。 竊禄：毫無建樹卻享受俸禄。

〔七〕「買地」二句：想像自己退隱潁州的愜意生活。 淮山北：與「潁水東」同指潁州。

〔八〕「稻粱」二句：俸禄雖然值得留戀，但我的志向是自由的隱居生活。 稻粱：稻和粱，穀物的總稱。後引申爲俸禄。杜甫《重簡王明府》詩：「君聽鴻雁響，恐致稻粱難。」 冥鴻：高飛的鴻雁，比喻超脱塵世，多指隱世避居之人。揚雄《法言·問明》：「鴻飛冥冥，弋人何篡焉。」李軌注：「君子潛神重玄之域，世網不能制禦之。」

【附録】

此詩輯入宋吕祖謙《宋文鑑》卷二二，又輯入明李蓘《宋藝圃集》卷九，又輯入清張景星、姚培謙、王永祺《宋詩别裁集》卷七。

葛立方《韻語陽秋》卷一三：「又歐陽永叔居官之日多，然志未嘗一日不在潁也……《呈同行三公》云：『買地淮山北，垂竿潁水東。』……觀其思歸之言，重複如是，豈懷禄固位者哉？老杜云：『非無江海志，瀟灑送日月。生逢堯舜君，不忍便永訣。』此永叔志也。」

劉壎《隱居通議》卷七：「《下直呈同行三公》有曰：『萬國舟車會，中天象魏雄。』……如此等語，殊似少陵。舉此以例其餘，概可知矣，而謂公不工於詩可乎？」

寄渭州王仲儀龍圖

羨君三作臨邊守，慣聽胡笳不慘然〔一〕。弓勁秋風鳴白角，帳寒春雪壓青氈〔二〕。威行四境烽煙斷，響入千山號令傳〔三〕。翠幕紅燈照羅綺，心情何似十年前〔四〕。

【題　解】

原輯《居士集》卷一四，繫治平二年（一〇六五）。作於是年春，詩人時年五十九歲，官參知政事。王仲儀，即王素，時以龍圖閣直學士知渭州。題下原注：「一作『送王素之渭州』。」據王珪《華陽集》卷三七《王懿敏公素墓誌銘》：「治平元年秋，敵寇靜邊寨……敵圍童家堡。天子西憂，以端明殿學士又知渭州……比公馳至則敵解圍去矣。」王素赴渭州任，當在本年春。詩人想像王素鎮守渭州的威儀，讚美其三次名震邊關，軍營艱苦習以爲常，尾聯戲謔時過境遷之後的朋友雅興。屬對工整，色調鮮明，軍營風物描寫，極顯邊地特徵。

【注釋】

〔一〕三作臨邊守：王素先後三知渭州。《長編》卷一五五慶曆五年四月：「己丑（三日），徙知渭州、刑部郎中、天章閣待制王素知華州」，同書卷一七一皇祐三年八月辛巳（三日）「時龍圖閣直學士王素入對」句下附注：「四月辛丑（二十一日），王素自兖州移渭州。」此次爲第三次受命。胡笳：我國古代北方民族的管樂器，相傳由漢張騫從西域傳入。

〔二〕「弓勁」二句：秋季的角弓鳴聲更顯强勁，春雪壓氈的帳内異常寒冷。　白角：白色牛角。《穆天子傳》卷四：「爰有黑牛白角。」　青氈：青色的氈製帳篷。陸游《漢宫春·初自南鄭來成都作》詞：「吹笳暮歸，野帳雪壓青氈。」

〔三〕威行：指威勢推行於某一對象或地方。

〔四〕「翠幕」二句：此次出知渭州，與十年前知渭州相比，還有觀賞美人歌舞的雅興嗎？　翠幕：翠色的帷幕。　羅綺：借指絲綢衣裳，也指衣著華貴的女子。　十年前：即皇祐末、至和初。時王素二知渭州，據歐《太尉文正王公神道碑銘》，至和二年七月乙未，王素官「樞密直學士、右諫議大夫」。

【附録】

此詩輯入清吴之振《宋詩鈔》卷一二、陳焯《宋元詩會》卷一一、陳訏《宋十五家詩選·廬陵詩選》。

劉壎《隱居通議》卷七以爲「威行四境風煙斷，響入千山號令傳」一聯「足以想見當時太平氣象」，「誦其詩，想其景，則昇平氣象瞭然在目」。

四月十七日景靈宫奉迎仁宗皇帝御容有感

行殿峨峨出緑槐，琳房芝闕聳崔嵬〔一〕。管絃飄落人間去，幢節疑從天上來〔二〕。基業百年傳聖子，黔黎四紀樂春臺〔三〕。孤臣不得同鋮虎，未死心先冷若灰〔四〕。

【題　解】

原輯《居士集》卷一三，《歐集》四部叢刊本、國家圖書館藏明天順六年程宗刻本及正德七年劉喬刻本，均繫治平二年。萬有文庫本、明正統曾魯刻本分别繫於治平元年、治平三年。實作於治平二年四月，時任參知政事。胡《譜》：治平二年「四月辛丑（十二日），景靈宫奉安仁宗御容，（英宗）車駕行酌獻之禮，（歐陽修）攝侍中。」《長編》卷二〇四紀事爲治平二年四月丙午（十七日），與詩題相合，胡《譜》紀日當有誤。仁宗遺像安放景靈宫時，歐賦此詩，表達對先帝的緬懷與哀悼。詩語莊穆，對仗工穩，字裏行間透出縷縷悲情。

【注釋】

〔一〕「行殿」二句：在綠槐樹掩映之下，行殿車顯得宏偉壯觀；裝飾精美的景靈宮，宛如仙宮直插雲霄。行殿：可以移動的宫殿，一種行進安穩的大車。參見《永昭陵挽詞三首》注〔九〕。峨峨：《詩·大雅·棫樸》：「濟濟辟王，左右奉璋。奉璋峨峨，髦士攸宜。」毛傳：「峨峨，盛壯也。」琳房芝闕：仙家的宮闕，借指帝王的宫闕。陸游《道院雜興》詩：「琳房何日金丹熟，老鶴猶堪萬里風。」

〔二〕幢節：旌旗和符節。《新唐書·鄭餘慶傳》：「自至德後，方鎮除拜，必遣内使持幢節就第。」

〔三〕「基業」二句：趙宋王朝百年基業而今後繼有人，仁宗在位四十餘年百姓安居樂業。基業百年：仁宗駕崩時，宋建國一百零三年，故云。黔黎：黔首黎民，指老百姓。四紀：四十八年，指仁宗在位四十二年。紀，紀年的單位，十二年爲一紀。《尚書·畢命》：「既歷三紀。」孔傳：「十二年曰紀。」《國語·晉語四》：「蓄力一紀，可以遠矣。」韋昭注：「十二年歲星一周，爲一紀。」春臺：春日登眺覽勝之處。《老子》二十章：「荒兮其未央，衆人熙熙，如享太牢，如登春臺。」

〔四〕「孤臣」二句：自己未能像鍼虎那樣殉葬，身骨未死心卻早已冷如死灰。鍼虎：春秋秦國子車氏之子，秦穆公時賢臣。《左傳·文公六年》：「秦伯任好卒。以子車氏之三子奄息、仲行、鍼虎爲殉。皆秦之良也。」

【附　録】

《長編》卷二〇四治平二年四月："丙午（十七日）奉安仁宗御容于景靈宫孝嚴殿。"按：胡《譜》載其事于此月辛丑（十二日），恐誤。

崇政殿試賢良晚歸

槐柳依依禁籞長〔一〕，初寒人意自凄凉。鳳城斜日留殘照，玉闕浮雲結夜霜〔二〕。老負漁竿貪國寵，病須樽酒送年光〔三〕。歸來解帶西風冷，衣袖猶霑玉案香〔四〕。

【題　解】

原輯《居士集》卷一四，繫治平二年。作於是年九月，時任參知政事。崇政殿，宋進士考試場所。明黄佐《翰林記》卷六："宋時朝則文德殿，五日一起居則垂拱殿，正旦、聖節、稱賀則大慶殿，賜宴則紫宸殿或集武英殿，試進士則崇政殿。"亦用於試賢良。宋高承《事物紀原》卷三："漢、唐逮今，取士之制，有賢良方正、茂才異等六科，謂之制舉，亦曰大科，通謂之賢良。其制蓋自漢文帝始，《史記》文紀一年十二月日食，令舉賢良方正能直言極諫，以輔不逮。"《長編》卷二〇六治平二年九月"己巳（十二日），策制舉人"。又九月甲戌（十七日）紀事，李清臣此科首選授著作佐郎。此詩描寫殿試賢良晚歸時的京城景觀，自愧貪戀禄寵而未能致仕。語言清新，情韻悠長，抒寫日常生活，展示太平景象。

【注　釋】

〔一〕禁籞：宫廷，禁苑。宋岳珂《桯史·乾坤鑑法》：「徽祖嘗召之入禁籞。」

〔二〕鳳城：京都的美稱。沈佺期《奉和立春游苑迎春》：「歌吹銜恩歸路晚，棲烏半下鳳城來。」

〔三〕「老負」二句：自己年邁體衰，貪圖朝廷榮禄，基本靠酒打發時日。

〔四〕「歸來」二句：歸家後寬衣解帶感覺有點冷，衣袖尚殘留著宫廷玉案的清香。衣袖猶霑：唐賈至《早朝大明宫呈省寮友》：「衣冠身染御爐香。」玉案：玉飾的几案。南朝梁簡文帝《七勵》：「金蘇翠幄，玉案象牀。」

【附　録】

此詩輯入明李濂《汴京遺跡志》卷二三。

劉壎《隱居通議》卷七以爲「鳳城斜日留殘照，玉闕浮雲結夜霜」一聯「足以想見當時太平氣象」，「誦其詩，想其景，則昇平氣象瞭然在目」。

秋陰

秋陰積不散，夜氣凜初清〔一〕。雨冷侵燈暈〔二〕，風愁送葉聲。國恩慚未報，歲晚念餘生〔三〕。却憶滁州睡，村醪自解醒〔四〕。

【題解】

原輯《居士集》卷一四，繫治平二年。作於是年秋，時任參知政事。秋陰，秋天的陰霾之氣。此詩描繪淒涼的秋陰景象，緬懷爲官滁州的自由生活。悲秋與愧怍之感，山林與田園之思，成爲詩人晚年詩歌的常見主題。詩語凝煉，情感沉鬱，情調與風格逼肖杜詩。

【注釋】

〔一〕秋陰：白居易《八月十五日夜禁中獨直對月憶元九》詩：「猶恐清光不同見，江陵卑濕足秋陰。」初清：剛剛變得清爽。

〔二〕燈暈：燈焰週邊的光圈。宋劉過《賀新郎》詞：「一枕新涼眠客舍，聽梧桐、疏雨秋聲顫。燈暈冷，記初見。」

〔三〕「國恩」二句：歐書簡《與王龍圖益柔》其七（治平二年）：「某竊位於此，已六七年，白首碌碌，初無補報，而罪責無量，謗咎獨歸。自春首已來，得淋渴疾，膄瘠昏耗，僅不自支。」

〔四〕「卻憶」二句：回想當年滁州醉飲農家酒，一覺醒來酒病自除。村醪：農家所釀之酒。解醒：醒酒，消除酒病。《世説新語・任誕》：「天生劉伶，以酒爲名；一飲一斛，五斗解酲。」劉孝標：「毛公注曰：『酒病曰酲。』」

秋懷

節物豈不好，秋懷何黯然〔一〕。西風酒旗市，細雨菊花天〔二〕。感事悲雙鬢，包羞食萬錢〔三〕。鹿車終自駕，歸去潁東田〔四〕。

【題解】原輯《居士集》卷一四，繫治平二年。作於是年秋，時任參知政事。詩人描繪的美好秋景，與抒發的黯然情懷，形成鮮明對比。秋月春花，良辰美景，勾惹不起詩人的生活熱情，表達的是不願尸位素餐，嚮往致仕歸田的宿願。語言精練，章法謹嚴，情韻沉鬱而幽深，有杜甫晚年悲秋詩之韻致。

【注釋】

〔一〕「節物」二句：不是時令風景不好，秋天總讓人感覺情懷不佳。　節物：時節景物。　蘇舜欽《秋夕懷南中故人》詩：「向夕依闌念昔游，蕭條節物更他州。」

〔二〕酒旗：即酒簾。酒店的標幟。　唐劉長卿《春望寄王涔陽》詩：「依微水戍聞鉦鼓，掩映沙村見酒旗。」　菊花天：九月，菊花盛開之時。

〔三〕「感事」二句：感傷並憂慮國事以致兩鬢斑白，羞愧無所事事卻日食萬錢。　包羞：忍受羞辱。《易·否》：「六三，包羞。《象》曰：『包羞，位不當也。』」孔穎達疏：「位不當所包承之事，惟羞辱已。」　悲雙鬢：爲兩鬢斑白而悲傷。　王維《秋夜獨坐》：「獨坐悲雙鬢。」　食萬錢：俸禄優厚。《晉書·何曾傳》：「日食萬錢，猶曰無下箸處。」

〔四〕「鹿車」二句：自表終歸要離開官場，駕小車歸隱山林。　鹿車自駕：《後漢書·鮑宣妻傳》：「妻乃悉歸侍御服飾，更著短布裳，與宣共挽鹿車歸鄉里。」鹿車，古代的一種小車。《太平御覽》卷七七五引漢應劭《風俗通》：「鹿車，窄小裁容一鹿也。」

【附録】

此詩輯入《錦繡萬花谷》前集卷三，宋呂祖謙《宋文鑑》卷二二，又輯入元方回《瀛奎律髓》卷一二，又輯入明李蓘《宋藝圃集》卷九，又輯入清康熙《御選宋金元明四朝詩·御選宋詩》卷三五，又輯入高步瀛《唐宋詩舉要》卷四。

胡仔《苕溪漁隱叢話》前集卷三〇引《雪浪齋日記》：「或疑六一居士詩，以爲未盡妙，以質於子和，子和曰：『六一詩只欲平易耳。「西風酒旗市，細雨菊花天」，豈不佳？「晚煙寒橘柚，秋色老梧桐」，豈不似少陵？』」按：又見魏慶之《詩人玉屑》卷一七、蔡正孫《詩林廣記》後集卷一、王昌會《詩話類編》卷二三。

葛立方《韻語陽秋》卷一三：「歐陽永叔居官之日多，然志未嘗一日不在潁也……《秋懷詩》云：『鹿車終自駕，歸去潁東田。』……觀其思歸之言，重複如是，豈懷禄固位者哉？老杜云：『非無江海志，瀟灑送日月。生逢堯舜君，不忍便永訣。』此永叔志也。」

《瀛奎律髓匯評》卷一二方回評曰：「歐陽公于自然之中或壯健，或流麗，或全雅淡。有德者之言自不同也。三、四全不喫力，俗間有云：『香橙螃蟹月，新酒菊花天。』本此。」紀昀評曰：「六句意是而格未渾雅。」

胡應麟《詩藪》外編卷五：「宋初及南渡諸家，亦往往有可參唐集者，世率以時代置之。今摘其合作之句，列于左方……歐陽修：『西風酒旗市，細雨菊花天。』……」

高步瀛《唐宋詩舉要》卷四評曰：「『西風酒旗市，細雨菊花天。』名雋。」

初寒

多病淹殘歲，初寒悄獨吟。雲容乍濃淡，秋色半晴陰。籬菊催佳節〔一〕，山泉響夜琴。自能知此樂，何必戀腰金〔二〕！

【題解】

原輯《居士集》卷一四，繫治平二年。作於是年秋九月，在重陽節前後，時任參知政事。詩人借詠深秋初寒之景，抒寫琴泉之樂與歸隱之思。屬對工整，景物極具時令特徵，意象飽蘸情韻。

【注釋】

〔一〕佳節：由句中「籬菊」可知爲重陽節。古人以九爲陽數之極。九月九日稱「重陽」。魏晉後，習俗于此日登高游宴。陶潛《九日閒居》詩序：「余閒居，愛重九之名。秋菊盈園，而持醪靡由。」

〔二〕腰金：古代朝官的腰帶，按品級鑲以不同的金飾，品級高者亦以純金製成。後因以泛指身居顯要。金，亦指金印或金魚袋。唐岑文本《三元頌》：「腰金鳴玉，執贄奉璋。」

【附　録】

此詩輯入清陳焯《宋元詩會》卷一一。

葛立方《韻語陽秋》卷一一：「歐陽永叔詩文中好説金帶，《初寒詩》云：『若能知此樂，何必戀腰金。』……或謂未免矜服銜寵，而況下於金帶者乎！杜子美、白樂天皆詩豪，器識皆不凡，得一緋衫何足道，而詩句及之不一何邪？……蓋命服章身，人情所甚喜，故心聲所發如是。退之云：『峨峨進賢冠，耿耿水蒼珮。服章非不好，不與德相對。』其必有以稱之哉。」

南郊慶成

祀教民昭孝，天惟德是親〔一〕。太宫嚴大饗，吉土兆精禋〔二〕。禮樂三王盛，梯航萬國賓〔三〕。恩霑群動洽，慶與一陽新〔四〕。奉册尊長樂，均釐及衆臣〔五〕。不須雲物瑞，和氣浹人神〔六〕。

【題　解】

原輯《居士集》卷一四，繫治平二年。作於是年十一月，時任參知政事。胡《譜》：治平二年「十一月庚午（十四日），車駕朝饗景靈宫。辛未（十五日），饗太廟。壬申（十六日），祀南郊，攝司空行事。」《長編》卷二〇六治平二年十一月「壬申，祀天地於圜丘。以太祖配，大赦」。南郊，帝王祭天的大禮。古代天子在京都南面的郊外築圜丘以祭天。《禮記·月令》：「〔孟夏之月〕立夏之日，天子親帥三公、九卿、大夫，以迎夏於南郊。」《續資治通鑑·宋仁宗慶曆元年》：「今因南郊，宜推曠恩，以示綏懷之意。」此詩題詠南郊慶成，頌美盛世太平。詩語莊穆，氣格老健，議論縱横恣肆。

【注釋】

〔一〕惟德是親：《尚書·蔡仲之命》：「皇天無親，惟德是輔。」《左傳·僖公五年》：「臣聞之，鬼神非人實親，惟德是依。故《周書》曰：『皇天無親，惟德是輔。』又曰：『黍稷非馨，明德惟馨。』又曰：『民不易物，惟德繄物。』如是，則非德，民不和，神不享矣。」

〔二〕「太宫」二句：言南郊行禮程序。參見「附録」沈括《夢溪筆談》。太宫：太廟。大饗：合祀先王的祭禮。《禮記·禮器》：「大饗其王事與？」鄭玄注：「謂袷祭先王。」亦指徧祭五方天帝。禋：祭名。升煙祭天以求福。《詩·大雅·生民》：「生民如何？克禋克祀，以弗無子。」鄭箋：「乃禋祀上帝於郊禖，以祓除其無子之疾而得其福也。」孔穎達疏：「經傳之中，亦非祭天而稱禋祀者，諸儒遂以禋爲祭之通名……先儒云，凡絜祀曰禋。若絜祀爲禋，不宜别六宗與山川也。凡祭祀無不絜，而不可謂皆精。然則精意以享，宜施燔燎，精誠以假煙氣之升，以達其誠故也。」

〔三〕「禮樂」二句：當朝禮樂可比隆三代，周圍萬國跋山涉水前來朝拜。三王：夏禹、商湯、周文王。《孟子·告子下》：「五霸者，三王之罪人也。」趙岐注：「三王，夏禹、商湯、周文王是也。」梯航：亦作「梯杭」。「梯山航海」的省語，謂長途跋涉。唐玄宗《賜新羅王》詩：「玉帛徧天下，梯杭歸上都。」杭，通「航」。

〔四〕群動：各種動物。陶潛詩《飲酒》其七：「日入群動息，歸鳥趨林鳴。」洽：周徧，廣博。一陽新：南郊行于冬至，古人謂冬至爲「陽生」，以爲此日陰氣盡而陽氣始生。《周易·復》「后不省方」孔穎達疏：「冬至一陽生，是陽動用而陰復於靜也。夏至一陰生，是陰動用而陽復於靜也。動復則靜，行復則止，事復則無事也。」

〔五〕奉册：《宋史·禮志十三》嘉禮一《上尊號儀》：「其儀：有司宿設崇元殿仗衛，文武百官並集朝堂之次，攝太尉奉册于案。」釐：福。《史記·孝文本紀》：「今吾聞祠官祝釐，皆歸福朕躬，不爲百姓，朕甚愧之。」裴駰集解引如淳曰：「釐，福也。」

〔六〕「不須」二句：不一定要祥雲瑞氣，秖需和氣惠徧人神。和氣：古人認爲天地間陰氣與陽氣交合而成之氣。萬物由此「和氣」而生。《老子》四十二章：「萬物負陰而抱陽，沖氣以爲和。」

【附録】

沈括《夢溪筆談》卷一：「上親郊廟，册文皆曰恭薦歲事；先景靈宫，謂之朝獻；次太廟，謂之朝饗；末乃有事於南郊。予集郊式時，曾預討論，常疑其次序。若先爲尊，則郊不應在廟後；若後爲尊，則景靈宫不應在太廟之先。求其所從來，蓋有所因。」

馬上默誦聖俞詩有感

興來筆力千鈞勁〔一〕，酒醒人間萬事空。蘇梅二子今亡矣，索寞滁山一醉翁〔二〕。

【題解】

原輯《居士集》卷一四，繫治平二年。作於是年，時任參知政事。題下原注：「一作『偶題』。」詩人晚年不時陷入對往事的追憶，賦詩緬懷亡友梅堯臣、蘇舜欽，抒寫痛失「二子」之後的孤獨寂寞情懷。詩語清新，抒情直率，逼肖李白詩風。

【注釋】

〔一〕千鈞勁：非常勁健有力。鈞，古代重量單位。三十斤爲一鈞。

〔二〕「蘇梅」二句：蘇舜欽逝于慶曆八年，梅堯臣逝於嘉祐五年，如今衹剩下孤獨的我。「索寞滁山一醉」原本校云：「一作『惆悵滁陽一病』。」索寞：寂寞無聊。賈島《即事》詩：「索漠對孤燈，陰雲積幾層。」

定力院七葉木

伊洛多佳木，娑羅舊得名〔一〕。常於佛家見，宜在月宫生。釦砌陰鋪靜，虚堂子落聲〔二〕。夜風疑雨過，朝露炫霞明。車馬王都盛，樓臺梵宇閎〔三〕。惟應靜者樂〔四〕，時聽野禽鳴。

【題　解】

原輯《居士集》卷一四，繫治平二年。作於是年，時任參知政事。明李濂《汴京遺跡志》卷一一：「定力院，在蔡河東水門之北，元末兵毁。」《春明退朝録》卷上：「今京師定力院有太祖御像，國初待詔王靄畫。」孟元老《東京夢華録》卷三：「定力院内有朱梁高祖御容。」七葉木，落葉喬木。葉子對生，掌狀復葉，花白色，略帶紅暈，蒴果黄褐色，是著名的觀賞植物。《續通志》卷一七六：「沙羅樹在峨眉山，難移。樹葉似柟，葉葉相讓，樹皮如玉蘭，色葱白，最潔。鳥不棲，蟲不生……名七葉樹，又名娑婆樹。」古人附會爲月中桂樹。洪邁《容齋四筆·娑羅樹》：「世俗多指言月中桂爲娑羅樹，不知所起。」此詩吟詠定力院七葉木，描寫佛院僧舍的靜謐安閒，表現内心的幽思閑趣。詠物抒懷，情景融洽。

【注釋】

〔一〕娑羅：七葉木舊名娑羅樹。北魏賈思勰《齊民要術·娑羅》：「盛弘之《荆州記》曰：『巴陵縣南有寺，僧房牀下，忽生一木，隨生旬日，勢淩軒棟。道人移房避之，木長便遲，但極晚秀。有外國沙門見之，名爲娑羅也。』」

〔二〕「釦砌」二句：定力院華麗而静謐。釦砌：也作鏂切。用金玉鑲嵌的臺階。《後漢書·班固傳上》：「於是玄墀釦切，玉階彤庭。」李賢注引《漢書》：「切皆銅沓，黄金塗。」《文選》作「扣砌」。虚堂：空堂。

〔三〕「車馬」二句：高車大馬當以京師最爲華美，寺廟在樓亭臺閣中最顯寬敞大度。梵宇：佛廟。

〔四〕「惟應」二句：這裏是静者的樂土，衹能偶爾聽見山鳥的鳴叫。静者樂：宋陳與義《汝州吴學士觀我齋分韻得真字》：「静者樂山林，謂是羲皇人。」金元好問《擬兵衛森畫戟》：「聊同静者樂，豈必居山林。」

【附録】

此詩輯入清康熙《御定佩文齋廣群芳譜》卷八〇、《淵鑑類函》卷四一六。

洪邁《容齋四筆》卷六：「世俗多指言月中桂爲娑羅樹，不知所起。案《酉陽雜俎》云：『巴陵有寺，僧房牀下，忽生一木，隨伐而長。外國僧見曰，此娑羅也。元嘉中，出一花如蓮。唐天寶初，安西進娑羅枝，狀言：「臣所管四鎮拔汗那國，有娑羅樹，特爲奇絶，不比凡草，不止惡禽，近採得樹枝二百莖以進。」』予比得楚州淮陰縣唐開元十一年海州刺史李邕所作《娑羅樹碑》云：『非中夏物土所宜有者，婆娑十畝，蔚映千人，惡禽翔而不集，好鳥止而不巢。深識者雖徘徊仰止而莫知冥植，博物者雖沉吟稱引而莫辨嘉名。隨所方面，頗證靈應，東瘁則青郊苦而歲不稔，西茂則白藏泰而秋有成。嘗有三藏義淨，還自西域，齋戒瞻嘆。於是邑宰張松質請邕述文建碑。』觀邕所言，惡禽不集，正與上説同。又有松質一書答邕云：『此土玉像，爰及石龜，一離淮陰，百有餘載，前後抗表，尚不能稱，賴公威德備聞，所以還歸故里，謹遣僧三人、父老七人，齎狀拜謝。』宣和中，向子諲過淮陰，見此樹，今有二本，方廣丈餘，蓋非故物。蔣穎叔云：『玉像石龜，不知今安在？』然則娑羅之異，世間無別種也。吴興芮燁國器有從沈文伯乞娑羅樹碑古風一首云：『楚州淮陰娑羅樹，霜露榮悴今何如？能令草木死不朽，當時爲有北海書。荒碑雨侵澀苔蘚，尚想墨本傳東吴。』正賦此也。歐陽公有《定力院七葉木》詩云：『伊洛多佳木，娑羅舊得名。常於佛家見，宜在月宫生。釦砌陰鋪静，虚堂子落聲。』亦此樹耳。所謂七葉者，未詳。」

郎瑛《七修類稿》卷四〇：「俗以月中桂爲娑羅樹，而歐陽詠之亦曰：『伊洛多奇木，娑羅舊得名。常於佛家見，宜在月宫生。』《容齋隨筆》引證雖多，由未親見，徒使觀者尚疑，故自云：『所謂七葉木，未詳也。』殊不知七葉木即娑羅樹，歐陽《定力院七葉木》詩與梅聖俞《送韓文饒宰河南》詩曰：『主簿堂前七葉樹』皆是此耳。蓋此木每枝生葉七片，花如栗花。」

聞潁州通判國博與知郡學士唱和頗多因以奉寄知郡陸經通判楊褒

一自蘇梅閉九泉，始聞東潁播新篇〔一〕。金樽留客使君醉，玉麈高談别乘賢〔二〕。十里秋風紅菡萏，一溪春水碧漪漣〔三〕。政成事簡何爲樂，終日吟哦雜管絃〔四〕。

【題解】原輯《居士集》卷一四，繫治平二年。作於是年，時任參知政事。范成大《吴郡志》卷六「木蘭堂」有云：「堂内有治平二年郡守陳經所刻御書飛白字碑。」劉攽《彭城集》卷一四《陸子履知潁州》詩末附録：「原注：郡人王回、常秩近有詔拜官，而深甫歿逝，聞常君讓爵不至，故詩及之。」王回，字深父，治平二年七月逝於潁州。常秩，字夷甫，是年辭長葛知縣之命。潁州通判國博，即楊褒，字之美，國博即國子博士的簡稱。參見本書《於劉功曹家見楊直講褒女奴彈琵琶，戲作呈聖俞》題解。知郡學士陸經，即早年與歐結交的陳經。參見本書《長句送陸子履學士通判宿州》題解。此詩叙寫朋友陸、楊之間的詩酒流連、吟賞風月，展示文人雅趣，流露欣羡之意，旨在鼓勵文友們堅持詩文創作。

詩語灑脱，對仗工穩，意味雋永深婉。

【注釋】

〔一〕「一自」二句：詩人將陸經、楊褎的潁州唱和與當年梅堯臣、蘇舜欽唱和相提並論，對其詩歌成就給予高度評價。九泉：猶黄泉。人死後的葬處。漢阮瑀《七哀》詩：「冥冥九泉室，漫漫長夜臺。」

〔二〕「金樽」二句：陸經設宴待客往往自己先醉，座上高談闊論的通判也是一位賢材。玉麈：玉柄麈尾。參見本書《錢相中伏日池亭宴會分韻》注〔三〕。別乘：即別駕，指通判。按漢代官制，別駕是州刺史的佐吏，隨州刺史外出時可乘車，故云「別乘」。宋制通判職守與漢別駕同，因此也有別駕、別乘之説。此指楊褎。

〔三〕漪漣：同「漣漪」。水面波紋，微波。左思《吴都賦》：「剖巨蚌於回淵，濯明月於漣漪。」

〔四〕「政成」二句：政務之餘，可以吟詩放歌消遣時日。吟哦：誦讀。管絃：管絃樂。泛指音樂。《漢書·禮樂志》：「和親之説難形，則發之於詩歌詠言，鐘石筦絃。」

三日赴宴口占

賜飲初逢禊節佳，昆池新漲碧無涯〔一〕。九門寒食多游騎，三月春陰正養花〔二〕。共喜流觴修故事〔三〕，自憐雙鬢惜年華。鳳城殘照歸鞍晚，禁籞無風柳自斜〔四〕。

【題　解】

原輯《居士集》卷一四，繫治平三年（一〇六六）。作於是年三月，詩人時年六十歲，官參知政事。胡《譜》：治平三年「三月三日，賜上巳宴。時初頒《明天曆》，適值丁巳。」上巳，舊時節日名。漢以前以農曆三月上旬巳日爲「上巳」；魏晉以後，定爲三月三日，不必取巳日。《後漢書·禮儀志上》：「是月上巳，官民皆絜於東流水上，曰洗濯祓除去宿垢疢爲大絜。」《宋書·禮志二》引《韓詩》：「鄭國之俗，三月上巳，之溱洧兩水之上，招魂續魄。秉蘭草，拂不祥。」吴自牧《夢粱録·三月》：「三月三日上巳之辰，曲水流觴故事，起于晉時。唐朝賜宴曲江，傾都禊飲踏青，亦是此意。」口占，賦詩作文不起草稿，隨口而成。此詩描寫上巳節風景習俗，宴飲歡樂，雖自歎衰老，亦表現怡然自得的神情與心態。議論平實，意象多攜情韻，詩語自然渾成。

【注　釋】

〔一〕禊節：農曆三月三日上巳節。　昆池：即昆明池。本漢武帝于長安近郊所鑿，此借指宋宮苑池。

〔二〕「九門」二句：陽春三月，時近寒食，正是百花綻放的好時節，皇城周圍多有游客騎馬逡巡。

九門：禁城中的九種門。參見本書《除夜偶成，拜上學士三丈》詩注〔四〕。此指宮禁。寒食：參見本書《花山寒食》注〔一〕。　春陰正養花：陸游《風俗記》：「（牡丹）最盛于清明、寒食時，在寒食前者，謂之火前花，其間稍久；火後花則易落。最喜陰晴相半時，謂之養花天。」

〔三〕流觴：即曲水流觴。古代習俗，每逢農曆三月上旬的巳日（三國魏以後定爲農曆三月初三日），人們於水邊相聚宴飲，認爲可祓除不祥。後人仿行，于環曲的水流旁宴集，在水的上流放置酒杯，任其順流而下，杯停在誰的面前，誰就取飲，稱爲「流觴曲水」。王羲之《蘭亭集序》：「又有清流激湍，映帶左右，引以爲流觴曲水。」　修故事：指晉永和九年王羲之與群名士在蘭亭集會宴飲事。王羲之《蘭亭集序》：「永和九年，歲在癸丑，暮春之初，會於會稽山陰之蘭亭，修禊事也。」

〔四〕鳳城：京城的美稱。杜甫《夜》詩：「步簷倚杖看牛斗，銀漢遥應接鳳城。」仇兆鼇注引趙次公曰：「秦穆公女吹簫，鳳降其城，因號丹鳳城。其後言京城曰鳳城。」

【附録】

此詩輯入清康熙《御選宋金元明四朝詩·御選宋詩》卷四六、《御定佩文齋詠物詩選》卷四〇、《御定月令輯要》卷七、吴之振《宋詩鈔》卷一二、陳焯《宋元詩會》卷一一、陳訏《宋十五家詩選·廬陵詩選》、張景星、姚培謙、王永祺《宋詩别裁集》卷五。

劉壎《隱居通議》卷七以爲「九門寒食多游騎，三月春陰正養花」一聯「足以想見當時太平氣象」，「誦其詩，想其景，則昇平氣象瞭然在目」。

賀裳《載酒園詩話》：「（永叔）作近體詩，便露本質，雖慕平淡，逸韻自饒。如……《三百赴宴口占》曰：『賜飲初逢禊節佳，昆池新漲碧無涯。九門寒食多游騎，三月春陰正養花。共喜流觴修故事，自憐霜鬢惜年華。鳳城殘照歸鞍晚，禁籞無風柳自斜。』……俱極風流富貴之致。」

和昭文相公上巳宴

一雨初消九陌塵，秉蘭修禊及芳辰〔一〕。恩深始錫龍池宴，節正須知鳳曆新〔二〕。紅琥珀傳盃瀲灩，碧琉璃瑩水淪漪〔三〕。上林未放花齊發，留待鳴鞘出紫宸〔四〕。

【題解】

原輯《居士集》卷一四，繫治平三年。作於是年三月三日，時任參知政事。昭文相公，北宋朝廷首相，此指韓琦。《宋史·職官志一》：「宰相之職，佐天子總百官，平庶政，事無不統。宋承唐制，以同平章事爲真相之任，無常員。有二人則分日知印，以承、郎以上至三師爲之。其上相爲昭文館大學士，監修國史，其次爲集賢殿大學士。」據李清臣《韓忠獻公琦行狀》，韓琦嘉祐六年八月進拜刑部尚書、同中書門下平章事、昭文館大學士。上巳，參見上詩題解。韓琦《安陽集》卷一〇有《丙午上巳瓊林苑賜筵》詩，此詩爲其唱和作。詩歌描寫上巳節君臣宴飲歡娛情狀，展示太平盛世的祥和景象。詩語雍和，意境清雅，依稀臺閣氣象。

【注釋】

〔一〕九陌塵：泛指道路上的灰塵。　秉蘭修禊：古代於農曆三月上旬的巳日（魏以後固定爲三月初三）到水邊嬉戲採蘭，以驅除不祥，稱爲「修禊」。參見上詩題解。　芳辰：美好的時光。此指上巳節。陳子昂《三月三日宴王明府山亭》詩：「暮春嘉月，上巳芳辰。」

〔二〕錫：賜予。《詩·大雅·崧高》：「既成藐藐，王錫申伯。」鄭箋：「召公營位，築之已成，以形貌告于王，王乃賜申伯。」　龍池宴：喻皇家恩賜的宴席。龍池，猶鳳池，指中書省。　鳳曆新：皇家頒佈新曆法。句下原注：「是歲，始頒《明天新曆》，三月三日丁巳。」鳳曆，《左傳·昭公十七年》：「我高祖少皥摯之立也，鳳鳥適至，故紀於鳥，爲鳥師而鳥名，鳳鳥氏，曆正也。」後因用「鳳曆」稱歲曆。含有曆數正朔之意。

〔三〕「紅琥珀」二句：紅琥珀杯與緑琉璃杯頻頻傳送，滿斟的酒水晶瑩閃光。　潏淪：本指水深廣貌。柳宗元《招海賈文》：「其外大泊泙潏淪，終古回薄旋天垠。」集注引張敦頤曰：「潏淪，水深廣貌。」此指酒滿貌。

〔四〕上林：本指漢代皇家御用上林苑，此指皇家瓊林苑。鳴鞘：謂揮動鞭梢使發聲。紫宸：紫宸殿，天子所居。泛指宫廷内殿。《宋史·地理志一》：「北有紫宸殿（舊名崇德，明道元年改），視朝之前殿也。」

【附録】

此詩輯入宋蒲積中《歲時雜詠》卷一八《上巳》。

宋司空挽辭

文章天下無雙譽，伯仲人間第一流〔一〕。出入兩朝推舊德，周旋三事著嘉謀〔二〕。從容進退身名泰，寵錫哀榮禮數優〔三〕。棠棣從來敦友愛，九原相望接松楸〔四〕。

【題解】

原輯《居士集》卷一四，繫治平三年。作於是年四月，時任參知政事。原題「司空」下附注：「一作『元憲公』。」宋司空，即宋庠，字公序，安州安陸人，後徙開封雍丘。初名郊，天聖二年進士第一。歷三司户部判官、同修起居注、知制誥、知審刑院、權判吏部流内銓，爲翰林學士。寶元二年除參知政事，出知扬州、鄆州。复入参政，改樞密使。皇祐年間拜相，充樞密使。以司空致仕，卒謚元憲。《長編》卷二〇八治平三年四月辛丑（十八日）：「司空致仕鄭國公宋庠卒。」司空，北宋前期三公之一。《宋史・職官志一》：「宋承唐制，以太師、太傅、太保爲三師，太尉、司徒、司空爲三公，爲宰相、親王使相加官，其特拜者不預政事。」此詩讚美宋庠材高位尊，享盡生榮死哀，褒揚其兄弟情篤，墳塚相望。詩語莊穆，對仗精巧，敬重之意與哀悼之情充溢字裏行間。

【注釋】

〔一〕「文章」二句：稱譽宋庠、宋祁兄弟文章道德人間第一。 無雙譽：《宋史・宋庠傳》：「庠天聖初舉進士，開封試、禮部皆第一。」 伯仲：兄弟的次第，代稱兄弟。《詩・小雅・何人斯》：「伯氏吹壎，仲氏吹篪。」鄭箋：「伯仲，喻兄弟也。」 第一流：《宋史・宋祁傳》：「祁字子京，與兄庠同時舉進士，禮部奏祁第一，庠第三。章獻太后不欲以弟先兄，乃擢庠第一，而置祁第十。人呼曰『二宋』，以大小別之。」

〔二〕兩朝：宋庠出入仁宗、英宗兩朝。 推舊德：《宋史・宋庠傳》：「帝爲篆其墓碑，曰『忠規德範之碑』。庠自應舉時，與祁俱以文學名擅天下，儉約不好聲色，讀書至老不倦。」 三事：指正德、利用、厚生三件事。《書・大禹謨》：「六府三事允治。」孔穎達疏：「正身之德，利民之用，厚民之生，此三事惟當諧和之。」韓愈《請上尊號表》：「由是五穀歲登，百瑞時見，六府三事，惟序惟歌。」

〔三〕寵錫：受到皇家的恩寵。　哀榮：《論語·子張》：「其生也榮，其死也哀。」何晏集解：「故能生則榮顯，死則哀痛。」後因指生前死後皆蒙受榮寵。　禮數優：受到的禮節優厚。禮數，猶禮節。

〔四〕「棠棣」二句：宋庠宋祁生前兄弟情篤，死後墳塚相望。　棠棣：原缺「棣」字，據《全宋詩》補。「棠棣」也作「常棣」，木名，即郁李樹。《詩·小雅·常棣》申述兄弟應該互相友愛，後世因以指兄弟。蘇軾《生日王郎以詩見慶，次其韻並寄茶二十一片》：「棠棣並爲天下士，芙蓉曾到海邊郛。」　敦友愛：敦厚友愛。《宋史·宋庠傳》：「論曰：咸平、天聖間，父子兄弟以功名著聞于時者，于陳堯佐、宋庠見之……庠明練故實，文藻雖不逮祁，孤風雅操，過祁遠矣。君子以爲陳之家法，宋之友愛，有宋以來不多見也，嗚呼賢哉！」　九原：春秋時晉國卿大夫的墓地。《禮記·檀弓下》：「趙文子與叔譽觀乎九原。」後泛指墓地。　松楸：松樹與楸樹。墓地多植，因以代稱墳墓。

【附　録】

劉弇《龍雲集》卷一九《代上提刑宋大夫書》：「曩者讀歐陽先生詩，至有所謂『文章天下無雙譽，伯仲人間第一流』，蓋未嘗不掩卷歎息曰：茲宋氏實録也。歐陽先生往在翰墨輩流中，視人物於許可爲尤慎。一日援筆大吒，必曰文章無雙、伯仲第一，是在宋氏，此其爲予奪重輕萬萬宜如何耶！」

蘇主簿洵挽歌

布衣馳譽入京都，丹旐俄驚反舊閭〔一〕。諸老誰能先賈誼，君王猶未識相如〔二〕。三年弟子行喪禮，千兩鄉人會葬車〔三〕。我獨空齋掛塵榻，遺編時閱子雲書〔四〕。

【題　解】

原輯《居士集》卷一四，繫治平三年。作於是年四月，時任參知政事。蘇主簿，即蘇洵，字明允，眉州人。二十七歲始發憤爲學。嘉祐間到京師，歐陽修將其著作薦於皇帝，一時文名大震，官霸州文安縣主簿。與子軾、轍合稱「三蘇」，同列古文「唐宋八大家」。本年四月二十五日，蘇洵卒于京師。歐《故霸州文安縣主簿蘇君墓誌銘》云：「以疾卒，實治平三年四月戊申也。享年五十有八。」張方平《文安先生墓表》（《樂全集》卷三九）稱「朝野之士爲誄者百一十有三人」。今《曾鞏集》卷四一、韓琦《安陽集》卷四五、王珪《華陽集》卷五、蘇頌《蘇魏公文集》卷一四、劉攽《彭城集》卷一二、鄭獬《鄖溪集》卷二七、陳襄《古靈集》卷四以及曾公亮、趙槩、王拱辰、張燾、張商英、姚闢、張望之等均有哀辭、挽詞。此詩讚美蘇洵才華超群，哀悼其懷才不遇，壯志未酬，痛失嘉友之後，幸其有遺著傳世。

用事貼切自然，情感哀婉沉痛，意境清雅有致。

【注釋】

〔一〕「布衣」二句：當年蘇洵以一介布衣攜二子入京師，文名震動朝野；而今卻驚聞其靈柩返歸蜀中故里。馳譽入京都：《宋史·蘇洵傳》：「至和、嘉祐間，與其二子軾、轍皆至京師，翰林學士歐陽修上其所著書二十二篇，既出，士大夫爭傳之，一時學者競效蘇氏爲文章。」王珪《挽霸州文安縣主簿蘇明允》：「岷峨地僻少人行，一日西來譽滿京。」丹旐：猶丹旌，出喪時的招魂幡。韓愈《祭鄭夫人文》：「水浮陸走，丹旐翩然。」

〔二〕「諸老」二句：以賈誼、司馬相如身世爲喻，盛讚蘇洵材高命蹇。韓琦《蘇洵員外挽辭二首》其一：「對未延宣室，文嘗薦子虛。」誰能先賈誼：《史記·屈原賈生列傳》：「絳、灌、東陽侯、馮敬之屬盡害之，乃短賈生曰：『雒陽之人，年少初學，專欲擅權，紛亂諸事。』於是天子後亦疏之，不用其議。」猶未識相如：《史記·司馬相如列傳》：「上讀《子虛賦》而善之，曰：『朕獨不得與此人同時哉！』」參見本書《聞原甫久在病告有感》注〔二〕。

〔三〕三年：用孔子死後其弟子守喪之典事。《史記·孔子世家》：「孔子葬魯城北泗上，弟子皆服三年，三年心喪畢，相訣而去，則哭，各復盡哀。」千兩：同「千輛」，形容送葬人多。《漢書·樓護傳》：「母死，送葬者致車二三千兩。」

〔四〕「我獨」二句：斯人已逝，詩人痛惜不已；何其幸哉，尚有遺著傳世。我獨：原本校云：「一作『獨我』。」塵榻：無賓客可待。典出《漢書・徐穉傳》、《陳蕃傳》，參見本書《送賈推官赴絳州》注〔三〕。子雲書：西漢揚雄，字子雲，博通群書，多具學識，著有《太玄》、《法言》等書。此處代指蘇洵著作。

【附　録】

此詩輯入《錦繡萬花谷》前集卷二六，又輯入明彭大翼《山堂肆考》卷一五六、周復俊《全蜀藝文志》卷二四，又輯入清康熙《淵鑑類函》卷一八二，吴之振《宋詩鈔》卷一二、陳焯《宋元詩會》卷一一、張景星、姚培謙、王永祺《宋詩别裁集》卷五。

《歐集》卷三四《故霸州文安縣主簿蘇君墓誌銘》：「爲《太常因革禮》一百卷，書成，方奏未報，而君以疾卒，實治平三年四月戊申(二十五日)也。享年五十有八。」

賀裳《載酒園詩話》：「(永叔)作近體詩，便露本質，雖慕平淡，逸韻自饒。如……《蘇主簿洵挽歌》曰：『布衣馳譽入京都，丹旐俄驚反舊閭。諸老誰能先賈誼？君王猶未識相如。三年弟子行喪禮，千兩鄉人會葬車。我獨空齋掛塵榻，遺編時讀子雲書。』……俱極風流富貴之致。」按：又見吴喬《圍爐詩話》卷五。

讀楊蟠章安集

蘇梅久作黃泉客，我亦今爲白髮翁〔一〕。卧讀楊蟠一千首，乞渠秋月與春風〔二〕。

【題　解】

原輯《居士集》卷一四，繫治平三年。作於是年，時任參知政事。原題「章安」下附校：「一本有『詩』字。」楊蟠，字公濟，章安（今浙江臨海）人。參見「附録」所引《宋史》本傳。《宋史·藝文志七》著録「《楊蟠詩》二十卷。」宋潘自牧《記纂淵海》卷九：「皇朝楊蟠，臨海人。有文號《章安集》。」《浙江通志》卷二四八：「《章安集》二十卷。《明一統志》：楊蟠著，臨海人。」此詩讚頌楊蟠文采風流，稱其繼蘇梅爲詩壇後起之秀。語言淺顯，文氣舒卷，意境沉鬱蒼涼。

【注　釋】

〔一〕黃泉客：陰間之鬼。蘇舜欽慶曆八年（一〇四八）十二月卒于蘇州，梅堯臣嘉祐五年（一〇六〇）四月卒於汴京。

〔二〕「卧讀」二句：在蘇梅隕落的當今詩壇，卧讀楊蟠《章安集》，其中多有好詩文。乞渠：向他求討。渠，他，指楊蟠。秋月與春風：即風月，指詩文。歐《贈王介甫》詩：「翰林風月三千首，吏部文章二百年。」

【附録】

《宋史·楊蟠傳》：「楊蟠，字公濟，章安人也。舉進士，爲密、和二州推官。歐陽修稱其詩。蘇軾知杭州，蟠通判州事，與軾倡酬居多。平生爲詩數千篇，後知壽州，卒。」

吴龍翰《古梅遺稿》卷六：「昔孟郊之遇韓公，楊蟠之遇歐陽公，蓋以是歟！抑嘗誦『孟公古貌又古心，作詩冥默咸池音』之章，『卧讀楊蟠一千首，乞渠秋月與春花』之句，而歎曰：『女無正色，入目爲娃；樂無正音，入耳爲韶。俾郊蟠困窮之鳴不遇韓歐，安得掛其名於騷墨之門乎？』」

鄭方坤《全閩詩話》卷二：「楊蟠，字公濟，以詩知名，歐贈詩有『卧讀楊蟠一千首，乞渠秋月與春光』之句。元祐中，蘇軾知杭州，蟠爲通判，與軾唱酬居多，有集二十卷。」

感事

故園三徑久成荒，賢路胡爲此坐妨〔一〕。病骨瘦便花蘂暖〔二〕，煩心渴喜鳳團香〔三〕。號弓但灑孤臣血，憂國空餘兩鬢霜〔四〕。何日君恩憫衰朽，許從初服返耕桑〔五〕？

【題　解】

原輯《居士集》卷一四，繫治平四年（一〇六七）。作於是年正月，詩人時年六十一歲，官參知政事。題下原注：「治平丁未正月二十有六日。」是年正月八月，英宗卒。太子趙頊即位，是爲神宗。《宋會要輯稿·禮二九》：「治平四年正月八日，英宗崩于福寧殿……十一日，命宰臣韓琦撰陵名及哀册文，曾公亮撰謚册文，參知政事歐陽修書册寶。」此詩感慨年邁體衰，思歸田園，並對英宗駕崩表示深切哀悼。感懷家國，立意高超。淒憂之情，溢於言表。

【注　釋】

〔一〕三徑：亦作「三逕」。漢趙岐《三輔決録·逃名》：「蔣詡歸鄉里，荆棘塞門，舍中有三徑，不出，唯求仲、羊仲從之游。」後因以「三徑」指歸隱者的家園。陶潛《歸去來兮辭》：「三徑就荒，松竹猶存。」　久：原作『人』，據《全宋詩》改。　賢路：賢者進仕之路。

〔二〕句下原注：「嘉祐八年，于闐國王遣使來朝貢，恩賜宰臣已下于闐所獻花蘂布，柔韌潔白如凝脂，而禦風甚温，不減駞褐也。」　病骨：猶言病體。

〔三〕句下原注：「先朝舊例，兩府輔臣歲賜龍茶一斤而已。余在仁宗朝作學士兼史館修撰，嘗以史院無國史，乞降一本，以備檢討，遂命天章閣録本付院。仁宗因幸天章，見書吏方録國史，思余上言，亟命賜黄封酒一瓶、果子一合、鳳團茶一斤。押賜中使語余云：『上以學士校新寫國史不易，遂有此賜。』然自後月一賜，遂以爲常。後余忝二府，猶賜不絶。」

〔四〕號弓：指仁宗逝世，萬姓哀悼。《史記·封禪書》：「黄帝采首山銅，鑄鼎于荆山下。鼎既成，有龍垂胡髯下迎黄帝。黄帝上騎，群臣後宫從上者七十餘人，龍乃上去。餘小臣不得上，乃悉持龍髯，龍髯拔，墮，墮黄帝之弓。百姓仰望黄帝既上天，乃抱其弓與胡髯號。」

〔五〕從初服：辭官歸隱。初服，未入仕時的服裝，與「朝服」相對。《楚辭·離騷》：「進不入以離尤兮，退將復修吾初服。」蔣驥注：「初服，未仕時之服也。」耕桑：種田與養蠶。泛指從事農耕。

大行皇帝靈駕發引挽歌辭三首

其一

享國年雖近，斯民澤已深〔一〕。儉勤成禹聖，仁孝本虞心〔二〕。方慶逢千載，俄驚遏八音〔三〕。
天愁嵩嶺外，雲慘洛川潯〔四〕。仗動千官衛，神行萬象陰。孤臣恩未報，清血但盈襟〔五〕。

其二

文景孜孜儉與恭，慨然思就太平功〔六〕。興隆學校皇家盛，放斥嬪嬙永巷空〔七〕。威懾黠羌方問罪，丹成仙鼎忽遺弓〔八〕。霜清日薄簫笳咽，萬國悲號慘澹中〔九〕。

其三

千齡應運叶天人，四海方欣政日新〔一〇〕。忽見九門陳羽衛，猶疑五載欲時巡〔一一〕。觚棱月暗翔金鳳，輦道霜清卧石麟〔一二〕。白首舊臣瞻畫翣，秋風淚灑屬車塵〔一三〕。

【題解】

原輯《居士集》卷一四，繫治平四年。作於是年閏三月，時陷「長媳案」，辭參知政事，自求出知亳州（今屬安徽）。胡《譜》：治平四年「正月丁巳（八日），神宗即位……二月……御史彭思永、蔣之奇以飛語汙公。上察其誣，斥之。公力求去。三月壬申，除觀文殿學士，轉刑部尚書、知亳州，改賜推誠保德崇仁翊戴功臣。」大行皇帝，剛剛去世尚未定謚號的皇帝。《後漢書·安帝紀》：「大行皇帝不永天年。」李賢注引韋昭曰：「大行者，不反之辭也。天子崩，未有謚，故稱大行也。」靈駕發引，指載運天子靈柩的車子出柩啟行。《宋史・英宗本紀》：「四年春正月……丁巳，帝崩于福寧殿，壽三十六。謚曰憲文肅武宣孝皇帝，廟號英宗。」當月，御史蔣之奇以「帷薄」之事誣告歐陽修，事連長媳吳氏。誣罔辨明後，歐一再上表、疏，乞罷政差知外郡。三月二十四日，罷參知政事，除觀文殿學士，轉刑部尚書，知亳州。閏三月離京赴任前，上《進永厚陵挽歌辭三首引狀》，並隨狀上此挽歌辭三首。組詩「其一」緬懷英宗仁愛儉孝，享國雖淺，澤民已深。「其二」讚頌英宗在位興學校、放宮女，欲成太平之功。「其三」哀悼英宗新政方興，未成而去。三詩內容各有側重，互不雷同，共表沉痛悼念之情。詩語雅麗莊穆，事典貼切，寄意遥深。

【注釋】

〔一〕「享國」二句：英宗在位短暫，恩澤庶民深厚。　享國：帝王在位年數。英宗在位五年。

〔二〕「儉勤」二句：英宗像大禹一樣勤儉，像舜虞一樣仁孝。　成禹聖：《史記・夏本紀》：「（禹）乃勞身焦思，居外十三年，過家門不敢入。薄衣食。」《宋史・英宗本紀》：「帝天性篤孝，好讀書，不爲燕嬉褻慢，服御儉素如儒者。」　本虞心：舜父與弟欲害舜，舜始終敬父愛弟。《史記・五帝本紀》：「舜父瞽叟頑，母嚚，弟象傲，皆欲殺舜。舜順適不失子道，兄弟孝慈……舜年二十以孝聞。」《宋史・英宗本紀》：「帝自居睦親宅，孝德著聞。濮安懿王薨，以所服玩物分諸子，帝所得悉以與王府舊人既葬而辭去者。」

〔三〕遏八音：停止歌舞音樂，代指皇帝駕崩。《尚書·舜典》：「帝乃殂落。百姓如喪考妣，三載，四海遏密八音。」

〔四〕「天愁」二句：天地共愁，萬物同悲。帝柩歸葬河南鞏縣。嵩山、洛水在其附近。

〔五〕清血：謂血淚。文天祥《哭母大祥》詩：「一聲雞叫淚滿牀，化爲清血衣裳濕。」

〔六〕「文景」二句：讚譽仁宗、英宗父子兩代勤儉謙恭，像漢文帝、景帝一樣成就太平偉業。文景：西漢文帝與景帝時代，社會安定富裕，史稱「文景之治」。《漢書·景帝紀》：「漢興，掃除煩苛，與民休息。至於孝文，加之以恭儉，孝景遵業，五六十載之間，至於移風易俗，黎民醇厚。周云成、康，漢言文、景，美矣！」

〔七〕「興隆」二句：英宗繼父皇之業，興辦學校，崇尚教育，又釋放宫女，關注民生。興隆學校：仁宗于慶曆年間興學重教。《宋史·英宗本紀》：治平元年「六月己亥……增宗室教授。丁未，增同知大宗正事一員。」放斥嬪嬙：《長編》卷二〇一治平元年四月：「癸未，放宫人三百三十五人。」《宋史·英宗本紀》：「（治平二年六月）丙子，放宫女百八十人。」嬪嬙：宫中女官，天子諸侯姬妾。永巷：宫中長巷。《舊唐書·德宗紀論》：「去無名之費，罷不急之官，出永巷之嬪嬙。」

〔八〕「威懾」二句：正要問罪侵邊之西夏，不料命歸西天。《宋史·英宗本紀》：治平三年「是歲，遣使以違約數寇責夏國，諒詐獻方物謝罪。」黠羌：狡詐的羌狨。泛指西北對宋邊境構成威脅的部落。丹成仙鼎忽遺弓：參見本書《感事》詩注〔四〕。

〔九〕「霜清」二句：英宗逝世，天下同悲。　慘澹：悲慘淒涼。

〔一〇〕「千齡」二句：英宗應時就位，爲政日新。　應運：順應期運，順應時勢。漢荀悦《〈漢紀〉後序》：「實天生德，應運建主。」　叶天人：天人協應，風調雨順，天下太平。　政日新：《尚書·咸有一德》：「今嗣王新服厥命，惟新厥德。終始惟一，時乃日新。任官惟賢材，左右惟其人。」

〔一一〕「忽見」二句：看到威武的儀仗，還以爲英宗要外出巡狩。　羽衛：帝王的衛隊和儀仗。　五年：古代天子五年一巡狩。《史記·五帝本紀》：「五歲一巡狩，群后四朝。徧告以言，明試以功，車服以庸。」　時巡：帝王按時巡狩。一説十二年一巡狩。《尚書·周官》：「又六年，王乃時巡，考制度于四嶽。」孔穎達疏：「周制，十二年一巡守也。如《舜典》所云，春東、夏南、秋西、冬北。以四時巡行，故曰時巡。」

〔一二〕「觚棱」二句：暗月下宫闕上的雕金鳳，清霜中御道上的石麒麟，都是一副悲哀的表情。　觚棱：宫闕上轉角處的瓦脊成方角棱瓣之形。亦借指宫闕。《文選·班固〈西都賦〉》：「設璧門之鳳闕，上觚棱而棲金爵。」吕向注：「觚棱，闕角也。」　翔金鳳：闕角上雕飾的金鳳似乎展翅欲飛。　輦道：即御道，皇帝車駕經行的道路。　石麟：石刻的麒麟。

〔一三〕畫翣：有彩畫的棺飾，古代出殯時用之。　屬車：本指帝王出行時的侍從車。此指柩車的侍從車。

【附録】

《歐集》卷九三《進永厚陵挽歌辭三首引狀》(治平四年閏三月):「右臣伏蒙聖恩,差臣知亳州軍州事,見發赴本任次。伏見大行皇帝將來八月遷坐於永厚陵,中外群臣咸進挽歌辭。臣以非才,久竊重任,遭遇先帝,蒙被聖知,恩極昊天,未知論報,痛深喪考,徒切攀號。臣今謹撰成《大行皇帝靈駕發引日挽歌辭》三首,謹隨狀上進,伏候敕旨。」

賀裳《載酒園詩話》:「(永叔)作近體詩,便露本質,雖慕平淡,逸韻自饒……又《大行皇帝發引詞》『忽見九門陳羽衛,猶疑五載欲時巡』……尤爲典麗。」

贈李士寧

蜀狂士寧者,不邪亦不正,混世使人疑,詭譎非一行〔一〕。平生不把筆,對酒時高詠,初如不著意,語出多奇勁〔二〕。傾財解人難,去不道名姓。金錢買酒醉高樓,明月空牀眠不醒。一身四海即爲家,獨行萬里聊乘興。既不採藥賣都市,又不點石化黄金〔三〕。進不干公卿,退不隱山林〔四〕。與之游者,但愛其人,而莫見其術,安知其心〔五〕?吾聞有道之士游心太虚,逍遥出入,常與道俱。故能入火不熱,入水不濡。嘗聞其語,而未見其人也,豈斯人之徒歟〔六〕?不然言不純師,行不純德,而滑稽玩世,其東方朔之流乎〔七〕?

【題解】

原輯《居士集》卷九，繫治平四年。作於是年春，時辭參知政事，以「長媳案」風波自求出知亳州。李士寧，參見「附録」《涑水記聞》卷一六、蘇軾《東坡志林》卷七紀事，劉攽《中山詩話》、王銍《默記》卷下、蔡絛《鐵圍山叢談》卷四等均載有李士寧奇異事。蘇頌《皇城使李公神道碑銘》亦云：「時有蜀川道人李士寧者，言事頗異。一見公曰：『是頗有陰德者，疾自當愈。』後强治之，果如士寧言。」此詩描寫李士寧混世詭譎之行，稱許爲有道之士和東方朔之流。全篇韻散同體，詩文合一，學韓而變韓，風格自由奔放，頗具韓詩特有的詼詭。詩人此時的古體詩，議論化已是意到筆隨，得心應手，「以文爲詩」也達隨心所欲的境界。然大量散文句式的運用，在一定程度上有損於詩歌的形象美、情韻美和音律美。

【注釋】

〔一〕「蜀狂」四句：蜀中狂士李士寧行爲詭譎，捉摸不透。《王荆公詩注》卷三八《贈李士寧道人》「杳杳人傳多異事，冥冥誰識此高風」，李壁注：「誰識此高風，言至人難識也。」 詭譎：奇異，奇怪。《文選·王襃〈洞簫賦〉》：「趣從容其勿述兮，騖合還以詭譎。」李善注：「詭譎，猶奇怪也。」 一行：謂一定不變，始終實施。《韓非子·八經》：「然後一行其法。」陳奇猷《集釋》：「謂一而不變也。」

〔二〕「平生」四句：李士寧平生不寫詩，酒後詠詩多出奇語。 著意：集中注意力，用心。《楚辭·

九辯》：「罔流涕以聊慮兮，惟著意而得之。」朱熹集注：「著意，猶言著乎心，言存於心而不釋也。」 奇勁：奇險剛勁。邵博《邵氏聞見後録》卷一七：「初，士寧贈荆公詩，多全用古人句。荆公問之，則曰：『意到即可用，不必皆自己出。』又問：『古有此律否？』士寧笑曰：『《孝經》，孔子作也，每章必引古詩。孔子豈不能自作詩者？亦所謂意到即可用，不必皆自己出也。』荆公大然之。」

〔三〕「傾財」十句：李士寧仗義好施，不重錢財，四海爲家，自由自在。 傾財解人難：盡其所有解除他人困難。「去不道」句下原本校云：「一無上六句。」 乘興：趁一時高興，興會所至。《世説新語·任誕》：「王子猷居山陰，夜大雪……忽憶戴安道。時戴在剡，即便夜乘小船就之，經宿方至，造門不前而返。人問其故，王曰：『吾本乘興而行，興盡而返，何必見戴？』」采藥賣都市：《後漢書·逸民列傳·韓康》：「韓康，字伯休……常采藥名山，賣於長安市。」《列仙傳》：「崔文子者，太山人也。文子世好黄老事，居潛山下。後作黄散、赤丸，成。舍父祠，賣藥都市。」

〔四〕「進不」二句：既不求做官，也不歸隱山林。 干：干謁，求取。

〔五〕術：方術，神仙道術，即醫、卜、星、相等術藝。

〔六〕「吾聞」八句：懷疑李士寧是否傳説中的有道之士。首二句原本校云：「一本二句止作『逍遥太虚』。」 有道之士：煉丹服藥、修道求仙之士。有異術的道士。 太虚：謂空寂玄奥之境。

《莊子·知北游》：「是以不過乎崑崙，不游乎太虚。」入火不熱，入水不濡：《莊子·逍遥游》：「大浸稽天而不溺，大旱金石流、土山焦而不熱。」

〔七〕「不然」四句：稱賞李士寧或許爲東方朔滑稽之流。東方朔，西漢大臣，善辭賦，性詼諧滑稽。《史記·滑稽列傳》：「武帝時，齊人有東方生名朔，以好古傳書，愛經術，多所博觀外家之語。」言不純師：言語不純粹，不尊一師。行不純德：行爲不單純，不拘一德。《漢書·東方朔傳》：「揚雄亦以爲朔言不純師，行不純德。」

【附録】

此詩輯入宋祝穆《古今事文類聚》前集卷三九。

司馬光《涑水記聞》卷一六：「李士寧者，蓬州人，自言學道，多詭數，善爲巧發奇中。目不識書，而能口占作詩，頗有才思。而詞理迂誕，有類讖語，專以妖妄惑人，周游四方及京師，公卿貴人多重之。人未嘗見其經營及有囊橐，而貲用常饒。猝有賓客十數，珍饌立具，皆以爲有歸錢術。王介甫尤信重之，熙寧中，介甫爲相，館士寧於東府且半歲，日與其子弟游，及介甫將出金陵，乃歸蓬州。宗室世居者，太祖之孫，頗好文學，結交士大夫，有名稱，士寧先亦私入睦親宅，與之游。士寧以爲太祖肇造，宗室子孫當享其祚，會仁宗有賜英宗母仙游縣君《挽歌》，微有傳後之意。士寧竊其中間四句，易其首尾四句，密言世居當受天命以贈之，世居喜，賂遺甚厚。」

蘇軾《東坡志林》卷七：「章詧，字隱之，本閩人，遷於成都數世矣。善屬文，不仕，晚用太守王素薦，賜號冲退處士。一日，夢有人寄書召之者，云東嶽道士書也。明日，與李士寧游青城，濯足水中，詧謂士寧曰：『脚踏西溪流去水。』士寧答曰：『手持東嶽寄來書。』詧大驚，不知其所自來也。未幾，詧果死。其子禩亦以逸民舉，仕一命，乃死。士寧，蓬州人也。語默不常，或以爲得道者，百歲乃死。常見予成都，曰：『子甚貴，當策舉首。』已而果然。」

魏泰《東軒筆録》卷五：「李士寧者，蜀人，得導氣養生之術，又能言人休咎。王荆公與之有舊，每延於東府，跡甚熟。荆公鎮金陵，吕惠卿參大政，會山東告李逢、劉育之變，事連宗子世居，御史府、沂州各起獄推治之。劾者言士寧嘗預此謀，勑天下捕之，獄具，世居賜死，李逢、劉育磔於市，士寧決杖，流永州，連坐者甚衆。始興此獄，引士寧者，意欲有所誣衊，會荆公再入秉政，謀遂不行。」

黄震《黄氏日鈔》卷六一：「《贈李士寧》一首，文宏放。」

感事四首

其一

老者覺時速，閒人知日長。日月本無情，人心有閒忙。努力取功名，斷碑埋路傍。逍遥林下士，丘壟亦相望〔一〕。長生既無藥，濁酒且盈觴〔二〕。

其二

空山一道士，辛苦學延齡。一旦隨物化，反言仙已成〔三〕。開壙見空棺，謂已超青冥。屍解如蛇蟬，換骨蜕其形〔四〕。既云須變化，何不任死生？

其三

仙境不可到，誰知仙有無？或乘九斑虬，或駕五雲車。朝倚扶桑枝，暮游崑崙墟。往來幾萬里，誰復遇諸塗〔五〕？富貴不還鄉，安事富貴歟〔六〕。神仙人不見，魑魅與爲徒〔七〕。人生不免死，魂魄入幽都。仙者得長生，又云超太虚。等爲不在世，與鬼亦何殊〔八〕。得仙猶若此，何況不得乎？寄謝山中人，辛勤一何愚〔九〕！

其四

莫笑學仙人，山中苦岑寂〔一〇〕。試看青松鶴，何似朱門客〔一一〕。朱門炙手熱，來者無時息。

何嘗問寒暑，豈暇謀寢食。彊顔悦憎怨，擇語防仇敵〔一二〕。衆欲苦無厭，有求期必獲。敢辭一身勞，豈塞天下責。風波卒然起，禍患藏不測〔一三〕。神仙雖杳茫，富貴竟何得〔一四〕！

【題　解】

原輯《居士集》卷九，無繫年，列治平四年詩後。作於是年春，時辭參知政事，以「長媳案」風波自求出知亳州。胡《譜》：治平四年二月：「是月，御史彭思永、蔣之奇以飛語汙公。上察其誣，斥之。公力求去。三月壬申（二十四日），除觀文殿學士，轉刑部尚書、知亳州，改賜推誠保德崇仁翊戴功臣。」組詩「其一」感慨人生進退仕隱實爲殊途同歸，宣揚及時行樂。「其二」譏諷道士羽化成仙的虚妄不實，主張從容面對死亡。「其三」嘲笑學仙求道者愚昧無知，揭露神仙與鬼魅一樣荒誕不經。「其四」比較青松鶴與朱門客，揭示學仙者與求富貴者皆不可取。詩語疏暢，敘議相生，抒寫人生感悟，情感真摯深沉。

【注　釋】

〔一〕「努力」四句：人生在世，努力進取者與消極隱居者，其結局都是黄土一抔。表現詩人的彷徨與困惑。　斷碑：殘存的墓碑，不知墓主爲何人。　林下士：退隱山林的高士。　丘壟：墳堆。

〔二〕「長生」二句：既然長生不可求，不如及時飲酒行樂。

〔三〕「空山」四句：道士一生辛苦求長生，死了卻説已成仙。　延齡：延年益壽。　物化：死亡。《莊子·刻意》：「聖人之生也天行，其死也物化。」《文選·古詩〈回車駕言邁〉》：「人生非金石，豈能長壽考。奄忽隨物化，榮名以爲寶。」李善注：「化，謂變化而死也。不忍斥言其死，故言隨物而化也。」

〔四〕「開壙」四句：打開墓穴不見屍首，説是已經上了天堂，又説人可以遺下形骸而飛升爲仙，就像蛇蟬脱胎换骨留下蜕皮。　青冥：形容青蒼幽遠，指仙境，天庭。　屍解：謂道徒遺其形骸而仙去。

〔五〕「仙境」八句：質疑仙境、神仙之有無。　九斑虬：即九色斑龍。《漢武帝内傳》：「唯見王母乘紫雲之輦，駕九色斑龍。」　五雲車：相傳神仙所乘的雲車。《真誥》：「赤水山中學道者朱孺子，八月五日，西王母遣迎，即日乘五色雲車登天。」　扶桑枝，東方的樹枝。　扶桑，神話中的樹名。傳説日出於扶桑之下，拂其樹杪而升，因謂爲日出處。《楚辭·九歌·東君》：「暾將出兮東方，照吾檻兮扶桑。」王逸注：「日出，下浴于湯谷，上拂其扶桑，爰始而登，照耀四方。」　崑崙墟：崑崙山。《山海經》卷一二《海内北經》：「西王母梯几而戴勝杖，其南有三青鳥，爲西王母取食。在崑崙墟北。」

〔六〕「富貴」二句：《史記·項羽本紀》：「欲東歸，曰：『富貴不歸故鄉，如衣繡夜行，誰知之者？』」

〔七〕「神仙」二句：神仙與鬼怪同夥，算什麽神仙？ 魑魅：古謂能害人的山澤之神怪。亦泛指鬼怪。《漢書・王莽傳中》：「敢有非井田聖制，無法惑衆者，投諸四裔，以禦魑魅。」顔師古注：「魑，山神也。魅，老物精也。」

〔八〕「人生」六句：人死後魂魄都歸陰曹地府。神仙與鬼魅同存於無形之中，有什麽差異？ 幽都：謂陰間都府。《楚辭・招魂》：「魂兮歸來，君無下此幽都些。」王逸注：「幽都，地下后土所治也。地下幽冥，故稱幽都。」

〔九〕「得仙」四句：指斥求道成仙者愚蠢。 寄謝：傳告，告知。陸游《醉眠》詩：「寄謝敲門人，予方有公事。」

〔一〇〕苦岑寂：苦於寂寞冷清。

〔一一〕青松鶴：修道學仙者。 朱門客：仕宦求富貴者。

〔一二〕「朱門」六句：朱門豪富炙手可熱，登門巴結者絡繹不絶，然忙忙碌碌，小心應酬。 「彊顔」二句：彊裝笑臉取悦於怨家，謹言慎語防範其仇人。

〔一三〕「衆欲」六句：人欲難填，登門者希望有求必應，未滿足往往興風作浪，起不測之禍患。似指薛夫人堂弟薛良儒因事犯法，歐不肯循情枉法，薛良儒懷恨在心，編造歐與長媳通姦的謊言，興「長媳案」風波。范鎮《東齋記事》卷三：「水部郎中薛宗孺嘗舉崔庠充京官。後庠犯贓。宗孺知淄州，京東轉司差官取勘。久之，會赦當釋。是時，歐陽永叔參知政事，特奏不與原免……故宗孺銜之特深。以爲一謫爭兩覃恩、兩奏薦。宗孺，簡肅公之侄，强幹人也。」

〔一四〕「神仙」二句：學道求仙、仕宦求富貴，兩者皆不可取。神仙雖杳茫：化用韓愈《桃源圖》「神仙有無何渺茫」句意。

【附　録】

葛立方《韻語陽秋》卷一二：「歐公常爲《感事詩》曰：『仙境不可到，誰知仙有無。或乘九斑虬，或駕五雲車。往來幾萬里，誰復遇諸途。』……則凡神仙之説，皆在所麾也。」

黄震《黄氏日鈔》卷六一評曰：「闢學仙者之妄，甚精切。如曰：『一旦隨物化，反言仙已成。』如曰：『等爲不在世，與鬼亦何殊？』」

張志淳《南園漫録》卷八：「朱子感興詩深信仙，歐公感事詩深非仙。朱詩曰：『飄飄學仙侣，遺世在雲山。盗啟元命秘，竊當生死關。金鼎蟠龍虎，三年養神丹。刀圭一入口，白日生羽翰。我欲往從之，脱屣諒非難。但恐逆天理，偷生詎能安。』歐詩曰：『空山一道士，辛苦學延齡……寄謝山中人，辛勤一何愚。』歐公生朱子前百有餘年，二詩想亦朱子之所見，而好尚不同如此。竊意朱子因一時見其事而發，又志在不從其術，故不覺稱之，而不暇究極其終無也。歐公因平生考其實而發，又歷見其不能長生，故不覺斥之而不復推求其暫有也。不然，吾誰適從哉。」

送道州張職方

桂籍青衫憶共游，憐君華髮始爲州〔一〕。身行南鴈不到處，山與北人相對愁〔二〕。莫爲高才輕遠俗，當令遺老識賢侯〔三〕。三年解組來歸日，吾已先耕潁水頭〔四〕。

【題　解】

原輯《居士集》卷一四，繫治平四年。作於是年春夏間，在出知亳州前夕。道州，宋代屬荆湖南路，治所在今湖南道縣。職方，職方郎中或員外郎的省稱，北宋前期爲文臣寄禄官階。張職方，即皇祐年間歐知潁州時任潁州判官，後爲蘄春縣令之張器，時以職方員外郎知道州。梅堯臣《宛陵先生集》卷三八詩《送張著作器宰蘄水》，朱東潤繫於皇祐三年。歐書簡《與張職方》其二（皇祐三年）：「方知已授蘄春，且居潁上。」據光緒《道州志》卷四「守臣題名」：「張器，（治平）四年任。」參見本書《酬張器判官泛溪》題解。此詩回憶早年交游，憐憫張氏晚年始知州郡，希望張氏造福一方，並抒寫退隱情懷，相約日後同隱潁州。詩語恣逸，天馬行空，韻味清雋，情景相融。

【注釋】

〔一〕「桂籍」二句：早年中第入仕時你我就已結識，如今滿頭白髮你纔出任知州。桂籍：科舉登第人員的名籍，即榜上有名。宋徐鉉《廬陵别朱觀先輩》詩：「桂籍知名有幾人，翻飛相續上青雲。」青衫：指職位較低的文官。

〔二〕「身行」二句：北雁到衡陽回雁峰不再南飛，而道州更在衡陽之南，故云「身行南雁不到處」。道州附近有蒼梧山，傳説舜崩於此。杜詩有句「蒼梧雲正愁」，故云「山與北人相對愁」。

〔三〕「莫爲」二句：希望你能像柳宗元那樣，不以自己材高而輕視邊遠地區的百姓，應讓邊遠地區的長者尊你爲賢侯。高才輕遠俗：化用韓愈《柳州羅池廟碑》：「不鄙夷其民。」遺老識賢侯：韓愈《柳州羅池廟碑》：「民各自矜奮，曰：『兹土雖遠京師，吾等亦天氓。今天幸惠仁侯，若不化服，我則非人。』於是老少相教語，莫違侯令。」遺老：指年老歷練者。柳宗元《賀誅淄青逆賊李師道狀》：「遂使垂白遺老，再逢大賫之安。」

〔四〕解組：猶解綬，喻辭官。參見本書《答梅聖俞寺丞見寄》注〔八〕。

【附録】

此詩輯入明曹學佺《石倉歷代詩選》卷一四〇，又輯入清吴之振《宋詩鈔》卷一二、陳訏《宋十五家詩選·廬陵詩選》。

胡仔《苕溪漁隱叢話》後集卷二三：「歐公云：『身行南雁不到處，山與北人相對愁。』汪彥章云：『路行歸雁不到處，家在長江欲盡頭。』彥章雖體歐公詩，然終不及歐之自在也。」按：又見魏慶之《詩人玉屑》卷七。

葛立方《韻語陽秋》卷一：「律詩中間對聯，兩句意甚遠，而中實潛貫者，最爲高作。如……《送張道州詩》云：『身行南雁不到處，山與北人相對愁。』如此之類，與規規然在於媲青對白者，相去萬里矣。魯直如此句甚多，不能概舉也。」按：又見張鎡《仕學規範》卷四〇。

葛立方《韻語陽秋》卷一三：「又歐陽永叔居官之日多，然志未嘗一日不在潁也……《送職方》云：『三年解組來歸日，吾已先耕潁水頭。』……觀其思歸之言，重複如是，豈懷禄固位者哉？老杜云：『非無江海志，瀟灑送日月。生逢堯舜君，不忍便永訣。』此永叔志也。」

范大士《歷代詩發》卷二三評曰：「岸然之氣，時露穎端。」

明妃小引

漢宮諸女嚴粧罷，共送明妃溝水頭〔一〕。溝上水聲來不斷，花隨水去不回流〔二〕。上馬即知無返日，不須出塞始堪愁〔三〕。

【題解】原輯《居士集》卷九，無繫年，列治平四年詩後。作於本年四月離京之日。參見上詩題解。明君，即王昭君，參見本書《明妃曲和王介甫作》題解。此次離京赴外，歐氏自誓不歸，故以出塞昭君自喻。以古喻今，詩語淒憂惆悵，意藴婉曲深藏。

【注釋】

〔一〕嚴粧：整妝，梳妝打扮。《玉臺新詠·古詩爲焦仲卿妻作》：「雞鳴外欲曙，新婦起嚴妝。」溝水頭：御溝邊。告别場地。郭茂倩《樂府詩集》卷四一《白頭吟》：「今日斗酒别，明日溝水頭。蹀躞御溝上，溝水東西流。」

〔二〕「溝上」二句：花隨流水一去不復返，喻明妃無緣返歸漢室之悲劇命運。

〔三〕「上馬」二句：上馬即知此行無返歸之希望。既揭示明妃的命運悲劇，也明示自己此次離京決不重返朝廷之心志。

再至汝陰三絶

其一

黄栗留鳴桑葚美，紫櫻桃熟麥風凉〔一〕。朱輪昔愧無遺愛，白首重來似故鄉〔二〕。

其二

十載榮華貪國寵，一生憂患損天真〔三〕。潁人莫怪歸來晚，新向君前乞得身〔四〕。

其三

水味甘於大明井，魚肥恰似新開湖〔五〕。十四五年勞夢寐，此時纔得少踟躕〔六〕。

【題解】

原輯《居士集》卷一四，繫治平四年。作於是年四月。胡《譜》：治平四年「三月壬申（二十四日），除觀文殿學士，轉刑部尚書，知亳州，改賜推誠保德崇仁翊戴功臣。閏三月辛巳（三日），宣簽書駐泊公事，陛辭，乞便道過潁少留，許之。五月甲辰（二十八日），至亳。」歐次年《亳州第一劄子》亦云：「臣於此時，遂乞守亳，蓋以去潁最近，便於私營。及入辭之日，亦具奏陳，乞枉道至潁，修葺故居。幸蒙聖恩，皆賜允許。」此爲抵潁時所作。汝陰，即潁州。《太平御覽》卷一五九《州郡部五·潁州》：「《十道志》曰：潁州汝陰郡置在汝陰縣。」組詩「其一」吟詠初夏潁州風物，大有回歸故鄉之感。「其二」慨歎自己貪圖十年榮華，損傷自由個性，特向潁人解釋遲歸緣由。「其三」讚揚潁州物産與風光，以爲不遜於揚州，多年思潁今日終獲補償。「其一」四句首字皆顏色字，前人謂之「冠頂格」，色彩鮮明而無斧鑿痕跡。全詩語言真率，情景交融，風物如畫，筆鋒蘊含深情。

【注釋】

〔一〕黄栗留：黄鳥、黄鶯，時令鳥。歐《夏享太廟攝事齋宫聞鶯寄原甫》：「何處飛來黄栗留。」自注：「田家謂麥熟時鳴者爲黄栗留。出《詩》義。」《詩·周南·葛覃》「黄鳥于飛」陸璣疏：「黄鳥，黄鸝留也，或謂之黄栗留。幽州人謂之黄鶯，或謂之黄鳥。」麥風：麥熟時節的風。

〔二〕「朱輪」二句：自己慚愧當年知潁州未留下好政績，老年歸來卻好像回到故鄉一樣。朱輪：

紅色的車子。漢時太守乘朱輪。《文選・楊惲〈報孫會宗書〉》：「惲家方隆盛時，乘朱輪者十人。位在列卿，爵爲通侯。」李善注：「二千石皆得乘朱輪。」亦指二千石之官，此處代指知州。　遺愛：遺贈於後世或別人的關愛。此指政績或善行。

〔三〕「十載」二句：十多年居朝爲官，享受富貴榮華，卻損傷自身的天然本性。　十載榮華：歐至和元年（一〇五四）五月離潁赴京師，治平四年（一〇六七）閏三月離京，歷時十年有餘。此言整數。　損天真：人的淳樸天性受到世俗禮制的污染。天真，指不受禮俗拘束的品性。《莊子・漁父》：「禮者，世俗之所爲也；真者，所以受於天也，自然不可易也。故聖人法天貴真，不拘於俗。」

〔四〕乞得身：請求辭職外放已獲批準。　乞身，古代以作官爲委身事君，故稱請求辭職爲乞身。

〔五〕「水味」二句：比較潁、揚二州的水味、魚肥，以爲二州魚肥相似，水味則潁勝於揚。　潁州焦陂古井奇特，稱「天下第七泉」，水質清冽甘甜。用於釀酒，醇香可口。參見本書《憶焦陂》注〔二〕。　大明井：在揚州。慶曆八年，歐知揚州，曾作《大明水記》。歐書簡《與韓忠獻王稚圭》其八（皇祐元年）「平山堂……以至大明井、瓊花二亭，此三者拾公之遺，以繼盛美爾。」句下附注：「大明井曰美泉亭，瓊花曰無雙亭。」《江南通志》卷三二：「美泉亭，在江都縣治內，宋歐陽修建。」　新開湖：在揚州。《江南通志》卷一四：「新開湖，在高郵州西北三里，即高郵湖。天長以東諸水盡匯此湖，而達于淮，常有風濤覆溺之患，康濟河所以避此險也。湖中有洲，可百餘畝，水漲不能没。」

〔六〕勞夢寐：潁州時常在夢中出現。少踟躕：稍微停頓。踟躕，本指來回走動，此爲流連徘徊，暫住。末句下原注：「余時將赴亳社，恩許枉道過潁也。」

【附録】

三詩全輯入清吴之振《宋詩鈔》卷一二、陳訏《宋十五家詩選·廬陵詩選》，「其一」又輯入高步瀛《唐宋詩舉要》卷八。

《歐集》卷一五〇《與曾舍人》其二：「某昨假道於潁者，本以歸休之計初未有涯，故須躬往。及至，則敝廬地勢，喧静得中，仍不至狹隘，但易故而新，稍增廣之，可以自足矣。以是功可速就，期年掛冠之約，必不愆期也。甚幸甚幸。昨在潁，無所營爲，所以少留者，蓋避五月上官，不能免俗爾。亳之佳處人所素稱者，往往過實，其餘不及陳、潁遠甚。然俯仰年歲間，如傳郵爾，初亦不以爲佳，蓋自便其近潁爾。」

胡仔《苕溪漁隱叢話》後集卷二三：「永叔有句云：『黄栗留鳴桑椹美，紫櫻桃熟麥風涼。』先君有句云：『含桃紅紫鶯聲老，宿麥青黄燕子飛。』皆初夏詩也。」

葛立方《韻語陽秋》卷一三：「漣水軍有真君泉，在軍治園中。東坡嘗題字於石欄，又作長短句，所謂『倦客塵埃何處洗，真君堂下寒泉水』是也。又有藍家井亦佳絶。二水清甘無比，嘗以惠山泉比試，而惠泉翻不及。余隨侍文康公僑寄此軍二年，每日烹茶，更用二水，遂擯惠泉不用。信知陸鴻漸《茶經》，張又新《水記》皆虚語耳。山谷《省城烹茶詩》云：『閤門井不落第二，竟陵谷簾定誤書。』亦謂此也。歐公《再至汝陰詩》云：『水味甘於大明井。』則知天下甘泉不爲陸張所録者，何可勝數哉？」

郡齋書事寄子履

使君居處似山中，吏散焚香一室空〔一〕。雨過紫苔惟鳥迹〔二〕，夜涼蒼檜起天風。白醪酒嫩迎秋熟，紅棗林繁喜歲豐〔三〕。寄語瀛洲未歸客，醉翁今已作僊翁〔四〕。

【題　解】

原輯《居士集》卷一四，繫治平四年。作於是年秋，時任亳州知州。胡《譜》：治平四年「五月甲辰（二十八日），至亳。六月戊申（二日）視事。」子履，即陸經，乃歐早年結識的陳經，時以翰林學士知潁州。參見本書《聞潁州通判國博與知郡學士唱和頗多，因以奉寄知郡陸經、通判楊褒》題解。歐本年書簡《與吴正獻公沖卿》其五有云：「赴職以來，日享安逸，兹爲受賜不淺矣。」此詩描寫亳州郡齋寂寥而清雅，年豐民樂，太守職閒，詩人爲出知仙鄉亳州、成爲人間仙翁，感到由衷高興。字裏行間，透見詩人閒適孤寂的晚年生活、遲暮衰殘的老者心境。詩語平易，以景傳情，意象恬淡清逸。

【注釋】

〔一〕「使君」二句：我的官廨就像位於深山之中，僚屬一散，郡廳空空，僅剩我一人焚香讀書。使君：漢時對州郡長官的尊稱。此爲詩人自謂。

〔二〕惟鳥迹：人跡罕至，與前句「似山中」語義同，皆寫居所寂靜。

〔三〕白醪：糯米甜酒。嫩：酒清新可口。

〔四〕「寄語」二句：告訴潁州知郡陸經學士，我如今職事清閒，已成超塵脱俗的人間仙翁。瀛洲未歸客：以翰林學士居外任。參見本書《西齋小飲，贈别陝州沖卿學士》注〔一〕。僊鄉：老子故里亳州。《神仙傳》：「老子，楚國苦縣瀨鄉曲仁里人也。」《括地志》：「苦縣在亳州。」又據《高士傳》，亳州有太上老君祠，九龍井前有升仙檜、再生檜，老君煉丹井北有虚無堂，虚無堂石壁鐫有《道德經》等，故云。

【附録】

葉夢得《避暑録話》卷上：「歐陽文忠公平生詆佛老，少作《本論》三篇，於二氏蓋未嘗有别。晚罷政事，守亳，將老矣，更罹憂患，遂有超然物外之志。在郡不復事事，每以閑適飲酒爲樂。時陸子履知潁州，公客也。潁且其所卜居，嘗以詩寄之，頗道其意，末云：『寄語瀛洲未歸客，醉翁今已作仙翁。』此雖戲言，然神仙非老氏説乎。」

奉答子履學士見贈之作

誰言潁水似瀟湘，一笑相逢樂未央〔一〕。歲晚君尤耐霜雪，興闌吾欲返耕桑〔二〕。銅槽旋壓清樽美，玉麈閒揮白日長〔三〕。豫約詩筒屢來往，兩州雞犬接封疆〔四〕。

【題　解】

原輯《居士集》卷一四，繫治平四年。作於是年秋，時知亳州。子履學士，即陸經，時以翰林學士知潁州。詩歌回憶潁州相逢，對比相互境況，自矜亳州悠閒生活，相約彼此詩文酬唱。移情入景，自然風物蘊含縷縷情思，字裏行間透見作者的悠閒之情、自得之態。

【注　釋】

〔一〕「誰言」二句：誰説潁水與湘江一樣是黯然分手的地方，咱們可是相逢一笑，歡樂無窮。瀟湘：湘水和瀟水之稱，多指湘江。《山海經·中山經》：「帝之二女居之，是常游于江淵，澧、沅之風，交瀟湘之淵。」《文選·謝朓〈新亭渚別范零陵〉》：「洞庭張樂池，瀟湘帝子游。」李善注引王逸曰：「娥皇、女英隨舜不返，死于湘水。」後常用以表分別之地，表離別之情。

〔二〕「歲晚」二句：晚年的陸經雄心猶存，有似凌霜傲雪的青松；而我則意興闌珊，一心嚮往退隱歸田。興闌：興殘，興盡。

〔三〕「銅槽」二句：自矜亳州悠閒生活：自釀清樽美酒，揮麈清談度日。銅槽：釀酒器具。張耒《督王晉卿送酒詩》：「玉壺滿傾春水泱，銅槽夜滴秋雨疏。」玉麈：玉柄麈尾。參見本書《錢相中伏日池亭宴會分韻》注〔三〕。

〔四〕「豫約」二句：潁州、亳州雖然分屬京西北路、淮南東路，但兩州疆界相連，我們可早就預約好了，要經常相互寄遞詩文。詩筒：亦作「詩筩」。盛詩稿以便傳遞的竹筒。白居易《醉封詩筒寄微之》：「爲向兩州郵吏道，莫辭來去遞詩筒。」兩州雞犬：潁州與亳州接壤，距離很近。《老子》八十章：「雞犬之聲相聞，民至老死不相往來。」此處反其意而用之。封疆：界域之標記，疆界。《禮記·月令》：「〔孟春之月〕王命布農事，命田舍東郊，皆修封疆。」《史記·商君列傳》：「爲田開阡陌封疆，而賦税平。」張守節正義：「封，聚土也；疆，界也：謂界上封記也。」

【附　録】

此詩輯入清吴之振《宋詩鈔》卷一二。

答子履學士見寄

潁亳相望樂未央，吾州仍得治仙鄉〔一〕。夢回枕上黄粱熟，身在壺中白日長〔二〕。每恨老年才已盡，怕逢詩敵力難當〔三〕。知君欲别西湖去，乞我橋南菡萏香〔四〕。

【題解】

原輯《居士集》卷一四，繫治平四年。作於是年秋，時知亳州。子履學士，即陸經，時以翰林學士知潁州，即將任滿離去。歐書簡《答陸學士》其三（治平四年）有云：「竊承代歸有期，依依之意，愚當與潁民同也。」詩歌描寫作者在「仙鄉」亳州的逍遥生活，自愧年老才盡，不配詩歌酬答。語言清麗，對仗精巧，情致温雅深沉。

【注釋】

〔一〕潁亳相望：詩人在亳州，屬淮南東路，陸經在潁州，屬京西北路，然二州接壤，隔淝水而相望。樂未央：快樂無限。未央，即未盡。《楚辭·離騷》：「及年歲之未晏兮，時亦猶其未央。」王逸注：「央，盡也。」仙鄉：指老子故里亳州。參見本書《郡齋書事寄子履》注〔四〕。

〔二〕「夢回」二句：詩人自歎人生短暫，流露出世之思。枕上黄粱：即黄粱美夢。典出唐沈既濟《枕中記》。後因以喻虚幻的事和不能實現的欲望。壺中：同「壺中天」，喻指仙境。事見《後漢書·方術傳下·費長房》。相傳東漢費長房爲市掾時，市中有老翁賣藥，懸一壺於肆頭，市罷，跳入壺中。長房於樓上見之，知爲非常人。次日復詣翁，翁與俱入壺中，唯見玉堂嚴麗，旨酒甘肴盈衍其中，共飲畢而出。後世即以「壺天」謂仙境、勝境。

〔三〕詩敵：詩壇對手，賦詩才藝相當的人。白居易《劉白唱和集解》：「僕與足下二十年來爲文友詩敵，幸也，亦不幸也。」

〔四〕西湖：此指潁州西湖。參見本書《初至潁州西湖，種瑞蓮、黄楊，寄淮南轉運吕度支、發運許主客》題解。　菡萏：荷花的别稱。

寄棗人行書贈子履學士

秋來紅棗壓枝繁，堆向君家白玉盤〔一〕。甘辛楚國赤萍實，磊落韓嫣黄金丸〔二〕。聊效詩人投木李，敢期佳句報琅玕〔三〕。嗟予久苦相如渴，却憶冰梨熨齒寒〔四〕。

【題解】

原輯《居士集》卷一四，繫治平四年。作於是年秋，時知亳州。子履學士，即陸經，時以翰林學士知潁州。詩人從亳州託人送棗給潁州知州陸經，送棗人出發時，賦此詩以附贈。詩歌描寫所贈亳州棗紅如萍實，圓如金丸，希望換取對方的精美詩作。巧比妙喻，意象生動。借物抒懷，情致深婉。

【注釋】

〔一〕「秋來」二句：秋季紅棗喜獲大豐收，堆放在你的白玉盤中。

〔二〕「甘辛」二句：以赤萍實與黄金丸比喻棗子甘美而晶瑩。　萍實：劉向《説苑・辨物》：「楚昭王渡江，有物大如斗，直觸王舟，止於舟中。昭王大怪之，使聘問孔子。孔子曰：『此名萍實，令剖而食之，惟霸者能獲之，此吉祥也。』」後遂以「萍實」謂甘美的水果。　磊落：形容堆積很多。　韓嫣黄金丸：紅棗有如韓嫣的黄金丸。《西京雜記》卷四：「韓嫣好彈，常以金爲丸，所失者日有十餘。長安爲之語曰：『苦飢寒，逐金丸。』京師兒童每聞嫣出彈，輒隨之，望丸之所落，輒拾焉。」金丸，金製的彈丸，後多指金黄色的果實。

〔三〕投木李：喻相互贈答，禮尚往來。《詩・大雅・抑》：「投我以桃，報之以李。」《詩・魏風・木瓜》：「投我以木李，報之以瓊玖。匪報也，永以爲好也。」　報琅玕：張衡《四愁詩》：「何以報之青琅玕。」琅玕，美玉的一種。

〔四〕相如渴：司馬相如患有消渴疾。後即用「相如渴」代稱消渴病。消渴疾，即今之糖尿病。歐書簡《與王龍圖益柔》其七（治平二年）：「自春首已來，得淋渴疾，臞瘠昏耗，僅不自支。」參見本書《小圃》注〔四〕。冰梨：即凍梨。陸游《對食戲詠》：「冰梨頗似頰，霜栗大如拳。」

【附録】

此詩輯入清康熙《御定佩文齋廣群芳譜》卷五八。

贈隱者

五嶽嵩當天地中，聞君仍在最高峰〔一〕。山藏六月陰崖雪，潭養千年蜕骨龍〔二〕。物外自應多至樂〔三〕，人間何事忽相逢。飲罷飄然不辭決，孤雲飛去杳無蹤〔四〕。

【題解】

原輯《居士集》卷一四，繫治平四年。作於是年秋，時知亳州。明吴之鯨《武林梵志》卷八：「（歐）守亳社，有許昌齡來游太清宫，公邀至州舍，與語，忽然有悟。」《西清詩話》亦云：「公集中載許道人、石唐山隱者，皆昌齡也。」參見「附録」所引蔡絛《西清詩話》。詩人晚年結識嵩山道士許昌齡，爲贈此詩。詩歌描寫許道士居人間仙境，有仙風道骨，讚美其有如「孤雲」，飄然不群，自得其樂，流露對隱士生活的欣慕之情。詩筆縱恣，神清韻幽，意溢象外，興寄高超。

【注　釋】

〔一〕「五嶽」二句：五嶽當中的嵩山號稱「中嶽」，聽説許道士就住在它的最高峰。五嶽：我國五大名山的總稱。即東嶽泰山、南嶽衡山、西嶽華山、北嶽恒山、中嶽嵩山。見《周禮·春官·大宗伯》「以血祭祭社稷、五祀、五嶽」鄭玄注、《史記·封禪書》、《漢書·郊祀志》等。

〔二〕「山藏」二句：描寫嵩山崖陰六月積雪、潭深千年藏龍的神奇景象。陰崖：北面的山崖。蜕骨：脱骨。《初學記》卷三〇引曹植《神龜賦》：「蚍折鱗於平皋，龍蜕骨於深谷。」蜕，一本作「脱」。

〔三〕物外：世外，超脱於塵世之外。張衡《歸田賦》：「苟縱心於物外，安知榮辱之所如！」至樂：最大的快樂。《莊子·至樂》：「至樂無樂，至譽無譽。」

〔四〕「飲罷」二句：隱者飄然而去，來去無蹤的情形。不辭決：不辭而别。辭決，辭訣，訣别。決，通「訣」。《史記·魏公子列傳》：「公子行過夷門，見侯生具告所以欲死秦軍狀。辭決而行。」

【附録】

《宋朝事實類苑》卷四四引蔡絛《西清詩話》：「潁陽石唐山，一峰特峙，勢雄秀，獨岐遥通，絶頂有石室，邢和璞算心處也。治平中，許昌齡者，安世諸父，早得神仙術，杖策來居，天下傾焉。後游太清宫，時歐陽文忠公守亳社。公生平不肯信老佛，聞之，要至州舍與語，豁然有悟，贈之詩曰……公集中許道人、石唐山隱者，皆昌齡也。」

吴之鯨《武林梵志》卷八：「歐陽修，字永叔，廬陵人……公始不信佛，如《酬淨照》詩云：『佛説吾不學，勞師空款關。吾方仁義急，君且水雲閒。』後守亳社，有許昌齡來游太清宫，公邀至州舍，與語，忽然有悟。居洛中時，游嵩山，卻僕吏，放意而往，至一寺，修竹滿軒，風物鮮美。公休於殿陛傍，有老僧閲經自若。公問：『誦何經？』曰：『《法華》。』公云：『古之高僧，臨死生之際，類皆談笑脱去，何道致之？』曰：『定慧力耳。』又問：『今乃寂寥無有，何哉？』老僧笑曰：『古人念念在定慧，臨終安得散亂？今人念念在散亂，臨終安得定慧？』公大歎服，後居潁州，捐酒肉，徹聲色，灰心默坐，令老兵往近寺借《華嚴經》，讀至八卷，安坐而薨。」

戲書示黎教授

古郡誰云亳陋邦，我來仍值歲豐穰〔一〕。烏銜棗實園林熟，蜂採檜花村落香〔二〕。世治人方安韲畝，興闌吾欲反耕桑。若無潁水肥魚蟹，終老仙鄉作醉鄉〔三〕。

【題　解】

原輯《居士集》卷一四，繫治平四年。作於是年秋，時知亳州。戲書，以游戲的方式、開玩笑的語調寫詩。黎教授，不詳其名，時任亳州州學教授。詩歌描寫古郡亳州，歲豐人樂，堪稱仙鄉，自言若非早已選定潁州，願意終老此地，表達嚮往歸隱的夙願。詩風明快，意態閒暇，戲謔成文，情韻兼勝。

【注　釋】

〔一〕古郡：亳是商湯的國都，故云。《史記·殷本紀》：「成湯，自契至湯八遷。湯始居亳，從先王居，作《帝誥》。」又宋潘自牧《記纂淵海》卷一一：亳州「春秋屬陳、楚，戰國屬宋，秦碭縣地，漢沛郡，東漢沛國，兼豫州刺史治，魏置譙郡，元魏兼立南兗州，後周改亳州。」

〔二〕蜂採檜花：檜樹，常緑喬木，春天開花。檜花蜜，參見「附録」陸游《入蜀記》。

〔三〕「若無」二句：如果没有潁州西湖的肥美魚蟹，我就會選擇亳州退休安家。仙鄉：亳州相傳爲道教鼻祖老子故里，故稱仙鄉。醉鄉：醉酒後神志不清的境界。王績《醉鄉記》：「阮嗣宗、陶淵明等十數人並游於醉鄉。」

【附　録】

此詩輯入清吴之振《宋詩鈔》卷一二、陳焯《宋元詩會》卷一一、陳訏《宋十五家詩選·廬陵詩選》。

陸游《老學庵筆記》卷二：「亳州太清宫檜至多，檜花開時，蜜蜂飛集其間，不可勝數。作蜜極香而味帶微苦，謂之檜花蜜，真奇物也。歐陽公守亳時，有詩曰：『蜂採檜花村落香。』則亦不獨太清而已。」

七言二首答黎教授

其一

撥甕浮醅新釀熟，得霜寒菊始開齊〔一〕。養丹道士顏如玉，愛酒山公醉似泥〔二〕。不惜蘂從蜂採去，尚餘香有蝶來棲。莫嫌學舍官閒冷，猶得芳樽此共携〔三〕。

其二

共坐欄邊日欲斜，更將金蘂泛流霞〔四〕。欲知却老延齡藥，百草枯時始見花〔五〕。

【題　解】

原輯《居士集》卷一四，繫治平四年。作於是年秋，時知亳州。黎教授，參見上詩題解。組詩「其一」描寫黎教授善於服丹養生；「其二」宣揚菊花酒足以益壽延年。詩歌展示亳州任上年豐人樂，儒道和諧的生活畫面。詩語疏暢，意境清曠，情致深沉綿長。

【注　釋】

〔一〕撥甕浮醅：舀取未濾過的酒。白居易《醉吟先生傳》：「吟罷自哂，揭甕撥醅，又飲數杯，兀然而醉。」浮醅，指酒面的浮沫。

〔二〕「養丹」二句：服丹養生的黎教授酒後容光焕發，嗜酒貪杯的我則爛醉如泥。山公：晉山簡，性嗜酒。《世説新語》：「山季倫爲荆州，時出酣暢。人爲之歌曰：『山公時一醉，徑造高陽池。日暮倒載歸，酩酊無所知。』」李白《襄陽歌》：「笑殺山公醉似泥。」

〔三〕「莫嫌」二句：不要嫌學宫清冷學官清閒，有酒共飲亦是一樁快事。芳樽：酒杯的美稱。

〔四〕金蘂：金黄色的花，特指菊花。蕭統《七契》：「玉樹始落，金蘂初榮。」流霞：指美酒。庾信《衛王贈桑落酒奉答》詩：「愁人坐狹邪，喜得送流霞。」

〔五〕「欲知」二句：要想知道延年益壽的藥，就是這百草枯萎時節開放的菊花。却老延齡：推遲衰老，延長壽命。菊花酒是一種用菊花雜黍米釀製的酒。《西京雜記》卷三：「九月九日佩茱英，食蓬餌，飲菊華酒，令人長壽。菊華舒時，並採莖葉，雜黍米釀之，至來年九月九日始熟，就飲焉，故謂之菊華酒。」

書懷

齒牙零落鬢毛疎，潁水多年已結廬〔一〕。解組便爲閒處士，新花莫笑病尚書〔二〕。青衫仕至千鍾禄，白首歸乘一鹿車〔三〕。況有西鄰隱君子，輕蓑短笠伴春鋤〔四〕。

【題　解】

原輯《居士集》卷一四，繫治平四年。作於是年，時知亳州。題下原注：「一作『思潁寄常處士』。」常處士，名秩，字夷甫，潁州人。作者賦詩寄常秩，自述年邁體衰，相約潁州結鄰，共度晚年，甚至憧憬致仕後的愜意生活。詩歌展示宦海浮沉的心路歷程，總結苦澀的人生體驗，雖有衰病之歎，終以寬闊的襟胸，豁達的態度面對生活，這是詩人晚年心境的真實寫照。屬對精巧，幽默風趣，情韻兼勝。

【注　釋】

〔一〕「潁水」句：皇祐元年（一〇四九）二月，歐自請移知潁州，心喜西湖名勝，擬卜居，始置家業。皇祐四年三月，丁母鄭氏憂，歸潁州守制。治平四年閏三月改知亳州，途中留潁州，在潁擴建房宅，謀營歸休之計。歐書簡《與曾舍人鞏》其二（治平四年夏）：「某昨假道於潁者，本以歸休之計初未有涯，故須躬往。及至，則敝廬地勢，喧靜得中，仍不至狹隘，但易故而新，稍增廣之，可以自足矣。」

〔二〕解組：猶解綬，喻辭官，參見本書《答梅聖俞寺丞見寄》注〔八〕。尚書：歐知亳州時轉官刑部尚書。

〔三〕「青衫」二句：自己從一介微官做到俸禄豐厚的朝廷尚書，如今白髮滿頭可以歸隱林泉了。千鍾禄：優厚的俸禄。《史記·魏世家》：「魏成子以食禄千鍾，什九在外，什一在內。」鹿車：古代的一種小車。《太平御覽》卷七七五引應劭《風俗通》：「鹿車，窄小裁容一鹿也。」此處代指辭官後的隱士生活。

〔四〕「况有」二句：與鄰居志同道合的朋友戴著蓑衣和斗笠，一起歸耕田園，不失爲一種愜意的生活。西鄰隱君子：句末原注：「常夷甫也。」《宋史·常秩傳》：「常秩，字夷甫，潁州汝陰人。舉進士不中，廢居里巷，以經術著稱。嘉祐中，賜束帛爲潁州教授，除國子直講，又以爲大理評事，治平中授忠武軍節度推官知長葛縣，皆不受。」參見本書《早朝感事》題解及注〔四〕。輕蓑短：原本校云：「一作『披蓑帶』。」

【附録】

此詩輯入清吳之振《宋詩鈔》卷二二。

邵博《邵氏聞見後録》卷二一：「歐陽公在政府，寄潁州處士常秩詩云：『笑殺汝陰常處士，十年騎馬聽朝雞。』公將休致，又寄秩詩云：『賴有東鄰常處士，披蓑戴笠伴春鋤。』蓋公先爲潁州，得秩於民伍中，殊好之，至公休致歸，每接賓客，必返退士初服。秩已從王荆公之招，公獨朝章以見，愧之也。秩入朝極其諛佞，遂升次對。蚤日著《春秋學》數十卷，自許甚高，以荆公不喜《春秋》，亦絶口不言，匿其書不出。適兩河歲惡，有旨青苗錢權倚閣，王平甫戲秩曰：『君之《春秋》，亦權倚閣矣。』後神宗遇秩浸薄，荆公亦鄙之。秩失節，怏怏如病狂易。或云自裁以死。荆公尚表於墓，蓋其失云。」

謝提刑張郎中寄筇竹拄杖

玉光瑩潤錦斕斑，霜雪經多節愈堅〔一〕。珍重故人相贈意，扶持衰病過殘年〔二〕。

【題　解】原輯《居士集》卷一四，繫治平四年。作於是年，時知亳州。故人提刑張郎中，官淮南提點刑獄公事，名不詳。筇竹拄杖，用筇竹製作的手杖。筇竹，以高節實中，常用以爲手杖，爲杖中珍品。晉戴凱之《竹譜》：「筇竹高節實中，爲杖之極。」朋友饋贈筇杖，歐賦詩以表謝忱，並自表剛正之節操。以物喻人，言簡意賅，興寄含蓄深遠。

【注　釋】

〔一〕「玉光」二句：筇竹晶瑩斑斕，飽經霜雪而高節實中。斕斑：色彩錯雜貌。宋黄機《浣溪沙》詞其一：「柳轉光風絲嫋娜，花明晴日錦斕斑。」

〔二〕「珍重」二句：珍惜朋友贈送筇竹手杖的深厚情意，聊且倚仗它支撑多病的身軀度過餘生。扶持：攙扶。《禮記·内則》：「以適父母舅姑之所……出入，則或先或後，而敬扶持之。」

歐陽修詩編年箋注卷十六

熙寧元年至熙寧五年作

新春有感寄常夷甫

余生本羈孤，自少已非壯〔一〕。今而老且病，何用苦惆悵。誤蒙三聖知，貪得過其量〔二〕。恩私未知報，心志已凋喪。軒裳德不稱，徒自取譏謗〔三〕。豈若常夫子，一瓢安陋巷。身雖草莽間，名在朝廷上〔四〕。惟余服德義，久已慕恬曠〔五〕。矧亦有吾廬，東西正相望〔六〕。不須駕柴車，自可策藜杖。坐驚顏鬢日摧頹，及取新春歸去來〔七〕。共載一舟浮野水，焦陂四面百花開〔八〕。

【題　解】

原輯《居士集》卷九，繫宋神宗熙寧元年（一〇六八）。作於是年春，詩人時年六十二歲，以觀文殿學士、刑部尚書知亳州。是春，歐連上《亳州乞致仕》三表、三疏，未獲允。其《亳州乞致仕第一表》云：「去秋以來，所苦增劇。兩脛惟骨，拜履俱艱；雙瞳雖存，黑白纔辨。顧形骸之若此，尸寵禄以何安？伏望皇帝陛下……許還官政，俾返田廬。」常夷甫，即常秩，時隱居潁州。參見本書《早朝感事》題解及注〔四〕。此詩訴老病之苦，抒歸田之思，表達厭倦官場，要與常秩同隱田園的愿望。叙議雜用，文氣酣暢，對比鮮明，情思蕩漾。

【注釋】

〔一〕羈孤：羈旅孤獨的人。《文選・謝莊〈月賦〉》：「親懿莫從，羈孤遞進。」李善注：「羈孤，羈客孤子也。」歐四歲喪父，隨母寄居隨州叔父家，故云。

〔二〕三聖：宋仁宗、英宗、神宗。

〔三〕「恩私」四句：君恩未報，心志已衰，又才德不稱官位，遭致别人譏笑。取譏謗：治平四年二月，薛良儒造謡，蔣之奇等誣告，興所謂「長媳案」。《宋史・歐陽修傳》：「修婦弟薛宗孺有憾於修，造帷薄不根之謗摧辱之，輾轉達於中丞彭思永。思永以告之奇，之奇即上章劾修。」軒裳：裝飾豪華的車子和衣服，代指官位。

〔四〕「豈若」四句：哪能像你常秩這樣安於貧窮，身在民間而名聞朝廷。一瓢安陋巷：《論語・雍也》：「子曰：『賢哉回也。一簞食，一瓢飲，在陋巷。人不堪其憂，回也不改其樂。』」名在朝廷上：宋王稱《東都事略》卷一一八《常秩傳》：「嘉祐中，修薦於朝，以爲潁州教授，又除國子監直講，又以爲大理評事、知長葛縣，皆不赴，於是聲名愈高。神宗聞其名，詔有司以禮敦遣秩入對。」

〔五〕德義：道德信義。《左傳・僖公二十四年》：「心不則德義之經爲頑，口不道忠信之言爲嚚。」恬曠：曠達恬淡。

〔六〕「矧亦」二句：何況我在潁州有房舍，與你家東西相望。

〔七〕「坐驚」二句：自己日益鬢白體衰，明春務請致仕歸田。摧頹：衰老，頹廢。

〔八〕焦陂：地名，也叫焦坡，古潁州名勝。在今安徽阜陽市阜南縣。查慎行《蘇詩補注》卷三五《焦陂》注：「《潁州志》：焦陂在州南四十里，唐永徽中刺史柳積竇所開。」參見本書《憶焦陂》題解。

【附　録】

此詩輯入明曹學佺《石倉歷代詩選》卷一四〇、又輯入清管庭芬、蔣光煦《宋詩鈔補・歐陽文忠詩補鈔》。

渦河龍潭

碧潭風定影涵虚，神物中藏岸不枯〔一〕。一夜四郊春雨足，却來閒卧養明珠〔二〕。

【題解】

原輯《居士集》卷一四，無繫年，列治平四年至熙寧元年詩間。作於熙寧元年春，時知亳州。渦河龍潭，在渦河上。渦河，即今豫東、皖北淮河支流，流經亳州境内譙城、渦陽、蒙城等地。金吴激《夜泛渦河龍潭》詩云：「圖經記父老，冥寞年歲多。淵沈三千丈，湛碧寒無波。」本詩充滿神話色彩，描繪神龍行雨之後，潛潭閒卧養護明珠。神奇的傳説中，似乎亦見詩人晚年蟄居頤老的生活理想。語言疏淡，意境幽閒，畫面如繪，情致深遠。

【注釋】

〔一〕涵虚：水映照天空。孟浩然《望洞庭湖贈張丞相》：「八月湖水平，涵虚混太清。」神物：河龍。

〔二〕「一夜」二句：神龍夜裏行雨之後，回到龍潭閒卧養珠。養明珠：《莊子·列禦寇》：「夫千金之珠，必在九重之淵，而驪龍頷下。」

【附録】

此詩輯入清康熙《御定佩文齋詠物詩選》卷九九。

游太清宫出城馬上口占

擁旆西城一據鞍，耕夫初識勸農官〔一〕。鴉鳴日出林光動，野闊風摇麥浪寒。漸暖緑楊纔弄色，得晴丹杏不勝繁〔二〕。牛羊雞犬田家樂，終日思歸盍掛冠〔三〕？

【題解】

原輯《居士集》卷一四，繫熙寧元年。作於是年二月十八日，時知亳州。歐率僚屬出城，往游太清宫，此爲紀游詩之一。參見「附録」《集古録跋尾·大清東闕題名》。太清宫，亳州道觀名。《明一統志》卷二七《歸德府》：「太清宫在鹿邑縣東一十里，唐建。初名明道宫，宋改今名。」《宋史·禮志七》：「太清宫。大中祥符六年，亳州父老、道釋、舉人三千三百十六人詣闕，請車駕朝謁太清宫，宰臣帥百官表請。詔以明年春親行朝謁禮。命參知政事丁謂爲奉祀經度制置使、判亳州，翰林學士陳彭年副之，權三司使林特計度糧草。」詩人歌詠出游大清宫途中所見田園風光，描寫太平豐樂氣象，展示農家之樂，流露歸隱之思。語言平實，景物極具時令特徵，又飽蘸情致風韻。

【注　釋】

〔一〕「擁旆」二句：自己在隨從的簇擁下騎馬出城，農夫們有機會第一次認識我這個勸農官。擁旆：簇擁著旗幟。旆，旗邊上的裝飾物，代指旗幟。勸農官：時歐知亳州州事，兼管内河堤勸農使等職務。胡《譜》附歐出知亳州「制詞」有云：「可特授行刑部尚書、充觀文殿學士、知亳州軍州事、兼管内河堤勸農使及管勾開治溝洫河道事。」

〔二〕「鴉鳴」四句：沿途所見田野風光。林光：透過樹林的陽光。唐許敬宗《奉和秋日即目應制》：「鵲度林光起，鳧没水文圓。」弄色：呈現美色。蘇軾《宿望湖樓再和》詩：「新月如佳人，出海初弄色。」

〔三〕盍掛冠：何不辭官歸田。掛冠，參見本書《送襄陵令李君》詩注〔四〕。

【附　録】

《歐集》卷一四三《集古録跋尾·大清東闕題名》：「熙寧元年二月十八日，余率僚屬謁太清諸殿，徘徊兩闕之下，周視八檜之異，窺九井禹步之奇，酌其水以烹茶而歸。」

太清宫燒香

清晨琳闕聳巑岏，弭節齋坊暫整冠〔一〕。玉案拜時香裊裊，畫廊行處佩珊珊〔二〕。壇場夜雨蒼苔古〔三〕，樓殿春風碧瓦寒。我是蓬萊宮學士，朝真便合列仙官〔四〕。

【題解】

原輯《居士集》卷一四，繫熙寧元年。作於是年二月十八日，時知亳州。參見上詩題解。燒香，舊俗禮拜神佛的一種儀式。禮拜時把香點著插在香爐中，表示誠敬。《漢武帝内傳》：「帝乃盛以黄金之箱……安著柏梁臺上，數自齋戒，整衣服，親詣朝拜，燒香盥漱，然後執省之焉。」此詩描寫太清宫的雄偉景觀，以及焚香朝拜的莊穆場面，表現詩人厭惡官場、嚮往隱逸的生活願望。屬對工巧，詩語典麗，情景韻味，融於一體。

【注釋】

〔一〕「清晨」二句：在晨光中，太清宫城象高山一樣巍然屹立，車馬駐停之後，衆人整頓衣冠，準備上香。琳闕：代指宫殿。巑岏：高峻的山峰。《楚辭·劉向〈九歎〉》：「登巑岏以長企兮，望南郢而窺之。」王逸注：「巑岏，鋭山也。」弭節：駐節，停車。節，車行的節度。《楚辭·離騷》：「吾令羲和弭節兮，望崦嵫而勿迫。」洪興祖補注：「弭，止也。」馬茂元注：「弭節，猶言停車不進。」齋坊：齋戒的居室。沈佺期《〈峽山寺賦〉序》：「齋房浴堂，渺在雲漢。」

〔二〕「玉案」二句：宫内香霧繚繞，行人穿梭，玉佩之聲，不絶於耳。玉案：對跪拜之案的美稱。珊珊：玉佩聲。杜甫《鄭駙馬宅宴洞中》詩：「自是秦樓壓鄭谷，時聞雜佩聲珊珊。」

〔三〕「壇場」句：一場夜雨使得祭場上原本碧緑的苔蘚顯得有點舊色。壇場：古代設壇舉行祭祀、繼位、盟會、拜將等大典的場所。

〔四〕蓬萊宫：蓬萊是道家藏書之所，代指秘閣。《後漢書·竇章傳》：「是時學者稱東觀爲老氏藏室，道家蓬萊山。」歐氏曾任館職，故云。朝真：道家修煉養性之術，猶佛家之坐禪。蘇軾《柳子玉亦見和因以送之兼寄其兄子璋道人》：「晴牕咽日肝腸暖，古殿朝真屨袖香。」

昇天檜

青牛西出關，老聃始著五千言。白鹿去昇天，爾來忽已三千年〔一〕。當時遺迹至今在，隱起蒼檜猶依然〔二〕。惟能乘變化，所以爲神仙。驅鸞駕鶴須臾間，飄忽不見如雲煙。奈何此鹿起平地，更假草木相攀緣。乃知神仙事茫昧，真僞莫究徒自傳〔三〕。雪霜不改終古色，風雨有聲當夏寒。境清物老自可愛，何必詭怪窮根源〔四〕。

【題解】

原輯《居士集》卷九，繫熙寧元年。作於是年二月十八日，時知亳州。升天檜，相傳道家始祖老子騎白鹿從亳州一棵檜樹巔飛昇上天，後人稱此檜樹爲昇天檜，並就地建廟。《御定佩文齋廣群芳譜》卷七一引《太清記》：「亳州太清宫有八檜，老子手植，根株枝幹皆左紐。《石曼卿集》：『此檜不知年代，李唐之盛一枝再生，至聖朝復有此異。』」此詩質疑太清宫「八檜」，質疑老子飛天等神異傳説，表現歐不信怪異，擯斥佛老的一貫思想。詠物抒懷，叙議交織，顯示以文爲詩的鮮明特色。

【注釋】

〔一〕「青牛」四句：《史記·老子列傳》：「老子修道德，其學以自隱無名爲務。居周久之，見周之衰，乃遂去。至關，關令尹喜曰：『子將隱矣，强爲我著書。』於是老子乃著書上、下篇，言道德之意五千餘言而去，莫知其所終。」《關令傳》則言老子當時「乘青牛車」求度函谷關而獲見。白鹿：傳説仙人的坐騎。相傳老子坐白鹿而成仙。《江南通志》：「昇天檜在亳州西，相傳老子乘白鹿緣此樹昇天。」

〔二〕遺迹：指升天檜。　隱起：巍然矗立貌。　蒼檜：蒼翠的檜樹。

〔三〕「惟能」八句：質疑神仙之事不可信。白鹿既然能够平地起飛，又何必借助檜樹上天呢？乘變化：駕馭自然界的生滅轉化，順應自然。　茫昧：模糊不清。《漢武故事》：「神道茫昧，不宜爲法。」　真僞莫究徒自傳：韓愈《桃源圖》：「世俗寧知僞與真，至今傳者武陵人。」

〔四〕「雪霜」四句：檜樹冬不改色夏擋風雨，本來就可愛，何必追根溯源附會神怪之説。　風雨有聲：檜樹風雨之中能發吟嘯之聲。唐秦韜玉《檜樹》：「翠雲交幹瘦輪囷，嘯雨吟風幾百春。」

【附　録】

黄震《黄氏日鈔》卷六一：「《昇天檜》一首，其説謂老子自此乘白鹿昇天，如上虞劉樊升仙木之類也。歐謂曰：『惟能乘變化，所以爲神仙。驅鸞駕鶴須臾間，飄忽不見如雲煙。奈何此鹿起平地，更假草木相攀緣。乃知神仙事茫昧，真僞莫究徒相傳。』」

送龍茶與許道人

潁陽道士青霞客，來似浮雲去無蹟〔一〕。夜朝北斗太清壇，不道姓名人不識〔二〕。我有龍團古蒼璧，九龍泉深一百尺〔三〕。憑君汲井試烹之，不是人間香味色〔四〕。

【題　解】

原輯《居士集》卷九，繫熙寧元年。作於是年春，時知亳州。龍茶，即建溪龍鳳茶。歐《歸田録》卷下：「茶之品莫貴于龍鳳，謂之團茶，凡八餅重一斤。慶曆中，蔡君謨爲福建路轉運使，始造小片龍茶以進，其品絶精，謂之小團，凡二十餅重一斤。其價直金二兩，然金可有，而茶不可得。每因南郊致齋，中書、樞密院各賜一餅，四人分之。宮人往往縷金花於其上，蓋其貴重如此。」許道人，即嵩山道士許昌齡，號潁陽真人。參見本書《贈許道人》題解。詩人贈龍茶與許道人，汲取太清宮九龍泉水烹飲，可謂仙鄉待仙客，顯示非同一般的友情。巧比妙喻，意藴深藏，茶性人品，相得益彰。

【注釋】

〔一〕「潁陽」二句：許道人隱居紫雲山石塘仙室，來無影，去無蹤。青霞客：隱居修道之人。青霞，隱居修道。陳子昂《暉上人房餞齊少府使入京府序》：「朝廷子入，期富貴於崇朝。林嶺吾棲，學神仙而未畢。青霞路絶，朱紱途遥。」

〔二〕太清壇：亳州太清宮。范仲淹《太清宮九詠序》：「譙有老子廟，唐爲太清宮。」朝北斗：老子爲道教之祖，道士象衆星朝北斗那樣朝拜太清宮。

〔三〕龍團古蒼璧：龍團茶像古色古香的玉璧一樣。九龍泉：即亳州太清宮九龍井水。《明一統志》卷二七《歸德府》：「九龍井，在鹿邑縣東皋鄉之太清宮。世傳老子誕生，九龍吐水，今太極殿有井存焉。又有煉丹二井，在太清宮之左右，或謂老子煉丹處。」

〔四〕不是人間香味色：茶品上乘，又是天子所賜，水爲太清宮九龍井水，故云。

【附録】

此詩輯入明李蓘《宋藝圃集》卷九，又輯入清康熙《御選宋金元明四朝詩·御選宋詩》卷六五、

《御定佩文齋廣群芳譜》卷二〇。

憶焦陂

焦陂荷花照水光，未到十里聞花香〔一〕。焦陂八月新酒熟，秋水魚肥鱠如玉〔二〕。清河兩岸柳鳴蟬〔三〕，直到焦陂不下船。笑向漁翁酒家保，金龜可解不須錢〔四〕。明日君恩許歸去，白頭酣詠太平年。

【題解】

原輯《居士集》卷九，繫熙寧元年。作於是年八月，時已改知青州（今屬山東），尚未赴任，仍在亳州。胡《譜》：熙寧元年「是歲，連上表乞致仕，不允。八月乙巳（四日），轉兵部尚書，改知青州，充京東東路安撫使。」題下原注：「一本無『憶』字。注：『汝陰作。』」焦陂，亦稱椒陂、焦坡，在潁州城南。歐詩中多次涉及。蘇軾詩《再次韻趙德麟新開西湖》：「千夫餘力起三閘，焦陂下與長淮通。」清查慎行《蘇詩補注》卷三五《焦陂》注：「《潁州志》：焦陂在州南四十里，唐永徽中刺史柳積賓所開。」歐陽公詩：『焦陂八月新酒熟，秋水魚肥鱠如玉。』清河兩岸柳鳴蟬，直到焦陂不下船。』」作者本年屢上辭章告老求退，未獲準。詩人想起焦陂十里荷花飄香的美景，想起八月新酒和秋日魚鱠，洋溢即將歸隱的喜悦之情。詩中焦陂美麗的田園風光，儼然是一幅江南水鄉風俗畫。詩語平易曉暢，繪景清新自然，抒懷真切感人。雖屬古體，卻句式工整。就情調而言，詩景歡快，詩筆輕鬆，在以淒清爲基調的「思潁詩」中別具一格。

【注釋】

〔一〕「焦陂」二句：焦陂的美麗秋景，十里荷花飄香。焦陂：在今安徽阜陽市南約六十里，屬阜南縣境。

〔二〕「焦陂八月」二句：八月焦陂，酒美魚肥。焦陂古井奇特，稱「天下第七泉」，水質清冽甘甜。用之釀酒，醇香撲鼻；使之煮茶，濃郁可口。秋水魚肥：暗用張翰思鱸魚膾典故，表達思潁情懷。《晉書·張翰傳》：「翰見秋風起，乃思吴中菰菜、蓴羹、鱸魚膾。曰：『人生貴得適志，何能羈宦數千里以要名爵乎！』遂命駕而歸。」歐《與大寺丞〈發〉十一通》其三：「潁肉誠不及京師，乍從京師來，誠不好，及食之日久，亦不覺。酒則絶佳於舊日。鉅魚鮮美，蝦蟹極多，皆他郡所無。以至水泉、蔬果，皆絶好。諸物皆賤。閒居之樂，莫此若也。」

〔三〕清河：潤水支流，在潁州南，相傳爲楚靈王所開通，五代時改名清河。

〔四〕金龜：原指黄金鑄的龜紐官印，後多指唐代官員的一種佩飾。唐初，内外官五品以上，皆佩魚袋。武后天授元年，改内外官佩魚爲佩龜。三品以上龜袋用金飾，四品用銀飾，五品用銅飾。

此指身上的配飾物。李白《對酒憶賀監》詩序：「太子賓客賀公（知章），于長安紫極宫一見余，呼余爲『謫仙人』，因解金龜，换酒爲樂。」王琦注：「金龜蓋是所佩雜玩之類，非武后朝内外官所佩之金龜。」

【附録】

此詩輯入明李蓘《宋藝圃集》卷九、曹學佺《石倉歷代詩選》卷一四〇，又輯入清管庭芬、蔣光煦《宋詩鈔補·歐陽文忠詩補鈔》。

扶溝知縣周職方録示白鶴宫蘇才翁子美贈黄道士詩并盛作三絶見索拙句輒爲四韻奉酬

能棋好飲一道士，醉墨狂吟二謫仙〔一〕。道士不聞乘白鶴，謫仙今已掩黄泉〔二〕。古來豪傑皆如此，誰拂塵埃爲惘然〔三〕。華髮郎官才調美，更將新句續遺篇〔四〕。

【題　解】

原輯《居士集》卷一四，繫熙寧元年。作於是年九月，時在赴青州途中。赴青州途經扶溝，知縣周原索句，爲賦此詩。扶溝，北宋縣名，屬京畿路，治所在今河南扶溝。周職方，即知縣周源（或作『原』、『元』），爲司馬光同科進士。才翁，蘇舜元之字。蔡襄《蘇才翁墓誌銘》：「明道中，主開封之扶溝簿。」子美，蘇舜欽之字。盛作，即大作。二蘇有贈扶溝白鶴觀黄初平道士詩，知縣周源作三絶句，並向韓琦、歐陽修、司馬光、鄭獬等索句。韓琦《安陽集》卷一四有《扶溝宰周源來求二蘇兄弟留題于白鶴觀詩》，司馬光《傳家集》卷九有《蘇才翁、子美有贈扶溝白鶴觀黄道士詩，紀於屋壁，歲久漫滅，今縣宰周同年得完本於民間，抵予求詩》，鄭獬《鄖溪集》卷二四亦有詩《扶溝白鶴觀有蘇子兄弟贈黄道士詩二闋，縣令周原又以三篇紀之，邀余同作》。本詩抒發對朋友蘇氏兄弟的深沉懷念，並高度讚美知縣周原的才華。詩脈流轉，結構精巧，情感真摯而深沉。

【注　釋】

〔一〕道士：即題中黄鶴觀黄道士，據鄭獬《扶溝白鶴觀有蘇子兄弟贈黄道士詩二闋，縣令周原又以三篇紀之，邀余同作》詩，黄道士名初平。　二謫仙：指蘇舜元、蘇舜欽兄弟。二蘇善草書，詩風豪放，故稱「醉墨狂吟」。《書史會要》卷六稱蘇舜欽「工行草，用筆沉著不凡，端勁可愛。評書之流，謂入妙品」。稱蘇舜元「歌詩亦豪健，善篆籀，亦工草字，筆簡而法足，書名與舜欽相後先，蓋是下筆處同一關鈕也」。歐《湖州長史蘇君墓誌銘》稱蘇舜欽「少好古，工爲文章……時發其憤悶於歌詩，至其所激，往往驚絶。又喜行狎書，皆可愛。故雖其短章、醉墨，落筆爭爲人所傳」。

〔二〕「道士」二句：黄道士下落無人知曉，蘇氏兄弟分别卒于慶曆八年與至和元年。乘白鶴：謂修道成仙。漢劉向《列仙傳·王子喬》載，王子喬從浮丘公學道，三十餘年後，人見其乘白鶴駐緱氏山巔，數日而去。揜黄泉：蘇舜欽卒于慶曆八年十二月，享年四十一歲。蘇舜元卒于至和元年五月，享年四十九歲。

〔三〕「古來」二句：歷史上的名人最終都難免掩埋於黄土，誰又會爲遺篇蒙上塵埃而惘然憂思呢？吴處厚《青箱雜記》：「世傳魏野嘗從萊公游陝府僧舍，各有留題。後復同游，見萊公之詩已用碧紗籠護，而野詩獨否，塵昏滿壁。時有從行官妓頗慧黠，即以袂就拂之。」

〔四〕「華髮」二句：白髮周縣令饒有才情，繼二蘇之後寫出如此華美的詩篇。韓琦《扶溝宰周源來求二蘇兄弟留題于白鶴觀詩》：「二蘇遺筆匿仙扃，賢宰來求爲發明。」鄭獬《扶溝白鶴觀有蘇子兄弟贈黄道士詩二闋，縣令周原又以三篇紀之，邀余同作》：「空餘鳳凰字，猶得周郎悲。」遺篇：指蘇舜元、舜欽兄弟贈黄道士詩。

【附録】

阮閲《詩話總龜》前集卷一六：「畿邑扶溝有白鶴觀，蘇才翁子美壁間留題二絶。周元郎中知是邑，愛之，作詩紀其美。公卿和者，韓衛公詩最佳。」

曉發齊州道中二首

其一

東州幾日倦征軒，千騎驂驔白草原〔一〕。鴈入寒雲驚曉角，雞鳴蒼海浴朝暾〔二〕。國恩未報身先老，客思無憀歲已昏。誰得平時爲郡樂，自憐痟渴馬文園〔三〕。

其二

歲晚勞征役，三齊舊富閒〔四〕。人行桑下路，日上海邊山。軒冕非吾志，風霜犯客顔〔五〕。惟應思潁夢，先過穆陵關〔六〕。

【題解】

原輯《居士集》卷一四，繫熙寧元年。作於是年十月，時在赴青州途中。題下原注：「後一首五言。」齊州，春秋爲齊地，漢代爲齊郡，北魏改爲齊州，宋屬京東東路，治所在今山東濟南。胡《譜》：熙寧元年「是歲，連上表乞致仕，不允。八月乙巳（四日），轉兵部尚書，改知青州，充京東東路安撫使。」據歐《青州謝上表》：「臣已於今月二十七日赴上訖。」胡柯繫此文于「熙寧元年十月」，當是。胡《譜》：「九月丙申（二十七日）至青。」誤。九月，歐在亳州遞呈《辭轉兵部尚書劄子》有云：「臣近蒙恩除臣兵部尚書，移知青州，臣已三具劄子辭免。」「伏奉今月二十五日詔書，所辭宜不免者。」歐氏九月二十五日獲不允詔之後方赴青州，不可能此月二十七日到任，抵達青州當是次月。歐赴任途中經行齊州，賦此二詩。詩歌叙寫清晨出發的自然景觀，沿途所見的三齊風情，借詠征程之風霜、仕宦之厭倦，抒發衰病之歎與潁州之思。「其一」七言典雅，「其二」五言平易。前四句寫景，後四句抒懷。語境淒清，造意深雋。

【注　釋】

〔一〕東州：指齊州，屬京東東路，故稱。蘇轍《超然臺賦》：「子瞻既通守餘杭，三年不得代，以轍之在濟南也，求爲東州守。」　征軒：征途所乘的車子。軒，古代一種前頂較高而有帷幕的車子，供大夫以上乘坐。《左傳·哀公十五年》：「大子與之言曰：『苟使我入獲國，服冕乘軒，三死無與。』」杜預注：「軒，大夫車。」　駸驔：馬奔跑貌。南朝梁車斅《驄馬》詩：「意欲駸驔走，先作野游盤。」

〔二〕「鴈入」二句：早晨出發時鴈翔鷄鳴等景觀。　曉角：報曉的號角聲。　朝暾：初昇的太陽。

〔三〕痟渴：同「消渴」，指糖尿病。參見本書《小圃》注〔四〕。歐《亳州乞致仕第四劄子》：「臣自治平二年已來，遽得痟渴，四肢瘦削，脚膝尤甚。」　馬文園：即司馬相如，患有痟渴病，曾任孝文園令，有《司馬文園集》。鮑照《侍郎滿辭閣》：「既同馮衍負困之累，復抱相如痟渴之疾。」

〔四〕三齊：秦亡，項羽以齊國故地分立齊、膠東、濟北三國，皆在今山東東部，後泛稱「三齊」。《史記·項羽本紀》：「〔田榮〕並王三齊。」裴駰集解：「《漢書音義》曰：齊與濟北、膠東。」又《三齊記》云：「右即墨，中臨淄，左平陸，謂之三齊。」首句下原注：「一作『晚歲倦征軒』。」

〔五〕軒冕：古時大夫以上官員的車乘和冕服。《管子·立政》：「生則有軒冕、服位、穀祿、田宅之分，死則有棺槨、絞衾、壙壟之度。」此指官位爵祿。

〔六〕「惟應」二句：爲了實現歸老潁州的夢想，還是先去青州上任吧。　穆陵關：在青州轄區南部邊界，爲由南而北入青州第一要鎮。《明一統志》卷二四《青州府》：「穆陵關在大峴山上。《左傳》齊桓公曰『賜我先君履，南至於穆陵』，即此。今置巡檢司。」

留題齊州舜泉

岸有時而爲谷，海有時而爲田，虞舜已殁三千年〔一〕。耕田浚井雖鄙事，至今遺迹存依然〔二〕。歷山之下有寒泉，向此號泣於旻天〔三〕。無情草木亦改色，山川慘澹生雲煙。一朝垂衣正南面，臯夔稷契來聯翩。功高德大被萬世，今人過此猶留連〔四〕。齊州太守政之暇，鑿渠開沼疏清漣。游車擊轂惟恐後，衆卉亂發如爭先〔五〕。豈徒邦人知樂此，行客亦爲留征軒〔六〕。

【題　解】

原輯《居士集》卷九，繫熙寧元年。作於是年十月，時詩人赴青州，經齊州（今山東濟南），游舜泉而賦此詩。舜泉，蘇轍《舜泉詩並叙》：「（濟南）城南舜祠有二泉……泉之始發，瀦爲二池，釃爲石渠，自東南流於西北，無不被焉。」《明一統志》卷二二《濟南府》：「舜泉，在府城内舜祠下，又名舜井。曾鞏詩：『山麓舊耕迷故壟，井幹餘汲見飛泉。清涵廣陌能成雨，冷浸平湖別有天。』」明李日華《六研齋三筆》卷二：「濟上多清泉，釀酒瀹茗俱妙。杜康泉在舜祠廡下，即舜泉也。」詩人以舜耕歷山、澤被萬世的盛德，讚美齊州知州鑿渠開沼、供民游樂的惠政。以古文句法入詩，既保留詩歌傳統形式，又使之具有彈性，既有詩歌自身的整飭性，又兼散文的流動美，使詩的節奏和韻律，呈現區別於唐詩均衡對稱、和諧圓潤的特點，展示宋調基本風貌。

【注釋】

〔一〕「岸有」三句：虞舜距今已有三千年之久，其間幾經滄海桑田之變遷。爲谷：《詩·小雅·十月之交》：「高岸爲谷，深谷爲陵。」爲田：晉葛洪《神仙傳·王遠》：「麻姑自説云：『接侍以來，已見東海三爲桑田。』」

〔二〕「耕田」二句：虞舜耕田挖井雖然是鄙賤之事，其遺跡卻千古留存。耕田：相傳虞舜耕於歷山。《史記·五帝本紀》：「舜耕歷山，歷山之人皆讓畔；漁雷澤，雷澤上人皆讓居；陶河濱，河濱器皆不苦窳。一年而所居成聚，二年成邑，三年成都。」浚井：相傳舜父瞽叟欲殺舜，使其穿井，下土填之，舜穿井旁出，得不死。《史記·五帝本紀》：「後瞽叟又使舜穿井，舜穿井爲匿空旁出。舜既入深，瞽叟與象共下土實井，舜從匿空出，去。」

〔三〕歷山：又名舜耕山，在今山東濟南市南，相傳舜耕於此。《史記·五帝本紀》：「舜耕歷山。」張守節正義引《括地志》舉天下諸多「歷山」後云：「歷山、舜井，皆云舜所耕處，未詳也。」號旻天：向蒼天哭訴自己的悲慘身世。《孟子·萬章上》：「舜往于田，號泣于旻天。」《史記·五帝本紀》：「舜父瞽叟盲，而舜母死，瞽叟更娶妻而生象，象傲。瞽叟愛後妻子，常欲殺舜，舜避逃；及有小過，則受罪。」

〔四〕「一朝」四句：舜做了天子，分別起用皋陶、夔、后稷、契等賢臣，豐功偉績澤被萬世，至今人們瞻仰遺跡，留戀忘返。垂衣：即垂衣裳，謂定衣服之制，示天下以禮。後用以稱頌帝王無爲而治。《周易·繫辭下》:「黄帝堯舜垂衣裳而天下治,蓋取諸乾坤。」韓康伯注:「垂衣裳以辨貴賤,乾尊坤卑之義也。」正南面:意面南稱王,君臨天下。皋夔稷契:傳説中舜時的皋陶、樂官夔、農官后稷和司徒契,並爲賢臣。歐《朋黨論》:「及舜自爲天子,而皋、夔、稷、契等二十二人並列於朝,更相稱美,更相推讓,凡二十二人爲一朋,而舜皆用之,天下亦大治。」

〔五〕「齊州」四句:齊州知州王廣淵率民疏井浚流,士民爭相出游。時齊州知州爲王廣淵。《長編拾補》卷一,治平四年「六月庚申,兵部員外郎、直龍圖閣兼待讀學士王廣淵知齊州」。同書卷四熙寧二年十二月庚午又載:「知齊州王廣淵爲京東路轉運使。」游車:指游覽用的車輛。《國語·齊語》:「戎士凍餒,戎車待游車之烈,戎士待陳妾之餘。」韋昭注:「戎車,兵車也。游車,游戲之車也。」擊轂:車轂相碰。蘇軾《贈眼醫王生彦若》詩:「如行九軌道,並馳無擊轂。」衆卉:各種花卉。

〔六〕「豈徒」二句:哪只是齊州人知道游舜泉之樂,我身爲行旅之人亦爲停車留連。

馴鹿

朝渴飲清池,暮飽眠深棚。慚媿主人恩,自非殺身難報德〔一〕。主人施恩不待報,哀爾胡爲網羅獲〔二〕。南山藹藹動春陽,吾欲縱爾山之傍〔三〕。巖崖雪盡飛泉溜,澗谷風吹百草香。

飲泉齧草當遠去，山後山前射生户〔四〕。

【題　解】

原輯《居士集》卷九，無繫年，列熙寧元年詩後。作於是年冬，時知青州，兼京東東路安撫使。馴鹿，鹿的一種。一般肩高一米餘，雌雄都有長角，蹄寬大，尾極短，善游泳，性較温和。人類馴養已有千餘年歷史。俗亦稱「四不像」。詩人哀傷馴鹿無辜罹身網羅，主人將其放歸山林，又擔心有被獵殺的危險。詩人似以馴鹿自喻，感慨自己貪寵多年，君恩未報卻遭小人暗算，盼望回歸大自然，得到一個安全養生之所，曉暢的筆致中，流露沉痛的憂傷。構思巧妙，造意深遠，耐人尋味。

【注　釋】

〔一〕「朝渴」四句：馴鹿朝飲暮眠受優待，自慚難報主人恩德。自非：倘若不是。《左傳·成公十六年》：「唯聖人能外内無憂；自非聖人，外寧必有内憂。」

〔二〕「主人」二句：主人施恩無需報答，鹿是主人從網羅中救出來的。

〔三〕「南山」二句：春天來臨，陽光和煦，我打算將馴鹿放歸山林。藹藹：草木茂盛貌。陶潛《和郭主簿》其一：「藹藹堂前林，中夏貯清陰。」

〔四〕「巖崖」四句：告誡馴鹿飲泉巖崖、齧草澗谷，要注意遠離危險，當心撞上獵人。流露詩人對馴鹿命運的同情和擔憂。射生户：獵户。本書《射生户》詩題下原注：「予初至州，獵户有獻狼豹者。」

【附録】此詩輯入宋祝穆《古今事文類聚》後集卷三六，又輯入清康熙《淵鑑類函》卷四三〇。

表海亭

望海亭亭古堞間，獨憑危檻俯人寰〔一〕。苦寒冰合分流水，欲雪雲垂四面山〔二〕。髀肉已消嗟病骨，凍醪猶可慰愁顔〔三〕。潁田二頃春蕪没，安得柴車自駕還〔四〕。

【題解】原輯《居士集》卷一四，繫熙寧元年。作於是年冬，時知青州，兼京東東路安撫使。《明一統志》卷二四《青州府》：「表海亭，在府城北南洋橋北，取《左傳》世胙太公以表東海爲名。宋歐陽修嘗有詩。」《齊乘》卷四亦云：「表海亭，府城北南洋橋北，惟古臺存焉。取《左傳》世胙太公以表東海爲名，不知創於何代。」《左傳·襄公二十九年》：季札觀樂，稱讚齊樂「美哉，泱泱乎大風也哉！表東海者，其太公乎！國未可量也。」杜預注：「大公封齊，爲東海之表式。」表海亭以此獲名。詩歌描寫表海亭風景，歌詠青州風物，感慨年老體衰，流露歸潁之思。詩語雅健，領悟人生，感今懷古，意蘊深沉。

【注　釋】

〔一〕亭亭：高聳，直立貌。温庭筠《夜宴謡》：「亭亭蠟淚香珠殘，暗露曉風羅幕寒。」卷末校記：亭亭「一作『高亭』。」　堞：城上呈齒形的矮牆，也稱女牆。

〔二〕上句末原注：「南洋、北洋，河也。一在州中，一在城外。」下句末原注：「州城四面皆山，東西二面山差遠，唯此亭高，盡見之。」

〔三〕「髀肉」二句：哀歎久處安逸，壯志難以實現，感傷老病不堪，唯有借酒打發歲月。　髀肉：即「髀肉復生」，謂因久不騎馬，大腿上肉又長起來了。《三國志·蜀志·先主傳》裴松之注引晉司馬彪《九州春秋》所載劉備語：「吾常身不離鞍，髀肉皆消。今不復騎，髀裏肉生。日月若馳，老將至矣，而功業不建，是以悲耳！」後因以「髀肉復生」爲自歎壯志未酬，虚度光陰之辭。凍醪：冬天釀造，及春而成的酒。又叫春酒。　杜牧《寄内兄和州崔員外十二韻》：「雨侵寒牖夢，梅引凍醪傾。」

〔四〕「潁田」二句：潁州田園已經荒蕪，何時纔能退隱歸耕壟畝？　柴車：簡陋無飾的車子。《後漢書·文苑傳下·趙壹》：「時諸計吏多盛飾車馬帷幕，而壹獨柴車草屏，露宿其傍。」李賢

注：「柴車，弊惡之車也。」

【附　録】

此詩輯入清陳訏《宋十五家詩選·廬陵詩選》。

胡仔《苕溪漁隱叢話》後集卷三六引《東皋雜録》云：「青社表海亭，取太公表東海之義。元祐初，曾子宣爲守，鼎新之，賦詩云：『表海風流舊所聞，青冥飛觀一番新。山河十二名空在，簪履三千跡已陳。極目煙嵐九霄近，滿川樓閣萬家春。由來興廢南柯夢，且喜登臨屬後人。』」

葛立方《韻語陽秋》卷一三：「又歐陽永叔居官之日多，然志未嘗一日不在潁也……《表海亭》云：『潁田二頃春蕪没，安得柴車自駕還。』……觀其思歸之言，重複如是，豈懷禄固位者哉？老杜云：『非無江海志，瀟灑送日月。生逢堯舜君，不忍便永訣。』此永叔志也。」

于欽《齊乘》卷四《古跡》：「表海亭，府城北。南洋橋北惟古臺存焉，取《左傳》世胙太公以表東海爲名，不知創於何代，自歐陽文忠公知青州已有詩。」

毬場看山

爲愛南山紫翠峰，偶來仍值雪初融〔一〕。自嫌前引朱衣吏，不稱閒行白髮翁〔二〕。向老光陰雙轉轂，此身天地一飄蓬〔三〕。何時粗報君恩了，去逐冥冥物外鴻〔四〕。

【題解】

原輯《居士集》卷一四，繫熙寧元年。作於是年冬，時知青州，兼京東東路安撫使。毬場，或爲鞠場，即古代蹴鞠場地，爲平坦大廣場，三面矮牆，一面爲殿、亭、樓、臺，可作看臺。毬，古代泛稱各種游戲用球。最初以毛糾結而成，後以皮爲之，中實以毛或充以氣。宗懔《荆楚歲時記》：「打毬、鞦韆、施鈎之戲。按：劉向《别録》曰：『蹴鞠，黄帝所造，本兵勢也。』或云起於戰國。按：鞠與毬同。古人蹋蹴以爲戲也。」詩人抒寫看山之感，樂山之情。語言平易，心境平和，是詩人晚年生活的寫照。

【注釋】

〔一〕仍值：正當。

〔二〕「自嫌」二句：自己嫌棄穿紅衣服的小吏在前面引路，這與後面白髮蒼蒼悠閒而行的我顯得多麼不協調。

〔三〕雙轉轂：兩個輪子在轉動，比喻歲月如飛轉的車輪，過得很快。賈島《古意》詩：「碌碌復碌碌，百年雙轉轂。」天地一飄蓬：我這一生就像蓬草一樣隨處飄零，不知何處是歸宿。杜甫《老病》詩：「合分雙賜筆，猶作一飄蓬。」

〔四〕「何時」二句：希望早日報答君恩，然後辭官歸隱。粗報：謙指聊且報答。冥冥物外鴻：即冥鴻。揚雄《法言·問明》：「鴻飛冥冥，弋人何篡焉。」李軌注：「君子潛神重玄之域，世網不能制御之。」後因以「冥鴻」喻避世隱居之士。陸龜蒙《和寄題羅浮軒轅先生所居》詩：「暫應青詞爲穴鳳，卻思丹徼伴冥鴻。」

【附録】

黄徹《䂬溪詩話》卷六：「六一有『自慚前引朱衣吏，不稱閒行白髮翁』，説者謂不言亦可。然次山《宿丹崖翁宅》詩亦云：『吾將求退與翁游，學翁歌醉在漁舟。官吏隨人往未得，卻望丹崖慚復羞。』吁！非淫乎富貴者也。」按：又見阮閱《詩話總龜》後集卷七。

贈許道人

洛城三月亂鶯飛，潁陽山中花發時。往來車馬游山客，貪看山花踏山石〔一〕。紫雲仙洞鎖雲深，洞中有人人不識。飄飄許子旌陽後，道骨仙風本仙胄。多年洗耳避世喧，獨卧寒巖聽山溜〔二〕。至人無心不筭心，無心自得無窮壽〔三〕。忽來顧我何殷勤，笑我白髮老紅塵〔四〕。子歸爲築巖前室，待我明年乞得身〔五〕。

【題解】原輯《居士集》卷九，繫熙寧元年。作於是年冬，時知青州，兼京東東路安撫使。許道人，即嵩山道士許昌齡，參見本書《贈隱者》題解。詩歌描寫許道人避世洞居，仙風道骨，而殷勤顧我，遂起相攜歸隱之興致。叙議相雜，韻隨意轉，文氣清爽，詩思淡遠。

【注釋】

〔一〕「洛城」四句：洛陽三月春景，潁陽山中花開，正是游客觀花賞石的時節。潁陽：縣名。在嵩山西麓，治所在今河南登封西南潁陽鎮。

〔二〕「紫雲」六句：許道人獨卧紫雲仙洞修道養生。紫雲仙洞：在嵩山西麓潁陽石堂山。《歐集》附録謝絳《游嵩山寄梅殿丞書》：「出潁陽北門，訪石堂山紫雲洞，即邢和璞著書之所。山徑極險，捫蘿而上者七八里，上有大洞，蔭數畝，水泉出焉。久爲道士所占，爨煙熏燎，又塗塓其内，甚瀆靈真之境。已戒邑宰，稍營草屋於側，徙而出之。此間峰勢危絶，大抵相向，如巧者爲之。又峭壁有若四字，云『神清之洞』，體法雄妙，蓋薜老峰之比，諸君疑古苔蘚自成文，又意造化者筆焉，莫得究其本末，問道士及近居之民，皆曰向無此異，不知也。」飄飄：形容思想、意趣高遠。曹植《七啟》：「志飄飄焉，嶢嶢焉，似若狹六合而隘九州。」許子旌陽：指晉仙人許遜。許遜曾任蜀旌陽縣令，故稱。他曾學道於大洞君吴猛，後因晉室亂而棄官東歸。相傳于東晉孝武帝太康二年，在洪州西山全家升仙而去。姜夔《鷓鴣天》詞序：「古楓，旌陽在時物也。」仙胄：仙家的後代。洗耳：晉皇甫謐《高士傳・許由》：「堯又召爲九州長，由不欲聞之，洗耳于潁水濱。」山溜：山間瀑布與山泉。

〔三〕至人：道家指超凡脱俗，達到無我境界的人。《莊子・齊物論》：「至人神矣！大澤焚而不能熱，河漢沍而不能寒，疾雷破山、風振海而不能驚。」無心：佛教語，指解脱邪念的真心。唐修雅《聞誦〈法華經〉歌》：「我亦當年學空寂，一得無心便休息。」筭心：陸龜蒙《奉和襲美傷史拱山人》詩：「常依淨住師冥目，兼事容成學算心。」附注：「史學浮圖兼善算術。」無心自得無窮壽：心靈能達到無我無心之境界的人可以獲得永生。

〔四〕老紅塵：衰老於塵世間。

〔五〕「子歸」二句：詩人期望他年退隱後，也能像許道人一樣過上自由生活。乞得身：獲準辭官歸隱。

【附　録】

此詩輯入明曹學佺《石倉歷代詩選》卷一四〇，又輯入清管庭芬、蔣光煦《宋詩鈔補・歐陽文忠詩補鈔》。

又寄許道人

緑髮方瞳瘦骨輕，飄然乘鶴去吹笙〔一〕。郡齋獨坐風生竹，疑是孫登長嘯聲〔二〕。

【題　解】

原輯《居士集》卷一四，繫熙寧元年。作於是年冬，時知青州，兼京東東路安撫使。許道人，即嵩山道士許昌齡，參見本書《送龍茶與許道人》題解。詩歌描寫許道士仙風鶴骨，音容笑貌，借詠竹間風聲，表達對道人離去的懷念，寓含處世爲人的哲理。借物抒懷，移情入景，情韻兼勝。

【注　釋】

〔一〕「緑髮」二句：許昌齡仙風道骨，又神仙般的自由瀟灑。緑髮方瞳：黑髮方眼。飄然乘鶴去吹笙：《列仙傳》：「王子喬者，周靈王太子晉也。好吹笙，作鳳凰鳴，游伊洛之間，道士浮丘公接以上嵩高山。三十餘年後，求之於山上，見柏良曰：『告我家，七月七日待我於緱氏山巔。』至時，果乘白鶴，駐山頭。望之，不得到。舉手謝時人，數日而去。」

〔二〕孫登長嘯：晉隱士孫登長嘯以述志。《晉書·阮籍傳》：「籍嘗于蘇門山遇孫登，與商略終古及棲神導氣之術，登皆不應，籍因長嘯而退。至半嶺，聞有聲若鸞鳳之音，響乎巖谷，乃登之嘯也。」後用爲游逸山林、長嘯放情的典故。相傳阮籍回去後，回想和孫登交往的前後經過，悟出孫登之所以默然不應，是在暗示自己：處於亂世，要謹慎少言以保全自身。詩人用此典故，似在自警：要謹慎處世，以全晚節。

【附録】

此詩輯入明李蓘《宋藝圃集》卷九，又輯入清康熙《御選宋金元明四朝詩·御選宋詩》卷六五。《宋朝事實類苑》卷四四引蔡絛《西清詩話》：「潁陽石唐山，一峰特峙，勢雄秀，獨岐遥通絶頂，有石室，邢和璞算心處也。治平中，許昌齡者，安世諸父，早得神仙術，杖策來居，天下傾焉。後游太清宫，時歐陽文忠公守亳社。公生平不肯信老佛，聞之，要至州舍與語，豁然有悟，贈之詩曰：『緑鬉青瞳瘦骨輕，飄然乘鶴去吹笙。郡齋獨坐風生竹，疑是孫登長嘯聲。』公集中許道人、石唐山隱者，皆昌齡也。」

謁廟馬上有感

旌旆曉悠悠，行驚歲已遒〔一〕。霜雲依日薄，野水帶冰流。富庶齊三服，山川禹九州〔二〕。

自憐思潁意，無異旅人愁。

【題　解】

原輯《居士集》卷一四，繫熙寧元年。作於是年十二月，時知青州，兼京東東路安撫使。此詩描寫謁廟途中風景，流露歸潁之思，展現詩人晚年宦海生涯的心路歷程。詩人身居高位，不貪圖富貴，也不頹廢喪志，以曠達的態度面對人生。詩筆清麗，對仗工整，情思綿邈幽深。

【注　釋】

〔一〕旆旆：旗幟。悠悠：飄動貌。《詩·小雅·車攻》：「蕭蕭馬鳴，悠悠旆旌。」歲已遒：一年到盡頭。遒，迫近於盡頭，終了。《楚辭·九辨》：「歲忽忽而遒盡兮，恐余壽之弗將。」朱熹集注：「遒，迫也，盡也。」

〔二〕「富庶」二句：青州民生富庶，這裏屬於古代三齊之地；大禹治水後將天下分爲九州，青州即爲其一。歐《青州謝上表》有云：「全齊舊壤，負海奥區。民俗富完，而鑿井耕田，各安其業。」服：指王畿以外的地方。《尚書·益稷》：「弼成五服，至於五千。」孔傳：「五服，侯甸綏要荒服也。服五百里。」

【附録】

此詩輯入明曹學佺《石倉歷代詩選》卷一四〇，又輯入清管庭芬、蔣光煦《宋詩鈔補·歐陽文忠詩補鈔》。

歲晚書事

一麾新命古三齊，白首滄洲願已違〔一〕。軒冕從來爲外物，山川信美獨思歸〔二〕。長天極目無飛鳥，積雪生光射落暉〔三〕。臘候已窮春欲動，勸耕猶得覽郊圻〔四〕。

【題解】

原輯《居士集》卷一四，繫熙寧元年。作於是年十二月，時知青州，兼京東東路安撫使。詩歌描寫三齊歲暮雪景，感慨未準致仕，來春又得郊野勸農，表現詩人求退未遂的無奈心情，亦見其通達的人生態度、悠閒自得的晚年生活。淡語雅致，清神幽韻，真情四溢。

【注釋】

〔一〕「一麾」二句：新近受命前來古三齊之地擔任青州知州，滿頭白髮卻難遂退隱歸田之宿愿。

一麾：一面旌麾。舊時作爲出爲外任的代稱。杜牧《即事》詩：「莫笑一麾東下計，滿江秋浪碧參差。」　三齊：秦亡，項羽以齊國故地分立齊、膠東、濟北三國，皆在今山東東部，後泛稱「三齊」。　滄洲：本指臨水之地。代指隱士居處。三國魏阮籍《爲鄭沖勸晉王箋》：「臨滄洲而謝支伯，登箕山以揖許由。」

〔二〕軒冕：古時大夫以上官員的車乘和冕服。陶潛《感士不遇賦》：「既軒冕之非榮，豈緼袍之爲恥。」後借指官位爵禄。　獨思歸：歐是年書簡《與直講都官》云：「某昨辭青不獲，勉策病軀東來。而東州土俗深厚，歲豐盜訟亦稀，甚爲養拙之幸，而獨苦衰朽老疾日增爾。歸計遷延，更須年歲也。」

〔三〕落暉：落日餘暉。

〔四〕臘候：猶言寒冬時節。蘇舜欽《依韻和王景章見寄》：「歲律崢嶸臘候深，一天風雪卷愁陰。」　郊圻：郊外，田間。

殘臘

臘雪初銷上古臺，桑郊向日綵旗開。山横南陌城中見，春逐東風海上來。老去每驚新歲换，病多能使壯心摧〔一〕。自嗟空有東陽瘦，覽物慚無八詠才〔二〕。

【題解】原輯《居士集》卷一四，繫熙寧元年。作於是年十二月，時知青州，兼京東東路安撫使。此詩描寫殘臘景觀，感慨節序如流，老病消瘦，空有沈約之體貌而乏詩才。風物清曠，情感凄憂惆悵，意境沉郁蒼涼。

【注釋】

〔一〕「老去」二句：年邁體弱常驚歎時光流逝，雄心壯志已隨衰病而日漸消磨。歐是年書簡《與王恪公樂道》其六云：「某衰病難名，凡老患，或耳或目，不過一二，諸老之疾，並在一身，所以歸心不得不速也。」

〔二〕「自嗟」二句：自慚空有沈約的伶仃瘦骨，卻没有他的詠物詩才。　東陽瘦：即東陽銷瘦。《梁書·沈約傳》：「〔沈約〕永明末，出守東陽……百日數旬，革帶常應移孔；以手握臂，率計月小半分。」後以「東陽銷瘦」爲形容體瘦的典故，亦作「東陽瘦體」、「東陽瘦」。參見本書《即目》注〔四〕與《勸征》注〔一〕。　八詠：沈約守東陽時，建玄暢樓，並作《登臺望秋月》、《會圃臨東風》、《歲暮瘖衰草》、《霜來悲落桐》、《夕行聞夜鶴》、《晨征聽曉鴻》、《解佩去朝市》、《被褐守山東》等詩八首，稱「八詠詩」。亦省作「八詠」。唐崔峒《虔州見鄭表新詩因以寄贈》詩：「平子四愁今莫比，休文八詠自同時。」

【附録】

輯入宋蒲積中《歲時雜詠》卷四五。

歲暮書事

東州負海圻，風物老依依〔一〕。歲熟鴉聲樂，天寒鴈過稀。跨鞍驚髀骨，數帶減腰圍〔二〕。却羨常夫子，終年獨掩扉〔三〕。

【題解】

原輯《居士集》卷一四，繫熙寧元年。作於是年歲末，時知青州，兼京東東路安撫使。詩歌描寫青州歲暮風物，自歎老病，流露歸隱之思。美好的景物反襯濃郁的憂思，語淡情濃，興寄深遠，筆力仍顯蒼勁。

【注釋】

〔一〕「東州」二句：青州背靠大海，自然風光迷人。東州：青州。海圻：海岸。依依：輕柔披拂貌。《詩·小雅·采薇》：「昔我往矣，楊柳依依；今我來思，雨雪霏霏。」

〔二〕「跨鞍」二句：登鞍跨馬時，吃驚地發現自己髀肉全無，僅剩胯骨；解下腰帶一量，發現腰圍減小，身體越來越消瘦。驚髀骨：反用《三國志》劉備「髀肉復生」典，參見本書《表海亭》注〔三〕。減腰圍：《梁書·沈約傳》：「〔沈約〕永明末，出守東陽……百日數旬，革帶常應移孔；以手握臂，率計月小半分。」參見本書《即目》注〔四〕與《勸征》注〔一〕。

〔三〕常夫子：常秩，字夷甫，潁州隱士。參見本書《早朝感事》題解及注〔四〕。獨掩扉：南齊虞炎《餞謝文學》：「方掩故園扉。」扉，門扇。

聞沂州盧侍郎致仕有感

少年相與探花開，老病惟愁節物催〔一〕。蹉跎歸計荒三徑，牢落生涯泥一盃〔二〕。潁上先生招不起，沂州太守亦歸來〔三〕。自媿國恩終莫報，尚貪榮禄此徘徊。

【題　解】

原輯《居士集》卷一四，繫熙寧元年。作於是年，時知青州，兼京東東路安撫使。沂州，屬京東東路，治所在今山東臨沂。盧侍郎，即盧士宗，字公彦，濰州昌樂人。《宋史》卷三三〇有傳。《長編》卷二〇六載，治平二年十月壬子（二十六日）盧以龍圖閣直學士兼侍講出知青州。後因御史言其罕通吏事，且衰病，改知沂州，熙寧初以禮部侍郎致仕。此詩感慨沂州盧侍郎新近致仕及潁州常秩屢招不起，自愧老病而未能歸隱，貪戀榮禄而辜負國恩。屬對精妙，對比鮮明，情致沉鬱而深婉。

【注　釋】

〔一〕「少年」二句：年輕時曾與盧侍郎一起春游賞花，如今年邁多病最怕物候變化。節物：時令景物。

〔二〕三徑：漢趙岐《三輔決録·逃名》：「蔣詡歸鄉里，荆棘塞門，舍中有三徑，不出，唯求仲、羊仲從之游。」後因以「三徑」指歸隱者的家園。陶潛《歸去來兮辭》：「三徑就荒，松竹猶存。」牢落：孤寂，無聊。陸機《文賦》：「心牢落而無偶，意徘徊而不能揥。」泥一盃：嗜酒貪盃。唐韓偓《有憶》詩：「愁腸泥酒人千里，淚眼倚樓天四垂。」泥，嗜好，迷戀。

〔三〕潁上先生：指常夷甫，早年與歐交往，時在歐等舉薦下，朝廷徵召常秩，常秩一再辭命。《會要·選舉三四》：「熙寧元年正月二十一日，詔潁州敦遣試將作監主簿常秩赴闕，毋得受秩辭避章表。初，歐陽修等言：『秩好學不倦，尤精《春秋》。退處窮年，事親盡禮，不肯碌碌苟合衆人。經明行修，可助教化。宜召至闕下，試觀其能。苟有可采，特降一官。』而秩累召不至，故有是命。」沂州太守：指盧士宗侍郎。

【附　録】

此詩輯入清吴之振《宋詩鈔》卷一二。

春晴書事

莫笑青州太守頑，三齊人物舊安閒〔一〕。晴明風日家家柳，高下樓臺處處山。嘉客但當傾美酒，青春終不换頽顔〔二〕。惟慚未報君恩了，昨日盧公衣錦還〔三〕。

【題　解】

原輯《居士集》卷一四，繫熙寧二年（一〇六九）。作於是年春，詩人時年六十三歲，以觀文殿學士、兵部尚書知青州（今屬山東），兼京東東路安撫使。此詩描寫青州春日風景，感慨沂州盧士宗致仕，自愧未能像他那樣辭官歸休。風格明快，意態安逸，是詩人悠閑生活、恬靜心態的寫照。

【注　釋】

〔一〕「莫笑」二句：不要笑我這麽愚鈍，這山東一帶的人物從來就是如此安逸悠閒。　青州太守：詩人自指。　三齊：泛指山東東部。參見本書《歲晚書事》注〔一〕。

〔二〕「嘉客」二句：貴賓理當痛飲美酒，春光可以改變大自然，卻不能改變你我老態龍鍾。青春：春天。參見本書《答吕公著見贈》注〔三〕。

〔三〕盧公衣錦還：盧士宗侍郎致仕，衣錦還鄉，榮歸故里。參見本書《聞沂州盧侍郎致仕有感》題解。

【附録】

此詩輯入清康熙《御定佩文齋詠物詩選》卷一八、吴之振《宋詩鈔》卷一二、陳訏《宋十五家詩選·廬陵詩選》。

劉壎《隱居通議》卷七以爲「晴明風日家家柳，高下樓臺處處山」一聯「足以想見當時太平氣象」，「誦其詩，想其景，則昇平氣象瞭然在目」。

游石子澗

巀嶭高亭古澗隈〔一〕，偶携嘉客共徘徊。席間風起聞天籟，雨後山光入酒盃〔二〕。泉落斷崖春壑響，花藏深崦過春開〔三〕。麏麚禽鳥莫驚顧，太守不將車騎來〔四〕。

【題解】　原輯《居士集》卷一四，繫熙寧二年。作於是年三月，時知青州，兼京東東路安撫使。題下原注：「富相公創亭。」《山東通志》卷六《青州府·益都縣》：「石子澗在縣城西南隅，一名瀑水澗。《水經注》所謂『石井』也。」《齊乘》卷四《古跡》：「富相亭，府南瀑布澗側，富文忠公（弼）知青州所建。」詩歌描摹石子澗的山色水聲，表達回歸大自然的無窮樂趣，展示詩人恬然愉悦的心態。詩語明暢，情致藴藉，意境寂寥高曠。

【注釋】

〔一〕巀嶭：高峻貌。《文選·司馬相如〈上林賦〉》：「九嵕巀嶭，南山峩峩。」李善注引郭璞曰：「巀嶭，高峻貌也。」

〔二〕「席間」二句：句末原注：「一作『朝廷元老今華衮，巖壁遺文已緑苔』。」　天籟：大自然發出的聲響。如風聲、鳥聲、流水聲等。《莊子·齊物論》：「女聞人籟而未聞地籟，女聞地籟而未聞天籟夫！」　入酒盃：唐方干《題睦州郡中千峰榭》：「牆上秋山入酒杯。」

〔三〕「泉落」二句：泉瀑從懸崖墜落，溝谷發出鉅大聲響；掩藏深山的野花，春天過後纔能綻放。句末原注：「一作『新雨亂泉逢石響，過春深谷尚花開』。」　舂壑：衝擊著溝壑。　深崦：樹木茂盛的山。

〔四〕麕麚：獐子和雄鹿。泛指野獸。原注：「一作『林間』。」將：攜帶，帶領。

【附録】

此詩輯入清康熙《御選宋金元明四朝詩・御選宋詩》卷四六、陳訏《宋十五家詩選・廬陵詩選》《山東通志》卷三五之一下載范仲淹《游石子澗》二首（益都）：其一：「鑿開奇勝翠微間，車騎笙歌暮未還。彦國才如謝安石，他時即此是東山。」其二：「飛泉落處滿潭雷，一道蒼然石壁開。故老相傳應可信，此山雲出雨須來。」

葛立方《韻語陽秋》卷一三：「韋應物、歐陽永叔皆作滁州太守，應物《游瑯琊山》則曰：『鳴騶響幽澗，前旌耀崇岡。』永叔則不然，《游石子澗詩》云：『麕麚魚鳥莫驚怪，太守不將車騎來。』又云：『使君厭騎從，車馬留山前。行歌招野叟，共步青林間。』游山當如是也。」

讀易

莫嫌白髮擁朱輪，恩許東州養病臣〔一〕。飲酒横琴銷永日，焚香讀《易》過殘春〔二〕。昔賢軒冕如遺屣，世路風波偶脱身〔三〕。寄語西家隱君子，奈何名姓已驚人〔四〕。

【題解】

原輯《居士集》卷一四，繫熙寧二年。作於是年春末夏初，時知青州，兼京東東路安撫使。詩人爲政之餘，讀《周易》以消遣，生活知足常樂，一心養拙待歸，質疑隱士常秩的追名逐利。詩語安閒，心境沖淡，是詩人晚年閒適平静生活的寫照。

【注釋】

〔一〕「莫嫌」二句：不要嫌我白髮出任太守，自己是皇恩特準來此賦閑養病。朱輪：指太守或知州坐的車馬。東州：指青州，在山東東部，故稱。

〔二〕焚香讀《易》：王禹偁《黄州新建小竹樓記》：「公退之暇，披鶴氅衣，戴華陽巾，手執《周易》一卷，焚香默坐。」

〔三〕「昔賢」二句：前輩賢良對高官厚禄棄之如破鞋，在仕宦危途上衹要能保全性命就够慶幸了。軒冕：古時大夫以上官員的車乘和冕服。借指官位爵禄。《莊子·繕性》：「古之所謂得志者，非軒冕之謂也，謂其無以益其樂而已矣。」如遺屣：《孟子·盡心上》：「舜視棄天下，猶棄敝蹝。」遺屣，遺棄的鞋子。世路：指宦途。《後漢書·崔駰傳》：「子苟欲勉我以世路，不知其跌而失吾之度也。」

〔四〕「寄語」二句：傳話給潁州隱士常秩，要做隱士爲何名噪一時呢？西家隱君子：指常秩。

參見本書《早朝感事》題解及注〔四〕。

日長偶書

日長漸覺逍遥樂，何況終朝無事人〔一〕。安得遂爲無事者，人間萬慮不關身〔二〕。

【題　解】

原輯《居士外集》卷七，無繫年，列熙寧二年詩後。作於是年初夏，時知青州，兼京東東路安撫使。詩人自矜夏日長晝，逍遥自樂，然有移守名邦之重負，終非無憂無慮之閒人，故心儀致仕歸隱生活。詩語淺白，意境清幽，閒適生活之中，顯露其清放情懷。

【注　釋】

〔一〕日長：春末夏初，白晝漸長。

〔二〕「安得」二句：怎樣纔能真正成爲一個無事人，人間萬事都不掛心呢？

水磨亭子

多病山齋壓鬱蒸，經時久不到東城〔一〕。新荷出水雙飛鷺，喬木成陰百囀鶯〔二〕。載酒未妨佳客醉，憑高仍見老農耕。使君自有林泉趣，不用絲篁亂水聲〔三〕。

【題　解】

原輯《居士集》卷一四，繫熙寧二年。作於是年夏，時知青州，兼京東東路安撫使。水磨亭子，即亭子中裝配利用水力帶動的磨盤，多用以磨麵粉。宋葉適《財總論二》：「坊場、河渡免引，茶場、水磨之額，止以給吏禄而已。」詩人出游城東水磨亭子，描摹盛夏風光，歌頌自然之美，表現田園之趣。屬對工巧，景物鮮明，詩筆飽蘸縷縷情思。

【注　釋】

〔一〕山齋：山中居室。《陳書·孫瑒傳》：「常於山齋設講肆，集玄儒之士，冬夏資奉，爲學者所稱。」　鬱蒸：悶熱。《素問·五運行大論》：「其令鬱蒸。」王冰注：「鬱，盛也；蒸，熱也。言盛熱氣如蒸。」

〔二〕「新荷」二句：新荷初長，白鷺雙飛，樹木成蔭，黄鶯鳴啼，一派生機勃勃的盛夏景象。

〔三〕「使君」二句：本人自有山水林泉樂趣，用不著以人爲音樂攪亂這天然流水聲。使君：古代刺史、知州的通稱，此爲詩人自謂。絲篁亂水聲：左思《招隱詩》：「非必絲與竹，山水有清音。」絲篁，指音樂。

【附録】

此詩輯入清康熙《御選宋金元明四朝詩·御選宋詩》卷四六。

留題南樓二絶

其一

偷得青州一歲閒，四時終日面孱顔〔一〕。須知我是愛山者，無一詩中不説山。

其二

醉翁到處不曾醒，問向青州作麽生〔二〕？公退留賓誇酒美，睡餘欹枕看山横〔三〕。

【題解】原輯《居士集》卷一四，繫熙寧二年。作於是年十月，時知青州，兼京東東路安撫使。題下原注：「一本前二首題作『偶書』。」由「偷得青州一歲閒」句，可知作於抵達青州一周年。「其一」寫一年來青州任上職閒無事。「其二」寫公退之餘飲酒看山。表現山水情致，透見歸隱情懷。詩語平易順暢，通篇議論爲詩，以意取勝，饒有趣味。

【注釋】

〔一〕孱顔：同「巉巖」，高峻的山嶺。唐李紳《逾嶺嶠止荒陬抵高要》詩：「周王止化惟荆蠻，漢武鑿遠通孱顔。」四時：原本校云：「一作『案頭』。」

〔二〕作麽生：猶言什麽生活，或曰做什麽。前蜀貫休《懷周朴張爲》詩：「白髮應全白，生涯作麽生。」清蒲松齡《聊齋志異·辛十四娘》：「嫗理其鬢髮，撚其耳環，曰：『十四娘近在閨中作麽生？』女低應曰：『閑來祇挑繡。』」何焯注：「麽生，謂甚麽生活也。」

〔三〕「公退」二句：平日裏生活閒適，或退衙後留客飲酒，或飽睡後倚枕看山。

青州書事

年豐千里無夜警，吏退一室焚清香〔一〕。青春固非老者事，白日自爲閒人長〔二〕。禄厚豈惟慚飽食，俸餘仍足買輕裝〔三〕。君恩天地不違物，歸去行歌潁水傍〔四〕。

【題　解】

原輯《居士集》卷一四，繫熙寧二年。作於是年，時知青州，兼京東東路安撫使。青州，北宋州名，京東東路治所，在今山東益都。歐是年書簡《與常待制夷甫》其八有云：「某勉强衰病，遷延榮禄，又將及期。歲物豐盛，盗訟稀簡，粗足偷安。冬春之交，得遂西首，獲親長者之游，不勝至樂。」與此詩可謂同調。歲豐無事，官閑民安，詩人以清淡之語，抒寫公退之心閑、歸潁之情切。屬對精巧，敘述裹有情趣，議論中見風采。

【注　釋】

〔一〕「年豐」二句：青州年成豐熟，千里夜不閉户；府吏退堂之後，獨自焚香靜坐。夜警：夜間警戒。《新唐書·儀衛志下》：「伶工謂夜警爲嚴，凡大駕嚴，夜警十二曲，中警三曲，五更嚴三徧。」

〔二〕青春：春天。參見本書《答吕公著見贈》注〔三〕。

〔三〕「禄厚」二句：優厚的俸禄受之有愧，飽食之餘，仍足以輕車簡裝游山玩水。輕裝：謂行裝簡單，跟隨的人不多。晉傅玄《惟漢行》：「輕裝入人軍，投身湯火間。」

〔四〕不違物：不違背物理，通達人情。

【附　録】

此詩輯入宋吕祖謙《宋文鑑》卷二四。

葛立方《韻語陽秋》卷一三：「又歐陽永叔居官之日多，然志未嘗一日不在潁也……《青州書事》云：『君恩天地不違物，歸去行歌潁水傍。』……觀其思歸之言，重複如是，豈懷禄固位者哉？老杜云：『非無江海志，瀟灑送日月。生逢堯舜君，不忍便永訣。』此永叔志也。」

劉壎《隱居通議》卷七以爲「年豐千里無夜警，吏退一室焚清香」一聯「足以想見當時太平氣象」，「誦其詩，想其景，則昇平氣象瞭然在目」。

題東閣後集

東閣三朝多大事，營丘二載足閒辭〔一〕。近詩留作《歸榮集》，何日歸田自集詩〔二〕？

【題　解】

原輯《居士外集》卷七，繫熙寧二年。作於是年，時知青州，兼京東東路安撫使。題下原注：「一作『題營丘集後』〔二〕。東閣，即中書東閣，宰相招致、款待賓客的地方。歐陽修曾經自編仁、英、神宗三朝參政任上詩文，命名《東閣集》，兩年青州詩文《東閣後集》，或稱《營丘集》。此兩詩集，連同後來編次的《歸榮集》，今皆不存。其詩文作品，或經本人重加遴選，編入《居士外集》，或已散失。此詩以游戲筆墨，叙述按生平經歷自編的三部詩集，表達求歸盼退的急切情懷。詩語平易，清新灑脱，情溢紙面。

【注釋】

〔一〕「東閣」二句：《東閣集》彙編仁、英、神宗三朝參政任上的詩文，大都反映軍國大事；《營丘集》或稱《東閣後集》，結集兩年知青州的詩文，多是閒適之詞。三朝：仁宗、英宗、神宗三朝。營丘：臨淄，此指青州。《史記·齊太公世家》：「武王已平商而王天下，封師尚父于齊營丘。」張守節正義引《括地志》：「營丘，在青州臨淄北百步外城中。」

〔二〕歸榮集：詩人最近的詩作彙編成集，命名《歸榮集》。自集詩：歸田後詩人擬將平生詩歌彙集成册。

【附録】

此詩輯入清吴之振《宋詩鈔》卷一二。

山齋戲書絶句二首

其一

蜜脾未滿蜂採花，麥壟已深鳩唤雨〔一〕。正是山齋睡足時，不覺花間日亭午〔二〕。

其二

經春老病不出門，坐見群芳爛如雪〔三〕。正當年少惜花時，日日春風吹石裂〔四〕。

【題　解】

原輯《居士集》卷九，繫熙寧三年（一〇七〇）。作於是年春，詩人時年六十四歲，以觀文殿學士、兵部尚書知青州，兼京東東路安撫使。胡《譜》：熙寧二年「冬，乞壽州便私計，不允」。熙寧三年「四月壬申（十二日），除檢校太保、宣徽南院使，判太原府，河東路經略安撫監牧使，兼并、代、澤、潞、麟、府、嵐、石路兵馬都總管。公堅辭不受」。「其一」描寫山齋睡醒所見暮春風景；「其二」感傷老病難以春游賞花。抒寫的是詩人曠遠淡泊的胸襟和追求山水林泉之樂的隱逸情懷。二絶戲謔成章，詩筆輕快，意境渾成，造意深永，頗具唐詩韻味。

【注　釋】

〔一〕蜜脾：蜜蜂營造的釀蜜房。其形狀如脾，故稱。李商隱《閨情》詩：「紅露花房白蜜脾。」朱鶴齡注：「王元之《蜂記》：『蜂釀蜜如脾，謂之蜜脾。』《本草》：『蠟是蜜脾底也。』」　麥壟已深：麥苗長勢很旺，已近吐穗時節。　鳩喚雨：斑鳩在下雨前叫喚，俗稱「斑鳩鳴，雨水生。」

〔二〕亭午：正午。蘇軾《上巳出游隨所見作句》詩：「三杯卯酒人徑醉，一枕春睡日亭午。」

〔三〕坐見：猶言眼看著，徒然看著。盧思道《聽鳴蟬篇》詩：「一夕復一朝，坐見涼秋月。」

〔四〕吹石裂：形容寒風凜冽。蘇軾《梅花二首》其一：「一夜東風吹石裂，半隨飛雪渡關山。」

【附　録】

此詩輯入清陳訏《宋十五家詩選·廬陵詩選》

嘲少年惜花

紛紛紅蘂落泥沙，少年何用苦咨嗟〔一〕。春風自是無情物，肯爲汝惜無情花？今年花落明年好，但見花開人自老。人老不復少，花開還更新。使花如解語，應笑惜花人〔二〕。

【題解】原輯《居士集》卷九，原繫熙寧□年，列熙寧三年後。作於是年春，時知青州，兼京東東路安撫使。此詩借嘲少年惜花，感慨春風無情及時光一去不返，揭示「花有重開日，人無再少時」、「年年歲歲花相似，歲歲年年人不同」的人生感悟。語句參差錯落，以議論爲詩，詩思明快，筆調清新。

【注釋】

〔一〕紅蘂：卷末校記：「一作『紅紫』。」咨嗟：唉聲歎氣。

〔二〕「人老」四句：假如落花會説話，他一定嘲笑惜花少年：「花落還會再開，人老不能返少，何必歎息！」解語：會説話。宋陳元靚《歲時廣記》卷三《賞白蓮》引《天寶遺事》：「明皇八月，太液池有千葉白蓮數枝盛開，帝與貴戚宴賞，左右皆嘆羡久之。帝指貴妃示左右曰：『爭如我解語花？』古詞云：『翠蓋盈盈紅粉面，葉底荷花解語。』」

出郊見田家蠶麥已成慨然有感

誰謂田家苦，田家樂有時〔一〕。車鳴繅白繭，麥熟囀黄鸝〔二〕。田家此樂幾人知？幸獨知之未許歸。逢時得寵已逾分，報國無能徒爾爲〔三〕。收取玉堂揮翰手，却尋南畝把鋤犁〔四〕。

【題　解】

原輯《居士集》卷九，原繫熙寧□年，列熙寧三年後。作於是年初夏，時知青州，兼京東東路安撫使。胡《譜》：熙寧三年「四月壬申（十二日），除檢校太保、宣徽南院使，判太原府，河東路經略安撫監牧使，兼并、代、澤、潞、麟、府、嵐、石路兵馬都總管。公堅辭不受」。詩人初夏出游城郊，領略農家生活樂趣，在欣賞田家「樂有時」的同時，自愧報國無能，油然而興歸隱之歎。信筆揮灑，質樸無華，近似古調樂府。

【注　釋】

〔一〕誰謂田家苦：反用陶潛《庚戌歲九月中于西田獲早稻》詩句：「田家豈不苦。」

〔二〕繰白繭：即繰絲，剥繭抽絲。

〔三〕「逢時」二句：自己僥倖爲官已經是超越本分，報效國家没有能力秖能是徒勞無益。徒爾爲：成枉然，不起作用。駱賓王《帝京篇》：「春去春來苦自馳，爭名爭利徒爾爲。」

〔四〕「收取」二句：從此不必書寫軍國大事的文字，可以去鄉村田野幹幹農活。玉堂：宋翰林院稱玉堂。參見本書《述懷》注〔一二〕。揮翰：猶揮毫，即揮筆作文。唐沈佺期《和元舍人萬頃臨池玩月戲爲新體》：「揮翰初難擬，飛名豈易陪。」翰，毛筆。南畝：田家。《詩·豳風·七月》：「同我婦子，饁彼南畝。」

【附　録】

張英《文端集》卷九《擬歐陽永叔歸田四時樂，即用原韻》：「東風隨意生春草，野棠一徑柴門小。節序纔過三月三，薺菜羹香朝飯飽。三篙水緑陂塘寬，一犂雨足田疇好。野夫自愛袷衣輕，倚樹臨流聽時鳥。田家此樂幾人知，更復幾人乞身蚤。願言珍重芰荷裳，期向漁樵覓終老。」

射生户

射生户〔一〕，前日獻一豹，今日獻一狼。豹因傷我牛，狼因食我羊。狼豹誠爲害人物，縣官賞之縑五疋〔二〕。射生户，持縑歸。爲人除害固可賞，貪功趨利爾勿爲！弦弓毒矢無妄發，恐爾不識麒麟兒〔三〕。

【題解】

原輯《居士集》卷九，原繫熙寧□年，列熙寧三年詩後。作於是年初秋，時知青州，在八月赴蔡州任前。題下原注：「予初至州，獵户有獻狼豹者。」詩人初至青州，見獵户獻獵物求賞，既勉勵其爲民除害，又告誡不可貪功趨利，不要誤傷珍貴的「麒麟兒」。雜言參差，有叙有議，頗具樂府韻味。

【注釋】

〔一〕射生户：即獵户。

〔二〕縑：雙絲織的淺黄色細絹。後用爲貨幣或賞賜酬謝的禮物。唐薛用弱《集異記·狄梁公》：「其父母泊親屬叩顙祈請，即輦千縑，置於坐側。」

〔三〕麒麟：古代傳説中的一種動物。形狀像鹿，頭上有角，全身有鱗甲，尾像牛尾。古人以爲仁獸、瑞獸，象徵祥瑞。杜甫《徐卿二子歌》：「孔子釋氏親抱送，盡是天上麒麟兒。」

【附録】

此詩輯入清吴之振《宋詩鈔》卷一二。

答和王宣徽

相逢莫怪我皤然，出處參差四紀間〔一〕。有道方令萬物遂，無能擬乞一身閒〔二〕。花前獨酌鐏前月，淮上扁舟枕上山。此樂想公應未暇，且持金盞醉紅顔〔三〕。

【題解】

原輯《居士集》卷一四，無繫年，列熙寧二年詩後。作於熙寧三年九月，時知蔡州。胡《譜》：熙寧三年「七月辛卯（三日），改知蔡州。九月甲寅（二十七日），至蔡，是歲更號六一居士」。題下原注：「一作『答王宣徽見贈』。」王宣徽，即王拱辰，字君貺。歐陽修的連襟。生平參見本書《答西京王尚書寄牡丹》題解。《宋史·王拱辰傳》：「熙寧元年，復以北院使召還。」《長編》卷二一〇熙寧三年四月壬申（十二日）紀事：「郭逵、王拱辰已爲宣徽使，並修爲三。」附注：「七月三日乃聽修辭。」王拱辰當爲歐氏授、辭宣徽使而寄贈詩歌（已佚）。據歐詩頷聯「淮上扁舟」，可知作於初至蔡州時。詩歌叙寫與王拱辰四十餘年的結交，王氏尚欲有所作爲，而自己志在歸隱，享受大自然的山花水月，鮮明對比之中，顯現不同的人生襟懷。語言自然流暢，卻顯詩律工整，屬對精巧。

【注釋】

〔一〕皤然：鬚髮白貌。《南史·范縝傳》：「年二十九，髮白皤然，乃作《傷春詩》、《白髮詠》以自嗟。」 出處：進退，指宦海沉浮。 四紀：四十八年。參見本書《四月十七日景靈宫奉迎仁宗皇帝御容有感》注〔三〕。歐天聖八年進士及第，至此四十一年，不足四紀，此言約數。

〔二〕「有道」二句：有道之士方能謀圖萬物順心如意，無能之輩秪想求得一身清閒自在。 萬物遂：天下萬物順利生長。宋蔡淵《周易卦爻經傳訓解》卷上：「元，始也；亨，通也；利，宜也；貞，固也……利者，萬物遂宜之時。」

〔三〕「花前」四句：花前酌酒賞月，枕上玩水游山，這種樂趣你是沒時間享受，你還是去過那種醉酒聽歌的富貴生活吧。 枕上山：夢中游山玩水。唐杜荀鶴《贈歐陽明府》：「帆落樽前浦，鐘鳴枕上山。」 金盞：酒杯的美稱。杜甫《江畔獨步尋花七絶句》其四：「誰人載酒開金盞，喚取佳人舞繡筵。」盞，盛酒之具。

奉答子履學士見寄之作

憶昨初爲亳守行，暫休車騎汝陰城〔一〕。喜君再共罇俎樂，憐我久懷丘壑情〔二〕。累牘已嘗陳素志，新春應許遂歸耕〔三〕。老年雖不堪東作，猶得酣歌詠太平〔四〕。

【題解】

原輯《居士集》卷一四，繫熙寧三年。作於是年冬，時知蔡州。子履學士，即陸經，時已離潁，在京任館職。治平四年，詩人在潁州有《奉答子履學士見贈之作》云：「預約詩筒屢來往，兩州雞犬接封疆。」陸經寄贈詩不存，此爲回贈之作。詩歌前半部分回憶當年滯留潁州時的歡樂相聚，後半部分自信即將如願致仕，歸隱潁州。肺腑之言，清曠雋永，情致深沉感人。

【注釋】

〔一〕「憶昨」二句：回想自己出知亳州途中，曾經取道潁州稍作休息。胡《譜》：治平四年「三月壬申，除觀文殿學士，轉刑部尚書、知亳州，改賜推誠保德崇仁翊戴功臣。閏三月辛巳，宣簽書駐泊公事，陛辭，乞便道過潁少留，許之」。

〔二〕樽俎：酒具，借指酒宴。　丘壑：深山幽谷，代指隱逸。謝靈運《齋中讀書》詩：「昔余游京華，未嘗廢丘壑。」

〔三〕「累牘」二句：已經再三上疏陳述平生夙愿，明年春天定會允許我歸田退養。歐書簡《與常待制夷甫》其十（熙寧三年）：「某累牘懇至，而上恩未俞，素愿雖稽，終當如志。」

〔四〕東作：謂春耕。《尚書·堯典》：「寅賓出日，平秩東作。」孔傳：「歲起於東，而始就耕，謂之東作。」　詠太平：《後漢書·崔駰傳》：「誦上哲之高訓，詠太平之清風。」

寄答王仲儀太尉素

豐樂山前一醉翁，餘齡有幾百憂攻〔一〕。平生自恃心無媿，直道誠知世不容〔二〕。换骨莫求丹九轉，榮名豈在禄千鍾〔三〕。明年今日如尋我，潁水東西問老農。

【題　解】

原輯《居士外集》卷七，繫熙寧三年。作於是年初冬，時知蔡州。王仲儀太尉素，即王素，字仲儀，大名莘縣人。慶曆新政時與歐同知諫院，晚年歷知渭州、成德軍、太原府，任邊帥多有建樹。太尉，階官名，正一品。詩人本年七月改知蔡州（今河南汝陽），九月底到任。時王安石正緊鑼密鼓地推行新法，作者前因阻遏青苗法受詰責，問心無愧，急流勇退。詩歌當爲答謝王素的慰勉詩而作，表現詩人剛直的個性、鮮明的是非感和堅强的自信心，以及切盼致仕的急迫心情。語言質樸，情深意摯，詩境沉鬱悲壯。

【注　釋】

〔一〕豐樂山：滁州一帶的山，詩人曾在滁州豐山下建豐樂亭，並自號醉翁。　百憂攻：遭受多種攻擊和詰難。歐《秋聲賦》：「百憂感其心，萬事勞其形。」本年春，歐上《言青苗錢第一劄子》，言青苗法不便，朝廷不批復。五月十九日，又上《言青苗第二札子》。未待朝廷批示，擅自於京東東路各州軍停放秋料青苗錢，結果受降詔詰責。《長編》卷二一一熙寧三年五月庚戌（二十一日）：「詔歐陽修不合不奏聽朝廷指揮，擅止散青苗錢，特放罪。」歐被迫上表謝罪，參見其《謝擅止散青苗錢放罪表》。

〔二〕自恃：自負。《吕氏春秋·本味》：「士有孤而自恃，人主有奮而好獨者。」直道：猶正道，堅持正確的道理、準則。《禮記·雜記》：「其餘則直道而行之是也。」

〔三〕「换骨」二句：自己不羡慕换骨成仙，不追求長生不老，也不貪戀功名富貴。换骨：道家所謂服食金丹後可脱胎换骨，求得長生。丹九轉：即「九轉金丹」。道家認爲燒煉金丹次數越多，越有效力，且以九轉爲貴。禄千鍾：俸禄很高。鍾，古代計量單位，十斗爲一斛，十斛爲一鍾。

【附録】

蘇軾《跋歐陽寄王太尉詩後》：「『豐樂坡前一醉翁，餘齡有幾百憂攻。平生自恃心無愧，直道誠知世不容。换骨莫求丹九轉，榮名和待禄千鍾。明年今日如尋我，潁水東西問老農。』此歐陽文忠公寄太尉懿敏王公詩。軾與公之子定國、定國侄孫子發、張彦若同游寶梵。定國誦此詩，以遺詩人戴仲連。仲連，嘗從文忠公者也。元祐元年四月，門生蘇軾書。」

書宜城修木渠記後奉呈朱寺丞

因民之利無難爲，使民以説民忘疲〔一〕。樂哉朱君鄣靈堤，導鄢及蠻興衆陂〔二〕。古渠廢久人莫知，朱君三月而復之〔三〕。沃土如膏瘠土肥，百里歲歲無凶災。鄢蠻之水流不止，襄人思君無時已〔四〕。

【題解】原輯《居士外集》卷三，無繫年，列寶元二年詩後。實作於熙寧三年，時知蔡州。宜城，今屬湖北，宋屬京西南路襄州（今湖北襄陽）。木渠，鄭獬《襄州宜城縣木渠記》：「木渠，襄沔舊記所謂『木里溝』者也。出於中廬之西山，擁鄢水走東南四十五里，經宜城之東北而入於沔。」朱寺丞，即朱紘。卷末校記：「朱名紘，字儀甫，治平中爲宜城令，修木渠有功。熙寧二年冬，吴充薦改大理寺丞，鄭獬爲作渠記。公詩當在三年。」據《襄州宜城縣木渠記》，朱紘，淝州人，嘉祐間進士。詩人讚頌宜城縣令朱紘倡修木渠，使古渠復完，造福一方百姓。以詩代跋，以文爲詩，直抒胸臆，筆酣意足。

【注釋】

〔一〕「因民」二句：順應百姓利益，没有難做的事情；順從民意役使百姓，百姓會樂此不疲。使民以説：宋趙善譽《易説》卷四《兑卦説》：「上以説使下，而下以説應上也。」説，通「悦」。

〔二〕「樂哉」二句：朱紘率民興修水利，引鄢、蠻之水以灌農田。　導鄢及蠻：疏導鄢、蠻之水。鄢、蠻：水名。鄭獬《襄州宜城縣木渠記》：「其功蓋起於靈堤之北，築巨堰鄣渠而東行，蠻、鄢二水循循而並來，南貫于長渠，東徹清泥，附渠之兩涘通舊陂四十九，渺然相屬如聯鑑。」　鄣靈堤：蠻水邊的一條河堤。

〔三〕「古渠」二句：《襄州宜城縣木渠記》：「木渠……其後渠益廢，老農輟耒而不得耕。治平二年，淝川朱君爲宜城令，治邑之明年，按渠之故道欲再鑿之，曰：『此令事也，安敢不力。』即募民治之，凡渠之漸及之家，悉出以授功，投鍤奮杵，呼躍而從之，惟恐不及。公家無束薪斗粟之費，不三月，而數百歲已壞之跡，俄而復完矣。」

〔四〕「沃土」四句：水渠修復後，給百姓帶來福祉，百姓對朱君感恩不盡。《襄州宜城縣木渠記》：「至於歲大旱，赤地焚裂而如赬，則木渠之田猶豐年也。於是民始知朱君之惠爲深也。穫而食之，曰『此吾朱令之食我也』。以其餘發之於他邑，亦曰『此吾朱令之食汝也』。」　瘠土肥：貧瘠的土壤變成肥田沃地。　襄人：宜城位於襄州境内，故稱。

【附録】

《宋史·河渠志五》：神宗熙寧「二年十月，權三司使吴充言：『前宜城令朱紘，治平間修復木渠，不費公家束薪斗粟，而民樂趨之。渠成，溉田六千餘頃，數邑蒙其利。』詔遷紘大理寺丞，知比陽縣。或云紘之木渠，繞山度溪以行水，數勤民而終無功。」

寄題相州榮歸堂

白首三朝社稷臣，壺漿夾道擁如雲〔一〕。金貂爭看真丞相，竹馬猶迎舊使君〔二〕。豈止軒裳誇故里，已將鐘鼎勒元勳〔三〕。不須授簡樽前客，好學平津自有文〔四〕。

【題解】

原輯《居士集》卷一四，繫熙寧三年，誤。當作於熙寧四年（一〇七一）春，詩人時年六十五歲，任蔡州知州。題下原注：「一本此篇以下，繫《酬答安陽韓侍中五詠》。」韓琦《安陽集》卷一三《再題晝錦堂》等「五詠」詩，作於熙寧元年下半年知相州任，歐酬唱作除此詩外，還有以下《晝錦堂》、《觀魚軒》、《狎鷗亭》、《休逸臺》等四篇。相州，屬河北西路，治所在今河南安陽。榮歸堂，韓琦建於家鄉相州，參見「附録」有關韓詩。《明一統志》卷二八《彰德府》：「晝錦堂，在府治北，宋韓琦以宰相判鄉郡,建于居第。歐陽修記、蔡襄書碑刻尚存。琦第别有榮歸、虚心二堂。」强至《祠部集》卷八亦存《榮歸堂》詩二首。本詩描寫韓琦榮歸故里受到熱烈歡迎的場面,讚揚其政治、軍事功業與文學才華。詩律嚴整,屬對工巧。敬重之情,溢於言表。

【注釋】

〔一〕「白首」二句:滿頭白髮的仁、英、神宗三朝重臣韓琦,榮歸時家鄉父老簞食壺漿,夾道歡迎。社稷臣:歐《相州晝錦堂記》稱道韓琦「臨大事,决大議,垂紳正笏,不動聲氣,而措天下于泰山之安,可謂社稷之臣矣。」

〔二〕金貂:皇帝左右侍臣的冠飾。漢始,侍中、中常侍之冠,于武冠上加黄金璫,附蟬爲文,貂尾爲飾,謂之趙惠文冠。《漢書·谷永傳》:「戴金貂之飾,執常伯之職者皆使學先王之道。」真丞相:侍中爲門下省最高官階,韓琦爲宰相而官拜侍中,故稱。《宋史·職官志一》:「侍中掌佐天子議大政,審中外出納之事。大祭祀則版奏中嚴外辦,導輿輅,詔升降之節;皇帝齋則請就齋室。大朝會則承旨宣制、告成禮,祭祀亦如之。册後則奉寶以授司徒。國朝以秩高罕除。自建隆至熙寧,真拜侍中纔五人,雖有用他官兼領,而實不任其事。」竹馬:兒童游戲時當馬騎的竹竿。《後漢書·郭伋傳》:「始至行部,到西河美稷,有童兒數百,各騎竹馬,道次迎拜。」後用爲稱頌地方官吏之典。舊使君:指韓琦。《宋史·韓琦傳》:「熙寧元年七月,復請判相州以歸。」此前，《宋史·神宗紀》：治平四年九月「辛丑，韓琦罷爲司徒、鎮安、武勝軍節度使、判相州」；《長編》卷一七八至和二年二月：「丙午，徙知并州、武康軍節度使韓琦知相州。」

〔三〕「豈止」二句：《相州晝錦堂記》稱韓琦：「其豐功盛烈，所以銘彝鼎而被絃歌者，乃邦家之光，非閭里之榮也。」　軒裳：指官位爵禄。　元勳：有極大功績的人。

〔四〕「不須」二句：無需授意他人代撰詩文，好學多才的宰相自能寫出不朽的文章。　授簡：給予簡札，謂囑人寫作。謝惠連《雪賦》：「梁王不悦，游於兔園……授簡于司馬大夫，曰：『抽子秘思，騁子妍辭，侔色揣稱，爲寡人賦之。』」　平津：古地名。漢武帝封丞相公孫弘爲平津侯。後多用爲典，指丞相等高級官僚。前蜀貫休《酬韋相公見寄》詩：「空諷平津好珠玉，不知更得及門麽？」

【附　録】

《歐集》卷一四四《與韓忠獻王稚圭》其四十四（熙寧四年）：「某啟。時承寵示《歸榮》等五篇刻石，俾遂拭目，豈勝榮幸。……某以朽病之餘，事事衰退，然猶不量力，不覺勉强者，竊冀附託以爲榮爾。見索拙惡，不能藏默，謹以録呈。慚罪，慚罪！」按：書簡提到「五篇刻石」，即韓琦「五詠」詩；歐「録呈」者當是酬答五詠詩。又據《與韓忠獻王稚圭》其四十三（熙寧四年）所云：「新正令節，限以官守，無由一廁賀賓之列。」歐兩書簡均繫本年，組詩當作於本年春天。

韓琦《安陽集》卷三《榮歸堂》：「非才忝四鄰，待罪涉一紀。妨賢得云久，不退不自恥，永厚復土初，疊奏犯斧扆。乞身臨本邦，多疾便攝理。帝曰吁汝琦，輔翼甚勞止。今俾爾榮歸，揭節治故里。均逸向盛辰，寵異固絶擬。整裝將北轅，羌釁兆西鄙。俄易帥咸秦，旰食諭所倚。艱難惡敢辭，犇走奉寄委。天聲方震揚，狡穴懼夷毀。款塞械凶酋，唯幸赦狂詭。疆事計日寧，抽疹乘衰起。披誠叩上仁，再遂守桑梓。尫疲解劇煩，宴息良自喜。園池昔恢拓，顧覽盡遺軌。獨於北塘北，地勝失經始。前人欲興作，就此創基址。中輟如有待，命我成斯美。鳩材亟僝功，因陋謹增侈。芳林環密陰，鯨口下洹水。吾堂據其陽，萬象來明煒。匪直怡病襟，間足具賓簉。僚屬請吾名，在景或在己。吾謂誇風光，未若尊制旨。視榜以思報，義實晝錦比。或笑此翁愚，榮極尚不已。鄉閭得暫休，胡自勤勤耳？吾曰勤雖愚，吾慮亦長矣。天地施大恩，報止盡螻蟻。終期謝貴仕，歸第保頹齒。吾舍與公居，相去百舉跬。豈無賢太守，有意待園綺。安車時一來，爲我此加禮。」

阮閲《詩話總龜》前集卷一五引李頎《古今詩話》：「韓魏公自中書出相州，於居第作狎鷗亭。永叔以詩寄曰：『豈止忘機鷗鳥信，鈞陶萬物本無心。』魏公喜曰：『余在中書，進退升黜，未嘗置心於其間。永叔可謂知我。』」

晝錦堂

昔憩甘棠長舊圍，重來城郭歎人非〔一〕。隨車仍是爲霖雨，被衮何如衣錦歸〔二〕。

【題解】

原輯《居士集》卷一四，繫熙寧三年，誤。當作於熙寧四年春，時知蔡州。晝錦堂，《明一統志》卷二八《安陽縣》：「晝錦堂在府治北。宋韓琦以宰相判鄉郡，建于居第。歐陽修記、蔡襄書碑刻尚存。」參見本書《寄題相州榮歸堂》題解。韓琦《安陽集》卷二一《相州新修園池記》云：「又於其東前直太守之居建大堂曰晝錦……觀吾堂者，知太守仗旄節來故鄉，得古人衣錦晝游之美。」本詩抒寫朋友回歸故里的物是人非之感，慨歎在朝爲官不如榮歸故里。語言清新婉麗，以古喻今，意蘊深沉。

【注釋】

〔一〕「昔憩」二句：感歎世事滄桑變遷。從前歇息其下的棠梨樹長大了，重來故地有物是人非之感。甘棠：古人稱頌循吏的美政和遺愛。參見《太傅杜相公有答兖州待制之句，其卒章云獨無風雅可流傳，因輒成》注〔二〕。城郭歎人非：《搜神後記》：「丁令威，本遼東人，學道於靈虚山。後化鶴歸遼，集城門華表柱。時有少年舉弓欲射之，鶴乃飛，徘徊空中而言曰：『有鳥有鳥丁令威，去家千年今始歸，城郭如故人民非，何不學仙塚纍纍。』遂高上沖天。」

〔二〕隨車：化用「隨車致雨」的典故，本謂時雨跟著車子而降，比喻官吏施行仁政及時爲民解憂。《後漢書·鄭弘傳》：「政有仁惠，民稱蘇息。」李賢注引三國吳謝承《後漢書》：「弘消息繇賦，政不煩苛。行春天旱，隨車致雨。」亦作「隨車甘雨」、「隨車夏雨」。被袞：穿著公卿官服。

末句下原注：「公前出自西樞，以武康之節鎮相臺。今罷鈞軸，以司徒侍中再鎮。」

【附録】

韓琦《安陽集》卷一三《再題晝錦堂》：「爲郡偏榮晝錦歸，再容鄉任古來稀。邸人只駭新章貴，仙表誰瞻舊鶴飛。浹境士民增慰悦，一軒風物起光輝。鑱詩又志君恩厚，鼎鑊捐身報亦微。」

觀魚軒

當年下澤驅羸馬，今見犀兵擁碧油〔一〕。位望愈隆心愈静，每來臨水翫游儵〔二〕。

【題解】

原輯《居士集》卷一四，繫熙寧三年，誤。當作於熙寧四年春，時知蔡州。觀魚軒，《大清一統志》卷一五六《彰德府》：「韓琦故宅在府城東南隅，宅有清風樓、御書亭、休逸臺。有晝錦堂，歐陽修爲記；醉白堂，蘇軾爲記。又有康樂園、忘機堂，堂前有狎鷗、觀魚二亭。又有抱螺臺，形如水螺盤曲而上。」參見本書《寄題相州榮歸堂》題解。本詩吟詠誦韓琦身居高位，心平氣和，讚美韓琦置功名富貴於度外的超脱心態、静觀萬物的閑適情趣。今昔對比，託古生情，韻味清新雋永。

【注釋】

〔一〕下澤：即下澤車。適於沼澤地行走的輕便車。《後漢書·馬援傳》：「吾從弟少游常哀吾慷慨多大志，曰：『士生一世，但取衣食裁足，乘下澤車，御款段馬，爲郡掾吏，守墳墓，鄉里稱善人，斯可矣。』」李賢注：「《周禮》曰：車人爲車，行澤者欲短轂，行山者欲長轂。短轂則利，長轂則安也。」羸馬：瘦弱的馬。犀兵：强兵。梅堯臣《送王樂道太丞應瀛州辟》詩：「韓公守武垣，犀兵若屯雲。」碧油：青緑色的油布帷幕，多指將帥軍帳。宋王千秋《賀新郎》詞：「無奈東君剛留客，張碧油，緩按香紅舞。」

〔二〕「位望」二句：讚美韓琦地位越高越能心静如水，以至心存物外，自得其樂。游儵：喻别有會心，自得其樂，參見《舟中寄劉昉秀才》注〔四〕。

【附録】

韓琦《安陽集》卷一三《觀魚軒》：「雨後方池碧漲秋，觀魚亭檻俯臨流。時看隱荇駢頭戲，忽見開萍作隊游。喜擲舟前翻亂錦，静潛波下起圓漚。吾心大欲同斯樂，肯插篘竿餌鈎鉤。」

狎鷗亭

險夷一節如金石，勳德俱高映古今〔一〕。豈止忘機鷗鳥信，陶鈞萬物本無心〔二〕。

【題解】 原輯《居士集》卷一四，繫熙寧三年，誤。當作於熙寧四年春，時知蔡州。狎鷗亭，阮閲《詩話總龜》前集卷一五引《古今詩話》云：「韓魏公自中書出守相州，於居第作狎鷗亭。永叔以詩寄曰：『豈止忘機鷗鳥信，鈞陶萬物本無心。』魏公喜曰：『余在中書，進退升黜，未嘗置心於其間，永叔可謂知我。』」參見本書《觀魚軒》題解。本詩巧借狎鷗典故，讚美韓琦淡泊功名富貴，寧靜而致遠。以議論爲詩，巧用典故，意藴含蓄而深婉。

【注釋】

〔一〕險夷一節：無論逆境還是順境都能保持節操如一。險夷，艱難與順利。歐《相州晝錦堂記》：「於此見公之視富貴爲何如，而其志豈易量哉！故能出入將相，勤勞王家，而夷險一節。」

〔二〕「豈止」二句：讚美韓琦甘於淡泊，心無機巧，與世無爭。忘機：消除機巧之心。司馬光《花庵獨坐》詩：「忘機林鳥下，極目塞鴻過，爲問市朝客，紅塵深幾何？」鷗鳥信：《列子》：「海上之人有好漚鳥者，每旦之海上，從漚鳥游，漚鳥之至者百住而不止。」陶鈞：本指製作陶器所用的轉輪，此指爲相，喻治理國家。參見「附録」《詩話總龜》所引《古今詩話》。

【附録】

此詩輯入宋祝穆《古今事文類聚》後集卷四六。

韓琦《安陽集》卷一三《狎鷗亭》：「亭壓東池復壞基，園林須喜主人歸。甛棠猶茂應存愛，植柳堪驚僅過圍。魚泳藻間諳物性，月沉波底發禪機。群鷗只在輕舟伴，知我無心自不飛。」

彭大翼《山堂肆考》卷一七二：「亭在彰德府忘機堂前，宋韓魏公建。」

休逸臺

清談終日對清樽，不似崇高富貴身〔一〕。已有山川資勝賞，更將風月醉嘉賓〔二〕。

【題　解】

原輯《居士集》卷一四，繫熙寧三年，誤。當作於熙寧四年春，時知蔡州。休逸臺，韓琦《相州新修園池記》有云：「其二居新城之北，爲園曰『康樂』。直廢臺鑿門通之，治臺起屋曰『休逸』，得魏冰井廢臺鐵梁四爲之柱。臺北鑿大池，引洹水而灌之，有蓮有魚。」本詩描寫韓琦自請相州後的清閑生活、山川游賞、醉飲娱賓等高雅情趣。語言輕快自然。叙議相生，情韻蕴乎其中。

【注　釋】

〔一〕清談：清雅的談論。漢劉禎詩《贈五官中郎將》其二：「清談同日夕，情盼叙憂勤。」

〔三〕「已有」二句：山川秀美足以使人流連忘返，還有絶色美文能够讓人心醉。風月：指詩文。歐《贈王介甫》詩：「翰林風月三千首，吏部文章二百年。」或曰「風月」即清風明月，指美好景色。唐吕巖《酹江月》詞：「倚天長嘯，洞中無限風月。」

【附録】

韓琦《安陽集》卷一三《再題休逸臺》：「冰井梁摧幾百秋，昔移爲柱立臺頭。層基面壘盤蝸殼，倒影侵池側蜃樓。拂檻落霞凌綺席，入簷初月誤瓊鉤。芳林已合陰成茂，不見西山湧萬丘。」

解官後答韓魏公見寄

報國勤勞已蔑聞，終身榮遇最無倫〔一〕。老爲南畝一夫去，猶是東宫二品臣〔二〕。侍從籍通清切禁，笑歌行作太平民〔三〕。欲知念舊君恩厚，二者難兼始兩人〔四〕。

【題解】

原輯《居士外集》卷七，繫熙寧四年。作於是年七月，時已致仕，初歸潁州。胡《譜》：熙寧四年「六月甲子（十一日），以觀文殿學士、太子少師致仕。七月，歸潁。」解官，指致仕退休。韓魏公，即韓琦，英宗即位後，封魏國公。歐致仕歸潁後，韓琦《安陽集》卷一六有《寄致政歐陽少師》詩，云：「獨步文章世孰先，直聲孤節亦無前。欲知退足高千古，請視經猶疾五年。在我光陰長更樂，扶天功業去如捐。西湖風月誰爲伴，笑許當時處士賢。」此爲答詩。詩人自覺功成名就，心境閒澹平和，賦詩詠頌皇恩浩蕩，抒寫以太子少師頭銜致仕的無尚榮耀。詩語質樸，屬對精巧，感恩自矜之情溢於言表。

【注釋】

〔一〕「報國」二句：本人爲國效勞的功績不足掛齒，朝廷給我的恩遇無與倫比。參見「附録」徐度《卻掃編》紀事。蔑聞：不值一提。蔑，沒有。《詩·大雅·板》：「喪亂蔑資，曾莫惠我師。」毛傳：「蔑，無。」無倫：無與匹比。揚雄《法言·五百》：「貴無敵，富無倫。」李軌注：「倫，匹。」

〔二〕東宫：皇太子所居之宫。歐以「太子少師」致仕，官爲從二品，爲榮職，並無實際職責。

〔三〕侍從：宋代稱翰林學士、給事中、六尚書、侍郎爲侍從。歐陽修以侍從官觀文殿學士致仕，可以出入宫禁，地位清貴而榮耀。籍通：謂記名於門籍，可以進出宫門。《漢書·元帝紀》：「令從官給事宫司馬中者，得爲大父母、父母、兄弟通籍。」顔師古注引應劭曰：「籍者，爲二尺竹牒，記其年紀名字物色，縣之宫門，案省相應，乃得入也。」籍，一種書有當事人姓名的小牌子。清切禁：清貴能接近皇帝的人。禁，宫禁，皇宫。劉楨《贈徐幹》詩：「拘限清切禁，中情無由宣。」

〔四〕句下原注：「新制：推恩致仕，許依舊兼職，自王仲儀始，今某仍出特恩。」二者難兼：致仕而帶舊職，當時皇帝特恩許兼職退隱之人秪有王素、歐陽修二人。參見「附録」徐度《卻掃編》紀事。

【附録】

此詩輯入清吴之振《宋詩鈔》卷一二。

徐度《卻掃篇》卷中：「凡侍從官以上乞致仕者，雖優進官資，而不許帶職。熙寧中，始許仕者仍帶舊職。於是王懿敏公素首以端明殿學士致仕。未幾，歐陽文忠公又以觀文殿學士、太子少師致仕。會韓魏公寄詩賀之，公和篇曰：『……欲知念舊君恩厚，二者難兼始兩人。』蓋謂是也。」

余昔留守南都得與杜祁公唱和詩有答公見贈二十韻之卒章云報國如乖願歸耕寧買田期無辱知己肯逐利名遷逮今二十有二年祁公捐館亦十有五年矣而余始蒙恩得遂退休之請追懷平昔不勝感涕輒爲短句置公祠堂

掩涕發陳編，追思二十年〔一〕。門生今白首，墓木已蒼煙〔二〕。報國如乖愿，歸耕寧買田〔三〕。此言今始踐，知不愧黃泉〔四〕。

【題　解】

原輯《居士外集》卷七，無繫年，列熙寧四年詩後。作於是年七月，時致仕歸居潁州。杜祁公，即杜衍。歐《太子太師致仕杜祁公墓誌銘》：「以太子少師致仕。累遷太子太保、太傅、太師，封祁國公於其家。」「公以嘉祐二年二月五日卒於家。」二十二年前，歐任南京留守，與致仕居南京的杜衍多有詩歌唱和。歐《答太傅相公見贈長韻》有云：「報國如乖願，歸耕寧買田。期無辱知己，肯逐利名遷？」此詩作於杜衍去世十五年後，表達自己不願貪禄戀棧、尸位素餐的爲政心跡、久請終獲致仕的欣慰心情，以及對良師益友杜衍的追思緬懷。撫今追昔，感慨萬千，詩致高遠。

【注　釋】

〔一〕發陳編：打開當年與杜衍相互唱和的詩篇。　二十年：歐皇祐三年《答太傅相公見贈長韻》有云：「蹤跡本羈單，登門二十年。」

〔二〕「門生」二句：二十餘年的滄桑變化：自己已是白髮蒼顏，而杜衍早已墓木成蔭。　門生：宋朝因薦舉而改官者對舉主自稱「門生」。宋趙昇《朝野類要·升轉》：「其舉主各有格法限員，故求改官奏狀，最爲艱得，如得，則稱門生。」歐《跋杜祁公書》有云：「公當景祐中，爲御史中丞。時余以鎮南軍掌書記爲館閣校勘，始登公門，遂見知奬。」　蒼煙：蒼茫的雲霧。此指杜墓樹木已經成林，一片蒼翠。

〔三〕「報國」二句：此二句及題目中的詩句，參見本書歐《答太傅相公見贈長韻》詩「題解」及「注釋」。

〔四〕愧黄泉：有愧于死者。黄泉，人死後葬地，陰間。《管子·小匡》：「應公之賜，殺之黄泉，死且不朽。」王建《寒食行》：「三日無火燒紙錢，紙錢那得到黄泉。」

【附録】

此詩輯入明曹學佺《石倉歷代詩選》卷一四〇，又輯入清吴之振《宋詩鈔》卷一二。

胡仔《苕溪漁隱叢話》後集卷二一引蔡啟《蔡寬夫詩話》：「正獻公以清德直道聞天下，而風姿尤奇古，年近七十，髮鬢皓然，無一莖黑者。居相位未幾，以歲旦請老上章，得謝，退居睢陽。歐陽文忠公未顯時，正獻推薦特厚，及文忠爲留守，日與公酬唱，文忠有《答公見贈》，卒章云：『報國如乖願，歸耕寧買田，期無辱知己，肯逐利名遷。』熙寧中，文忠致政歸汝陰，時正獻捐館已十有五年矣，文忠復用前詩題其祠堂云：『門生今白首，墓木已蒼煙。報國如乖願，歸耕寧買田。此言今始踐，知不愧黄泉。』」按：又見阮閱《詩話總龜》後集卷一九。

寄韓子華 并序

余與韓子華、長文、禹玉同直玉堂，嘗約五十八歲致仕，子華書於柱上〔一〕。其後薦蒙恩寵，世故多艱，歷仕三朝，備位二府〔二〕，已過限七年，方能乞身歸老。俗諺云：「也賣弄得過裏〔三〕。」

人事從來無處定，世途多故踐言難〔四〕。誰如潁水閒居士，十頃西湖一釣竿〔五〕。

【題解】

原輯《居士外集》卷七，繫熙寧四年。作於是年七月，時致仕歸潁州。詩人是年六月十一日致仕，七月初，歸抵潁州。韓子華，即韓絳，時知鄧州。《長編》卷二二一熙寧四年三月丁未（二十二日）：韓絳因邊事失敗，「罷相，以本官知鄧州」。此詩感慨仕宦踐言之艱難，自矜致仕歸休之悠閒，流露如願以償之喜悅。由衷之語，清淡明暢，情感真摯動人。

【注釋】

〔一〕同直玉堂：據《宋學士年表》韓絳（子華）嘉祐三年「三月以吏部外郎、知制誥拜」，嘉祐四年

「三月以左諫議大夫、權御史中丞罷」。吴奎（長文）嘉祐四年「三月以兵部員外郎、知制誥拜」。王珪（禹玉）拜翰林學士在嘉祐元年十二月，次年七月丁母憂，嘉祐四年十月喪除復職。歐、韓、吴同值翰林院當在嘉祐四年三月。玉堂，宋翰林院稱玉堂。參見本書《述懷》注〔一二〕。

〔二〕三朝：仁宗、英宗、神宗。二府：中書省和樞密院，合稱兩府。

〔三〕也賣弄得過裏：北方俗語，意思是對付得够可以了。

〔四〕「人事」二句：人事頻繁變遷，從來没有定數；世道多有變故，兑現人生諾言非常困難。

〔五〕西湖，潁州西湖。參見本書《答通判吕太博》注〔四〕。

【附録】

此詩輯入清管庭芬、蔣光煦《宋詩鈔補·歐陽文忠詩補鈔》、厲鶚《宋詩紀事》卷一二。

張邦基《墨莊漫録》卷三：「歐陽文忠公與韓子華、吴長文、王禹玉同直玉堂，嘗約五十八歲即致仕。子華書於柱上。其後過限七年，方踐前志，作詩寄子華曰：『俗諺云也賣弄得過裏。』其詩曰：『人事從來無處定，世途多故踐言難。誰知潁水閑居士。十頃西湖一釣竿。』」

答和吕侍讀

昔日題輿媿屈賢，今來還見擁朱轓〔一〕。笑談二紀思如昨，名望三朝老更尊〔二〕。野徑冷香黄菊秀，平湖斜照白鷗翻〔三〕。此中自有忘言趣，病客猶堪奉一罇〔四〕。

【題 解】

原輯《居士集》卷一四，繫熙寧四年。作於是年秋，時退居潁州。吕侍讀，即吕公著。生平參見本書《答吕公著見贈》題解。皇祐元年歐知潁州，吕公著爲通判，二人相交甚篤。神宗即位後，召爲翰林學士兼侍讀。《長編》卷二一〇熙寧三年四月戊辰（八日）：御史中丞吕公著「可翰林侍讀學士、知潁州」。詩人撫今追昔，讚頌吕公著故地爲官，名望更尊，面對田園風光秀美，理應奉陪酬唱。事理情韻相兼，詩筆沉鬱，意境蒼涼。

【注 釋】

〔一〕「昔日」二句：詩人皇祐初年知潁州，吕公著屈才低就通判；如今吕氏又因對王安石變法持異議而出知潁州。題輿：《太平御覽》卷二六三引三國吴謝承《後漢書》：東漢周景任豫州刺史時，徵辟陳蕃（字仲舉）爲別駕。陳蕃辭不就。周景題別駕輿曰：「陳仲舉座也。」不復更辟。陳蕃惶懼，起視職。後遂用作典故，以「題輿」謂景仰賢達，望其出仕。　媿屈賢：對賢者屈居自己之下心中有愧。　朱轓：車乘兩旁的紅色障泥。《漢書·景帝紀》：「令長吏二千石車朱兩轓，千石至六百石朱左轓。」顏師古注引應劭曰：「所以爲之藩屏，翳塵泥也。」後爲漢太守的標識。此指知州。

〔二〕二紀：一紀十二年。自皇祐元年至今二十三年，幾近二紀。　三朝：呂公著任職仁宗、英宗、神宗三朝。

〔三〕平湖：指潁州西湖。參見本書《初至潁州西湖，種瑞蓮、黄楊，寄淮南轉運呂度支、發運許主客》題解。

〔四〕「此中」二句：潁州自然風物自有不可言傳的樂趣，我雖然衰病尚可以奉陪飲酒。　忘言趣：隱居的樂趣。忘言，心中領會其意，不須用言語作解釋。《莊子·外物》：「言者所以在意，得意而忘言。」陶潛《飲酒》詩：「此中有真意，欲辨已忘言。」

寄題景純學士藏春塢新居

清才四紀擅時名，晚卜丘林遂解纓〔一〕。欲借青春藏向此，須知白首尚多情〔二〕。水浮花出人間去，山近雲從席上生〔三〕。漫説市朝堪大隱，仙家誰信在重城〔四〕？

【題解】

原輯《居士外集》卷七，無繫年，列熙寧四年詩後。作於是年秋季，時退居潁州。景純學士，即刁約，字景純，潤州丹徒人。與詩人同天聖八年進士，寶元間爲館閣校理，後直史館。治平中出知揚州，掛冠歸。藏春塢新居，刁約退居潤州，築室號「藏春塢」，日游息其中。《京口耆舊傳》卷一《刁約傳》：「《實録》云：『(刁)約家世簪纓，故所居頗有園池之勝。至約更葺園，曰「藏春塢」。塢西臨流爲屋，曰「逸老堂」。又西有山阜，植松其上，曰「萬松岡」。凡當世名能文者皆有詩，故「藏春塢」之名聞天下。』」司馬光《傳家集》卷六《寄題刁景純藏春塢》題下附注：「景純致政，歸京口治其所居，命曰『藏春塢』。前有一崗，皆松林，命曰『萬松嶺』。」王安石《臨川先生文集》卷二五、蘇軾《東坡全集》卷七亦有寄題刁景純藏春塢詩。本詩描寫刁約晚年的藏春塢新居，讚美其人間仙翁般的隱逸生活。勝景如繪，詩筆清麗，詩情畫意，耐人玩味。

【注釋】

〔一〕清才：卓越的才能。《京口耆舊傳》卷一《刁約傳》：「約實未嘗一登權要之門，故同時輩流躐進驟遷，而約獨四十年周旋館學，天下士無問識不識，皆稱之曰『刁學士』。而一世名德相望前後如范公仲淹、歐陽公修、司馬公光、王公安石、王公存、蘇公軾皆愛敬之。」 四紀：四十八年，取其約數。十二年爲一紀。《尚書・畢命》：「既歷三紀。」孔傳：「十二年曰紀。」《國語・晉語四》：「蓄力一紀，可以遠矣。」韋昭注：「十二年歲星一周，爲一紀。」 卜丘林：選擇退隱山林。王安石《藏春塢詩獻刁十四丈學士》有云：「今日便知萊氏隱，暮年長憶武陵游。」

〔二〕「欲借」二句：想把春天藏進此地，可見白髮老人還是如此多情。 青春：春天。參見本書《答吕公著見贈》注〔三〕。

〔三〕花出人間去：仙花，非人間之花。宋虞儔《和張簿南坡》：「水流花出人間去，應有桃源迷路人。」 雲從席上升：新居附近的山林雲霧繚繞，席地而坐，雲霧就像從脚下形成。

〔四〕「漫説」二句：不要説朝堂之上能够隱逸安居，誰相信身居鬧市可以享受神仙生活？ 大隱：身居朝市而志在玄遠的人。晉王康琚《反招隱詩》：「小隱隱陵藪，大隱隱朝市；伯夷竄首陽，老聃伏柱史。」 重城：古代城市在外城中又建内城，故稱。後常泛指城市。《文選・左思〈吴都賦〉》：「郛郭周匝，重城結隅。」劉逵注：「大城中有小城，周十二里。」

【附録】

此詩輯入清吴之振《宋詩鈔》卷一二、陳訏《宋十五家詩選・廬陵詩選》。

謝維新《古今合璧事類備要》續集卷一九：「皇朝刁約，字景純，丹徒人，舉進士。嘉祐中，嘗使北廷，後直史館，浩然有山林之志，掛冠而歸，一時名流皆宗仰之。作藏春塢，爲州間勝絶之景，日游其中以自樂。東坡先生有賦《藏春塢》詩云：『白首歸來種萬松，待看千尺舞霜風。年抛造物陶甄外，春在先生杖屨中。楊柳長齊低户暗，櫻桃爛熟滴階紅。何時卻與徐元直，共訪襄陽龐德公。』」

董斯張《吴興備志》卷五引《氏族大全》：「刁約，字景純。天聖中進士，蘇子瞻有《答湖守刁景純書》。約康定中與歐公同在館閣修禮書，後直史館，浩然有山水志，掛冠而歸，築室潤州，號『藏春塢』，日游息其中。東坡題云：『年抛造物甄陶外，春在先生杖屨中。』」

范大士《歷代詩發》卷二三評曰：「二聯清新脱俗，氣力自佳。」

謝景平挽詞

憶見奇童髧兩髦，遽驚名譽衆推高〔一〕。東山子弟家風在，西漢文章筆力豪〔二〕。方看凌雲馳騄驥，已嗟埋玉向蓬蒿〔三〕。追思陽夏曾游處，撫事傷心涕滿袍〔四〕。

【題　解】

原輯《居士集》卷一四，繫熙寧四年。作於是年秋，時退居潁州。謝景平，字師宰，謝絳第三子。

歐《渤海縣太君高氏墓碣》：「故尚書兵部員外郎、知制誥、知鄧州軍州事陽夏公之夫人，姓高氏，宣州宣城人也……陽夏公諱絳，姓謝氏。夫人有子曰景初、景温、景平、景回。」又據王安石《秘書丞謝師宰墓誌銘》，謝景平，字師宰，謝絳之子，卒于治平元年十二月庚申（二十九日），年三十三。當葬于熙寧四年。挽詞，即哀悼死者的言詞。詩人哀悼謝景平高材夭命，並追念其父謝絳，傷心零涕。詩語莊穆，典實貼切，真情動人。

【注　釋】

〔一〕「憶見」二句：回憶當年相識時，謝景平年少材高，名冠衆人。　髧：頭髮垂貌。《詩·鄘風·柏舟》：「髧彼兩髦，實維我儀。」　兩髦：古代兒童頭髮分兩邊下垂至眉的一種髮式。《詩·鄘風·柏舟》：「髧彼兩髦。」毛傳：「髦者，髮至眉，子事父母之飾。」

〔二〕「東山」二句：讚揚謝景平爲謝安後裔，有謝氏遺風，文章筆力雄豪，有西漢大家風範。　皇祐五年謝景平進士及第，歐書簡《與梅聖俞》其二十六有云：「謝景平文字，下筆便佳，他日當有立於世，何止取一科第而已，吾徒可爲希深喜也。」　東山：《晉書·謝安傳》載，謝安早年曾辭官隱居會稽之東山，經朝廷屢次徵聘，方從東山復出，官至司徒要職，成爲東晉重臣。後泛指名高望重之人。　西漢文章：西漢文人衆多，多以博學多才出名，如賈誼、揚雄、司馬相如等，特別是賈誼，材高命短，引發無數後人興歎。

〔三〕騄驥：駿馬，比喻傑出人才。《文選·張衡〈南都賦〉》：「騄驥齊鑣，黄間機張。」李善注：「騄驥，駿馬之名也。」埋玉：埋葬有才華的人。《世説新語·傷逝》：「庾文康亡，何揚州臨葬云：『埋玉樹箸土中，使人情何能已？』」《梁書·陸雲公傳》：「不謂華齡，方春掩質，埋玉之恨，撫事多情。」

〔四〕「追思」二句：回想當年與其父陽夏公謝絳一同游賞，不禁滿目潸然，滴淚濕衣。陽夏：謝氏郡望爲陽夏，謝絳死後封號「陽夏公」。歐早年任西京留守推官，謝絳爲河南府通判，歐與之師友相兼，相得甚歡。

【附録】

王安石《臨川先生文集》卷九六《秘書丞謝師宰墓誌銘》：「君姓謝氏，諱景平，字師宰，尚書兵部員外郎、知制誥、陽夏公、贈禮部尚書諱絳之子……初以祖父蔭試秘書省校書郎，守將作監主簿，既而中進士第，僉書崇信軍節度判官廳公事，監楚州西河轉般倉。累官至秘書丞。年三十三，以治平元年十二月庚申卒。」

答資政邵諫議見寄二首

其一

豪横當年氣吐虹，蕭條晚節鬢如蓬〔一〕。欲知潁水新居士，即是滁山舊醉翁。所樂藩籬追尺鷃，敢言寥廓逐冥鴻〔二〕。期公歸輔巖廊上，顧我無忘畎畝中〔三〕。

其二

欲知歸計久遷延，三十篇詩二十年〔四〕。受寵不思身報効，乞骸惟冀上哀憐〔五〕。相如舊苦中痟渴，陶令猶能一醉眠〔六〕。材薄力殫難勉彊，豈同高士愛林泉〔七〕。

【題解】

原輯《居士集》卷一四，繫熙寧四年。作於是年秋，時退居潁州。資政邵諫議，即邵亢，字興宗，潤州丹陽人。龍圖閣學士邵必之子。《宋史·宰輔表三》：治平四年九月辛丑，邵亢除樞密副使、遷右諫議大夫。熙寧元年十二月辛酉以資政殿學士、給事中知越州。《北宋經撫年表》卷四載其次年十一月移鄭州。王珪《華陽集》卷三七《邵安簡公墓誌銘》：「熙寧五年春……徙亳州。」《宋史》卷三一七本傳云：「知越州，歷鄭、鄆、亳三州。」據此推知，邵亢熙寧四年在鄆州知州任上。邵氏賦詩寄贈，歐奉答此組詩。「其一」自詠退休後胸無遠志，希望對方發達後不忘老友。「其二」聲明自己一再乞求致仕，秖因體病材薄，並非自命清高。詩人直面衰老與死亡，顯得悲苦而無奈，發出深沉的人生慨歎。俯仰今昔，感慨生死，意深而情摯。

【注　釋】

〔一〕氣吐虹：豪氣沖天，氣貫長虹。　豪橫：爽朗有力。《宋史·邵亢傳》：「幼聰發過人，方十歲，日誦書五千言。賦詩豪縱，鄉先生見者皆驚偉之。再試開封，當第一，以賦失韻，弗取。范仲淹舉亢茂才異等，時布衣被召者十四人，試崇政殿，獨亢策入等。」　蕭條：寂寞冷落，凋零。《宋史·邵亢傳》：「亢在樞密逾年，無大補益，帝頗厭之……亢亦引疾辭，以資政殿學士知越州。歷鄭、鄆、亳三州。」

〔二〕「所樂」二句：我的志趣是與飛不高遠的燕雀周旋，哪裏敢追隨鵬程萬里的鴻雁？　尺鷃：同「斥鷃」。即鷃雀。《莊子·逍遥游》：「斥鴳笑之曰：『彼且奚適也？』」陸德明釋文引司馬彪曰：「鴳，鴳雀也。」成玄英疏：「鴳雀，小鳥。」　冥鴻：高飛的鴻雁。語本揚雄《法言·問明》：「鴻飛冥冥。」比喻志向高遠之人。

〔三〕「期公」二句：希望邵亢能够重返朝廷，主持朝政，而不忘記退休歸田的我。　巖廊：高峻的廊廡。《漢書·董仲舒傳》：「蓋聞虞舜之時，游于巖郎之上，垂拱無爲，而天下太平。」顔師古注引晉灼曰：「堂邊廡巖郎，謂巖峻之郎也。」借指朝廷。　畎畝：指鄉間。《孟子·萬章下》：「舜發於畎畝之中」。

〔四〕「欲知」二句：從我的二十年間三十首思潁詩，可以想見我的歸隱之計拖延了多久。　三十篇詩：「思潁詩」三十篇。　二十年：從皇祐二年（一〇五〇）七月離開潁州，至熙寧四年（一〇七一）七月退歸潁州，時跨二十年。歐《思潁詩後序》：「皇祐元年春，予自廣陵得請來潁，愛其民淳訟簡而物産美，土厚水甘而風氣和，于時慨然已有終焉之意也。爾來俯仰二十年間，歷事三朝，竊位二府，寵榮已至而憂患隨之，心志索然而筋骸憊矣。其思潁之念未嘗少忘於心，而意之所存亦時時見於文字也。」

〔五〕乞骸：乞身退隱歸田。

〔六〕「相如」二句：司馬相如平生遭受痟渴病痛之苦，陶淵明歸隱之後還能享受醉酒之樂。　一醉眠：《宋書·陶潛傳》：「若先醉，便語客：『我醉欲眠，卿可去。』」

〔七〕「材薄」二句：自己要求歸隱並非嚮往高士隱居生活，而是年邁體衰，材力不濟。　高士：懷抱道德高遠之士。　林泉：指隱居之所。

【附錄】二詩全輯入清吴之振《宋詩鈔》卷一二、陳焯《宋元詩會》卷一一。

答端明王尚書見寄兼簡景仁文裕二侍郎二首

其一

日久都城車馬喧，豈知風月屬三賢〔一〕。唱高誰敢投詩社，行處人爭看地仙〔二〕。酒面撥醅浮大白，舞腰催拍趁繁絃〔三〕。與公等是休官者，方把鋤犂學事田。

其二

多病新還太守章，歸來白首興何長。琴書自是千金產，日月閒銷百刻香〔四〕。尚有俸錢沽美酒，自栽花圃趁新陽〔五〕。醉翁生計今如此，一笑何時共一觴〔六〕。

【題解】

原輯《居士外集》卷七，無繫年，列熙寧四年至五年詩間。據「其二」首聯及頸聯對句，可知作於熙寧五年(一〇七二)初春，詩人時年六十六歲，以觀文殿學士、太子少師致仕居潁州西湖。端明王尚書，即王素。《長編》卷二二〇熙寧四年二月辛酉(五日)：「端明殿學士、尚書左丞王素爲工部尚書、端明殿學士致仕。」景仁，即范鎮。《長編》卷二一六熙寧三年十月己卯(二十二日)：「翰林學士、户部侍郎兼侍讀、集賢殿修撰范鎮落翰林學士，依前户部侍郎致仕。」文裕，即張掞，齊州歷城人。《長編》卷二一四熙寧三年八月庚午(十三日)：「龍圖閣直學士、工部郎中張掞爲户部侍郎致仕。」致仕後的王素寄詩問候，詩人答贈此作，同時寄贈已致仕的范鎮、張掞。組詩「其一」想像三位朋友退休後詩文酬唱的風雅生活；「其二」抒寫自身退休後的悠閒心境，表達朋友相聚的愿望。詩人閒居之樂，寓於琴、書、香、酒、花等淡泊隱逸的外化物，展示的卻是文人雅趣。詩語清麗，屬對精巧，意境高超。

【注釋】

〔一〕風月：清風明月，指美好景色。唐吕巖《酹江月》詞：「倚天長嘯，洞中無限風月。」

三賢：指王素、范鎮、張掞。三人時已退休居閑，故稱「風月屬三賢」。

〔二〕唱高：高水平的酬唱。《魏書·宗欽傳》：「唱高則難和，理深則難酬。」　地仙：方士稱住在人間的仙人。此喻閒散快樂之人。《新五代史》卷四七《張筠傳》：「筠居洛陽，擁其貲，以酒色聲妓自娱足者十餘年，人謂之『地仙』。」

〔三〕撥醅：舀取未濾過的酒。浮大白：即大碗喝酒。浮，指滿飲。大白，即大酒杯。劉向《説苑·善説》：「魏文侯與大夫飲酒，使公乘不仁爲觴政，曰：『飲不釂者，浮以大白。』」繁絃：繁雜的絃樂聲。漢蔡邕《琴賦》：「於是繁絃既抴，雅韻復揚。」此指宴樂。

〔四〕琴書：琴和書籍，爲文人雅士清高生涯常伴之物。陶潛《歸去來兮辭》：「悦親戚之情話，樂琴書以消憂。」千金産：家産極富足。宋畢仲游《挽范丞相忠宣公六首》其二：「不事千金産，能捐萬户侯。」百刻香：宋洪芻《香譜》：「百刻香，近世尚奇者作香，篆其文，準十二辰，分一百刻，凡然一晝夜乃已。」

〔五〕新陽：初春。《文選·謝靈運〈登池上樓〉》：「初景革緒風，新陽改故陰。」吕延濟注：「春爲陽，秋爲陰也。」

〔六〕「醉翁」二句：如今醉翁的生活就是這樣，咱們何時纔能聚在一起喝酒呢？

【附録】

二詩全輯入清吴之振《宋詩鈔》卷一二、陳焯《宋元詩會》卷一一。

答樞密吴給事見寄

老得閒來興味長，問將何事送餘光〔一〕。春寒擁被三竿日，宴坐忘言一炷香〔二〕。報國愧無功尺寸，歸田仍值歲豐穰〔三〕。樞庭任重才餘暇，猶有新篇寄草堂〔四〕。

【題　解】

原輯《居士外集》卷七，無繫年，列熙寧五年詩後。作於是年春三月，時退居潁州。樞密吴給事，即吴充，字沖卿，建州浦城人。與歐陽修、王安石爲兒女親家。生平參見本書《吴學士石屏歌》題解。《宋史·吴充傳》：熙寧初「知審刑院，權三司使，爲翰林學士。三年，拜樞密副使」，五年官轉給事中。吴充寄詩問候且賀新居落成，詩人答表謝忱。春寒戀枕、焚香閒坐，作者安享閒適之趣，自矜退居之樂，詩語疏暢，襟懷灑脱，閒逸之中猶見崢嶸之氣。

【注　釋】

〔一〕「老得」二句：晚年閒適而饒有興趣，請問你是怎麽打發日子的。　餘光：落日的光芒，喻晚年歲月。

〔二〕三竿日：猶言日上三竿，謂時候不早。《南齊書·天文志上》：「日出高三竿。」宴坐：閒坐，安坐。白居易《病中宴坐》詩：「宴坐小池畔，清風時動襟。」忘言：謂心中領會其意，不須用言語來説明。《莊子·外物》：「言者所以在意，得意而忘言。」

〔三〕豐穰：猶豐熟。《漢書·王莽傳中》：「歲豐穰則充其禮，有災害則有所損。」

〔四〕「樞庭」二句：吴給事政務繁忙卻勝任有餘，還寄贈新詩賀我新居落成。樞庭：亦作「樞廷」，指樞密院。曾鞏《侍中制》：「比回翔於禁闥，遂更踐於樞庭。」草堂：舊時文人常以「草堂」名其所居，以標風操之高雅。歐書簡《與吕正獻公晦叔》其四（熙寧五年）有云「前日四望，一賞群芳之盛，已而遂雨。古人謂四樂難並，信矣。十三日欲枉軒騎顧訪，蓋以草堂僅成，幸一光飾之爾」。

【附録】此詩輯入清陳訏《宋十五家詩選·廬陵詩選》。

會老堂致語 并序

某聞安車以適四方，禮典雖存於往制；命駕而之千里，交情罕見於今人〔一〕。伏惟致政少師一德元臣，三朝宿望〔二〕。挺立始終之節，從容進退之宜。謂青衫早並於俊游，白首各諧於歸老〔三〕。已釋軒裳之累，卻尋雞黍之期〔四〕。遠無憚於川塗，信不渝於風雨。幸會北堂之學士，方爲東道之主人〔五〕。遂令潁水之濱，復見德星之聚〔六〕。里閭拭目，覺陋巷以生光；風義聳聞，爲一時之盛事〔七〕。敢陳口號，上贊清歡〔八〕：

欲知盛集繼荀陳，請看當筵主與賓〔九〕。金馬玉堂三學士，清風明月兩閒人〔一〇〕。紅芳已盡鶯猶囀，青杏初嘗酒正醇。美景難並良會少，乘歡舉白莫辭頻〔一一〕。

【題解】

原輯《歐集》卷一三二《近體樂府》。作於熙寧五年三月，時退居潁州。題下原注：「熙寧壬子，趙康靖公（槩）自南京訪公於潁。時呂正獻公（公著）爲守。」蘇軾《趙康靖公神道碑》亦云：「（趙）公既老，修亦退居汝南。公自睢陽往從之游，樂飲旬日。」趙槩，字叔平，應天虞城人。天聖五年進士，嘉祐間與詩人同登二府。熙寧初拜觀文殿學士、知徐州。時退居睢陽，守約來訪，留潁一月有餘，縱游劇飲而後返。會老堂，在潁州原西湖邊，歐陽修與趙槩聚會宴樂處，今遺址尚存。《明一統志》卷七《潁州》：「會老堂在潁州。宋《蔡寬夫詩話》：歐陽修與趙槩同在政府，相得歡甚。後相繼謝事歸，槩單騎過修于汝陰。時年幾八十，留逾月。日游汝水之陰，因名其堂。」致語，古代宮廷藝人演出開始時説唱的頌辭。首段爲駢文，稱「致語」；後爲詩一首，稱「口號」。清錢謙益《寒夜聞姬人語戲作》詩：「漸喜花朝近生日，擬裁致語慰淒涼。」錢曾注：「楊慎曰：『宋時御前内宴，翰苑撰致語……雖歐、蘇、曾、王皆爲之。』」老友趙槩如約來訪，詩人喜不自勝。此「致語」及「口號」，乃詩人在歡迎宴會上即席而作。詩人歡迎趙槩千里來訪，歌詠朋輩聚飲，讚美「三學士」、「兩閒人」之間真摯而深厚的友情。文筆雅淡，格調清新，頗顯自得自矜。

【注　釋】

〔一〕安車：古代可以坐乘的小車。古車立乘，此爲坐乘，故稱安車。供年老的高級官員及貴婦人乘用。高官告老還鄉或徵召有重望的人，往往賜乘安車。安車多用一馬，禮尊者則用四馬。存於往制：宋陳祥道《禮書》卷一三九《安車》：「《曲禮》：大夫七十而致仕，若不得謝，乘安車。」　命駕：叫馭者駕車馬。

〔二〕一德元臣：道德高尚的元老大臣。一德，純一其德。

〔三〕「謂青衫」二句：早在年輕官微時已是好朋友，白髮老年又都退休養老。

〔四〕軒裳：官位爵禄。元結《忝官引》：「而可愛軒裳，其心又干進。」沈佺期《洛陽道》詩：「白日青春道，軒裳半下朝。」　雞黍之期：即雞黍約。東漢范式在他鄉與其摯友張劭約定，兩年後當赴劭家相會。劭歸告其母，請届時設酒食候之。母曰：「二年之别，千里結言，爾何相信之審邪？」劭謂式信士，必不乖違。至其日，式果至。二人對飲，盡歡而别。事見《後漢書·獨行傳·范式》。後以「雞黍約」爲友誼深長、聚會守信之典。

〔五〕「幸會」二句：幸運地碰上翰林學士呂公著主政潁州，成爲酒宴的主人。

〔六〕德星之聚：賢士相聚。德星：喻賢士。古以景星、歲星爲德星，以爲國家有道或賢人出現，則德星現。杜甫《行次鹽亭縣聊題四韻奉簡嚴遂州》：「全蜀多名士，嚴家聚德星。」

〔七〕風義：猶風操。唐趙元一《〈奉天録〉序》：「建中四祀，朱泚作亂，居我鳳巢；忠臣義士，身死王事，可得而言者，咸悉載之，使後來英傑，貴風義而企慕。」《資治通鑑·梁武帝普通元年》：「熙好文學，有風義，名士多與之游。」

〔八〕口號：頌詩的一種。多指獻給皇帝的頌詩。《宋史·樂志十七》：「每春秋聖節三大宴：其第一、皇帝升坐，宰相進酒……第六、樂工致辭，繼以詩一章，謂之『口號』，皆述德美及中外蹈詠之情。」蘇軾有《集英殿春宴教坊詞致語口號》、《王氏生日致語口號》等。宋孟元老《東京夢華録·元旦朝會》：「京師市井兒遮路爭獻口號，觀者如堵。」

〔九〕「欲知」二句：今天宴席上歐趙相聚，可以與東漢名士陳寔率子孫造訪荀淑父子相媲美。相傳陳荀相聚，出現過德星相聚的天象。南朝宋劉敬叔《異苑》卷四：「陳仲弓從諸子侄造荀季和父子，于時德星聚。太史奏：五百里内有賢人聚。」韓琦《辛亥重九登騎山樓》：「荀陳盛集星光動，相衛名山記字詳。」

〔一〇〕金馬：指金馬門。代翰林院。《文選·揚雄〈解嘲〉》：「公孫創業于金馬，驃騎發跡于祁連。」

李善注引孟康曰：「公孫弘對策于金馬門。」 玉堂：宋翰林院稱玉堂。參見本書《述懷》注〔一二〕。 三學士：歐陽修、趙槩、吕公著。三人均是翰林學士。

〔二〕「美景」二句：朋友的聚會與美麗的風景很難碰在一起，舉杯慶賀這難得的機緣吧。 舉白：舉杯告盡。猶乾杯。泛指飲酒或進酒。唐韓偓《秋深閑興》詩：「把釣覆棋兼舉白，不離名教可顛狂。」白，大白，用以罰酒的杯子。《文選·左思〈吴都賦〉》：「里燕巷飲，飛觴舉白。」劉良注：「大白，杯名。有犯令者，舉而罰之。」

【附録】

許顗《彦周詩話》：「《會老堂口號》曰：『金馬玉堂三學士，清風明月兩閑人。』初謂『清風』『明月』古通用語，後讀《南史·謝譓傳》曰：『入吾室者，但有清風；對吾飲者，惟當明月。』歐陽文忠公文章雖優，詞亦精緻如此。」按：又見胡仔《苕溪漁隱叢話》後集卷二三。

吴景旭《歷代詩話》卷五六《玉堂》：「《許彦周詩話》曰……文忠公文章固優，辭亦精緻如此。吴旦生曰：李肇《翰林志》云：『居翰苑者，皆謂淩玉清，遡紫霄，豈止於登瀛洲哉！亦曰登玉堂焉。』《石林燕語》云：『學士院正廳曰玉堂，蓋道家之名。』《繼古叢編》云：『天上神仙壁記之地，亦名玉堂；名山仙人所居之地，亦有玉堂。』然余按漢之待詔者，或在公車，或在金馬門，或在宦者，或在黄門。時李尋待詔黄門，哀帝使侍中往問災異，對曰：『臣尋位卑術淺，偶遇蒙賢待詔，食大官，衣御府，久汙玉堂之廬。』顔師古注云：『玉堂殿在未央宫。』蓋玉堂本是殿名，而待詔者有直廬在其側耳。（《三輔黄圖》有大玉堂殿、小玉堂殿）據此，則漢時已有其稱，豈必取義於道家耶？宋淳化二年十月，翰林學士蘇易簡有劄子乞御書『玉堂之署』，太宗乃以紅羅飛白四字賜之，其後以『署』字犯英廟諱，故元符中秖云玉堂。紹興末，學士周麟之又乞高宗御書『玉堂』二字，揭於直廬。已而議者謂玉堂乃殿名，不得爲臣下直舍，當如承明故事，請曰『玉堂之廬』可也。《西清詩話》云：歐陽永叔與趙平叔同在政府，相得歡甚。平叔先告老，歸睢陽。永叔相繼謝事，歸汝陰。平叔一日單車往過之，時年幾八十矣，留劇飲逾月，縱游而後返。永叔因榜其游從之地爲會老堂。《倦游録》云：時吕晦叔知潁，開宴召二公，永叔自爲口號，真一時之嘉會也。合此觀之，益見歐公二語之工。」

會老堂

古來交道愧難終〔一〕，此會今時豈易逢。出處三朝俱白首，凋零萬木見青松〔二〕。公能不遠來千里，我病猶堪釂一鍾〔三〕。已勝山陰空興盡，且留歸駕爲從容〔四〕。

【題解】

原輯《居士外集》卷七，繫熙寧五年。作於是年三月，時退居潁州。老友趙槩自南京來訪，留潁一月有餘，縱游劇飲而後返。會老堂，參見本書《會老堂致語》題解。蘇頌《蘇魏公文集》卷八有《和歐陽永叔少師會老唱和詩三首》，蘇軾《東坡全集》卷三有《和歐陽少師會老堂次韻》。本詩讚美趙槩不顧老邁，遠道千里，單騎相訪的真摯情誼，讚美其青松般的高尚氣節。詩律嚴整，氣韻悠揚，屬對工巧，意藴深長。

【注釋】

〔一〕交道：交友之道。《後漢書·王丹傳》：「交道之難，未易言也。」駱賓王《詠懷》詩：「少年識事淺，不知交道難。」一難終：難以有始有終，始終一貫。

〔二〕「出處」二句：你我同仕仁宗、英宗、神宗三朝直至白髮蒼蒼，咱們的友誼就像那歲寒後凋的青松一樣硬朗而高潔。蘇頌《和歐陽永叔少師會老唱和詩三首》其一《寄汝陰少師》：「擲棄浮名同敝屣，保全高節似寒松。」

〔三〕「公能」二句：蘇軾《題永叔會老堂》：「乘興不辭千里遠，放懷還喜一樽同。」釂：飲盡杯中酒。《禮記·曲禮上》：「長者舉未釂，少者不敢飲。」鄭玄注：「盡爵曰釂。」

〔四〕「已勝」二句：此行千里單騎來訪，已超過當年王子猷的「雪夜訪戴」，暫且從容停留車騎，不必急於返程。《世説新語·任誕》：「王子猷居山陰，夜大雪，眠覺，開室命酌酒，四望皎然。因起彷徨，詠左思《招隱詩》，忽憶戴安道。時戴在剡，即便夜乘小船就之。經宿方至，造門不前而返。人問其故，王曰：『吾本乘興而行，興盡而返，何必見戴！』」

【附　録】

吴處厚《青箱雜記》卷八：「少師趙公槩……治平中，退老睢陽，素與歐陽文忠公友善，時文忠退居東潁，公即自睢陽乘興挐舟訪之。文忠喜公之來，特爲展宴，而潁守翰林吕公亦預會。文忠乃自爲口號，一聯云：『金馬玉堂三學士，清風明月兩閑人』。兩閑人，謂公與文忠也。」按：「金馬玉堂」句見歐之《會老堂致語》。王闢之《澠水燕談録》卷四亦記其事，而云：「時翰林吕學士公著方牧潁，職兼侍讀及龍圖，特置酒於堂宴二公。」

胡仔《苕溪漁隱叢話》後集卷二三引蔡啟《蔡寬夫詩話》：「文忠與趙康靖公槩同在政府，相得歡甚。康靖先告老，歸睢陽，文忠相繼謝事，歸汝陰。康靖一日單車特往過之，時年幾八十矣，留劇飲逾月，日於汝陰縱游而後返，前輩掛冠後，能從容自適，未有若此者……因榜其游從之地爲『會老堂』。明年，文忠欲往睢陽報之，未果行而薨。」

答判班孫待制見寄

三朝竊寵幸逢辰，晚節恩深許乞身〔一〕。無用物中仍老病，太平時得作閒人。鳴琴酌酒留嘉客〔二〕，引水栽花過一春。惟恨江淹才已盡，難酬開府句清新〔三〕。

【題　解】　原輯《居士外集》卷七，無繫年，列熙寧五年詩後。作於是年春末，時退居潁州。判班孫待制，即勾當三班院孫洙。孫洙，字巨源，廣陵人。皇祐年間進士，官至翰林學士。據《宋史·孫洙傳》，王安石主新法，諫官孫洙力求補外，出知海州。免役法行，洙力爭之。方春旱，三上奏乞止其役。尋幹當三班院。又據《長編》卷二二三，孫洙出知海州，時在熙寧四年五月丙午（二十二日），而免役法行，則在同年十月一日，其幹當三班院，當在五年春。此詩叙寫退隱後的老病閒逸生活，終日琴酒留客，引水栽花，自命太平閒人，面對朋友寄贈詩作，自稱老病「無用」、「才已盡」。今昔强烈對比，難免萌發愁緒，琴酒花春的背後，實爲銷日弭愁。詩語平易，心境曠達，情態悠然自得。

【注釋】

〔一〕三朝：仁宗、英宗、神宗三朝。　乞身：古代以作官爲委身事君，故稱請求辭職爲乞身。典出《史記·張儀列傳》：「今齊王甚憎儀，儀之所在，必興師伐之，故儀愿乞其不肖之身之梁，齊必興師伐之。」劉禹錫《郡内書情獻裴侍中留守》：「功成頻獻乞身章，擺落襄陽鎮洛陽。」

〔二〕留嘉客：當指款待老友趙槩。參見上詩及本書《會老堂致語》題解。

〔三〕「惟恨」二句：以「江郎才盡」感歎自我，借「清新庾開府」讚揚孫洙。　江淹：字文通，南朝齊梁間文學家。少有文名，世稱江郎。晚年詩文無佳句，時人謂之才盡。後來常用「江郎才盡」比喻才思衰退。鍾嶸《詩品》卷中：「初，淹罷宣城郡，遂宿冶亭，夢一美丈夫，自稱郭璞，謂淹曰：『我有筆在卿處多年矣，可以見還。』淹探懷中，得五色筆以授之。爾後爲詩，不復成語，故世傳『江淹才盡』。」　庾開府：南北朝文學家庾信，字子山，善詩賦、駢文。歷仕西魏、北周，曾任開府儀同三司。　杜甫《春日憶李白》詩：「清新庾開府，俊逸鮑參軍」。

退居述懷寄北京韓侍中二首

其一

悠悠身世比浮雲，白首歸來潁水濆〔一〕。曾看元臣調鼎鼐，却尋田叟問耕耘〔二〕。一生勤苦書千卷，萬事銷磨酒百分〔三〕。放浪豈無方外士，尚思親友念離群〔四〕。

其二

書殿宫臣寵並叨，不同憔悴返漁樵〔五〕。無窮興味閒中得，强半光陰醉裏銷〔六〕。静愛竹時來野寺，獨尋春偶過溪橋。猶須五物稱居士，不及顔回飲一瓢〔七〕。

【題解】

原輯《居士外集》卷七，無繫年，列熙寧五年詩後。作於是年春末，時退居潁州。北京，即大名府，因宋真宗曾在此地暫住，慶曆二年立爲陪都。韓侍中，即韓琦，字稚圭，時以司空兼侍中守北京。《長編拾補》卷三上：熙寧元年十二月「乙丑，韓琦判大名府」。韓琦《安陽集》卷一七有詩《次韻答致政歐陽少師退居述懷二首》。組詩「其一」回顧平生，以仕宦與退居、讀書與飲酒對比，表達思親念友之情。「其二」叙寫退居生活之悠閒，表現知足自矜之心態。二詩是作者致仕生活的真實寫照，是對自我人生的冷静反思，其中有人間真情的緬懷，有老莊哲理的感悟，情感的核心是執著人生的失落，然「哀而不傷」。看似詩酒閒適之中，猶見人格崢嶸之氣。詩思雅淡，自然渾成，事理結合，情韻兼勝，是晚年七律爐火純青之作。

【注釋】

〔一〕悠悠：動盪，飄忽不定。《孔叢子·對魏王》：「今天下悠悠，士亡定處，有德則往，無德則去。」　潁水濆：潁水邊高地。濆，卷末校記：「衆本皆作『濆』，不特別韻，而韓公文集載和篇亦作濆，今從之。」

〔二〕「曾看」二句：當年我爲參知政事，目睹你輔助國君治理朝政；而今我在尋找老農，請教如何種莊稼。　元臣：重臣，老臣。指韓琦。　調鼎鼐：調和鼎鼐，喻指宰輔治國。宋楊傑《張司封泗上春運》：「不日召歸調鼎鼐，一封天上紫泥書。」

〔三〕酒百分：酒足。唐高駢《廣陵宴次戲簡幙賓》：「一曲狂歌酒百分，蛾眉畫出月爭新。」

〔四〕「放浪」二句：歸潁後雖與方外之士往來，可自己還是惦念親朋好友，感傷離群索居。　放浪：放縱不受拘束。郭璞《客傲》：「不恢心而形遺，不外累而智喪，無巖穴而冥寂，無江湖而放浪。」　方外士：不涉塵世或不拘世俗禮法的人。多指僧、道、隱者。　念離群：離開衆人，心繫親友。梁簡文帝《詠洲間獨鶴》詩：「誰知獨辛苦，江上念離群。」

〔五〕書殿宫臣：歐以觀文殿學士、太子少師致仕，故稱。書殿，本指集賢院、史館。宫臣，太子的屬官。江淹《雜體詩·效陸機〈羈宦〉》：「服義追上列，矯跡廁宫臣。」

〔六〕「無窮」二句：悠閒中獲得無窮樂趣，酒醉裏消磨大半光陰。

〔七〕「猶須」二句：自己還得依恃藏書、金石遺文、琴、棋、酒等五物稱「六一居士」，比不上顔回的簞食瓢飲、安貧樂道。五物：歐晚年自號「六一居士」。其《六一居士傳》云：「客有問曰：『六一，何謂也？』居士曰：吾家藏書一萬卷，集録三代以來金石遺文一千卷，有琴一張，有棋一局，而常治酒一壺。客曰：是謂『五一』爾，奈何？居士曰：一吾一翁，老於此五物之間，是豈不『六一』乎？」飲一瓢：《論語・雍也》：「子曰：『賢哉，回也！一簞食，一瓢飲，在陋巷，人不堪其憂，回也不改其樂。賢哉，回也！』」

【附録】

二詩全輯入清康熙《淵鑑類函》卷三〇一、吴之振《宋詩鈔》卷一二、陳訏《宋十五家詩選・廬陵詩選》。

葉夢得《避暑録話》卷上：「讀書避暑，固是一佳事，況有此釀？忽看歐文忠詩，有『一生勤苦書千卷，萬事消磨酒十分』之句，慨然有當其心。公名德著天下，何感於此乎？……此公始退休之時寄北門韓魏公詩也。」

胡仔《苕溪漁隱叢話》前集卷三六引《三山老人語録》：「荆公詩云：『細數落花因坐久，緩尋芳草得歸遲。』六一居士詩云：『靜愛竹時來野寺，獨尋春偶過溪橋。』二公皆狀閒適，荆公之句爲工。」

按：又見王昌會《詩話類編》卷二三。

胡仔《苕溪漁隱叢話》前集卷三六：「六一居士詩云：『靜愛竹時來野寺，獨尋春偶過溪橋。』俗謂之折句。盧贊元《雪詩》云：『想行客過梅橋滑，免老農憂麥壟乾。』效此格也。余亦嘗云：『鸚鵡杯且酌清濁，麒麟閣懶畫丹青。』」按：又見魏慶之《詩人玉屑》卷三、王昌會《詩話類編》卷二一。

韋居安《梅磵詩話》卷上：「七言律詩有上三下四格，謂之折腰句。白樂天守吴門日，答客問杭州詩云：『大屋簷多裝雁齒，小航船亦畫龍頭。』歐陽公詩云：『靜愛竹時來野寺，獨尋春偶到溪橋。』盧贊元《雨》詩：『想行客過溪橋滑，免老農憂麥隴乾。』劉後村《衛生》詩云：『採下菊宜爲枕睡，碾來芎可入茶嘗。』《胡琴》詩云：『出山雲各行其志，近水梅先得我心。』皆此格也。」

單宇《菊坡詩話》卷二一：「《蒙齋詩林》云：東坡『五車書已留兒讀，二頃田應爲鶴謀。』此前所謂折句法也。歐陽公『靜愛竹時來野寺，獨尋春偶過溪橋』……皆效此格也。」

黄溥《詩學權輿》卷一：「折句格：六一居士：『靜愛竹時來野寺，獨尋春偶過溪橋。』邵康節詩：『在世上官雖不作，出人間事卻能俗。』謂之折句。」

郭子章《豫章詩話》卷三：「歐公詩『靜愛竹時來野寺，獨尋春偶過溪橋。』俗謂之折句。盧贊元《雪》詩『想行客過梅橋滑，免老農憂麥隴乾。』效此格也。」

梁橋《冰川詩式》卷三：「折腰句法：靜愛僧時來野寺，獨尋春處過溪橋。（上四字、下三字）。」

無名氏《沙中金集》下：「折腰句：讀之若不律。自是一格……『靜愛竹時來野寺，獨尋春偶過溪橋。』」

宋長白《柳亭詩話》卷二一：「『飲酒不至狂，對客不至疲。讀書以自娛，不强所不知。』此放翁所謂閒適詩也。如此領會，不必更云『酒無獨飲理，常恨欠佳客』、『守書眼欲暗，投枕乃了然』矣。歐陽公句：『一生勤苦書千卷，萬事銷磨酒十分。』黄俞言句：『杯中有聖方中酒，天上無仙不讀書。』深得此中神理。」

初夏西湖

積雨新晴漲碧溪，偶尋行處獨依依〔一〕。緑陰黄鳥春歸後，紅蘤青苔人跡稀。萍匝汀洲魚自躍，日長欄檻燕交飛〔二〕。林僧不用相迎送，吾欲臺頭坐釣磯〔三〕。

【題　解】

原輯《居士外集》卷七，無繫年，列熙寧五年詩後。作於是年四月，時退居潁州。西湖，即潁州西湖。參見本書《初至潁州西湖，種瑞蓮、黄楊，寄淮南轉運吕度支、發運許主客》題解。此詩描摹西湖初夏的優美景色，抒寫獨行游湖的悠閒心境。詩人審視西湖的花鳥山水，領略回歸自然的生活情趣。詩語清新，繪景如畫，情韻悠遠綿長，靜謐的氛圍與平淡的心緒，揭示宋詩特有的内斂之美。

【注　釋】

〔一〕積雨：猶久雨。韓愈《符讀書城南》詩：「時秋積雨霽，新涼入郊墟。」依依：思慕懷念的心情。《後漢書·章帝紀》：「豈亡克慎肅雍之臣，辟公之相，皆助朕之依依。」李賢注：「依依，思慕之意。」

〔二〕萍匝汀洲：浮萍環繞水中小洲。交飛：交相飛舞。

〔三〕釣磯：可作釣魚臺用的水邊大石。皮日休《西塞山泊漁家》詩：「白綸巾下髮如絲，靜倚楓根坐釣磯。」

【附　録】

此詩輯入清康熙《御選宋金元明四朝詩·御選宋詩》卷四六、陳訏《宋十五家詩選·廬陵詩選》。

寄河陽王宣徽

誰謂蕭條潁水邊，能令嘉客少留連。肥魚美酒偏宜老，明月清風不用錢〔一〕。況直湖園方首夏，正當櫻筍似三川〔二〕。自知不及南都會〔三〕，勉彊猶須詫短篇。

【題解】

原輯《居士外集》卷七，無繫年，列熙寧五年詩後。作於是年，據頸聯出句的「首夏」，可知時在四月，詩人退居潁州。王宣徽，即王拱辰。生平參見本書《答西京王尚書寄牡丹》題解。據《長編》卷二一〇熙寧三年四月壬申（十二日）紀事，王拱辰時「已爲宣徽使」。河陽，縣名，治所在今河南孟縣南。劉敞《公是集》卷五一《王開府（拱辰）行狀》：「（熙寧）四年，判河陽。五年，再判河南府。」詩人自叙退居潁州後賞景、飲酒、賦詩的悠閒生活。詩語平實舒緩，景物清麗明媚，情感真摯，意藴深沉。

【注釋】

〔一〕「肥魚」二句：此地的肥魚美酒最適宜頤養老人，更有美麗而不用化錢的自然風物。明月清風不用錢：李白《襄陽歌》：「清風朗月不用一錢買。」

〔二〕首夏：初夏，指農曆四月。曹丕《槐賦》：「伊暮春之既替，即首夏之初期。」三川：東周以河、洛、伊爲三川。《文選·鮑照〈詠史〉》：「五都矜財雄，三川養聲利。」李善注引韋昭曰：「有河、洛、伊，故曰三川。」此處代指洛陽。王維《送韋大夫東京留守》詩：「雲旗蔽三川，畫角發龍吟。」趙殿成注：「《史記》索隱：三川，今洛陽也。」

〔三〕南都會：即杜衍等「睢陽五老」在南京應天府的聚會。元陰勁弦《韻府群玉》卷一一《睢陽五老》：「至和中，杜祁公衍八十七，王禮侍焕九十，畢農卿世長九十四，兵部朱貫八十八，始平馮公八十七，優游鄉梓爲五老會，賦詩酬倡。錢明逸序之。」南都，即應天府南京，今河南商丘。

擬剥啄行寄趙少師

剥剥復啄啄，柴門驚鳥雀〔一〕。故人千里駕，信士百金諾〔二〕。搢紳相趨動顔色，閭巷歡呼共嗟愕〔三〕。顧我非惟慰寂寥，於時自可警偷薄〔四〕。事國十年憂患同〔五〕，酣歌幾日暫相從。酒醒初不戒徒馭，歸思瞥起如飛鴻〔六〕。車馬闃然人已去〔七〕，荷鋤却向野田中。

【題解】

原輯《居士外集》卷四，繫熙寧五年。作於是年夏，在趙槩五月造訪分手之後，時退居潁州。《剥啄行》本是韓愈四言古詩，抒寫政治上受打擊後憂讒畏譏的心情，起句爲「剥剥啄啄，有客至門」。趙少師，即趙槩，以太子少師致仕，故稱。蘇軾《東坡全集》卷三有《和歐陽少師寄趙少師次韻》，蘇轍《欒城集》卷四亦有《趙少師自南都訪歐陽少師於潁州，留西湖久之，作詩獻歐陽公》。本詩擬韓愈作而改用五七言，描述趙槩千里來訪，表達客來心欣喜、客去心悵然的情感。筆力勁直，詩語錯落，感慨深沉，意境寥廓，風格頗似韓愈。

【注釋】

〔一〕剥剥、啄啄：敲門聲。驚鳥雀：很少有客人來，敲門聲驚動樹上的鳥雀。

〔二〕千里駕：指老友趙槩自南京千里單騎來訪。《世説新語·簡傲》：「嵇康與吕安善，每一相思，千里命駕。」百金諾：《史記·季布欒布列傳》：「楚人諺曰：『得黄金百斤，不如得季布一諾。』」後以「百金諾」指信實可靠的諾言。歐、趙致仕前有日後互訪的約定，故云。

〔三〕「搢紳」二句：趙槩時年近八十，尚踐約不遠千里來訪，令縉紳動色、閭巷「嗟愕」。

〔四〕「顧我」二句：趙槩千里造訪不僅安慰寂寞的我，也是對輕薄世風的一種警誡。蘇軾《和歐陽少師寄趙少師次韻》：「世事如今臘酒濃，交情自古春雲薄。」蘇轍《趙少師自南都訪歐陽少師於潁州，留西湖久之，作詩獻歐陽公》：「退居萬事樂，獨恨無友生。」偷薄：澆薄，不敦厚。

〔五〕事國十年：《長編》卷一七七至和元年（一〇五四）九月癸亥（三日）：「時楊察、趙槩、楊偉、胡宿、歐陽修並爲學士。」嘉祐五年歐趙二人並爲樞密副使，六年、七年先後爲參知政事，治平四年（一〇六七）歐出知亳州，次年趙出知徐州。二人同朝共事十餘年。

〔六〕「酒醒」二句：趙槩酒醒後突然決定回去，在毫無準備的情形下駕車啟程。戒徒馭：吩咐隨從和馭手。徒馭，即徒御。挽車、御馬的人。

〔七〕闃然：寂靜貌。宋范成大詩《丙午新正書懷》其四：「窮巷閑門本闃然，强將爆竹聒階前。」

【附録】

魏仲舉《五百家注昌黎文集》卷四《剥啄行》題解：「剥啄，叩門聲。樊曰：元和元年自江陵召入爲國子博士作也。公被讒出爲陽山，至是召還，又有謗之者，故《三星行》云：『名聲相乘除，得少失有餘。』《剥啄行》云：『我不厭客，困於語言。』『欲不出納，以堙其源。』各有所激云爾。歐陽文忠《擬〈剥啄行〉寄趙少師》云『剥剥復啄啄，柴門驚鳥雀。故人千里駕，信士百金諾』云云。公遠讒避謗，欲謝客以堙其源，故深其塹，堅其墉，要爲不可干者。而歐陽則歸老故鄉，欣然喜客之至，是以其辭不同如此。」

贈潘道士

門無車轍紫苔侵，雞犬蕭條陋巷深〔一〕。寄語彈琴潘道士，雨中尋得越江吟〔二〕。

【題解】

原輯《居士外集》卷七，無繫年，列熙寧五年詩後。作於是年夏秋間，時退居潁州。歐《叔平少師去後，會老堂獨坐偶成》詩有云「愛酒少師花落去，彈琴道士月明來」，此「彈琴道士」，即潘道士。趙槩少師初夏離潁，潘道士來訪及本詩寫作，當在五年夏秋間。潘道士，劉敞《公是集》卷一七《潘道士》詩稱其爲「上清宫中老道士」。詩歌描寫雨中的蕭條陋巷，相約潘道士前來彈奏古琴曲《越江吟》。詩人結交超然物外的潘道士，有其晚年思想對道家的認同和接納，但絶非尋仙學道，秖是琴曲之約，以慰其孤寂之心。詩語清淡，意藴深沉，自具情韻風神。

【注釋】

〔一〕紫苔：紫色的苔蘚，指經年累月長滿苔蘚，其色變爲深紫色。雞犬蕭條：歐《夷陵歲暮書事呈元珍、表臣》：「蕭條雞犬亂山中。」蕭條，即疏散、稀疏。

〔二〕「寄語」二句：在孤寂淒清的雨天尋找到古琴曲譜《越江吟》，約請朋友潘道士前來彈奏。越江吟：古琴曲。明彭大翼《山堂肆考》卷一六二《賀若曲》：「《冷齋夜話》：世傳琴曲有十小調，皆隋賀若弼（朱翌《猗覺寮雜記》卷上《琴曲》以爲《越江吟》作者爲「賀若夷」）所製。一、不換金；二、不換玉；三、峽泛吟；四、越溪吟；五、越江吟……琴家但名賀若而已。」宋初蘇易簡《越江吟》：「神仙，神仙，瑶池宴。片片碧桃，零落春風晚。翠雲開處隱隱，金轝挽玉鱗，背冷清風遠。」曲語涉神仙，潘爲道士，故彈此曲。

【附録】

此詩輯入明曹學佺《石倉歷代詩選》卷一四〇，又輯入清管庭芬、蔣光煦《宋詩鈔補·歐陽文忠

詩補鈔》。

叔平少師去後會老堂獨坐偶成

積雨荒庭徧緑苔，西堂瀟灑爲誰開〔一〕？愛酒少師花落去，彈琴道士月明來〔二〕。雞啼日午衡門静，鶴唳風清晝夢回〔三〕。野老但欣南畝伴，豈知名籍在蓬萊〔四〕。

【題　解】

原輯《居士外集》卷七，無繫年，列熙寧五年詩後。作於是年夏秋間，時退居潁州。叔平，即趙槩，以太子少師致仕。本年春，趙槩自南京千里單騎來訪，留潁一月有餘，縱游劇飲而後返。詩歌作於趙槩離潁之後，獨坐在趙槩曾光顧過的會老堂，詩人品味清静的退休生活，有人間仙境之感。詩律精工，飄逸空靈，展示詩人晚年生活的悠閑自得。

【注　釋】

〔一〕積雨：猶久雨。韓愈《符讀書城南》詩：「時秋積雨霽，新涼入郊墟。」西堂：趙叔平在潁州居會老堂西廂房。

〔二〕愛酒少師：落花時節離去的趙槩。 彈琴道士：善於彈琴的潘道士。參見上詩題解。

〔三〕衡門：横木爲門，指簡陋的房屋。《詩·陳風·衡門》：「衡門之下，可以棲遲。」朱熹集傳：「衡門，横木爲門也。門之深者，有阿塾堂宇，此惟横木爲之。」借指隱士居所。

〔四〕名籍：猶名册。元稹《酬樂天待漏入閤見贈》詩：「謫仙名籍在，何不重來還？」 蓬萊：蓬萊山。古代傳説中的神山名，泛指仙境。《史記·封禪書》：「自威、宣、燕昭使人入海求蓬萊、方丈、瀛洲，此三神山者，其傳在勃海中。」

戲石唐山隱者

石唐仙室紫雲深，潁陽真人此筭心〔一〕。真人已去升寥廓〔二〕，歲歲巖花自開落。我昔曾爲洛陽客，偶向巖前坐磐石〔三〕。四字丹書萬仞崖，神清之洞鎖樓臺〔四〕。雲深路絶無人到，鸞鶴今應待我來〔五〕。

【題解】

原輯《居士集》卷九，原繫熙寧□年。作於熙寧五年初秋，時退居潁州。石唐山隱者，即嵩山少室緱氏嶺石唐山紫雲洞道士許昌齡。宋葛立方《韻語陽秋》卷一二：「（歐）公集中載許道人、石唐山隱者，皆昌齡也。」「所謂《石唐山人》詩，乃公臨終寄許之作也。」厲鶚《宋詩紀事》卷一二輯此詩，題爲《寄許道人昌齡》。此詩戲贈朋友許昌齡道士，叙寫神清洞的寂寥，回憶早年嵩山之游，戲稱將會前來修道，邀約隱者等待自己相伴。其中期盼超脱人世、嚮往天界仙境的「戲」言，反映儒學兼融釋道的哲理化傾向。詩語簡淡，饒有情趣，耐人尋味。

【注釋】

〔一〕石唐仙室：即嵩山少室緱氏嶺石唐山紫雲洞。紫雲：即紫雲洞。潁陽真人：指邢和璞，唐人，曾隱潁陽石唐山，作《潁陽書》。《舊唐書》卷一九一：「有邢和璞者，善算人而知夭壽善惡。」《新唐書》卷五九：「邢和璞《潁陽書》三卷。」附注：「隱潁陽石堂山。」《畿輔通志》卷八三「邢和璞，不知何許人。隱於瀛海間，善算術。凡人心之所許，布算而知之。卜居嵩潁間，著《潁陽書》三篇，有算心旋空之訣。」筭心：算心術。即《畿輔通志》卷八三所謂的「凡人心之所計，布算而知之」。

〔二〕升寥廓：升天成仙。寥廓，遼闊的天空。《漢書·司馬相如傳下》：「猶焦朋已翔乎寥廓，而羅者猶視乎藪澤，悲夫！」顔師古注：「寥廓，天上寬廣之處。」

〔三〕洛陽客：詩人天聖九年三月至洛陽補西京留守推官，三年後秩滿離任。坐磐石：指明道二年嵩山之游。胡《譜》：明道元年「是春及秋，兩游嵩嶽。秋，蓋從通判謝絳奉御香告廟也。禮畢，同游五人，皆見峭壁大書神清之洞。」

〔四〕四字丹書：即明道元年九月歐隨謝絳等奉旨告廟游嵩山所見的「神清之洞」。《歐集》附録謝絳《游嵩山寄梅殿丞書》有云：「出潁陽北門，訪石堂山紫雲洞，即邢和璞著書之所。山徑極險，捫蘿而上者七八里，上有大洞，蔭數畝，水泉出焉。久爲道士所占……又峭壁有若四字，云『神清之洞』，體法雄妙，蓋薛老峰之比，諸君疑古苔蘚自成文，又意造化者筆焉，莫得究其本末，問道士及近居之民，皆曰向無此異，不知也。」蘇轍《蔡州壺公觀劉道士並引》：「（歐）公亦嘗自言：昔與謝希深、尹師魯、梅聖俞數人同游嵩高，見蘚書四大字於蒼崖絶澗之上，曰『神清之洞』。問同游者，惟師魯見之。以此亦頗自疑。」

〔五〕鸞鶴：鸞與鶴。相傳爲仙人所乘。南朝宋湯惠休《楚明妃曲》：「驂駕鸞鶴，往來仙靈。」

【附録】

此詩輯入明李蓘《宋藝圃集》卷九，又輯入清陳焯《宋元詩會》卷一〇、管庭芬、蔣光煦《宋詩鈔補·歐陽文忠詩補鈔》、厲鶚《宋詩紀事》卷一一，題爲《寄許道人昌齡》。

《宋朝事實類苑》卷四六引蔡絛《西清詩話》：「潁陽石唐山，一峰特峙，勢雄秀，獨岐遥通絶頂，有石室，邢和璞算心處也。治平中，許昌齡者，安世諸父，蚤得神仙術，杖策來居，天下傾焉。後游太清宫，時歐陽文忠公守亳社。公生平不肯老佛，聞之，邀致州舍與語，豁然有悟，贈之詩曰：『緑髮青瞳瘦骨輕，飄然乘鶴去吹笙。郡齋坐覺風生竹，疑是孫登長嘯聲。』公集中許道人、石唐山隱者，皆昌齡也。一日，公問道，許告以公屋宅已壞，難復語此，但明瞭前境，猶庶幾焉，且道公昔游嵩山見神清洞事。公默有所契，語秘不傳。後公歸汝陰，臨薨，以詩寄之：『石唐仙室紫雲深，潁陽真人此算心。真人已去升寥廓，歲歲巖花自開落。昔公曾爲洛陽客，偶向巖前坐盤石。四字丹書萬仞崖，神清之洞鎖樓臺。雲深路絶無人到，鸞鶴今應待我來。』公又嘗手書昌齡詩：『南莊相對北莊居，更入深山十里餘。幽路每尋樵徑上，真心還與世情疏。雲中犬吠流星過，天外雞鳴曉日初。昨日有人相問訊，旋將落葉寫回書。』讀此，想見其人矣。神清洞，世固詳其事，而昌齡尤瑰異，信公真神仙中人也。」

阮閲《詩話總龜》前集卷四七引《青瑣集》云：「永叔登第後授洛陽節推，聖俞爲洛陽簿，乃得友之初也。一日同游嵩山佳處，相對吟醉，道望四峰鉅崖之上有丹書四字云『神清之洞』，指示聖俞，聖俞曰不見。洎告老歸潁，思前四字作一絶云：『四字丹書萬仞崖，神清之洞鎖樓臺。煙霞極目無人到，鸞鶴今應待我來。』後數月薨。」按：又見胡仔《苕溪漁隱叢話》後集卷二六、陳葆光《三洞群仙録》卷八。

胡仔《苕溪漁隱叢話》後集卷二六：「東坡《送范景仁游洛中詩》：『蘚書標洞府，松蓋偃天壇。』注云：『歐陽永叔嘗游嵩山，日暮，於絶壁上見苔蘚成文云：神清之洞。明日復尋不見。』又《六一居士集》有《戲占唐山隱者詩》：『我昔曾爲洛陽客，偶向巖前坐磐石，四字丹書萬仞崖，神清之洞瑣樓臺。』蓋紀此事。余謂二公人物文章，俱爲天下第一，自是神仙中人，應居紫府、閬苑，固宜所夢所見之異也。」

葛立方《韻語陽秋》卷一二：「歐公常爲《感事詩》……而《贈石唐山人詩》，乃云『我昔曾爲洛陽客，偶向巖前坐磐石。四字丹書萬仞崖，神清之洞鎖樓臺。雲深路絶無人到，鸞鶴今應待我來』何邪？蔡約之云：『公守亳社日，有許昌齡者，得神仙之術，來游太清宫，公邀至州舍與語，豁然有悟。一日，公問道，許告以公屋宅已壞，難復語此，但明瞭前境，猶庶幾焉。』所謂《石唐山人詩》，乃公臨終寄許之作也。」

葛立方《韻語陽秋》卷一三：「杜甫詩云：『萬古仇池穴，潛通小有天。』則仇池者必真仙所舍之地……則知福地何處無之。白樂天之蓬萊山，王平甫之靈芝宫，歐陽永叔之神清洞，皆有詩章以紀其異，其亦仇池、長白之類與？」

吴之鯨《武林梵志》卷八：「歐陽修……始不信佛。如《酬淨照》詩云：『佛説吾不學，勞師空款關。吾方仁義急，君且水雲閒。』後守亳社，有許昌齡來游太清宫，公邀至州舍。與語，忽然有悟。居洛中時，游嵩山，卻僕吏，放意而往，至一寺，修竹滿軒，風物鮮美。公休於殿陛傍，有老僧閲經自若。公問：『誦何經？』曰：『《法華》。』公云：『古之高僧，臨死生之際，類皆談笑脱去，何道致之？』曰：『定慧力耳。』又問：『今乃寂寥無有，何哉？』老僧笑曰：『古人念念在定慧，臨終安得散亂？今人念念在散亂，臨終安得定慧？』公大歎服。後居潁州，捐酒肉，徹聲色，灰心默坐，令老兵往近寺借《華嚴經》，讀至八卷，安坐而薨。」

絶句

冷雨漲焦陂，人去陂寂寞〔一〕。惟有霜前花，鮮鮮對高閣〔二〕。

【題解】

原輯《居士外集》卷四，繫熙寧五年。作於是年秋，時退居潁州。題下原注：「臨薨作。」胡《譜》：熙寧五年「閏七月庚午（二十三日），公薨。」此詩爲作者臨終絶筆，道盡詩人對焦陂秋色的一往情深，表現其棄世前的寂寞心境。蕭索淒冷秋境中孤芳自賞的菊花，乃是作者自身形象的寫照。筆致蒼勁，氣格高遠，情景相融，意境深沉悲涼。

【注釋】

〔一〕「冷雨」二句：清冷的秋雨使焦陂的水位上漲，游人離去後這裏一片寂寞。焦陂，又稱椒陂塘。嘉靖《潁州志》：「椒陂塘，在州南六十里，廣十餘頃。唐刺史柳寶積教民置陂潤河，引水入塘，溉田萬頃。」清查慎行《蘇詩補注》卷三五：「焦陂，《潁州志》：焦陂在州南四十里，唐永徽中刺史柳寶積所開。」

〔三〕鮮鮮：好貌，鮮麗貌。韓愈《秋懷詩》其十一：「鮮鮮霜中菊，既晚何用好。」錢仲聯集釋引《方言》：「鮮，好也。」

歐陽修詩編年箋注補遺

白牡丹

蟾精雪魄孕雲荄，春入香腴一夜開。宿露枝頭藏玉塊，晴風庭面揭銀盃。

（宋《錦繡萬花谷》前集卷七《牡丹》，宋祝穆《古今事文類聚》後集卷三〇《花卉部》，宋陳景沂《全芳備祖》前集卷二《花部》，明彭大翼《山堂肆考》卷一九七《花品》等。）

芙蓉花二首

其一

溪邊野芙蓉，花水相媚好。半看池蓮盡，獨伴霜菊槁。

其二

紅芳曉露濃，緑樹秋風冷。共喜巧回春，不妨閑弄影。

（宋陳景沂《全芳備祖》前集卷二四《花部》。「其一」實爲蘇軾《芙蓉》詩第二、三聯，全詩見《東坡全集》卷一五、《施注蘇詩》卷二三、《蘇詩補注》卷二五。「其二」實爲朱熹《秋華四首》其一《木芙蓉》，見《晦庵集》卷九。《淵鑑類函》卷四〇七又誤爲楊萬里詩。）

詩一首

人言清禁紫薇郎，草詔紫薇花影傍。山木不知官況味，也隨紅日上東廊。

（明解縉《永樂大典》卷九〇四，明彭大翼《山堂肆考》卷一九九《草詔》，清田雯《古歡堂集》卷三九《紫薇》。宋陳景沂《全芳備祖》前集卷一六《花部》、清康熙《御定佩文齋廣群芳譜》卷三八《花譜》則作宋陶弼《紫薇》。）

詩二首

文出升平世，禾生大有年。四克今日月，六合古山川。反朴次三五，古文丁一千。王功因各定，大作不相沿。主化布于下，人心孚自天。上方求士切，公亦立仁先。才行苟並至，位名尤兩全。末由弓治手，安比父兄肩。幸及布衣仕，宜希守令先。尺刀元並用，丹白具同研。去吏多甘老，休兵坐力田。干戈包已久，永卜本支延。

（清陸心源輯《敬齋古今黈拾遺》卷一。）

以上引自《全宋詩》卷三〇三。

漫成

官居盛有田園興，舉止西疇歎幾曾。書卻旗常鐘鼎了，早牽黄犢趁春耕。

（《後村千家詩》後集卷一）

以上引自《全宋詩訂補》，其「輯補」的另一首《優人致語口號》，實存《歐集》卷一三一，爲《會老堂致語》一部分。

天爵詩

茂哲時皆仰，榮名世所傳。爲仁勤在己，列爵貴在天。舜德行無倦，顔貧樂自全。達尊非以位，生德乃推賢。且異諸侯賜，高居百行先。孟軻思勸善，深旨著遺篇。

（宋刊本《歐集》卷七四後續添。末句下原注：「見《仙梯省試詩》。嘉祐六年，江南郭祥正作序。」）

松柏後凋詩

歲律方回薄，寒威慘四垂。雪霜當大摯，松柏獨難衰。節在暄涼固，形非氣候移。風雲徒栗冽，柯葉詎離披。玉色炎中見，忠臣濁世知。蕙蘭徒茂美，寧比後凋姿！

（宋刊本《歐集》卷七四後續添。題下原注：「見舊杭本《分門省題詩》，皆嘉祐以前人作。」）

殘　句

一句坐中得，片心天外來。

（曾慥《類説》卷四六《苦吟句》，宋《錦繡萬花谷》前集卷二一，阮閲《詩話總龜》前集卷一一引《青瑣集》。）

焚香答進士，撤幕待經生。

（宋祝穆《古今事文類聚》前集卷二五《焚香撤幕》，阮閲《詩話總龜》前集卷三〇引《古今詩話》，明彭大翼《山堂肆考》卷八三《焚香》。）

最好花常最後開。

（宋祝穆《古今事文類聚》後集卷三〇《牡丹》，阮閲《詩話總龜》前集卷四〇引《詩史》。）

萬枝黄落風如射，猶自傳聲欲噬人。

（宋袁文《甕牖閒評》卷七引《詠蚊》。實爲秦觀《淮海後集》卷四《冬蚊》末二句。）

蚤虱蚊虻罪一倫，未知蚊子重堪嗔。

（宋袁文《甕牖閒評》卷七引《詠蚊》。）

秋花不落春花落，爲報詩人仔細看。

（宋史正志《史氏菊譜》後序引《戲王介甫》。）

秦邸獄冤誰與辨，高橋客死世通悲。

（宋王明清《玉照新志》卷五引《蘇子美挽辭》。）

尚記梨花村，依依聞暗香。

（宋陳景沂《全芳備祖》前集卷九。　實爲蘇軾《湖中夜歸》第五聯，全詩《東坡詩集注》卷二、《施注蘇詩》卷六、《蘇詩補注》卷九。）

湖上野芙蓉，含思秋脈脈。娟娟如靜女，不肯傍阡陌。詩人杳未來，幽豔冷難宅。

（宋陳景沂《全芳備祖》前集卷二四《芙蓉花》，清《御定佩文齋廣群芳譜》卷三九、《淵鑑類函》卷四〇七。　實爲蘇軾《九日湖上尋周李二君不見，君亦見尋於湖上，以詩見寄，明日乃次其韻》首三聯。全詩見《東坡全集》卷五、《東坡詩集注》卷一七、《施注蘇詩》卷七、《蘇詩補注》卷一〇。）

來時擘繭正探官。

（宋陳元靚《歲時廣記》卷九《造面繭》。　實爲梅堯臣《和永叔内翰》首句，全詩見《宛陵先生集》卷五一。）

奕奕天河光不斷，有人正在長生殿。

（宋陳元靚《歲時廣記》卷二七《乞富貴》。　實爲歐詞《漁家傲》其十五句。）

文章自古無憑據，唯願朱衣一點頭。

（宋吕祖謙《詩律武庫》卷四，宋祝穆《古今事文類聚》前集卷二五引《侯鯖録》，明彭大翼《山堂肆考》卷八三引《侯鯖録》。）

酒粘衫袖重，花壓帽檐偏。

（元闕名《拊掌録》引，元陶宗儀《説郛》卷三四引《拊掌録》。）

以上引自《全宋詩》卷三〇三。

明年食菊知誰在，自向欄邊種數叢。

（歐陽修《歐集》卷一二九《筆説·辨甘菊説》。）

孤閒竺乾格，平淡少陵才。

（宋釋文瑩《湘山野録》卷上。）

林間著書就，應寄日邊來。

（宋釋文瑩《湘山野録》卷上。）

捧硯得全牛。

（宋釋文瑩《湘山野録》卷下。）

以上引自《全宋詩訂補》。

白髮垂兩鬢，黄金腰七環。

（宋曾慥《類説》卷五七引《王直方詩話》。）

萬釘寶帶腰環七。

（宋曾慥《類説》卷五七引《王直方詩話》。）

隋宫守夜沉香火，楚俗驅儺爆竹聲。

（宋祝穆《古今事文類聚》前集卷一二引《紀聞》，明彭大翼《山堂肆考》卷一四。）

澤養千年蜕龍骨。

（宋祝穆《古今事文類聚》後集卷三三，明彭大翼《山堂肆考》卷二二三。）

斷牆著雨蝸成字。

（宋祝穆《古今事文類聚》後集卷五〇，明彭大翼《山堂肆考》卷二二五《畫壁》，《淵鑑類函》卷四四九《蟲豸部五》。元方回《瀛奎律髓》卷一〇爲宋陳師道《春懷示鄰曲》首句，清康熙《御定佩文齋詠物詩選》卷二四題爲《春懷示鄰》，《御選宋金元明四朝詩·御選宋詩》卷四九題爲《春懷示鄰里》。）

桃花水下清明路。

（宋陳元靚《歲時廣記》卷一《桃花水》。）

芳枝結青杏，翠葆新奕奕。

（宋陳景沂《全芳備祖後集》卷五《果部》，宋潘自牧《記纂淵海》卷九二《果食部》，清《御定佩文齋廣群芳》卷五四《果譜》。）

共約試新茶，旗槍幾時緑。

（宋陳景沂《全芳備祖後集》卷二八，明彭大翼《山堂肆考》卷一九三《茶》，清陸廷燦《續茶經》卷上之一。）

餘春去已遠，緑水涵新塘。漸愛樹陰密，初迎薰風涼。

（元劉壎《隱居通議》卷七《詩歌二·歐陽公》。）

清夜夢中糊眼處，朱衣暗裏點頭時。

（明彭大翼《山堂肆考》卷八三引《侯鯖録》。）

存目詩

《博愛無私詩》

（天聖八年殿試詩　歐陽修《居士外集》卷二四題下注：「缺」。）

《柘枝歌》

（梅堯臣《宛陵先生集》卷二《和永叔柘枝歌》詩，題下原注：「留守相公南莊按舞」。歐詩已佚。）

《答梅聖俞澄心堂紙》

（梅堯臣《宛陵先生集》卷七《永叔寄澄心堂紙二幅》有云：「昨朝人自東郡來，古紙兩軸緘縢開。滑如春冰密如繭，把玩驚喜心徘徊。」《歐集》卷一四九康定元年《與梅聖俞》書簡亦云：「昨夕子履偶來會宿，聯句數十韻奉寄，且以爲謔。又有前奉答長句，並録附去。」此奉答七言古詩已佚。）

《馬上見寄兼子華原甫》

（梅堯臣《宛陵先生集》卷一八有《次韻和永叔退朝馬上見寄兼子華原甫》詩，歐詩已佚。）

《郡齋聞百舌》

（梅堯臣《宛陵先生集》卷三一有《和永叔郡齋聞百舌》詩，歐詩已佚。）

《社日》

（梅堯臣《宛陵先生集》卷四九有《依韻奉和永叔社日》詩，歐詩已佚。）

《和張淳叟》

（梅堯臣《宛陵先生集》卷五二有《張淳叟獻詩永叔同永叔和之》詩，有云：「張君獻詩詩詞巧，美女插花嬌醉春。公答七言詩筍笱，我無千里學騏驎。」歐詩已佚。）

《秋日冬城郊行》

（梅堯臣《宛陵先生集》卷五四有《依韻和永叔秋日冬城郊行》詩，歐詩已佚。）

《都亭館伴戲寄梅聖俞》

（歐陽修《居士外集》卷七末附語：「嘉祐三年二月，公館伴北使，在都亭驛有《戲寄梅聖俞》絶句。聖俞集中次韻云：『去年鎖宿得聯華，二月牆頭始見花。今日都亭公感物，明朝太學我辭家（上丁釋奠致齋）。』公詩無之。」梅堯臣《宛陵先生集》卷五六有《依韻和永叔都亭館伴戲寄》詩，歐詩已佚。）

《景靈朝謁從駕還宮》

（劉敞《公是集》卷二三有《和永叔景靈朝謁從駕還宮》詩，韓維《南陽集》卷八亦存《和永叔從駕謁景靈宮》詩，歐詩已佚。）

《宿齋太廟聞鶯》

（劉敞《公是集》卷二九有詩《和永叔宿齋太廟聞鶯二韻》，歐詩已佚。又歐陽修晚年有詩《齋宮尚有殘雪，思作學士時攝事於此，嘗有聞鶯詩寄原父，因而有感四首》，存《歐集》卷一三。）

《寄題醉翁亭詩》

（張方平《樂全集》卷四有詩《酬歐陽舍人寄題醉翁亭詩》，今《歐集》無相關詩。）

《芍藥》

（宋金君卿《金氏文集》卷上有《和永叔芍藥》，歐詩已佚。）

主要參考書目

A

《愛日齋叢鈔》宋·葉寘撰 《四庫全書》本

《安陽集》宋·韓琦撰 《四庫全書》本

B

《白虎通》漢·班固撰 上海商務印書館一九三六年版

《白氏長慶集》唐·白居易撰 《四部叢刊》本

《鮑明遠集》南朝宋·鮑照撰 《四庫全書》本

《抱朴子》晉·葛洪撰 中華書局一九五四年版《諸子集成》本

《北江詩話》清·洪亮吉撰 人民文學出版社一九八三年版

《北夢瑣言》宋·孫光憲撰 中華書局一九八五年版《叢書集成》重印本

《北山集》宋・鄭剛中撰《四庫全書》本
《北山酒經》宋・朱冀中撰《知不足齋叢書》本
《北史》唐・李延壽撰　中華書局一九七七年版
《北宋經撫年表》吴廷燮撰　中華書局一九八四年版
《北苑别録》宋・趙汝礪撰《四庫全書》本
《本草綱目》明・李時珍撰《四庫全書》本
《避暑録話》宋・葉夢得撰《叢書集成》本
《汴京遺跡志》明・李濂撰　中華書局一九九九年版
《辨疑志》唐・陸長源撰　上海商務印書館一九三〇年版
《賓退録》宋・趙與旹撰　上海古籍出版社一九八三年版
《冰川詩式》明・梁橋撰　明刻本
《博物志》晉・張華輯《四庫全書》本
《博異志》唐・谷神子輯《四庫全書》本
《補注杜詩》宋・黄希撰　黄鶴補注《四庫全書》本

C

《蔡寛夫詩話》宋・蔡啟撰　中華書局一九八〇年版《宋詩話輯佚》本
《滄浪詩話》宋・嚴羽撰　中華書局一九八一年版《歷代詩話》本

《册府元龜》宋·王欽若等編　中華書局一九六〇年影印本
《茶香室叢鈔》清·俞樾撰　中華書局一九九五年版
《禪林僧寶傳》宋·釋惠洪撰《四庫全書》本
《朝野類要》宋·趙昇撰《四庫全書》本
《朝野僉載》唐·張鷟撰《四庫全書》本
《陳書》唐·姚思廉撰　中華書局一九七七年版
《稱謂録》清·梁章鉅編　王釋非、許振軒點校　福建人民出版社二〇〇三年版
《赤城志》宋·陳耆卿撰　清嘉慶二十三年刊本
《滁州志》清·熊祖詒撰　清光緒丁酉刊本
《楚辭章句》漢·王逸撰《四庫全書》本
《楚辭補注》宋·洪興祖撰　中華書局一九八三年版
《初學記》唐·徐堅等撰　中華書局一九七九年版
《傳家集》宋·司馬光撰《四庫全書》本
《淳熙三山志》宋·梁克家撰《四庫全書》本
《春酒堂詩話》清·周容撰　上海古籍出版社一九八三年版《清詩話續編》本
《春明退朝録》宋·宋敏求撰　中華書局一九八〇年版
《春秋繁露》漢·董仲舒撰《四庫全書》本
《春秋公羊傳》戰國·公羊高撰　中華書局一九七九年版《十三經注疏》本

《春秋穀梁傳》 戰國・穀梁赤撰 中華書局一九七九年版《十三經注疏》本
《春秋集傳纂例》 唐・陸淳撰 《四庫全書》本
《春渚紀聞》 宋・何薳撰 中華書局一九八三年版
《輟耕録》 元・陶宗儀撰 上海商務印書館一九二五年版
《祠部集》 宋・强至撰 《四庫全書》本
《徂徠石先生文集》 宋・石介撰 中華書局一九八四年版
《存餘堂詩話》 明・朱承爵撰 中華書局一九八一年版《歷代詩話》本

D

《大戴禮記》 漢・戴德撰 《四庫全書》本
《大清一統志》 清乾隆二十九年敕修 《四庫全書》本
《大唐新語》 唐・劉肅撰 中華書局一九八四年版
《大智度論》 印度・龍樹造撰 後秦・鳩摩羅什譯 上海古籍出版社一九九一年版
《帶經堂詩話》 清・王士禛撰 人民文學出版社一九六三年版
《丹鉛摘録》 明・楊慎撰 《四庫全書》本
《丹淵集》 宋・文同撰 《四庫全書》本
《道山清話》 宋・佚名撰 《叢書集成》本
《道州志》 清・李鏡蓉修 許清源纂 清光緒三年刊本

《帝王通曆》　元·張存中《孟子集注通證》卷下引　《四庫全書》本
《訂訛雜録》　清·胡鳴玉撰　《叢書集成》本
《東都事略》　宋·王偁撰　《四庫全書》本
《東觀漢記》　漢·劉珍等撰　中州古籍出版社一九八七年版
《東湖縣志》　清·金大鏞修　王伯心纂　清同治三年刊本
《東京夢華録》　宋·孟元老撰　中華書局一九八四年版
《東目館詩見》　清·胡壽芝撰　清嘉慶丙寅刊本
《東坡全集》　宋·蘇軾撰　《四庫全書》本
《東坡題跋》　宋·蘇軾撰　《叢書集成》本
《東坡詩集注》　宋·王十朋注　《四庫全書》本
《東坡志林》　宋·蘇軾撰　《四庫全書》本
《東坡志林》　宋·蘇軾撰　《叢書集成》本
《東軒筆録》　宋·魏泰撰　中華書局一九八三年版
《東齋記事》　宋·范鎮撰　中華書局一九八〇年版
《讀禮通考》　清·徐乾學撰　臺北商務印書館一九八三年版
《讀史方輿紀要》　清·顧祖禹撰　中華書局二〇〇五年版《中國古代地理總志叢刊》本
《杜工部草堂詩話》　宋·蔡夢弼撰　中華書局一九八三年版《歷代詩話續編》本
《杜工部年譜》　宋·趙子櫟撰　臺北商務印書館一九八三年版

《杜詩攟》明·唐元竑撰《四庫全書》本
《杜詩詳注》清·仇兆鼇注　中華書局二〇〇七年版
《對牀夜語》宋·范晞文撰　中華書局一九八五年版

E

《爾雅翼》宋·羅願撰《四庫全書》本
《二程遺書》宋·程顥、程頤撰《四庫全書》本
《二老堂詩話》宋·周必大撰　中華書局一九八一年版《歷代詩話》本
《二十史朔閏表》陳垣著　中華書局一九六二年版

F

《方是閒居士小稿》宋·劉學箕撰《四庫全書》本
《法言》漢·揚雄撰《四庫全書》本
《法苑珠林》唐·釋道世撰《四庫全書》本
《范文正集》宋·范仲淹撰《四庫全書》本
《范文正公文集》宋·范仲淹撰　四川大學出版社二〇〇二年版《范仲淹全集》本
《范忠宣集》宋·范純仁撰《四庫全書》本
《方言》漢·揚雄撰《四庫全書》本

《方輿勝覽》宋·祝穆撰　上海古籍出版社一九八六年影印本
《風俗通》　漢·應劭撰　《四庫全書》本
《風月堂詩話》　宋·朱弁撰　中華書局一九八八年版
《佛國記》　晉·智昇撰　上海商務印書館一九三七年版
《復初齋文集》　清·翁方綱撰　臺北文海出版社一九七四年影印手稿本
《福建通志》　清·郝玉麟等修　《四庫全書》本

G

《陔餘叢考》　清·趙翼撰　商務印書館一九五七年版
《紺珠集》　宋·朱勝非撰　《四庫全書》本
《高士傳》　晉·皇甫謐撰　劉小東點校　遼寧教育出版社一九九八年版
《高齋詩話》宋·曾慥撰　中華書局一九八〇年版《宋詩話輯佚》本
《格致鏡原》　清·陳元龍撰　上海古籍出版社一九九二年影印本
《貢舉條式》　宋·丁度等撰　《四庫全書》本
《攻媿集》　宋·樓鑰撰　《四庫全書》本
《公是集》　宋·劉敞撰　《四庫全書》本
《姑蘇志》　明·王鏊撰　《四庫全書》本
《古今合璧事類備要》宋·謝維新撰　《四庫全書》本

《古今詩話》 宋·李頎撰 中華書局一九八〇年版《宋詩話輯佚》本
《古今事文類聚》宋·祝穆撰 《四庫全書》本
《古今樂録》 南朝陳·釋智匠撰 清·黄奭輯 一九三四年刻本
《古今注》 晉·崔豹撰 遼寧教育出版社一九九八年版
《古靈集》 宋·陳襄撰 《四庫全書》本
《古梅遺稿》 宋·吴龍翰撰 《四庫全書》本
《古樂府》 元·左克明撰 《四庫全書》本
《觀林詩話》 宋·吴聿撰 中華書局一九八三年版《歷代詩話續編》本
《灌園集》 宋·吕南公撰 臺灣商務印書館一九六九年版
《管子》 中華書局一九五四年版《諸子集成》本
《廣川書跋》 宋·董逌撰 文物出版社一九九二年版
《廣陵集》 宋·王令撰 《四庫全書》本
《廣雅疏證》 清·王念孫撰 中華書局一九八三年版
《歸田詩話》 明·瞿佑撰 中華書局一九八三年版《歷代詩話續編》本
《歸田瑣記》 清·梁章鉅撰 中華書局一九八一年版
《癸辛雜識》 宋·周密撰 中華書局一九八八年版
《桂陽直隸州志》 清·張明叙、李瓊林撰修 清同治七年刻本
《國語》 春秋·左丘明撰 商務印書館一九五八年版

H

《海録碎事》宋·葉廷珪撰　中華書局二〇〇二年版
《漢官儀》　漢·應劭撰　中華書局一九八五年版
《漢紀》　漢·荀悦撰　中華書局二〇〇五年版《兩漢紀》本
《漢舊儀》　漢·衛宏撰　清·孫星衍輯　中華書局一九九〇年版《漢官六種》本
《漢舊儀補遺》　清·孫星衍輯　中華書局一九九〇年版《漢官六種》本
《漢書》　漢·班固撰　中華書局一九七七年版
《漢武故事》　漢·班固撰　中華書局一九九一年版《叢書集成》本
《漢武内傳》　漢·班固撰《四庫全書》本
《韓昌黎集》　唐·韓愈撰　商務印書館一九五七年版
《韓非子》　戰國·韓非撰　中華書局一九五八年版
《韓詩外傳》　漢·韓嬰撰《四庫全書》本
《翰林志》　唐·李肇撰　臺灣商務印書館一九八三年版
《翰苑群書》　宋·洪遵撰《四庫全書》本
《鶴林玉露》宋·羅大經撰　中華書局一九八三年版
《鶴山集》　宋·魏了翁撰《四庫全書》本
《河南通志》　清·王士俊等修《四庫全書》本

《椒丘文集》　明・何喬新撰《四庫全書》本
《環溪詩話》　宋・吴沆撰　中華書局一九八八年版
《後漢紀》　晉・袁宏撰　中華書局二〇〇五年版《兩漢紀》本
《後漢書》　南朝宋・范曄撰　中華書局一九七七年版
《後山詩話》　宋・陳師道撰　中華書局一九八一年版《歷代詩話》本
《侯鯖録》　宋・趙令畤撰　中華書局二〇〇二年版
《湖北通志》　清・吴熊光等修　清嘉慶九年刻本
《湖廣通志》　清・邁柱等修　臺灣商務印書館一九八三年版
《滹南集》　金・王若虚撰《四庫全書》本
《滹南詩話》　金・王若虚撰　中華書局一九八三年版《歷代詩話續編》本
《畫鑑》　元・湯垕撰　《四庫全書》本
《花木鳥獸集類》　清・吴寶芝撰　《四庫全書》本
《化書》　南唐・譚峭撰　北京圖書館二〇〇三年版《中華再造善本・宋刻本》
《華陽國志》　劉琳《華陽國志校注》　巴蜀書社一九八四年版
《華陽集》　宋・王珪撰　《叢書集成》本
《淮南子》　漢・劉安撰　重慶出版社二〇〇七年版
《黄氏日鈔》　宋・黄震撰　耕餘樓刊本

J

《畿輔通志》 清·李鴻章等修 河北人民出版社一九八五年版
《急就篇》 漢·史游撰 岳麓書社一九八九年版
《記纂淵海》 宋·潘自牧撰 《四庫全書》本
《雞肋編》 宋·莊綽撰 中華書局一九八三年版
《集異記》 唐·薛用弱撰 中華書局一九八〇年版
《堅瓠集》 清·褚人穫撰 浙江人民出版社一九八六年版
《建康實録》 唐·許嵩撰 中華書局一九八六年版
《兼明書》 五代·丘光庭撰 《叢書集成》本
《江南通志》 清·趙弘恩等修 臺灣商務印書館一九八三年版
《江村銷夏録》 清·高士奇撰 遼寧教育出版社二〇〇〇年版
《江湖小集》 宋·陳起撰 臺灣商務印書館一九八三年版
《江西通志》 清·謝旻等修 《四庫全書》本
《絳州志》 明·方立誠、黄一中等纂修 明萬曆刊本
《焦氏筆乘續集》 明·焦竑撰 齊魯書社一九九五年版
《焦氏易林》 漢·焦贛撰 《四庫全書》本
《芥隱筆記》 宋·龔頤正撰 《四庫全書》本

《晉書》唐·房玄齡等撰 中華書局一九七七年版
《界軒全集》明·張時爲撰 清乾隆瑶泉里刊本
《金氏文集》宋·金君卿撰《四庫全書》本
《淨德集》宋·吕陶撰《四庫全書》本
《景德傳燈録》宋·釋道元撰 成都古籍出版社二〇〇〇年版
《景文集》宋·宋祁撰《四庫全書》本
《靜居緒言》清·佚名撰 上海古籍出版社一九八三年版《清詩話續編》本
《靖康緗素雜記》宋·黄朝英撰《四庫全書》本
《京本通俗小説》無名氏撰 江蘇古籍出版社一九九一年版
《京口耆舊傳》宋·佚名撰《四庫全書》本
《錦繡萬花谷》宋·佚名撰《四庫全書》本
《敬齋古今黈》元·李冶撰《叢書集成》本
《敬齋古今黈拾遺》清·陸心源輯 四川人民出版社一九九七年《諸子集成續篇》影印本
《荆楚歲時記》南朝梁·宗懔撰《四庫全書》本
《荆門州志》清·舒成龍修 清乾隆十九年宗陸堂刻本
《荆溪林下偶談》宋·吴子良撰《寶顔堂秘笈》本
《荆州記》五代·盛弘之撰 毛氏汲古閣明末刊本
《舊唐書》後晉·劉昫等撰 中華書局一九七七年版

《舊五代史》宋·薛居正撰 中華書局一九七七年版

《橘録》宋·韓彦直撰《叢書集成》本

《菊坡詩話》明·單宇撰 江蘇古籍出版社一九九七年版《明詩話全編》本

K

《考古質疑》宋·葉大慶撰 上海古籍出版社一九八五年版

《柯山集》宋·張耒撰《四庫全書》本

《談苑》宋·孔平仲撰《四庫全書》本

《孔子家語》佚名撰 中國文史出版社二〇〇三年版

《會稽掇英總集》宋·孔延之輯《四庫全書》本

《括地圖》漢·佚名撰 清·王謨輯佚本

《括地志》唐·李泰主修 蕭德育等撰《括地志輯校》中華書局二〇〇五年版

L

《讕言長語》明·曹安撰《四庫全書》本

《老學庵筆記》宋·陸游撰 中華書局一九七九年版

《老子》春秋·李耳撰《老子注譯及評介》中華書局一九八四年版

《樂全集》宋·張方平撰《四庫全書》本

《蓮社高賢傳》晉·無名氏撰　中華書局一九九一年版
《類説》宋·曾慥撰　上海古籍出版社一九九三年版《四庫筆記小説叢書》本
《冷廬雜識》清·陸以湉撰　中華書局一九八四年版
《冷齋夜話》宋·釋惠洪撰　中華書局一九八八年版
《禮部志稿》明·俞汝楫等撰　《四庫全書》本
《禮記》漢·戴聖撰　岳麓書社二〇〇一年版《國學基本叢書》本
《隸釋》宋·洪适撰《四庫全書》本
《李太白集注》清·王琦注　上海古籍出版社一九九三年版
《李義山詩集注》清·朱鶴齡注　《四庫全書》本
《歷代詩發》清·范大士輯評　清康熙三十七年虚白山房刻本
《歷代詩話》清·吴景旭撰《四庫全書》本
《歷代詩評注讀本》清·王文濡撰　中國書店一九八三年影印本
《兩宋名賢小集》宋·陳思輯《四庫全書》本
《梁書》唐·姚思廉撰　中華書局一九七七年版
《梁谿漫志》宋·費衮撰　上海古籍出版社一九八五年版
《聊齋志異》清·蒲松齡撰　新疆人民出版社一九九五年版
《列女傳》漢·劉向輯　遼寧教育出版社一九九八年版
《列仙傳》漢·劉向輯　學苑出版社一九九八年版《歷代筆記小説小品叢刊》本

《列子》　戰國·列禦寇撰　吉林人民出版社一九九九年版《中國傳統文化讀本》本
《臨川先生文集》　宋·王安石撰　《四部叢刊》本
《臨漢隱居詩話》　宋·魏泰撰　中華書局一九八一年版《歷代詩話》本
《嶺表録異》　唐·劉恂輯　魯迅校　廣東人民出版社一九八三年版《廣東地方文獻叢書》本
《嶺南風物記》　清·吴綺撰　《四庫全書》本
《嶺外代答》　宋·周去非撰　上海遠東出版社一九九六年版《宋明清小品文集輯注》本
《留硯稿全集》　清·水佳胤撰　清光緒十八年刻本
《柳河東集》　唐·柳宗元撰　上海人民出版社一九七四年版
《柳亭詩話》　清·宋長白撰　上海雜誌公司一九三五年版
《六研齋三筆》　明·李日華撰　《四庫全書》本
《龍性堂詩話》　清·葉矯然撰　上海古籍出版社一九八三年版《清詩話續編》本
《龍雲集》　宋·劉弇撰　《四庫全書》本
《龍學文集》　宋·祖無擇撰　《四庫全書》本
《隆平集》　宋·曾鞏撰　《四庫全書》本
《廬陵歐陽文忠公年譜》　宋·胡柯撰　《歐陽文忠公文集》附録
《文忠集》　宋·周必大撰　《四庫全書》本
《廬陵周益國文忠公集》　宋·周必大撰　一九三五年吉安劉峙刻本
《陸氏詩疏廣要》　晉·陸機撰　《四庫全書》本

《論衡》漢·王充撰　上海人民出版社一九七四年版
《論語》春秋·孔子弟子及其再傳弟子輯録　中華書局一九七九年版《十三經注疏》本
《洛陽伽藍記》北魏·楊衒之撰　韓結根注　山東友誼出版社二〇〇二年版《古城文化叢書》本
《吕氏春秋》戰國·吕不韋撰　吉林文史出版社二〇〇四年版
《吕氏雜記》宋·吕希哲撰《四庫全書》本
《履齋示兒編》宋·孫奕撰《知不足齋叢書》本

M

《漫叟詩話》宋·佚名撰　中華書局一九八〇年版《宋詩話輯佚》本
《毛詩草木鳥獸蟲魚疏》三國吴·陸璣撰　上海商務印書館一九三六年《叢書集成》本
《毛詩集解》宋·李樗、黄櫄撰《四庫全書》本
《梅磵詩話》元·韋居安撰　中華書局一九八三年版《歷代詩話續編》本
《梅溪集》宋·王十朋撰《四庫全書》本
《梅堯臣集編年校注》宋·梅堯臣撰　朱東潤校注　上海古籍出版社一九八〇年版
《捫蝨新話》宋·陳善撰《叢書集成》本
《夢粱録》宋·吴自牧撰　三秦出版社二〇〇四年版《歷代名家小品文集》本
《夢溪筆談》宋·沈括撰《叢書集成》本
《夢溪續筆談》宋·沈括撰《叢書集成》本

《蒙求集注》唐·李瀚撰　宋·徐子光注　《四庫全書》本
《孟子》戰國·孟軻撰　中華書局一九七九年版《十三經注疏》本
《廟製圖考》清·萬斯同撰　《四庫全書》本
《名臣碑傳琬琰集》宋·杜大珪輯　《四庫全書》本
《名義考》明·周祈撰　《四庫全書》本
《明史》清·張廷玉等撰　中華書局一九七七年版
《明一統志》明·李賢等撰　《四庫全書》本
《默記》宋·王銍撰　中華書局一九八一年版
《墨客揮犀》宋·彭乘撰　中華書局二〇〇二年版
《墨莊漫録》宋·張邦基撰　中華書局二〇〇二年版
《穆天子傳》晉·郭璞輯　明天啟唐氏刊本

N

《南部新書》宋·錢易撰　中華書局二〇〇二年版
《南窗紀談》宋·佚名撰　《學海類編》本
《南齊書》南朝梁·蕭子顯撰　中華書局一九七七年版
《南史》唐·李延壽撰　中華書局一九七七年版
《南唐書》宋·馬令撰　中華書局一九八五年版

《南陽集》　宋・韓維撰　《四庫全書》本
《南園漫録》　明・張志淳撰　《四庫全書》本
《能改齋漫録》　宋・吴曾撰　上海古籍出版社一九六〇年版
《凝齋集》　明・王鴻儒撰　民國初年張嘉謀編修本

O

《甌北詩話》　清・趙翼撰　上海古籍出版社一九八三年版《清詩話續編》本
《歐梅詩傳》　李德身撰　吉林人民出版社二〇〇〇年版
《歐陽文忠公集》　宋・歐陽修撰　國家圖書館藏宋刻本
《歐陽文忠公文集》　宋・歐陽修撰　《四部叢刊》本
《歐陽修集》　劉揚忠編選　鳳凰出版社二〇〇六年版
《歐陽修集編年箋注》　李之亮箋注　巴蜀書社二〇〇七年版
《歐陽修紀年録》　劉德清著　上海古籍出版社二〇〇六年版
《歐陽修詩詞文選評》　黄進德撰　上海古籍出版社二〇〇四年版
《歐陽修詩文集校箋》　洪本健校箋　上海古籍出版社二〇〇九年版
《歐陽修蘇軾潁州詩詞詳注輯評》　王秋生輯評　黄山書社二〇〇四年版
《歐陽修資料彙編》　洪本健編　中華書局一九九五年版

P

《彭城集》 宋·劉攽撰 《四庫全書》本
《毗陵集》 宋·張守撰 《四庫全書》本
《莆田集》 明·文徵明撰 《四庫全書》本

Q

《齊乘》 元·于欽撰 《四庫全書》本
《齊東野語》 宋·周密撰 中華書局一九八三年版
《齊民要術》 北魏·賈思勰撰 團結出版社二〇〇二年版
《西塘耆舊續聞》 宋·陳鵠撰 中華書局二〇〇二年版
《七修類稿》 明·郎瑛撰 上海書店二〇〇一年版
《潛夫論》 漢·王符撰 上海書店一九八六年版
《禽經》 春秋·師曠撰 晉·張華注 《四庫全書》本
《清波雜志》 宋·周煇撰 中華書局一九九四年版
《清江三孔集》 宋·孔文仲、孔武仲、孔平仲撰 《豫章叢書》本
《清容居士集》 元·袁桷撰 《四部叢刊》本
《清獻集》 宋·趙抃撰 《四庫全書》本

《清異録》 宋・陶穀撰 中華書局一九九一年版
《青箱雜記》宋・吴處厚撰 中華書局一九八五年版
《蛩溪詩話》宋・黄徹撰 中華書局一九八三年版《歷代詩話續編》本
《卻掃編》 宋・徐度撰 《四庫全書》本
《曲洧舊聞》宋・朱弁撰 《叢書集成》本
《全芳備祖》宋・陳景沂撰 農業出版社一九八二年版
《全閩詩話》 清・鄭方坤撰 《四庫全書》本
《全蜀藝文志》 明・周復俊撰 《四庫全書》本
《全唐詩》 清・彭定求等編 中華書局一九七九年版
《群書考索》宋・章如愚撰 《四庫全書》本

R

《日講易經解義》 清・牛鈕等撰 吉林出版集團二〇〇五年版《四庫全書薈要》本
《榕村語録》 清・李光地撰 《四庫全書》本
《容齋隨筆》宋・洪邁撰 上海古籍出版社一九七八年版
《入蜀記》 宋・陸游撰 《四庫全書》本

S

《三家詩話》 清・尚鎔撰 上海古籍出版社一九八三年版《清詩話續編》本

《三輔黄圖》　無名氏撰　北京圖書出版社二〇〇二年版據元致和元年余氏勤有堂刻本影印
《三輔決録》　漢・趙岐撰　三秦出版社二〇〇六年版《長安史跡叢刊》本
《三國志》　晉・陳壽撰　中華書局一九七七年版
《三國志補注》　清・杭世駿注　上海商務印書館一九三七年版
《三禮圖》　明・劉績撰　浙江吴玉墀家藏四卷本
《三千五百年曆日天象》　張培瑜著　大象出版社一九九七年版
《三秦記》　漢・辛氏撰　王謨輯　清初刊本
《三水小牘》　唐・皇甫枚撰　中華書局一九五八年版
《沙溪集》　明・孫緒撰　《四庫全書》本
《沙中金集》　明・佚名撰　江蘇古籍出版社一九九七年版《明詩話全編》本
《邵氏聞見録》　宋・邵伯温撰　中華書局一九八三年版
《邵氏聞見後録》　宋・邵博撰　中華書局一九八三年版
《山谷集》　宋・黄庭堅撰《四庫全書》本
《山谷内集詩注》　宋・任淵撰　《四庫全書》本
《山谷外集詩注》　宋・史容注　上海書店出版社一九八五年版
《山海經》　楊帆、邱效瑾注　安徽人民出版社一九九一年版
《山樵暇語》　明・俞弁撰　涵芬樓影印華亭朱象玄手鈔本
《山堂肆考》　明・彭大翼撰《四庫全書》本

《山西通志》　清・覺羅石麟撰　《四庫全書》本
《傷寒論》　漢・張仲景撰　中國醫藥科技出版社一九九一年版
《尚書》　中華書局一九七九年版《十三經注疏》本
《尚書大傳》　清乾隆二十一年雅雨堂刻本
《尚書中侯》　漢・鄭玄撰　中華書局一九九一年版
《少室山房筆叢》　明・胡應麟撰　上海書店出版社二〇〇一年版《歷代筆記叢刊》本
《紹陶録》　宋・王質撰　《叢書集成》本
《神農本草經》　清・顧觀光輯　楊鵬舉校　學苑出版社二〇〇二年版
《神仙傳》　晉・葛洪撰　《四庫全書》本
《升庵集》　明・楊慎撰　《四庫全書》本
《聲畫集》　宋・孫紹遠撰　《四庫全書》本
《澠水燕談録》　宋・王闢之撰　《叢書集成》本
《史記》　漢・司馬遷撰　中華書局一九七七年版
《史記集解》　南朝宋・裴駰撰　中華書局一九八九年版
《史記索隱》　唐・司馬貞撰　中華書局一九九一年版
《史通》　唐・劉知幾撰　遼寧教育出版社一九九七年版
《式古堂書畫彙考》　清・卞永譽撰　《四庫全書》本
《詩話類編》　明・王昌會撰　江蘇古籍出版社一九九七年版《明詩話全編》本

《詩話總龜》 宋・阮閱輯 人民文學出版社一九八七年版

《詩經》 中華書局一九七九年版《十三經注疏》本

《詩林廣記》 宋・蔡正孫撰 中華書局一九八二年版

《詩品》 南朝梁・鍾嶸撰 《四部叢刊》本

《詩人玉屑》 宋・魏慶之撰 上海古籍出版社一九七八年版

《詩譚》 明・葉廷秀撰 明崇禎八年胡正言十竹齋刻本

《詩藪》 明・胡應麟撰 上海古籍出版社一九五八年版

《詩學權輿》 明・黄溥撰 江蘇古籍出版社一九九七年版《明詩話全編》本

《仕學規範》 宋・張鎡撰 《四庫全書》本

《詩學梯航》 明・周敘撰 江蘇古籍出版社一九九七年版《明詩話全編》本

《石倉歷代詩選》 明・曹學佺撰 《四庫全書》本

《石湖集》 宋・范成大撰 上海古籍出版社一九八一年版

《石湖詩集》 宋・范成大撰 《四庫全書》本

《石林詩話》 宋・葉夢得撰 中華書局一九八一年版《歷代詩話》本

《石林燕語》 宋・葉夢得撰 中華書局一九八四年版

《石曼卿集》 宋・石曼卿撰 《四庫全書》本

《石室談詩》 明・趙士喆撰 江蘇古籍出版社一九九七年版《明詩話全編》本

《石洲詩話》 清・翁方綱撰 人民文學出版社一九八一年版

《事物紀原》宋・高承撰《四庫全書》本
《識小録》明・徐樹丕撰 涵芬樓秘笈本
《識餘》明・惠康野叟撰 筆記小説大觀本
《拾遺記》晉・王嘉撰 中華書局一九八一年版
《世説新語》南朝宋・劉義慶撰 國際文化出版公司二〇〇五年版
《釋名》漢・劉熙撰《四庫全書》本
《釋氏要覽》宋・釋道成撰 明嘉靖八年刊本
《十誦律》蘇淵雷等輯 上海古籍出版社一九九四年影印本
《十洲記》漢・東方朔撰 明正統十年刻本
《述異記》南朝梁・任昉撰 吉林出版集團二〇〇五年版《四庫全書薈要》本
《書畫跋跋》明・孫鑛輯《四庫全書》本
《書史會要》元・陶宗儀撰 上海書店出版社一九八四年版木刻影印本
《書纂言》元・吴澄撰《四庫全書》本
《蜀鑑》宋・郭允蹈撰《四庫全書》本
《蜀中廣記》明・曹學佺撰 臺灣商務印書館一九六九年版
《水經注》北魏・酈道元撰《四部叢刊》本
《説郛》元・陶宗儀輯 宛委山堂本
《説文》漢・許慎撰《四庫全書》本

《説苑》 漢·劉向撰 上海商務印書館一九三七年版
《四六話》 宋·王銍撰 《四庫全書》本
《四溟詩話》 明·謝榛撰 中華書局一九八三年版《歷代詩話續編》本
《四如集》 宋·黄仲元撰 臺灣商務印書館一九六九年版
《松泉集》 清·汪由敦撰 《四庫全書》本
《宋百家詩存》 清·曹庭棟編 《四庫全書》本
《宋稗類鈔》 清·潘永因撰 書目文獻出版社一九八五年版
《宋朝事實類苑》 宋·江少虞撰 上海古籍出版社一九八一年版
《宋高僧傳》 宋·贊寧撰 中華書局一九八七年版
《宋會要輯稿》 清·徐松輯 中華書局一九五七年影印本
《宋人年譜叢刊》 吴洪澤、尹波主編 四川大學出版社二〇〇三年版
《宋書》 南朝梁·沈約撰 中華書局一九七七年版
《宋史》 元·脱脱等撰 中華書局一九七七年版
《宋史紀事本末》 明·陳邦瞻撰 中華書局一九七七年版
《宋史全文》 元·佚名撰 李之亮點校 黑龍江人民出版社二〇〇四年版
《宋詩别裁録》 清·張景星等編 上海書店出版社一九七八年版
《宋詩鈔》 宋·吴之振編 《四庫全書》本
《宋詩鈔補》 清·管庭芬、蔣光煦編 上海三聯書店一九八八年版

《宋詩話考》　郭紹虞撰　中華書局一九七九年版
《宋詩紀事》　清・厲鶚撰　上海古籍出版社一九八三年版
《宋詩紀事補遺》　清・陸心源編撰　山西古籍出版社一九九七年版
《宋詩精華録》　清・陳衍輯　巴蜀書社一九九二年版
《宋詩善鳴集》　清・陸次雲輯　江陰梓行陳永錫刻本
《宋十五家詩選》　清・陳訏輯　清康熙三十二年刻本
《宋詩選注》　錢鍾書選注　人民文學出版社一九七九年版
《宋五家詩鈔》　朱自清編　上海古籍出版社一九八一年版
《宋藝圃集》　明・李蓘輯　《四庫全書》本
《宋元詩會》　清・陳焯輯　《四庫全書》本
《宋元學案》　清・黄宗羲撰　浙江古籍出版社一九九二年版《黄宗羲全集》本
《搜神後記》　晉・陶潛輯　浙江古籍出版社一九八七年版
《搜神記》　晉・干寶輯　中華書局一九七九年版
《蘇門集》　明・高叔嗣撰　《四庫全書》本
《蘇舜欽集》　宋・蘇舜欽撰　上海古籍出版社一九八一年版
《蘇詩補注》　清・查慎行撰　《四庫全書》本
《蘇學士集》　宋・蘇舜欽撰　《四庫全書》本
《蘇魏公文集》　宋・蘇頌撰　中華書局一九八八年版

《素問》 中國醫藥科技出版社一九九八年版
《涑水記聞》宋・司馬光撰 中華書局一九八九年版
《歲時雜詠》宋・蒲積中撰 《四庫全書》本
《隋書》 唐・魏徵等撰 中華書局一九七七年版
《隨園詩話》清・袁枚撰 人民文學出版社一九六〇年版
《孫公談圃》宋・劉延世撰 《百川學海》本
《孫子算經》無名氏撰 唐・李淳風注 上海古籍出版社一九九六年版

T

《太平廣記》宋・李昉等編 中華書局一九六一年版
《太平寰宇記》宋・樂史撰 《四庫全書》本
《太平御覽》宋・李昉等編 中華書局一九六〇年版
《唐國史補》唐・李肇撰 《四庫全書》本
《唐會要》 宋・王溥撰 《四庫全書》本
《唐詩鼓吹》元・郝天挺注 《四庫全書》本
《唐宋詩舉要》高步瀛選注 上海古籍出版社一九七八年版
《唐子西文録》宋・唐庚撰 《四庫全書》本
《陶淵明集》東晉・陶淵明撰 中華書局一九七九年版

《天工開物》 明·宋應星撰 廣東人民出版社一九七六年版
《天中記》明·陳耀文撰《四庫全書》本
《苕溪漁隱叢話》宋·胡仔撰 人民文學出版社一九六二年版
《鐵圍山叢談》宋·蔡絛撰 中華書局一九八三年版
《艇齋詩話》宋·曾季貍撰 中華書局一九八三年版《歷代詩話續編》本
《通鑑地理通釋》宋·王應麟撰《四庫全書》本
《通志堂集》 清·納蘭性德撰 上海古籍出版社一九七九年影印本
《退庵隨筆》 清·梁章鉅撰 二思堂叢書本

W

《宛陵先生集》 宋·梅堯臣撰 《四部叢刊》本
《宛陵先生集》宋嘉定殘本 輯入朱東潤《梅堯臣集編年校注》上海古籍出版社一九八〇年版
《宛陵先生年譜》 元·張師曾編 清道光十年夜吟樓本
《萬姓統譜》 明·凌迪知撰《四庫全書》本
《王荆公年譜考略》 清·蔡上翔撰 上海人民出版社一九七三年版
《王荆文公詩注》 宋·李壁注 海鹽張氏影印元刊本
《王直方詩話》宋·王直方撰 中華書局一九八〇年版《宋詩話輯佚》本
《尉繚子》 周·尉繚撰 《四庫全書》本

《圍爐詩話》 清・吴喬撰 上海古籍出版社一九八三年版《清詩話續編》本
《渭南文集》 宋・陸游撰 《四部叢刊》本
《魏氏春秋》 晉・孫盛撰 已佚 佚文散見《弘明集》、《廣弘明集》、《全晉文》、《三國志》裴松之注和《世説新語》等書
《魏書》 北齊・魏收撰 中華書局一九七七年版
《維摩詰所説經》 後秦・僧肇撰 上海古籍出版社一九九〇年影印本
《文昌雜録》 宋・龐元英編 中華書局一九八五年版
《文端集》 清・張英撰 《四庫全書》本
《文恭集》 宋・胡宿撰 《四庫全書》本
《文獻通考》 元・馬端臨撰 中華書局一九八六年版
《文憲集》 明・宋濂撰 《四庫全書》本
《文心雕龍》 南朝梁・劉勰撰 《四庫全書》本
《文選》 南朝梁・蕭統撰 李善注 《四庫全書》本
《文子》 戰國・文子撰 王利器《文子疏義》中華書局二〇〇〇年版
《温公續詩話》 宋・司馬光撰 清乾隆三十五年刊本
《温國文正司馬公集》 宋・司馬光撰 《四部叢刊》本
《問花樓詩話》 清・陸鎣撰 上海古籍出版社一九八三年版《清詩話續編》本
《甕牖閑評》 宋・袁文撰 《四庫全書》本
《五百家注昌黎文集》 宋・魏仲舉編 吉林出版集團二〇〇五年版《四庫全書薈要》本

《五代名畫補遺》宋・劉道醇撰　中華書局一九八五年影印本
《五燈會元》宋・釋晉濟撰　中華書局二〇〇六年版
《五雜組》明・謝肇淛撰　遼寧教育出版社二〇〇一年版
《吴興備志》明・董斯張撰　《四部叢刊》本
《武皇遺劍録》唐・孫樵撰　見《全唐文》第八部卷七九五　中華書局二〇〇一年版
《武林舊事》宋・周密撰　西湖書社一九八一年版
《武林梵志》明・吴之鯨撰　《四庫全書》本
《午亭文編》清・陳廷敬撰　《四庫全書》本
《吴郡圖經續記》宋・朱長文撰　江蘇古籍出版社一九九九年版
《梧溪集》元・王逢撰　《四庫全書》本
《吴越春秋》漢・趙曄撰　《四庫全書》本

X

《西京雜記》漢・劉歆撰　晉・葛洪輯　上海古籍出版社一九九一年版《外二十一種》本
《西崑酬唱集》宋・楊億輯　上海古籍出版社二〇〇五年版
《西陂類稿》清・宋犖撰　《四庫全書》本
《西清詩話》宋・蔡絛撰　哈佛燕京學社刊《宋詩話輯佚》本
《西廂記》元・王實甫撰　上海書店二〇〇四年版

《溪堂集》　宋・謝逸撰　清乾隆五十四年知不足齋本
《習學記言序目》　宋・葉適撰　中華書局一九七七年版
《咸淳毗陵志》　宋・史能之纂　清嘉慶二十五年趙懷玉刻李兆洛校本
《相山集》　宋・王之道撰　《四庫全書》本
《湘山野録》　宋・僧文瑩撰　中華書局一九八四年版
《香乘》　明・周嘉胄撰　《叢書集成》本
《小孤山志》　孟晉編　安慶地區文物管理所、宿縣文化局一九八二年編内部本
《小鳴稿》　明・朱誠泳撰　《四庫全書》本
《消寒詩話》　清・秦朝釪撰　上海古籍出版社一九六三年版《清詩話》本
《謝榛全集》　明・謝榛撰　朱其鎧等校點　齊魯書社二〇〇七年版
《新書》　漢・賈誼撰　《四部叢刊》本
《新唐書》　宋・歐陽修、宋祁撰　中華書局二〇〇三年版
《新五代史》　宋・歐陽修撰　中華書局一九七七年版
《新語》　漢・陸賈撰　上海古籍出版社一九九〇年版
《行水金鑑》　清・傅澤洪撰　《四庫全書》本
《續茶經》　清・陸廷燦撰　《四庫全書》本
《續漢書》　晉・司馬彪撰　已佚　八志補入范曄《後漢書》　佚文散見《太平御覽》等
《續晉陽秋》　南朝宋・檀道鸞撰　清順治刊本

《續齊諧記》　南朝梁·吴均撰　《叢書集成》本
《續通志》　清·嵇璜等修　浙江古籍出版社二〇〇〇年版
《續湘山野録》　宋·僧文瑩輯　中華書局一九九一年版
《續演繁露》　宋·程大昌撰　國家圖書館藏明萬曆年間刻本
《續資治通鑑》　清·畢沅撰　上海古籍出版社一九五七年版
《續資治通鑑長編》　宋·李燾撰　上海古籍出版社一九八六年影印本
《續資治通鑑長編拾補》　清·黄以周等撰　上海古籍出版社一九八六年影印本
《宣和北苑貢茶録》　宋·熊蕃撰　《叢書集成》本
《宣和遺事》　即《大宋宣和遺事》　宋·無名氏撰　《四部備要》本
《宣和畫譜》　宋·無名氏撰　《四庫全書》本
《宣和書譜》　宋·無名氏撰　《四庫全書》本
《玄中記》　晉·郭璞撰　上海古籍出版社一九九〇年版
《學林》　宋·王觀國撰　《四庫全書》本
《荀子》　戰國·荀況撰　中華書局一九七九年版《十三經注疏》本
《虚舟集》　明·王偁撰　上海古籍出版社一九九一年版

Y

《演繁露》　宋·程大昌撰　中華書局一九九一年版

《雅論》　明・費經虞撰　明崇禎八年胡正言十竹齋刻本

《燕翼詒謀録》宋・王栐撰　中華書局一九八一年版

《儼山詩話》明・陸深撰　江蘇古籍出版社一九九七年版《明詩話全編》本

《顔氏家訓》北齊・顔之推撰　天津人民出版社一九九八年版

《鹽鐵論》　漢・桓寬撰　北京圖書館出版社二〇〇二年版

《剡源文集》元・戴表元撰《四庫全書》本

《晏子春秋》秦・淳于越輯《叢書集成》本

《弇州山人四部稿》明・王世貞撰《四庫全書》本

《彦周詩話》宋・許顗撰　中華書局一九八一年版《歷代詩話》本

《楊太真外傳》宋・樂史撰　内蒙古大學出版社二〇〇一年版

《養一齋詩話》清・潘德輿撰　上海古籍出版社一九八三年版《清詩話續編》本

《野獲編》　明・沈德符撰　中華書局二〇〇四年版

《野客叢書》宋・王楙撰　上海古籍出版社一九九一年版

《宜昌市地名志》湖北省宜昌市地名委員會一九八四年版

《易象義》宋・丁易東撰《四庫全書》本

《義門讀書記》清・何焯撰　清乾隆三十四年刻本

《夷堅乙志》宋・洪邁撰　中華書局二〇〇六年版

《藝文類聚》唐・歐陽詢撰　上海古籍出版社一九八一年版

《藝苑閑評》明·支允堅撰　江蘇古籍出版社一九九七年版《明詩話全編》本
《藝苑卮言》明·王世貞撰　中華書局一九八三年版《歷代詩話續編》本
《儀禮》中華書局一九七九年版《十三經注疏》本
《繹史》清·馬驌撰　中華書局二〇〇二年版
《異苑》南朝宋·劉敬叔撰　中華書局一九九五年版
《逸老堂詩話》明·俞弁撰　中華書局一九八三年版《歷代詩話續編》本
《逸周書》晉·孔晁注　清乾隆五十一年抱經堂刻本
《猗覺寮雜記》宋·朱翌撰《叢書集成》本
《隱居通議》元·劉壎撰《叢書集成》本
《瀛奎律髓》元·方回撰《四庫全書》本
《瀛奎律髓彙評》元·方回選評　上海古籍出版社二〇〇五年版
《桯史》宋·岳珂撰　中華書局一九八一年版
《潁州志》明·吕景蒙修　胡袞纂　明嘉靖十一年刊本
《永樂大典》明·解縉等輯　中華書局一九六〇、一九八五年版
《永州府志》清·劉道著修　錢邦芑纂　書目文獻出版社一九九二年影印本
《雍録》宋·程大昌輯　中華書局二〇〇二年版
《游宦紀聞》宋·張世南撰　中華書局一九八一年版
《酉陽雜俎》唐·段成式撰　中華書局一九八一年版

《優古堂詩話》宋・吴幵撰　中華書局一九八三年版《歷代詩話續編》本
《餘庵雜録》明・陳詢撰《學海類編》本
《餘冬詩話》明・何孟春撰《叢書集成初編》本
《娱書堂詩話》宋・趙與虤撰　中華書局一九八三年版《歷代詩話續編》本
《輿地廣記》宋・歐陽忞撰《叢書集成》本
《輿地紀勝》宋・王象之撰　粤雅堂刊本
《御定佩文齋廣群芳譜》清・汪灝等撰《四庫全書》本
《御定佩文齋詠物詩選》清・張玉書等編《四庫全書》本
《玉海》宋・王應麟撰　廣陵古籍刻印社影印本
《寓簡》宋・沈作喆撰《知不足齋叢書》本
《喻林》明・徐元太撰　上海辭書出版社一九九一年版
《豫章詩話》明・郭子章撰　明萬曆三十年吴獻臺刻本
《御選唐宋詩醇》清乾隆十五年御定《四庫全書》本
《御選宋金元明四朝詩》清康熙四十八年御選《四庫全書》本
《玉壺清話》宋・文瑩撰　中華書局一九八四年版
《玉臺新詠》南朝梁・徐陵編　上海古籍出版社二〇〇七年版
《玉芝堂談薈》明・徐應秋撰　上海古籍出版社一九九三年影印本
《淵鑑類函》清・張英等編　中國書店一九八五年版

《援鶉堂筆記》清・姚範撰　清道光十五年刊本
《元豐九域志》宋・王存撰　中華書局一九八四年版
《元豐類稿》宋・曾鞏撰《四庫全書》本
《元風雅》元・孫存吾編《四庫全書》本
《元和郡縣圖志》唐・李吉甫撰　中華書局一九八三年版
《元明事類鈔》清・姚之駰撰　上海古籍出版社一九九三年版
《元詩體要》明・宋公傳撰《四庫全書》本
《元憲集》宋・宋庠撰《叢書集成》本
《樂府詩集》宋・郭茂倩編　中華書局一九九八年版
《樂府雜録》唐・段安節輯　上海商務印書館一九二五年版
《樂書》宋・陳暘撰　清光緒二年方磑重刻本
《越絶書》漢・袁康、吴平撰　上海古籍出版社一九八五年版
《粤西詩載》清・汪森編《四庫全書》本
《雲笈七籤》宋・張君房輯　齊魯書社一九八八年版
《雲仙雜記》唐・馮贄撰　中華書局一九八五年版
《鄖溪集》宋・鄭獬撰《四庫全書》本
《韻府群玉》元・陰勁弦、陰復春輯　上海古籍出版社一九九一年版
《韻語陽秋》宋・葛立方撰　中華書局一九八一年版《歷代詩話》本

Z

《載酒園詩話》 清·賀裳撰 上海古籍出版社一九八三年版《清詩話續編》本

《增補武林舊事》 宋·周密原本 明·朱廷焕補

《戰國策》 漢·劉向撰 上海古籍出版社一九八五年版

《昭昧詹言》 清·方東樹撰 人民文學出版社一九六一年版

《趙清獻公年譜》 清·羅以智撰 四川大學出版社二〇〇三年版《宋人年譜叢刊》本

《趙氏鐵網珊瑚》 明·趙琦美撰 《四庫全書》本

《浙江通志》 清·嵇曾筠等修 《四庫全書》本

正德《潁州志》 明·劉節等纂修 上海古籍書店一九八二年影印本

《周禮》 漢·鄭玄注 唐·陸德明釋 中華書局一九七九年版《十三經注疏》本

《周禮圖説》 明·王應電撰 《四庫全書》本

《周書》 唐·令狐德棻等撰 中華書局一九七一年版

《周易》 中華書局一九七九年版《十三經注疏》本

《畫簾緒論》 宋·胡太初撰 内蒙古人民出版社二〇〇二年版

《忠肅集》 宋·劉摯撰 《四庫全書》本

《中吴紀聞》 宋·龔明之輯 上海古籍出版社一九八六年版

《燭湖集》 宋·孫應時撰 《四庫全書》本

《麈史》 宋·王得臣撰 《知不足齋叢書》本
《朱子語類》 宋·朱熹撰 《四庫全書》本
《竹書紀年》 南朝梁·沈約撰 《叢書集成》本
《竹莊詩話》 宋·何汶撰 中華書局一九八四年版
《莊子》 戰國·莊周撰 雲南大學出版社二〇〇四年版
《資暇集》 唐·李匡乂撰 《四庫全書》本
《資治通鑑》 宋·司馬光撰 中華書局一九五六年版
《醉翁談録》 宋·羅燁撰 古典文學出版社一九五七年版
《左氏博議》 宋·吕祖謙撰 《四庫全書》本
《左傳》 春秋魯·左丘明撰 上海人民出版社一九七七年版
《尊白堂集》 宋·虞儔撰 《四庫全書》本